Das Buch

Ice Station: Es sollte ein Routine-Tauchgang werden. Doch unter dem Eis der Antarktis machen die Wissenschaftler eine unglaubliche Entdeckung – ein riesiges Objekt aus Metall. Und dann hören die Kameraden in der Forschungsstation von ihren Männern nur noch hilflose Schreie. Ein Elitetrupp von US-Marines wird entsandt, um den rätselhaften Vorgang aufzuklären. An ihrer Spitze: der charismatische Lieutenant Shane Schofield. Ihm würden seine Männer in die Hölle folgen. Und genau dorthin wird er sie führen . . .
Der Tempel: William Race, Professor für Sprachen, wird von der US Army für eine geheimnisvolle Mission angeheuert: die Suche nach einer uralten Inka-Statue in einem Tempel hoch in den Anden. Nur Race kann das Manuskript entschlüsseln, das den entscheidenden Hinweis enthält. Doch längst haben sich Verfolger an seine Fersen geheftet . . .
Zweimal nervenaufreibende Spannung vom »neuen König des Action-Thrillers« *(Freie Presse)*.

Der Autor

Matthew Reilly wurde 1974 in Australien geboren und studierte Jura an der Universität von New South Wales. Sein erster Roman *Ice Station* wurde in vielen Ländern ein großartiger Erfolg. Mit *Der Tempel, Showdown* und *Die Offensive* avancierte Reilly zum Bestsellerautor.

Von Matthew Reilly sind in unserem Hause außerdem erschienen:

Die Offensive
Showdown

Matthew Reilly

Ice Station
Der Tempel

Zwei Bestseller in einem Band

Aus dem Englischen
von Alfons Winkelmann

Ullstein

Besuchen Sie uns im Internet:
www.ullstein-taschenbuch.de

Umwelthinweis:
Dieses Buch wurde auf chlor- und säurefreiem Papier gedruckt.

Ungekürzte Ausgabe im Ullstein Taschenbuch
1. Auflage November 2005

Titel der australischen Originalausgabe: *Ice Station* (Pan Macmillan, Sydney)

Titel der australischen Originalausgabe: *Temple* (Pan Macmillan, Sydney)
Published by Arrangement with Macmillan Publishers Ltd.
Diese Werke wurden vermittelt durch
die Literarische Agentur Thomas Schlück GmbH, Garbsen
Umschlaggestaltung: Büro Hamburg
Titelabbildung: © Aurora/Bilderberg
Druck und Bindearbeiten: Ebner & Spiegel, Ulm
Printed in Germany
ISBN-13: 978-3-548-26355-7
ISBN-10: 3-548-26355-0

Danksagung

Besonderer Dank gilt Natalie Freer – die unverfälschteste und hingebungsvollste Person, die ich kenne. Weiterhin danke ich Stephen Reilly, meinem Bruder und guten Freund sowie meinem getreulichen Unterstützer, sogar aus tausenden von Kilometern Entfernung. Mein Dank gilt auch meiner Mutter für ihre Kommentare zum Text, meinem Vater für seine jämmerlichen Titelvorschläge sowie allen beiden für ihre Liebe und Unterstützung. Und zu guter Letzt danke ich allen bei Pan (insbesondere meinen Lektorinnen Cate Paterson und Madonna Duffy, zunächst einmal dafür, dass sie mich »entdeckt« haben, und dann für das geduldige Ertragen all meiner verrückten Ideen). Ihr alle, unterschätzt niemals die Kraft eurer Ermutigung!

EISSTATION WILKES
WILKES LAND, ANTARKTIS

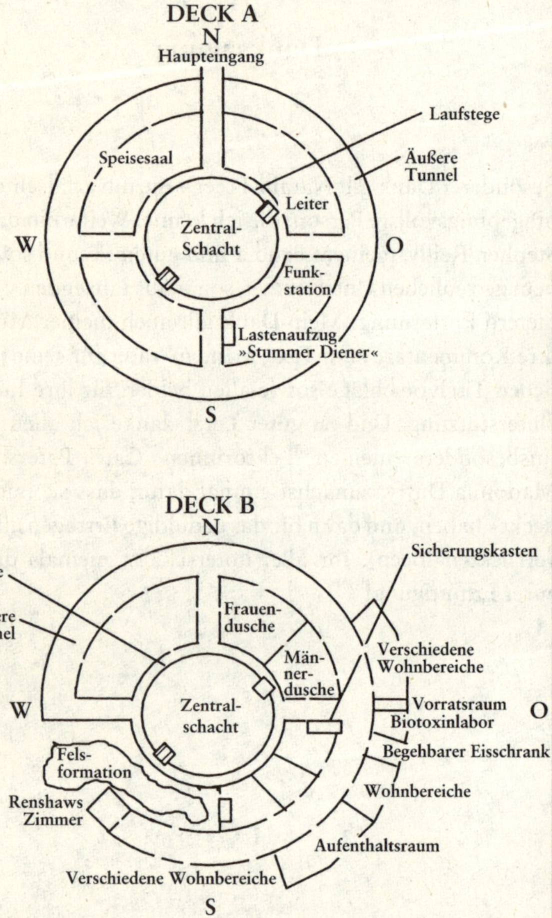

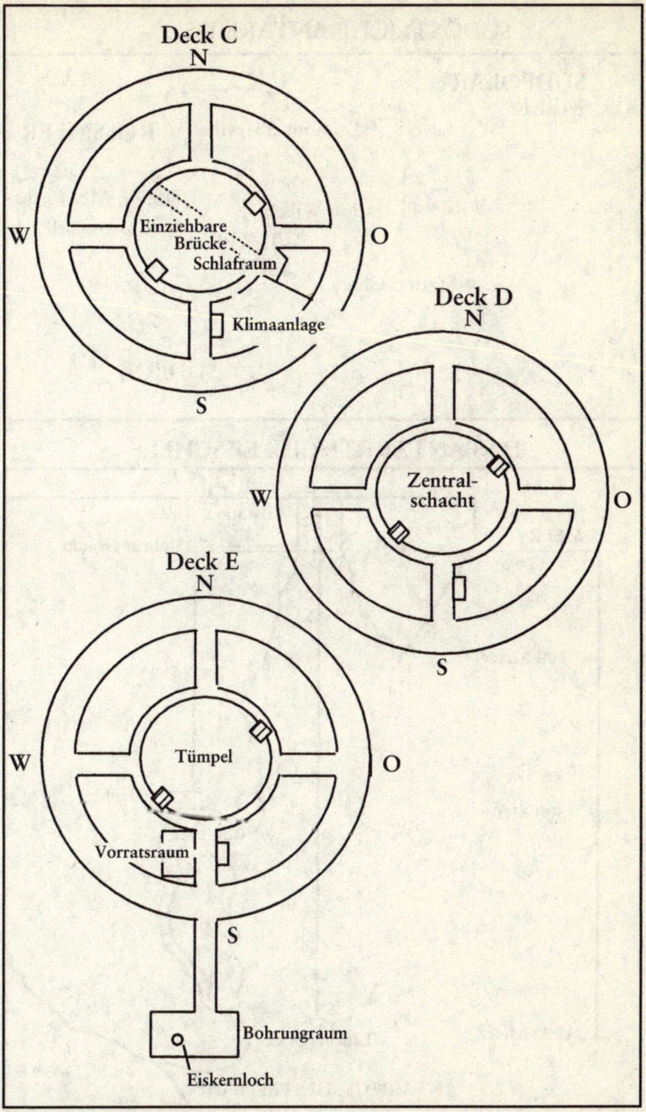
Deck C
N
W
O
S
Einziehbare
Brücke
Schlafraum
Klimaanlage
Deck D
N
W
O
S
Zentral-
schacht
Deck E
N
W
O
S
Tümpel
Vorratsraum
Bohrungraum
Eiskernloch

SÜDÖSTLICHE ANTARKTIS

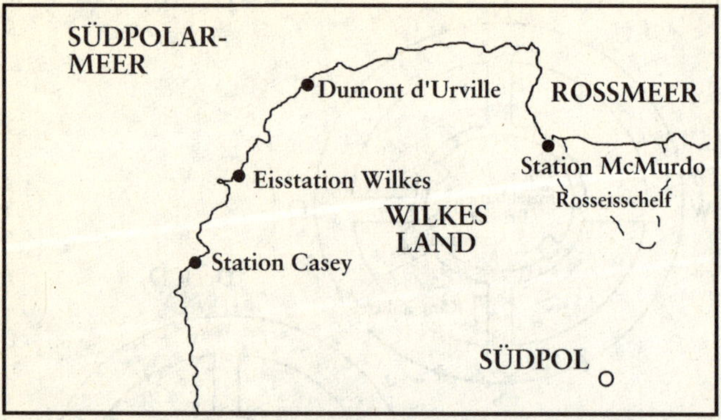

DAS ANTARKTISCHE EISSCHELF

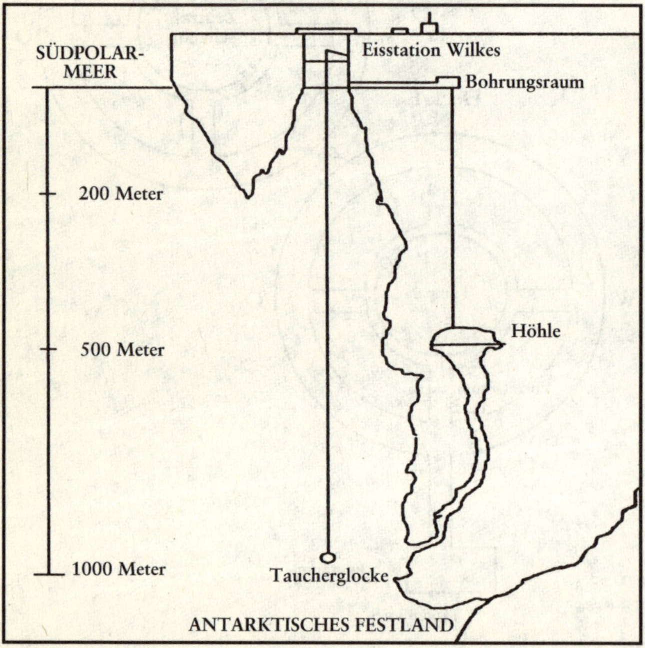

Einführung

Aus: Kendrick, Jonathan
Cambridge-Vorlesungen: Die Antarktis
Der lebendige Kontinent
(Vorlesung, gehalten am Trinity College,
17. März 1995)

Stellen Sie sich nach Möglichkeit einen Kontinent vor, der seine Größe in einem Vierteljahr verdoppelt. Einen Kontinent in immer währender Bewegung, eine für das menschliche Auge *unmerkliche* Bewegung, die jedoch nichtsdestoweniger verheerend in ihren Auswirkungen ist.

Stellen Sie sich vor, Sie würden aus großer Höhe auf diese weite, schneebedeckte Masse blicken. Sie würden die Merkmale der Bewegung erkennen: die aufgepeitschten Wogen der Gletscher, die sich an Bergen teilen und Hänge hinabstürzen wie schäumende, auf einen Film gebannte Wasserfälle.

Das ist die ›Furcht einflößende Trägheit‹, von der Eugene Linden gesprochen hat. Und wenn wir uns wie Linden vorstellen, dass wir dieses Bild im *Zeitraffer* betrachten, über tausende von Jahren hinweg, dann würden wir diese Bewegung *erkennen.*

Dreißig Zentimeter Bewegung pro Jahr erscheint uns in Echtzeit nicht viel. Im Zeitraffer jedoch werden Gletscher zu strömenden Flüssen aus Eis, Eis, das sich in frei dahinfließender Anmut und Furcht einflößender, unaufhaltsamer Macht voranbewegt.

Furcht einflößend? höre ich Sie spotten. *Dreißig Zentimeter pro Jahr? Was könnte das denn für einen Schaden anrichten?*

Beträchtlichen Schaden an Ihren Steuergroschen, würde ich sagen. Haben Sie gewusst, dass die britische Regierung bei *vier* verschiedenen Gelegenheiten die Station Halley ersetzen musste? Sehen Sie, wie viele andere antarktische Forschungsstationen liegt die Station Halley unterirdisch, begraben im Eis – aber bloße dreißig Zentimeter Bewegung pro Jahr lassen ihre Wände zerbrechen und ihre Decken in beträchtliche Schieflage geraten.

Der springende Punkt ist, dass die Wände der Station Halley unter starkem Druck stehen, unter *sehr* starkem Druck. Und zwar nur wegen des Eises, das sich vom Pol her nach außen schiebt, unerbittlich zum Meer hin schiebt, es *will* zum Meer – und es lässt sich von etwas so Unbedeutendem wie einer *Forschungsstation* nicht daran hindern!

Doch ist Großbritannien vergleichsweise noch ziemlich gut davongekommen, wenn es um eine dramatische Bewegung des Eises geht.

Denken Sie einmal an 1986, als das Filchnerschelfeis einen Eisberg von der Größe Luxemburgs in die Weddelsee gekalbt hat. *Dreizehntausend* Quadratkilometer Eis haben sich vom Festland gelöst . . . und die verlassene argentinische Basisstation Belgrano I hat es ebenso mit sich gerissen wie die sowjetische Sommerstation Druschnaja. Offenbar hatten die Sowjets Druschnaja in jenem Sommer nutzen wollen. Im Endeffekt verbrachten sie die nächsten drei Monate zwischen den drei massiven Eisbergen, die sich aus der ursprünglichen Eisbewegung gebildet hatten, auf der Suche nach ihrer verloren gegangen Basis! Und haben sie gefunden. Letzten Endes.

Die Vereinigten Staaten hatten noch weniger Glück gehabt. *Alle fünf* der »Little America« genannten Forschungsstationen sind in den sechziger Jahren auf Eisbergen ins Meer hinausgetrieben.

Meine Damen und Herren, was sie aus dem Ganzen lernen sollen, ist ziemlich einfach. Was kahl und öde zu sein *scheint,* muss in Wirklichkeit nicht so sein. Was eine Wüste zu sein *scheint,* muss in Wirklichkeit keine sein. Was leblos zu sein *scheint,* muss in Wirklichkeit nicht so sein.

O nein! Denn lassen Sie sich von einem Blick auf die Antarktis *nicht ins Bockshorn jagen*! Sie sehen keinen eisbedeckten Fels. Sie sehen einen lebendigen, *atmenden* Kontinent.

Aus: Goldridge, William
Watergate (New York, Wylie, 1980)

KAPITEL 6: DAS PENTAGON

... worüber jedoch in der Literatur seltsames Schweigen herrscht, ist das starke Band, das Richard Nixon mit seinen Militärberatern zusammengeschweißt hatte, am bemerkenswertesten mit einem Air Force Colonel namens Otto Niemeyer ... [S. 80]

... nach den Ereignissen um Watergate weiß jedoch niemand so ganz genau, was aus Niemeyer geworden ist. Er war Nixons Mittelsmann zum Vereinten Generalstab, sein Verbindungsoffizier. Niemeyer, bei Nixons Rücktritt zum Rang eines Colonel aufgestiegen, hatte jedoch etwas gefunden, von dem nur wenige Leute behaupten konnten, sie hätten sich dessen je erfreut: Gehör bei Richard Nixon.

Überraschend hingegen *ist,* dass nach Nixons Rücktritt im

Jahr 1974 in den Statuten über Otto Niemeyer nicht viel zu finden ist. Er blieb unter Ford und Carter im Vereinten Generalstab, ein schweigsamer Spieler, der viel für sich behielt, bis seine Position im Jahr 1979 jäh vakant wurde.

Die Carter-Administration gab niemals eine Erklärung für Niemeyers Hinauswurf ab. Niemeyer war unverheiratet; wie einige andeuteten, homosexuell. Er lebte allein in der Militärakademie von Arlington. Nur wenige Leute gaben offen zu, mit ihm befreundet zu sein. Er war häufig auf Reisen, oftmals mit ›Ziel unbekannt‹, und seine Arbeitskollegen dachten sich nichts bei seiner mehrtägigen Abwesenheit vom Pentagon im Dezember 1979.

Das Problem bestand darin, dass Otto Niemeyer niemals zurückkehrte …

[S. 86]

Eisstation

Prolog

Wilkes Land, Antarktis
13. Juni

Es war jetzt drei Stunden her, seitdem sie den Funkkontakt zu den beiden Tauchern verloren hatten.

Der Abstieg war problemlos verlaufen, trotz der Tatsache, dass es so tief hinabging. Price und Davis waren die erfahrendsten Taucher der Station und hatten auf dem ganzen Weg nach unten locker über Funk geplaudert.

Nachdem sie auf halbem Weg zu einem erneuten Druckausgleich angehalten hatten, waren sie weiter auf eintausend Meter abgestiegen, wo sie die Taucherglocke verlassen und ihren Aufstieg in die diagonal verlaufende, schmale, eisbedeckte Höhle begonnen hatten.

Die Wassertemperatur hatte stabil bei 1,9 °Celsius gelegen. Noch vor zwei Jahren war das Tauchen in der Antarktis wegen der Kälte auf extrem kurze – und, wissenschaftlich gesehen, extrem unbefriedigende – Ausflüge von zehn Minuten Dauer beschränkt gewesen. Mit ihren neuen, von der Navy entwickelten thermoelektrischen Anzügen jedoch sollten Taucher in der Antarktis für wenigstens drei Stunden in dem nahezu gefrierenden Wasser des Kontinents eine angenehme Körpertemperatur beibehalten können.

Die beiden Taucher hatten über Funk ein stetiges Gespräch aufrechterhalten, während sie den steilen Unterwasser-Eistunnel aufgestiegen waren; sie hatten die rissige, grobe Struktur des Eises beschrieben und Bemerkungen über dessen satte, fast engelhaft himmelblaue Färbung geäußert.

Und dann war ihr Gespräch jäh verstummt.

Sie hatten die Oberfläche ausgemacht.

Die beiden Taucher blickten von unten zur Wasseroberfläche auf.

Es war dunkel, das Wasser ruhig. Unnatürlich ruhig. Keine Welle durchbrach die glasige, spiegelglatte Ebene. Im hellen Schein ihrer Maglites glitzerten die Eiswände ringsumher wie Kristall. Sie schwammen nach oben.

Auf einmal vernahmen sie ein Geräusch.

Die beiden Taucher hielten inne.

Zunächst war es lediglich ein einzelner, quälender Pfeifton, der durch das klare, eisige Wasser hallte. Der Gesang eines Wals, dachten sie.

Möglicherweise: Killerwale. Vor kurzem war ein Schwarm Killerwale gesichtet worden, der um die Station gestrichen war. Zwei davon – jugendliche Männchen – hatten es sich zur Gewohnheit gemacht, innerhalb des Tümpels an der Basis der Eisstation Wilkes zum Luftholen aufzutauchen.

Wahrscheinlicher jedoch war es ein Blauwal, der vielleicht fünf oder sechs Kilometer vor der Küste einer Gefährtin zusang. Darin bestand das Problem bei den Gesängen der Wale: Wasser war ein derart guter Leiter, dass man nie wusste, ob der Wal einen Kilometer entfernt war oder zehn.

Solchermaßen beruhigt setzten die beiden Taucher ihren Aufstieg fort.

Genau da erfolgte auf das erste Pfeifen eine Antwort.

Sogleich tönten etwa ein Dutzend ähnlicher Pfeiflaute über

die dichte Wasserebene hinweg und überfluteten die beiden Taucher. Lauter als der erste Pfeifton.

Näher.

Die beiden Taucher fuhren herum und spähten, in dem klaren blauen Wasser schwebend, auf der Suche nach der Quelle des Lärms in jede Richtung. Einer von ihnen nahm die Harpune vom Rücken und spannte den Bolzen und jäh verwandelte sich das schrille Pfeifen in schmerzliches Geheul und Gebell.

Und dann ertönte auf einmal ein lautes *Wumm!* und beide Taucher schnellten gerade rechtzeitig nach oben, so dass sie sahen, wie die glasartige Oberfläche des Wassers in tausende von Wellen zerbrach, als etwas Großes von oben ins Wasser plumpste.

Laut klatschend durchbrach die gewaltige Taucherglocke die Oberfläche.

Benjamin K. Austin schritt, Befehle brüllend, zielstrebig um das Wasser. Über seinem ausladenden, gewölbten Brustkasten spannte sich ein schwarzer, wärmeisolierter Schutzanzug. Austin war Meeresbiologe aus Stanford. Außerdem war er Chef der Eisstation Wilkes.

»Gut so! Anhalten!«, rief Austin dem jungen Techniker zu, der die Winsch vom Deck C aus bediente. »Okay, meine Damen und Herren, keine Zeit zu verlieren. Rein mit Ihnen!«

Eine nach der anderen sammelten sich die sechs Gestalten in den Kälteschutzanzügen um den Tümpel an der Basis der Eisstation Wilkes. Wilkes war fünf Stockwerke tief, eine Forschungsstation an einer entlegenen Küste, eine gewaltige, unterirdische Röhre, die buchstäblich in das Schelfeis geschnitten worden war. Eine Anzahl schmaler Laufplanken und Leitern umgab die Peripherie der vertikalen Röhre, wodurch sich ein breiter, kreisförmiger Schacht in der Mitte der Station ergab. Von jeder der Laufplanken führten Gänge *in* das Eis hinein; somit lagen dort die fünf Ebenen der Station. Wie so viele andere vor ihnen hatten die Bewohner von Wilkes längst entdeckt, dass man das raue Polarwetter am besten überstand, wenn man darunter lebte.

Austin setzte sich das Atemgerät auf die Schultern, wobei er zum hundertsten Mal die Berechnungen im Kopf anstellte.

Drei Stunden, seitdem die Funkverbindung zu den Tauchern abgebrochen war. Zuvor eine Stunde freies Tauchen den Eistunnel hinauf. Und eine Stunde Abstieg in der Taucherglocke ... Innerhalb der Taucherglocke hätten sie Luft »von draußen« geatmet – aus den Vorräten der Taucherglocke an Heliox, einer Helium-Sauerstoff-Mischung –, also zählte das nicht. Erst, nachdem sie die Taucherglocke verlassen und angefangen hatten, die Luft im Tauchgerät zu benutzen, hätte die Uhr zu ticken begonnen.

Machte also vier Stunden.

Die beiden Taucher hätten vier Stunden lang Luft aus den Tauchgeräten geatmet.

Das Problem war, dass ihre Flaschen lediglich für drei Stunden Atemluft enthielten.

Und für Austin hatte das einen kniffligen Balanceakt bedeutet.

Die letzten Worte, die er und die anderen von den beiden Tauchern gehört hatten – ehe ihr Funksignal abrupt statischem Rauschen gewichen war –, war irgendwelches ängstliches Geplapper über merkwürdige Pfeifgeräusche gewesen.

Einerseits hätte das Pfeifen alles Mögliche bedeuten können: Blauwale, Minkwale oder irgendeine Art harmloser Wale. Und der Ausfall des Funks konnte leicht das Resultat von Interferenzen sein, deren Ursache in fast einem halben Kilometer Eis und Wasser liegen mochte. Soweit Austin wußte, hatten die beiden Taucher sogleich kehrtgemacht und sich auf den einstündigen Rückweg zur Taucherglocke begeben. Die Glocke vorzeitig hochzuhieven hätte bedeutet, sie dort unten stranden zu lassen, wo ihnen Zeit und Luft ausgingen.

Waren die Taucher andererseits tatsächlich auf Schwierigkeiten gestoßen – Killerwale, Leopardenrobben –, dann hätte Austin natürlich die Taucherglocke so rasch wie möglich hochziehen lassen und andere zur Hilfe hinabschicken wollen.

Am Ende entschied er, dass jegliche Hilfe, die er schicken konnte – nachdem er die Taucherglocke hochgezogen und wieder hinabgeschickt hätte –, sowieso zu spät gekommen wäre. Wenn Price und Davis überleben sollten, war es am besten, die Taucherglocke unten zu lassen.

Das war drei Stunden her – und so viel Zeit wollte Austin ihnen zugestehen. Und daher hatte er die Taucherglocke jetzt hochgezogen, und ein zweites Team bereitete sich auf den Abstieg vor ...

»Hallo!«

Austin drehte sich um. Sarah Hensleigh, eine der Paläontologinnen, trat zu ihm.

Austin mochte Hensleigh. Sie war intelligent, während sie zugleich praktisch veranlagt und zäh war; sie hatte keine Angst, sich die Hände schmutzig zu machen. Es überraschte ihn nicht weiter, dass sie auch Mutter war. Ihre zwölfjährige Tochter Kirsty war seit der vergangenen Woche auf der Station zu Besuch.

»Was ist?«, fragte Austin.

»Die Antenne oben hat was abgekriegt. Das Signal dringt nicht durch«, erwiderte Hensleigh. »Sieht auch so aus, als ob wir einen Flare reinbekämen.«

»O Scheiße ...«

»Ich weiß nicht, ob's was bringt – ich habe Abby drangesetzt, sie soll alle militärischen Frequenzen absuchen, aber ich denke, du solltest dir nicht allzu viel Hoffnung machen.«

»Wie steht's draußen?«

»Ziemlich übel. An den Klippen haben wir 25-Meter-Brecher und an der Oberfläche einen Wind von hundert Knoten. Wenn es Verletzte gibt, bringen wir sie aus eigener Kraft nicht von hier weg.«

Austin wandte sich um und starrte die Taucherglocke an. »Und Renshaw?«

»Er ist noch immer in seinem Zimmer eingeschlossen.« Hensleigh sah nervös zum Deck B hinüber.

Austin meinte: »Wir können nicht länger warten. Wir müssen runter.«

Hensleigh sah ihn nur an.

»Ben ...«, begann sie.

»Denk nicht mal dran, Sarah.« Austin trat von ihr weg zum Wasser. »Ich brauche dich hier oben. Ebenso dein Kind. Du musst einfach dieses Signal absenden. Wir holen die anderen.«

»Erreichen eintausend Meter.« Austins Stimme tönte knisternd aus den Wandlautsprechern. Sarah Hensleigh saß in dem abgedunkelten Funkraum der Eisstation Wilkes. »Roger, *Mawson*«, erwiderte sie in das Mikrofon vor sich.

»Draußen ist es offenbar völlig ruhig, Kontrolle. Die Luft ist rein. Also gut, meine Damen und Herren, wir stoppen die Winsch. Vorbereiten zum Verlassen der Taucherglocke!«

Einen Kilometer unterhalb des Meeresspiegels kam die Taucherglocke ruckartig zum Stehen.

Drinnen schaltete Austin das Funkgerät ein. »Kontrolle, bitte bestätigen Sie die Zeit. 21.32 Uhr.«

Die sieben Taucher, die in dem eng begrenzten, voll gestopften Raum der *Douglas Mawson* saßen, blickten einander angespannt an.

Hensleighs Stimme kam über den Lautsprecher. »*Wiederhole, Mawson. Zeitbestätigung: 21.32 Uhr.*«

»Kontrolle, halten Sie fest, dass wir um 21.32 Uhr auf eigene Luftzufuhr umschalten.«

»*Festgehalten.*«

Die sieben Taucher griffen nach ihren schweren Gesichtsmasken, holten sie von ihren Haken herunter und befestigten sie auf Höhe des Schlüsselbeins an den kreisrunden Schnallen ihrer Anzüge.

»Kontrolle, wir verlassen jetzt die Taucherglocke.«

Austin trat vor, blieb einen Augenblick stehen und blickte auf das schwarze Wasser, das gegen den Rand der Taucherglocke schwappte. Dann trat er vom Deck herab und sprang klatschend in die Dunkelheit.

»Taucher. Es ist jetzt 22.00 Uhr, Tauchzeit achtundvierzig Minuten. Bericht!« sagte Hensleigh in ihr Mikrofon. Im Funkraum hinter Sarah saß Abby Sinclair, derzeitige Meteorologin der Station. Während der letzten zwei Stunden hatte Abby die Konsole des Satellitenfunks besetzt und erfolglos versucht, eine Frequenz von draußen hereinzubekommen.

Das Funkgerät knisterte. Austins Stimme antwortete: »*Kontrolle, wir schwimmen noch immer den Eistunnel hinauf. Soweit nichts Besonderes.*«

»Roger, Taucher«, erwiderte Hensleigh. »Haltet uns auf dem Laufenden!«

Abby hinter ihr schaltete erneut ihren Sprechfunk ein. »Rufe alle Frequenzen, hier ist Station vier-null-neun, ich wiederhole, hier ist Station vier-null-neun. Bitten um sofortigen Beistand. Wir haben zwei Verletzte, möglicherweise Tote, und wir benötigen sofortige Hilfe. Bitte bestätigen!« Abby ließ den Knopf los und sagte zu sich: »Irgendwer, irgendjemand.«

Der Eistunnel wurde breiter.

Während Austin und die anderen Taucher langsam emporstiegen, fielen ihnen nach und nach mehrere seltsame Löcher in den Wänden zu beiden Seiten des Unterwassertunnels auf.

Jedes Loch war vollkommen rund, wenigstens drei Meter im Durchmesser. Und sie verliefen schräg nach unten, so dass sie in den Eistunnel *hinabstiegen.* Einer der Taucher richtete sein Maglite in eines der Löcher und enthüllte dadurch lediglich undurchdringliche, tintenschwarze Düsternis.

Jäh kam Austins Stimme über ihre Funkgeräte. »*Okay, Leute, bleibt eng beieinander. Ich sehe, glaube ich, die Oberfläche!*«

Im Funkraum beugte Sarah Hensleigh sich auf ihrem Stuhl vor, während sie Austins Stimme über Funk lauschte.

»*Die Oberfläche erscheint ruhig. Kein Anzeichen von Price oder Davis.*«

Hensleigh und Abby wechselten einen Blick. Hensleigh schaltete ihr Funkgerät ein. »Taucher. Hier ist die Kontrolle. Was ist mit dem von ihnen erwähnten Lärm? Hört ihr irgendwas? Das Lied irgendeines Wals?«

»*Bislang nichts, Kontrolle. Bleibt jetzt dran, ich erreiche die Oberfläche.*«

Austins Helm durchbrach die glasige Oberfläche.

Eisiges Wasser rann von seinem Gesichtsschutz. Austin hob seine Priceton-Tec-Taucherlampe über die Oberfläche des Wassers. Die frei liegende Halogenlampe warf einen breitgefächerten Schein über das Gebiet um ihn herum und erleuchtete es bis in die entferntesten Ecken.

Langsam erkannte Austin, wo er war. Er schwebte inmitten eines weiten Tümpels, der seinerseits am einen Ende einer gigantischen, unterirdischen Höhle lag.

Langsam drehte sich Austin in einem vollständigen Kreis, betrachtete, eine nach der anderen, die glatten, lotrechten Wände, die die Höhle an allen Seiten begrenzten.

Und dann fiel sein Blick auf die letzte Wand.

Die Kinnlade fiel ihm herab.

»*Kontrolle, das werdet ihr nicht glauben*«, kam Austins verblüffte Stimme über das Funkgerät.

»Was ist, Ben?«, fragte Hensleigh in ihr Mikrofon.

»*Ich sehe auf irgendeine Art von Höhle. Die Wände bestehen aus schierem Eis, vielleicht das Ergebnis irgendwelcher seismischen Aktivitäten. Ausdehnung der Höhle unbekannt, aber es sieht so aus, als ob sie sich mehrere hundert Fuß in das Eis erstreckt.*«

»A-ha.«

»*Da ist, öh … da ist noch was hier unten, Sarah.*«

Hensleigh sah Abby an und runzelte die Stirn. Sie schaltete das Funkgerät ein. »Was denn, Ben?«

»*Sarah …*« Es folgte eine lange Pause. »*Sarah, ich glaube, ich sehe ein Raumschiff.*«

Es war halb in der Eismauer dahinter vergraben. Wie gebannt starrte Austin es an. Es war völlig schwarz und hatte eine Flügelspannweite von etwa dreißig Metern. Zwei schlanke Schwanzflossen erhoben sich hoch über das Heck des Schiffs. Beide Flossen waren jedoch völlig in der Eismauer hinter dem Schiff vergraben – zwei schattenhaft verwischte Flecken, gefangen in der klaren, erstarrten Mauer. Es stand auf drei mächtig wirkenden Landestützen und es wirkte prächtig – die aerodynamische Linienführung schlank bis zum Extrem und es verströmte eine Energie, die beinahe zum Greifen war …

Hinter ihm ertönte ein lautes Klatschen und Austin fuhr herum.

Er sah die anderen Taucher, die hinter ihm Wasser tretend zu dem Raumschiff aufstarrten. Dahinter jedoch breiteten sich Wellenringe aus, anscheinend die Hinterlassenschaft eines Körpers, der ins Wasser gefallen war...

»Was war das?«, fragte Austin. »Hanson?«

»Ben, ich weiß nicht, was es war, aber irgendwas ist gerade an mir vorbei...«

Austin sah, wie Hanson ohne Vorwarnung unter das Wasser gezogen wurde.

»Hanson!«

Und dann folgte ein weiterer Aufschrei. Harry Cox.

Austin wandte sich gerade rechtzeitig um, so dass er den glitschigen Rücken eines großen Tieres sah, das sich über die Oberfläche hob, mit entsetzlicher Geschwindigkeit in Cox' Brustkasten jagte und ihn unter Wasser drückte.

Austin schwamm verzweifelt auf das Ufer zu. Beim Schwimmen tauchte er mit dem Kopf unter die Oberfläche und jäh erfolgte ein Angriff auf sein Gehör in Gestalt einer Kakophonie von Lärm – lautes, schrilles Pfeifen sowie heiseres, verzweifeltes Gebell.

Als sein Kopf sich das nächste Mal über die Oberfläche hob, erhaschte er einen Blick auf die Eiswände um den Wassertümpel. Er sah große Löcher im Eis, gerade über der Oberfläche. Sie glichen aufs Haar denjenigen, die er zuvor unten im Eistunnel gesehen hatte.

Dann sah Austin etwas aus einem der Löcher herauskommen. »Mein Gott!«, keuchte er.

Grässliche Schreie kamen über das Funkgerät.

Im Funkraum der Eisstation starrte Hensleigh in benommenem Schweigen auf die blinkende Konsole vor sich. Abby neben ihr hielt sich die Hand vor den Mund. Entsetzte Rufe tönten aus den Lautsprechern an den Wänden:

»Raymonds!«

»Er ist weg!«

»Oh, Scheiße, nein ...«

»O Gott, die Wände! Sie kommen aus den verdammten Wänden!«

Und dann jäh Austins Stimme: *»Raus aus dem Wasser! Sofort raus aus dem Wasser!«*

Ein weiterer Schrei. Dann noch einer.

Sarah Hensleigh packte ihr Mikrofon. »Ben! Ben! Melde dich!«

Austins Stimme kam knisternd über Funk. Er sprach rasch, zwischen kurzen, flachen Atemstößen. *»Sarah, Scheiße, ich ... ich sehe niemanden mehr. Ich ... sie sind alle ... sie sind alle weg ...«* Eine Pause, und dann: *»O Gott ... Sarah! Ruf Hilfe! Ruf alles, was du krie ...«* Und dann tönte das Geräusch explodierenden, zersplitternden Glases über das Funkgerät und die Stimme von Benjamin Austin war verstummt.

Abby saß am Funkgerät und kreischte hysterisch ins Mikrofon. »Um Gottes willen, so antworte doch jemand! Hier ist Station 409, ich wiederhole, hier ist Station vier-null-neun. Wir haben gerade einen schweren Verlust in einer Unterwasserhöhle erlitten und bitten um sofortige Unterstützung! Hört mich jemand? So antworte doch jemand, *bitte!* Unsere Taucher – o Gott –, unsere Taucher haben gesagt, dass sie irgendein Raumschiff in dieser Höhle gesehen haben und jetzt, jetzt haben wir den Kontakt zu ihnen verloren! Als Letztes haben wir von ihnen gehört, dass sie angegriffen worden sind, im Wasser angegriffen worden sind ...«

Eisstation Wilkes erhielt keine Antwort auf ihr Notsignal.

Trotz der Tatsache, dass es von wenigstens drei verschiedenen Funkstationen aufgefangen wurde.

Erster Überfall
16. Juni, 6.30 Uhr

Das Hovercraft jagte über die Eisebene.

Es war weiß gespritzt, was ungewöhnlich war. Die meisten Fahrzeuge für die Antarktis sind leuchtend orangefarben gespritzt, damit sie leichter zu erkennen sind. Und es schoss mit überraschender Dringlichkeit über die weite Schneefläche. In der Antarktis hat es nie jemand eilig.

In dem dahinjagenden weißen Hovercraft spähte Lieutenant Shane Schofield durch die verstärkten Fiberglasfenster hinaus. Etwa hundert Meter steuerbord sah er ein zweites Hovercraft – ebenfalls weiß –, das über die flache, eisige Landschaft fegte.

Mit zweiunddreißig war Schofield jung für das Kommando einer Aufklärungseinheit. Aber er besaß Erfahrung, die sein Alter Lügen strafte. Schofield maß etwa eins fünfundsiebzig, war schlank und muskulös, hatte ein gut aussehendes, zerknittertes Gesicht sowie kurz geschorenes schwarzes Haar. Im Augenblick wurde das schwarze Haar von einem Kevlartarnhelm bedeckt. Ein grauer Rollkragen ragte unter seinen Schulterplatten hervor und bedeckte seinen Hals. In die Falten des Rollkragens war eine leichte Kevlarplatte eingelassen. Schutz vor Heckenschützen.

Gerüchten zufolge hatte Shane Schofield tiefblaue Augen, aber das waren Gerüchte, die niemals bestätigt worden waren. Tatsächlich lief in Parris Island – dem legendären Ausbildungslager des United States Marine Corps – die Geschichte um, dass niemand unterhalb des Rangs eines Generals jemals wirklich Schofields Augen zu Gesicht bekommen hatte. Er hielt sie stets verborgen hinter einer Brille mit reflektierenden, silbernen, verspiegelten Gläsern.

Seine Kennung trug zu dem Geheimnis bei, da es allgemein bekannt war, dass ihm Brigadier-General Norman W. McLean persönlich den Spitznamen für Operationen verpasst hatte – ein Spitzname, von dem viele vermuteten, dass er etwas mit den verborgenen Augen des jungen Lieutenants zu tun hatte.

»Whistler One, hört ihr uns?«

Schofield nahm sein Funksprechgerät auf. »Whistler Two, hier ist Whistler One. Was ist los?«

»Sir ...«, die tiefe Stimme von Staff Sergeant Buck »Book« Riley wurde jäh von einem statischen Rauschen abgeschnitten. Während der letzten vierundzwanzig Stunden hatten sich die ionosphärischen Bedingungen über dem antarktischen Kontinent rasend schnell verschlechtert. Die volle Gewalt einer Sonneneruption, eines so genannten Flares, hatte eingesetzt, unterbrach das gesamte elektromagnetische Spektrum und beschränkte den Funkkontakt auf UKW-Übertragungen von geringer Reichweite. Der Kontakt zwischen einhundert Metern auseinander liegenden Hovercrafts war schwierig. Der Kontakt mit der Eisstation Wilkes – ihrem Ziel – war unmöglich.

Das Rauschen ebbte ab und Rileys Stimme kam erneut über den Lautsprecher. *»Sir, erinnern Sie sich an den Kontakt zu dem beweglichen Objekt vor etwa einer Stunde?«*

»M-hm«, erwiderte Schofield.

Während der letzten Stunde hatte Whistler Two Ausstrahlungen von der elektronischen Ausrüstung an Bord eines sich bewegenden Fahrzeugs aufgefangen, das in entgegengesetzte

Richtung fuhr, die Küste zurück auf die französische Forschungsstation Dumont d'Urville zu.

»Was ist damit?«

»Sir, ich kann es nicht mehr finden.«

Schofield sah auf das Funkgerät hinab. »Ganz bestimmt?«

»Wir haben keinerlei Anzeigen auf unseren Schirmen. Entweder haben sie dichtgemacht oder sie sind einfach verschwunden.«

Schofield runzelte nachdenklich die Stirn, dann warf er einen Blick zurück auf das voll gestopfte Mannschaftsabteil hinter sich. Dort saßen, zwei auf jeder Seite, vier Marines, alle in ihren Schneeanzügen. Weißgraue Kevlarhelme lagen auf ihrem Schoß. Weißgrauer Körperschutz bedeckte ihre Brust. Weißgraue automatische Gewehre lagen neben ihnen.

Es war zwei Tage her, seitdem das Landungsboot *Shreveport* der US Navy das Notsignal von der Eisstation Wilkes aufgefangen hatte. Zu diesem Zeitpunkt hatte es im Hafen von Sidney gelegen. Wie das Schicksal es wollte, war eine Woche zuvor beschlossen worden, dass die *Shreveport* – ein schnelles Einsatzfahrzeug, das zum Transport von Marine Force Aufklärungseinheiten benutzt wurde – für einige dringende Reparaturen in Sidney bleiben sollte, während die übrigen Schiffe ihres Geschwaders nach Pearl Harbor zurückkehrten. Deswegen war innerhalb von einer Stunde, nachdem Abby Sinclairs Notsignal empfangen worden war, die *Shreveport* – nun wieder bereit zum Einsatz – auf hoher See. Sie trug eine Gruppe Marines Richtung Süden mit Ziel auf das Rossmeer.

Jetzt näherten sich Schofield und seine Einheit der Eisstation Wilkes von der Station McMurdo her, einer weiteren, größeren US-amerikanischen Forschungsstation etwa tausendvierhundert Kilometer von Wilkes entfernt. McMurdo lag am Rand des Rossmeers und war das ganze Jahr über mit einer

Besatzung von einhundertvier Menschen bemannt. Trotz des andauernden Stigmas im Zusammenhang mit dem katastrophalen Kernexperiment der US Navy dort im Jahr 1972 blieb sie das US-amerikanische Einfallstor zum Südpol.

Wilkes andererseits war eine so abgelegene Station, wie man sie in der Antarktis nur auftreiben konnte. Achthundert Kilometer entfernt von den nächsten Nachbarn war sie ein kleiner amerikanischer Außenposten, der genau auf der Spitze des Eisschelfs an der Küste lag, nicht weit entfernt von der Zunge des Eisbergs Dalton. Auf der Landseite war sie umgeben von hunderten von Kilometern öder, winddurchtoster, eisiger Ebenen, und zur See hin von türmenden, hundert Meter hohen Klippen, auf die das ganze Jahr über berghohe Wellen von zwanzig Metern Höhe einschlugen.

Eine Annäherung durch die Luft hatte außer Frage gestanden. Es war früher Winter, und ein Blizzard von minus dreißig Grad hatte dem Lager jetzt schon seit drei Wochen zugesetzt. Er sollte noch weitere vier Wochen andauern. Bei einem solchen Wetter erstarrten exponierte Hubschrauberrotoren und Düsentriebwerke mitten in der Luft.

Und bei einer Annäherung vom Meer müssten die Klippen überwunden werden. Die US Navy hatte ein Wort für eine solche Mission: *Selbstmord.*

Blieb also die Annäherung über Land. Mit Hovercrafts. Die zwölfköpfige Marine-Aufklärungseinheit würde den elfstündigen Abstecher von McMurdo nach Wilkes in zwei Hovercrafts unternehmen, deren Luftschraube gegen Kälte und Schnee geschützt waren.

Schofield dachte erneut über das sich bewegende Signal nach. Auf einer Karte bildeten McMurdo, d'Urville und die Station Wilkes so etwas wie ein gleichschenkliges Dreieck. D'Urville und Wilkes an der Küste wären dann die Basis des Dreiecks.

McMurdo – weiter im Inland, am Rand der gewaltigen, vom Rossmeer geformten Bucht – wäre die Spitze.

Das Signal, das Whistler Two aufgefangen und das entlang der Küste zurück nach Dumont d'Urville geführt hatte, hatte eine stetige Geschwindigkeit von etwa fünfzig Kilometern pro Stunde beibehalten. Bei dieser Geschwindigkeit war es wahrscheinlich ein konventionelles Hovercraft. Vielleicht hatten die Franzosen Leute in d'Urville gehabt, die das Notsignal von Wilkes aufgefangen und Hilfe geschickt hatten und jetzt auf dem Rückweg waren.

Schofield schaltete erneut sein Funkgerät ein. »Book, wann hast du dieses Signal zuletzt empfangen?«

Im Funkgerät knisterte es. *»Signal zum letzten Mal vor acht Minuten empfangen. Entfernungsmesser-Kontakt. Identisch mit der zuvor empfangenen elektronischen Signatur. Richtung in Übereinstimmung mit vorherigem Vektor. Es war dasselbe Signal, Sir, und vor acht Minuten war es genau da, wo es hätte sein sollen.«*

Bei diesem Wetter – heulende Winde von achtzig Knoten, die den Schnee so rasch vor sich hertrieben, dass er waagrecht flog – war eine reguläre Radarmessung ein hoffnungsloses Unterfangen. Ebenso, wie der Flare in der Ionosphäre die Radioverbindung zum Erliegen brachte, versetzte das Tiefdrucksystem auf dem Boden ihren Radar in heilloses Durcheinander.

Auf eine solche Eventualität war jedes Hovercraft vorbereitet und daher mit auf dem Dach montierten Apparaten ausgerüstet, die man Entfernungsmesser nannte. Befestigt auf einem drehbaren Türmchen schwang jeder Entfernungsmesser in einem langsamen 180-Grad-Winkel hin und zurück, wobei er einen konstanten, fokussierten Hochenergiestrahl aussandte, der als die ›Nadel‹ bekannt war. Anders als beim Radar, dessen Reichweite stets von der Erdkrümmung begrenzt gewesen ist, weil die Strahlung sich gerade ausbreitet, können sich die Nadeln der Erdoberfläche anpassen und sich wenigstens weitere sechzig Kilometer über den Horizont hinaus krümmen. Sobald irgendein »lebendiges« Objekt – jegliches Objekt mit chemischen, tierischen oder elektronischen Eigenschaften – den Weg einer Nadel kreuzt, wird es erfasst. Oder, wie es der Entfernungsmesser-Bedienungsmann der Einheit, Private José »Santa« Cruz gern ausdrückte: »Wenn er kocht, atmet oder piept, wird der Entfernungsmesser den Scheißkerl festnageln.«

Schofield schaltete sein Funkgerät ein. »Book, die Stelle, wo das Signal verschwunden ist. Wie weit entfernt ist das?«

»Etwa hundertfünfzig Kilometer von hier, Sir«, antwortete Rileys Stimme.

Schofield starrte hinaus auf das Weiß, das sich nahtlos bis zum Horizont hin erstreckte.

Schließlich sagte er: »Also gut. Sieh nach!«

»Verstanden«, erwiderte Riley sogleich. Schofield hatte viel Zeit für Book Riley übrig. Die beiden Männer waren seit mehreren Jahren befreundet. Riley war kräftig und durchtrainiert, hatte das Gesicht eines Boxers – eine flache Nase, die zu oft gebrochen gewesen war, tief in den Höhlen liegende Augen und dichte schwarze Augenbrauen. Er war in der Einheit beliebt – ernsthaft, wenn's drauf ankam, aber entspannt und lustig, wenn der Druck vorüber war. Er war für Schofield als Staff Sergeant verantwortlich gewesen, als dieser ein junger und grüner Second Lieutenant gewesen war. Dann, als Schofield das Kommando über eine Aufklärungseinheit erhalten hatte, war Book – zu diesem Zeitpunkt ein vierzigjähriger, hoch angesehener Staff Sergeant, der sich innerhalb des Marine Corps Establishments eine Aufgabe hätte aussuchen können – bei ihm geblieben.

»Wir fahren weiter nach Wilkes«, sagte Schofield. »Du findest raus, was mit diesen Signal passiert ist, und dann stößt du an der Station zu uns.«

»*Verstanden.*«

»Innerhalb der nächsten zwei Stunden. Verspäte dich nicht! Und setze den Entfernungsmesser ans Schwanzende. Wenn jemand dort draußen hinter uns her ist, möchte ich das wissen.«

»*Jawohl, Sir.*«

»Oh, und Book, noch was«, sagte Schofield.

»*Was?*«

»Sei nett zu den anderen Kindern, hörst du?«

»*Jawohl, Sir.*«

»One, Ende«, sagte Schofield.

»*Whistler Two, Ende.*«

Und mit diesen Worten schwenkte das zweite Hovercraft nach rechts ab und schoss hinaus in den Schneesturm.

Eine Stunde später kam die Küstenlinie in Sicht und durch einen Hochleistungsfeldstecher sah Schofield die Eisstation Wilkes das erste Mal.

Von der Oberfläche aus wirkte sie kaum wie eine ›Station‹ – eher wie ein buntes Gemisch aus hingeduckten, kuppelähnlichen, halb im Schnee begrabenen Strukturen.

In der Mitte des Komplexes stand das Hauptgebäude. Es war wenig mehr als eine gewaltige, runde Kuppel, errichtet auf einer ausgedehnten, quadratischen Basis. An der Oberfläche hatte die gesamte Struktur einen Durchmesser von etwa dreißig Metern, konnte jedoch kaum mehr als drei Meter hoch sein.

Auf der Spitze eines der kleineren, um die Hauptkuppel gescharten Gebäude standen die Überreste einer Funkantenne. Die obere Hälfte der Antenne war nach unten abgeknickt und ein paar feste Kabel waren das Einzige, was sie an der aufrecht stehenden unteren Hälfte festhielt. Überall hingen Eiszapfen herab. Das einzige Licht, ein gedämpfter weißer Schimmer, brannte innerhalb der Hauptkuppel.

Einen halben Kilometer entfernt von der Station befahl Schofield das Hovercraft anzuhalten. Es war kaum stehengeblieben, da glitt die Tür auf und sechs Marines sprangen vom aufgeblähten Luftkissen des Hovercrafts herab und landeten mit gedämpften Plumpsern auf dem hart gebackenen Schnee.

Während sie über den schneebedeckten Grund liefen, vernahmen sie über das Gebrüll des Winds hinweg das Klatschen der Wogen an den Klippen auf der anderen Seite der Station.

»Gentlemen, Sie wissen, was zu tun ist«, war alles, was Schofield beim Laufen in sein Helmmikrofon sagte.

Eingehüllt in die Decke des Blizzards schwärmte die weiß gekleidete Schar fächerförmig aus und lief auf den Komplex der Station zu.

Buck Riley sah das Loch im Eis, ehe er das zerschmetterte Hovercraft darin sah.

Die Spalte wirkte wie eine Narbe in der Landschaft – ein tiefer, halbmondförmiger Schlitz von etwa vierzig Metern Breite. Einhundert Meter vom Rand des gewaltigen Abgrunds kam Rileys Hovercraft zum Stehen. Die sechs Marines stiegen aus, ließen sich behutsam auf den Boden hinab und gingen vorsichtig über den Schnee zum Rand des Spalts hinüber.

PFC Robert »Rebound« Simmons war ihr Kletterer, also schirrten sie ihn als Ersten an. Als kleiner Mann war Rebound so geschickt wie eine Katze und wog auch in etwa so viel. Er war gleichfalls jung, gerade dreiundzwanzig, und wie die meisten Männer seines Alters war er für Lob empfänglich. Er hatte vor Stolz gestrahlt, als er zufällig mitbekommen hatte, wie sein Lieutenant einmal zu einem anderen Zugkommandanten gesagt hatte, sein Kletterer sei so gut, dass er die Innenseite des Capitols ohne Seil erklimmen könne. Sein Spitzname war eine andere Geschichte, eine gutmütige, spöttische Bezeichnung, die ihm von seiner Einheit in Bezug auf seine weniger beeindruckende Erfolgsquote bei Frauen angehängt worden war.

Sobald das Seil einmal am Geschirr gesichert war, legte sich

Simmons auf den Bauch und schlängelte sich durch den Schnee auf den Rand der Narbe zu.

Er erreichte die Kante und spähte über den Rand hinab in die Spalte.

»Oh, Scheiße ...«

Zehn Meter hinter ihm sagte Buck Riley in sein Helmmikrofon: »Was ist los, Rebound?«

»Sie sind hier, Sir.« Simmons' Stimme klang beinahe resigniert. *»Konventionelles Fahrzeug. Steht was in Französisch auf der Seite. Darunter überall zerbrochenes dünnes Eis. Sieht aus, als ob sie versucht hätten, eine Schneebrücke zu überqueren, die nicht gehalten hat.«*

Er wandte sich Riley zu, das Gesicht grimmig, die Stimme blechern über die Ultrakurzwelle. *»Und, Sir, die sind verdammt im Arsch.«*

Das Hovercraft lag fünfzig Meter unter der Oberfläche, die abgerundete Nase vom Aufprall nach innen gedrückt, jedes einzelne seiner Fenster entweder zersplittert oder zu verzerrten Spinnennetzen zerbrochen. Eine dünne Schicht Schnee hatte sich bereits an die Aufgabe gemacht das zerschmetterte Fahrzeug aus der Geschichte auszuradieren.

Zwei Passagiere des Hovercrafts waren durch den Aufprall direkt *durch* die Frontscheibe katapultiert worden. Beide lagen an der vorderen Wand der Spalte, die Hälse zu einem obszönen Winkel nach hinten verdreht, und ihre Körper ruhten in Lachen aus dem eigenen gefrorenen Blut.

Rebound Simmons starrte auf die grässliche Szene.

Im Innern des Hovercrafts befanden sich weitere Körper. Er sah ihre Schatten sowie die sternförmigen Blutspritzer auf den Innenseiten der zerbrochenen Scheiben des Hovercrafts.

»Rebound?«, kam Rileys Stimme über seinen Helmsprechfunk.

»Irgendjemand am Leben dort unten?«

»Sieht nicht so aus, Sir«, erwiderte Rebound.

»Überprüfe mit Infrarot!«, wies ihn Riley an. *»Uns bleiben noch zwanzig Minuten, ehe wir wieder losmüssen, und ich möchte nicht gehen und später herausfinden, dass dort unten einige Überlebende gewesen sind.«*

Rebound ließ sein Infrarotvisier einschnappen. Es hing von der Stirn seines Helms herab und bedeckte beide Augen wie das Visier eines Piloten.

Jetzt sah er das zerstörte Hovercraft durch eine Tünche aus blauer elektronischer Scheinwelt. Der Effekt der Kälte war rasch eingetreten. Der gesamte Unfallort wurde als eine blau auf schwarze Umrisszeichnung abgebildet. Nicht einmal der Motor glühte gelb, in der Farbe von Objekten mit minimaler Hitzestrahlung.

Wichtiger jedoch war, dass es *innerhalb* des Abbilds des Fahrzeugs keine orangefarbenen oder gelben Kleckse gab. Alle Körper, die sich noch im Innern des Hovercraft befanden, waren eiskalt. Jeder an Bord war mit allergrößter Sicherheit tot.

Rebound sagte: »Sir, Infrarotanzeige ist nega ...«

Der Boden unter ihm gab nach.

Ohne Vorwarnung. Kein vorheriges Knistern von Eis. Kein Gefühl des Nachgebens.

Wie ein Stein fiel Rebound Simmons in die Spalte.

Es geschah so rasch, dass es Buck Riley fast gar nicht mitbekommen hatte. In der einen Sekunde beobachtete er Rebound, wie dieser über den Rand der Spalt spähte. In der nächsten Sekunde war Rebound schlichtweg vom Erdboden verschluckt.

Das schwarze Seil rutschte über die Kante hinter Rebound her und entrollte sich mit rasender Geschwindigkeit, während es über den Rand schoss.

»Festhalten!«, schrie Riley den beiden Marines zu, die das Seil verankerten. Sie hielten das Seil fest, fingen den Zug auf, warteten auf den Ruck.

Das Seil glitt weiterhin über die Kante, bis es sich, *Krack!*, augenblicklich fest spannte.

Vorsichtig trat Riley nach rechts, weg vom Rand der Spalte, jedoch nahe genug heran, dass er hinabspähen konnte.

Er sah das Wrack des Hovercrafts unten auf dem Grund des Lochs sowie die beiden blutigen, zerschmetterten Leichen, die davor gegen die Wand gedrückt lagen. Und er sah Rebound, der an seinem Seil herabhing, einen halben Meter über der aufgesprungenen Steuerbordtür des Hovercrafts.

»Du bist in Ordnung?«, fragte Riley in sein Helmmikrofon.

»Hab nie 'ne Sekunde an Ihnen gezweifelt, Sir.«

»Bleib einfach so hängen. Wir haben dich in einer Minute hier oben.«

»Natürlich.«

Unten in der Spalte schwang Rebound blöde über dem zerstörten Hovercraft hin und her. Von dort aus, wo er hing, konnte er durch die offene Steuerbordtür des Hovercrafts sehen.

»O Gott ...«, keuchte er.

Schofield klopfte laut an die große Holztür.

Die Tür war in die rechteckige Basisstruktur eingelassen, die die Hauptkuppel der Eisstation Wilkes stützte. Sie befand sich am unteren Ende einer schmalen Rampe, die etwa drei Meter hinab ins Eis führte.

Erneut schlug Schofield mit der Faust an die Tür.

Er lag flach auf der Brüstung der Basisstruktur und klopfte somit *von oben* an die Tür.

Zehn Meter entfernt lag Gunnery Sergeant Scott »Snake« Kaplan bäuchlings, mit weit gespreizten Beinen, oben auf der Rampe. Sein M16E Sturmgewehr war auf die geschlossene Tür gerichtet.

Es ertönte ein jähes *Quietschen,* und Schofield hielt den Atem an, als ein Lichtsplitter hinaus auf den Schnee unter ihm fiel und die Tür der Station sich langsam zu öffnen begann.

Eine Gestalt trat auf die Schneerampe unter Schofield heraus. Es war ein Mann. Eingehüllt in etwa sieben Schichten Kleidung. Unbewaffnet.

Jäh spannte sich der Mann an, vermutlich beim Anblick von Snake, der im Schnee unmittelbar vor ihm lag und dessen M16 direkt auf den Nasenrücken des Mannes gerichtet war.

»Bleiben Sie *genau da stehen*!«, sagte Schofield von oben hinter dem Mann. »United States Marines.«

Der Mann blieb wie erstarrt stehen.

»Einheit Zwei ist drin. Gesichert«, flüsterte die Stimme einer Frau über Schofields Ohrhörer.

»Einheit Drei. Drin. Gesichert.«

»In Ordnung. Wir kommen durch den Vordereingang rein.«

Schofield rutschte von seinem Sitz herab, landete unmittelbar neben dem Mann auf der Schneerampe und tastete ihn ab.

Snake schritt die Rampe hinab auf sie zu, das Gewehr hoch erhoben und auf die Tür gerichtet.

Schofield fragte den Mann: »Sie sind Amerikaner? Wie heißen Sie?«

Der Mann ergriff das Wort.

»Non. Je suis Français.«

Und dann, auf Englisch: »Mein Name ist Luc.«

Akademische Beobachter tendieren dazu, die Antarktis als das letzte neutrale Territorium auf Erden anzusehen. In der Antarktis, so heißt es, gibt es keine traditionsbehafteten oder heiligen Orte, um die es zu kämpfen lohnt, keine historischen Grenzen, über die man streiten kann. Was bleibt, ist so etwas wie eine *terra communis*, ein Land, das der Gemeinschaft gehört.

In der Tat ist der Kontinent kraft des antarktischen Vertrags seit 1961 in etwas aufgeteilt, das so aussieht wie eine gigantische Torte, wobei jedem Unterzeichner des Vertrags ein Stück vom Kuchen zugeteilt wurde. Einige Sektoren überlappen sich, zum Beispiele jene, die unter der Verwaltung Chiles, Argentiniens sowie des Vereinigten Königreichs stehen. Andere decken imposante Landflächen ab – Australien verwaltet einen Sektor des Kuchens, der nahezu ein ganzes Viertel der antarktischen Landmasse abdeckt. Es gibt sogar einen Sektor – derjenige, der das Amundsenmeer und das Byrd-Land mit einschließt –, der niemandem gehört.

Der allgemeine Eindruck ist der einer wahrlich internationalen Landmasse. Ein solcher Eindruck ist jedoch irreführend und vereinfachend.

Verfechter der »politisch neutralen Antarktis« übersehen die fortwährenden Animositäten zwischen Argentinien und Großbritannien über ihre jeweiligen antarktischen Länder; oder die eiserne Weigerung *aller* Parteien des antarktischen Vertrags, über die UN-Resolution von 1985 abzustimmen, die die antarktische Landmasse dem Wohle der *ganzen* internationalen Gemeinschaft gewidmet hätte; oder das mysteriöse Bündnis des Schweigens aller Vertragsnationen infolge eines wenig bekannten Greenpeace-Berichts aus dem Jahre 1995, der Frankreich beschuldigte, geheime unterirdische Kernversuche unweit der Küste von Victoria Land durchgeführt zu haben.

Wichtiger jedoch ist, dass solche Verfechter gleichfalls außer Acht lassen, dass ein Land ohne klar definierte Grenzen feindlichen, ausländischen Invasionen kaum etwas entgegensetzen kann.

Forschungsstationen können oftmals über tausend Kilometer weit auseinander liegen. Manchmal entdecken diese Forschungsstationen Dinge von ungeheuerlichem Wert – Uran, Plutonium, Gold. Es ist nicht unmöglich, dass ein ausländischer Staat, der verzweifelt nach Ressourcen sucht, eine Invasionsarmee losschickt, nachdem er von einer solchen Entdekkung erfahren hat, um sich diese Entdeckung anzueignen, ehe die übrige Welt von deren Existenz überhaupt nur Kenntnis erhalten hat.

Einen derartigen Vorfall hat es – zumindest, soweit bekannt geworden – in der Antarktis zuvor noch nie gegeben.

Es gibt immer ein erstes Mal, dachte Schofield, während er von dem Franzosen namens Luc in die Eisstation Wilkes geführt wurde.

Schofield hatte eine Aufzeichnung von Abby Sinclairs Notruf gehört, ihre Erwähnung der Entdeckung eines Raumschiffs, das im Eis unterhalb der Station Wilkes begraben lag. Wenn die Wissenschaftler von Wilkes tatsächlich ein extraterrestrisches Raumschiff entdeckt hatten, wären andere Parteien ganz bestimmt daran interessiert. Ob sie nun den Nerv hätten, ein Einsatzkommando hinzuschicken, das Hand darauf legen sollte, oder nicht, war eine völlig andere Frage.

Auf jeden Fall verursachte es ihm mehr als nur ein wenig Unbehagen, dass er an den Toren einer *amerikanischen* Forschungsstation von einem *Franzosen* begrüßt worden war und während er hinter Luc den dunklen Eingangstunnel mit den Eiswänden entlangging, ertappte Schofield sich dabei, dass er seine automatische Pistole ein wenig fester packte.

Die beiden Männer verließen den abgedunkelten Eingangstunnel und betraten einen hell erleuchteten, weiten, offenen Raum. Schofield fand sich auf einem dünnen, metallenen Laufsteg wieder und schaute in einen breiten, röhrenförmigen, leeren Abgrund.

Eisstation Wilkes öffnete sich vor ihm, eine gigantische unterirdische Struktur. Schmale, schwarze Laufstege umgaben die Peripherie des breiten Zentralschachts. An der Basis dieser gewaltigen Röhre sah Schofield einen kreisrunden Wassertümpel und mitten darin saß die Taucherglocke der Station.

»Hier entlang«, meinte Luc und führte Schofield nach rechts. »Sie sind alle im Speisesaal.«

Als Schofield, Luc ihm voraus, den Speisesaal betrat, kam er sich vor wie ein Erwachsener, der den Klassenraum einer Vorschulklasse betritt: ein Fremder, der aufgrund der einfachen Tatsache seiner Größe und seines Verhaltens nicht dazu passte.

Die Gruppe der fünf Überlebenden saß in einem engen Kreis um den Tisch. Die Männer waren unrasiert, die Frauen ungekämmt. Alle wirkten erschöpft. Sie blickten müde auf, als Schofield den Raum betrat.

Im Raum waren zwei weitere Männer, die hinter dem Tisch standen. Anders als die Menschen am Tisch wirkten diese beiden, wie Luc, hellwach, sauber und frisch. Einer von ihnen hielt ein Tablett mit dampfenden Getränken. Er erstarrte mitten im Schritt, sobald er Schofield den Raum betreten sah.

Französische Wissenschaftler aus d'Urville, dachte Schofield. *Sind wegen des Notrufs hier.*

Wahrscheinlich.

Zunächst sagte niemand ein Wort.

Alle im Raum sahen lediglich Schofield an, nahmen seinen Helm und die Gläser seiner silbernen, verspiegelten Brille in sich auf; die MP5 Maschinenpistole, die er über die Schulter geschlungen hatte; die .44er Automatik in seiner Hand.

Snake trat hinter Schofield ein und alle Augen richteten sich auf ihn: genauso gekleidet, genauso bewaffnet. Ein Klon.

»Schon in Ordnung«, sagte Luc sanft zu den anderen. »Es sind Marines. Sie sind zu Ihrer Rettung hier.«

Eine der Frauen stieß einen Seufzer aus. »O Gott«, sagte sie. Dann brach sie in Tränen aus. »Oh, Gott sei Dank!«

Amerikanischer Akzent, bemerkte Schofield. Die Frau schob ihren Stuhl zurück und kam auf ihn zu, und Tränen strömten ihr die Wangen herab. »Ich habe gewusst, dass Sie kommen«, sagte sie. »Ich habe gewusst, dass Sie kommen.«

Sie umklammerte Schofields Schulterplatte und schluchzte in seine Brust hinein. Schofield zeigte keinerlei Gefühlsregung. Er hielt seine Pistole von ihr weg, wie es ihm beigebracht worden war.

»Schon in Ordnung, Ma'am«, war alles, was er sagte, als er sie sanft zu einem Stuhl in der Nähe führte. »Schon in Ordnung. Sie sind jetzt in Sicherheit.«

Sobald sie saß, wandte er sich den anderen zu. »Meine Damen und Herren. Wir sind Aufklärungseinheit Sechzehn des United States Marine Corps. Mein Name ist Lieutenant Shane Schofield und dies ist Sergeant Scott Kaplan. Wir sind wegen Ihres Notrufs hier. Wir haben Anweisung diese Station zu sichern und sicherzustellen, dass Sie alle unversehrt sind.«

Einer der Männer am Tisch stieß einen Seufzer der Erleichterung aus.

»Damit Sie sich keinen Illusionen hingeben«, fuhr Schofield fort, »werde ich Ihnen jetzt mitteilen, dass wir eine *Aufklärungseinheit* sind. Wir werden Sie *nicht* herausholen. Wir sind eine Einheit an der Frontlinie. Wir bewegen uns rasch und wir bewegen uns mit leichtem Gepäck. Unsere Aufgabe besteht darin rasch herzukommen und sicherzustellen, dass Sie alle in Ordnung sind. Wenn eine Notfallsituation besteht, werden wir Sie herausholen, wenn nicht, lauten unsere Befehle, diese Station zu sichern und auf die Ankunft eines vollständig ausgerüsteten Bergungsteams zu warten, das Sie herausholt.«

Schofield wandte sich an Luc und die beiden anderen Männer, die hinter dem Tisch standen. »Nun, vermutlich kommen Sie, meine Herren, von d'Urvillc. Ist das korrekt?«

Der Mann mit dem Tablett in Händen schluckte laut, die Augen weit geöffnet.

»Ja«, erwiderte Luc. »Das ist korrekt. Wir haben die Nachricht über Funk gehört und wir sind so rasch gekommen, wie wir konnten. Um zu helfen.«

Während Luc sprach, kam die Stimme einer Frau knisternd über Schofields Ohrhörer. »*Nummer Zwei, Durchsuchung beendet.*«

»*Nummer Drei. Wir haben drei – nein, eigentlich vier – Kontakte im Bohrungsraum gemacht. Wir sind jetzt auf dem Weg nach oben.*«

Schofield nickte Luc zu. »Ihre Namen?«

»Ich bin Professor Luc Champion«, entgegnete Luc. »Dies ist Professor Jean-Pierre Cuvier und der, der das Tablett hält, das ist Dr. Henri Rae.«

Schofield nickte langsam, während er die Namen in sich aufnahm und mit einer Liste verglich, in die er vor zwei Tagen auf der *Shreveport* Einsicht genommen hatte. Es war eine Liste mit den Namen eines jeden französischen Wissenschaftlers gewesen, der auf d'Urville stationiert war. *Champion*, *Cuvier* und *Rae* hatten darauf gestanden.

An der Tür klopfte es und Schofield wandte sich um.

Sergeant Morgan »Montana« Lee stand auf der Türschwelle zum Speisesaal. Montana Lee war ein stämmiger Mann, untersetzt und mit einem Alter von sechsundvierzig das älteste Mitglied der Einheit. Er hatte eine Boxernase sowie ein grobes, wettergegerbtes Gesicht. Zehn Meter hinter ihm stand sein Partner, Corporal Oliver »Hollywood« Todd. Hollywood Todd war hoch gewachsen, schwarz und schlank und einundzwanzig Jahre alt.

Und zwischen den beiden Marines standen die Früchte ihrer Durchsuchung.

Eine Frau.

Ein Mann.

Ein junges Mädchen.

Und ein Seehund.

»Sie sind vor etwa vier Stunden hier eingetroffen«, sagte Sarah Hensleigh.

Schofield und Hensleigh standen auf Deck A, draußen auf dem Laufsteg, der die übrige Eisstation überblickte.

Wie Hensleigh bereits erklärt hatte, war die Eisstation Wilkes im Wesentlichen eine prächtige, große, lotrechte Röhre, die in das Eisschelf gebohrt worden war. Sie tauchte fünf Stockwerke gerade hinab, bis zum Meeresspiegel.

In regelmäßigen Abständen waren in die Wände der Röhre metallene Laufstege eingelassen, die an der Peripherie der Röhre verliefen. Jeder Laufsteg war über eine steile, schmale Sprossenleiter mit dem Laufsteg darüber verbunden, so dass die gesamte Struktur ein wenig aussah wie eine Feuerleiter.

Von jedem Laufsteg zweigte eine Reihe von Tunnels ab, die *in* die Eiswände des Zylinders hineingegraben waren und die verschiedenen Ebenen der Station bildeten. Jede Ebene bestand aus vier geraden Tunneln, die vom Zentralschacht abzweigten und auf einen geschwungenen äußeren Tunnel trafen, der in einem breiten Kreis *um* den zentralen Schacht verlief. Die vier geraden Tunnel entsprachen grob den vier Himmelsrichtungen eines Kompasses, also wurden sie schlicht als Nord, Süd, Ost und West bezeichnet.

Die Ebenen der Eisstation Wilkes waren von A bis E durchnumeriert – Deck A lag am höchsten, Deck E war die breite Metallplattform, die den großen Wassertümpel an der Basis der massiven Untergrundstruktur umgab. Auf Deck C, der mittleren Ebene, konnte man, wie Sarah sagte, eine schmale Brücke ausfahren, auf der man den breiten Zentralschacht der Station überqueren konnte.

»Wie viele?«, fragte Schofield.

»Zunächst waren es fünf«, erwiderte Sarah. »Vier sind hier bei uns geblieben, während der fünfte Kerl die anderen mit ihrem Hovercraft nach d'Urville zurückgebracht hat.«

»Sie kennen sie?«

»Ich kenne Luc«, entgegnete Sarah, »und ich kenne Henri – der sich meiner Ansicht nach in die Hose gemacht hat, als er euch Kerle hereinkommen gesehen hat –, und ich habe vom vierten, Jacques Latissier, *gehört.*«

Nachdem Montana vor einigen Minuten Hensleigh in den Speisesaal geführt hatte, hatte Schofield nicht lange benötigt herauszufinden, dass sie die Person war, mit der er über die Ereignisse der vergangenen Wochen in der Eisstation Wilkes sprechen musste.

Während alle Übrigen entweder niedergeschlagen oder müde wirkten, erschien Sarah gesammelt und beherrscht. In der Tat hatten Montana und Hollywood erzählt, dass sie sie gefunden hatten, während sie gerade dabei war einem der französischen Wissenschaftler den Bohrungsraum unten auf Deck E zu zeigen. Sein Name war Jacques Latissier gewesen – ein großer Mann mit einem dichten schwarzen Bart –, der gleichfalls auf der Liste in Schofields Kopf stand.

Tief in Gedanken versunken starrte Sarah Hensleigh hinaus über den Zentralschacht der Station. Schofield sah sie an. Sie war eine attraktive Frau, etwa fünfunddreißig, mit dunkelbraunen Augen, schwarzem, schulterlangem Haar und hohen, gewölbten Wangenknochen. Schofield bemerkte, dass sie um den Hals an einer Kette ein glitzerndes, silbernes Medaillon trug.

In diesem Augenblick kam das kleine Mädchen auf den Laufsteg heraus. Schofield vermutete, dass sie etwa zehn Jahre alt sein musste. Sie hatte kurzes blondes Haar, eine kleine Knopfnase und trug eine Brille mit dicken Gläsern, die ihr schwer über die Wangen herabhing. Sie wirkte fast komisch in dem bauschigen rosafarbenen Parka, den sie trug – er hatte eine schrecklich überdimensionierte wollgesäumte Kapuze, die ihr über das Gesicht fiel.

Und hinter dem kleinen Mädchen watschelte der Seehund auf den metallenen Laufsteg hinaus.

»Und wer ist das?«, fragte Schofield.

»Dies ist meine Tochter, Kirsty«, erwiderte Sarah und legte dem jungen Mädchen die Hand auf die Schulter. »Kirsty, das ist Lieutenant Schofield.«

»Hallo, du«, sagte Schofield.

Kirsty Hensleigh stand einen Augenblick lang einfach nur da und starrte zu Schofield auf, erfasste seinen Körperschutz, seinen Helm und seine Waffen.

»Coole Brille«, meinte sie schließlich.

»Hm? Oh, ja«, sagte Schofield und berührte die versilberten, verspiegelten Gläser. Zusammen mit seinem Schneeanzug sowie seinem weißgrauen Körperschutz sorgten die reflektierenden Gläser seiner Brille dafür, dass er besonders eisig wirkte. Einem Kind *würde* das gefallen. Schofield nahm die Brille nicht ab.

»Ja, ich schätze, sie ist ziemlich cool«, meinte er. »Wie alt bist du?«

»Zwölf, fast dreizehn.«

»Ja?«

»Ich bin ein bisschen klein für mein Alter«, fügte Kirsty nüchtern hinzu.

»Ich auch«, erwiderte Schofield nickend.

Er senkte den Blick zu dem Seehund hinab, der heranwatschelte und an seinem Knie zu schnüffeln begann. »Und dein Freund hier. Wie heißt er denn?«

»*Sie* ist ein Mädchen und ihr Name ist Wendy.«

Schofield streckte die Hand hinab und ließ den Seehund daran schnüffeln. Sie war nicht sehr groß, etwa so groß wie ein mittlerer Hund, und sie trug glücklich ein süßes rotes Halsband.

»Wendy. Was für eine Art Seehund ist sie?«, fragte Schofield, während er Wendy den Kopf tätschelte.

»*Arctocephalus gazella*«, entgegnete Kirsty. »Antarktischer Seebär, eine Pelzrobbe.«

Wendy drehte und wand den Kopf in Schofields Hand und zwang ihn dadurch, sie hinter den Ohren zu tätscheln. Er tat es und dann fiel Wendy jäh zu Boden und wälzte sich auf den Rücken.

»Sie sollen ihr das Bäuchlein kraulen«, sagte Kirsty lächelnd. »Das mag sie.«

Wendy lag mit dem Rücken auf dem Laufsteg, die Flossen weit gespreizt, und wartete darauf, getätschelt zu werden. Schofield beugte sich herab und rieb ihr rasch über den Bauch.

»Sie haben gerade einen Freund fürs Leben gewonnen«, sagte Sarah Hensleigh, die Schofield genau beobachtete.

»Großartig«, meinte Schofield und stand auf.

»Ich habe nicht gewusst, dass Marines so freundlich sein können«, sagte Sarah jäh, wobei sie Schofield in einem Augenblick erwischte, da er nicht auf der Hut war.

»Wir sind nicht alle herzlos.«

»Nicht, wenn etwas hier ist, das Sie haben möchten.«

Die Bemerkung ließ Schofield innehalten und Sarah eine lange Sekunde ansehen. Ganz offensichtlich war sie kein

Dummkopf. Schofield nickte langsam, womit er die Kritik hinnahm. »Ma'am, es macht Ihnen wohl nichts aus, wenn wir einfach zu dem Thema zurückkehren, das wir zuvor besprochen haben: Sie kennen zwei von ihnen und Sie haben von einem *gehört,* stimmt's?«

»Das stimmt.«

»Was ist mit dem Vierten, Cuvier?«

»Bin ihm nie begegnet.«

»Und wie viele haben sie nach d'Urville zurückgebracht?« fuhr Schofield fort.

»Sie konnten lediglich sechs Leute in ihrem Hovercraft unterbringen, also hat einer ihrer Leute fünf unserer Leute mit zurückgekommen.«

»Und die anderen vier hiergelassen.«

»Das stimmt.«

Schofield nickte in sich hinein. Dann sah er Hensleigh an. »Wir müssen noch über einige andere Dinge reden. Wie zum Beispiel, was Sie unten im Eis gefunden haben. Und der ... *Vorfall* ... mit Renshaw.«

Sarah verstand, was er sagen wollte. Solche Sachen wurden am besten in der Abwesenheit einer Zwölfjährigen besprochen.

Sie nickte. »Kein Problem.«

Schofield betrachtete die Eisstation um ihn herum: den Tümpel unten am Grund, die in die Wände der Röhre eingelassenen Laufstege, die Tunnel, die im Eis verschwanden. An all dem war etwas, das nicht ganz stimmte, etwas, was er nicht genau ausmachen konnte.

Und dann ging es ihm auf und er wandte sich Sarah zu. »Unterbrechen Sie mich, wenn das eine dumme Frage ist, aber wenn diese ganze Station direkt ins Eis geschnitten ist und alle Wände aus Eis bestehen, warum schmelzen sie nicht? Sie müssen doch gewiss hier drin eine Menge Hitze mit Ihren Maschinen und allem Drum und Dran erzeugen. Sollte es nicht beständig von den Wänden tröpfeln?«

»Das ist keine dumme Frage«, erwiderte Sarah. »Eigentlich ist es eine sehr gute Frage. Bei unserer ersten Ankunft hier haben wir herausgefunden, dass die Hitze aus dem Auspuff der Bohrmaschine einige der Eiswände zum Schmelzen brachte. Also haben wir auf Deck C ein Kühlsystem installiert. Es arbeitet mit einem Thermostat und hält die Temperatur ständig bei –1 °Celsius, gleich, wie viel Hitze wir produzieren. Das Komische daran ist, da die Oberflächentemperatur draußen fast stets bei dreißig Grad unter Null liegt, *wärmt* das Kühlsystem eigentlich die Luft hier drin. Das gefällt uns sehr.«

»Sehr schlau«, meinte Schofield, während er sich in der Eisstation umschaute.

Sein Blick blieb am Speisesaal hängen. Luc Champion und die anderen drei französischen Wissenschaftler saßen dort drin mit den Bewohnern von Wilkes am Tisch. Tief in Gedanken versunken beobachtete Schofield sie.

»Werden Sie uns nach Hause bringen?«, fragte Kirsty auf einmal hinter ihm.

Einen langen Augenblick beobachtete Schofield weiterhin die vier französischen Wissenschaftler in dem Speisesaal. Dann wandte er sich dem jungen Mädchen zu.

»Jetzt noch nicht«, erwiderte er. »Ein paar andere Leute werden bald hier sein, die euch heimbringen. Ich bin bloß hier, um bis dahin auf euch aufzupassen.«

Schofield und Hensleigh gingen rasch den breiten Eistunnel hinab. Montana und Hollywood hielten hinter ihnen Schritt.

Sie waren auf Deck B, dem Hauptwohnbereich. Der Eistunnel vollführte einen weiten Schwenk. Zu beiden Seiten waren Türen eingelassen: Schlafzimmer, ein Gemeinschaftsraum sowie verschiedene Laboratorien und Arbeitszimmer. Schofield sprang insbesondere eine Tür ins Auge, die ein deutlich erkennbares Biohazard-Warnschild mit drei Ringen trug. Auf einer rechteckigen Platte unterhalb des Zeichens stand: BIOTOXIN LABORATORY.

Schofield meinte: »Sie haben was davon gesagt, als wir McMurdo erreicht haben. Dass Renshaw behauptet hat, er hätte es getan, weil der andere ihm seine Forschungsergebnisse gestohlen hätte. Irgend so was in der Art.«

»Das stimmt«, sagte Hensleigh, die rasch ausschritt. Sie blickte Schofield an. »Es ist einfach verrückt.«

Sie erreichten das Tunnelende, wo eine Tür ins Eis eingelassen war. Sie war verschlossen und ein schwerer Holzbalken war davorgelegt.

»James Renshaw«, überlegte Schofield. »Ist das nicht der, der das Raumschiff gefunden hat?

»Das stimmt. Aber da ist viel mehr dran als das.«

Bei der Ankunft in der McMurdo-Station hatte Schofield eine kurze Unterweisung über die Eisstation Wilkes erhalten. Oberflächlich betrachtet hatte die Station nichts Besonderes an sich. Sie barg die übliche Ansammlung von Akademikern: Meeresbiologen, die die ozeanische Fauna studierten; Paläontologen, die die im Eis eingefrorenen Fossilien studierten; Geologen, die nach Mineralvorkommen suchten; und Geophysiker wie James Renshaw, die tief hinab ins Eis bohrten und dort tausend Jahre alte Spuren von Kohlenmonoxid und anderen Gasen suchten.

Was die Eisstation Wilkes zu etwas Besonderem machte, war die Tatsache, dass zwei Tage *bevor* Abby Sinclairs Notruf hinausgegangen war, *ein weiterer* Funkspruch mit hoher Priorität von der Station ausgesendet worden war. Dieser frühere nach McMurdo gesendete Funkspruch war eine formelle Bitte darum gewesen, eine Militärpolizeieinheit nach Wilkes zu schicken.

Obgleich die Einzelheiten skizzenhaft geblieben waren, schien es, dass einer der Wissenschaftler auf Wilkes einen seiner Kollegen umgebracht hatte.

Schofield starrte die verrammelte Tür am Ende des Eistunnels an und schüttelte den Kopf. Dafür hatte er nun wirklich keine Zeit. Seine Befehle waren sehr eindeutig gewesen.

Die Station absichern. Das Raumschiff untersuchen. Seine Existenz verifizieren. Und es dann gegen alle Kommandos beschützen, bis Verstärkung eintraf.

Schofield erinnerte sich daran, wie er in dem abgeschlossenen Raum an Bord der *Shreveport* saß, wo er seine Unterweisungen erhielt und der Stimme des Unterstaatssekretärs der Verteidigung zuhörte, die aus dem Lautsprecher des Telefons drang. »Andere Kommandos haben diesen Notruf mit höchster Wahrscheinlichkeit aufgefangen, Lieutenant. Wenn da unten wirklich ein außerirdisches Fahrzeug steht, besteht eine große Chance, dass eines dieser Kommandos es sich schnappen will. Die Regierung der Vereinigten Staaten möchte diese Situation gern vermeiden, Lieutenant. Ihr Ziel ist der Schutz des Raumschiffs, nichts weiter. Ich wiederhole. Ihr Ziel ist der Schutz des Raumschiffs. Alle weiteren Überlegungen sind zweitrangig. *Wir wollen dieses Schiff.*«

Nicht einmal war die Sicherheit der amerikanischen Wissenschaftler auf der Station erwähnt worden, eine Tatsache, die Schofield nicht entgangen war. Sarah Hensleigh war diese Tatsache offensichtlich gleichfalls nicht entgangen.

Alle weiteren Überlegungen sind zweitrangig.

Auf jeden Fall, überlegte Schofield, konnte er es sich nicht leisten, auch nur einen Taucher zur Untersuchung des Raumschiffs hinabzuschicken, solange die Möglichkeit bestand, dass einer der Bewohner von Wilkes ein Problemfall darstellte.

»Also gut«, sagte Schofield und blickte zur Tür, sprach jedoch zu Hensleigh. »Fünfundzwanzig Worte oder weniger. Was ist mit ihm los?«

»Renshaw ist Geophysiker von Stanford«, sagte Sara Hensleigh, »und studiert Eiskerne für seine Doktorarbeit. Bernie Olson ist – *war* – sein Doktorvater. Renshaws Arbeit an Eiskernen war bahnbrechend. Er hat tiefere Löcher gebohrt als jeder zuvor und ist zeitweilig nahezu einen Kilometer unter die Erdoberfläche vorgedrungen.«

Schofield besaß einige vage Kenntnisse von der Erforschung der Eiskerne. Sie beinhaltete das Bohren eines kreisrunden Lochs von etwa dreißig Zentimetern Durchmesser in das Eisschelf und das Herausholen eines Eiszylinders, der als Kern bekannt war. Gefangen in dem Kern waren Taschen mit Gas, das vor tausenden von Jahren in der Luft existiert hatte.

»Wie dem auch sei«, fuhr Sarah fort, »vor einigen Wochen

hat Renshaw das große Los gezogen. Sein Bohrer muss eine Schicht heraufgewallten Eises getroffen haben – prähistorisches Eis, das irgendwann in der Vergangenheit durch ein Erdbeben verschoben und zur Oberfläche hinaufgedrückt worden ist. Auf einmal studierte Renshaw Taschen von Luft, die nicht weniger als hundert *Millionen* von Jahren alt war. Es war die Entdeckung seines Lebens. Hier bestand die Chance, eine Atmosphäre zu studieren, von der nie jemand etwas gewusst hatte. Zu sehen, woraus die Erdatmosphäre *vor* den Dinosauriern bestand.« Sarah Hensleigh zuckte die Achseln. »Für einen Akademiker ist so etwas wie der Topf voller Gold am Ende des Regenbogens. Allein für Vortragsreisen ist es für ein Vermögen gut.

Nur, dass es dann noch besser wurde.

Vor einigen Tagen verstellte Renshaw den Bohrwinkel leicht – das ist der Winkel, mit dem man ins Eis hinabbohrt –, und bei 500 Metern, inmitten einer vierhundert Millionen Jahre alten Sektion von Eis, traf er auf *Metall.*«

Sarah hielt inne und gestattete somit, dass das, was sie gerade gesagt hatte, einsinken konnte. Schofield sprach kein Wort.

Sarah fuhr fort: »Wir haben die Taucherglocke hinuntergeschickt, einige Sonarresonanztests des Eisschelfs durchgeführt und entdeckt, dass es genau dort irgendeine *Höhle* gab, wo das Stück prähistorischen Metalls sein sollte. Weitere Tests zeigten, dass ein Tunnel dort war, der aus einer Tiefe von 1 000 Metern zu der Höhle *hinaufführte.* Da haben wir die Taucher hinabgeschickt, und da hat Austin das Raumschiff gesehen. Und da sind alle Taucher verschwunden.«

»Was hat das alles also mit Bernard Olsons Tod zu tun?«, fragte Schofield.

»Olson war Renshaws Doktorvater«, erwiderte Sarah. »Er hat Renshaw stets über die Schulter geschaut, während

Renshaw diese erstaunlichen Entdeckungen machte. Renshaw entwickelte allmählich einen Verfolgungswahn. Er hat angefangen zu behaupten, dass Bernie ihm seine Forschungsergebnisse stehlen würde. Dass Bernie *seine* Funde dazu benutzte, selbst einen Schnellschuss zu schreiben und Renshaw einen Schlag ins Gesicht zu versetzen.

Sehen Sie, Bernie hatte Verbindungen zu den Zeitschriften und kannte einige Redakteure. Er konnte einen Artikel innerhalb eines Monats herausbringen. Renshaw, als unbekannter Doktorand, hätte fast gewiss wesentlich länger gebraucht. Er hat geglaubt, dass Bernie versuchte, ihm den Topf Gold zu stehlen. Und dann, als Renshaw *Metall* in der Höhle unten entdeckt und er gesehen hat, dass Bernie *dies* auch in seinen Artikel mit aufnehmen wollte, ist Renshaw ausgeflippt.«

»Und er hat ihn *umgebracht*?«

»Er hat ihn umgebracht. Letzten Freitagabend. Renshaw ist einfach zu Bernie aufs Zimmer gegangen und hat ihn angebrüllt. Wir haben es alle gehört. Renshaw war wütend und durcheinander, aber wir alle haben so was schon früher gehört und uns nicht viel dabei gedacht. Aber diesmal hat er ihn umgebracht.«

»Wie?«, Schofield starrte weiterhin die verschlossene Tür an.

»Er ...« Sarah zögerte. »Er hat Bernie mit einer Subkutanspritze in den Hals gestochen und den Inhalt injiziert.«

»Was ist in der Nadel gewesen?«

»Sehr starker Abflußreiniger.«

»Charmant«, meinte Schofield. Er nickte in Richtung auf die Tür. »Er ist da drin?«

»Danach hat er sich eingeschlossen«, erwiderte Sarah.

»Hat sich für eine Woche mit Proviant eingedeckt und gesagt, dass er, sollte einer von uns versuchen, bei ihm einzudringen, uns auch umbringen würde. Es war entsetzlich. Er war verrückt. Also haben wir anderen uns eines Nachts – in der Nacht, ehe wir die Taucher zum Erkunden der Höhle hinabgeschickt haben – zusammengetan und die Tür von außen verrammelt. Ben Austin hat zu beiden Seiten der Tür einige Schienen an der Wand befestigt, während wir anderen den Balken vorgelegt haben. Dann hat Austin die Tür mit einer Nietpistole versiegelt.«

»Lebt er noch?«, fragte Schofield.

»Ja. Sie können ihn jetzt nicht hören, was bedeutet, dass er möglicherweise schläft. Aber wenn er wach ist, glauben Sie mir, das werden Sie merken.«

»M-mhm.« Schofield untersuchte die Schienen, sah die Nieten, die sie am Rahmen festhielten. »Ihr Freund hat mit der Tür gute Arbeit geleistet.« Schofield drehte sich um. »Wenn er drinnen eingeschlossen ist. Mir reicht es völlig aus, *wenn* Sie sich gewiss sind, dass es keinen anderen Weg aus diesem Zimmer hinaus gibt.«

»Das ist der einzige Eingang.«

»Ja, aber gibt es einen anderen Weg aus dem Zimmer? Könnte er sich, sagen wir, seinen Weg hinaus graben, durch die Wände oder die Decke?«

»Decken und Fußböden sind stahlverstärkt, also kann er nicht durchgraben. Und sein Zimmer liegt am Ende des Korridors, also gibt es zu beiden Seiten keine weiteren Zimmer – die Wände bestehen aus solidem Eis.« Sarah Hensleigh lächelte Schofield schräg an. »Ich glaube, es gibt keinen Weg da hinaus.«

»Dann lassen wir ihn drin«, sagte Schofield, als er den Rückweg durch den Eistunnel antrat. »Wir müssen uns um anderes sorgen. Als Erstes müssen wir herausfinden, was Ihren Tauchern unten in dieser Höhle zugestoßen ist.«

Die Sonne schien strahlend hell über Washington, D. C. Das Capitol glühte praktisch weiß vor einem prächtigen blauen Himmel.

In einem üppig mit roten Teppichen ausgelegten Winkel des Capitols brach eine Versammlung zu einer Verhandlungspause auf. Aktenordner wurden zugeklappt. Stühle zurückgeschoben. Einige der Delegierten nahmen sich die Lesebrille ab und rieben sich die Augen. Sobald die Verhandlungspause gefordert worden war, waren sogleich kleine Gruppen von Assistenten mit Handys, Ordnern und Faxgeräten an die Seite ihrer Chefs geeilt.

»Worauf *wollen* sie hinaus?« sagte der amerikanische Permanent Representative, George Holmes, zu seinem Gehilfen, als er die gesamte französische Delegation dabei beobachtete, wie sie – alle zwölf – das Verhandlungszimmer verließen. »Das ist heute das vierte Mal, dass sie eine Verhandlungspause gefordert haben.«

Holmes beobachtete Frankreichs Chef de Mission – ein pompöser, snobistischer Mann namens Pierre Dufresne –, wie er an der Spitze seiner Gruppe das Zimmer verließ. Holmes schüttelte verwundert den Kopf.

George Holmes war Diplomat, war es sein ganzes Leben lang gewesen. Er war fünfundfünfzig, klein und, obgleich er es gar nicht gerne zugab, ein wenig übergewichtig.

Holmes hatte ein rundes Mondgesicht und einen Kranz grauer Haare und er trug eine Hornbrille mit dicken Gläsern, wodurch seine Augen größer wirkten, als sie es tatsächlich waren.

Holmes stand auf, streckte die Beine und schaute sich in dem riesigen Konferenzraum um. Ein großer runder Tisch stand in der Mitte des Raums, sechzehn bequeme Lederstühle waren darum in genau gleichem Abstand zueinander plaziert.

Der Anlaß war die erneute Bestätigung eines Bündnisses.

Internationale Bündnisse sind nicht so ganz die freundlichen Affären, die die Fernsehnachrichten daraus machen. Wenn Präsidenten und Premierminister aus dem Weißen Haus kommen und für die Kameras vor ihren einander überlappenden Nationalflaggen die Hände schütteln, strafen sie das Geschacher Lügen, die gebrochenen Versprechen, die Korinthenkackerei sowie die Hahnenkämpfe, die in Räumen vonstatten gehen, die dem nicht unähnlich sehen, in dem George Holmes jetzt stand. Das Lächeln und das Händeschütteln sind lediglich der Zuckerguss auf sehr komplexen, ausgehandelten Kuchen, die von professionellen Diplomaten wie Holmes hergestellt werden.

Was der Grund dafür war, warum sich George Holmes an diesem strahlenden Sommertag in Washington aufhielt. Er war ein Unterhändler. Mehr als das, er war ein Unterhändler, der sehr geschickt mit den Nettigkeiten und Subtilitäten des diplomatischen Austauschs umzugehen verstand.

Und bei diesem diplomatischen Austausch würde er sein ganzes Geschick benötigen, denn dies war keine gewöhnliche erneute Versicherung eines Bündnisses.

Dies war eine Versicherung dessen, was fraglos das bedeutendste Bündnis des zwanzigsten Jahrhunderts war.

Die North Atlantic Treaty Organisation, das Nordatlantische Verteidigungsbündnis.

Die NATO.

»Haben Sie gewusst, Phil, dass während der letzten vierzig Jahre das eine und Einzige Ziel der französischen Außenpolitik war, die Hegemonie der Vereinigten Staaten über die westliche Welt zu zerstören?«, überlegte Holmes, während er auf die Rückkehr der französischen Delegation in den Konferenzraum wartete.

Sein Assistent, ein fünfundzwanzig Jahre alter Jurist aus Harvard namens Phillip Munro zögerte, ehe er Antwort gab. Er war sich nicht sicher, ob das eine rhetorische Frage war. Holmes drehte sich auf seinem Stuhl herum und starrte Munro durch seine dicken Gläser an.

»Öh, nein, Sir, das habe ich nicht gewusst«, erwiderte Munro. Holmes nickte nachdenklich. »Sie halten uns für brutale, unkultivierte Narren. Bier saufende Bauerntrampel, die durch irgendeinen Unfall der Geschichte irgendwie die mächtigsten Waffen der Welt in ihre Hände bekommen konnten und deswegen deren Führungsmacht geworden sind. Die Franzosen nehmen uns das übel. Teufel, sie sind nicht einmal mehr volle NATO-Mitglieder, weil sie der Ansicht sind, dass dies den Einfluss der USA auf Europa verewigen würde.«

Holmes stieß ein schnaufendes Gelächter aus. Er erinnerte sich, als sich Frankreich 1966 aus dem gemeinsamen Militärkommando der NATO zurückzog, weil es nicht wollte, dass französische Nuklearwaffen der Kontrolle der NATO – und damit der USA – unterstellt würden. Damals hatte der französische Staatspräsident Charles de Gaulle freiheraus gesagt, dass die NATO ›eine amerikanische Organisation‹ war. Jetzt unterhielt Frankreich einfach einen Sitz im Nordatlantikrat der NATO, um die Dinge im Auge zu behalten.

»Ich kenne ein paar Leute«, meinte Munro, »die mit ihnen einer Meinung sind. Wissenschaftler, Ökonomen. Leute, die sagen würden, dass die NATO *genau* zu diesem Zweck da ist. Unseren Einfluss auf Europa zu verewigen.«

Holmes lächelte. Munro war sehr nützlich. Er war Collegeabgänger, glühender Liberaler sowie einer dieser »Führen-wir-doch-einen-philosophischen-Disput-über-einer-Tasse-Kaffee«-Typen. Diejenigen, die sich für eine bessere Welt einsetzen, wo sie doch keinerlei Erfahrung damit besitzen. Holmes machte das nichts aus. Eigentlich fand er Munro sogar erfrischend. »Aber was meinen *Sie,* Phil?«, fragte er.

Munro schwieg einige Sekunden. Dann sagte er: »Die NATO macht die Länder Europas in der Verteidigung ökonomisch und technologisch abhängig von den Vereinigten Staaten. Sogar hoch entwickelte Länder wie Frankreich und England wissen, dass sie, wenn sie die besten Waffensysteme haben wollen, zu uns kommen müssen. Und da bleiben ihnen zwei Wahlmöglichkeiten – entweder mit dem Hut in der Hand bei uns an die Tür klopfen oder der NATO beitreten. Und soweit ich weiß, haben die Vereinigten Staaten nicht ein *Patriot*-Raketensystem an Nicht-NATO-Länder verkauft. Also ja, meiner Ansicht nach verewigt die NATO unseren Einfluss auf Europa.«

»Keine schlechte Analyse, Phil. Aber lassen Sie mich Ihnen etwas sagen: Es geht weiter als das, viel, *viel* weiter«, meinte er. »So viel weiter, dass das Weiße Haus der Meinung ist, dass die nationale Sicherheit der Vereinigten Staaten von diesem Einfluss *abhängt.* Wir möchten unseren Einfluss auf Europa beibehalten, Phil, ökonomisch und insbesondere technologisch. Frankreich andererseits sähe gern, wenn wir diesen Einfluss verlieren würden. Und während der letzten zehn Jahre haben verschiedene französische Regierungen aktiv eine Politik verfolgt, den amerikanischen Einfluss auf Europa zu schwächen.«

»Beispiel?«, fragte Munro.

»Haben Sie gewusst, dass *Frankreich* die treibende Kraft hinter dem Aufbau der Europäischen Union war?«

»Nun, nein. Ich habe gedacht, es wäre ...«

»Haben Sie gewusst, dass *Frankreich* die treibende Kraft hinter der Aufstellung einer Europäischen Verteidigungscharta gewesen ist?«

Eine Pause.

»Nein«, erwiderte Munro.

»Haben Sie gewusst, dass *Frankreich* die European Space Agency, die europäische Raumfahrtagentur, subventioniert, so dass die ESA bedeutend niedrigere Preise anbieten kann, um kommerzielle Satelliten in den Orbit zu schießen, als die NASA?«

»Nein, das habe ich nicht gewusst.«

»Mein Sohn, während der letzten zehn Jahre hat Frankreich wie nie zuvor versucht, Europa zu vereinigen und es an die übrige Welt zu verkaufen. Sie nennen es Regionalstolz. Wir nennen es einen Versuch, europäischen Nationen zu sagen, dass sie Amerika nicht mehr länger brauchen.«

»*Braucht* Europa Amerika noch?«, fragte Munro rasch. Eine bedeutungsschwangere Frage.

Holmes lächelte seinen jungen Assistenten schräg an. »Bis Europa uns Waffe für Waffe ebenbürtig geworden ist, *ja*, sie brauchen uns. Was Frankreich am meisten frustriert, ist unsere Verteidigungstechnologie. Der haben sie nichts entgegenzusetzen. Wir sind ihnen zu weit voraus. Das *bringt sie auf die Palme*. Und solange wir ihnen voraus bleiben, wissen sie, dass ihnen keine andere Wahl bleibt, als uns zu folgen. *Aber*«, Holmes hielt einen Finger hoch, »sobald sie die Hände auf etwas *Neues* gelegt haben, sobald sie etwas entwickeln, das unsere Technologie übertrifft, *dann* liegen die Dinge meiner Ansicht nach möglicherweise anders.

Wir haben nicht mehr 1966. Die Dinge haben sich geändert. Die *Welt* hat sich verändert. Wenn Frankreich jetzt aus der NATO austreten würde, würde meiner Meinung nach die Hälfte der übrigen europäischen Nationen in der Organisation mit ihm austreten ...«

In diesem Augenblick öffneten sich die Türen zum Konferenzraum und die französische Delegation, angeführt von Pierre Dufresne, kehrte zurück.

Als die französischen Delegierten zu ihren Plätzen zurückgingen, beugte sich Holmes nahe zu Munro hinüber. »Was mir jedoch am meisten Sorgen bereitet, ist, dass die Franzosen möglicherweise näher an dieser neuen Entdeckung dran sind, als wir glauben. Sehen Sie sie sich heute an! Sie haben dieses Treffen bereits vier Mal unterbrochen. *Viermal.* Wissen Sie, was das bedeutet?«

»Was?«

»Sie halten die Konferenz hin. Ziehen sie in die Länge. Man hält nur dann so hin, wenn man auf Informationen wartet. Deswegen unterbrechen sie ständig – damit sie mit ihren Leuten vom Geheimdienst sprechen und auf den neuesten Stand gebracht werden können bei der Sache, um die es ihnen geht. Und so, wie es aussieht, gleich, was es ist, könnte das den Unterschied zwischen dem Fortbestand der NATO und ihrer völligen Zerstörung ausmachen.«

Geräuschlos durchbrach der schlanke schwarze Kopf die Oberfläche. Es war ein unheimlicher Kopf mit zwei dunklen, leblosen Augen zu beiden Seiten einer glitzernden Schnauze mit Stupsnase.

Wenige Augenblicke später erschien gleich neben dem ersten ein zweiter, identischer Kopf und die beiden Tiere beobachteten neugierig die Aktivitäten auf Deck E.

Die beiden Killerwale im Tümpel der Eisstation Wilkes waren ziemlich kleine Exemplare ihrer Art, trotz der Tatsache, dass ein jeder von ihnen nahezu fünf Tonnen wog. Von Kopf bis Schwanz maßen sie wenigstens fünf Meter.

Nachdem sie die Aktivität auf dem Deck um sie herum abgeschätzt und verworfen hatten – Lieutenant Schofield war eifrig damit beschäftigt, zwei Taucher in ihre Anzüge zu bringen –, kreisten die beiden Killerwale im Tümpel umher, glitten um die Taucherglocke, die halb untergetaucht genau in der Mitte des Tümpels lag.

Ihre Bewegungen wirkten merkwürdig, fast koordiniert. Wenn der eine Killerwal in die eine Richtung schaute, blickte der andere in die entgegengesetzte Richtung. Es war fast so, als ob sie etwas suchten, nach etwas ganz Bestimmtem suchten ... »Sie suchen Wendy«, sagte Kirsty, die vom Laufsteg auf Deck C auf die beiden Killerwale hinabschaute. Ihre Stimme war ausdruckslos, kalt – ungewöhnlich hart für ein zwölfjähriges Mädchen.

Es waren fast zwei Stunden vergangen, seitdem Schofield und sein Team in Wilkes eingetroffen waren, und jetzt hielt sich Schofield unten auf Deck E auf und bereitete sich darauf vor, zwei seiner Männer in der *Douglas Mawson* hinabzuschicken, die herausfinden sollten, was Austin und den anderen zugestoßen war.

Fasziniert hatte Kirsty Schofield und die beiden Taucher vom Deck C aus beobachtet, als sie gesehen hatte, wie die beiden Killerwale an die Oberfläche kamen. Neben ihr, stationiert auf Deck C zur Bedienung der Winsch, waren zwei der Marines. Kirsty mochte diese beiden. Anders als zwei der Älteren, die lediglich gegrunzt hatten, als sie Hallo gesagt hatte, waren diese beiden jung und freundlich. Einer von ihnen, bemerkte Kirsty glücklich, war eine Frau.

Lance-Corporal Elizabeth Gant war gedrungen, durchtrainiert und sie hielt ihre MP5 so, als ob diese eine Verlängerung ihrer rechten Hand wäre. Hinter ihrem Helm und ihren silbernen, verspiegelten Brillengläsern verbarg sich eine intelligente und attraktive fünfundzwanzigjährige Frau. Ihre Kennung, ›Fox‹, war ein Kompliment, ihr verliehen von ihren männlichen Kollegen, die sie bewunderten. Libby Gant sah auf die beiden Killerwale hinab, während diese langsam im Tümpel umherglitten.

»Sie suchen Wendy?«, fragte sie, wobei sie einen Blick auf die kleine schwarze Pelzrobbe auf dem Laufsteg neben sich hinabwarf. Wendy wich nervös vom Rand des Laufstegs zurück und versuchte anscheinend zu vermeiden, dass die beiden Wale, die im Tümpel zwölf Meter unter ihr kreisten, sie sahen.

»Sie mögen sie nicht sonderlich«, meinte Kirsty.

»Warum nicht?«

»Es sind Halbwüchsige«, erwiderte Kirsty. »*Männliche* Halbwüchsige. Sie mögen niemanden. Es ist, als ob sie was beweisen müssten – beweisen, dass sie größer und stärker sind als die anderen Tiere. Typisch *Jungs*. Die Killerwale hier in der Gegend fressen größtenteils junge Krabbenfresser, aber diese beiden haben Wendy vor ein paar Tagen im Tümpel schwimmen sehen und seitdem sind sie immer wieder hergekommen.«

»Was ist ein Krabbenfresser?«, fragte Hollywood Todd drüben von den Winschkontrollen.

»Es ist eine weitere Art von Seehund«, erklärte Kirsty. »Ein großer, fetter Seehund. Killerwale verschlingen sie mit drei Happen.«

»Sie *fressen* Seehunde?«, fragte Hollywood zutiefst überrascht.

»M-hm«, erwiderte Kirsty.

»Wow.« Da Hollywood nur mit Mühe den Abschluss der Highschool geschafft hatte, konnte er nicht gerade behaupten, eine große Vorliebe für Bücher oder die akademische Welt zu besitzen. Die Schule war eine harte Zeit gewesen. Zwei Wochen nach dem Abschluss war er den Marines beigetreten und hielt das für die beste Entscheidung, die er je getroffen hatte.

Er blickte auf Kirsty hinab und schätzte ihre Größe und ihr Alter ein. »Wie kommt's, dass du all dieses Zeugs weißt?«

Kirsty zuckte selbstbewußt die Achseln. »Ich lese viel.«

»Oh.«

Neben Hollywood begann Gant leise zu lachen.

»Worüber lachst du?« fragte Hollywood.

»Über dich«, erwiderte Gant lächelnd. »Ich habe mir gerade überlegt, wie viel du wohl liest.«

Hollywood legte den Kopf schief. »Ich lese.«

»Bestimmt.«

»*Wirklich.*«

»Comics zählen nicht, Hollywood.«

»Ich lese nicht bloß Comics.«

»Oh, ja. Ich habe dein hochgeschätztes Abo des *Hustler* vergessen.«

Kirsty begann zu kichern.

Hollywood bemerkte es und runzelte die Stirn. »Ha-ha. Ja, nun gut, zumindest *weiß* ich, dass ich kein Universitätsprofessor werde, also versuch ich nicht, was zu sein, was ich nicht bin.« Er sah Gant mit hochgezogenen Brauen an. »Was ist mit dir, *Dorothy*, hast du je versucht, was zu sein, was du nicht bist?«

Libby Gant zog ihre Brille ein wenig herab und enthüllte so himmelblaue Augen. Sie sah Hollywood traurig an. »Leeres Geschwätz, Hollywood. Leeres Geschwätz.«

Gant rückte die Brille wieder zurecht, wandte sich um und blickte erneut auf die Wale unten im Tümpel.

Kirsty war verwirrt. Als sie Gant vorhin das erste Mal vorgestellt worden war, hatte man ihr gesagt, ihr wirklicher Name wäre Libby und ihr Spitzname »Fox«. Nach einigen Augenblicken fragte Kirsty unschuldig: »Warum hat er dich Dorothy genannt?«

Gant gab keine Antwort. Sie blickte einfach nur weiter in den Tümpel hinab und schüttelte den Kopf.

Kirsty fuhr zu Hollywood herum. Er lächelte sie rätselhaft an und zuckte die Achseln. »Jedermann, der den *Zauberer von Oz* kennt, weiß, dass Dorothy Scarecrow mehr mag als die anderen.«

Er lächelte, als ob das alles erklärte, und kehrte wieder an seine Arbeit zurück. Kirsty kapierte nichts.

Gant lehnte sich einfach ans Geländer, beobachtete die Killerwale und übersah Hollywood entschlossen. Die beiden Wale durchsuchten noch immer die Station nach Wendy.

Einen Moment lang sah einer von ihnen anscheinend Gant und hielt inne. Er legte den Kopf zu einer Seite und sah sie einfach nur an.

»Er kann mich von dort unten aus wirklich sehen?«, fragte Gant und warf Kirsty einen Blick zu. »Ich habe gedacht, Wale sollten außerhalb des Wassers nicht besonders gut sehen können.«

»Gemessen an ihrer Größe haben Killerwale größere Augen als die meisten anderen Wale«, erwiderte Kirsty, »also können sie besser außerhalb des Wassers sehen.« Sie blickte Gant an. »Sie kennen sich aus mit ihnen?«

»*Ich* lese viel«, meinte Gant und warf einen Blick von der Seite auf Hollywood, ehe sie sich wieder den Killerwalen zuwandte.

Die beiden Killerwale pflügten weiterhin langsam durch den Tümpel. Wie sie so durch das stille Wasser glitten, wirkten sie geduldig, ruhig. Zufrieden damit, die Zeit totzuschlagen, bis ihr Opfer auftauchte. Unten auf dem Tümpeldeck sah Gant Schofield und die beiden Marine-Taucher, wie sie die Killerwale beobachteten, während diese unheilvoll im Tümpel kreisten.

»Wie sind sie hier hergekommen?«, fragte Gant Kirsty. »Was tun sie – schwimmen unter dem Eisschelf herein?«

Kirsty nickte. »Das stimmt. Diese Station ist nur etwa einhundert Meter vom Ozean entfernt und das Eisschelf dort draußen ist nicht sehr dick, vielleicht zweihundert Meter. Die Killerwale schwimmen einfach unter dem Eisschelf herein und tauchen hier innerhalb der Station auf.«

Gant blickte zu den beiden Killerwalen auf der anderen Seite des Tümpels hinab. Sie wirkten so ruhig, so kalt, wie ein Paar hungriger Krokodile, die nach ihrer nächsten Mahlzeit suchten.

Nachdem sie ihre Erkundung beendet hatten, tauchten die

beiden Killerwale langsam hinab. In einem Augenblick waren sie verschwunden, ersetzt von zwei gekräuselten Stellen auf dem Wasser. Den ganzen Weg hinab waren ihre Augen offen geblieben.

»Nun, das war plötzlich«, meinte Gant.

Ihr Blick wanderte von dem jetzt leeren Tümpel zu der Taucherplattform daneben. Sie sah Montana mit einigen Tauchgeräten über der Schulter aus dem Südtunnel herauskommen. Sarah Hensleigh hatte ihm gesagt, dass es im Südtunnel einen kleinen Frachtaufzug gab – einen ›stummen Diener‹ –, den sie dazu benutzen konnten, ihre Taucherausrüstung auf Deck E hinabzubringen. Montana hatte ihn gerade benutzt.

Gants Blick wanderte zur anderen Seite der Plattform hinüber, wo sie Schofield mit gesenktem Kopf dastehen sah, der sich eine Hand ans Ohr hielt, als ob er auf etwas in seinem Helmsprechfunk lauschte. Und dann schritt er jäh auf die nächste Sprossenleiter zu, wobei er beim Gehen in sein Helmmikrofon sprach.

Gant sah, wie Schofield an der Basis der Sprossenleiter an der entgegensetzten Seite der Station stehen blieb, sich umdrehte und sie direkt anschaute. Seine Stimme kam knisternd über ihren Helmsprechfunk. »Fox. *Hollywood. Deck* A. *Sofort!*«

Als sie auf die nächste Sprossenleiter zuhastete, fragte Gant in ihr Helmmikrofon: »Was ist los, Sir?«

Schofields Stimme klang ernst. »*Etwas hat gerade den Stolperdraht draußen in Betrieb gesetzt. Snake ist da oben. Er sagt, es sei ein französisches Hovercraft.*«

Snake Kaplan zielte auf das Hovercraft.

Die Beschriftung an der Seite des Fahrzeugs schimmerte in seinem Nachtsichtvisier leuchtend grün. Sie lautete »DUMONT D'URVILLE – 02«.

Kaplan lag in den Außenbereichen des Stationskomplexes im Schnee, stählte sich gegen den jagenden Wind und den Schnee und folgte dem gerade eintreffenden Hovercraft durch das Zielfernrohr seines Barrett MB2A IA-Scharfschützengewehrs.

Gunnery Sergeant Scott ›Snake‹ Kaplan war fünfundvierzig Jahre alt, ein hoch gewachsener Mann mit dunklen, ernsten Augen. Wie die meisten anderen Marines in Schofields Einheit hatte Kaplan seine Uniform auf sich zugeschnitten. Das wettergegerbte Abbild einer Furcht erregend wirkenden Kobra mit weit geöffnetem Maul war auf seine rechte Schulterplatte gemalt. Unter der Abbildung der Schlange standen die Worte: KÜSS MICH.

Kaplan war Berufssoldat und seit siebenundzwanzig Jahren beim Marine Corps. Während dieser Zeit war er zum magischen Rang eines Gunnery Sergeant aufgestiegen, dem höchsten Rang, den ein Unteroffizier erreichen kann, während er sich noch die Hände schmutzig macht. Obgleich ein weiterer Aufstieg in der Tat möglich war, hatte sich Snake entschlossen, im Rang des Gunnery Sergeant zu verbleiben, so dass er rangältestes Mitglied einer Marine-Force-Aufklärungseinheit sein konnte. Mitglieder von Aufklärungseinheiten legen nicht allzu viel Wert auf Diskussionen um den Rang. Allein die Mitgliedschaft in einer Marine-Force-Aufklärungseinheit verleiht einem Privilegien, die sogar einige Offiziere nicht für sich in Anspruch nehmen können. Beispielsweise ist es nicht unbekannt, dass ein Viersternegeneral ein rangältestes Mitglied einer Aufklärungseinheit in Angelegenheiten der Kampftechnik und Bewaffnung zurate zieht. Snake selbst war in der Tat bei mehreren solchen Gelegenheiten zurate gezogen worden. Und abgesehen davon, dass die meisten derjenigen, die für die Aufklärer ausgewählt werden, sowieso Sergeants und Corporals sind, war der Rang nun wirklich kein Thema. Sie waren bei den Aufklärern, der *Elite* des United States Marine Corps. Das war ein Rang an sich.

Bei der Ankunft der Einheit in der Eisstation Wilkes hatte Snake sich darum zu kümmern auf der landeinwärts gerichteten Seite der Station in etwa zweihundert Metern Entfernung den Laser-Stolperdraht aufzustellen. Der Stolperdraht unterschied sich nicht wirklich so sehr von den Entfernungsmessern auf den Hovercrafts. Er bestand lediglich aus einer Reihe von schachtelähnlichen Dingern, durch die ein winziger, unsichtbarer Laserstrahl gelenkt wurde. Wenn etwas den Strahl durchquerte, löste es ein rotes Blitzlicht auf Kaplans Alarmgerät an seinem Unterarm aus.

Vor wenigen Augenblicken hatte etwas den Strahl unterbrochen.

Von seiner Position auf Deck A hatte Kaplan sogleich Schofield angefunkt, der in weiser Voraussicht eine visuelle Überprüfung angeordnet hatte. Schließlich hätten es einfach bloß Buck Riley und seine Mannschaft sein können, die von ihrer Erkundung des verschwundenen Signals zurückkehrten. Schofield hatte angeordnet, dass sie innerhalb von zwei Stunden nachzufolgen hätten, und das war nun fast so lange her, wie Schofields Mannschaft an der Station eingetroffen war. Buck Riley und seine Mannschaft sollten jetzt jede Minute hier eintreffen.

Nur dass dies nicht Buck Riley war.

»*Wo ist es, Snake?*«, tönte Schofields Stimme über Snakes Helmfunk.

»Südöstliche Ecke. Kommt jetzt durch den äußeren Kreis von Gebäuden herein.« Snake beobachtete, wie das Hovercraft langsam durch den Stationskomplex fuhr und sich dabei vorsichtig seinen Weg zwischen den kleinen, schneebedeckten Strukturen suchte.

»Wo sind Sie?«, fragte Snake beim Aufstehen. Er hob sein

Gewehr und machte sich daran, im Laufschritt durch den Schnee zur Hauptkuppel zurückzukehren.

»*Ich stehe am Haupteingang*«, sagte Schofields Stimme. »*Gerade innerhalb des Vordereingangs. Ich brauche dich, damit du die Rückseite abdeckst.*«

»Schon auf dem Weg.«

Aufgrund des treibenden Schnees war die Sicht beschränkt, also kam das Hovercraft nur langsam durch den Komplex. Kaplan eilte parallel zu ihm dahin, in einhundert Metern Entfernung. Das Fahrzeug blieb außerhalb der Hauptkuppel der Eisstation stehen. Es senkte sich langsam auf seinem Luftkissen herab, als sich Snake vierzig Meter entfernt in den Schnee fallen ließ und sein Gewehr aufstellte.

Er hatte gerade das Auge an das Zielfernrohr gelegt, da glitt die Seitentür des Hovercrafts auf und vier Gestalten traten in den Schneesturm hinaus.

»Guten Abend«, sagte Schofield mit falschem Lächeln.

Die vier französischen Wissenschaftler standen völlig verblüfft auf der Schwelle zur Eisstation, jeweils zwei nebeneinander, und jedes Paar trug einen großen, weißen Behälter zwischen sich.

Vor ihnen stand Schofield mit seiner MP5 lässig an der Seite. *Hinter* Schofield hatten Hollywood und Montana ihre beiden MP5 auf Schulterhöhe gehoben und blickten an den Läufen ihrer Gewehre entlang. Die Gewehre waren direkt auf ihre neuen Besucher gerichtet.

»Warum kommen Sie nicht herein?«, fragte Schofield.

»Die anderen sind wohlbehalten in d'Urville«, meinte der Anführer dieser neuen Gruppe, als er sich am Tisch im Speisesaal neben seinen französischen Kollegen niederließ. Wie die anderen war er gerade gründlich abgestastet worden. Er hatte ein hageres, eingefallenes Gesicht mit Augen, die tief in ihren Höhlen lagen, sowie hohe Wangenknochen. Er hatte gesagt, sein Name wäre Jean Petard, und Schofield erkannte den Namen von seiner Liste wieder. Er erinnerte sich gleichfalls an die Kurzvita, die unter diesem Namen aufgetaucht war. Darin hatte gestanden, dass Petard Geologe war, der natürliche Gasvorkommen im Kontinentalschelf studierte.

Die Namen der drei anderen Franzosen standen ebenfalls auf der Liste.

Die ursprünglichen vier französischen Wissenschaftler waren auch im Speisesaal – Champion, Latissier, Cuvier und Rae. Die übrigen Bewohner von Wilkes waren wieder in ihren Quartieren. Schofield hatte angeordnet, dass sie dort blieben, bis er und sein Kommando die Passagiere des frisch eingetroffenen Hovercrafts überprüft hätten. Montana und Lance-Corporal Augustine ›Samurai‹ Lau, das sechste und letzte Mitglied von Schofields Mannschaft, standen an der Tür Wache.

»Wir sind zurückgekehrt, so rasch wir konnten«, fügte Jean Petard hinzu. »Wir haben frische Nahrung und einige batteriebetriebene Heizdecken für die Rückfahrt mitgebracht.«

Schofield blickte zu Libby Gant hinüber. Sie durchsuchte drüben an der entfernten Wand des Speisesaals die beiden weißen Behälter, welche die Franzosen mitgebracht hatten.

»Vielen Dank«, meinte Schofield und wandte sich wieder Petard zu. »Vielen Dank für alles, was Sie getan haben. Wir sind nur wenige Stunden nach Ihrer Ankunft hier eingetroffen, und die Menschen hier haben uns gesagt, wie gut Sie zu ihnen gewesen sind. Wir danken Ihnen für Ihre Bemühungen.«

»Aber natürlich«, erwiderte Petard, dessen Englisch flüssig war. »Man muss nach seinen Nachbarn schauen.« Er lächelte verzerrt. »Man weiß nie, wann man selbst vielleicht ihren Beistand benötigt.«

»Nein, allerdings nicht.«

In diesem Augenblick kam Snakes Stimme knisternd über Schofields Ohrhörer: *»Lieutenant, wir haben einen weiteren Kontakt, der über den Stolperdraht tritt.«*

Schofield runzelte die Stirn. Jetzt geschahen die Dinge allmählich zu rasch hintereinander. Mit vier französischen Wissenschaftlern konnte er fertig werden. Noch weitere vier und die Franzosen zeigten ein wenig *zu viel* Interesse an der Eisstation Wilkes. Aber wenn jetzt noch weitere von ihnen ...

»Warten Sie mal, Lieutenant, ist schon in Ordnung. Es ist eins von unseren. Es ist Rileys Hovercraft.«

Schofield stieß einen Seufzer der Erleichterung aus, von dem er hoffte, dass ihn niemand bemerkte, und eilte aus dem Raum.

Drüben an der Wand des Speisesaals durchsuchte Libby Gant die beiden großen Behälter, die die französischen Wissenschaftler mitgebracht hatten. Sie schob einige Decken beiseite sowie etwas frisches Brot. Auf dem Boden des Behälters lag ebenfalls etwas Dosenfleisch. Corned Beef, Schinken, so etwas in der Art. Alles war in verlöteten Dosen verpackt, Dosen von der Art, die an der Seite einen Schlüssel haben, den man dazu benutzte, den Deckel aufzurollen.

Gant schob einige der Dosen beiseite und suchte nach weiteren Dosen darunter, als jäh eine der Dosen ihren Blick einfing.

Etwas stimmte daran nicht.

Sie war ein wenig größer als die anderen, mittelgroßen Dosen und von grob dreieckiger Form. Zunächst konnte Gant nicht sagen, was ihr an dieser speziellen Dose aufgefallen war. Irgendetwas daran sah einfach nicht richtig aus ...

Und dann ging Gant ein Licht auf.

Das Siegel auf der Dose war aufgebrochen worden.

Die Zunge zum Zurückschrauben war anscheinend geöffnet und dann wieder verschlossen worden. Es war kaum zu erkennen. Nur eine dünne schwarze Linie um die Kante der Zunge. Wenn man die Dosen nur flüchtig durchsuchte, wäre es einem mit ziemlicher Sicherheit überhaupt nicht aufgefallen.

Gant drehte sich zu Schofield herum, aber er hatte den Raum verlassen. Sie blickte rasch zu den französischen Wissenschaftlern auf und sah in diesem Moment, wie Petard einen raschen Blick mit demjenigen namens Latissier wechselte.

Schofield traf Buck Riley am Haupteingang. Die beiden Männer standen draußen auf dem Laufsteg von Deck A, etwa zehn Meter entfernt vom Speisesaal.

»Wie war's?«, fragte Schofield.

»Nicht gut«, erwiderte Riley.

»Was meinst du damit?«

»Das Signal, das wir verloren haben, war ein Hovercraft. Französische Kennzeichnung. Aus d'Urville. Es war in eine Spalte gestürzt.«

Schofield sah scharf zu Riley auf. »In eine Spalte gestürzt?« Schofield warf einen raschen Blick zu den Franzosen im Speisesaal zurück. Nur Augenblicke zuvor hatte Jean Petard gesagt, dass das andere Hovercraft *wohlbehalten* in d'Urville eingetroffen war.

»Was ist geschehen?«, fragte Schofield. »Dünnes Eis?«

»Nein. Das haben wir zunächst angenommen. Aber dann hat Rebound näher einen Blick drauf werfen können.«

Schofield wandte sich wieder um. »Und?«

Riley sah ihn ernst an. »In diesem Hovercraft waren vier Tote, Sir. Und allen hatte man durch den Hinterkopf geschossen.«

Gants Stimme explodierte über Schofields Helmsprechfunk.

»*Sir, hier ist Fox. Hier stimmt was nicht. Die Essensbehälter sind beschädigt worden.*«

Schofield fuhr herum und sah Libby Gant aus dem Speisesaal kommen. Sie schritt rasch auf ihn zu, irgendeine Essenskonserve in der Hand, von der sie die Zunge zurückschob.

Hinter ihr sah Schofield Petard im Speisesaal aufstehen, Gant beobachten und daraufhin Schofield selbst.

Da begegneten sich ihre Blicke.

Es dauerte nur einen Moment, aber mehr benötigte keiner der beiden Männer. In diesem Augenblick verstanden beide blitzartig.

Gant versperrte Schofield den Blick auf Petard. Sie hatte die Dose jetzt geöffnet und zog etwas heraus. Das Objekt, das sie aus der Dose herausholte, war klein und schwarz und ähnelte ein wenig einem Kruzifix. Der einzige Unterschied bestand darin, dass der kürzere, horizontale Balken des Objekts zu einem Halbkreis gebogen war.

Schofields Augen wurden groß als er es erblickte, er öffnete den Mund zu einem Ruf, aber es war zu spät.

Im Speisesaal hechtete Petard nach den beiden weißen Behältern, gerade als Latissier – der nicht abgetastet worden war, da er beim Eintreffen der Marines bereits in der Station gewesen war – seinen Mantel zurückschlug und ein kurzläufiges FA-MAS-Gewehr französischen Fabrikats zeigte. Gleichzeitig zog derjenige namens Cuvier beide Hände aus den Taschen und hielt jetzt zwei Modelle ebenjener Waffe darin, die Gant jetzt in der Hand hielt. Cuvier feuerte sogleich eine davon auf Gant ab, gerade als sie sich ihm zuwandte, und Schofield sah, wie ihr Kopf bei dem Aufprall zurückschlug und sie zu Boden fiel.

Ohrenbetäubend explodierte Gewehrfeuer in der Stille, als Latissier mit dem Finger den Abzug des Gewehrs durchzog und den Speisesaal mit einem Deckungsfeuer bestrich. Seine Salve schnitt wie eine Sichel durch die Luft und zerriss Augustine Lau praktisch in zwei Hälften.

Latissier ließ den Abzug volle zehn Sekunden lang nicht los und das Dauerfeuer veranlasste alle anderen, sich aufs Deck zu werfen.

Eisstation Wilkes war zu einem Schlachtfeld geworden.

Und die Hölle war ausgebrochen.

Zweiter Überfall
16. Juni, 9.30 Uhr

»Hier ist Scarecrow! Hier ist Scarecrow!«, schrie Schofield in sein Helmmikrofon, während er inmitten des ohrenbetäubenden Gewehrfeuers hinter einer Tür Deckung suchte. »Ich zähle acht Feinde! Wiederhole, acht feindliche Objekte! Ich halte sie für sechs Militär und zwei Zivilisten. Zivilisten verbergen möglicherweise Waffen zum Gebrauch für das Kommando. Marines, keine Zurückhaltung!«

Eisklumpen regneten rings um ihn her zu Boden, als Latisieres Hagel von Geschossen auf die Eiswand über ihm prasselte.

Der Anblick der Armbrüste war der Auslöser gewesen.

Jede der Elite-Militäreinheiten auf der Welt hat ihre eigene charakteristische Waffe. Bei den United States Navy SEALs, Experten im Nahkampf, ist es die 12-Kaliber Ruger-Pumpgun. Beim British Special Air Service – dem berühmten SAS – sind die charakteristischen Waffen Stickstoffgranaten. Bei den US-Marine-Force-Aufklärungseinheiten – den Eliteeinheiten des regulären United States Marine Corps – ist es der Armalite MH-12 Maghook, ein Greifhaken, der zugleich einen Hochleistungsmagneten enthält, welcher an glatten metallischen Oberflächen haftet.

Nur eine Eliteeinheit ist jedoch dafür bekannt, Armbrüste zu tragen.

Das Premier Régiment Parachutiste d'Infanterie de Marine, das erste Luftlande-Marineregiment, die französische Elitekommandoeinheit – auf Englisch bekannt als das First Marine Parachute Regiment. Es ist das französische Äquivalent zum SAS oder den SEALs.

Was heißen soll, dass es keine reguläre Einheit ist wie beispielsweise die Marines. Es steht eine Stufe höher. Es ist gleichfalls eine *Offensiv*einheit, ein Angriffsteam, eine Eliteeinheit, eine quasi inoffizielle Einheit, die nur aus einem Grund existiert, nur aus einem einzigen Grund: als erste einzudringen, und zwar rasch einzudringen, und jeden in Sichtweite zu töten.

Weswegen Schofield erkannte, als er sah, wie Gant die kleine, mit einer Hand zu haltende Armbrust aus der Nahrungskonserve herausholte, dass diese Männer keine Wissenschaftler von d'Urville waren. Sie waren Soldaten. Elitesoldaten.

Schlauerweise hatten sie erwartet, dass ihm die Namen sämtlicher Wissenschaftler auf d'Urville bekannt wären, also hatte sie deren Namen angenommen. Um die Illusion zu unterstützen, hatten sie auch zwei *echte* Wissenschaftler aus der französischen Forschungsstation mitgebracht – Luc Champion und Henri Rae –, Leute, die den Bewohnern von Wilkes persönlich bekannt wären.

Der letzte Zug war vielleicht der beste von allen: Sie hatten zugelassen, dass Luc Champion, einer der Zivilisten, beim Eintreffen der Marines in der Eisstation Wilkes das Kommando übernommen hatte, und dadurch vorgetäuscht, dass sie alle lediglich Wissenschaftler waren und der Weisung ihres Vorgesetzten folgten.

Dass die Franzosen fünf Bewohner der Eisstation Wilkes – unschuldige Zivilisten – unter dem Vorwand mitgenommen hatten, sie in Sicherheit zu bringen, und sie dann mitten auf den Schneeebenen *exekutiert* hatten, brachte Schofield in

Rage. In einem abgelegenen Winkel seines Bewusstseins beschwor er ein Bild herauf, welche Szene sich abgespielt haben mochte – die amerikanischen Wissenschaftler, Männer und Frauen, die um ihr Leben weinten, flehten, bettelten, während die französischen Soldaten unter ihnen einhergingen, die Pistolen auf ihre Köpfe richteten und ihre Gehirne über das ganze Innere des Hovercrafts verspritzten.

Dass wenigstens zwei französische Wissenschaftler – Champion und Rae – zusammen mit dem französischen Kommando gekommen waren, machte Schofield sogar noch wütender. Was mochte ihnen versprochen worden sein dafür, dass sie am Mord unschuldiger Wissenschaftler teilgenommen hatten?

Die Antwort war unseligerweise einfach.

Sie hätten als erste die Gelegenheit erhalten, das Raumschiff zu studieren, sobald die Franzosen es in ihre Hände bekommen hätten.

Hektische Rufe tönten über Schofields Helmsprechfunk.

»*... erwidern Feuer!*«

»*... Klar!*«

»*... Samurai ist gefallen! Fox ist gefallen!*«

»*... kann verdammt noch eins keinen Schuß anbringen ...*«

Von der Türschwelle aus sah Schofield Gant flach auf dem Rücken liegen, auf dem Laufsteg halb zwischen dem Speisesaal und dem Korridor zum Haupteingang. Sie rührte sich nicht.

Sein Blick schweifte zu Augustine Lau hinüber, der, alle Viere von sich gestreckt, draußen auf dem Laufsteg vor der Schwelle zum Speisesaal lag. Laus Augen waren weit geöffnet, das Gesicht mit Blut bedeckt, Blut, das ihm aus dem eigenen Bauch gespritzt war, als Latissiers Sperrfeuer ihn praktisch aus nächster Nähe erwischt hatte.

Nicht weit entfernt von Schofield, aus dem Tunnel, der zum Haupteingang der Station führte, beugte sich Buck Riley heraus und erwiderte das Feuer mit seiner MP5 und ertränkte damit das blecherne *Ratta-tat* der französischen FA-MAS mit dem Feuergeräusch der MP5 deutscher Herkunft, das klang wie das Platzen eines Reifens. Gleich neben ihm tat Hollywood das gleiche.

Schofield fuhr herum und sah zu Montana hinüber, der im Eingang zum Westtunnel kauerte. »Montana. Okay?«

Als Latissier wenige Augenblick zuvor das Feuer eröffnet hatte, waren Montana und Lau ihm am nächsten gewesen, denn sie hatten auf der Schwelle zum Speisesaal gestanden. Als Latissier das Gewehr zum Feuern hochgerissen hatte, war Montana rasch genug hinter der Türschwelle in Deckung gegangen. Lau nicht.

Und während Lau unter der brutalen Wucht von Latissiers Feuer das vorführte, was Infanteriesoldaten den *»Danse macabre«* nennen, war Montana den Laufsteg entlang zur nächsten Stelle gekrochen, die Sicherheit versprach, dem Westtunnel.

Schofield sah Montana in zwanzig Metern Entfernung in sein Helmmikrofon sprechen. Seine rauhe Stimme kam über Schofields Helmfunk. *»Bin gerade beim Nachprüfen, Scarecrow. Ich bin ein wenig durcheinander gerüttelt, ansonsten jedoch okay.«*

»Schön.«

Weitere Geschosse schlugen in das Eis über Schofields Kopf. Schofield ging hinter der Türschwelle in Deckung. Dann spähte er rasch um den Türrahmen herum. Diesmal jedoch vernahm er dabei ein seltsames Pfeifgeräusch.

Mit einem scharfen *Boinnng!* bohrte sich ein zehn Zentimeter langer Pfeil kaum ein paar Zentimenter von Schofields rechtem Auge entfernt in das Eis.

Schofield blickte auf und sah Petard im Speisesaal mit gehobener Armbrust. Kaum hatte Petard seine Armbrust abgefeuert, da warf ihm Luc Champion eine kurzläufige Maschinenpistole zu und Petard beteiligte sich wieder mit einem heftigen Feuerstoß aus seiner Waffe am Kampf.

Schofield spähte um den Türrahmen und warf erneut einen kurzen Blick zu Gant hinüber. Sie lag noch immer reglos auf dem Laufsteg, auf halber Strecke zwischen dem Speisesaal und dem Tunnel zum Haupteingang.

Es musste irgendein Reflex gewesen sein, als sie langsam das Bewusstsein wiedererlangte.

Schofield sah es augenblicklich und sagte in sein Helmmikrofon: »Hier ist Scarecrow, hier ist Scarecrow. Fox ist noch am Leben. Ich wiederhole, Fox ist noch am Leben. Aber sie ist draußen im Freien. Ich benötige Deckung, damit ich sie dort herausholen und hier herbringen kann. Bestätigen!«

Wie bei einem Anwesenheitsappell ertönten die Stimmen.

»Hollywood, verstanden!«

»Rebound, verstanden!«

»Montana, verstanden!«

»Book, verstanden«, sagte Buck Riley. *»Alles klar, Scarecrow! Los!«*

Rings um ihn her, in perfektem Einklang, sprangen die Marines aus ihrer Deckung und erwiderten das Feuer auf den Speisesaal. Der Lärm war ohrenbetäubend. Die Eiswände des Speisesaal explodierten zu tausenden von Einschussnarben. Die vereinigte Stärke des Angriffs zwang Latissier und Petard, das Feuer einen Augenblick lang einzustellen und in Deckung zu gehen.

Draußen auf dem Laufsteg fiel Schofield direkt neben Gant auf die Knie.

Er blickte auf ihren Kopf hinab. Der Pfeil von Cuviers Armbrust war in die Stirnplatte ihres Kevlarhelms eingedrungen und ein schmaler Blutstrom lief ihr die Stirn herab und an der Seite der Nase entlang.

Beim Anblick des Bluts beugte sich Schofield dichter heran und sah, dass die Gewalt der Armbrust so stark gewesen war, dass der Pfeil Gants Helm durchschlagen hatte. Fast drei Zentimeter des Pfeils waren *durch* das Kevlar gedrungen, so dass seine silbrig glänzende Spitze jetzt direkt vor Gants Stirn herausragte.

Der Helm hatte den Pfeil nur Millimeter vor ihrem Schädel aufgehalten.

Nicht einmal das. Die rasiermesserscharfe Spitze des Pfeils hatte ihr tatsächlich die Haut geritzt, so dass sie blutete.

»Komm schon, gehen wir!«, meinte Schofield, obgleich er sich nicht sicher war, ob Gant ihn verstand. Das Deckungsfeuer der Marines rings um sie her währte fort, als Schofield Gant über den Laufsteg zurückzog, auf den Tunnel zum Haupteingang zu.

Jäh, wie aus dem Nichts, sprang einer aus dem französischen Kommando hinter einem Loch in der Wand des Speisesaals hervor, das Gewehr gehoben.

Während er Gant noch immer weiterzog, hob Schofield rasch seine Pistole, zielte ohne Vorwarnung und feuerte rasch zwei Salven ab. Wenn das FA-MAS blechern und das MP5 klang wie Reifenplatzen, so tönte Schofields automatische Pistole I.M.I. »Desert Eagle« wie Kanonendonner. Der Kopf des französischen Soldaten explodierte und eine rote Masse spritzte umher, als beide Salven ihr Ziel auf seinem Nasenrücken fanden. Scharf und ruckartig schlug sein Kopf zurück – zweimal – und er verschwand augenblicklich aus dem Blickfeld.

»*Verschwinde dort, Scarecrow! Beweg dich!*«, kreischte Rileys Stimme in Schofields Ohrhörer.

»Ich bin fast da!«, schrie Schofield über das Gewehrfeuer hinweg.

Jäh ertönte eine weitere Stimme über den Sprechfunk.

Sie war ruhig, klinisch. Im Hintergrund tönte keinerlei Gewehrfeuer.

»Marines, hier ist Snake. Ich bin noch immer auf meinem Posten draußen. Ich berichte, dass ich jetzt visuellen Kontakt mit sechs weiteren Feinden habe, die das zweite französische Hovercraft verlassen. Ich wiederhole, ich sehe sechs weitere bewaffnete Männer vor mir, die das französische Hovercraft verlassen und sich dem Haupteingang der Station nähern.«

Ein jäher, erschütternder Knall ertönte über Funk. Snake Kaplans Sturmgewehr.

»Marines, hier ist Snake. Jetzt also fünf weitere Feinde, die sich dem Haupteingang der Station nähern.«

Schofield blickte in den Tunnel zurück, der zum Haupteingang hinter ihm führte. Darauf hielten er und Gant zu. Riley und Hollywood befanden sich gerade dort und feuerten auf den Speisesaal. Sergeant Mitch »Ratman« Healy neben ihnen tat desgleichen.

Und dann explodierte jäh, ohne Vorwarnung, Healys Brust. Von einer Hochleistungswaffe von hinten durchschossen.

Healy zuckte heftig, als ein Schwall Blut aus seinem Brustkorb spritzte. Die Gewalt des Aufpralls und das nachfolgende Nervenzucken knickten ihm den Rücken in einem obszönen Winkel nach vorn, und Schofield vernahm ein Übelkeit erregendes *Krack!*, als dem jungen Soldaten das Rückgrat brach.

In einer Nanosekunde waren Riley und Hollywood aus dem Tunneleingang. Während sie in den Tunnel hinter sich feuerten, auf einen unsichtbaren Feind, wichen sie rasch auf die nächstgelegene Sprossenleiter zurück, die zum Deck B hinabführte.

Da sie gerade erst in der Station eingetroffen waren, waren die sechs Marines, die mit Riley das verunglückte Hovercraft untersucht hatten, beim Ausbruch des Kampfs unseligerweise um den Tunnel des Haupteingangs versammelt. Was bedeutete, dass sie jetzt *zwischen* zwei feindlichen Einheiten gefangen waren: Eine war im Speisesaal vor ihnen und eine kam durch den Haupteingang hinter ihnen.

Schofield erkannte dies. »Book! Runter! Runter! Bring deine Leute aufs Deck B runter!«

»Bereits auf dem Weg, Scarecrow.«

Schofield und Gant befanden sich in einer noch schlimmeren Lage.

Gefangen draußen auf dem Laufsteg zwischen dem Speisesaal und dem Tunnel zum Haupteingang konnten sie nirgendwohin. Sie hatten keine Türen, hinter denen sie sich verbergen, keine Tunnel, in denen sie Deckung suchen konnten. Nur einen metallenen Laufsteg von einem Meter Breite, auf einer Seite begrenzt von einer glatten Eismauer und auf der anderen Seite von einem über zwanzig Meter tiefen Sturz.

Und das zweite französische Team konnte jetzt jede Sekunde durch den Tunnel zum Haupteingang hervorbrechen und Schofield und Gant wären die ersten, die es zu Gesicht bekäme.

Ein Eisbrocken explodierte neben Schofields Kopf und er fuhr herum. Im Speisesaal stand Petard wieder auf den Beinen. Heftig mit seinem Sturmgewehr feuernd. Schofield zielte mit seiner Desert Eagle auf den Speisesaal und feuerte rasch sechs Schüsse auf Petard ab.

Er blickte zum Haupteingang zurück.

Zehn Sekunden, im äußersten Fall.

»Scheiße«, sagte er laut, wobei er auf Gant sah, die schlaff in seinen Armen lag. »Scheiße!«

Er schaute über das Geländer des Laufstegs hinab und sah den Wassertümpel weit unten am tiefsten Punkt der Station. Es konnten nicht mehr als fünfundzwanzig oder dreißig Meter sein. Sie könnten den Sturz überleben . . .

Unmöglich.

Schofield sah den Laufsteg an, auf dem er stand, und dann die Eismauer hinter sich.

Schon besser.

»Scarecrow, du verschwindest da besser!« Es war Montana. Er war jetzt draußen auf dem Laufsteg, an der Südseite der Station. Von seinem Standort konnte er in den Tunnel zum Haupteingang auf der Nordseite hineinsehen. Gleich, was er dort sah, es verhieß nichts Gutes.

»Ich versuch's, ich versuch's«, erwiderte Schofield.

Schofield feuerte zwei weitere Schüsse auf Petard im Speisesaal ab, ehe er die Pistole einsteckte.

Dann griff er rasch über seine Schulter und zog seinen Maghook aus dem Holster auf seinem Rücken. Der Armalite MH-12 sah ein wenig aus wie ein altmodisches Tommy-Gewehr. Es hatte zwei Pistolengriffe: einen normalen Griff mit einem Abzug und einen nach vorn gerichteten Stützgriff unterhalb der Mündung. Im Endeffekt *ist* der Maghook ein Gewehr, ein kompakter, beidhändiger Werfer, der mit gewaltiger Schnelligkeit einen Greifhaken aus seiner Mündung abfeuert.

Zu Schofields Füßen begann Gant zu stöhnen.

Schofield zielte mit dem Werfer auf die Eismauer und feuerte. Ein lautes, metallisches *Wumm* ertönte, als der Greifhaken aus der Mündung schoss und in die Eismauer schlug. Der Haken fuhr explosionsartig *durch* die Mauer hindurch in den Speisesaal. Sobald er sich auf der anderen Seite befand, schnappten seine »Klauen« auf.

»Scarecrow! Setz dich in Bewegung!«

Schofield wandte sich um, und da kam Gant gerade erschöpft neben ihm auf die Beine.

»Pack meine Schultern!«, sagte er zu ihr.

»Wa ... hm?«

»Schon gut. Halt einfach fest«, meinte Schofield, als er sich ihre Arme über die Schultern warf. Beide standen ganz nahe beieinander, Nase an Nase. Unter allen anderen Umständen hätte es wie eine intime Umarmung gewirkt, zwei Liebende, die sich küssen wollten – nicht jedoch jetzt. Gant eng bei sich haltend, fuhr Schofield herum und stützte sich mit dem Hintern auf dem Geländer ab.

Er blickte zum Tunnel des Haupteingangs zurück und sah, wie sich zwei Schatten rasch über die Eiswände des Tunnels bewegten. Aus dem Innern des Tunnels spuckte Gewehrfeuer hervor.

»Festhalten!«, sagte Schofield zu Gant.

Mit beiden Händen hielt er den Werfer hinter Gants Rükken gepackt – ihre Arme hatte er sich fest um den Hals gelegt. Und dann verschob Schofield sein Gewicht nach hinten und alle beide taumelten über das Geländer und fielen in den leeren Raum hinaus.

Schofield und Gant waren kaum über das Geländer gefallen, da prasselte auch schon ein Kugelhagel darauf ein. Eine blitzende Kaskade weißorangefarbener Funken, erzeugt beim Aufprall, explodierte über ihren Köpfen, als sie vom Laufsteg herabfielen.

Schofield und Gant stürzten.

Das Seil des Maghook spannte sich schräg über ihnen. Sie sausten an Deck B vorüber, an Riley und Hollywood, die beim unerwarteten Anblick zweier Körper, die an ihnen vorbeistürzten, herumfuhren.

Dann drückte Schofield einen schwarzen Knopf auf dem vorderen Griff des Werfers, und ein Klammermechanismus innerhalb der Mündung verbiss sich in dem abspulenden Seil.

Jäh, ruckartig, kamen Schofield und Gant gerade unterhalb von Deck B zum Stehen, und das Seil des Maghook schwang sie auf den Laufsteg zu. Rasch flogen sie über Deck C herein und fielen auf den Metallsteg hinab.

Sobald seine Füße den Steg berührt hatten, drückte Schofield zweimal den Abzug des Werfers. Sogleich reagierten die Greifhaken auf Deck A, indem sie mit einem scharfen *Klick* nach innen schlugen, und der Haken wurde durch das Loch zurückgesaugt, das er in die Wand des Speisesaals gebohrt hatte. Eingeholt vom Werfer fiel der Greifhaken in den Zentralschacht der Eisstation. Innerhalb weniger Sekunden war er wieder in Schofields Händen und er und Gant eilten in den nächstgelegenen Eingang.

»Granaten!«

Riley und Hollywood rannten schnurstracks aus dem Nordtunnel auf Deck B hinaus und gingen um die Ecke in Deckung.

Gleich nachdem sie verschwunden waren, erschütterte eine dröhnende Explosion den Eistunnel hinter ihnen. Hart auf den Fersen der Explosion kam die Druckwelle und dann …

Riley und Hollywood duckten sich hinter die Ecke, als ein Schwarm pfeilähnlicher Körper mit phänomenaler Geschwindigkeit an ihnen vorüberschoss und in die gegenüberliegende Wand des Tunnels schlug.

Die beiden Marines sahen einander erstaunt an.

Eine Splittergranate.

Eine Splittergranate ist im Grunde eine konventionelle Granate, die mit hunderten winziger Metallstücke gefüllt ist – winziger, *scharfkantiger, abgeschrägter* Metallstücke, die so geformt sind, dass man sie nur unter äußersten Schwierigkeiten aus dem menschlichen Körper herausbekommt. Wenn die Granate detoniert, schickt sie eine Welle dieser tödlichen Splitter aus, die in alle Richtungen davonschießen.

»Ich habe es *immer* gesagt«, meinte Riley sarkastisch, während er den Ladestreifen herausholte und ein frisches Magazin in seine MP5 schob. »Habe es *immer* gesagt: Vertraue niemals den verdammten Franzosen. Die haben was an sich. Vielleicht sind's diese kleinen Perlenaugen, die sie alle haben. Diese Arschlöcher sollten eigentlich unsere gottverdammten Verbündeten sein.«

»Verfluchte Franzosen«, stimmte Hollywood nachdenklich zu, während er mit einem Auge um die Ecke spähte.

Die Kinnlade fiel ihm herab. »Oh, *Scheißdreck* . . .«

»Was ist?« Riley fuhr gerade rechtzeitig herum und sah, wie eine zweite Granate um die Ecke plumpste und in zwei Metern Entfernung liegen blieb.

Zwei Meter. Im Freien.

Sie konnten nirgendwohin. Sie konnten einfach nirgendwohin. Konnten nicht den Korridor hinablaufen und rechtzei . . . Riley warf sich nach vorn. Auf die Granate zu. Mit den Füßen voran grätschte er wie ein Fußballer den eisigen Fußboden entlang. Als er in Reichweite war, trat er mächtig zu, und die Granate schlitterte den Nordtunnel zurück, zurück zum Zentralschacht.

Als Riley der Granate einen Tritt versetzte, sprang Hollywood vor, packte ihn bei den Schulterplatten und riss ihn hinter die Ecke zurück.

Die Granate detonierte.

Eine weitere ohrenbetäubende Explosion dröhnte.

Eine neue Welle aus Metallsplittern schoss aus dem Korridor an Riley und Hollywood vorbei und schlug in die Wand ihnen gegenüber ein.

Hollywood wandte sich um und sah Riley an. »Bei meinen Eiern, Mann, das ist echt 'ne verdammte Katastrophe!«

Riley war bereits auf den Beinen. »Komm schon, hier bleiben wir nicht.«

Er blickte zur anderen Seite des Nordtunnels hinüber und sah Rebound an der gegenüberliegenden Ecke auftauchen. Bei ihm waren Corporal Georgio »Legs« Lane und Sergeant Gena ›Mother‹ Newman. Sie mussten um die westliche Seite von Deck B herumgekommen sein.

»Also gut, ihr alle, hört zu!«, sagte Riley. »Soweit es mich betrifft, werden wir uns jetzt aufteilen. Wenn wir zusammen bleiben und in eine Ecke gedrängt werden, werden wir alle zu Erdbeerquark verarbeitet, verdammt noch eins. Wir müssen uns teilen. Rebound, Legs, Mother, ihr geht zurück Richtung Westen um den Außentunnel herum. Hollywood und ich gehen ostwärts. Sobald wir herausbekommen haben, wo wir sind und was wir mit unserer Position anstellen können, können wir auch herausbekommen, wie wir uns zum Teufel wieder mit den anderen vereinigen und diese Arschlöcher festnageln können. Ist das für euch alle in Ordnung?«

Es gab keine Gegenargumente. Rebound und die anderen standen rasch auf und huschten den gegenüberliegenden Eistunnel hinab.

Riley und Hollywood rannten Richtung Osten, folgten der Biegung des Außentunnels.

Beim Rennen meinte Riley: »Also gut, was ist das? Deck B, stimmt. Gut. Was ist auf Deck B?«

»Ich weiß nicht …« Hollywood unterbrach sich selbst, als sie die Biegung des Tunnels verließen und sahen, was vor ihnen lag.

Beide Männer blieben wie angenagelt stehen und spürten sogleich ihr Blut zu Eis erstarren.

Schofield feuerte mit seiner Desert Eagle in den Zentralschacht der Eisstation Wilkes hinauf. Er und Gant waren unten auf Deck C in einem Raum, der sich auf den zentralen Laufsteg öffnete. Schofield stand auf der Schwelle, die Waffe in der Hand, und blickte über den Zentralschacht zu Deck A hinauf. Neben ihm, in diesem Raum, dessen Funktion er nicht kannte, hockte Gant auf den Fersen und schüttelte sich ihre Benommenheit ab. Sie hatte ihren Helm abgenommen, und es zeigte sich jetzt kurzgeschorenes, weißblondes Haar.

Gant blickte neugierig ihren Helm an sowie den Pfeil, der darin steckte. Sie schüttelte den Kopf und setzte den Helm, mit Pfeil und allem, wieder auf. Sie legte gleichfalls ihre verspiegelte Schutzbrille wieder an, die einen großen Teil der dünnen Linie getrockneten Bluts verbarg, das ihr von der Stirn bis zum Kinn lief. Dann packte sie entschlossen ihre MP5 und trat zu Schofield.

»Wieder in Ordnung?«, fragte Schofield über die Schulter, während er mit seiner Pistole zu Deck A hinaufzielte.

»Ja. Ist mir was entgangen?«

»Hast du den Teil gesehen, als diese Bande französischer *Arschlöcher*, die sich für Wissenschaftler ausgegeben haben, sich entschieden haben, ihre Waffen zu ziehen und auf uns zu richten?« Schofield feuerte erneut eine Salve ab.

»Ja, den Teil habe ich mitbekommen.«

»Was ist mit dem Teil, als wir herausgefunden haben, dass unsere neuen Freunde weitere sechs Burschen in ihrem Hovercraft stecken hatten?«

»Nein, ist mir entgangen.«

»Nun, das ist soweit...«, er feuerte erneut wütend eine Salve ab, »... die ganze Geschichte.«

Gant sah Schofield an. Hinter diesen undurchsichtigen, silberfarbenen Gläsern befand sich, verdammt, ein ernsthaft verstimmtes Individuum.

Eigentlich war Schofield nicht wirklich wütend auf die französischen Soldaten *per se.* Sicher, zunächst war er über sich selbst wütend gewesen, weil er nicht mitbekommen hatte, dass die französischen »Wissenschaftler« in Wirklichkeit Soldaten waren. Dann jedoch *waren* sie als erste nach Wilkes gekommen und sie hatten zwei echte Wissenschaftler mitgebracht, ein besonders schlauer Trick, der ausgereicht hatte, Schofield und sein Team von der Fährte abzulenken.

Was ihn jedoch wirklich in Rage brachte, war, dass er in dieser Schlacht die Initiative verloren hatte.

Die Franzosen hatten Schofield und dessen Team auf dem falschen Fuß erwischt, völlig überraschend, und jetzt diktierten *sie* die Regeln dieses Kampfs. Das nahm ihnen Schofield wirklich übel.

Er versuchte verzweifelt, seinen Ärger zu bekämpfen. Er konnte sich nicht gestatten, wütend zu sein. Er konnte es sich nicht *leisten,* etwas dergleichen zu fühlen.

Stets wenn er sich dabei ertappte, dass er wütend oder durcheinander war, dachte Schofield an ein Seminar, an dem er gegen Ende 1996 in London teilgenommen und das der legendäre britische Kommandeur Brigade-General Trevor J. Barnaby geleitet hatte.

Ein bulliger Mann mit durchdringenden dunklen Augen,

einem vollkommen geschorenen Schädel sowie einem einfachen schwarzen Ziegenbärtchen. Trevor Barnaby war Kopf des SAS – war es seit 1979 gewesen. Breite Kreise hielten ihn für den brillantesten militärischen Frontlinien-Taktiker der Welt. Seine strategischen Fähigkeiten in Bezug auf Durchführung von verdeckten Operationen auf fremdem Territorium waren außergewöhnlich. Wenn die beste militärische Eliteeinheit der Welt, der SAS, eine solche Operation durchführte, war sie unüberwindlich. Er war Stolz und Freude des britischen Militärestablishments und bislang hatte er noch bei keiner Mission einen Fehlschlag erlitten.

Im November 1996 war als Teil eines »Abkommens über Wissensaustausch« zwischen den USA und dem Vereinigten Königreich beschlossen worden, dass Barnaby ein zweitägiges Seminar für die vielversprechendsten amerikanischen Offiziere über verdeckte Vorstöße auf fremdes Territorium geben sollte. Als Gegenleistung würden die Vereinigten Staaten die britischen Artillerieeinheiten im Gebrauch der mobilen *Patriot II*-Raketen-Batterien unterweisen. Einer der Offiziere, der für die Teilnahme an Trevor Barnabys Seminar ausgewählt wurde, war Lieutenant Shane M. Schofield, USMC, gewesen.

Barnaby hatte einen anmaßenden, kontrastreichen Lehrstil gehabt, der Schofield gefallen hatte – eine Serie rasch abgefeuerter Fragen und Antworten, die auf eine simple, logische Weise fortgeschritten waren.

»In jeder Schlacht«, hatte Barnaby gesagt, »sei es in einem Weltkrieg oder in einer isolierten Auseinandersetzung zweier Einheiten, ist die erste Frage, die Sie sich regelmäßig zu stellen haben, die folgende: *Was ist das Ziel Ihres Gegners*? Was will er? Ehe Sie nicht die Antwort auf diese Frage kennen, werden Sie nie imstande sein, sich die zweite Frage zu stellen: *Wie wird er es erreichen*?

Und ich werde Ihnen gleich sagen, meine Damen und Herren, dass die zweite Frage bei weitem wichtiger für Sie ist als die erste. Weshalb? Weil das, was er will, insofern unbedeutend ist, als es die Strategie betrifft. Was er will, ist ein Objekt, nichts weiter. Die weltweite Ausbreitung des Kommunismus. Eine strategische Ausgangsposition auf fremdem Territorium. Die Bundeslade. *Wen interessiert das?* Es zu wissen bedeutet gar nichts an und für sich. *Wie er plant, es zu erhalten,* bedeutet andererseits alles. Weil es da um Aktion geht. Und Aktion lässt sich aufhalten.

Sobald Sie also diese zweite Frage beantwortet haben, können Sie mit Frage Nummer 3 fortfahren: *Was unternehmen Sie, um ihn aufzuhalten?* «

Als er über Kommando und Anführerschaft gesprochen hatte, hatte Barnaby wiederholt die Notwendigkeit für kühle Vernunft betont. Ein zorniger Kommandeur, der unter dem Einfluss von Wut oder Enttäuschung handelt, wird seine Einheit fast absolut sicher in den Tod führen.

»Als Anführer«, hatte Barnaby gesagt, »können Sie es sich einfach nicht *leisten*, wütend oder durcheinander zu sein.«

In der Erkenntnis, dass kein kommandierender Offizier immun gegenüber Gefühlen der Angst oder der Enttäuschung war, hatte Barnaby eine taktische Analyse in drei Schritten vorgestellt, die von solchen Gefühlen ablenken sollte. »Wann immer Sie Gefühlen des Zorns unterliegen, gehen Sie die dreistufige Analyse durch. Lenken Sie sich vom Ärger ab und richten Sie ihn gegen die Arbeit, die gerade zu erledigen ist. Bald werden Sie vergessen haben, was Sie so verärgert hat, und anfangen, das zu tun, wofür Sie bezahlt werden.«

Und als er dort in der Tür auf Deck C stand, in der eiskalten, eisbedeckten Welt der Eisstation Wilkes, konnte Shane Schofield Trevor Barnaby fast in seinem Kopf sprechen hören.

Dann also gut.

Was ist ihr Ziel?

Sie möchten das Raumschiff.

Wie wollen sie es bekommen?

Sie werden jeden hier töten, das Raumschiff ausgraben und irgendwie vom Kontinent verschwinden, ehe sonstwer von seiner Existenz erfährt.

Na schön. Aber bei dieser Analyse gab es ein Problem. Worin bestand es ...?

Schofield dachte einen Augenblick lang nach. Und dann traf es ihn wie ein Schlag.

Die Franzosen waren rasch eingetroffen.

In der Tat so rasch, dass sie hier in Wilkes eingetroffen waren, bevor die Vereinigten Staaten in der Lage gewesen waren, ein eigenes Team herzubringen. Was bedeutete, dass sie Wilkes sehr nahe gewesen waren, als der Notruf hinausging.

Schofield hielt inne.

Französische Soldaten waren auf d'Urville gewesen, als Abby Sinclairs Signal gesendet wurde.

Aber einen Notruf hätte niemand erwarten können. Es war ein Notfall, ein jähes Ereignis.

Und *das* war das Problem bei seiner Analyse.

Ein Bild begann sich in Schofields Bewusstsein zu formen: *Sie hatten eine Gelegenheit erkannt und sich dazu entschlossen, sie beim Schopf zu packen ...*

Die Franzosen hatten ihre Einheiten auf Dumont d'Urville gehabt, weil sie vielleicht irgendeine Übung abgehalten hatten. Arktische Kriegsführung oder dergleichen.

Und dann war der Notruf von Wilkes aufgefangen worden. Und den Franzosen war aufgegangen, dass sie eine ihrer militärischen Eliteeinheiten innerhalb von achthundert Kilometern vor der Entdeckung eines extraterrestrischen Raumschiffs liegen hatten.

Die möglichen Gewinne lagen klar auf der Hand: technologische Fortschritte durch das Studium des Antriebssystems, der Bauweise der äußeren Hülle. Vielleicht sogar Waffen.

Eine Gelegenheit, die man nicht verstreichen lassen sollte.

Und die Perfektion des Plans bestand darin, dass die amerikanische Regierung, sollte es den Franzosen in der Tat gelingen, das Raumschiff von der Eisstation Wilkes zu holen, realistisch gesehen kaum bei der UN oder der französischen Regierung vorstellig werden und sich beklagen könnte, dass Frankreich ein *außerirdisches Raumschiff* aus amerikanischer Obhut gestohlen habe. Man kann sich wohl kaum beschweren, wenn einem etwas, das man ursprünglich gar nicht haben sollte, gestohlen wird.

Aber die französischen Befehlshaber sahen sich zwei Problemen gegenüber.

Erstens: die amerikanischen Wissenschaftler auf Wilkes. Sie wären zu eliminieren. Es durfte keine Zeugen geben.

Das zweite Problem war schlimmer: Es war fast gewiss, dass die Vereinigten Staaten zum Schutz eine Aufklärungseinheit nach Wilkes entsenden würden. Also tickte die Uhr. Den Franzosen war in der Tat aufgegangen, dass aller Wahrscheinlichkeit nach US-amerikanische Truppen in Wilkes eintreffen würden, ehe sie das Raumschiff vom Kontinent herunterbekämen.

Was mithin auf einen Schlagabtausch hinausliefe.

Aber die Franzosen waren zufällig hier. Sie hatten weder die Zeit noch die Ressourcen, einen Überfall gegen Wilkes in voller Stärke zu führen. Es war eine kleine Einheit, die sich mit der Möglichkeit konfrontiert sah, dass die USA mit einer Streitmacht auf der Bildfläche erscheinen würden, die stärker als die französische wäre, ehe ihnen die Flucht mit dem Raumschiff gelänge.

Sie benötigten einen Plan.

Und daher gaben sie vor, Wissenschaftler zu sein, besorgte

Nachbarn. Wahrscheinlich in der Absicht, das Vertrauen der Marines zu gewinnen und sie dann zu töten, während diese ihnen den Rücken zukehrten. Diese Strategie war für eine vorübergehende Streitmacht von unterlegener Stärke so gut wie jede andere.

Wobei eine weitere Frage blieb: *Wie wollten sie das Raumschiff von der Antarktis herunterbringen*?

Schofield entschied, dass diese Frage warten konnte. Besser, die gegenwärtige Auseinandersetzung anzugehen. Also fragen wir erneut:

Was ist ihr Ziel?

Uns sowie die Wissenschaftler hier auf Wilkes zu eliminieren.

Wie werden sie das anstellen?

Das weiß ich nicht.

Wie würdest *du* das anstellen?

Schofield dachte darüber nach. *Ich würde wahrscheinlich versuchen, uns alle an einem Ort zusammenzutreiben. Das wäre wesentlich effizienter als der Versuch, die ganze Station nach uns abzusuchen und uns einen nach dem anderen ...*

»Granate!«, schrie Gant.

Schofield wurde in die Gegenwart zurückgerissen, als er sah, wie eine kleine schwarze Granate über das Geländer des Decks A segelte und in hohem Bogen auf ihn zuflog. Sechs gleichartige Granaten kamen vom Deck A herabgesegelt und fielen in die drei Eistunnel, die zum Deck B abzweigten.

»Weg hier!«, sagte Schofield rasch zu Gant, als er hinter die Tür sprang und sie zuschlug.

Als er und Gant zum anderen Ende des Raums zurückwichen, hörten sie die Granate gegen die Außenseite der dicken Holztür prallen.

Klonk, klonk.

Und dann explodierte die Granate. Weiße Splitter schossen

von der Innenseite der Tür davon, deren Stelle im Nu die Spitzen von einem Hundert gezackter Metallsplitter einnahmen.

Verblüfft blickte Schofield zur Tür.

Die ganze Tür war vom Boden bis zur Decke übersät mit winzigen Vorsprüngen. Was einstmals eine glatte hölzerne Oberfläche gewesen war, sah jetzt aus wie eine Art finsterer mittelalterlicher Folterapparat. Das ganze Ding war bedeckt mit scharfen, spitzen Metallteilen, denen es *beinahe* gelungen wäre, die dicke Holztür zu durchschlagen.

Andere, ähnliche Explosionen ertönten von der Ebene über Schofield und Gant. Beide sahen auf.

Deck B, dachte Schofield.

Wahrscheinlich würde ich uns alle an einem Ort zusammentreiben.

»O nein«, sagte Schofield laut.

»Was?«, fragte Gant.

Doch Schofield gab keine Antwort. Stattdessen riss er rasch die zerstörte Tür auf und blickte hinaus in den Zentralschacht der Eisstation.

Sofort knallte ein Geschoss in den eisbedeckten Holzrahmen gleich neben seinem Kopf. Was ihn jedoch nicht daran hinderte, sie zu sehen.

Oben auf Deck A standen fünf der französischen Soldaten und legten ein Sperrfeuer über die ganze Station.

Es war eine Absicherung.

Eine Absicherung für die anderen fünf Soldaten, die sich gerade im Augenblick von Deck A nach Deck B abseilten. Es war eine kurze, kontrollierte Tour und in einer Sekunde waren die fünf Soldaten auf dem Laufsteg von Deck B und rannten, die Gewehre gehoben, auf die Tunnel zu.

Bei ihrem Anblick wurde Schofield etwas klar und ihm wurde fast schlecht dabei. Die meisten seiner Marines waren auf Deck B. Sie hatten sich dorthin zurückgezogen, nachdem das zweite französische Team durch den Haupteingang der Station gestürmt war.

Und da war noch etwas.

Deck B war der hauptsächliche Lebensbereich der Eisstation Wilkes. Und Schofield hatte die amerikanischen Wissenschaftler persönlich in ihre Quartiere zurückgeschickt, während er und sein Team losgegangen waren, um das neu eingetroffene französische Hovercraft zu empfangen.

Schofield starrte entsetzt zu Deck B hinauf.

Die Franzosen hatten sie alle an einem Ort zusammengetrieben.

Auf Deck B geriet die Welt jäh aus den Fugen.

Riley und Hollywood hatten kaum ihre Runde um den Eistunnel beendet, da wurden sie mit den entsetzten Gesichtern der Bewohner der Eisstation Wilkes konfrontiert.

In dem Augenblick, da er sie sah, entsann sich Riley jäh, was Deck B war.

Der Wohnbereich.

Plötzlich riss eine Salve aus einer Maschinenpistole die Eiswand hinter ihm auf.

Gleichzeitig ertönte Schofields Stimme über Rileys Helmfunk: *»An alle Einheiten, hier ist Scarecrow. Ich sehe fünf Feinde gerade im Augenblick auf dem Laufsteg von Deck B landen. Ich wiederhole, fünf feindliche Objekte. Marines, solltet ihr auf Deck B sein, haltet die Augen auf!«*

Rileys Gedanken überschlugen sich. Er versuchte rasch, sich den Raumverteilungsplan von Deck B ins Gedächtnis zurückzurufen.

Als erstes fiel ihm ein, dass die Anlage von Deck B sich ein wenig von der Anlage der anderen Decks auf Wilkes unterschied. Alle anderen Decks bestanden aus vier geraden Tunnels, die sich vom Zentralschacht der Eisstation weg erstreckten und auf den kreisförmigen Außentunnel trafen. Aber aufgrund einer Anomalie der Felsformation im Eis besaß Deck B keinen Südtunnel.

Es hatte lediglich drei gerade Tunnel, was bedeutete, dass der äußere Tunnel keinen vollständigen Kreis bildete, wie es auf jedem anderen Deck der Fall war. Das Ergebnis war eine Sackgasse am südlichsten Punkt des äußeren Kreises. Riley erinnerte sich daran, die Sackgasse zuvor schon gesehen zu haben: In ihr befand sich das Zimmer, worin James Renshaw gefangen gehalten wurde.

Gerade im Augenblick jedoch befanden sich Riley und Hollywood im Außentunnel, gefangen in der Biegung zwischen dem Osttunnel und dem Nordtunnel. Bei ihnen waren die Wissenschaftler von Wilkes, die offensichtlich gehört hatten, dass draußen etwas vor sich ging, die sich jedoch nicht über die unmittelbare Nachbarschaft ihrer Zimmer hinausgewagt hatten. Zwischen den entsetzten Gesichtern vor sich sah Riley ein junges Mädchen.

O Gott!

»Nimm den Schwanz«, sagte Riley zu Hollywood, womit er jenen Teil des Außentunnels meinte, der zum Nordtunnel zurückführte.

Riley selbst ging an der Gruppe von Wissenschaftlern vorüber, so dass er eine Position in Sichtweite des Osttunnels einnehmen konnte.

»Meine Damen und Herren! Könnten Sie sich bitte wieder auf Ihre Zimmer zurückbegeben?«

»Was geht hier vor?«, fragte einer der Männer wütend.

»Ihre Freunde dort oben waren in Wirklichkeit gar nicht ihre Freunde«, erwiderte Riley. »In Ihrer Station befindet sich jetzt ein Team französischer Fallschirmjäger, und die werden Sie umbringen, wenn sie Sie zu Gesicht bekommen. Also könnten Sie jetzt *bitte* in Ihre *Zimmer* zurückkehren!«

»*Book! Granaten!*« Hollywoods Stimme hallte den Korridor hinab.

Riley fuhr herum und sah Hollywood um die Biegung auf sich zujagen. Er erhaschte gleichfalls einen Blick auf eine Splittergranate, die fünf Meter hinter ihm in den Tunnel fiel.

»O Scheiße!« Riley wandte sich augenblicklich auf der Suche nach Deckung in die entgegengesetzte Richtung – zum zehn Meter entfernten Osttunnel.

Genau in diesem Moment sah er zwei weitere Granaten aus dem Osttunnel hereinkullern und an der Wand des Außentunnels liegen bleiben.

»Oh, das ist jetzt wirklich *Scheiße*!« Rileys Augen wurden groß. Jetzt waren zu *beiden* Enden des Tunnels Splittergranaten.

»Hinein mit Ihnen! *Sofort!*«, schrie Riley den Wissenschaftlern zu, während er die nächstgelegene Tür aufwarf. »*Zurück* in Ihre Zimmer, *auf der Stelle*!«

Die Wissenschaftler benötigten eine Sekunde, bis sie begriffen, was Riley meinte, aber als sie es begriffen hatten, sprangen sie sogleich auf ihre Türen zu.

Riley warf sich durch die nächstgelegene Tür und spähte hinaus, um nachzusehen, was Hollywood tat. Der junge Corporal lief um sein Leben den gebogenen Tunnel hinab auf Riley zu.

Und dann rutschte er jäh aus. Und stürzte.

Hollywood ging – täppisch, Kopf voran – auf dem eisbedeckten Boden des Tunnels zu Boden.

Riley sah hilflos zu, als Hollywood verzweifelt aufstehen wollte und dabei ängstlich zu der Splittergranate im Tunnel hinter sich zurückschaute.

Vielleicht noch zwei Sekunden.

Und in diesem Augenblick spürte Riley, wie sich ihm der Magen zusammenzog.

Hollywood würde es nicht schaffen.

Gleich vor Hollywood – in der einzigen Tür, die er möglicherweise rechtzeitig erreichen könnte – versuchten zwei Wissenschaftler verzweifelt, in denselben Raum zu gelangen. Einer schob den anderen von hinten, um ihn ins Innere zu befördern.

Buck Riley sah entsetzt, wie Hollywood zu den beiden Wissenschaftlern aufblickte und merkte, dass er keine Chance hatte, in diesen Raum zu kommen. Darauf schwang sich Hollywood herum, um einen Blick auf die Splittergranate zu werfen, die sich zehn Meter entfernt in dem gebogenen Korridor hinter ihm befand.

Eine letzte, verzweifelte Wendung und Hollywoods Augen begegneten den Augen Rileys. Augen, die weiß waren vor Furcht. Die Augen eines Mannes, der wusste, dass er sterben würde.

Er konnte nirgendwohin. Überhaupt nirgendwohin.

Und dann, mit donnergleicher Intensität, ließen die drei Granaten – eine vom Nordtunnel, zwei vom Osten – ihrem Zorn freien Lauf und Riley duckte sich hinter seine Tür und sah eintausend glitzernde Metallsplitter in beiden Richtungen an sich vorübersausen.

Eine weitere Explosion ließ die Außenseite der dicken Holztür beben und eine neue Welle Metallsplitter schlug hinein.

Schofield und Gant waren im hinteren Ende des Raums auf Deck C und suchten Deckung hinter einem aufgerichteten Aluminiumtisch.

»Marines, melden!«, sagte Schofield.

Stimmen tönten über seinen Sprechfunk und Gewehrfeuer klang im Hintergrund.

»Rebound hier! Ich bin mit Legs und Mother zusammen! Wir stehen unter heftigem Beschuß im nordwestlichen Quadranten auf Deck B!«

Jäh schnitt ein Ausbruch von statischem Rauschen durch Schofields Ohrhörer. *»... ist Book ... wood ist gefallen. Ich bin in Quadrant ...«* Books Stimme brach jäh ab, das Signal war verschwunden.

»Montana hier. Santa Cruz ist bei mir. Wir sind noch immer auf Deck A, aber wir sind in die Enge getrieben.«

»Lieutenant, hier ist Snake. Ich bin draußen und nähere mich gerade dem Haupteingang.«

Kein Wort kam von Hollywood. Und Mitch Healy und Samurai Lau waren bereits tot. Schofield zählte zusammen. Wenn alle drei tot waren, so wären es jetzt nur noch neun Marines.

Schofield dachte an die Franzosen. Sie hatten mit zwölf Männern angefangen, plus die beiden zivilen Wissenschaftler. Snake hatte zuvor gesagt, dass er einen draußen getötet hatte, und Schofield persönlich hatte einen Weiteren oben umgelegt. Das bedeutete, dass die Franzosen bloß noch zehn Männer hatten – *plus* die beiden Zivilisten, wo immer sie sich zum Teufel aufhalten mochten.

Schofields Gedanken kehrten in die Gegenwart zurück. Er sah die große Holztür vor sich an, die von Dutzenden aus dem Holz ragender silbriger Spitzen übersät war.

Er wandte sich an Gant. »Wir können hier nicht bleiben.«

»Die Idee ist mir eigentlich auch schon gekommen«, erwiderte Gant mit Pokerface.

Schofield fuhr herum, sah sie an, verwirrt über ihre Antwort. Gant sagte nichts weiter. Sie deutete einfach bloß über seine Schulter.

Schofield wandte sich um, und zum ersten Mal sah er sich den Raum um ihn herum *wirklich* an.

Er sah aus wie eine Art Kesselraum. Eloxierte schwarze Röhren bedeckten die Decke. Zwei gewaltige weiße Stahlflaschen – die auf der Seite lagen, eine über der anderen – nahmen die gesamte rechte Wand des Raums ein. Jede Flasche war etwa vier Meter lang und zwei Meter hoch.

Und in der Mitte jeder Flasche befand sich ein großer, rautenförmiger Sticker. Auf dem Sticker war das Bild einer einzigen Flamme, und in großen, fettgedruckten Lettern standen die Worte darauf:

GEFAHR

BRENNBARES TREIBMITTEL

L-5

LEICHT ENTZÜNDLICH

Schofield starrte die massiven weißen Flaschen an. Sie waren offenbar mit einem Computer verbunden, der auf einem Tisch hinten in der Ecke des Raums stand. Der Computer war eingeschaltet, doch im Augenblick füllte den Bildschirm ein *Sports Illustrated*-Bildschirmschoner: eine vollbusige Blondine in einem unmöglich kleinen Bikini, die irgendwo provokativ an einem tropischen Strand lag.

Rasch durchquerte Schofield den Raum und stellte sich vor den Computer. Die sexy Frau auf dem Bildschirm sah ihn schmollmündig an.

»Später vielleicht«, meinte Schofield zu dem Bildschirm, als er eine Taste auf der Tastatur drückte. Sofort verschwand der Bildschirmschoner.

Er wurde von eine farbigen schematischen Diagramm der fünf Etagen der Eisstation Wilkes ersetzt. Fünf Kreise füllten den Bildschirm – drei auf der linken, zwei auf der rechten Seite. Jeder Kreis schloss den Zentralschacht der Station ein und war umgeben von einem größeren, äußeren Kreis. Der äußere Kreis war über vier gerade Tunnel mit dem Zentralschacht verbunden. Räume gab es sowohl *zwischen* dem äußeren Tunnel und dem Zentralschacht als auch *jenseits* des äußeren Tunnels. Eine Farbtabelle an der Seite des Bildschirms erklärte, dass jede Farbe eine unterschiedliche Temperatur andeutete. Die Temperatur reichte von –5,4 ° bis –1,2 °Celsius.

»Es ist die Klimaanlage«, meinte Gant und nahm eine Position an der Tür ein. »L-5 bedeutet, dass sie Fluorchlorkohlenwasserstoffe als Treibmittel benutzt. Muss ziemlich altertümlich sein.«

»Warum überrascht mich das gar nicht?«, fragte Schofield, als er zur Tür hinüberging und die Klinke packte.

Er öffnete die Tür einen Spalt breit ...

... gerade rechtzeitig, dass er einen schwarzen, fußballgroßen Körper auf sich zusausen sah.

Ein langer weißer Rauchfinger zog eine Spur durch die Luft und zeigte dadurch seine Quelle an: Petard oben auf Deck A mit einem FA-MAS-Gewehr, an dem ein 40-mm-Granatwerfer befestigt war.

Schofield duckte sich rechtzeitig, als die gasgetriebene Granate durch den schmalen Spalt in der Tür über seinen Kopf schoss, sich leicht nach oben legte und in die Rückwand der Klimaanlage schlug.

»*Raus! Sofort!*«, schrie Schofield.

Das musste Gant nicht erst gesagt werden. Sie war bereits auf dem Weg zur Tür hinaus, hatte die MP5 oben und feuerte.

Schofield warf sich hinter ihr durch die Tür, gerade als die Klimaanlage hinter ihm explodierte. Die schwere, von Splittern zerrissene Tür wurde fast aus den Angeln gerissen, als die Stoßwelle sie wie einen Zweig nach außen schlug. Die Tür knallte in einem vollem Bogen von 180 Grad herum, ehe sie in die Eiswand draußen auf dem Laufsteg schlug, gleich neben Schofield. Daraufhin schoss ein gewaltiger Feuerball aus der Tür an Schofield vorbei hinaus in den offenen Raum des Zentrums der Eisstation Wilkes.

»Scarecrow! Komm schon!«, rief Gant, während sie von weiter unten auf dem Laufsteg hinauf nach Deck A feuerte.

Schofield sprang auf und gab mächtig Feuer aus seiner MP5, wobei er dort hinaufzielte, wo er nur Augenblicke zuvor Petard gesehen hatte.

Gant und Schofield jagten um den Laufsteg von Deck C herum – draußen im Freien. Schofield hielt sein Gewehr nach links oben gerichtet, Gant nach rechts. Lange Zungen grellgelber Flammen brachen aus den Mündungen ihrer MP5. Das Feuer, mit dem die Franzosen erwiderten, riss die Eiswände rings um sie her auf.

Etwa zehn Meter vor ihnen sah Schofield eine kleine Nische in der Wand.

»Fox! *Dort!*«

»Kapiert!«

Schofield und Gant warfen sich in dem Augenblick in die kleine Nische, als eine zweite, mächtigere Explosion aus der Klimaanlage dröhnte.

In der Sekunde, da sie ertönte, wusste Schofield, dass diese Detonation sich von der ersten unterschied. Es war nicht der kurze, zurückhaltende Stoß einer Granate. An ihr war mehr Resonanz, mehr Substanz. Es war das Geräusch von etwas Großem, das explodierte ...

Es war das Geräusch einer der Stahlflaschen, die explodierte.

Auf der Stelle brachen die Wände der Klimaanlage unter der Wucht der massiven Explosion zusammen. Wie ein Korken, der aus einer Champagnerflasche knallte, schoss ein Stück schwarzes Rohr aus der Klimaanlage, sauste mit phänomenaler Geschwindigkeit über den mehr als dreißig Meter breiten Raum in der Mitte der Station und bohrte sich in die Eiswand auf der anderen Seite.

Schofield presste sich flach gegen die Wand der Nische, als ein Hagel von Geschossen in das Eis gleich neben ihm schlug. Er blickte sich in der Nische um.

Es war einfach eine kleine Ecke in der Wand. Sie sollte anscheinend einzig die Kontrollkonsole beherbergen, die die gewaltige Winsch zum Heben und Senken der Taucherglocke der Station steuerte. Die Konsole selbst, sah Schofield, war wenig mehr als eine Reihe von Hebeln, Anzeigen und Knöpfen auf einem Paneel.

Vor der Konsole stand ein abnorm großer Sessel mit Stahlplatten. Schofield erkannte ihn sogleich als den Schleudersitz des Piloten eines Starfighters wieder. Die schwarzen Auswurfknöpfe unter dem Antrieb des Sitzes sowie der beträchtlich große Riss in dessen großer, stählerner Kopfstütze sagten

Schofield, dass dieser Schleudersitz in einem früheren Leben seinem ihm bestimmten Zweck gedient hatte. Jemand auf Wilkes hatte den gewaltigen Sitz schlauerweise auf einen drehbaren Ständer montiert und daraufhin das ganze Ding auf dem Fußboden festgeschraubt, wodurch er vierhundert Pfund militärischen Schrotts in ein schweres, nützliches Möbel verwandelt hatte.

Jäh donnerte eine neue Salve automatischen Gewehrfeuers die nordwestliche Ecke von Deck A herab, und Gant sprang auf den Schleudersitz und duckte sich hinter die Kopfstütze, zog ihren winzigen Körper zu einem Ball zusammen, so dass sie vollständig von der stahlgesäumten Lehne des großen Sitzes geschützt wurde.

Das Gewehrfeuer währte volle zehn Sekunden und trommelte heftig auf die Rücklehne des Schleudersitzes ein. Gant drückte den Kopf gegen die Kopfstütze und schützte dadurch die Augen vom Aufprall der Querschläger.

Dabei zog eine Bewegung ihren Blick auf sich.

Und zwar links von ihr. *Unten* links.

Unten im Tümpel an der Basis der Station. *Unter* der Oberfläche. Eine glitzernde, schwarz-weiße Gestalt, unglaublich riesig, kreuzte langsam, bedrohlich, unter der Oberfläche. Sie musste tiefer gewesen sein, als es den Anschein gehabt hatte, denn die hohe Rückenflosse durchbrach die Oberfläche nicht.

Der ersten dunklen Gestalt gesellte sich eine zweite hinzu, dann eine dritte, dann eine vierte. Der Anführer musste wenigstens zwölf Meter lang sein. Die anderen waren kleiner. *Weibchen,* dachte Gant. Sie hatte einmal gelesen, dass es für jedes Männchen gewöhnlich acht oder neun Weibchen gab.

Das Wasser war kabbelig und sorgte lediglich dafür, dass die verschwommenen, schwarz-weißen Umrisse umso finsterer wirkten. Die Anführerin wälzte sich auf die Seite und Gant erhaschte einen Blick auf den weißen Bauch und das breite, offene Maul sowie die beiden schreckerregenden Reihen von Zähnen und plötzlich war das Bild vollständig.

Da sah Gant die beiden Halbwüchsigen, die hinter der gewaltigen Anführerin herschwammen. Das waren die beiden Killerwale, die sie bereits gesehen hatte, ehe der Kampf mit den Franzosen ausgebrochen war, die beiden Killerwale, die auf der Suche nach Wendy gewesen waren.

Jetzt waren sie zurückgekehrt ... *und sie hatten den Rest der Bande mitgebracht.*

Der ganze Schwarm Killerwale kreiste jetzt im Tümpel an der Basis der Eisstation Wilkes und während sie sich hinter die Kopfstütze des Schleudersitzes kauerte, spürte Gant, wie ihr langsam ein Gefühl der Furcht das Rückgrat hinaufkroch.

Hollywood hatte nie auch nur eine Chance.

Die Splitter der drei Granaten waren mit erschreckender Intensität auf ihn herabgeregnet – von vorn und von hinten. Book konnte lediglich zusehen, wie sein junger Partner – auf dem Fußboden kniend – eine zittrige Hand übers Gesicht legte und daraufhin unter der Wucht des Hagelsturms aus Metallfragmenten zusammenbrach.

Der Wissenschaftler, der den Versuch unternommen hatte, seinen Kollegen über die Schwelle in der Nähe zu schubsen, war ebenfalls nicht rasch genug gewesen. Wie Hollywood war er jetzt nicht mehr wiederzuerkennen. Die Welle von Metallsplittern hatte ihn auf der Stelle niedergewalzt. Und während Hollywoods Körperschutz ausgereicht hatte, *seine* Brust und Schultern vor dem Hagelsturm zu schützen, hatte der Wissenschaftler nicht so viel Glück gehabt. Sein gesamter Körper – ungeschützt von jeglicher Panzerung – war eine grässliche, blutverschmierte Masse.

Kein exponiertes Gewebe hätte ein solches Bombardement überleben können. Keines hatte es getan. Der Hagel aus Splittern hatte den Männern jeden Zentimeter exponierter Haut vom Körper gerissen. Und für einen Augenblick, einen kurzen Augenblick, konnte Buck Riley nichts weiter tun, als den zerschmetterten Leichnam seines gefallenen Freundes anstarren.

Auf der anderen Seite von Deck B jagte Rebound mit erhobenem Gewehr um die Biegung des Außentunnels.

Legs Lane und Mother Newman rannten hinter ihm und erwiderten verzweifelt das Feuer der drei Schatten, die den Tunnel hinter ihnen herliefen.

Legs Lane war ein einunddreißigjähriger Corporal mit olivenfarbener Haut, kantigem Kinn und sowohl vom Habitus als auch vom Aussehen her italienisch. Mother Newman ihrerseits war die zweite der beiden Frauen in Schofields Einheit – und sie hätte sich nicht mehr von Libby Gant unterscheiden können.

Wo Gant sechsundzwanzig Jahre alt war, gedrungen und einen kurzen blonden Bürstenschnitt hatte, war Mother vierunddreißig, zwei Meter groß und hatte den Kopf völlig geschoren. Sie wog nahezu zweihundert Pfund. Ihre Kennung »Mother« sollte nicht bedeuten »mütterliche Gestalt«. Es war eine Kurzform für »motherfucker«.

Mother sprach in ihr Helmmikrofon. »Scarecrow. Hier spricht Mother. Wir stehen heftig unter Feuer auf Deck B. Ich wiederhole. Wir stehen heftig unter Feuer auf Deck B. Wir haben feindliche Truppen hinter uns und Splittergranaten springen hier überall herum. Wir nähern uns dem Westtunnel und nehmen Ziel auf den Zentralschacht. Wenn du oder sonst jemand da draußen visuellen Kontakt zum Schacht hat, wären wir wirklich hocherfreut, darüber was zu vernehmen.«

Schofields Stimme tönte über ihren Helmsprechfunk. *»Mother. Hier ist Scarecrow. Ich habe visuellen Kontakt zum Zentralschacht. Draußen auf dem Laufsteg sind keine feindlichen Objekte. Wir haben zuvor fünf auf eurer Ebene ausgemacht, aber sie befinden sich jetzt alle im Tunnel.*

Ich kann ebenfalls fünf weitere Feinde oben auf Deck A bestätigen und dass wenigstens einer davon einen 40-mm-

Granatwerfer hat. Wenn ihr auf die Laufstege durchbrechen müsst, werden wir euch von unten decken. Montana, Santa Cruz? Ihr seid dort draußen?«

»*Wir sind hier*«, kam Montanas Stimme.

»*Ihr seid noch immer auf Deck A?*«

»*Bestätige das.*«

»*Ihr seid noch immer da festgenagelt?*«

»*Wir arbeiten daran.*«

»*Macht einfach so weiter. Zieht ihr Feuer auf euch. In etwa zehn Sekunden werden drei unserer Leute auf Deck B ins Freie hinauskommen.*«

»*Kein Problem, Scarecrow.*«

»Danke, Scarecrow«, sagte Mother. »Wir biegen jetzt in den Westtunnel. Kommen zum Zentralschacht.«

In der Nische auf Deck C drückte Schofield erneut sein Helmmikrofon. »Book! Book! Bitte kommen!«

Es folgte keine Antwort.

»Mein Gott, Book. Wo bist du?«

In der Frauendusche auf Deck B fuhr Sarah Hensleigh beim Geräusch einer Tür herum, die eingetreten wurde.

Einen entsetzlichen Augenblick lang hatte sie gedacht, dass die französischen Soldaten die Frauendusche stürmen würden. Aber das taten sie nicht. Das Geräusch war aus dem Raum nebenan gekommen, der Männerdusche.

Die Franzosen waren im Nachbarraum!

Zusammen mit Sarah waren Kirsty, Abby Sinclair sowie ein Geologe namens Warren Conlon in der Frauendusche. Als Buck Riley ihnen befohlen hatte, in ihre Zimmer zurückzukehren, hatten sich die vier sogleich hier hineingedrängt. Sie hatten es gerade eben geschafft. Conlon war es gelungen, sich durch die Tür zu quetschen und sie zuzuschlagen, und zwar den Bruchteil einer Sekunde, ehe die Splittergranaten im Tunnel draußen hochgegangen waren.

Die Frauendusche lag zwischen dem Außentunnel und dem Zentralschacht in der nordwestlichen Ecke von Deck B. Sie hatte drei Ausgänge: Einer führte zum Nordtunnel, einer zum Außentunnel und einer zur Männerdusche gleich nebenan.

Weitere Geräusche schallten aus der Männerdusche.

Es waren die Geräusche, wie die französischen Soldaten jede Zelle auftraten und nach jedem suchten, der den Versuch unternommen hatte, sich in den Duschzellen zu verbergen.

Sarah zog Kirsty auf die Tür zu, die zum Nordtunnel führte. »Komm schon, Schatz, bleib in Bewegung!«

Sarah warf einen Blick zurück über die Schulter.

Jenseits der Reihe von sechs Duschzellen sah sie das obere Viertel der Tür, die zur Männerdusche führte.

Sie war noch immer geschlossen.

Die französischen Soldaten würden jetzt jede Sekunde durch diese Tür kommen.

Sarah griff nach der Tür, die in den Nordtunnel hinausführte, und packte den Knauf.

Sie zögerte. Man konnte unmöglich wissen, was auf der anderen Seite lag.

»*Sarah!* Was *tust* du da? Mach schon!«, sagte Warren Conlon in einem verzweifelten, zischenden Flüsterton. Er war groß und dünn, ein ängstlicher Mann, bestenfalls nervös. Jetzt war er eindeutig entsetzt.

»Okay, okay«, erwiderte Sarah. Sie drehte den Knauf.

Es folgte ein lauter Knall, als die Tür zur Männerdusche plötzlich hinter ihnen aufsprang.

»*Los!*«, kreischte Conlon.

Sarah warf die Tür auf und stürmte, Kirsty mit sich ziehend, hinaus in den Nordtunnel.

Sie war kaum einige Schritte weit gekommen, da blieb sie wie angewurzelt stehen ...

... und blickte plötzlich einem Mann in die Augen, der mit einem Gewehr direkt auf ihren Kopf zielte.

Der Mann legte den Kopf zu einer Seite und schüttelte ihn.

»Gott.« Er senkte das Gewehr.

»Schon okay, schon okay«, sagte Buck Riley, als er zu Sarah und Kirsty hinauflief. »Ihr habt mir eine Scheißangst eingejagt, aber ist schon okay.«

Abby Sinclair und Warren Colon traten zu ihnen hinaus in den Tunnel und warfen die Tür hinter sich zu.

»Sie sind da drin?«, fragte Riley, wobei er in Richtung auf die Frauendusche nickte.

»Ja«, erwiderte Sarah.

»Die anderen sind in Ordnung?«, fragte Warren Conlon dümmlich.

»Ich glaube kaum, dass sie es sonderlich eilig haben werden, ihre Zimmer zu verlassen«, meinte Riley, während er den Tunnel hinter sich absuchte. Automatisches Gewehrfeuer schallte vom Außentunnel her. Als Riley sich umschaute, bemerkte Sarah ein Blutrinnsal, das aus einem großen Schnitt hinter seinem rechten Ohr tröpfelte. Riley selbst bemerkte es anscheinend nicht. In den Ohrhörer, den er in diesem Ohr trug, hatte sich ein gezacktes, silbriges Stück Metall gebohrt.

»Vielleicht gibt es ein kleines Problem«, sagte Riley, während er mit den Augen den Tunnel ringsumher absuchte. »Ich habe den Kontakt zum Rest meines Teams verloren. Mein Sprechfunk ist von irgendeinem Querschläger getroffen worden, daher bin ich vom Funkverkehr abgeschnitten. Ich kann die anderen nicht hören, und sie können mich nicht hören.«

Riley fuhr herum und blickte in die andere Richtung, über Sarahs Kopf hinweg, zum Ende des Tunnels, der zu den Laufstegen und dem massigen Schacht im Zentrum der Station führte.

»Kommt mit!« war alles, was er sagte, als er an Sarah vorübereilte und sie alle zum Zentralschacht der Eisstation Wilkes führte.

»Book«, flüsterte Schofield in sein Helmmikrofon, während er den Blick auf den Westtunnel von Deck B gerichtet hielt.

»*Book!* Wo bist du? Gottverdammt noch mal!«

»Kein Book?« fragte Gant.

»Noch nicht«, erwiderte Schofield. Er und Gant hockten noch immer in ihrer Nische auf Deck C auf der östlichen Seite der Station. Sie warteten angespannt darauf, dass Rebound, Mother und Legs aus dem Westtunnel treten würden.

Rebound kam als Erster heraus. Rasch, jedoch vorsichtig, mit erhobenem Gewehr, die Augen am Zielfernrohr, schwenkte er brüsk seine MP5 in einem Halbkreis und suchte nach den geringsten Anzeichen von Schwierigkeiten.

Sobald er Rebound herauskommen sah, eröffnete Schofield sogleich das Feuer auf Deck A, womit er jeden zwang, der möglicherweise dort oben war, in Deckung zu gehen. Gant kam fünf Sekunden später hoch und tat dasselbe.

Schofield zog sich zum Nachladen hinter die Mauer der Nische zurück. Dabei beobachtete er, wie Gant drei kurze Salven abfeuerte.

Genau in diesem Augenblick sah er etwas Seltsames.

Die gelbe Feuerzunge, die aus der Mündung von Gants Gewehr hervorblitzte, machte plötzlich einen Satz von vollen zwei Metern nach vorn. Es dauerte nur eine Sekunde, aber es wirkte unglaublich. Einen kurzen Moment lang hatte Gants kompakte MP5 Maschinenpistole so ausgesehen wie ein Flammenwerfer.

Schofield war einen Augenblick lang verwirrt. *Wie zum Teufel konnte das sein?* Dann traf es ihn jäh wie ein Schlag und er fuhr herum und sah zurück auf die ...

Ganz plötzlich schrie Gant: »Sitze auf dem Trockenen!« und Schofield kehrte ruckartig in die Gegenwart zurück. Sogleich eröffnete er das Feuer auf den Laufsteg des Decks A, während sie nachlud.

Als er ein Deckungsfeuer auf Deck A legte, sah Schofield, wie Legs und Mother hinter Rebound hinaus auf den Laufsteg von Deck B eilten. Sie feuerten aus allen Rohren in den Tunnel zurück, aus dem sie gekommen waren.

Legs ging die Munition aus. Schofield beobachtete Legs, wie er seinen Ladestreifen herausholte, ihn auf den Laufsteg fallen ließ und sich daraufhin einen frischen schnappte. Er hatte ihn kaum in die untere Kammer seines Gewehrs geknallt, da wurde er von einem unsichtbaren Gegner im Westtunnel in den Hals getroffen.

Mit den Armen um sich schlagend wich Legs zurück, verlor eine Sekunde lang das Gleichgewicht, ehe er sein Gewehr wieder auf den Feind richtete und eine längere Salve abfeuerte, die ausgereicht hätte, die Toten zu wecken. In 2,2 Sekunden waren dreißig Salven verschossen, und dieser Ladestreifen war gleichfalls leer. Mother packte ihn und riss ihn hinaus auf den Laufsteg, weg vom Tunnel.

Verwundet und triefend vor Blut macht sich Legs jetzt daran, einen neuen Ladestreifen ins Gewehr zu fummeln. Der Streifen rutschte ihm durch die blutigen Finger und fiel über das Geländer zwanzig Meter durch die Luft, bis er in den Tümpel an der Basis der Station klatschte. Nun gab Legs die

Sache dran, warf seine MP5 beiseite und zog seinen .45er Colt heraus. Einzelfeuer von hier.

Schofield und Gant überzogen das oberste Deck weiterhin mit ihrem Feuer. Gant war dem Weg von Legs' Ladestreifen ganz hinunter bis zum Tümpel mit dem Blick gefolgt; sie hatte gesehen, wie einer der Killerwale nach oben abgeschwenkt war, nachsehen, was da in seine Domäne gefallen war.

Mother ging die Munition aus. Sie warf den leeren Ladestreifen ab und lud rasch nach.

Schofield sah ängstlich zu, wie die drei – Mother, Rebound und Legs – über den Laufsteg zwischen dem West- und Nordtunnel von Deck B entlang Ziel auf den Nordtunnel nahmen.

Sie hatten ihn fast erreicht, da brach plötzlich Buck Riley aus dem Nordtunnel hervor, vier Zivilisten im Schlepptau.

Genau vor Mother, Rebound und Legs!

Schofield sah es geschehen und ihm fiel die Kinnlade herab.

»O mein Gott!«, keuchte er.

Das war eine Katastrophe. Jetzt waren *vier* seiner Leute draußen im Freien, zusammen mit vier unschuldigen Zivilisten! Und jede Sekunde würden die Franzosen erscheinen und sie in Streifen schneiden.

»Book! Book!«, kreischte Schofield in sein Helmmikrofon. »Verschwinde von da! *Verschwinde vom Laufst...*«

Und dann geschah es, und Schofields Entsetzen war vollkommen.

In perfektem Gleichklang stürmten die fünf französischen Soldaten auf den Laufsteg von Deck B hinaus.

Drei vom Westtunnel. Zwei vom Osttunnel.

Ohne im geringsten zu zögern, eröffneten sie das Feuer.

Die nächsten Ereignisse geschahen beinahe zu rasch, als dass Schofield sie hätte erfassen können.

Die fünf französischen Soldaten auf Deck B hatten gerade ein perfektes Zangenmanöver durchexerziert. Sie hatten Mother, Rebound und Legs hinaus auf den Laufsteg gedrängt und jetzt waren sie dabei, die Sache zu beenden, indem sie von beiden Seiten auf sie feuerten.

Das Erscheinen von Buck Riley und der vier Zivilisten war ein zusätzlicher Pluspunkt. Damit hatte offensichtlich niemand gerechnet – als sie auf dem Laufsteg erschienen, hatten alle fünf französischen Soldaten ihre Gewehre fest auf Mother, Rebound und Legs gerichtet.

Wie sich jedoch herausstellte, hatten sie sowieso nie eine Chance, ihr Feuer auf Riley und die Zivilisten zu eröffnen.

Die drei französischen Soldaten, die aus dem *Westtunnel* gekommen waren, feuerten als Erste. Weiß glühende Feuerzungen schossen aus den Mündungen ihrer Gewehre.

Aus dieser kurzen Entfernung wurden Legs, Mother und Rebound allesamt getroffen. Mother ins Bein, Rebound in die Schulter. Legs bekam den Löwenanteil ab – zwei in den Kopf, vier in die Brust –, und sein ganzer Körper wurde eine einzige bebende Explosion von Blut. Er war tot, ehe er den Boden berührte.

Aber mehr sah Schofield nicht.

Weil es genau in diesem Moment geschah.

Schofield sah erstaunt, wie *genau* in dem Augenblick, da die französischen Soldaten auf der Westseite der Station ihre Gewehre abfeuerten, zwei gewaltige, feurige Finger in beiden Richtungen von dort hervorschossen, wo sie standen.

Sie sahen aus wie Zwillingskometen. Zwei nahezu drei Meter hohe Feuerbälle, die rund um den Laufsteg des Decks B schossen und in ihrem Kielwasser eine Mauer sengender Flammen zurückließen.

Das gesamte Deck B verschwand sogleich, als der spektakuläre Flammenvorhang auf dem gesamten kreisrunden metallenen Laufsteg emporschoss und jeden hinter sich verbarg, der auf dem Deck gestanden hatte.

Eine volle Sekunde lang konnte Schofield nichts weiter tun als hinzustarren. Es war so rasch geschehen. Es war, als ob jemand eine Spur Benzin auf dem Laufsteg von Deck B ausgegossen und dann ein Streichholz entzündet hätte.

Dann fiel der Groschen und Schofield fuhr herum und sah ... die Klimaanlage an.

Und in diesem Augenblick ergab alles einen Sinn.

Die Stahlflaschen waren zweifelsohne von der Detonation der Splittergranate vor wenigen Minuten ernsthaft beschädigt worden. Solchermaßen durchlöchert hatten sie sofort damit begonnen, ihren Vorrat an Fluorchlorkohlenwasserstoff auszuspucken.

Leicht entzündlicher Fluorchlorkohlenwasserstoff.

Das war es, was geschehen war, als Schofield eine zwei Meter lange Feuerzunge gesehen hatte, die nur Augenblicke zuvor von der Mündung von Gants Maschinenpistole geleckt hatte. Es war eine Warnung vor dem, was ihnen bevorstand. Aber zu dieser Zeit hatte das FCKW die Station noch nicht völlig erfüllt. Deswegen die relativ kleine, zwei Meter lange Flamme.

Jetzt jedoch ... jetzt hatte sich die Menge entflammbaren Gases in der Atmosphäre der Station beträchtlich vervielfacht. So sehr vervielfacht, dass das ganze Deck in Flammen aufgegangen war, als die Franzosen das Feuer auf die Marines auf Deck B eröffnet hatten.

Schofields Augen öffneten sich weit.

Die Stahlflaschen spuckten noch immer FCKW aus. Bald wäre die gesamte Station mit entzündlichen Gasen verseucht ...

Als ihm dies klar wurde, traf Schofield das Entsetzen wie ein Hammer.

Eisstation Wilkes war ein Gasofen geworden.

Nur ein Funke wäre nötig, eine Flamme – oder ein Gewehrschuss und die gesamte Station würde sofort in Flammen aufgehen.

Auf Deck B sprangen Nieten aus ihren Halterungen.

Überall auf dem Laufsteg von Deck B entflammten kleine Feuer. Qualvolle Schreie hallten hinaus über den leeren Raum der Eisstation, als Soldaten und Zivilisten sich gleichermaßen auf dem Laufsteg wanden, die Körper in hellen Flammen. Es wirkte wie eine Szenerie direkt aus der Hölle.

Die drei französischen Soldaten auf der westlichen Seite der Station – diejenigen, die das Feuer auf Mother, Rebound und Legs eröffnet hatten, waren als Erste in Flammen aufgegangen, da die gaserfüllte Luft rings um sie herum von den weiß glühenden Feuerzungen entzündet worden war, die aus den Mündungen ihrer Gewehre gezuckt waren.

Sofort waren die beiden Zwillingsfeuerbälle aus den Läufen ihrer Gewehre hervorgeschossen. Der eine davon hatte sich nach vorn gewälzt, während der andere sich gegen sie gerichtet und mit all seiner Wut *zurück* auf ihre Gesichter gerast war.

Jetzt lagen zwei dieser französischen Soldaten kreischend auf dem Deck. Der dritte warf sich wie wild gegen die Eiswand in der Nähe, ein verzweifelter Versuch, die Flammen auf seinen Kleidern zu löschen.

Mother und Rebound standen ebenso in Flammen. Legs neben ihnen war bereits tot. Sein regloser Körper lag auf dem Laufsteg und wurde langsam von knisternden, orangefarbenen Flammen verzehrt.

Drüben neben dem Nordtunnel versuchte Buck Riley, die Flammen auf Abby Sinclairs Hosen zu löschen, indem er sie über den metallenen Laufsteg wälzte. Sarah Hensleigh neben ihnen schlug verzweifelt nach etlichen Flammen, die sich auf dem Rücken von Kirstys bauschigem, rosafarbenem Parka entzündet hatten. Warren Conlon kreischte nur noch. Sein Haar brannte lichterloh.

Und dann ertönte jäh ein Übelkeit erregender Laut. Das ruckartige, reißende Geräusch von sich biegendem Stahl.

Riley hielt inne und schaue hoch.

»O nein!«, stöhnte er.

Bei dem Geräusch sah Schofield gleichfalls auf.

Er überprüfte den Laufsteg über sich und sah eine Reihe dreieckiger Stahlstreben, mit denen die Unterseite des Laufstegs von Deck B an der Eiswand befestigt war.

Langsam, beinahe unmerklich, rutschten diese Streben aus der Wand heraus.

Unter der gewaltigen Hitze des Feuers auf Deck B heizten sich die langen Nieten auf, die die Streben an der Wand festhielten. *Sie schmolzen das Eis um sich herum* und glitten jetzt allmählich aus der Wand!

Die Nieten dehnten sich aus – *Krack! Krack! Krack!* – und rissen in rascher Folge die eiskalten Nuten ihrer Stahlstreben heraus und fielen auf den Laufsteg darunter.

Die Nieten klirrten laut, als sie auf den Laufsteg von Deck C fielen.

Eine.

Dann zwei. Dann drei.

Dann fünf. Dann zehn.

Überall regnete es Nieten auf den Laufsteg von Deck C herab. Und dann erfüllte jäh ein neues Geräusch die Eisstation Wilkes.

Das unmissverständliche, schrille Quietschen reißenden Metalls.

»O *Scheiße*!«, meinte Schofield. »Sie löst sich.«

Deck B löste sich. Plötzlich. Ohne Vorwarnung.

Der gesamte Laufsteg – der ganze, brennende Kreis – fiel einfach weg, fiel mit einem jähen Ruck hinab und nahm jeden mit sich, der sich noch immer darauf befand.

Einige Teile des Laufstegs blieben irgendwie an den Eiswänden hängen. Ihr Sturz endete abrupt, fast sobald er begonnen hatte. Am Ende zeigten sie in einem 45-Grad-Winkel nach unten.

Die übrigen Teile rutschten einfach aus den Eiswänden und fielen den Zentralschacht der Station hinab.

Fast jeder, der auf Deck B gestanden hatte, stürzte gemeinsam mit den in sich zusammengefallenen Teilen des Laufstegs hinunter – alles in allem elf Menschen.

Ein Gewirr aus Zivilisten, Soldaten sowie drei abgebrochenen Teilen des metallenen Laufstegs segelte den Zentralschacht der Eisstation Wilkes hinab.

Sie stürzten volle fünfzehn Meter.

Und dann landeten sie.

Hart.

Im Wasser.

Im Tümpel an der Basis der Station.

Sarah Hensleigh tauchte unter.

Ein Strom von Luftblasen schoss an ihrem Gesicht vorüber, und die Welt wurde sofort still.

Kalt. Absolute, unversöhnliche Kälte griff alle ihre Sinne zugleich an. Es war so kalt, dass es schmerzte.

Und dann vernahm sie plötzlich Geräusche.

Geräusche, die das geisterhafte Schweigen unter Wasser durchbrachen – eine Reihe gedämpfter Klatscher im Wasser rings um sie her. Es war das Geräusch, wie die anderen mit ihr zusammen ins Wasser fielen.

Langsam zerstreute sich der Vorhang aus Blasen vor ihrem Gesicht und Sarah erkannte eine Anzahl ungewöhnlich großer Gestalten, die sich langsam durch das Wasser um sie her bewegten.

Große, *schwarze* Gestalten.

Sie glitten scheinbar mühelos durch das stille, eiskalte Wasser – jede einzelne erschreckend in ihrer Größe, so groß und breit wie ein Auto. In diesem Augenblick schoss etwas Weißes durch Sarahs Gesichtsfeld und jäh öffnete sich ein gewaltiges Maul voller rasiermesserscharfer Zähne weit vor ihren Augen.

Nackte Angst raste ihr durch den Körper.

Killerwale.

Jäh durchbrach Sarah die Oberfläche. Sog Luft ein. Die Kälte des Wassers bedeutete jetzt gar nichts. Eine nach der anderen hoben sich die riesigen schwarzen Rückenflossen über die kabbelige Oberfläche des Tümpels.

Ehe Sarah überhaupt nur eine Vorstellung davon erhielt, wo im Tümpel sie sich befand, brach gleich neben ihr etwas aus dem Wasser und sie fuhr herum.

Es war kein Killerwal.

Es war Abby.

Sarah spürte ihren Herzschlag wieder einsetzen. Eine Sekunde später kam Warren Conlon gleichfalls neben ihr hoch.

Sarah drehte sich im Wasser herum. Alle fünf der französischen Soldaten, die auf Deck B gewesen waren, als es in die Luft flog, waren über den Tümpel verstreut. Drei Marines waren ebenfalls im Tümpel. Einer davon, bemerkte Sarah, trieb mit dem Gesicht nach unten auf dem Wasser.

Ein Gekreisch schallte durch den Zentralschacht der Station herab.

Ein schrilles, hohes Wimmern.

Das Gekreisch eines kleinen Mädchens.

Ruckartig fuhr Sarahs Kopf nach oben. Dort, hoch über ihr, war Kirsty, die an einer Hand vom umgedrehten Geländer des Laufstegs von Deck B herabhing. Der Marine, der bei ihnen gewesen war, als der Laufsteg zusammengebrochen war, lag mit dem Gesicht nach unten auf der zerbrochenen Metallplattform und streckte verzweifelt die Hand hinab im Versuch, Kirstys Hand zu packen.

Genau da, als sie zu Kirsty hinaufblickte, spürte Sarah das gewaltige Gewicht eines der Killerwale durch das Wasser zwischen ihr und Conlon sausen. Das massige Tier streifte sie an der Seite des Beins.

Und dann vernahm Sarah plötzlich einen Schrei.

Er war von der anderen Seite des Tümpels gekommen und Sarah fuhr gerade rechtzeitig herum, so dass sie sah, wie einer der französischen Soldaten – das Gesicht verbrannt und versengt von dem Feuerball – verzweifelt zum Rand des Tümpels schwamm, sein entsetztes, panikerfülltes Wimmern lediglich unterbrochen von kurzen, verzweifelten Atemzügen.

Es war die einzige Bewegung im ganzen Tümpel. Sonst hatte niemand getraut sich zu rühren.

Fast augenblicklich erschien eine hoch aufragende schwarze Rückenflosse neben dem verzweifelten Schwimmer. Nach einer Sekunde wurde sie langsamer und versank daraufhin bedrohlich unter der Oberfläche hinter ihm.

Das Ergebnis war ebenso gewalttätig wie plötzlich.

Mit einem gräßlichen *Krack* fuhr der Körper des französischen Soldaten rückwärts ins Wasser. Er drehte sich im Wasser um und öffnete den Mund zu einem Schrei, jedoch kam nichts heraus. Nur seine Augen wurden groß. Er musste gesehen haben, dass der Wal die gesamte untere Hälfte seines Körpers mit seinem Biss zerquetscht hatte und ihn jetzt fest in seinen mächtigen Kieferknochen gepackt hielt.

Das zweite Zupacken des Wals war sogar noch mächtiger als das erste. Er zog den Franzosen mit solcher Gewalt unter Wasser, dass der Kopf des Mannes nach hinten ruckte und hart gegen das Wasser klatschte, als er untertauchte und auf immer verschwand.

Sarah Hensleigh keuchte: »O mein Gott ...«

Buck Rileys Abschnitt des Laufstegs hing noch immer an der Eiswand. In einem steilen Winkel nach unten über dem Zentralschacht.

Die drei Wissenschaftler – Riley wusste ihre Namen nicht – waren allesamt zu langsam gewesen. Der jähe Zusammenbruch des Laufstegs hatte sie völlig überraschend erwischt.

Zu langsam, um sich irgendwo festhalten zu können, waren sie allesamt in den Schacht hinabgestürzt.

Rileys Reflexe waren rascher gewesen. Als der Laufsteg unter ihm weggebrochen war, war er aufs Deck geschlagen und hatte sich sogleich mit den Fingern im Gitter des Laufstegs festklammern können.

Das junge Mädchen war ebenfalls rasch gewesen.

Sobald der Boden unter ihren Füßen weggefallen war, war sie auf den Laufsteg gestürzt und sogleich zum Rand hinabgerutscht.

Als erstes waren ihre Füße über den Rand gegangen, schnell gefolgt von ihrer Taille und daraufhin ihrer Brust. Gerade als ihr Kopf vom Geländer herabfallen wollte, warf sie verzweifelt eine Hand aus und erwischte auf wundersame Weise das Geländer.

Das Geländer hielt für eine Sekunde, aber geschwächt durch die Gewalt der Gasexplosion verbog es sich plötzlich, brach ab und schwang über den Rand des Laufstegs hinaus, so dass es jetzt *umgekehrt* über dem Schacht hing.

Und so hing das kleine Mädchen dort, einhändig und kreischend, am umgedrehten Geländer des Laufstegs, fünfzehn Meter über dem von Killerwalen verseuchten Tümpel.

»Sieh nicht nach unten!«, kreischte Riley, als er nach ihrer Hand griff. Er hatte bereits die Killerwale unten im Tümpel gesehen, hatte gerade gesehen, wie einer von ihnen den französischen Soldaten mitgenommen hatte. Er wollte nicht, dass das junge Mädchen sie sah.

Das junge Mädchen weinte und schluchzte: »Lassen Sie mich nicht hinunterfallen!«

»Ich werde dich nicht fallen lassen«, sagte Riley, als er sich auf den Bauch legte und die Hand so weit austreckte, wie er konnte, und versuchte sie beim Handgelenk zu fassen.

Kleine Feuer brannten vereinzelt auf den Überresten des Laufstegs rings um ihn her.

Seine Hand war etwa einen halben Meter von der Hand des Mädchens entfernt, als er sah, wie ihre erschrockenen Augen hin- und herschossen.

»Wie heißt du?«, fragte Riley unvermittelt und versuchte sie abzulenken. »Meine *Hand* ist heiß«, wimmerte sie.

Riley sah am Geländer entlang. Etwa fünfzig Meter links von ihm leckte ein kleines Feuer an dem Punkt, wo das umgedrehte Geländer auf den Laufsteg traf.

»Ich weiß, dass sie heiß ist, Schätzchen. Ich weiß es. Halte einfach bloß weiter fest. Wie heißt du, hast du gesagt?«

»Kirsty.«

»Hallo, Kirsty. Mein Name ist Buck, aber du kannst mich einfach Book nennen, wie alle anderen auch.«

»Warum nennt man Sie so?«

Riley warf einen Blick zur Seite auf das kleine Feuer, das am Geländer leckte.

Nicht gut.

Unter der gewaltigen Hitze der Explosion war die schwarze Farbe auf dem Geländer in trockene, papierene Flocken aufgeplatzt. Wenn das Feuer mit diesen Flocken in Kontakt käme, würde das ganze Geländer in Flammen aufgehen.

Riley streckte weiterhin die Hand nach Kirstys Hand aus, streckte sie noch weiter. Einen Viertelmeter entfernt. Fast hatte er sie.

»Stellst du immer«, keuchte Riley und stieß ein schwaches, halbes Gelächter aus, »so viele Fragen?« Er schnitt eine Grimasse, während er sich weiter streckte. »Wenn du es...« – keuchen – »... wirklich wissen willst...« – keuchen – »... es ist, weil einmal...« – keuchen – »... einer meiner Freunde herausgefunden hat, dass ich an einem Buch schrieb.«

»M-hm...« Kirstys Augen wanderten wieder umher.

»Kirsty. Jetzt hör mir mal zu, Schätzchen. Ich möchte, dass deine Augen jetzt nur mich anschauen, ja? Nur mich.«

»O-*kay*«, erwiderte sie.

Daraufhin schaute sie nach unten.

Riley fluchte.

Rebound war weniger als drei Meter von dem französischen Soldaten entfernt gewesen, als dieser unter das Wasser gerissen worden war. Die nackte Gewalt des Todes des Franzosen hatte ihm eine verfluchte Scheißangst eingejagt.

Jetzt lag der ganze Tümpel schweigend da.

Rebound schwebte in dem Tümpel und sah sich verzweifelt um. Das Wasser war kalt und die Einschusswunde in seiner Schulter schmerzte, aber er bemerkte sie jetzt kaum.

Mother trat gleich neben ihm Wasser, das Gesicht aufmerksam. Wartend, voller angespannter Vorahnung. Legs' Leichnam trieb gleich neben ihr mit dem Gesicht nach unten im Wasser, und ein Halo aus Blut breitete sich langsam von seinem Kopf aus und sickerte in das klare blaue Wasser ringsum.

Die vier verbliebenen französischen Soldaten hielten sich gleichfalls still im Tümpel. Sie ignorierten völlig Rebound und Mother und ihr Kampf war, wenigstens im Augenblick, vergessen.

Als Letzte von allen sah Rebound die Wissenschaftler – zwei Frauen und ein Mann.

Alles in allem waren zehn Menschen im Tümpel, und nicht einer davon regte sich.

Keiner von ihnen *wagte* sich zu regen.

Alle hatten sie nur Augenblicke zuvor gesehen, wie der französische Soldat untergegangen war.

Die Lektion: *Wenn du dich nicht rührst, nehmen sie dich womöglich nicht.*

Rebound hielt den Atem an, als drei massige Schatten langsam durch das Wasser unter ihm glitten.

Er hörte jäh ein Klicken, wandte sich um und sah Mother, die ihre MP5 über der Oberfläche hielt.

Mein Gott, dachte Rebound. Wenn es irgendjemanden auf der Welt gab, der genügend Mumm hatte, einen Killerwal mit einem Gewehr abzuknallen, dann *musste* es Mother sein.

Weiteres Schweigen.

Nicht rühren ...

Und dann ertönte auf einmal ein unglaubliches Gebrüll, als einer der Wale förmlich aus dem Wasser explodierte, gleich neben Mother.

Er hob den gewaltigen Körper halb aus dem Wasser, drehte sich mitten in der Luft zur Seite und pflügte dann in Legs' reglosen Leichnam. Es folgten eine Reihe übelkeiterregender, mahlender Geräusche, als er den toten Körper ins Maul nahm und die Kieferknochen hart schloss, wodurch er nahezu jeden Knochen in dem Körper brach. Und daraufhin tauchte der Kopf des Wals unter und sein Schwanz tauchte auf und dann verschwand der Schwanz und es blieb lediglich eiskaltes Wasser.

Und Legs' Körper war verschwunden.

Rebound blieb einfach, wo er war, schwebend im Wasser, den Mund weit offen. Und dann dämmerte es ihm langsam.

Legs hatte sich nicht geregt.

Ein unausgesprochenes Einverständnis breitete sich sogleich unter den neun verbliebenen Menschen im Tümpel aus.

Den Killerwalen war es gleichgültig, ob sie sich bewegten oder nicht ...

Wie einer setzten sich die neun Menschen in Bewegung, vollführten hektische Schwimmstöße, während die Killerwale unter ihnen zur Oberfläche heraufkamen und mit ihrem rasenden Fraß begannen.

Oben auf dem, was von Deck B übrig geblieben war, fluchte Riley erneut.

Als Kirsty den Tümpel gesehen hatte, die gewaltigen schwarz-weißen Gestalten darin, hatte ein Zittern in ihrem Unterkiefer eingesetzt. Dann, als sie gesehen hatte, wie der erste Killerwal aus dem Wasser gesprungen und Legs' toten Körper durchgebissen hatte, hatte sie angefangen zu hyperventilieren.

»*O mein Gott, o mein Gott*«, schluchzte sie.

Riley beeilte sich. Rasch lehnte er seinen Oberkörper weit hinaus über den Rand des umgedrehten Laufstegs, so dass er jetzt praktisch kopfüber herabhing, und streckte die freie rechte Hand nach Kirsty aus.

Ihre Hände trennten jetzt lediglich noch fünf Zentimeter.

Fast hatte er sie.

Und dann vernahm er ganz plötzlich ein leises *Wuschsch* von irgendwoher links.

Rileys Kopf fuhr herum.

»*Nein ...*«

Das Feuerchen hatte die Flocken auf dem Geländer entzündet.

Die Antwort erfolgte augenblicklich. Eine kleine orangefarbene Flamme raste am ganzen Geländer entlang und verzehrte dabei die getrockneten Farbflocken und hinterließ in ihrem Kielwasser eine winzige Feuerspur.

Rileys Augen wurden groß.

Die Feuerspur schoss am ganzen Geländer entlang.

Und genau auf Kirstys Hand zu!

Kirsty blickte noch immer hinab auf die Killerwale in dem Tümpel. Sie schwang den Kopf herum und wollte Riley ansehen und in dem Moment, da ihre Blicke einander begegneten, erkannte Riley das nackte Entsetzen in ihren Augen.

So weit er konnte, streckte sich Riley hinab, sein ganzer

Oberkörper baumelte jetzt umgekehrt am umgedrehten Laufsteg und er bemühte sich verzweifelt, Kirstys Hand zu fassen.

Die orangefarbene Flamme raste das schwarze Geländer entlang und in ihrer Spur entzündete es sich.

Rileys Hand war zwei Zentimeter von Kirstys Hand entfernt.

Er streckte sich erneut und spürte, wie seine Fingerspitze die Oberseite ihrer Hand streifte.

Noch einen Zentimeter. Noch einen weiteren Zentimeter ...

»Mister Book! Lassen Sie mich nicht fallen!«

Und dann kreuzte jäh die helle, orangefarbene Linie Rileys Blickfeld und er kreischte vor Enttäuschung.

»Nein!«

Das Feuer breitete sich rasend schnell auf dem Geländer vor ihm aus und fuhr direkt unter Kirstys Hand hindurch.

Hilflos, voller Entsetzen, sah Riley zu, wie das junge Mädchen vor Schmerz aufkreischte und dann das Einzige tat, was ihr Körper zu tun wusste, wenn er mit Feuer in Berührung kam.

Sie ließ los.

Kirsty fiel rasch.

Aber währenddessen ließ Buck Riley den Laufsteg über sich los und sprang ihr nach. Er fiel einen Meter gerade hinab – einen Arm nach unten, einen nach oben gerichtet. Die Hand unten griff die wollgesäumte Kapuze von Kirstys rosafarbenem Parka, während die Hand oben das brennende Geländer hinter sich packte.

Ruckartig kamen beide Körper zum Halt und Riley vollführte eine Drehung um 180 Grad, die ihm fast den Arm aus dem Gelenk riss. Er hing jetzt mit der rechten Seite nach oben von demselben brennenden Geländer herab, das nur Sekunden zuvor Kirstys Sturz verursacht hatte.

Und seltsam: Trotz der sengenden Hitze, die durch den Lederhandschuh kroch, brachte er ein Lächeln der Erleichterung zustande.

»Ich hab dich, Schätzchen«, keuchte er fast lachend. »Ich hab dich!«

Kirsty hing einfach dort unter ihm, die Arme linkisch zu beiden Seiten ihres Körpers ausgestreckt, oben gehalten lediglich von Rileys Hand auf der wollgesäumten Kapuze ihres Parkas.

»Also gut«, sagte Riley zu sich, »wie zum Teufel sollen wir hier rauskommen ...?«

Plötzlich ertönte ein Klicken und Kirsty sauste abrupt abwärts. Sie war lediglich zwei Zentimeter gefallen und einen Augenblick lang verstand Riley nicht, was geschehen war.

Dann sah er es.

Sein Blick konzentrierte sich auf die Verbindung zwischen Kirstys rosafarbenem Parka und der rosafarbenen, wollgesäumten Kapuze.

Rileys Augen wurden groß.

Die Kapuze war gar nicht Teil des Parkas.

Es war eine dieser abnehmbaren Kapuzen, die am Kragen des Parkas angebracht werden konnte, wann immer der Benutzer es wollte. Sie war lediglich mit sechs Druckknöpfen an Kirstys Parka befestigt.

Das Klickgeräusch, das er gehört hatte, war das Geräusch gewesen, wie sich einer dieser Druckknöpfe *löste*.

Riley wurde übel.

»Oh, das ist nicht fair. Das ist verdammt noch eins nicht fair!«, sagte er.

Klick!

Ein weiterer Knopf ging auf.

Kirsty fiel weitere zwei Zentimeter.

Riley war in Verlegenheit. Er wusste nicht, was zu tun war. Es gab nichts, was er tun *konnte*. Er hing bereits vom tiefsten Punkt des Geländers herab, also konnte er sich nicht weiter hinablassen. Und Kirsty hing an seiner anderen Hand hinab, also konnte er auch nicht weiter *greifen*.

Klick! Klick!

Zwei weitere Knöpfe sprangen auf und Kirsty kreischte vor Entsetzen, als sie heftig nach unten fiel und dann ruckartig stehen blieb.

Die pinkfarbene Kapuze streckte sich. Nur zwei Knöpfe hielten sie jetzt noch am Kragen des Parkas fest.

Riley dachte daran, Kirsty auf das etwa vier Meter entfernte

Deck C zu schwingen. Aber er verwarf den Gedanken rasch. Die wollgesäumte Kapuze war jetzt nur noch sehr lose mit dem Parka verbunden. Jede Bewegung würde fast sicher die beiden verbliebenen Druckknöpfe aufgehen lassen.

»Gott verdammt!«, schrie Riley. »Kann mir denn niemand *helfen?«*

»Halt fest!«, schrie eine andere Stimme von irgendwoher in der Nähe. »Ich komme!«

Riley wandte den Kopf und sah Schofield auf der anderen Seite des Laufstegs von Deck C in irgendeiner kleinen Nische. Gleich neben ihm war Fox. Schofield wies sie anscheinend an, die nächstgelegene Sprossenleiter hinabzusteigen und zum Tümpeldeck zu gehen, während er sich um Riley und Kirsty kümmern wollte.

Klick!

Einer der beiden letzten Knöpfe ging auf und Riley kehrte seine Aufmerksamkeit wieder Kirsty zu. Grimassen schneidend hielt er sie fest und blickte zu ihr herab. Das kleine Mädchen war vor Angst fast übergeschnappt. Ihre Augen waren rot und tränenerfüllt. Sie starrte ihm in die Augen und sagte weinend und schniefend: *»Ich möchte nicht sterben. O Gott, ich möchte nicht sterben!«*

Nur noch ein Druckknopf übrig.

Die Kapuze war fest gespannt und streckte sich unter Kirstys Gewicht.

Sie würde nicht halten ...

Eine Sekunde, ehe es geschah, spürte Buck Riley das Gewicht des jungen Mädchens an der Kapuze zerren und er sagte leise: »Tut mir Leid ...«

Mit einem jähen *Klick* löste sich der letzte Knopf und Riley sah hilflos zu, wie Kirsty in einer Art alptraumhafter Zeitlupe von ihm wegfiel. Beim Sturz sah sie ihm mit den weit aufgerissenen Augen direkt in die seinen und ihr Gesicht war das Bild nackten, unaussprechlichen Entsetzens. Diese weit aufgerissenen Augen wurden kleiner und kleiner und Buck Riley verspürte eine Übelkeit im Magen, als er das junge Mädchen fünfzehn Meter tiefer in das eisige Wasser klatschen sah.

Der Tümpel an der Basis der Eisstation Wilkes war zu einem Schlachthof geworden. Shane Schofield sah entsetzt aus seiner Nische auf Deck C hinab.

Blut hatte das eisige Wasser so getrübt, dass jetzt beinahe die Hälfte des gewaltigen Tümpels nur noch ein kastanienbrauner Dunstschleier war. Selbst die massigen Killerwale verschwanden, wenn sie durch die trüben Stellen schwammen.

Schofield überblickte die Szenerie.

Auf der einen Seite des Tümpels waren die Franzosen. Sie hatten am schlimmsten gelitten. Sie hatte bereits zwei Männer an die Killerwale verloren.

Auf der anderen Seite des Tümpels waren die beiden übrig gebliebenen Marines – Rebound und Mother – sowie die drei Wissenschaftler von Wilkes, die zusammen mit Book auf Deck B gewesen waren, als dieses nachgegeben hatte. Alle fünf schwammen verzweifelt zu dem Metalldeck hinüber, das den Tümpel umgab.

Schofield sah, wie die winzige, rosafarben gekleidete Kirsty mit einem hässlichen Klatschen da hineinfiel. Sie landete mit dem Rücken zuerst und ging sogleich unter. Ihr schrilles Gekreisch war ihr den ganzen Weg nach unten gefolgt.

Schofield fuhr herum und blickte zu Buck Riley hinüber, der vom umgedrehten Geländer von Deck B herabhing.

Einen Moment lang begegneten sich die Blicke der beiden. Book wirkte geschlagen, mutlos, erschöpft. Sein Blick sprach Bände. Er konnte nichts mehr tun. Er hatte alles getan, was er tun konnte.

Schofield noch nicht.

Er schürzte die Lippen, während er die Lage erfaßte.

Kirsty war auf der anderen Seite des Tümpels, auf der anderen Seite der Taucherglocke, draußen im freien Wasser. Alle Übrigen befanden sich nahe am Rand des Tümpels und versuchten herauszukommen. In ihren eigenen Bemühungen zu entkommen hatte keiner von ihnen sie im Tümpel landen sehen. Während er zum Tümpel hinabschaute, hörte Schofield Montanas Stimme im Funk, der Snake und Santa Cruz bei ihrem gewehrlosen Kampf mit den französischen Soldaten oben auf Deck A anschrie:

»... *Sorgt dafür, dass sie weiter nach Süden laufen* ...«

»... *Können ihre Gewehre auch nicht benutzen* ...«

Schofield fuhr auf der Stelle herum und suchte nach etwas, das er benutzen konnte.

Er war noch immer in der Nische, allein. Augenblicke zuvor hatte er Gant hinab aufs Tümpeldeck geschickt, während er vorhatte hinüberzugehen und Buck Riley zu helfen. Aber ehe er dazu auch nur eine Chance dazu bekam, war das junge Mädchen gefallen. Und jetzt war sie unten im Tümpel.

Schofield betrachtete die Reihe von Knöpfen auf der Konsole hinter sich und sah einige Worte unterhalb eines Hebels: DIVING BELL – WINCH.

Nein, das half nicht weiter.

Dann jedoch sah er einen weiteren, großen, rechteckigen Knopf, auf dem ein einziges Wort stand: BRIDGE.

Einen Moment lang starrte Schofield den Knopf perplex an. Und dann fiel es ihm wieder ein. Die einziehbare Brücke. Dies musste der Knopf für die einziehbare Brücke sein, von der ihm

Hensleigh vor einer Weile berichtet hatte, die Brücke, die sich vom Deck C aus über den leeren Raum im Zentrum der Station erstreckte.

Ohne auch nur nachzudenken drückte Schofield den langen, rechteckigen Knopf und sogleich hörte er ein lautes, klirrendes Geräusch von irgendwoher unter ihm.

Ein Motor irgendwo in der Wand gleich neben ihm sprang plötzlich summend an und Schofield sah, wie eine schmale, verlängerte Plattform sich über den gewaltigen leeren Raum mitten in der Station hinausschob.

Auf der anderen Seite des Schachts sah Schofield, wie sich eine weitere, identische Plattform von unterhalb des Laufstegs herausschob. Vermutlich würden sich die beiden Plattformen in der Mitte treffen und eine Brücke bilden, die die gesamte Breite der Station überspannte.

Schofield zögerte keinen Augenblick. Er rannte auf die Brücke, während diese sich über das Zentrum der Station ausdehnte. Sie dehnte sich ziemlich rasch aus, in einer teleskopartigen Bewegung, kleinere Stücke wurden aus den größeren geboren und die Bewegung war rasch genug, dass die Brücke stets vor ihm blieb, während er rannte. Sie war nicht sehr breit, lediglich etwa einen halben Meter, und sie hatte kein Geländer.

Schofield rannte über die sich ausdehnende Brücke, während sie vor ihm weiterwuchs. Und dann, gerade als seine Plattform dabei war, sich mit ihrer Zwillingsplattform von der anderen Seite zu vereinigen, holte er tief Atem, wurde schneller und sprang diagonal von der Brücke.

Riley sah erstaunt zu, wie Schofield durch die Luft segelte, über die massive Taucherglocke hinweg, und in einem Bogen auf den eisigen Tümpel zuflog.

Er fiel rasch. Aber währenddessen tat Schofield etwas Seltsames. Er hob die rechte Hand und löste etwas von seiner Schulter.

Als er auf das Wasser traf, tat er es mit den Füßen voran – beide Beine so breit gespreizt, dass er nicht tief eintauchen würde –, während er mit beiden Händen das Ding festhielt, das er sich vom Rücken geholt hatte.

Kirsty wandte sich instinktiv ab, als das Wasser gleich neben ihr aufspritzte.

Zunächst dachte sie, es wäre einer der Killerwale, der aus dem Wasser hervorgebrochen wäre und sie unter die Oberfläche ziehen wollte, aber nachdem das Wasser über ihr zusammenschlagen war und sie wieder sehen konnte, erblickte sie lediglich einen im Wasser schwebenden Mann gleich neben sich.

Es war einer der Marines. Tatsächlich war es sogar derjenige, dem sie zuvor schon begegnet war, der Nette, der Anführer. Derjenige, der die coole Sonnenbrille mit den reflektierenden Gläsern trug. Sie versuchte sich an seinen Namen zu erinnern. Seinfeld, dachte sie, oder so was in der Art.

»Du bist okay?«, fragte er.

Sie nickte benommen.

Seine Brille mit den silbrigen Gläsern saß ihm schief auf der Nase, verschoben durch die Landung im Wasser. Er wischte sie rasch davon und für eine kurze Sekunde sah Kirsty seine Augen und da keuchte sie.

Jäh zischte einer der Killerwale an ihnen vorüber, und Kirsty waren Schofields Augen völlig gleichgültig geworden.

Die hoch aufragende schwarze Rückenflosse segelte direkt vor ihrer beider Gesichter her und senkte sich daraufhin langsam, sehr langsam ins Wasser, bis schließlich die Spitze der massigen Flosse unter die Oberfläche tauchte und verschwand.

Kirsty atmete sehr rasch.

Schofield neben ihr blickte sogleich hinab ins Wasser unter ihnen. Sie traten in einem Teil des Tümpels Wasser, der noch nicht vom Blut verseucht war. Das Wasser unter ihnen war kristallklar.

Kirsty folgte seinem Blick und schaute hinab ins Wasser unter ihr ...

... gerade rechtzeitig, dass sie das breite, offene Maul des Killerwals sah, das zu ihren Füßen hinaufsauste!

Kirsty kreischte wie am Spieß, aber Schofield neben ihr blieb ruhig. Er senkte rasch seinen Maghook unter die Oberfläche und *wartete* eine schreckliche halbe Sekunde, bis der Killerwal richtig nah heran war ...

Und dann feuerte er.

Donnernd kam der Greifhaken zusammen mit seinem knollenförmigen Magnetkopf aus dem Werfer und knallte dem Killerwal in die Schnauze und der Killerwal blieb stehen wie festgenagelt.

Ein Druck von 360 Kilogramm pro Quadratzentimeter hatte den Greifhaken ausgestoßen. Ob das wirklich reichte oder auch nicht, einen voll ausgewachsenen, sieben Tonnen schweren Killerwal zu betäuben, war Schofield nicht völlig klar. Teufel, der Wal war vielleicht einfach bloß schockiert, dass jemand gewagt hatte, Widerstand zu leisten.

Rasch drückte Schofield zweimal den Abzug des Werfers und der Greifhaken zog sich augenblicklich wieder zurück.

Schofield wandte sich wieder Kirsty zu. »Du bist noch immer ganz? Alle Finger und Zehen vorhanden?«

Kirsty starrte ihn einfach nur an, sah erneut diese Augen und nickte benommen.

»Dann komm!«, sagte Schofield, als er sie durch das Wasser zog.

Sarah Hensleigh erreichten den Rand des Tümpels und kletterte so rasch sie konnte aufs Deck. Sie wandte sich um und sah Conlon und Abby spritzend durch das Wasser auf sie zukommen.

»Beeilt euch!«, schrie Sarah. »*Beeilt euch!*«

Abby erreichte sie zuerst. Sarah packte sie bei der Hand und zerrte sie aufs Deck hinauf.

Conlon war noch immer zwei Meter entfernt und schwamm wie besessen.

»*Komm schon*, Warren!«

Conlon schwamm mit voller Kraft. Einen Meter entfernt.

Er blickte verzweifelt zu Sarah hoch und sie fiel am Rand des Decks auf die Knie.

Er erreichte sie. Schlug am Metallrand des Decks an, wie ein Olympiaschwimmer am Ende eines Rennens am Beckenrand. Er streckte die Hand nach oben aus, ergriff Sarahs ausgestreckte Hand. Sarah wollte gerade anfangen, Conlon hinauf auf das Deck zu ziehen, da teilte sich jäh das Wasser hinter ihm und einer der Killerwale brach hervor. Der große Wal öffnete weit das Maul und umfasste damit Conlons Körper vom Fuß bis zum Brustkasten.

Conlon traten die Augen aus den Höhlen, als der Killerwal das Maul um seinen Brustkorb schloss, und Sarah versuchte verzweifelt, seine Hand festzuhalten, aber der Killerwal war zu stark. Als er wieder zurück ins Wasser fiel, riss er so heftig an Conlons Körper, dass Sarah spürte, wie die Fingernägel des entsetzten Wissenschaftlers ihr die Haut blutig kratzten, und dann entfuhr seine Hand jäh ihrem Griff, sie stürzte aufs Deck und sah entsetzt zu, wie Warren Conlon direkt vor ihren Augen unter dem Wasser verschwand.

Wenige Meter entfernt näherten sich Mother und Rebound ebenfalls dem Deck.

Rebound schwamm wie der Teufel, während Mother sich im Wasser umdrehte und unter der Oberfläche ihre MP5 abfeuerte. Eines der ersten Dinge, die sie einem auf Parris Island, dem legendären Ausbildungslager des United States Marine Corps, beibringen, ist, dass Wasser dem Gewehrfeuer einigen Widerstand bietet. In der Tat verliert das gewöhnliche Geschoss fast seine ganze Geschwindigkeit innerhalb einer Wasserstrecke von weniger als zwei Metern. Danach wird es einfach nur stehen bleiben und zum Grund hinabsinken.

Derlei physikalische Gesetze schienen Mother gerade im Augenblick jedoch nicht sonderlich zu kümmern. Sie wartete einfach ab, bis die Killerwale nahe genug herankamen, und dann feuerte sie eine heftige Salve ab. Die Geschosse durchdrangen anscheinend die Außenhaut, aber sie richteten offenbar nicht viel Schaden an. Mother feuerte und traf, und die Killerwale schossen einen Augenblick lang davon, kehrten jedoch stets anscheinend unversehrt und unbeeindruckt zurück.

Rebound erreichte das Deck und wollte gerade hinaufklettern, da drehte er sich um und sah Mother hinter sich.

Sie blickte nach links hinab und ihr Gewehrarm zuckte wiederholt, während sie auf etwas unter Wasser feuerte. Und dann hielt ihr Gewehrarm in seiner Bewegung jäh inne und Mother wirkte verwirrt. Ihr Gewehr feuerte nicht mehr.

Festgefrorene Munition.

Rebound sah, wie Mother ihre MP5 angewidert schüttelte, als ob Schütteln sie wieder zum Funktionieren brächte.

Da sah Rebound einen unheimlichen dunklen Schatten unter der Oberfläche nach oben gleiten, sich lautlos Mother von rechts nähern.

»Mother! Achtung, rechts!«

Mother hörte ihn, fuhr sogleich herum und sah den Killerwal neben sich aufsteigen. Da ihr Gewehr jetzt nutzlos war, hatte Mother sich im Wasser gedreht und heftig die Beine angezogen und der Killerwal schoss an ihr vorüber, verfehlte sie nur um wenige Zentimeter.

Dann jedoch, gerade als Rebound dachte, er wäre an Mother vorüber, änderte der Killerwal abrupt seinen Kurs, durchbrach die Wasseroberfläche und schloß seine Kiefer um Mothers Gewehrhand.

Mother kreischte vor Schmerz, ließ ihre MP5 los und riss ihre Hand frei, gerade als der Wal die Zähne in das Gewehr schlug.

Augenblicklich erschien eine rote klaffende Wunde oberhalb ihres Handgelenks. Der gesamte Unterarm glänzte vor Blut.

Aber noch war ihre Hand am Arm.

Mother kümmerte das nicht. Da sie jetzt ohne Gewehr war, schwamm sie einfach wie der Teufel zum Rand des Wassers.

Rebound hievte sich aufs Deck, drehte sich um und feuerte Mother an.

»Beweg dich, Mother! Mach schneller, Schätzchen!«

Mother schwamm.

Rebound kniete am Rand des Decks nieder.

Schwarze Schatten fuhren hinter Mothers verzweifelt schwimmender Gestalt hin und her.

Schwarze Schatten überall. Zu viele davon.

Und dann, plötzlich, würde es Rebound klar.

Mother würde das Deck nicht rechtzeitig erreichen.

Wie aufs Stichwort, tauchte eine massige schwarze Silhouette gleich rechts im Wasser hinter Mothers verzweifelt tretendem Bein auf.

Sie holte langsam in dem kabbeligen, durchscheinenden Wasser auf und Rebound sah einen rosafarbenen Schlitz über der gewaltigen, schwarz-weißen Kinnlinie erscheinen.

Der Killerwal öffnete das Maul.

Zähne erschienen und Rebound spürte, wie ihm das Blut in den Adern erstarrte.

Durch das kristallklare Wasser sah er den schwarzen Schatten langsam hinter Mother aufsteigen, bis er sich um ihre Beine legte und zuließ, dass sie ihm ins weit geöffnete Maul traten.

Und dann, mit einem verhängnisvollen Gespür für Endgültigkeit, schlossen sich die Kieferknochen des großen Wals langsam um Mothers Knie.

Der Ruck, den Mother erfuhr, war unglaublich in seiner Wildheit.

Rebound sah entsetzt, wie der Killerwal sie unter Wasser zerrte. Das Wasser rings um Mother begann zu schäumen und zu blubbern und Blut breitete sich aus, aber Mother kämpfte wie wild, kämpfte wie der Teufel.

Plötzlich durchbrach sie die Oberfläche, ebenso der Killerwal. Irgendwie musste es Mother während ihrer Rauferei unter Wasser gelungen sein, eines ihrer Beine aus dem Maul des Killerwals herauszuholen, weil sie es jetzt dazu benutzte, dem großen Wal hart auf die Schnauze zu treten.

»Du *Arschgesicht*!«, kreischte sie. »Ich werde dich *umbringen*, verdammt noch mal!« Aber er hielt sie am anderen Bein fest und wollte nicht loslassen.

Abrupt schoss Mother durch das Wasser, wobei sie einen weißen Wellenkamm vor sich aufbaute. Der Wal schob sie voran, auf Rebound und das Deck zu.

Und dann – *Peng!* – schlug Mother hart gegen die Kante des Decks und es gelang ihr erstaunlicherweise, eine Handvoll des Metallgitters zu packen.

»Ich *bring dich um*! Du *Hurensohn*!«, kreischte Mother durch die zusammengebissenen Zähne.

Rebound warf sich nach vorn und packte Mothers Hand,

während sie sich grimmig am Deck festhielt und mit dem Killerwal eine Art Tauziehen mit dem eigenen Körper vollführte.

Dann sah Rebound, wie Mother ihre mächtige automatische Pistole, ihren Colt, aus dem Holster zog und ihn auf den Kopf des Killerwals richtete.

»O verdammt…«, sagte Rebound.

»Du möchtest was zu fressen, Schätzchen?«, meinte Mother zu dem Wal. »Friss *das*!«

Sie feuerte.

Eine kleines gelbes Licht flammte aus der Mündung von Mothers Waffe, als der Blitz ihrer Pistole die gaserfüllte Luft rings um sie her entzündete. Sowohl sie als auch Rebound wurden von der Druckwelle volle fünf Meter rücklings aufs Deck geschleudert.

Der Wal hatte nicht so viel Glück. Sobald ihm die Kugel ins Hirn gedrungen war, zuckte der Killerwal heftig und schnappte nach oben. Dann fiel er nur noch schlaff inmitten einer Wolke seines eigenen Bluts ins Wasser zurück, und seine letztliche Beute – in dem Sekundenbruchteil vor seinem Tod errungen – war ein Teil von Mothers linkem Bein. Alles vom linken Knie an abwärts.

Schofield und Kirsty waren noch immer draußen in der Mitte des Tümpels, auf halbem Weg gefangen zwischen der Taucherglocke im Zentrum und dem Deck in mehr als sieben Metern Entfernung.

Sie hatten die Rücken gegeneinander gedrückt und sahen sich beide voller Furcht um. Das Wasser um sie herum war bedrohlich still. Ruhig. Reglos.

»Mister«, sagte Kirsty und ihre Stimme war kaum ein Geflüster. Ihr Kinn zitterte, eine Kombination aus Furcht und Kälte.

»Was ist?« Schofield hielt den Blick auf das Wasser ringsumher gerichtet.

»Ich habe Angst.«

»Angst?«, echote Schofield, der seine Angst auch nicht gerade gut verbarg. »Ich hätte nicht geglaubt, dass die Kinder heutzutage noch vor was Angst hätten. Haben sie nicht so etwas in Sea World ...«

In diesem Augenblick schoss genau vor Schofield einer der Killerwale aus dem Wasser heraus. Er stieg rasend schnell aus dem Wasser und kam rasch in einem Bogen herab und sein Ziel waren *genau* er und Kirsty!

»Runter!«, schrie Schofield beim Anblick der beiden gezackten weißen Zahnreihen, die sich vor ihm weit öffneten.

Schofield hielt den Atem an und tauchte unter Wasser, wobei er Kirsty mit sich hinabzog.

Die Welt wurde plötzlich still, während der riesige weiße Unterleib des Killerwals mit unglaublicher Geschwindigkeit über sie wegfegte. Er streifte grob Schofields Helmspitze, als er direkt über ihren Köpfen wieder ins Wasser zurückfiel.

Schofield und Kirsty schossen wieder empor zur Oberfläche und rangen keuchend nach Luft.

Schofield sah rasch nach links hinüber: sah Rebound und Mother auf dem Deck. Sah nach rechts: sah Sarah und Abby, ebenfalls sicher auf dem Deck, die sich rasch vom Rand entfernten.

Er fuhr herum: sah, wie ein weiterer Franzose hinabgerissen wurde. Die beiden verbliebenen französischen Soldaten erreichten gerade den Rand des Tümpels. Sie hatten weiter zu schwimmen gehabt als alle anderen, da sie am nächsten zur Mitte des Tümpels gelandet waren.

Geschieht ihnen recht, dachte Schofield.

Er blickte auf: und sah sogleich die einziehbare Brücke, die

die Breite der Station von beiden Seiten des Decks C aus überspannte.

Genau in diesem Moment tönte eine ohrenbetäubende Explosion aus der Nische auf dem Laufsteg von Deck C und eine unglaublich gewaltige Feuerzunge schoss hinaus über den gesamten Zentralschacht der Station.

Schofield wusste sofort, was geschehen war – die französischen Soldaten oben auf Deck A, denen der Gebrauch ihrer Gewehre verwehrt war, warfen jetzt Granaten in den Schacht hinab. Eine in dieser leicht entzündlichen Atmosphäre detonierende Granate würde doppelt so viel Schaden anrichten wie normalerweise. Ihr erstes Ziel, bemerkte Schofield, war die Nische gewesen, in der er und Gant sich zuvor versteckt gehalten hatten.

Plötzlich flog etwas aus dem Feuerball, der die Nische verzehrt hatte.

Es war groß und grau, rechteckig und es fiel sich überschlagend in den Zentralschacht der Station. Es fiel rasch durch die Luft, sein gewaltiges Gewicht zog es nach unten. Mit einem donnerhaften Knall prallte der vierhundert Pfund schwere Schleudersitz, der vor den Konsolen in der Nische auf Deck C gestanden hatte, auf das Deck, das den Tümpel am Grund der Station umgab. Er wog so schwer und landete so hart, dass er beim Auftreffen eine Delle in das dicke Metalldeck schlug.

Trotz des ganzen Chaos um ihn herum hielt Shane Schofield das Auge auf die einziehbare Brücke drei Stockwerke über sich gerichtet. Er schätzte die Entfernung ab.

Neun Meter. Vielleicht zehn.

Er verschwendete keine Zeit, hob seinen Maghook, betätigte mit dem Daumen einen Schalter, der mit ›M‹ gekennzeichnet war – und sah, wie ein rotes Licht am Kopf des Greifhakens aufleuchtete –, zielte und feuerte.

Der Greifhaken schoss hinauf in die Luft. Diesmal jedoch sprangen keine Klauen heraus. Diesmal wirkte es magnetisch.

Der birnenförmige Magnetkopf des Maghook donnerte gegen die Unterseite der einziehbaren Stahlbrücke und blieb daran haften.

Schofield stellte rasch einige Berechnungen im Kopf an. »Scheiße«, war alles, was er am Ende sagte.

Dann reichte er den Werfer an Kirsty weiter und sagte: »Zwei Worte, Schatz: *Nicht loslassen*!«

Sie nahm den Werfer mit beiden Händen und sah Schofield verwirrt an.

Schofield lächelte sie zuversichtlich an. »Halte einfach fest.«

Dann drückte er fest einen kleinen schwarzen Knopf am Griff des Maghook.

Ruckartig flog Kirsty aus dem Wasser heraus, als der Maghook sie wie eine Art bizarrer Angelleine einholte.

Sie war leicht, also hatte der Maghook wenig Schwierigkeiten, sie auf die Brücke zu entführen. Schofield wusste, dass er beträchtlich langsamer gewesen wäre, hätte sein Gewicht ebenfalls daran ...

Ein Killerwal schoss aus dem Wasser hinter Kirsty her.

Schofield fiel die Kinnlade herab, als er sah, wie der massige Wal in einem prächtigen lotrechten Satz seinen ganzen Körper aus dem Wasser hob.

Kirsty bewegte sich noch immer rasch nach oben, hochgezogen vom Maghook. Sie blickte hinab und sah den Wal hinter sich aus dem Wasser steigen wie der Teufel, der direkt aus der Hölle heraufsteigt. Sah ihn brüllend auf sie zuschnellen, wobei sein Körper sich beim Aufstieg drehte.

Und jäh hielt Kirsty ruckartig an.

Der Wal schoss weiter in die Höhe.

Kirsty quietschte überrascht, blickte auf und sah, dass sie die Unterseite der Brücke erreicht hatte.

Sie konnte nicht mehr höher!

Der Wal öffnete weit seinen Kiefer, als er den Zenit seines Sprungs erreichte.

So fest sie konnte, packte Kirsty den Maghook und zog rasch die Beine eng an die Brust und im gleichen Augenblick knallten die Zähne des Killerwals mit einem lauten *Krrrk!* zusammen, kaum einen halben Meter unter ihrem Po, dem tiefsten Teil ihres Körpers.

Kirsty sah zu, wie der riesige, schwarz-weiße Wal unter ihr davonfiel, immer kleiner wurde, bis er wieder im Tümpel unter ihr verschwand. Das Tier musste fast neun Meter lang gewesen sein, und es hatte seinen gesamten Körper senkrecht aus dem Was . . .

Plötzlich tauchte eine Hand vor Kirstys Gesicht auf. Beinahe hätte sie einen Herzschlag bekommen und den Maghook losgelassen.

»Schon okay«, sagte eine Stimme. »Ich bin's.«

Kirsty sah hoch und merkte, dass sie in die freundlichen Augen des Marine sah, den sie als Mr. Book kannte. Sie nahm seine Hand und er zog sie auf die einziehbare Brücke hinauf.

Sie atmete schwer und weinte fast. Buck Riley hielt sie fest und sah sie erstaunt an. Nach einer Sekunde griff Kirsty in ihre Tasche und zog einen Kunststoffinhalator für ihr Asthma hervor.

Sie nahm zwei lange Züge und kam wieder zu Atem. Als sie schließlich wieder imstande war zu sprechen, blickte sie Riley an, schüttelte den Kopf und meinte: »*Das* haben sie ganz bestimmt nicht in Sea World.«

Schofield war noch immer unten im Tümpel. Zwei der Killerwale umkreisten ihn drohend. Schofield bemerkte, dass diese beiden kleiner als die anderen Killerwale wirkten. Halbwüchsige, vielleicht.

Schofield reckte den Kopf und schrie: »Book! Ich brauche meinen Maghook!«

Oben auf der Brücke ließ sich Riley sogleich auf den Bauch fallen und beugte sich über den Rand der schmalen, metallenen Plattform. Er griff unter die Plattform und versuchte, den Magnet an Schofields Greifhaken auszuschalten.

»Ich brauch ihn *sofort*, Book!« Schofields Stimme segelte durch den Schacht der Eisstation hinauf.

»Ich versuch's! Ich versuch's!«, erwiderte Riley.

»Versuch's *schneller*!«

Riley streckte den Arm aus, griff unter die Plattform und versuchte den Knopf mit der Markierung ›M‹ auf dem Griff zu erreichen, der den mächtigen Magneten des Maghooks ein- und ausschaltete.

Dabei geschah jedoch etwas Merkwürdiges.

Für den Bruchteil eines Sekunde hätte Riley schwören können, dass er Kirsty zu jemandem auf der Brücke über ihm sprechen gehört hatte.

»Hilf dem Taucher, Wendy! *Hilf dem Taucher!*«

Riley kniff die Augen zusammen. Er hörte wohl Stimmen.

Schofield unten im Tümpel glaubte, nun wäre es um ihn geschehen. Die beiden Killerwale zu beiden Seiten kreisten immer enger um ihn herum und verschlossen ihm dadurch jede mögliche Fluchtroute.

Plötzlich brach einer von ihnen aus seinem Kreis aus und schwang herum. Schofield schluckte. *Er kam um zu töten.*

Der Killerwal beschrieb langsam einen weiten Bogen, bis er direkt auf Schofield zeigte. Sein Körper war nur etwa einen knappen halben Meter unterhalb der Oberfläche und seine hohe Rückenflosse durchschnitt leicht die Wellen des Tümpels. Er bewegte sich mit dermaßen mächtiger Geschwindigkeit, dass er eine rollende Bugwelle vor seinem unter Wasser liegenden, schwarz-weißen Kopf erzeugte. Die Bugwelle raste über das Wasser, auf Kollisionskurs mit Shane Schofield.

Schofield sah sich um. Diesmal konnte er nirgendwohin, gab es keine Waffe.

Aus schierer Verzweiflung heraus zog er seine Desert-Eagle-Pistole und hob sie über das Wasser.

Wenn es sein muss, dachte er, *dann muss es halt so sein.*

Der Killerwal jagte auf ihn zu.

Und da fiel plötzlich ein schwarzes, geschoßähnliches Objekt gleich vor Schofields Gesicht ins Wasser, genau *zwischen* ihn und den Killerwal.

Was es auch sein mochte, es war so schlank, dass es fast ohne jeglichen Spritzer ins Wasser glitt, und sobald es einmal drin war, schoss es mit phänomenaler Geschwindigkeit von ihm weg.

Beide Killerwale erblickten es gleichzeitig und verloren augenblicklich das Interesse an Schofield. Selbst derjenige, der ihn nur Sekunden zuvor angegriffen hatte, änderte abrupt seinen Kurs, raste davon und verfolgte seine neue Beute.

Schofield war wie betäubt. Was war es gewesen? Es hatte fast wie ... eine Art Seehund ausgesehen.

Und dann fiel wunderbarerweise ein Maghook direkt vor Schofield ins Wasser.

Schofield packte ihn, ehe er versank, und sah sogleich auf.

Oben auf der Brücke sah er Book Riley, der auf dem Bauch lag und einen Arm ausgestreckt unter der Brücke hielt. Schofield sah den Maghook an und verspürte jäh, wie ihn frischer Lebensmut überkam.

Genau in diesem Moment tauchte ein kleiner, spitzer, schwarzer Kopf vor ihm aus dem Wasser und er fuhr überrascht zurück.

Es war Wendy. Kirstys kleiner antarktischer Seebär.

Ihr süßes rotes Halsband glitzerte feucht und ihre weichen schwarzen Augen blickten ihm genau in die seinen. Wenn es möglich gewesen wäre, hätte Schofield schwören können, dass der kleine Seebär *lächelte* – weil er sich köstlich dabei amüsiert hatte im Tümpel herumzuschwimmen und den weniger wendigen Killerwalen zu entkommen.

Dann ging ihm auf, dass Wendy das Objekt gewesen sein musste, das zwischen ihm und den angreifenden Killerwalen in den Tümpel getaucht war.

Jäh fuhr Wendys Kopf nach links.

Sie hatte etwas gehört, etwas gespürt.

Dann tat sie etwas, was aussah wie ein letztes, fröhliches Zunicken zu Schofield, ehe sie wieder unters Wasser tauchte und über die ganze Länge des Tümpels davonjagte.

Sie schwamm rasch. Raste knapp unterhalb der Wasseroberfläche dahin wie ein winziger, schwarzer Torpedo. Warf sich nach links, duckte sich nach rechts und verschwand daraufhin jäh, als sie steil nach unten abtauchte. Sie hatte sich kaum in Bewegung gesetzt, da erschienen drei schwarze Rükkenflossen und jagten sogleich hinter ihr her, ehe sie auf ihrer wilden Verfolgungsjagd ebenfalls unter der Oberfläche verschwanden.

Schofield packte die Gelegenheit beim Schopf und schwamm zum nächstgelegenen Rand. Er war einen knappen Meter vom Deck entfernt, als ihn ein jähes Aufwallen des Wassers hin- und herwiegte. Schofield wälzte sich im Wasser herum, da schoss der riesige Körper eines der Killerwale mit erschreckender Schnelligkeit an ihm vorüber. Sofort spannte sich Schofield zu einem weiteren Kampf an, aber der Wal raste nur an ihm vorbei auf der Suche nach der schwer faßbaren Wendy. Schofield atmete wieder, schwamm weiter und bekam das Deck zu fassen. Er stieg aus dem Wasser und erblickte den zerschmetterten Schleudersitz, zusammengedrückt auf der Seite liegend, auf dem Deck vor sich. Schofield drehte sich um und überblickte das Chaos rings um ihn her.

Sarah und Abby waren längst aus dem Wasser und eilten jetzt in die Tunnels auf Deck E. Nicht weit entfernt von ihnen waren Rebound und Mother. Rebound kniete über Mother. Er legte anscheinend einen Druckverband an Mothers verwundetem Bein an.

Auf der anderen Seite des Tümpels sah Schofield die beiden überlebenden französischen Soldaten, ebenfalls in Sicherheit. Einer von ihnen sah Schofield und griff nach seiner Armbrust.

Genau in diesem Moment lenkte eine plötzliche Bewegung Schofields Blick auf sich und er wandte sich um und sah einen vertrauten schwarzen Schatten den Tümpel heranjagen.

Wendy.

Drei große schwarz-weiße Schatten rasten durch das Wasser hinter ihr her. Die Killerwale auf Verfolgungsjagd.

Wendy schwamm rasend schnell knapp unter der Oberfläche. Gelegentlich schlug sie kräftig die Flossen nach hinten und zog sie dann wieder an ihre Seite, so dass ihr Körper so stromlinienförmig wie möglich blieb. Sie wirkte wie eine Kugel, die durch den Tümpel schoss und abwechselnd in die trüben roten Wolken, die das eisige Wasser verschmutzten, eintauchte und wieder auftauchte.

Sie jagte auf das Deck zu, jenen Teil des Decks, auf dem die beiden französischen Soldaten standen. Und sie wurde nicht langsamer.

Eigentlich wirkte es auf Schofield sogar so, als ob ihre Geschwindigkeit *zunähme*, während sie auf das Deck zuschoss und die drei schwarz-weißen Gespenster durch das Wasser hinter ihr herrasten.

Dann beobachtete Schofield erstaunt, wie Wendy, noch

einen Meter vor dem Deck, sich aus dem Wasser warf. Es war ein flacher, anmutiger Sprung und sie landete glatt mit dem Bauch auf dem Deck und rutschte volle drei Meter weiter. Sie glitt direkt an den beiden verdutzten Franzosen vorüber, die gleich neben ihr standen.

Aber dort blieb sie nicht stehen. Sobald ihre Rutschpartie beendet war, stellte sie sich auf ihre Vorderflossen und hoppelte, so rasch sie konnte, vom Rand des Wassers weg.

Einen flüchtigen Augenblick überlegte Schofield, warum sie das tat. Sobald man aus dem Wasser heraus war, wäre man gewiss vor den Killerwalen in Sicherheit.

Und dann entdeckte Schofield den Grund.

Wie ein Dämon, der aus den Tiefen steigt, schoss einer der verfolgenden Killerwale brüllend aus dem Wasser, schleuderte seinen massigen Körper auf das Deck und landete mit einem gewaltigen Aufprall auf dem dicken Metallgitter. Rasch rutschte der riesige Wal über das Deck, vorangetragen durch die eigene Massenträgheit. Beim Dahingleiten wälzte er sich elegant auf die Seite, so dass sich sein Kiefer senkrecht öffnete, und dann, mit beinahe müheloser Anmut, schnappte er sich einen der Franzosen mit dem Maul und biss heftig zu.

Das große Tier hörte auf zu rutschen und kam zur Ruhe, den französischen Soldaten – der wie wahnsinnig schrie und dem Blut aus dem Mund strömte – fest zwischen den Kieferknochen. Daraufhin machte sich der Wal daran, den eigenen gewaltigen Körper ungeschickt rückwärts über das Deck zu schieben. Nach wenigen Augenblicken erreichte er den Rand und fiel ins Wasser zurück, wobei er den kreischenden Franzosen mit sich hinabnahm.

Wendy hatte es gewusst. Man war erst wirklich in Sicherheit vor den Killerwalen, wenn man *weit genug* vom Ufer entfernt war.

Die sechs Menschen auf dem Deck verstanden es sofort.

Verschwinde vom Ufer.

Schofield sah Gant auf der anderen Seite des Tümpels zu Rebound treten. Sah die beiden eilig Mother bei den Schultern hochheben und sie vom Rand zurückschleppen. Während sie das taten, erhaschte Schofield einen flüchtigen Blick auf Mothers untere Körperhälfte. Der untere Teil eines Beins fehlte.

In diesem Augenblick ertönte ein jähes, widerhallendes *Wumm!* hinter Schofield und er spürte das Deck unter sich heftig zittern. Sogleich fuhr er herum, zum Tümpel hin, und sah das lächelnde Gesicht eines Killerwals, der über das Deck auf ihn zuglitt!

Der Wal glitt rasch über das Deck.

Schofield war noch immer auf den Knien.

Der Wal wälzte sich zur Seite und öffnete weit das Maul.

Schofield sprang von dem massigen Wesen weg und sah den zerschmetterten Schleudersitz anderthalb Meter hinter sich auf dem Deck liegen. Wenn er ihn bloß erreichen und über ihn wegspringen könnte, wäre er in Sicherheit. Auf Händen und Füßen krabbelte Schofield über das Deck auf den großen Schleudersitz zu.

Der Wal kam weiter heran. Rasch.

Schofield klammerte sich an das Deck, krabbelte so rasch, wie er konnte. Nicht rasch genug. Er würde es nicht schaffen. Er wäre außerstande, rechtzeitig über den Schleudersitz zu gelangen.

Schofield sah, wie sich überall rings um ihn her Wasser auf dem Deck ausbreitete. Die Anspülung des herannahenden Killerwals.

Er war *unmittelbar hinter ihm*!

Schofields Adrenalinspiegel stieg an und er sprang nach vorn. Er wusste, dass er es nicht *über* den Sitz schaffen würde, also warf er sich, mit dem Rücken voran, *in* den Schleudersitz.

Er sah jetzt zum Tümpel, während er in dem zerschmetterten Schleudersitz ›saß‹, der verbogen auf der Seite lag. Er sah hoch und der Killerwal erfüllte sein gesamtes Blickfeld.

Er war direkt über ihm! Weniger als einen Meter entfernt. Brüllend schoss er auf ihn zu.

Er konnte unmöglich langsamer werden.

Konnte ihn unmöglich verfehlen.

Und Shane Schofield schloss die Augen, als die Kiefer des Killerwals über seinem Kopf zusammenschlugen.

Es folgte ein jähes, überirdisches *Klong!*, ein Geräusch, das lauter war als alles, was Schofield je zuvor in seinem Leben gehört hatte.

Schofield hatte erwartet, Schmerz zu verspüren – scharfen, plötzlichen, brennenden Schmerz –, als die Zähne des Killerwals hart über seinem Kopf zusammenschlugen. Aber merkwürdigerweise verspürte er keinerlei Schmerz.

Verwirrt öffnete er die Augen ...

... und sah zwei lange Reihen rasiermesserscharfer Zähne, die sich in die Dunkelheit hinein erstreckten. Zwischen den beiden langen Zahnreihen hockte eine obszön fette, rosafarbene Zunge.

Schofields Gehirn benötigte eine Sekunde, sich alles zusammenzureimen.

Sein Kopf war im Maul des Killerwals!

Aber aus irgendeinem Grund – aus irgendeinem unergründlichen, unglaublichen Grund – lebte er noch.

Da schaute Schofield hoch und sah, dass sein Kopf an drei Seiten von den zerschmetterten Überresten des Schleudersitzes umgeben war.

Der Killerwal hatte wild zugebissen und die Zähne waren hart auf der Kopfstütze zu beiden Seiten von Schofields Kopf eingeschlagen. Aber die stählerne Kopfstütze war genügend stark gewesen, der unglaublichen Gewalt des Bisses zu widerstehen – er hatte die Zähne des großen Wals nur Millimeter vor Schofields Ohren zum Stehen gebracht. Jetzt ragten zwei tiefe Dellen in der Kopfstütze zu beiden Seiten seines Kopfs nach innen. Eine davon – scharf und gezackt – hatte eine winzige Perle von Blut aus Schofields linkem Ohr gezogen.

Sonst vermochte Schofield nichts zu erkennen. Sein gesamter Oberkörper, vom Brustkasten bis zum Kopf, war völlig vom Maul des Killerwals bedeckt.

Plötzlich ruckte der Schleudersitz unter ihm.

Er kratzte laut auf dem Metalldeck und Schofield fiel in den Sitz zurück, als das ganze Ding einen Satz nach vorn machte.

Die Bewegung stoppte unvermittelt, fast so schnell, wie sie angefangen hatte, und Schofield ruckte nach vorn und kam zitternd zum Stehen. Jäh ging ihm auf, was los war.

Der Wal zog ihn zum Tümpel zurück.

Erneut ruckte der Schleudersitz und Schofield spürte, wie der Sitz einen weiteren Meter über das Deck rutschte.

Vor seinem geistigen Auge sah Schofield die Bewegungen des Wals. Er wand sich schwerfällig – wie es zuvor der andere Wal mit dem Franzosen getan hatte –, versetzte seinen massigen Körper in wellenförmige Bewegungen, die ihn über das Deck zurückbrachten, und zog dabei den vierhundert Pfund schweren Schleudersitz mit sich.

Erneut bewegte sich der Schleudersitz und Schofield spürte eine plötzliche Woge warmer Luft über sein Gesicht streichen.

Sie war aus dem Innern des Wals gekommen.

Schofield konnte es nicht glauben. Der Killerwal ächzte und stöhnte, atmete schwer, während er diese ungewöhnlich schwere Beute zwischen den Kieferknochen festhielt und sie zum Wasser zurückzog! Schofield wand sich in seinem Sitz, als ihn eine weitere Woge warmer Luft ins Gesicht traf und der Sitz erneut ruckte.

Seine Füße ragten noch immer aus dem Schleudersitz hervor, aus der Seite des klaffenden Mauls des Wals. Wenn er sich einfach in dieser Richtung hinabwinden könnte, dachte Schofield, wäre es ihm vielleicht möglich, aus dem Sitz zu schlüpfen – und aus dem Maul des Wals –, ehe dieser das Wasser erreichte.

Schofield ließ sich langsam, behutsam den Schleudersitz hinab, denn er wollte den Wal nicht auf sein Vorhaben aufmerksam machen.

Jäh taumelte der Sitz zur Seite. Er quietschte entsetzlich, als er über das Metalldeck glitt. Schofield packte rasch die Armlehnen, damit er nicht nach vorn auf die Zähne des großen Tiers fiel.

Er rutschte weiter hinab. Jetzt war er mit der Taille aus dem Sitz heraus und die scharfen, spitzen Zähne des Wals hatte er nun genau auf Augenhöhe. Der Wal grunzte, während er sich mit dem schweren Stahlsitz abmühte.

Langsam wand sich Schofield weitere Zentimeter aus dem Sitz heraus.

Und dann ergab sich ein Problem.

Er saß jetzt so tief in dem Schleudersitz, dass er sich nicht mehr an den Armlehnen festhalten konnte. Er benötigte etwas zum Festhalten, etwas, gegen dessen Widerstand er sich aus dem Sitz schieben konnte. Schofield blickte sich verzweifelt um, suchte nach etwas zum Zupacken.

Nichts. Es gab absolut nichts zum Festhalten.

Und dann fiel Schofields Blick auf die Zähne des Killerwals vor sich.

Ich glaub's einfach nicht, dachte Schofield, als er beide Hände nach oben ausstreckte und zwei der gewaltigen weißen Zähne des Killerwals packte.

Unvermittelt ruckte und rutschte der Sitz erneut und Schofield spürte, wie er sich ein wenig vom Deck hob. Auf einmal überkam ihn ein entsetzlicher Gedanke.

Er hat den Rand des Decks erreicht.

Und jetzt kippt er darüber hinweg …

Heilige Scheiße!

Schofield packte fest die Zähne des Wals, stieß sich heftig daran ab und katapultierte sich dadurch aus dem Schleudersitz heraus. Er rutschte aus dem Sitz und aus dem Mundwinkel des großen Wals und fiel gerade rechtzeitig ungelenk auf das Deck, so dass er noch sah, wie das rückwärtige Ende des Killerwals in den Tümpel zurückfiel. Als der Schwanz das Wasser berührte, kippte der Körper des großen Wals nach oben. Der Kopf ging in die Höhe und nahm dabei den Schleudersitz mit sich. Dann glitt der gewaltige schwarz-weiße Körper des Killerwals in das Wasser hinab und das große Raubtier nahm seine Beute mit in ein wässriges Grab.

Innerhalb von Sekunden stand Schofield auf den Beinen und eilte rasch über das Deck zu Rebound, Gant und Mother hinüber.

Beim Laufen sprach er in sein Helmmikrofon. »Montana, hier ist Scarecrow. Berichte!«

»Noch immer auf Deck A, Scarecrow. Snake und Santa Cruz sind hier oben bei mir.«

»Wie viele sind dort oben?«, fragte Schofield.

»Ich zähle fünf Militär- und zwei Zivilpersonen«, sagte Montanas Stimme. *»Aber zwei der Militärpersonen sind gerade zu den Leitern durchgebrochen und eine Ebene hinabgestiegen. Was? O verdammt ...«*

Die Verbindung brach ab. Schofield hörte eine Balgerei.

»Montana ...«

Plötzlich trat ein französischer Soldat auf das Deck unmittelbar vor Schofield hinaus.

Es war der Letzte der fünf französischen Soldaten, der in den Tümpel gestürzt war, der Einzige von ihnen, der lebendig wieder herausgekommen war. Er sah aus wie der aufgewärmte Tod – triefend naß, mit finsterem Gesicht und wütend wie der Teufel. Er funkelte Schofield an und hob dann die Armbrust. Ohne eine Sekunde zu zögern zog Schofield ein Wurfmesser aus einer Scheide, die um sein Knie geschlungen war, und schleuderte es in einem Unterhandwurf. Das Messer pfiff durch die Luft und klatschte in die Brust des Franzosen. Er fiel augenblicklich. Die ganze Sache dauerte zwei Sekunden. Schofield hielt nicht im Laufen inne. Er trat über den zusammengesunkenen Leichnam, zog sein Messer heraus, nahm dem toten französischen Soldaten die Armbrust ab und rannte weiter.

Wieder sprach er in sein Helmmikrofon: »Montana, ich wiederhole, bist du in Ordnung?«

»Wiederhole, Scarecrow. Ich bin in Ordnung. Revidiere meine zuvor durchgegebene Anzahl: vier Militär- und zwei Zivilpersonen. Setze einen weiteren Franzmann auf meine Rechnung.«

»Auf meine ebenfalls«, erwiderte Schofield.

Schofield erreichte den Eingang des Südtunnels, wo er auf Gant und Rebound traf. Sie zogen Mother in den Tunnel.

Schofield sah sogleich Mothers Bein. Ein blutiges, gezacktes Stück des Knochens ragte dort hervor, wo ihr linkes Knie hätte sein sollen.

»Bringt sie irgendwohin, wo sie in Sicherheit ist, stoppt den Blutfluss und gebt ihr etwas Methadon«, befahl Schofield rasch.

»Verstanden ...«, erwiderte Gant und sah zu ihm auf. Jäh hielt sie inne.

Schofields Brille mit den entspiegelten Gläsern war während des Kampfs im Wasser mit den Killerwalen verloren gegangen und Gant sah zum ersten Mal seine Augen.

Zwei hervortretende senkrechte Narben zogen sich über beide Augen. Sie waren unübersehbar, grässlich. Jede Narbe verlief absolut geradlinig von der Augenbraue zu den Wangenknochen herab und entstellte die Augenlider dazwischen.

Gant fuhr bei ihrem Anblick zusammen und bedauerte es

sofort wieder. Sie hoffte, dass Schofield es nicht bemerkt hatte.

»Wie fühlst du dich, Mother?«, fragte Schofield, während sie Mother in den Tunnel zogen.

»Nicht so schlimm, dass es nicht ein guter Kuß von einem gut aussehenden Mann wie du wieder hinbekäme«, knurrte Mother durch die zusammengebissenen Zähne. Trotz ihrer Schmerzen sah sie ebenfalls Schofields vernarbte Augen.

»Später vielleicht«, erwiderte Schofield, als er eine Tür in der Tunnelwand vor ihnen sah. »Da rein«, sagte er zu Gant und Rebound.

Sie öffneten die Tür und zogen Mother hinein, alle vier triefend nass. Sie befanden sich in einer Art Vorratsraum.

Rebound machte sich sofort mit Mothers Bein an die Arbeit. Schofield sagte in sein Helmmikrofon: »Marines, alle melden!«

Namen ertönten im Sprechfunk, als jeder Marine sich identifizierte.

Montana, Snake und Santa Cruz. Alle oben auf Deck A.

Rebound und Gant, Deck E. Sie meldeten sich offiziell über Funk, obwohl sie gleich neben Schofield standen, damit die anderen ihre Stimmen hörten und wüssten, dass sie wirklich noch am Leben waren. Selbst Mother sagte ihren Namen, der Vollständigkeit halber.

Kein Wort kam von Book, Hollywood, Legs, Samurai oder Ratman.

»Okay, ihr alle, hört zu«, sagte Schofield. »Nach meiner Zählung sind nur noch vier von diesen Schweinehunden übrig, plus die beiden Zivilisten, die sie mitgebracht haben, um mich an der Nase herumzuführen..

Das reicht jetzt. Es ist an der Zeit, die Angelegenheit zu beenden. Wir sind zahlenmäßig überlegen, sieben gegen vier. Nutzen wir das aus! Ich möchte, dass diese Örtlichkeit hier von oben bis unten durchsucht wird. Ich möchte, dass diese Arschlöcher in eine Ecke gedrängt werden, so dass wir sie fertig machen können, ohne noch mehr von unseren Leuten zu verlieren. Okay, so soll es über die Bühne gehen. Ich möchte …«

Da ertönte plötzlich ein dumpfes Geräusch über ihm, und Schofield blickte sofort hoch.

Es folgte ein langes Schweigen.

Schofield sah eine lange Reihe Neonlampen an der Decke über sich. Sie erstreckten sich in regelmäßigen Abständen rechts von ihm den südlichen Tunnel hinab.

Und dann, in dem Augenblick, da Schofield zu ihnen hochsah, erlosch jede einzelne Neonlampe im Tunnel.

Die Welt schimmerte in einem strahlenden Grün.

Nachtsicht.

Die vernarbten Augen hinter seiner Nachtsichtbrille verborgen, stieg Shane Schofield eine der Sprossenleitern zwischen Deck E und Deck D hinauf. Er bewegte sich langsam und vorsichtig, bewusst. Er erinnerte sich, dass Book einmal gesagt hatte, dass die Sicht durch Nachtsichtbrillen wie die durch ein schwaches Fernglas sei, das einem am Kopf befestigt ist – man sieht etwas, und man streckt die Hand danach aus, nur um festzustellen, dass es in Wirklichkeit viel näher ist, als man glaubt, und es im nächsten Moment umzustoßen.

Die ganze Station war in Dunkelheit gehüllt.

Und Stille.

Kalte, unheimliche Stille.

Da die gesamte Station mit dem entflammbaren Treibgas aus der Klimaanlage gesättigt war, war jegliches Gewehrfeuer eingestellt worden. Das gelegentliche Scharren einer Bewegung und das merkwürdige leise Geflüster von jemandem, der in ein Helmmikrofon sprach, war alles, was in der pechschwarzen Finsternis zu hören war.

Schofield durchsuchte die grün erleuchtete Station durch seine Nachtsichtbrille.

Die Schlacht war in eine neue Phase getreten.

Irgendwie musste es einem der französischen Soldaten gelungen sein, den Sicherungskasten der Station zu finden und alle Lampen abzuschalten. Es war eine verzweifelte Kriegslist, jedoch nichtsdestotrotz eine gute.

Dunkelheit war seit langem die Verbündete zahlenmäßig unterlegener Streitkräfte. Selbst das Aufkommen der Umgebungsbeleuchtungs-Technologie – Nachtsichtbrille und Nachtsichtvisiere – hat der Ansicht des durchschnittlichen Militärtaktikers über die Vorteile einer kleinen, im Schutz der Dunkelheit durchgeführten Operation nicht schmälern können. Es ist eine simple Maxime der Kriegsführung – zu Land, Meer oder in der Luft –, dass niemand gern im Dunkeln kämpft.

»Marines, bleibt wachsam! Hütet euch vor Blendern!« flüsterte Schofield in sein Helmmikrofon. Eine der großen Gefahren des Kampfs unter Nachtsicht ist der Gebrauch von Blendgranaten oder ›Blendern‹ – Granaten, die einen jähen, blendenden Lichtblitz aussenden, der einen Feind vorübergehend desorientieren soll. Da Nachtsichtbrillen jedwede Lichtquelle *verstärken,* ist die Blindheit, wenn jemand einen Blender durch eine Nachtsichtbrille hochgehen sieht, nicht nur vorübergehend. Sie ist dauerhaft.

Schofield spähte den Zentralschacht der Station hinauf. Durch die Milchglasscheiben der gewaltigen Kuppel, die den breiten Zentralschacht überdachte, fiel kein Licht in die Station. Es war Juni – früher Winter in der Antarktis. Draußen herrschte während der nächsten drei Monate Dunkelheit.

Schwärze. Völlige Schwärze.

Schofield spürte Gants Gewicht auf der Leiter hinter sich. Sie kletterten den Schacht hinauf.

Sobald die Lampen erloschen waren, hatte Schofield seinem Team sofort befohlen, ›auf Grün umzuschalten‹. Dann hatte er seinen Plan skizziert.

Es war zwecklos, sich in einer verdunkelten Umgebung verteidigen zu wollen. Sie mussten in der Offensive bleiben. Unbedingt. Das Team, das diese Schlacht gewinnen würde, wäre dasjenige, das die Dunkelheit zu seinem Vorteil nutzte. Und dies erreichte man am besten, indem man in der Offensive blieb. Als solches gesehen war Schofields Plan simpel.

Haltet die Franzosen auf Trab!

Sie waren zahlenmäßig unterlegen. Nur *vier* der ursprünglich zwölf französischen Soldaten waren noch am Leben. Und Montana hatte gerade gesagt, dass zwei dieser vier Deck A geräumt hatten. Also waren sie in zwei Gruppen zu je zwei Personen aufgesplittet.

Am wichtigsten jedoch war, dass sie auf Trab blieben.

Andererseits war Schofields Team ebenfalls aufgesplittet, aber auf eine weitaus vorteilhaftere Weise.

Schofield hatte drei Marines oben auf Deck A – Montana, Snake und Santa Cruz –, und weitere drei unten auf Deck E – Gant, Rebound und sich selbst.

Wenn die Marines oben auf Deck A die verbliebenen französischen Soldaten durch die Station hinabtreiben konnten, würden diese Franzosen den Marines von den unteren Decks genau in die Arme laufen. Und dann würden die Marines – eine Streitmacht von überlegener Anzahl, die von zwei Seiten zugleich angriffe – sie fertig machen.

Aber Schofield wollte sich nicht davontreiben lassen, wollte nicht zuweit im voraus denken, denn dies würde kein gewöhnlicher Kampf werden.

Der Kampf würde anders.

Denn in der leicht entflammbaren, gasgesättigten Atmosphäre der Station konnte keine von beiden Seiten Gewehre benutzen. Es würde ein altmodischer Nahkampf werden.

Ein Kampf *Mann-gegen-Mann.*

In fast völliger Dunkelheit.

Mit anderen Worten, es liefe auf Messer im Dunkeln hinaus. Doch als er weiter darüber nachdachte, erkannte Schofield plötzlich ein Problem in seinem Plan.

Die Franzosen besaßen Armbrüste.

Schofield hatte sich die Armbrust angesehen, die er dem toten französischen Soldaten auf Deck E abgenommen hatte. Da sie keinerlei Funken erzeugte, könnte man eine Armbrust sicher in der gasgesättigten Atmosphäre der Station abfeuern. Schofield versuchte, sich an seine erste Waffenausbildung an der Basic School in Quantico zu erinnern, versuchte, sich die wesentlichen Daten für eine Armbrust, die man in der Hand hält, ins Gedächtnis zurückzurufen. Er entsann sich, dass die Standardreichweite für eine kleine Armbrust nicht besonders groß war, etwa ähnlich groß wie bei einer konventionellen sechsschüssigen Pistole, grob geschätzt sechs Meter.

Sechs Meter.

Verdammt, dachte Schofield. Messer wären nutzlos, wenn die Franzosen eine Sicherheitszone von sechs Metern um sich herum hätten. Ohne eine entsprechende Waffe, die Projektile abfeuerte, hätten die Marines keinerlei Chance. Die Sache war die, dass sie *keine* solche Waffe hatten. Wenigstens nichts, was sie sicher in der entflammbaren, gasgesättigten Atmosphäre der Station gebrauchen konnten.

Und dann dämmerte es Schofield.

Vielleicht hatten sie doch eine ...

Schofield betrat Deck D, den Maghook vor sich auf Schulterhöhe, bereit zum Feuern. In der anderen Hand hielt er die Armbrust des toten Franzosen.

Obwohl der Armalite MH-12 Maghook-Werfer keine Präzisionswaffe ist, besitzt er die Fähigkeit, seinen magnetischen Greifhaken über ganz beträchtliche Entfernungen abzufeuern – über dreißig Meter weit.

Ursprünglich war der MH-12 Maghook für den Einsatz bei der urbanen Kriegsführung sowie bei Antiterroroperationen gedacht – er verfügt über ein Rope-Seil mit eigenem Rutschwiderstand in Kombination mit einem Haken und ermöglicht Antiterroreinheiten, rasch und gewaltsam in Gebäude einzudringen.

Aus diesem Grund musste der kleine Handwerfer des Maghook genügend Energie besitzen, seinen Haken in große Höhen hinaufzuschießen. Die Antwort war ein dem neuesten Stand der Technik entsprechendes hydraulisches Werfersystem, das den Haken mit einem Druck von rund 360 Kilogramm pro Quadratzentimeter nach oben trieb. Nach Schofields Kalkulation würden 360 Kilogramm pro Quadratzentimeter, wenn er seinen Maghook auf einen feindlichen Soldaten aus einer Entfernung von sechs Metern abfeuerte, doch eine *gewisse* Möglichkeit darstellen, einen Treffer zu landen.

Und in der Tat: Schließlich hatte Schofield persönlich zuvor im Tümpel entdeckt, dass ein Maghook auf kurze Entfernung und *unter Wasser* die Fähigkeit besaß, einen sieben Tonnen schweren Killerwal zu betäuben. Wenn er ihn auf einen einhundertachtzig Pfund schweren Mann abfeuerte, auf ähnliche Entfernung und *über* Wasser würde der Maghook ihm möglicherweise den Schädel einschlagen.

Solchermaßen bewaffnet waren die Marines zuversichtlich, dass sie mit den Armbrüsten der französischen Soldaten zurande kommen würden.

Also würde der Plan fortgeführt.

Montana, Snake und Santa Cruz würden sich von Deck A aus zur Station hinabarbeiten und die Franzosen zwingen, herunterzusteigen, während Schofield, Gant und Rebound sich von Deck E hinaufarbeiten würden. Wenn sie sich – hoffentlich – auf halber Strecke träfen, würde sich der Rest dann von selbst ergeben.

Schofield und Gant waren schnurstracks losgezogen.

Rebound würde zu ihnen stoßen, sobald er den Blutstrom aus Mothers Bein gestillt und ihr eine intravenöse Infusion Methadon verabreicht hätte.

Die drei Marines auf Deck A starteten ihren Angriff.

Sie bewegten sich rasch in einem lehrbuchmäßigen überschlagenen Einsatz voran, der als »Bockspringen« bekannt ist. Ein Marine preschte vor und feuerte seinen Maghook ab. Dann, während er seinen Haken einholte, um wieder zu laden, preschte ein zweiter Marine vor – spielte sozusagen Bockspringen mit dem ersten – und feuerte seinen Maghook auf den Feind ab. Wenn der dritte Mann vorpreschte und feuerte, wäre der erste Mann bereit, erneut zu feuern, und das Ganze ginge von vorn los.

Die beiden französischen Soldaten auf Deck A reagierten, wie sie es tun sollten – sie zogen sich eilig von der rollenden Welle aus mächtigem Maghook-Feuer zurück, hasteten zu den Leitern und stiegen den Schacht hinab.

Als er jedoch die Berichte von Montana über die Bewegungen der französischen Soldaten hörte, fiel Schofield etwas Seltsames an ihren Ausweichmanövern auf.

Sie bewegten sich zu rasch.

Auf ihrem Rückzug den Schacht hinab hatten die vier französischen Soldaten den zerstörten Laufsteg auf Deck B gänzlich außer Acht gelassen und waren direkt zu Deck C hinabgestiegen.

Sie bewegten sich rasch und fließend, in einer Zwei-zu-Zwei-Sicherung – die beiden Männer der Vorhut deckten die Flanke nach vorn ab, die beiden der Nachhut deckten die Verfolger hinter sich ab, wobei ein Raum von etwa zehn Metern zwischen den beiden Parteien blieb.

Vorher hatte Montana berichtet, dass alle vier Männer des

französischen Kommandos Nachtsichtbrillen trugen. Sie waren also vorbereitet gewesen.

Sie stiegen weiterhin rasch den Schacht hinab.

Schofield hatte erwartet, dass sie in den Tunnels Zeit verschwenden würden, indem sie eine Verteidigungsposition einzunehmen versuchten. Aber die französischen Soldaten hatten offenbar andere Vorstellungen. Sie huschten nur so lange in die Tunnels auf Deck C, wie es die Marines, die sie von den Ebenen über ihnen verfolgten, benötigten, mit ihnen gleichzuziehen. Dann erschienen sie jäh wieder auf dem Laufsteg und strebten zu der Sprossenleiter, die zum Deck D hinabführte.

In diesem Augenblick fiel Schofield etwas ein, das Trevor Barnaby einmal über Strategie gesagt hatte:

Gute Strategie ist wie Zauberei, hatte Barnaby gesagt. *Sorge dafür, dass dein Feind auf deine eine Hand schaut, während du etwas mit der anderen tust.*

»Sie gehen zur südwestlichen Leiter«, sagte Montanas Stimme in Schofields Ohrhörer. *»Scarecrow, bist du da unten?«*

Schofield schritt über den Laufsteg von Deck D und die Welt vor seinen Augen war grün. »Wir sind da.«

Er und Gant näherten sich der südwestlichen Ecke von Deck D und sahen die Sprossenleiter, die zum Deck C hinaufführte.

Schofield sagte in sein Mikrofon: »Rebound, wo *bleibst* du?«

»Bin jetzt fertig, Sir«, erwiderte Rebounds Stimme aus dem Vorratsraum auf Deck E.

»Bin auf der Westflanke, Sarge«, sagte die Stimme von José ›Santa‹ Cruz über Funk.

Montanas Stimme: *»Lass sie kommen, Cruz. Dann schick sie zu Schofield runter.«*

Auf Deck D erreichten Schofield und Gant die Sprossenleiter. Sie hockten sich hin und richteten ihre Waffen auf die leere

Leiter. Sie hörten rasch stampfende Stiefel auf dem metallenen Laufsteg über sich, vernahmen das deutliche *Zingg-boinng!* einer abgefeuerten Armbrust.

»Sie erreichen die Leiter«, sagte Santa Cruz' Stimme.

Weitere Schritte klirrten auf dem Metallgitter.

Jede Sekunde, jetzt ...

Jede Sekunde ...

Und dann, plötzlich, klonk, klonk.

Was zum Teufel ...

»Marines! Augen zu! Blender auf dem Boden!«, schrie Santa Cruz' Stimme jäh.

Schofield presste sofort die Lider zusammen, als er hörte, wie die Blendgranate auf das Metalldeck über ihm prallte.

Die Blendgranate ging los – wie ein Blitzlicht auf einer Kamera – und für einen kurzen Augenblick flammte die gesamte Eisstation Wilkes weiß auf.

Schofield wollte gerade die Augen öffnen, da vernahm er rechts von sich ein neues Geräusch. Es hörte sich an, als ob jemand einen Reißverschluß ganz, ganz rasch aufzöge.

Schofield fuhr herum und öffnete die Augen und seine grüne Welt war seitlich gestreift. Seine Augen durchsuchten den leeren Schacht, sahen jedoch nichts.

»Ah, Scheiße!«, sagte Cruz. *»Sir! Einer von ihnen ist gerade übers Geländer gesprungen!«*

Das Geräusch eines Reißverschlusses, das Schofield gerade gehört hatte, ergab plötzlich Sinn. Es war das Geräusch von etwas gewesen, das an einem Seil den Zentralschacht hinabgeglitten war.

Schofield erstarrte für den Bruchteil einer Sekunde.

Ein solcher Schachzug war, weiß Gott, kein Vereidigungszug.

Es war ein koordinierter Zug, ein geplanter Zug, ein *Angriffs*zug.

In Wirklichkeit liefen die Franzosen nicht davon.

Sie verfolgten einen eigenen Plan!

Sorge dafür, dass dein Feind auf deine eine Hand schaut, während du etwas mit der anderen tust…

Wie bei einem Schachspieler, der eine Sekunde, bevor er seinen eigentlichen tödlichen Zug ausführen will, matt gesetzt wird, verspürte Schofield, dass sich alles in seinem Kopf drehte.

Worauf wollten sie hinaus?

Wie lautete ihr Plan?

Am Ende blieb ihm keine Zeit, darüber nachzudenken, weil sofort, nachdem er Santa Cruz' Botschaft gehört hatte, ein Hagel von Pfeilen die Eiswand ringsumher traf. Schofield duckte sich, fuhr herum und sah Gant, die sich hinter ihm zu Boden warf, und dann fuhr er wieder zurück und ehe er wusste, was geschah, rutschte vor ihm eine Gestalt die Sprossenleiter herab und Schofield stand von Angesicht zu Angesicht vor dem Franzosen, den er als Jacques Latissier kannte.

In dem Vorratsraum auf Deck E hatte sich Rebound über Mother gekauert.

Mother hatte zähe Venen und erschwerend kam hinzu, dass Rebound seine Nachtsichtbrille trug beim Versuch, die Nadel in ihren Arm zu bekommen. Bei den ersten vier Versuchen hatte er die Vene nicht gefunden und es war ihm gerade erst gelungen, die intravenöse Infusion an Mothers Arm anzulegen.

Nachdem dies erledigt war, erhob sich Rebound und wollte Mother gerade verlassen, als er, merkwürdigerweise, das Geräusch von Schritten hörte, die eilig den Tunnel draußen vor dem verdunkelten Vorratsraum entlangliefen.

Rebound erstarrte.

Horchte.

Das Geräusch der Schritte verebbte, als sie den südlichen Tunnel hinunterliefen.

Rebound trat vor, packte den Türknauf und drehte ihn langsam, leise. Die Tür öffnete sich und Rebound spähte durch sein Nachtglas hinaus in den Tunnel.

Er blickte nach links und sah den Tümpel. Kleine Wellen schwappten gegen den Rand des Decks.

Er blickte nach rechts und sah einen langen geraden Tunnel, der sich von ihm weg in die Dunkelheit erstreckte. Er erkannte ihn sogleich als den verlängerten Südtunnel von Deck E wieder, der zum Bohrungsraum der Station führte.

Da dies die unterste Ebene der Eisstation darstellte, beherbergte Deck E den Bohrungsraum der Station – den Raum, von dem aus die Wissenschaftler ins Eis hinabbohrten, um ihre Eiskerne zu bekommen. Um also die Tiefe, bis zu der die Wissenschaftler bohren konnten, zu maximieren, war der Bohrungsraum so weit *in* das Eisschelf hineingebaut worden wie möglich – im Süden der Station, wo das Eis am tiefsten reichte. Der Raum war über einen langen, schmalen Tunnel von wenigstens vierzig Metern Länge mit der Hauptstation verbunden.

Rebound hörte die leisen Schritte in dem langen Tunnel rechts von sich verschwinden.

Nach einem kurzen Augenblick des Innehaltens hob er seinen Maghook auf und wagte sich hinaus in den Tunnel, den Schritten hinterher.

Schofield feuerte seinen Maghook auf Latissier ab.

Der Franzose duckte sich rasch und der Greifhaken fuhr donnernd über ihn hinweg und flog durch die Sprossenleiter hinter ihm. Der Haken verdrehte sich einmal in den Sprossen und verknotete sich fest an der Leiter.

Schofield warf seinen Maghook zu Boden und hob seine Armbrust zur gleichen Zeit, wie Latissier die seine Schofield entgegenhob.

Die beiden Männer feuerten gleichzeitig.

Die Pfeile fuhren pfeifend durch die Luft, kreuzten einander mitten im Flug.

Latissiers Pfeil schlug in Schofields verstärkte Schulterplatte ein. Schofields Pfeil bohrte sich in Latissiers Hand, als der große Franzose das Gesicht mit dem Unterarm bedeckte. Er brüllte vor Schmerz, während er verzweifelt versuchte, seine Armbrust mit der gesunden Hand wieder zu laden.

Schofield warf einen raschen Blick auf die eigene Armbrust in seiner Hand.

Die französischen Armbrüste hatten fünf kreisrunde Gummischlitze an der Seite, in denen Ersatzpfeile zum raschen Nachladen steckten. Schofields Armbrust hatte fünf leere Schlitze.

Der Soldat, dem er ihn abgenommen hatte, musste zuvor alle bis auf den letzten Pfeil verschossen haben. Jetzt waren keine mehr übrig.

Schofield zögerte keinen Moment.

Er trat rasch fünf Schritte vor und warf sich auf Latissier. Er prallte auf den Franzosen und die beiden Soldaten gingen auf dem Laufsteg hinter der Sprossenleiter zu Boden.

Gant lag noch immer etwa fünf Meter entfernt mit dem Gesicht nach unten auf dem Laufsteg, als sie Schofields Angriff auf Latissier sah. Sie sprang auf und wollte schon hinüber, Schofield helfen, da rutschte plötzlich ein weiterer französischer Soldat vor ihr die Sprossenleiter herab und starrte ihr durch eine schwarze Nachtsichtbrille direkt in die Augen.

Rebound ging langsam den langen, schmalen Tunnel hinab.

Ganz am Ende des Tunnels war eine Tür. Die Tür zum Bohrungsraum. Sie stand offen.

Rebound horchte genau hin, während er sich der halb offen stehenden Tür näherte. Er vernahm leise, scharrende Geräusche aus dem Bohrungsraum. Gleich, wer zuvor am Vorratsraum vorübergelaufen war, er befand sich jetzt im Innern des Bohrungsraums und tat etwas.

Er hörte den Mann leise in ein Mikrofon sprechen. Er sagte: »*Le piège est tendu.*«

Rebound erstarrte.

Es war einer der französischen Soldaten.

Rebound drückte sich flach gegen die Wand gleich neben

der Tür und spähte – noch immer die Nachtsichtbrille auf der Nase – um den Türrahmen.

Es war, als ob man durch eine Videokamera sähe. Zunächst erblickte Rebound den Türrahmen und sah diesen nach rechts aus seinem grünen Sichtschirm hinausgleiten. Dann sah er den Raum offen vor sich.

Und dann sah er den Mann – der ebenfalls eine Nachtsichtbrille trug. Der Mann stand dort rechts vor ihm und hielt eine Armbrust direkt auf Rebounds Gesicht gerichtet.

Obwohl der französische Soldat, der vor ihr stand, eine Nachtsichtbrille trug, konnte Gant sagen, dass es derjenige war, der Cuvier hieß.

Jean-Pierre Cuvier. Derjenige, der sie gleich zu Beginn des Kampfes mit seiner Armbrust in den Kopf geschossen hatte. Sogar jetzt sah sie die Spitze eben jenes Pfeils aus der Vorderseite ihres Helms herausragen. Der Schweinehund schien zu lächeln, als ihm aufging, dass er genau der amerikanischen Frau gegenüberstand, auf die er zuvor geschossen hatte.

In einem Schauer aus Grün hob er seine Armbrust und feuerte. Gant war etwa sechs Meter entfernt und sie sah den Pfeil tatsächlich in die Luft eintauchen, als er die Entfernung zwischen ihnen zurücklegte. Sie trat rasch zur Seite, wobei ihre Gewehrhand an ihre Seite fiel, und dann – *patsch!* – verspürte sie unvermittelt einen heftigen Ruck in dieser Hand, als der Pfeil den Maghook traf und ihn ihr aus der Hand schleuderte. Und dann, ehe sie es recht bemerkt hätte, stand Cuvier mit gezogenem Bowiemesser unmittelbar vor ihr. Er handelte rasch: Sein Jagdmesser mit der langen Klinge vollführte einen Bogen nach unten auf Gants Kehle zu ...

Es folgte ein jähes metallisches *Sproinng!* als Cuviers Klinge ruckartig innehielt.

Gant hatte seinen Hieb mit dem eigenen Messer aufgefangen. Die beiden Soldaten trennten sich und begann, einander achtsam zu umkreisen. Cuvier hielt sein Messer unter Schulterhöhe, Gant das ihre in Rückhand, im Stil des SEAL. Beide trugen noch immer ihre Nachtsichtbrillen.

Plötzlich vollführte Cuvier einen Satz nach vorne und Gant schlug seine Klinge beiseite. Aber der Franzose hatte die längere Reichweite und als sie sich erneut trennten, schlug er nach Gants Nachtsichtbrille und streifte sie ihr vom Kopf.

Einen einzigen, schrecklichen Augenblick lang sah Gant gar nichts.

Einfach nur Schwärze.

Völlige Schwärze.

In dieser Dunkelheit, ohne ihre Brille, war sie *blind*.

Gant spürte den Laufsteg unter sich vibrieren. Cuvier sprang sie erneut an.

Noch immer blind duckte sie sich instinktiv, wobei sie nicht wusste, ob es der richtige Zug war oder nicht.

Es war der richtige Zug.

Sie hörte das Sausen von Cuviers Messer, als es durch die Dunkelheit über ihrem Helm fuhr.

Gant schlug in der Dunkelheit einen Purzelbaum über den Laufsteg, der sie von Cuvier wegbrachte. Rasch sprang sie auf, drückte einen Knopf an der Seite ihres Helms und sogleich schnappte das Infrarotvisier ihres Helms ein und legte sich ihr vor die Augen.

Es war keine Nachtsichtbrille, aber es war fast so gut.

Jetzt sah Gant den Laufsteg um sie herum als elektronisches Abbild, blau vor schwarzem Hintergrund.

Sowohl der Laufsteg als auch die Sprossenleiter zeigten sich als blaue Umrisse – kalte, leblose Körper. Jenseits der blauen Sprossenleiter sah Gant zwei mehrfarbige Gestalten sich auf dem Laufsteg umherwälzen – Schofield und Latissier, die noch immer verzweifelt kämpften.

Gant drehte sich um und auf dem Laufsteg vor sich sah sie einen pulsierenden, roten, grünen und gelben Klecks in Gestalt eines Mannes, der sich rasch auf sie zubewegte.

Es war Cuvier.

Oder zumindest eine graphische Wiedergabe der Hitzemuster in Cuviers Körper.

Er schwang sein Messer. Gant parierte den Hieb mit ihrem eigenen Messer und trat dann kräftig nach dem Solarplexus des Franzosen. Der Tritt saß und Cuvier stürzte, aber währenddessen schoss seine Hand vor und es gelang ihm, Gants Messerarm zu packen und sie mit sich auf den Laufsteg herabzuziehen.

Sie schlugen zusammen auf dem Deck auf.

Gant fiel auf Cuvier, wälzte sich davon und prallte mit dem Rücken gegen die Eismauer, die den Laufsteg umgab. Sie streckte die Hand aus, um das Gleichgewicht zu wahren, und traf dabei etwas auf dem Boden neben sich.

Der Mag …

Und dann sprang jäh der farbige Klecks, der Cuvier war, in ihr Blickfeld.

Cuvier hatte sich auf sie geworfen, wollte ihr mit dem Messer an die Kehle. Gant warf die Hände in die Höhe, um sich zu verteidigen, und ließ dabei ihr Messer fallen, so dass sie Cuviers Messerhand mit ihren beiden Händen packen konnte.

Mit all ihrer Kraft hielt Gant Cuviers Hand von sich weg, nur wenige Zentimeter vor ihrer Kehle.

Aber er war zu stark.

Das Messer kam ihrer Kehle immer näher.

Cuviers Gesicht war unmittelbar vor Gants Gesicht und durch ihr Infrarotvisier sah Gant durch seine Gesichtszüge *hindurch* – sah das makabre Abbild seines Schädels und seiner Zähne, umgeben von pulsierenden Farben. Es war, als ob sie von einem wahnsinnigen Skelett angegriffen würde.

Und er war nahe, so nahe, dass Gant seine Nachtsichtbrille über ihren Helm streifen spürte.

Die Brille.

Ohne auch nur nachzudenken ließ Gant jäh Cuviers Messerhand mit einer Hand los und riss ihm seine Nachtsichtbrille grob vom Kopf. Cuvier kreischte. Gant warf das Gerät über den Rand des Laufstegs.

Jetzt war es Cuvier, der blind war.

Aber er kämpfte weiter.

Verzweifelt versuchte der französische Soldat, sein Messer Gant in die Kehle zu treiben, aber Gant verlagerte plötzlich ihr Gewicht und ließ sich unter ihn gleiten, so dass ihr Helm jetzt auf gleicher Höhe mit seinen Augen war.

»Du erinnerst dich, dass Du mir das hier geschenkt hast«, meinte Gant, wobei sie den blauen Umriss des Pfeils ansah, der aus der Vorderseite ihres Helms herausragte. »Nun, jetzt kannst du es zurückhaben.«

Und mit diesen Worten rammte Gant ihren Kopf nach vorn.

Der Pfeil, der vorn aus ihrem Helm herausragte, durchdrang Cuviers rechtes Auge und er stieß ein grässliches, unmenschliches Gekreisch aus. Gant spürte jäh, wie ihr sein warmes Blut über das ganze Gesicht spritzte.

Sie trat Cuvier von sich weg und sah – durch ihr Infrarotvisier – eine computergenerierte Fontäne einer gelbroten Flüssigkeit aus seinem rechten Augapfel spritzen.

Cuvier kreischte, als er zurückfiel und dabei die Hände über den blutigen Augapfel schlug.

Gant hatte ihm das Auge ausgestochen, doch er war noch nicht tot. Er schlug wild um sich im Versuch, sie trotz seiner völligen Blindheit zu treffen.

Gant packte den Maghook vom Laufsteg neben sich und richtete ihn auf den blutenden Kopf des Franzosen. Er bewegte sich ziellos umher, aber Gant hatte alle Zeit, die sie jetzt benötigte.

Sie zielte sorgfältig nach dem Kopf dieses jaulenden, vielfarbenen Kleckses, der einen Mann darstellte.

Und dann feuerte sie.

Der Maghook traf den kreischenden Franzosen mitten ins Gesicht und in dem Bruchteil einer Sekunde, ehe er auf den Laufsteg stürzte, hörte Gant Cuviers Schädel entzweibrechen.

Während Gant mit Cuvier kämpfte, wälzten sich Schofield und Latissier auf dem Laufsteg umher.

Beim Kämpfen vernahm Schofield von überall her Geräusche. Stimmen sprachen verzweifelt über seinen Helmsprechfunk.

»... Sie kommen um die andere Seite herum!«

»... gehen zur anderen Leiter!«

Schritte klangen auf Laufsteg über ihm.

In der Nähe wurde eine Armbrust abgefeuert.

Schofield vernahm ein plötzliches Klicken, als es Latissier gelang, einen weiteren Pfeil in den Bolzen seiner Armbrust einzulegen. Schofield schlug dem großen Franzosen rasch mit dem Ellbogen ins Gesicht, unter die Nachtsichtbrille, und brach ihm dadurch die Nase. Überall spritzte Blut, über Schofields Arm, über die Linsen von Latissiers Gerät.

Der Franzose grunzte vor Schmerz, als er Schofield von sich weg zum Rand des Laufstegs hin schleuderte. Die beiden Männer waren nun getrennt und Latissier – der noch immer auf dem Laufsteg lag, halb blind durch die Blutspritzer auf seinem Nachtglas – schwang wütend seine Armbrust zu Schofields Kopf herum.

Schofield befand sich unmittelbar an der Kante des Laufstegs, gegen das Geländer gedrückt. Er dachte rasch nach.

Er packte Latissiers Waffenhand, als sie zu ihm herumschwang, und dann, mit einer urplötzlichen Bewegung, wälzte er sich *vom Rand des Laufstegs herab*!

Das hatte Latissier nie erwartet.

Schofield hielt Latissiers Waffenhand beim Fallen fest gepackt, und während er daran herabhing, schwang er sich auf das leere Deck darunter. Wie eine Katze landete Schofield auf den Füßen und hob sogleich Latissiers Armbrust von der Unterseite des Laufstegs von Deck D auf und zog den Abzug.

Latissier lag mit dem Gesicht nach unten auf dem Laufsteg – den Arm täppisch über den Rand gestreckt –, als die Armbrust losging. Auf kurze Entfernung flog der Pfeil durch eine Lücke im Stahlgitter nach oben, durchdrang Latissiers Nachtsichtbrille und bohrte sich dem Franzosen genau durch die Mitte der Stirn.

Unten im Bohrungsraum sah Rebound sich dem armbrustschwingenden französischen Soldaten gegenüber.

Der Franzose glaubte, Oberhand zu haben, glaubte, Rebound wäre so gut wie sicher tot. Er vergaß nur eines.

Nachtsicht ist verteufelt schwierig im Randsichtbereich.

Er stand *zu* nahe.

Weswegen er den Maghook nie zu Gesicht bekam, den Rebound an der Hüfte hielt.

Rebound feuerte. Der Maghook schoss aus dem Werfer und schlug dem Franzosen aus einer Entfernung von einem Meter in die Brust. Augenblicklich folgte eine Reihe von Knackgeräuschen, als der Brustkorb des französischen Soldaten brach und ihm das Herz durchbohrte. Er war tot, ehe er den Boden erreichte.

Rebound holte tief Luft, seufzte vor Erleichterung und betrachtete den Bohrungsraum vor sich.

Er sah, was der Franzose getan hatte, und die Kinnlade fiel ihm herab. Und dann erinnerte er sich daran, was der Franzose vorher gesagt hatte.

Le piège est tendu.

Dann schaute sich Rebound erneut den Raum an.

Und lächelte.

»Südtunnel!«, sagte Montanas Stimme über Schofields Helmsprechfunk.

Schofield war jetzt unten auf Deck E. Er hatte sich an Latissiers Arm dort hinabgeschwungen. Er sah über den Tümpel hinweg auf eine schwarze Gestalt, die in den Südtunnel lief. Es war der letzte französische Soldat – abgesehen von dem, der sich in der Manier eines Bergsteigers zuvor den Schacht hatte hinabgleiten lassen.

»Ich sehe ihn«, sagte Schofield und nahm die Verfolgung auf.

»Sir, Rebound hier«, kam Rebounds Stimme plötzlich über die Ätherwellen. *»Haben Sie gesagt der Südtunnel?«*

»Stimmt genau.«

»Lassen Sie ihn kommen«, sagte Rebound fest. *»Und folgen Sie ihm hier herunter.«*

Schofield runzelte die Stirn. »Wovon sprichst du eigentlich, Rebound?«

»Folgen Sie ihm einfach, Sir.« Rebound flüsterte jetzt. *»Das möchte er von Ihnen.«*

Einen Moment lang hielt Schofield inne.

Dann sagte er: »Weißt du etwas, das ich nicht weiß, Corporal?«

»Allerdings, Sir«, kam die Antwort.

Montana, Snake und Gant schlossen sich Schofield auf Deck E, am Eingang des Südtunnels, an. Sie alle hatten Rebound über ihren Helmsprechfunk gehört.

Schofield sah sie an, während er in sein Helmmikrofon sagte: »Also gut, Rebound, du bist an der Reihe.«

Schofield, Montana, Snake und Gant schoben sich vorsichtig den langen südlichen Tunnel von Deck E hinab. Am Ende des Tunnels erblickten sie eine Tür und sahen die Silhouette des letzten französischen Soldaten dahinter verschwinden, ein Schatten in der grünen Finsternis.

Rebound hatte Recht gehabt. Der Soldat bewegte sich langsam. Es war fast so, als ob er *wollte,* dass sie ihn den Bohrungsraum betreten sahen.

Schofield und die andern schoben sich weiter den Tunnel hinab. Sie waren noch etwa zehn Meter von der Tür zum Bohrungsraum entfernt, als plötzlich eine Hand aus den Schatten kam und Schofield an der Schulter packte. Sofort fuhr Schofield herum und sah Rebound aus einem in die Wand eingelassenen Schrank auftauchen. Hinter Rebound war anscheinend noch jemand in dem Schrank. Rebound drückte die Finger an die Lippen und führte Schofield und die anderen weiter den Tunnel hinab auf die Tür des Bohrungsraums zu.

»Es ist eine Falle.« Rebound formte die Worte mit dem Mund, als sie die Tür erreichten.

Rebound stieß die Tür auf. Laut quietschend schwang sie vor ihnen auf.

Die Tür schwang weit auf und die Marines sahen den letzten Franzosen drüben auf der anderen Seite des Bohrungsraums stehen.

Es war Jean Petard. Er sah sie verzweifelt an. Er war in einer Sackgasse gefangen und wusste es. Er saß in der Falle.

»Ich ... ich ergebe mich«, sagte er demütig.

Schofield starrte Petard lediglich an. Dann wandte er sich Rebound und den anderen zu, als ob er um Rat bitten wollte.

Daraufhin trat er vor in den Bohrungsraum.

Petard lächelte anscheinend erleichtert.

In diesem Augenblick streckte Rebound jäh seinen Arm aus und hielt ihn vor Schofields Brust, wodurch er ihn stoppte. Rebound hatte Petard nicht aus den Augen gelassen.

Petard runzelte die Stirn.

Rebound starrte ihn an und sagte: »*Le piège est tendu.*«

Überrascht legte Petard den Kopf schief.

»Die Falle ist gelegt«, sagte Rebound auf Englisch.

Und dann richtete Petard seinen Blick jäh zur Seite und sah auf etwas anderes, etwas auf dem Fußboden vor sich, und sein Lächeln erstarrte. Entsetzt sah er zu Rebound auf.

Rebound wusste, was Petard gesehen hatte.

Er hatte fünf französische Wörter gesehen und als er sie gesehen hatte, wusste Petard, dass sein Kampf vorüber war.

Diese fünf Wörter waren: BRAQUEZ CE CÔTE SUR L'ENNEMI.

Rebound trat vor und Petard kreischte: »*Nein!*«, aber es war zu spät. Rebound trat durch den Stolperdraht vor der Tür und die beiden konkaven Minen im Bohrungsraum explodierten mit all ihrer erschreckenden Gewalt.

Dritter Überfall

16. Juni, 11.30 Uhr

Der Highway erstreckte sich in die Wüste hinaus.

Ein dünner, endloser Streifen aus Schwarz auf dem goldbraunen Boden der Landschaft von New Mexico. Keine einzige Wolke stand am Himmel.

Ein einsames Auto raste den Wüstenhighway entlang.

Peter Cameron, der Fahrer, schwitzte in der Hitze. Die Klimaanlage in seinem geliehenen Toyota, Baujahr 1977, hatte seit langem ihren Geist aufgegeben und jetzt war der Wagen nur wenig mehr als ein Ofen auf Rädern. In seinem Wagen war es möglicherweise zehn Grad heißer als draußen.

Cameron war Reporter der *Washington Post,* war es jetzt schon seit drei Jahren. Zuvor hatte er sich dadurch einen Namen gemacht, dass er Features für die angesehene kritische Zeitschrift *Mother Jones* geschrieben hatte.

Cameron hatte gut zu *Mother Jones* gepasst. Die Zeitschrift hat ein allumfassendes Ziel: Irreführende Regierungsberichte aufzudecken. Vertuschungen. Und sie war beim Erreichen dieses Ziels äußerst erfolgreich gewesen. Pete Cameron liebte sie, blühte in ihr auf. In seinem letzten Jahr bei *Mother Jones* hatte er einen Preis für einen Artikel gewonnen, den er über den Verlust von fünf nuklearen Sprengköpfen eines abgestürzten B-2 Tarnkappenbombers geschrieben hatte. Der Bomber war kurz vor der brasilianischen Küste abgestürzt und die amerikanische Regierung hatte eine Pressemitteilung herausgegeben, wonach alle fünf Sprengköpfe sicher und intakt geborgen worden seien. Cameron war der Geschichte nachgegangen und hatte die Methoden zum Auffinden der verloren gegangenen nuklearen Sprengköpfe in Frage gestellt. Die Wahrheit war bald ans Licht gekommen. Der Rettungsmission war es gar nicht um die Bergung der Sprengköpfe gegangen. Es war ihr darum gegangen, jeglichen Hinweis auf den *Bomber* zu bergen. Die nuklearen Sprengköpfe hatten lediglich sekundäre Priorität und waren nie gefunden worden.

Dieser Artikel sowie der daraufhin verliehene Preis hatten die Aufmerksamkeit der *Washington Post* auf Cameron gelenkt. Sie boten ihm einen Job an und er nahm ihn mit beiden Händen.

Cameron war dreißig Jahre alt und groß, wirklich groß – zwei Meter zehn. Er hatte wirres, sandbraunes Haar und eine Brille mit Drahtbügelgestell. Sein Auto sah aus, als ob eine Bombe eingeschlagen hätte – auf dem Fußboden waren leere Coladosen verstreut, vermischt mit zusammengeknüllten Cheeseburger-Verpackungen; Notizblöcke, Kugelschreiber und Papierfetzen ragten aus allen möglichen und unmöglichen Stellen des Wagens hervor. Ein Block mit Klebezetteln stand im Aschenbecher. Jene, die benutzt worden waren, hingen am Armaturenbrett.

Cameron fuhr durch die Wüste.

Sein Handy klingelte. Es war seine Frau Alison.

Pete und Alison Cameron waren so etwas wie Berühmtheiten in den Pressekreisen von Washington, das berühmte – oder berüchtigte – Mann-und-Frau-Team der *Washington Post*. Als Pete Cameron vor drei Jahren von *Mother Jones* zur *Post* gekommen war, hatte er mit einer jungen Reporterin namens Alison Greenberg zusammenarbeiten sollen. Die

Chemie zwischen den beiden hatte sofort gestimmt. Es hatte gefunkt. Innerhalb einer Woche waren sie miteinander im Bett gewesen. Innerhalb von zwölf Monaten verheiratet. Sie hatten noch keine Kinder, aber sie arbeiteten bereits daran.

»Bist du schon da?«, fragte Alisons Stimme im Hörer.

Alison war neunundzwanzig, hatte schulterlanges, kastanienbraues Haar, riesige himmelblaue Augen und ein strahlendes Lächeln auf dem Gesicht. Pete liebte es. Im konventionellen Sinn war Alison nicht schön, aber sie konnte mit diesem Lächeln den Verkehr zum Anhalten bringen. Im Augenblick arbeitete sie im D.C.-Büro der Zeitung.

»Ich bin fast da«, entgegnete Pete Cameron.

Er war unterwegs zu einem Observatorium draußen mitten in der Wüste von New Mexico. Irgendein Techniker am SETI-Institut dort hatte früher am Tag die Zeitung angerufen und behauptet, irgendwelches Geplauder über einen alten Spionagesatelliten entdeckt zu haben. Cameron war zum Nachforschen hingeschickt worden.

Es war nichts Neues. Das *Search for Extraterrestrial Intelligence Institute* oder SETI – das Institut für die Suche nach außerirdischer Intelligenz – fing die ganze Zeit über irgendwelches Zeugs auf. Ihre Phalanx an Radiosatelliten war sehr leistungsstark und außergewöhnlich sensibel. Für einen SETI-Techniker war es nicht ungewöhnlich, dass er auf seiner Suche nach extraterrestrischem Funkverkehr einem verirrten Spionagesatelliten in die Quere kam und ein paar verworrene Worte aus einer der Geheimhaltung unterliegenden militärischen Sendung aufschnappte.

Diese aufgeschnappten Worte wurden von den Reportern der *Washington Post* verächtlich als »SETI-Sichtungen« etikettiert. Gewöhnlich bedeuteten sie gar nichts – lediglich unverständliche Einwortsendungen –, aber die Theorie besagte, dass vielleicht eines Tages eine dieser verworrenen Botschaften den Ausgangspunkt für eine Story abgeben könnte. Jene Art von Story, die mit dem Wort »Pulitzer« endete.

»Nun«, meinte Alison, »ruf mich an, sobald du im Institut fertig bist.« Sie schlug einen spöttischen sexy Tonfall an. »Ich habe was übrig für SETI-Sichtungen.«

Cameron lächelte. »Sehr provokant. Machst du auch Hausbesuche?«

»Man weiß nie, wo einem in der großen Stadt das Glück über den Weg läuft.«

»Weißt du«, sagte Cameron, »das könnte in einigen Staaten als sexuelle Belästigung eingestuft werden.«

»Schatz, mit dir verheiratet zu sein *ist* sexuelle Belästigung«, erwiderte Alison.

Cameron lachte. »Ich ruf dich an, wenn ich fertig bin«, sagte er, bevor er auflegte.

Eine Stunde später fuhr Camerons Toyota auf den staubigen Parkplatz des SETI-Instituts. Drei weitere Wagen parkten dort.

Ein niedriges, zweigeschossiges Bürogebäude stand gleich neben dem Parkplatz im Schatten eines einhundert Meter großen Radioteleskops. Cameron zählte siebenundzwanzig weitere identische Satellitenschüsseln, die sich von ihm weg in die Wüste hinaus erstreckten.

Innen wurde Cameron von einem komischen kleinen Mann begrüßt, der einen weißen Laborkittel trug, in dessen Brusttasche eine Plastikschutzhülle für Filzstifte hing. Er sagte, sein Name sei Emmett Somerville und er sei derjenige, der das Signal aufgefangen habe.

Somerville führte Cameron einige Treppen zu einem unterirdischen, weiß getünchten Raum hinab. Cameron folgte ihm schweigend, während sie sich ihren Weg durch ein Labyrinth aus elektronischer Funkausrüstung bahnten. Zwei massige Cray-XMP-Supercomputer nahmen die gesamte Wand des gewaltigen, unterirdischen Raums für sich in Anspruch.

»Ich habe es gegen zwei Uhr dreißig heute morgen aufgefangen«, sagte Somerville beim Gehen. »Es war auf Englisch, daher wusste ich, dass es nicht außerirdisch sein konnte.«

»Gut überlegt«, meinte Cameron mit todernster Miene.

»Aber der Akzent war ganz bestimmt amerikanisch und in Anbetracht des Inhalts habe ich gleich im Pentagon angerufen.« Er drehte sich beim Gehen zu Cameron um. »Wir haben eine Direktdurchwahl.«

Er sagte es in trotteligem Stolz: Die Regierung hält uns für so wichtig, dass sie uns eine Direktdurchwahl gegeben hat. Cameron war der Ansicht, dass die Nummer, die Somerville hatte, vielleicht die Nummer der Werbeabteilung des Pentagon war, eine Nummer, die SETI im Telefonbuch hätte finden können, wenn sie unter »Department of Defense« nachgesehen hätten. Cameron hatte sie in seiner Kurzwahlliste gespeichert.

»Wie dem auch sei«, sagte Somerville, »als es dort hieß, das wäre keine ihrer Sendungen, habe ich mir überlegt, dass es in Ordnung wäre, wenn ich euch Burschen da bei der Zeitung anrufen würde.«

»Wir wissen es zu schätzen«, erwiderte Cameron.

Die beiden Männer erreichten eine Konsole in einer Ecke. Sie bestand aus zwei Monitoren, die oberhalb einer Tastatur angebracht waren. Gleich neben den Monitoren stand ein Tonbandgerät in Studioqualität.

»Möchten Sie's hören?«, fragte Somerville, dessen Finger über dem Abspielknopf des Tonbandgeräts schwebte.

»Legen Sie los!«

Emmett Somerville drückte den Knopf. Die Spulen begannen sich zu drehen.

Zunächst hörte Cameron gar nichts, dann weißes Rauschen. Er sah den komischen Emmett erwartungsvoll an.

»Es kommt«, meinte Somerville.

Weiteres Rauschen folgte und dann ertönten jäh Stimmen.

»*... wiederhole, eins-drei-vier-sechs-zwei-fünf ...*«

»*... Kontakt wegen Störungen in der Ionosphäre verloren gegangen ...*«

»*... Angriffsteam ...*«

»*... Scarecrow ...*«

»*... minus sechsundsechzig Komma fünf ...*«

»*... Flares unterbrechen Funk ...*«

»*... eins-fünfzehn, zwanzig Minuten, zwölf Sekunden Ost ...*«

»*... wie ...*« – Rauschen – »*... dorthin kommen, damit ...*«

»*... zweites Team auf dem Weg ...*«

Pete Cameron schloss langsam die Augen. Es war ein weiterer Schuss in den Ofen. Einfach nur weiteres unentzifferbares militärisches Gewäsch.

Die Sendung endete und Cameron wandte sich um und sah, dass Somerville ihn eifrig beobachtete. Der SETI-Techniker wollte ganz klar, dass aus seiner Entdeckung etwas wurde. Er war ein Niemand. Schlimmer, ein Niemand draußen inmitten von Nirgendwo. Ein Bursche, der vielleicht einfach nur seinen Namen in der *Washington Post* an anderer Stelle als in einer Todesanzeige gedruckt sehen wollte. Er tat Cameron Leid. Er seufzte.

»Könnten Sie es mir bitte noch einmal abspielen?«, fragte er und zog widerstrebend seinen Notizblock heraus.

Somerville sprang praktisch zum Rückspulknopf.

Das Band spulte erneut ab und Cameron machte sich pflichtschuldig Notizen.

Es war Ironie, dachte Schofield, dass Petard, das letzte Mitglied des französischen Kommandos, von einer seiner eigenen Waffen getötet werden sollte. Insbesondere, wo es sich um eine Waffe handelte, die Frankreich dank der Allianz in der NATO von den Vereinigten Staaten erhalten hatte.

Die M18A1-Mine ist in der ganzen Welt besser unter dem Namen »Claymore« bekannt. Sie besteht aus einer konkaven Porzellanplatte, die hunderte von Kugellagerkugeln enthält, eingebettet in sechshundert Gramm C-4-Plastiksprengstoff. Im Endeffekt ist eine Claymore eine *steuerbare* Splittergranate. Wenn jemand dahinter sitzt, wird er von der Explosion nicht im Geringsten getroffen. Wird man von vorn erwischt, zerschreddert sie einen in Stücke.

Die bestbekannte Eigenschaft der Claymore ist jedoch der einfache Benutzerhinweis, den man auf der Vorderseite der Mine eingeprägt findet. Er lautet: »DIESE SEITE ZUM FEIND«.

Oder, auf Französisch: »BRAQUEZ CE CÔTE SUR L'ENNEMI.«

Sollte man je in die Lage kommen, diese Worte vor sich zu sehen, so weiß man, dass man auf das falsche Ende einer Claymore blickt.

Die beiden Claymores im Bohrungsraum hatten eine zentrale Rolle beim allerletzten Plan des französischen Kommandos gespielt, die Marines zu schlagen. Nachdem alles vorüber war, puzzelte Schofield den Plan zusammen:

Sie hatten jemanden vor den anderen zum Bohrungsraum hinabgeschickt. Gleich nach ihrer Ankunft dort hatte diese Person die beiden Claymores so ausgelegt, dass sie zur Tür gerichtet waren. Daraufhin wurden die Claymores mit einem Stolperdraht verbunden.

Dann würden die übrigen französischen Soldaten so tun, als ob sie sich zum Bohrungsraum zurückzögen und den Marines *bewusst* gestatteten, ihnen zu folgen.

Natürlich wüssten die Marines, dass es sich beim Bohrungsraum um eine Sackgasse handelte, also würden sie *annehmen*, dass die Franzosen, in ihrem verzweifelten Versuch zu fliehen, in eine Ecke gelaufen wären, in eine Falle.

Sie müssten sich unausweichlich ergeben.

Aber wenn die Marines den Bohrungsraum betreten würden, um die französischen Soldaten festzunehmen, würden sie den Stolperdraht zerreißen und die beiden Claymores zum Detonieren bringen. Die Marines würden in Fetzen zerrissen.

Es war ein kühner Plan. Ein Plan, der den Verlauf des Kampfs völlig auf den Kopf gestellt hätte.

Und er war ebenfalls gewitzt. Er hätte einen vollständigen Rückzug – Teufel, *eine vollständige Niederlage* – in eine entschlossene Gegenattacke verwandelt.

Aber womit Petard und die Franzosen *nicht* gerechnet hatten, war, dass einer der amerikanischen Soldaten ihre Falle entdecken würde, noch während sie diese legten.

Schofield war stolz auf Rebound. Stolz darauf, wie der junge Marine die Situation gemeistert hatte.

Statt den Plan der Franzosen auffliegen zu lassen und mit dem unvorhersagbaren Nahkampf weiterzumachen, hatte

Rebound cool zugelassen, dass die Franzosen glaubten, ihr Plan würde noch immer funktionierte.

Aber er hatte eines geändert.

Er hatte die Claymores umgedreht.

Das hatte Petard gesehen, als Rebound mit ihm im Bohrungsraum gesprochen hatte. Er hatte diese Schauder erregenden Worte gesehen.

DIESE SEITE ZUM FEIND.

Auf sich gerichtet.

Rebound hatte ihn noch übertroffen.

Und als Rebound über den Stolperdraht trat, war dies das Letzte, was Petard sah.

Der Kampf war endlich vorüber.

Eine Stunde später waren alle Leichen, Franzosen wie Amerikaner, gefunden und zugeordnet. Zumindest jene Leichen, die gefunden werden *konnten*.

Die Franzosen hatten vier Männer an die Killerwale verloren, die Amerikaner einen. Acht weitere französische Mitglieder des Kommandos sowie zwei weitere US-Marines – Hollywood und Ratman – waren an verschiedenen Stellen in der Eisstation aufgefunden worden. Ihr aller Tod war bestätigt.

Die Amerikaner hatten ebenfalls zwei Verwundete, beide ziemlich ernsthaft. Mother, die ein Bein an die Killerwale verloren hatte, und, ziemlich überraschend, Augustine »Samurai« Lau, der allererste Marine, der von den Franzosen niedergeschossen worden war.

Mother hielt sich besser als Samurai. Da ihre Verletzung auf eine Stelle beschränkt war – auf die untere Extremität ihres linken Beins –, war sie noch immer bei Bewusstsein. Alle restlichen Glieder konnte sie eigentlich bewegen. Der Blutfluß von der Verletzung war gestoppt worden und das Methadon linderte alle Schmerzen. Der einzig verbliebene Feind war nun der Schock. Deswegen wurde beschlossen, dass Mother in ihrem Vorratsraum auf Deck E bleiben würde, unter ständiger Überwachung. Sie zu verlegen könnte einen Schock auslösen.

Samurai andererseits war in einem sehr viel schlimmeren Zustand. Er lag in einem selbst hervorgerufenen Koma, sein Magen war gleich zu Beginn des Kampfs von Latissieres Gewehrfeuersalve in Stücke zerrissen worden.

Der Körper des jungen Marine hatte auf das jähe Trauma auf die einzige ihm bekannte Weise reagiert – er hatte die Schotten dichtgemacht. Als sie ihn lebendig aufgefunden hatten, hatte sich Schofield über die Fähigkeit des menschlichen Körpers gewundert, angesichts einer derartigen Krise für sich selbst zu sorgen. Keine Menge an Methadon oder Morphinen hätte den Schmerz unterdrücken können, den so viele Schußwunden verursachten. Also hatte Samurais Körper das Nächstbeste getan: er hatte einfach seinen sensorischen Apparat abgeschaltet und wartete jetzt auf Hilfe von außen. Das Problem war, ob Schofield diese Hilfe von außen zur Verfügung stellen konnte oder nicht.

Bei einem Stoßtrupp war alles, was über grundlegende medizinische Kenntnisse hinausging, eine Seltenheit. Das Nächste, was in derartigen Einheiten an einen Arzt heranreicht, ist der Sanitäter des Teams, gewöhnlich ein Corporal unteren Grades. Legs Lane war Schofields Sanitäter gewesen, und er war jetzt toter als tot.

Schofield ging rasch um den Laufsteg von Deck A herum. Er war gerade vom Deck E hoch gekommen, wo er nach Mother geschaut hatte, und er trug jetzt eine neue Brille mit silberfarbenen, verspiegelten Gläsern. Mother hatte sie ihm geschenkt. Sie hatte gesagt, dass sie sie in ihrem Zustand nicht mehr brauchen würde.

Schofield steckte den Kopf um die Tür zum Speisesaal. »Was meinst du, Rebound?«, fragte er.

Im Speisesaal arbeitete Rebound fieberhaft an Samurais leblosem Körper. Der Körper lag flach auf dem Rücken auf einem Tisch in der Mitte des Raums. Blut tropfte von den Tischkanten und bildete eine rote Pfütze auf dem kalten Fliesenboden. Rebound sah auf von dem, was er gerade tat. Verzweifelt schüttelte er den Kopf.

»Ich kann den Blutverlust nicht aufhalten«, meinte er zu Schofield. »Es sind einfach zu viele innere Verletzungen. Seine ganzen Eingeweide hat es in Stücke zerrissen.«

Rebound wischte sich die Stirn. Einen Schmierer Blut sah man oberhalb seiner Augen. Er sah Schofield hart an. »Dies liegt ein bisschen oberhalb meiner Liga, Sir. Er benötigt jemanden, der weiß, was er tut. Er braucht einen Arzt.«

Einige wenige Sekunden lang starrte Schofield Samurais ausgestreckt daliegenden Körper an.

»Tu einfach, was du kannst«, sagte er und verließ daraufhin den Raum.

»Okay, Leute, hört zu!«, sagte Schofield. »Wir haben nicht viel Zeit, also werde ich mich kurz fassen.«

Die sechs verbliebenen, körperlich unversehrten Marines waren um den Tümpel auf Deck E versammelt. Sie standen in einem weiten Kreis mit Schofield in der Mitte.

Schofields Stimme hallte den Schacht der leeren Station hinauf. »Diese Station ist offensichtlich ein bisschen heißer, als wir ursprünglich gedacht haben. Ich denke, dass, wenn schon die Franzosen das Risiko eingehen wollten, sie sich zu schnappen, andere folgen werden. Und gleich, wer diese anderen sein mögen, sie haben inzwischen einige Zeit gehabt, ihren Scheiß zusammenzubekommen und einen Angriff auf voller Basis vorzubereiten. Seid euch sicher, Leute, wenn irgendjemand sich entschließt, diese Station anzugreifen, so wird dieser Jemand fast sicher besser vorbereitet und schwerer bewaffnet sein als diese französischen Arschlöcher, die wir gerade ins Jenseits befördert haben. Meinungen dazu?«

»Weitermachen«, sagte Buck Riley.

»Genau«, meinte Snake. Book Riley und Snake Kaplan waren die beiden ältesten Männer in der Einheit. Es hatte etwas zu bedeuten, dass sie beide mit Schofields Einschätzung der Lage übereinstimmten.

»Dann also gut«, sagte Schofield. »Ich möchte, dass jetzt Folgendes passiert. Montana...«

»Jawohl, Sir!«

»Ich möchte, dass du nach oben gehst und unsere beiden Hovercrafts so richtest, dass ihre Entfernungsmesser nach draußen zeigen und damit eine mögliche Annäherung von der gesamten Landseite her abdecken. Ich möchte maximale Abdeckung, ohne Lücken. Stolperdrähte bringen's hier nicht mehr, von jetzt an benutzen wir Entfernungsmesser. Sobald sich irgendjemand auf weniger als sechzig Kilometer dieser Station nähert, möchte ich das wissen.«

»Verstanden«, erwiderte Montana.

»Und während du da oben bist«, sagte Schofield, »sieh nach, ob du den Funk in Betrieb bekommst und McMurdo erreichen kannst. Finde raus, wann unsere Verstärkung eintreffen wird. Sie sollte bereits hier sein.«

»Verstanden«, entgegnete Montana. Er eilte davon.

»Santa Cruz...«, sagte Schofield und wandte sich um.

»Jawohl, Sir.«

»Durchsuchung. Ich möchte, dass diese ganze Einrichtung hier von oben bis unten nach ›Radiergummi‹ und Zeitzündern jeder Art durchsucht wird, okay? Man kann nie wissen, welche kleinen Überraschungen unsere französischen Freunde für uns hier hinterlassen haben. Kapiert?«

»Jawohl, Sir«, erwiderte Santa Cruz. Er verließ den Kreis und machte sich zur nächsten Sprossenleiter auf.

»Snake ...«

»Sir.«

»Die Winsch, die die Taucherglocke absenkt. Ihre Steuereinheit ist oben auf Deck C in der Nische. Die Steuereinheit ist durch eine Granatenexplosion während des Kampfs beschädigt worden. Ich brauche diese Winschsteuerung wieder. Kriegst du das hin?«

»Jawohl, Sir«, erwiderte Snake. Er verließ ebenfalls den Kreis.

Nachdem Snake verschwunden war, waren Riley und Gant auf dem Deck übrig geblieben.

Schofield wandte sich zu ihnen. »Book. Fox. Ich möchte, dass ihr beiden unsere Taucherausrüstung vorbereitet. Drei Taucher, vier Stunden Dekompression, Kreislauftauchgerät, plus Reservegeräte für später.«

»Luftmischung?«, fragte Riley.

»Gesättigte Helium-Sauerstoff-Mischung. Achtundneunzig zu zwei«, entgegnete Schofield.

Riley und Gant schwiegen einen Moment. Eine komprimierte Luftmischung aus 98 % Helium und 2 % Sauerstoff war sehr selten. Die fast vernachlässigbare Menge an Sauerstoff deutete auf einen Tauchgang in einer Umgebung mit sehr hohem Druck hin.

Schofield reichte Gant eine Hand voll blauer Kapseln. Es waren N-67D Anti-Stickstoff Blutdruckkapseln, von der Navy entwickelt zum Gebrauch während Tieftauchmissionen. Unter Militärtauchern hießen sie liebevoll »die Pillen«.

Indem sie während eines Tieftauchgangs die Auflösung von Stickstoff im Blut unterdrückten, verhüteten die Pillen die Caissonskrankheit – besser bekannt als Dekompressionskrankheit – bei Tauchern. Da die Pillen die Stickstoffaktivität im Blut neutralisierten, konnten Navy- und Marine-Corps-Taucher so rasch *absteigen*, wie sie wollten, ohne Angst vor einer Stickstoffnarkose haben zu müssen, und *aufsteigen*, ohne dass sie zeitraubende Stopps für die Dekompression einlegen mussten. Die Pillen waren eine Revolution im militärischen Tieftauchen gewesen.

»Sie planen einen Tieftauchgang, Sir?«, fragte Gant und blickte von den blauen Pillen in ihrer Hand auf.

Schofield sah sie ernst an. »Ich möchte herausfinden, was unten in dieser Höhle ist.«

Tief in Gedanken versunken schritt Schofield rasch den gekrümmten Außentunnel des Decks B entlang.

Alles ging jetzt schnell.

Der französische Angriff auf Wilkes hatte ihn viel gelehrt. Eisstation Wilkes – oder, genauer, was *unter* der Eisstation Wilkes im Eis begraben lag – war jetzt offiziell wert, dafür zu töten.

Aber es waren die Folgerungen aus dieser Lektion, bei denen es Schofield kalt überlief. Wenn Frankreich willens gewesen war, ein improvisiertes Unternehmen nach dem Motto »Schnapp's-dir-und-hau-ab« für das zu starten, was dort unten in dieser Höhle lag, war es höchst wahrscheinlich, dass andere Länder willens wären, das Gleiche zu tun.

Es gab jedoch einen zusätzlichen Faktor in Hinblick auf weitere Angriffe auf Wilkes, der Schofield besondere Sorgen bereitete: wenn jemand einen Angriff auf Wilkes unternahme, würde er es *bald* tun müssen – ehe eine amerikanische Kompanie in voller Stärke an der Station einträfe.

Die nächsten paar Stunden würden sehr spannend.

Es wäre ein Wettrennen darum, wer zuerst einträfe.

Amerikanische Verstärkung oder eine voll ausgerüstete feindliche Streitmacht.

Schofield versuchte, nicht darüber nachzudenken. Es gab

vieles zu erledigen, und insbesondere eine Sache erforderte zuerst seine Aufmerksamkeit.

Nachdem die Schlacht mit den Franzosen geführt war, hatten sich die übrig gebliebenen Wissenschaftler von Wilkes – fünf waren es, drei Männer und zwei Frauen – in ihre Wohnquartiere auf Deck B zurückgezogen. Schofield ging jetzt zu diesen Wohnquartieren. Er hoffte, unter diesen Wissenschaftlern einen Arzt aufzutreiben, der vielleicht Samurai helfen könnte.

Schofield ging weiter den geschwungenen Außentunnel entlang. Seine Kleidung war immer noch nass, aber das machte ihm nichts. Wie alle übrigen Marines seiner Einheit trug er einen Kälteschutzanzug unter seinem Drillich. Für Aufklärungseinheiten, die unter arktischen Bedingungen arbeiteten, war das beinahe Standard. Kälteschutzanzüge waren wärmer als lange Unterhosen, und sie wurden nicht schwer, wenn sie nass wurden. Und indem ein Marine seinen Kälteschutzanzug *anhatte,* statt ihn bei sich zu *tragen,* erleichterte er sein Gepäck, etwas sehr Wichtiges für eine schnelle Eingreiftruppe.

Genau in diesem Augenblick öffnete sich rechts von Schofield eine Tür und eine Dampfwolke waberte auf den Korridor hinaus. Ein schlankes, schwarzes Objekt rutschte aus dem Dunst in den Korridor vor Schofield.

Wendy.

Sie triefte vor Wasser. Mit einem dümmlichen Seehundgrinsen sah sie zu Schofield auf.

Kirsty kam aus dem Dampf. Der Dusche. Sie sah Schofield sofort und lächelte.

»Hallo«, sagte sie. Sie trug frische, trockene Kleidung und ihr zerzaustes Haar war feucht. Schofield vermutete, dass Kirsty gerade die heißeste Dusche ihres Lebens genommen hatte.

»Hallo, ihr«, meinte Schofield.

»Wendy liebt die Dusche«, sagte Kirsty und nickte zu Wendy hin. »Sie rutscht wahnsinnig gern durch den Dampf.«

Schofield unterdrückte ein Lachen und blickte hinab auf die kleine schwarze Pelzrobbe ihm zu Füßen. Sie war süß, sehr süß. Sie hatte ihm auch das Leben gerettet. Aus ihren sanften braunen Augen funkelte Klugheit.

Schofield sah Kirsty an. »Wie fühlst *du* dich?«

»Jetzt warm«, erwiderte sie.

Schofield nickte. Ihrem Ausdruck nach zu schließen hatte sich Kirsty anscheinend von dem, was sie im Tümpel durchgemacht hatte, sehr gut erholt. Kinder waren gut darin, unverwüstlich. Schofield überlegte, welche Therapie wohl ein Erwachsener benötigen würde, nachdem er in einen Tümpel mit blutrünstigen Killerwalen gefallen war.

Schofield machte zum großen Teil Buck Riley dafür verantwortlich. Riley war oben auf Deck C gewesen, als Kirsty auf Schofields Maghook dort hinaufgeschossen worden war, und während des restlichen Kampfs hatte Riley Kirsty an seiner Seite gehalten, heil und gesund.

»Schön«, meinte Schofield. »Du bist ganz schön zäh, weißt du das? Du solltest bei den Marines anfangen.«

Kirsty strahlte. Schofield nickte den Tunnel hinab. »Du gehst auch da lang?«

»Ja«, erwiderte sie und gesellte sich zu ihm, als er den Tunnel hinabging. Wendy hoppelte den Korridor hinunter hinter ihnen her.

»Wohin gehen Sie?«, fragte Kirsty.

»Ich will zu deiner Mama.«

»Oh«, meinte Kirsty ein wenig gedämpft.

Es war eine merkwürdige Antwort und durch seine reflektierenden silberfarbenen Brillengläser warf Schofield einen Blick von der Seite auf Kirsty. Sie starrte beim Dahingehen einfach nur zu Boden. Schofield überlegte, was das zu bedeuten hatte.

Es folgte ein verlegenes Schweigen und Schofield suchte nach etwas, das er sagen könnte. »Also, öh, wie alt bist du, hast du gesagt? Zwölf, stimmt's?«

»M-hm.«

»Was ist das, siebte Klasse?«

»M-hm.«

»Siebte Klasse«, überlegte Schofield. Jetzt wusste er überhaupt nicht mehr, was er sagen sollte, also meinte er: »Dann wirst du jetzt allmählich vermutlich über deine Berufslaufbahn nachdenken.«

Bei dieser Bemerkung lebte Kirsty offenbar auf. Sie sah zu Schofield hinüber.

»Ja«, erwiderte sie ernst, als ob Karriereüberlegungen ihr in letzter Zeit schwer auf der zwölf Jahre alten Seele gelegen hätten.

»Was möchtest du also tun, wenn du von der Schule gehst?«

»Ich möchte Lehrerin werden«, erwiderte Kirsty. »Wie mein Papa.«

»Was lehrt dein Papa?«

»Er hat Geologie an einem großen College in Boston gelehrt«, entgegnete Kirsty. »Harvard«, fügte sie gewichtig hinzu.

»Und was möchtest du lehren?« fragte Schofield.

»Mathe.«

»*Mathe?*«

»Ich bin gut in Mathe«, meinte Kirsty, befangen die Achseln zuckend, gleichzeitig stolz und verlegen.

»Mein Papa hat mir immer bei den Hausaufgaben geholfen«, fuhr sie fort. »Er hat gesagt, ich wäre viel besser in Mathe als die meisten anderen Kinder meines Alters, also hat er mir manchmal Zeugs beigebracht, das die anderen Kinder nicht kannten. Interessantes Zeugs, Zeugs, das ich erst lernen sollte, wenn ich in der *Oberstufe* wäre. Und manchmal hat er mich Zeugs gelehrt, das sie einem in der Schule überhaupt nicht beibringen.«

»Ja?«, meinte Schofield zutiefst interessiert. »Was denn zum Beispiel?«

»Oh, Sie wissen schon. Polynome. Zahlenfolgen. Ein bisschen Analysis.«

»Analysis. Zahlenfolgen«, wiederholte Schofield erstaunt.

»Wissen Sie, so was wie Dreieckszahlen und Fibonacci-Zahlen. So was in der Art.«

Verwundert schüttelte Schofield den Kopf. Das war beeindruckend. Sehr beeindruckend. Kirsty Hensleigh, zwölf Jahre alt und ein wenig klein für ihr Alter, war offenbar eine sehr kluge junge Dame. Schofield sah sie erneut an. Sie ging scheinbar auf den Zehenspitzen, schien bei jedem Schritt zu hüpfen. Sie wirkte einfach wie ein normales Kind. »Wir haben viel zusammen gemacht«, sagte Kirsty. »Softball, Wandern, einmal hat er mich sogar zum Tauchen mitgenommen, obwohl ich noch keinen Taucherkurs gemacht hatte.«

»Was du so erzählst«, meinte Schofield, »klingt, als täte dein Vater jetzt offenbar so etwas nicht mehr?«

Es folgte ein kurzes Schweigen. Dann sagte Kirsty leise: »Nein.«

»Was ist geschehen?«, fragte Schofield vorsichtig. Er erwartete eine Geschichte über streitende Eltern und eine Scheidung zu hören. Das kam heutzutage offenbar sehr häufig vor.

»Mein Vater ist letztes Jahr bei einem Verkehrsunfall umgekommen«, sagte Kirsty nüchtern.

Schofield blieb mitten im Schritt stehen. Er drehte sich Kirsty zu. Das junge Mädchen starrte auf ihre Schuhbänder hinab.

»Tut mir leid«, sagte Schofield.

Kirsty legte den Kopf zur Seite. »Schon gut«, meinte sie und ging dann wieder los.

Sie erreichten eine in den Außentunnel eingelassene Tür und Schofield blieb davor stehen. »Nun, hier ist mein Ziel.«

»Meins auch«, sagte Kirsty.

Schofield öffnete die Tür und ließ Kirsty und Wendy vor sich hineingehen. Er folgte ihnen hinein.

Es war eine Art Wohnzimmer. Ein paar häßliche, orangefarbene Sofas, eine Stereoanlage, ein Fernseher, ein Videorecorder. Schofield vermutete, dass sie hier unten nicht die regulären Fernsehsendungen empfingen und daher einfach Videofilme übers Fernsehen guckten.

Auf einem der orangefarbenen Sofas saßen Sarah Hensleigh und Abby Sinclair. Sie trugen jetzt ebenfalls trockene Kleidung. Die drei anderen Wissenschaftler von Wilkes – drei Männer mit Namen Llewellyn, Harris und Robinson – waren ebenfalls anwesend. Nachdem sie gesehen hatten, wie die Splittergranaten Hollywood und ihre Kollegen zugerichtet hatten, hatten sie sich für den Rest des Kampfs hier oben in ihre Zimmer verkrochen. Jetzt wirkten sie müde und erschöpft, verängstigt.

Kirsty ging zum Sofa hinüber und setzte sich neben Sarah Hensleigh. Sie ließ sich schweigend nieder und sagte kein Wort zu ihrer Mutter. Schofield erinnerte sich an das erste Mal, als er Sarah und Kirsty zusammen gesehen hatte – ehe die Franzosen auf Wilkes eingetroffen waren. Auch da hatte Kirsty schon nicht viel gesagt. Schofield war die Spannung zwischen den beiden nicht aufgefallen, jetzt aber bemerkte er sie. Er schob die Überlegung beiseite, als er zu Sarah hinüberging.

»Ist irgendjemand hier Arzt?«, fragte Schofield sie.

Sarah schüttelte den Kopf. »Nein. Nein, Ken Wishart war

der einzige Arzt der Station. Aber er ...« Sie unterbrach sich.
»Aber er was?«

Sarah seufzte. »Aber er war an Bord des Hovercrafts, das nach d'Urville zurückfahren *sollte.*«

Schofield schloss die Augen. Erneut stellte er sich das Schicksal der fünf Wissenschaftler vor, die an Bord des dem Untergang geweihten Hovercrafts gewesen waren.

Ein Stimme kam knisternd über seinen Helmsprechfunk. *»Scarecrow, hier ist Montana.«*

»Was ist los?«, fragte Schofield.

»Ich habe die Entfernungsmesser an der Peripherie installiert, genauso, wie Sie es wollten. Wollen Sie hochkommen und sie überprüfen?«

»Ja, das will ich«, erwiderte Schofield. »Ich bin in einer Minute oben. Wo bist du?«

»Südwestecke.«

»Warte auf mich«, sagte Schofield. »Hast du Glück gehabt und bist nach McMurdo durchgekommen?«

»Noch nicht. Da ist eine Scheiß-Interferenz auf jeder Frequenz. Ich komme nicht durch.«

»Versuch's weiter«, wies ihn Schofield an. »Scarecrow, Ende.«

Schofield wandte sich um und wollte gerade das Wohnzimmer verlassen, als ihm jemand leicht auf die Schulter tippte. Er drehte sich um. Es war Sarah Hensleigh. Sie lächelte.

»Ist mir gerade eingefallen«, sagte sie. »Es gibt doch noch einen Arzt auf dieser Station.«

Nachdem die Schlacht vorüber war, hatten die Marines die beiden französischen Wissenschaftler Luc Champion und Henri Rae gefunden, die in einem Schrank im Speisesaal auf Deck A Deckung gesucht hatten.

Sie hatten keinen Widerstand geleistet. Im Gegenteil, als sie unsanft aus dem Schrank gezerrt worden waren und sich ihren Eroberern stellen mussten, hatte das Entsetzen auf ihren Gesichtern alles gesagt. In diesem Kampf hatten sie sich auf die falsche Seite gestellt. Die Männer, die sie getäuscht hatten, waren jetzt ihre Fänger. Der Preis für ihren Verrat wäre hoch.

Beide Männer waren auf Deck E hinuntergebracht worden, wo sie für alle sichtbar mit Handschellen an einen Pfahl gefesselt wurden. Schofields Team hatte Arbeit zu erledigen und Schofield wollte keinen aus seiner Mannschaft für die Bewachung der beiden französischen Wissenschaftler verschwenden. Indem die beiden Franzosen im Freien an den Pfahl gefesselt wurden, konnten die Marines unten auf Deck E arbeiten und dabei ein Auge auf sie haben.

Schofield trat auf den Laufsteg von Deck B hinaus. Er wollte gerade in sein Helmmikrofon sprechen, als Sarah Hensleigh hinter ihm auf den Laufsteg trat.

»Ich muss Sie etwas fragen«, sagte sie. »Etwas, das ich im Wohnzimmer nicht fragen konnte.«

Schofield hielt eine Hand hoch und sagte in sein Helmmikrofon: »Rebound. Scarecrow hier. Wie geht's Samurai?« Rebounds Stimme kam über seinen Ohrhörer. *»Es ist mir gelungen, für den Augenblick den Blutstrom zu stoppen, Sir, aber er ist noch immer ziemlich mies dran.«*

»Stabil?«

»So stabil, wie ich es hinbekommen konnte.«

»Dann gut. Hör mal, ich möchte, dass du auf Deck E hinuntergehst und dir diesen französischen Wissenschaftler mit Namen Champion schnappst, Luc Champion«, sagte Schofield. Er blickte beim Sprechen Sarah an. »Man hat mich gerade darüber informiert, dass unser guter Freund Monsieur Champion Chirurg ist.«

»Jawohl, Sir«, erwiderte Rebound eifrig. Er schien erleich-

tert darüber, dass jemand, der qualifizierter war, Samurais Behandlung übernehmen konnte. Aber dann überlegte er wieder. »Öh, *Sir* …«

»Was ist?«

»Können wir ihm trauen?«

»Nein«, erwiderte Schofield bestimmt, als er die Sprossenleiter zum Deck A hinaufstieg. Er winkte Sarah, ihm hinaufzufolgen. »Kein bisschen. Rebound, sag ihm einfach, wenn Samurai stirbt, dann stirbt er auch.«

»Kapiert.«

Schofield erreichte die oberste Sprosse der Leiter und trat auf den Laufsteg von Deck A. Er half Sarah hinter sich hinauf. Fast augenblicklich sah er Rebound aus dem Speisesaal nicht weit entfernt kommen und zur gegenüberliegenden Sprossenleiter hinüberlaufen. Er war auf dem Weg zum Deck E, um Champion zu holen.

Schofield und Sarah gingen zum Haupteingang der Station. Während sie über den Laufsteg schritten, blickte Schofield auf die Station unter sich hinab und dachte an seine Leute. Sie waren überall verstreut.

Montana war draußen. Riley und Gant waren unten auf Deck E und machten die Taucherausrüstung für den Tauchgang zur Höhle bereit. Snake saß genau in der Mitte, in der Nische auf Deck C, und reparierte die Winschsteuereinheit. Und Santa Cruz war nirgendwo zu sehen, seitdem er losgezogen war, die Station nach Radiergummis zu durchsuchen.

O Gott, dachte Schofield, sie waren überall hin verstreut.

In Schofields Helmfunk knisterte es. Es war Santa Cruz.

»Was ist, Soldat?«, fragte Schofield.

»Ich habe die Station durchsucht und keinerlei Anzeichen für einen ›Radiergummi‹ gefunden.«

»Keinen ›Radiergummi‹?« Schofield runzelte die Stirn.

»Kein bisschen, Sir. Meine Vermutung ist, sie haben nicht

erwartet, dass die Ereignisse sich derart überschlagen würden, also hatten sie keine Chance, einen auszulegen.«

Das gab Schofield zu denken.

Vielleicht hatte Cruz Recht. Der Plan des französischen Teams war zweifelsohne von Buck Rileys Eintreffen auf der Station und seiner zufälligen Entdeckung des verunglückten französischen Hovercrafts und dessen, was diesem wirklich zugestoßen war, durchkreuzt worden. Der Plan des französischen Kommandos hatte darin bestanden, das Vertrauen der Amerikaner zu gewinnen und sie dann in den Rücken zu schießen. Da dieser Plan nicht aufgegangen war, war es keine Überraschung, dass sie keinen »Radiergummi« hatten legen können.

»Aber etwas habe ich gefunden, Sir«, sagte Santa Cruz.

»Was?«

»Ich habe ein Funkgerät gefunden, Sir.«

»Ein Funkgerät?«, fragte Schofield trocken. Das war kaum eine umwerfende Entdeckung.

»Sir, das ist kein gewöhnliches Funkgerät. Es sieht aus wie ein tragbarer VLF-Sender.«

Das erregte Schofields Aufmerksamkeit. Ein VLF, oder »very low frequency« (sehr niedrige Frequenz)-Sender ist selten. Er hat einen Frequenzbereich von 3 bis 30 kHz, was in Wirklichkeit einer unglaublich langen Wellenlänge entspricht. Sie ist so lang – oder, in der Funkersprache, so »schwer« –, dass das Funksignal als Bodensignal läuft, das der Krümmung der Erdoberfläche folgt.

Bis vor ganz kurzem erforderten Signale mit so niedrigen Frequenzen Hochleistungs-Sender, die natürlich sehr groß und klobig waren. Deshalb wurden sie nicht oft von Bodentruppen verwendet. Neueste Entwicklungen in der Technologie resultierten jedoch in schweren, aber nichtsdestoweniger handhabbaren VLF-Sendern. Sie sahen aus und wogen in etwa soviel wie das übliche Sturmgepäck.

Die Tatsache, dass die Franzosen einen solchen Sender nach Wilkes mitgebracht hatten, machte Schofield Kummer. Es gab wirklich nur einen einzigen Nutzen für VLF-Funksignale, und der war …

Nein, das ist lächerlich, dachte Schofield. *Das hätten sie nicht tun können.*

»Cruz, wo hast du ihn gefunden?«

»*Unten im Bohrungsraum*«, erwiderte Santa Cruz' Stimme.

»Bist du jetzt da unten?«

»*Ja, Sir.*«

»Bring ihn hoch zum Tümpeldeck«, wies ihn Schofield an. »Ich komme runter, nachdem ich Montana draußen überprüft habe.« »*Jawohl, Sir.*«

Schofield schaltete seinen Funk ab. Er und Sarah erreichten den Eingangskorridor.

»Was sind ›Radiergummis‹?«, fragte Sarah.

»Was? Oh«, meinte Schofield. Ihm war gerade erst wieder eingefallen, dass Sarah kein Soldat war. Schofield holte tief Luft. »›Radiergummi‹ ist der Ausdruck, den man zur Beschreibung eines Sprengapparats benutzt, der von einer verdeckten Einheit auf das Schlachtfeld gepflanzt wird für den Fall, dass ihre Mission fehlschlägt. Meistens wird ein ›Radiergummi‹ von einem Zeitzünder zur Detonation gebracht, der einfach eine gewöhnliche Zeitschaltuhr ist.«

»Okay, warten Sie mal eine Minute. Langsam, bitte!«, meinte Sarah.

Schofield seufzte und machte langsam. »Kleine Eliteeinheiten wie diese französischen Burschen, denen wir heute Abend begegnet sind, kämpfen gewöhnlich an Orten, wo sie nichts zu suchen haben, okay? Es gäbe beispielsweise ein internationales Nachspiel, falls bewiesen werden könnte, dass sich französische Truppen auf einer US-amerikanischen Forschungsstation aufhalten und versuchen, alles dort zu töten, nicht wahr?«

»Jaaa...«

»Nun, es gibt keine Garantie dafür, dass diese Eliteeinheiten *Erfolg* mit ihrem Plan haben, nicht wahr?« sagte Schofield. »Ich meine, hee, sie könnten auf ein Team mit zähen Hombres wie uns treffen und am Ende tot daliegen.«

Schofield griff sich einen Parka von einem Haken an der Wand und streifte ihn über.

»Wie dem auch sei«, sagte er, »heutzutage tragen fast alle Elitetruppen – das französische Luftlanderegiment, der SAS, die Navy SEALs – Eventualkonzepte bei sich für den Fall, dass ihre Mission sich als Fehlschlag erweist. Wir nennen diese Eventualkonzepte ›Radiergummis‹, weil sie genau dazu entworfen sind: die Existenz des ganzen Teams *auszuradieren*. Es so aussehen zu lassen, als ob das Team niemals dort gewesen ist. Manchmal heißen sie Zyanidpillen, weil, wenn ein Feind *erwischt* wird, der ›Radiergummi‹ letztlich als seine Selbstmordpille dienen wird.«

»Also sprechen Sie von Sprengstoffen«, sagte Sarah.

»Ich spreche von besonderen Sprengstoffen«, verbesserte Schofield. Meistens sind die Radiergummis entweder Sprengstoffe auf Chlorbasis oder Hochtemperatur-Flüssigsprengstoffe. Sie sind dazu ausgelegt, Gesichter wegzuwischen, Körper in Luft aufzulösen, Uniformen und Hundemarken zu vernichten. Sie sind so entworfen, dass es aussieht, als ob man nie da gewesen wäre. ›Radiergummis‹ sind eigentlich ein relativ neues Phänomen. Niemand hatte je wirklich davon gehört, bis vor einigen Jahren in Montana ein deutsches Sabotageteam in einem Untergrundsilo für Lenkwaffen erwischt worden ist. Sie sind in die Enge getrieben worden, also haben sie den Stift an drei Flüssigchlor-Granaten gezogen. Nachdem diese Dinger in die Luft geflogen sind, ist *nichts* übrig geblieben. Keine Soldaten. Kein Silo. Wir glauben, die Deutschen sind dort gewesen, um einige ballistische Nuklearsprengköpfe außer Gefecht zu setzen, deren Existenz wir ständig bestritten haben.«

»Eine deutsche Sabotageeinheit. In Montana«, meinte Sarah ungläubig. »Korrigieren Sie mich, falls ich mich irre, aber sollte Deutschland nicht unser Verbündeter sein?«

»Sollte Frankreich nicht unser Verbündeter sein?«, entgegnete Schofield und hob die Brauen. »Es kommt vor. Öfter, als Sie denken. Angriffe von so genannten ›befreundeten‹ Ländern. Im Pentagon haben sie sogar einen Ausdruck dafür, sie nennen das ›Cassius Ops‹, nach Cassius, dem Verräter in ›Julius Cäsar‹.«

»Sie haben einen *Ausdruck* dafür?«

Schofield hob unter seinem Mantel die Schultern. »Betrachten Sie es mal so. Amerika war eine der beiden Supermächte. Als es zwei Supermächte gab, bestand ein Gleichgewicht, ein Pattzustand. Was der eine tat, konterte der andere. Jetzt jedoch sind die Sowjets Geschichte und Amerika ist die einzige wirkliche Supermacht in der Welt. Wir haben mehr Waffen als jede andere Nation der Welt. Wir geben mehr Geld für Waffen *aus* als jede andere Nation der Welt. Andere Länder würden beim Versuch Pleite gehen, mit unseren Verteidigungsausgaben Schritt zu halten. Die Sowjets sind daran Pleite gegangen. Da draußen gibt es viele Länder – einige von denen nennen wir Freunde –, die glauben, dass Amerika zu groß, zu mächtig ist, Länder, die es wirklich gern sähen, wenn Amerika stürzen würde. Und einige dieser Länder – Frankreich, Deutschland und, in etwas geringerem Ausmaß, Großbritannien – haben keine Angst davor, uns zusätzlich einen kleinen Schubs zu geben.«

»Das habe ich nicht gewusst«, meinte Sarah.

»Das wissen nicht viele Leute«, sagte Schofield. »Aber das

ist einer der Hauptgründe dafür, weswegen meine Einheit zu dieser Station geschickt worden ist. Um sie gegen jeden unserer ›Verbündeten‹ zu verteidigen, der sich entschließen könnte, die Hand danach auszustrecken.«

Schofield zog seinen Parka fest um sich und packte den Handgriff zum Haupteingang nach draußen.

»Sie haben gesagt, Sie wollten mich nach etwas fragen«, meinte er. »Können Sie beim Gehen reden?«

»Öh, ja. Glaube schon«, sagte Sarah, als sie rasch einen Parka von einem der Haken nahm.

»Dann gehen wir«, meinte Schofield.

Unten auf Deck E überprüfte Libby Gant die Kalibrierung eines Tiefenmessers.

Sie und Riley hielten sich am äußeren Rand des Decks auf, das den Tümpel umgab. Es war eine gute Dreiviertelstunde her, seitdem sie einen Killerwal gesehen hatten, aber sie gingen keine Risiken ein. Sie blieben dem Wasser ein gutes Stück fern.

Gant und Riley überprüften die Taucherausrüstung der Einheit als Vorbereitung für den Tauchgang, der in der Taucherglocke der Station durchgeführt werden würde.

Sie waren allein auf Deck E, und sie arbeiteten schweigend. Hin und wieder würde Riley zum Vorratsraum im Südtunnel hinübergehen und nach Mother schauen.

Gant legte den Tiefenmesser hin, den sie gerade hielt, und nahm einen anderen. »Was ist mit seinen Augen passiert?«, fragte sie leise, ohne dabei von ihrer Tätigkeit aufzuschauen.

Riley hielt einen Augenblick mit seiner Arbeit inne und sah zu Gant auf. Als er nicht sofort Antwort gab, hob Gant ebenfalls den Blick.

Eine Weile lang schien Riley sie abzuschätzen. Dann blickte er abrupt weg.

»Nicht viele Leute wissen, was mit seinen Augen passiert

ist«, sagte Riley. »Teufel, bis heute haben nicht mal viele Leute je seine Augen *gesehen*.«

Es folgte ein kurzes Schweigen.

»Lautet seine Kennung deswegen ›Scarecrow‹?«, fragte Gant leise. »Wegen seiner Augen?«

Riley nickte. »Norman McLean hat sie ihm gegeben.«

»Der *General*?«

»Der General. Beim Anblick von Schofields Augen hat er gesagt, er sähe aus wie eine Vogelscheuche. McLean hat einmal in Kansas ein eigenes Maisfeld gehabt und eine Vogelscheuche draufgestellt. Offensichtlich so eine mit zwei Schlitzen für jedes Auge, weißt du, wie ein Pluszeichen.«

»Weißt du, was passiert ist?«, fragte Gant sanft.

Zunächst gab Riley keine Antwort. Dann nickte er schließlich. Aber er sagte kein Wort.

»Was ist passiert?«

Riley holte tief Atem. Er setzte den Heliumkompressor nieder, den er in der Hand hielt, und sah Gant an. »Shane Schofield war nicht immer Befehlshaber einer Boden-Aufklärungseinheit«, begann er. »Er war mal Pilot und auf der *Wasp* stationiert.«

Die *USS Wasp* ist das Flaggschiff des United States Marine Corps. Es ist eines von sieben Helikopter-Trägern im Corps, und es ist das Kommandozentrum für jedes größere Marineunternehmen. Flüchtige Beobachter halten es meist fälschlicherweise für einen Flugzeugträger.

Was viele Leute nicht über das Marine Corps wissen, ist, dass es eine beträchtliche Luftwaffenabteilung unterhält. Obgleich diese Abteilung normalerweise hauptsächlich zum Transport von Truppen verwendet wird, unterstützt sie auch Bodenattacken. Zu diesem Zweck ist sie mit tödlichen AH-1W Cobra Angriffshelikoptern ausgestattet – sogleich erkennbar an ihrer schlanken Form – sowie britischen (amerikanisch modifizierten) AV-8B Harrier-II-Fightern, besser bekannt in der ganzen Welt als Harrier-Senkrechtstarter. Harriers sind die einzigen Angriffsflugzeuge der Welt mit der Fähigkeit, senkrecht zu starten und zu landen.

»Schofield war Harrier-Pilot auf der *Wasp*. Einer der besten, wie man mir gesagt hat«, meinte Riley. »Er war 1995 in Bosnien, während der schlimmsten Kämpfe dort, und hat Patrouillenflüge in der Flugverbotszone geflogen.«

Gant beobachtete Riley genau, während dieser sprach. Er starrte ins Leere, als er die Geschichte wieder erzählte.

»Eines Tages, spät im Jahr 1995, ist er von einer serbischen Flugabwehrrakete abgeschossen worden, deren Existenz der Geheimdienst für unmöglich gehalten hat. Ich glaube, sie haben später herausgefunden, dass es ein Zwei-Mann-Angriffsteam in einem Jeep mit sechs amerikanischen Stingers auf dem Rücksitz gewesen ist.

Wie dem auch sei«, fuhr Book fort, »Schofield gelang es, eine Sekunde, ehe die Stingers in seinen Tank schlugen, auszusteigen. Er kam genau mitten im serbisch kontrollierten Gebiet herunter.«

Riley wandte sich Gant zu.

»Unser Lieutenant hat neunzehn Tage in den serbischen Wäldern überlebt – allein, während über einhundert serbische Soldaten den Wald nach ihm durchsucht haben. Als sie ihn gefunden hatten, hatte er seit zehn Tagen nichts mehr gegessen.

Sie haben ihn zu einem verlassenen Bauernhof mitgenommen und ihn an einen Stuhl gefesselt. Dann haben sie ihn mit einem Holzbrett geprügelt, in dem Nägel steckten, und ihm Fragen gestellt. Warum ist er über diesem Gebiet geflogen? War er ein Spionageflugzeug? Sie wollten wissen, wie viel er über ihre Stellungen wusste, weil sie glaubten, er wäre zur Unterstützung amerikanischer Bodentruppen auf serbischem Territorium dort oben gewesen.«

»Amerikanische Bodentruppen *auf* serbischem Gebiet?«, fragte Gant.

Riley nickte stumm. »Es waren zwei SEAL-Teams dort. Haben verdeckte Operationen auf serbische Kommandostellungen durchgeführt. Nächtliche Anschläge. Gute Anschläge. Sie haben für Chaos unter den Serben gesorgt, völliges Chaos. Sie sind rein und wieder raus, ehe irgendjemand von ihrer Exitenz auch nur erfahren hat. Sie sind rein, haben ihren Opfern die Kehle aufgeschlitzt, und dann sind sie in der Nacht verschwunden. Sie waren so gut, dass die Bewohner gesagt haben, es wären Geister gewesen, die gekommen waren, um sie wegen der Missetaten an ihrem eigenen Volk heimzusuchen.«

»Hat Scarecrow davon gewusst?«, fragte Gant. »Von den SEAL-Teams auf serbischem Gebiet?«

Einen Augenblick lang schwieg Book. Dann sagte er: »Ja. Offiziell hat Schofield die Einhaltung der Flugverbotszone überwacht. Inoffiziell hat er Gitternetzkoordinaten der serbischen Kommandostellungen, der Bauernhäuser, an die SEALs auf dem Boden geschickt. Es hat sowieso keinen Unterschied gemacht. Er hat kein Sterbenswörtchen gesagt.«

Gant sah Riley scharf an, als dieser tief Luft holte. Er wollte auf etwas hinaus.

»Wie dem auch sei«, sagte Book, »die Serben sind zu dem Entschluss gekommen, dass Schofield Erkundungsflüge für die SEAL-Teams unternommen *hatte;* dass er strategische Ziele aus der Luft ausgemacht *hatte* und deren Koordinaten an Männer auf dem Boden weitergeleitet *hatte.* Sie sind zu dem Entschluß gekommen, dass sie, da er Dinge gesehen hatte, die er nicht hätte sehen sollen, ihm die Augen herausschneiden würden.«

»*Was?*«, sagte Gant.

»Sie haben eine Rasierklinge aus einer Schublade geholt«,

fuhr Riley fort, »und ihn festgehalten. Dann ist einer von ihnen vorgetreten und hat Schofield langsam zweimal senkrecht über die Augen geschnitten. Offensichtlich hat der Mann mit der Rasierklinge währenddessen etwas aus der Bibel zitiert. Etwas davon, wenn deine Hand sündigt, so schneide sie ab, und wenn deine Augen sündigen, so schneide sie heraus.«

Gant war übel. Sie hatten Schofield *geblendet.* »Was haben sie dann getan?«, fragte sie.

»Sie haben ihn in einen Schrank eingeschlossen und bluten lassen.«

Gant war noch immer schockiert. »Wie ist er also wieder rausgekommen?«

»Jack Walsh hat ein Aufklärungsteam losgeschickt. Es sollte reingehen und sich ihn schnappen«, erwiderte Riley.

Bei diesem Namen spitzte Gant die Ohren. Jeder Marine kannte Captain John T. Walsh. Er war der Captain der *Wasp*, der am meisten verehrte Marine des Corps.

Einige waren der Ansicht, er sollte Kommandant sein, der höchste Rang unter den Offizieren des United States Marine Corps, aber Walshs Vorgeschichte und sein absoluter Widerwille gegen jede Art von Politiker hatten das verhindert. Der Kommandant muss regelmäßig mit Kongressmitgliedern zusammenarbeiten, und alle wussten – Walsh besser als sonst wer –, dass Jack Walsh außerstande wäre, das zu ertragen. Abgesehen davon, hatte Walsh gesagt, wäre er lieber Kommandant der *Wasp* und wollte mit Soldaten zusammenarbeiten. Die Marines liebten ihn dafür.

»Als Scott O'Grady am 8. Juni 1995 aus Bosnien herausgeholt wurde«, fuhr Riley fort, »ist er auf die Titelseite des Time-Magazins gekommen. Er hat den Präsidenten getroffen. Er ist durch die ganze PR-Mühle durch.

Als Schofield fünf Monate später aus Bosnien herausgeholt

worden ist, hat niemand was davon läuten hören. An der *Wasp* standen keine Fernsehkameras, um ihn dabei zu filmen, wie er aus dem Helikopter gestiegen ist. Es waren keine Zeitungsreporter anwesend, um seine Geschichte aufzuschreiben. Weißt du, warum?«

»Warum?«

»Als Shane Schofield auf der *Wasp* gelandet ist, nachdem er von einem Team United States Marines aus diesem Bauernhaus da in Bosnien herausgeholt worden war, hat er so schlimm ausgesehen, wie du es dir *niemals* vorstellen kannst. Ihn da rauszuholen ist eine blutige Angelegenheit gewesen. Heiß wie die Hölle. Die Serben hatten ihren gekaperten amerikanischen Piloten nicht rausrücken wollen und daher heftige Gegenwehr geleistet. Als diese Luftkutsche auf dem Beton der *Wasp* gelandet ist, hatte sie vier schwer verwundete Marines an Bord. Außerdem Shane Schofield.

Die Sanitäter, Ärzte und die Helfer sind so rasch, wie sie konnten, herangestürmt und haben alle aus der Kutsche rausgeholt. Überall war Blut, verwundete Männer kreischten. Schofield ist auf einer Trage weggebracht worden. Das Blut *strömte* ihm nur so aus beiden Augen. Die Rettungsaktion war so rasch – so *konzentriert* – gewesen, dass keiner auch nur eine Chance gehabt hätte, ihm Mullbinden über die Augen zu legen.«

Riley hielt inne. Gant starrte nur vor sich hin.

»Was ist danach geschehen?«, fragte sie.

»Jack Walsh hat einen Anschiss sowohl vom Weißen Haus *als auch* vom Pentagon erhalten. Sie hatten nicht gewollt, dass er jemand zu Schofields Rettung reinschickte, weil Schofield ursprünglich gar nicht hätte dort sein sollen. Das Weiße Haus wollte den ›politischen Schaden‹ vermeiden, der wegen einer amerikanischen Rettungsaktion für ein abgeschossenes Spionageflugzeug entstehen würde. Walsh hat ihnen gesagt, wohin sie sich die Sache schieben könnten, und hat ihnen gesagt, sie könnten ihn feuern, wenn sie wollten.«

»Was ist mit Scarecrow? Was ist mit ihm passiert?«

»Er war geblendet. Seine Augen waren in Fetzen gerissen. Sie haben ihn zur Johns-Hopkins-Universitätsklinik in Maryland gebracht. Die haben die besten Augenchirurgen im ganzen Land da, oder das hat man mir wenigstens gesagt.«

»Und?«

»Und sie haben seine Augen wieder hingekriegt. Frag mich nicht wie, weil ich es nicht weiß. Offensichtlich waren die Schnitte mit dem Rasiermesser nicht sehr tief gewesen, also hat die Netzhaut keinen Schaden genommen. Der wirkliche Schaden, haben sie gesagt, ist an den äußeren Schichten seiner Augen entstanden – der Iris und der Pupille. Rein körperliche Schäden, haben sie gesagt. Schäden, die repariert werden konnten.« Riley schüttelte den Kopf. »Ich weiß nicht, was sie getan haben – irgendeine fantastische neue Sache mit Lasern, hat mir jemand gesagt –, aber sie haben's hingekriegt, sie haben seine Augen repariert. Teufel, ich weiß lediglich, dass man, wenn man's sich leisten kann – und in Scarecrows Fall hat sich das Corps das leisten können – keine Brille braucht.

Natürlich *waren* da noch die Narben auf seiner Haut, aber ansonsten haben sie's hingekriegt. Schofield hat wieder sehen können. Volle Kanne.« Riley hielt inne. »Da war nur ein Haken.«

»Und der wäre?«

»Das Corps wollte ihn nicht mehr fliegen lassen«, erwiderte Riley. »Das ist eine Standardprozedur bei allen bewaffneten Streitkräften: sobald man ein Trauma *jeglicher* Art an den Augen gehabt hat, darf man kein Militärflugzeug mehr fliegen. Teufel, wenn du eine Lesebrille hast, darfst du nicht mal mehr einen Militärdrachen fliegen.«

»Was hat Scarecrow also getan?«

Riley lächelte. »Er hat sich entschlossen, ein Etappenhengst zu werden, ein Boden-Marine. Er war bereits Offizier aus seinen Fliegertagen, also hat er sein Patent behalten. Aber das ist alles gewesen, was er behalten hat. Er hat ganz von vorn anfangen müssen. Er ist gleich vom Status eines Piloten, Lieutenant-Commander, zur Bodentruppe gegangen, Lieutenant Second Class.

Und er ist wieder zur Schule gegangen. Zurück zur Basic School in Quantico. Und er hat jeden Kurs dort belegt. Er hat taktisches Waffentraining gemacht. Strategieplanung. Handfeuerwaffen, Kundschafter/Scharfschütze. Was du dir nur denken kannst. Er hat *alles* gemacht. Offensichtlich hat er gesagt, er wollte wie jene Männer sein, die ihn in Bosnien herausgeholt haben. Was sie für ihn getan hatten, wollte er ebenfalls tun können.«

Riley zuckte die Achseln. »Wie du dir vielleicht vorstellen kannst, hat es nicht lange gedauert, bis man auf ihn aufmerksam geworden ist. Er war zu gerissen, um lange Zeit ein Second Lieutenant zu bleiben. Nach wenigen Monaten haben sie ihn zum Full Lieutenant befördert, und es hat nicht lange gedauert, da haben sie ihm eine Aufklärungseinheit angeboten. Er hat sie angenommen. Das ist jetzt fast zwei Jahre her.«

Das hatte Gant nicht gewusst. Sie war erst vor einem Jahr für Schofields Einheit ausgewählt worden und es war ihr nie in den Sinn gekommen, sich zu fragen, wie Schofield selbst Kommandeur des Teams geworden war. So etwas war Sache von Offizieren, und Gant war kein Offizier. Sie war Mannschaftsgrad, und Mannschaftsgrade wissen nur, was man ihnen mitteilt. Dinge wie die Wahl eines Team-Kommandeurs sind Sachen für die weiter oben.

»Seitdem bin ich in seinem Team«, meinte Riley stolz.

Gant wusste, was er meinte. Riley respektierte Schofield,

vertraute seinem Urteil, vertraute seiner Einschätzung jeder gegebenen Lage. Schofield war Rileys Befehlshaber und Riley würde ihm in die Hölle folgen.

Gant ebenso. Seitdem sie in Schofields Team war, hatte sie ihn gemocht. Sie respektierte ihn als ihren Befehlshaber. Er war hart, jedoch fair, und er nahm kein Blatt vor den Mund. Und er hatte sie niemals anders behandelt als die anderen Männer der Einheit.

»Du magst ihn, nicht wahr?«, fragte Riley leise.

»Ich vertraue ihm«, erwiderte Gant.

Es folgte ein kurzes Schweigen.

Gant seufzte. »Ich bin sechsundzwanzig, Book. Hast du das gewusst?«

»Nein.«

»Sechsundzwanzig Jahre alt. Mein Gott«, sagte Gant in Gedanken verloren. Sie wandte sich an Book. »Hast du gewusst, dass ich mal verheiratet gewesen bin?«

»Nein, habe ich nicht.«

»Habe im reifen Alter von neunzehn Jahren geheiratet, wirklich. Habe den süßesten Mann geheiratet, dem du je begegnet bist, die beste Partie der Stadt. Er war ein neuer Lehrer an der örtlichen High-School, gerade aus New York gekommen, hat Englisch unterrichtet. Sanfter Bursche, still. Mit zwanzig war ich schwanger.«

Book sah Gant einfach nur schweigend an, während sie sprach. »Und dann, eines Tages«, fuhr Gant fort, »als ich im dritten Monat war, bin ich früher nach Hause gekommen und habe ihn dabei erwischt, wie er es einem Cheerleader, einer Siebzehnjährigen, die zur Nachhilfe vorbeigekommen war, auf dem Wohnzimmerteppich von hinten besorgt hat.«

Book zuckte innerlich zusammen.

»Drei Wochen später hatte ich eine Fehlgeburt«, sagte Gant.

»Ich weiß nicht, was sie verursacht hat. Stress, Angst, wer weiß. Nachdem mein Mann mir das angetan hat, habe ich anschließend alle Männer gehasst. Sie *gehasst.* Deswegen bin ich zum Corps gegangen. Hass macht dich zu einem guten Soldaten, weißt du. Sorgt dafür, dass du jeden einzelnen Schuss direkt mitten in den Kopf des anderen Kerls setzt. Nach dem, was mein Mann mir angetan hat, konnte ich mich nicht mehr dazu überwinden, irgendeinem Mann zu vertrauen. Und dann bin ich *ihm* begegnet.«

Gant starrte in die Ferne. Ihre Augen füllten sich allmählich mit Tränen.

»Weißt du, als ich für diese Einheit angenommen worden bin, hat das Auswahlkomitee dieses große Festessen da in Pearl ausgerichtet. Es war wunderschön, einer dieser prächtigen hawaianischen Barbecue-Lunches – draußen am Strand, in der Sonne. Er war da. Er trug dieses schreckliche blaue Hawaiihemd und natürlich diese silberne Sonnenbrille.

Ich erinnere mich, dass zu einem Zeitpunkt während des Lunchs alle anderen miteinander redeten, er jedoch nicht. Ich habe ihn beobachtet. Er hielt einfach den Kopf gesenkt und hat sich in seine innere Welt zurückgezogen. Er wirkte so einsam, so *allein.* Er hat mich ertappt, wie ich ihn angesehen habe, und wir haben über etwas Geistloses geredet, etwas darüber, was für ein prächtiger Ort Pearl Harbor war und wohin wir am liebsten in den Ferien fuhren.

Aber mein Herz war ihm bereits zugeflogen. Ich weiß nicht, worüber er an diesem Tag nachdachte, aber gleich, was es war, er dachte *intensiv* darüber nach. Meine Vermutung ist, dass es um eine Frau ging, eine Frau, die er nicht haben konnte.

Book, wenn ein Mann *jemals* so über mich nachdenken würde, wie er über sie nachgedacht hat ...« Gant schüttelte den Kopf. »Ich würde einfach ... Oh, ich weiß es nicht. Es war einfach so *intensiv.* Es war wie ... wie nichts, was ich je zuvor gesehen habe.«

Book sagte kein Wort. Er starrte Gant einfach nur an.

Gant spürte seinen Blick auf sich ruhen, und sie blinzelte zweimal, und das Wasser in ihren Augen verschwand.

»Tut mir leid«, sagte sie. »Kann gerade jetzt keine Gefühle zeigen, nicht wahr? Wenn ich damit anfange, werden mich die Leute erneut ›Dorothy‹ nennen.«

»Du solltest ihm sagen, wie du ihm gegenüber empfindest«, meinte Book sanft.

»Ja, *genau«,* erwiderte Gant. »Das werde ich bestimmt tun. Sie schmeißen mich aus der Einheit, bevor ich sagen kann ›Deswegen sollten keine Frauen in Fronteinheiten sein‹. Book, ich bin ihm viel lieber nahe und kann ihn *nicht* berühren, statt weit entfernt zu sein und ihn *noch immer nicht* berühren zu können.«

Einen Augenblick lang sah Book Gant hart an, als ob er sie abschätzte. Dann lächelte er warm. »Du bist in Ordnung ... *Dorothy,* weißt du das? Du bist in Ordnung.«

Gant lachte schniefend. »Danke sehr.«

Sie senkte den Kopf und schüttelte ihn traurig. Dann blickte sie jäh zu Book auf.

»Ich habe noch eine Frage«, meinte sie.

»Was?«

Gant legte den Kopf schief. »Woher kommt es, dass *du* das alles über ihn weißt? Das alles über Bosnien, das Bauernhaus und seine Augen und so?«

Riley lächelte traurig.

Dann erwiderte er: »Ich war bei dem Team, das ihn rausgeholt hat.«

»Jede Art von Paläontologie ist ein Wartespiel«, sagte Sarah Hensleigh, während sie neben Schofield durch den Schnee zur äußeren Umgrenzung der Station stapfte. »Aber jetzt, mit der neuen Technologie, stellt man einfach den Computer ein, geht davon und tut was anderes. Dann kommt man später zurück und sieht nach, ob der Computer was gefunden hat.«

Die neue Technologie, hatte Sarah gesagt, war ein Langwellen-Sonargerät, das die Paläontologen in Wilkes ins Eis hinabgeschossen hatten, um Fossilien zu entdecken. Anders als beim Ausgraben ortete es Fossilien, ohne sie zu beschädigen.

»Also«, fragte Schofield, »was tun Sie dann, während Sie darauf warten, dass das Sonargerät Ihr nächstes Fossil findet?«

»Ich bin nicht *nur* Paläontologin, wissen Sie«, erwiderte Sarah lächelnd und tat so, als ob sie beleidigt wäre. »Ich war Meeresbiologin, ehe ich mich der Paläontologie zugewandt habe. Und bevor *das hier* alles geschah, habe ich mit Ben Austin im Biolabor auf Deck B gearbeitet. Er hat an einem neuen Antidot für *Enhydrina schistosa* gearbeitet.«

Schofield nickte. »Die Seeschlange.«

Überrascht sah Sarah Schofield an. »Sehr gut, Lieutenant.«

»Ja, schon gut, *ich* bin nicht bloß ein Frontschwein mit einem Gewehr, wissen Sie«, sagte Schofield lächelnd.

Die beiden erreichten die äußere Umgrenzung der Station, wo sie Montana an einem der Hovercrafts der Marines wartend vorfanden. Die Spitze des Hovercrafts war vom Stationskomplex abgewandt.

Es war dunkel – dieser unheimliche, ewige Dämmer eines Winters an den Polen –, und durch den treibenden Schnee konnte Schofield so gerade eben das weite, flache Land ausmachen, das sich vor dem dort stationierten Hovercraft erstreckte. Der Horizont glühte in einem dunklen Orangeton.

Hinter Montana, auf dem Dach des Hovercrafts, sah Schofield den Entfernungsmesser. Er sah aus wie ein Gewehr mit langem Lauf, das auf einem schwenkbaren Türmchen montiert war, und schwang langsam in einem einhundertachtzig-Grad-Winkel hin und her. Er bewegte sich langsam, benötigte für jeden Durchgang von rechts nach links etwa dreißig Sekunden, ehe er seine Rückreise antrat.

»Ich habe ihn genauso aufgestellt, wie Sie es wollten«, sagte Montana und trat von der Umrandung herab, sodass er vor Schofield stand. »Das andere LCAC steht an der südwestlichen Ecke.« LCAC war der offizielle Name für ein Marine-Hovercraft. Es stand für ›Landing Craft – Air Cushioned‹, da es sich um ein Luftkissen-Landungsfahrzeug handelte. Montana klebte an Formalitäten.

Schofield nickte. »Gut.«

So, wie sie dort positioniert waren, deckten die Entfernungsmesser auf den Hovercrafts die gesamte Landseite der Eisstation Wilkes ab. Mit einer Reichweite von über sechzig Kilometern würden Schofield und sein Team rechtzeitig im voraus wissen, ob jemand sich der Station näherte.

»Hast du einen tragbaren Bildschirm?«, fragte Schofield Montana.

»Gleich hier.« Montana bot Schofield einen tragbaren Bildschirm an, der die Ergebnisse der Schwenkbewegungen der Entfernungsmesser anzeigte.

Er sah aus wie ein Miniaturfernsehgerät mit einem Griff an der linken Seite. Auf dem Schirm pendelten zwei dünne grüne Linien hin und her, wie zwei Scheibenwischer. Sobald ein Objekt die Strahlen des Entfernungsmessers kreuzte, erschien ein blinkender roter Punkt auf dem Bildschirm und die wichtigsten Daten des Objekts tauchten in einem kleinen Kästchen unten am Schirm auf.

»Also gut«, sagte Schofield. »Ich glaube, wir sind bereit. Meiner Ansicht nach ist es an der Zeit herauszufinden, was da unten in der Höhle liegt.«

Der Marsch zurück zum Hauptgebäude benötigte etwa fünfzehn Minuten. Schofield, Sarah und Montana schritten rasch durch den fallenden Schnee. Auf dem Weg dorthin berichtete Schofield Sarah und Montana von seinen Plänen mit der Höhle.

Zuallererst wollte er die Existenz des Raumschiffs selbst verifizieren. In diesem Stadium gab es keinen Beweis, dass sich überhaupt etwas dort unten befand. Sie hatten lediglich den Bericht eines einzigen Wissenschaftlers von Wilkes an der Hand, der seinerseits wahrscheinlich tot war. Wer wusste, was er gesehen hatte? dass er gleichfalls *angriffen* worden war, nachdem er das Raumschiff gesehen hatte – von unbekannten Feinden –, war eine weitere Sache, die Schofield geklärt haben wollte.

Es gab jedoch einen dritten Grund dafür, ein kleines Team die Höhle hinabzuschicken. Einen Grund, den Schofield Sarah oder Montana gegenüber nicht erwähnte.

Wenn *wirklich* irgendjemand die Hand nach der Station ausstreckte – insbesondere in den nächsten paar Stunden, wenn die Marines am verwundbarsten waren – und wenn es diesem Jemand gelang, das zu überwältigen, was von Schofields Einheit oben in der Station übrig geblieben war, dann könnte ein zweites, unten in der Höhle stationiertes Team vielleicht eine effektive letzte Verteidigungslinie darstellen.

Denn wenn der einzige Eingang zur Höhle durch einen Unterwasser-Eistunnel führte, dann musste jeder, der dort eindringen wollte, sich unter Wasser nähern. Truppen, die verdeckte Operationen durchführen, hassen Annäherungen unter Wasser, und das aus gutem Grund: *man weiß nie, was einen an der Oberfläche erwartet.* So, wie Schofield es sah, wäre ein kleines, bereits dort in der Höhle stationiertes Team imstande, die Mitglieder einer feindlichen Streitmacht einen nach dem anderen wegzuputzen, wenn sie die Oberfläche durchbrachen.

Schofield, Sarah und Montana erreichten den Haupteingang der Station. Sie trabten die Rampe hinab und gingen hinein.

Schofield betrat den Laufsteg von Deck A und ging sofort zum Speisesaal. Rebound sollte sich inzwischen wieder dort befinden – mit Champion – und Schofield wollte nachsehen, ob der französische Arzt irgendetwas über Samurais Zustand zu sagen hatte.

Schofield erreicht die Tür zum Speisesaal und trat ein.

Sofort erblickte er Rebound und Champion, die an dem Tisch standen, auf dem Samurai lag.

Bei Schofields Eintritt sahen beide Männer rasch auf, mit Augen so groß wie Suppentassen. Sie wirkten wie ertappte Diebe, mit der Hand in der Ladenkasse erwischt, inmitten einer illegalen Handlung.

Es folgte ein kurzes Schweigen.

Und dann sagte Rebound: »Sir. Samurai ist tot.«

Schofield runzelte die Stirn. Er wusste, dass Samurais

Zustand kritisch und der Tod möglich war, aber die Art und Weise, wie Rebound es mitteilte, war …

Rebound trat vor und sagte ernst: »Sir, bei unserem Eintreffen hier war er tot. Und der Arzt hier sagt, dass er nicht an seinen Verletzungen gestorben ist. Er sagt … er sagt, es sähe so aus, als ob Samurai erstickt worden wäre.«

Pete Cameron saß in seinem Wagen, mitten auf dem Parkplatz des SETI. Die sengende Wüstensonne knallte auf ihn herab.

Cameron zog sein Handy hervor und rief Alison in D.C. an.

»Wie war's?«, fragte sie.

»Eine Niete«, erwiderte Cameron, während er seine Notizen von der Aufzeichnung bei SETI durchblätterte.

»Irgend was zum Nachhaken?«

»Nicht direkt. Sieht so aus, als hätten sie ein paar Worte von einem Spionagesatelliten aufgefangen, aber mir kommt das alles Spanisch vor.«

»Hast du diesmal irgendwas mitgeschrieben?«

Cameron sah auf seine Notizen.

»Ja, Liebling«, entgegnete er. »Aber ich bin mir nicht sicher, ob es was wert ist.«

»Erzähl's mir trotzdem«, meinte Alison.

»Also gut«, sagte Cameron und sah auf seine Notizen hinab.

WIEDERHOLE 134625
KONTAKT VERLOREN → IONOSPHÄRISCHE STÖRUNG
ANGRIFFSTEAM
SCARECROW

– 66,5
FLARE UNTERBR. FUNK
115,20 MIN., 12 SEK. OST
WIE DORTHIN KOMMEN – ZWEITES TEAM UNTERWEGS

Cameron las ihr seine Notizen laut vor, Wort für Wort, wobei er seine persönliche Kurzschrift durch Englisch ersetzte.

»Das ist alles?«, fragte Alison, als er fertig war. »Das ist alles?«

»Das ist alles.«

»Nicht viel zum Nachhaken.«

»Habe ich mir auch gedacht«, meinte Cameron.

»Überlass es mir«, sagte Alison. »Wohin gehst du jetzt?«

Cameron pflückte eine kleine weiße Karte von seinem Armaturenbrett. Sie war fast von Klebenotizzetteln verdeckt. Es war eine Geschäftskarte.

ANDREW WILCOX
Büchsenmacher
14 Newbury St, Lake Arthur, NM

»Ich habe mir gedacht«, sagte Cameron, »dass ich, da ich sowieso hier in diesem gottverlassenen Staat bin, nachsehe, was es mit diesem mysteriösen Mr. Wilcox auf sich hat.«

»Dem Briefkasten-Kerl?«

»Ja, dem Briefkasten-Kerl.«

Vor zwei Wochen hatte jemand diese Geschäftskarte in Camerons Briefkasten geworfen. Nur die Karte. Nichts sonst. Keine Nachricht war damit verbunden und nichts war darauf geschrieben. Zunächst hätte Cameron sie fast als fehlgelaufene Werbung in den Müll geworfen – *wirklich* fehlgelaufen, da sie von New Mexico gekommen war.

Dann jedoch hatte Cameron einen Telefonanruf erhalten.

Es war eine männliche Stimme. Heiser. Er fragte, ob Cameron die Karte erhalten habe.

Cameron erwiderte, er habe sie erhalten.

Daraufhin sagte der Mann, dass er etwas habe, worauf Cameron vielleicht gern mal einen Blick werfen würde. Gewiss, hatte Cameron entgegnet, ob der Mann so nett wäre und zu einem Gespräch nach Washington käme?

Nein. Das stand außer Frage. Cameron müsse zu ihm kommen. Der Bursche war ein echter Mantel-und-Degen-Typ, extrem paranoid. Er sagte, er sei Ex-Navy oder so etwas in der Art. »Bist du sicher, dass das nicht bloß ein weiterer deiner Fans ist?«, fragte Alison.

Pete Camerons Ruf als Rechercheur aus seinen Tagen bei *Mother Jones* verfolgte ihn noch immer. Verschwörungstheoretiker riefen ihn an und sagten, dass sie die nächste Watergate-Affäre bereit hielten, oder dass sie Material über irgendeinen korrupten Politiker hätten. Üblicherweise forderten sie als Gegenleistung für ihre Geschichte Geld.

Aber dieser Wilcox hatte kein Geld gefordert. Hatte es nicht mal erwähnt. Und da Cameron in der Nähe *war*...

»Mag durchaus sein«, erwiderte Cameron. »Aber da ich sowieso hier unten bin, kann ich genauso gut mal bei ihm vorbeischauen.«

»Na gut«, meinte Alison. »Aber sag nicht, ich hätte dich nicht gewarnt!«

Cameron legte auf und schlug die Tür seines Wagens zu.

In den Büros der *Post* in D.C. legte Alison Cameron auf und starrte ein paar Sekunden ins Leere.

Es war Vormittag, und im Büro brummte es vor Aktivität. Der große Raum mit der niedrigen Decke war in hunderte brusthoher Verschläge aufgeteilt und in jedem einzelnen davon waren Leute geschäftig an der Arbeit. Telefone läuteten, Tastaturen klapperten, Leute eilten hin und her.

Alison trug cremefarbene Hosen, ein weißes Hemd und eine locker geknotete Krawatte. Das schulterlange kastanienbraune Haar war zu einem hübschen Pferdeschwanz zurückgekämmt.

Nach einigen Augenblicken sah sie den Papierfetzen an, auf den sie alles niedergekritzelt hatte, was ihr Ehemann ihr übers Telefon berichtet hatte. Sorgfältig las sie nochmals jede einzelne Zeile. Geschwätz über Vogelscheuchen, ionosphärische Störungen, Angriffsteams und zweite Teams.

Drei Zeilen jedoch überraschten sie.

- 66,5
FLARE UNTERBR. FUNK
115,20 MIN, 12 SEK OST

Alison runzelte die Stirn, während sie die drei Zeilen noch einmal las. Dann hatte sie eine Idee.

Sie griff rasch zu einem Regal auf einem Schreibtisch in der Nähe hinüber und zog ein braunes Buch im Folio-Format heraus. Auf den Einband stand: *Bartholemew's Advanced Atlas of World Geography.* Sie blätterte einige Seiten durch und fand rasch diejenige, die sie suchte.

Sie fuhr mit dem Finger eine Linie auf der Seite entlang.

»Hm?«, sagte sie laut. Ein anderer Reporter an einem Schreibtisch in der Nähe sah von seiner Arbeit auf.

Alison bemerkte ihn nicht. Sie sah bloß weiterhin auf die Seite vor sich. Ihr Finger lag auf dem Punkt auf der Karte mit 66,5 Grad südlicher Breite und 115 Grad, 20 Minuten und 12 Sekunden östlicher Länge.

Alison runzelte die Stirn.

Ihr Finger zeigte auf die Küste der Antarktis.

Die Marines versammelten sich schweigend um den Tümpel auf Deck E.

Montana, Gant und Santa Cruz setzten wortlos die Atemgeräte auf die Schultern. Alle drei trugen schwarze, thermoelektrische Kälteschutzanzüge.

Schofield und Snake beobachteten sie, als sie die Sachen überstreiften. Rebound stand hinter ihnen. Book Riley ging schweigend zum Vorratsraum auf Deck E, um nach Mother zu sehen.

Ein großer, schwarzer Rucksack – der VLF-Sender des französischen Teams, den Santa Cruz während der Durchsuchung der Station gefunden hatte – lag auf dem Deck gleich neben Schofields Füßen.

Die Nachricht von Samurais Tod hatte das ganze Team erschüttert.

Luc Champion, der französische Arzt, hatte Schofield gesagt, dass er Spuren von Milchsäure in Samurais Trachea, oder Luftröhre, gefunden hatte. Das, hatte Champion gesagt, war ein fast sicherer Beweis dafür, dass Samurai nicht seinen Verletzungen erlegen war.

Milchsäure in der Trachea, erklärte Champion, war Anzeichen für ein jähes Ausbleiben von Sauerstoff in den Lungen, was die Lungen dadurch zu kompensieren versuchten, dass sie Zucker verbrannten, ein Vorgang, der als Übersäuerung des Bluts bekannt ist. Mit anderen Worten: Milchsäure in der Trachea wies auf einen Tod durch ein jähes Ausbleiben von Sauerstoff in den Lungen hin, ansonsten bekannt als Asphyxie oder Erstickungstod.

Samurai war nicht seinen Verletzungen erlegen. Er war gestorben, weil seinen Lungen der Sauerstoff entzogen worden war. Er war gestorben, weil jemand ihm die Luftzufuhr abgeschnitten hatte.

Jemand hatte Samurai ermordet.

In der Zeit, die Schofield und Sarah benötigt hatten, um zu Montana am Rand der Station hinauszugehen – in derselben Zeit, die Rebound benötigt hatte, zum Deck E hinabzusteigen und Luc Champion heraufzuholen –, war jemand in den Speisesaal auf Deck A eingedrungen und hatte Samurai erwürgt.

Die Folgerungen aus Samurais Tod trafen Schofield am schwersten.

Jemand unter ihnen war ein Mörder.

Aber das war eine Tatsache, die Schofield der übrigen Einheit *nicht* mitgeteilt hatte. Er hatte ihnen lediglich gesagt, dass Samurai gestorben war. Er hatte ihnen nicht erzählt, wie er gestorben war. Für den Fall, dass jemand unter ihnen ein Mörder war, überlegte Schofield, sollte dieser nicht erfahren, dass Schofield von ihm wusste. Rebound und Champion waren zum Schweigen verpflichtet worden.

Während er zusah, wie sich die anderen zurecht machten, dachte Schofield darüber nach, was geschehen war.

Gleich, wer der Mörder war, er hatte erwartet, dass Samurais Tod wahrscheinlich auf seine Verletzungen zurückgeführt werden würde. Es war eine gute Vermutung. Schofield dachte, wenn ihm gesagt worden wäre, dass Samurai es nicht geschafft hätte, so hätte er sogleich angenommen, dass Samurais Körper einfach den Kampf ums Leben aufgegeben hätte und er seinen Verletzungen erlegen wäre. Deswegen hatte der Mörder Samurai *erstickt*. Ersticken hinterließ kein Blut, keine verräterischen Zeichen oder Wunden. Wenn es keine anderen Verletzungen am Körper gäbe, würde die Geschichte, dass Samurai einfach den Kampf mit seinen Schussverletzungen verloren hätte, an Glaubwürdigkeit gewinnen.

Was der Mörder jedoch nicht gewusst hatte, war, dass Asphyxie doch ein verräterisches Merkmal zurücklässt – Milchsäure in der Trachea.

Schofield hatte keinerlei Zweifel, dass die Milchsäure unbemerkt geblieben und Samurais Tod *tatsächlich* seinen Schußverletzungen zugeschrieben worden wäre, wenn ihm nicht zufällig ein Arzt in der Station zur Verfügung gestanden hätte. Dieser Arzt war Luc Champion. Und er hatte die Säure entdeckt.

Die Implikationen waren ebenso Schauder erregend wie endlos. Waren noch immer französische Soldaten irgendwo in der Station auf freiem Fuß? Jemand, den die Marines übersehen hatten? Ein einsamer Soldat vielleicht, der sich die Marines einen nach dem anderen vornehmen wollte und mit dem schwächsten in ihren Reihen angefangen hatte, Samurai.

Schofield verwarf rasch diesen Gedanken. Die Station, ihre Umgebung und sogar das verbliebene französische Hovercraft draußen waren gründlich durchsucht worden. Es gab keine weiteren feindlichen Soldaten, weder innerhalb noch außerhalb der Eisstation Wilkes.

Was ein Problem ergab.

Weil es bedeutete, dass gleich, wer Samurai umgebracht hatte, es jemand war, den Schofield für vertrauenswürdig gehalten hatte.

Es konnten nicht die französischen Wissenschaftler Champion und Rae gewesen sein. Seit dem Ende des Kampfs mit den Franzosen waren sie mit Handschellen am Pfahl auf Deck E gefesselt gewesen.

Es hätte einer der Wissenschaftler von Wilkes sein können – während Schofield mit Montana und Hensleigh draußen gewesen war, hatten sie sich alle in ihren Räumen auf Deck B aufgehalten, unbewacht von irgendeinem Marine. *Aber warum?* Warum auf Erden hätte einer der Wissenschaftler einen verletzten Marine umbringen sollen? Sie hatten nichts dadurch zu gewinnen, dass sie Samurai umbrachten. Die Marines waren hier, um ihnen zu helfen.

Blieb noch immer die andere Alternative.

Einer der Marines hatte Samurai umgebracht.

Die bloße Möglichkeit, dass dies geschehen war, jagte Schofield einen Schauer über den Rücken. Die Tatsache, dass er es sogar nur *in Betracht zog*, ließ ihn noch mehr erschauern. Aber er zog es dennoch in Betracht, weil abgesehen von den Bewohnern von Wilkes ein Marine die einzige weitere Person auf der Station war, die Gelegenheit gehabt hätte, Samurai umzubringen.

Schofield, Sarah und Montana waren draußen gewesen, als es passierte, also war sich Schofield, zumindest was diese beiden anging, sicher.

Was jedoch die übrigen Marines betraf, so gab es da Schwierigkeiten.

Alle hatten sie mehr oder weniger allein an verschiedenen Orten der Station gearbeitet, als der Mord geschehen war. Jeder von ihnen hätte es tun können, ohne entdeckt zu werden.

Schofield überprüfte sie einen nach dem anderen.

Snake. Er war auf Deck C in der Nische gewesen und hatte an den zerstörten Winschkontrollen gearbeitet, die die Taucherglocke der Station hoben und senkten. Er war allein gewesen.

Santa Cruz. Er hatte die Station nach französischen »Radiergummis« durchsucht. Diese Suche hatte nichts weiter hervorgebracht als den VLF-Sender, der jetzt schweigend Schofield zu Füßen lag. Er war gleichfalls allein gewesen.

Rebound. Schofield dachte über den jungen Soldaten nach. Auf Rebound fiel der erste Verdacht. Schofield wusste es, Rebound wusste es. Er war derjenige, der Schofield gesagt hatte, dass Samurais Zustand stabil genug wäre, um zum Deck E hinabzugehen und Champion zu holen. Er war ebenfalls der einzige, der seit dem Ende des Kampfs bei Samurai gewesen war. Soviel Schofield wusste, hätte Samurai seit über einer Stunde tot sein können, längst von Rebound umgebracht.

Aber *warum?* Diese Frage war es, die Schofield einfach nicht beantworten konnte. Rebound war jung, einundzwanzig. Er war frisch, grün und eifrig. Er befolgte Befehle sofort, und er war nicht alt genug, um abgestumpft oder zynisch zu sein. Dieses Kind war mit Leib und Seele Marine, und er war so sehr Kind, wie Schofield je einem begegnet war. Schofield hatte gedacht, er hätte Rebounds Charakter sehr gut eingeschätzt. Vielleicht hatte er's doch nicht getan.

Der Gedanke an Rebound als Mörder löste jedoch einen *weiteren* ungewöhnlichen Gedanken in Schofields Kopf aus. Es war eine Erinnerung, eine schmerzliche Erinnerung, die Schofield versucht hatte zu begraben.

Andrew Trent.

Lieutenant First Class Andrew X. Trent, USMC.

Peru. März 1997.

Schofield hatte zusammen mit Andy Trent die Officer Candidate School absolviert. Sie waren gute Freunde und nach der OCS waren sie gemeinsam zum Rang eines First Lieutenant aufgestiegen. Trent war ein brillanter strategischer Denker und erhielt das Kommando über eine berühmte, im Atlantik stationierte Marine Aufklärungseinheit. Schofield – nicht ganz das taktische Genie wie Trent – erhielt eine im Pazifik stationierte Einheit.

Im März des Jahres 1997, kaum einen Monat nachdem er das Kommando über seine Aufklärungseinheit übernommen hatte, wurden Schofield und sein Team zu einem kleinen Schlachtenszenario in den Bergen Perus abkommandiert. Offensichtlich war etwas von überwältigender Wichtigkeit in einem uralten Inkatempel hoch in den Anden entdeckt worden und der peruanische Präsident hatte die USA um Hilfe ersucht. Banden mordender Schätzjäger sind weit verbreitet in den Bergen Perus; es ist bekannt, dass sie ganze Teams von Universitätsforschern umbringen, um ihnen die kostbaren Schätze zu stehlen, die sie gefunden haben.

Bei der Ankunft von Schofields Einheit auf der Gipfelseite empfing sie ein Schwadron amerikanischer Truppen, ein einzelner Zug US-Army-Ranger. Die Rangers hatten einen drei Kilometer langen Ring um einen bestimmten, von Regenwald bedeckten Berg gezogen. Auf dem Berggipfel standen, halb im Berg vergraben, die verfallenden Ruinen eines pyramidenförmigen Inkatempels.

Eine Marine Aufklärungseinheit befand sich bereits im Innern des Tempels, informierte der Captain der Rangers Schofield. Andy Trents Einheit.

Offensichtlich war diese Einheit als erste auf der Bildfläche erschienen. Trent und sein Team hatten im Dschungel Brasiliens einige Übungen abgehalten, als Alarm ausgelöst worden war, und daher waren sie als erste eingetroffen.

Der Captain der Army Rangers wusste sonst nichts weiter darüber, was im Innern der Tempelruine vonstatten ging. Er wusste lediglich, dass alle *anderen* eintreffenden Einheiten den Befehl erhalten hatten, einen Sicherheitsring von drei Kilometern um den Tempel zu legen und ihn *keinesfalls* zu betreten.

Schofields Einheit machte sich daran, das zu tun, was ihnen befohlen worden war, und es dauerte nicht lang, da hatten sie den drei Kilometer langen Ring um den Tempel verstärkt.

Da tauchte eine neue Einheit auf.

Dieser Einheit wurde jedoch gestattet, den Ring zu passieren. Es war ein SEAL-Team, sagte jemand, eine Art Bomberschwadron zum Entschärfen von Minen, die von irgendwem gelegt worden waren, der mit Trents Marines im Tempel war. Offensichtlich hatte es im Innern schwere Gefechte gegeben. Trent und sein Team hätten die Oberhand behalten, war Schofield erfreut zu hören.

Das SEAL-Team drang ein. Die Zeit verstrich langsam.

Und dann, jäh, wurde Schofields Ohrhörer krachend lebendig. Eine zwitschernde Stimme schnitt durch das statische Rauschen.

Sie sagte: »Hier ist Lieutenant Andrew Trent, Befehlshaber der United States Marine Force Aufklärungseinheit vier, ich wiederhole, hier ist Andrew Trent von der US Marine Force Aufklärungseinheit vier. Wenn dort draußen weitere Marines sind, so meldet euch bitte!«

Schofield meldete sich.

Trent hörte ihn anscheinend nicht. Er konnte senden, konnte jedoch offensichtlich nicht empfangen.

»Wenn dort draußen weitere Marines sind«, sagte Trent, »greift sofort an! Ich wiederhole, *greift sofort an!* Sie haben Männer in meine Einheit eingeschleust! Sie haben Männer in meine gottverdammte Einheit eingeschleust! Marines, diese SEALs, die eben reingekommen sind, sie haben gesagt, sie seien zu meiner Unterstützung hier. Sie haben gesagt, sie seien eine Spezialeinheit, von Washington geschickt, um mich bei der Sicherung dieses Orts zu unterstützen. Dann haben sie die Gewehre gezogen und einen meiner Corporals direkt in den verdammten Kopf geschossen! Und jetzt versuchen sie, mich umzubringen! Verfluchte Scheiße! *Sie haben verdammte Männer in meine Einheit eingeschleust!* Sie haben Männer in meine eigene gottverdammte Einheit eingeschleust! Ich werde angegriffen von meinen eigenen ...«

Das Signal verstummte abrupt.

Schofield hatte sich rasch umgeschaut. Niemand sonst hatte anscheinend die kurze, knappe Botschaft gehört. Trent musste über die »Nur-für-Offiziere«-Frequenz gesendet haben, was bedeutete, dass nur Schofield sie gehört hatte.

Schofield kümmerte das nicht. Er befahl sogleich die Mobilmachung seiner Einheit, aber sobald sie bereit waren und zum Tempel wollten, wurden sie von den Army Rangers daran gehindert. Die Rangers waren ein Trupp von fünfzig Männern. Schofield hatte nur zwölf Leute bei sich.

Der Ranger Captain sagte fest: »Lieutenant Schofield, meine Befehle sind klar. Niemand geht da rein. *Niemand.* Wenn jemand versucht, dieses Gebäude zu betreten, lauten meine Befehle, ihn auf der Stelle zu erschießen. Wenn Sie versuchen, dieses Gebäude zu betreten, Lieutenant, werde ich gezwungen sein, das Feuer auf Sie zu eröffnen.« Seine Stimme wurde kalt. »Zweifeln Sie nicht daran, dass ich es tun werde, Lieutenant. Ich werde es mir nicht zweimal überlegen, ein Dutzend schwuler Marines umzulegen.«

Schofield hatte den Ranger Captain funkelnd angesehen.

Er war ein großer Mann von etwa vierzig, ein Karrieresoldat von der Front, durchtrainiert, mit einem mächtigen Brustkasten und einem Kopf mit kurzgeschorenem grauen Haar. Er hatte kalte, leblose Augen und ein wettergegerbtes, höhnisch grinsendes Gesicht. Schofield erinnerte sich seines Namens – würde sich stets daran erinnern –, erinnerte sich daran, dass dieser Scheißkerl ihm den Namen auf eine roboterhafte, stakkatoartige Manier mitgeteilt hatte, nachdem Schofield danach verlangt hatte: Captain Arlin F. Brookes, United States Army.

Und so wurden Schofield und sein Team am Ring zurückgehalten, während Andrew Trents Stimme weiterhin verzweifelt über Schofields Helmfunk tönte.

Je mehr Trent schrie, desto wütender und frustrierter wurde Schofield.

Das SEAL-Team, das eingedrungen war, hatte weitere seiner Männer umgebracht, sagte Trent. *Einige seiner eigenen Männer* hatten sich ihnen angeschlossen, sich gegen ihn gewandt, und andere seiner Einheit aus unmittelbarer Nähe umgebracht. Trent wusste nicht, was hier vor sich ging.

Als Letztes an diesem Tag hörte Schofield über seinen Helmsprechfunk Trents Worte, dass er der letzte Überlebende war.

Andrew Trent kam niemals aus dem Tempel heraus.

Etwa ein Jahr später, nachdem er einige Nachforschungen angestellt hatte, wurde Schofield gesagt, dass Trents Einheit an diesem Tempel eingetroffen war und niemanden dort vorgefunden hatte. Es habe keinen Kampf gegeben, erfuhr Schofield, keinen Kampf mit *irgendwem*. Keine »mysteriöse Entdeckung« zu Anbeginn. Nachdem sie am Tempel eingetroffen und ihn leer vorgefunden hatten, hatten Trent und sein Team die dunklen, feuchten Ruinen erforscht. Während dieser Suche waren einige Männer – Trent eingeschlossen – in ein verborgenes Spundloch gestürzt. Schätzungen zufolge war das Loch wenigstens dreißig Meter tief, mit nackten Felswänden. Niemand hatte den Sturz überlebt. Anscheinend war eine Durchsuchung erfolgt und alle Leichen waren geborgen worden.

Außer Trents Leichnam, hatte man Schofield gesagt. Andrew Trents Leichnam war nie gefunden worden.

Das machte Schofield fuchsteufelswild. Offiziell war nie etwas in diesem Tempel geschehen. Nichts, außer einem tragischen Unglücksfall, der das Leben von zwölf United States Marines gefordert hatte.

Schofield wusste, dass er der Einzige war, der Trents Stimme über Funk gehört hatte; wusste, dass ihm niemand glauben würde, wenn er je hinterfragte, was geschehen war. Wenn er etwas sagte, würde es ihm womöglich nur eine heimliche Verhandlung vor dem Militärgericht und eine noch heimlichere unehrenhafte Entlassung einbringen.

Und so hatte Schofield diesen Vorfall nie jemandem gegenüber erwähnt.

Aber jetzt, innerhalb der kalten Grenzen einer unterirdischen Eisstation der Antarktis, kehrte alles zu ihm zurück, um ihn heimzusuchen.

Sie haben Männer in meine Einheit eingeschleust! Sie haben verdammte Männer in meine Einheit eingeschleust!

Trents Worte hallten in Schofields Kopf, während er darüber nachdachte, ob Rebound Samurai umgebracht hatte.

Hatten sie auch Männer in *seine* Einheit eingeschleust?

Und wer waren »sie« überhaupt? Die amerikanische Regierung? Das amerikanische Militär?

Es hörte sich an wie etwas, das vielleicht in der alten Sowjetunion hätte geschehen können. Eine Regierung, die »spezielle« Männer in Eliteeinheiten einschleuste. Dann wiederum unterschieden sich, wie Schofield wusste, die Vereinigten Staaten und die UdSSR eigentlich gar nicht so sehr voneinander. Die USA hatten die Sowjets stets der Indoktrination beschuldigt, während sie gleichzeitig jeden Morgen in allen Schulen Amerikas ihre Nationalhymne »Star Spangled Banner« spielten.

Der Gedanke an illoyale Männer in seiner Einheit verursachte Schofield eine Gänsehaut.

Er fuhr mit seiner mentalen Checkliste fort.

Teufel, sogar Riley und Gant – unten auf Deck E mit der Vorbereitung der Ausrüstung zum Tauchen beschäftigt – waren gelegentlich voneinander getrennt gewesen. Riley war immer wieder zu Mother gegangen, um nach ihr zu schauen.

Schofield vermochte sich nicht vorzustellen, dass Book Riley ein Verräter war. Dazu kannte er ihn zu lange.

Aber Gant? Schofield glaubte, Libby Gant zu kennen, glaubte, sie ebenfalls richtig eingeschätzt zu haben. Er hatte Gant persönlich für die Einheit ausgesucht. Hätte das jemand voraussehen können? Jemand, der sie in Schofields Einheit hatte haben *wollen*. Nein …

Der einzige weitere lebende Marine in der Station war Mother. Und der bloße Verdacht, sie hätte Samurai umbringen können, war absurd.

Alles drehte sich in Schofields Kopf. Sicher wusste er lediglich, dass Samurai Lau tot war und dass ihn jemand von ihnen umgebracht hatte. Das Problem bestand darin, dass *jeder* es hätte tun können.

Montana, Gant und Santa Cruz waren bereit zum Tauchen.

Sie hatten sich von der Navy entwickelte Atemgeräte auf den Rücken geschnallt, die nahezu lautlos arbeiteten. Im Marinecorps waren sie allgemein eher als »Tarnkappen-Geräte« bekannt.

Wasser ist ein hervorragender Schallleiter und normale Sauerstoffflaschen verursachen ziemlich viel Lärm, wenn sie die komprimierte Luft durch die Schläuche in das Mundstück eines Tauchers pressen. Jedes im Handel erhältliche Unterwassermikrofon wird einen Taucher anhand des lauten Zischgeräuschs das seine Atemausrüstung verursacht, entdecken.

Vor diesem Hintergrund hat die US Navy Millionen Dollar in die Entwicklung eines *lautlosen* in sich geschlossenen Atemgeräts gesteckt. Das Ergebnis ist ein Tauchsystem, das als LABA – Low-Audibility Breathing Apparatus (Kreislaufatemgerät) – bekannt ist. Tauchgeräte, die unter Wasser so gut wie lautlos arbeiten. LABA-Geräte sind von üblichen akustischen Spürsystemen nicht zu entdecken, daher der Vergleich mit dem Tarnkappenbomber.

Schofield sah den drei Marines zu, wie sie nach ihren Atemmasken griffen und sich darauf vorbereiteten, in den trüben Tümpel zu springen. Dann wandte er sich um und überprüfte den Tümpel, der abgesehen von der draußen in der Mitte dümpelnden Taucherglocke leer war. Der Schwarm Killerwale hatte den Bereich vor etwa vierzig Minuten verlassen und war seitdem nicht wieder aufgetaucht. Als er jedoch über den Tümpel hinweg blickte, spürte er, wie ihm jemand auf die Schulter tippte. Schofield drehte sich um.

Und sah Sarah Hensleigh vor sich stehen. Gekleidet in einen figurbetonten blauen und schwarzen thermoelektrischen Kälteschutzanzug. Einen Moment lang war Schofield verblüfft. Zum erstenmal an diesem Tag fiel ihm auf, wie wohlgeformt Sarah Hensleigh war – die Frau hatte einen *großartigen* Körper.

Schofield hob die Brauen.

»Das habe ich Sie vorhin fragen wollen«, sagte Sarah. »Als wir draußen waren. Aber ich bin einfach nicht dazu gekommen. Ich möchte mit Ihnen nach unten.«

»Das sehe ich«, meinte Schofield.

»Diese Station hat neun Menschen unten in dieser Höhle verloren. Ich möchte gern den Grund dafür erfahren.«

Schofield blickte von Hensleigh zu den drei Marinetauchern links von sich. Zweifelnd runzelte er die Stirn.

»Ich kann helfen«, sagte Sarah rasch. »In der Höhle, zum Beispiel.«

»Wie?«

»Ben Austin – einer der Taucher, der ganz am Anfang mit hinabgegangen ist – hat gesagt, es sei irgendeine Untergrundhöhle, stimmt's?«, meinte Sarah. »Er hat gesagt, sie habe glatte Eiswände und dass sie sich mehrere hundert Meter weit erstreckte.« Sarah sah Schofield an. »Meine Vermutung lautet, wenn die Wände in dieser Höhle so glatt sind, dann kann man beinahe darauf wetten, dass die Höhle von irgendeinem seismischen Ereignis in der Vergangenheit geformt worden ist, irgendeinem Erdbeben oder einem unterseeischen Vulkanausbruch. Glatte Wände werden von jähen Auswürfen von Fels hervorgerufen, nicht von langsamer, nach und nach erfolgender Bewegung.«

»Ich bin mir sicher, dass meine Leute von jähen Felsauswürfen nichts zu befürchten haben, Dr. Hensleigh.«

»Also gut, dann. Ich kann Ihnen sagen, was dort unten ist«, erwiderte Sarah.

Das erregte Schofields Aufmerksamkeit. Er wandte sich an die drei Taucher, die am Rand des Tümpels standen. »Montana, Gant, Cruz. Wartet bitte eine Minute, ja?« Schofield wandte sich wieder Sarah Hensleigh zu, die Augen ernst. »Na gut, Dr. Hensleigh, erzählen Sie mir, was dort unten ist.«

»Schön«, sagte Sarah, während sie sich sammelte. Sie hatte offensichtlich viel über diese Sache nachgedacht, aber jetzt hatte Schofield sie in Verlegenheit gebracht.

»Theorie eins«, meinte sie. »Es ist außerirdisch. Es ist ein Raumschiff von einem anderen Planeten, von einer anderen Zivilisation. Nun, das liegt wirklich nicht auf meinem Gebiet – es liegt wirklich auf niemandes Gebiet. Aber wenn dieses Ding außerirdisch ist, dann würde ich meinen rechten Arm geben, es zu Gesicht zu bekommen.«

»Mother hat bereits ihr linkes Bein gegeben. Was noch?«

»Theorie zwei«, fuhr Sarah fort. »Es ist nicht außerirdisch.«

»Es ist *nicht* außerirdisch?« Schofield hob eine Braue.

»Genau«, sagte Sarah. »Es ist nicht außerirdisch. Nun, diese Theorie, diese Theorie liegt *wirklich* auf meinem Gebiet. Das ist reine Paläontologie. Es ist keinesfalls eine neue Theorie, aber bis heute ist niemand imstande gewesen, irgendein Beweismittel dafür zu finden.«

»Beweismittel wofür?«

Sarah holte tief Luft. »Die Theorie besagt, dass es einst, vor langer Zeit, auf Erden zivilisiertes Leben gab.«

Sie hielt inne, nicht um des Effekts willen, sondern vielmehr, um Schofields Reaktion abzuwarten.

Zunächst sagte Schofield kein Wort, er dachte einfach einen Augenblick lang darüber nach. Dann sah er Sarah an. »Weiter.«

»Ich spreche von einer *sehr* langen Zeit«, fuhr Sarah fort, wobei sie in Schwung kam. »Ich rede von einer Zeit *vor* den Dinosauriern. Ich rede von einer Zeit von vor *vierhundert Millionen Jahren.* Nun, wenn Sie darüber nachdenken... wenn Sie darüber im Verhältnis zur menschlichen Entwicklung nachdenken, ist es wirklich möglich.

Das menschliche Leben, wie wir es kennen, ist seit weniger als eine Million Jahre auf der Erde, nicht wahr? Historisch gesprochen ist das keine lange Zeit. Wenn man die Erdgeschichte mit den vierundzwanzig Stunden des Tages gleichsetzt, dann umfasst die Periode des modernen Menschen in etwa drei Sekunden. Was wir *zivilisiertes* menschliches Leben nennen würden – menschliches Leben in Gestalt des *homo sapiens* – ist sogar für eine noch kürzerer Zeitspanne hier gewesen, nicht einmal für zwanzigtausend Jahre. Das ist weniger als eine Sekunde auf der Uhr der Welt.«

Schofield betrachtete Sarah Hensleigh genau, während sie sprach. Sie war aufgeregt, sprach rasch. Sie war in ihrem Element.

»Was Paläontologen normalerweise sagen«, meinte sie, »ist, dass eine ganze Matrix von Faktoren zum Aufstieg der Säugetiere beitrug und solchermaßen zum Aufstieg menschlichen Lebens auf Erden. Die richtige Entfernung zur Sonne, die richtige Temperatur, die richtige Atmosphäre, der richtige Sauerstoffgehalt *in* der Atmosphäre und natürlich das Aussterben der Dinosaurier. Wir alle kennen die Alvarez-Theorie, wonach ein Meteor auf die Erde gestürzt ist und alle Dinosaurier getötet hat, die Säugetiere aus der Dunkelheit emporgestiegen sind und deren Platz als Beherrscher der Welt eingenommen haben. Was wäre, wenn ich Ihnen sage, dass es einen Beweis dafür gibt, dass es während der letzten 700 Millionen Jahre *vier* weitere solcher Meteoriteneinschläge auf diesem Planeten gegeben hat?«

»Meteoriteneinschläge«, sagte Schofield.

»Ja. Sir Edmund Halley hat einmal die Vermutung geäußert, dass das gesamte Kaspische Meer durch einen Meteoriteneinschlag vor hunderten von Millionen von Jahren entstanden ist. Alexander Bickerton, der berühmte neuseeländische Physiker, der Lehrer Rutherfords, hat die Hypothese aufgestellt, dass der Meeresgrund des gesamten südlichen Atlantischen Ozeans – zwischen Südafrika und Südamerika – einstmals ein gewaltiger, schüsselförmiger Krater gewesen ist, entstanden durch einen *massiven* Meteoriteneinschlag vor über dreihundert Millionen Jahren.

Wenn wir jetzt annehmen – wie wir es bereits im Fall der Dinosaurier tun –, dass jedesmal dann, wenn einer dieser kataklystischen Meteoriten auf der Erde einschlug, eine Zivilisation untergegangen ist, können wir lediglich die Frage stellen, welche *anderen* Arten von Zivilisationen, wie die der Dinosaurier, ebenfalls vernichtet worden sind? Was in den letzten Jahren mehrere Akademiker vermutet haben – Joseph Sorenson von Stanford ist der bekannteste –, ist, dass eine dieser Zivilisationen menschlich gewesen sein könnte.«

Schofield sah die anderen Marines auf dem Deck ringsum an. Sie alle hörten Sarah intensiv zu, hingerissen von ihrer Geschichte.

»Sehen Sie«, fuhr Sarah fort, »im Durchschnitt neigt sich die Erde alle 22 000 Jahre ein halbes Grad um ihre senkrechte Achse. Sorenson hat postuliert, dass vor etwa vierhundert Millionen Jahren die Erde in einem ähnlichen Winkel geneigt war, wie sie es heutzutage ist. Ebenso war sie nicht weiter von der Sonne entfernt als heute, hatte also gleichartige Durchschnittstemperaturen. Eiskernproben wie diejenigen, die wir von dieser Station erhalten, haben gezeigt, dass die Luft eine Mischung aus Sauerstoff, Stickstoff und Wasserstoff darstellte, und zwar in Mengen, die den Mengen unserer heutigen Atmosphäre sehr ähnlich sind. Sehen Sie's nicht? Die Grundvoraussetzungen waren *dieselben* wie heutzutage.«

Langsam begann Schofield zu glauben, was Sarah ihm sagte.

»Diese Höhle da unten«, sagte Sarah, »liegt *fünfhundert* Meter unter dem Meeresspiegel, das sind *achthundert* Meter unter der durchschnittlichen Höhe des antarktischen Festlands. Das Eis dort unten ist leicht seine vierhundert Millionen Jahre alt. Wenn es *aufgeworfenes* Eis von weiter unten ist – Eis, das von einem Erdbeben oder etwas Ähnlichem angehoben worden ist –, dann könnte es viel, *viel* älter sein.

Meiner Ansicht nach ist das, was dort unten liegt, etwas, das vor einer sehr langen Zeit eingefroren ist. Vor einer *sehr langen* Zeit. Es könnte außerirdisch sein, es könnte menschlich sein, von menschlichem Leben, das vor Millionen von Jahren auf diesem Planeten existierte. In beiden Fällen, Lieutenant, wird es die größte paläontologische Entdeckung sein, die die Welt je gekannt hat, und ich möchte sie sehen.«

Sarah hielt inne und holte tief Luft.

Schofield stand einfach nur schweigend da.

»Lieutenant«, sagte Sarah leise, »dies ist mein Leben. Dies ist mein *ganzes* Leben. Gleich, was dort unten liegt, es ist vielleicht die größte Entdeckung in der Geschichte der Menschheit. Dafür habe ich mein ganzes Leben lang studiert ...«

Schofield sah sie neugierig an, und sie unterbrach sich, weil sie spürte, dass er etwas sagen wollte.

»Was ist mit Ihrer Tochter?«, fragte er.

Sarah legte den Kopf schief. Diese Frage hatte sie von ihm nicht erwartet.

»Sie sind gewillt«, sagte Schofield, »sie allein hier oben zurückzulassen?«

»Sie wird in Sicherheit sein«, meinte Sarah gleichmütig. Dann lächelte sie. »Sie wird hier oben bei Ihnen sein.«

Schofield hatte Sarah Hensleigh zuvor noch nicht lächeln gesehen. Es erhellte ihr Gesicht, erhellte den ganzen Raum.

»Ich wäre außerdem in der Lage«, fuhr Sarah fort, »unsere Taucher zu identifizieren, die vor uns in diese Höhle hinabgetaucht sind, und das könnte ...«

Schofield hielt die Hand hoch. »Schon gut, Sie haben mich überzeugt. Sie können runter. Aber Sie benutzen *unsere* Taucherausrüstung. Ich weiß nicht, was Ihren Leuten da unten zugestoßen ist, aber ich habe den heimlichen Verdacht, dass das, was dort unten ist, das Geräusch ihrer Atemgeräte gehört hat, und ich möchte nicht, dass uns dasselbe zustößt.«

»Vielen Dank, Lieutenant«, sagte Sarah ernst. »Vielen Dank.« Dann nahm sie das glitzernde Silbermedaillon ab, das sie um den Hals trug, und hielt es Schofield hin. »Ich tauche besser nicht damit. Können Sie es für mich bis zu meiner Rückkehr aufbewahren?«

Schofield steckte das Medaillon in seine Tasche. »Gewiss.«

Genau in diesem Moment ertönte ein plötzliches ächzendes Geräusch aus dem Tümpel links von Schofield.

Schofield fuhr herum, gerade rechtzeitig, dass er einen gewaltigen schwarzen Schatten zur Oberfläche des Tümpels steigen sah, inmitten einer Wolke schäumender weißer Blasen. Zunächst hielt Schofield den schwarzen Schatten für einen der Killerwale, der auf der Suche nach weiterer Nahrung in den Tümpel zurückkehrte. Aber gleich, was es war, es schwamm nicht. Es ließ sich einfach immer weiter zur Oberfläche hinauftreiben.

Und dann durchbrach der gewaltige schwarze Körper die Oberfläche mit einem lauten *Wusch!* Wellen und Blasen schossen auf allen Seiten davon. Weißer Schaum breitete sich ringsumher aus. Schmale Flüsschen aus Blut schlängelten sich durch den Schaum. Der massige schwarze Körper tanzte auf der Oberfläche. Alle an Deck traten einen Schritt vor.

Schofield starrte den schwarzen Körper ehrfürchtig an.

Es *war* ein Killerwal.

Aber er war tot. Wirklich und wahrhaftig tot. Der riesige schwarz-weiße Kadaver trieb einfach schlaff im Wasser neben dem Deck. Er war außerdem einer der größeren, möglicherweise sogar das Männchen des Schwarms. Er musste wenigstens zehn Meter lang gewesen sein. Sieben Tonnen schwer.

Zunächst dachte Schofield, dass es der Killerwal sein musste, dem Mother während der Schlacht in den Kopf geschossen hatte – da dies der einzige Wal war, von dem er sicher wusste, dass er tot war. Er änderte rasch seine Meinung.

Der tote Wal hatte keine sichtbare Verletzung am Kopf. Derjenige, den Mother erschossen hatte, hätte ein Loch von der Größe eines Basketballs im Schädel gehabt. Die Stirn dieses Wals war unversehrt.

Und dann war da noch etwas.

Dieser hier war zur Oberfläche getrieben.

Ein im Wasser getötetes Tier wird zunächst treiben, bis sich der Körper mit Wasser gefüllt hat. Erst dann wird es hinabsinken. Der Killerwal, den Mother getötet hatte, musste längst auf den Grund gesunken sein. Dieser Wal dahingegen war erst vor kurzem getötet worden.

Der tote Kadaver wälzte sich langsam im Wasser herum. Schofield und die übrigen Marines an Deck starrten ihn wie gebannt an.

Und dann drehte er sich langsam mit dem Bauch nach oben,

und Schofield sah den weißen Bauch des großen Wals und ihm fiel die Kinnlade herab.

Zwei lange, blutige Schlitze verliefen über die ganze Länge des Walbauchs.

Sie verliefen parallel. Zwei abgerissene, ungleichmäßige Schnitte, die von der Mitte des Walkörpers bis hinauf zur Kehle liefen. Teile der Innereien des Wals waren durch die Schlitze herausgefallen – lange, häßliche, cremefarbene, gewundene Gedärme, die so dick wie der Arm eines Mannes waren.

Es waren auch keine sauberen Schnitte, sah Schofield. Jeder Schlitz war aufgerissen worden. Jemand hatte den Bauch des Wals durchbohrt und dann über die gesamte Körperlänge aufgerissen und die Haut auseinandergezerrt.

Alle auf dem Deck starrten den blutigen Kadaver an und auf allen Gesichtern wurde Begreifen sichtbar.

Da war etwas unten im Wasser.

Etwas, das einen Killerwal getötet hatte.

Schofield holte tief Luft und wandte sich Sarah zu. »Wollen Sie es sich noch einmal überlegen?«, fragte er.

Einige wenige Sekunden lang starrte Sarah den toten Killerwal an. Dann erwiderte sie Schofields Blick.

»Nein«, entgegnete sie. »Auf gar keinen Fall.«

Schofield umschritt nervös das Tümpeldeck. Er war allein.

Er sah auf das Kabel der Winsch, das in der Mitte des Tümpels im Wasser versank. Am Ende dieses Kabels war die Taucherglocke, und in der Taucherglocke waren drei seiner Marines plus Sarah Hensleigh. Das Kabel glitt mit stetiger Geschwindigkeit ins Wasser, so rasch es gehen wollte.

Die Winsch hatte jetzt seit fast einer Stunde die Taucherglocke ins Wasser hinabgelassen. Es war ein langer Weg nach unten, fast ein Kilometer, und Schofield wusste, dass es einige Zeit dauern würde, ehe sie diese Tiefe erreichte.

Schofield stand auf dem verlassenen Deck. Vor zwanzig Minuten hatte er Book, Snake und Rebound nach oben geschickt. Sie sollten erneut versuchen, mit dem transportablen Funkgerät die McMurdo-Station zu erreichen – er *musste* wissen, wann eine amerikanische Einheit in voller Stärke in Wilkes eintreffen würde.

Jetzt stand er allein auf Deck E. Die Station ringsumher lag schweigend da, abgesehen vom rhythmischen, mechanischen Wummern des Winschmechanismus oben auf Deck C. Das stetige *Wumm-Wumm-Wumm* der Winsch hatte einen fast einschläfernden Effekt auf ihn.

Schofield zog Sarah Hensleighs Silbermedaillon aus der Tasche. Es glitzerte in dem weißen Neonlicht der Station. Er drehte es in der Hand. Auf der Rückseite war etwas eingraviert ...

Und dann ertönte plötzlich ein Geräusch, und Schofields Kopf fuhr herum. Es hatte nur einen Augenblick gedauert, aber Schofield hatte es ganz bestimmt gehört.

Es war eine Stimme gewesen. Eine männliche Stimme. Aber die Stimme hatte ...

Französisch gesprochen.

Schofields Blick fiel sogleich auf den VLF-Sender auf dem Deck wenige Meter von ihm entfernt.

Der Sender gab plötzlich einen schrillen Pfeifton von sich. Und dann ertönte die Stimme erneut:

»*La hyène, c'est moi, le requin*«, sagte die Stimme. »*La hyène, c'est moi, le requin. Présentez votre rapport. Je renouvele. Présentez votre rapport.*«

Rebound, dachte Schofield. *Scheiße, ich brauche Rebound.* Aber der war mit den anderen draußen und Schofield benötigte jetzt jemanden, der Französisch sprach.

»Rebound«, sagte Schofield in sein Helmmikrofon.

Die Antwort erfolgte augenblicklich. »*Jawohl, Sir!*« Im Hintergrund hörte Schofield den wirbelnden Wind.

»Sprich kein Wort, Rebound. Hör einfach zu, ja?« sagte Schofield und drückte einen Knopf auf seinem Gürtel, der sein Helmmikrofon angeschaltet ließ. Er beugte sich nahe zu dem VLF-Sender, sodass sein Helmmikrofon nahe am Lautsprecher des Senders war.

Die französische Stimme ertönte erneut.

»*La hyène. Vous avez trois heures pour présenter votre rapport. Je renouvele. Vous avez trois heures pour présenter votre rapport. Si vous ne le prèsentez pas lorsque l'heure nous serons contraints de lancer l'engine d'efface. Je renouvele. Si vous ne le prèsentez pas lorsque l'heure nous serons contraints de lancer l'engine d'efface. C'est moi, le requin. Finis.*«

Das Signal brach ab und es folgte ein Schweigen. Als er sich gewiss war, dass die Sendung beendet war, fragte Schofield: »Hast du alles verstanden, Rebound?«

»Das meiste, Sir.«

»Was haben sie gesagt?«

»Sie haben gesagt: Hyäne. Du hast drei Stunden bis zum Bericht. Wenn du bis dahin keinen Bericht abstattest, werden wir gezwungen sein, den ›engine d'effacе‹ *auszulösen, den Radiergummi.«*

»Den Radiergummi«, wiederholte Schofield gleichmütig. »Drei Stunden. Da bist du dir sicher, Rebound?«

Schofield griff beim Sprechen nach seiner Armbanduhr. Es war eine alte Casino-Digitaluhr. Er startete die Stoppuhr. Die Sekunden begannen zu ticken.

»Sehr sicher, Sir. Sie haben alles zweimal gesagt«, meinte Rebound.

»Gute Arbeit, Soldat«, sagte Schofield. »Also schön. Jetzt müssen wir lediglich noch herausbekommen, wo diese Burschen sind ...«

»Öh, entschuldigen Sie, Sir.« Es war erneut Rebound.

»Was ist?«

»Sir, ich glaube, ich habe eine Vorstellung, wo sie sein könnten.«

»Wo?«

»Sir, am Ende dieser Sendung, die wir gerade gehört haben, haben sie gesagt: ›C'est moi le requin‹. *Nun, mir ist der Anfang der Sendung entgangen. Haben sie das gleich ganz am Anfang gesagt? ›C'est moi le requin‹?«*

Schofield wusste es nicht, er sprach kein Französisch. Für ihn hatte sich alles gleich angehört. Er versuchte, die Sendung nochmals im Kopf abzuspielen. »Vielleicht haben sie es gesagt«, meinte er. »Nein, warte, ja. Ja, ich glaube, sie haben das gesagt. Warum?«

»Sir«, entgegnete Rebound, »*›le requin‹ ist französisch für ›Hai‹.* ›C'est moi le requin‹ *bedeutet ›Hier ist Haifisch‹. Wissen Sie, wie ein militärischer Codename. Die französische Einheit hier auf der Station ist ›Hyäne‹ genannt worden und diejenige, die wir gerade gehört haben, ›Haifisch‹. Wissen Sie, was ich glaube, Sir …«*

»O verdammt«, meinte Schofield.

»*Stimmt genau. Ich glaube, sie sind draußen irgendwo auf dem Wasser. Irgendwo vor der Küste. Ich wette eine Million Kröten mit Ihnen, dass ›Haifisch‹ ein Kriegsschiff oder so was ist, das vor der Küste der Antarktis kreuzt.«*

»O *verdammt!*«, wiederholte Schofield, und diesmal mit Gefühl.

Es ergab Sinn, dass derjenige, der diese Botschaft gesendet hatte, auf irgendeinem Schiff war. Und nicht bloß wegen seines Codenamens. Wie Schofield wusste, wurden VLF-Sender wegen ihrer außergewöhnlich langen Wellen gewöhnlich von Schiffen oder Unterseebooten draußen mitten im Ozean verwendet. Deswegen hatte das französische Kommando den VLF-Sender mitgebracht. Um in Kontakt mit ihrem Kriegsschiff vor der Küste zu bleiben.

Schofield bekam ein übles Gefühl im Magen.

Die Aussicht auf eine Fregatte oder einen Zerstörer, der einhundertfünfzig Kilometer vor der Küste auf dem Ozean patrouillierte, war bedrohlich. *Sehr bedrohlich*. Insbesondere, wenn er mit irgendeiner Waffe – aller Wahrscheinlichkeit nach mit einer Batterie Cruise Missiles mit Atomsprengköpfen – auf die Eisstation Wilkes zielte.

Es war Schofield nie in den Sinn gekommen, dass die Franzosen vielleicht keinen Radiergummi *mitbringen,* sondern statt dessen bei einem Agenten draußen zurücklassen könnten – wie einem Zerstörer vor der Küste –, zusammen mit der Anweisung, auf die Station zu feuern, falls dieser Zerstörer nicht innerhalb einer vorgegebenen Zeit einen Bericht erhielt.

Scheiße, dachte Schofield. *Scheiße. Scheiße. Scheiße.*

Es gab nur zwei Dinge auf der Welt, die den Abschuss dieses Radiergummis verhindern könnten. Das eine war ein Bericht der zwölf toten Franzosen innerhalb der nächsten drei Stunden. *Das* würde wohl kaum geschehen.

Was bedeutete, dass die zweite Möglichkeit die *einzige* Möglichkeit wäre.

Schofield *musste* mit den amerikanischen Truppen auf der Station McMurdo Kontakt bekommen. Und nicht bloß herausfinden, wann die amerikanische Verstärkung in Wilkes einträfe. Nein, jetzt musste er den Marines auf McMurdo von einem französischen Kriegsschiff erzählen, das irgendwo vor der Küste kreuzte und eine Batterie Cruise Missiles auf die Eisstation Wilkes gerichtet hielte. Dann läge es an den Leuten auf McMurdo, dieses Kriegsschiff auszuschalten – *innerhalb* von drei Stunden.

Schofield schaltete erneut sein Mikrofon ein. »Book, hast du alles mitgehört?«

»Ja«, sagte Buck Rileys Stimme.

»Irgendeinen Erfolg bei McMurdo?«

»Noch nicht.«

»Bleib dran«, sagte Schofield. »Immer und immer wieder. Bis du sie an die Strippe kriegst. Gentlemen, der Einsatz bei diesem Spiel ist gerade in die Höhe gegangen. Wenn wir nicht in weniger als drei Stunden zu McMurdo durchkommen, werden wir allesamt verdampft.«

»Scarecrow, Fox hier«, sagte Gants Stimme. »Ich *wiederhole, Scarecrow, Fox hier. Hee, Scarecrow? Bist du da draußen?«*

Schofield war draußen auf dem Tümpeldeck auf Deck E und sah zu, wie das Kabel in den Tümpel hinabsank, und dachte dabei an Cruise Missiles. Es war etwa zehn Minuten her, seitdem er die Sendung des französischen Schiffs gehört hatte, »Haifisch«. Book, Rebound und Snake waren noch immer draußen und versuchten, McMurdo hereinzubekommen.

Schofield schaltete sein Mikrofon ein. »Ich höre dich, Fox. Wie geht's euch da unten?«

»Wir erreichen eintausend Meter. Bereiten uns vor, das Kabel zu stoppen.«

Es folgte eine kurze Pause.

»Okay. Wir stoppen das Kabel ... jetzt!«

Als Gant das Wort ›jetzt‹ sagte, kam das Kabel, das ins Wasser lief, ruckartig zum Stehen. Gant hatte es aus dem Innern der Taucherglocke angehalten.

»Scarecrow, ich habe 14.10 Uhr«, sagte Gant. *»Bitte bestätigen!«*

»Ich bestätige, die Zeit ist 14.10 Uhr, Fox«, erwiderte Schofield. Es war Standard beim Tieftauchen, die Zeit zu bestätigen, zu der ein Tauchgang begann. Schofield wusste nicht, dass er genau jener Prozedur folgte, der die Wissenschaftler von Wilkes nur zweieinhalb Tage zuvor gefolgt waren.

»Bestätige, Zeit ist 14.10 Uhr. Gehen zu Selbstversorgung über. Bereiten uns auf das Verlassen der Taucherglocke vor.«

Gant hielt Schofield beim Tauchgang auf dem Laufenden.

Die vier Taucher – Gant, Montana, Santa Crucz und Sarah Hensleigh – gingen ohne Zwischenfall zur Selbstversorgung mit Luft über und verließen die Taucherglocke. Wenige Minuten später berichtete Gant, dass sie den Eingang zu dem Unterwassereistunnel gefunden hatten und dass sie den Aufstieg begannen.

Schofield schritt weiterhin um das Deck, tief in Gedanken versunken.

Er dachte über die Taucher von Wilkes nach, die unten in der Höhle verschwunden waren, über die Höhle selbst und was darin zu finden war, über die Franzosen und ihre Bemühung, im Handstreich das zu bekommen, was dort unten war, über Radiergummis, die von Kriegsschiffen vor der Küste abgefeuert wurden, über die Möglichkeit, dass einer seiner eigenen Männer Samurai umgebracht hatte und über Sarah Hensleighs Lächeln. Es war alles zu viel.

Sein Helmfunk wurde knisternd lebendig. *»Sir, hier Book.«*

»Glück gehabt?«

»Nicht das geringste bisschen, Sir.«

Während der letzten Viertelstunde hatten Book, Snake und Rebound versucht, Station McMurdo über den tragbaren Sender der Einheit hereinzubekommen. Sie versuchten es draußen vor dem Haupteingang der Station, als ob sie das Signal außerhalb des Gebäudes besser durchbekommen hätten.

»Interferenzen?«, fragte Schofield.

»*Bergeweise*«, entgegnete Book traurig.

Einen Augenblick lang dachte Schofield nach. Dann sagte er:

»Book. Lasst die Sache sein und kommt wieder zurück. Ich möchte, dass ihr die Wissenschaftler sucht, die noch hier sind. Ich glaube, sie sind in diesem Aufenthaltsraum auf Deck B. Seht nach, ob ihr herausfinden könnt, ob irgendeinem das hiesige Funkgerät vertraut ist.«

»*In Ordnung, Sir.*«

Books Stimme schaltete sich ab und Schofields Funkgerät schwieg wieder. Schofield starrte den Wassertümpel an der Basis der Station an und nahm seinen Gedankenfaden wieder auf.

Er dachte über Samurais Tod nach und wer ihn verursacht haben konnte. Im Augenblick vertraute er lediglich zwei Menschen: Montana und Sarah Hensleigh, da sie bei ihm gewesen waren, als Samurai ermordet worden war. Sie waren die beiden einzigen Menschen, von denen Schofield sicher wusste, dass sie in Samurais Ermordung nicht verstrickt waren. Soweit es alle übrigen betraf, standen sie allesamt unter Verdacht.

Weswegen sich Schofield dazu entschlossen hatte, Book, Snake und Rebound beisammenzuhalten. Wenn einer von ihnen der Mörder war, wäre er außerstande, wieder zu morden, so lange die beiden anderen dabei wären ...

Plötzlich hatte Schofield einen neuen Gedanken und er schaltete wieder sein Mikrofon ein. »Book, seid ihr noch immer dort draußen?«

»*Jawohl, Sir.*«

»Book, während ihr unten auf Deck B seid, möchte ich, dass ihr diese Wissenschaftler noch etwas fragt«, sagte Schofield. »Ich möchte, dass ihr sie fragt, ob einer von denen was vom Wetter versteht.«

Der Funkraum der Eisstation Wilkes liegt in der südöstlichen Ecke von Deck A, direkt auf der anderen Seite des Schachts zum Speisesaal. Er beherbergt die Satelliten-Telekommunikationsausrüstung und den Kurzwellensender. Vier Sendeplätze – ein jeder bestand aus einem Mikrofon, einem Computermonitor nebst Tastatur sowie einigen Frequenzreglern – waren im Raum, zwei auf jeder Seite.

Abby Sinclair saß auf einem der Plätze, als Schofield den Funkraum betrat.

Das Erste, was Schofield auffiel, war, dass Abby Sinclair die jüngsten Ereignisse auf der Eisstation Wilkes gar nicht gut verkraftet hatte. Abby war eine hübsche Frau Ende dreißig mit langem, fransigen braunen Haar und großen braunen Augen. Lange Streifen schwarzer Schminke liefen ihr von beiden Augen herab. Sie erinnerten Schofield an die beiden Narben, die ihm über die eigenen Augen liefen – jetzt wieder hinter seiner Brille mit den undurchsichtigen, silberfarbenen Gläsern verborgen.

Gleich neben Abby standen die drei anderen Marines – Riley, Rebound und Snake. Abby Sinclair war die einzige Wissenschaftlerin im Raum.

Schofield wandte sich an Book. »Niemand versteht was vom Wetter?«

»Im Gegenteil«, erwiderte Book. »Sie haben Glück. Lieutenant Shane Schofield, darf ich Ihnen Miss Abby Sinclair vorstellen. Miss Sinclair ist sowohl die Funkexpertin *als auch* die Meteorologin der Station.«

»Eigentlich«, meinte Abby Sinclair, »bin ich nicht wirklich die Funkexpertin. Das war Carl Price, aber er ... ist unten in der Höhle *verschwunden.* Ich vertrete ihn nur am Funkgerät, doch ich glaube, ich bin's jetzt wohl.«

Schofield lächelte sie zuversichtlich an. »Das reicht mir völlig aus, Miß Sinclair. Ist es okay, wenn ich Sie Abby nenne?«

Sie nickte.

»Also gut«, sagte Schofield. »Abby, ich habe zwei Probleme und ich hoffe, Sie können mir bei beiden helfen. Ich muss so bald wie möglich mit meinen Vorgesetzten auf McMurdo in Kontakt treten. Ich muss ihnen mitteilen, was hier vorgefallen ist, sodass sie die Kavallerie schicken können, wenn sie das nicht bereits schon getan haben. Nun, wir haben versucht, McMurdo über unseren tragbaren Funk zu erreichen, aber wir kommen nicht durch. Frage eins: Funktioniert der Funk hier?«

Abby lächelte schwach. »Er *hat* funktioniert. Ich meine, bevor das alles angefangen hat. Aber dann hat es diesen Flare gegeben, der alle unsere Sendungen unterbrochen hat. Letztlich spielt das jedoch keine Rolle, weil unsere Antenne vom Sturm umgeknickt worden ist und wir nie die Möglichkeit hatten, sie zu reparieren.«

»Das ist schon in Ordnung«, sagte Schofield. »Das können wir hinkriegen.«

Etwas anderes jedoch, das sie gesagt hatte, machte ihn besorgt. Schofield hatte auf dem Weg nach Wilkes etwas vom Phänomen »Flare« gehört, aber er wusste nicht genau, was das war. Er wusste lediglich, dass es das elektromagnetische Spektrum störte und daher jede Art von Funkverkehr unterband.

»Erzählen Sie mir etwas über Flares«, sagte er zu Abby.

»Darüber gibt es wirklich nicht viel zu berichten«, entgegnete Abby. »Wir wissen wirklich nicht sehr viel darüber. ›Flare‹ ist eigentlich der Ausdruck zur Beschreibung einer kurzen, sehr heißen Explosion auf der Oberfläche der Sonne. Die meisten Leute sprechen von einem ›Sonnenfleck‹. Ein Sonnenfleck emittiert eine gewaltige Menge ultravioletter Strahlung. Eine *gewaltige* Menge. Wie die gewöhnliche Hitze der Sonne legt diese Strahlung den Weg durch den Weltraum zur Erde zurück. Wenn sie hier eintrifft, kontaminiert sie unsere Ionosphäre, verwandelt sie in eine dichte Decke elektromagnetischen Chaos. Satelliten werden nutzlos, weil die Funksignale von der Erde die kontaminierte Ionosphäre nicht durchdringen können. Gleichermaßen können Signale *von* den Satelliten zur Erde nicht durch die Ionosphäre dringen. Funkverkehr wird unmöglich.«

Auf einmal sah Abby sich um. Ihr Blick fiel auf einen der Computermonitore gleich neben sich. »Tatsächlich haben wir hier einige Apparate zur Wetterüberwachung. Wenn Sie mir eine Minute Zeit geben, kann ich Ihnen vielleicht zeigen, was ich meine.«

»Gewiss«, sagte Schofield, als Abby den Computer gleich neben sich einschaltete.

Summend wurde der Computer lebendig. Sobald er gebootet hatte und lief, klickte Abby durch mehrere Fenster, bis sie dasjenige erreichte, das sie haben wollte. Es war eine Satellitenkarte der südöstlichen Antarktis und mehrfarbige Flecken waren darüber gelegt. Eine barometrische Wetterkarte. Wie die in den Abendnachrichten.

»Dies ist ein Schnappschuss des Wettersystems der östlichen Antarktis von vor...« Abby blickte auf das Datum in der Ecke des Bildschirms »...zwei Tagen.« Sie sah sich zu Schofield um. »Es war vielleicht eine der letzten, die wir vor dem Flare bekommen haben, bevor er uns vom Wettersatelliten abgeschnitten hat.«

Sie klickte mit der Maus. Ein weiteres Fenster erschien. »Oh, warten Sie, hier ist noch eine. Da«, sagte Abby.

Es füllte den halben Monitor.

Ein gewaltiger, gelb-weißer Klecks atmosphärischer Störung. Er füllte die gesamte linke Seite der Karte und begrub fast die Hälfte der abgebildeten Küstenlinie der Antarktis unter sich. In seinen tatsächlichen Ausmaßen, dachte Schofield, musste der Flare absolut gewaltig sein.

»Und *das* ist Ihr Flare, Lieutenant«, sagte Abby.

Sie drehte sich zu Schofield um. »Er muss sich nach dieser Aufnahme ostwärts bewegt und uns auch verdeckt haben.«

Schofield starrte den gelb-weißen Klecks an, der über der Küstenlinie der Antarktis lag. Darin waren leichte Verfärbungen, rote und orangefarbene Kleckse, sogar einige schwarze.

»Da sie gewöhnlich in einem Sektor der Sonnenoberfläche explodieren«, sagte Abby, »befallen Flares nur begrenzte Bereiche. Eine Station kann vielleicht einen völligen Sendeausfall erleben, während bei einer anderen in dreihundert Kilometern Entfernung alle Systeme prima funktionieren.«

Schofield starrte auf den Monitor. »Wie lange dauern sie?«

Abby zuckte die Achseln. »Einen Tag. Manchmal zwei. So lange, wie es halt dauert, bis die gesamte Strahlung die Entfernung von der Sonne zur Erde zurückgelegt hat. Hängt davon ab, wie groß der ursprüngliche Sonnenfleck gewesen ist.«

»Wie lange wird *dieser* dauern?«

Abby wandte sich wieder ihrem Computer zu. Sie schaute das Bild des Flares auf dem Monitor an und schürzte nachdenklich die Lippen.

»Ich weiß es nicht. Es ist ein großer. Ich würde sagen, etwa fünf Tage«, sagte sie.

Es folgte ein kurzes Schweigen, während ihre Worte in alle im Raum Anwesenden eindrangen.

»Fünf Tage«, keuchte Rebound hinter Schofield.

Schofield runzelte nachdenklich die Stirn. Er wandte sich an Abby. »Sie haben gesagt, es stört die Ionosphäre, stimmt's?«

»Stimmt.«

»Und die Ionosphäre ist ...«

»Die Schicht der Erdatmosphäre in etwa 80 bis 400 Kilometern Höhe«, sagte Abby. »Sie wird die Ionosphäre genannt, weil die Luft darin voller ionisierter Moleküle ist.«

»Okay«, sagte Schofield. »Also, ein Flare explodiert auf der Oberfläche der Sonne und die ausgestrahlte Energie kommt zur Erde, wo sie die Ionosphäre stört, die sich in einen Schild verwandelt, das Funksignale nicht durchdringen können, stimmt's?«

»Stimmt.«

Schofield blickte erneut auf den Monitor und starrte die schwarzen Flecken auf der gelb-weißen graphischen Repräsentation des Flares an. Ein größeres schwarzes Loch in der Mitte des gelb-weißen Kleckses erregte seine Aufmerksamkeit.

»Ist er einheitlich?«, fragte Schofield.

»Einheitlich?« Abby blinzelte verständnislos.

»Ist der Schild einheitlich in seiner Stärke? Oder gibt es Schwachpunkte, Inkonsistenzen, *Risse* im Schild, die von Funksignalen durchdrungen werden können? Wie diese schwarzen Flecken hier.«

»Es wäre *möglich*, sie zu durchdringen«, erwiderte Abby, »aber es wäre schwierig. Die Lücke im Flair müsste direkt über dieser Station liegen.«

»M-hm«, meinte Schofield. »Besteht eine Möglichkeit für Sie, herauszubekommen, wann oder ob diese Risse direkt über uns wären? Wie vielleicht dieser hier?«

Schofield zeigte auf das große schwarze Loch in der Mitte des gelb-weißen Kleckses.

Abby studierte den Monitor und wägte die Möglichkeiten ab.

Schließlich sagte sie: »Es besteht *vielleicht* eine Möglichkeit. Wenn ich ein paar frühere Bilder des Flares finden kann, sollte es mir möglich sein, herauszubekommen, wie rasch er über den Kontinent fährt und in welcher Richtung. Wenn mir das gelingt, dann sollte ich in der Lage sein, eine groben Plan ihres Verlaufs zu skizzieren.«

»Tun Sie, was Sie können«, meinte Schofield, »und rufen Sie mich, wenn Sie etwas herausfinden. Ich möchte wissen, wann einer dieser Risse diese Station passieren wird, sodass wir uns bereithalten können, in diesem Fall ein Funksignal nach McMurdo zu schicken.«

»Sie werden die Antenne draußen reparieren müssen ...«

»Ich arbeite bereits daran«, erwiderte Schofield. »Suchen Sie einfach eine Lücke in diesem Flare für mich. Wir werden Ihre Antenne wieder aufrichten.«

In Washington saß Alison Cameron ebenfalls vor einem Computer.

Sie saß in einem kleinen Computerraum in den Büros der *Post*. In der Ecke stand eine Mikrofilmsichtgerät. Entlang zwei der vier Wände zogen sich Aktenschränke. Ein halbes Dutzend Computer füllten den Rest des kleinen Raums.

Alison fand die Seite, die sie suchte. Die All-States Library Database.

Es besteht ein weit verbreiteter Mythos, dass das FBI jeden Computer einer Leihbibliothek im Lande anzapft und dass es diese Einrichtung zum Aufspüren von Serienkillern benutzt. Der Killer zitiert bei einer Mordszene Lowell, also überprüft das FBI jede Bibliothek des Landes auf Personen, die Lowell ausgeliehen haben. Wie alle guten städtischen Mythen entspricht dieser nur halb der Wahrheit. Es *gibt* ein System (ein update-barer CD-ROM-Dienst), das alle Bibliothekscomputer des Landes untereinander vernetzt und dem Benutzer sagt, wo sich ein bestimmtes Buch finden lässt. Es listet nicht die Namen aller Personen auf, die das Buch entliehen haben. Er sagt einem einfach, wo sich ein bestimmtes Buch befindet. Man kann auf mehrere Weisen nach einem Buch suchen: anhand des Autors, anhand des Buchtitels oder sogar anhand eines beliebigen ungewöhnlichen Schlüsselbegriffs, der im Text des Buchs auftaucht. Die All-States Library Database ist ein solcher Dienst.

Alison starrte den Bildschirm vor sich an. Sie klickte den »SEARCH BY KEYWORD«-Knopf an. Sie tippte:

ANTARKTIS.

Der Computer summte etwa zehn Sekunden lang und die Ergebnisse der Suche tauchten auf dem Schirm auf:

1,856,157 ENTRIES FOUND. WOULD YOU LIKE TO SEE A LIST?

Prächtig. Eine Million achthundertundfünfzigtausend Bücher enthielten das Wort »Antarktis« in der einen oder anderen Weise. Das half nicht weiter.

Alison dachte eine Sekunde lang nach. Sie brauchte einen enger gefassten Schlüsselbegriff, etwas viel Spezifischeres. Ihr kam eine Idee. Es war ein Schuss ins Blaue, vielleicht ein wenig zu spezifisch. Aber Alison hielt es auf jeden Fall einen Versuch wert. Sie tippte:

LATITUDE –66,5° LONGITUDE 115° 20' 12"

Der Computer surrte beim Suchen. Diesmal dauerte die Suche überhaupt nicht lang. Die Ergebnisse tauchten auf dem Bildschirm auf:

6 ENTRIES FOUND. WOULD YOU LIKE TO SEE A LIST?

»Darauf kannst du wetten, du Arschloch, dass ich eine Liste sehen möchte«, sagte Alison. Sie drückte das »Y« für »Yes« und ein neues Bild erschien. Es war eine Liste von Buchtiteln und deren Aufenthaltsorten.

ALL-STATES LIBRARY DATABASE
SEARCH BY KEYWORD
SEARCH STRING USED: LATITUDE –66,5°
LONGITUDE 115° 20' 12"

NO. OF ENTRIES FOUND: 6

TITLE	AUTHOR	LOCATION	YEAR
DOCTORAL THESIS	LLEWELLYN, D.K.	STANFORD, CT	1998
DOCTORAL THESIS	AUSTIN, B.E.	STANFORD, CT	1997
POST-DOCTORAL THESIS	HENSLEGH, S.T.	USC, CA	1997
FELLOWSHIP GRANT RESEARCH PAPER	HENSLEIGH, B.M.	HARVARD, MA	1996
»THE ICE CRUSADE – REFLECTIONS ON A YEAR SPENT IN ANTARCTICA«	HENSLEIGH, B.M.	HARVARD, MA AVAIL: AML	1995
PRELIMINARY SURVEY	WAITZKIN, C.M.	LIBCONG	1978

Alison starrte die Liste an.

Jeder dieser Einträge erwähnte auf die eine oder andere Art die Breite –66, 5 Grad und die Länge 115 Grad, 20 Minuten und 12 Sekunden.

Hauptsächlich waren es Universitätsveröffentlichungen. Keiner der Namen sagte Alison etwas: Llewellyn, Austin und die beiden Hensleighs, S. und B.

Wie es aussah, hatte der zweite Hensleigh – B. M. Hensleigh – ein Buch über die Antarktis verfasst. Alison sah nach, wo es stand. Es war an der Harvard University gedruckt worden, erhältlich war es jedoch bei »AML« – *all major libraries,* allen größeren Bibliotheken.

Anders als alle übrigen Einträge – eine Sammlung von Einzelveröffentlichungen privat herausgegebener wissenschaftlicher Arbeiten – war das Buch dieses Hensleigh so ziemlich überall erhältlich. Alison entschloss sich, hier nachzuschauen.

Jedoch gab es einen weiteren Eintrag, der ihre Aufmerksamkeit erregte.

Der letzte.

PRELIMINARY SURVEY	WAITZKIN, C. M.	LIBCONG	1978

Über den letzten Eintrag runzelte Alison die Stirn. Sie durchsuchte rasch eine Liste an der Seite des Computermonitors. Es war eine Liste aller in der Datenbank benutzten Abkürzungen. Alison fand »LibCong«.

»Ah – *ha!*«, sagte sie laut.

»LibCong« stand für die »Library of Congress«, die Kongressbibliothek. Die Library of Congress lag auf der anderen Straßenseite des Capitols, nicht weit entfernt von Alisons Büro.

Alison sah erneut auf den letzten Eintrag. Sie überlegte, was eine »preliminary survey« war. Sie blickte auf das Datum des Eintrags.

1978.

Nun, gleich was es war, es war über zwanzig Jahre alt, also war es eine Überprüfung wert.

Lächelnd drückte Alison den Knopf mit der Aufschrift »PRINT SCREEN«.

»Also gut! Hievt sie hoch!«, rief Book.

Rebound und Snake zogen an den Befestigungsseilen und die zerstörte Sendeantenne der Eisstation Wilkes – ein langer, schwarzer, zehn Meter hoher Pfahl mit einem blinkenden grünen Leuchtfeuer an der Spitze – hob sich langsam in die Höhe. Das ununterbrochene Blitzlicht des grünen Leuchtfeuers erleuchtete alle Gesichter.

»Wie lang wird's dauern, deiner Ansicht nach?«, fragte Schofield Book, wobei er die Stimme über den Wind hinweg hob.

»Wir werden nicht lange brauchen, sie hoch zu hieven, das ist der einfache Teil«, erwiderte Book. »Der schwierige Teil wird sein, alle Drähte wieder miteinander zu verbinden. Wir haben wieder Saft in der Leitung, aber es sind noch immer weitere fünfzehn oder mehr Drähte zusammenzulöten.«

»Ungefahr?«

»Dreißig Minuten.«

»Halt dich ran!«

Shane Schofield stapfte die Eingangsrampe der Station hinab und kehrte ins Innere zurück. Er war zurückgekehrt, um zwei Dinge zu überprüfen: Abby Sinclair und Mother.

Abby begegnete ihm auf dem Laufsteg von Deck A. Während Schofield und die anderen draußen gewesen waren, war sie im Funkraum gewesen und hatte sich Wetterkarten am Computer angeschaut und versucht, eine Lücke im Flare zu finden.

»Glück gehabt?«, fragte Schofield.

»Hängt davon ab, was Sie mit Glück meinen«, erwiderte Abby.

»Wie bald möchten Sie sie haben?«

»Bald.«

»Dann fürchte ich, dass es nicht so gut aussieht«, meinte Abby. »Meinen Kalkulationen zufolge wird in etwa sechsundfünfzig Minuten eine Lücke im Flare über diese Station hinwegziehen.«

»Sechsundfünfzig Minuten«, sagte Schofield. »Wie lang wird sie dauern?«

Abby zuckte die Achseln. »Zehn Minuten. Vielleicht fünfzehn. Ausreichend lang, um ein Signal durchzubekommen.«

Schofield biss sich auf die Lippe, während er das alles in sich aufnahm. Er hatte gehofft, sehr viel eher ein Fenster im Flare zu erhalten. Er musste verzweifelt dringend Kontakt mit der Station McMurdo aufnehmen und denen dort von dem französischen Kriegsschiff berichten, das vor der Küste der Antarktis kreuzte und eine Batterie Raketen auf die Eisstation Wilkes gerichtet hielt.

»Werden weitere Lücken über der Station auftauchen?«, fragte Schofield.

Abby lächelte. »Ich habe mir gedacht, dass Sie fragen würden, also habe ich das nachgeprüft. Nach der ersten wird es zwei weitere Lücken im Flare geben, aber wir werden lange darauf warten müssen. Okay. Wir haben jetzt 14.46 Uhr, also wird die erste Fensterperiode erst um 15.51 Uhr beginnen, von jetzt an in sechsundfünfzig Minuten. Die anderen beiden werden sehr viel später sein, ungefähr um 19.30 Uhr und um 22.00 Uhr heute Abend.«

Schofield seufzte. Das hörte sich gar nicht gut an.

»Gute Arbeit, Abby«, sagte er. »Gute Arbeit. Vielen Dank. Wenn Sie sonst noch etwas tun wollen, so habe ich darauf gehofft, dass Sie die Funkstation besetzen, während meine Männer Ihre Antenne draußen reparieren. Nur für den Fall, dass irgend was durchkommt.«

Abby nickte. »Würde mir gefallen.«

»Gut«, sagte Schofield. Abby wollte etwas tun, *musste* etwas tun. Die Ereignisse der vergangenen Stunden hatten ihr schwer zugesetzt, aber sobald sie etwas hatte, das sie beschäftigt hielt, war sie anscheinend okay. Schofield lächelte sie an und ging zur Sprossenleiter.

Mother saß auf dem Fußboden, den Rücken gegen die kalte Eiswand gelehnt, als Schofield den Lagerraum auf Deck E betrat. Sie hielt die Augen geschlossen. Sie wirkte, als ob sie schliefe.

»Hallo«, sagte sie, ohne die Augen zu öffnen.

Schofield lächelte, als er hinüberging und sich neben sie hockte. »Wie fühlst du dich?«, fragte er.

Mother öffnete die Augen noch immer nicht. »Methadon ist gut.«

Schofield blickte auf das hinab, was von Mothers linkem Bein übrig geblieben war. Book hatte den zerrissenen hervorstehenden Teil an ihrem Knie ziemlich gut verbunden. Die Verbände waren jedoch blutgetränkt.

»Schätze, ich werde wohl nie mehr Football spielen«, sagte Mother.

Schofield blickte ihr ins Gesicht und sah, wie sie die Augen öffnete.

»Dieser verdammte Fisch hat mein Bein mitgenommen«, sagte sie entrüstet.

»Ist mir aufgefallen. Hätte dennoch schlimmer sein können.«

»Was du nicht sagst«, schnaubte Mother. Schofield lachte.

Mother sah ihn von oben bis unten an, als er lachte. »Scarecrow. Habe ich dir je gesagt, dass du ein *verdammt* gut aussehender Mann bist?«

»Ich glaube, da spricht das Methadon«, meinte Schofield.

»Ich erkenne einen guten Mann, wenn ich einen sehe«, sagte Mother, während sie sich wieder an die Wand lehnte und langsam die Augen schloss.

Leise sagte Schofield: »Ich bin mir bei Vielem nicht sicher, Mother, aber einer Sache schon: dass ich nicht gerade *gut* anzusehen bin.«

Schofield dachte über die beiden Narben nach, die über seine Augen verliefen, und wie grässlich sie waren. Die Leute fuhren bei ihrem Anblick instinktiv zusammen. Wenn er daheim war, trug Schofield fast stets eine Sonnenbrille.

Während er über seine Augen nachdachte, musste Schofield den Blick einen Moment lang von Mother abgewandt haben, denn als er wieder zu ihr hinsah, ertappte er sie dabei, wie sie ihn anstarrte. Ihr Blick war hart und scharf, nicht verschleiert oder benommen von Medikamenten. Er bohrte sich ihm direkt durch die verspiegelten Brillengläser.

»Jede Frau, die dich wegen deiner Augen nicht haben will, verdient dich nicht, Scarecrow.«

Schofield erwiderte nichts. Mother ließ das Thema fallen.

»Also gut dann«, sagte sie. »Da wir jetzt diese ganzen Nettigkeiten hinter uns gebracht haben«, sie hob bedeutsam die Brauen, »was führt dich zu mir herunter? Hoffentlich nicht nur die Sorge um meine Gesundheit.«

»Nein.«

»Nun ...?«

»Samurai ist tot.«

»Was?«, fragte Mother ernst. »Man hat mir gesagt, sein Zustand sei stabil.«

»Er ist ermordet worden.«

»Von den Franzosen?«

»Nein, später. Viel später. Als er umgebracht worden ist, sind die Franzosen bereits alle tot gewesen.«

»Es ist keiner ihrer Wissenschaftler gewesen?«

»Da lege ich die Hand für ins Feuer.«

»Einer *unserer* Wissenschaftler?«, fragte Mother gleichmütig.

»Wenn es so gewesen ist, kann ich mir nicht vorstellen, weshalb«, erwiderte Schofield.

Es folgte ein kurzes Schweigen.

Dann sagte Mother: »Was ist mit dem, der bei unserer Ankunft hier in seinem Zimmer eingeschlossen war? Du weißt schon, wie heißt er gleich, Renshaw.«

Schofields Kopf fuhr ruckartig hoch.

Er hatte James Renshaw völlig vergessen. Renshaw war der Wissenschaftler, von dem Sarah Hensleigh behauptet hatte, er hätte nur Tage vor der Ankunft der Marines in Wilkes einen seiner Wissenschaftler-Kollegen umgebracht. Er war der Mann, den die Bewohner von Wilkes in seinem Zimmer auf Deck B eingeschlossen hatten. Nach Samurais Tod hatte Schofield nicht einmal nachgesehen, ob Renshaw noch immer auf seinem Zimmer war. Wenn Renshaw die Flucht gelungen war, dann hatte *er* vielleicht ...

»Scheiße, den habe ich völlig vergessen«, sagte Schofield. Er schaltete rasch sein Helmmikrofon an. »Book, Rebound, Snake, seid ihr da draußen?«

»*Wir hören, Scarecrow*«, entgegnete Snakes Stimme.

»Snake, ich brauche jemanden, der sofort zu Deck B hinabgeht und sich davon überzeugt, dass dieser Bursche, der in seinem Zimmer eingeschlossen war, noch immer dort ist, okay?«

»*Bin schon unterwegs*«, erwiderte Snake.

Schofield schaltete seinen Sprechfunk ab.

Mother lächelte und breitete weit die Arme aus. »Ehrlich, wo wärst du ohne deine Mother, Scarecrow?«

»Verloren«, entgegnete Schofield.

»Was du nicht sagst«, meinte Mother. »Was du nicht sagst.«

Sie beäugte Schofield achtsam; er starrte zum Fußboden. »Was stimmt nicht?«, fragte sie leise.

Schofield hielt den Kopf gesenkt. Langsam schüttelte er den Kopf.

»Ich hätte wissen sollen, dass sie Soldaten sind, Mother. Ich hätte es mir denken können.« »Wovon redest du eigentlich?«

»Ich hätte sie einschließen sollen, sobald ich sie zu Gesicht bekommen hatte.«

»Das hättest du nicht tun können.«

»Wir haben *drei Männer* verloren.«

»Schätzchen, wir haben *gewonnen.*«

»Wir haben Glück gehabt«, sagte Schofield ernst. »Wir haben sehr, sehr viel Glück gehabt. Sie haben fünf meiner Männer auf den Laufsteg hinausgetrieben und waren dabei, sie abzuschlachten, als sie in diesen Tümpel gestürzt sind. Mein Gott, wenn ich daran denke, was da unten im Bohrungsraum passiert ist! Sie hatten ihren Plan *bis zum Ende durchdacht!* Wenn Rebound nicht vorher Wind davon bekommen hätte, hätten sie uns gehabt, Mother, sogar ganz am Schluss. Die ganze verdammte Zeit über waren wir hinten dran. *Wir hatten nicht mal einen Plan.*«

»Scarecrow. Hör mir mal zu«, sagte Mother fest. »Möchtest du was wissen?«

»Was?«

»Hast du gewusst«, sagte Mother, »dass mir vor etwa sechs Monaten ein Platz in einer atlantischen Aufklärungseinheit angeboten worden ist?«

Bei diesen Worten sah Schofield auf. Nein. Das hatte er nicht gewusst.

»Ich habe den Brief noch immer daheim, wenn du ihn sehen möchtest«, fuhr Mother fort. »Er ist vom Kommandanten persönlich unterzeichnet. Weißt du, was ich getan habe, nachdem ich diesen Brief erhalten habe, Scarecrow?«

»Was?«

»Ich habe dem Kommandanten des United States Marine Corps zurückgeschrieben und gesagt, vielen Dank, aber ich würde gern bei meiner gegenwärtigen Einheit bleiben, unter meinem kommandierenden Offizier Lieutenant First Class Shane M. Schofield, USMC. Ich habe gesagt, dass ich keine bessere Einheit fände, unter keinem besseren Kommandanten, als derjenigen, in der ich gerade war.«

Einen Augenblick lang war Schofield wie betäubt. Dass Mother so etwas täte, war fast unglaublich. Ein Angebot zurückzuweisen, einer atlantischen Aufklärungseinheit beizutreten, war die eine Sache, aber höflich die persönliche Einladung eines Kommandanten des United States Marine Corps zurückweisen, einer solchen Einheit beizutreten, war etwas völlig anderes.

Mother sah Schofield direkt in die Augen. »Du bist ein prächtiger Offizier, Scarecrow, ein *prächtiger* Offizier. Du bist klug und du bist tapfer und du bist etwas, das in dieser Welt sehr, sehr selten ist: du bist ein guter Mensch.

Deswegen bin ich bei dir geblieben. Und ich sag's dir direkt ins Gesicht, dass dich das über jeden anderen Kommandanten stellt, den ich je kennengelernt habe. Ich bin bereit, mein Leben aufgrund deiner Einschätzung zu riskieren, weil ich weiß, dass du immer um mich besorgt bist, gleich, wohin der Plan führt.

Viele Kommandanten sorgen sich nur um Ruhm, sind auf eine Beförderung aus. Es ist ihnen gleichgültig, ob diese blöde alte Hexe Mother in den Tod rennt. Aber du *sorgst* dich um mich und das gefällt mir. Scheiße, sieh dich doch jetzt mal an! Du könntest dir in den Hintern treten, weil wir fast einen kalten Arsch gekriegt hätten. Du bist *patent,* Scarecrow, und du bist *gut,* und daran solltest du nie zweifeln. Nie. Du musst einfach an dich glauben.«

Schofield war verblüfft von der Gewalt von Mothers Worten. Er nickte. »Ich werd's versuchen.«

»Gut«, meinte Mother und ihr Tonfall war jetzt ein wenig beschwingter. »Nun. Hast du noch etwas anderes von der ›lieben Abby‹ hören wollen, während du hier unten bist?«
Schofield lachte schnaubend. »Nein. Das war's. Ich mach mich wohl besser mal auf und sehe nach diesem Renshaw.« Er erhob sich und ging zur Schwelle. Als er sie jedoch erreicht hatte, blieb er plötzlich stehen und drehte sich um.

»Mother«, sagte er, »weißt du etwas über Männer, die in Einheiten eingeschleust werden?«

»Was meinst du damit?«

Schofield zögerte. »Nachdem ich herausgefunden hatte, dass Samurai ermordet worden war, ist mir etwas eingefallen, das vor einigen Jahren einem meiner Freunde zugestoßen ist. Damals hat dieser Freund etwas von Leuten gesagt, die Männer in seine Einheit eingeschleust haben.«

Mother sah Schofield hart an. Sie leckte sich die Lippen, sprach jedoch lange Zeit kein Wort.

»Darüber rede ich nicht allzu gerne«, sagte sie ruhig. »Aber ja, ich habe davon gehört.«

»Was hast du gehört?« Schofield kehrte in den Vorratsraum zurück.

»Bloß Gerüchte. Gerüchte, die sich jedes Mal mehr und mehr aufbauschen, wenn du sie hörst. Als Offizier hörst du vielleicht nichts von diesem Scheiß, aber ich sage dir, wenn einfache Soldaten es tun, dann klatschen sie wie ein Schwarm alter Weiber.«

»Was haben sie gesagt?«

»Einfache Soldaten haben gern was über Infiltrierung erzählt. Es ist ihr Lieblingsmythos. Eine Lagerfeuergeschichte, die von älteren Etappenhasen erfunden worden ist, um den jüngeren Rekruten eine Scheißangst einzujagen und dafür zu sorgen, dass sie einander vertrauen. Weißt du, wenn man einander nicht trauen kann, wem können wir dann trauen, oder so was in der Art.

Man hört alle möglichen Theorien darüber, woher diese Eingeschleusten kommen. Einige vermuten, sie wären von der CIA eingeschleust. Undercover-Agenten, rekrutiert von den Streitkräften zum einzigen Zweck, Eliteeinheiten zu infiltrieren – so dass sie sich auf dem Laufenden halten und sicherstellen können, dass wir das tun, was wir tun sollen. Bei anderen heißt es, das täte das Pentagon. Wieder andere sagen, es wären die CIA *und* das Pentagon. Einmal habe ich einen Burschen – einen echten Schwuli namens Hugo Boddington – sagen hören, er hätte gehört, dass das National Reconnaissance Office und der Generalstab ein Unterkomitee hätten, das sie die Intelligence Convergence Group nennen, und dass *dieses* Büro für die Unterwanderung der amerikanischen Militäreinheiten verantwortlich wäre.

Boddington hat gesagt, die ICG wäre eine Art ultra-geheimes Komitee, damit beauftragt, Informationen anzuhäufen. Beauftragt, *sicherzustellen,* dass nur die richtigen Leute an den richtigen Stellen über gewisse Dinge Bescheid wüßten. Deswegen müssten sie Einheiten wie unsere unterwandern. Wenn wir auf einer Mission sind und etwas finden, das wir nicht finden sollen – ich weiß nicht, ein Alien oder so was –, sind diese ICG-Burschen dazu da, uns wegzuwischen und sicherzustellen, dass wir niemandem etwas davon erzählen, was wir gesehen haben.«

Schofield schüttelte den Kopf. Es hörte sich an wie eine Geistergeschichte. Doppelagenten in der Truppe.

Aber im Hinterkopf nagte ein einziger Zweifel. Ein Zweifel, der Gestalt annahm in Form von Andrew Trents Stimme, die aus dem Innern dieses Inkatempels in Peru über Schofields Helmfunk kreischte: »Sie haben Männer in meine Einheit eingeschleust! *Sie haben verdammte Männer in meine Einheit eingeschleust!«* Andrew Trent war keine Geistergeschichte.

»Vielen Dank, Mother«, sagte Schofield, als er zur Tür zurückkehrte. »Ich gehe jetzt besser.«

»Ah, ja«, meinte Mother. »Eine Einheit muss geführt werden. Menschen müssen organisiert werden. Verantwortung muss übernommen werden. Für kein Geld auf der Welt möchte ich Offizier sein.«

»Mir wäre es lieber, das hättest du mir vor zehn Jahren gesagt.«

»Ah, ja, aber dann hätte die Sache heute Abend nicht annähernd so viel Spaß gemacht. Du sorgst dich, du hörst mir zu, Scarecrow. Oh, und hee«, sagte sie. »Hübsche Brille.«

Schofield blieb einen Augenblick lang auf der Schwelle stehen. Ihm ging auf, dass er Mothers Brille mit den verspiegelten Gläsern trug. Er lächelte. »Danke, Mother.«

»Hee, danke nicht mir«, erwiderte sie. »Teufel, Scarecrow ohne seine silberne Brille, das ist wie Zorro ohne seine Maske, Superman ohne seinen Umhang. Es stimmt einfach etwas nicht.«

»Ruf mich, wenn du was brauchst«, sagte Schofield.

Mother grinste ihn fies an. »Oh, ich *weiß,* was ich brauche, Liebling«, sagte sie.

Schofield schüttelte den Kopf. »Du gibst nie auf, nicht wahr?«

Mother lächelte. »Weißt du was«, meinte sie scheu, »ich glaube, du merkst gar nicht, wenn jemand ein Auge auf dich geworfen hat, Schätzchen.«

Schofield hob eine Braue. »*Hat* jemand ein Auge auf mich geworfen?«

»O ja, Scarecrow. O ja.«

Schofield schüttelte lächelnd den Kopf. »Auf Wiedersehen, Mother.«

»Auf Wiedersehen, Scarecrow.«

Schofield verließ den Vorratsraum und Mother sank wieder gegen die Wand zurück.

Nachdem Schofield verschwunden war, schloss sie die Augen und sagte leise zu sich selbst: »Hat jemand ein Auge auf dich geworfen? O Scarecrow. Scarecrow. Wenn du nur sehen könntest, wie sie dich ansieht.«

Schofield trat auf das Tümpeldeck hinaus.

Die Station war völlig verlassen. In dem höhlenartigen Schacht herrschte Stille. Schofield starrte den Tümpel an, das stillstehende Kabel, das darin verschwand.

»*Scarecrow, Fox hier*«, sagte Gants Stimme über seinen Ohrhörer. »*Bist du noch immer da oben?*«

»Ich bin noch immer hier, wo bist du?«

»*Tauchzeit ist fünfundfünfzig Minuten. Wir steigen weiter den Eistunnel hinauf.*«

»Irgendwelche Anzeichen von Schwierigkeiten?«

»*Noch nicht – wow, warte mal 'ne Minute, wer ist denn das?*«

»Was ist, Fox?«, fragte Schofield aufgeschreckt.

»*Nein. Ist nichts*«, erwiderte Gants Stimme. »*Ist schon in Ordnung. Scarecrow, wenn das kleine Mädchen bei dir oben ist, möchtest du ihm vielleicht sagen, dass seine Freundin hier unten ist.*«

»Was meinst du damit?«

»*Diese Pelzrobbe. Wendy. Gerade hat sie sich uns im Tunnel angeschlossen. Muss uns hier herab gefolgt sein.*«

Schofield stellte sich vor, wie Gant und die anderen in dem Unterwasser-Eistunnel schwammen, eingehüllt in ihren mechanischen Atemgeräten, während Wendy, die keine solche Ausrüstung benötigte, glücklich neben ihnen schwamm.

»Wie weit müßt ihr noch?«, fragte Schofield.

»Schwer zu sagen. Wir sind extra langsam vorgestoßen, damit wir aufpassen konnten. Ich würde sagen, noch so etwa fünfzehn Minuten.«

»Halte mich auf dem Laufenden«, sagte Schofield. »Oh, und Fox. Seid vorsichtig!«

»Du hast's kapiert, Scarecrow. Fox, Ende.«

Es klickte und der Sender war verstummt. Schofield starrte das Wasser im Teich an. Es war noch immer rot verschmutzt. Im Augenblick war es ruhig, gläsern. Schofield trat einen Schritt vor, darauf zu.

Etwas knirschte unter seinen Füßen.

Er erstarrte, blickte auf seine Stiefel, beugte sich hinab. Auf dem metallenen Deck unter ihm lagen einige zerbrochene Glasscherben. Weißes Milchglas.

Stirnrunzelnd sah Schofield das Glas an.

Und dann, mit erschreckender Plötzlichkeit, kam eine Stimme über seinen Helmfunk: *»Scarecrow, hier ist Snake. Ich bin auf Deck* B. *Ich habe gerade Renshaws Zimmer überprüft. Es erfolgte keine Antwort, als ich an seine Tür geklopft habe, also habe ich sie eingeschlagen. Sir, da ist niemand drin gewesen. Renshaw ist verschwunden. Ich wiederhole, Renshaw ist verschwunden.«*

Schofield spürte, wie es ihm kalt den Rücken hinunterlief. *Renshaw war nicht auf seinem Zimmer.*

Er hielt sich irgendwo innerhalb der Station auf.

Schofield wollte sich in Bewegung setzen, wollte losgehen und die andern suchen, da vernahm er ein leises, schlagendes Geräusch, gefolgt von einem schwachen Pfeifen in der Luft.

Es folgte ein plötzliches Krackgeräusch und Schofield verspürte sofort ein stechendes, brennendes Gefühl im Nacken, und dann ging Schofield zu seinem Entsetzen auf, dass das Krackgeräusch das Geräusch von etwas gewesen war, das mit extrem hoher Geschwindigkeit gegen seinen Hals geprallt war. Schofield knickten die Knie ein. Plötzlich fühlte er sich sehr schwach.

Sofort legte er die Hand auf seinen Nacken und hielt sie sich dann vors Gesicht.

Seine Hand war blutbeschmiert.

Dunkelheit überkam ihn langsam und Schofield fiel auf die Knie. Die Welt um ihn herum wurde schwarz und als er mit der Wange auf den eiskalten Stahl des Decks prallte, durchfuhr Shane Schofield ein einziger, entsetzlicher Gedanke.

Er war gerade in die Kehle geschossen worden.

Und dann verschwand dieser Gedanke unmittelbar und die Welt wurde völlig und absolut schwarz.

Shane Schofields Herz …

… hatte aufgehört zu schlagen.

Vierter Überfall
16. Juni, 15.10 Uhr

Libby Gant schwamm den steilen Unterwassertunnel hinauf. Es war ruhig hier, dachte sie, friedlich. Die ganze Welt war blaßblau getönt.

Beim Schwimmen vernahm Gant nichts außer dem leisen, rhythmischen Zischen ihres Kreislaufatemgeräts. Es gab keine weiteren Geräusche – kein Pfeifgeräusch, kein Walgesang, kein gar nichts.

Gant starrte durch ihre Vollmaske hinaus. Im Schein ihrer Halogentaucherlampe glühten die Eiswände des Tunnels geisterhaft bläulich-weiß. Die übrigen Taucher – Montana, Santa Cruz und die Wissenschaftlerin, Sarah Hensleigh – schwammen lautlos neben ihr dahin.

Ganz plötzlich verbreiterte sich der Eistunnel dramatisch und Gant sah zu beiden Seiten mehrere runde Löcher in den Wänden.

Sie waren größer, als Gant erwartet hatte – gut und gern drei Meter im Durchmesser. Und sie waren rund, vollkommen rund. Gant zählt acht derartige Löcher und überlegte, welche Tierart sie möglicherweise gemacht haben könnte.

Und dann vergaß Gant abrupt die Löcher in den Eiswänden. Etwas anderes hatte ihre Aufmerksamkeit erregt.

Die Oberfläche.

Gant schaltete ihr Funkgerät ein. »Scarecrow. Fox hier«, sagte sie. »Scarecrow. Hier ist Fox. Scarecrow, sind Sie da draußen?«

Es erfolgte keine Antwort.

»Scarecrow, ich wiederhole, Fox hier. Bitte kommen!« Immer noch keine Antwort.

Das war merkwürdig, dachte Gant. Warum sollte Scarecrow ihr nicht antworten? Sie hatte erst vor wenigen Minuten mit ihm gesprochen.

Plötzlich tönte knisternd eine Stimme in Gants Ohrhörer.

Es war nicht Schofield.

»Fox, Rebound hier.« Er schrie anscheinend über den Wind hinweg. Er musste sich außerhalb der Station aufhalten. *»Ich empfange dich. Was ist los?«*

»Wir nähern uns jetzt der Oberfläche«, erwiderte Gant. »Wo ist Scarecrow?«, fügte sie ein wenig zu rasch hinzu.

»Er ist irgendwo innerhalb der Station. Unten bei Mother, glaube ich. Muss seinen Helm abgenommen haben oder so.«

»Nun«, sagte Gant, »könnte vielleicht eine gute Idee sein, ihn zu suchen und ihm mitzuteilen, was hier unten abgeht. Wir sind dabei, innerhalb der Höhle aufzutauchen.«

»Verstanden, Fox.«

Gant schaltete ihr Funkgerät ab und schwamm wieder aufwärts. Von unten wirkte die Wasseroberfläche seltsam.

Sie war gläsern. Still. Sie wirkte wie irgendwelche gekrümmte Linsen, die völlig das Abbild dessen verzerrten, was jenseits davon liegen mochte.

Gant schwamm darauf zu. Die anderen stiegen lautlos mit ihr im Wasser auf.

Gemeinsam durchbrachen sie die Oberfläche.

In einem Augenblick veränderte sich die Welt um Gant, und sie fand sich wassertretend inmitten eines gewaltigen Teichs wieder, der am einen Ende einer massiven unterirdischen Höhle lag. Sie sah Montana und Santa Cruz im Wasser neben sich schweben, Sarah Hensleigh hinter ihnen.

Die Höhle war absolut riesig. Ihre Decke war gut und gern über dreißig Meter hoch und ihre Wände erstreckten sich so weit in die Ferne, dass die entferntesten Ausläufer der Höhle in Dunkelheit gehüllt waren, außer Reichweite des harten, lumineszierenden Glanzes der starken Halogenlampen der Marines.

Und dann sah es Gant.

»Verdammt soll ich sein ...«, hörte sie Santa Cruz sagen.

Eine volle Minute lang konnte Gant nichts weiter tun als hinstarren. Langsam schwamm sie zum Rand des Teichs. Als sie schließlich festen Boden betrat, war sie völlig bezaubert. Sie konnte den Blick nicht davon abwenden.

Es sah aus wie nichts, was sie je zuvor gesehen hatte. Wie etwas aus einem Film. Der bloße Anblick beraubte sie ihres Atems.

Es war eine Art Schiff.

Ein schwarzes Schiff – völlig schwarz von der Spitze bis zum Schwanz – von etwa derselben Größe wie ein Kampfjet. Gant sah, dass seine gewaltigen Schwanzflossen in der Eiswand dahinter eingebettet waren. Es sah aus, als ob sie vom Eis *verzehrt* worden wären, während es über die Äonen hinweg langsam darüber gekrochen war.

Das riesige schwarze Raumschiff stand einfach da – in absolutem Kontrast zu der kalten weißen Höhle darum –, hoch aufragend auf drei mächtig wirkenden, hydraulischen Landestützen.

Es sah phantastisch aus, jenseitig.

Und es wirkte *bösartig*.

Schwarz und zugespitzt, schlank und scharf. Auf Gant wirkte es wie eine riesige Gottesanbeterin. Seine beiden schwarzen Flügel schwangen sich zu beiden Seiten seines Rumpfs herab, sodass es wie ein fliegender Vogel wirkte, dessen Flügel an seiner untersten Extremität befestigt waren.

Das überraschendste Teil von allen war jedoch die Nase.

Das Schiff hatte eine Hakennase, eine Nase, die scharf nach unten zeigte, wie die Nase der Concorde. Das Cockpit – eine rechteckige Kanzel aus gefärbtem, verstärkten Glas – lag unmittelbar über der Hakennase.

Eine riesige Gottesanbeterin, dachte Gant. *Die schlankeste, schnellste – größte – Gottesanbeterin, die jemals jemand zu Gesicht bekommen hat.*

Gant bemerkte, dass die anderen ebenfalls aus dem Wasser gekommen waren und jetzt neben ihr auf dem eisbedeckten Boden der Höhle standen und auch zu dem prächtigen Raumschiff hinaufstarrten.

Gant sah ihren Gefährten ins Gesicht.

Santa Cruz stand der Mund sperrangelweit offen.

Montana hatte große Augen.

Sarah Hensleighs Reaktion jedoch empfand Gant als merkwürdig. Hensleigh hatte die Augen zusammengekniffen und sie starrte auf ungewöhnliche Weise zu dem Raumschiff hinauf. Gegen ihren Willen verspürte Gant eine jähe Eiseskälte. Sarah Hensleighs Augen glühten vor etwas, das so gefährlich wirkte wie Ehrgeiz.

Gant schüttelte den Gedanken ab, und da der ursprüngliche Bann des Raumschiffs nun gebrochen war, erfasste ihr Blick jetzt den Rest der riesigen Höhle.

Sie benötigte volle zehn Sekunden, bis sie sie sah.

Gant erstarrte sofort.

»Oh, Gott…«, sagte sie mit gesenkter Stimme. »Oh, *Gott…*«

Es waren neun. Leichen.

Menschliche Leichname, obwohl sie anfangs schwer zu erkennen waren.

Sie lagen auf der anderen Seite des Teichs auf dem Boden – einige flach auf dem Rücken, andere über große Felsen am Rand des Teichs drapiert. *Überall* war Blut. In Lachen auf dem Boden, gegen die Wände verspritzt, auf den Leichen selbst.

Ein Blutbad.

Gliedmaßen waren herausgerissen worden. Köpfe von Schulter gedreht. Einigen Leichen waren kreisrunde Fleischbrocken aus der Brust gerissen worden. Über den ganzen Boden verteilt lagen Knochen, einige davon zersplittert, an anderen klebten noch immer Fleischfetzen.

Gant schluckte heftig und bekämpfte verzweifelt den Drang, sich zu übergeben.

Die Taucher aus der Station, dachte sie.

Santa Cruz trat neben Gant und starrte die verstümmelten Leichen auf der anderen Seite des Teichs an.

»Was zum Teufel ist denn hier unten passiert?«, fragte er.

Schofield träumte.

Zunächst war da nichts. Nichts außer Schwärze. Es war, als würde er im Weltraum treiben.

Und dann ganz plötzlich – *Zack!* – zerschmetterte ein glühendes Weiß Schofields ureigenste Existenz, ließ ihn sich aufbäumen wie von einem elektrischen Schlag und Schofield verspürte einen sengenden Schmerz, wie er ihn noch nie zuvor verspürt hatte.

Und dann, ebenso plötzlich, wie er gekommen war, verschwand der Schlag und Schofield merkte, dass er irgendwo auf dem Boden lag – kalt und allein, schlafend, und doch wach.

Es war dunkel. Es gab keine Wände.

Schofield verspürte Feuchtigkeit auf der Wange.

Es war ein Hund. Ein großer Hund. Schofield konnte nicht sagen, von welcher Rasse. Er konnte bloß sagen, dass er groß war. Sehr, *sehr* groß.

Der Hund schnüffelte an seiner Wange, schnüffelte fordernd. Seine kalte, feuchte Schnauze streifte ihm übers Gesicht. Seine Barthaare kitzelten ihn in der Nase.

Er wirkte neugierig, ganz und gar nicht bedrohlich ...

Und dann bellte der Hund jäh. Verteufelt laut.

Schofield vollführte einen Satz. Der Hund bellte jetzt wie

wahnsinnig einen unsichtbaren Feind an. Er wirkte unmöglich wütend – wild, aufgebracht – und bleckte die Zähne diesem neuen Feind entgegen.

Schofield lag weiterhin auf dem kalten Boden des wandlosen Raums, außerstande – oder einfach nicht willens –, sich zu rühren. Und dann, nach und nach, nahmen die Wände rings um ihn her Gestalt an, und bald merkte Schofield, dass er auf dem Metall von Deck E lag.

Der große Hund stand noch immer über ihm, bellte wild und knurrte. Der Hund verteidigte ihn offenbar.

Aber wovor? Was sah er, das er nicht sehen konnte?

Und dann wandte sich der Hund jäh ab und lief davon und Schofield lag allein auf dem kalten stählernen Deck.

Schlafend, und doch wach, außerstande, sich zu rühren, fühlte Schofield sich verwundbar. Exponiert.

Etwas kam auf ihn zu.

Es kam aus Richtung seiner Füße. Er konnte es nicht erkennen, doch er hörte seine Schritte, wie sie – langsam, einer nach dem anderen – auf dem kalten stählernen Deck klangen.

Und dann war es plötzlich über ihm und Schofield sah ein böses, lächelndes Gesicht über sich auftauchen.

Es war Jacques Latissier.

Sein Gesicht war blutbedeckt, verzerrt zu einem obszönen, hämischen Grinsen. Abgerissene Fleischfetzen hingen lose von einer offenen Wunde auf seiner Stirn herab. Seine Augen lebten, brannten vor Hass. Der französische Soldat hob sein glitzerndes Messer, sodass es unmittelbar vor Schofields Augen war.

Und dann senkte er das Messer in einem heftigen Stoß nach unten …

»Hee«, sagte jemand sanft.

Schofield riss die Augen auf und erwachte aus einem Traum.

Er lag auf dem Rücken. In irgendeinem Bett. In einem Zimmer mit weißen Neonröhren, die ihn ganz benommen machten. Die Wände waren ebenfalls weiß und bestanden aus Eis.

Ein Mann stand über ihm.

Es war ein kleiner Mann, etwa einssechzig groß. Schofield hatte ihn noch nie zuvor gesehen.

Der Mann war gedrungen und drahtig, und er hatte zwei riesige blaue Augen, die viel zu groß für den kleinen Kopf wirkten. Große schwarze Tränensäcke hingen unter beiden Augen. Er hatte verwuseltes braunes Haar, das aussah, als ob es schon seit Monaten nicht mehr gekämmt worden wäre, und zwei riesige Vorderzähne, die entsetzlich schief standen. Er trug ein billiges T-Shirt und blaue Polyesterhosen; eigentlich wirkte er viel zu leicht gekleidet für die nahezu am Nullpunkt liegenden Temperaturen der Eisstation Wilkes.

Und er hielt etwas in der Hand.

Ein Skalpell mit langer Klinge.

Schofield starrte es an.

Auf dem Skalpell war Blut.

Der Mann sprach mit gleichmütiger, nasaler Stimme. »Hee. Sie sind wach.«

Schofield kniff die Augen im Licht zusammen und versuchte, sich im Bett aufzusetzen. Es gelang ihm nicht. Etwas hielt ihn fest. Er sah, was es war.

Zwei Lederriemen banden ihm die Arme zu beiden Seiten des Betts fest. Zwei weitere Riemen die Beine. Als Schofield versuchte, den Kopf zu heben, um seine Lage genauer zu untersuchen, entdeckte er, dass ihm nicht einmal das gelingen wollte. Der Kopf war gleichfalls fest ans Bett gebunden.

Schofield erstarrte sogleich das Blut in den Adern.

Er war vollständig gefesselt.

»Warten Sie nur eine Minute«, sagte der kleine Mann mit

seiner irritierenden nasalen Stimme. »Das wird nur noch eine ... weitere ... Sekunde benötigen.«

Er hob das blutige Skalpell und verschwand aus Schofields Blickfeld.

»Warten Sie!«, sagte Schofield rasch.

Sofort kehrte der kleine Mann in Schofields Blickfeld zurück. Er hob fragend die Brauen. »Ja?«

»Wo – wo bin ich?«, fragte Schofield. Das Reden schmerzte. Seine Kehle war wie Pergament, trocken.

Der Mann lächelte und zeigte dabei die krummen Schneidezähne. »Schon in Ordnung, Lieutenant«, meinte er.

»Sie sind noch immer auf der Eisstation Wilkes.«

Schofield schluckte. »Wer sind Sie?«

»Nun, Lieutenant Schofield«, erwiderte der Mann. »Ich bin James Renshaw.«

»Willkommen zurück aus dem Grab, Lieutenant«, sagte Renshaw, während er den Lederriemen um Schofields Kopf löste. Renshaw hatte gerade mit seinem Skalpell die letzten drei Kugelfragmente aus Schofields Hals herausgeholt.

»Wissen Sie«, sagte Renshaw, »Sie haben sehr viel Glück gehabt, dass Sie diese Kevlarplatte in Ihrem Kragen hatten. Sie hat die Kugel nicht völlig aufgehalten, aber ihr den größten Teil ihrer Geschwindigkeit genommen.«

Renshaw hielt den runden Kevlareinsatz hoch, der zuvor in Schofields grauem Rollkragen gesteckt hatte. Schofield hatte seinen Halsschutz völlig vergessen gehabt. Für ihn war dieser einfach ein weiteres Teil seiner Uniform. Mit Kevlar-Halsschutz wurden ausschließlich Marineoffiziere ausgestattet, ein zusätzlicher Schutz gegen Heckenschützen. Einfache Soldaten erhielten keinen solchen Schutz, da feindlichen Heckenschützen Corporals und Sergeants meist ziemlich gleichgültig sind.

Da der Lederriemen um seine Stirn jetzt gelöst war, hob Schofield den Kopf und sah sich den Kevlareinsatz an, den Renshaw in der Hand hielt.

Er sah aus wie der weiße Kragen eines Priesters – rund und flach, so geformt, dass er den Hals des Trägers umschloss, während er in seinem Rollkragen verborgen blieb. Auf einer

Seite des runden Kevlareinsatzes sah Schofield ein ausgefranstes, klaffendes Loch.

Das Einschussloch.

»Diese Kugel hätte Sie gewiss getötet, wenn Sie nicht Ihren Einsatz getragen hätten«, sagte Renshaw. »Hätte direkt Ihre Halsschlagader durchschlagen. *Danach* hätte niemand mehr etwas für Sie tun können. Dabei ist die Kugel zerschmettert, als sie durch Ihren Kevlareinsatz gefahren ist, also sind lediglich einige kleine Splitter in Ihren Hals gedrungen. Dennoch hätte das ausgereicht, Sie zu töten, und eigentlich bin ich der Ansicht, sie hat es kurzzeitig auch getan.« Schofield hörte nicht weiter zu. Er nahm das Zimmer ringsumher in sich auf. Es sah aus wie jemandes Wohnbereich. Schofield erblickte ein Bett, einen Schreibtisch, einen Computer und seltsamerweise zwei Schwarzweiß-Fernsehmonitore, die auf zwei Videorekordern standen.

Er wandte sich an Renshaw. »Hm?«

»Mehrere Splitter der Kugel sind in Ihren Hals eingedrungen, Lieutenant. Ich bin mir ziemlich sicher – eigentlich absolut sicher –, dass Sie für wenigstens dreißig Sekunden lang keinen Puls mehr hatten. Sie waren klinisch tot.«

»Was meinen Sie damit?«, fragte Schofield. Instinktiv hob er die Hand im Versuch, seinen Hals zu betasten. Aber er konnte den Arm nicht bewegen. Arme und Beine waren noch immer fest ans Bett gefesselt.

»Oh, keine Sorge, ich hab's repariert«, meinte Renshaw. »Ich habe die Geschoßsplitter herausgeholt und die Wunde gesäubert. Eigentlich haben Sie auch noch ein paar Kevlarsplitter da drin, aber die waren kein Problem. Ich hatte gerade versucht, sie herauszuholen, da sind Sie aufgewacht.« Renshaw zeigte auf das blutige Skalpell auf einem Silbertablett gleich neben Schofields Bett. Neben dem Skalpell lagen sieben winzige Metallsplitter, alle mit Blut befleckt.

»Oh, und machen Sie sich keine Sorgen um meine Qualifikation«, sagte Renshaw lächelnd. »Ich habe zwei Jahre Medizin studiert, ehe ich das sein gelassen und mit Geophysik angefangen habe.«

»Werden Sie mich losbinden?«, fragte Schofield gleichmütig.

»Oh, ja. Stimmt. Hören Sie, tut mir schrecklich Leid, das da«, erwiderte Renshaw. Er wirkte jetzt nervös. »Zunächst musste ich Ihren Kopf ruhig halten, während ich die Geschoßsplitter aus Ihrem Hals holte. Haben Sie gewusst, dass Sie sich im Schlaf hin- und hergeworfen haben? Vielleicht nicht. Nun, Sie haben es getan. Aber wie dem auch sei, und um nicht länger drum herum zu reden, habe ich mir gedacht, da ich Ihnen so viel zu erzählen habe und so, wäre es besser, wenn Sie ein, nun ja, *gefesseltes* Publikum wären. Sozusagen.« Renshaw lächelte schwach über sein Bonmot.

Schofield starrte ihn an. Er war sich nicht sicher, was er von diesem Mann mit Namen James Renshaw zu halten hatte. Schließlich war er der Mann, der nur eine Woche zuvor einen seiner Wissenschaftlerkollegen umgebracht hatte. Wenn sonst auch nichts, so war Schofield sich eines gewiss. Er wollte *nicht* gefesselt und der Gnade dieses Mannes ausgeliefert bleiben.

»Was haben Sie mir zu sagen?«, fragte Schofield. Er durchsuchte beim Sprechen mit dem Blick das Zimmer. Die Tür auf der anderen Seite war fest verschlossen. Alle übrigen Wände des Zimmers bestanden aus Eis.

»Lieutenant, was ich Ihnen zu sagen habe, ist dies: ich bin kein Mörder. Ich habe Bernie Olson nicht umgebracht.«

Schofield sagte kein Wort.

Er versuchte, sich daran zu erinnern, was Sarah Hensleigh ihm zuvor – damals, bei seiner Ankunft in Wilkes – über den Tod des Wissenschaftlers Bernard Olson gesagt hatte.

Sarah hatte gesagt, dass in der Nacht, da Olson umgebracht worden war, Renshaw eine lautstarke Auseinandersetzung mit Olson gehabt hatte. Nach dieser Auseinandersetzung hatte Renshaw Olson mit einer Subkutanspritze, gefüllt mit flüssigem Abflussreiniger, in die Kehle gestochen. Dann hatte er den Inhalt der Spritze in Olsons Blutkreislauf injiziert. Bald darauf hatten die übrigen Bewohner von Wilkes Olson tot aufgefunden. Die Spritze hatte ihm lose vom Hals herabgebaumelt.

»Glauben Sie mir?«, fragte Renshaw unterdrückt, wobei er Schofield argwöhnisch beäugte.

Schofield sagte noch immer kein Wort.

»Lieutenant, *Sie müssen mir glauben.* Ich kann mir lediglich vorstellen, was man Ihnen gesagt hat, und ich weiß, es muss schlimm aussehen, aber Sie müssen mir zuhören. *Ich hab's nicht getan.* Ich schwöre, dass ich es nicht getan habe. So etwas könnte ich nie tun.«

Renshaw holte tief Luft und sprach jetzt langsam.

»Lieutenant, diese Station ist nicht das, was sie zu sein scheint. Dinge sind hier geschehen – *merkwürdige* Dinge –, lange bevor Sie und Ihre Männer hergekommen sind. Sie können niemandem in dieser Station vertrauen, Lieutenant.«

»Aber Sie erwarten, dass ich Ihnen vertraue?«, fragte Schofield.

»Ja. Ja, das tue ich«, erwiderte Renshaw nachdenklich. »Und das ergibt offensichtlich ein Problem, nicht wahr? Schließlich habe ich, soweit es Sie angeht, vor vier Tagen einen Mann mit einer Subkutanspritze umgebracht, die mit starkem Abflussreiniger gefüllt war. Stimmt's? Hmmm.« Renshaw trat einen Schritt auf Schofield zu. »Aber ich habe die Absicht, diese Situation richtig zu stellen, Lieutenant Schofield. Endgültig. Deswegen ... tue ich dies.«

Renshaw stand gleich neben dem Bett und sah aus großer Höhe mit hartem Blick auf Schofield herab.

Schofield spannte sich an. Er war völlig hilflos. Er hatte keine Ahnung, was Renshaw zu tun beabsichtigte ... *Schnapp!* Der Lederriemen um Schofields linken Arm wurde plötzlich schlaff und fiel zu Boden. Eine Sekunde später tat der Riemen um den rechten Arm das Gleiche.

Schofield hatte wieder die Arme frei. Renshaw hatte die Lederriemen gelöst, die sie ans Bett gefesselt hatten.

Schofield setzte sich, als Renshaw weiter nach unten ans Bett trat und die Klammern löste, die die Riemen um die Beine festhielten.

Einen langen Augenblick sah Schofield Renshaw nur an. Schließlich sagte er: »Vielen Dank.«

»Danken Sie mir nicht, Lieutenant«, erwiderte Renshaw.

»Glauben Sie mir. Und versprechen Sie mir dies: Versprechen Sie mir, dass Sie sich, wenn das alles vorüber ist, Bernie Olsons Leichnam ansehen. Sehen Sie sich die Zunge und die Augen an. Sie werden alles erklären. Sie sind meine einzige Hoffnung, Lieutenant. Sie sind die einzige Person, die meine Unschuld beweisen kann.«

Da er sich jetzt wieder frei bewegen konnte, setzte sich Schofield im Bett auf. Er berührte seinen Hals, der schmerzhaft pochte. Er sah sich die Kehle in einem Spiegel in der Nähe an. Renshaw hatte die Verletzung gut vernäht.

Sauber, enge Stiche.

Renshaw bot Schofield ein rechteckiges Stück selbsthaftender Gaze an. »Hier. Legen Sie das über die Stiche. Es wird wie ein Verband wirken und die Verletzung fest geschlossen halten.«

Schofield nahm die selbsthaftende Gaze entgegen und legte sie fest über die Verletzung an seinem Hals. Er sah auf seinen restlichen Körper hinab. Renshaw hatten den größten Teil seines Körperschutzes entfernt – er trug lediglich noch seine

Tarnkleidung mit dem grauen Rollkragenhemd darunter. Er trug noch immer seine Stiefel und die zerschlagenen Knöchel-/Knieschoner. Seine Waffen – seine Pistole, sein Messer, seine MP5 und sein Maghook – sowie seine silberfarbene verspiegelte Brille lagen auf einem Tisch auf der anderen Seite des Raums.

Schofield blickte erneut auf die verschlossene Tür des Raums, und etwas zupfte an seiner Erinnerung. Ihm fiel ein, dass man ihm gesagt hatte, diese Tür zu Renshaws Zimmer wäre versiegelt worden, von Renshaws Wissenschaftler-Kollegen am Türrahmen vernietet. Aber ihm fiel noch etwas anderes ein, etwas, das jemand nur Augenblicke bevor er niedergeschossen worden war, gesagt hatte. Etwas davon, dass Renshaws Tür *aufgebrochen worden war* …

Auf einmal fragte Schofield: »Wie bin ich hierher gekommen?«

»Oh, ganz einfach. Ich habe Ihren Körper einfach in den Lastenaufzug gestopft und ihn zu dieser Ebene hochgeschickt«, erwiderte Renshaw.

»Nein, ich meine, ich habe gedacht, Sie seien in diesem Zimmer eingeschlossen? Wie sind Sie rausgekommen?«

Renshaw lächelte Schofield verschlagen an. »Nennen Sie mich einfach Harry Houdini.«

Renshaw ging zur anderen Seite des Zimmers und stellte sich vor die beiden Fernsehmonitore. »Machen Sie sich keine Sorgen, Lieutenant. In einer Minute werde ich Ihnen zeigen, wie ich hier rausgekommen bin. Zunächst jedoch habe ich hier etwas, das Sie bestimmt sehen möchten.«

»Was?«

Renshaw lächelte erneut. Dasselbe verschlagene Lächeln wie zuvor.

»Wie würde es Ihnen gefallen, den Mann zu sehen, der Sie niedergeschossen hat?«, fragte er.

Einen langen Augenblick starrte Schofield Renshaw an.

Dann schwang er langsam die Beine vom Bett. Sein Hals schmerzte, und er hatte mächtige Kopfschmerzen von der Gehirnerschütterung. Zaghaft durchquerte Schofield das Zimmer und stellte sich neben Renshaw vor die beiden Fernsehmonitore.

»Ist Ihnen nicht kalt?«, fragte Schofield, wobei er Renshaws ziemlich leichte Bekleidung ansah.

Renshaw öffnete sein Hemd im Superman-Stil und zeigte eine blaue Unterwäsche, die ähnlich wie ein Kälteschutzanzug aussah. »Neoprenanzug«, sagte er stolz. »Sie benutzen die in einem Shuttle für Weltraumspaziergänge und dergleichen. Es könnte hundert Grad minus hier drin sein und ich würde es gar nicht bemerken.«

Renshaw schaltete einen der Monitore ein und ein Schwarzweißbild erschien auf dem Schirm.

Das Bild war körnig, doch nach wenigen Sekunden wurde Schofield klar, worauf er da blickte.

Es war die Ansicht des Tümpels an der Basis der Eisstation. Jedoch aus einem merkwürdigen Blickwinkel – aufgenommen irgendwo von oben –, und man blickte direkt *hinab* auf einen Teil des Tümpels und das umgebende Deck.

»Das ist eine Live-Aufnahme«, erklärte Renshaw. »Sie

stammt von einer Kamera, die an der Unterseite der Brücke angebracht ist, die Deck C überspannt. Sie blickt gerade hinab auf den Tümpel.«

Schofield sah mit zusammengekniffenen Augen zum Schwarzweißbild auf dem Schirm.

»Die Wissenschaftler, die in dieser Station arbeiten«, sagte Renshaw, »werden alle sechs Monate abgelöst, so dass wir jeweils das Zimmer eines anderen erben. Der Kerl, der dieses Zimmer vor mir hatte, war ein verrückter alter Meeresbiologe aus Neuseeland. Seltsamer Typ. Er hatte einfach eine Liebe zu Killerwalen gefasst, konnte nicht genug von denen kriegen. Gott, er hat sie stundenlang beobachtet, hat sie beobachtet, wenn sie zum Luftholen innerhalb der Station aufgetaucht sind. Hat ihnen Namen gegeben und alles. Gott, wie hieß er doch gleich ... Carmine irgendwas.

Nun ja, wie dem auch sei, der alte Carmine hat eine Kamera an der Unterseite der Brücke angebracht – so dass er von seinem Zimmer aus ein Auge auf den Tümpel halten konnte. Wenn er sie auf seinem Monitor gesehen hat, ist er runter auf Deck E geeilt und hat sie aus der Nähe beobachtet. Teufel, manchmal hat der alte Schweinehund sie aus dem Innern der Taucherglocke beobachtet, so dass er richtig nah an sie rankam.«

Renshaw sah Schofield an und lachte. »Ich schätze mal, Sie sind die letzte Person auf der Welt, mit der ich darüber sprechen sollte, wie es ist, Killerwale *aus der Nähe* zu beobachten.«

Schofield wandte sich ab, da ihm der schreckliche Kampf mit den Killerwalen vor kurzem einfiel. »Sie haben das alles mitbekommen?«

»Ob ich das mitbekommen habe?«, fragte Renshaw. »Machen Sie Witze? Sie können drauf wetten, dass ich es mitbekommen habe. Teufel, ich hab alles *auf Band*. Ich meine,

Scheiße, haben Sie diese großen Mistviecher gesehen? Haben Sie gesehen, wie sie gejagt haben? Haben Sie gesehen, wie *komplex* ihr Jagdverhalten gewesen ist? Wie sie zum Beispiel stets an ihrem vorgesehenen Opfer vorbeigestrichen sind, *ehe* sie zum Töten herankamen?«

»Das muss mir entgangen sein«, erwiderte Schofield nüchtern.

»Ich sag's Ihnen, sie haben's getan. Jedesmal. Jedes einzelne Mal. Ich habe vorher darüber gelesen. Wissen Sie, was das meiner Ansicht nach zu bedeuten hat? Der Wal steckt sein Jagdrevier ab. Der Wal sagt allen anderen Walen, dass diese Person ihm gehört, dass er sie töten wird. Hee, ich könnte es Ihnen zeigen, wenn Sie ...«

»Sie haben gesagt, ich sollte mir was anderes ansehen«, meinte Schofield. »Etwas über den Mann, der mich niedergeschossen hat.«

»Oh, ja, stimmt. *Stimmt*. Tut mir Leid.« Schofield starrte Renshaw einfach nur an, als der kleine Mann nach einer Videokassette griff und sie in den zweiten Videorekorder legte. Er war ein merkwürdiger Mann. Manisch, nervös und dennoch offensichtlich sehr intelligent. Und er redete eine Menge. Es schien so, dass, wenn er sprach, alles einfach aus ihm heraussprudelte. Schofield fand es schwierig, sein genaues Alter zu bestimmen. Er hätte alles von neunundzwanzig bis vierzig sein können.

»*So* hieß er!«, rief Renshaw plötzlich.

»Was? Wer hieß so?«, fragte Schofield.

»Yaeger. Carmine Yaeger. So hieß er.«

»Spielen Sie das Video ab, ja, bitte?«, sagte Schofield erschöpft.

»Oh, ja, schon gut.« Renshaw drückte eilig den PLAY-Knopf auf dem Videogerät.

Auf dem zweiten Monitor erschien ein Bild. Es war fast

identisch mit demjenigen auf dem ersten Monitor, von derselben hoch angebrachten Kamera aufgenommen, die auf den Tümpel und das umgebende Deck gerichtet war.

Es gab nur einen Unterschied.

Auf dem Bildschirm des zweiten Monitors stand jemand auf dem Deck.

Schofield starrte eindringlich auf den Bildschirm.

Die Person auf dem Bildschirm war ein Mann, einer der Marines. Er war allein.

Schofield konnte nicht sagen, wer es war, weil die Kamera direkt über ihm stand. Er sah lediglich den Scheitel vom Helm des Mannes und die gepanzerten Schulterplatten.

Und dann blickte der Mann plötzlich auf, durchsuchte langsam den Schacht der Station und Schofield erkannte sein Gesicht.

Schofield runzelte die Stirn.

Er sah sich selbst ins Gesicht.

Sogleich wandte sich Schofield an Renshaw. »Wann haben Sie das aufgezeichnet ...«

»Sehen Sie einfach weiter zu.«

Schofield wandte sich wieder dem Bildschirm zu.

Er sah sich gleich neben dem Tümpel stehen bleiben und in sein Helmmikrofon sprechen. Es gab keinen Ton, er sah lediglich, wie sich sein eigener Mund bewegte. Er hörte auf zu sprechen und tat einen Schritt über das Deck.

Und dann blieb er stehen.

Er war auf etwas getreten.

Schofield sah sich selbst, wie er sich hinabbeugte und zerbrochenes Glas auf dem Deck untersuchte. Anscheinend blickte er sich um. Und dann legte er plötzlich den Kopf schief. Er horchte auf etwas. Horchte auf jemanden, der ihn über seinen Helmsprechfunk ansprach.

Der Shane Schofield auf dem Bildschirm erhob sich daraufhin und wollte sich umdrehen, da zuckte unvermittelt sein ganzer Körper heftig und eine kleine Blutfontäne schoss aus seinem Hals. Er blieb sofort stehen und schwankte leicht, und dann hob er die Hand an den Hals und hielt sie ausgestreckt vor das Gesicht. Sie war voller Blut.

Und dann knickten ihm die Knie ein, und er fiel auf dem Deck in sich zusammen. Er lag einfach reglos auf dem Deck.

Schofield starrte sein eigenes Abbild auf dem Schirm an.

Er hatte gerade gesehen, wie er niedergeschossen worden war …

Schofield wandte sich an Renshaw.

Renshaw nickte einfach zurück zum Bildschirm. »Da kommt noch mehr«, sagte er ruhig. »Noch viel mehr.«

Schofield schwang wieder zum Bildschirm herum.

Er sah seinen eigenen Körper reglos auf dem Tümpeldeck liegen. Dort lag er eine Weile.

Nichts geschah.

Und dann trat plötzlich jemand ins Bild.

Schofield spürte, wie sein Adrenalinspiegel anstieg, während er auf den Bildschirm blickte. Gleich würde er die Person sehen, die ihn niedergeschossen hatte.

Als erstes sah er den Helm.

Es war ein weiterer Marine.

Ein Mann. Schofield erkannte das an der Weise, wie er ging. Aber er sah das Gesicht nicht.

Der Marine schritt langsam zu Schofields reglosem Körper hinüber. Er hatte keine Eile. Er zog die automatische Pistole aus dem Holster, als er an Schofields Körper herantrat, zog den Schieber zurück und spannte den Hahn.

Schofield starrte den Bildschirm eindringlich an.

Der Marine, dessen Gesicht noch immer durch den Helm verdeckt war, beugte sich über Schofields Körper hinab und legte zwei Finger auf Schofields blutbedeckte Kehle.

»Er überprüft Ihren Puls«, flüsterte Renshaw.

Genau das tat er, sah Schofield. Der Marine auf dem Bildschirm wartete mehrere Sekunden mit dem Finger auf Schofields Hals.

Schofield nahm den Blick nicht vom Bildschirm.

Der Marine auf dem Bildschirm stand auf, zufrieden, dass Schofields Puls nicht mehr schlug. Er entspannte die Pistole und steckte sie ins Holster zurück.

»Und ... sehen Sie sich das an«, sagte Renshaw. »Da ist nichts.« Renshaw wandte sich Schofield zu. »Lieutenant, ich glaube wirklich, Ihr Herz hatte gerade aufgehört zu schlagen.«

Schofield sah Renshaw beim Sprechen nicht einmal an. Sein Blick klebte förmlich am Bildschirm.

»Jetzt sehen Sie, was er hier tut«, sagte Renshaw. »Das ist sein tödlicher Irrtum ...«

Schofield sah, wie der Marine auf dem Schirm – dessen Gesicht noch immer vom Helm verdeckt war – Schofields toten Körper mit dem Fuß über das Deck schob.

Er schob den Körper zum Tümpel.

Nach zwei starken Tritten lag Schofields Körper am Rand des Decks, gleich neben dem Wasser. Daraufhin stieß der Marine Schofields Körper ein letztes Mal mit dem Fuß an, und der Körper fiel schlaff ins Wasser.

»Er hat das nicht gewusst«, sagte Renshaw, »aber dieser Typ hat gerade Ihr Herz wieder in Gang gesetzt.«

»Wie das?«

»Ich stelle mir das so vor, dass das Wasser so kalt gewesen ist, dass es wie ein Defibrillator gearbeitet hat – wissen Sie, diese Elektroschockdinger, die sie im Fernsehen benutzen, um bei Toten das Herz wieder in Schwung zu setzen. Der Schock, den Ihr Körper erfuhr, als er aufs Wasser traf – und ich sage Ihnen, das wäre ein verteufelter Schock für einen unvorbereiteten Körper gewesen, reichte aus, um Ihr Herz wieder in Gang zu bringen.«

Schofield sah auf den Schirm.

Der Marine stand eine Weile lang am Rand des Decks und beobachtete den Kreis kleiner Wellen, die die Stelle markierten, wo Schofields Leichnam in das tintenschwarze Wasser gefallen war. Nach etwa dreißig Sekunden wandte sich der Marine ab und schaute sich um.

Und in diesem Augenblick, als der Marine sich umwandte, sah Schofield etwas, bei dem ihm das Blut in den Adern gefror.

O *nein* ... dachte er.

Daraufhin machte der Marine auf dem Absatz kehrt und verließ rasch das Bild.

Schofield wandte sich mit offenem Mund an Renshaw.

»Es ist noch nicht vorüber«, sagte Renshaw und schnitt ihm das Wort ab. »Sehen Sie weiter zu!«

Wieder wandte sich Schofield zum Bildschirm.

Er sah das Abbild des Decks und des Tümpels. Ansonsten war da nichts.

Nichts geschah.

Überhaupt nichts.

Niemand war auf dem Deck. Keine Bewegung im Wasser.

Eine volle Minute verstrich.

Und dann sah es Schofield.

»Was zum Teufel ...«, sagte er.

In diesem Augenblick schien das Wasser im Tümpel sich wie von selbst zu teilen und jäh, in einem Schwall aus Blasen und Schaum, tauchte Schofields Körper – schlaff und leblos – aus dem Wasser.

Wie betäubt sah Schofield zu.

Aber es war das, was seinem Körper *folgte*, das ihn wirklich zum Frösteln brachte.

Gleich, was es war, es war absolut riesig, wenigstens so groß wie ein Killerwal.

Aber es war kein Killerwal.

Es hob Schofields leblosen Körper aus dem Wasser und legte ihn sanft aufs Deck. Wasser überschwemmte das gesamte Deck rings um Schofields schlaffen Körper, als das Tier hinter ihm aufs Deck sprang. Das ganze Deck erzitterte unter dem immensen Gewicht.

Es war *riesig*. Es ließ Schofields Körper zwergenhaft erscheinen. Schofield beobachtete es hingerissen.

Es war irgendeine Art Seehund.

Ein gewaltiger, *gigantischer* Seehund.

Es hatte einen riesigen, schwabbeligen Körper, Schicht auf Schicht sich wellenden Fetts, und es stützte sich auf zwei massige Vorderflossen. Der Eindruck, den Schofield von der Stärke des Tieres erhielt, war überwältigend – einen so gewaltigen Körper aufrecht zu erhalten erforderte eine phänomenale Muskulatur. Es musste wenigstens acht Tonnen gewogen haben.

Das merkwürdigste Charakteristikum von allen waren jedoch die Zähne des Tieres. Dieser gewaltige Seehund hatte zwei lange, umgekehrte Fänge – Fänge, die aus dem *Unterkiefer* hervor ragten und bis hinauf zu seiner Nase reichten.

»Was *zum Teufel* ist das?«, fragte Schofield leise.

»Ich habe keine Ahnung«, erwiderte Renshaw. »Die Nase, die Augen, die Form des Kopfs. Er *sieht aus* wie ein Seeelefant. Aber ich habe nie einen so großen gesehen. Oder mit solchen Zähnen. Seeelefanten haben große untere Eckzähne, aber ich habe nie zuvor welche mit *so* großen unteren Eckzähnen gesehen.«

Der Seehund auf dem Bildschirm war jetzt auf dem Deck. Er legte den Kopf über Schofields Körper und schien ihn zu beschnüffeln. Dabei kam er langsam den ganzen leblosen

Körper hoch, bis ihm schließlich die langen Barthaare über die Nase streiften. Schofield rührte sich nicht im Geringsten.

Und dann öffnete der große Seehund langsam, sehr langsam, das Maul.

Genau vor Schofields Gesicht!

Seine Kieferknochen teilten sich – ein gräßliches, obszönes Gähnen – und enthüllten die gewaltigen unteren Fänge des Tieres. Der massige Seehund beugte sich und senkte den Kopf.

Sein Maul schloss sich *um* Schofields Kopf...

Schofield starrte den Bildschirm an und bekam große Augen.

Der Seehund war dabei, ihm den Kopf abzubeißen.

Er würde ihn *fressen!*

Und dann fuhr der riesige Seehund auf einmal herum. Zunächst war Schofield davon überrascht, wie rasch sich das große Tier bewegte. Das Deck unter ihm zitterte, als es den gewaltigen Körper herumwarf.

Es hatte etwas außerhalb des Bildschirms gesehen.

Der Seehund begann zu bellen.

Über den Monitor kam kein Ton, aber Schofield sah ihn bellen. Er bleckte die Zähne. Bellte und bellte. Gereizt schob er sich hin und her, nahm eine aggressive Haltung an. Die Muskeln in seinen riesigen Vorderflossen standen hervor, als er sich bewegte.

Und dann wandte sich der große Seehund plötzlich ab und tauchte in den Tümpel zurück. Das Wasser spritzte gewaltig und Wellen schlugen über das Deck und über Schofields gesamten reglosen Körper.

»Warten Sie«, meinte Renshaw. »Hier ist mein großer Auftritt.«

In diesem Augenblick sah Schofield einen weiteren Mann ins Bild treten. Dieser Mann trug keinen Marinehelm und sein Gesicht war deutlich erkennbar. Es war Renshaw.

Der Renshaw auf dem Bildschirm eilte heran, packte Schofields Körper unter den Achselhöhlen und zog ihn rasch aus dem Blickfeld der Kamera ...

Renshaw schaltete den Videorekorder aus.

»Und das ist alles«, sagte er.

Zunächst sprach Schofield kein Wort. Es war alles viel zu überwältigend.

Zunächst der Marine, der ihn niedergeschossen und seinen Puls überprüft hatte – *um sicher zu gehen, dass er tot war* – und ihn dann in den Tümpel gestoßen hatte, um die Spuren zu verwischen.

Und dann der Seeelefant.

Die massige Kreatur, die Schofields Körper aus dem Wasser gehoben, ihn sanft auf das Deck gelegt hatte und dann wieder in dem schmutzigen Wasser verschwunden war.

»Verstehen Sie jetzt«, sagte Renshaw, »was ich mit klinisch tot gemeint habe? Dieser Typ, den wir gerade gesehen habe, ich glaube, er war sich ziemlich sicher, dass Sie tot gewesen sind.«

»Er war bereit«, meinte Schofield, »mir eine Kugel in den Kopf zu jagen, wenn er sich nicht sicher gewesen wäre.«

Schofield schüttelte den Kopf beim Gedanken an das, was er gerade gesehen hatte. Der Tod, so schien es, hatte ihn gerade vor dem Tod bewahrt. »Heilige Scheiße ...«, keuchte er.

Einige Augenblicke lang starrte Schofield mit leerem Gesicht vor sich hin, während alles in ihn einsank. Dann blinzelte er rasch und kehrte in die Gegenwart zurück.

»Können Sie dieses Band zurückspulen?«, bat er Renshaw. Ihm war gerade etwas an dem Bild des Marine eingefallen, der ihn niedergeschossen hatte, etwas, das der Anblick des Seeelefanten vorübergehend aus seinem Bewusstsein verdrängt hatte.

Renshaw spulte das Band zurück und drückte »PLAY«.

Schofield sah sich auf das Deck hinausgehen.

»Rascher Vorlauf«, sagte er.

Renshaw ließ das Band rasch vorlaufen. Schofield sah zu, wie er im Schnelldurchgang um das Deck schritt und dann plötzlich von einer Kugel getroffen zu Boden fiel.

Der Marine trat auf. Überprüfte Schofields Puls. Daraufhin erhob er sich und machte sich daran, den Körper mit dem Fuß auf den Tümpel zuzuschieben.

»Okay, hier langsam«, sagte Schofield.

Das Bild kehrte zu Normalgeschwindigkeit zurück, gerade als der Marine Schofields Körper ein letztes Mal anstieß und der Körper ins Wasser fiel.

»Okay, halten Sie sich bereit anzuhalten«, sagte Schofield, der die Szene genau beobachtete.

Der Marine auf dem Bildschirm stand am Rand des Wassers und schaute auf die Stelle im Tümpel hinab, wo Schofields Körper ins Wasser gesunken war.

Dann drehte der Marine sich um und sah sich um.

»Da!«, sagte Schofield. »Halten Sie da an!«

Renshaw drückte rasch den »PAUSE«-Knopf auf dem Videorekorder und das Bild auf dem Monitor erstarrte.

Der Monitor zeigte den oberen Teil des Helms des Marine. Die Schulter des Mannes war ebenfalls leicht nach oben verdreht, als er sich umschaute.

»Ich versteh's nicht«, sagte Renshaw. »Sie können sein Gesicht noch immer nicht sehen.«

»Ich sehe mir nicht sein Gesicht an«, meinte Schofield.

Und er tat es auch nicht.

Er sah die Schulter des Mannes an. Die rechte Schulterplatte.

Das Bild auf dem Monitor war körnig, doch Schofield konnte die Schulterplatte deutlich erkennen.

Ein Bild war darauf gemalt.

Schofield spürte, wie es ihm eiskalt den Rücken hinablief, als er das Bild anstarrte, das auf die Schulterplatte des Mannes gemalt war.

Es war das Bild einer Kobra mit weit aufgerissenem Maul.

In dem dunklen Vorratsraum unten auf Deck E lehnte Mother den Kopf sanft an die kalte, eisige Wand.

Sie schloss die Augen. Es war etwa eine halbe Stunde her, seitdem jemand zum letztenmal nach ihr geschaut hatte, und sie erwartete, dass Buck Riley bald hereinkäme. Ihr Bein begann zu schmerzen und es juckte sie nach einer weiteren Dosis Methadon.

Sie holte tief Atem und versuchte, den Schmerz auszublenden. Nach einem Moment hatte sie jedoch das seltsame Gefühl, dass jemand anderer außer ihr in diesem Raum war …

Langsam öffnete Mother die Augen.

Jemand stand auf der Schwelle.

Ein Mann. Ein Marine.

Er stand einfach da, wie eine Statue, eine Silhouette auf der Schwelle. Sein Gesicht war in den Schatten verborgen. Er sprach kein Wort.

»Book?«, fragte Mother und setzte sich auf. Sie kniff die Augen zusammen, sah genauer hin und versuchte zu erkennen, wer es war.

Überrascht hielt sie inne.

Es war nicht Book.

Book war kleiner als dieser da, wer immer es sein mochte, rundlicher. Dieser Marine war groß und schlank.

Der Marine sprach noch immer kein Wort. Er stand einfach da, starrte Mother an und seine Gesichtszüge blieben im Dunkeln. Mother ging auf, wer es war.

»Snake«, sagte sie. »Was ist los? Redest du nicht mehr? Hat's dir die Sprache verschlagen?«

Snake rührte sich nicht von der Schwelle. Er starrte einfach Mother weiter an.

Als er sprach, sah Mother nicht, wie sich sein Mund bewegte. Seine Stimme war leise, rau. »Ich bin anstelle von Book hier«, sagte er. »Ich bin hier, um mich um dich zu kümmern, Mother.«

»Schön«, meinte Mother, setzte sich gerade hin und bereitete sich auf einen weiteren Schuss Methadon vor. »Ich könnte einen weiteren Schuss von diesem Freudenspender da gebrauchen.«

Snake rührte sich noch immer nicht von der Schwelle weg.

Mother runzelte die Stirn. »Nun?«, sagte sie. »Worauf wartest du – auf eine förmliche Einladung?«

»Nein«, erwiderte Snake kalt.

Er trat in den Vorratsraum und Mothers Augen wurden vor Entsetzen groß, als sie das Licht vom Korridor auf der Messerklinge in seiner Hand glitzern sah.

Mother drückte sich gegen die Eiswand des Vorratsraums, als Snake über die Schwelle trat und dabei sein langes Bowiemesser zeigte.

»Snake, was zum Teufel tust du da?«

»Tut mir Leid, Mother«, sagte er kalt, »du bist ein guter Soldat. Aber du bist zu nah dran an der Sache.«

»Was zum Teufel soll das denn heißen?«

Snake trat langsam näher.

Mothers Blick klebte förmlich auf dem glitzernden Messer in seiner Hand.

»Nationale Sicherheit«, sagte Snake.

»*Nationale Sicherheit?*«, höhnte Mother. »Wer bist du denn, Snake, du altes Arschloch?«

Snake lächelte, ein dünnes, böses Lächeln. »Komm schon, Mother, du bist doch rumgekommen. Du hast die Geschichten gehört. Für wen hältst du mich denn?«

»Für verdammt bescheuert, dafür halte ich dich«, erwiderte Mother. Da fiel ihr Blick auf ihren Helm, der auf halber Strekke zwischen ihr und Snake auf dem Boden des Vorratsraums lag; umgekehrt, mit dem Mikrofon nach oben.

Langsam ließ Mother die linke Hand in ihren Gürtel gleiten.

»Ich tue, was unbedingt notwendig ist«, sagte Snake.

»Notwendig wofür?«, fragte Mother und drückte dabei einen Knopf auf ihrem Gürtel. Den Knopf, der ihr Helmmikrofon anschaltete.

In Renshaws Zimmer auf Deck B hatte Schofield inzwischen wieder seinen Körperschutz angelegt.

Er nahm seine verschiedenen Waffen an sich. Seine Pistole kam in ihr Holster, sein Messer wieder in die Scheide an seinem Knöchelschutz. Er schlang sich seine MP5 über die Schulter und steckte seinen Maghook in das Halfter auf seinem Rücken. Zuletzt griff Schofield nach seinem Helm und setzte ihn sich auf den Kopf.

Sofort vernahm er Stimmen.

»*... das nationale Interesse.*«

»*Snake, leg das verdammte ...*«

Und dann ertrank das Signal jäh in statischem Rauschen, und dann war da nichts mehr.

Aber Schofield hatte genug gehört.

Mother.

Snake war unten bei Mother.

»*O Gott*«, sagte Schofield.

Er fuhr zu Renshaw herum. »Okay, Harry Houdini, Sie haben genau fünf Sekunden, um mir zu zeigen, wie Sie aus diesem Zimmer rausgekommen sind.«

Sogleich lief Renshaw zur Tür. »Warum? Was ist los?«, fragte er.

Schofield eilte zu ihm hin. »Jemand soll gerade umgebracht werden.«

Unten im Vorratsraum hob Snake den Fuß von dem, was von Mothers Helm noch übriggeblieben war.

Das kleine Mikrofon am Unterkiefer ihres Helms lag auf dem Boden, zerquetscht, völlig irreparabel.

»Komm schon, Mother«, sagte Snake in ermahnendem Tonfall.

»Von dir hätte ich mehr erwartet. Oder hast du einfach vergessen, dass ich deine Funksignale ebenfalls empfange?«

Mother sah ihn finster an. »Hast *du* Samurai umgebracht?«

»Ja.«

»Du Arschgesicht!«

Snake stand jetzt fast über ihr. Mother rutschte zur Wand zurück.

»Zeit zu sterben, Mother«, sagte Snake.

Mother schnaubte. »Snake. Ich muss es einfach wissen. Was für ein kranker, verdrehter, janusgesichtiger Hurensohn bist du eigentlich?«

Snake lächelte. »Der einzig mögliche, Mother. Ich bin von der ICG.«

Schofield sah angespannt zu, wie Renshaw zu der dicken hölzernen Tür seines Zimmers ging.

Bis zu diesem Zeitpunkt war Schofield nicht aufgefallen, dass die Tür aus etwa zehn senkrechten Holzbrettern bestand.

Renshaw legte sofort den Finger an eines dieser senkrechten Bretter.

»Die querliegenden Bretter sind draußen«, sagte Renshaw.

»Was bedeutet, dass niemandem von außen die Einschnitte in diesen senkrechten Brettern aufgefallen sind.«

Schofield bekam große Augen, als er sie sah.

Zwei dünne horizontale Kerben erstreckten sich über die ganze Breite der schwarzen Holztür – wie zwei Narben im Holz –, die *über* die breiten quer liegenden Bretter schnitten. Zwei horizontale Streifen verliefen parallel in etwa einem Meter Abstand voneinander – genau an den Punkten, wo die horizontalen Bretter auf der *anderen Seite* der Tür waren.

Schofield bewunderte Renshaws Einfallsreichtum.

Niemandem, der auf der anderen Seite der Tür gestanden hätte, wäre aufgefallen, dass es Renshaw gelungen war, die senkrechten Holzbretter direkt durchzusägen.

»Ich habe die Bretter mit einem Steakmesser durchgesägt«, meinte Renshaw. »Eigentlich sogar drei. Sie sind an dem Holz ganz schön schnell stumpf geworden.« Er streckte die Hand nach rechts aus und ergriff ein abgenutztes Steakmesser. Renshaw steckte die Klinge des Messers in den schmalen Spalt zwischen zweien der senkrechten Bretter. Dann arbeitete er mit dem Messer wie mit einer Brechstange, bis auf einmal eines der Bretter aus der Tür sprang.

Renshaw zog das Brett aus der Tür und ein langes, rechteckiges *Loch* erschien in der Tür, wo das Brett gesessen hatte. Durch dieses rechteckige Loch sah Schofield den gebogenen Außentunnel von Deck B, der sich von ihm weg erstreckte.

Renshaw arbeitete rasch. Er packte das nächste Brett mit den bloßen Händen und zog es flink heraus.

Das Loch in der Tür wurde breiter.

Renshaw hatte ein quadratisches »Loch« mitten in der Tür

hergestellt. Schofield machte sich daran, zusammen mit ihm die senkrechten Bretter zu entfernen, und bald war das Loch weit genug, dass ein Mann hindurchpasste.

»Bleiben Sie zurück!«, sagte Schofield.

Renshaw trat einen Schritt zurück, als Schofield mit dem Kopf voran durch das Loch in der Tür tauchte. Auf der anderen Seite wälzte er sich auf die Beine und rannte unverzüglich in den Tunnel davon.

»Warten Sie!«, schrie Renshaw. »Wohin laufen Sie?«

»Deck E!«, tönte Schofields Stimme zurück.

Und dann war Schofield plötzlich verschwunden und Renshaw war allein in seinem Zimmer und starrte das leere, quadratische Loch an, das er in der Tür gemacht hatte.

Er spähte hindurch, hinter Schofield her.

»*So* bin ich nie da durchgehechtet«, meinte er.

Schofield rannte.

Die Wände des geschwungenen Außentunnels huschten an ihm vorüber. Er atmete schwer. Das Herz klopfte ihm laut im Schädel. Er wandte sich nach links, auf den Zentralschacht zu.

Tausend Gedanken schossen ihm durch den Kopf, während er durch die Tunnel von Deck B rannte.

Er dachte an das Bild auf der Schulterplatte des Mannes, der ihn niedergeschossen hatte. Eine Kobra. Eine Schlange.

Snake.

Die bloße Idee war für Schofield zu bizarr, um sie zu verstehen. Snake war ein hoch dekorierter Marine. Einer der am längsten dienenden Mitglieder im Corps, ganz zu schweigen von Schofields Einheit. Warum sollte er alles wegwerfen, indem er so etwas tat? Warum sollte er seine eigenen Leute umbringen?

Und dann dachte Schofield an Mother.

Snake war unten auf Deck E bei Mother.

Es passte zusammen. Snake hatte bereits Samurai umgebracht, das schwächste Mitglied von Schofields Team. Mother – mit einem Bein und stark unter Methadon stehend – wäre ein weiteres leichtes Ziel.

Und dann erreichte Schofield den Laufsteg auf Deck B. Er lief zur Sprossenleiter und rutschte rasch daran herab. Deck C. Er rutschte die nächste Sprossenleiter herab – Deck D – und dann wiederum die nächste.

Jetzt war er auf Deck E. Schofield lief über das Tümpeldeck und an den schwappenden Wellen des Tümpels vorüber zum Südtunnel.

Er betrat den Südtunnel und sah die Tür zu Mothers Vorratsraum.

Vorsichtig näherte sich Schofield der offenen Tür zum Vorratsraum. Er holte seinen Maghook heraus – in der gasgesättigten Atmosphäre der Station konnte er seine Pistole noch immer nicht benutzen – und hielt ihn wie ein Gewehr vor sich.

Er näherte sich der offenen Tür, erreichte sie. Er tat einen letzten, tiefen Atemzug, und dann …

… wand sich Schofield rasch um den Türrahmen, den Maghook hoch erhoben und bereit.

Er sah die Szene im Innern.

Und ihm fiel die Kinnlade herab.

»Heilige Scheiße«, keuchte er.

Sie lagen auf dem Fußboden des Vorratsraums.

Mother und Snake.

Zunächst starrte Schofield sie einfach nur an, starrte die Szene an.

Mother lag ausgestreckt auf dem Fußboden, den Rücken gegen eine der Wände gelehnt. Sie hielt das gesunde Bein ausgestreckt und drückte damit gegen Snakes Kehle und nagelte ihn dadurch an einem dicken Holzregal fest, worin jede Menge Tauchgeräte lagen. Sie hatte ihm den Stiefel *fest* an die Kehle gesetzt, drückte ihm das Kinn hoch und das Gesicht gegen das stabile Holzregal. Außerdem hielt sie ihren automatischen Colt mit beiden Händen umfaßt, in der perfekten Schussstellung vorgestreckt. Der Colt zeigte direkt auf Snakes Gesicht.

Die gasgesättigte Umgebung der Station kümmerte *sie* offensichtlich wenig.

Mother sah Snake über den Lauf der Waffe funkelnd an. Blut strömte ihr aus zwei tiefen Schnitten oberhalb des linken Auges. Es tropfte ihr von der Augenbraue herab und klatschte ihr wie Tropfen aus einem leckenden Wasserhahn auf die linke Wange. Mother bemerkte das Blut nicht – sie starrte einfach bloß *hindurch* und dem Mann in die Augen, der versucht hatte, sie umzubringen.

Snake seinerseits war an das Holzregal festgenagelt. Hin und wieder unternahm er einen Versuch zu kämpfen, aber Mother saß am längeren Hebel. Bei jedem seiner Versuche, sich aus ihrem Griff zu winden, drückte sie ihm fest mit ihrem Schuh der Größe 46 auf den Adamsapfel. Mother erwürgte ihn mit dem Fuß.

Der Raum um sie herum sah aus, als wäre eine Bombe darin eingeschlagen.

Holzregale lagen auf dem Fußboden, verdreht, zerschlagen und zerschmettert. Sauerstoffflaschen rollten ziellos über den Fußboden. Ein Messer – Snakes Messer – lag auf dem Boden. Blut tröpfelte von seiner Klinge.

Langsam wandte Mother den Kopf und sah zu Schofield hinüber, der noch immer wie betäubt auf der Schwelle stand.

»Nun, Scarecrow«, sagte sie und holte erneut Atem, »willst du einfach da so stehen bleiben, oder was?«

Pete Cameron brachte seinen Toyota vor der Newbury Street 14, Lake Arthur, New Mexico, zum Stehen.

Newbury Street 14 war ein freundlich aussehendes, weißes Cottage aus Schindelbrettern. Der Vorgarten war makellos – sauber geschnittener Rasen, ein Steingarten, sogar ein kleiner Teich. Es wirkte wie das Heim eines Rentners – das Heim von jemandem, der die Zeit und die Neigung besaß, sich liebevoll darum zu kümmern.

Cameron warf erneut einen Blick auf die Geschäftskarte. »Also gut, Andrew Wilcox, dann wollen wir mal sehen, was Sie zu sagen haben.«

Cameron trat auf die Veranda und klopfte an die Tür mit dem Fliegengitter.

Dreißig Sekunden später öffnete sich die innere Tür und ein Mann von etwa fünfunddreißig Jahren tauchte hinter dem Fliegengitter auf. Er wirkte jung und durchtrainiert und war glatt rasiert. Er lächelte freundlich.

»Morgen«, sagte der junge Mann. »Was kann ich für Sie tun?« Er hatte einen breiten, schleppenden Südstaaten-Akzent.

»Ja, hallo«, erwiderte Cameron, »ich suche einen Mr. Andrew Wilcox.« Cameron hielt eine Geschäftskarte hoch.

»Mein Name ist Peter Cameron. Ich schreibe für die *Washington Post.* Mr. Wilcox hat mir seine Karte geschickt.«

Sogleich erlosch das Lächeln auf dem Gesicht des jungen Mannes.

Sein Blick glitt über Camerons Körper, als ob er ihn abschätzte. Dann glitt er hinaus auf die Straße, als wenn er nachsehen wollte, ob irgendjemand dieses Haus beobachtete.

Und dann richtete der Mann plötzlich die Aufmerksamkeit wieder auf Cameron.

»Mr. Cameron«, sagte er und öffnete die Fliegengittertür. »So treten Sie doch bitte ein. Ich habe gehofft, dass Sie kämen, aber ich habe Sie nicht so bald erwartet. Bitte, bitte, treten Sie ein!«

Cameron trat über die Schwelle.

Erst nachdem er im Haus stand, ging ihm auf, dass der Südstaaten-Akzent des Mannes völlig verschwunden war.

»Mr. Cameron, mein wirklicher Name lautet nicht Andrew Wilcox«, sagte der junge Mann, der ihm jetzt gegenübersaß. Der schleppende Akzent war verschwunden und durch eine Stimme ersetzt worden, die deutlich und präzise war, gebildet. Ostküste.

Pete Cameron hatte seinen Notizblock und den Kugelschreiber herausgeholt. »Können Sie mir Ihren wirklichen Namen sagen?«, fragte er liebeswürdig.

Einen Augenblick lang schien der junge Mann darüber nachzudenken und währenddessen bekam ihn Cameron besser zu sehen. Er war ein großer Mann, auch gut aussehend, mit blondem Haar und einem ausgeprägten Kinn. Er hatte breite Schultern und wirkte körperlich fit. Aber etwas stimmte an ihm nicht so recht.

Es waren die Augen, ging Cameron auf.

Sie waren errötet. Schwere, dunkle Tränensäcke hingen darunter. Er wirkte wie ein Mann auf der Kippe, ein Mann, der seit Tagen nicht geschlafen hatte.

Und dann ergriff der Mann schließlich das Wort. »Mein wirklicher Name«, sagte er, »lautet Andrew Trent.«

»Ich war First Lieutenant bei den Marines«, erklärte Andrew Trent, »und habe eine Aufklärungseinheit befehligt, deren Stützpunkt im Atlantik lag. Aber wenn Sie die offiziellen USMC-Aufzeichungen untersuchen, werden Sie herausfinden, dass ich bei einem Unfall in Peru im März 1997 ums Leben gekommen bin.«

Trent sprach mit gesenkter, ruhiger Stimme, einer Stimme, die einen Hauch von Bitterkeit an sich hatte.

»Also sind Sie ein Toter«, meinte Pete Cameron. »Nett, sehr nett. Okay, erste Frage: Warum ich? Warum haben Sie zu mir Kontakt aufgenommen?«

»Ich habe Ihre Arbeit gesehen«, erwiderte Trent. »Sie gefällt mir. *Mother Jones*. Die *Post*. Sie schreiben geradlinig. Sie schreiben außerdem nicht gleich das Erstbeste, was Ihnen zu Ohren kommt. Sie prüfen nach, und deswegen glauben Ihnen die Leute. Ich brauche Leute, die glauben, was ich Ihnen erzählen werde.«

»Wenn es zunächst einmal die Sache wert ist, darüber zu schreiben«, meinte Cameron. »Dann also gut, woher kommt es, dass Sie, laut der Regierung der Vereinigten Staaten, offiziell tot sind?«

Trent schenkte Cameron ein halbes Lächeln, ein Lächeln bar jeglichen Humors. »Wenn es zunächst einmal die Sache wert ist«, wiederholte er. »Mr. Cameron, was wäre, wenn ich Ihnen erzählen würde, dass die Regierung der Vereinigten Staaten von Amerika befohlen hat, meine ganze Einheit umzubringen?« Cameron schwieg.

»Was wäre, wenn ich Ihnen erzählen würde, dass *unsere* Regierung – Ihre und meine – Männer in meine Einheit eingeschleust hat, und zwar zu dem einzigen Zweck, mich und meine Leute umzubringen, falls wir während einer Mission etwas von immensem technologischen Wert fänden?

Was wäre, wenn ich Ihnen erzählen würde, dass *genau* dies in Peru im März 1997 geschehen ist? Was würden Sie dann denken, Mr. Cameron? Wenn ich Ihnen das alles erzählt hätte, würden Sie dann meine Geschichte für wert halten, darüber zu schreiben?«

Trent erzählte Cameron seine Geschichte, erzählte ihm alles, was im Innern der Ruinen des Inkatempels hoch auf einem Berg in Peru geschehen war.

Ein Universitätsforschungsteam, das im Tempel gearbeitet hatte, hatte anscheinend eine Reihe von Wandbildern entdeckt, die in die Steinwände eingemeißelt waren. Prächtige Farbfresken, die Szenen aus der Geschichte der Inka abbildeten.

Insbesondere eine der Fresken hatte ihre Aufmerksamkeit erregt.

Es bildete eine Szene ab, die dem berühmten Gemälde des Inkaherrschers Atahualpa nicht unähnlich war, wie er den spanischen Konquistadoren begegnet.

Auf der linken Seite des Freskos stand der Inkaherrscher in voller zeremonieller Kleidung, umgeben von seinem Volk. Er hielt einen goldenen Kelch in den ausgestreckten Händen. Ein Geschenk.

Auf der rechten Seite des Freskos standen vier seltsam aussehende Männer. Anders als bei den olivhäutigen Inkas war deren Haut kalkweiß. Und sie waren dünn, unnatürlich dünn – hochgewachsen, ausgemergelt. Sie hatten große schwarze Augen und ein kuppelartiges Schädeldach über der Stirn. Sie hatten gleichfalls ein spitzes, schmales Kinn und – völlig bizarr – keinen Mund.

Auf dem geschnitzten Steinbild hielt der Anführer der Delegation aus großen weißen »Männern« eine silberne Schachtel in den ausgestreckten Händen und erwiderte die Geste des Inkaherrschers vor ihm.

Es war ein Austausch von Geschenken.

»Wie lange haben Sie benötigt, es zu finden?«, fragte Cameron trocken.

»Nicht lange«, erwiderte Trent.

Wie Trent erklärte, hatten sie das Objekt ihrer Suche auf einem Sockel unweit des Freskos selbst gefunden, ein kleiner Steinsockel, der in der Mauer eines der Tempel versenkt war. Es lag ganz einfach dort. Ganz für sich. Es war etwa so groß wie ein Schuhkarton und hatte die Farbe von Chrom.

Es war die silberne Schachtel des Freskos.

»Diese Wissenschaftler haben ihr Glück kaum fassen können«, sagte Trent. »Sie haben schnurstracks ihre Universität in den Staaten angerufen und denen von ihrem Fund erzählt. Denen erzählt, dass sie vielleicht ein Geschenk von einer außerirdischen Zivilisation gefunden haben.«

Trent schüttelte den Kopf. »Dumme Hunde! Sie haben es über Telefon berichtet. Gottverdammt noch mal, offen übers Telefon. Teufel, *jeder* hätte sie abhören können. Meine Einheit ist hingeschickt worden, um sie vor jedem zu schützen, der das getan haben könnte.«

Trent beugte sich in seinem Sessel vor.

»Das Problem war nur, es war nicht wirklich *meine* Einheit.« Trent fuhr damit fort, Cameron zu erzählen, was nach der Ankunft seiner Einheit am Tempel geschehen war – insbesondere, wie mehrere seiner eigenen Männer sich gegen ihn gewandt hatten, nachdem das SEAL-Team im Tempel eingetroffen war.

»Mr. Cameron. Der Befehl, Männer in meine Einheit einzuschleusen, ist von einem Regierungskomitee gekommen, das die ›Intelligence Convergence Group‹ genannt wird«, sagte Trent.

»Es ist ein Komitee, das aus Mitgliedern des Generalstabs sowie des National Reconnaissance Office besteht. Einfach ausgedrückt, besteht sein vorrangiges Ziel darin, die technologische Überlegenheit Amerikas über die restliche Welt sicherzustellen.

Sie haben meine Einheit umgebracht, Mr. Cameron. Meine *ganze* Einheit. Und dann haben sie mich gejagt. Zwölf Tage lang haben sie diesen Tempel nach mir abgesucht. *Amerikanische* Soldaten, die *mich* gejagt haben. Ich hatte mich in eine kleine Spalte in einer Mauer gequetscht und zwölf Tage lang hat es durch eine stinkende Sickerstelle auf mich getröpfelt, ehe sie aufgegeben haben und gegangen sind.«

»Was ist mit den Forschern der Universität passiert?«, fragte Cameron.

Trent schüttelte den Kopf. »Die SEAL-Leute haben sie weggebracht. Man hat nie wieder was von ihnen gehört.«

Cameron verfiel in Schweigen.

»Schließlich«, fuhr Trent fort, »bin ich aus diesem Tempel raus und habe es in die Staaten zurück geschafft. Es hat eine Weile gebraucht, aber am Ende bin ich angelangt. Als erstes bin ich zum Haus meiner Eltern. Aber bei meinem Eintreffen dort sah ich zwei Burschen in einem Lieferwagen auf der anderen Straßenseite sitzen, die das Haus beobachtet haben. Sie hatten Leute dorthin gestellt, *die auf meine Rückkehr warten sollten.*«

Trents Gesicht wurde eisig. »Da habe ich mich entschlossen herauszufinden, wer hinter der ganzen Sache steckte. Ich habe nicht lange gebraucht, eine Spur zu finden, und am Ende dieser Spur habe ich die ICG gefunden.«

Cameron ertappte sich dabei, dass er Trent anstarrte. Er blinzelte und sah weg.

»Okay. Also gut«, sagte Cameron und gewann seine Fassung zurück. »Diese ICG, sagen Sie, ist ein gemischter Ausschuss, stimmt's? Und besteht aus Mitgliedern des vereinten Generalstabs und des National Reconnaissance Office, stimmt's?«

»Das stimmt genau«, erwiderte Trent.

»Okay.« Cameron wusste vom Generalstab, aber er wusste wenig vom National Reconnaissance Office. Es war der Nachrichtendienst, dessen Auftrag darin bestand, alle amerikanischen Spionagesatelliten zu beschaffen, ins All zu schießen und zu betreiben. Seine Geheimhaltung war legendär; es war einer der wenigen Geheimdienste, dem gestattet war, mit einem »schwarzen« Budget zu arbeiten – ein Budget, das wegen der Sensibilität der Sache gegenüber dem Finanzausschuss des Senats nicht offengelegt werden durfte. Während des gesamten Kalten Kriegs hatte die Regierung der USA sich beharrlich geweigert, die Existenz des NRO anzuerkennen. Erst 1991, angesichts überwältigender Beweise, hatte die Regierung schließlich nachgegeben und die Existenz zugegeben.

»Die ICG«, sagte Trent, »ist eine Ehe zwischen den beiden mächtigsten Geheimdiensten dieses Landes – dem obersten Kommandostab unserer gesamten bewaffneten Streitkräfte sowie dem geheimsten Arm unserer Geheimdienstkreise.

»Und seine Aufgabe besteht darin – wie haben Sie gesagt? –, die technologische Überlegenheit Amerikas sicherzustellen?«

»Seine Aufgabe«, erwiderte Trent, »besteht darin, dass *jeder* größere technologische Durchbruch – sei es die CD oder ein Computerchip oder eine Tarnkappentechnologie – den Vereinigten Staaten von Amerika *gehört.*«

Trent holte tief Luft. »Mr. Cameron, ich erkläre das wohl kaum sehr gut. Lassen Sie es mich anders ausdrücken. Die Aufgabe der ICG besteht in nachrichtendienstlichen Ermittlungen, oder, wie es in der Amtssprache heißt, ›nachrichtendienstlicher Zusammenführung‹. Ihre Aufgabe besteht darin, wertvolle Informationen zu horten. Sicherzustellen, dass *niemand* außer uns davon weiß. Und die ICG wird nicht zögern zu töten, um dieses Ziel zu erreichen. Ihre Aufgabe – ihre Daseinsberechtigung – besteht darin, sicherzustellen, dass gewisse Informationen nur amerikanischen Augen zugänglich sind. Weil die ICG letztlich nur einen Ehrgeiz hat: Amerika an der Spitze – weit an der Spitze – der übrigen Welt zu halten.«

»M-hm«, meinte Cameron, »und Sie behaupten, sie tun das, indem sie Männer in militärische Eliteeinheiten einschleusen?«

»Militärische Fronteinheiten zu kompromittieren ist lediglich ein Teil der allumfassenden Strategie der ICG, Mr. Cameron. Es ist zugleich der einfachste Teil. Denken Sie mal darüber nach«, erwiderte Trent. »Der Vereinigte Generalstab ist Teil der ICG. Sie können sicherstellen, dass Männer ihrer Wahl – *ultra-loyale* Männer; normalerweise ältere Zeitsoldaten, dienstälteste Sergeants, Gunnery Sergeants. Berufssoldaten – in die richtige Einheit versetzt werden. Und mit den ›richtigen Einheiten‹ meine ich die schnellen Eingreiftruppen, die Fronteinheiten, die als Erste auf dem Schlachtfeld erscheinen. Die Marine-Aufklärungseinheiten, die Navy SEALs, die Army Rangers. Aber über Männer in militärischen Fronteinheiten zu verfügen taugt nur dazu, *Dinge rasch* in die Hände zu bekommen, wie feindliche Spionagesatelliten, die vom Himmel fallen, oder Meteoriten, die zur Erde stürzen.

Betrachten Sie es doch mal so: Ein Meteor landet mitten im brasilianischen Dschungel. Wir schicken die Marines hin. Die

Marines riegeln das Gebiet ab und schnappen sich den Meteor. Wenn dann etwas von Wert in diesem Meteoriten gefunden wird, eliminiert man die Marines, die ihn gefunden haben.«

»Man *eliminiert* sie?«

»Überlegen Sie doch«, meinte Trent bitter. »Sie können es sich nicht leisten, dass ein Team von Frontschweinen mit Hauptschulbildung die hochwertigsten nationalen Geheimnisse im Kopf hat und damit in der Gegend herumrennt – Geheimnisse, aufgrund derer die USA der übrigen Welt *um zwanzig Jahre voraus sein können.* Oder? Teufel, man benötigt kein Natriumnitrat, um diese Art von Information aus einem Soldaten unteren Rangs herauszuholen. Man spendiert ihm ein paar Bier, ein hübsches Mädchen und gibt ihm einen ganz leisen Wink, dass er die *Möglichkeit* hat, einen geblasen zu kriegen, und Ihr durchschnittlicher Marine-Corporal wird Miss Atombusen alles erzählen, was er über den strahlenden Meteoriten weiß, den er auf einer Mission im Dschungel Brasiliens gefunden hat. Vergessen Sie den Wert dieser Geheimnisse nicht, Mr. Cameron«, sagte Trent. »Den Verlust einiger Fußsoldaten können sie nicht einmal annähernd mit dem Wert eines Vorsprungs von zwanzig Jahren vor dem Rest der Welt vergleichen.«

»Dann also gut«, unterbrach ihn Pete Cameron. »Wie oft passiert so was? Die Eliminierung einer ganzen Einheit. Ich meine, das muss doch ziemlich selten vorkommen.«

Trent nickte. »Es kommt selten vor. Über die letzten fünfzehn Jahre hinweg weiß ich nur von vier solchen Gelegenheiten.«

»M-hm.« Cameron legte zweifelnd den Kopf schief. »Mr. Trent, mir ist klar, was Sie sagen, aber etwas Derartiges würde ein ganzes *Netzwerk* an gut eingesetzten Leuten erfordern. Hochrangige Soldaten, die nicht bloß Teil des Generalstabs sind, sondern an entscheidenden Stellen in der Bürokratie sitzen ...«

»Mr. Cameron, wissen Sie, wer Chuck Kozlowski ist?«

»Ich habe den Namen gehört ...«

»Sergeant Major Charles R. Kozlowski ist Sergeant Major des Marine Corps. Wissen Sie, was der Sergeant Major des Marine Corps ist, Mr. Cameron?«

»Was?«

»Der Sergeant Major des Marine Corps ist der *höchstrangige,* nicht-bestallte Offizier im Corps. Ein *Unteroffizier,* Mr. Cameron, der *höchstrangige* Unteroffizier. Chuck Koslowski ist seit dreiunddreißig Jahren Marine. Er ist einer der höchstdekorierten Soldaten des Landes.«

Trent hielt inne. »Er ist auch ein ICG.«

Einen langen Augenblick starrte Cameron Trent an, dann schrieb er sich den Namen auf.

Chuck Kozlowski.

»Er ist der Schutzengel jedes kaputten Soldaten im Corps«, sagte Trent. »Jemand hat mir gesagt, er ist nach meinem Vorfall nach Peru heruntergekommen und hat die überlebenden Marines *persönlich* heim begleitet – die Verräter; alles *ältere Unteroffiziere*. Er hat sie ohne mit der Wimper zu zucken wieder eingesetzt. Mir ist gesagt worden, er habe sogar einen davon für einen verdammten Orden vorgeschlagen.«

»Um Gottes willen ...«

»Da haben Sie Ihr Netzwerk, Mr. Cameron. Ein Netzwerk, das die Unteroffiziersränge des US-Marine Corps bis ganz nach oben infiltriert hat – bis so weit, dass es sogar bestimmt, welchen *Einheiten* die Männer zugewiesen werden. Aber es hört hier nicht auf. Wie ich zuvor schon gesagt habe, ist die Kompromittierung von militärischen Eliteeinheiten nur Teil des allumfassenden Programms der ICG. Die ICG kompromittiert bei weitem mehr als nur das Militär.«

»Wie was?«

»Wie andere Quellen bahnbrechender Technologie«, erwiderte Trent.

»Wie zum Beispiel?«

»Nun, zum einen, die Geschäftswelt.«

»Die Geschäftswelt? Sie meinen *Privatfirmen?*«

Trent nickte.

»Sie wollen mir erzählen, dass die Regierung der Vereinigten Staaten Leute in Privatfirmen eingeschleust hat, um sie auszuspionieren?«

»Microsoft. IBM. Boeing. Lockheed«, sagte Trent mit Pokerface. »Plus natürlich alle größeren Vertragsfirmen der Navy, Army und Air Force, insbesondere, wenn sie Verträge mit anderen Ländern haben.«

»Heilige Scheiße«, meinte Cameron.

»Es gibt auch andere Stellen.«

»Wie ...«

»Wie Universitäten«, erwiderte Trent. »Universitäten stehen hoch auf der Liste der ICG-kompromittierten Organisationen. Das Klonen von Schafen – die ICG wusste etwa um 1993 davon. Das Klonen von Menschen – die ICG wusste davon seit vergangenem Jahr.« Trent zuckte die Achseln. »Erscheint sinnvoll. Universitäten sind Schnittstellen. Wenn man herausfinden will, wohin der Hase läuft, läuft man am besten mit.«

Eine volle Minute lang sagte Cameron gar nichts.

Allein beim Gedanken an das Konzept einer amerikaweiten Verschwörung zum Sammeln geheimer Informationen kribbelte es ihm im Rückgrat. Ein krakengleiches Netzwerk, das seine Tentakel von einem kleinen Büroraum im Pentagon in alle Winkel des Landes ausstreckt und jede größere Firma und Universität durchdringt. Es wäre die Sache wert, etwas tiefergehend zu recherchieren.

Andrew Trent unterbrach seine Überlegungen.

»Mr. Cameron«, sagte Trent ernst. »Die ICG ist eine gefährliche Organisation. Eine *sehr* gefährliche Organisation. Einer Sache, und nur einer Sache, versichert sie ihre Loyalität. Den Vereinigten Staaten von Amerika. Solange Amerika auf der Gewinnerseite steht, ist es der ICG gleichgültig, was sie unternehmen muss. Sie wird töten, um dieses Ziel zu erreichen. Sie wird *Sie* und sie wird *mich* töten. Mr. Cameron, Patriotismus ist die Tugend der Bösartigen. Mit einer Organisation, die darauf vorbereitet ist, die eigene bewaffnete Streitmacht zu unterwandern und die eigenen Männer umzubringen, damit die Geheimnisse dieses Landes sicher sind, mit einer solchen Organisation legen Sie sich nicht leichtfertig an.«

Cameron nickte feierlich. Daraufhin meinte er: »Mr. Trent, haben Sie etwas, haben Sie irgendetwas mit Namen oder dergleichen, das ich …«

Trent hob ein DIN-A4-Blatt vom Tisch neben sich hoch.

»Die bisherigen Ergebnisse meiner Recherche«, meinte er. »Namen, Positionen und Rang, wenn vorhanden.« Trent reicht Cameron das Blatt.

Cameron nahm es und überflog es rasch. Darauf stand:

TRANSMIT NO. 767–9808-09001

REF. NO. KOS-4622

SUBJECT: THE FOLLOWING IS AN ALPHABETICAL LIST OF PERSONNEL AUTHORISED TO RECEIVE SECURE TRANSMISSIONS.

NAME	LOCATION	FIELD/RANK
ADAMS, WALTER. K	LVRMRE LAB	NCLR PHYSCS
ATKINS, SAMANTHA E.	GSTETNR	CMPTR SFTWRE
BAILEY, KEITH H.	BRKLY	AERONTL ENGNR
BARNES, SEAN M.	N. SEALS	LTCMMDR
BROOKES, ARLIN F.	A. RNGRS	CPTN
CARVER, ELIZABETH R.	CLMBIA	CMPTR SCI
CHRISTIE, MARGARET V.	HRVRD	IDSTRL CHMST
DAWSON, RICHARD K.	MCROSFT	CMPTR SFTWRE
DELANEY, MARK M.	IBM	CMPTR HRDWRE
DOUGLAS, KENNETH A.	CRAY	CMPTR HRDWRE
DOWD, ROGER F.	USMC	CPRL
EWARDS, STEPHEN R.	BOEING	AERONTL ENGNR
FROST, KAREN S.	USC	GNTC ENGNR
FAULKNER, DAVID G.	JPL	AERONTL ENGNR
GIANNI, ENRICO R.	LCKHEED	AERONTL ENGNR
GRANGER, RAYMOND K.	A. RANGERS	SNR SGT
HARRIS, TERENCE X.	YALE	NCLR PHYSICS
JOHNSON, NORMA E. U.	ARIZ	BIOTOXNS
KAPLAN, SCOTT M.	USMC	GNNY SGT
KASCYNSKI, THERESA E.	3M CORP	PHSPHTES
KEMPER, PAULENE J.	JHNS HPKNS	DRMTLGY
KOZLOWSKI, CHARLES R.	USMC	SGT MJR
LAMB, MARK I.	ARMALITE	BLLSTCS
LAWSON, JANE R.	U. TEX	INSCTCIDES
LEE, MORGAN T.	USMC	SGT
MAKIN, DENISE E.	U. CLRDO	CHMCLANGNTS
McDONALD, SIMON K.	LYRMRE LAB	NCLR PHYSICS

NORTON, PAUL G.	PRNCTN	AMINO ACD CHNS
OLIVER, JENNIFER F.	SLCN STRS	CMPTR SFTWRE
PARKES, SARAH T.	USC	PLNTGST
RIGGS, WAYLON J.	N. SEALS CMMDR	
REICHART, JOHN R.	USMC	SGT
SHORT, GREGORY J.	CCA CLA	LQD SCE
TURNER, JENNIFER C.	UCLA	GNTC ENGNR
WILLIAMS, VICTORIA D.	U. WSHGTN GEOPHYS	
YATES, JOHN F.	USAF	CPTN

Cameron blickte zu Trent auf. »Woher haben Sie das?«

Trent lächelte. Es war das erste echte Lächeln, das Cameron in der Stunde, die er Trent kannte, an ihm gesehen hatte.

»Sie erinnern sich an diese Burschen, von denen ich Ihnen erzählt habe, die in dem Lieferwagen vor dem Haus meiner Eltern geparkt haben?«

»Ja ...«

»Nun, ich bin einem von denen nach Hause gefolgt. Habe ihn auf der Schwelle zu seiner Wohnung abgefangen und ihm ein paar Fragen gestellt. Er war sehr kooperativ, sobald er ... angemessen motiviert war.«

»Was ist mit ihm geschehen?«, fragte Cameron argwöhnisch.

Als er Antwort gab, war Trents Stimme hart, kalt und bar jeglichen Gefühls.

»Er ist gestorben.«

Snake hing, mit Handschellen gefesselt, an demselben Pfahl auf Deck E wie Henri Rae und Luc Champion. Waffen und Körperschutz hatte man ihm abgenommen. Er stand einfach nur da, an den Pfahl gefesselt, gekleidet in seine Ganzkörper-Tarnuniform.

Schofield, Riley und Rebound standen vor ihm auf dem Deck und sahen ihn an. Mother war ebenfalls draußen auf dem Tümpeldeck. Sie saß auf einem Sessel und sah aus wie Kleopatra auf einer Chaiselongue. Schofield hatte sie von Book und Rebound für diesen Zweck aufs Deck hinaustragen lassen.

Zu guter Letzt stand James Renshaw hinter Schofield. Er war der einzige Zivilist auf dem Tümpeldeck.

Die Atmosphäre war angespannt. Niemand sagte ein Wort.

Schofield sah auf seine Armbanduhr.

Es war 15.42 Uhr.

Ihm fiel ein, was Abby Sinclair über die Flares in der Atmosphäre über der Eisstation Wilkes gesagt hatte. Eine Lücke im Flare würde um 15.51 Uhr über die Station hinwegziehen.

Neun Minuten.

Er würde das hier rasch hinter sich bringen müssen. Gant und die anderen waren noch immer unten in der Höhle, und er wollte mit ihnen Kontakt aufnehmen und genau herausfinden, was dort unten war, ehe er McMurdo anrief.

Schofield drückte auf einen Knopf an der Seite seiner Armbanduhr und die Anzeige veränderte sich. Die Stoppuhr erschien. Die Ziffern darauf tickten aufwärts:

1:52:58.

1:52:59.

1:53:00.

Verdammt, dachte Schofield.

Das würde eng werden. Nachdem er um 15.51 Uhr mit den Leuten von McMurdo gesprochen hätte, bliebe denen *weniger* als eine Stunde, um sich eine Möglichkeit zu überlegen, wie sie das französische Kriegsschiff aufstöbern und vernichten könnten, das vor der Küste lag und darauf wartete, seine Raketen auf die Eisstation Wilkes abzufeuern.

»Also gut«, sagte Schofield und wandte sich an die um ihn versammelte Gruppe. »Book. Rebound. Ihr zuerst.«

Book und Rebound erzählten ihre Geschichte.

Beide hatten draußen an der Antenne der Station auf einem der Außengebäude gearbeitet.

»Und dann haben Sie angerufen und darum gebeten, dass einer von uns zu Mr. Renshaw gehen sollte«, sagte Book. »Snake hat den Anruf entgegengenommen, also ist er losgegangen. Nach etwa fünfzehn Minuten ist er zurückgekommen und hat gesagt, dass alles in Ordnung wäre; hat gesagt, dass Mr. Renshaw noch immer in seinem Zimmer wäre und dass es einfach falscher Alarm gewesen wäre.«

Schofield nickte – das war, als er niedergeschossen worden war.

»Ein wenig später«, fuhr Book fort, »wollte ich los und nach Mother sehen, aber Snake hat mich angehalten und gesagt, dass er sich darum kümmern würde. Zu der Zeit habe ich mir nichts dabei gedacht, also habe ich gesagt, natürlich, wenn er es so wollte.«

Schofield nickte wieder – das war gewesen, als Mother angriffen worden war.

Er tat einen Schritt nach vorn, so dass er direkt vor Snake stand. »Sergeant«, sagte er. »Würdest du uns eine Erklärung geben?«

Snake sagte kein Wort.

»Sergeant«, sagte Schofield, »ich habe gesagt, würdest du mir bitte sagen, was *zum Teufel noch eins* hier vorgeht?«

Snake zuckte nicht zurück. Er lächelte Schofield einfach kalt und höhnisch an.

Schofield verabscheute ihn, verabscheute allein seinen Anblick.

Dies war der Mann, der ihn niedergeschossen – ihn umgebracht – und dann noch *geprüft* hatte, ob er auch wirklich tot war.

Schofield hatte über seine eigene Ermordung nachgedacht.

Am Ende war es das Milchglas auf dem Deck, das es erklärte. Das weiße Milchglas, worauf Schofield nur Augenblicke, bevor er niedergeschossen worden war, getreten war.

Es erklärte zwei Dinge: *warum* Snake in der Lage war, ein Gewehr sicher in der gasgesättigten Atmosphäre der Eisstation Wilkes abzufeuern, und *von wo aus* er es abgefeuert hatte.

Die Antwort war letzten Endes simpel.

Snake hatte sein Scharfschützengewehr gar nicht im Innern der Station abgefeuert. Er hatte von *außerhalb* der Station geschossen. Er hatte ein winziges rundes Loch in die weiße Milchglaskuppel gebrochen, die den Zentralschacht der Station überdeckte, und hatte *durch* dieses Loch auf Schofield geschossen. Das Glas, das er für das Loch aus der Kuppel gelöst hatte, war den ganzen Schacht hinab bis auf Deck E gefallen. Auf eben dieses Glas war Schofield nur Augenblicke, bevor er niedergeschossen wurde, getreten.

Schofield starrte Snake einfach nur an.

Mother sagte leise: »Er hat gesagt, er wäre bei der ICG.«

Bei Mothers Worten drehten sich Book und Rebound sofort um.

»Nun, Sergeant?«, fragte Schofield.

»Er war verflucht redselig, als er sich bereit machte, mich zu filetieren«, meinte Mother. »Ich schlage vor, wir schneiden ihm die Eier ab und lassen ihn dabei zusehen, wie wir sie an die verdammten Wale verfüttern.«

»Gute Idee«, sagte Schofield und funkelte Snake an. Snake erwiderte den Blick bloß blasiert und höhnisch.

Schofield spürte Ärger in sich aufwallen. Er war stinkwütend. Gerade im Augenblick hatte er einfach nur das dringende Bedürfnis, Snake gegen die Wand zu knallen und ihm diesen blasierten Ausdruck aus dem verdammten Gesicht zu wischen ...

Als Anführer können Sie es sich einfach nicht leisten, wütend oder bestürzt zu sein.

Wieder klangen Schofield Trevor Barnabys Worte im Kopf.

Schofield überlegte, ob in Barnabys Einheit jemals ein Mann eingeschleust worden war. Er überlegte, was der berühmte SAS-Kommandeur unter *diesen* Umständen wohl getan hätte.

»Book«, sagte Schofield. »Deine Meinung?«

Buck Riley starrte Snake einfach nur traurig an und schüttelte den Kopf. Er wirkte bis ins Innerste erschüttert von der Enthüllung, dass Snake von der ICG eingeschleust worden war.

»Ich hätte dich nicht für einen Verräter gehalten, Snake«, meinte Book. Daraufhin wandte er sich Schofield zu. »Es ist nicht an Ihnen, ihn umzubringen. Nicht hier. Nicht jetzt. Nehmen Sie ihn mit nach Hause. Schicken Sie ihn ins Gefängnis!«

Während Books Worten hatte Schofield Snake einfach nur funkelnd angeblickt. Snake hatte diesen Blick trotzig erwidert.

Es folgte ein langes Schweigen.

Schofield brach es. »Erzähl mir was von der Intelligence Convergence Group, Snake!«

»Das ist eine hübsche Verletzung«, sagte Snake leise, langsam, wobei er die genähte Wunde auf Schofields Hals ansah. Die Wunde, die Snake ihm selbst zugefügt hatte. »Sie sollten tot sein.«

»Es hat mir nicht gepaßt«, erwiderte Schofield. »Erzähl mir von der ICG!«

Snake lächelte kalt, dünn. Dann lachte er leise auf.

»Sie sind ein toter Mann«, sagte Snake ruhig. Daraufhin wandte er sich den anderen zu. »Ihr werdet alle sterben.«

»Was meinst du damit?« fragte Schofield.

»Ihr habt was von der ICG wissen wollen«, meinte Snake. »Ich habe euch gerade was von der ICG erzählt.«

»Die ICG wird uns umbringen?«

»Die ICG wird euch nie am Leben lassen«, sagte Snake. »Es ist unmöglich. Nicht nach dem, was ihr hier gesehen habt. Wenn die Regierung der Vereinigten Staaten die Hände auf dieses Raumschiff legen kann, darf sie nicht zulassen, dass eine Handvoll *Frontschweine* wie ihr davon etwas wisst. Ihr werdet alle sterben. Darauf könnt ihr Gift nehmen.«

Snakes Worte hingen in der Luft. Alle auf dem Deck schwiegen.

Ihre Belohnung dafür, dass sie so rasch auf der Eisstation Wilkes eingetroffen und sie gegen die Franzosen verteidigt hatten, bestand in der Todesstrafe.

»Wunderbar«, meinte Schofield. »Das ist einfach wunderbar. Ich wette, du bist verdammt stolz auf dich«, sagte er zu Snake.

»Meine Loyalität meinem Land gegenüber ist größer als meine Loyalität dir gegenüber, Scarecrow«, sagte Snake trotzig.

Schofield knirschte mit den Zähnen. Er trat vor. Book hielt ihn zurück.

»Nicht jetzt«, sagte Book ruhig. »Nicht hier.«

»Lieutenant!«, schrie eine weibliche Stimme von irgendwoher hoch oben in der Station.

Schofield blickte auf.

Abby Sinclair beugte sich über das Geländer von Deck A.

»Lieutenant!«, schrie sie. »Es ist Zeit!«

Schofield betrat den Funkraum auf Deck A, Book und James Renshaw ihm auf den Fersen. Rebound war unten auf Deck geblieben, um ein Auge auf Snake zu halten.

Abby saß bereits an der Funkkonsole. Sie konnte es zunächst gar nicht glauben, als sie Renshaw den Raum betreten sah.

»Hallo, Abby«, sagte Renshaw.

»Hallo, James«, erwiderte Abby vorsichtig.

Abby wandte sich an Schofield. »Die Lücke sollte jetzt jede Sekunde über uns sein.« Sie betätigte einen Schalter auf der Konsole. Aus den beiden Lautsprechern an der Wand tönte statisches Rauschen.

Schschschschschsch.

»Das ist das Geräusch des Flares«, sagte Abby. »Aber wenn Sie nur ... ein ... paar ... Sekunden ... warten ...«

Das Rauschen endete abrupt und es folgte Stille.

»Und da ist sie«, meinte Abby. »Da ist Ihre Lücke, Lieutenant. Also los!«

Schofield setzte sich an die Konsole und packte das Mikrofon.

Er drückte den Sprechknopf, aber gerade als er sprechen wollte, brach ein merkwürdiges, schrilles Pfeifgeräusch jäh aus den Lautsprechern an der Wand. Es hörte sich an wie eine Rückkopplung, eine Interferenz.

Sofort ließ Schofield das Mikrofon los und sah zu Abby auf. »Was habe ich getan? Habe ich was gedrückt?«

Stirnrunzelnd betätigte Abby einige Schalter. »Nein. Sie haben nichts getan.«

»Ist das der Flare? Könnte die Zeit nicht gestimmt haben?«

»Nein«, erwiderte Abby fest.

Sie betätigte weitere Schalter.

Nichts geschah.

Das System reagierte anscheinend nicht auf das, was sie tat. Das schrille Pfeifgeräusch erfüllte den Funkraum.

»Da stimmt was nicht«, sagte Abby, »das ist keine Interferenz des Flares. Das ist etwas anderes. Das ist anders. Es ist fast so, als wäre es *elektronisch*. Als ob jemand uns stören würde...«

Schofield spürte, wie es ihm kalt den Rücken hinablief.

»Uns stören würde?«

»Es ist, als ob jemand *zwischen* uns und McMurdo wäre und unser Signal am Durchkommen hindern würde«, erwiderte Abby.

»Scarecrow...«, sagte eine Stimme von irgendwo hinter Schofield.

Schofield fuhr herum.

Es war Rebound.

Er stand auf der Schwelle zur Funkstation.

»Ich habe dir doch gesagt, du solltest unten bei...«

»Sir, Sie sehen sich das besser an«, sagte Rebound. »Sie sehen sich das besser *jetzt* an.« Rebound hielt die linke Hand hoch.

Darin war der tragbare Bildschirm, den Schofield vorher vom Hovercraft mitgebracht hatte. Der kleine Fernsehschirm, der die Ergebnisse der beiden Entfernungsmesser zeigte, die auf den Hovercrafts draußen montiert waren.

Schofield sah auf den Schirm und seine Augen wurden sogleich weit vor Entsetzen.

»O *mein Gott!*«, sagte er.

Der Schirm war erfüllt von roten Leuchtpunkten.

Es sah aus wie ein Bienenschwarm, der auf einen Punkt zuflog; sie näherten sich allesamt der Mitte des Schirms.

Schofield zählte zwanzig rote Leuchtpunkte.

Zwanzig...

Alle hatten Eisstation Wilkes zum Ziel.

»Mein Gott...«

Und dann hörte Schofield plötzlich eine Stimme.

Eine Stimme, bei der ihm das Blut in den Adern gefror.

Sie tönte aus den Lautsprechern, die an den Wänden der Funkstation hingen. Laut und hart, als wäre sie eine Botschaft von Gott persönlich.

»Achtung, Eisstation Wilkes. Achtung«, sagte die Stimme.

Es war eine schneidige Stimme, knapp und kultiviert.

»Achtung, amerikanische Streitmacht auf Eisstation Wilkes. Wie Ihnen jetzt zweifelsohne aufgefallen sein wird, sind Ihre Funkverbindungen unterbrochen. Es hat keinen Zweck, Ihre Basis auf McMurdo erreichen zu wollen – Sie werden nicht durchkommen. Wir weisen Sie an, sogleich Ihre Waffen niederzulegen. Wenn Sie Ihre Verteidigungsanlagen nicht vor unserer Ankunft entfernen, werden wir gezwungen sein, gewaltsam einzudringen. Ein solches Eindringen, meine Damen und Herren, wird schmerzhaft sein.«

Beim Klang dieser Stimme wurden Schofields Augen ganz groß. Der britische Akzent war nur allzu offensichtlich.

Es war eine Stimme, die Schofield gut kannte. Eine Stimme aus seiner Vergangenheit.

Es war die Stimme von Trevor Barnaby, Brigadier-General Trevor J. Barnaby vom SAS Ihrer Majestät.

Fünfter Überfall

16. Juni, 15.51 Uhr

»O Gott«, sagte Rebound.

»Wann werden sie hier sein?«, fragte Book.

Schofields Blick klebte auf dem Bildschirm. Er sah auf die Anzeige am unteren Bildschirmrand. Sie zeigte ein Drahtbügel-Abbild eines Hovercraft. Das Drahtbügel-Hovercraft rotierte in der Anzeige. Darunter standen die Worte: BELL TEXTRON SR.N/-S-LANDING CRAFT AIR CUSHIONED (UK).

»Es ist der SAS«, meinte Rebound ungläubig. »Es ist der verdammte SAS.«

»Reg dich nicht auf, Rebound«, sagte Schofield. »Noch sind wir nicht tot.«

Schofield wandte sich an Book. »Fünfundfünfzig Kilometer entfernt. Nähert sich mit einhundertdreißig Kilometern pro Stunde.«

»Definitiv nicht freundlich gesinnt«, sagte Book.

»Fünfundfünfzig Kilometer bei einhundertdreißig Kilometer pro Stunde«, sagte Schofield. »Da bleiben uns wie viel ...«

»Sechsundzwanzig Minuten«, warf Abby rasch ein.

»Sechsundzwanzig Minuten.« Schofield schluckte. »Scheiße.« Im Raum herrschte Schweigen.

Schofield konnte Rebound atmen hören. Er atmete rasch, hyperventilierte.

Aller Augen lagen auf Schofield. Sie warteten darauf, dass er die Initiative ergriff.

Schofield holte tief Luft und versuchte, die Situation einzuschätzen. Der SAS – der britische Special Air Service, die gefährlichste Spezialeinheit der Welt – war auf direktem Weg zur Eisstation Wilkes.

Und er wurde von Trevor Barnaby angeführt – dem Mann, der Shane Schofield alles *beigebracht* hatte, was er über verdecktes Vordringen auf feindliches Territorium wusste. Der Mann, dem während der achtzehn Jahre, die er den SAS kommandiert hatte, keine Mission fehlgeschlagen war.

Um allem die Krone aufzusetzen, störte Barnaby zusätzlich Schofields Funk und hinderte ihn somit daran, mit McMurdo Kontakt aufzunehmen. Hinderte ihn daran, Kontakt zu den einzigen Menschen auf der Welt aufzunehmen, die imstande waren, das französische Kriegsschiff zu vernichten, das vor der Küste lag und darauf wartete, seine Lenkraketen auf die Eisstation Wilkes abzufeuern.

Schofield überprüfte seine Stoppuhr. Sie zeigte an:

2:02:31

2:02:32

2:02:33

Scheiße, dachte Schofield.

Weniger als eine Stunde, bis sie feuerten.

Scheiße. Alles geschah viel zu rasch. Es war, als ob die ganze Welt über ihn hereinbräche.

Schofield blickte erneut auf den Anzeiger des Entfernungsmessers, blickte auf den Schwarm von Pünktchen, die sich der Eisstation Wilkes näherten.

Zwanzig Hovercrafts, dachte er. Vielleicht zwei oder drei Mann in jedem. Das bedeutete ein Minimum von fünfzig Männern.

Fünfzig Männer.

Und was stand Schofield zur Verfügung!

Drei gesunde Männer in der Station. Drei weitere unten in der Höhle. Mother unten im Vorratsraum und Snake mit Handschellen an einem Pfahl gefesselt auf Deck E.

Die Situation sah nicht einfach nur schlimm aus.

Sie sah hoffnungslos aus.

Entweder blieben sie hier und kämpften einen selbstmörderischen Kampf gegen den SAS, oder sie liefen davon – versuchten einen Durchbruch nach McMurdo mit den Hovercrafts – und brachten später Verstärkung her.

Es gab wirklich überhaupt keine Wahl.

Schofield blickte zu der kleinen Gruppe auf, die um ihn versammelt war.

»Also gut«, sagte er. »Wir verschwinden von hier.«

Es klirrte laut unter Schofields Füßen, als diese hart auf dem kalten Metallboden von Deck E trafen. Schofield schritt rasch über das Deck auf den Südtunnel und Mothers Vorratsraum zu.

»Was ist los?«, rief eine Stimme von der anderen Seite des Decks. Snake. »Probleme, Lieutenant?«

Schofield ging zu dem mit Handschellen gefesselten Soldaten. Er sah die beiden französischen Wissenschaftler auf dem Deck zu beiden Seiten Snakes knien. Sie starrten lediglich resigniert das Deck an.

»Du hast einen Fehler begangen«, meinte Schofield zu Snake.

»Du hast zu rasch damit begonnen, deine eigenen Männer umzubringen. Du hättest warten sollen, bis du dir sicher gewesen wärst, dass diese Station in unserer Hand war. Jetzt rasen zwanzig britische Hovercrafts auf uns zu und keinerlei Verstärkung ist in Sicht. Sie werden in dreiundzwanzig Minuten hier sein.«

Snakes Gesicht blieb reglos, kalt.

»Und weißt du was«, sagte Schofield. »Du wirst hier sein, wenn sie eintreffen.« Er ging davon.

»Du wirst mich *hierlassen?«*, fragte Snake ungläubig.

»Ja.«

»Das kannst du nicht tun. Du *brauchst* mich«, sagte Snake.

Schofield sah beim Gehen auf die Armbanduhr.

Zweiundzwanzig Minuten bis zur Ankunft des SAS.

»Snake, du hast deine Chance gehabt, und du hast sie vergeudet. Jetzt betest du besser darum, dass wir ihre Linien durchbrechen und McMurdo erreichen. Denn wenn uns das nicht gelingt, dann wird diese ganze Station – und was auch immer unten im Eis begraben ist – auf immer verloren sein.«

Schofield blieb am Eingang zum Südtunnel stehen und wandte sich um. »Und in der Zwischenzeit kannst du dein Glück mit Trevor Barnaby versuchen.«

Mit diesen Worten wandte sich Schofield von Snake ab und betrat den Südtunnel. Sofort ging er nach rechts und betrat Mothers Vorratsraum. Mother saß wieder auf dem Fußboden an der Wand. Bei Schofields Eintritt schaute sie hoch.

»Probleme?«, fragte sie.

»Wie immer«, erwiderte Schofield. »Kannst du dich rühren?«

»Was geht vor?«

»Unser Lieblingsverbündeter schickt gerade seine besten Truppen zur Einnahme dieser Station her.«

»Was meinst du damit?«

»Der SAS ist auf dem Weg hierher, und er hat sich nicht gerade freundlich angehört.«

»Wie viele?«

»Zwanzig Hovercrafts.«

»Scheiße«, meinte Mother.

»Genau das habe ich auch gedacht. Kannst du dich rühren?« Schofield wühlte bereits hinter Mothers Sessel herum, um nachzusehen, ob er alle ihre Beutel mit den intravenösen Flüssigkeiten aufsammeln konnte.

»Wann werden sie hier sein?«, fragte Mother.

Schofield sah rasch auf seine Armbanduhr. »In zwanzig Minuten.«

»Zwanzig Minuten«, wiederholte Mother.

Hinter ihr ergriff Schofield rasch zwei Schläuche.

»Scarecrow ...«, sagte Mother.

»Nur eine Sekunde.«

»Scarecrow.«

Schofield hielt inne und sah zu Mother auf.

»Hör auf damit«, sagte Mother freundlich.

Schofield sah sie an.

»Scarecrow«, sagte Mother. »Verschwinde von hier. Verschwinde sofort von hier. Selbst wenn wir eine volle Schwadron von zwölf Säbelkämpfern hätten, wären wir nie imstande, einen ganzen Zug SAS-Soldaten aufzuhalten.« ›Säbelkämpfer‹ war Mothers Ausdruck für einen Marine, eine Anspielung auf den Ehrensäbel, den jeder Marine trug, wenn er den großen Dienstanzug anhatte.

»Mother ...«

»Scarecrow, der SAS, das sind keine regulären Truppen wie wir. Das sind Killer, ausgebildete Killer. Sie sind dazu *ausgebildet,* in eine feindliche Zone vorzudringen und jeden in Sichtweite zu töten. Sie machen keine Gefangenen. Sie stellen keine Fragen. Sie töten.« Mother hielt inne. »Du musst die Station evakuieren.«

»Ich weiß.«

»Und das kannst du nicht mit einer einbeinigen alten Hexe wie mir tun, die nur unnützen Ballast darstellt. Wenn du vor dieser Blockade davonlaufen willst, wirst du Leute benötigen, die sich rühren können, Leute, die sich rasch voranbewegen können.«

»Ich werde dich nicht hier lassen ...«

»Scarecrow. Du *musst* McMurdo erreichen. Du musst Verstärkung holen.«

»Und was dann?«

»Und was dann? Dann kannst du mit einem verdammten *Bataillon* Säbelkämpfer zurückkehren, diese britischen Hurensöhne pulverisieren, das Mädchen retten und die verdammte Lage retten. Das dann.«

Schofield starrte Mother einfach nur an. Mother erwiderte seinen Blick, sah ihm direkt in die Augen.

»Geh«, sagte sie leise. »Geh jetzt. Ich werd's schon schaffen.«

Schofield erwiderte kein Wort, er starrte sie bloß ununterbrochen an.

Mother zuckte nonchalant die Achseln. »Ich meine, hee, wie ich zuvor schon mal gesagt habe, es ist nichts, was nicht ein schöner Kuss von einem hübsch aussehenden Mann wie dir wieder ...«

In diesem Augenblick beugte sich Schofield ohne Vorwarnung vor und gab Mother einen raschen Kuss auf die Lippen. Es war nur ein kurzer Kuss – ein unschuldiges Küsschen –, aber Mothers Augen wurden groß wie Untertassen.

Schofield stand auf. Mother holte tief Luft.

»Whow, *Mann*«, sagte sie.

»Such dir einen Platz zum Verstecken und bleib dort«, sagte Schofield. »Ich kehre zurück. Versprochen.«

Und dann verließ Schofield den Raum.

Brüllend sprang der Motor des Hovercrafts an.

Rebound auf dem Fahrersitz drückte das Gaspedal bis zum Boden durch. Die Nadel auf dem Tachometer sprang auf 6000 U/m hinauf.

In diesem Augenblick glitt das zweite Marine-Hovercraft über den hart gepackten Schnee. Sein Motor heulte laut auf, als es heranglitt und neben Rebounds Hovercraft zum Stehen kam. Buck Rileys Stimme kam über Rebounds Sprechfunk. *»Noch fünfzehn Minuten, Rebound. Bringen wir sie rüber zum Hauptgebäude und beladen sie!«*

Schofield sah auf seine Armbanduhr, während er rasch um den Außentunnel von Deck B herumging.

Noch fünfzehn Minuten.

»Fox. Hörst du mich?«, sagte er unterwegs in sein Helmmikrofon. Während er auf eine Antwort wartete, legte Schofield rasch die Hand über das Mikrofon.

»Dann los, Leute!«, schrie er.

Die verbliebenen Bewohner von Wilkes – Abby und die drei männlichen Wissenschaftler, Llewellyn, Harris und Robinson – eilten in ihre Zimmer und kamen gleich wieder heraus.

Llewellyn und Robinson liefen an Schofield vorüber. Sie

waren in dicke schwarze Windjacken gekleidet. Sie rannten zum Zentralschacht der Station.

Auf einmal kam Gants Stimme über Schofields Ohrhörer. *»Scarecrow, Fox hier, ich verstehe dich. Du wirst nicht glauben, was hier unten ist.«*

»Ja, schon gut, du wirst nicht glauben, was hier oben ist«, erwiderte Schofield. »Tut mir Leid, Fox, aber du musst mir später davon berichten. Wir stecken hier oben metertief in Schwierigkeiten. Ein ganzer Zug SAS-Soldaten ist auf dem Weg zur Station und sie werden in etwa vierzehn Minuten hier sein.«

»O Gott! Was wirst du tun?«

»Wir verschwinden. Wir müssen es. Es sind einfach zu viele. Unsere einzige Chance besteht darin, nach McMurdo zurückzufahren und die Kavallerie herbeizuholen.«

»Was sollen wir hier unten machen?«

»Bleibt einfach, wo ihr seid. Richtet eure Schießeisen auf den Teich und erschießt das erste Ding, das den Kopf aus dem Wasser steckt.«

Schofield schaute sich beim Sprechen um. Er konnte Kirsty nirgendwo entdecken.

»Hör mal, Fox, ich muss los«, sagte er.

»Gib acht, Scarecrow.«

»Du auch. Scarecrow, Ende.«

Sofort fuhr Schofield herum. »Wo ist das Mädchen?«, schrie er.

Er erhielt keine Antwort. Abby Sinclair und der Wissenschaftler namens Harris waren eifrig damit beschäftigt, ihre Parkas und andere wertvolle Dinge aus ihren Zimmern zu holen. In diesem Moment trat Harris aus seinem Zimmer und lief mit einem Bündel Papieren in den Armen an Schofield vorüber.

Schofield sah Abby aus ihrem Zimmer kommen. Sie zog sich eilig einen schweren blauen Parka über.

»Abby! Wo ist Kirsty?«, rief Schofield.

»Ich glaube, sie ist in ihr Zimmer zurück.«

»Wo ist ihr Zimmer?«

»Unten im Tunnel! Links«, schrie Abby und zeigte den Tunnel hinter Schofield hinab.

Schofield lief den Außentunnel von Deck B hinab und suchte Kirsty.

Noch zwölf Minuten.

Schofield stieß jede Tür auf, an der er vorüberkam.

Erste Tür. Ein Schlafzimmer. Nichts.

Zweite Tür. Verschlossen. Ein Gefahrenzeichen, bestehend aus drei Ringen, darauf. Das Biotoxin-Labor. Hier drin konnte Kirsty nicht sein.

Dritte Tür. Schofield stieß sie auf.

Und blieb jäh stehen.

Diesen Raum hatte Schofield zuvor noch nicht gesehen. Es war irgendeine Art begehbarer Eisschrank, die Sorte, die man zur Aufbewahrung von Nahrungsmitteln benutzte. *Jetzt nicht mehr,* dachte Schofield. Jetzt bewahrte dieser Eisschrank etwas anderes auf.

In diesem Raum waren drei Leichen.

Samurai, Mitch Healy und Hollywood. Alle lagen auf dem Rücken, das Gesicht nach oben.

Nach dem Kampf mit den Franzosen hatte Schofield befohlen, dass die Leichen seiner gefallenen Männer in irgendeine Art Gefrierschrank gebracht werden sollten, wo sie aufbewahrt werden konnten, bis sie für eine angemessene Bestattung nach Hause gebracht werden konnten. Offensichtlich hate man die Leichen hier hingetragen.

In dem Eisschrank war jedoch ein vierter Leichnam. Er lag auf dem Boden gleich neben Hollywoods Leiche und war mit einem braunen Jutesack bedeckt.

Schofield runzelte die Stirn.

Noch ein Leichnam?

Es konnte keiner der französischen Soldaten sein, weil sie nicht von dort fortgeschafft worden waren, wo sie lagen ...

Und dann fiel es Schofield plötzlich wieder ein.

Es war Bernard Olson.

Doktor Bernard Olson.

Der Wissenschaftler, den James Renshaw angeblich mehrere Tage, bevor Schofield und sein Team in Wilkes eingetroffen waren, umgebracht haben sollte. Die Bewohner von Wilkes mussten seinen Leichnam hier abgelegt haben.

Schofield sah auf seine Armbanduhr.

Elf Minuten.

Und dann fiel Schofield plötzlich etwas ein, das Renshaw gesagt hatte, nachdem Schofield in dessen Zimmer aufgewacht war, ans Bett gefesselt. Als Renshaw Schofields Fesseln gelöst hatte, hatte er ihn um etwas Merkwürdiges gebeten. Er hatte ihn gebeten – wenn er je die Möglichkeit dazu erhielte – Olsons Leichnam zu überprüfen, insbesondere die Zunge und die Augen.

Schofield verstand nicht, was die Zunge und die Augen des toten Mannes mit irgendetwas zu tun haben sollten. Aber Renshaw hatte darauf beharrt, dass sie seine Unschuld beweisen würden.

Zehneinhalb Minuten.

Nicht genügend Zeit. Verschwinde von hier!

Dann wiederum *hatte* Renshaw ihm das Leben gerettet ...

Also gut.

Schofield eilte in den Gefrierraum und fiel neben dem braunen Jutesack auf die Knie. Er riss ihn vom Leichnam.

Bernard Olson starrte mit kalten, leblosen Augen zu Schofield auf. Er war ein hässlicher Mann – fett und kahl mit einem aufgeschwemmten, runzligen Gesicht. Seine Haut war kalkweiß.

Schofield verschwendete keine Zeit. Zuerst überprüfte er die Augen.

Sie waren tiefrot um die Ränder, entzündet. Entsetzlich blutunterlaufen.

Dann richtete er seine Aufmerksamkeit auf den Mund des toten Mannes.

Der Mund war geschlossen. Schofield versuchte, ihn zu öffnen, aber die Kieferknochen waren fest aufeinander gepresst. Sie wollten sich keinen Zentimeter weit öffnen.

Schofield beugte sich näher heran und drückte die Lippen des toten Mannes auseinander, so dass er die Zunge untersuchen konnte.

Die Lippen teilten sich.

»Würg.« Schofield zuckte bei dem Anblick zusammen. Er schluckte rasch und unterdrückte den Brechreiz.

Bernie Olson hatte sich die eigene Zunge abgebissen.

Aus irgendeinem Grund hatte Bernie Olson vor seinem Tod heftig die Zähne zusammengebissen. Er hatte so heftig zugebissen, dass er sich die eigene Zunge in zwei Hälften zerschnitten hatte.

Zehn Minuten.

Das reicht. Zeit zu gehen.

Schofield rannte zur Tür, und als er auf dem Weg nach draußen an Mitch Healys Leichnam vorüberkam, schnappte er sich den Helm des toten Marines vom Fußboden.

Schofield verließ den Kühlraum, gerade als Kirsty den Außentunnel von Deck B herabgelaufen kam.

»Ich musste mir einen Parka holen«, sagte sie entschuldigend. »Mein anderer ist nass geworden ...«

»Komm schon«, sagte Schofield, packte sie bei der Hand und zog sie den Tunnel hinab.

Als sie in den Tunnel abbogen, der zum Zentralschacht

führte, hörte Schofield jemanden rufen: »Wartet auf mich!«
Schofield fuhr herum.

Es war Renshaw. Er eilte, so rasch seine kleinen Beine es erlauben wollten, den geschwungenen Außentunnel auf Schofield und Kirsty zu. Er trug einen schweren blauen Parka und hielt ein dickes Buch unter dem Arm.

»Das hab ich holen müssen«, sagte Renshaw, wobei er auf das Buch unter dem Arm deutete, während er an Schofield vorüber zum Zentralschacht lief.

Schofield und Kirsty folgten ihm. »Was zum Teufel ist daran so wichtig?«, schrie Schofield.

»Beweis meiner Unschuld«, rief Renshaw zurück.

Außerhalb der Station flog der Schnee waagerecht.

Er attackierte Schofields Gesicht – prallte von den Gläsern seiner silbrigen Brille ab –, als er mit Kirsty und Renshaw an seiner Seite aus dem Haupteingang trat.

Noch acht Minuten.

Bis zum Eintreffen des SAS.

Die beiden weißen Marine-Hovercrafts parkten bereits draußen vor dem Haupteingang der Station. Book und Rebound standen neben den beiden großen Fahrzeugen und drängten die Bewohner von Wilkes in Rebounds weißes Hovercraft.

Schofields Plan war simpel.

Rebounds Hovercraft diente zum Transport. Es hatte sechs Sitze, also würde es alle Bewohner von Wilkes befördern – Abby, Llewellyn, Harris, Robinson und Kirsty – plus Rebound selber.

Book und Schofield würden nach hinten absichern und das Transportfahrzeug verteidigen, während es ostwärts jagte und so versuchte, den SAS-Hovercrafts zu entkommen, die zur Eisstation Wilkes rasten.

Book würde das zweite Marine-Hovercraft steuern, Schofield das orangefarbene Hovercraft der französischen Einheit. James Renshaw, entschied Schofield, würde mit ihm fahren.

Schofield sah Rebound die Schiebetür seines Hovercrafts zuschlagen; sah Book auf das Luftkissen seines Hovercrafts springen und in der Kabine verschwinden. Eine Sekunde später tauchte Book mit einem großen Samsonite-Koffer in Händen wieder auf. Book schleuderte den großen schwarzen Koffer über den Schnee zu Schofield hinüber. Er landete mit einem lauten Plumpser.

»Schädlingsbekämpfung«, rief Book.

Schofield eilte zum Koffer hin.

»Hier«, sagte er zu Renshaw beim Laufen. »Setzen Sie den auf!«

Schofield reichte Renshaw den Helm des Marine, den er auf seinem Weg aus dem Kühlraum eingesammelt hatte. Daraufhin hob Schofield den großen Samsonite-Koffer auf und eilte zum französischen Hovercraft.

Das französische Hovercraft stand schweigend im Schnee draußen vor dem Haupteingang der Station. Anders als die beiden weißen USMC-Hovercrafts war es mit einem schreiend grellen Orangeton lackiert.

Sieben Minuten.

Schofield sprang auf das Luftkissen des französischen Hovercrafts und riß die Schiebetür auf. Er ließ sich von Renshaw den großen Samsonite-Koffer hinaufreichen und warf ihn ins Innere.

Schofield eilte in die Kabine und ging zum Fahrersitz. Renshaw sprang hinter ihm herein und zog die Schiebetür zu. Schofield drückte die Zündung.

Brüllend sprang der Motor an.

Die zwei Meter große Luftschraube am Heck des Hovercrafts begann zu rotieren. Sie wurde schneller und schneller, bis sie, wie die Propeller an einem alten zweimotorigen Flugzeug, plötzlich in den Overdrive schaltete und zu einem wirbelnden verschwommenen Klecks wurde.

Unter dem schwarzen Luftkissen des Hovercrafts sprangen ebenfalls vier kleinere Propeller an. Das große Hovercraft hob sich langsam vom Boden, als sich das Luftkissen aufblähte wie ein Ballon.

Schofield wendete das große orangefarbene Fahrzeug, sodass es neben den beiden weißen Marine-Hovercrafts zum Stehen kam. Alle zeigten sie nach draußen, von der Station weg.

Schofield sah durch die verstärkte Windschutzscheibe seines Hovercrafts hinaus und erkannte den Horizont im Südwesten.

Er glühte in einem beunruhigenden Orange.

Darüber lag eine Ansammlung dunkler Schatten. Kleine schwarze Schachteln mit fetten runden Unterteilen, die eine Staubfahne hinter sich aufzuwirbeln schienen.

Die britischen Hovercrafts.

Die sich der Eisstation Wilkes näherten.

»Also gut, Leute«, sagte Schofield in sein Helmmikrofon. »Dann lasst uns von hier verschwinden!«

Der Boden jagte unter ihnen dahin.

Die drei amerikanischen Hovercrafts rasten Seite an Seite mit phänomenaler Geschwindigkeit über die Eisebene. Book und Schofield außen, Rebounds Transportfahrzeug in der Mitte.

Sie rasten ostwärts, in Richtung McMurdo. Die drei Hovercrafts hielten sich an die Küstenlinie, fuhren um den Rand einer Klippe, die über einer gewaltigen, buchtähnlichen Wasserfläche aufragte. Von einer Seite zur anderen war die Bucht etwa anderthalb Kilometer breit, aber sie auf dem Landweg zu *umrunden* erforderte eine Fahrt von nahezu dreizehn Kilometern. Die Wellen des südlichen Eismeers, so hoch wie Berge, schlugen laut krachend gegen den Fuß der Klippen.

Während sein Hovercraft über die Eisebene jagte, blickte sich Schofield um. Er sah die britischen Hovercrafts, die sich der Eisstation Wilkes von Westen und Süden her näherten.

»Sie müssen auf einer der australischen Stationen gelandet sein«, sagte er über seinen Helmfunk. Am wahrscheinlichsten auf der Station Casey, dachte er. Es war die nächstgelegene, etwa 1100 Kilometer westlich von Wilkes.

»*Verdammte Australier*«, sagte Rebounds Stimme.

Acht Kilometer entfernt, in dem lautlosen Innern eines in Amerika hergestellten Bell Textron SR.N7-S-Hovercrafts, blickte Brigadier-General Trevor J. Barnaby ausdruckslos durch die verstärkte Windschutzscheibe seines Hovercrafts.

Trevor Barnaby war ein großer, stämmiger Mann, sechsundfünfzig Jahre alt. Er hatte den Kopf völlig geschoren und trug ein spitzes schwarzes Ziegenbärtchen. Er starrte mit kalten, harten Augen durch die Windschutzscheibe seines Hovercrafts.

»Du läufst davon, Scarecrow«, sagte er laut. »Meine Güte, bist du aber schlau!«

»Sie fahren ostwärts, Sir«, sagte ein junger SAS-Corporal, der die Funkstation gleich neben Barnaby besetzt hielt. »An der Küste entlang.«

»Schick ihnen acht Fahrzeuge hinterher«, befahl Barnaby. »Tötet sie. Alle anderen sollen wie geplant weiter zur Station fahren.«

»Jawohl, Sir.«

Der Tachometer in Schofields Hovercraft überschritt die Schwelle von einhundertdreißig Kilometer pro Stunde. Schnee hämmerte gegen die Windschutzscheibe.

»Sir, sie kommen!«, rief Rebounds Stimme über Schofields Helmfunk.

Schofields Kopf fuhr nach rechts, und da sah er sie.

Mehrere britische Hovercrafts waren aus der Hauptgruppe ausgeschert und nahmen jetzt Ziel auf die drei fliehenden amerikanischen Hovercrafts.

»Die anderen fahren zur Station«, sagte Books Stimme.

»Ich weiß«, meinte Schofield. »Ich weiß.«

Schofield fuhr im Fahrersitz herum. Er sah Renshaw im hinteren Teil der Kabine stehen. Er wirkte ein wenig lächerlich in Mitch Healys viel zu großem Marine-Helm.

»Mr. Renshaw«, sagte Schofield.

»Ja.«

»Zeit, sich nützlich zu machen. Schauen Sie mal, ob Sie diesen Koffer da auf dem Boden aufkriegen.«

Sofort fiel Renshaw auf die Knie und schnippte die Verschlüsse an dem schwarzen Samsonite-Koffer auf, der vor ihm auf dem Fußboden lag.

Während Schofield fuhr, drehte er sich alle paar Sekunden herum, um nachzusehen, wie Renshaw mit dem Koffer zurechtkam.

»O *Scheiße«,* sagte Renshaw, als er den Koffer öffnete und sah, was darin lag.

In diesem Augenblick ertönte ein jähes, dröhnendes Geräusch von draußen, und Schofield fuhr wieder herum.

Er kannte dieses Geräusch ...

Und dann sah er es.

»O nein ...«, stöhnte Schofield.

Die erste Rakete schlug *direkt vor* Schofields dahinjagendem Hovercraft in den schneebedeckten Boden.

Sie hinterließ einen Krater von mehr als drei Metern Durchmesser, und den Bruchteil einer Sekunde später fuhr Schofields Hovercraft kreischend über den Rand des Kraters und explodierte förmlich durch die Staubwolke, die darüber lag.

»Sie kommen!«, schrie Rebounds Stimme.

»Schwenkt ins Inland ab!«, rief Schofield zurück, als er den Klippenrand in etwa einhundert Metern Entfernung links von sich zu Gesicht bekam. »Verschwindet vom Rand!«

Schofields Kopf fuhr herum, während er sprach. Er sah den Haufen britischer Hovercrafts hinter sich.

Er sah außerdem die zweite Rakete.

Sie war weiß und rund, zylindrisch, und sie fuhr durch den dahintreibenden Schnee dem führenden britischen Hovercraft voraus. Ihre spiralförmige Rauchspur zog sie hinter sich durch die Luft. Eine Milan-Panzerabwehrrakete.

Renshaw sah sie ebenfalls. *»Iiiih!«*

Schofield trat das Gaspedal bis zum Anschlag durch.

Aber die Rakete kam zu rasch heran. Sie heftete sich schnell an die Spur von Schofields Hovercraft.

Und dann, plötzlich im letzten Augenblick, riss Schofield hart am Steuer seines Hovercrafts und das ganze Fahrzeug schwenkte dramatisch nach links ab, auf den Klippenrand *zu*.

Die Rakete schoss über den Bug des dahinjagenden Hovercrafts hinweg und Schofield schwenkte instinktiv nach rechts zurück und die Rakete schlug in den Schnee links von ihm und explodierte mit einem eindrucksvollen weißen Schauer.

Sogleich schwang Schofield wieder nach links, gerade als eine zweite Rakete auf die schneebedeckte Erde unmittelbar neben ihm schlug.

»Fahrt Zickzack!«, schrie Schofield in sein Helmmikrofon. »Sie dürfen sich nicht auf eure Spur heften!«

Wie einer begannen die drei amerikanischen Hovercrafts, im Zickzackkurs zu fahren, während sie über die flache antarktische Landschaft dahin schossen und der Hagelsturm ungelenkter britischer Raketen rings um sie her in den Schnee schlug. Ohrenbetäubende Explosionen erfüllten die Luft. Mächtige Klumpen aus Schnee und Erde spritzten vom Boden hoch.

Schofield kämpfte verzweifelt mit dem Steuer seines Hovercrafts. Das Hovercraft jagte kreischend über die Eisebene wie ein außer Kontrolle geratener Schwerlaster, tauchte auf und nieder und fuhr im Zickzackkurs, während es den Raketen auswich, die ringsumher herabregneten.

»Der Koffer!«, schrie Schofield Renshaw zu. *»Der Koffer!«*

»Ja, ja!«, sagte Renshaw. Er hob eine kompakte schwarze Röhre aus dem Samsonite-Koffer. Sie war etwa anderthalb Meter lang.

»Also gut«, sagte Schofield, während er heftig am Steuer riß, um einer weiteren kreischenden britischen Rakete auszuweichen. Das Hovercraft schaukelte heftig, als es hart nach rechts abschwenkte. Renshaw verlor das Gleichgewicht und fiel gegen die Kabinenwand.

»Setzen Sie die Röhre auf den Griff!«, schrie Schofield.

Renshaw fand den Griff im Koffer. Er sah aus wie ein Gewehr ohne Lauf – nur der Griff und der Abzug sowie ein Stock, den man sich auf die Schulter legte. Die kompakte Röhre ließ sich fest oben am Griff einklicken.

»Also gut, Mr. Renshaw. Sie haben gerade einen Stinger-Raketenwerfer zusammengesetzt! Jetzt benutzen Sie ihn!«

»Wie?«

»Öffnen Sie die Tür! Setzen Sie ihn auf Ihre Schulter! Zielen Sie damit auf die bösen Buben, und wenn Sie den Ton hören, drücken Sie den Abzug! Ich erledige den Rest!«

»Okay ...«, meinte Renshaw zweifelnd.

Renshaw riss die rechte Schiebetür des Hovercrafts auf. Sogleich drang kreischend antarktischer Wind in das Fahrzeug. Renshaw kämpfte sich dagegen an zu der offenen Tür.

Er setzte sich den Stinger auf die Schulter und rückte ihn so zurecht, dass er durch das Zielfernrohr schauen konnte. Durch das Nachtvisier sah er das britische Führungs-Hovercraft frontal vor sich, gefangen zwischen zwei Zielkreuzen. Das britische Hovercraft schimmerte grün ...

Und dann vernahm Renshaw plötzlich ein dumpfes, summendes Geräusch.

»Ich höre den Ton!«, schrie er aufgeregt.

»Dann drücken Sie den Abzug!«, rief Schofield zurück.

Renshaw drückte auf den Abzug.

Der Rückstoß des Stinger schleuderte Renshaw auf den Boden der Kabine.

Die Rakete schoss aus dem Werfer hervor. Die Druckwelle – vom jähen explosiven Feuerstoß, der beim Abfeuern aus dem hinteren Teil eines Raketenwerfers schießt – zerschmetterte das Fenster hinter Renshaw.

Schofield beobachtete den Stinger, der durch die Luft auf das britische Leit-Hovercraft zujagte. Seine Rauchspur schwang anmutig durch die Luft und markierte seinen Flugweg.

»Gute Nacht«, meinte Schofield.

Der Stinger schlug in das britische Leit-Hovercraft, und das Hovercraft explodierte auf der Stelle in tausend Stücke.

Die anderen britischen Hovercrafts rasten unermüdlich weiter voran, ignorierten ihren gefallenen Kameraden. Eines der letzten raste einfach direkt *durch* die brennenden Überreste des explodierten Leit-Hovercrafts.

»Guter Schuß, Mr. Renshaw!«, sagte Schofield wohl wissend, dass Renshaw in Wirklichkeit nichts mit dem erfolgreichen Abschuss zu tun hatte.

Schofield hatte vermutet – zu Recht –, dass die Briten Milan-Panzerabwehrraketen auf ihn abfeuern würden. Wie Schofield jedoch genau wusste, eignen sich Milans dazu, Panzer und gepanzerte Fahrzeuge zu treffen. Sie sind nicht für Fahrzeuge geeignet, die schneller als sechzig Kilometer pro Stunde fahren.

Deswegen war ihr Erfolg bei Schofields dahinjagenden Hovercrafts auch so erbärmlich.

Die Hughes MIM-92 Boden-Luft-Stinger-Rakete hingegen war eine völlig andere Geschichte. Sie war zu dem Zweck *gebaut* worden, Kampfjets zu treffen. Sie war dafür *gebaut,* Fahrzeuge zu treffen, die mit Überschallgeschwindigkeit flogen. Insofern konnten sie mehr als ein Hovercraft treffen, das sich mit lediglich einhundertdreißig Kilometer pro Stunde fortbewegte.

Was Schofield ebenfalls wusste, war, dass die Stinger möglicherweise *die* benutzerfreundlichste Angriffswaffe war, die jemals hergestellt worden war und sich von der Schulter aus abschießen ließ. Man richtete die Waffe einfach aufs Ziel, hörte den Ton und drückte den Abzug. Die Rakete erledigte den Rest.

In der Kabine hinter Schofield kam Renshaw unbeholfen wieder auf die Beine. Sobald er sein Gleichgewicht wiedergefunden hatte, blickte er durch die Seitentür des Hovercrafts hinaus und sah die feurigen Überreste des britischen Hovercrafts, das er vernichtet hatte.

»Jen«, sagte er leise.

Die sieben restlichen britischen Hovercrafts kamen näher.

»Book!«, schrie Rebounds Stimme. *»Du musst mir hier drüben helfen!«*

»Bleib dran! Ich komme rüber!«, schrie Book, als er das Steuer seines LCAC herumriss.

Das Hovercraft schwenkte nach rechts ab – um Rebounds Transporter herum – und schob sich zwischen diesen und die herankommenden britischen Hovercrafts.

Book sah genau in dem Moment nach rechts hinaus, als eine Salve Kugeln sein Seitenfenster pflasterte. Kratzspuren erschienen, aber das Glas zersprang nicht. Es war kugelfestes Lexan-Glas.

Die britischen Hovercrafts waren jetzt nahe herangekommen. Vielleicht zwanzig Meter entfernt. Jagten über die eisige Landschaft.

Sie rückten den drei amerikanischen Hovercrafts auf die Pelle wie ein Schwarm hungriger Haifische.

»Book! Hilf mir!«

Book fuhr jetzt hinter Rebound.

Von der rechten Seite jedoch schwärmten vier der britischen Hovercrafts heran.

Book schob eines seiner Seitenfenster mit dem Lauf seiner MP5 auf und drückte den Abzug. Eine Reihe Einschusslöcher zog sich über das Eis entlang des dahinjagenden britischen Hovercrafts gleich neben ihm.

Und dann schwang das britische Hovercraft urplötzlich hart herum und rammte die Seite von Books Hovercraft, und Book wurde von der Wucht des Aufpralls aus seinem Sitz geworfen. »Scarecrow! Wo bist du?«, schrie Book.

Book stieg wieder in seinen Sitz und blickte durch das Seitenfenster auf das britische Hovercraft gleich neben sich. Es war so nahe, dass Book den Fahrer erkannte – einen Mann, vollständig in Schwarz gekleidet, der die für den SAS charakteristischen schwarzen Kopfschützer trug. Zwei weitere Männer waren im hinteren Teil des britischen Hovercrafts, ebenfalls schwarz gekleidet. Book sah, wie einer von ihnen die Seitentür ihres Hovercrafts aufriss.

Und dann war das britische Hovercraft plötzlich mit Licht erfüllt und seine verstärkten Glasfenster zerbrachen alle auf einmal und flogen aus ihren Rahmen.

Erstaunt beobachtete Book, wie das Hovercraft neben sich explosionsartig in Flammen aufging und zurückfiel. Dann blickte er über die Schulter und sah Schofields orangefarbenes Hovercraft hinter sich herumschwingen. Die Rauchspur einer Stinger waberte noch immer in der Luft.

»Danke, Scare ...«

»Book! Achtung, links!«, rief Schofields Stimme.

Die Wucht des Aufpralls schleuderte Book seitlich durch die Luft und die Welt stellte sich wie verrückt schräg, als sein Hovercraft durch den heftigen Aufprall vom Boden gehoben wurde, und dann – *wumm* – berührte das große Hovercraft plötzlich donnernd wieder den Boden, ohne an Geschwindigkeit verloren zu haben.

Book war völlig desorientiert. Er versuchte, in den Fahrersitz zurückzusteigen, als ein weiterer Aufprall sein Hovercraft erneut schaukeln ließ, diesmal von rechts.

»Scarecrow!«, schrie Book.

»... ich stecke dick in Schwierigkeiten!«

»Ich sehe dich, Book! Ich sehe dich! Ich komme!« Schofield spähte durch die Schneeschlieren auf der Windschutzscheibe seines eigenen dahinjagenden Hovercrafts hinaus.

Er sah Books Hovercraft, das über die Eisebene vor ihm dahinschoss. Zu beiden Seiten waren zwei der schwarzen britischen Hovercrafts, die ihn abwechselnd heftig rammten.

»Renshaw! Wie weit ist diese neue Stinger?«

»Fast da ...«, sagte Renshaw hinter Schofield. Er versuchte wie wild, eine neue Röhre auf den Griff zu stecken.

»Halt durch, Book!«, sagte Schofield.

Schofield drückte mächtig bei seinem LCAC auf die Tube, und das Hovercraft reagierte sogleich und nahm Geschwindigkeit auf. Nach und nach holte es die drei Hovercrafts vor sich ein – Books Hovercraft und die beiden britischen.

Langsam, Stück für Stück, überholte Schofields orangefarbenes Hovercraft die drei anderen Hovercrafts auf der linken Seite, und dann jagte es auf einmal vor ihnen dahin.

Schofield blickte durch die rückwärtige Windschutzscheibe nach hinten, durch den verschwommenen Flecken seines rückwärtigen Propellers, und sah die drei Hovercrafts hinter sich. Daraufhin fuhr Schofield nach vorn herum und sah Rebounds Transporthovercraft etwa zwanzig Meter links von sich über die Eisebene rasen.

»Rebound!«, sagte Schofield.

»Ja?«

»Mach dich bereit, dir Book zu schnappen!«

»Was?«

»Mach dich einfach bereit.«

»Was hast du vor?«

»Eine Wende«, erwiderte Schofield, während er seine MP5 zog. Er wandte sich Renshaw zu. »Mr. Renshaw ...«

»Was ist?«

»Festhalten!«

Und mit diesem Wort schaltete Schofield das Hovercraft in den Leerlauf und riss das Steuer hart nach rechts.

Wie ein bizarrer, zwei Tonnen schwerer Balletttänzer vollführte Schofields Hovercraft *genau vor* Books Hovercraft und den beiden britischen Hovercrafts eine vollständige Wende um einhundertachtzig Grad.

In der Kabine knallte Schofield den Rückwärtsgang des großen Fahrzeugs hinein und kuppelte die Luftschraube wieder ein. *Er fuhr jetzt rückwärts!*

Mit einhundert Kilometern pro Stunde!

Vor Book und den beiden britischen Hovercrafts!

Schofield steckte seine MP5 aus der Scheibe am Fahrersitz und ließ eine ausgedehnte Salve Maschinengewehrfeuer los.

Die Frontscheibe des linken britischen Hovercrafts explodierte förmlich unter der Salve. Schofield sah, wie die Männer hinter der Scheibe zusammenzuckten, als sie von der Gewehrfeuersalve getroffen wurden.

Das angeschossene britische Hovercraft scherte sogleich von Books Hovercraft aus und verschwand in der Ferne.

Book befand sich noch immer in der Hölle.

Das britische Hovercraft links von ihm war jetzt verschwunden, aber das zu seiner Rechten rammte ihn mit erneuter Heftigkeit.

Die beiden Hovercrafts schwankten Seite an Seite über das flache Eis und ihre Motoren brüllten.

Und dann sah Book plötzlich, wie sich die Seitentür des britischen Hovercrafts öffnete. Ein dicker schwarzer Gewehrlauf ragte daraus hervor.

»O *Scheiße*«, sagte Book.

Eine Rauchwolke erschien an der Mündung des Gewehrlaufs – es war ein M-60 Granatwerfer –, und eine Sekunde später explodierte die gesamte Seitentür von Books Hovercraft jäh nach innen.

Wind fegte in die Kabine.

Sie hatten die Seite seines Hovercrafts aufgesprengt.

In diesem Augenblick flog ein kleiner schwarzer Körper zur Seite des Hovercrafts herein und klapperte über den Kabinenboden.

Book erkannte ihn sogleich.

Es war ein kleines schwarzes, zylindrisches Objekt, auf dessen Seiten blaue Zahlen standen. Während es über den Kabinenroden rollte, sah es aus wie eine gewöhnliche Granate, aber wie Book wusste, war es erheblich mehr als das.

Es war eine Stickstoffgranate.

Die charakteristische Waffe des SAS.

Die fortschrittlichste Granate der Welt. Sie besaß sogar einen Mechanismus, der verhinderte, dass man sie aufhob und zu der Person zurückschleuderte, die sie einem zugeworfen hatte. Standardzeitverzögerung: fünf Sekunden.

Raus aus dem Hovercraft! kreischte es in Books Gedanken.

Book hechtete zur linken Kabinentür – die Seite, die am weitesten entfernt von dem britischen Hovercraft war –, und griff nach der Tür. Rasch zog er sie auf.

Fünf...

Eiskalter antarktischer Wind blies ihm heftig ins Gesicht. Schneidend peitschte ihm der waagerecht fallende Schnee in die Augen. Book war das gleichgültig. Schnee würde ihn nicht umbringen; und ein Sturz vom Hovercraft nur vielleicht. Aber die Stickstoffgranate würde ihn ganz bestimmt töten.

Vier... drei...

Book stürzte hinaus in den eiskalten Wind und knallte

sofort die Schiebetür hinter sich zu. Er legte sich flach auf das schwarze Gummiluftkissen, das um die Basis des dahinjagenden Hovercrafts verlief. Das Gesicht hielt er unbeholfen nach oben gegen die Außenseite der Kabinenfenster gedrückt. Der kreischende, rasend schnelle Wind peitschte ihm die Ohren.

Zwei ... eins ...

Book betete zu Gott, dass das verstärkte Lexan-Glas der Fenster des Hovercrafts dem Druck widerstehen ...

Innerhalb des Hovercrafts ging die Stickstoffgranate hoch.

Krack!

Eine Woge eisblauen flüssigen Stickstoffs schlug hart gegen das Glas direkt vor Books Gesicht. Instinktiv riß Book den Kopf zurück.

Erstaunt starrte er das Innere der Kabine des Hovercrafts an. Supergekühlter flüssiger Stickstoff war gegen jede exponierte Oberfläche innerhalb der Kabine gespritzt.

Jede exponierte Oberfläche.

Die gesamte Innenseite des Fensters vor ihm triefte vor klebrigen blauen Pusteln. Book seufzte erleichtert. Das verstärkte Glas hatte gehalten, so gerade eben.

Und dann, urplötzlich ... *Kraaaaack!*

Book zog den Kopf gerade rechtzeitig zurück, als die Scheibe, schockgefroren vom flüssigen Stickstoff, sich rapide zusammenzog und zu Tausenden von Spinnennetzen zersprang.

»Book!«

Book fuhr herum und sah, wie Rebounds Hovercraft sich neben seines schob. Er sah Rebound durch die Windschutzscheibe auf dem Fahrersitz sitzen.

»Komm rüber!«

Rebounds Hovercraft drückte sich näher an Books heran. Die Seitentür von Rebounds Hovercraft glitt auf. Die Gummiumrandungen der beiden Hovercrafts berührten sich kurz und trennten sich dann wieder.

»Spring!«, rief Rebound, und seine Stimme klang laut in Books Ohrhörer.

Book versuchte, auf die Beine zu kommen.

»Mach schon!«, drängte Rebound.

Book versuchte, den Blick auf die schwarze Gummiumrandung von Rebounds Hovercraft zu konzentrieren. Versuchte, nicht auf die weißen Streifen Schnee zu schauen, die mit einhundert Kilometern pro Stunde unter den beiden dahinjagenden Hovercrafts hinwegsausten.

Und dann sah es Book aus dem Augenwinkel.

Sah, wie das schwarze Hovercraft hinter Rebounds Hovercraft materialisierte.

Plötzlich hörte Book Rebound kreischen: *»Komm her, Scarecrow!«* und sah dann, wie sich die Seitentür des britischen Hovercrafts öffnete. Sah den Milan-Panzerabwehrraketenwerfer im Innern erscheinen.

Und dann sah Book die vertraute Rauchwolke, sah die Rakete aus ihrem Werfer schießen und durch die Luft auf ihn zufliegen, wobei die weiße Rauchspur wie verrückt dahinter tanzte, und in diesem Augenblick, in diesem Moment, wusste Book, dass es zu ...

»Book! Um Gottes willen, spring! Spring jetzt! Scheißdreck!«, Book sprang.

Book flog durch die Luft.

Während er flog, sah er aus dem Augenwinkel das britische Hoverkraft explodieren, als es von einer amerikanischen Stinger getroffen wurde. Aber es hatte seine eigene Rakete abschießen können, ehe es getroffen worden war. Book sah die Rakete mit der weißen Spitze auf sich zufliegen.

Und dann schlugen Books Hände plötzlich hart auf der schwarzen Gummiumrandung von Rebounds Hovercraft auf, und Book vergaß die britische Rakete völlig, während er, verzweifelt an dem Gummi kratzend, festen Halt zu bekommen versuchte.

Gerade, als seine Füße auf den dahinjagenden Boden aufschlagen wollten, bekam Book eine Schlinge auf der Gummiumrandung von Rebounds Hovercraft zu fassen. Er blickte eben noch rechtzeitig auf, um zu sehen, wie die britische Rakete in das Heck des gerade verlassenen Hovercrafts schlug und es in tausend Stücke zerriß.

»Hast du ihn?«, fragte Schofield in sein Helmmikrofon.

Schofield raste noch immer vor Rebounds Hovercraft her – noch immer rückwärts. Hinter sich sah er Rebounds Transporthovercraft über die Eisebene jagen.

»*Wir haben ihn*«, erwiderte Rebound. »*Er ist drin.*«

»Gut«, meinte Schofield.

»In dem Moment hörte Schofield das Gewehrfeuer.

Sofort fuhr sein Kopf nach links und er sah sie.

Es war dasselbe britische Hovercraft, das die Seite von Books Hovercraft aufgesprengt hatte. Nur dass jetzt ein Furcht erregend aussehendes Allzweck-Maschinengewehr – allgemein bekannt als ›Gimpy‹ – aus der offenen Seitentür ragte. Das große Hochleistungsmaschinengewehr war auf einem Stativ montiert und Schofield sah eine einen Meter lange Flammenzunge aus seinem Lauf zucken, während es ein ohrenbetäubendes, scheußliches Gebrüll ausstieß.

Rebounds Hovercraft erhielt den Löwenanteil der Wut des Maschinengewehrs ab. Über das ganze Fahrzeug regnete es Funken, und überall bekam es Einschusslöcher, Risse und Narben.

Eine dünne Rauchfahne stieg vom Heck von Rebounds Hovercraft auf. Das Hovercraft wurde sichtlich langsamer.

»Scarecrow!«, schrie Rebound. *»Wir haben hier ein schweres Problem!«*

»Ich komme!«, sagte Schofield.

»Ich bin übel getroffen und werde langsamer! Ich muss etwas Gewicht loswerden, so dass ich meine Geschwindigkeit beibehalten kann!«

Schofields Gedanken rasten. Er fuhr noch immer rückwärts über die Eisebene. Rebounds Hovercraft war rechts von ihm, das britische Hovercraft links.

Schließlich sagte Schofield: »Mr. Renshaw ...«

»Was ist?«

»Übernehmen Sie das Steuer.«

»Was?«, sagte Renshaw.

»Es ist genauso wie Auto fahren, nur reagiert es etwas träger«, meinte Schofield.

Renshaw trat in den Fahrersitz und übernahm das Steuer.

»Jetzt schließen Sie die Augen«, sagte Schofield.

»Hä?«

»Tun Sie's einfach!«, sagte Schofield und hob gelassen seine MP5 …

….. *und zerschoss die vordere Windschutzscheibe seines eigenen Hovercrafts!*

Renshaw bedeckte die Augen und Glasscherben explodierten rings um ihn her. Als er die Augen wieder öffnete, hatte er völlig klare Sicht auf die beiden Hovercrafts, die »vor« ihm über die Eisebene jagten.

»Okay«, meinte Schofield, »ziehen Sie uns vor das schwarze da.«

Renshaw übte sanften Druck auf das Steuer aus. Das Hovercraft glitt geschmeidig nach links, so dass es sich vor dem schwarzen britischen Hovrcraft befand, das auf Rebounds Hovercraft feuerte.

»Sehr gut«, sagte Schofield. »Halten Sie es dort!«

Schofield schlang sich den Schulterriemen seiner MP5 um den Hals und spannte seine Desert Eagle.

»Also gut, Mr. Renshaw. Treten Sie auf die Bremse!«

Überrascht sah Renshaw zu Schofield auf. »Was?«

Und dann ging ihm auf, was Schofield tat.

»O nein. Das können Sie nicht ernst meinen …«

»Tun Sie's einfach«, sagte Schofield.

»Na gut …«

Renshaw schüttelte den Kopf, und anschließend, nachdem er tief Luft geholt hatte, rammte er beide Füße so heftig, wie er konnte, auf das Bremspedal des Hovercrafts.

Schofields Hovercraft verlor augenblicklich sein Tempo und das britische Hovercraft dahinter rammte es in voller Fahrt, so dass die beiden Hovercrafts frontal zusammenstießen.

Renshaw wappnete sich gegen den Aufprall, und als er erfolgte, warf es ihn in seinen Sitz zurück. Als er aufblickte, vermochte er kaum, seinen Augen zu trauen. Er sah Schofield aus der zerbrochenen Frontscheibe ihres Hovercrafts steigen und auf die Motorhaube klettern.

Die beiden Hovercrafts waren ein unglaublicher Anblick. Sie waren jetzt an den Nasen vereint und fuhren beide vorwärts. Die einzige Sache war die, dass eines nach vorn, das andere jedoch *rückwärts* zeigte.

Mit drei raschen Schritten tanzte Schofields kleine Gestalt über die vordere Motorhaube des voranfahrenden orangefarbenen Hovercrafts und sprang auf die Haube des verfolgenden schwarzen Hovercrafts hinüber.

Schofields Füße pochten auf der vorderen Motorhaube des britischen Hovercrafts. Der Schnee peitschte ihm waagrecht in den Rücken, als er mit seiner MP5 auf die vordere Windschutzscheibe des britischen Hovercrafts schoss. Die Scheibe zerbrach und Schofield sah den Fahrer in einer Fontäne aus Blut zu Boden gehen.

Aber noch immer waren zwei weitere Männer in der Kabine, die jetzt jede Sekunde ihre Waffen auf Schofield richten würden.

Schofield rannte voran und sprang gerade in dem Augenblick auf das Dach des dahinjagenden Hovercrafts, da eine Salve von Schüssen aus dem Innern der Kabine hervorpeitschte.

Schofield rutschte mit den Füßen voran über das Dach des britischen Hovercrafts. Die linke Seitentür des Hovercrafts stand noch immer offen und Schofield wälzte sich auf den Bauch und steckte seine MP5 über den Rand des Dachs und richtete sie durch die offene Seitentür ins Innere. Er drückte den Abzug und feuerte blindlings auf seinen unsichtbaren Feind.

Seiner MP5 ging die Munition aus und Schofield horchte und wartete. Wenn einer der beiden SAS-Soldaten seine Salve überlebt hätte, dann wäre er jetzt jede Sekunde wieder auf den Beinen.

Niemand kam aus dem Hovercraft.

Der ohrenbetäubende Lärm der Salven von dem Maschinengewehr auf dem Stativ war abgeebbt. Das einzige Geräusch, das Schofield vernahm, war das Heulen des Winds, der an seinen Ohren vorüberjagte.

Schofield schwang sich herab und glitt durch die offene Seitentür des britischen Hovercrafts.

Keiner der SAS-Soldaten hatte seinen Angriff überlebt. Die drei Männer lagen allesamt blutüberströmt auf dem Kabinenboden.

Schofield trat zum Fahrersitz hinüber.

»Mr. Renshaw, hören Sie mich?«, fragte er.

James Renshaw in dem orangefarbenen französischen Hovercraft packte das Steuer so fest, dass seine Finger weiß wurden. Sein Hovercraft fuhr noch immer mit unglaublicher Geschwindigkeit rückwärts.

»Ja, ich höre Sie«, erwiderte Renshaw in das Mikrofon seines viel zu großen Helms.

»Sie müssen es herumschwenken«, sagte Schofields Stimme. *»Ich brauche Sie zur Unterstützung von Rebound. Er muss ein paar seiner Leute abladen, so dass er eine angemessene Geschwindigkeit beibehalten kann. Sie müssen einige Leute von seinem Hovercraft übernehmen.«*

»Das kann ich nicht!«, sagte Renshaw. »Tun Sie's!«

»Mr. *Renshaw ...«*

»Schon gut. Schon gut.«

»Nun«, sagte Schofields Stimme, *»soll ich Sie da durch manövrieren?«*

»Nein«, erwiderte Renshaw. »Ich krieg's hin.«

»Dann tun Sie's. Ich muss los«, sagte Schofields Stimme rasch. Und mit diesen Worten sah Renshaw, wie Schofields frisch erworbenes schwarzes britisches Hovercraft nach links abschwenkte und Ziel auf Rebounds angeschlagenes Hovercraft nahm.

»Na gut«, sagte Renshaw zu sich, als er das Steuer noch fester mit den Händen packte. »Ich krieg das hin. Ich hab's zuvor bei ihm gesehen, so schwer kann's nicht sein. Eine Wende ...«

Renshaw schaltete das Hovercraft in den Leerlauf und spürte, wie das große Fahrzeug ein wenig an Geschwindigkeit verlor. »Okay«, sagte er. »Also los ...«

Renshaw riss das Steuer hart nach rechts.

Sogleich drehte sich das Hovercraft um die eigene Achse und Renshaw kreischte »Aaaahhhh!!! «, als das ganze Fahrzeug in einem scharfen einhundertachtzig-Grand-Winkel herumfuhr, und dann zeigte es jäh wieder nach vorn und Renshaw knallte das Steuer in die andere Richtung zurück und das Fahrzeug glitt urplötzlich – und Gott sei Dank! – wieder ruhig vorwärts.

Renshaw war wie benommen. Er schaltete das Hovercraft wieder hoch.

»Heilige *Scheiße«,* sagte er. »Ich hab's geschafft. Ich *hab's* geschafft!«

»Glückwünsche, Mr. Renshaw«, sagte Schofields Stimme in Renshaws Ohr. *»Ich habe schon gesehen, wie Kinder bessere Wenden auf ihren Schlitten hingekriegt haben. Nun, wenn Sie nichts dagegen haben, würden Sie freundlicherweise den Mund halten und Ihren Arsch hier rüberbringen, ja? Rebound braucht unsere Hilfe.«*

Schofields Hovercraft schob sich neben Rebounds.

Beide Hovercrafts sahen aus wie durch die Mangel gedreht. Rebounds war übersät von Einschusslöchern. Schofields hatte keine vordere Windschutzscheibe.

Die drei restlichen britischen Hovercrafts umkreisten sie, fuhren vor ihnen entlang, schwangen sich hinter sie.

Schofield brachte sein Hovercraft näher an Rebounds heran, sodass sich seine offene linke Tür und Rebounds offene rechte Tür direkt gegenüber standen.

»Okay!«, schrie Schofield. »Schick mir zwei deiner Passagiere rüber! Renshaw wird in einer Sekunde hier sein! Er kann zwei weitere aufnehmen!«

»Alles klar, Scarecrow«, erwiderte Rebounds Stimme.

Schofield drückte den Knopf für den Autopiloten auf dem Armaturenbrett und eilte in die Kabine des Hovercrafts zurück. Er kam zur offenen Tür und blickte über den Spalt zwischen den beiden dahinjagenden Hovercrafts hinweg. Er sah Book in der Tür des rasenden weißen Hovercrafts stehen, zweieinhalb Meter entfernt. Er hatte Kirsty bei sich.

»Okay!«, schrie Schofield in sein Helmmikrofon, während Rebound sein Hovercraft näher heranbrachte. »Schick sie rüber!«

Book schob sich hinaus auf das Luftkissen seines Hovercrafts und zog Kirsty sanft mit sich. Das junge Mädchen wirkte zu Tode geängstigt, als es hinaus in den eisigen, sausenden Wind trat.

Schofield wagte sich mit ausgestreckten Armen hinaus auf das eigene Luftkissen.

»Komm schon, Schätzchen!«, rief er. »Du schaffst es!«

Kirsty trat zaghaft vor.

Der Boden raste unter ihnen hinweg.

»Streck die Arme aus! Streck die Arme aus! Und spring jetzt!«, schrie Schofield. »Ich fange dich auf!«

Kirsty sprang.

Ein furchtsamer Sprung eines kleinen Mädchens.

Schofield vollführte einen Satz nach vorn, umklammerte ihren Parka und zog sie in die Kabine des eigenen dahinjagenden Hovercrafts.

Sobald sie sicher drin waren, fragte er: »Bist du okay?«

Als Kirsty den Mund zu einer Antwort öffnete, schlug das Hovercraft irgendwo auf und wurde wild durchgerüttelt. Schofield und Kirsty wurden beide gegen den Rahmen der offenen Tür geschleudert. Kirsty kreischte, als sie aus der Tür stürzte, doch Schofield streckte die Hand aus und packte sie noch gerade rechtzeitig bei den Handschuhen.

Sie waren von rechts gerammt worden. Schofield fuhr herum, um nachzusehen, was sie getroffen hatte.

Ein weiteres britisches Hovercraft.

Schofield zog Kirsty in die Kabine zurück und wappnete sich gegen den nächsten Stoß.

Er erfolgte nicht.

Stattdessen explodierte die gesamte rechte Seite der Kabine seines Hovercrafts schlicht und einfach nach innen.

Kirsty kreischte und Schofield warf sich über sie und schützte sie vor herumfliegenden Trümmern. Schofield versuchte, durch den Rauch hinauszusehen und zu erkennen, wo das britische Hovercraft war und was dessen Besatzung tat.

Aber Schofield sah das Hovercraft nicht.

Er sah nur Rauch und Dunst.

Und dann, einen Augenblick später, hörte Schofield das Plumpsen, mit dem Füße auf dem Luftkissen seines Hovercrafts landeten, und er spürte, wie sich ihm der Magen zusammenzog, als er zwei geisterhafte Gestalten aus dem Rauch kommen und seine Kabine mit gehobenen Gewehren betreten sah.

Die beiden SAS-Soldaten traten aus dem Rauchschleier. Schofield lag völlig exponiert auf dem Boden, da er Kirsty deckte.

»Scarecrow! Ducken!« Books Stimme schallte laut in Schofields Ohr.

Schofield duckte sich und hörte sofort das scharfe *Wusch! Wusch!* zweier Kugeln, die über seinen Kopf hinwegflogen, und der erste SAS-Mann fiel um wie ein Stein – erschossen von Book vom anderen Hovercraft aus.

Der zweite SAS-Soldat war kurzzeitig überrascht, und mehr benötigte Schofield nicht. Er sprang wie eine Katze auf die Füße, packte den SAS-Mann, und beide Männer flogen gegen das Armaturenbrett des Hovercrafts.

Der nachfolgende Kampf von Mann zu Mann war eine Einbahnstraße.

Der SAS-Mann fiel gleich über Schofield her. Ein Hieb auf die verletzte Kehle und Schofield konnte nicht mehr atmen, ein weiterer Hieb auf den Brustkorb und Schofield hörte eine seiner Rippen brechen. Schofield knickte in sich zusammen und der SAS-Mann packte ihn bei Kragen und Gürtel und schleuderte ihn durch die zerstörte Windschutzscheibe des dahinjagenden Hovercrafts hinaus.

Schofield schlug auf der vorderen Motorhaube des Hovercrafts auf. Der ganze Körper schmerzte ihn, und er bekam keine Luft. Er hustete Blut, als er aufblickte ...

... gerade rechtzeitig, um zu erkennen, wie der SAS-Soldat nach seinem Holster griff und seine Pistole zog.

Beim Anblick der Waffe konnte Schofield plötzlich wieder atmen und alles wurde deutlich.

Dahinjagendes Hovercraft.

Mann, Waffe.

Unausweichlicher Tod.

Trotz schmerzendem Körper wälzte sich Schofield nach vorn, auf den abgerundeten Bug des Hovercrafts zu. Das schwarze Gummiluftkissen fiel vor ihm ab. Der Boden unter ihm flog mit einhundertzehn Kilometer pro Stunde dahin.

Du wirst sterben ...

Schofield fand einen Halt und ließ rasch die Füße am Bug des dahinjagenden Hovercrafts hinab. Mit den Füßen berührte er die vorüberrasende Erde und prallte von der Oberfläche ab.

Den SAS-Mann in der Kabine schien zu amüsieren, was Schofield da tat, und er hielt den Bruchteil einer Sekunde inne, während er seine automatische Pistole auf Schofields Kopf richtete.

Schofield – das Gesicht zerschrammt, die Zähne blutig, den Körper über das aufgeblähte Luftkissen am Bug des Hovercrafts gebeugt – sah zu dem SAS-Soldaten auf und lächelte. Er sah den SAS-Soldaten das Lächeln erwidern. Und dann, wie der Soldat seine Waffe ein wenig höher hob. In diesem Augenblick zog Schofield den Kopf unter die Umrandung des Hovercrafts zurück. Er hörte die Waffe losgehen und hörte die Kugel klirrend vom oberen Teil des Luftkissens abprallen.

Schofield hing jetzt vom Bug des jagenden Hovercrafts herab. Den Körper presste er gegen das aufgeblähte Luftkissen.

Seine Füße schleiften über den Boden, der mit unglaublicher Geschwindigkeit unter ihm weg raste.

Plötzlich vernahm er ein Geräusch, schaute hoch und sah den SAS-Mann über sich stehen, auf der vorderen Motorhaube des Hovercrafts, und auf ihn hinabblicken, die Waffe noch immer in der Hand.

Und als der SAS-Soldaten die Waffe zum Feuern hob, wusste Shane Schofield, dass ihm nur noch eines übrig blieb. Er ließ das aufgeblasene Luftkissen los und verschwand unter dem Bug des Hovercrafts.

Das Geräusch der Luftschrauben war absolut ohrenbetäubend.

Schofields Helm schlug auf dem Boden auf und Schofield rutschte auf dem Rücken unter das Hovercraft.

In der sausenden Luft und dem ohrenbetäubenden Gebrüll der vier Luftschrauben über sich kam er sich vor wie in einem Windkanal. Schofield sah die aufgeblasene Innenseite des Luftkissens, sah die rasend schnell umherwirbelnden Blätter der Luftschrauben ...

Und dann schoss er unter dem dahinjagenden Hovercraft hervor, und das ohrenbetäubende Brüllen der Luftschrauben war verschwunden, als Schofield auf dem Rücken über die flache Eisebene *hinter* dem Hovercraft herrutschte, auf dem er Augenblicke vorher noch gestanden hatte.

Schofield vergeudete keine Zeit.

Er wälzte sich auf den Bauch, während er über das Eis rutschte, und in einer raschen Bewegung zog er den Maghook aus dem Gürtel und blickte zum Heck des Hovercrafts auf, das sich rasend schnell von ihm entfernte. Er hob den Maghook und feuerte.

Der knollenförmige Magnetkopf des Maghook flog durch die Luft, wobei sein Schwanzende wie wild ein Seil abspulte. Der Magnet krachte donnernd auf die Metallwand der Kabine gerade oberhalb des Luftkissens des Hovercrafts und klebte fest, und Schofield wurde jäh hinter dem dahinjagenden Hovercraft hergerissen.

Er wurde jetzt hinter dem dahinjagenden Hovercraft über die Eisebene gezogen wie ein um sich schlagender Wasserskifahrer, der verzweifelt versucht, wieder auf die Beine zu kommen.

Und dann wurde der Boden rings um Schofield plötzlich von Gewehrsalven aufgerissen.

Schofield fuhr herum und schaute hinter sich.

Ein zweites britisches Hovercraft befand sich *direkt hinter ihm!*

Es stürzte auf ihn zu, als ob es ihn zertrampeln wollte.

Schofield wälzte sich auf den Rücken – wobei er den Werfer des Maghook mit einer Hand festhielt –, während er hinter dem ersten Hovercraft her gezogen wurde. Mit der freien Hand zog er seine Desert Eagle und erwiderte das Feuer des verfolgenden Hovercrafts. Dröhnend riss die Desert Eagle mehrere Löcher in das Luftkissen des dahinjagenden Hovercrafts.

Aber das Hovercraft wurde nicht langsamer.

Es hatte ihn fast erreicht.

Es musste ihn bloß noch überfahren und dann ein wenig langsamer werden, und dann würde das Hovercraft sich herabsenken, und er würde von den Luftschrauben darunter in Fetzen zerrissen werden.

Die Luftschrauben darunter . . .

Verzweifelt durchsuchte Schofield sein Gehirn nach etwas – irgend etwas –, das er dazu benutzen konnte . . .

Seinen Helm.

Während er noch immer hinter dem ersten Hovercraft hergezogen wurde, schob Schofield rasch seine Waffe ins Holster und riss sich den Helm ab.

Er musste das nur richtig anstellen. Der Helm musste *springen,* so hoch springen, dass er von den Luftschraubenblättern des verfolgenden Hovercrafts eingefangen würde.

Schofield warf seinen Helm hinter sich.

Der Helm flog durch die Luft – er schien eine Ewigkeit lang zu treiben –, und dann prallte er auf der Wölbung ab, und das verfolgende Hovercraft fuhr brüllend darüber hinweg.

Schofield rechnete damit, dass der Helm hinauf in die vordere Luftschraube des Hovercrafts gesprungen sein musste, weil in diesem Moment, in diesem jähen, rüttelnden Augenblick, das ganze Hovercraft sich einfach auf den Kopf stellte und sich bei neunzig Kilometern pro Stunde überschlug – und heftig auf dem eigenen Kabinendach aufprallte. Das zerschmetterte Hovercraft rutschte etwa fünfzig Meter über den flachen eisigen Grund – auf dem Dach, gleich hinter Schofield –, ehe es zum Stehen kam und in der Ferne hinter ihm verschwand.

Schofield wälzte sich wieder auf den Bauch zurück. Sein Körper prallte heftig auf dem harten, eisigen Grund ab, während er mit phänomenaler Geschwindigkeit hinter dem ersten Hovercraft her gezogen wurde. Winzige Spritzer hochgewirbelten Eises attackierten die silbrigen, verspiegelten Gläser seiner Brille.

Dann drückte Schofield auf den schwarzen Knopf an seinem Maghook – den Knopf, der den Haken wieder einholte, ohne ihn zu entmagnetisieren –, und der Maghook wand sich auf, wobei er Schofield vorwärts zog, auf das Heck des dahinjagenden Hovercrafts zu, bis er schließlich das schwarze Gummiluftkissen erreichte. Der Wind von den rückwärtigen Luftschrauben des Hovercrafts peitschte ihm ins Gesicht, aber Schofield kümmerte sich nicht darum. Er bekam eine Schlaufe zum Festmachen oben auf dem schwarzen Luftkissen zu packen und zog sich auf das Hovercraft hinauf.

Fünf Sekunden später stand er in der offenen linken Tür des Hovercrafts. Er kam gerade rechtzeitig dort an, dass er sah, wie der SAS-Soldat Kirsty hart über das Gesicht schlug, sodass sie zu Boden ging.

»*Hee!*«, rief Schofield.

Der SAS-Mann wandte sich um, sah ihn, und ein höhnisches Grinsen verzog ihm die Mundwinkel.

»Kirsty«, sagte Schofield, der den britischen Soldaten dabei nicht aus den Augen ließ. »Leg die Hände vor die Augen, Schätzchen.«

Kirsty legte die Hände vor die Augen.

Einen langen Augenblick starrte der SAS-Soldat Schofield an. Sie standen einfach dort in der Kabine des dahinjagenden Hovercrafts wie zwei Pistoleros, die einander auf einer verlassenen Westernstraße gegenüberstanden.

Und dann, in einer ruckartigen, verwischten Bewegung, griff der *SAS*-Mann nach seiner Waffe.

Schofield griff nach der seinen.

Beide Waffen kamen rasch hoch, doch nur eine ging los.

»Du kannst die Augen jetzt wieder aufmachen«, sagte Schofield, als er vortrat – über den Körper des toten SAS-Soldaten hinweg – und sich zu Kirsty herabbeugte.

Langsam öffnete Kirsty die Augen.

Schofield sah die Schwellung, die sich auf ihrem linken Wangenknochen bildete. »Bist du in Ordnung?«, fragte er freundlich.

»Nein«, erwiderte sie und Tränen standen ihr in den Augen. Sie zog ihren Inhalator aus der Tasche und inhalierte schluchzend zweimal tief.

»Ich auch nicht«, meinte Schofield, nahm ihr den Inhalator ab und tat selbst einige Züge, ehe er ihn in die Tasche steckte.

Daraufhin stand er auf und packte das Steuer des britischen Hovercrafts. Beim Fahren leerte er den Ladestreifen aus seiner Desert Eagle und knallte ein neues Magazin hinein.

Kirsty trat neben ihn. »Als Sie ... als Sie unter dem Hovercraft verschwunden sind«, sagte sie, »habe ich gedacht ... habe ich gedacht, Sie wären tot.«

Schofield steckte seine Pistole in ihr Holster zurück und blickte auf Kirsty hinab. Er sah die Tränen in ihren Augen.

Während er auf sie hinabsah, wurde Schofield klar, dass er noch immer seine silberfarbene Brille trug. Er nahm sie ab und hockte sich vor Kirsty hin.

»Hee«, sagte er. »Ist schon okay. Ist schon in Ordnung. Ich werde dir doch nicht sterben. *Ich werde dir doch nicht einfach so sterben«*. Schofield lächelte. »Ich meine, hee, ich kann nicht sterben. Ich bin der Held dieser Geschichte.«

Gegen ihren Willen lächelte Kirsty. Schofield lächelte auch.

Und dann trat Kirsty zu seiner Überraschung vor und umarmte ihn. Schofield erwiderte die Umarmung.

Während er sie jedoch festhielt, hörte er ein seltsames Geräusch. Ein Geräusch, das er zuvor noch nicht gehört hatte.

Es war ein lautes, rhythmisches, klatschendes Geräusch.

Bumm.

Bumm.

Bumm.

Für Schofield hörte es sich an wie . . .

Wie Wellen, die an einen Strand klatschten.

In einem plötzlichen Anfall von Übelkeit begriff Schofield, wo sie waren. Sie waren nahe der Klippen. Ihre Ausweichmanöver während der Hovercraftjagd hatten sie hinaus in die Nähe der glatten, einhundert Meter steil abfallenden Klippen getragen, die die Bucht überragten. Das laute, klatschende Geräusch, das er hörte, war das Geräusch der berghohen Wellen des Ozeans, die sich gegen die eisigen Klippen warfen.

Schofield hielt noch immer Kirsty in den Armen. Während er sie jedoch festhielt, lenkte etwas hinter ihr seinen Blick auf sich.

Neben dem Armaturenbrett des britischen Hovercrafts war ein kleines Schränkchen an der Wand montiert. Seine Tür stand auf. In dem Schränkchen sah Schofield zwei silberfarbene Behälter. Jeder war etwa dreißig Zentimeter lang und von zylindrischer Form. Um die Mitte eines jeden silbrigen Behälters war ein breites grünes Band gemalt. An der Seite eines Behälters sah Schofield einige eingravierte Buchstaben.

TRITONAL 80/20.

Tritonal 80/20? überlegte Schofield. *Warum in aller Welt bringen die Briten das nach Wilkes mit?*

Tritonal 80/20 war eine hoch konzentrierte explosive klebrige Masse – ein leicht entzündlicher, flüssiger Füllstoff, der in Bomben benutzt wurde. Tritonal war keine Atombombe, aber wenn es in die Luft flog, gab's einen mächtigen Knall, und heiß wurde es auch. Ein Kilogramm des Zeugs – die Menge, die jeder der Behälter enthielt, auf die Schofield jetzt blickte – konnte ein kleines Gebäude dem Erdboden gleich machen.

Schofield ließ Kirsty sanft los, setzte die Brille wieder auf und ging zu dem Schränkchen neben dem Armaturenbrett hinüber. Er zog einen der silbrig-grünen Behälter heraus.

Er kehrte zu Kirsty zurück. »Geht's dir jetzt besser?«

»Ja«, erwiderte Kirsty.

»Schön«, meinte Schofield und ließ die Tritonalladung in eine seiner langen Taschen am Oberschenkel gleiten. »Weil ich wirklich zurück muss zum ...«

Schofield sah es nicht kommen.

Der Aufprall warf ihn um.

Das ganze Hovercraft machte plötzlich einen Ruck nach links.

Schofield blickte durch das gähnende Loch in der rechten Seite seines dahinjagenden Hovercrafts hinaus und sah eines der beiden restlichen britischen Hovercrafts gleich neben sich über die Eisebene jagen!

Es rammte ihn erneut.

Hart.

In der Tat so hart, dass Schofield sein Hovercraft nach links zur Seite wegrutschen spürte.

»Was zum ...«, sagte Schofield laut.

Er sah nach links, und in einem jähen, entsetzlichen Moment erkannte er, was sie taten.

»O nein«, sagte er. »O *nein*...«

Das britische Hovercraft rammte sie erneut, und dann wieder. Schofield und Kirstys Hovercraft wurde nach links gedrückt.

Schofield blickte durch die zerstörte vordere Windschutzscheibe hinaus und sah die flache Eisebene sich endlos von ihm weg erstrecken. Aber links endete die Eisebene abrupt. Tatsächlich wirkte es so, als ob sie einfach wegfiele...

Die Klippen.

Bei jedem Zusammenstoß schob das britische Hovercraft Schofield und Kirsty näher zum Rand.

Sie versuchten, sie von den Klippen zu stoßen.

Schofield kämpfte mit dem Steuer seines Hovercrafts, aber es war zwecklos.

Er konnte nirgendwohin.

Er hatte keinen Platz, sich zu bewegen – keinen Platz, um Anlauf zu nehmen –, und merkte, dass seine Versuche, das dahinjagende britische Hovercraft beiseite zu schieben, erfolglos waren.

Schofield fuhr herum und blickte wieder nach vorn. Er sah den Rand der Klippen weniger als zehn Meter entfernt auf der linken Seite vorüberrasen und erhaschte einen Blick auf die winzigen, mit weißem Schaum gekrönten Wogen unterhalb des Klippenrands. Es war ein *langer* Weg nach unten.

Herrgott...

Plötzlich traf sie ein weiterer Aufprall und Schofields Hovercraft ruckte weiter nach links, rutschte näher an den Rand der Klippen heran.

Der Rand war kaum acht Meter entfernt.

Noch wenige weitere Stöße, dachte Schofield, und das wär's dann wohl.

Instinktiv griff Schofield nach seinem Helmmikrofon, um

Hilfe herbeizurufen. Aber es war nicht mehr da. Es war an seinem Helm befestigt gewesen, und er trug seinen Helm nicht mehr.

Scheiße.

Kein Helm. Er konnte zu den anderen keinen Kontakt aufnehmen.

Ein weiterer Stoß. Diesmal heftiger.

Das Hovercraft rutschte erneut seitlich weg.

Fünf Meter vom Rand.

Schofield blickte nach rechts, aus dem Loch in der Seite seines dahinjagenden Hovercrafts, und sah das schwarze britische Hovercraft über die Eisebene neben sich her rasen. Er sah, wie es die Kluft zwischen den beiden Hovercrafts breiter werden ließ und dann unvermittelt wieder heransauste.

Die beiden Hovercrafts stießen wieder zusammen und Schofield spürte, wie sein Hovercraft einige weitere Meter auf die Klippe zusprang.

Noch zwei Meter.

Die beiden Hovercrafts rasten an der Spitze der Klippe entlang, einhundert Meter über den brodelnden weißen Wellen des Südpolarmeers.

Schofield beobachtete noch immer das britische Hovercraft neben sich.

Als es die Kluft zwischen den beiden Hovercrafts wieder breiter werden ließ – wie ein Boxer, der mit dem Arm ausholt, um den nächsten Hieb vorzubereiten –, sah Schofield, wie plötzlich ein weiteres Hovercraft in der Ferne jenseits des schwarzen britischen Hovercrafts materialisierte.

Schofield kniff die Augen zusammen.

Es war das orangefarbene französische Hovercraft.

Das orangefarbene Hovercraft? dachte Schofield.

Aber die einzige Person in diesem Hovercraft war ...

Renshaw.

Schofield sah, wie das grell orangefarbene Hovercraft mit dem dahinjagenden britischen Hovercraft gleichzog. Jetzt fuhren *drei* Hovercrafts Seite an Seite am Rand der Eisklippen entlang!

Jäh rammte das britische Hovercraft sie erneut, und das Luftkissen von Schofields Hovercraft ragte jetzt über den Rand der Klippe hinaus. Große Brocken Schnee flogen von der Kante hinab. Sie wurden zu winzigen weißen Flecken, als sie in dem kochenden Schaum der See einhundert Meter tiefer verschwanden.

»Komm!«, Schofield ergriff jäh Kirstys Hand.

»Was haben wir ...«

»Wir verschwinden«, sagte Schofield.

Schofield zog Kirsty zu dem klaffenden Loch in der rechten Seite seines Hovercrafts hinüber.

Er sah, wie das britische Hovercraft ein weiteres Mal von ihnen abschwenkte und sich auf den tödlichen Stoß vorbereitete.

Schofield schluckte. Diese Sache würde er sehr genau abpassen müssen ...

Er zog seine Desert Eagle.

Das britische Hovercraft raste auf sie zu.

Die beiden Hovercrafts stießen zusammen, und in diesem Augenblick sprang Schofield hinüber auf das Luftkissen des britischen Hovercrafts, wobei er Kirsty mit sich zog.

Sie landeten genau in dem Moment auf dem Luftkissen des dahinjagenden britischen Hovercrafts, als ihr eigenes vom Rand der Klippen wegkippte. Das leere Hovercraft wälzte sich einen Augenblick lang durch die Luft, ehe es einhundert Meter schnurstracks nach unten stürzte. Es traf mit einem überwältigenden Schlag aufs Wasser und zersprang in tausend Stücke.

Schofield und Kirsty hielten keinen Moment lang inne.

Sie rutschten über das Dach des britischen Hovercrafts, und währenddessen richtete Schofield seine Pistole gerade nach unten und feuerte rasch drei Schüsse ins Dach unter sich, und dann waren sie plötzlich auf der *anderen* Seite des Hovercrafts, und Schofield sah Renshaws Hovercraft vor ihnen.

Das orangefarbene Hovercraft schwang näher heran, gerade als Schofield und Kirsty vom Luftkissen des britischen Hovercrafts herabsprangen. Sie landeten sicher auf dem Luftkissen von Renshaws Hovercraft und es schwenkte augenblicklich von dem schwarzen britischen Hovercraft ab.

Schofield sah zum britischen Hovercraft zurück – sah einen Stern aus Blut auf der vorderen Windschutzscheibe. Jemand innerhalb des Hovercrafts rührte sich noch, kletterte im Versuch nach vorn, das Steuer zu ergreifen.

Schofield überlegte, dass er wohl den Fahrer getroffen hatte und dass derjenige, der sich jetzt im Innern befand, verzweifelt versuchte, die Kontrolle über das ...

Zu spät.

Das britische Hovercraft sah aus wie ein Auto, das bei einem Stunt von einer Rampe absprang, als es über den Rand der Klippe schoss. Einen Augenblick lang segelte es durch die Luft – schwebte –, ehe die Schwerkraft wirkte und das Hovercraft in einem Bogen abwärts sank. Schofield erhaschte einen flüchtigen Blick auf den Mann im Innern, als das Hovercraft unter den Rand des Klippenkamms fiel und auf immer verschwand.

Schofield wandte sich um und sah die Schiebetür an der Seite des orangefarbenen Hovercrafts sich vor ihm öffnen, und er sah Renshaws lächelndes Gesicht auftauchen.

»Kann ich dieses Ding hier fahren oder nicht?«, fragte Renshaw.

Jetzt war nur noch ein britisches Hovercraft übrig. Da es zahlenmäßig mit eins gegen zwei in der Minderheit war, hielt es auf Distanz.

Schofield griff sich Renshaws Marine-Helm und setzte ihn auf. Er drückte das Helmmikrofon. »Rebound, bist du noch da draußen?«

»Ju.«

»Sind alle okay?«

»Mehr oder weniger.«

»Was ist mit dem Hovercraft?«, fragte Schofield.

»Das ist ein bisschen angeschlagen, aber ansonsten in Ordnung. Wir haben wieder volle Energie«, erwiderte Rebound.

»Gut«, meinte Schofield. »Gut. Hör zu, wenn wir uns um diesen letzten Burschen kümmern, glaubst du, dass du dann bis nach McMurdo durchkommst?«

» Wir werden hinkommen.«

»Dann also gut«, sagte Schofield und blickte auf Kirsty hinab. »Bleib dran. Du kriegst noch einen Passagier.«

Schofield veranlasste Renshaw, sein Hovercraft neben Rebounds Transportfahrzeug zu ziehen. Er wollte Kirsty auf den Transporter bringen und ihn dann auf den Weg nach McMurdo schicken, während er und Renshaw sich um das letzte britische Hovercraft kümmerten.

Die beiden dahinjagenden Hovercrafts näherten sich.

Beide Türen glitten auf.

Book erschien in der Seitentür von Rebounds Transporter. Ihm gegenüber stand Schofield mit Kirsty in der Tür des orangefarbenen französischen Hovercrafts.

Das letzte britische Hovercraft hing bedrohlich hinter ihnen, zweihundert Meter vom Heck entfernt.

Schofield sagte zu Kirsty: »Du bist bereit?«

»M-hm«, erwiderte sie.

Sie traten zusammen auf das Luftkissen.

Rebound in der Kabine des Transporters hielt ein wachsames Auge auf das britische Hovercraft gerichtet.

Es hockte anscheinend einfach dort und beobachtete sie.

»Was hast du vor, du Hurensohn?«, rief Rebound.

Book schrie: *»Okay, schick sie rüber!«*

Schofield und Kirsty schoben sich auf den Rand des Luftkissens ihres Hovercrafts zu. Der Wind peitschte sie erbarmungslos.

Auf dem anderen Luftkissen vor ihnen griff Book nach Kirstys ausgestreckten Händen. Schofield hielt sie von hinten fest. Die Übergabe war fast beendet ...

Und dann brach Rebounds Stimme jäh durch ihren Helmfunk: »O *Scheiße! Es hat gerade gefeuert!«*

Schofield und Book fuhren beide gleichzeitig herum.

Zuerst sahen sie die Rauchspur.

Sie wirbelte spiralförmig durch die Luft. Eine dünne, weiße Dampfspur.

Und an der Spitze eine Rakete.

Ihr Ursprung das letzte britische Hovercraft.

Es war eine weitere Milan-Panzerabwehrrakete, und sie hielt sich nahe am Boden. Sie schoss heran, legte die Entfernung zwischen ihnen im Nu zurück, und dann schlug sie jäh, mit schockierender Intensität, im Heck von Schofields orangefarbenem Hovercraft ein und detonierte.

Das Hovercraft sprang wie wild bei dem Aufprall und Schofield verlor Kirsty aus dem Griff und fiel zurück in die Kabine seines Hovercrafts. Beim Zurückfallen blickte er auf und das letzte, was er zu sehen bekam, ehe er auf den Kabinenboden fiel, war ein flüchtiger Blick auf Book, der, aus dem Gleichgewicht geraten, nach vorn stürzte und verzweifelt versuchte, Kirstys Hände festzuhalten, als sie zwischen die beiden dahinjagenden Hovercrafts fiel.

Book und Kirsty stürzten.

Das schwarze Gummiluftkissen eines der Hovercrafts füllte Books Blickfeld aus, als er zwischen die beiden Hovercrafts taumelte.

Er hielt Kirsty an der Hand und beim Sturz zog er sie eng an seinen Körper und drehte sich in der Luft, sodass er, wenn sie auf dem Boden auftrafen, das meiste abbekommen würde.

Und dann trafen sie knochendurchrüttelnd auf dem dahinjagenden Boden auf.

»Book ist gestürzt! Book ist gestürzt!«, schrie Rebounds Stimme laut in Schofields Ohrhörer. *»Das kleine Mädchen ist mit ihm gestürzt!«*

Völlig außer Kontrolle geraten schoss Schofields Hovercraft über die Eisebene.

Die Rakete war am Heck des Hovercrafts eingeschlagen und hatte die hintere Luftschraube sowie die Hälfte seines Schwanzruders zerstört, was zur Folge hatte, dass das Hovercraft wie wild ausschlug und nach links schoss – *und zwar direkt auf den Rand der Klippen zu.*

Renshaw hantierte verzweifelt am Steuer, aber da sein Schwanzruder halb zerstört war, wollte sich das Hovercraft nur nach *links* wenden. Renshaw stemmte sich gegen das

Steuer und das Hovercraft vollführte nach und nach einen langsamen, weiten Bogen, so dass es jetzt haarscharf am Rand der Klippen vorbei *zurück* zur Eisstation Wilkes fuhr!

»Rebound!«, schrie Schofield in sein Helmmikrofon. Er ignorierte völlig Renshaws Bemühungen, die Kontrolle über das Hovercraft zu behalten.

»Was ist?«

»Verschwinde von hier!«

»Was!«

Grimmig sagte Schofield: »Wir sind hier drüben schwer getroffen worden. Wir sind am Arsch, unser Spiel ist vorbei. Verschwinde! Ab nach McMurdo! Hol Hilfe! Du bist die einzige Chance, die uns bleibt!«

»Aber was ist mit ...«

»Verschwinde!«

»Jawohl, Sir.«

In diesem Moment sagte Renshaw: »Öh, Lieutenant ...«

Schofield hörte nicht zu. Er beobachtete Rebounds Hovercraft, das in die andere Richtung davonschoss, hinein in den treibenden Schnee.

Dann blickte Schofield zum Seitenfenster seines zerstörten Hovercrafts hinaus und sah in der Ferne einen kleinen dunklen Klumpen auf der Eisebene.

Book und Kirsty.

»Lieutenant ...«

Schofield sah, wie das letzte britische Hovercraft zu Book und Kirsty hinüberfuhr, sah, wie es langsam neben Books zusammengeklapptem Körper zum Stehen kam. Schwarz gekleidete Männer entstiegen dem Hovercraft.

Schofield starrte einfach nur hin. »Verdammt!«

Neben ihm kämpfte Renshaw mit der Steuerung. »Lieutenant! *Festhalten!*«

In diesem Augenblick, als Renshaw daran zog, brach die

Steuerung ab und das Hovercraft wirbelte jäh nach links und vollführte eine Wende und im Nu fuhren Schofield und Renshaw wieder rückwärts.

»Was zum Teufel tun Sie da?«, schrie Schofield.

»Ich habe *versucht,* das zu *vermeiden!*«, schrie Renshaw zurück, während er hinaus zum zerstörten Heck des Hovercrafts zeigte – das Ende, das jetzt ihnen *vorausfuhr.*

Schofield folgte Renshaws Finger mit dem Blick und bekam große Augen.

Sie sausten – rückwärts – auf den Rand der Klippe zu.

»Warum kann dieser *verfluchte* Tag einfach nicht enden«, sagte Schofield.

»Ich glaube, er ist schon dabei«, erwiderte Renshaw ausdruckslos.

Schofield schob Renshaw aus dem Fahrersitz und glitt hinein. Er pumpte mit dem Bremspedal.

Keine Reaktion.

Das Hovercraft setzte seine rasende Fahrt zum Klippenrand fort.

»Das habe ich auch schon versucht«, meinte Renshaw. »Keine Bremswirkung.«

Das Hovercraft raste auf den Klippenrand zu, rückwärts, völlig außer Kontrolle geraten. Schofield packte die zerbrochene Steuerung. Auch keine Möglichkeit zu lenken.

Sie würden springen müssen ...

Aber der Gedanke kam zu spät.

Die Klippenkante raste zu schnell auf sie zu.

Und dann verloren sie plötzlich den Boden unter den Füßen, und Schofield spürte, wie sein Magen verzweifelt Kapriolen schlug, als das Hovercraft über die Klippe schoss und mit unglaublicher Geschwindigkeit in den klaren, offenen Himmel hinausflog.

Sechster Überfall
16. Juni, 16.35 Uhr

Das Hovercraft stürzte mit dem Heck voran.

In der Kabine fuhr Schofield auf seinem Sitz herum und blickte durch die zerbrochene vordere Windschutzscheibe des Hovercrafts hinaus. Er sah die Klippenspitze hoch über sich immer kleiner werden, als sie sich immer weiter entfernte.

Renshaw im Sitz neben ihm hyperventilierte. »Wir werden sterben. Wir werden *wirklich* sterben.«

Das Hovercraft fiel lotrecht – sein Heck zeigte abwärts, die Nase nach oben – und jäh sah Schofield nichts mehr weiter als Himmel.

Sie stürzten rasch.

Durch das Seitenfenster des Hovercrafts sah Schofield die lotrecht fallenden Klippen mit phänomenaler Geschwindigkeit an ihnen vorübergleiten.

Schofield packte seinen Maghook und steckte Renshaw die Nase ins Gesicht, womit er ihn zum Schweigen brachte. »Fassen Sie mich um die Taille und lassen Sie nicht los!«

Renshaw hörte auf zu wimmern und starrte Schofield eine Sekunde lang an. Dann legte er Schofield rasch die Arme um die Taille. Schofield hob den Maghook über den Kopf und feuerte ihn durch die zerstörte vordere Windschutzscheibe des stürzenden Hovercrafts.

Der Maghook schoss in einem hohen Bogen durch die Luft – sein Stahlhaken schnappte mitten im Flug auf und das Seil entrollte sich auf verrückte Weise wackelnd dahinter.

Der Haken fiel hart auf den Rand der Klippenspitze und glitt dann auf die Kante zurück, wobei sich seine Klauen im Schnee vergruben.

Das Hovercraft fiel weiter mit dem Heck voran durch die Luft. Der Greifhaken fand einen Angriffspunkt auf der Klippenspitze und schnappte ruckartig fest, das Seil spannte sich sofort an ...

.... und Schofield und Renshaw am anderen Ende des Seils schossen jäh aus dem fallenden Hovercraft heraus.

Das Hovercraft fiel unter ihnen davon – fiel und fiel –, bis es lautstark auf die weißgekrönten Wogen über fünfzig Meter unter ihnen krachte.

Schofield und Renshaw schwangen auf die Klippenwand zu. Das Hovercraft war ein gutes Stück über die Klippe hinausgeschleudert, sodass sie dieses Stück um zurückschwangen, und als sie auf die Klippenwand trafen, trafen sie hart auf.

Beim Aufprall auf der Klippe verlor Renshaw den Halt um Schofields Taille, er fiel einen Moment lang, und im allerletzten Augenblick packte er Schofields rechten Fuß.

Eine volle Minute lang hingen die beiden Männer dort auf halber Strecke die nackte, lotrechte Klippenwand hinab und keiner von beiden traute sich zu rühren.

»Sie sind noch da?«, fragte Schofield.

»Ju«, erwiderte Renshaw wie erstarrt.

»Na schön, ich werde jetzt versuchen, uns hinaufzuziehen«, sagte Schofield und fasste den Werfer ein wenig anders, sodass er den schwarzen Knopf drücken konnte, der das Seil wieder einzog, ohne dabei den Greifhaken zusammenklappen zu lassen.

Schofield blickte zum Klippenrand hoch über ihnen hinauf. Er musste wenigstens fünfzig Meter entfernt sein. Schofield war der Ansicht, dass das Seil des Maghooks sich völlig entrollt haben musste, an dem sie hingen …

Und genau da sah ihn Schofield.

Einen Mann. Er stand oben auf der Klippe, spähte über den Rand und sah auf Schofield und Renshaw hinab.

Schofield erstarrte.

Der Mann trug eine schwarze Wollmütze.

Und er hielt ein Maschinengewehr in der Hand.

»Nun?«, meinte Renshaw unten neben Schofields Füßen. »Worauf warten Sie?« Von seiner Position aus konnte Renshaw den SAS-Soldaten oben auf der Klippe nicht erkennen.

»Wir gehen nicht mehr rauf«, erwiderte Schofield schlicht, wobei er den Blick auf die schwarz gekleidete Gestalt oben auf der Klippe geheftet hielt.

»Nein?«, fragte Renshaw. »Wovon reden Sie eigentlich?«

Der SAS-Soldat sah jetzt direkt zu Schofield hinab.

Schofield schluckte. Dann warf er einen Blick auf die klatschenden Wogen fünfzig Meter unter sich. Als er wieder hochschaute, zog der SAS-Soldat ein langes, glitzerndes Messer aus seiner Scheide. Daraufhin beugte sich der Soldat über das Seil des Maghooks oben auf der Klippe.

»O nein«, sagte Schofield.

»O nein, was?«, fragte Renshaw.

»Sind Sie bereit für einen Ausflug?«

»Nein«, erwiderte Renshaw.

»Atmen Sie die ganze Strecke hinunter«, sagte Schofield, »und dann, in der letzten Sekunde, holen Sie tief Luft.« Das wurde einem gesagt, wenn man aus einem fliegenden Hubschrauber ins Wasser sprang. Schofield hielt das gleiche Prinzip hier für angemessen.

Schofield blickte erneut zu dem SAS-Soldaten oben auf der Klippe hinauf. Er war dabei, das Seil zu durchschneiden.

»Also gut«, sagte Schofield. »Bringen wir den Scheiß hinter uns. Ich werde verdammt sein, wenn ich darauf warte, dass *du* mein Seil durchschneidest. Renshaw, sind Sie bereit? Wir springen!«

Und in diesem Augenblick drückte Schofield zweimal den Abzug am Maghook.

Die Klauen des Greifhakens oben auf der Klippe reagierten sofort und klappten nach innen und verloren so ihren Ansatzpunkt im Schnee. Der Haken rutschte über den Rand der Klippe, an dem verwirrten SAS-Soldaten vorüber, und Schofield, Renshaw sowie der Maghook fielen – gemeinsam – an der Klippenwand entlang in die klatschenden Wogen des Südpolarmeers unter ihnen.

Im Schweigen der Eishöhle starrte Libby Gant einfach nur die halb aufgefressenen Leichen an, die auf den Felsen vor ihr lagen.

Seit ihrer Ankunft in der Höhle vor etwa vierzig Minuten hatten die anderen – Montana, Santa Cruz und Sarah Hensleigh – die Körper kaum einmal angesehen. Sie waren alle völlig vereinnahmt von dem großen schwarzen Raumschiff auf der anderen Seite der unterirdischen Höhle. Sie umschritten es, gingen darunter her, sahen sich die schwarzen metallenen Flügel genau an und versuchten, einen Blick durch die getönten Scheiben des Cockpits zu werfen.

Nachdem Schofield Gant von der unmittelbar bevorstehenden Ankunft der britischen Truppen sowie seinem eigenen Fluchtplan informiert hatte, hatte sie zwei MP5 auf Stative aufgestellt, die auf den Tümpel am Ende der Höhle gerichtet waren. Wenn der SAS versuchte, die Höhle zu betreten, würde sie die Leute einen nach dem anderen wegputzen, wie sie die Oberfläche durchbrachen.

Das war vor einer halben Stunde gewesen.

Selbst wenn der SAS inzwischen in der Eisstation Wilkes eingetroffen war, würden sie noch immer eine weitere Stunde benötigen, jemanden in der Taucherglocke hinabzulassen, und noch eine Stunde, den Unterwassereistunnel zur Höhle hinaufzuschwimmen.

Jetzt hieß es warten.

Nachdem Gant die Stative aufgestellt hatte, waren Montana und Sarah Hensleigh wieder an die Untersuchung des Raumschiffs gegangen. Santa Cruz war noch eine Weile länger bei Gant geblieben, aber bald war er gleichfalls hinübergegangen, um einen Blick auf das phantastische schwarze Schiff zu werfen.

Gant blieb bei den Waffen.

Während sie dort auf dem kalten, eisigen Boden der Höhle saß, blickte sie zu den zerstückelten Körpern auf der anderen Seite des Tümpels hinüber. Die Art und Weise, wie die Körper zugerichtet worden waren, hatte sie verblüfft. Köpfe und Gliedmaßen fehlten, ganze Stücke von Fleisch waren buchstäblich bis auf den Knochen *abgekaut* worden; die ganze Szenerie selbst schwamm in Blut.

Was auf Erden hätte so etwas anrichten können? überlegte Gant.

Während sie über die Körper nachdachte, wanderte Gants Blick zum Tümpel hinüber. Sie sah die runden Löcher in den Eiswänden darüber – die gewaltigen, über drei Meter weiten Löcher. Sie waren identisch mit denen, die sie auf dem Weg hierher im Unterwassereistunnel gesehen hatte.

Gant hatte ein merkwürdiges Gefühl bei diesen Löchern, bei den Körpern, bei der Höhle selbst. Es war beinahe so, als ob die Höhle eine Art ...

»Das ist absolut *unglaublich*«, sagte Sarah Hensleigh, als sie herüberkam und sich neben Gant stellte. Hensleigh strich sich eilig eine Strähne des langen schwarzen Haars aus dem Gesicht. Sie floss förmlich über vor Begeisterung über die Entdeckung des Raumschiffs.

»Es hat keinerlei Kennzeichnung«, sagte sie. »Das ganze Schiff ist völlig und absolut *schwarz.*«

Gant war Sarah Hensleigh im Augenblick ziemlich gleichgültig. Eigentlich war ihr auch das Raumschiff ziemlich gleichgültig.

Und in der Tat, je mehr sie darüber nachdachte – über das Raumschiff, die Höhle und die halb aufgefressenen Körper, der SAS oben in der Station –, konnte Gant nicht anders, als daran zu denken, dass es um alles in der Welt keinen Weg gab, wie sie die Eisstation Wilkes lebendig verlassen würde.

Das Eindringen des SAS-Teams in der Eisstation Wilkes verlief rasch und flüssig – professionell.

Schwarz gekleidete Männer stürmten mit erhobenen Gewehren in die Station. Rasch zerstreuten sie sich, jeweils zu zweit. Sie öffneten jede Tür, überprüften jeden Raum.

»Deck A, *sauber!*«, schrie eine Stimme.

»Deck B, *sauber!*«, schrie eine weitere Stimme.

Trevor Barnaby schritt hinaus auf den Laufsteg von Deck A und überblickte die verlassene Station, wie ein frisch gekrönter König sein Reich überblickt. Barnaby sah mit kaltem, gleichmütigem Blick auf die Station hinab. Ein dünnes Lächeln fältelte sein Gesicht.

Die SAS-Truppen gingen zu Deck E hinab, wo sie Snake und die beiden französischen Wissenschaftler mit Handschellen an den Pfahl gefesselt vorfanden. Zwei SAS-Soldaten bewachten sie, während weitere schwarz gekleidete Soldaten die Sprossenleitern herabströmten und in den Tunnels von Deck E verschwanden.

Vier SAS-Soldaten rannten in den Südtunnel. Zwei nahmen die Türen links. Zwei die Türen rechts.

Die beiden rechts erreichten die erste Tür, traten sie ein und blickten hinein.

Ein Vorratsraum. Zerschlagene Holzregale. Einige Sauerstofftanks auf dem Boden.

Aber leer.

Mit gehobenen Waffen gingen sie weiter den Korridor hinab. In diesem Moment sah einer den stummen Diener, sah die beiden Türen aus rostfreiem Stahl in dem kalten weißen Licht des Tunnels glitzern.

Mit einem kurzen Pfiff gewann der SAS-Anführer die Aufmerksamkeit der beiden anderen Soldaten im Tunnel. Er zeigte mit zwei Fingern auf den stummen Diener. Die beiden anderen Männer verstanden sofort. Sie stellten sich zu beiden Seiten des stummen Dieners auf, während der Anführer und der vierte SAS-Soldat ihre Gewehre auf die Stahltüren richteten.

Der Anführer nickte rasch und die beiden Männer zu beiden Seiten des stummen Dieners rissen sogleich die Türen auf, und der Anführer gab eine jähe Salve ab.

Sofort waren die nackten Wände des leeren Aufzugs in Fetzen zerrissen.

Mother kniff die Augen fest zusammen, als weniger als einen halben Meter über ihrem Kopf die Salve des SAS-Kommandeurs laut brüllend losging.

Sie saß in völliger Dunkelheit an der Basis des winzigen Aufzugschachts, zu einem winzigen Ball zusammengerollt in dem Kriechraum *unterhalb* des stummen Dieners.

Der stumme Diener wurde unter der Wucht des Gewehrfeuers der SAS-Soldaten gerüttelt und geschüttelt. Seine Wände flogen heraus, rissen auf und überall entstanden ausgefranste Löcher. Staub und Holzsplitter regneten auf Mother hinab, aber sie hielt einfach bloß die Augen fest zusammengekniffen.

Und dann, in dem Augenblick, da das Gewehrfeuer ihr laut

in den Ohren schallte, kam Mother ein überwältigender Gedanke. *Sie konnten ihre Gewehre wieder gefahrlos innerhalb der Station abfeuern …*

Die Menge an entflammbarem Gas in der Atmosphäre der Station musste verflogen sein …

Und dann hörte das Gewehrfeuer abrupt auf und die Türen zum stummen Diener schlossen sich. Ganz urplötzlich herrschte wieder Stille und zum ersten Mal seit drei Minuten stieß Mother wieder Luft aus.

Schofield und Renshaw stürzten an der Klippenwand entlang und fielen in den Ozean.

Die Kälte traf sie wie ein Amboss, aber Schofield achtete nicht weiter darauf. Sein Adrenalinspiegel war hoch, ebenso wie seine Körpertemperatur. Die meisten Experten gäben einem Menschen etwa acht Minuten zum Überleben in den eisigen antarktischen Fluten. Aber mit seinem Thermoanzug sowie dem hohen Adrenalinspiegel gab Schofield sich wenigstens dreißig Minuten.

Er schwamm aufwärts, auf der Suche nach Luft, und durchbrach dann plötzlich die Oberfläche, und als Erstes sah er die größte Welle, die ihm je im Leben zu Gesicht gekommen war, über sich zusammenschlagen. Sie schob ihn – *warf* ihn – zurück zum Fuß der Klippe.

Der Aufprall trieb ihm den Atem aus den Lungen und Schofield schnappte nach Luft.

Jäh sank die Woge zurück und Schofield spürte, wie er in ein Tal zwischen zwei Wellen gesogen wurde. Ein paar Sekunden lang ließ er sich im Wasser treiben, bis er wieder zu Atem kam und seine Sinne beieinander hatte.

Das Meer rings um ihn herum war absolut gewaltig. Fünfzehn Meter hohe Wellen umgaben ihn. Zwanzig Meter rechts von ihm schlug eine Mammutwoge auf die Klippen. Eisberge

– manche so hoch und breit wie Wolkenkratzer in New York; andere lang und flach wie Fußballfelder – hingen einhundert Meter entfernt von der Küste, schweigende Wächter der Eisklippen.

Plötzlich brach Renshaw gleich neben Schofield aus dem Wasser hervor. Der kleine Wissenschaftler schnappte sogleich in heiseren, schweren Atemzügen nach Luft. Einen Augenblick lang war Schofield besorgt, wie lange Renshaw mit der extremen Kälte des Wasser zurechtkommen würde, aber dann fiel ihm Renshaws Neoprenanzug ein. Teufel, Renshaw war möglicherweise wärmer als ihm selbst.

Und in diesem Augenblick sah Schofield eine weitere türmende Woge auf sie zukommen.

»Runter!«, schrie er.

Schofield holte tief Luft und tauchte unter, und urplötzlich wurde die Welt unheimlich still.

Er schwamm hinab; sah Renshaw neben sich schwimmen, im Wasser schwebend.

Und dann sah Schofield eine Explosion weißen Schaums über ihnen spritzen, als die Woge an der Oberfläche mit all ihrer Macht gegen die Klippe klatschte.

Schofield und Renshaw tauchten wieder auf.

Während sie im Wasser auf- und niedergingen, sah Schofield die gesamte Seitentür eines Hovercrafts im Wasser an sich vorübertreiben.

»Wir müssen weiter raus«, sagte Schofield. »Wenn wir noch länger hier bleiben, werden wir an diesen Klippen zermalmt werden.«

»Wohin?«, fragte Renshaw.

»Okay«, meinte Schofield. »Sehen Sie diesen Eisberg da drüben?« Er zeigte auf einen großen Berg, der wie ein prächtiger Flügel aussah, der auf der Seite lag, etwa zweihundert Meter von den Klippen entfernt.

»Ich sehe ihn.«

»Dahin schwimmen wir«, sagte Schofield.

»Na gut.«

»Dann okay. Bei drei. Eins. Zwei. Drei.«

Bei drei holten beide Männer tief Luft und tauchten unter. Sie schwammen im Bruststil von der Klippe weg durch das klare antarktische Wasser. Weißer Schaum explodierte über ihnen, während sie durch das Wasser schwammen.

Zehn Meter. Zwanzig.

Renshaw ging der Atem aus. Er tauchte auf, holte rasch und tief Luft und tauchte dann wieder unter. Schofield ebenfalls und biss die Zähne zusammen, als er sich auch wieder unter die Wellen duckte. Seine frisch gebrochene Rippe brannte schmerzhaft. Fünfzig Meter weiter durchbrachen beide Männer wieder die Oberfläche. Sie waren jetzt jenseits der sich brechenden Wellen, also schwammen sie im Freistil weiter, kämpften sich über die Schwindel erregend hohen Spitzen der Fünfzehn-Meter-Wellen hinweg.

Schließlich erreichten sie den Fuß des Eisbergs. Drohend türmte er über ihnen, eine Mauer aus Weiß, glatt an manchen Stellen, wunderschön geschwungen und geriffelt an anderen. Prächtig gewölbte Tunnels verschwanden in dem jungfräulichen Eis.

An einem Punkt lief der große Eisberg aus, stieg zum Ozean herab und bildete eine Art Riff. Schofield und Renshaw schwammen auf dieses Riff zu.

Als sie dort eintrafen, sahen sie, dass das Riff in Wirklichkeit etwa einen Meter über dem Wasser schwebte.

»Stoßen Sie sich von meiner Schulter ab«, sagte Schofield.

Renshaw gehorchte, hievte rasch den linken Fuß auf Schofields Schulter und stieß sich davon ab.

Der kleine Mann hob die Hände, umklammerte die Bank

und zog sich ungelenk darauf hoch. Dann legte er sich flach auf den Rand der Bank und streckte Schofield die Hände entgegen. Schofield packte sie und Renshaw zog ihn aus dem Wasser. Schofield war fast auf dem Riff, als seine Hände plötzlich an Renshaws feuchten Handgelenken abrutschten und Schofield unbeholfen zurück ins Wasser fiel.

Schofield tauchte unter.

Stille. Völlige Stille. Wie im Mutterleib.

Die heftigen Explosionen der Wellen, die gegen die Eisklippen schlugen, drangen ihm nicht mehr an die Ohren.

Der massige weiße Unterleib des Eisbergs erfüllte sein Blickfeld. Er erstreckte sich weit hinab, bis er in den umwölkten Tiefen des Ozeans verschwand.

Und plötzlich vernahm Schofield ein Geräusch, und er richtete sich kerzengerade im Wasser auf. Das Geräusch kam deutlich durchs Wasser, und er hörte es ganz klar.

Vmmmmm.

Es war ein tiefes, summendes, brummendes Geräusch.

Vmmmmm.

Schofield runzelte die Stirn. Es hörte sich beinahe ... *mechanisch* an. Wie eine motorgetriebene Tür, die sich irgendwo öffnete. Irgendwo schloss.

Irgendwo ... *hinter* ihm.

Augenblicklich fuhr Schofield herum.

Und dann sah er es.

Es war so riesig – so *monströs* –, dass der bloße Anblick Schofields Herz zum Rasen brachte.

Es schwebte einfach dort im Wasser.

Schweigend. *Riesig.*

Bedrohlich über Schofield, der neben dem Eisberg im Wasser schwebte.

Es musste wenigstens einhundert Meter lang sein, die Hülle

schwarz und rund. Schofield sah die beiden horizontalen, stabilisierenden Flossen zu beiden Seiten des kegelförmigen Turms ins Wasser ragen, sah die röhrenförmige, knubbelige Nase des Bugs und jäh schlug sein Puls sehr laut in seinem Kopf.

Schofield vermochte seinen Augen nicht zu trauen.

Er blickte auf ein Unterseeboot.

Schofield schoss aus dem Wasser.

»Sind Sie in Ordnung?«, fragte Renshaw oben vom Riff aus.

»Jetzt nicht mehr«, erwiderte Schofield, ehe er rasch einen weiteren Atemzug tat und wieder untertauchte.

Wiederum war die Welt still geworden.

Schofield schwamm ein wenig tiefer und starrte ehrfürchtig das massige Unterseeboot an. Es war etwa dreißig Meter von ihm entfernt, aber er konnte es deutlich erkennen. Das gewaltige Unterseeboot hockte einfach dort – völlig untergetaucht – in dem stillen Wasser wie ein gewaltiger, geduldiger Leviathan.

Schofield ließ den Blick darüberschweifen und suchte nach besonderen Merkmalen.

Er sah den schmalen, kegelförmigen Turm; die vier Torpedoports im Bug. Einer der Torpedoports war dabei, sich zu öffnen. *Vmmmmm.*

Und dann sah Schofield die vorn links auf dem Bug aufgemalten Farben – sah die drei senkrechten Farbstreifen – blau-weiß-rot.

Er blickte auf die französische Flagge.

Renshaw sah Schofield erneut aus dem Wasser schießen.

»Was *tun* Sie dort unten eigentlich?«, fragte er.

Schofield ignorierte ihn. Stattdessen warf er den linken Arm aus dem Wasser und blickte auf seine Armbanduhr.

Die Stoppuhr zeigte an:

2:57:59

2:58:00

2:58:01

»O Gott«, sagte Schofield. »O mein Gott.«

Während der wahnwitzigen Verfolgungsjagd der Hovercrafts hatte er völlig das französische Kriegsschiff vergessen, das vor der antarktischen Küste lag und darauf wartete, seine Raketen auf die Eisstation Wilkes abzufeuern. Sein Codename war, wie ihm einfiel, »Shark«, also »Haifisch«.

Erst jetzt jedoch ging Schofield auf, dass er einen Fehler begangen hatte. Er war zu einemm falschen Schluss gekommen. »Shark« war überhaupt kein Kriegsschiff.

Es war ein Unterseeboot.

Es war *dieses* Unterseeboot.

»Rasch«, sagte Schofield zu Renshaw. »Holen Sie mich raus!« Renshaw streckte die Hand hinab und Schofield umklammerte sie fest. Renshaw hievte Schofield so rasch herauf, wie er konnte. Als er genügend weit aus dem Wasser war, packte Schofield den Eisvorsprung und zog sich selbst hoch.

Renshaw hatte halb erwartet, dass Schofield sich aufs Eis fallen lassen würde, um wieder zu Atem zu kommen, wie er selbst es getan hatte, aber Schofield war in einem Nu auf den Beinen.

Eigentlich war es sogar so, dass er, sobald er sich auf dem Eisvorsprung befand, über die flache Ebene des Eisbergs losrannte – nein, *lossprintete.*

Renshaw jagte hinter ihm her. Er sah Schofield einen Eishügel überspringen, während er auf den Rand des Eisbergs in etwa dreißig Metern Entfernung zustürmte. Zum Rand des Eisbergs hin gab es eine leichte Erhebung, die Schofield hinaufrannte. Auf der anderen Seite der Erhebung, sah Renshaw, ging es etwa zehn Meter steil zum Wasser hinab.

Beim Laufen blickte Schofield auf seine Stoppuhr. Die Sekunden tickten immer weiter voran, auf die Drei-Stunden-Marke zu.

Auf die Abschusszeit zu.

2:58:31

2:58:32

2:58:33

Schofield dachte nach, während er rannte.

Es wird die Station zerstören. Die Station zerstören.

Wird meine Marines töten. Wird das junge Mädchen töten ...

Muß es daran hindern.

Aber wie? Wie zerstört ein Mann ein Unterseeboot?

Und dann fiel ihm plötzlich etwas ein.

Beim Rennen holte er seinen Maghook von der Schulter. Dann drückte er rasch den Knopf mit der Bezeichnung ›M‹ und sah das rote Licht am Magnetkopf des Maghook aufleuchten.

Daraufhin zog er einen silbrigen Kanister aus seiner Oberschenkeltasche. Es war der dreißig Zentimeter lange Kanister mit dem grünen Band, den er in dem britischen Hovercraft gefunden hatte.

Die Tritonal 80/20-Hochleistungs-Sprengladung.

Schofield sah sich beim Laufen den silbrig-grünen Kanister an. Er hatte einen Druckverschluss aus rostfreiem Stahl. Er drehte den Verschluss und vernahm ein leises Zischen. Der Deckel sprang auf, und er sah eine vertraute Zeituhrschaltung, gleich neben einem Schalter ARM-DISARM, mit dem man die Ladung scharf machen konnte. Da der Apparat zur Zerstörung diente, konnte eine Tritonalladung damit auch jederzeit entschärft werden.

Zwanzig Sekunden, dachte er. *Gerade genug, um außer Reichweite zu kommen.*

Er stellte die Zeitschaltuhr an der Tritonalladung auf zwanzig Sekunden ein und hielt daraufhin den silbrigen Kanister über den knollenförmigen Magnetkopf seines Maghook.

Sogleich knallte der Stahlzylinder hart auf den mächtigen Magneten und klebte daran fest, gefangen wie in einem Schraubstock.

Schofield lief noch immer wie der Teufel, sprintete über die zerrissene Landschaft des Eisbergs.

Dann erreichte er den Rand des Eisbergs, und ohne eine Sekunde zu zögern oder weiter darüber nachzudenken, sprang er mit voller Geschwindigkeit hinaus.

Schofield flog in einem langen, weiten Bogen durch die Luft – volle drei Sekunden –, ehe er, die Füße voran, erneut hart in das eiskalte Wasser des südlichen Eismeers klatschte.

Rings um ihn herum waren nichts als Blasen und einen Moment lang sah Schofield gar nichts. Und dann verschwanden die Blasen auf einmal und Schofield fand sich im Wasser schwebend *gleich vor* der gewaltigen Nase des französischen Unterseeboots wieder.

Schofield sah auf seine Uhr.

2:58:59

2:59:00

2:59:01

Noch eine Minute.

Die Außenports des Torpedokanals waren jetzt völlig geöffnet. Schofield schwamm darauf zu. Zehn Meter entfernt stand der Torpedokanal gähnend weit offen.

Das sollte besser funktionieren, dachte Schofield, als er seinen Maghook mit der daran haftenden Tritonalladung auf Kopfhöhe hob. Schofield drückte den »ARM-DISARM«-Schalter auf der Tritonalladung.

Zwanzig Sekunden.

Schofield feuerte den Maghook ab.

Der Maghook schoss aus seinem Werfer und hinterließ dabei eine dünne Spur weißer Blasen in seinem Kielwasser. Er schoss durch das Wasser auf den offenen Torpedoport zu ...

... und traf die stählerne Hülle des Unterseeboots gerade *unterhalb* des Torpedoports mit einem lauten, metallischen *Boiiing!* Der Maghook – mit der scharfen Tritonalladung daran – prallte von der dicken Stahlhülle des Unterseeboots ab und sank schlaff ins Wasser hinab.

Schofield konnte es nicht fassen.

Er hatte daneben geschossen!

Scheiße! kreischte es in seinen Gedanken. Und dann traf ihn plötzlich ein weiterer Gedanke.

Die Leute in dem Unterseeboot hatten ihn gehört. Mußten ihn gehört haben.

Schofield drückte rasch den schwarzen Knopf an seinem Griff, der den Maghook einholte, und hoffte verzweifelt, dass er zurückkäme, ehe die zwanzig Sekunden vorüber wären.

Muss einen weiteren Schuss anbringen.

Muss einen weiteren Schuss anbringen können.

Und dann vernahm Schofield plötzlich ein weiteres Geräusch. *Vmmmmm.*

Links von Schofield, an der anderen Bugseite, öffnete sich der andere Torpedoport!

Dieser Port war kleiner als derjenige, in den hinein Schofield seinen Maghook hatte schießen wollen.

Kleinere Torpedos, dachte Schofield. *Diese sollen andere Unterseeboote zerstören, nicht ganze Eisstationen.*

Und dann, mit einem jähen *Wuschschsch!,* schoss ein kompakter weißer Torpedo aus dem gerade aufgegangenen Torpedoport und wälzte sich durch das Wasser auf Schofield zu.

Schofield konnte es nicht glauben.

Sie hatten ein Torpedo auf ihn abgefeuert!

Der Maghook kehrte in seinen Werfer zurück und Schofield drückte rasch den »ARM-DISARM«-Schalter auf der Tritonalladung – vier Sekunden vor Zündung. In diesem Moment schoss der Torpedo an seiner Taille vorüber und Schofield überschlug sich in seinem Kielwasser.

Schofield keuchte erleichtert. Er war zu nahe gewesen. Der Torpedo hatte nicht die Zeit gehabt, sich auf ihn einzuschießen.

Genau in diesem Augenblick schlug der Torpedo in den Eisberg hinter Schofield und explodierte heftig.

Renshaw stand am Rand des Eisbergs und blickte ins Wasser hinab, als der Torpedo etwa zwanzig Meter entfernt einschlug.

In einem Augenblick explodierte ein ganzer Abschnitt des Eisbergs in einer weißen Wolke und fiel wie bei einem Erdrutsch einfach in den Ozean, sauber vom Rest des massiven Eisbergs abgetrennt.

»Jeu!«, keuchte Renshaw ehrfürchtig.

Und dann sah er Schofield etwa zwanzig Meter draußen an die Oberfläche kommen, sah ihn eine Lunge voll Luft schnappen, und dann sah er den Lieutenant wieder untertauchen.

Während das Geräusch der Torpedo-Detonation noch immer im Wasser rings um ihn her vibrierte und ein großes Stück des Eisbergs hinter ihm ins Wasser fiel, richtete Schofield seinen Maghook ein zweites Mal auf den Torpedoport.

2:59:37

2:59:38

2:59:39

Wieder drückte Schofield den Auslöseschalter auf der Tritonalladung – *zwanzig Sekunden* – und feuerte.

Der Maghook schoss durch das Wasser ...

... hing eine lange Zeit dort ...

... und verschwand daraufhin im Torpedoport.

Ja!

Schofield drückte rasch den Knopf auf seinem Griff, der mit ›M‹ markiert war und der Magnetkopf am Maghook innerhalb des Torpedoports reagierte sogleich, indem er die silbriggrüne Tritonalladung losließ.

Daraufhin holte Schofield den Maghook ein und ließ die Tritonalladung *innerhalb* des Torpedokanals zurück.

Und dann schwamm Schofield los.

Schwamm wie der Teufel.

Im Torpedoraum des französischen Unterseeboots herrschte tödliches Schweigen. Ein junger Soldat zählte den Countdown. »*Vingt secondes de premier lancer*«, sagte er. Zwanzig Sekunden bis zum ersten Abschuss. Zwanzig Sekunden bis zum Abschuss des »Radiergummis«, eines Torpedos mit Atomsprengkopf der Neptun-Klasse.

»*Dix-neuf ... dix-huit ... dix-sept ...*«

Vom Eisberg aus sah Renshaw, wie Schofield die Oberfläche durchbrach, sah ihn verzweifelt durch das Wasser schwimmen, den Maghook in der Hand.

Der französische Soldat zählte weiter. »*Dix ... neuf ... huit ... sept ...*«

Schofield schwamm wie besessen, versuchte, so viel Distanz zwischen sich und das Unterseeboot zu legen, wie er konnte, denn falls er bei der Explosion der Tritonalladung zu nahe wäre, würde ihn die Implosion schnurstracks einsaugen. Er war zehn Meter entfernt gewesen, als er die Tritonalladung abgefeuert hatte. Jetzt war er zwanzig Meter entfernt. Er dachte, dass fünfundzwanzig Meter wohl ausreichen würden.

Renshaw schrie ihm zu: »Was zum Teufel geht da vor?«

»Verschwinden Sie vom Rand!«, schrie Schofield beim Schwimmen. »Machen Sie schon!«

»Cinq ... quatre ... trois ...«

Der französische Soldat kam beim Countdown nicht über ›drei‹ hinaus.

Denn in diesem Augenblick – in diesem entsetzlichen, niederschmetternden Augenblick – flog die Tritonalladung im Torpedorohr jäh in die Luft.

Von dort aus, wo Renshaw stand, war die Explosion unter Wasser absolut spektakulär, und das um so mehr, da sie unerwartet kam.

Sie erfolgte augenblicklich. Der dunkle Schatten unter der Oberfläche, das französische Unterseeboot, wurde urplötzlich zu einer gewaltigen weißen Wolke. Eine mächtige Fontäne von fünfzehn Meter Höhe und sechzig Meter Länge schoss aus dem Wasser und fiel langsam zurück.

Aus Höhe des Wasserspiegels sah Schofield plötzlich einen Schwarm monströser blauer Blasen aus einem klaffenden Loch am Bug des Unterseeboots quellen, wie Tentakel, die nach ihm griffen. Und dann zogen sie sich ebenso rasch wieder zurück, und mit entsetzlicher Gewalt *schossen die Blasen auf das Unterseeboot zu* und Schofield spürte, wie er jäh wieder zum Unterseeboot hingezogen wurde.

Implosion.

In diesem Moment brach das massige französische Unterseeboot wie eine prächtige große Aluminiumdose in sich zusammen und die Sogwirkung der Implosion flaute ab. Schofield spürte, wie der Griff des Wassers sich lockerte, und er ließ sich zur Oberfläche treiben. Das Unterseeboot war verschwunden.

Wenige Minuten später zog Renshaw Schofield aus dem Wasser und zerrte ihn auf den Eisberg.

Schofield ließ sich auf das Eis fallen – schwer atmend, triefend nass, vor Kälte erstarrt. Er rang keuchend nach Atem und sein Körper wurde von einer solchen Erschöpfung überwältigt, dass Schofield in diesem Augenblick – das französische Unterseeboot vernichtet, und er und Renshaw hoffnungslos verlassen auf einem Eisberg – eigentlich nichts weiter wollte, als sich hinlegen und schlafen.

Im Gebäude des Capitols in Washington, D.C., trat die NATO-Konferenz wieder zusammen.

George Holmes, der Repräsentant der USA, lehnte sich in seinem Sessel zurück, als er Pierre Dufresne, dem Leiter der französischen Delegation, zusah, wie sich dieser zum Reden erhob.

»Liebe Kollegen, meine Damen und Herren«, begann Dufresne, »die Republik Frankreich möchte gern ihre völlige und bedingungslose Unterstützung des Nordatlantischen Verteidigungsbündnisses zum Ausdruck bringen, dieser wunderbaren Organisation von Staaten, die dem Westen seit fast fünfzig Jahren so gut gedient hat ...«

Die Rede zog sich weiter dahin, pries die Tugenden der NATO sowie die unvergängliche Loyalität Frankreichs ihr gegenüber. George Holmes schüttelte den Kopf. Den ganzen Morgen über hatte die französische Delegation immer wieder Unterbrechungen gefordert, die Konferenz hingehalten, und jetzt, wie aus heiterem Himmel, versicherten sie ihre unerschütterliche Loyalität der Organisation gegenüber. Es ergab überhaupt keinen Sinn.

Dufresne beendete seine Rede und setzte sich. Holmes wollte sich schon umwenden und etwas zu Phil Munro sagen, da schob der britische Delegierte der Konferenz – ein tadellos frisierter Staatsmann namens Richard Royce – seinen Sessel zurück und erhob sich.

»Meine Damen und Herren«, sagte Royce in einem sehr artikulierten Londoner Akzent, »wenn ich um Ihre Nachsicht ersuchen darf: die britische Delegation ersucht um eine Unterbrechung.«

Genau im gleichen Augenblick, direkt auf der anderen Straßenseite des Kongressgebäudes und der NATO-Konferenz, betrat Alison Cameron das Atrium der Library of Congress, der Kongressbibliothek.

Bestehend aus drei Gebäuden ist die Kongressbibliothek die größte Bibliothek der Welt. Eigentlich war das Ziel ihrer Gründung gewesen, der größte Verwahrungsort für das Wissen der Welt zu sein. Und genau das ist sie.

Weswegen Alison nicht überrascht war zu erfahren, dass das Objekt ihrer Suche – das mysteriöse »Preliminary Survey« von C.M. Waitzkin aus dem Jahre 1978 – in der Kongressbibliothek zu finden war. Wenn irgendeine Bibliothek sie hätte, dann war es die Kongressbibliothek.

Alison wartete am Informationsschalter, während eine der Bibliotheksangestellten ins Magazin hinabging, um für sie zu suchen. Die Magazine der Kongressbibliothek waren nicht frei zugänglich, was bedeutete, dass die Angestellten die Bücher für einen holten. Sie war außerdem keine Leihbibliothek, was bedeutete, dass man die Bücher nicht mit aus dem Gebäude nehmen durfte.

Die Angestellte benötigte eine Weile, also machte sich Alison daran, das Buch durchzusehen, das sie auf dem Weg zur Bibliothek erworben hatte.

Sie sah auf den Einband. Darauf stand:

THE ICE CRUSADE:
REFLECTIONS ON A YEAR SPENT IN ANTARCTICA
DR. BRIAN HENSLEIGH
Professor of Geophysics, Harvard University

Alison las die Einführung quer.

Brian Hensleigh war anscheinend Leiter der geophysikalischen Fakultät der Harvard University. Er war mit Untersuchungen von Eiskernen beschäftigt – eine Arbeit, die erforderlich machte, zylindrische Eiskerne aus dem kontinentalen Schelfeis in der Antarktis herauszuholen und daraufhin die Luft zu untersuchen, die vor tausenden von Jahren in diesen Eiskernen gefangen worden war.

Offensichtlich, so sagte das Buch, konnte die Erforschung von Eiskernen zur Erklärung der globalen Erwärmung, des Treibhauseffekts und des Schwunds der Ozonschicht wesentlich beitragen.

Wie dem auch sei, es schien, als ob dieser Hensleigh das ganze Jahr 1994 in einer abgelegenen Eisstation in der Antarktis gearbeitet und Eiskernproben gesammelt hätte.

Der Name dieser Forschungsstation lautete Eisstation Wilkes.

Und deren Lage: Breite minus 66,5 Grad, Länge 115 Grad, 20 Minuten und 12 Sekunden östlich.

In diesem Augenblick kehrte die Angestellte zurück und Alison blickte von ihrem Buch auf.

»Es ist nicht vorhanden«, sagte die Angestellte kopfschüttelnd.

»Was?«

»Ich hab's dreimal überprüft«, meinte die Angestellte. »Es ist nicht im Regal. ›Preliminary Survey‹ von C.M. Waitzkin, 1978. Es ist nicht da.«

Alison runzelte die Stirn. Das hatte sie nicht erwartet.

Die Angestellte – ihr Namensschildchen sagte, dass sie Cindy hieß – zuckte hilflos die Achseln. »Ich versteh's nicht. Es ist einfach ... *verschwunden.*«

Alison verspürte eine jähe Woge der Erregung, als ihr etwas einfiel.

»Wenn es nicht dort ist, würde das nicht bedeuten, dass es jemand *gerade jetzt* liest?«, fragte sie.

Cindy schüttelte den Kopf. »Nein, der Computer sagt, dass es zum letztenmal im November 1979 an jemanden ausgeliehen worden ist.«

»November 1979«, wiederholte Alison.

»Ja, unheimlich, nicht wahr?« Cindy wirkte etwa wie zwanzig, zweifelsohne eine Collegestudentin. »Ich habe mir den Namen des Ausleihers notiert, wenn es Sie interessiert. Hier«, sie reichte Alison ein Papier.

Es war die Fotokopie eines Antragsformulars, ähnlich dem, das Alison selbst ausgefüllt hatte, um das Buch zu erhalten. Die Kongressbibliothek bewahrte offensichtlich jedes Antragsformular auf – vielleicht für genau diese Situation. Auf dem Formular, über »Name des Ausleihers«, stand ein Name:

O. NIEMEYER.

»Kommt vor«, sagte die Angestellte Cindy. »Diesem Niemeyer hat es vielleicht so gut gefallen, dass er einfach damit davonspaziert ist. Damals hatten wir noch keine Magnetsicherungen, also ist er vielleicht an den Aufpassern vorbeigeschlüpft.«

Alison beachtete sie gar nicht.

Sie stand einfach da, bezaubert von dem Antragsformular in ihrer Hand, von diesem zwanzig Jahre alten Beweisstück, das irgendwo in den Tiefen der Kongressbibliothek in einem Archiv gehockt und auf diesen Tag gewartet hatte.

Alisons Augen glühten, als sie die Worte anstarrte: O. NIEMEYER.

Brigadier-General Trevor Barnaby umschritt das Tümpeldeck der Eisstation Wilkes. Er hatte die Eisstation Wilkes jetzt etwas länger als eine Stunde unter Kontrolle und fühlte sich ziemlich zuversichtlich.

Vor nur zwanzig Minuten hatte er ein Team bewaffneter Taucher in der Taucherglocke der Station hinabgeschickt. Aber es würde noch wenigstens neunzig Minuten dauern, ehe sie die Untergrundhöhle erreichten. In der Tat glitt das Kabel der Taucherglocke gerade im Augenblick noch immer in den Tümpel an der Basis der Station.

Barnaby selbst trug einen schwarzen Kälteschutzanzug. Er beabsichtigte, mit dem zweiten Team zur Untergrundhöhle hinabzutauchen – um mit eigenen Augen zu sehen, was sich wirklich dort unten befand.

»Ei, ei«, sagte Barnaby beim Anblick von Snake und der beiden französischen Wissenschaftler, die mit Handschellen an den Pfahl gefesselt waren. »Was haben wir denn hier? Nun, wenn das nicht Sergeant Kaplan ist!« Dem Ausdruck auf seinem Gesicht nach zu schließen war Snake offensichtlich davon überrascht, dass Barnaby wusste, wer er war.

»Gunnery Sergeant Scott Michael Kaplan«, sagte Barnaby. »Geboren: Dallas, 1953; eingetreten in das United States Marine Corps im Alter von achtzehn, 1971; Experte in Handfeuerwaffen; Experte im Nahkampf; Scharfschütze. Und seit 1992 vom britischen Geheimdienst unter Verdacht, Mitglied der amerikanischen Spionageorganisation zu sein, die als die Intelligence Convergence Group bekannt ist.

Äh, entschuldige, wie nennen sie dich doch gleich? *Snake*, nicht wahr? Sag mir, Snake, passiert dir das eigentlich häufig? Kettet dich dein kommandierender Offizier häufig an Pfähle und überlässt dich der Gnade des eindringenden Feindes?«

Snake sagte kein Wort.

»Ich hätte eigentlich nicht gedacht«, meinte Barnaby, »dass Shane Schofield zu der Sorte von Befehlshabern zählte, die ihre loyalen Truppenmitglieder anketten würden. Was bedeutet, es muss einen *anderen* Grund geben, weswegen er dich angekettet hat, *n'est-ce pas?*« Barnaby lächelte. »Nun, was könnte das für ein Grund sein?«

Snake sagte noch immer kein Wort. Hin und wieder warf er einen verstohlenen Blick auf das Kabel der Taucherglocke, das hinter Barnaby in den Tümpel glitt.

Barnaby wandte seine Aufmerksamkeit den beiden französischen Wissenschaftlern zu. »Und wer könntet ihr sein?«, fragte er.

Entrüstet brach es aus Luc Champion hervor: »Wir sind französische Wissenschaftler von der Forschungsstation Dumont d'Urville. Wir sind gegen unseren Willen hier von amerikanischen Streitkräften festgehalten worden. Wir *verlangen*, dass wir freigelassen werden, in Übereinstimmung mit internationalem ...«

»Mr. Nero«, sagte Barnaby ausdruckslos.

Ein Berg von Mann trat hinter Barnaby hervor und stellte sich neben ihn. Er war wenigstens zwei Meter zehn groß, hatte breite Schultern und einen teilnahmslosen Blick. Eine Narbe verlief ihm vom Mundwinkel bis zum Kinn.

Barnaby sagte: »Mr. Nero, seien Sie so gut.«

In diesem Augenblick hob der große Mann namens Nero seine Pistole und schoss aus nächster Nähe auf Champion.

Champions Kopf explodierte. Sogleich spritzten Blut und Gehirnmasse gegen die Seite von Snakes Gesicht.

Henri Rae, der zweite französische Wissenschaftler, begann zu wimmern.

Barnaby wandte sich ihm zu. »Sind Sie auch Franzose?«

Rae begann zu schluchzen.

Barnaby sagte: »Mr. Nero.«

Rae sah es kommen und kreischte: *»Nein!«*, als Nero erneut seine Waffe hob, und einen Augenblick später war die andere Seite von Snakes Gesicht ganz und gar mit Blut bespritzt.

In der pechschwarzen Dunkelheit an der Basis des Aufzugsschachts fuhr Mother beim Geräusch der Pistolenschüsse auf.

Verdammt, dachte sie. Sie musste wieder weggetreten sein.

Muss wach bleiben, dachte sie.

Muss wach bleiben ...

Mother starrte den durchscheinenden Kunststoffbeutel an, den sie mitgebracht hatte. Er war über einen Schlauch mit einer Infusionsspritze verbunden, die ihr im Arm steckte.

Der Kunststoffbeutel war jetzt leer.

War es die letzten zwanzig Minuten über gewesen.

Mother begann zu zittern. Ihr war kalt und sie fühlte sich schwach. Ihr fielen die Augenlider herab.

Sie biss sich auf die Zunge und versuchte, durch den heftigen Schmerz die Augen gewaltsam offen zu halten.

Die ersten paar Male funktionierte es. Und dann nicht mehr. Allein an der Basis des Aufzugsschachts verlor Mother erneut das Bewusstsein.

Draußen auf Deck E trat Trevor Barnaby vor und kniff die Augen zusammen. »Sergeant Kaplan. Snake. Du bist ein böser Junge gewesen, nicht wahr?«

Snake sagte nichts.

»*Bist* du ICG, Snake? Ein Überläufer? Was hast du getan, hast du deine Tarnung zu früh aufgedeckt, hast angefangen, deine eigenen Männer umzubringen, ehe du die Gewissheit hattest, dass diese Station euch sicher war? Ich wette, Scarecrow war nicht allzu erfreut, als er es herausgefunden hat. Hat er dich deswegen an den Pfahl gekettet und dich für mich hier zurückgelassen?«

Snake schluckte.

Barnaby starrte ihn kalt an. »Das hätte ich wenigstens getan.«

In diesem Augenblick trat ein junger SAS-Corporal hinter Barnaby. »Sir.«

»Ja, Corporal?«

»Sir, die Ladungen um die Station sind gelegt.«

»Wie weit entfernt?«

»Fünfhundert Meter, Sir. In einem Bogen, wie Sie befohlen haben.«

»Gut«, sagte Barnaby. Bald nach seiner Ankunft auf Wilkes hatte Barnaby befohlen, dass achtzehn Tritonalladungen in einem Halbkreis auf der landeinwärts gerichteten Seite der Station gelegt werden sollten. Sie sollten einem speziellen Zweck dienen. Seinem sehr speziellen Zweck.

»Corporal«, fragte Barnaby, »wie lange wird es Ihrer Einschätzung nach dauern, die Ladungen anzubringen?«

»Unter Berücksichtigung der Bohrungen, Sir, würde ich sagen, noch eine weitere Stunde.«

»Schön«, erwiderte Barnaby. »Wenn sie alle gelegt sind, bringen Sie mir den Zünder.«

»Jawohl, Sir«, sagte der Corporal. »Oh, und Sir, da ist noch etwas.«

»Ja?«

»Sir, die Gefangenen, die von dem amerikanischen Hovercraft herabgefallen sind, sind gerade eingetroffen. Was sollen wir mit ihnen anfangen?«

Barnaby war bereits über Funk von dem Soldaten und dem jungen Mädchen berichtet worden, die von einem der amerikanischen Hovercrafts herabgefallen und von seinen Männern aufgesammelt worden waren.

»Bringt das Mädchen in sein Quartier. Haltet es dort fest«, sagte Barnaby. »Bringt den Marine zu mir.«

Libby Gant stand allein in einer dunklen Ecke der Untergrundhöhle. Der Strahl ihrer Taschenlampe erleuchtete einen kleinen horizontalen Spalt in der Eismauer.

Der Spalt war auf der Ebene des Grunds, an der Stelle, wo die Mauer auf den Boden traf. Er war etwa einen halben Meter hoch und erstreckte sich waagrecht etwa zwei Meter.

Gant ging auf Hände und Knie und spähte in den horizontalen Spalt hinein. Sie sah nichts außer Dunkelheit. Da drin schien jedoch leerer Raum zu sein ...

»Hee!«

Gant wandte sich um.

Sie sah Sarah Hensleigh unter dem Raumschiff am anderen Ende der Höhle stehen, drüben beim Wasser, und mit den Armen winken.

»Hee!«, rief Hensleigh aufgeregt. »Kommen Sie rüber, und werfen Sie mal einen Blick hier drauf!«

Gant ging zu dem großen schwarzen Raumschiff hinüber. Montana war bereits dort, als sie ankam. Santa Cruz stand drüben beim Wasser Wache.

»Was halten Sie davon?« Hensleigh zeigte auf etwas an der Unterseite des Schiffs.

Gant sah es und runzelte die Stirn. Es sah aus wie irgendeine Art von Tastenfeld.

Zwölf Knöpfe, in drei Kolonnen arrangiert, vier Knöpfe pro Kolonne, und obenauf etwas, das aussah wie ein rechtekkiges Display.

Aber an diesem »Tastenfeld« war irgendetwas sehr merkwürdig.

Auf keiner der Tasten war ein Zeichen.

Wie das übrige Schiff war das Tastenfeld absolut und völlig schwarz – schwarze Knöpfe auf einem schwarzen Untergrund.

Und dann sah Gant, dass es einen Knopf mit einer Markierung darauf gab. Auf dem zweiten Knopf in der mittleren Reihe befand sich ein kleiner roter Kreis.

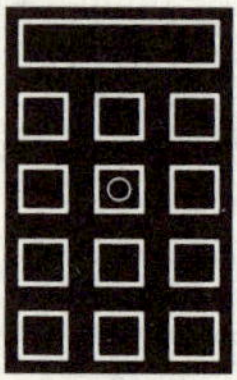

»Wofür halten Sie das?«, fragte Montana.

»Wer weiß«, erwiderte Hensleigh.

»Es könnte dazu dienen, das Raumschiff zu öffnen«, schlug Gant vor.

Hensleigh schnaubte. »Unwahrscheinlich. Kennen Sie irgendwelche Aliens, die Tastenfelder benutzen?«

»Ich kenne überhaupt keine Aliens«, sagte Gant. »*Sie* etwa?« Hensleigh ignorierte sie. »Man kann unmöglich sagen, was es ist«, meinte sie. »Es könnte ein Zündschlüssel sein, oder ein Waffensystem ...«

»Oder ein Selbstzerstörungsmechanismus«, sagte Gant trocken. »Ich schlage vor, wir drücken einfach drauf und finden's heraus«, meinte Hensleigh.

»Aber welchen Knopf drücken wir?«, fragte Montana.

»Den mit dem Kreis drauf, vermute ich.«

Montana schürzte nachdenklich die Lippen. Er war der Rangälteste hier unten. Es war seine Entscheidung. Er sah zu Gant hinüber.

Gant schüttelte den Kopf. »Wir sind nicht hier, um nachzusehen, was es tut. Wir sind einfach bloß hier, es zu bewachen, bis die Kavallerie eintrifft.«

Montana sah zu Santa Cruz, der vom Wasser herübergekommen war, um sich die Sache anzusehen.

»Drückt ihn«, meinte Cruz. Wenn ich mir für dieses verdammte Ding den Schädel einschlagen lassen soll, möchte ich sehen, was drin ist.«

Montana wandte sich wieder Sarah Hensleigh zu. Sie nickte. »Sehen wir mal, was es tut.«

Schließlich sagte Montana: »Okay. Drücken Sie drauf!«

Sarah Hensleigh nickte und holte tief Luft. Dann streckte sie die Hand aus und drückte auf den Knopf mit dem roten Kreis.

Zunächst geschah gar nichts.

Sarah Hensleigh hob den Finger vom Tastenfeld und blickte zu dem Raumschiff über ihr auf, als ob sie erwartete, dass es abheben würde oder etwas dergleichen.

Plötzlich ertönte ein leiser harmonischer Klang und das Display oberhalb des Tastenfelds glühte auf.

Und dann, eine Sekunde später, erschien eine Folge von Zeichen auf dem Display.

»O *Scheiße*«, sagte Montana.

»Was zum ...«, meinte Hensleigh.

Es war die Aufforderung, den Zugangskode einzugeben. Auf dem Display stand:

24157817 –
ENTER AUTHORIZED ENTRY CODE

»Zahlen?«, fragte Montana.

»Englisch?«, fragte Sarah Hensleigh. »Was zum Teufel ist das für ein Ding?«

Gant ihrerseits schüttelte bloß den Kopf. Und als sie vom »Raumschiff« wegging, begann sie leise zu lachen.

Schofield und Renshaw lagen mit dem Rücken auf der kalten, harten Oberfläche des Eisbergs und lauschten auf das rhythmische Schlagen der Wellen gegen die Eisklippen in zweihundert Metern Entfernung.

Sie lagen einfach eine Weile lang dort, um wieder zu Atem zu kommen.

Nach ein paar Minuten suchte Schofield mit der Hand an seiner Taille, bis er dort einen kleinen schwarzen Apparat fand. Er drückte einen Knopf.

Biep!

»Was tun Sie da?«, fragte Renshaw, ohne aufzublicken.

»Schalte mein GPS ein«, erwiderte Schofield noch immer auf dem Rücken. »Es ist ein Satelliten-Ortungssystem und benutzt das Navistar Global Positioning System. Jeder Marine hat eines, zum Gebrauch in Notfällen. Wissen Sie, dann können die Leute uns finden, wenn wir auf einem kleinen Floß mitten im Ozean enden. Ich habe mir gedacht, unsere augenblickliche Lage unterscheidet sich nicht so wesentlich davon.« Schofield seufzte. »Irgendwo ist gerade ein rotes Blitzlicht auf jemandes Bildschirm in einem abgedunkelten Raum eines Schiffes erschienen.« »Bedeutet das, sie suchen nach uns?« fragte Renshaw.

»Bis jemand hier auftaucht, sind wir schon längst tot. Aber

sie werden zumindest in der Lage sein, unsere Leichen zu finden.«

»Oh, *großartig*«, meinte Renshaw. »Schön, meine Steuergroschen bei der Arbeit zu sehen. Ihr Kerle baut ein Satelliten-Ortungssystem, so dass sie *meine Leiche finden können.* Wow!«

Schofield wandte sich Renshaw zu. »Wenigstens kann ich eine Notiz an unseren Leichen hinterlassen, die demjenigen, der uns findet, mitteilt, was in der Station geschehen ist. Zumindest dann werden sie die Wahrheit wissen. Über die Franzosen, über Barnaby.«

»Nun«, sagte Renshaw, »da fühle ich mich doch gleich viel besser.«

Schofield stützte sich auf den Ellbogen und sah zu den Klippen hinüber. Er sah die berghohen Wellen des Südpolarmeers dagegen klatschen und spektakulär zu weißer Gischt explodieren.

Dann, zum erstenmal, sah Schofield sich den Eisberg um sich herum genauer an.

Er war *groß*. Er war tatsächlich so groß, dass er in der schweren See nicht einmal schaukelte. *Über* der Oberfläche musste das ganze Dinge wenigstens einen Kilometer lang sein. Schofield konnte nicht annähernd erraten, wie groß er *unter* der Oberfläche war.

Von der Form her war er grob rechteckig mit einer gewaltigen weißen Spitze am einen Ende. Der Rest des Eisbergs war ungleichmäßig und von Kratern zerfurcht. Er wirkte auf Schofield wie eine geisterhaft weiße Mondlandschaft.

Schofield stand auf.

»Wohin wollen Sie?«, fragte Renshaw, der liegen blieb. »Sie gehen nach Hause?«

»Wir sollten in Bewegung bleiben«, meinte Schofield. »Uns so lange warm halten, wie wir können, und während wir schon dabei sind, sollten wir auch herausbekommen, ob nicht eine Möglichkeit besteht, zur Küste zurückzukommen.«

Renshaw schüttelte den Kopf, stand widerstrebend auf und folgte Schofield hinaus über die unebene Oberfläche des Eisbergs.

Fast zwanzig Minuten lang stapften sie dahin, ehe sie bemerkten, dass sie in die falsche Richtung gingen.

Der Eisberg hörte abrupt auf, und sie sahen nichts weiter als das Meer, das sich nach Westen hin erstreckte. Der nächstgelegene Eisberg in dieser Richtung war über drei Kilometer entfernt. Schofield hatte gehofft, dass sie vielleicht von einem Eisberg zum anderen zurück zur Küste springen könnten. In dieser Richtung würde daraus jedoch nichts werden.

Sie kehrten den Weg zurück, den sie gekommen waren.

Sie kamen sehr langsam voran. Um Renshaws Brauen und Lippen bildete sich Eis.

»Verstehen Sie was von Eisbergen?« fragte Schofield beim Gehen.

»Ein wenig.«

»Klären Sie mich auf!«

»Ich habe einmal in einer Zeitschrift gelesen«, sagte Renshaw, »dass der neueste Trend bei Arschlöchern mit zu viel Geld das ›Eisberg-Climbing‹ ist. Offenbar ist es unter Bergsteigern ziemlich populär. Das einzige Problem besteht darin, dass dein Eisberg am Ende schmilzt.«

»Ich hatte an etwas *Wissenschaftlicheres* gedacht«, meinte Schofield. »Wie zum Beispiel, ob sie je zur Küste zurücktreiben.«

»Nein«, erwiderte Renshaw. »Das Eis in der Antarktis bewegt sich von der Mitte nach *außen*. Nicht anders herum. Eisberge wie dieser hier brechen von den Eisschelfs an der Küste ab. Deswegen sind die Klippen so glatt. Das Eis, das über dem Ozean hängt, wird zu schwer und bricht einfach ab und wird ...« Renshaw winkte mit der Hand auf den Eisberg rings um sie her »... ein Eisberg.«

»M-hm«, sagte Schofield, während er über das Eis stapfte.

»Es gibt jedoch ein paar richtig Große. *Echt* Große. Eisberge, die größer als ganze Länder sind. Ich meine, Teufel, nehmen Sie dieses Schätzchen hier. Sehen Sie mal, wie groß es ist. Die meisten großen Eisberge leben etwa zehn oder zwölf Jahre, ehe sie endgültig schmelzen und sterben. Aber unter den richtigen Wetterbedingungen – und wenn der Eisberg gleich von vornherein groß genug war – kann ein Eisberg wie dieser hier bis zu dreißig Jahren um die Antarktis treiben.«

»Prächtig«, meinte Schofield trocken.

Sie erreichten die Stelle, wo Renshaw Schofield aus dem Wasser gezogen hatte, nachdem Schofield das französische Unterseeboot zerstört hatte.

»Hübsch«, sagte Renshaw. »Vierzig Minuten zu Fuß unterwegs, und wir sind wieder da, wo wir losgegangen sind.«

Sie gingen einen kleinen Abhang hinauf und erreichten die Stelle, wo das Torpedo des französischen Unterseeboots den Eisberg getroffen hatte.

Es sah aus, als ob ein Riese einen mächtigen Happen aus der Seite des Eisbergs herausgebissen hätte.

Der große Eisrutsch, der unter der Wucht der Explosion einfach davongefallen war, hatte ein riesiges, halbkreisförmiges Loch in der Seite des Eisbergs zurückgelassen. Glatte, lotrechte Wände erstreckten sich bis zum Wasser zehn Meter weiter unten hinab.

Schofield blickte in das Loch hinab, sah das ruhige Wasser gegen den Rand des gewaltigen Eisbergs plätschern.

»Wir werden hier draußen sterben, nicht wahr?«, fragte Renshaw von hinten.

»Ich nicht.«

»Sie nicht?«

»Das ist *meine* Station, und ich werde sie zurückbekommen.«

»M-hm.« Renshaw blickte übers Meer hinaus. »Und haben Sie irgendeine Vorstellung davon, *wie* Sie das genau anstellen werden?«

Schofield gab ihm keine Antwort.

Renshaw drehte sich um. »Ich habe *gefragt,* wie in Gottes Namen wollen Sie es anstellen, *Ihre* Station zurückzubekommen, wenn wir hier draußen feststecken?«

Aber Schofield hörte nicht zu.

Er hockte auf den Fersen und blickte hinab in das halbkreisförmige Loch, das der Torpedo in den Eisberg geschnitten hatte.

Renshaw kam herüber und stellte sich hinter ihn.

»Worauf sehen Sie da?«

»Erlösung«, erwiderte Schofield. »Vielleicht.«

Renshaw folgte Schofields Blick hinab in das halbkreisförmige Loch im Eisberg, und er sah es sofort.

Dort, einige Meter die glatte, lotrechte Klippenwand hinab, eingebettet im Eis, sah Renshaw den deutlich zu erkennenden rechteckigen Umriß eines erstarrten Glasfensters.

Schofield verknotete ihre beiden Parkas zusammen und benutzte die beiden Jacken als Seil, ließ sich mit Renshaws Hilfe zu dem Fenster in der Eisklippe hinunter.

Schofield hing hoch über dem Wasser vor dem erstarrten Glasfenster. Er sah es sich genau an.

Es war eindeutig von Menschenhand gemacht.

Schofield stellte es sich so vor, dass der Feuerstoß des Torpedos die etwa zehn Meter Eis vor dem Fenster gelöst haben musste und es auf diese Weise freigelegt hatte. Das Fenster und das, woran es befestigt war, waren *tief* innerhalb des Eisbergs vergraben gewesen.

Schofield holte tief Atem. Dann trat er heftig zu, und das Fenster zersplitterte.

Hinter dem jetzt offenen Fenster erblickte er Dunkelheit, eine Art kleiner Höhle.

Schofield zog eine Taschenlampe aus seiner Hüfttasche und schwang sich, mit einem letzten Blick zu Renshaw, durch das Fenster hinein in den Bauch des Eisbergs.

Als erstes sah Schofield im Strahl seiner Taschenlampe die auf dem Kopf stehenden Worte:

HAPPY NEW YEAR 1969!
WELCOME TO LITTLE AMERICA IV!

Die Worte standen auf einer Art Fahne geschrieben.

Sie hing schlaff – und auf dem Kopf stehend – über der Höhle, in der Schofield jetzt stand.

Nur dass es keine Höhle war.

Es war irgendein Raum – ein kleiner, holzgetäfelter Raum, *völlig* unter dem Eis begraben.

Und alles stand auf dem Kopf. Der ganze Raum war falsch herum.

Es war ein seltsames Gefühl, dass alles auf dem Kopf stand. Schofield benötigte einige Sekunden, bis ihm klar wurde, dass er eigentlich auf der *Decke* des unterirdischen Raums stand.

Er blickte nach rechts. Dort zweigten offenbar weitere Räume von diesem hier ab …

»Hallo da unten!«, segelte Renshaws Stimme von draußen herein.

Schofield steckte den Kopf aus dem Fenster in der Eisklippe. »Hee, was ist los? Ich friere mir hier draußen die Eier ab«, sagte Renshaw.

»Haben Sie je von Little America IV gehört?«, fragte Schofield.

»Ja«, erwiderte Renshaw. »Es war damals in den sechziger Jahren eine unserer Forschungsstationen. Ist '69 ins Meer hinausgetrieben, als das Rosseisschelf einen Eisberg von neuntausend Quadratkilometern Größe gekalbt hat. Die Navy hat drei Monate danach gesucht, aber sie haben sie nie gefunden.«

»Nun, raten Sie mal«, meinte Schofield. »Wir haben sie gerade gefunden.«

Eingehüllt in drei dicke Wolldecken saß James Renshaw auf dem Fußboden des Hauptraums von Little America IV. Er rieb sich heftig die Hände und blies mit seinem warmen Atem darauf, während Schofield – noch immer in seinem durchgeweichten Arbeitsanzug – die anderen Räume der dunklen, auf dem Kopf stehenden Station durchwühlte. Keiner der beiden Männer wagte, eine der dreißig Jahre alten Konserven zu essen, die über den Fußboden verstreut lagen.

»Soweit ich mich erinnere, war Little America so etwas Ähnliches wie Wilkes«, meinte Renshaw. »Es war eine Station zum Erkunden von Ressourcen, ins Küsteneisschelf hinein gebaut. Sie waren hinter Ölvorkommen vor der Küste her, die im kontinentalen Eisschelf verborgen sein sollten. Sie haben Kollektoren bis zum Meeresgrund hinabgelassen, damit sie nachsehen, ob der Schlamm dort unten ...«

»Warum steht alles auf dem Kopf?«, fragte Schofield vom nächten Raum her.

»Das ist einfach. Als dieser Eisberg gekalbt hat, muss er sich umgedreht haben.

»Der Eisberg hat sich umgedreht?«

»Soll vorkommen, wie man weiß«, erwiderte Renshaw. »Und wenn Sie mal darüber nachdenken, ergibt das Sinn. Ein Eisberg ist toplastig, wenn er vom Festland abbricht, weil alles Eis, das *unter dem Wasser* gewesen ist, über die Jahre hinweg langsam vom wärmeren Meerwasser erodiert worden ist. Ist Ihr Eisberg also nicht perfekt ausbalanciert, wenn er vom Festland wegbricht, kippt das ganze Ding um.«

Schofield suchte sich im Nachbarraum seinen Weg durch Haufen rostigen, umgedrehten Abfalls. Er trat um eine große, runde Kabeltrommel herum, die unbeholfen auf der Seite lag. Dann sah er etwas.

»Wie lange hat die Navy nach dieser Station gesucht, haben Sie gesagt?«, fragte Schofield.

»Etwa drei Monate.«

»Ist das eine lange Zeit für eine Suche nach einer verlorengegangenen Station gewesen?«

Renshaw im Hauptraum zuckte die Achseln. »Es ist länger als üblich gewesen. Weshalb?«

Schofield kam durch die Tür zurück. Er hielt einige metallische Gegenstände in Händen.

»Ich denke, unsere Jungs haben hier unten einige Sachen angestellt, die sie nicht hätten tun sollen«, sagte Schofield lächelnd.

Er hielt ein Stück weißer Kordel hoch. Für Renshaw sah sie aus wie Schnur, die mit weißem Pulver bedeckt worden war.

»Zündschnur«, sagte Schofield, während er die weiße, pulvrige Kordel in einer Schlinge um die Taille befestigte. »Sie wird zur Zündung von Sprengstoffen beim Nahkampf benutzt. Dieses pulvrige Zeug, das Sie da sehen, ist Magnesiumsulfid. Zündschnüre auf Magnesiumbasis brennen heiß und rasch – tatsächlich verbrennen sie so heiß, dass sie sauber durch Metall schneiden können. Gutes Zeug. Wir benutzen es heutzutage manchmal auch noch.

Und sehen Sie das hier«, Schofield hielt einen verrosteten, druckfesten Kanister hoch. »VX Giftgas. Und das hier ...«, er hielt eine weitere Röhre hoch, »... Sarin.«

»Saringas?« fragte Renshaw. Sogar er wusste, was das war. Saringas war ein chemischer Kampfstoff. Renshaw fiel ein Vorfall in Japan ein, von 1995, als Terroristen einen Kanister mit Saringas in einer U-Bahnstation in Tokyo gezündet hatten. Panik war ausgebrochen. Mehrere Menschen waren ums Leben gekommen. »Sie hatten dieses Zeug in den sechziger Jahren?«, fragte er.

»O ja.«

»Also halten Sie diese Station für eine Fabrik für chemische Kampfstoffe?«

»Ich glaube schon, ja.«

»Aber weswegen? Warum chemische Kampfstoffe in der Antarktis testen?«

»Zwei Gründe«, erwiderte Schofield. »Eins: zu Hause bewahren wir fast alle unsere Giftgaswaffen gekühlt auf, weil die meisten Giftgase bei höheren Temperaturen ihre Toxizität verlieren. Also ist es sinnvoll, die Tests in einer Umgebung durchzuführen, wo es das ganze Jahr über kalt ist.«

»Und der zweite Grund?«

»Der zweite Grund ist wesentlich einfacher«, erwiderte Schofield und lächelte Renshaw an. »Niemand sieht zu.«

Schofield verschwand wieder im Nebenraum. »Auf jeden Fall«, sagte er, als er durch die Tür verschwand, »nutzt uns das alles gerade im Augenblick nicht sehr viel. Aber sie haben etwas *anderes* hier, das *vielleicht* nützlich sein kann. Ich bin sogar der Ansicht, dass uns dies schlicht und einfach wieder zurück ins Spiel bringen wird.«

»Und was ist das?«

»Das hier«, sagte Schofield, als er wieder auf der Schwelle erschien und ein verstaubtes Tauchgerät hinter sich herzog.

Schofield machte sich ans Werk, die dreißig Jahre alte Taucherausrüstung wieder in Schuß zu bringen. Renshaw war mit der Aufgabe betraut worden, die Atemgeräte zu säubern – die Mundstücke, die Ventile an den Luftschläuchen.

Die komprimierte Luft war das Hauptrisiko. Nach dreißigjähriger Aufbewahrung war dies ein Risiko, das einen tödlichen Ausgang nehmen konnte.

Es gab nur eine Möglichkeit, das herauszufinden.

Schofield testete sie – er nahm einen tiefen Zug und sah Renshaw an. Als er nicht tot umfiel, erklärte er die Luft für in Ordnung.

Die beiden Männer arbeiteten etwa zwanzig Minuten lang an der Taucherausrüstung. Dann, als sie fast fertig waren, meinte Renshaw ruhig: »Haben Sie je Gelegenheit erhalten, einen Blick auf Bernie Olsons Leichnam zu werfen?«

Schofield sah zu Renshaw hinüber. Der kleine Wissenschaftler war über ein Paar Mundstücke gebeugt, die er mit Meerwasser auswusch.

»In der Tat, doch«, erwiderte Schofield leise.

»Was haben Sie gesehen?«, fragte Renshaw interessiert.

Schofield zögerte. »Mr. Olson hatte sich die eigene Zunge abgebissen.«

»Hmmm.«

»Die Kieferknochen waren auch fest geschlossen, und seine Augen waren heftig entzündet – rotgerändert, blutunterlaufen.«

Renshaw nickte. »Und was hat man Ihnen erzählt, das ihm zugestoßen wäre?«

»Sarah Hensleigh hat mir erzählt, Sie hätten ihn mit einer Subkutanspritze gestochen und ihm flüssigen Abflussreiniger in den Blutkreislauf injiziert.«

Renshaw nickte wissend. »Aha. Lieutenant, könnten Sie bitte einen Blick auf dieses Buch werfen?« Renshaw zog ein durchweichtes Buch aus der Brusttasche seines Parkas. Es war das dicke Buch, das er aus seinem Zimmer mitgenommen hatte, als sie die Station verlassen hatten.

Renshaw reichte es Schofield. *Biotoxikologie und durch Gift hervorgerufene Erkrankungen.*

»Lieutenant«, sagte Renshaw, »wenn Sie jemand mit Abflussreiniger vergiftet, bringt das Gift Ihren Herzschlag zum Erliegen, einfach *so*. Es gibt keinen Todeskampf. Sie sterben einfach. Kapitel 2.«

Schofield durchblätterte die durchweichten Seiten bis zum Kapitel 2. Er sah die Überschrift: *Durch Gift hervorgerufener, augenblicklicher physiologischer Tod.*

Er sah eine Liste dessen, was der Autor ›Bekannte Gifte‹ genannt hatte. Mitten auf der Liste sah Schofield ›Starke Reinigungsflüssigkeiten, Insektizide‹.

»Der springende Punkt ist«, sagte Renshaw, »es gibt keine *äußeren* Anzeichen des Todes bei einem derartigen Gift. Ihr Herz hört auf zu schlagen, Ihr Körper *hält einfach an.*«

Renshaw hielt den Finger hoch. »Aber bei gewissen *anderen* Giften ist das nicht so«, sagte er. »Wie beispielsweise das Gift der Seeschlange.«

»Das Gift der Seeschlange?« fragte Schofield.

»Kapitel 9«, erwiderte Renshaw.

Schofield suchte es. *Natürlich vorkommende Gifte – Meeresfauna.*

»Suchen Sie unter Seeschlangen«, sagte Renshaw.

Schofield tat es. Er fand die Überschrift: *Seeschlangen – Gifte, Symptome und Behandlung.*

»Lesen Sie es«, sagte Renshaw.

Schofield tat es.

»Laut«, meinte Renshaw.

Schofield las: »Die gemeine Seeschlange *(Enhydrina schistosa)* besitzt ein Gift mit einer Toxizität, die dreimal so stark ist wie bei der Königskobra, der tödlichsten Landschlange. Ein Tropfen (0,03 ml) reicht aus, drei Menschen zu töten. Allgemeine Symptome einer Vergiftung durch die Seeschlange sind Schmerzen und Muskelversteifung, Anschwellen der Zunge, Lähmungserscheinungen, Sehverlust, heftige Entzündung der Augen und Zusammenziehen der Pupillen sowie, am bemerkenswertesten, Kieferstarre. Die Kieferstarre ist in der Tat in solchen Fällen so heftig, dass die Opfer einer Vergiftung durch die Seeschlange nicht selten ...«

Schofield unterbrach sich.

»Lesen Sie«, sagte Renshaw leise.

»... die eigene Zunge mit den Zähnen durchbeißen.«

Schofield sah zu Renshaw auf.

Renshaw legte den Kopf zur Seite. »Sehe ich für Sie wie ein Mörder aus, Lieutenant?«

»Wer könnte denn sagen, dass Sie nicht Seeschlangengift in diese Subkutanspritze aufgezogen haben?«, konterte Schofield.

»Lieutenant«, erwiderte Renshaw, »auf der Eisstation Wilkes wird das Seeschlangengift im Biotoxinlabor aufbewahrt, das stets – *stets* – verschlossen ist. Nur wenige Leute haben Zutritt zu diesem Raum, und ich bin keiner davon.«

Schofield erinnerte sich an das Biotoxinlabor auf Deck B, erinnerte sich an das deutliche, aus drei Kreisen bestehende Warnzeichen an der Tür.

Merkwürdigerweise fiel Schofield noch etwas anderes ein.

Ihm fiel ein, wie Sarah Hensleigh ihm zuvor gesagt hatte: »Ehe das alles geschehen ist, habe ich mit Ben Austin im Biolab auf Deck B gearbeitet. Er hat an einem neuen Antidot für *Enhydrina schistosa* gearbeitet.«

Schofield schüttelte den Gedanken beiseite.

Nein. Unmöglich.

Er wandte sich Renshaw zu. »Wer hat also *Ihrer* Ansicht nach Bernie Olson umgebracht?«

»Nun, irgendjemand mit Zutritt zum Biotoxinlabor, natürlich«, erwiderte Renshaw. »Das konnte nur Ben Austin, Harry Cox oder Sarah Hensleigh bedeuten.«

Sarah Hensleigh.

»Warum sollte irgendeiner von ihnen Olson umbringen wollen?«, fragte Schofield.

»Ich habe keine Ahnung«, erwiderte Renshaw. »Keine Ahnung.«

»Soweit Sie wissen, hatte keiner dieser Leute ein Motiv, Olson umzubringen?«

»Stimmt genau.«

»Aber *Sie* hatten ein Motiv«, meinte Schofield. »Olson hat Ihnen Ihre Forschungsergebnisse gestohlen.«

»Was mich zu so etwas wie der idealen Person macht, der man den Mord in die Schuhe schieben kann, stimmt's?«, fragte Renshaw.

»Aber wenn es wirklich jemand so drehen wollte«, sagte Schofield, »Ihnen den Mord in die Schuhe zu schieben, so hätte der Betreffende tatsächlich Abflussreiniger benutzt, um Olson umzubringen. Warum sich der Mühe unterziehen und Seeschlangengift benutzen?«

»Gutes Argument«, entgegnete Renshaw. »Gutes Argument. Aber wenn Sie dieses Buch lesen, finden Sie, dass Abflussreiniger eine 59%ige Sterblichkeitsrate hat. Seeschlangengift hat eine Sterblichkeitsrate von 98 %. Gleich, wer Olson umgebracht hat, er wollte *sicherstellen,* dass er starb. Deswegen haben sie das Seeschlangengift benutzt. Sie wollten nicht, dass er wiederbelebt werden konnte.«

Schofield schürzte nachdenklich die Lippen.

Daraufhin sagte er: »Erzählen Sie mir etwas von Sarah Hensleigh!«

»Was denn?«

»Sind Sie beide miteinander ausgekommen? Haben Sie sie gemocht, hat sie Sie gemocht?«

»Nein, nein und nein.«

»Warum haben Sie sie nicht gemocht?«, fragte Schofield.

»Sie wollen das *wirklich* wissen?«, Renshaw seufzte tief. Er blickte beiseite. »Weil sie meinen besten Freund geheiratet hat – eigentlich war er auch mein Chef –, und sie hat ihn nicht geliebt.«

»Wer ist das gewesen?« fragte Schofield.

»Ein Bursche namens Brian Hensleigh. Er ist vor seinem Tod Leiter der geophysikalischen Abteilung in Harvard gewesen.«

»Er ist bei einem Autounfall umgekommen, nicht wahr?«

»Stimmt genau«, erwiderte Renshaw. »Ein betrunkener Fahrer ist über die Bordsteinkante weg und hat ihn getötet.«

Renshaw blickte zu Schofield auf. »Woher wissen Sie das?«

»Kirsty hat's mir gesagt.«

»Kirsty hat's Ihnen gesagt.« Renshaw nickte langsam. »Sie ist ein gutes Kind, Lieutenant. Hat sie Ihnen gesagt, dass sie mein Patenkind ist?«

»Nein.«

»Bei ihrer Geburt hat Brian mich gebeten, ihr Pate zu sein, wissen Sie, falls ihm je etwas zustoßen würde. Ihre Mutter, Mary-Anne, ist an Krebs gestorben, da war Kirsty sieben.«

»Warten Sie mal eine Sekunde«, sagte Schofield. »Kirstys Mutter ist gestorben, da war sie sieben?«

»Ja.«

»Also ist Sarah Hensleigh *nicht* Kirstys Mutter?«

»Stimmt genau«, entgegnete Renshaw. »Sarah Hensleigh

war Brians *zweite* Frau. Sarah Hensleigh ist Kirstys *Stiefmutter.*«

Plötzlich klärten sich die Dinge für Schofield. Weswegen Kirsty kaum je ein Wort mit Sarah wechselte. Weswegen sie sich in sich selbst zurückzog, wann immer sie in Sarahs Nähe war. Die natürliche Reaktion eines Kinds auf eine Stiefmutter, die es nicht mochte.

»Ich weiß nicht, weshalb Brian sie geheiratet hat«, sagte Renshaw. »Ich weiß, er war einsam und, nun ja, Sarah *ist* attraktiv und sie *hat* ihm ziemlich viel Aufmerksamkeit gewidmet. Aber sie war ehrgeizig. Junge, war sie ehrgeizig! Man konnte es in ihren Augen erkennen. Sie wollte einfach nur seinen Namen, wollte die Leute treffen, mit denen er zusammenarbeitete. Sie hat nicht *ihn* gewollt. Und als letztes hat sie sein Kind gewollt.«

Renshaw lachte traurig. »Und dann ist dieser betrunkene Fahrer über die Bordsteinkante gerutscht und hat Brian getötet und auf einen Rutsch hat Sarah Brian verloren *und* das Kind am Hals gehabt, das sie niemals hatte haben wollen.«

»Warum mag sie *Sie* nicht?«, fragte Schofield.

Renshaw lachte erneut. »Weil ich Brian gesagt habe, er solle sie nicht heiraten.«

Schofield schüttelte den Kopf. Offensichtlich war eine Menge mehr vor seiner und der Ankunft der Marines in der Eisstation vorgegangen, als ihnen ursprünglich aufgefallen war.

»Sind Sie fertig mit diesen Mundstücken?«, fragte Schofield. »Alles fertig.«

»Dieses Gespräch muss seine Fortsetzung finden«, meinte Schofield, als er aufstand und sich daran machte, einen der Lufttanks auf die Schulter zu setzen.

»Warten Sie mal eine Sekunde«, sagte Renshaw, ebenfalls aufstehend. »Sie gehen *jetzt* wieder da zurück? Was ist, wenn

Sie währenddessen getötet werden? Dann wird niemand übrig sein, der meine Geschichte glaubt.«

»Wer hat gesagt, dass *ich* Ihnen die Geschichte glaube?«, fragte Schofield.

»Sie haben sie geglaubt. Ich weiß, dass Sie sie geglaubt haben.«

»Dann kommen Sie wohl besser mit. Passen Sie gut auf, dass ich nicht getötet werde«, sagte Schofield, als er zu dem Fenster im Eisberg hinüberging und hinaussah.

Renshaw wurde blass. »Okay, okay, gehen wir das Ganze mal eine Sekunde lang langsam an, ja? Haben Sie je einen Gedanken an die Tatsache verschwendet, dass da draußen ein Schwarm *Killerwale* ist? Ganz zu schweigen von irgendeiner Art von Seehunden, die Killerwale *killt* ...«

Aber Schofield hörte nicht zu. Er starrte einfach zum Fenster im Eis hinaus. In der Ferne, Richtung Südwesten – auf der Spitze der nächstgelegenen Eisklippen – sah er ein schwaches, aus- und angehendes grünes Blitzlicht. Blitz-Blitz. Blitz-Blitz. Es war das grüne Positionslicht auf der Spitze der Funkantenne der Eisstation Wilkes.

»Mr. Renshaw, ich gehe dahin zurück ... mit Ihnen oder ohne Sie, wie Sie wollen.« Schofield wandte sich ihm zu.

»Kommen Sie. Es ist an der Zeit, Eisstation Wilkes zurück zu erobern.«

Eingehüllt in zwei Schichten viel zu großer Kälteschutzanzüge aus den 60er Jahren schwammen Schofield und Renshaw durch die eisige Stille. Sie atmeten mit Hilfe ihrer dreißig Jahre alten Taucherausrüstung.

Beide hatten sich die gleiche Länge eines Drahtseils um die Hüfte geschlungen – ein Seil, das sich bis zu der großen zylindrischen Kabeltrommel innerhalb von Little America IV zurück erstreckte, etwa einen Kilometer nordöstlich der Eisstation Wilkes. Es war eine Vorsichtsmaßnahme für den Fall, dass einer von beiden verlorenging oder vom anderen getrennt wurde und zurück zur Station schwimmen müsste.

Das Wasser um sie her wurde kristallklar, während sie unter dem Eisschelf der Küste schwammen, hinein in einen Wald aus gezackten Eisstalaktiten.

Schofields Absicht war, *unter* dem Eisschelf her zu schwimmen – je nach dem, wie tief es reichte – und innerhalb der Eisstation Wilkes wieder hochzukommen. Draußen hatte er die Richtung anhand der Position des grünen Positionslichts auf der Funkantenne der Station gepeilt. Schofield glaubte, wenn es ihm und Renshaw gelänge, so im allgemeinen in Richtung auf die Positionslampe zu schwimmen, sobald sie unter das Eisschelf getaucht wären, könnten sie schließlich den Tümpel an der Basis der Station ausmachen.

Schofield und Renshaw schwammen in einer Welt aus Weiß. Geisterhaft weiße Eisformationen – wie umgekehrte Berggipfel – erstreckten sich fast einhundertfünfzig Meter in die Tiefe.

Schofield runzelte die Stirn unter seiner Tauchermaske. Sie müssten ganz schön weit hinab, ehe sie wieder innerhalb der Station auftauchen könnten.

Schofield und Renshaw schwammen an einer der gewaltigen Eisformationen entlang hinunter. Durch seine Maske konnte Schofield lediglich eine Wand aus festem weißen Eis erkennen.

Nach einer Weile erreichten sie den tiefsten Punkt der Eisformation – den zugespitzten ›Gipfel‹ des umgekehrten Bergs. Schofield schwamm langsam unter dem Gipfel durch, und die weiße Wand glitt ihm aus dem Blickfeld …

… und er sah sie.

Schofields Herz hätte beinahe ausgesetzt.

Sie hing einfach dort im Wasser vor ihm an ihrem Winschkabel und sie hatte ihre langsame Reise zurück nach oben zur Station angetreten.

Die Taucherglocke.

Mit Ziel zurück zur Station.

Und dann begriff Schofield, was das zu bedeuten hatte.

Die Briten hatten bereits ein Team zur Erkundung der Höhle hinabgeschickt.

Schofield wünschte sich bei allen Teufeln, dass seine Marines unten in der Höhle sich bereit hielten.

Was ihn und Renshaw betraf, so mussten sie in diese Taucherglocke gelangen. Es war eine Freifahrt hinauf zur Eisstation Wilkes, die sich Schofield nicht entgehen lassen wollte.

Schofield fuhr im Wasser herum und gab Renshaw ein Zeichen. Er sah den kleinen Wissenschaftler hinter sich unter dem umgekehrten Berggipfel hindurchschwimmen. Er bedeutete Renshaw, ein wenig rascher zu werden, und die beiden Männer eilten durch das Wasser auf die Taucherglocke zu.

»Wie viele sind dort unten?« fragte Barnaby leise.

Book Riley sagte kein Wort.

Book war auf den Knien, die Hände hinter dem Rücken gefesselt. Er war unten auf Deck E, neben dem Tümpel. Blut strömte ihm aus dem Mund. Das linke Auge war halb geschlossen und angeschwollen. Nachdem er mit Kirsty von dem dahinjagenden Hovercraft gestürzt war, war Book nach Wilkes zurückgebracht worden. Nach seinem Eintreffen in der Station war er zu einer Gegenüberstellung mit Barnaby hinab nach Deck E gebracht worden.

»Mr. Nero«, sagte Barnaby.

Der große SAS-Mann namens Nero schlug Book hart ins Gesicht. Book fiel aufs Deck.

»Wie viele?«, fragte Barnaby. Er hielt Books Maghook in der Hand.

»*Keiner!*«, schrie Book. »Da unten ist niemand. Wir hatten nie eine Chance, jemanden hinab zu schicken.«

»Oh, wirklich?«, meinte Barnaby. Er blickte nachdenklich auf den Maghook in seinen Händen. »Mr. Riley, mir fällt es sehr schwer zu glauben, dass ein Kommandeur vom Kaliber Scarecrows sich nicht gleich an die Aufgabe machen würde, ein Schwadron in die Höhle hinabzuschicken, *und zwar als allererstes, direkt nach seiner Ankunft.*«

»Warum fragen Sie dann nicht *ihn?*«

»Sagen Sie mir die Wahrheit, Mr. Riley, oder ich verliere sehr bald die Geduld und verfütterte Sie an die Löwen.«

»Hier unten gibt's keine«, meinte Book.

»Okay«, sagte Barnaby und wandte sich abrupt Snake zu. »Mr. Kaplan«, sagte er. »Sagt Mr. Riley mir die Wahrheit?«

Book sah scharf zu Snake auf.

»Mr. Kaplan«, sagte Barnaby zu Snake, »wenn Mr. Riley mich anlügt, werde ich ihn töten. Wenn *Sie* mich anlügen, werde ich *Sie* töten.«

Book blickte mit großen, bittenden Augen zu Snake auf.

Snake ergriff das Wort. »Er lügt. Es sind vier Leute dort unten. Drei Marines, eine Zivilistin.«

»Du *Schweinehund!*«, meinte Book zu Snake.

»Mr. Nero«, sagte Barnaby und warf Nero Books Maghook zu.

»Knüpfen Sie ihn auf!«

Schofield und Renshaw tauchten gemeinsam innerhalb der langsam aufsteigenden Taucherglocke auf.

Sie stiegen aus dem Wasser und stellten sich auf das Metalldeck, das den kleinen Wassertümpel an der Basis der kugelförmigen Taucherglocke umgab.

Nach Atem ringend nahm Renshaw sein Mundstück ab. Schofield überprüfte das Innere der leeren Taucherglocke, suchte nach Waffen, suchte nach irgendetwas.

Er entdeckte einen digitalen Tiefenmesser an der Wand gegenüber. Er tickte rückwärts, während die Taucherglocke aufstieg. 120 Meter. 119 Meter. 118 Meter.

»Aha«, sagte Renshaw von der anderen Seite der Taucherglocke aus.

Schofield drehte sich um. Renshaw stand vor einem kleinen Fernsehbildschirm, der hoch droben, nahe der Decke, an der

Wand angebracht war. Renshaw schaltete ihn ein. »Das habe ich völlig vergessen«, meinte er.

»Was ist das?«, fragte Schofield.

»Ein weiteres von den Spielzeugen des alten Carmine Yaeger. Sie erinnern sich an den alten Burschen, von dem ich Ihnen schon einmal erzählt habe, den Burschen, der die ganze Zeit über die Wale beobachtete. Erinnern Sie sich daran, dass ich Ihnen erzählt habe, dass er sie manchmal aus dem Innern der Taucherglocke beobachtet hat? Nun, dieser Monitor ist eine weitere seiner Videoüberwachungsanlagen des Tümpels der Station. Yeager hatte ihn so installiert, dass er die Oberfläche des Tümpels überwachen konnte, während er sich unter Wasser in der Taucherglocke aufhielt.«

Schofield blickte zu dem kleinen Schwarzweiß-Monitor auf.

Auf dem Bildschirm sah er denselben Ausschnitt auf Deck E, den er schon in Renshaws Zimmer gesehen hatte. Der Blick von der Kamera auf der Unterseite der einziehbaren Brücke von Deck C, die direkt hinab auf Deck E blickte.

Schofield erstarrte.

Er sah Menschen auf dem Bildschirm.

SAS-Soldaten mit Gewehren. Snake noch immer mit Handschellen an den Pfahl gefesselt. Und Trevor Barnaby, der langsam das Deck E umschritt.

Und da war noch eine weitere Person.

Dort auf dem Deck vor Barnaby lag mit gefesselten Füßen Book Riley.

»Also gut, zieht ihn hoch«, sagte Barnaby, sobald Nero das Kabel des Maghooks um Books Fußknöchel befestigt hatte.

Jemand anderes hatte bereits das Seil des Maghooks ausgerollt und den Werfer über die einziehbare Brücke auf Deck C geworfen, wodurch er einen flaschenzugähnlichen Mechanismus hergestellt hatte.

Nero nahm den Werfer von einem der anderen britischen Soldaten und klemmte seinen Griff zwischen zwei Sprossen der Sprossenleiter zwischen Deck E und Deck D. Daraufhin drückte er den schwarzen Knopf am Werfer, der das Seil einholte.

Dank des Flaschenzugmechanismus – das Seil spannte sich fest über die Brücke auf Deck C – wurde Book plötzlich an den Fußknöcheln vom Deck gehoben. Die Hände waren noch immer hinter dem Rücken gefesselt. Er schwang über den Tümpel hinaus und baumelte hilflos – kopfunter – über dem Wasser.

»Was zum Teufel tun die da?«, fragte Renshaw, während er und Schofield auf den Schwarzweißbildschirm blickten.

Auf dem Bildschirm sahen sie Book direkt über sich baumeln, der an seinem eigenen Maghook über dem Wasser hing.

In diesem Augenblick schüttelte sich die Taucherglocke leicht, und Schofield packte die Wand, um das Gleichgewicht zu wahren.

»Was war das?«, fragte Renshaw rasch.

Schofield brauchte ihm keine Antwort zu geben.

Die Antwort lag gleich draußen vor den Fenstern der langsam aufsteigenden Taucherglocke.

Mehrere dunkle Gestalten glitten im Wasser rings um die Taucherglocke nach oben, deren deutlich erkennbare schwarzweiße Umrisse nur allzu vertraut waren.

Der Schwarm Killerwale.

Sie waren auf dem Weg zur Station.

Die erste Rückenflosse stach durch die Wasseroberfläche und ein Gemurmel durchlief die etwa zwanzig SAS-Soldaten, die um den Tümpel auf Deck E versammelt waren.

Book baumelte noch immer kopfunter über dem Tümpel. Er sah ihn gleichfalls: den gewaltigen schwarzen Umriss eines Killerwals, der langsam durch das Wasser unter ihm glitt. Book wand sich hin und her, aber es war zwecklos – die Hände waren fest auf dem Rücken gefesselt, die Füße fest gebunden. Seine Hundemarke rutschte ihm über den Kopf. Wenige Sekunden später fiel sie ihm vom Kinn, platschte in das Wasser und versank rasch.

Barnaby beobachtete die Killerwale vom Tümpeldeck aus. »Das sollte die Angelegenheit sehr interessant gestalten.«

In diesem Augenblick trat einer seiner Corporals zu ihm. Es war eben jener Corporal, der ihm zuvor Bericht erstattet hatte. »Sir, die Tritonalladungen sind aufgestellt.«

Der Corporal reichte Barnaby einen kleinen schwarzen Apparat von etwa der Größe eines dicken Taschenrechners. Darauf war eine Zahlentastatur. »Der Sprengapparat, Sir.«

»Gut«, sagte Barnaby. »Gut.«

Er richtete seine Aufmerksamkeit wieder auf den Tümpel und den amerikanischen Marine, der hilflos darüber hing.

»Bleibt uns ein wenig mehr Zeit für Ruhe und Erholung«, meinte Barnaby.

»Herrgott, kann das Ding nicht einen Zahn zulegen!«, sagte Schofield, als er auf den Tiefenmesser blickte. Die Zahlen klickten, während sie im Wasser aufstiegen. Sie waren noch immer sechzig Meter von der Oberfläche entfernt. Noch immer wenigstens sieben Minuten.

Schofield schaute auf das Abbild Books auf dem Bildschirm.

»Scheiße!«, sagte Schofield. »*Scheiße!*«

»Mr. Nero«, sagte Barnaby.

Nero drückte einen Kopf auf dem Werfer des Maghook, der Maghook spulte jäh sein Seil ab, und Book sank kopfüber zum Tümpel hinab.

Das Wasser unter ihm war kabbelig. Killerwale durchschnitten es in jede Richtung. Auf einmal erhob sich einer von ihnen unter Book über die Oberfläche und blies eine Gischt durch sein Blasloch.

Books Kopf sank zum Wasser hinunter. Er befand sich einen halben Meter darüber, als er plötzlich ruckartig zum Stehen kam.

»Mr. Riley!«, rief Barnaby vom sicheren Deck aus.

»Was ist?«

»Rule Britannia, Mr. Riley!«

Nero drückte erneut auf den Knopf, und Books Kopf und Oberkörper platschten ins Wasser.

Kaum war Book unter Wasser, da schoss auch schon eine Reihe scharfer weißer Zähne an seinem Gesicht vorüber.

Books Augen wurden groß.

Es waren so viele! Überall um ihn her Killerwale. Ein langsam dahintreibender Wald aus Schwarz und Weiß. Die Wale *streiften* anscheinend im Wasser umher.

Und dann sah Book plötzlich, wie ihn einer entdeckte, sah, wie er sich jäh im Wasser umwandte und auf ihn zukam – rasend schnell.

Book hing kopfüber im Wasser, völlig exponiert, außerstande, sich zu rühren.

Der Killerwal raste auf ihn zu.

Die SAS-Soldaten jubelten, als sie sahen, wie die gewaltige Rückenflosse des Killerwals schnurstracks auf den eingetauchten Marine losging.

In der Taucherglocke klebte Schofield förmlich am Bildschirm. »Komm schon, Book!« sagte er. »Sag mir, dass du irgendwas im Ärmel hast!«

Book schüttelte die Hände hinter dem Rücken. Die Handschellen wollten nicht nachgeben.

Der Killerwal kam auf ihn zu.

Rasch.

Er öffnete das Maul, wälzte sich auf die Seite und ...

... glitt an ihm vorüber, streifte grob die Seite von Books Körper.

Die SAS-Soldaten buhten.

In der Taucherglocke stieß Schofield einen Seufzer der Erleichterung aus.

Renshaw hinter ihm sagte leise: »Es ist vorüber.«

»Was meinen Sie damit, es ist vorüber?«

»Denken Sie daran, was ich Ihnen bereits gesagt habe. Sie stecken ihr Revier ab, wenn sie das erste Mal vorbeistreifen. Dann fressen sie dich.«

Book kreischte enttäuscht unter Wasser.

Er bekam die Hände nicht frei.

Bekam ... die ... Hände ... nicht ... frei.

Und dann sah er den Killerwal wieder.

Er kam ein zweites Mal auf ihn zu. *Derselbe* Wal.

Der Killerwal schoss durch das Wasser, diesmal rascher, ging zielstrebig vor, und die hoch aufragende Rückenflosse schnitt hart durch das kabbelige Wasser.

Book sah ihn wieder das Maul öffnen, und diesmal sah er die weißen Zähne und die rosafarbene Zunge und als er immer näher und näher kam, wurde sein Entsetzen unerträglich.

Diesmal wälzte sich der Killerwal nicht auf die Seite.

Diesmal streifte er nicht an ihm vorbei.

Nein, diesmal *pflügte* der sieben Tonnen schwere Killerwal mit zermalmender Gewalt in Book hinein und ehe Book auch nur wusste, was ihn getroffen hatte, schlossen sich die Kieferknochen des großen Wals zermalmend um seinen Kopf.

In der Taucherglocke starrte Schofield den Bildschirm schweigend an.

»Mein *Gott!*«, keuchte Renshaw hinter ihm.

Das Abbild auf dem Schirm war absolut entsetzlich.

Eine Fontäne Blut spritzte aus dem Wasser. Der Wal hatte die Zähne in Books herabhängenden Körper geschlagen und die gesamte obere Hälfte verschluckt. Jetzt schüttelte er den Leichnam heftig, versuchte, ihn vom Seil loszuzerren – wie ein großer weißer Hai, der an einem Stück Fleisch zerrt, das über die Seite eines Schiffs herabhängt.

Schofield sagte kein Wort.

Er schluckte das Erbrochene herunter, das ihm in die Kehle gestiegen war.

Unten in der Höhle starrten Montana und Sarah Hensleigh den Display über der Tastatur an. Gant hatte sie verlassen. Sie war zu der Spalte zurückgekehrt, die sie am andere Ende der Höhle entdeckt hatte.

Sarah Hensleigh starrte auf den Display.

24157817 ENTER AUTHORIZED ENTRY CODE

»Es ist ein Weg hineinzukommen, sagte sie.

Acht Ziffern zeigten sich bereits auf dem Display. 24157817. Dann gab es sechzehn Leerstellen, die mit dem Eingangscode zu füllen waren.

»Sechzehn Lücken zu füllen«, meinte Montana. »Aber wie lautet der Eingangscode?«

»Weitere Zahlen«, erwiderte Hensleigh nachdenklich. »Es muss eine Art von numerischem Code sein, ein Code, der den acht Ziffern folgt, die bereits auf dem Display sind.«

»Aber selbst wenn wir den Code herausbekämen, wie setzen wir sie an die leeren Stellen?«, fragte Montana.

Sarah Hensleigh beugte sich und drückte den ersten schwarzen Knopf auf der Tastatur.

Sogleich erschien die Zahl »1« auf dem Display – auf der ersten leeren Stelle.

Montana runzelte die Stirn. »Woher haben Sie das gewusst?« Hensleigh zuckte die Achseln. »Wenn dieses Ding auf Englisch geschriebene Anweisungen hat, dann ist es von Menschen gemacht. Was bedeutet, dass diese Tastatur ebenfalls von Menschen gemacht ist. Was wiederum bedeutet, dass es wahrscheinlich eine ganz normale Tastatur ist, deren Zahlen so ausgelegt sind wie auf einem Taschenrechner oder einem Telefon. Wer weiß, vielleicht sind die Typen, die es gebaut haben, einfach nicht dazu gekommen, die Zahlen draufzusetzen.«

Hensleigh drückte den zweiten Knopf.

Eine »2« sprang auf die nächste Leerstelle. Hensleigh lächelte und fühlte sich bestätigt.

Dann flüsterte sie in sich hinein: »Sechzehn-Ziffern-Code, zehn Ziffern frei wählbar. Scheiße. Wir reden von *Billionen* möglicher Kombinationen.«

»Meinen Sie, Sie können ihn knacken?«, fragte Montana.

»Ich weiß es nicht«, erwiderte Hensleigh. »Hängt davon ab, was die ersten acht Ziffern bedeuten sollen und ob ich das herausbekommen kann.«

In diesem Augenblick beugte sich Montana vor und drückte den ersten Knopf vierzehn Mal. Die Leerstellen auf dem Display füllten sich rasch.

Jäh biepte das Display. Und dann erschien eine neue Meldung unter der Zahlenfolge:

24157817 1 2 1 1 1 1 1 1 1 1 1 1 1 1
INCORRECT CODE ENTERED – ENTRY DENIED ENTER AUTHORIZED ENTRY CODE

Das Display kehrte zur ursprünglichen Anzeige mit den acht ursprünglichen Ziffern und den sechzehn Leerstellen zurück.

Verblüfft sah Hensleigh Montana an. »Woher haben Sie das gewusst?«

Montana lächelte. »Sie erhalten eine zweite Chance, wenn Sie den falschen Code eingeben. Wie bei den meisten militärischen Eingangscode-Systemen.«

Am anderen Ende der Höhle kauerte Gant auf dem Boden vor dem Riss, den sie an der Basis der Eiswand gefunden hatte. Sie leuchtete mit ihrer Taschenlampe in den waagrechten Spalt.

Gant wollte mehr über diese Höhle wissen. Etwas war an der Höhle selbst und dem von Menschenhand erbauten ›Raumschiff‹ darin, bei dem sie ins Grübeln geriet...

Gant spähte durch den Riss. Im Strahl ihrer Taschenlampe erblickte sie eine Höhle. Eine runde Höhle mit Eiswänden, die sich nach rechts zu erstrecken schien. Der Boden der Höhle lag etwa anderthalb Meter unter ihr.

Gant legte sich auf den Rücken, schlängelte sich durch den Riss und ließ sich auf den Boden dieser neuen Höhle hinab.

Und dann auf einmal, ohne Vorwarnung, gab das Eis unter ihr nach, und Gant fiel täppisch auf den Boden der Höhle.

Klinngggg ...!

Das Geräusch ihrer Landung auf dem Boden der Höhle vibrierte rings um sie her. Es hatte geklungen, als ob jemand mit einem Schmiedehammer auf ein Stück Stahl hämmerte.

Gant erstarrte.

Stahl?

Und dann blickte sie langsam – sehr langsam – auf den Boden unter sich hinab.

Der Boden war von einer dünnen Eisschicht bedeckt, aber Gant erkannte es deutlich. Ihre Augen wurden groß.

Zunächst sah sie die Nieten – kleine runde Kuppeln auf einem dunkelgrauen Hintergrund.

Es war Metall.

Dickes, verstärktes Metall.

Gant ließ ihre Taschenlampe in der kleinen Höhle umherkreisen. Sie war rund – wie ein Eisenbahntunnel – mit einer hohen, gewölbten Decke, die über den waagrechten Riss anstieg, durch den sie hereingekommen war. Der waagrechte Riss befand sich fast auf halber Strecke die Wand hinauf. Tatsächlich konnte Gant fast durch die dicke Eismauer über dem Riss *hindurch* sehen, ob es durchscheinendes Glas wäre.

Gant schwang ihre Taschenlampe herum und richtete sie auf den Tunnel, der von ihr wegführte.

Und dann sah sie es.

Es sah aus wie eine Tür aus schwerem grauen Stahl. Sie war ins Eis eingelassen und von einer Eisschicht und Eiszapfen völlig bedeckt. Sie sah aus wie eine Tür auf einem Schiff oder einem Unterseeboot – solide, die Angeln an einem festen Metallschott befestigt.

»Jesus Christus!«, keuchte Gant.

Pete Cameron rief zum dritten Mal das Büro der *Post* in Washington, D.C., an. Er saß in Andrew Trents Wohnzimmer.

Endlich hob Alison auf.

»Wo hast du gesteckt?«, fragte Cameron. »Ich habe den ganzen Nachmittag über angerufen.«

»Du wirst nicht glauben, was ich gefunden habe«, erwiderte Alison.

Sie erzählte ihm, was sie in der All States Libraries Database gefunden hatte: dass die Hinweise auf Breiten- und Längengrad, die Cameron beim SETI aufgeschnappt hatte, zum Standort einer Eisstation in der Antarktis passten – Eisstation Wilkes.

Cameron zog seine Notizen vom Besuch beim SETI hervor und blickte darauf, während Alison sprach.

Dann erzählte ihm Alison von den Wissenschaftlern, die dort unten in der Eisstation lebten, und den Aufsätzen und Büchern, die sie geschrieben hatten. Sie erzählte ihm ebenfalls von der Kongreßbibliothek und dem »Preliminary Survey« von C. M. Waitzkin.

»Das Buch wurde 1979 von einem O. Niemeyer ausgeliehen«, sagte Alison.

Cameron runzelte die Stirn. »Niemeyer? *Otto Niemeyer?*

War er nicht unter Nixon im vereinten Generalsstab?«

»Unter Carter ebenfalls«, meinte Alison.

Andrew Trent kam ins Wohnzimmer. »Hat jemand Niemeyer gesagt?«

»Ja«, meinte Cameron. »Otto Niemeyer. Kennen Sie ihn?«

»Ich habe von ihm *gehört«*, erwiderte Trent. »Er war bei der Air Force. Full Colonel. Hat 79 ein Flugzeug bestiegen und ist nie zurückgekehrt.«

»Das ist er«, sagte Alison über das Telefon. »Hee, wer ist das?«

»Andrew Wilcox«, entgegnete Cameron, wobei er Trent ansah.

»Oh, hallo, Andrew, nett, Sie kennenzulernen«, sagte Alison. »Und ja, Sie haben recht. Niemeyer hat am Abend des 30. Dezember 1979 auf der Andrews Air Force Basis eine silberne Air Force Boeing 727 mit dem Ziel *unbekannt* bestiegen. Er ist nie zurückgekehrt.«

»Gibt es keine Aufzeichnungen darüber, wohin er geflogen ist?«, fragte Pete.

»Das ist Geheimsache, Schatz«, erwiderte Alison. »Geheim. Dennoch *habe* ich etwas über seine Geschichte herausbekommen. Niemeyer hat in Vietnam Phantom-Jäger geflogen. Ist 65 über dem Mekong-Delta abgeschossen worden. Ein Jahr lang Kriegsgefangener. Beide Beine gebrochen. 66 gerettet. Hatte anschließend einen Schreibtischposten im Pentagon. War sechs Jahre lang, von 68 bis 74, Leiter der US-Air Force Procurement Division. Ist 1972 von Nixon in den vereinten Generalstab berufen worden, dort unter Carter geblieben. Offensichtlich hat Niemeyer beim Tarnkappenbomberprojekt 77 die Hände im Spiel gehabt. Er war beim Auswahlkomitee der Air Force, die den B-2 Tarnkappenbomber ausgewählt hat, gefertigt von Northrop-Boeing. Die offiziellen Aufzeichnungen jedoch besagen, dass Niemeyer für den *Verlierer* des Wettbewerbs votiert hatte, ein Konsortium aus General Aeronautics und einer kleinen Elektronikfirma aus Kalifornien namens Entertech Ltd.«

»Warum würde er dann«, fragte Pete Cameron, »eine vorbereitende Landvermessung über irgendeine Universitätsforschungsstation in der Antarktis stehlen wollen?«

»Siehst du, das ist die Sache«, erwiderte Alison. »Ich halte sie nicht für dieselbe Station.«

»Wie bitte?«

»Hör mal«, sagte Alsion, »ich habe in diesem Buch von einem dieser antarktischen Burschen da nachgeschaut, einem Typen namens Brian Hensleigh. Seiner Aussage zufolge wurde die Eisstation Wilkes im Jahre 1991 errichtet.«

»M-hm.«

»Aber Niemeyer ist 1979 verschwunden.«

»Was willst du also damit sagen?« fragte Pete.

»Ich will damit sagen, dass Niemeyer an dieser Stelle eine Station aufgesucht hat, und zwar zwölf Jahre, *bevor* an die Einrichtung der Eisstation Wilkes überhaupt gedacht wurde.« Alison hielt inne. »Pete, meiner Ansicht nach hat es *zwei* Stationen gegeben. Zwei Stationen, errichtet auf *demselben Stück Land.* Eine im Jahr 1978 – diejenige, für die die Landvermessung von C.M. Waitzkin herangezogen wurde –, und eine weitere im Jahr 1991.«

Pete Cameron beugte sich vor und sagte in den Hörer: »Willst du damit etwa sagen, dass deiner Ansicht nach die zweite Station *auf* der ersten errichtet worden ist?«

»Meiner Ansicht nach haben die Leute, die die zweite Station – Eisstation Wilkes – errichtet haben, nicht einmal von der Existenz der ersten Station *gewusst«,* erwiderte Alison.

»Brian Hensleigh erwähnt sie in seinem Buch überhaupt nicht.«

»Was war sie also?«, fragte Pete. »Niemeyers Station, meine ich.«

»Wer weiß?«, meinte Alison.

In diesem Augenblick erblickte Andrew Trent den Notizzettel in Petes Hand, nahm ihn und untersuchte ihn.

»Was ist mit dir?«, fragte Alison. »Hast du was Nachrichtenwürdiges auf deiner Reise rausbekommen?«

»Das kannst du wohl sagen«, entgegnete Cameron, während er sich in Gedanken all das zurückrief, was Trent ihm über das Massaker an seiner Einheit, seinen offiziellen »Tod« und die Intelligence Convergence Group berichtet hatte.

»Hee«, sagte Trent jäh von der anderen Seite des Zimmers her. Er hielt Camerons SETI-Notizen hoch. »Woher haben Sie die?«

Pete unterbrach das Gespräch mit Alison und blickte die Notizen an, die er am SETI gemacht hatte.

WIEDERHOLE 134625
KONTAKT VERLOREN → IONOSPHÄRISCHE STÖRUNG
ANGRIFFSTEAM
SCARECROW
– 66,5
FLARE UNTERBR. FUNK
115,20 MIN., 12 SEK. OST
WIE DORTHIN KOMMEN – ZWEITES TEAM
UNTERWEGS

Peter erzählte Trent von seinem Besuch beim SETI, erzählte ihm, dass diese Notizen seine Wiedergabe dessen seien, was von den Radioteleskopen beim SETI aufgefangen worden war.

»Und diese Koordinaten«, sagte Trent und wies dabei auf die Worte »–66,5« und »115,20 MIN., 12 SEK. OST«, »die beziehen sich auf eine Forschungsstation in der Antarktis?«

»Stimmt genau«, erwiderte Pete.

Trent sah Pete Cameron hart an. »Wissen Sie irgend etwas über Marine-Force-Aufklärungseinheiten, Mr. Cameron?«

»Nur, was Sie mir gesagt haben.«

»Sie sind ein Angriffsteam«, meinte Trent.

»Okay«, sagte Pete und blickte auf die Worte »ANGRIFFS-TEAM« auf seinen Notizen.

»Scarecrow...«, sagte Trent und starrte auf die Notizen hinunter.

Pete blickte von den Notizen zu Trent. »Was ist eine Scarecrow? Eine Operation?«

»Nein«, erwiderte Trent ein wenig zu hastig. »Scarecrow ist ein Mann. Ein Marine Lieutenant. Ein Freund von mir.«

Pete Cameron wartete darauf, dass Trent noch etwas dazu sagte, aber er tat es nicht. Und dann sah Trent ihm plötzlich in die Augen.

»*Verdammte Scheiße*«, sagte Trent. »Scarecrow ist dort unten.«

»Was meinst du damit?«, fragte Alison wenige Minuten später.

»Du glaubst, da unten in dieser Station sind *Marines?*«

»Wir glauben es, ja«, erwiderte Cameron aufgeregt.

»Herrgott, da ist auch noch ein zweites Team unterwegs«, meinte Trent und blickte wieder auf die Notizen hinab.

»Scheißdreck.«

Trent wandte sich an Cameron. »Legen Sie eine Sekunde lang auf. Ich muss telefonieren.«

Cameron sagte Alison, er würde sie zurückrufen.

Rasch wählte Trent eine Nummer. Cameron sah ihm einfach nur zu.

»Ja, hallo, Personalabteilung, bitte«, sprach Trent in das Telefon. Er wartete eine Sekunde und fuhr dann fort: »Ja, hallo. Könnten Sie mir vielleicht sagen, wo ich Lieutenant Shane Schofield finden könnte, bitte. Es ist eine dringende Familiensache. Ja, ich bleibe dran.«

Trent wartete eine volle Minute, ehe jemand an den Apparat zurückkehrte.

»Ja, hallo«, sagte Trent. »Was – oh, ich bin sein Schwager, Michael.« Es folgte eine Pause. »O nein«, sagte Trent leise. »O mein Gott! Ja, vielen Dank. Auf Wiederhören.«

Trent knallte praktisch den Hörer auf die Gabel. Er wandte sich an Cameron. »Heilige Scheiße.«

»Was ist?«

»Laut Aussage der Personalabteilung des United States Marine Corps ist der First Lieutenant Shane M. Schofield bei einem Unfall während einer Übung im Südpazifik gestern früh um 9.30 Uhr *ums Leben gekommen.* Gerade im Augenblick sind Vorbereitungen getroffen worden, mit seiner Familie Kontakt aufzunehmen.«

Cameron runzelte die Stirn. »Er ist tot?«

»Laut ihrer Aussage ja«, erwiderte Trent leise. »Was jedoch nicht notwendigerweise bedeutet, dass es stimmt, nicht wahr?« Trent hielt inne. »Das nachfolgende Team ...«

»Was ist damit?«

»Gerade im Augenblick ist ein zweites Team auf dem Weg zur Eisstation Wilkes, nicht wahr?«

»Ja ...«

»Und laut Aussage des United States Marine Corps ist Shane Schofield bereits tot, stimmt's?«

»Ja ...«

Darüber dachte Trent einen langen Augenblick nach. Dann sah er jäh auf. »Schofield hat was entdeckt. Sie werden ihn umbringen.«

Cameron holte Alison rasch wieder ans Telefon.

»Rasch, schick es jetzt rüber«, sagte er.

»Also gut. Also gut. Warte nur eine Sekunde, Schatz«, erwiderte Alison. Am anderen Ende der Leitung vernahm Cameron das Klicken einer Tastatur.

»Okay, ich schick's jetzt rüber«, sagte Alison.

Auf der anderen Seite des Zimmers schaltete Trent seinen Computer an. Er klickte durch mehrere Fenster und erreichte sein E-Mail-Programm.

Ein kleiner Infobalken unten am Bildschirm blinkte:

YOU HAVE NEW MAIL.

Trent klickte auf das »Open«-Icon.

Sogleich erschien auf dem Bildschirm eine Liste.

ALL-STATES LIBRARY DATABASE

SEARCH BY KEYWORD

SEARCH STRING USED: LATITUDE – 66, 5°
LONGITUDE 115° 20' 12"

NO. OF ENTRIES FOUND: 6

TITLE	AUTHOR	LOCATION	YEAR
DOCTORAL THESIS	LLEWELLYN, D. K.	STANFORD, CT	1998
DOCTORAL THESIS	AUSTIN, B.E.	STANFORD, CT	1997
POST-DOCTORAL THESIS	HENSLEIGH, S.T.	USC, CA	1997
FELLOWSHIP GRANT RESEARCH PAPER	HENSLEIGH, B. M.	HARVARD, MA	1996

TITLE	AUTHOR	LOCATION	YEAR
»THE ICE CRUSADE – REFLECTIONS ON A YEAR SPENT IN ANTARCTICA«	HENSLEIGH, B.M.	HARVARD, MA AVAIL: AML	1995
PRELIMINARY			
SURVEY	WAITZKIN, C.M.	LIBCONG	1978

Es war die Liste, die Alison von der All States Database erhalten hatte. Die Liste jedes Werks, das sich auf Breite – 66,5° und Länge 115° 20' 12" bezog.

»Na gut«, sagte Pete.

»Was wirst du damit anstellen?«, fragte Alisons Stimme über den Hörer.

»Wir werden diese Liste dazu benutzen, ihre Anschriften herauszufinden«, sagte Trent, während er rasch auf die Tastatur einhämmerte. »Die E-Mail-Adressen der Wissenschaftler unten in der Antarktis, so dass wir Schofield eine Nachricht schicken können.«

»Wir glauben, dass die meisten Universitätsprofessoren eine E-Mail-Adresse haben«, sagte Pete, »und wir hoffen, dass die Eisstation Wilkes mit einem Satellitentelefon verbunden ist, so dass die Nachricht durchkommen kann.«

Auf einmal sagte Trent: »Also gut, ich habe eine. Hensleigh, Sarah T. Die E-Mail-Adresse ist am USC in Kalifornien, wird jedoch zu einer externen Adresse weitergeleitet: sarahhensleigh@wilkes.edu.us. Das ist sie!«

Trent tippte noch etwas.

»Also *gut*«, sagte er eine Minute später. »Ausgezeichnet. Sie haben eine universelle Adresse da unten: allwilkes@wilkes.edu.us. *Ausgezeichnet.* Jetzt können wir an *jeden* eine E-Mail schicken, der in der Station einen Computer hat.«

»Tun Sie's!«, sagte Cameron.

Trent tippte eine Nachricht ein und adressierte sie rasch. Als er damit fertig war, schlug er praktisch mit dem Finger auf die »SEND«-Taste.

Libby Gant stand vor der schweren Stahltür, die in den kleinen Eistunnel eingelassen war.

Daran war ein rostiges Handrad angebracht. Gant drehte es mit einigen Schwierigkeiten. Sie drehte es drei Mal.

Und dann vernahm Gant plötzlich ein lautes klirrendes Geräusch hinter der großen Stahltür und die Tür öffnete sich quietschend ein kleines Stück.

Gant zog die Tür weit auf und richtete ihre Taschenlampe hinein.

»Whow!«, sagte sie.

Es sah aus wie ein Flugzeughangar. Er war so groß, dass Gants Taschenlampe nicht einmal stark genug war, bis zum anderen Ende hinüberzuleuchten. Aber sie konnte genügend erkennen.

Sie sah Wände. *Von Menschen erzeugte* Wände.

Stahlwände, mit schweren verstärkten Trägern, die eine hohe Aluminiumdecke stützten. Riesige gelbe Greifarme standen schweigend in dem Dämmer, bedeckt mit Eis. Halogenlampen zogen sich an der Decke entlang. Einige Metallträger lagen in merkwürdigen Winkeln auf dem Boden vor ihr. Gant sah, dass mehrere davon an den Enden eingerissen waren – sie waren entzweigebrochen worden. Alles war mit einer Eisschicht bedeckt.

Ihr zu Füßen sah Gant ein Stück Papier. Sie hob es hoch. Es war fest erstarrt, aber sie konnte den Briefkopf noch immer erkennen. Er lautete: ENTERTECH LTD.

Gant kehrte zu dem kleinen Tunnel zurück, der zur Haupthöhle führte. Sie rief Montana und Hensleigh herbei.

Wenige Minuten später wälzte sich Montana durch den waagrechten Spalt und ging mit Gant in den riesigen unterirdischen Hangar.

»Was zum Teufel geht denn hier vor?«, fragte er.

Sie betraten den Hangar und ihre Taschenlampen erzeugten Lichtsäulen. Montana ging links. Gant ging rechts.

Gant erreichte eine büroähnliche Struktur, die von Eis überwuchert zu sein schien. Die Tür zum Büro öffnete sich laut quietschend und langsam, sehr langsam. Gant trat ein.

Auf dem Fußboden des Büros lag ein Leichnam.

Ein Mann.

Er hatte die Augen geschlossen, und er war nackt. Seine Haut war blau angelaufen. Er wirkte, als würde er schlafen.

Auf der anderen Seite des Büros sah Gant einen Schreibtisch, sah etwas darauf liegen. Als sie auf den Schreibtisch zuging, erkannte sie, dass es eine Art Buch war, ein Buch mit Ledereinband.

Es lag da einfach ganz für sich auf dem Schreibtisch. Der übrige Schreibtisch war leer. Es war fast, dachte Gant, als ob es jemand *absichtlich* dort liegengelassen hatte, damit es das erste wäre, was ein Besucher fände.

Gant hob das Buch auf. Es war von einer Eisschicht bedeckt und die Seiten waren hart wie Karton.

Gant öffnete es.

Es war anscheinend eine Art Tagebuch.

Gant las einen Eintrag gleich am Anfang:

2. Juni 1978
Alles läuft gut. Aber es ist so kalt! Ich kann's nicht fassen, dass sie uns hier runtergebracht haben, nur damit wir einen verdammten Kampfjet bauen! Das Wetter draußen ist fürchterlich. Schneestürme ohne Ende. Gott sei Dank liegt unser Hangar unter der Oberfläche, so dass wir mit dem Wetter nicht in Berührung kommen. Traurige Ironie an der Sache ist, dass wir die Kälte *brauchen.* Der Plutoniumkern des Systems behält bei den kälteren Temperaturen länger seine Qualität ...

Gant sprang zu einer Seite nicht weit vor dem Schluss des Tagebuchs weiter.

15. Februar 1980
Niemand kommt. Da bin ich mir jetzt sicher. Bill Holden ist gestern gestorben, und wir mussten Pat Anderson die Hände abschneiden, sie waren so erfroren.

Es ist jetzt zwei Monate her, seitdem das Erdbeben zugeschlagen hat, und ich habe jegliche Hoffnung auf Rettung begraben. Jemand hat gesagt, der alte Niemeyer hätte im Dezember hier runterkommen sollen, aber er hat sich nie blicken lassen.

Wenn ich mich nachts zum Schlafen hinlege, frage ich mich, ob jemand außer Niemeyer weiß, wo wir sind.

Gant blätterte die Seiten durch, suchte etwas. Etwa in der Mitte des Tagebuchs fand sie das, wonach sie gesucht hatte.

20. Dezember 1979
Ich weiß nicht, wo ich bin. Gestern hatten wir ein Erdbeben, das größte verdammte Erdbeben, das du je zu Gesicht bekommen hast. Es war, als ob die Erde sich geöffnet und uns einfach verschlungen hätte.

Ich war unten im Hangar, als es passierte, habe an dem Vogel gearbeitet. Zunächst begann der Boden zu zittern und dann brachen diese massiven Eiswände einfach durch den Boden und rissen den Hangar entzwei. Und dann schienen wir einfach zu stürzen. Zu stürzen und weiter zu stürzen. Massive Eisbrocken des Eisschelfs (jeder so groß wie ein Gebäude, schätzte ich) brachen zu beiden Seiten in sich zusammen, während wir in die Erde hinabgesaugt wurden – ich sah, wie sie gewaltige Dellen ins Dach des Hangars drückten. BUMM! BUMM! BUMM! Das Beben musste ein gewaltiges Loch unterhalb der Station aufgerissen haben und wir sind einfach hineingefallen.

Wir rutschten einfach immer weiter hinab. Hinab und hinab. Bebend und stürzend. Einer der großen Greifarme stürzte auf Doug Myers und hat ihn zerquetscht . . .

Gant war verblüfft.

Dieser »Hangar« war eine Eisstation gewesen.

Eine Eisstation, die unter äußerster Geheimhaltung errichtet worden war und dem Zweck gedient hatte, irgendein Flugzeug zu bauen – ein Flugzeug, wie Gant bemerkte, das Plutonium benutzte. Aber wie es schien, war diese Station ursprünglich auf der Oberfläche errichtet worden – oder vielmehr gerade unterhalb der Oberfläche, wie die Eisstation Wilkes –, bis ein Erdbeben sie unter die Oberfläche gesaugt hatte.

Gant blatterte zur allerletzten Seite des Tagebuchs vor.

17. März 1980

Ich bin der letzte Überlebende. Alle meine Kollegen sind tot. Es ist jetzt fast drei Monate her, seitdem das Beben zugeschlagen hat, und ich weiß, dass niemand kommen wird. Mir ist die linke Hand erfroren und brandig. Ich spüre meine Füße nicht mehr.

Ich kann nicht mehr. Ich werde mich nackt ausziehen und auf das Eis legen. Es sollte nur wenige Minuten dauern. Wenn jemand dies hier in der Zukunft liest, so soll er wissen, dass mein Name Simon Wayne Daniels war. Ich war Spezialist für Flugzeugelektronik bei Entertech Ltd. Meine Frau Lily lebt in Palmdale, obgleich ich nicht weiß, ob sie noch dort sein wird, wenn Sie dies lesen. Bitte suchen Sie sie und sagen Sie ihr, dass ich sie geliebt habe und dass es mir Leid tut, dass ich ihr nicht habe sagen können, wohin ich gegangen bin.

Es ist so furchtbar kalt.

Gant blickte den nackten Körper ihr zu Füßen an.

Simon Wayne Daniels.

Gant verspürte plötzlich Trauer für ihn. Er war hier allein gestorben. Lebendig begraben in diesem kalten, eisigen Grab.

Und dann explodierte urplötzlich Santa Cruz' Stimme in ihrem Helmsprechfunk und zerstreute ihre Überlegungen: *»Montana! Fox! Kommt her! Kommt sofort her! Ich habe visuellen Kontakt mit feindlichen Tauchern! Ich wiederhole! Feindliche Taucher sind dabei, in der Höhle aufzutauchen!«*

Das Team von SAS-Tauchern schwamm mit Hilfe von Scootern den Unterwasser-Eistunnel hinauf. Es waren acht und dank ihrer Scooter mit Doppelpropeller kamen sie im Wasser rasch voran. Alle trugen sie Schwarz.

»Basis. Hier ist das Taucherteam. Bitte kommen«, sagte der Kommandant in seinen Helmfunk.

»Taucherteam, hier ist Basis«, ertönte Barnabys Stimme über den Sprechfunk. *»Berichten Sie!«*

»Basis, es ist jetzt 19.56 Uhr. Tauchzeit seit dem Verlassen der Taucherglocke ist vierundfünfzig Minuten. Wir haben Sichtkontakt zur Oberfläche. Wir tauchen in der Höhle auf.«

»Taucherteam, seid vorsichtig! Wir haben Information, dass vier feindliche Agenten in dieser Höhle auf Sie warten. Ich wiederhole, vier feindliche Agenten warten in dieser Höhle auf Sie. Handeln Sie entsprechend!«

»Verstanden, Basis. Werden wir tun. Taucherteam, Ende.«

Gant und Montana kamen in die Haupthöhle zurückgejagt.

Sie rannten zu Santa Cruz, der das MP5 auf dem Stativ bemannte. Er zeigte in den Tümpel hinab.

Mehrere unheimliche schwarze Schatten waren zu erkennen, die durch das klare blaugrüne Wasser aufstiegen.

Die drei Marines gingen hinter verschiedenen Felsbrocken in Position, die MP5 in Händen. Montana wies Sarah Hensleigh an, sich hinter ihm zu halten und unten zu bleiben.

»Werdet nicht ungeduldig«, sagte Montanas Stimme über ihren Helmfunk. *»Wartet, bis sie die Oberfläche durchbrechen. Es hat keinen Zweck, ins Wasser zu feuern.«*

»Kapiert«, erwiderte Gant, als sie den ersten Schatten langsam durch das Wasser zur Oberfläche steigen sah.

Ein Taucher. Mit einem Scooter.

Er kam immer näher, bis er seltsamerweise knapp unter der Oberfläche anhielt.

Gant runzelte die Stirn.

Der Taucher war einfach dort stehengeblieben, etwa einen knappen halben Meter *unter* der Oberfläche.

Was tat er da ...

Und dann schoss plötzlich die Hand des Tauchers aus dem Wasser und Gant erkannte sofort das Ding in seiner Hand.

»Stickstoffgranate!«, schrie Gant. »In Deckung!«

Der Taucher schleuderte die Stickstoffgranate und sie prallte auf den harten, eisbedeckten Grund der Höhle. Gant und die andere Marines duckten sich hinter ihre Felsen.

Die Stickstoffgranate explodierte.

Supergekühlter flüssiger Stickstoff bespritzte alles in Sichtweite. Die zähe, blaue, klebrige Flüssigkeit klatschte gegen die Felsen, hinter denen die Marines sich verbargen, spritzte gegen die Wände der Höhle. Einiges davon traf sogar das große schwarze Schiff, das in der Mitte der gewaltigen Höhle stand.

Es war das perfekte Ablenkungsmanöver.

Denn kaum waren die Stickstoffgranaten explodiert, da schoss auch schon der erste SAS-Soldat aus dem Wasser, das Gewehr an die Schulter gedrückt und mit dem Finger den Abzug durchgezogen.

Die Taucherglocke hatte die Oberfläche jetzt fast erreicht. Sie setzte ihre langsame Fahrt nach oben fort.

Ein zorniger Kommandant, der unter dem Einfluss von Wut oder Enttäuschung handelt, wird seine Einheit fast sicher in den Tod führen.

Trevor Barnabys Worte hallten in Shane Schofields Kopf wider. Schofield ignorierte sie.

Nachdem er erlebt hatte, wie Barnaby Book Riley an die Killerwale verfüttert hatte, war sein Zorn sehr heftig geworden. Er wollte Barnaby töten. Er wollte ihm das Herz herausreißen und ihm auf einem ...

Schofield löste die Schnur um seine Taille und riss sich die beiden Kälteschutzanzüge aus den 60er-Jahren vom Körper. Dann packte er seine MP5 und schob ein neues Magazin ein. Wenn er Barnaby nicht tötete, dann würde er verdammt noch eins so viele von ihnen mitnehmen, wie er konnte.

Während er seine Pistole bereit machte, fiel Schofields Blick auf einen kleinen Samsonitekoffer auf einem der Ablagefächer der Taucherglocke. Er öffnete ihn. Und erblickte im gepolsterten Innern eine Reihe blauer Stickstoffgranaten, wie Eier in einer Schachtel.

Der SAS musste ihn hier zurückgelassen haben, als er in die Höhle hinabgetaucht ist, dachte Schofield, als er eine der Stickstoffgranaten herausnahm und in seine Tasche steckte.

Schofield sah nach draußen. Wie es schien, waren die Killerwale für den Augenblick verschwunden. Einen kurzen Moment lang überlegte Schofield, wohin sie wohl verschwunden sein mochten.

»Was tun Sie da?«, fragte Renshaw.

»Das werden Sie sehen«, erwiderte Schofield, als er um den kreisrunden Tümpel an der Basis der Taucherglocke trat.

»Sie wollen *da raus?*«, fragte Renshaw ungläubig. »Sie werden mich *hier* zurücklassen?«

»Ihnen wird nichts passieren.« Schofield warf Renshaw seine Desert Eagle Pistole zu. »Wenn Sie kommen, benutzen Sie die.«

Renshaw fing die Waffe auf. Schofield bemerkte es nicht einmal. Er drehte sich einfach um und ohne einen weiteren Blick zurück auf Renshaw trat er vom Metalldeck der Taucherglocke und ließ sich ins Wasser fallen.

Das Wasser war nahezu am Gefrierpunkt, aber Schofield war das gleichgültig.

Er hielt sich an der Taucherglocke fest, stieg auf eine der Röhren an der Außenwand und zog sich auf das runde Dach.

Sie waren jetzt fast oben in der Station angelangt.

Sobald sie dort wären, überlegte Schofield, würde er, nachdem sie die Oberfläche durchstoßen hätten, das verheerendste MP-Feuer loslassen, das der SAS je zu Gesicht bekommen hätte – zu allererst auf Trevor J. Barnaby gerichtet.

Die Taucherglocke stieg im Wasser auf und näherte sich der Oberfläche.

Jede Sekunde, jetzt, dachte Schofield, als er seine MP5 packte.

Jede Sekunde ...

Mit einem lauten Klatschen durchbrach die Taucherglocke die Oberfläche.

Und dort, obenauf stehend, sich am Winschkabel festhaltend, triefend vor Nässe, war Lieutenant Shane Schofield mit seiner gehobenen MP5.

Aber Schofield feuerte nicht.

Er wurde blass.

Über das ganze Deck E verteilt standen wenigstens zwanzig SAS-Soldaten in einem Kreis um den Tümpel und umzingelten die Taucherglocke.

Und alle hielten ihre Waffen auf Shane Schofield gerichtet.

Aus dem Südtunnel trat lächelnd Barnaby heraus. Schofield drehte sich um und sah ihn, und bei seinem Anblick verfluchte er sich selbst, verfluchte seinen Zorn, verfluchte seine Impulsivität, denn er wusste jetzt, dass er in der Hitze des Augenblicks, in dem nackten Zorn, den er nach Books Tod verspürt hatte, den größten Fehler seines Lebens begangen hatte.

Shane Schofield warf seine MP5 zum Deck hinüber. Klappernd schlug sie auf dem metallenen Deck auf. Die SAS-Soldaten fingen die Taucherglocke mit einem langen Haken ein und zogen sie durchs Wasser auf das Deck zu.

Schofields Verstand arbeitete wieder und zwar in kristallener Klarheit. In dem Augenblick, als er die Oberfläche durchbrochen und die SAS-Soldaten gesehen hatte, die ihre Waffen auf ihn gerichtet hielten, waren seine Sinne mit aller Gewalt zurückgekehrt.

Er hoffte verzweifelt, dass Renshaw sich in der Taucherglocke verborgen hielt.

Schofield sprang von der Taucherglocke herab und landete laut klappernd auf Deck E. Insgeheim stieß er einen Seufzer aus, als die SAS-Soldaten die Taucherglocke losließen, so dass sie wieder zurück in die Mitte des Tümpels treiben konnte. Sie hatten Renshaw nicht gesehen.

Zwei große SAS-Soldaten packten Schofield roh, hielten ihm die Arme hinter dem Rücken fest und schlugen ihm Handschellen um die Handgelenke. Ein weiterer SAS-Soldat durchsuchte Schofield gründlich und zog ihm die Stickstoffgranate aus der Tasche. Er nahm auch Schofields Maghook an sich.

Trevor Barnaby kam herüber. »Also, Scarecrow. Endlich treffen wir uns. Schön, Sie wieder zu sehen.«

Schofield sprach kein Wort. Ihm fiel auf, dass Barnaby seinen schwarzen Kälteschutzanzug trug.

Er hat vor, ein weiteres Team in die Höhle hinabzuschicken, dachte Schofield, und will selbst dabei sein.

»Sie haben uns aus der Taucherglocke heraus beobachtet, nicht wahr?«, fragte Barnaby grinsend. »Aber wir haben *Sie* ebenfalls beobachtet.« Lächelnd wies Barnaby auf einen kleinen grauen Apparat, der am Rand des Tümpels aufgestellt war. Er sah aus wie eine Art Kamera und war ins Wasser hinabgerichtet.

»Man lässt keine *einzige* Flanke unbewacht«, meinte Barnaby. »Gerade Sie hätten das wissen sollen.«

Schofield sagte nichts.

Barnaby schritt umher. »Wissen Sie, als man mir gesagt hat, dass Sie die amerikanischen Schutztruppen auf dieser Mission leiteten, hatte ich gehofft, dass wir eine Gelegenheit erhalten uns zu treffen. Aber dann haben *Sie* bei meiner Ankunft das Nest verlassen.« Barnaby hielt inne. »Und dann habe ich gehört, dass man Sie zuletzt gesehen hat, wie Sie in einem Hovercraft im hohen Bogen von der Klippe geflogen sind, und in dem Augenblick bin ich mir sicher gewesen, dass wir einander nicht mehr begegnen würden.«

Schofield sagte nichts.

»Aber jetzt, nun ja«, Barnaby schüttelte den Kopf. »Es freut mich so sehr, dass ich mich geirrt habe. Welches Vergnügen ist es, Sie wieder zu sehen. Es ist wirklich eine Schande, dass wir uns unter diesen Umständen treffen müssen.«

»Warum das?« fragte Schofield und ergriff zum ersten Mal das Wort.

»Weil es bedeutet, dass einer von uns sterben muss.«

»Mein Beileid Ihrer Familie«, meinte Schofield.

»Aha!«, sagte Barnaby. »Etwas Kampfeslust. Das gefällt mir. Das hat mir stets an Ihnen gefallen, Scarecrow. Sie haben

Kampfeslust in sich. Sie sind vielleicht nicht der größte Stratege auf der Welt, aber Sie sind ein verdammt entschlossener Schweinehund. Wenn Sie etwas nicht gleich mitbekommen, dann setzen Sie sich hin und lernen es. Und wenn Sie sich im Hintertreffen sehen, geben Sie nie auf. So eine Art von Courage lässt sich heutzutage nicht kaufen.«

Schofield sagte nichts.

»Nur Mut, Scarecrow! Um die Wahrheit zu sagen, Sie hätten diesen Kreuzzug *nie* gewinnen können. Sie hatten von Anfang an ein Handicap. Nicht einmal Ihre eigenen Männer waren loyal zu Ihnen.«

Barnaby wandte sich um und sah Snake Kaplan auf der anderen Seite des Tümpels an. Schofield drehte sich ebenfalls hin.

»Sie würden ihn gern umbringen, nicht wahr?«, meinte Barnaby, wobei er Snake anstarrte.

Schofield sagte nichts.

Barnaby drehte sich um und kniff die Augen zusammen. »Sie *würden* es gern tun, nicht wahr?«

Schofield blieb stumm.

Einen Augenblick lang schien Barnaby über etwas nachzudenken. Als er sich wieder Schofield zuwandte, war da ein Glitzern in seinem Auge.

»Wissen Sie was«, sagte er. »Ich gebe Ihnen eine Chance, genau dies zu tun. Eine faire Chance natürlich, aber dennoch eine Chance.«

»Was meinen Sie damit?«

»Nun, da ich Sie beide sowieso töten werde, habe ich mir gedacht, ich könnte es ebenso gut euch beiden überlassen zu entscheiden, wer an die Löwen verfüttert und wer auf zwei Beinen sterben wird.«

Eine Sekunde lang runzelte Schofield die Stirn, weil er nicht verstand, und dann sah er zum Tümpel hinüber. Er sah die hoch aufragende Rückenflosse eines der Killerwale durch das Wasser auf sich zukommen.

Die Killerwale waren zurückgekehrt.

»Lasst ihn los«, rief Barnaby den SAS-Soldaten zu, die Snake bewachten. »Meine Herren, zum Bohrungsraum!«

Die Hände fest auf dem Rücken gefesselt wurde Schofield den Südtunnel von Deck E hinabgeführt. Unterwegs kam er am Vorratsraum vorüber und warf einen verstohlenen Blick hinein.

Der Vorratsraum war leer.

Mother war verschwunden.

Aber Barnaby hatte zuvor nichts über Mother verlauten lassen ...

Sie hatten sie nicht gefunden.

Die SAS-Männer führten Schofield den langen schmalen Korridor hinab und schoben ihn in den Bohrungsraum. Schofield stolperte hinein und fuhr herum.

Wenige Sekunden später wurde Snake in den Bohrungsraum geschoben. Ihm hatte man die Handschellen abgenommen.

Schofield sah sich im Bohrungsraum um. In der Mitte des Raums stand der große schwarze Apparat zum Herausbohren der Kerne. Er sah aus wie ein winziger Ölbohrer, an dem ein langer, zylindrischer Kolben in der Mitte eines schwarzen, skelettierten Bohrturms herabhing. Der Kolben, vermutete Schofield, war der Teil der Maschine, der ins Eis hinabbohrte und die Eiskerne herausholte.

Auf der anderen Seite dieser Maschine sah Schofield jedoch etwas anderes.

Einen Leichnam.

Auf dem Fußboden.

Es war der zusammengeschrumpelte, blutbeschmierte Leichnam von Jean Petard, unberührt, seitdem Petard vor mehreren Stunden von dem Hagelsturm der Schrappnelle aus seiner eigenen Claymore-Mine zerschreddert worden war...

»Meine Herren«, sagte Barnaby plötzlich von der Türschwelle aus. Es war der einzige Zugang zum Raum. »Sie werden um das Privileg kämpfen zu überleben. In fünf Minuten werde ich zurückkommen. Bei meiner Rückkehr erwarte ich, dass einer von Ihnen tot ist. Wenn nach dieser Zeit *beide* von Ihnen noch am Leben sind, werde ich Sie beide persönlich erschießen. Wenn andererseits einer von Ihnen tot ist, wird der Gewinner noch eine kurze Weile am Leben bleiben und auf etwas noblere Weise sterben. Irgendwelche Fragen?«

»Was ist mit diesen Handschellen?«, fragte Schofield. Seine Hände waren noch immer auf dem Rücken gefesselt. Snake hatte die Hände frei.

»Was ist damit?«, fragte Barnaby zurück. »Noch weitere Fragen?«

Es gab keine mehr.

»Dann tun Sie, wie es Ihnen beliebt«, meinte Barnaby, ehe er den Raum verließ, die Tür hinter sich zuzog und abschloss.

Schofield wandte sich sogleich Snake zu. »Na schön, hör zu, wir müssen uns einen Weg überlegen, wie wir...«

Snake rammte Schofield mit aller Kraft.

Schofield wurde glatt vom Fußboden gehoben und mit betäubender Gewalt gegen die Mauer hinter sich geworfen. Nach Atem ringend kippte er vornüber und blickte gerade rechtzeitig wieder hoch, um zu sehen, wie Snakes offene Handfläche auf sein Gesicht zukam. Er duckte sich rasch und Snakes Hand traf die Wand.

Schofields Gedanken rasten wie wild. Snake hatte gerade einen Standardnahkampf mit ihm angefangen – ein Schlag mit der offenen Hand, der dem anderen Burschen die Nase ins Gehirn drücken und ihn auf diese Art mit einem Schlag töten sollte.

Snake war darauf aus, ihn umzubringen.

In fünf Minuten.

Die beiden Männer standen noch immer eng voreinander, also zuckte Schofield hart mit dem Knie hoch und erwischte Snake zwischen den Beinen. Schofield sprang von der Wand weg. Sobald er von der Wand und von Snake weg war, sprang Schofield rasch hoch und holte die Hände mit den Handschellen nach vorn – unter den Füßen durch –, so dass sie jetzt vor seinem Körper waren.

Snake fiel in einem Wirbel aus Fußtritten und Hieben über ihn her. Schofield parierte jeden Hieb mit den gefesselten Händen, bis die beiden Männer sich trennten und einander umkreisten wie zwei Raubkatzen.

Schofields Gedanken rasten. Snake würde ihn auf den Boden bringen wollen. Wenn er auf den Beinen bliebe, wäre alles in Ordnung – weil er selbst mit gefesselten Händen jeden Hieb von Snake parieren könnte. Aber wenn sie beide zu Boden gingen, wäre alles vorbei. Snake würde ihm keine Zeit lassen.

Muss vom Boden weg bleiben...

Muss vom Boden weg bleiben...

Die beiden Marines umkreisten einander – jeder auf einer Seite des schwarzen Bohrapparats in der Mitte des Raums.

Auf einmal schnappte sich Snake eine stählerne Stange vom Fußboden und schwang sie heftig Schofield entgegen. Schofield duckte sich zu spät und erhielt einen mächtigen Hieb auf die linke Kopfseite. Eine Sekunde lang sah er Sterne vor den Augen und verlor das Gleichgewicht.

Im Nu warf Snake sich quer durch den Raum, ging auf ihn los, griff Schofield ungestüm an und trieb ihn gegen die Mauer zurück.

Schofield schlug mit dem Rücken in einen Schalter an der Wand und auf der anderen Seite des Raums sprang plötzlich der senkrechte Kolben surrend an und drehte sich rasend schnell. Er gab ein schrilles Kreischen von sich, wie eine Kreissäge.

Snake warf Schofield zu Boden.

Nein!

Schofield schlug hart auf dem Boden auf und wälzte sich sogleich herum ...

... und sah, dass er Gesicht an Gesicht neben Jean Petard lag.

Oder zumindest mit dem, was letztlich von Petards Gesicht übrig geblieben war, nachdem es von dem Feuerstoß der Claymore-Mine in Stücke zerrissen worden war.

Und dann, in diesem Augenblick – in diesem flüchtigen Moment –, erhaschte Schofield einen Blick auf etwas in Petards Jacke.

Eine Armbrust.

Schofield griff verzweifelt mit den gefesselten Händen nach der Armbrust. Er brachte die Hände um den Griff, bekam ihn zu fassen und ...

... und dann packte ihn Snake und beide Männer rutschten über den Fußboden und knallten gegen die Bohrmaschine in der Mitte des Raums. Das Geräusch des herumwirbelnden Bohrers schrillte ihnen in den Ohren.

Schofield lag rücklings auf dem Fußboden. Snake kniete breitbeinig auf ihm.

Und in einem jähen Augenblick sah Schofield, dass er noch immer die Armbrust in der Hand hielt. Er blinzelte. Er musste sie festgehalten haben, als ihn Snake angegriffen hatte.

Genau in diesem Moment verpasste Snake Schofield einen zermalmenden Hieb.

Schofield hörte seine Nase brechen und sah das Blut aus seinem Gesicht explodieren. Mit dem Kopf schlug er gegen den Boden. Hart.

Alles drehte sich um ihn und einen flüchtigen Augenblick lang verlor Schofield das Bewusstsein. Auf einmal verspürte Schofield eine Woge der Panik – wenn er völlig das Bewusstsein verlöre, wäre dies das Ende. Snake würde ihn an Ort und Stelle umbringen.

Schofield öffnete wieder die Augen und das erste, worauf sein Blick fiel, war der herumwirbelnde Kopf der Bohrmaschine, der einen Meter über seinem Kopf schwebte!

Er war gleich über ihm!

Schofield sah die Führungskante des wirbelnden Zylinders – die scharfzackige Führungskante –, die Kante, die dazu diente, durch festes Eis zu schneiden.

Und plötzlich sah Schofield Snake vor den Kolben treten, das Gesicht verzerrt vor Wut, und dann sah Schofield, wie Snakes Faust auf sein Gesicht herabsauste.

Schofield versuchte, zur Verteidigung die Hände zu heben, aber sie waren noch immer gefesselt, festgenagelt unter Snakes Körper. Schofield brachte sie nicht hoch ...

Der Hieb saß.

Ihm verschwamm alles vor den Augen. Schofield versuchte verzweifelt, durch den Dunstschleier etwas zu erkennen.

Er sah, wie Snake die Hand wieder zurückzog und sich auf das vorbereitete, was zweifelsohne der endgültige Hieb wäre.

Und dann erblickte Schofield etwas zu seiner Rechten.

Der Schalter an der Wand, der die Bohrmaschine in Gang gesetzt hatte. Schofield sah drei große runde Knöpfe auf dem Schaltbrett.

Schwarz, rot und grün.

Und dann sprangen ihm mit überraschender Deutlichkeit die Worte auf dem schwarzen Knopf ins Auge.

»LOWER DRILL«, Bohrkopf absenken.

Schofield sah zu Snake auf, sah den rasend schnell herumwirbelnden Bohrkopf über dessen Kopf.

Schofield konnte unmöglich Snake mit der Armbrust treffen, aber wenn er seine Hände leicht zur Seite drehen könnte, wäre er vielleicht imstande ...

»Snake, weißt du was?«

»Was?«

»Ich habe dich nie leiden können.«

Und mit diesen Worten hob Schofield leicht die gefesselten Hände, zielte mit der Armbrust auf den großen schwarzen Knopf an der Wand und feuerte. Der Pfeil legte die Entfernung in einer Millisekunde zurück und ...

... und traf den großen schwarzen Knopf genau in der Mitte – *nagelte* ihn an die Wand dahinter –, und gleichzeitig warf Schofield den Kopf aus dem Bereich der Bohrmaschine und des Bohrkopfs, der mit einer unglaublichen Schnelligkeit rotierte und sich rasch auf Snakes Hinterkopf herabsenkte.

Schofield hörte das Ekel erregende Knirschen brechender Knochen, als Snakes gesamter Körper – Kopf voran – vom Gewicht des Bohrkopfs heftig nach unten gerissen wurde, und plötzlich schnitt der Bohrkopf in grotesker Weise – wobei sein schrilles Summen den Raum erfüllte – *direkt durch* Snakes Kopf. Ein Strom dicker, rot-grauer Masse floss aus seinem Schädel und dann, mit einem letzten *Krack!*, sprang der Bohrkopf auf der anderen Seite von Snakes Kopf wieder heraus und setzte seinen Weg hinunter in das Eisloch fort.

Noch immer ein wenig benommen vom Kampf hob Schofield sich auf die Knie. Er wandte sich von dem grässlichen Anblick von Snakes Körper ab, der unter der blutbespritzten Bohrmaschine festgenagelt war, und steckte schnell die Armbrust in seine Hüfttasche. Daraufhin fuhr er herum und suchte rasch nach irgendeiner Waffe, die er benutzen könnte ...

Schofields Blick fiel sogleich auf den Leichnam Jean Petards, der neben ihm auf dem Fußboden lag.

Noch immer schwer atmend kroch Schofield hinüber und kniete daneben nieder. Er durchsuchte die Taschen des toten Franzosen.

Nach wenigen Sekunden zog Schofield eine Granate aus einer von Petards Taschen. Sie trug eine Inschrift: M8A3-STN.

Schofield wusste auf der Stelle, was es war.

Eine Blendgranate. Ein Blender.

Wie derjenige, den die französischen Soldaten früher an diesem Morgen benutzt hatten. Schofield steckte die Blendgranate in seine Brusttasche.

Die Tür zum Bohrungsraum sprang auf. Sofort ließ sich Schofield auf den Fußboden zurückfallen und versuchte, müde auszusehen, verwundet.

Zwei SAS-Soldaten stürmten mit gehobenen Gewehren in den Bohrungsraum. Trevor Barnaby schritt hinter ihnen her.

Beim Anblick von Snakes Körper, der flach, mit dem Gesicht nach unten, auf dem Boden lag, den Kopf unter dem großen schwarzen Bohrapparat – dazu ein klaffendes rotes Loch direkt in der Mitte des Schädels – zuckte Barnaby zusammen.

»Oh, Scarecrow«, meinte Barnaby. »Hast du ihm *das* antun müssen?«

Schofield atmete noch immer schwer und überall auf dem Gesicht hatte er winzige Blutspritzer. Er sagte kein Wort.

Barnaby schüttelte den Kopf. Er wirkte beinahe enttäuscht, dass Schofield nicht von Snake getötet worden war.

»Bringt ihn hier raus«, sagte Barnaby ruhig zu den beiden SAS-Männern hinter sich. »Mr. Nero.«

»Jawohl, Sir.«

»Knüpfen Sie ihn auf!«

Unten in der Höhle tobte ein anderer Kampf.

Kaum war der erste SAS-Taucher aus dem Wasser gekommen, da war auch schon ein zweiter SAS-Taucher oben und stand im seichten Wasser hinter ihm.

Der erste SAS-Soldat stürmte, heftig um sich schießend, aus dem Wasser. Der zweite Mann folgte ihm auf dem Fuß, platschte mit gehobenem Gewehr durch das knietiefe Wasser, da wurde er jäh – *wumm!* – heftig unter die Wasseroberfläche gezogen.

Der erste Soldat – auf trockenem Boden und ungeachtet des Schicksals, das seinem Partner widerfahren war –, fuhr nach rechts herum und ließ eine Salve auf Montana los und genau da tauchte Gant hinter ihrem Felsbrocken auf und putzte ihn von der linken Seite her weg.

Gant drehte sich um, sah weitere SAS-Soldaten mit ihren Scootern an der Oberfläche des Tümpels auftauchen.

Plötzlich erregte etwas anderes ihre Aufmerksamkeit.

Bewegung.

Ein großer schwarzer Körper glitt aus einem der breiten, drei Meter großen Löcher in der Eiswand oberhalb des Tümpels und ließ sich geschmeidig ins Wasser fallen.

Gant fiel die Kinnlade herab.

Es war irgendeine Art von Tier.

Aber es war so *riesig*. Es sah aus wie ... sah aus wie ein *Seehund*. Ein mächtiger, großer, gewaltiger Seehund.

In diesem Augenblick kam ein weiterer massiger Seehund aus einem zweiten Loch in der Eiswand. Und dann noch einer. Und noch einer. Sie glitten einfach aus ihren Löchern und klatschten in den Tümpel, regneten von allen Seiten auf das Team der SAS-Taucher hinab.

Gant beobachtete sie einfach nur mit offenem Mund.

Der Tümpel bestand jetzt aus kabbeligem, kochendem Schaum. Urplötzlich ging ein weiterer SAS-Taucher unter und zurück blieb der Schmier seines eigenen Bluts. Und dann stürzte der Mann gleich neben ihm abrupt nach vorn ins Wasser, als einer der gewaltigen Seehunde von hinten in ihn hineinstieß und unter Wasser drückte. Gant sah den glitzernden feuchten Rücken des Tiers sich einen Augenblick lang über das Wasser heben, ehe es mit dem britischen Soldaten untertauchte.

Ein paar der SAS-Taucher schafften es bis ans Land. Aber die Seehunde folgten ihnen einfach aus dem Wasser hinaus. Ein Taucher lag auf Händen und Knien, krabbelte über das Eis und versuchte verzweifelt, vom Rand des Wassers wegzukommen, als ein gigantischer, sieben Tonnen schwerer Seehund sich aus dem Tümpel gleich hinter ihn warf.

Das massige Tier landete kaum einen halben Meter hinter ihm auf dem Eis und die Erde zitterte unter seinem Gewicht. Daraufhin humpelte der große Seehund vorwärts und schloss die Kieferknochen um das Bein des SAS-Manns. Knochen knirschten. Der Mann kreischte.

Und dann, ehe er recht wusste, wie ihm geschah, begann der große Seehund ihn aufzufressen.

Roh, mit großen, mächtigen Bissen. Das hohe Reißgeräusch von Fleisch, das vom Knochen gerissen wurde, erfüllte die Höhle. Gant starrte in schweigender Ehrfurcht auf die Szenerie.

Die SAS-Männer kreischten. Die Seehunde bellten. Mehrere von ihnen fraßen ihre Opfer, *während sie noch lebten.*

Gant starrte die Seehunde einfach nur an. Sie waren gewaltig. Wenigstens so groß wie Killerwale. Und sie hatten knollenförmig abgerundete Schnauzen, die sie einmal in einem Buch gesehen hatte.

Seeelefanten.

Gant fielen zwei kleinere Seehunde in der Gruppe auf. Diese beiden kleineren Tiere hatten ganz besondere Zähne – seltsame verlängerte untere Eckzähne, die aus dem Unterkiefer und *über* die Oberlippe ragten, wie ein Paar umgekehrter Stoßzähne. Die größeren Seehunde hatten, wie Gant sah, nicht diese Stoßzähne.

Gant versuchte, sich alles ins Gedächtnis zurückzurufen, was sie über Seeelefanten wusste. Wie Killerwale lebten Seeelefanten in großen Gruppen, die aus dem dominanten Männchen bestanden, dem Bullen, sowie einem Harem aus acht oder neun Weibchen oder Kühen, die allesamt kleiner als der Bulle waren.

Gant lief es kalt über den Rücken, als sie das Geschlecht eines der großen Seehunde vor sich sah.

Das waren die Weibchen der Gruppe.

Die beiden kleineren Seehunde, die sie sah, waren ihre Jungen. *Männliche* Junge, bemerkte Gant.

Gant überlegte, wo wohl der Bulle war. Er wäre fast gewiss größer als diese weiblichen Exemplare. Aber wenn die Weibchen schon so groß waren, wie groß wäre er?

Viele Fragen schossen Gant durch den Kopf.

Warum griffen sie an? Seeelefanten konnten, wie Gant wusste, ausgesprochen aggressiv sein, insbesondere dann, wenn ihr Territorium bedroht wurde.

Und warum jetzt? Warum durften Gant und ihr Team vor nur wenigen Stunden unbelästigt den Eistunnel passieren, während der SAS jetzt eine derart heftige Attacke erleben musste?

Es folgte ein jähes letztes Aufkreischen vom Tümpel her, dem ein Klatschen folgte und Gant sah hinter ihrem Felsbrokken hervor.

Es herrschte ein langes, eiskaltes Schweigen. Das einzige Geräusch war das Klatschen von Wellen gegen das Ufer des Tümpels.

Alle SAS-Taucher waren tot. Die meisten der Seehunde waren jetzt innerhalb der Höhle, über die Überreste ihrer Opfer gebeugt – die Leichen der toten SAS-Soldaten. Und genau dann vernahm Gant ein Ekel erregendes Mahlen und sie wandte sich um und sah, dass die Seeelefanten ihren Schmaus begonnen hatten.

Dieser Kampf war wirklich und wahrhaftig vorüber.

Schofield stand auf dem Tümpeldeck der Eisstation Wilkes, die Hände vor sich mit Handschellen gefesselt. Einer der SAS-Soldaten war eifrig damit beschäftigt, den Greifhaken von Books Maghook um seine Fußknöchel zu befestigen. Schofield blickte nach links und sah dort die hoch aufragende Flosse eines Killerwals durch das schmutzig-rote Wasser des Tümpels streichen.

»Taucherteam, Bericht!«, sagte ein SAS-Funker in der Nähe in sein tragbares Gerät. »Ich wiederhole. Taucherteam, bitte kommen!«

»Irgendeine Reaktion?«, fragte Barnaby.

»Keinerlei Reaktion, Sir. Zuletzt hatten sie gesagt, dass sie dabei seien, innerhalb der Höhle aufzutauchen.«

Barnaby warf Schofield einen Blick zu. »Versuch es weiter«, sagte er zu dem Funker. Dann wandte er sich an Schofield.

»Ihre Männer unten in dieser Höhle müssen meinen Leuten einen ganz schönen Kampf geliefert haben.«

»So etwas tun sie«, erwiderte Schofield.

»Aha«, meinte Barnaby. »Noch eine letzte Bitte des Verurteilten? Eine Augenbinde? Zigarette? Einen Schluck Brandy?«

Zunächst sagte Schofield nichts, er blickte einfach vor sich auf seine mit Handschellen gefesselten Hände.

Und dann erkannte er es.

Schofield schaute jäh auf.

»Eine Zigarette«, sagte er rasch und schluckte. »Bitte.«

»Mr. Nero. Eine Zigarette für den Lieutenant.«

Nero trat vor und bot Schofield eine Schachtel Zigaretten an. Schofield zog eine mit den gefesselten Händen heraus und steckte sie sich in den Mund. Nero zündete sie an. Schofield inhalierte tief und hoffte verzweifelt, dass niemandem auffiel, wie seine Gesichtsfarbe sich ins Grünliche verkehrte. Schofield hatte in seinem ganzen Leben noch nie geraucht.

»Also gut«, meinte Barnaby. »Das reicht. Meine Herren, hieven Sie ihn hoch. Scarecrow, es war ein Vergnügen, Ihre Bekanntschaft gemacht zu haben.«

Schofield pendelte mit dem Kopf nach unten über dem Tümpel. Seine Hundemarke hing ihm lose vom Kinn herab und glitzerte silbrig in dem weißen, künstlichen Licht der Station. Das Wasser unter ihm hatte einen hässlichen Rotton.

Books Blut.

Schofield sah zu der Taucherglocke in der Mitte des Tümpels hinauf, sah Renshaws Gesicht in einem der Bullaugen – sah ein einziges, entsetztes Auge zu Schofield hinausspähen.

Schofield hing einfach dort, einen Meter über dem grässlichen roten Wasser. Ruhig hielt er die Zigarette im Mund und nahm einen weiteren Zug.

Die SAS-Soldaten mussten es für eine vergebliche Heldentat gehalten haben – aber während die Zigarette Schofield aus dem Mund baumelte, übersahen sie völlig, was er mit den Händen tat.

Barnaby grüßte Schofield. »Rule Britannia, Scarecrow.«

»Scheiß der Hund auf Britannia«, erwiderte Schofield.

»Mr. Nero«, sagte Barnaby. »Lassen Sie ihn herab.«

Drüben neben der Sprossenleiter drückte Nero einen Knopf auf dem Werfer des Maghook. Der Werfer selbst war noch immer zwischen zwei Sprossen der Leiter verkeilt, während das Seil fest über die einziehbare Brücke oben auf Deck C gespannt war und dort denselben flaschenzugähnlichen Mechanismus erzeugte, der dazu benutzt worden war, Book ins Wasser hinabzulassen.

Das Seil des Maghook spulte sich ab.

Schofield sank zum Wasser hinab.

Die Hände waren noch immer gefesselt vor seinem Körper. Er hielt die Zigarette zwischen den Fingern der rechten Hand.

Als erstes tauchte sein Kopf in das schmutzig rote Wasser. Dann die Schultern. Dann der Brustkasten, der Bauch, die Ellbogen . . .

Dann jedoch, gerade als Schofields Handgelenke dabei waren unterzutauchen, verdrehte Schofield rasch die Zigarette zwischen den Fingern und richtete sie auf die Schleife der Magnesiumzündschnur, die er jetzt um die Kette zwischen seinen Handgelenken geschlungen hatte.

Schofield hatte die Zündschnur gesehen, als er Augenblikke zuvor auf dem Deck gestanden hatte. Er hatte vergessen, dass er sie sich in Little America IV ums Handgelenk gebunden hatte. Dem SAS musste sie, als er ihn durchsucht und von all seinen Waffen befreit hatte, ebenfalls entgangen sein.

Die brennende Spitze der Zigarette berührte die Zündschnur den Bruchteil einer Sekunde, ehe Schofields Handgelenke unter der Oberfläche verschwanden.

Die Zündschnur fing sofort Feuer, gerade als Schofields Handgelenke in dem dunkelroten Wasser verschwanden.

Sie brannte grellweiß, sogar unter Wasser, und durchschnitt dabei die Kette von Schofields Handschellen wie ein Messer, das durch Butter fährt. Jäh waren Schofields Hände auseinander und frei.

In diesem Augenblick brach ein Paar Kieferknochen durch den roten Schleier rings um Schofields Kopf und Schofield sah das gewaltige Auge eines Killerwals, das ihn direkt anschaute. Und dann verschwand es plötzlich wieder in dem roten Schleier.

Schofields Herz raste. Er sah überhaupt nichts. Das Wasser rings um ihn her war undurchdringlich. Einfach eine schlammige Wolke aus Rot.

Und dann hallte auf einmal eine Reihe bizarr klingender Klicklaute durch das Wasser um ihn her.

Klick-Klick.

Klick-Klick.

Schofield runzelte die Stirn. Was war das? Die Killerwale?

Und dann traf es ihn wie ein Schlag.

Schall.

Scheiße!

Die Killerwale benutzten Schallwellen, um ihn in dem schlammigen Wasser zu finden. Von vielen Walen war bekannt, dass sie Schallwellen benutzten – Pottwale, Blauwale, Killerwale. Das Prinzip war einfach: der Wal erzeugte ein lautes *Klick* mit der Zunge, der Klicklaut fuhr durchs Wasser, prallte von einem beliebigen Objekt im Wasser ab und kehrte zum Wal zurück – wodurch er die Position des Objekts erfuhr. Sonarapparate auf Unterseebooten funktionierten nach dem gleichen Prinzip.

Schofield durchsuchte verzweifelt den wolkigen roten Schleier um sich herum – durchsuchte ihn nach Walen –, als jäh einer von ihnen aus dem Dunstschleier hervorbrach und auf ihn zu jagte.

Schofield kreischte unter dem Wasser, aber der Wal glitt an ihm vorüber, wobei er grob seine Körperseite streifte.

In diesem Augenblick fiel Schofield ein, was Renshaw ihm zuvor über die Jagdgewohnheiten der Killerwale erzählt hatte.

Sie streifen einen und stellen dadurch den Besitz klar.

Dann fressen sie einen.

Schofield richtete sich senkrecht auf und durchbrach die Oberfläche. Er hörte die SAS-Soldaten auf Deck E jubeln. Er ignorierte sie, holte tief Luft und verschwand wieder unter Wasser.

Ihm blieb nicht viel Zeit. Der Killerwal, der gerade sein Revier abgesteckt hatte, würde jetzt jede Sekunde zurückkehren.

Laute Klickgeräusche hallten durch das rote Wasser um ihn her.

Und dann kam Schofield urplötzlich eine Idee.

Sonar …

Scheiße, dachte Schofield und klopfte sich die Taschen ab, *habe ich das noch?*

Er hatte es noch.

Schofield zog Kirsty Hensleighs Kunststoffinhalator aus der Tasche. Er drückte den Spenderknopf und eine kleine Reihe dicker Blasen schoss aus dem Inhalator.

Okay, brauche ein Gewicht.

Brauche was zum Beschweren …

Schofield sah es sogleich.

Rasch zog er sich die Hundemarke aus rostfreiem Stahl über den Hals und schlang die Halskette um den Spenderknopf des Inhalators, so dass er gedrückt blieb.

Ein ständiger Strom dicker Blasen schoss aus dem Inhalator.

Schofield spürte, wie das Wasser um ihn herum sich wiegte

und schwankte. Irgendwo dort draußen aus dem schlammigen Rot des Tümpels kehrte der Killerwal zurück.

Schofield ließ den kleinen Inhalator, der jetzt mit seiner stählernen Hundemarke beschwert war, rasch los.

Der Inhalator sank augenblicklich hinab, wobei er eine Spur dicker Blasen zurückließ, die hinter ihm im Wasser hinaufschossen. Nach einer Sekunde sank der Inhalator in den schlammig roten Dunst hinab und Schofield verlor ihn aus den Augen.

Einen Augenblick später kam der Killerwal aus dem Dunst geschossen, genau auf Schofield zu, das Maul weit geöffnet. Schofield starrte das massige schwarzweiße Vieh einfach nur an und betete zu Gott, dass er sich recht erinnert hatte.

Aber der Killerwal hielt weiter auf ihn zu. Er jagte heran – erschreckend rasch – und bald sah Schofield nur noch seine Zähne, die Zunge und den gähnenden Abgrund seines Schlunds, und dann …

Ohne Vorwarnung legte der Killerwal sich im Wasser in die Kurve und schoss hinab, jagte hinter dem Inhalator und der Blasenspur her.

Schofield seufzte erleichtert auf.

In einem dunklen Winkel seines Gehirns dachte Schofield über Sonardetektoren nach. Obwohl die Behauptung weit verbreitet ist, dass der Schall von einem Objekt im Wasser reflektiert wird, stimmt das genau genommen nicht ganz. Vielmehr wird der Schall von der mikroskopischen *Luftschicht* reflektiert, die *zwischen* dem Objekt und dem Wasser selbst liegt.

Als Schofield daher den Inhalator versenkte – der eine Spur hübscher fetter Luftblasen hinter sich herzog –, hatte er, zumindest insofern, was den Killerwal mit Sonarortung betraf –, ein völlig neues Ziel geschaffen. Der Wal musste den Blasenstrom mit seinen Klicklauten entdeckt und angenommen haben, dass *Schofield* versuchte, ihm zu entkommen. Und daher war er hinter dem Inhalator her gejagt.

Schofield dachte nicht mehr weiter darüber nach.

Er hatte anderes zu erledigen.

Er griff in seine Brusttasche und holte Jean Petards Blendgranate hervor. Er zog den Stift heraus, zählte bis drei, richtete sich dann rasch im Wasser auf und durchbrach die Oberfläche. Daraufhin warf er die Blendgranate senkrecht in die Luft, ließ sich wieder ins Wasser zurückfallen und kniff fest die Augen zusammen.

Anderthalb Meter über der Oberfläche des Tümpels erreichte die Blendgranate den Zenit ihres Bogens und hing den Bruchteil einer Sekunde lang in der Luft.

Dann ging sie los.

Trevor Barnaby sah die Granate aus dem Wasser kommen. Er benötigte eine weitere Sekunde, bis ihm klar wurde, worum es sich dabei handelte, aber da war es zu spät.

Zusammen mit all seinen anderen Männern tat Barnaby das Natürlichste auf der Welt, als er ein seltsames Objekt aus einem Wassertümpel hervorschießen sah.

Er schaute hin.

Die Blendgranate explodierte wie ein gewaltiges Blitzlicht und blendete sie allesamt. Wie einer wichen die SAS-Männer auf Deck E zurück, als ein Universum von Sternen und Sonnenflecken in ihren Augen lebendig wurde.

Schofield richtete sich erneut im Wasser auf. Nur dass er diesmal beim Durchbrechen der Oberfläche Petards Armbrust griffbereit in Händen hielt, wieder geladen und bereit zum Abschießen.

Schofield zielte rasch und feuerte.

Der Armbrustpfeil schoss über das gesamte Deck E und fand sein Ziel. Er schlug in den Werfer des Maghook, der zwischen den Sprossen der Sprossenleiter verkeilt war.

Der Werfer löste sich von der Sprossenleiter und schwang zum Tümpel hinüber. Als er zwischen den Sprossen der Sprossenleiter verkeilt worden war, war das Seil des Maghook in einem 45-Grad-Winkel hinauf zur einziehbaren Brücke auf Deck C gezogen worden. Da er sich jetzt aus der Sprossenleiter gelöst hatte – und da Schofield im Wasser trieb und kein

Gewicht mehr am anderen Ende darstellte –, schwang der Werfer wie ein Pendel zurück, über den Tümpel hinaus und schlug mitten in Schofields wartende Hand.

Na gut!

Schofield blickte zur Brücke auf Deck C hinauf. Das Seil des Maghook lag jetzt wie ein Flaschenzug über der Brücke – der eine Teil des Seils verlief parallel *aufwärts* neben dem Teil, der *abwärts* verlief.

Schofield packte den Werfer fest und drückte auf den schwarzen Knopf am Griff des Maghook. Augenblicklich spürte er, wie er aus dem blutbeschmutzten Wasser hinausflog, als der Einholmechanismus des Maghook ihn auf die Brücke auf Deck C hievte, wobei das Seil über die Brücke selbst jagte und diese *als* Flaschenzug benutzte.

Schofield erreichte die Brücke und zog sich genau in dem Augenblick hoch, da die ersten SAS-Männer unten auf Deck E nach ihren Maschinengewehren griffen.

Schofield gönnte ihnen nicht einmal einen Blick. Er rannte bereits von der Brücke, als sie das Feuer eröffneten.

Zwei Sprossen auf einmal nehmend erstieg Schofield die Sprossenleiter zum Deck B.

Als er das erreicht hatte, was vom Laufsteg von Deck B noch übrig war, lud er wieder seine Armbrust. Daraufhin jagte er zum Osttunnel und zu den Wohnbereichen. Er musste Kirsty finden und sich daraufhin irgendeine Möglichkeit überlegen, wie er hier herauskäme.

Plötzlich bog vor ihm ein SAS-Soldat um die Ecke. Schofield riss die Armbrust hoch und schoss. Der Kopf des SAS-Soldaten fuhr zurück, als sich ihm der Pfeil in die Stirn bohrte, und er stürzte zu Boden.

Schofield schritt rasch hinüber zu dem Leichnam und hockte sich neben ihn hin.

Der SAS-Soldat hatte eine MP5, eine Glock-7-Pistole sowie zwei blaue Granaten, in denen Schofield Stickstoffgranaten erkannte. Schofield nahm alles an sich. Der SAS-Soldat hatte ebenfalls einen Leichtgewicht-Helm. Diesen nahm Schofield ebenfalls an sich, setzte ihn sich auf den Kopf und lief den Tunnel hinab.

Kirsty. Kirsty.

Wo hielten sie sie fest? Schofield wusste es nicht. Er vermutete irgendwo auf Deck B, aber nur, weil dort die Wohnbereiche waren.

Schofield betrat den kreisförmigen Außentunnel von Deck B, gerade als zwei SAS-Soldaten auf ihn zu rannten. Sie hoben ihre Maschinengewehre genau in dem Moment, da Schofield seine *beiden* Waffen hob und gleichzeitig abfeuerte. Im Nu gingen die beiden SAS-Männer zu Boden. Schofield hielt nicht inne, als er über ihre Leichen trat.

Er ging rasch den kreisförmigen Korridor hinab, suchte rechts, suchte links.

Jäh öffnete sich eine Tür links von Schofield und ein weiterer SAS-Soldat kam mit gehobenem Gewehr heraus. Es gelang ihm, einen Schuss anzubringen, ehe Schofield seine Waffen abfeuerte und den Soldaten in den Raum zurückschickte, aus dem er gerade gekommen war.

Schofield betrat den Raum hinter ihm. Es war das Wohnzimmer. Sofort erblickte er Kirsty. Er sah ebenfalls die beiden SAS-Soldaten, die gerade dabei waren, das junge Mädchen zur Tür zu schieben.

Schofield betrat vorsichtig das Wohnzimmer, beide Waffen gehoben.

Als Kirsty Schofield das Wohnzimmer mit den beiden gehobenen Waffen betreten sah, glaubte sie, sie sähe einen Geist.

Er sah schrecklich aus.

Er war nass bis auf die Haut; die Nase war gebrochen; das

Gesicht zerschrammt und sein Körperschutz war übel zugerichtet.

Einer der beiden SAS-Soldaten hinter Kirsty blieb wie angewurzelt stehen, als er Schofield ins Zimmer treten sah. Er hielt Kirsty vor sich fest, setzte ihr eine Waffe an den Schädel und benutzte sie solchermaßen als Schild.

»Ich bring Sie um, Kumpel«, sagte der Soldat ruhig. »Ich schwöre beim verdammten Jesus Christus, ich streiche die Wände dieses Zimmers mit Ihrem Gehirn.«

»Kirsty«, sagte Schofield, als er ruhig seine Pistole auf die Stirn des SAS-Manns richtete, während er gleichzeitig mit seiner MP5 auf den Kopf des anderen SAS-Soldaten zielte.

»Ja«, sagte Kirsty bescheiden.

Ausdruckslos meinte Schofield: »Schließ die Augen, Schatz.«
Kirsty schloss die Augen und die Welt wurde schwarz.

Und dann hörte sie plötzlich ein doppeltes *Bumm! Bumm!* von Waffen, die abgefeuert wurden, und sie wusste nicht, wessen Waffen abgefeuert worden waren, und dann fiel sie auf einmal rücklings zu Boden, noch immer im Griff des SAS-Mannes, der sie als Schild benutzt hatte. Sie schlugen schwer auf dem Boden auf und Kirsty spürte, wie sich der Griff des SAS-Soldaten löste.

Kirsty öffnete die Augen.

Die beiden britischen Soldaten lagen neben ihr auf dem Boden. Kirsty sah ihre Füße, ihre Taillen, ihre Brustkästen …

»Sieh nicht hin, Schatz«, meinte Schofield und kam zu ihr. »Das willst du dir nicht ansehen.«

Kirsty drehte sich um und blickte zu Schofield auf. Er hob sie hoch und hielt sie in den Armen. Daraufhin vergrub Kirsty den Kopf in Schofields Schulterplatte und weinte.

»Komm schon. Wir müssen hier verschwinden«, sagte Schofield sanft.

Schofield lud rasch seine Waffen nach, nahm Kirsty bei der Hand und die beiden verließen das Wohnzimmer.

Sie rannten um den geschwungenen Außentunnel zum östlichen Korridor. Sie gingen um die Ecke.

Und Schofield blieb jäh stehen.

An der Wand links von sich sah er einen großen, rechteckigen, schwarzen Kasten. Darauf waren die Worte geschrieben: »FUSE BOX«.

Der Sicherungskasten, dachte Schofield. Hier mussten die Franzosen zuvor das Licht abgeschaltet haben ...

Schofield hatte eine Idee.

Er fuhr auf der Stelle herum und erblickte die Tür, die zum Biotoxinlabor hinter ihm führte. Gleich daneben sah er eine Tür mit der Bezeichnung »STORAGE CLOSET«. Diese Tür führte zum Vorratsraum.

Ja.

Schofield zog die Tür auf. Im Innern sah er Mopps und Eimer sowie alte Holzregale, beladen mit Reinigungsmitteln. Rasch griff Schofield hinauf und nahm eine Plastikflasche mit Ammoniak von einem der Regale.

Schofield verließ den Raum und eilte zum Sicherungskasten

hinüber. Er riss dessen Tür auf und sah eine Ansammlung von Drähten, Rädchen und Aggregaten vor sich.

Kirsty stand weiter unten im Osttunnel, der zum Zentralschacht der Station führte.

»*Beeilung!*«, flüsterte sie. »Sie kommen!«

Schofield vernahm Stimmen über seinen frisch erworbenen Helm.

»... Hopkins, Bericht ...«

»... hinter dem Mädchen her ...«

»... Perimeterteam, sofort zur Station zurückkehren. Wir haben hier ein Problem ...«

Im Sicherungskasten fand Schofield rasch den Draht, den er suchte. Er zog die Isolierung herab, legte den Kupferdraht frei. Dann drückte er mit dem Kolben seines Gewehrs ein Loch in die Ammoniakflasche aus Kunststoff und setzte die Flasche über den freigelegten Draht. Langsam tropfte jetzt ein kleines Rinnsal Ammoniak aus der Flasche und *auf den freigelegten Draht hinab*.

Die Ammoniaktropfen klatschten rhythmisch auf den Draht.

Klatsch-klatsch. Klatsch-klatsch.

In diesem Augenblick ging, im Rhythmus der auf den blanken Draht herabtropfenden Ammoniakflüssigkeit, jedes Licht im Tunnel – eigentlich sogar jedes Licht in der ganzen Station – aus und wieder an, wie ein Stroboskop. An. Aus. An. Aus.

Im flackernden Licht des Tunnels packte Schofield Kirstys Hand und machte sich zum Zentralschacht davon. Sobald sie draußen auf dem Laufsteg waren, eilten sie die nächste Sprossenleiter zum Deck A hinauf.

Schofield schritt um den Laufsteg von Deck A zum Haupteingang der Station. Die Station flackerte schwarz und weiß. Dunkelheit, Licht, Dunkelheit, Licht.

Wenn er nur die britischen Hovercrafts erreichen könnte, dachte er, könnte er vielleicht von hier wegkommen und nach McMurdo zurückkehren.

Alles ringsumher war in Bewegung. Rufe hallten durch die Station, als die Schatten von SAS-Soldaten in dem flackernden Licht auf der Suche nach Schofield um die Laufstege rannten.

Schofield sah, dass einige der britischen Soldaten versucht hatten, Nachtsichtbrillen anzulegen.

Aber Nachtsicht war jetzt nutzlos. Da die Lichter der Station an- und wieder ausgingen, war ein jeder, der Nachtsichtbrillen trug, jedesmal blind, wenn die Lichter *angingen* – was alle paar Sekunden der Fall war.

Schofield erreichte den Korridor zum Haupteingang, gerade als ein SAS-Soldat daraus hervor auf den Laufsteg stürzte. Der SAS-Mann prallte mit Schofield zusammen und Schofield wäre fast über das Geländer des Laufstegs gestoßen worden.

Der SAS-Mann schlug auf dem Deck auf, stellte sich auf die Knie, hob das Gewehr, wollte feuern, doch Schofield versetzte ihm einen mächtigen Tritt an die Kinnlade, der den Soldaten krachend auf den Laufsteg schickte.

Schofield war gerade dabei, über den zu Boden gegangenen Soldaten zu treten, da sah er jäh auf dem Rücken des Mannes einen großen schwarzen Rucksack. Schofield schnappte ihn sich und öffnete ihn.

In dem Rucksack sah er zwei silbrige Kanister. Zwei silbrige Kanister mit einem grünen aufgemalten Band drumherum.

Tritonal 80/20-Ladungen.

Schofield runzelte die Stirn.

Er hatte sich schon zuvor gefragt, weswegen die Briten wohl Tritonalladungen zur Eisstation Wilkes mitgebracht hatten. Tritonal war ein extrem wirksamer Sprengstoff und wurde üblicherweise zum Zweck der Zerstörung benutzt. Wozu brauchte Barnaby es hier?

Schofield schnappte sich den Rucksack von der Schulter des bewusstlosen Mannes.

Währenddessen jedoch vernahm er Rufe aus dem Innern des Eingangskorridors. Daraufhin hörte er Schritte und das Klicken, mit dem die Sicherheitssperre von MP5-Gewehren entfernt wurde.

Das SAS-Kommando draußen, das Perimeterteam …

Sie kehrten in die Station zurück!

»Kirsty! Runter!«, schrie Schofield. Rasch fuhr er herum und hob seine beiden Waffen, gerade als der erste SAS-Soldat durch den Haupteingang zur Eisstation Wilkes hereinstürmte. Der erste Mann ging in dem Kugelhagel zu Boden und Blut spritzte ihm aus dem Körper.

Der zweite und dritte Mann hatten aus seinem Fehler gelernt und betraten die Station schießend.

»Zurück!«, schrie Schofield Kirsty zu. »Hier können wir nicht lang!«

Mit Kirsty auf dem Rücken glitt Schofield die nächstgelegene Sprossenleiter hinab.

Sie trafen auf Deck B. Eine Kugel prallte singend von der stählernen Leiter neben Schofields Augen ab.

Schofield vernahm weitere Stimmen über seinen britischen Helm:

»… den Teufel ist er dahin …«

»… hat das Mädchen mitgenommen! Hat Maurice, Hoddle und Hopkins getötet …«

»… hab ihn auf Deck A gesehen …«

Und dann hörte Schofield Barnabys Stimme. *»Nero! Die Lichter! Entweder an oder aus! Such diesen verdammten Sicherungskasten!«*

Die Station war ein Chaos, ein absolutes Chaos. Es gab kein stetiges Licht, lediglich das schreckliche, unregelmäßige Flackern.

Schofield sah Schatten auf der anderen Seite von Deck B.

Dort kann ich nicht hin.

Schofield blickte über den Zentralschacht hinweg und in einem flackernden Moment fiel sein Blick auf die einziehbare Brücke von Deck C.

Die Brücke von Deck C …

Schofield überprüfte rasch seine Ausrüstung.

Eine Glock-Pistole. Eine MP5. Keine von beiden würde ausreichen, zwanzig SAS-Soldaten auszuschalten.

Schofield hatte noch immer den Rucksack, den er dem SAS-Mann von draußen gestohlen hatte. Zwei Tritonalladungen waren in dem Rucksack. Er hatte außerdem die beiden Stickstoffgranaten, um die er den allerersten SAS-Soldaten erleichtert hatte, den er nach seinem Flug aus dem Wasser am Maghook getötet hatte.

»Na schön«, meinte Schofield und sah hinunter auf die schmale, einziehbare Brücke ein Deck unter sich. »Zeit, das zu einem Ende zu bringen.«

In dem geisterhaft flackernden Licht der Station traten Schofield und Kirsty auf die einziehbare Brücke von Deck C hinaus.

Wenn jemand sie gesehen hätte, hätte er gesehen, wie sie direkt hinaus zur Mitte der Brücke gingen. Derjenige hätte dann gesehen, wie Schofield sich auf ein Knie niederließ und mehrere Minuten lang etwas an der Brücke tat.

Und dann, nachdem das erledigt war, hätte dieser Jemand gesehen, wie Schofield sich gleich neben Kirsty hinhockte und wartete.

Wenige Minuten später fanden die Briten den Sicherungskasten, das Flackern hörte auf, und die Lichter der Station gingen wieder an. Die Station glühte weiß unter den strahlenden Neonröhren.

Die Leute vom SAS benötigten nicht lange, bis sie Schofield und Kirsty entdeckt hatten.

Schofield stand oben auf der Brücke, als die Reste der SAS-Einheit – etwa zwanzig Männer – Position auf dem Laufsteg von Deck C einnahmen und ihn umzingelten. Es war ein merkwürdiger Anblick – Schofield und Kirsty draußen mitten im Schacht, die im Zentrum der einziehbaren Brücke standen, während der SAS Position auf dem kreisrunden Laufsteg um sie herum einnahm.

Die Leute vom SAS hoben ihre Gewehre …

… und genau in diesem Moment hielt Schofield eine der Tritonalladungen hoch über den Kopf.

Gute Strategie ist wie Zauberei. Sorge dafür, dass dein Feind auf eine Hand sieht, während du etwas mit der anderen tust …

»*Nicht schießen!*«, kam Barnabys Stimme über Schofields Helmfunk. »*Nicht schießen!*«

Schofield sah Barnaby auf das Tümpeldeck knapp zwanzig Meter unter sich treten. Er war allein. Alle aus dem SAS-Trupp außer Barnaby standen auf Deck C und umzingelten Schofield.

Schofield warf einen Blick auf den Tümpel gleich neben Barnaby. Die Killerwale waren nirgendwo zu sehen. Gut.

»Ich habe die Tritonalladung scharf gemacht!«, rief Schofield. »Und mein Finger hält den ›ARM-Knopf gedrückt! Die Zeit ist auf zwei Sekunden eingestellt! Wenn ihr auf mich schießt, werde ich die Ladung fallen lassen und wir alle werden sterben!«

Schofield stand mit weit gespreizten Beinen mitten auf der Brücke. Kirsty kniete ihm zu Füßen, unter ihm zusammengekauert. Schofield hoffte, die Leute vom SAS würden nicht sehen, wie ihm die Hände zitterten. Er hoffte, sie würden nicht sehen, dass seine Schuhbänder fehlten.

»Und wenn Ihr auf das Mädchen schießt«, sagte Schofield, als er sah, wie einer der SAS-Männer das Zielfernrohr auf Kirsty hinabsenkte, »werde ich *ganz bestimmt* diese Ladung fallen lassen.«

Währenddessen warf Schofield einen besorgten Blick hinüber zu der Nische auf dem Laufsteg.

Wenn sie die Brücke einziehen ...

Barnaby rief zu Schofield hinauf: »Lieutenant, das ist sehr unfreundlich. Sie haben nicht weniger als sechs meiner Männer getötet. Zweifeln Sie nicht daran, dass wir Sie töten *werden.*«

»Ich möchte sicheres Geleit hier raus.«

»Das werden Sie nicht bekommen«, erwiderte Barnaby.

»Dann werden wir alle in Flammen aufgehen.«

Barnaby schüttelte den Kopf. »Lieutenant Schofield, das sieht Ihnen gar nicht ähnlich. Sie würden das eigene Leben opfern, das weiß ich. Weil ich Sie *kenne.* Aber ich weiß auch, dass sie niemals das Mädchen opfern würden.«

Schofield spürte, wie ihm das Blut in den Adern erstarrte.

Barnaby hatte recht. Schofield könnte Kirsty niemals töten. Barnaby zwang ihn, Farbe zu bekennen. Schofield warf erneut einen Blick zu der Nische auf dem Laufsteg hinüber. Die Nische, die die Brückenkontrollen beherbergte.

Nero fing seinen Blick auf.

Schofield sah genau hin, als Nero von Schofield zur Nische und dann wieder zu Schofield sah.

»Hier Nero«, hörte Schofield Neros Geflüster über den Helmfunk. *»Subjekt sieht zur Brückenkontrolle hier drüben. Er wirkt ganz schön nervös deswegen.«*

Sorge dafür, dass der Feind auf eine Hand sieht ...

Barnabys Stimme: *»Die Brücke. Wir sollen die Brücke nicht öffnen. Mr. Nero. Ziehen Sie die Brücke ein!«*

»Jawohl, Sir!«

Daraufhin sah Schofield Nero langsam zu der Nische gehen und die Hand nach dem Knopf ausstrecken, der die Brücke einzog. Er beobachtete Nero dabei den ganzen Weg über sehr auffällig – denn für das, was er vorhatte, musste er die Briten so weit bringen zu *glauben,* dass er befürchtete, die Briten würden die Brücke einziehen ...

»Watson«, sagte Barnabys Stimme.

»Jawohl, Sir.«

»Wenn sich die Brücke öffnet, töten Sie ihn. Erledigen Sie ihn mit einem Kopfschuss.«

»Jawohl, Sir.«

»Houghton. Sie übernehmen das Mädchen.«

»Jawohl, Sir.«

Schofield spürte, wie ihm die Knie zu zittern begannen. Das würde sehr knapp werden. Sehr, sehr knapp.

... während du etwas anderes mit der anderen Hand tust ...

»Bist du bereit?«, fragte Schofield Kirsty.

»M-hm.«

In der Nische drückte Nero den großen rechteckigen Knopf, der mit »BRIDGE« markiert war.

Es folgte ein lautes mechanisches Klirren von irgendwoher innerhalb der Wände der Nische und dann ruckte die Brücke unter Schofields Füßen jäh an, als sie sich in der Mitte teilte und langsam zurückzog.

Sobald die Brücke dabei war, sich zusammenzuschieben, feuerten zwei der SAS-Soldaten auf Schofield und Kirsty, aber die beiden waren bereits hinabgesprungen und die Kugeln pfiffen über ihre Köpfe weg.

Schofield und Kirsty ließen sich in den Schacht hinabfallen.

Sie fielen rasch.

Hinab und weiter hinab, bis sie in den Tümpel an der Basis der Station klatschten.

Es war so rasch geschehen, dass die SAS-Männer oben auf Deck C gar nicht recht wussten, was eigentlich los war.

Es spielte keine Rolle.

Denn genau in diesem Augenblick explodierten plötzlich die beiden Stickstoffgranaten, die Schofield an den Enden der einziehbaren Brücke festgeknotet hatte.

Es war die *Art und Weise,* wie Schofield die Stickstoffgranaten mit seinen Schuhsenkeln befestigt hatte, die es brachte.

Er hatte sie so befestigt, dass je eine Stickstoffgranate auf *beiden* Seiten des *Verbindungsstücks* zwischen den beiden Plattformen lag, die sich herausschoben und die Brücke bildeten.

Was Schofield jedoch noch getan hatte, war, dass er die *Zündstifte* der Stickstoffgranaten an der *entgegengesetzten* Plattform festgebunden hatte, so dass *beide* Zündstifte aus den Granaten gezogen wurden, sobald die Verbindungsstücke auseinander gezogen wurden. Wozu es jedoch nötig gewesen war, den SAS zum Einziehen der Brücke zu bewegen.

Und wirklich, bis zu dem Augenblick der Explosion hatten die SAS-Soldaten die Stickstoffgranaten nie zu Gesicht bekommen. Sie waren zu sehr damit beschäftigt gewesen, zunächst auf Schofield zu schauen, der die (nicht scharfe) Tritonalladung über den Kopf hielt, und dann zuzusehen, wie er und Kirsty in den Tümpel hinabfielen.

Sorge dafür, dass dein Feind auf deine eine Hand sieht, während du etwas mit der anderen tust.

Als er auf das eiskalte Wasser aufschlug, hätte Schofield fast gelächelt. Trevor Barnaby hatte ihn dies gelehrt.

Die beiden Stickstoffgranaten auf der Brücken gingen hoch. Auf Deck C sprühte supergekühlter flüssiger Stickstoff in alle Richtungen davon und bespritzte sämtliche SAS-Soldaten auf dem umgebenden Laufsteg.

Das Ergebnis war entsetzlich.

Eine Stickstoffgranate ist mit keiner anderen Granate zu vergleichen – aufgrund der einfachen Tatsache, dass sie die Haut ihrer Opfer nicht *durchdringen* muss, um sie zu töten. Die Theorie hinter ihrer Wirkung basiert auf den besonderen Eigenschaften von *Wasser* – Wasser ist die einzige in der Natur vorkommende Substanz auf Erden, die sich beim Abkühlen *ausdehnt*. Wenn ein menschlicher Körper von einer Ladung supergekühlten flüssigen Stickstoffs getroffen wird, wird dieser Körper sehr kalt, und zwar *sehr* schnell. Die Blutkörper gefrieren augenblicklich und *da sie zu annähernd 70 % aus Wasser bestehen*, dehnen sie sich rasend schnell aus.

Das Ergebnis: totale *Blutung* des Körpers.

Und wenn jedes einzelne Blutkörperchen eines menschlichen Körpers explodiert, ist das ein entsetzlicher Anblick.

Die Gesichter sämtlicher SAS-Männer auf Deck C waren unbedeckt – und dort traf sie der flüssige Stickstoff.

Daher hatte der supergekühlte flüssige Stickstoff auf ihren Gesichtern den verheerendsten Effekt. Die Blutgefäße unter der Gesichtshaut – Venen, Artherien, Kapillaren – rissen sofort und explodierten plötzlich und *unmittelbar.*

Sofort breiteten sich über ihren Gesichtern schwarze Läsionen aus, als die Blutgefäße unter ihrer Haut explodierten. Ihre Augen füllten sich mit Blut und die Soldaten konnten nicht mehr sehen. Blut spritzte aus den Poren ihrer Haut.

Die SAS-Soldaten fielen kreischend auf die Knie.

Aber sie würden nicht sehr lange kreischen. Der Gehirntod würde innerhalb der nächsten dreißig Sekunden eintreten, da die Blutgefäße ihres Gehirns ebenfalls erstarrten und eine Gehirnblutung einsetzen würde.

Sie wären alle bald tot und ein jeder Schritt auf dem Weg dorthin wäre eine Qual.

Unten auf Deck E starrte Trevor Barnaby einfach nur zu der Szene hinauf.

Seine ganze Einheit war gerade von der Explosion der beiden Stickstoffgranaten niedergemäht worden. Fast das gesamte Innere der Station war mit blauer, zäher Flüssigkeit bedeckt. Geländer barsten, als der Stickstoff sie erstarren ließ. Auch das Kabel, das die Taucherglocke festhielt, war mit einer Eisschicht bedeckt – es begann ebenfalls zu brechen, als der supergekühlte flüssige Stickstoff dafür sorgte, dass es mit alarmierender Geschwindigkeit kontrahierte. Sogar die Bullaugen der Taucherglocke unten im Tümpel waren mit der zähen blauen Masse bedeckt.

Barnaby vermochte es nicht zu glauben.

Schofield hatte gerade zwanzig seiner Männer mit einem einzigen Schlag getötet ...

Und jetzt war er als Einziger übrig.

Barnabys Gedanken rasten.

Also gut. Denk nach. Was ist das Ziel? Das Raumschiff ist das Ziel. Muss das Raumschiff unter Kontrolle bringen. Wie bringe ich das Raumschiff unter Kontrolle? Warte mal ...

Ich habe Männer dort unten.

Muss zur Höhle.

Barnabys Blick fiel auf die Taucherglocke.

Ja ...

Und in diesem Augenblick sah Barnaby, wie auf der anderen Seite der Taucherglocke Schofield und das kleine Mädchen durch die dünne Eisschicht brachen, die sich auf der Oberfläche des Tümpels gebildet hatte, als diese von der Fontäne aus flüssigem Stickstoff getroffen worden war; er sah, wie sie zum Deck auf der anderen Seite hinüberschwammen.

Barnaby ignorierte sie. Er schnappte sich einfach eine Taucherausrüstung vom Boden gleich neben sich und tauchte in den Tümpel hinab zur Taucherglocke.

Schofield hob Kirsty aus dem Wasser hinaus und aufs Deck.

»Bist du okay?«, fragte er.

»Ich bin wieder nass geworden«, erwiderte Kirsty säuerlich.

»Ich auch«, entgegnete Schofield, fuhr herum und sah Trevor Barnaby verzweifelt zur Taucherglocke hinabschwimmen.

Schofield blickte zur Eisstation über sich auf. Sie lag schweigend da. Es waren keine weiteren SAS-Soldaten übrig geblieben. Es gab nur noch Barnaby. *Und* diejenigen, die Barnaby bereits zur Höhle hinabgeschickt hatte.

»Hol dir eine Decke und halte dich warm«, sagte Schofield zu Kirsty. »Und geh nicht nach oben, bis ich zurückkomme.«

»Wohin gehen Sie?«

»*Ihm* nach«, erwiderte Schofield und zeigte dabei auf Barnaby.

Trevor Barnaby tauchte innerhalb der Taucherglocke auf, wo er vom Lauf von Schofields .44 Desert Eagle begrüßt wurde. James Renshaw hielt die Pistole mit beiden Händen gepackt und richtete sie auf Barnabys Kopf. Er hielt die Waffe so fest, dass seine Fingerknöchel weiß wurden.

»Keine *Bewegung,* Mister«, sagte Renshaw.

Barnaby blickte einfach nur zu dem kleinen Mann auf, der in der Taucherglocke stand. Der kleine Mann trug einen wirklich alten Taucheranzug und er war deutlich nervös. Barnaby sah die Waffe in Renshaws Hand an und lachte.

Dann holte er die eigene Waffe unter dem Wasser hervor.

Renshaw zog am Abzug seiner Desert Eagle.

Klick!

»Hm?«, meinte Renshaw.

»Sie müssen das Ding zu erst einmal durchladen«, meinte Barnaby und richtete die eigene Pistole auf Renshaw.

Renshaw sah, was kam, und mit einem kurzen Quietscher sprang er – mit Taucheranzug und allem – gleich neben Barnaby ins Wasser und verschwand.

Barnaby stieg in die Taucherglocke und schritt sofort zu den Tauchkontrollen. Er verschwendete keine Zeit. Er ließ sogleich die Luft aus den Ballasttanks. Die Taucherglocke begann ihren Abstieg.

Oben auf Deck E sah Schofield den Rückstoß der Ballasttanks. *Scheiße, er ist bereits auf dem Weg nach unten,* dachte Schofield, als er gleich neben einer der Sprossenleitern stehen blieb. Er hatte beabsichtigt, zu den Winschkontrollen auf Deck C hinaufzusteigen und die Taucherglocke von dort aus anzuhalten ...

Und dann, genau in diesem Moment, ertönte ein ungeheuerlicher Lärm von irgendwoher über sich.

Zingggg-boinnng!

Schofield blickte gerade rechtzeitig auf, um zu sehen, wie das Kabel, das die Taucherglocke oben hielt – fest gefroren vom flüssigen Stickstoff – sich ein letztes Mal krachend zusammenzog.

Das erstarrte Kabel riss.

Die Taucherglocke versank.

Schofield erblasste. Dann lief er los.

Lief, so rasch er konnte. Auf den Tümpel zu. Weil das jetzt die *letzte* Fahrt der Taucherglocke zum Unterwassertunnel wäre, und dies war der einzige Weg zur Höhle, und falls

Barnaby dorthin gelangen würde und die Marines da unten bereits tot wären, dann hätten die Briten das Raumschiff und die Schlacht wäre verloren und Schofield war verdammt noch mal einfach zu weit gelangt, um jetzt noch alles zu verlieren...

Gerade als die Taucherglocke unter der Oberfläche verschwand, sprang Schofield in vollem Lauf vom Rand des Decks ab, sprang hoch in die Luft.

Schofield tauchte ins Wasser und schoss in die Tiefe.

Und dann schwamm er. Heftig. Mit starken, kraftvollen Zügen jagte er der sinkenden Taucherglocke hinterher.

Da sie jetzt nicht mehr am Winschkabel hing, sank die Taucherglocke jetzt rasch hinab und Schofield musste alle seine Kräfte mobilisieren, um sie einzuholen. Er kam nahe heran, streckte die Hand aus und... und packte die Röhren, die außen rings um die Taucherglocke verliefen.

Barnaby innerhalb der Taucherglocke steckte seine Waffe ins Holster zurück und zog den Zünder hervor.

Er überprüfte die Zeit. 20.37 Uhr.

Daraufhin stellte er die Uhr des Zündapparats ein. Er gab sich zwei Stunden, ausreichend Zeit zum Erreichen der Untergrundhöhle. Es war entscheidend, unten zu sein, wenn die Tritonalladungen rings um die Eisstation Wilkes in die Luft gingen.

Daraufhin holte Barnaby sein Navistar Global Positioning System aus der Tasche und drückte die »UBERTRAGUNGS«-Taste. Lächelnd steckte Barnaby das GPS wieder in die Tasche. Trotz des Verlusts seiner Männer oben in der Station verlief noch immer alles nach Plan – nach seinem *ursprünglichen* Plan.

Wenn die achtzehn Tritonalladungen in die Luft gingen, würde die Eisstation Wilkes auf einem frisch gebildeten Eisberg ins Meer hinaustreiben. Dann wüssten dank Barnabys

GPS-Empfänger britische Rettungseinheiten – und nur britische Rettungseinheiten – *genau,* wo der Eisberg, die Station, Barnaby selbst und, am allerwichtigsten, das Raumschiff zu finden wären.

Die Taucherglocke fiel durchs Wasser hinab – *rasch* – und Shane Schofield klammerte sich an das Röhrensystem darauf.

Langsam, Hand über Hand, zog Schofield sich an der Seite der sinkenden Taucherglocke hinab. Die große Taucherglocke rüttelte und schüttelte sich und krängte im Wasser, aber Schofield hielt fest.

Und dann erreichte Schofield endlich die Basis der Taucherglocke und schwang sich darunter.

Schofield brach innerhalb der Taucherglocke aus dem Wasser hervor.

Sofort sah er Barnaby, sah den Zünder in dessen Hand.

Barnaby fuhr herum und zog seine Waffe, aber Schofield warf sich bereits aus dem Wasser. Schofields Faust schoss aus dem Wasser hoch und traf Barnaby aufs Handgelenk. Barnabys Pistolenhand öffnete sich reflexartig, die Waffe flog heraus und fiel klappernd aufs Deck.

Schofields Füße fanden gerade Halt auf dem Deck der Taucherglocke, da fiel Barnaby auch schon über ihn her. Die beiden Männer prallten mit voller Wucht auf die gewölbte Innenwand der Taucherglocke. Schofield versuchte, Barnaby von sich wegzutreten, aber Barnaby war ein zu geschickter Kämpfer. Barnaby drückte Schofield gegen die Wand und versetzte ihm einen mächtigen Tritt. Sein Stiefel mit der Stahlkappe traf Schofields Wange und Schofield stürzte mit den Armen rudernd rückwärts und spürte, wie sein Gesicht gegen das kalte Glas eines der Bullaugen der Taucherglocke schlug.

In diesem Augenblick – und nur für den Bruchteil einer Sekunde – sah Schofield das Glas des Bullauges vor sich, sah, wie sich in dünner Riss im Glas gleich vor seinen Augen auszubilden begann.

Schofield blieb keine Zeit, weiter darüber nachzudenken. Barnaby trat ihn erneut. Und wieder. Und wieder. Schofield stürzte aufs Deck.

»Du gibst nie auf, nicht wahr?«, meinte Barnaby, als er Schofield mit seinem Stiefel trat. »Du gibst nie auf.«

»Das ist meine Station«, sagte Schofield durch die zusammengebissenen Zähne.

Ein weiterer Tritt. Die Stahlkappe von Barnabys Stiefel knallte in die Rippe, die Schofield zuvor während seines Kampfs mit dem SAS-Soldaten in dem Hovercraft gebrochen hatte. Schofield brüllte vor Schmerz.

»Das ist nicht mehr deine Station, Scarecrow.«

Barnaby trat Schofield erneut, aber diesmal wälzte sich Schofield weg und Barnabys Stiefel traf die Stahlwand der Taucherglocke.

Schofield wälzte sich immer weiter, bis er den Metallrand des Tümpels an der Basis der Taucherglocke erreichte.

Und plötzlich sah er sie.

Die Harpune.

Die Harpune, die er aus Little America IV mitgenommen hatte. Sie lag einfach da auf dem Deck, gleich vor seinen Augen.

Aus dem Gleichgewicht geraten griff Schofield nach der Harpune, gerade als Barnaby vor ihm auf das Deck sprang und ein weiteres Mal brutal zutrat.

Der Tritt saß und Schofield fiel – Harpune und alles andere mit ihm – vom Deck in den kleinen Wassertümpel an der Basis der Taucherglocke und auf einmal fand er sich *außerhalb* der hinabfallenden Taucherglocke wieder!

Die Taucherglocke fiel an ihm vorüber und Schofield

streckte die linke Hand aus und packte damit eine der Röhren an der Seite der Glocke, als diese an ihm vorüberfiel, und er wurde jäh nach unten gerissen.

Schofield hielt die Harpune fest und schlang ein Bein um die äußere Röhre der fallenden Taucherglocke. Er konnte nur raten, wie tief sie gefallen waren.

Dreißig Meter? Sechzig Meter?

Schofield spähte durch eines der kleinen runden Bullaugen der Taucherglocke. Über dieses Bullauge verlief ebenfalls ein dünner weißer Riss.

Schofield sah den Riss und plötzlich begriff er, was es war. Der flüssige Stickstoff, der oben in der Station gegen die Taucherglocke gespritzt war, *zog* das Glas des Bullauges *zusammen*, *schwächte* es, brachte es zum Springen.

Schofield sah Barnaby im Innern der Taucherglocke, sah ihn, wie er auf dem kleinen Metalldeck stand, und Schofield salutierte, wie er mit seinem Zündapparat ihm zuwinkte, als ob alles vorüber wäre.

Aber es war nicht vorüber.

Schofield starrte Barnaby durch das Bullauge an.

Und dann, während er von außerhalb der Taucherglocke auf Barnaby blickte, tat Schofield etwas Seltsames und im Nu verschwand das Lächeln aus Barnabys Gesicht.

Schofield hatte seine Harpune gehoben ...

... und richtete diese auf das gesprungene Bullauge.

Barnaby erkannte es eine Sekunde zu spät und Schofield sah, wie der britische General auf die gegenüberliegende Seite der Taucherglocke sprang und »*Nein!*« kreischte, aber da hatte Schofield bereits den Abzug der Harpune gezogen, die direkt durch das gesprungene Glas des Bullauges der Taucherglocke schoss.

Das Resultat trat auf der Stelle ein.

Die Harpune schoss durch das gesprungene Glas des Bullauges und erzeugte dadurch ein Loch in der Hochdruckatmosphäre der Taucherglocke. Aufgrund des verloren gegangenen Gleichgewichts zwischen dem Innendruck der Taucherglocke und dem äußeren Wasserdruck wurde der Druck des Ozeans plötzlich überwältigend.

Die Taucherglocke implodierte.

Ihre gewölbten Wände fuhren mit rasanter Geschwindigkeit nach innen, als der gewaltige Druck des Ozeans sie zerknüllte wie ein Blatt Papier. Trevor Barnaby – Brigadier-General Trevor J. Barnaby des SAS Ihrer Majestät – wurde in einem einzigen, zermalmenden Augenblick zu Tode gequetscht.

Shane Schofield hing einfach da im Wasser und sah den Überresten der Taucherglocke zu, wie sie in die Dunkelheit hinabsanken.

Barnaby war tot. Alle SAS-Männer waren tot.

Er hatte die Station zurückerobert.

Und dann überkam Schofield ein weiterer Gedanke, und ein Woge der Panik überflutete ihn. Er befand sich immer noch über dreißig Meter unter der Oberfläche. Er wäre nie imstande, den Atem lange genug anzuhalten, um wieder hinaufzukommen.

O Gott, nein!

Nein …

Und in diesem Augenblick sah Schofield eine Hand vor seinem Gesicht erscheinen und er wäre fast vor Schreck gestorben, weil er dachte, dass es Barnaby sein musste, dass es Barnaby irgendwie gelungen war, der Taucherglocke zu entkommen, eine Sekunde, ehe sie …

Aber es war nicht Trevor Barnaby.

Es war James Renshaw.

Der im Wasser über Schofield schwebte und durch seine dreißig Jahre alte Taucherausrüstung atmete.

Er bot Schofield sein Mundstück an.

Es war 21.00 Uhr, als Schofield wieder Deck E betrat.

Es war 21.40 Uhr, als er die Station von oben bis unten nach überlebenden SAS-Soldaten durchsucht hatte. Es gab keine mehr. Schofield nahm unterwegs mehrere Waffen mit – eine MP5, mehrere Stickstoffgranaten. Er erhielt außerdem von Renshaw seine Desert Eagle zurück.

Schofield suchte auch nach Mother, aber von ihr gab es keine Spur.

Überhaupt keine Spur.

Schofield sah sogar in den Stummen Diener, der zwischen den verschiedenen Decks verlief, aber Mother war auch nicht darin.

Mother war nirgendwo zu finden.

Erschöpft ließ Schofield sich am Rand des Tümpels von Deck E nieder. Es war jetzt mehr als vierundzwanzig Stunden her, seitdem er zuletzt geschlafen hatte, und allmählich merkte er das.

Renshaws Taucherausrüstung aus Little America IV lag triefnass neben ihm auf dem Deck. Daran war noch immer das lange Stahlkabel befestigt – das Kabel, das sich durch das Wasser erstreckte, unter das Eisschelf hindurch und ins Meer hinaus, bis zurück zu der verlassenen Eisstation in dem Eisberg etwa einen Kilometer vor der Küste. Schofield schüttelte den Kopf, als er die altertümliche Taucherausrüstung ansah. Hinter ihm auf dem Deck lag einer der Scooter des britischen Teams – ein schlanker, supermoderner Apparat. Das genaue Gegenteil der primitiven Taucherausrüstung von Little America IV.

Renshaw war oben in seinem Zimmer auf Deck B und holte einige Verbände, Scheren und etwas Desinfektionsmittel, um Schofields Wunden zu versorgen.

Kirsty stand hinter Schofield auf dem Deck und beobachtete ihn besorgt. Schofield holte tief Atem und schloss die Augen. Daraufhin packte er seine Nase und – *Kraaack!* – seine gebrochene Nase war wieder gerichtet.

Kirsty fuhr zusammen. »Tut das nicht weh?«

Schofield schnitt eine Grimasse und nickte. »Ziemlich.«

Genau in diesem Augenblick ertönte ein lautes Klatschen und Schofield fuhr gerade rechtzeitig herum, dass er Wendy aus dem Wasser herausschießen und auf dem Metalldeck landen sah. Sie hoppelte zu ihm hinüber und Schofield tätschelte ihr den Kopf. Sofort wälzte sich Wendy auf den Rücken und brachte ihn dazu, ihr den Bauch zu tätscheln. Schofield tat es. Kirsty hinter ihm lächelte.

Schofield blickte auf seine Armbanduhr.

21.44 Uhr.

Er dachte an die Lücken in dem Flare, von dem ihm Abby Sinclair zuvor berichtet hatte.

Abby hatte gesagt, die Unterbrechungen des Flare würden um 19.30 Uhr und um 22.00 Uhr über die Eisstation Wilkes streichen.

Nun, die Lücke um 19.30 Uhr hatte er verpasst.

Aber es waren noch immer sechzehn Minuten hin, bis die letzte Lücke um 22.00 Uhr über die Station strich. Dann würde er versuchen, zu einem Funkgerät zu kommen, und McMurdo rufen.

Seufzend wandte Schofield sich um. Zuvor waren jedoch einige Dinge zu erledigen.

Er sah einen Marinehelm auf dem Deck. Snakes Helm, vermutete er. Schofield streckte die Hand danach aus, hob ihn auf und setzte ihn sich auf den Kopf.

Daraufhin schwenkte er das Helmmikrofon vor seinen Mund.

»Marines, hier ist Scarecrow. Montana, Fox. Santa Cruz. Versteht ihr mich?«

Zunächst erfolgte keine Antwort, dann vernahm Schofield jäh: *»Scarecrow? Bist du das?«*

Es war Gant. *»Wo bist du?«*, fragte sie.

»Ich bin oben in der Station.«

»Was ist mit der SAS?«

»Hab sie getötet. Hab meine Station zurückbekommen. Was ist mit euch? Wie ich gesehen habe, hat Barnaby ein Team zu euch hinabgeschickt.«

»Wir haben ein bisschen Hilfe bekommen, aber wir haben uns ohne eigene Verluste um sie gekümmert. Alle haben ihre Quittung bekommen. Scarecrow, wir haben über eine Menge zu reden.«

Unten in der Eishöhle blickte Libby Gant hinter dem horizontalen Spalt hervor.

Nach dem kurzen Kampf mit dem britischen Taucherteam hatten sie und die anderen sich hinter den Spalt zurückgezogen, nicht, um von den SAS-Soldaten wegzukommen – die waren allesamt tot –, sondern vielmehr, um den riesigen Seeelefanten zu entkommen, die, nachdem sie sich an den SAS-Männern gemästet hatten, in der Höhle umherstreiften. Gerade im Augenblick, sah Gant, hatten sich die Seeelefanten um das große schwarze Schiff geschart, wie Camper um ein Lagerfeuer.

»*Worüber zum Beispiel?*«, fragte Schofields Stimme.

»Zum Beispiel über ein Raumschiff, das kein Raumschiff ist«, erwiderte Gant.

»Berichte mir davon!«, sagte Schofield matt.

Gant berichtete Schofield rasch von ihrem Fund. Über das »Raumschiff« selbst und die Tastatur daran, über den Hangar, das Tagebuch und das Erdbeben, das die ganze Station tief in der Erde begraben hatte. Es wirkte wie irgendein absolut geheimes Militärprojekt – die geheime Konstruktion irgendeines Kampfjets durch die US Air Force.

Gant hatte auch erwähnt, dass das Tagebuch auf einen Plutoniumkern innerhalb des Flugzeugs Bezug nahm.

Daraufhin berichtete sie Schofield von den Seeelefanten und den Leichen in der Höhle und wie die Seehunde die SAS-Soldaten niedergemacht hatten, nachdem diese aus dem Wasser gekommen waren. Ihre Bösartigkeit, meinte Gant, wäre schockierend gewesen.

Schofield nahm alles schweigend zur Kenntnis.

Daraufhin berichtete er Gant von dem Seeelefanten, den er bereits auf dem Bildschirm in Renshaws Zimmer gesehen hatte; berichtete von den abnorm großen unteren Stoßzähnen, die wie ein Paar umgekehrter Fänge aus dem Unterkiefer herausragten. Beim Sprechen sah er plötzlich ein Bild vor seinem geistigen Auge – das Bild des toten Killerwals, den sie früher am Tag hatten auftauchen sehen; er hatte zwei lange Risswunden gehabt, die ihm über den ganzen Bauch verlaufen waren.

»Wir haben auch ein paar Seehunde mit solchen Zähnen gesehen«, sagte Gant. »Jedoch kleiner. Halbwüchsige Männchen. Derjenige, den du gesehen hast, muss der Bulle gewesen sein. Deinen Worten nach zu schließen sieht es jedoch so aus, als ob nur die Männchen große von unten aufragende Eckzähne trügen.«

Bei diesen Worten hielt Schofield inne. »Ja.«

Und dann, genau in diesem Moment, klickte etwas in seinem Kopf. Etwas, das damit zu tun hatte, warum nur die *männlichen* Seeelefanten so abnorm große untere Eckzähne hatten.

Wenn das Raumschiff wirklich einen Plutoniumkern barg, dann konnte man jede Wette eingehen, dass dieser Kern langsam Strahlung emittierte. Kein Leck. Einfach bloß Strahlung, die bei *jedem* Apparat auftrat, der mit Kernenergie betrieben wurde. Wenn sich die Seeelefanten in der Nähe des Schiffs ein Nest eingerichtet hatten, so hatte im Lauf der Zeit die Strahlung des Plutoniums eine Wirkung auf die männlichen Exemplare ausüben können.

Schofield erinnerte sich daran, den berüchtigten Rodriguez-Report über Strahlung in der Nähe alter Kernwaffenfabriken in der Wüste von New Mexico gesehen zu haben. In den nahe gelegenen Städten hatte man ein ungewöhnlich hohes Auftreten genetischer Anomalien festgestellt. Außerdem hatte man eine auffallend höhere Anzahl solcher Anomalien bei *Männern* als bei Frauen gefunden. Verlängerte Finger stellten eine verbreitete Mutation dar. Verlängerte Zähne eine weitere. *Zähne*. Die Verfasser des Reports hatten das höhere Auftreten genetischer Anomalien bei Männern mit dem männlichen Hormon Testosteron in Verbindung gebracht.

Vielleicht, dachte Schofield, *war es das, was hier geschah*.

Und dann kam Schofield plötzlich ein weiterer Gedanke. Ein wesentlich beunruhigenderer Gedanke.

»Gant, wann ist das SAS-Team in der Höhle eingetroffen?«

»Ich bin mir nicht sicher, irgendwann um zwanzig Uhr herum, glaube ich.«

»Und wann seid *ihr* in der Höhle eingetroffen?«

»Wir haben die Taucherglocke um 14.10 Uhr verlassen. Dann haben wir etwa eine Stunde benötigt, um den Tunnel hinaufzuschwimmen. Also würde ich sagen, so etwa gegen fünfzehn Uhr.«

Zwanzig Uhr. Fünfzehn Uhr.

Schofield überlegte, wann das ursprüngliche Tauchteam der Eisstation Wilkes in die Höhle hinabgestiegen war. Da war irgendetwas, etwas, worauf er noch nicht ganz den Finger legen konnte. Aber dadurch wäre es vielleicht möglich zu erklären ...

Schofield blickte auf seine Armbanduhr.

21.50 Uhr.

Scheiße! Zeit, loszugehen.

»Gant, hör zu, ich muss los. In zehn Minuten bewegt sich ein Fenster im Flare über die Station und ich muss es nutzen. Wenn du und die anderen dort unten in Sicherheit sind, tut mir einen Gefallen und seht euch in diesem Hangar um. Findet alles über dieses Flugzeug heraus, was ihr könnt, ja?«

»*Da kannst du Gift drauf nehmen.*«

Schofield schaltete ab. Aber kaum hatte er dies getan, da vernahm er eine Stimme von irgendwo her hoch droben in der Station.

»*Lieutenant!*«

Schofield blickte auf. Es war Renshaw. Er war auf Deck B. »*Hee!* Lieutenant!«, rief Renshaw.

»Was ist?«

»Ich denke, das sehen Sie sich besser an!«

Schofield und Kirsty betraten Renshaws Zimmer durch das rechteckige Loch in der Tür.

Renshaw stand drüben bei seinem Computer.

»Es ist schon den ganzen Tag über dort gewesen«, meinte Renshaw zu Schofield, »aber ich habe gerade erst nachgesehen. Er hat gesagt, ich hätte eine neue Mail, also habe ich mein E-Mail-Programm aufgerufen und nachgesehen. Sie ist um 19.32 Uhr reingekommen und stammt von irgendeinem Typen in New Mexico names Andrew Wilcox.«

»Was hat das mit mir zu tun?«, fragte Schofield. Er kannte nicht mal jemanden namens Andrew Wilcox.

»Nun, das ist die Sache, Lieutenant. Sie ist an Sie adressiert.«

Schofield runzelte die Stirn.

Renshaw nickte zum Bildschirm hinüber. Darauf war irgendeine Liste, über der eine Nachricht stand.

Schofield las die Nachricht. Nach einem Augenblick fiel ihm die Kinnlade herab. Die E-Mail lautete:

SCARECROW

HIER IST HAWK. ICH RATE DIR:

KENNE DEINEN STANDORT.

USMC PERSONNEL DEPARTMENT HAT DICH ALS TOT AUFGEFÜHRT. EIN VERSTÄRKUNGSTEAM IST AUF DEM WEG ZU DIR.

HABE DEN VERDACHT, DEINE MISSION SOLL VON DER ICG BEENDET WERDEN.
FÜRCHTE, DIESES VERSTÄRKUNGSTEAM WIRD DEINEN INTERESSEN FEINDLICH GESINNT SEIN. WÜRDE MIR GAR NICHT GEFALLEN, WENN DIR DAS GLEICHE SCHICKSAL BEVORSTÜNDE WIE MIR IN PERU.

DAMIT IM HINTERKOPF SIEH DIR DIE FOLGENDE LISTE BEKANNTER ICG-INFORMANTEN GENAU DURCH. MEINE EINHEIT IN PERU WAR INFILTRIERT GEWESEN, LANGE BEVOR ICH DORTHIN GEKOMMEN WAR. DEINE VIELLEICHT AUCH.

TRANSMIT NO. 767–9808-0901
REF. NO. KOS-4622
SUBJECT: THE FOLLOWING IS AN ALPHABETICAL LIST OF PERSONNEL AUTHORISED TO RECEIVE SECURE TRANSMISSIONS

NAME	LOCATION	FIELD/RANK
ADAMS, WALTER. K	LVRMRE LAB	NCLR PHYSCS
ATKINS, SAMANTHA E.	GSTETNR	CMPTR SFTWRE
BAILEY, KEITH H.	BRKLY	AERONTL ENGNR
BARNES, SEAN M. N.	SEALS	LTCMMDR
BROOKES, ARLIN F. A.	RNGRS	CPTN
CARVER, ELIZABETH R.	CLMBIA	CMPTR SCI
CHRISTIE, MARGARET V.	HRVRD	IDSTRL CHMST
DAWSON, RICHARD K.	MCROSFT	CMPTR SFTWRE
DELANEY, MARK M.	IBM	CMPTR HRDWRE

NAME	LOCATION	FIELD/RANK
DOUGLAS, KENNETH A.	CRAY	CMPTR HRDWRE
DOWD, ROGER F.	USMC	CPRL
EWARDS, STEPHEN R.	BOEING	AERONTL ENGNR
FROST, KAREN S.	USC	GNTC ENGNR
FAULKNER, DAVID G.	JPL	AERONTL ENGNR
GIANNI, ENRICO R.	LCKHEED	AERONTL ENGNR
GRANGER, RAYMOND K. A.	RANGERS	SNR SGT
HARRIS, TERENCE X.	YALE	NCLR PHYSICS
JOHNSON, NORMA E. U.	ARIZ	BIOTOXNS
KAPLAN, SCOTT M.	USMC	GNNY SGT
KASCYNSKI, THERESA E.	3M	CORP PHSPHTES
KEMPER, PAULENE J.	JHNS	HPKNS DRMTLGY
KOZLOWSKI, CHARLES R.	USMC	SGT MJR
LAMB, MARK I.	RMALITE	BLLSTCS
LAWSON, JANE R.	U. TEX	INSCTCIDES
LEE, MORGAN T.	USMC	SGT
MAKIN, DENISE E.	U. CLRDO	CHMCLANGNTS
McDONALD, SIMON K.	LYRMRE LAB	NCLR PHYSICS
NORTON, PAUL G.	PRNCTN	AMINO ACD CHNS
OLIVER, JENNIFER F.	SLCN STRS	CMPTR SFTWRE
PARKES, SARAH T.	USC	PLNTGST
RIGGS, WAYLON J. N.	SEALS	MMXDR
REICHART, JOHN R.	USMC	SGT
SHORT, GREGORY J.	CCA CLA	LQD SCE
TURNER, JENNIFER C.	UCLA	GNTC ENGNR

NAME	LOCATION	FIELD/RANK
WILLIAMS, VICTORIA D.	U. WSHAGTN GEOPHYS	
YATES, JOHN F.	USAF	CPTN

P. S. SCARECROW, WENN UND FALLS DU IN DIE STAATEN ZURÜCKKEHRST, RUFE EINEN MANN NAMENS PETER CAMERON BEI DER WASHINGTON POST IN D.C. AN. ER WIRD WISSEN, WO ICH ZU FINDEN BIN.

WAIDMANNSHEIL!

HAWK

Schofield starrte die E-Mail einen Augenblick lang verblüfft an. »Hawk« war Andrew Trents Kennung.

Andrew Trent, der – wie man Schofield gesagt hatte – bei einem »Unfall« während dieser Operation in Peru 1997 umgekommen war.

Andrew Trent *lebte* ...

Renshaw druckte die E-Mail aus und reichte Schofield den Ausdruck. Wie vom Donner gerührt überflog Schofield erneut die E-Mail.

Irgendwie hatte Trent entdeckt, dass Schofield unten in der Antarktis war. Er hatte ebenfalls entdeckt, dass ein Verstärkungsteam auf dem Weg nach Wilkes war. Am beunruhigendsten von allem war jedoch seine Entdeckung, dass das United States Marine Corps Schofield offiziell bereits als tot führte.

Und deshalb hatte Trent Schofield diese E-Mail geschickt, zusammen mit einer Liste bekannter ICG-Informanten, falls Schofield irgendwelche Verräter in seiner Einheit hätte.

Schofield sah auf die Absendezeit der E-Mail. 19.32 Uhr. Sie musste via Satellit während der Unterbrechung des Flares um 19.30 Uhr übertragen worden sein.

Schofield durchsuchte die Liste. Ein paar Namen sprangen ihm ins Auge.

KAPLAN, SCOTT M.	USMC	GNNY SGT

Snake. Als müsste Schofield noch wissen, dass Snake ein Verräter war. Und dann:

KOZLOWSKI, CHARLES R.	USMC	SGT MJR

O Gott, dachte Schofield.

Chuck Koszlowski. Der Sergeant Major des Marine Corps, der Soldat mit dem höchsten Mannschaftsrang im Corps war Mitglied der ICG.

Und dann sah Schofield einen weiteren Namen, der ihn vor Entsetzen erstarren ließ.

LEE, MORGAN T.	USMC	SGT

»O nein«, sagte Schofield laut.

»Was ist?«, fragte Renshaw. »Was ist los?«

Montana, dachte Schofield. Montanas wirklicher Name war Morgan Lee. Morgan T. Lee.

Schofield sah entsetzt auf.

Montana war ICG.

Unten im Hangar suchten Gant und die anderen nach Informationen über das schwarze Flugzeug.

In einer kleinen Werkstatt sah Santa Cruz sich einige technische Zeichnungen durch. Sarah Hensleigh saß an einem Schreibtisch hinter ihm, Papier und Bleistift bereit.

»Hübscher Name«, meinte Cruz, das Schweigen brechend.

»Was?«, fragte Sarah.

»Der Name des Flugzeugs. Wie hier steht, haben sie es »Silhouette« genannt«, sagte Santa Cruz. »Nicht schlecht.«

Sarah nickte. »Hmmm.«

»Schon Glück gehabt mit dem Code?«, fragte Santa Cruz.

»Ich denke, ich komme der Lösung näher«, erwiderte Hensleigh. »Die angegebenen Ziffern lauten 24157817 und sind anscheinend eine Reihe von Primzahlen: 2, 41, 5, 7, bis man zu 817 kommt. Aber 817 ist durch 19 und 43 teilbar, welche wiederum auch Primzahlen sind. Dann wiederum könnte 817 auch zwei Zahlen bedeuten, 81 und 7, oder vielleicht sogar drei Zahlen. Das ist der schwierige Teil, nämlich herauszubekommen, wie viele Zahlen 24157817 nun eigentlich darstellen sollen.«

Santa Cruz lächelte. »Besser Sie als ich, Ma'am.«

»Danke sehr.«

In diesem Augenblick betrat Montana die Werkstatt. »Doktor Hensleigh?«, sagte er.

»Ja.«

»Fox hat mich gebeten, Ihnen zu sagen, dass Sie vielleicht einen Blick auf etwas werfen möchten, das sie drüben im Büro gefunden hat. Sie hat gesagt, es wäre ein Codebuch oder so was.«

»*Na gut.*« Hensleigh stand auf und verließ die Werkstatt.

Montana und Santa Cruz waren allein.

Santa Cruz nahm seine Untersuchung der technischen Zeichnungen des Schiffs wieder auf.

»Wissen Sie, Sir«, sagte Santa Cruz, »dieses Flugzeug ist schon etwas Besonderes. Es braucht beim Überschallflug keine Nachbrenner. Und es hat acht kleine Retrostrahltriebwerke an der Unterseite, mit denen es senkrecht starten und landen kann. Aber das Merkwürdige ist, dass *beide* Triebwerksanlagen mit normalem Kerosin laufen.«

»Und?«, fragte Montana von der Türschwelle aus.

»Und ... was macht dann der Plutoniumkern?«, fragte Santa Cruz und wandte sich Montana zu.

Ehe Montana etwas erwidern konnte, drehte sich Cruz wieder seinen Zeichnungen zu. Er zog einige handgeschriebene Notizen darunter hervor.

»Aber ich denke, ich habe es herausbekommen«, meinte Santa Cruz. »Ich habe Fox bereits davon erzählt. Diese Notizen, die ich gefunden habe, sagen, dass die Ingenieure in diesem Hangar an einer neuen Art von elektronisch erzeugtem Tarnkappenmechanismus für die Silhouette gearbeitet haben, irgendeiner Art von elektromagnetischem Feld, das das Flugzeug umgeben hat. Aber um dieses elektromagnetische Feld zu erzeugen, haben sie eine Wagenladung von Energie benötigt, etwas in der Gegend von 2,71 Gigawatt. Das Einzige jedoch, das zur Erzeugung dieser Art von Energie imstande ist, ist eine kontrollierte Kettenreaktion. Daher das Plutonium.« Santa Cruz nickte in sich hinein, mit sich selbst zufrieden.

Er bemerkte überhaupt nicht, dass Montana rasch hinter ihn trat.

»Ich sag dir«, fuhr Santa Cruz fort, »dies ist wirklich 'ne verpisste Mission gewesen. Raumschiffe, französische Truppen, britische Truppen, geheime Basen, Plutoniumkerne, ICG-Verräter. Scheiße. Ist einfach ...«

Montanas Messer drang Santa Cruz ins Ohr. Es fuhr heftig hinein und durchdrang Santa Cruz' Gehirn in einem Augenblick.

Die Augen des jungen Soldaten wurden groß. Dann fiel er nach vorn und schlug mit dem Gesicht nach unten auf dem Schreibtisch auf. Tot.

Montana zog sein blutiges Messer Santa Cruz aus dem Schädel und wandte sich um ...

... und sah Libby Gant auf der Schwelle der Werkstatt stehen, ein Bündel Papiere in den Händen. Sie starrte ihn in blankem Entsetzen an.

Schofield schaltete sein Helmmikrofon ein. »Gant! Gant! Bitte kommen!«

Es folgte keine Antwort.

Schofield warf einen Blick auf seine Uhr.

21.58 Uhr.

Scheiße. Die Lücke im Flare wäre in zwei Minuten da.

»Gant, ich weiß nicht, ob du mich hören kannst, aber wenn ja, so pass mal auf! *Montana ist ICG!* Ich wiederhole, *Montana ist ICG!* Kehre ihm nicht den Rücken zu! Neutralisiere ihn, wenn du musst. Ich wiederhole, neutralisiere ihn, wenn du musst. Ich muss los!«

Und mit diesen Worten raste Schofield nach oben zum Funkraum.

Gant rannte über den höhlenartigen Hangar, Montana ihr auf den Fersen. Sie sprintete an einer Eiswand vorüber, gerade als sie mit einer Linie von Einschusslöchern übersät wurde.

Gant löste ihre MP5, als sie durch das Schott rannte, das zurück zum Spalt und zur Haupthöhle führte. Sie schoss wild hinter sich. Dann tauchte sie durch den horizontalen Spalt und wälzte sich gerade in dem Augenblick hindurch, da Montana im Schott hinter ihr auftauchte und einen weiteren Feuerstoß abgab.

Eine weitere Reihe Einschusslöcher zerfurchte die Eiswand um Gant, nur dass diesmal die Reihe von Einschusslöchern sich auch mitten über ihren Körper zog.

Zwei Kugeln steckten in ihrer Brustplatte. Eine schlug ein ausgefranstes rotes Loch in ihre Seite.

Gant unterdrückte einen Schrei, als sie sich durch den Spalt wälzte, wobei sie ihre Seite umklammerte. Sie biss die Zähne zusammen und sah das Blut, das ihr zwischen den Fingern hindurchsickerte. Der Schmerz war unerträglich.

Als sie sich aus dem Spalt hinaus in die Haupthöhle zwängte, sah Gant die Seeelefanten drüben beim Raumschiff, und in der Tat, kaum war sie aus dem Spalt heraus, so hob einer der Seehunde den Kopf und blickte in ihre Richtung.

Es war das Männchen. Der große Bulle mit seinen furchterregenden unteren Fängen. Er musste irgendwann während der letzten halben Stunde zurückgekehrt sein, dachte Gant.

Der Bulle bellte sie an. Dann bewegte er den massigen Körper auf sie zu, wobei sich die Fettwülste bei jedem stolpernden Schritt wellten.

Die Schusswunde in Gants Seite brannte.

Auf dem Hintern kroch sie vom Spalt weg, hielt dabei ein Auge auf den nahenden Seeelefanten gerichtet und das andere auf den Spalt selbst. Eine Blutspur zog sich über den gefrorenen Boden hinter ihr und verriet den Weg, den sie nahm.

Mit dem Gewehr voraus tauchte Montana aus dem horizontalen Spalt auf.

Gant war nirgendwo zu sehen.

Montana sah die Blutspur auf dem Boden, die nach rechts wegführte, um einen großen Eisbrocken herum.

Montana folgte der Blutspur. Er umrundete rasch den Eisbrocken und feuerte eine Salve ab. Er traf nichts. Gant war nicht dort. Ihre MP5 lag einfach dort auf dem Boden hinter dem Eisbrocken.

Montana fuhr herum.

Wo zum Teufel steckte sie?

Gant sah, wie Montana um den Eisbrocken zurückkam und sie entdeckte.

Sie saß jetzt auf dem Boden vor dem horizontalen Spalt und hielt sich mit beiden Händen die Seite. Es hatte sie ihre ganze Kraft gekostet – und beide Hände –, auf die Beine zu kommen und zur *linken* Seite des Spalts zu rennen, ohne dabei Blut zu verlieren, ehe Montana aus dem Loch herausgekrochen war. Eigentlich hatte sie sogar die Absicht gehabt, durch den Spalt zurückzukehren, aber es war ihr nur gelungen, bis hierhin zu gelangen.

Lächelnd ging Montana langsam zu ihr hinüber. Er stellte sich vor sie, den Rücken dem Hauptteil der Höhle zugekehrt.

»Du bist ein absoluter Schweinehund, weißt du das?«, sagte Gant.

Montana zuckte die Achseln.

»Es ist nicht mal ein verdammtes Alien-Raumschiff, und du bringst uns immer noch um«, meinte Gant und schaute dabei in die Höhle hinter Montana.

»Es ist jetzt nicht mehr bloß das Schiff, Gant. Es ist, was ihr über die ICG wisst. Deswegen dürft ihr nicht zurückkehren.«

Gant blickte Montana direkt in die Augen. »Dann tu doch, was du nicht lassen kannst!«

Montana hob seine Waffe und wollte feuern, aber in diesem Augenblick schallte ein Gebrüll durch die Höhle, das das Blut zum Erstarren brachte.

Montana fuhr gerade rechtzeitig herum, um den großen Bullen laut brüllend über die Höhle auf sich zu jagen zu sehen. Der Boden zitterte bei jedem dröhnenden Schritt.

Gant nutzte die Chance und wälzte sich rasch durch den horizontalen Riss hinter ihr zurück. Sie fiel täppisch auf den Boden des Tunnels hinter dem Spalt.

Der große Seehund sprang mit unglaublicher Schnelligkeit durch die Höhle und legte die Entfernung zwischen dem Schiff und dem Spalt innerhalb von Sekunden zurück.

Montana hob die Waffe und feuerte.

Aber das Tier war zu groß und schon zu nahe herangekommen.

Aus dem Innern des Tunnels blickte Gant hoch und sah Montanas Umriss auf der anderen Seite des durchscheinenden Eises über sich.

Und plötzlich – *Wumm!* – sah sie, wie Montanas Körper gegen die andere Seite der durchscheinenden Wand geworfen wurde. Eine groteske, sternförmige Explosion aus Blut flammte aus Montanas Körper auf, als ihn der große Seehund mit donnernder Gewalt gegen die Eismauer warf.

Langsam, schmerzhaft kam Gant auf die Beine und spähte durch den Spalt in die Haupthöhle hinaus.

Sie sah den Seeelefanten die Fänge aus Montanas Bauch herausziehen. Die langen, blutbeschmierten Zähne lösten sich aus seinem Kälteschutzanzug und Montana fiel einfach zu Boden. Triumphierend stand der Seeelefant über dem flach dahingestreckten Körper.

Und dann hörte Gant Montana plötzlich stöhnen.

Er lebte noch.

Nur noch ein wenig, aber – ja –, er lebte ganz bestimmt noch.

Daraufhin sah Gant zu, wie der große Seehund sich über Montana herabbeugte und ihm ein großes Stück Fleisch aus dem Brustkasten riss.

Auf die Sekunde genau um 22.00 Uhr betrat Schofield den Funkraum auf Deck A. Renshaw und Kirsty kamen hinter ihm her. Schofield setzte sich vor den Sender und schaltete das Mikrofon ein.

»Achtung, McMurdo. Achtung, McMurdo. Hier ist Scarecrow. Versteht ihr mich?«

Es folgte keine Antwort.

Schofield wiederholte seine Nachricht.

Keine Antwort.

Und dann auf einmal: *»Scarecrow, hier ist Romeo, ich verstehe dich. Gib mir einen Lagebericht!«*

Romeo, überlegte Schofield. »Romeo« war die Kennung von Captain Harley Roach, dem kommandierenden Offizier der Marine-Aufklärungseinheit Fünf. Schofield war Romeo Roach schon bei ein paar Gelegenheiten begegnet. Er war sechs Jahre älter als Schofield, ein guter Soldat und ein Frauenschwarm – daher seine Kennung, Romeo.

Was mehr zählte, er war ein *Marine.* Schofield lächelte. Er hatte einen Marine an der Strippe.

»Romeo«, sagte Schofield, und die Erleichterung überspülte ihn wie eine Woge. »Die Lage ist folgende: wir haben Kontrolle über Zielobjekt. Ich wiederhole, wir haben Kontrolle über Zielobjekt. Haben schwere Verluste erlitten, aber das

Zielobjekt ist unser.« Das Zielobjekt war natürlich Eisstation Wilkes. Schofield seufzte. »Was ist mit Ihnen, Romeo, wo sind Sie?«

»Scarecrow, wir sind gegenwärtig in Hovercrafts in einer Warteposition etwa einen Kilometer vom Zielobjekt entfernt...«

Ruckartig fuhr Schofields Kopf hoch.

Ein Kilometer...

Aber das war doch gleich draußen vor der Haustür...

»...und wir haben Befehl, dort zu bleiben, bis wir weitere Anweisungen erhalten. Wir haben strikte Anweisung, die Station nicht zu betreten.«

Schofield vermochte es nicht zu glauben.

Draußen vor der Eisstation Wilkes waren Marines, *unmittelbar vor* der Eisstation Wilkes, einen Kilometer weit entfernt. Als erstes wollte Schofield wissen...

»Romeo, wie lange seid ihr schon dort draußen?«

»Ah, *jetzt etwa achtunddreißig Minuten, Scarecrow*«, erwiderte Romeos Stimme.

Achtunddreißig Minuten, dachte Schofield ungläubig. Ein Trupp Marine-Aufklärer saß bereits die letzte halbe Stunde draußen vor Wilkes auf seinem Arsch.

Plötzlich kam eine Stimme über Schofields Helmmikrofon – *nicht* über die Lautsprecher des Funkraums. Es war Romeo. *»Scarecrow, ich muss privat mit dir reden.«*

Schofield stellte den Funk der Station ab und sprach in sein Helmmikrofon. Romeo benutzte den internen Kanal der Marines.

»Romeo, was *zum Teufel* tut ihr da eigentlich?«, fragte Schofield. Er konnte es nicht glauben. Während er innerhalb der Station seinen Kampf mit Trevor Barnaby ausgefochten hatte, war eine ganze Einheit Marines an der Eisstation Wilkes eingetroffen und hatte draußen gewartet.

»Scarecrow, das ist ein verdammter Zirkus hier. Marines. Green Berets. Teufel, hier draußen ist eine ganze gottverdammte Einheit von Army Rangers, die den Umkreis von einem Kilometer patrouilliert. Der National Command und der vereinte Generalsstab haben jede Einheit losgeschickt, die sie auftreiben konnten, um diese Station zu decken. Aber die Sache ist die, sobald wir hier eingetroffen sind, haben sie uns befohlen, auf das Eintreffen eines Navy SEAL-Teams zu warten. Scarecrow, meine Befehle sind sehr klar: wenn sich einer meiner Männer vor dem Eintreffen dieses SEAL-Teams der Station nähert, wird auf ihn geschossen.«

Schofield war wie betäubt. Einen Augenblick lang war er sprachlos.

Plötzlich wurde ihm die Situation völlig klar.

Er befand sich genau in derselben Lage wie Andrew Trent in Peru. Er war als erster in der Station eingetroffen. Er hatte etwas darin gefunden. Und jetzt schickten sie ein SEAL-Team – die gnadenloseste, tödlichste Spezialeinheit, die die Vereinigten Staaten besaßen – in die Station.

Da sprang eine Zeile aus Andrew Trents E-Mail in Schofields Kopf:

USMC Personnel Department führt dich als tot auf.

Schofield schluckte heftig, als ihn die entsetzliche Erkenntnis traf.

Sie schickten die SEALs herein.

Sie schickten die SEALs herein, um ihn zu toten.

Siebter Überfall
16. Juni, 22.00 Uhr

»Romeo, hör mir mal zu«, sagte Schofield rasch. »Die ICG hat Männer in meine Einheit eingeschleust. Einer meiner eigenen Männer hat damit angefangen, meine Verwundeten umzubringen. Dieses SEAL-Team, das sie schicken, wird hier eindringen und mich töten. Du musst etwas unternehmen.«

Schofield spürte, wie es ihm kalt den Rücken hinunterlief, als ihm aufging, dass er *genau* dasselbe zu Romeo sagte, was Andrew Trent zu ihm aus diesem Tempel in Peru gesagt hatte.

»Was soll ich denn tun?«, fragte Romeo.

»Sag ihnen, hier drin ist nichts«, erwiderte Schofield. »Sag ihnen, unten im Eis ist kein Raumschiff begraben. Sag ihnen, es ist lediglich ein altes Geheimprojekt der Air Force, das aus irgendeinem Grund hier zurückgelassen worden ist.«

»Äh, Scarecrow, ich habe keine Information darüber, was in dieser Station ist. Ich weiß nichts über Raumschiffe, die im Eis begraben sind oder über geheime Projekte der Air Force.«

»Nun, darum geht es hier, Romeo. Hör mir zu. Ich habe mit französischen Fallschirmjägern um diese Station gekämpft. Ich habe mit Trevor Barnaby und einem Trupp SAS-Soldaten um diese Station gekämpft. Ich möchte *nicht* von einer Bande meiner eigenen durchgeknallten Landsleute umgebracht werden nach all dem, was ich durchgemacht habe, verstehst du mich!«

»Bleib mal eine Sekunde dran, Scarecrow.«

Und am anderen Ende der Leitung herrschte Schweigen.

Nach einer Minute sagte Romeo: *»Scarecrow, ich habe gerade mit dem Captain der Army Rangers hier draußen gesprochen – ein Typ namens Brookes, Arlin Brookes –, und er hat gesagt, dass er jeden meiner Männer erschießen wird, der versucht, die Station vor der Ankunft des SEAL-Teams zu betreten.«*

Schofield zog den Ausdruck von Andrew Trents E-Mail heraus, die Liste der ICG-Informanten.

Sein Blick fiel auf den Eintrag:

BROOKES, ARLIN F.	A. RNGRS	CPTN

Schweinehund, dachte Schofield. Es war *derselbe* Typ, mit dem er draußen vor dem Tempel in Peru aneinander geraten war. Arlin F. Brookes. ICG-Schwanzlutscher.

»Okay, Scarecrow«, sagte Romeo. *»Hör zu. Ich kann vielleicht nicht reinkommen, aber ich sag dir was, das ich vor dreißig Minuten gehört habe. Die* Wasp *schippert etwa 300 nautische Meilen vor der Küste umher, draußen auf hoher See. Nachdem wir hergekommen sind, habe ich einen Anruf von Jack Walsh auf der* Wasp *erhalten. Vor etwa dreißig Minuten hat eine Patrouille von vier Marine Harriers etwa 250 nautische Meilen draußen vor der Küste ein britisches VC-10 Tankflugzeug abgeschossen, nachdem der Tanker davon fliegen wollte.«*

Schofield schwieg.

Er wusste, worauf Romeo hinaus wollte.

Tankflugzeuge existieren aus einem Grund, und zwar nur aus einem Grund: den Treibstoff eines *Angriffsflugzeug* auf Langstreckenmissionen nachzufüllen.

Wenn ein britisches Tankflugzeug 250 nautische Meilen vor der Küste abgeschossen worden war, dann konnte man jede Wette darauf eingehen, dass etwas dort draußen war, *ein weiteres* britisches Flugzeug, ein *Angriffsflugzeug* – ein Bomber oder ein Kampfjet –, der Treibstoff vom Tanker erhalten hatte. Und er hatte vielleicht den Befehl …

O nein, dachte Schofield, als er begriff. *Das war Barnabys Radiergummi.*

Wie der Radiergummi des französischen Teams hatte dieser britische Kampfjet vielleicht den Befehl, auf die Eisstation Wilkes zu feuern, falls sich Trevor Barnaby nicht innerhalb einer bestimmten Zeit meldete.

»Man hat die Air Force herbeigerufen«, sagte Romeo. *»Sie durchsuchen den Luftraum über dem Ozean mit AWACS-Vögeln und F-22-Kampfjets. Sie suchen nach einem einzelnen britischen Kampfjet und haben Befehl, ihn bei Sichtung abzuschießen.«* Schofield fiel in seinen Sessel zurück.

Stirnrunzelnd rieb er sich den Kopf. Die Welt zog sich um ihn herum zusammen.

Er saß in der Falle. Völlig und absolut in der Falle. Die SEAL kämen bald herein – egal ob ihnen klar war, dass es in dieser Station nichts zu gewinnen gäbe, oder nicht. Und selbst wenn es Schofield gelänge, ihnen zu entkommen, nachdem sie die Station erstürmt hatten, blieb immer noch die Möglichkeit, dass Wilkes von einer Luft-Boden-Rakete zerstört würde, den ein vagabundierender britischer Kampfjet vor der Küste abfeuern würde.

Es gab jedoch *eine* Möglichkeit, dachte Schofield.

Rauszugehen und sich Romeo zu ergeben, ehe die SEAL eintraf. Auf diese Weise würden sie zumindest am Leben bleiben. Und wenn Schofield an diesem ganzen Tag nichts gelernt hatte, eines allerdings hatte er gelernt: wenn man am Leben blieb, hatte man noch immer eine Chance.

Schofield schaltete sein Helmmikrofon an. »Romeo, hör mal …«

»O Scheiße, Scarecrow. Sie sind da.«

»Was?«

»Die SEAL. Sie sind da. Sie haben sie gerade durch den äußeren Kreis gelassen. Vier Hovercrafts. Sie erreichen jetzt den Stationskomplex.«

Einen Kilometer draußen vor der Eisstation Wilkes bildete eine Armada aus Hovercrafts eine lange, ungebrochene Reihe. Sie standen zu einem Halbkreis auf der landeinwärts gerichteten Seite der Station und zeigten allesamt nach innen – zeigten auf die Station.

In diesem Moment jedoch durchbrachen vier marineblaue Hovercrafts die Reihe und glitten über die Eisebene auf die Station zu. Offenbar ohne Eile wanden sie sich durch die äußeren Gebäude des Stationskomplexes.

Es waren die SEAL-Hovercrafts.

Im Leithovercraft schaltete der SEAL-Commander seinen Sprechfunk an. »Air Control, hier ist SEAL-Team, Bericht«, sagte er. »Ich bestätige vorherige Instruktionen. Wir werden die Station *nicht* betreten, ehe wir nicht sicher sind, dass ihr das feindliche Flugzeug habt.«

»SEAL-Team, hier ist Air Control. Bleibt dran«, sagte eine Stimme über den Funk. *»Wir erwarten jeden Moment einen Bericht von unseren Vögeln.«*

Genau im gleichen Augenblick, an einem Punkt 242 nautische Meilen von der Eisstation Wilkes entfernt, schossen sechs F-22 USAF-Kampfjets über das südliche Eismeer.

Der F-22 ist der fortschrittlichste, überlegendste Kampfjet der Welt, der Thronfolger des alten F-15 Eagle. Während der F-22 einerseits ein wenig wie der alte F-15 Eagle aussieht, hat der F-22 andererseits jedoch eines, was der F-15 niemals gehabt hat – eine Tarnkappenvorrichtung.

Im Leit-F-22 horchte der Kommandant der Staffel gerade auf seinen Helmsprechfunk. Als die Stimme am anderen Ende zu sprechen aufhörte, sagte der Kommandant: »Danke, Bigbird, ich sehe ihn.«

Auf seinem computergenerierten Display sah der Kommandant einen kleinen Blip, der westwärts flog. Eine Anzeige unter dem Display lautete:

TARGET ACQUIRED: 103 NM WNW
AIRCRAFT DESIGNATED: E-2000

Ein E-2000, bemerkte der Kommandant. Der Eurofighter 2000, ein höchst wendiges kleines Kampfflugzeug mit Zwillingsstriebwerk. Der E-2000 war ein Gemeinschaftsprojekt der Luftwaffen von Großbritannien, Deutschland, Spanien und Italien.

Auf dem Schirm des Kommandanten schien der Blip lässig dahinzufliegen, völlig achtlos der amerikanischen Tarnkappenmaschinen in einhundert Kilometern Entfernung dahinter.

»Also gut, Leute, Ziel ist erkannt«, sagte der F-22-Pilot. »Ich wiederhole, Ziel ist erkannt. Es ist Zeit für ein kleines Tänzchen.«

Shane Schofield innerhalb der Eisstation Wilkes wusste den Teufel, was er tun sollte.

Er wusste, dass er sich den SEAL nicht ergeben konnte. Die SEAL waren höchstwahrscheinlich vom ICG. Wenn sie ihn erwischten, würden sie ihn töten.

Er zog in Betracht, zur Höhle hinunterzutauchen und sich dort zu verstecken – und, falls nötig, das Raumschiff zu kapern –, aber dann wurde ihm klar, dass es inzwischen unmöglich war, zur Höhle hinabzugelangen, da die Taucherglocke zerstört war.

Schofield führte Kirsty und Renshaw aus dem Funkraum auf Deck A und weiter die Sprossenleiter zu den unteren Decks hinab.

»Was geht vor?«, fragte Renshaw.

»Wir sind gerade verarscht worden«, erwiderte Schofield, dessen Gedanken rasten. Ihre einzige Möglichkeit, überlegte er, bestand jetzt darin, sich irgendwo innerhalb der Station zu verbergen und dort auszuharren, bis die SEAL und alle übrigen verschwunden waren ...

Und was wirst du dann tun? fragte Schofield sich. *Zu Fuß nach Hause gehen?*

Wenn du am Leben bleibst, hast du noch immer eine Chance.

Schofield glitt die Sprossenleiter hinab und blickte auf den Tümpel auf Deck E.

Und sah dann etwas.

Er sah Wendy, die auf dem Deck lag und glücklich vor sich hindöste.

Wendy, dachte er.

Etwas an Wendy ...

Der F-22-Kommandant sprach in sein Helmmikrofon. »Bigbird, hier ist Blue Leader. Behalten Tarnkappenmodus bei. Schätze, Ziel wird in Raketenreichweite sein in ... zwanzig Minuten.«

Urplötzlich hatte Schofield eine Idee.

Er fuhr zu Kirsty herum. »Kirsty, wie lang kann Wendy den Atem anhalten?«

Kirsty zuckte die Achseln. »Die meisten männlichen Pelzrobben können den Atem etwa eine Stunde lang anhalten. Aber Wendy ist ein Mädchen und wesentlich kleiner, also kann sie den Atem nur für etwa vierzig Minuten anhalten.«

»Vierzig Minuten ...«, sagte Schofield, während er im Kopf rechnete.

»Woran denken Sie?«, fragte Renshaw.

»Wir benötigen grob geschätzt zwei Stunden, um von der Station zur Höhle zu kommen, stimmt's?«, erwiderte Schofield. »Eine Stunde für den Abstieg in der Taucherglocke bis auf tausend Meter Tiefe, und dann etwa eine weitere Stunde für den *Aufstieg* durch den Eistunnel.«

»Ja, schon ...«, sagte Renshaw.

Schofield wandte sich Renshaw zu. »Als Gant und die anderen sich der Eishöhle genähert hatten, hat Gant etwas sehr Seltsames gesagt. Sie hat gesagt, sie hätten einen Besucher. Wendy. Gant hat gesagt, dass Wendy mit ihnen geschwommen ist, als sie den Eistunnel hinauf sind.«

»M-hm.«

»Also«, fuhr Schofield fort, »selbst wenn Wendy *doppelt* so schnell schwimmen kann wie wir, so wäre ihr, wenn sie den ganzen Weg hinab- und dann den ganzen Weg den Eistunnel hinaufgeschwommen wäre, *die Luft ausgegangen, ehe sie die Höhle erreicht hätte.*«

Renshaw schwieg.

»Ich meine«, sagte Schofield, »es wäre Selbstmord für sie, nicht umzukehren, nachdem sie *zwanzig Minuten* geschwommen ist, denn sie müsste wissen, dass sie wieder eine Luftquelle erreichte ...«

Schofield sah von Renshaw zu Kirsty.

»Es gibt einen anderen Weg in diesen Eistunnel«, sagte er. »Eine Abkürzung.«

»SEAL-Team, hier ist Blue Leader. Wir nähern uns dem Zielobjekt. Erfasstes Objekt wird in fünfzehn Minuten in Raketenreichweite sein«, sagte die Stimme des Staffelkommandanten über den Funk im Hovercraft des SEAL-Teams.

Die SEALs saßen starr auf ihren Plätzen in der Kabine ihres Hovercrafts. Keine Spur eines Gefühls glitt ihnen über das Gesicht.

Unten auf Deck E warf Schofield jetzt die Kreislauftauchgeräte aufs Deck. Kirsty streifte sich bereits einen thermoelektrischen Kälteschutzanzug über. Dieser war ihr dermaßen hoffnungslos zu groß, dass sie Ärmel und Hosenbeine hochkrempeln musste, damit er passte. Renshaw – bereits in seinem Neoprenanzug – ging geradewegs zu der LABA-Ausrüstung.

»Hier, schluckt die«, sagte Schofield, während er jedem von ihnen eine blaue Kapsel reichte. Es waren die N-67D Anti-Stickstoffkapseln. Eben jene Pillen, die Schofield Gant und den anderen verabreicht hatte, als sie zur Höhle hinabgetaucht waren. Alle schluckten rasch die Pillen.

Schofield legte seinen Drillich ab und zog sich wieder den Körperschutz und den Patronengurt über seinen Kälteschutzanzug. Als er die Taschen seines Drillichs durchsuchte, fand er unter anderem eine Stickstoffgranate und Sarah Hensleighs silbernes Medaillon. Schofield steckte beide Sachen in die Taschen seines Kälteschutzanzugs. Daraufhin legte er rasch eines der Atemgeräte an.

Alles in allem gab es drei Geräte, und alle waren gefüllt mit einer gesättigten Helium-Sauerstoff-Mischung, die für vier Stunden reichen würde: 98 % Helium, 2 % Sauerstoff. Es waren die Reservetanks, die Schofield von Gant hatte vorbereiten lassen, ehe sie in die Höhle hinabgetaucht war. Nachdem er seine eigene LABA-Ausrüstung übergestreift hatte, half Renshaw Kirsty in die ihre.

Schofield hatte seine Ausrüstung als erster auf. Als er fertig war, durchsuchte er sogleich das Deck ringsumher nach etwas Schwerem – etwas *sehr* Schwerem –, da sie ein schweres Gewicht benötigen würden, das sie rasch nach unten brächte.

Er fand, wonach er suchte.

Ein Stück des Laufstegs von Deck B war auf Deck E herabgestürzt, als das ganze Deck B vor einiger Zeit in Flammen aufgegangen war. Das Stück Laufsteg war etwa drei Meter lang und bestand aus solidem Stahl. Es war sogar noch ein Stück des Geländers daran.

Als Renshaw auch fertig war, half er Schofield dabei, das Stück zum Rand des Tümpels zu ziehen. Das große Stück Metall quietschte laut, als sie es über das Deck zogen.

Während sie an der Arbeit waren, hüpfte Wendy neben ihnen auf und nieder wie ein Hund, der um einen Spaziergang bettelte.

»Wird Wendy mitkommen?«, fragte Kirsty.

»Ich hoffe es«, entgegnete Schofield. »Ich habe gehofft, dass sie uns den Weg zeigt.«

Bei diesen Worten sprang Kirsty auf und eilte zu der Wand neben dem Tümpel hinüber. Sie schnappte sich einen Gurt von einem Haken und brachte ihn zum Rand des Tümpels zurück. Daraufhin legte sie Wendy den Gurt um die Körpermitte.

»Was ist das?«, fragte Schofield.

»Keine Sorge. Es wird helfen.«

»Na schön. Bleib nur nahe bei mir«, sagte Schofield, als er und Renshaw das Stück Laufsteg so am Rand des Decks absetzten, dass es fast davon herabfiel.

»Na gut«, sagte Schofield. »Alle ins Wasser.«

Alle drei sprangen ins Wasser und schwammen unter das Stück Laufsteg. Wendy sprang ihnen fröhlich nach.

»Also schön, haltet euch am Laufsteg fest«, sagte Schofields Stimme über ihren Unterwassersprechfunk.

Alle packten den Laufsteg. Sie sahen aus wie Olympiaschwimmer, die sich für ein Rennen im Rückenschwimmen fertig machten.

Schofield legte seine Hand über Kirstys Hand, um sicherzustellen, dass sie nicht den Halt am Laufsteg verlor, wenn er durch das Wasser fiel.

»Okay, Mr. Renshaw«, sagte Schofield. *»Ziehen!«*

In diesem Augenblick stemmten sich Schofield und Renshaw gegen den Laufsteg und jäh kippte das schwere Stück Laufsteg über den Rand des Decks und fiel mit einem gewaltigen Klatscher ins Wasser.

Der metallene Laufsteg sank schnell durchs Wasser.

Die drei kleinen Gestalten von Schofield, Renshaw und Kirsty klammerten sich grimmig daran, während er fiel. Alle zeigten sie nach unten, so dass ihre Füße *über* ihnen paddelten. Wendy schwamm rasch hinter ihnen durch das Wasser hinab.

Schofield sah auf den Tiefenmesser an seinem Handgelenk.

Drei Meter.

Sieben Meter.

Zehn Meter.

Rasch fielen sie hinunter durch die großartige weiße Unterwasserwelt.

Während sie fielen, versuchte Schofield, ein Auge auf die weiße Eiswand links von sich zu halten. Er suchte ein Loch darin, suchte nach dem Eingang zu dem Abkürzungstunnel, der zu dem Unterwassereistunnel führte.

Sie erreichten dreiunddreißig Meter. Ohne die Pillen hätte sie der Stickstoff in ihrem Blut längst umgebracht.

Fünfundsechzig Meter.

Einhundert Meter.

Sie flogen abwärts durch das Wasser. Es wurde dunkler, es fiel schwerer, etwas zu erkennen.

Einhundertdreißig Meter, zweihundert Meter.

Zweihundertfünf...

Und dann sah ihn Schofield plötzlich.

»Also gut, loslassen!«, schrie er.

Sogleich ließen die anderen den stürzenden metallenen Laufsteg los. Sie schwebten im Wasser, während der Laufsteg in der Dunkelheit unter ihnen verschwand.

Schofield schwamm zu der Eiswand hinüber.

Ein großes rundes Loch war darin eingegraben. Es sah aus wie irgendeine Art von Tunnel, ein Tunnel, der in die tintenschwarze Düsternis verschwand.

Schofield zögerte.

Renshaw musste den Zweifel in seinen Augen erkannt haben. »Welche Alternative bleibt uns?«, fragte er.

»Stimmt«, meinte Schofield und zog seine Taschenlampe heraus. Er schaltete sie ein. Daraufhin trat er mit den Füßen aus und schwamm in den Tunnel hinein.

Der Tunnel war schmal, und er mäanderte steil nach unten.

Schofield schwamm an der Spitze mit Kirsty hinter sich. Renshaw bildete die Nachhut. Da sie abwärts schwammen, kamen sie rasch voran. Sie ließen sich einfach von den Bleigewichten an ihren Gürteln hinabziehen.

Schofield schwamm vorsichtig. Es war ruhig, wie in einem Grab …

Und dann schnellte Wendy von hinten an ihm vorüber und schoss den Tunnel vor ihm hinab.

Schofield blickte auf seinen Tiefenmesser.

Sie hatten dreihundertdreißig Meter erreicht.

Die Tauchzeit war zwölf Minuten.

»Bigbird, hier ist Blue Leader. Ziel ist jetzt in Raketenentfernung. Ich wiederhole, Ziel ist jetzt in Raketenentfernung. Bereite mich vor, AMRAAM-Raketen abzufeuern.«

»Sie können feuern, wenn Sie bereit sind, Blue Leader.«

»Vielen Dank, Bigbird. Also gut, Leute. Rakete hat Ziel erfaßt. Raketenschacht ist offen. Ziel weiß anscheinend nichts von unserer Anwesenheit. Okay. Hier ist Blue Leader, Fox One … *feuern!«*

Der Staffelkommandant drückte seinen Abzug.

In gleichem Augenblick glitt eine lange, schlanke AIM-120 AMRAAM-Rakete aus dem Schacht der F-22 und schoss hinter ihrem Opfer her.

Der britische Fighter sah die Rakete sofort auf seinen Fluginformationsbildschirmen.

Das größte Problem bei einem Tarnkappenflugzeug besteht darin, dass, obwohl das Flugzeug selbst auf dem Radarschirm unsichtbar ist, jede Rakete, die von seinen Tragflächen herabhängt, nicht unsichtbar ist. Deswegen tragen alle Tarnkappenflugzeuge wie der F-22, der F-117A Tarnkappenfighter sowie der B-2A Tarnkappenbomber ihre Raketen in ihrem Inneren.

Unglücklicherweise jedoch sieht man eine Rakete sofort auf dem Radarschirm, sobald sie abgefeuert wird. Was bedeutete, dass in dem Augenblick, da der F-22 seine AMRAAM-Rakete auf den E-2000 über dem Horizont abfeuerte, das britische Flugzeug die Rakete auf seinen Bildschirmen sah.

Der britische Pilot gab sich bestenfalls eine Minute.

»General Barnaby! General Barnaby! Bericht!«

Es folgte keine Antwort.

Was merkwürdig war, da Brigadier-General Barnaby wusste, dass diese Zeit – 22.00 Uhr bis 22.25 Uhr – die vorbestimmte Zeit der Kontaktaufnahme sein sollte, zu einem von zwei Zeitpunkten, da eine Lücke im Flare eine Funkverbindung ermöglichen würde. Barnaby hatte um 19.30 Uhr Bericht erstattet, zu einer weiteren vorbestimmten Kontaktzeit, genau nach Plan. Der britische Pilot versuchte eine Sekundärfrequenz. Noch immer kein Glück. Er versuchte, Nero anzufunken, Barnabys stellvertretenden Kommandanten.

Immer noch kein Glück.

»General Barnaby! Hier ist Backstop. *Ich werde angegriffen!* Ich wiederhole, *ich werde angegriffen!* Wenn Sie in den nächsten dreißig Sekunden keine Antwort geben, werde ich zur Annahme gezwungen sein, dass Sie tot sind, und Ihren Befehlen folgend wird mir keine andere Wahl bleiben, als auf die Station zu feuern.«

Der britische Pilot sah auf seinen Annunciator Panel – die Kontrolllampe blinkte. Er hatte bereits die Koordinaten der Eisstation Wilkes in den Steuercomputer seiner AGM-88/HLN Cruise Missile eingegeben.

Die Kennung auf der Rakete besagte alles.

»AGM« stand für »air-to-ground«-, also »Luft-Boden«; »H« für »high speed«, »Hochgeschwindigkeit« und »L« für »long range«, »Langstrecke«. »N« jedoch hatte eine spezielle Bedeutung.

Es stand für *nuklear.*

Dreißig Sekunden verstrichen. Noch immer kein Wort von Barnaby.

»General Barnaby! Hier ist Backstop! Ich schieße den Radiergummi ab ... *jetzt!*« Der britische Pilote drückte den Abzug und den Bruchteil einer Sekunde später schoss die Cruise Missile mit dem Atomsprengkopf, die am Ende seines Flügels angebracht war, von seinem Flugzeug davon.

Die Rakete kam nur knapp davon, denn kaum zwei Sekunden später – gerade als der britische Pilot nach dem Knopf zum Betätigen des Schleudersitzes griff – schlug die amerikanische AMRAAM-Rakete ins Heck des E-2000 ein und blies den Fighter und seinen Piloten vom Himmel.

Die amerikanischen Piloten sahen die helle orangefarbene Explosion am nächtlichen Horizont, sahen den Blip auf ihren Schirmen verschwinden.

Einige von ihnen brachen in Hochrufe aus.

Der Staffelkommandant lächelte beim Anblick des orangefarbenen Feuerballs am Horizont. «SEAL-Team, hier ist Blue Leader. Das feindliche Flugzeug ist eliminiert. Ich wiederhole, das feindliche Flugzeug ist eliminiert. Ihr könnt die Station jetzt betreten. Ihr könnt die Station jetzt betreten.«

Im SEAL-Hovercraft hallte die Stimme des Staffelkommandanten über die Lautsprecher: *»Ihr könnt die Station jetzt betreten. Ihr könnte die Station jetzt betreten.«*

»Vielen Dank, Blue Leader«, sagte der SEAL-Kommandant. »Alle Einheiten, habt acht! SEAL-Team schaltet auf internen Kanal zum Angriff auf die Station um.«

Er schaltete seinen Sprechfunk ab und wandte sich seinen Männern zu.

»Also gut, Leute. Dann mischen wir mal jemanden auf.«

Draußen über dem südlichen Eismeer blickte der F-22-Staffelkommandant weiterhin durch sein Cockpit auf die Überreste des britischen E-2000 hinaus. Dünne orangefarbene Feuerspuren fielen langsam zur Erde hinab, wie billiges Feuerwerk.

Gebannt, wie er von diesem Anblick war, entging dem Staffelkommandanten das Auftauchen eines neuen, *kleineren* Blips auf seinem Radarschirm – ein Blip, der nach Süden schoss, auf die Antarktis zu. Erst dreißig Sekunden später bemerkte er ihn.

»Was zum Teufel ist das?«, fragte er.

»O Gott«, sagte jemand anderer. *»Es muss ihm gelungen sein, eine Rakete abzufeuern, ehe er getroffen wurde!«*

Der Staffelkommandant versuchte, das SEAL-Team wieder anzufunken, aber diesmal kam er nicht durch. Sie hatten bereits auf den internen Kanal für ihren Angriff auf die Eisstation Wilkes geschaltet.

Die Türen des Haupteingangs zur Station explodierten nach innen und das SEAL-Team stürmte wild um sich feuernd herein.

Es war ein Sturm wie im Lehrbuch. Das einzige Problem bestand darin, dass die Station verlassen war.

Schofield blickte auf seinen Tiefenmesser: 500 Meter.

Er schwamm weiter und wenige Minuten später kam er aus dem schmalen Abkürzungstunnel und fand sich in einem breiteren Tunnel mit Eiswänden wieder.

Schofield wusste sogleich, wo er war, obgleich er hier noch nie zuvor gewesen war.

Auf der anderen Seite des Unterwassertunnels erblickte er eine Reihe runder Löcher von drei Metern Durchmesser, die in die Tunnelwände geschnitten waren. Sarah Hensleigh hatte ihm zuvor davon erzählt. Und Gant hatte sie auch erwähnt, als sie zur Höhle hinaufstieg. Die Höhlen der Seeelefanten. Er befand sich in dem Unterwassereistunnel, der zur Höhle des Raumschiffs emporführte.

Schofield stieß einen Seufzer der Erleichterung aus. *Ja!*

Schofield und die anderen schwammen in den Unterwassereistunnel hinaus. Dann schwammen sie rasch aufwärts, wobei sie die Löcher in den Eiswänden rings umher mit mehr als nur ein wenig Beklommenheit beobachteten.

Obwohl er sich beim Anblick der Löcher in den Wänden unbehaglich fühlte, war Schofield sich ziemlich sicher, dass die Seeelefanten sie nicht angreifen würden. Dazu hatte er eine Theorie entwickelt. Bislang war die einzige Gruppe, die sich der Unterwassereishöhle unversehrt hatte nähern können, Gants Gruppe gewesen – und sie hatten alle LABA-Geräte getragen, Kreislaufatemgeräte. Bei den anderen Gruppen, die hinabgetaucht waren – die Wissenschaftler von Wilkes und die Briten –, war das nicht der Fall gewesen. Und sie waren angegriffen worden. Schofield stellte sich also vor, dass die Seeelefanten Gant und ihr Team nicht *hören* konnten, als diese sich der Höhle näherten. Und daher waren sie nicht angegriffen worden.

In diesem Augenblick entdeckte Schofield die Oberfläche und seine Überlegungen waren vergessen.

Er sah auf seinen Tiefenmesser. 510 Meter.

Daraufhin sah er auf seine Uhr. Es hatte achtzehn Minuten gedauert, hierhin zu gelangen. Wirklich sehr schnell.

Und dann schnitt plötzlich ein leises Pfeifen durch das Wasser.

Schofield hörte es und spannte sich an. Er sah Kirsty, die neben ihm Wendy im Wasser festhielt. Wendy hatte es ebenfalls gespürt.

Plötzlich antwortete ein zweites Pfeifen dem ersten, und Schofield spürte, wie ihm das Herz in die Hose sank.

Die Seehunde wussten, dass sie hier waren ...

»*Los!*«, sagte Schofield zu Renshaw und Kirsty. »*Los!*«

Schofield und Renshaw schwammen mit raschen Zügen auf die Oberfläche zu. Kirsty schlug Wendy einfach auf die Flanke, und Wendy schoss durch das Wasser voran.

Schofield blickte die Oberfläche über sich an. Sie wirkte wunderschön, wie Glas, ruhig. Wie eine glatte Linse.

Die Pfeiftöne rings um sie her wurden intensiver und dann vernahm Schofield plötzlich ein heiseres Gebell, das durch das Unterwasserspektrum schnitt. Schofield fuhr im Wasser herum, schaute sich um, dann blickte er wieder zu der linsengleichen Wasseroberfläche auf.

Und in diesem Augenblick zerbrach die Linse.

Von allen Seiten sprangen Seeelefanten ins Wasser. Andere kamen brüllend aus den Löchern in den Wänden und verfolgten Schofield und die anderen. Ihre Schreie, ihr Gebell und ihr Pfeifen erfüllten das Wasser.

Wendy raste mit Kirsty, die sich an ihren Gurt klammerte, zur Oberfläche. Es war wie eine Fahrt mit einer Achterbahn, als Wendy sich duckte, dahinschlängelte, zur Seite abkippte und abdrehte, um den zubeißenden Zähnen der Seeelefanten zu entgehen, die sie und Kirsty von allen Seiten angriffen.

Und dann entdeckte Wendy plötzlich eine Lücke und erhaschte einen Blick auf die Oberfläche. Zusammen mit Kirsty, die sich immer noch an ihren Gurt klammerte, jagte sie darauf zu.

Von allen Seiten stürzten sich Seeelefanten auf sie und schnappten nach ihnen, aber Wendy war zu flink. Sie erreichte die Oberfläche und explodierte förmlich aus dem Wasser.

Kirsty prallte hart auf den festen Eisboden der Höhle. Sie schaute hoch und sah, wie Wendy sich rasch vom Rand des Tümpels entfernte. Kirsty sprang auf die Füße, gerade als der Boden hiner ihr zitterte.

Kirsty wandte sich um. Einer der Seeelefanten hatte sich hinter ihr aus dem Wasser geworfen und sprang jetzt über den flachen Boden der Höhle hinter ihr her!

Kirsty lief los, stolperte und fiel.

Der Seeelefant stürzte weiter auf sie zu. Kirsty lag völlig ungeschützt auf dem Boden der Höhle ...

... und dann, plötzlich, *bumm!,* – explodierte das Gesicht des Seeelefanten in einem Meer aus Blut, und die große Robbe fiel kopfüber zu Boden.

Der Seeelefant fiel zu Boden, und hinter ihm sah sie Schofield, der in zehn Metern Entfernung im Tümpel schwebte und die Pistole ausgestreckt vor sich hielt. *Er hatte die Robbe geradewegs durch den Hinterkopf geschossen.* Kirsty wurde fast ohnmächtig.

Auf der anderen Seite des Tümpels durchbrach Renshaw die Oberfläche und fand sich direkt am Rand wieder. Da verspürte er urplötzlich einen scharfen Schmerz im rechten Fußknöchel, und er wurde, *schwupp!* unter Wasser gerissen.

Dort schaute Renshaw hinunter und sah, dass einer der Seeelefanten das Maul um seinen rechten Fuß geschlossen hatte. Diese Robbe wirkte kleiner als die übrigen und sie hatte diese merkwürdigen unteren Fänge, die er bereits bei den großen Männchen gesehen hatte.

Mit dem freien Fuß trat Renshaw der kleinen Robbe auf die Schnauze. Die Robbe quietschte vor Schmerz, ließ ihn los, und Renshaw schwamm wieder zur Oberfläche hoch.

Renshaw schoss aus dem Wasser und sah den Rand des Tümpels gleich vor sich. Dann packte er den nächsten Felsbrocken und zog sich aus dem Wasser, gerade als eine weitere, größere Robbe durch das Wasser hinter ihm sauste und ihm um Haaresbreite den Fuß sauber abgebissen hätte.

Schofield schwamm wie wahnsinnig zum Rand des Tümpels.

Beim Schwimmen erhaschte er flüchtige Blicke auf die Höhle rings um ihn her – Kirsty drüben auf der einen Seite des Tümpels, Renshaw drüben auf der anderen Seite. Dann sah er das Schiff, das große schwarze Schiff, das wie ein gewaltiger, schweigender Raubvogel inmitten der massigen unterirdischen Höhle stand.

Und dann stieg plötzlich das offene Maul des großen Bullen vor ihm aus dem Wasser und versperrte ihm den Blick auf das große schwarze Schiff.

Die große Robbe bewegte sich bereits sehr rasch und *pflügte* geradezu mit phänomenaler Geschwindigkeit in Schofield hinein, und Schofield keuchte, als er spürte, wie es ihm die Luft aus den Lungen trieb, und er ging unter.

Der Bulle hatte ihm die langen unteren Fänge in die Brust gerammt. Normalerweise, vermutete Schofield, hätte das ausgereicht, jedes mögliche Opfer zu töten, da die Fänge der großen Robbe dem Opfer die Brust durchstoßen hätten.

Aber nicht so bei Schofield. Er trug noch immer seinen Körperschutz über seinem Kälteschutzanzug, und die Fänge des Bullen waren in seiner Kevlarbrustplatte steckengeblieben.

Der Seeelefant drückte ihn gegen die Brust und trieb ihn ins Wasser hinab. Schofield kämpfte, doch es hatte keinen Zweck. Dank seiner Brustplatte war er praktisch auf den Fängen des großen Tiers *aufgepfählt*.

Immer weiter hinab ging Schofield am Ende der Nase der riesenhaften Robbe. Blasen schossen aus dem schwer arbeitenden Maul des großen Tiers, als es in seinen Anstrengungen große Mengen Luft ausstieß.

Schofield musste etwas unternehmen. Er griff in seine Tasche und suchte nach irgendetwas, das sich darin befinden mochte.

Er zog eine britische Stickstoffgranate hervor und blickte sie eine Sekunde lang an.

Oh, was soll's, zum Teufel, dachte er.

Rasch zog Schofield den Zündstift aus der Stickstoffgranate und rammte die scharfe Granate dem großen Seeelefanten in das weit geöffnete Maul.

Dann schob er sich von den Fängen des großen Tiers weg, und die Robbe schoss im Wasser an ihm vorüber. Rasch wurde ihr klar, dass sie ihr Opfer verloren hatte, und in diesem Augenblick drehte sie sich herum.

Und genau da ging die Stickstoffgranate hoch.

Der Kopf des Bullen explodierte. Dann *implodierte* er. Und dann geschah das Schockierendste von allem.

Eine Woge aus *Eis* schoss aus dem Körper der toten Robbe.

Zunächst wusste Schofield nicht, was es war, und dann wurde es ihm plötzlich klar. Es war der flüssige Stickstoff aus der Granate, der sich im Wasser ausdehnte und es dabei *zum Erstarren* brachte!

Die Eiswand schoss durch das Wasser auf Schofield zu und dehnte sich dabei beständig aus, als ob eine lebendige, atmende Eisformation im Wasser *wüchse*.

Schofield sah mit großen Augen zu. Wenn das Eis ihn einhüllte, wäre er in einem Augenblick tot.

Verschwinde von hier!

Und dann spürte Schofield auf einmal, wie ihn etwas gegen die Schulter stieß, und er drehte sich um.

Es war Wendy!

Schofield packte sie am Gurt, und Wendy schoss sofort davon.

Die Eiswand jagte ihnen nach, dehnte sich mit phänomenaler Geschwindigkeit im Wasser aus, vergrößerte sich exponentiell.

Wendy schwamm, so rasch sie konnte, und zog Schofield mit sich. Aber er war schwerer als Kirsty, und sie schwamm langsamer als vorher.

Die Eiswand kam ihnen immer näher.

Ein weiterer Seeelefant, der ein leichtes Mahl zu erspähen glaubte, näherte sich schwungvoll von hinten, aber die Eiswand erwischte die große Robbe, hüllte sie in ihre sich ausdehnende Masse ein und verschluckte sie völlig, und die Robbe erfror in ihrem eisigen Inneren.

Wendy schwamm zur Oberfläche, wobei sie geschickt jedem Seeelefanten auswich, der versuchte, ihr den Weg abzuschneiden.

Sie erblickte die Oberfläche und zog Schofield darauf zu.

Die Wand hinter ihnen hatte an Schwung verloren. Der Stickstoff aus der Granate dehnte sich nicht weiter aus. Die Eiswand fiel zurück.

Wendy schoss aus dem Wasser, wobei Schofield sie noch immer am Gurt festhielt. Beide plumpsten täppisch auf den eisigen Boden der Höhle und Schofield fand sich auf dem Bauch liegend wieder. Er wälzte sich auf den Rücken ...

... und sah einen weiteren Seeelefanten aus dem Wasser springen und eilig auf ihn zukommen!

Schofield wälzte sich weiter herum. Der Seeelefant fiel gleich neben ihm auf den Boden. Schofield sprang auf, wirbelte herum und suchte die anderen.

»*Lieutenant! Hier drüben! Hier drüben!*«, kreischte Sarah Hensleighs Stimme.

Schofield fuhr herum und sah Sarah Hensleigh aus einem kleinen horizontalen Loch in der Wand in etwa zwanzig Metern Entfernung winken.

Renshaw, Kirsty – und auch Wendy – liefen bereits auf den horizontalen Riss zu. Schofield rannte hinter ihnen her. Während er durch die Höhle lief, sah er, wie Kirsty sich durch das horizontale Loch wälzte, daraufhin sah er, wie Wendy ihr folgte, dann Renshaw.

Plötzlich überspülte Schofields Bewusstsein ein statisches Rauschen, und eine Stimme schrie ihm laut ins Ohr:

»*... du dort draußen? Scarecrow, bist du dort draußen? Antworte bitte!*« Es war Romeo.

»Was ist, Romeo?«

»*Mein Gott! Wo bist du gewesen? Ich habe dich während der letzten zehn Minuten zu erreichen versucht.*«

»Ich hatte zu tun. Was ist los?«

»*Verschwinde aus der Station! Verschwinde sofort aus der Station!*«

»Das kann ich jetzt nicht, Romeo«, sagte Schofield, während er rannte.

»Scarecrow, du verstehst nicht. Die Air Force hat uns gerade angerufen. Eine Gruppe von F-22 hat gerade einen britischen Fighter etwa 250 nautische Meilen vor der Küste abgeschossen, aber das feindliche Flugzeug hat eine Rakete abgefeuert, ehe es getroffen worden ist.« Romeo hielt inne. *»Scarecrow, die nimmt genau Ziel auf die Eisstation Wilkes. Satellitenmessungen der Strahlungsemission der Rakete deuten darauf hin, dass sie einen Nuklearsprengkopf hat.«*

Beim Laufen verspürte Schofield, wie es ihm kalt den Rükken hinunterlief. Er erreichte den Spalt in der Wand und fiel zu Boden wie ein Baseballspieler und glitt durch den horizontalen Spalt.

»Wie lange noch?«, fragte er, als er in dem kleinen Tunnel landete. Er ignorierte die anderen, die um ihn herumstanden.

»300 Kilometer mit 480 Kilometern pro Stunde. Das gibt dir siebenunddreißig Minuten bis zur Detonation. Aber das war vor neun Minuten, Scarecrow. Ich habe versucht, zu dir durchzukommen, aber du hast nicht geantwortet. Du hast achtundzwanzig Minuten, bis eine Atombombe diese Eisstation trifft. Achtundzwanzig Minuten.«

»Klasse«, meinte Schofield und blickte auf seine Uhr.

»Scarecrow, tut mir Leid, aber ich kann nicht hier bleiben. Ich muss meine Männer in sichere Entfernung bringen. Tut mir Leid, aber du bist jetzt auf dich selbst gestellt, Kumpel.«

Schofield schaute auf seine Uhr.

Es war 22.32 Uhr.

Achtundzwanzig Minuten. Die Rakete mit dem Atomsprengkopf würde die Eisstation Wilkes um 23.00 Uhr treffen.

Schofield blickte zu der Gruppe um sich herum auf. Sarah Hensleigh, Renshaw, Kirsty und Wendy. Und Gant. Erst da ging Schofield auf, dass Gant ebenfalls im Tunnel war. Sie saß auf dem eisigen Boden. Er sah den häßlichen roten Fleck an ihrer Seite und eilte zu ihr hinüber.

»Montana?«, fragte er.

Gant nickte.

»Wo ist er?«, fragte Schofield.

»Er ist tot. Die Robben haben ihn erwischt. Aber er hat Santa Cruz getötet und mich angeschossen.«

»Bist du in Ordnung?«

»Nein«, erwiderte Gant und zuckte zusammen.

Da sah Schofield die Wunde. Es war ein Bauchschuss, neben Gants Magen. Die Kugel musste sich an der seitlichen Klammer ihres Körperschutzes vorbeigemogelt haben. Es war keine angenehme Verletzung – ein Bauchschuss bedeutete einen langsamen und schmerzhaften Tod.

»Halt durch«, sagte Schofield. »Wir werden dich hier rausbringen ...«

Er zerrte Gant weg, aber dabei streifte ihn Gant grob am Bein, so dass etwas aus seiner Tasche am Fußknöchel herausfiel.

Es war ein silbernes Medaillon.

Sarah Hensleighs Silbermedaillon. Das Medaillon, das sie Schofield gegeben hatte, bevor sie in die Höhle hinabgetaucht war.

Das Medaillon landete mit der Rückseite nach oben auf dem eisigen Boden und in einem flüchtigen Moment sah Schofield die dort eingravierte Inschrift:

Für unsere Tochter
Sarah Therese Parkes
Zu deinem einundzwanzigsten Geburtstag.

Schofield erstarrte beim Anblick der Gravur. Rasch zog er seinen Ausdruck von Andrew Trents E-Mail aus der Tasche.

Er überflog die Liste der ICG-Informanten.

Und er fand es.

PARKES, SARAH T.   USC   PLNTLGST

Schofield fuhr hoch und blickte Sarah Hensleigh an.

»Wie lautet Ihr Mädchenname, Sarah?«, fragte er.

Klick-klick.

Schofield hörte das Geräusch, wie ein Hahn gespannt wurde, ehe er den Revolver hinter Sarah Hensleighs Rücken auftauchen sah.

Sarah Hensleigh hielt den Revolver auf Armeslänge ausgestreckt vor sich, auf Schofields Kopf gerichtet. Mit der freien Hand zog sie Santa Cruz' Helm hinter sich hervor und stellte den Kanal an der Gürtelschnalle ein. Sie sprach in den Helmfunk.

»SEAL-Team, hier ist Hensleigh. Bitte kommen!«

Es erfolgte keine Antwort. Hensleigh runzelte die Stirn.

»SEAL-Team, Hensleigh hier. Bitte kommen!«

»Da oben ist niemand, Sarah«, sagte Schofield und hielt Gant in den Armen. »Sie haben die Station evakuiert. Sie sind weg. Gerade ist eine Cruise Missile auf dem Weg hierhin, und sie hat einen Atomsprengkopf, Sarah. Diese SEALs sind längst verschwunden. Wir müssen ebenfalls von hier verschwinden.«

Plötzlich hörte Schofield eine Stimme über Sarahs Helmfunk.

»Hensleigh, hier ist SEAL Commander Riggs. Berichten Sie!«

Schofield krümmte sich und blickte auf seine Uhr.

22.35 Uhr. Noch fünfundzwanzig Minuten.

Er wusste nicht, dass die SEALs oben in der Station auf einen internen Kanal umgeschaltet hatten, um ihren Angriff auf Wilkes durchzuführen. Er wusste auch nicht, dass sie nichts von der Rakete mit dem Atomsprengkopf wussten, die auf die Station zujagte.

»SEAL Commander«, sagte Hensleigh, »ich habe hier unten den Marine Commander bei mir in der Höhle. Ich habe ihn zwangsweise unter Arrest genommen.«

»Wir werden bald unten sein, Hensleigh. Sie sind autorisiert, ihn zu töten, wenn es sein muss. Seal-Team Ende.«

»Sarah, was tun Sie da?«, fragte Renshaw.

»Halt's Maul«, erwiderte Sarah und schwang die Waffe herum, so dass ihr kalter Lauf Renshaws Nase berührte. »Dort drüben hin«, sagte sie und winkte Renshaw und Kirsty an Schofields Seite des Tunnels. Schofield bemerkte, dass Sarah Hensleigh die Waffe mit Zuversicht und Autorität hielt. Sie hatte früher schon von der Waffe Gebrauch gemacht.

»Woher kommen Sie, Sarah?«, fragte Schofield. »Army oder Navy?«

Einen Augenblick lang sah ihn Sarah an. Dann erwiderte sie: »Army.«

»Welche Abteilung?«

»Ich war eine Weile lang beim CDC in Atlanta. Damals habe ich ein paar Arbeiten für die Abteilung für chemische Kampfstoffe erledigt. Und daraufhin, hätten Sie's gewusst, habe ich plötzlich den Drang verspürt, zu lehren.«

»Waren Sie bei der ICG bevor oder nachdem Sie an die Universität gegangen sind?«

»Vorher«, erwiderte Hensleigh. »Lange vorher. Teufel, Lieutenant, die ICG hat mich an die USC *geschickt.* Sie haben mich darum *gebeten,* mich von der Army zurückzuziehen, haben mir eine lebenslange Pension gezahlt und mich zur Universität geschickt.«

»Weswegen?«

»Sie wollten wissen, was dort vor sich ging. Insbesondere wollten sie etwas von der Forschung über Eiskerne erfahren – sie wollten etwas über die Chemie der Gase wissen, die Leute wie Brian Hensleigh vergraben im Eis fanden. Gase aus hoch toxischen Umgebungen, die vor Hunderten von Millionen Jahren verschwunden sind. Varianten des Kohlenmonoxids, *reine* Chlorgasmoleküle. Die ICG wollte etwas darüber erfahren – für so etwas haben sie Verwendung. Also habe ich mich in dieses Gebiet eingearbeitet und ich habe Brian Hensleigh kennengelernt.«

»Sie haben ihn geheiratet«, fragte Renshaw, »um aus ihm *Informationen* herauszuholen?«

Kirsty drüber in der Ecke des Tunnels folgte dem Gespräch wie gelähmt.

»Ich habe bekommen, was *ich* wollte«, erwiderte Sarah Hensleigh. »Ebenso wie Brian.«

»Haben Sie ihn getötet?«, fragte Renshaw. »Der Autounfall?«

»Nein«, entgegnete Hensleigh. »Habe ich nicht. Die ICG war darin überhaupt nicht verwickelt. Es war genau dies, ein Unfall. Nennen Sie es, wie Sie wollen, Bestimmung, Schicksal. Es ist einfach passiert.«

»Haben Sie Bernie Olson getötet?«, fragte Schofield rasch.

Sarah hielt inne, ehe sie diese Frage beantwortete.

»Ja«, erwiderte sie. »Ich habe ihn getötet.«

»Oh, Sie *verdammte* Hure!«, meinte Renshaw.

»Bernie Olson war ein Lügner und Dieb«, sagte Hensleigh. »Er wollte Renshaw zuvorkommen und seine Entdeckungen publizieren. Eigentlich war mir das wirklich ziemlich egal. Aber *dann,* als Renshaw in fünfhundert Metern Tiefe auf *Metall* traf, da hat Olson mir gesagt, dass er *das* auch publizieren würde. Und das konnte ich einfach nicht zulassen. Nicht ohne die ICG davon vorher zu informieren.«

»Nicht ohne die ICG vorher davon zu informieren«, wiederholte Schofield bitter.

»Es ist unsere Aufgabe, alles als erste zu erfahren.«

»Also haben Sie ihn umgebracht«, sagte Schofield. »Mit Seeschlangengift. Und Sie haben dafür gesorgt, dass es so aussah, als ob Renshaw es getan hätte.«

Sarah Hensleigh sah Renshaw an. »Tut mir Leid, James, aber Sie sind ein bei weitem zu einfaches Ziel gewesen. Sie und Bernie haben sich die ganze Zeit über gestritten. Und als Sie sich in dieser Nacht stritten, war die Gelegenheit einfach zu günstig, um sie verstreichen zu lassen.«

Schofield blickte auf seine Uhr. »Sarah, hören Sie zu. Ich weiss, Sie glauben mir nicht, aber wir müssen hier raus. Da ist eine Rakete mit Atomsprengkopf...«

»Es gibt keine Rakete«, fauchte Hensleigh. »Wenn es eine gäbe, wären die SEALs nicht hier.«

Schofield warf erneut einen Blick auf seine Uhr.

22.36 Uhr.

Scheiße, dachte er. Es war so frustrierend. Sie steckten hier fest, der Gnade von Sarah Hensleigh ausgeliefert. Und sie würde einfach hier warten, bis der Atomsprengkopf einträfe und sie alle umbrächte.

Genau in diesem Moment schlug Schofields Uhr auf 22.37 Uhr um.

Schofield hatte nichts von den achtzehn Tritonal-80/20-Ladungen gewusst, die Trevor Barnaby in einem Halbkreis um die Eisstation Wilkes gelegt hatte in der Absicht, einen Eisberg zu erzeugen.

Hatte nicht gewusst, dass exakt vor zwei Stunden – um 20.37 Uhr –, als Barnaby allein in der Taucherglocke gewesen war, er eine Zeitschaltuhr vorbereitet hatte, so dass die Tritonalladungen zwei Stunden später zündeten.

Die achtzehn Tritonalladungen detonierten im selben Moment, und die Explosion war absolut verheerend.

Drei Meter fünfzig hohe Fontänen aus Schnee schossen in die Luft. Ein ohrenbetäubend lautes Ächzen hallte über die Landschaft, als sich ein tiefer, halbkreisförmiger Abgrund im Eisschelf ausbildete. Und dann, plötzlich, mit einem lauten, bedrohlichen *Krack,* fiel der Teil des Eisschelfs, der die Eisstation Wilkes und alles übrige darunter barg – ganze drei Kubikkilometer von Eis –, jäh davon und rutschte langsam ins Meer.

Unten im Eistunnel der Höhle legte sich die Welt wie verrückt schräg. Eisbrocken regneten auf alle im Tunnel herab. Die gemeinsame Explosion der achtzehn Tritonalladungen tönte wie ein gewaltiger Donnerschlag.

Zunächst glaubte Schofield, dies sei der Atomsprengkopf der Rakete. Glaubte, Romeo habe einen schrecklichen Fehler begangen und der Sprengkopf sei eine halbe Stunde früher als erwartet eingetroffen. Dann jedoch begriff Schofield, dass es etwas anderes sein musste – wenn es der Atomsprengkopf gewesen wäre, wären sie jetzt bereits alle tot.

Plötzlich schwankte der Tunnel und Sarah Hensleigh verlor das Gleichgewicht. Renshaw ergriff die Gelegenheit, sprang vor und griff sie an. Beide trafen hart auf die Eiswand, aber Hensleigh warf Renshaw einfach beiseite.

Schofield hielt noch immer Gant fest. Er legte Gant hin und wollte aufstehen, doch Sarah Hensleigh fuhr herum und richtete ihre Waffe direkt auf sein Gesicht.

»Tut mir Leid, Lieutenant, irgendwie habe ich Sie eigentlich gemocht«, meinte sie.

Trotz des Höllenlärms rings um sie herum war das Geräusch der abgefeuerten Waffe in dem kleinen Tunnel ohrenbetäubend.

Schofield sah Sarah Hensleighs Brust in einem Schwall Blut explodieren.

Dann sah er, wie ihr die Augen aus den Höhlen traten, die Knie einknickten und sie tot zu Boden stürzte.

Schofields Desert Eagle rauchte noch, als Gant sie in Schofields Oberschenkelholster zurücksteckte. Schofield hatte nie eine Chance gehabt, sie zu ziehen, ganz im Gegensatz zu Gant unten neben seinen Knien.

Kirsty starrte die Szene einfach nur mit offenem Mund an. Schofield eilte zu ihr hinüber.

»Um Gottes willen, bist du in Ordnung«, sagte er. »Deine Mutter ...«

»Sie war nicht meine Mutter«, meinte Kirsty leise.

»Wäre es in Ordnung, wenn wir darüber später reden würden?«, fragte Schofield. »In etwa zweiundzwanzig Minuten wird dieser Ort hier nur noch Wasserdampf sein.«

Kirsty nickte.

»Mr. Renshaw«, sagte Schofield, während er die zitternden Wände rings um sich her ansah. »Was ist hier los?«

»Ich weiß es nicht ...«, erwiderte Renshaw.

In diesem Augenblick schwankte der ganze Tunnel jäh und fiel etwa zwanzig Zentimeter hinab.

»Es fühlt sich an, als ob das Eisschelf vom Festland losgelöst worden wäre«, meinte Renshaw. »Es ist zu einem Eisberg geworden.«

»Ein Eisberg...«, sagte Schofield und seine Gedanken kreisten. Urplötzlich fuhr sein Kopf hoch, und er sah Renshaw an. »Sind diese Seeelefanten noch draußen in dieser Höhle?«

Renshaw blickte durch den Spalt hinaus.

»Nein«, erwiderte Renshaw. »Sie sind weg.«

Schofield ging durch den Tunnel, hob Gant mit den Armen hoch und trug sie zum Spalt. »Das hatte ich mir gedacht«, sagte er. »Ich habe den Bullen getötet. Sie sind jetzt vielleicht auf der Suche nach ihm.«

»Wie kommen wir hier raus?«, fragte Renshaw.

Schofield hob Gant zum Spalt hoch und schob sie hindurch. Daraufhin wandte er sich mit leuchtenden Augen Renshaw zu.

»Wir werden hier rausfliegen.«

Der große schwarze Fighter stand protzig mitten in der unterirdischen Höhle – die scharf zugespitzte Nase war nach unten gekippt, ebenso die schlanken schwarzen Tragflächen. Große Eisbrocken regneten vom hohen Höhlendach herab und explodierten auf seinem Rumpf.

Schofield und die anderen rannten über den bebenden Höhlenboden und suchten Schutz unter dem Bauch des großen schwarzen Flugzeugs.

Schofield hielt Gant in den Armen und sie zeigte ihm die Tastatur und das Display für den Zutrittscode.

Der Zutrittscode glühte grünlich.

24157817 –––––––––––––––––
ENTER AUTHORIZED ENTRY CODE

»Hat jemand den Code herausbekommen?«, fragte Schofield.

»Hensleigh hat daran gearbeitet, aber ich glaube nicht, dass sie ihn herausbekommen hat.«

»Also kennen wir den Code nicht«, meinte Schofield.

»Nein«, sagte Gant.

»Prächtig.«

In diesem Augenblick trat Kirsty neben Schofield und blickte auf das Display.

»Hee«, sagte sie, »Fibonacci-Zahl.«

»*Was?*«, fragten Schofield und Gant gleichzeitig.

Kirsty zuckte befangen die Achseln. »24157817. Es ist eine Fibonacci-Zahl.«

»Was ist eine Fibonacci-Zahl?«, fragte Schofield.

»Fibonacci-Zahlen sind eine Art von Zahlenfolge«, erwiderte Kirsty. »Es ist eine Folge, bei der jede Zahl die Summe der beiden vorhergehenden Zahlen ist.« Sie sah die erstaunten Blicke um sich her. »Mein Papa hat mir das gezeigt. Hat jemand ein Blatt Papier und einen Stift?«

Gant hatte das Tagebuch, das sie zuvor in ihrer Tasche gefunden hatte. Renshaw hatte einen Stift. Zunächst tropfte tintenfarbiges Wasser heraus, dann jedoch funktionierte er. Kirsty kritzelte einige Zahlen in das Tagebuch.

»Die Folge geht so«, sagte Kirsty. »0, 1, 1, 2, 3, 5, 8, 13 und so weiter. Man addiert einfach die ersten beiden Zahlen und erhält so die dritte Zahl. Dann addiert man die *zweite* und dic *dritte* Zahl und erhält die *vierte*. Wenn ihr mir eine Minute Zeit laßt ...«, sagte Kirsty, als sie sich daran machte, wie wild Zahlen niederzuschreiben.

Schofield blickte auf seine Uhr.

22.40 Uhr.

Noch zwanzig Minuten.

Während Kirsty im Tagebuch kritzelte, sagte Renshaw zu

Schofield: »Lieutenant, *wie* wollen Sie eigentlich genau hier herausfliegen?«

»Da durch«, erwiderte Schofield abwesend und zeigte dabei auf den Wassertümpel auf der anderen Seite der Höhle.

»*Was?*«, meinte Renshaw, aber Schofield hörte nicht zu. Er blickte auf das Tagebuch hinab, während Kirsty darin schrieb.

Nach zwei Minuten hatte sie fünf Zahlenreihen niedergeschrieben. Schofield überlegte, wie lange das hier dauern würde. Er sah die Zahlen an, wie sie diese niederschrieb:

0, 1, 1, 2, 3, 5, 8, 13, 21, 34, 55, 89, 144, 233, 377, 610, 987, 1597, 2584, 4181, 6795, 10. 946, 17.711, 28.657, 46.368, 75.025, 121.393, 196.418, 317.811, 514.229, 832.040, 1.346.269, 3.524.578, 5.702.887, 9.227.465, 14.930.352, 24.157.817

»Und sehen Sie hier«, sagte Kirsty. »Da haben Sie Ihre Zahl. 24.157.817.«

»Heilige Scheiße«, meinte Schofield. »Okay dann. Wie lauten die nächsten beiden Zahlen der Reihe?«

Kirsty kritzelte noch etwas nieder.

39.088.169, 63.245.986

»Das sind sie«, sagte Kirsty und zeigte Schofield das Tagebuch.

Schofield nahm es und sah darauf. Sechzehn Zeichen. Sechzehn Leerstellen zu füllen. Erstaunlich. Schofield drückte die Tasten auf der Tastatur.

Das Display piepte.

24157817 3 9 0 8 8 1 6 9 6 3 2 4 5 9 8 6
ENTRY CODE ACCEPTED.
OPENING SILHOUETTE

Es folgte ein unheimliches Surren aus dem Innern des großen schwarzen Schiffs und dann sah Schofield plötzlich, wie sich eine schmale Treppe langsam aus dem Bauch des schwarzen Schiffs entfaltete.

Er gab Kirsty einen Kuss auf die Stirn. »Ich hätte nie gedacht, dass mir Mathe das Leben retten würde. Kommt schon!«

Und mit diesen Worten betraten Schofield und die anderen das große schwarze Schiff.

Sie betraten eine Art Raketenschacht. Schofield sah sechs Raketen auf zwei dreieckigen Ständern befestigt, drei Raketen pro Ständer. Schofield trug Gant über den Raketenschacht und legte sie auf den Boden, gerade als Renshaw und Kirsty den Bauch des Flugzeugs betraten. Wendy hoppelte täppisch die Stufen hinter ihnen hinauf. Sobald die kleine Robbe sicher im Innern war, zog Renshaw die Treppe hinter ihr hoch.

Schofield eilte nach vorn ins Cockpit. »Erzähl mir was, Gant!«

Gant rief nach vorn, wobei die Schmerzen aus ihrer Stimme deutlich herauszuhören waren: »Sie haben es ›Silhouette‹ genannt. Es hat irgendeine Art von Tarnkappenvorrichtung, über die wir nichts herausbekommen haben. Hat was mit dem Plutonium zu tun.«

Schofield betrat das Cockpit.

»Wow!«

Das Cockpit sah erstaunlich aus – futuristisch –, insbesondere für ein Flugzeug, das im Jahr 1979 gebaut worden war. Es gab zwei Sitze: einen nach vorn gerichtet, rechts, der andere – der Sessel für den Radarbediener/Schützen – links dahinter. Die Steilheit des Cockpits – es wies scharf nach unten – bedeutete, dass der Pilot im vorderen Sitz ein gutes Stück *unterhalb* des Schützen im Rücksitz saß.

Schofield sprang in den Pilotensitz und gerade in diesem Moment – *boinng!* – explodierte ein großer Eisbrocken draußen am Cockpit.

Schofield starrte die Konsole vor sich an: vier Computermonitore, Steuerknüppel, überall Knöpfe, Skalen und Anzeigen. Es wirkte wie ein erstaunliches Hightech-Puzzle. Schofield spürte, wie ihn jäh eine Woge der Panik überlief. Er wäre nie imstande herauszubekommen, wie dieses Flugzeug zu fliegen war. Nicht innerhalb von achtzehn Minuten.

Dann jedoch, als er die Konsole näher unter die Lupe nahm, erkannte Schofield allmählich, das diese sich eigentlich *nicht* so sehr von den Konsolen in den Harriers unterschied, die er in Bosnien geflogen hatte. Dies *war* schließlich ein von Menschen hergestelltes Flugzeug – warum sollte es anders sein?

Schofield hatte den Zündschalter gefunden und gedrückt.

Nichts geschah.

Treibstoffzufuhr, dachte er. *Muss die Treibstoffpumpe anwerfen.*

Schofield suchte nach dem Schalter für die Treibstoffzufuhr. Fand ihn, drückte ihn. Daraufhin drückte er erneut die Zündung.

Nichts gesch ...

VRRRUMMMM!

Die Turbinen der Zwillingstriebwerke der Silhouette sprangen brüllend an und Schofield spürte sein Blut in Wallung geraten. Das Geräusch anspringender Motoren war einfach unvergleichlich.

Er brachte die Motoren auf Touren. Er musste sie erst warm laufen lassen.

Zeit, dachte Schofield.

22.45 Uhr.

Noch fünfzehn Minuten.

Er brachte die Motoren weiterhin auf Touren. Gewöhnlich dauert eine solche Aufwärmroutine bis zu zwanzig Minuten.

Schofield gab sich zehn.

Gott, würde das eng werden!

Während Schofield die Motoren auf Touren brachte, brachen ganze Abschnitte der Eiswände in der Höhle um das große schwarze Flugzeug zusammen. Nach fünf Minuten warm laufen lassen suchte Schofield den Schalter für den Senkrechtstart. »Gant! Wo ist die Schubvektorsteuerung?« Bei modernen Senkrechtstartern wie dem Harrier wird der Senkrechtstart durch lenkbare Schubvektorsteuerung erreicht.

»Es gibt keinen«, rief Gant aus dem Raketenschacht zurück.

»Statt dessen hat es Retrostrahltriebwerke! Such nach dem Schalter, der die Retros anwirft!«

Schofield suchte danach. Während er dies jedoch tat, stieß er auf einen anderen Schalter. Darauf stand: »CLOAK MODE«, »TARNMODUS«. Schofield runzelte die Stirn.

Was zum Teufel ...

Und dann sah er plötzlich den Schalter, den er suchte: ›RETROS‹.

Schofield drückte ihn.

Die Silhouette reagierte augenblicklich und begann abzuheben. Dann jedoch blieb sie abrupt und rüttelnd stehen. Von hinten ertönte ein lautes Knirschen.

»Hm?«, meinte Schofield.

Er blickte nach hinten aus dem Cockpit und sah, dass die beiden Schwanzflossen der Silhouette noch immer fest in der Eismauer dahinter eingebettet waren.

Schofield fand den Knopf, der gekennzeichnet war mit »AFTERBURNER«, »NACHBRENNER«. Hieb darauf.

Sogleich brach eine glühend heiße Gischt reiner Hitze aus

den Zwillingstriebwerken am Heck der Silhouette hervor und machte sich daran, das Eis *zu schmelzen,* das das Heck der Maschine gefangen hielt.

Das Eis schmolz rasch und die Heckflossen lösten sich.

Schofield blickte auf seine Uhr.

22.53 Uhr.

Wieder rutschte die gesamte Höhle ein Stück nach unten.

Komm schon, jetzt, noch nicht lösen. Ich brauche noch ein paar Minuten. Nur ein paar Minuten ...

Schofield ließ die Motoren weiterhin warm laufen. Er blickte auf seine Uhr hinab, während diese auf 22.54 Uhr umschlug. Dann 22.55 Uhr.

Na schön, Zeit vorüber. Zeit zu gehen.

Schofield drückte erneut den Schalter mit der Kennzeichung »RETROS« und die acht Retrostrahltriebwerke an der Unterseite des großen schwarzen Schiffs feuerten auf einmal los und lange, weiße Gaswolken schossen heraus.

Diesmal erhob die Silhouette sich vom eisigen Boden und schwebte in der gewaltigen Untergrundhöhle. Die Höhle rings herum polterte und bebte. Eisbrocken regneten von der Decke herab und knallten auf das Heck des großen schwarzen Flugzeugs.

Chaos. Absolutes Chaos.

22.56 Uhr.

Schofield blickte durch die getönten Scheiben im Cockpit der Silhouette hinaus. Die ganze Höhle neigte sich wie verrückt. Es war fast, als ob das ganze Eisschelf einen Satz nach vorn machte, *in den Ozean hinabstieg ...*

Es fällt vom Festland ab, dachte Schofield.

»Was tun Sie da!«, rief Renshaw aus dem Raketenschacht.

»Ich wartete darauf, dass sie umkippt!«, rief Schofield zurück.

Plötzlich hörte Schofield Gant vor Schmerz aufstöhnen.

»*Renshaw!* Helfen Sie ihr! Verbinden Sie diese Verletzung! *Kirsty!* Komm hier herauf! Ich brauche dich!«

Kirsty kam nach vorn ins Cockpit und kletterte in den hohen rückwärtigen Sitz. »Was soll ich tun?«

»Siehst du diesen Hebel da«, sagte Schofield. »Den mit dem Abzug darauf.«

Vor sich sah Kirsty einen Kontrollhebel. »Ja.«

»Drück den Abzug für mich, ja?«

Kirsty drückte den Abzug.

Kaum hatte sie dies getan, schossen zwei blendend helle Lichter aus *beiden* Tragflächen des großen schwarzen Fighters hervor.

Die beiden Leuchtspurgeschosse schlugen in die Eiswand vor der Silhouette ein und explodierten zu zwei weißen Wolken. Als die beiden Wolken sich aufgelöst hatten, sah Schofield ein großes Loch in der Eiswand.

»Netter Schuss, Tex«, sagte er.

Schofield zog seinen Hebel zurück und die Silhouette stieg höher inmitten der in sich zusammenbrechenden Eishöhle.

»Also gut, Leute, haltet euch fest, dieses Ding wird jetzt jede Sekunde losgehen«, sagte Schofield. »Kirsty, wenn ich es sage, drückst du diesen Abzug und hältst ihn unten, okay?«

»Okay.«

Schofield blickte zum Cockpit hinaus auf die zerbröselnde Decke der Eishöhle, auf den Wassertümpel, durch den sie alle die Höhle betreten hatten – das Wasser im Tümpel spritzte wie wild gegen die Eiswände.

Und dann, genau in diesem Moment, geschah es. Die ganze Höhle *fiel* einfach hinab – gerade hinab – und kippte daraufhin dramatisch. In diesem Augenblick wusste Schofield, dass das gesamte Eisschelf, das die Eisstation Wilkes in sich barg, sich völlig vom Festland gelöst hatte.

Es war zu einem Eisberg geworden.

Warte, sagte Schofield zu sich. *Warte ...*

Und dann kippte die ganze Höhle abrupt noch einmal.

Nur dass das Kippen diesmal *bei weitem* dramatischer war. Diesmal *drehte* sich die ganze Höhle um volle 180 Grad, genau *um* die darin schwebende Silhouette herum!

Der Eisberg hatte sich auf den Kopf gestellt!

Die ganze Höhle stand jetzt Kopf!

Plötzlich kam ein gewaltiger Wasserschwall aus einem breiten Loch in der ›Decke‹ der Höhle – dem Loch, das nur Augenblicke zuvor die Mündung des Unterwassereistunnels gewesen war, der in die Höhle *hinauf* geführt hatte.

Der Unterwassereistunnel führte nicht mehr länger in die Tiefen des Ozeans. Jetzt führte er *aufwärts.* Jetzt führte er zur Oberfläche.

Schofield manövrierte die Silhouette so, dass die Wasserkaskade sie nicht traf, die sich aus dem Eistunnel ergoss. Nach gut zwanzig Sekunden versiegte der Wasserschwall und Schofield zog seinen Hebel zurück. Die Silhouette reagierte, indem sie nach hinten kippte und mit der Spitze zu dem breiten Loch in der Decke zeigte.

»Also gut, Kirsty, *jetzt!*«

Kirsty knallte ihren Abzug herab.

Sogleich spien die Tragflächen der Silhouette ein verheerendes Feuer aus Leuchtspurmunition aus. Die gnadenlose Woge von Kugeln verschwand im Loch in der Decke und zerstörte jede Eisklippe und jeden scharfkantigen Ausbiss, der es wagte, aus den Wänden des Eistunnels hervorzuragen. In diesem Augenblick gab Schofield vollen Schub und die Silhouette schoss in den Tunnel hinauf und gerade da brach hinter ihr die Decke der gewaltigen Höhle spektakulär in sich zusammen.

Die an den Tragflächen befestigten Waffen der Silhouette feuerten unaufhörlich weiter, zerbliesen jegliche Unebenheit im Eistunnel, während das große schwarze Flugzeug durch das nach oben flog, was einmal der Unterwassereistunnel gewesen war.

Schofield lenkte das schlanke schwarze Flugzeug durch den Tunnel hinauf, schoss durch weiße Rauchwolken, legte das Flugzeug auf die Seite, wann immer der Tunnel schmaler wurde, und betete zu Gott, dass die Leuchtspurmunition ihm den Weg frei machte.

Immer höher hinauf stieg die Silhouette und blies dabei den Tunnel vor sich davon. Rings um das große schwarze Flugzeug hallten Explosionen. Das Geräusch, mit dem die an den tragflächen befestigten Waffen feuerten, war ohrenbetäubend.

Und dann begann plötzlich der Tunnel *hinter* der Silhouette mit phänomenaler Geschwindigkeit in sich zusammenzufallen.

Bumm! Bumm! Bumm!

Massige Eisbrocken regneten von der Decke des Tunnels hinter dem dahinjagenden Flugzeug herab. Die Silhouette raste durch den Tunnel nach oben und schoss weiterhin auf die Wände des Tunnels vor ihr, während sie gleichzeitig dem zusammenstürzenden Tunnel hinter sich zu entkommen suchte.

Durch das Cockpit wirkte es wie eine Art wilder Jagd in einem Videospiel. Der Tunnel sauste mit phänomenaler Geschwindigkeit an Schofield vorüber und gelegentlich kippte die Welt um, wenn er das große Flugzeug auf die Seite legte, um fallenden Eisbrocken auszuweichen.

Schofield sah, wie das Sperrfeuer aus Leuchtspurmunition die Wände des Tunnels vor sich dezimierte, sie erweiterte, glättete und dann, plötzlich – *wumm!* – verschwanden die Wände des Eistunnels und in einem einzigen, prächtigen Augenblick sah Schofield den offenen Himmel vor sich.

Die Silhouette schoss aus dem Eisberg und flog hinauf in den klaren, offenen Himmel.

Die Silhouette schoss fast senkrecht in den Himmel hinauf und Schofield blickte über die Schulter zurück und sah, dass das Eisschelf, das die Eisstation Wilkes in sich geborgen hatte, in der Tat kein Eisschelf mehr war. Es war jetzt ein Eisberg.

Ein absolut *massiger* Eisberg.

Er war umgekippt und Schofield sah die erodierte Unterseite dessen, was einmal das Eisschelf gewesen war – die dünnen, eisigen Stalaktiten; die feucht glitzernden Gipfel – die sich jetzt wie Bergspitzen über dem neuen Eisberg erhoben. Er sah auch das ausgefranste schwarze Loch, durch das die Silhouette aus dem Eisberg gejagt war.

Und dann fing eine plötzlich Bewegung Schofields Blick: ein dünnes weißes Ding raste über den Ozean mit Ziel auf den frisch gebildeten Eisberg.

Die Rakete.

Und als die Silhouette brüllend in den Himmel stieg, beobachtete Schofield in schweigender Ehrfurcht, wie die Rakete mit dem Atomsprengkopf in den Eisberg schlug und sich darin *vergrub*. Es gab eine Zeitverzögerung von drei Sekunden …

Und dann detonierte der atomare Sprengkopf.

Armageddon.

Der weiß glühende Blitz der Atomexplosion – direkt unterhalb der Silhouette schoss er in den Himmel – war unerträglich blendend hell.

Harte Felsen aus Eis verwandelten sich augenblicklich in Pulver, als der Eisberg, der die Eisstation Wilkes und die Untergrundhöhle barg, unter der Wucht der Stoßwelle auseinander flog.

Die Stoßwelle schoss hinab ins Wasser und pulverisierte unterwegs alles, was sich ihr in den Weg stellte, erzeugte riesige Wogen, die sich von der Küste her ausbreiteten und die massiven Eisberge entlang der Klippen auf und nieder tanzen ließen, als ob es die Badespielzeuge eines Kindes wären. Um die Wahrheit zu sagen, war es keine große Atomexplosion – drei Kilotonnen mit einem Druckwellenradius von einem halben Kilometer. Andererseits gibt es in Wirklichkeit so etwas wie eine kleine Atomexplosion nicht.

Aber es war noch nicht vorüber.

Jäh bildete sich ein monströser schwarzer Atompilz, der mit unglaublicher Geschwindigkeit in die Höhe schoss und der Silhouette *hinterherjagte,* während diese in den Himmel raste.

Schofield zog steil nach oben und versuchte, dem knospenden Atompilz zu entrinnen. Der Atompilz schoss in die Höhe. Die Silhouette flog kreischend zum Himmel auf, ihre Motoren brüllten und gerade, als der Atompilz sie verschlingen wollte, erreichte er seinen Höchststand und die Silhouette schoss weiter empor und war in Sicherheit.

Schofield ließ das Flugzeug scharf in Schräglage gehen und nahm Ziel hinaus aufs Meer.

Die Silhouette schoss über den Ozean Richtung Norden. Es herrschte düstere, ewige Dämmerung. Der ungeheuerliche Atompilz war gerade südlich des großen schwarzen Flugzeugs hinter den Horizont getaucht.

Schofield fand den Autopiloten, schaltete ihn ein und dann ging er zum Raketenschacht zurück, um nach Gant zu schauen. »Wie geht es ihr?«, fragte er Renshaw. Gant lag auf dem Boden des Raketenschachts und sah sehr blass aus. Ihre Haut war klamm, die Augen hielt sie geschlossen.

»Sie hat viel Blut verloren«, erwiderte Renshaw. »Wir müssen sie rasch in ein Krankenhaus bringen.«

In diesem Augenblick sprangen Gants Augen auf. »Haben wir gewonnen?«, fragte sie.

Schofield und Renshaw sahen beide auf sie hinab. Schofield lächelte. »Ja, Libby, wir haben gewonnen. Wie fühlst du dich?«

»Schrecklich.« Sie legte sich zurück und schloss erneut die Augen.

Schofield seufzte. Wohin konnte er sie bringen? Ein Schiff wäre die beste Wahl, aber welches ...

Die *Wasp*. Romeo hatte gesagt, dass die USS *Wasp* hier draußen irgendwo lag. Es war Jack Walshs Schiff. Ein *Marine* Schiff. Es wäre sicher.

Schofield wollte schon zum Cockpit zurückeilen, da sah er plötzlich das Tagebuch, das aus Gants Brusttasche herauslugte.

Er schnappte es sich und machte sich auf nach vorn zum Cockpit.

Sobald er im Pilotensessel saß, schaltete Schofield das Funkgerät der Silhouette ein. »USS *Wasp*. USS *Wasp*. Hier ist Scarecrow. Ich wiederhole, hier ist Scarecrow. Versteht ihr mich?«

Es erfolgte keine Antwort.

Schofield versuchte es erneut. Keine Antwort. Er blickte auf das Tagebuch in seinen Händen hinab. Im Innern lagen einige zusammengefaltete lose Blätter. Gant musste einige Dokumente gefunden und sie in das Tagebuch gelegt haben.

Schofield nahm eines der losen Blätter. Darauf stand:

DESIGN PARAMETER FÜR DIE B-7A SILHOUETTE

Der Auftraggeber wünscht ein Angriffsflugzeug mit völliger elektronischer und konventioneller Unsichtbarkeit. STOVL-Fähigkeiten über ein umlenkbares Schubsystem, die Fähigkeit, mehrere Ziele gleichzeitig BVR zu bekämpfen, auf mittlere bis große Reichweite (200 nautische Meilen), Möglichkeit zum Abschuss von Luft-Luft/Luft-Boden-Raketen, wie beschrieben im Angebot von General Aeronautics Inc. sowie Entertech Ltd. als Erwiderung auf die Ausschreibung des Auftraggebers zum Angebot Nr. 456–771–7A, datiert vom 2. Januar 1977.

Schofield übertrug den Jargon: ›STOVL‹ stand für Short-Take-Off/Vertical-Landing (kurze Startbahn, senkrechte Landung); ›BVR‹ stand für Beyond Visual Range (außer Sichtweite), womit Raketen gemeint waren, die aus extrem großen Entfernungen auf Ziele abgefeuert werden konnten – und die diese Ziele erwartungsgemäß auch treffen würden. ›Elektronische Unsichtbarkeit‹ bedeutete Unsichtbarkeit für Radar oder ›Tarnkappe‹. Aber was zum Teufel war *konventionelle* Unsichtbarkeit‹?

Schofield blätterte zum nächsten Blatt weiter. Es sah aus wie eine Seite aus dem Angebot von Entertech Ltd. Darauf stand:

DER VORSPRUNG VON ENTERTECH

Die B-7A Silhouette profitiert von Entertech Ltds Erfahrung auf dem Gebiet elektronischer Gegenmaßnahmen. Unsichtbarkeit gegenüber Radar – oder ›Tarnkappentechnik‹ – wird auf vielerlei Weise erreicht: mit Radarstrahlung absorbierender Farbe, minimalem Radarquerschnitt oder mittels eines scharfkantigen Rumpfs wie beim F-117A Tarnkappenfighter. Konventionelle Unsichtbarkeit ist jedoch schwerer zu erreichen und insofern unerreichbar geblieben. Bis jetzt.

Entertech Ltd. hat ein System entwickelt, bei dem ein elektromagnetisches Feld um ein bestimmtes Flugzeug erzeugt wird und dadurch Unsichtbarkeit hervorruft. Das elektromagnetische Feld verzerrt die Molekülstruktur der Luft um das Flugzeug und erzeugt somit eine künstliche Lichtbrechung, die das Flugzeug völlig unsichtbar werden lässt gegenüber Radar und sogar …

Schofield fiel die Kinnlade herab. Sein Blick glitt über die folgenden Zeilen und er fand das Wort, das er suchte:

Wir nennen es einen Deckmantel …

O Gott, dachte Schofield.

Einen Deckmantel.

Ein System, das ein Flugzeug nicht nur gegenüber Radar unsichtbar werden lässt, sondern ebenso auch gegenüber dem bloßen Auge. Jeder Pilot wusste, dass man, selbst wenn man gegenüber dem Radar seines Feindes unsichtbar war, niemals jemandem entkommen konnte, der einen direkt sah. Ein Milliarden-Dollar-Tarnkappenbomber kann von einem Ausguck aus dem Fenster eines AWACS-Flugzeugs in sechzig Kilometer Entfernung ausgemacht werden.

Schofield schwirrte der Kopf. Das war revolutionär. Ein Deckmantel, der die Luft um ein Flugzeug verzerrte, auf diese Weise eine künstliche Lichtbrechung um das Flugzeug erzeugte und es dem bloßen Augen gegenüber unsichtbar machte. Das Verrückte daran war, dass es vielleicht sogar funktionierte.

Schofield wusste etwas von Lichtbrechung. Üblicherweise ließ sie sich gut beobachten, wenn man in ein Goldfischglas blickte. Das Licht von außerhalb des Glases trifft auf das Wasser – das eine größere *Dichte* als die umgebende Luft hat. Die größere Dichte des Wassers veranlasst das Licht, sich in einem bestimmten Winkel zu *brechen,* wodurch Größe und Position des Fischs im Glas verzerrt werden.

Aber dies war Brechung der Luft, dachte Schofield. *Dies ist eine künstliche Veränderung der Luftdichte mittels Elektrizität.*

Da musste es einen Haken geben. Und es gab einen.

Das Plutonium.

Dieses revolutionäre neue System – dieses System, das den Brechungsindex der Luft verändern konnte – basierte auf *Kernenergie.*

Schofield suchte nach dem entsprechenden Absatz, fand ihn. Wie man von jemandem erwarten sollte, der versuchte, einen Regierungauftrag zu erhalten, waren die Worte sorgfältig abgewogen:

> Man muss sich bewusst machen, dass der Effekt des Deckmantelsystems der Silhouette eine gewaltige Menge eigenerzeugter

Energie erfordert. Von Entertech Ltd. und General Aeronautics durchgeführte Tests zeigen, dass zur Verzerrung der molekularen und elektromagnetischen Struktur der Luft um ein Flugzeug in Bewegung eine gesamte elektromagnetische Energie von 2,71 Gigawatt erforderlich ist. Die einzige bekannte Quelle für eine derartige Menge an Energie ist eine kontrollierte Kernreaktion…

Schofield pfiff leise in sich hinein. General Aeronautics und Entertech hatten der US Air Force ein Flugzeug mit einem Atomreaktor an Bord angeboten. Kein Wunder, dass sie es in der Antarktis erbaut hatten.

Schofield legte die Dokumentation nieder und versuchte erneut den Sprechfunk.

«USS *Wasp*. USS *Wasp*. Hier ist Scarecrow. Ich wiederhole, USS *Warp*, hier ist Scarecrow. Bitte ant…«

»*Unidentifiziertes Flugzeug, das den Namen Scarecrow benutzt, hier ist der US Air Force Fighter Blue Leader. Identifizieren Sie sich!*«, sagte eine Stimme jäh über Schofields Cockpitsprechfunk.

Schofield sah auf seinen Radarschirm. Er befand sich jetzt fast zweihundert nautische Meilen von der antarktischen Küste entfernt, weit draußen über dem Meer. Auf seinem Radarschirm sah er nichts.

Verdammt, dachte Schofield. *Gleich, wer das ist, er operiert unter Tarnkappe.*

»Blue Leader«, erwiderte Schofield, »hier ist Lieutenant Shane Schofield, United States Marines Corps. Ich fliege einen ungekennzeichneten US Air Force Prototyp-Fighter. Ich habe keine feindlichen Absichten.«

Schofield sah links aus dem Cockpit hinaus.

Am Horizont erkannte er sechs Pünktchen.

»*Unidentifiziertes Flugzeug. Sie folgen uns zurück zum US*

Navy Flugzeugträger Enterprise, *wo Sie einem Verhör unterzogen werden.«*

»Blue Leader«, erwiderte Schofield, »ich möchte nicht unter Eskorte genommen werden ...«

»Dann wird man auf sie schießen, unidentifiziertes Flugzeug!«

Schofield biss sich auf die Zunge. »Blue Leader, identifizieren Sie sich!«

»Was?«

»Wie heißen Sie, Blue Leader?«

»Mein Name ist Captain John F. *Yates, United States Air Force und ich möchte, dass Sie sich sofort unter unsere Eskorte begeben!«*

Yates, dachte Schofield und holte ein anderes Blatt Papier aus seiner eigenen Tasche. Da war es.

YATES, JOHN F. USAF CPTN

»Was ist das, ein ICG-Treffen?«, sagte Schofield zu sich.

In diesem Augenblick schwangen sich sechs F-22 um Schofields Flugzeug. Zwei vor ihm. Je eines zu beiden Seiten. Zwei hinter ihm. Sie alle hielten auf Distanz, etwa zweihundert Meter. Schofields Radar hatte ihre Anwesenheit nicht registriert, obgleich er sie *sehen* konnte.

Jäh ertönte ein schrilles Summen aus Schofields Cockpitlautsprecher.

Die F-22 hatten eine Rakete auf ihn ausgerichtet.

»Was haben Sie vor, Captain Yates?«, fragte Schofield.

»Unsere Absicht ist, Sie zum United States Flugzeugträger Enterprise *zurückzubringen und Sie dort Bericht erstatten zu lassen!«*

»Haben Sie die Absicht, auf mich zu schießen?«

»Machen wir es doch nicht schwerer, als es bereits ist.«

»Haben Sie die Absicht, auf mich zu schießen?«

»Auf Wiedersehen, Scarecrow.«

O Scheiße!

Sie würden schießen. Schofield sah sich verzweifelt im Cockpit nach etwas um, womit er ...

»CLOAK-MODE.«

Was soll's, zum Teufel, du hast nichts zu verlieren ...

Schofield drückte den Knopf, gerade als zweihundert Meter hinter ihm der F-22 des Staffelkommandanten eine seiner Raketen abfeuerte.

Was als Nächstes geschah, war nahezu unglaublich.

Captain John Yates – Blue Leader – sah durch das Cockpitfenster seines F-22 hinaus. In dem trüben orangefarbenen Zwielicht über dem Ozean erblickte Yates das schwarze Flugzeug vor sich in der Luft schwebend, sah den lumineszierenden roten Glanz seiner Hecktriebwerke.

Daraufhin sah er die weiße Dampfspur seiner eigenen Rakete, als sie sich von seiner Tragfläche löste und auf die Triebwerke des schwarzen Kampfjets zuschoss.

Während die Rakete auf ihr Ziel zuraste, flutete plötzlich ein schimmernder Dunst auf den schwarzen Fighter herab. Der Anblick war absolut erstaunlich. Es sah aus wie ein schimmernder, sich kräuselnder Hitzeschleier – so in etwa wie der Hitzeschleier über dem Asphalt einer Straße an einem heißen Sommertag – und er fiel einfach über den schwarzen Fighter, als ob jemand einen Vorhang darüber senkte.

Und auf einmal war das schwarze Flugzeug verschwunden.

Yates Rakete wurde wild.

Da ihr ursprüngliches Ziel verloren gegangen war, suchte die Rakete sogleich nach einem weiteren Ziel.

Sie fand es in einem der F-22, die *vor* Schofields Silhouette flogen. Die Rakete schoss in das Heck des vorderen F-22 und der Tarnkappenkampfjet explodierte in einem grellen Orange in dem dunklen, düsteren Himmel.

Yates war wie vor den Kopf gechlagen. Stimmen tönten über seinen Helmfunk.

»... einfach verschwunden ...«

»... verdammte Ding hat sich einfach in Luft aufgelöst! ...«

Yates überprüfte seine Anzeigen. Der schwarze Fighter erschien nicht auf seinem Radar. Er suchte den Himmel mit den Augen nach dem schwarzen Flugzeug ab. Er sah es nicht, sah es nirgend ...

Und dann sah er es.

Oder *glaubte* zumindest, es zu sehen.

Über dem orangefarbenen Horizont sah Yates einen schimmernden Luftkörper. Er wirkte wie eine gekrümmte Glaslinse, ein Linse, die dem flachen Horizont übergestülpt worden war und einen kleinen Ausschnitt dieses Horizonts dazu brachte, sich fortwährend zu kräuseln.

Yates traute seinen Augen nicht.

In der Silhouette war Schofield bereits dabei, Schalter zu betätigen.

Die Rakete hatte ihn verfehlt und er hörte die Kommentare der F-22 Piloten über seinen eigenen Funk. Die F-22 konnten ihn nicht sehen. Es war an der Zeit, zurückzuschlagen.

»Renshaw! Bringen Sie Gant hier rauf! Wendy ebenfalls!«

Renshaw brachte Gant nach vorn in den hinteren Teil des Cockpits. Wendy hoppelte hinter ihm herein.

»Schließen Sie die Cockpittür«, sagte Schofield.

Renshaw schloss die Tür. Sie waren jetzt vom Raketenschacht im Bauch der Silhouette abgeschottet.

Schofield legte einen letzten Schalter um und sah eine rote Warnleuchte auf seinem Computermonitor erscheinen.

»MISSILES ARMED. TARGETING ...«

Auf dem Bildschirm blitzte es.

»5 TARGETS ACQUIRED. READY TO FIRE«

Schofield drückte mit dem Daumen den Abzug.

In diesem Augenblick öffnete sich die Klappe des Raketenschachts an der Silhouette und die beiden Ständer im Raketenschacht begannen, sich zu drehen.

Eine nach der anderen fielen fünf Raketen durch die Klappe des Raketenschachts ins Freie hinaus. Schofield sah die Raketen von ihm weg schießen und wie Bluthunde die Suche nach ihren Zielen aufnehmen.

Der erste F-22 explodierte zu einem gigantischen Feuerball. Als er in Flammen aufging, riefen die übrigen F-22 Piloten gleichzeitig:

»... *Rakete ist einfach aus dem verdammten Himmel gefallen* ...«

»... *kann ihn nirgendwo erkennen* ...«

»... *Schweinehund benutzt irgendeine Art von Tarnkappe* ...«

Einige der F-22-Piloten schalteten ihre Nachbrenner ein, aber es war zwecklos.

Weitere Raketen schossen aus dem schimmernden Körper aus Luft. Drei trafen ihre Ziele sofort und bliesen sie in Stücke.

Der sechste und letzte F-22 versuchte sein Heil in der Flucht. Es gelang ihm, einen Kilometer wegzukommen, ehe die Rakete, die ihn aufs Korn genommen hatte – die letzte Rakete, die aus den rotierenden Haltern in der Silhouette gefallen war – in sein Heck einschlug und ihn zum Teufel schickte.

In der Silhouette stieß Schofield einen Seufzer der Erleichterung aus.

Er wandte sich nordwärts und schaltete erneut seinen Sprechfunk an.

»USS *Wasp*. Bitte kommen. USS *Wasp*. Bitte. Kommen Sie!«

Nach mehreren Versuchen erfolgte schließlich eine Antwort.

»Unidentifiziertes Flugzeug, hier ist Wasp. *Identifizieren Sie sich!«*

Schofield gab seinen Namen und seine Dienstnummer durch.

Die Person am anderen Ende überprüfte beides und sagte dann: *»Lieutenant Schofield, schön, von Ihnen zu hören. Das Flugdeck ist geräumt. Sie haben die Erlaubnis zu landen. Ich schicke Ihnen jetzt die Koordinaten.«*

Die Silhouette flog in die Nacht.

Die USS *Wasp,* das flugzeugträgerähnliche Fahrzeug des Marine Corps, befand sich etwa achtzig nautische Meilen von Schofield entfernt. Es würde etwa fünfzehn Minuten dauern, dorthin zu gelangen.

In dem lumineszierenden grünen Glanz seiner Anzeigen starrte Schofield zum orangefarbenen Horizont hinaus. Er hatte den Deckmantel wieder aufgehoben und ließ das Flugzeug eine Weile lang unter Autopilot fliegen.

Die letzten vierundzwanzig Stunden schossen ihm durch den Kopf.

Die Franzosen. Die Briten. Die ICG. Seine eigenen Männer, die auf einer Mission gestorben waren, die von Anfang an zum Scheitern verurteilt war. Gesichter flackerten an seinem geistigen Auge vorüber. Hollywood. Samurai. Book. Mother. Soldaten, die gestorben waren, damit ihr Land eine extraterrestrische Technologie in die schmutzigen Hände bekommen konnte, die es gar nicht gab.

Eine tiefe Traurigkeit befiel Schofield.

Er beugte sich vor und legte einige Schalter um. Auf dem Bildschirm vor ihm blitzten die Worte auf:

»MISSILE ARMED. TARGETING ...«

Rasch drückte Schofield einen weiteren Knopf.

»MANUAL TARGETING SELECTED.«

Schofield manövrierte den Zielwähler über den Bildschirm, bis er das Ziel fand, das er suchte. Er drückte den »SELECT«-Knopf auf seinem Steuerhebel.

Mehrere andere Optionen erschienen auf dem Bildschirm und Schofield wählte ruhig die Optionen, die er haben wollte.

Dann drückte er mit dem Daumen den Abzug.

In diesem Augenblick rotierte die sechste und letzte Rakete im Schacht auf ihrem Gestell und fiel hinaus ins Freie. Ihre Triebwerke zündeten und die Rakete schoss davon in die Ferne, stieg hoch in den tief schwarzen Himmel.

Die USS *Wasp* lag reglos mitten im südlichen Polarmeer.

Es war ein großes Schiff. Mit einer Länge von 280 Metern war es fast so lang wie drei Fußballfelder. Die gewaltigen fünfgeschossigen Deckaufbauten in der Mitte des Schiffs – das Operationszentrum des Schiffs, gemeinhin bekannt als »die Insel« – blickte auf das Flugdeck hinab. An einem normalen Tag wäre das Flugdeck übersät gewesen mit Hubschraubern, Harriers, Kampfhubschraubern und Menschen, jedoch nicht heute.

Heute war das Flugdeck verlassen. Überhaupt nichts regte sich darauf, kein Flugzeug, keine Menschen.

Es wirkte wie eine Geisterstadt.

Die Silhouette setzte über dem rutschfesten Deck der *Wasp* zu einer perfekten Landung an, wobei ihre Triebwerke dünne Ströme aus Gas auf das Deck darunter feuerten. Der unheimliche schwarze Fighter landete sanft auf dem Flugdeck nahe des Schiffshecks.

Schofield blickte aus dem Cockpit der Silhouette nach draußen.

Das Flugdeck vor ihm war unheimlich leer. Schofield seufzte. Er hatte das erwartet.

»Also gut, dann wollen wir mal hier raus«, sagte er.

Renshaw und Kirsty verließen das Cockpit. Wendy ging mit ihnen. Schofield sagte, er wolle sich um Gant kümmern.

Ehe er jedoch das Cockpit verließ, zog Schofield einen langen, dünnen, silbrigen Kanister aus dem Rucksack, den er sich über die Schulter geschnallt hatte.

Schofield stellte die Zündung für die Tritonalladung auf zehn Minuten ein und ließ sie daraufhin auf dem Pilotensitz liegen. Dann hob er Gant auf und trug sie aus dem Cockpit in den Raketenschacht hinüber. Anschließend trug er sie die Treppe hinab und aus der Silhouette hinaus.

Das Flugdeck war verlassen.

In dem orangefarbenen Zwielicht standen Schofield und seine bunt zusammengewürfelte Schar Überlebender vor dem bedrohlich wirkenden schwarzen Flugzeug. Die große schwarze Silhouette mit ihrer scharf zugespitzten, nach unten weisenden Nase sowie den schmalen, tief angesetzten Tragflächen wirkte wie ein riesiger Raubvogel, der dort auf dem verlassenen Flugdeck der *Wasp* in dem kalten antarktischen Zwielicht hockte.

Schofield führte die anderen über das leere Flugdeck auf die ›Insel‹ zu. Es war ein merkwürdiger Anblick – Schofield mit Gant in den Armen, Renshaw und Kirsty und als letzte, hinter ihnen über das Flugdeck hoppelnd und voller Ehrfurcht auf das massige Metallschiff um sich her blickend, kam Wendy.

Auf einmal erschien, vom Licht hinter ihm umrissen, der Schatten eines Mannes auf der Türschwelle. Schofield kam näher und erkannte den Besitzer des Schattens, erkannte die wettergegerbten Züge eines Mannes, der ihm wohl vertraut war. Es war Jack Walsh.

Der Captain der *Wasp*. Der Mann, der vor drei Jahren dem Weißen Haus die Stirn geboten und ein Team seiner Marines nach Bosnien geschickt hatte, um Shane Schofield herauszuholen.

Walsh lächelte Schofield an und seine blauen Augen leuchteten.

»Du hast heute eine Menge Leute vor den Kopf gestoßen, Scarecrow«, sagte Walsh gleichmütig. «'ne Menge Leute zerreißen sich den Mund über dich.«

Schofield runzelte die Stirn. Er hatte eine etwas wärmere Begrüßung von Jack Walsh erwartet.

»Warum haben Sie das Deck geräumt, Sir?« fragte Schofield.

»Ich habe es nicht...« begann Walsh, unterbrach sich jedoch, als jäh ein weiterer Mann grob an Walsh vorbei auf das Flugdeck hinaustrat und sich einfach so vor Schofield aufbaute. Diesen Mann hatte Schofield noch nie zuvor gesehen. Der Mann hatte sorgfältig gekämmtes weißes Haar, einen weißen Schnauzbart und einen fassähnlichen Rumpf. Und er trug eine blaue Uniform. Navy. Die Zahl der Orden auf seiner Brusttasche war umwerfend. Schofield schätzte ihn auf etwa sechzig.

»Das also ist Scarecrow«, sagte der Mann und musterte Schofield von oben bis unten. Schofield stand einfach da auf dem Flugdeck und hielt Gant in den Armen.

»Scarecrow«, sagte Jack Walsh knapp, »dies ist Admiral Thomas Clayton, der Repräsentant der Navy beim vereinten Generalsstab. Er hat vor etwa vier Stunden das Kommando auf der *Wasp* übernommen.«

Schofield seufzte innerlich.

Ein *Admiral* vom vereinten Generalsstab. Um Himmels willen.

Wenn stimmte, was er über die ICG gehört hatte, war der vereinigte Generalsstab deren Kopf, deren Gehirn. Schofield blickte auf einen der *Köpfe* der ICG.

»Also gut!«, schrie Admiral Clayton jemandem zu, der hinter Walsh auf der Schwelle stand. *»Kommt raus!«*

In diesem Augenblick strömten etliche Männer – alle in blaue Overalls gekleidet – aus dem Eingang vor Schofield und eilten über das Deck zur Silhouette.

Admiral Clayton wandte sich Schofield zu. »Anscheinend wird diese Mission letztlich doch keine völlige Zeitverschwendung sein. Wir haben die Kommentare Ihres Handgemenges mit den F-22 gehört. Ein Deckmantel, hm? Wer hätte das gedacht!«

Schofield sah zurück zum Deck hinüber, sah die Männer in den blauen Overalls das zum Heck gerichtete Ende des Flugdecks erreichen, sah, wie sie über die Silhouette ausschwärmten. Ein paar von ihnen stiegen die Treppe empor und betraten das große schwarze Flugzeug.

»Captain Walsh«, sagte Schofield und zeigte dabei auf Gant. »Diese Marine benötigt medizinische Behandlung.«

Walsh nickte. »Bringen wir sie ins Lazarett. Matrose!«

Ein Matrose erschien, nahm Schofield Gant ab und trug sie hinein.

Schofield wandte sich an Kirsty und Renshaw. »Geht mit ihr. Nehmt Wendy auch mit.« Kirsty und Renshaw gehorchten und betraten das Innere der Insel. Wendy hoppelte ihnen über die Türschwelle nach. Schofield wollte ihnen schon folgen, aber da ertönte ein Ruf von der Silhouette herüber.

»*Admiral!*«, rief einer der Männer in den blauen Overalls unter der zugespitzten Nase der Silhouette hervor.

»Was ist?«, fragte Admiral Clayton und ging zum Flugzeug hinüber.

Der Mann hielt die Tritonal-80/20-Ladung hoch, die Schofield im Cockpit zurückgelassen hatte. Clayton sah sie. Er wirkte von ihrer Anwesenheit nicht im Geringsten beunruhigt.

Admiral Clayton wandte sich aus fünfzig Metern Entfernung an Schofield. »Ein Versuch, das Beweisstück zu vernichten, Lieutenant?«

Der Admiral nahm dem Mann die Ladung ab, schraubte den unter Druck stehenden Deckel auf und drehte den Schalter ruhig auf »DISARM«.

Clayton lächelte Schofield an. »Wirklich, Scarecrow«, rief er. »Das hätten Sie besser anstellen müssen, wenn Sie mich hätten schlagen wollen.«

Schofield starrte Clayton einfach nur an, der drüben bei der Silhouette stand. »Tut mir leid wegen des Decks, Sir«, sagte Schofield ruhig.

Jack Walsh hinter ihm fragte: »Was?«

»Ich habe gesagt, tut mir Leid wegen des Decks, Sir«, wiederholte Schofield.

In diesem Augenblick ertönte ein plötzliches schrilles Wimmern. Und dann, ehe irgendjemand auch nur wusste, was geschah, wurde das Wimmern zu einem Kreischen und wie ein von Gott selbst gesandter Donnerkeil schoss die sechste und letzte Rakete der Silhouette vom Himmel herab und schlug mit beinahe fünfhundert Stundenkilometern in die Silhouette ein.

Der große schwarze Fighter war in einem Augenblick zerschmettert, explodiert zu tausend Stücken. Jeder Mann im Innern oder in der Nähe wurde sofort getötet. Als nächstes explodierten die Treibstofftanks des großen schwarzen Flugzeugs und erzeugten einen rot glühenden Ball aus flüssigem Feuer, der aus dem zerstörten Flugzeug hervorschoss. Der Feuerball blähte sich auf über das Deck und verschlang Admiral Clayton. Er war so heiß, dass er ihm die Haut aus dem Gesicht wischte.

Admiral Thomas Clayton war tot, ehe er auf den Boden traf.

Shane Schofield stand auf der Brücke der *Wasp,* während diese nach Osten über das südliche Polarmeer fuhr, hinein in die Morgensonne. Er nahm einen Schluck aus einem Kaffeebecher mit der Aufschrift ›CAPTAIN'S MUG‹ darauf. Der Kaffee war heiß.

Jack Walsh kam auf die Brücke und bot ihm eine neue silbrig verspiegelte Brille an. Schofield nahm sie und setzte sie auf.

Es war jetzt drei Stunden her, seitdem die Silhouette von einer ihrer eigenen Raketen zerstört worden war.

Gant war ins Lazarett gebracht worden, wo sich ihr Zustand verschlimmert hatte. Ihr Blutverlust war schwer gewesen. Sie war vor einer halben Stunden ins Koma gefallen.

Renshaw und Kirsty waren in Walshs Privatkabine und schliefen tief und fest. Wendy spielte unter Deck in einem Becken für die Vorbereitung eines Tauchgangs.

Schofield selbst hatte heiß geduscht und sich einen Trainingsanzug übergestreift. Ein Mann vom Corps hatte sich seiner Verletzungen angenommen und die gebrochene Rippe wieder gerichtet. Er hatte gesagt, dass Schofield weiterer Behandlung bedürfte, wenn er nach Hause zurückkehrte, aber mit ein paar Schmerzmitteln käme er jetzt wohl soweit über die Runden. Nachdem der Mann fertig war, war Schofield an Gants Krankenbett zurückgekehrt. Er war erst zur Brücke hinauf, als Walsh nach ihm gerufen hatte.

Bei seiner Ankunft dort hatte Walsh ihm gesagt, dass die *Wasp* gerade einen Anruf von der Station McMurdo hereinbekommen habe. Anscheinend war ein zerschlagenes Marine Hovercraft gerade auf McMurdo eingetroffen. Darin waren fünf Leute – ein Marine und vier Wissenschaftler –, die behaupteten, dass sie von der Eisstation Wilkes gekommen seien.

Schofield schüttelte lächelnd den Kopf. Rebound hatte es bis nach McMurdo geschafft.

Und da verlangte Walsh eine genaue Übersicht der Ereignisse der vorangegangenen vierundzwanzig Stunden. Schofield erzählte ihm alles – von den Franzosen und den Briten, der ICG und der Silhouette. Er erzählte Walsh sogar von der Hilfe, die er von einem toten Marine namens Andrew Trent erhalten hatte.

Nachdem Schofield mit seiner Erzählung der Geschichte fertig war, stand Walsh einfach nur einen Augenblick lang in benommenem Schweigen da. Schofield nahm einen weiteren Schluck aus seinem Becher und sah nach achtern, durch die schräg stehenden Panoramafenster der Brücke. Er sah das klaffende Loch im heckwärtigen Ende des Flugdecks, wo die Rakete in die Silhouette geschlagen war. Zerrissenes Metall ragte aus dem Loch hervor, woran Drähte und Kabel lose herabhingen.

Natürlich hatte Walsh Schofields Entschuldigung wegen des Schadens am Deck angenommen. Er hatte Admiral Clayton sowieso nicht sonderlich gut leiden können, das Arschloch hatte das Kommando über Walshs Schiff übernommen und kein Skipper weiß das zu schätzen. Und dann, nachdem Walsh von Schofields Erfahrungen mit der ICG unten in der Eisstation Wilkes gehört hatte, hatte er überhaupt kein Mitleid mit Clayton und seinen ICG-Männern.

Während er dort stand und auf das Loch im Flugdeck hinabschaute, dachte Schofield noch einmal über die Mission nach, insbesondere über die Marines, die er verloren hatte, die *Freunde,* die er auf diesem idiotischen Kreuzzug verloren hatte.

»Öh, Captain«, sagte ein junger Leutnant zur See. Walsh und Schofield wandten sich gemeinsam um. Der junge Leutnant saß an einem Leuchttisch im Funkraum, der an die Brücke grenzte. »Ich bekomme was ganz Eigentümliches hier rein ...«

»Was denn?«, fragte Walsh. Er und Schofield kamen herüber.

»Es ist anscheinend eine Art GPS-Signal«, sagte der Leutnant, »und kommt von unmittelbar vor der Küste der Antarktis. Er sendet ein gültiges Marine Code-Signal.«

Schofield blickte auf den Leuchttisch vor dem Leutnant. Darauf war eine computergenerierte Karte. Unten an der Küste der Antarktis – eigentlich knapp vor der Küste – war ein kleines, blinkendes rotes Pünktchen, und daneben eine blinkende rote Zahl: **05.**

Schofield runzelte die Stirn. Er erinnerte sich daran, das eigene Navistar GPS-Signal eingeschaltet zu haben, als er und Renshaw auf dem Eisberg gestrandet waren. Sein GPS-Signal war »01«, da er der Kommandant der Einheit war. Snake war »02«, Book war »03«. Daraufhin stiegen die Zahlen in der Reihenfolge des Dienstalters auf.

Schofield versuchte, sich daran zu erinnern, wer »05« war.

»Heilige Scheiße«, sagte er, als es ihm klar wurde. »Das ist Mother!«

Die *Wasp* fuhr der aufgehenden Sonne entgegen.

Sobald Schofield klar war, um wessen GPS-Signal es sich handelte, hatte Jack Walsh einen Funkspruch nach McMurdo abgesetzt. Die Marines dort – vertrauenswürdige Marines – schickten ein Patrouillenboot die Küste entlang, um Mother aufzusammeln.

Einen ganzen Tag später, als die *Wasp* den pazifischen Ozean erreicht hatte, erhielt Schofield einen Anruf von dem Patrouillenboot. Es hatte Mother gefunden, und zwar auf einem Eisberg kurz vor der zerstörten Küste. Offensichtlich hatte die Mannschaft des Patrouillenboots – alle trugen sie luftdichte Strahlungsanzüge – sie innerhalb irgendeiner alten Station gefunden, einer Station, *die im Eisberg begraben war.*

Der Skipper des Patrouillenboots sagte, dass Mother an schwerer Unterkühlung und Strahlenkrankheit vom Fallout litte und dass sie sie unter Beruhigungsmittel setzen würden.

Genau dann vernahm Schofield eine Stimme am anderen Ende der Leitung. Die Stimme eine Frau, die wild rief: »Ist er das? Ist das Scarecrow?«

Mother war an der Strippe.

Nach einigen obszönen Nettigkeiten berichtete sie Schofield, wie sie sich im Aufzugsschacht verborgen gehalten hatte und wie sie bewusstlos geworden war. Daraufhin berichtete sie ihm, wie sie vom Geräusch des Gewehrfeuers der Navy SEALs erwacht war, als diese die Eisstation Wilkes betreten hatten. Minuten später hatte sie jedes Wort von Schofields Gespräch mit Romeo mitbekommen, hatte von der Cruise Missile mit dem Atomsprengkopf gehört, deren Ziel Wilkes war.

Und daher war sie aus dem Schacht des stummen Dieners gekrochen – während die SEALs noch in der Station waren – und war zum Tümpeldeck hinab, wobei sie sich unterwegs einige Injektionsbeutel aus dem Vorratsraum geschnappt hatte. Als sie das Tümpeldeck erreicht hatte, hatte sie Renshaws dreißig Jahre alte Taucherausrüstung dort auf dem Deck liegen sehen, an der *ein Seil befestigt gewesen war.*

Ein Stahlseil, das sie – mit Hilfe des letzten verbliebenen britischen Scooters – den ganzen Weg zurück bis nach Little America IV einen Kilometer vor der Küste gebracht hatte.

Schofield war erstaunt. Er gratulierte Mother und verabschiedete sich, sagte, er würde sie in Pearl wieder sehen. Und als sie Mother am anderen Ende der Leitung wegbrachten, um ihr ein Beruhigungsmittel zu geben, hörte Schofield sie rufen: »*Und ich erinnere mich daran, dass du mich geküsst hast!* Du scharfer Hund!«

Schofield lachte bloß.

Fünf Tage später fuhr die USS *Wasp* in Pearl Harbor auf Hawaii ein.

Ein Haufen Fernsehkameras wartete bei ihrer Ankunft auf dem Dock. Zwei Tage zuvor hatte ein Charterflugzeug, das über den südlichen Pazifik geflogen war, die *Wasp* ausgemacht und das zerstörte Flugdeck gesehen. Einer der Piloten hatte den Schaden mit einer Videokamera eingefangen. Die TV-Nachrichtenstationen hatten sich daran aufgegeilt und jetzt waren sie scharf darauf herauszufinden, was dem großen Schiff zugestoßen war.

Oben auf der Gangway wartete Schofield, als zwei Seeoffiziersanwärter Gant auf einer Trage vom Schiff trugen. Sie lag noch immer im Koma. Die beiden brachten sie zum nahe gelegenen Militärkrankenhaus.

Renshaw und Kirsty stießen oben auf der Gangway zu Schofield.

»Hallo, ihr«, sagte Schofield.

»Hi«, erwiderte Kirsty. Sie hielt Renshaw an der Hand.

Renshaw versuchte sich in einer schlechten Marlon Brando-Imitation. »Wer hätte das gedacht? Ich bin der Pate.«

Schofield lachte.

Kirsty fuhr herum. »Sagt mal, wo ist ...«

In diesem Augenblick rutschte Wendy aus einer Tür in der Nähe. Sie hoppelte schnurstracks auf Schofield zu und liebkoste seine Hand. Die kleine Pelzrobbe war von Kopf bis Schwanzspitze triefend nass.

»Sie hat, öh, eine gewisse Vorliebe für das Vorbereitungsbecken des Schiffs gefasst«, sagte Renshaw.

»Das sehe ich«, meinte Schofield, während er Wendy sanft hinter den Ohren tätschelte. Wendy putzte sich und daraufhin fiel sie aufs Deck und wälzte sich auf den Rücken. Kopfschüttelnd ging Schofield in die Hocke und gab ihr einen kurzen Klaps auf den Bauch.

»Der Captain hat sogar gesagt, sie könne hier bleiben, bis wir eine andere Bleibe für sie gefunden hätten«, sagte Kirsty.

»Schön«, meinte Schofield. »Ich denke, das ist das Mindeste, was wir tun können.« Er tätschelte Wendy ein letztes Mal und die kleine Robbe sprang auf und schoss davon, wieder die Treppen hinab zu ihrem Lieblingsbecken.

Schofield erhob sich wieder und wandte sich an Renshaw. »Mr. Renshaw, ich möchte Sie etwas fragen.«

»Was?«

»Wann sind die Leute aus Ihrer Station zur Höhle hinabgetaucht?«

»*Wann?*«

»Ja, die Uhrzeit«, sagte Schofield. »War es Tag oder Nacht?«

»Öh«, meinte Renshaw. »Nacht, glaube ich. Ich glaube, es war irgendwann so um 21.00 Uhr herum.«

Schofield nickte in sich hinein.

»Weshalb?«, fragte Renshaw.

»Ich glaube zu wissen, warum die Seeelefanten uns angegriffen haben.«

»Warum?«

»Erinnern Sie sich daran, dass ich gesagt habe, dass die einzige Gruppe, die diese Höhle unversehrt erreicht hat, Gants Gruppe gewesen ist?«

»Ja.«

»Und ich habe gesagt, es war deshalb so, weil diese Gruppe Kreislaufatemgeräte benutzt hatte.«

»Ja«, sagte Renshaw. »Wie wir auch. Und wie ich mich entsinne, haben die Robben uns trotzdem angegriffen.«

Schofield lächelte schief. »Ja, ich weiß. Aber ich glaube, den Grund herausgefunden zu haben. Wir sind nachts getaucht.«

»Nachts?«

»Ja. Ebenso wie Ihre Leute und ebenso wie Barnabys Männer. Ihre Leute sind um 21.00 Uhr getaucht. Barnabys Männer um 20.00 Uhr herum. *Gants Team* jedoch ist um zwei Uhr nachmittags runter. Sie waren das einzige Taucherteam, das *tagsüber* zu dieser Höhle hinabgetaucht ist.« Renshaw verstand, was Schofield sagen wollte. »Sie halten diese Seeelefanten für nachtaktiv?«

»Ich halte das für gut möglich«, erwiderte Schofield.

Renshaw nickte langsam. Unter ungewöhnlich aggressiven oder giftigen Tieren kommt es ziemlich häufig vor, dass diese nach einem so genannten nachtaktiven Zyklus leben. Ein nachtaktiver Zyklus besteht im wesentlichen aus einem zwölfstündigen passiv-aggressiven Zyklus – das Tier ist passiv bei Tag, aggressiv bei Nacht.

»Ich bin froh, dass Sie das herausgefunden haben«, sagte Renshaw. »Ich behalt's fürs nächste Mal im Hinterkopf, wenn ich über ein Nest radioaktiv verseuchter Seeelefanten stolpere, die ihr Territorium verteidigen wollen.«

Schofield lächelte. Die drei stiegen die Gangway hinab. Unten erwartete sie ein Marine Sergeant mittleren Alters.

»Lieutenant Schofield.« Der Sergeant salutierte vor Schofield. »Ein Wagen wartet auf Sie, Sir.«

»Sergeant, ich gehe nirgendwohin außer zum Krankenhaus, um nachzusehen, was Lance-Corporal Gant macht. Wenn irgendjemand von mir verlangt, ich solle woandershin, werde ich nicht hingehen.«

»Ist schon in Ordnung, Sir«, lächelte der Sergeant. »Meine Befehle lauten, Sie, Mr. Renshaw und Miss Hensleigh dorthin zu bringen, wohin Sie wollen.«

Schofield nickte und sah zu Renshaw und Kirsty. Sie zuckten die Achseln, sicher.

»Hört sich gut an«, meinte Schofield. »Gehen Sie voran!«

Der Sergeant führte sie zu einem marineblauen Buick mit dunklen, getönten Scheiben. Er hielt die Wagentür auf und Schofield stieg ein.

Auf dem Rücksitz saß bereits ein Mann, als Schofield sich niederließ.

Schofield erstarrte beim Anblick der Waffe in der Hand des Mannes.

»Nimm Platz, Scarecrow«, sagte Sergeant-Major Charles »Chuck« Koszlowski, als Schofield sich auf den Rücksitz des Buick setzte. Renshaw und Kirsty kamen hinter Schofield herein. Beim Anblick von Kozlowskis Waffe stieß Kirsty ein Keuchen aus.

Kozlowski war ein kleiner Mann mit glattrasiertem Gesicht und dicken schwarzen Augenbrauen. Er trug eine Khakiuniform der Marines.

Der Sergeant setzte sich hinter das Steuer und ließ den Motor an.

»Tut mir schrecklich leid, Scarecrow«, sagte der höchstrangige, nicht bestallte Offizier des Marine Corps. »Aber du und deine Freunde hier repräsentieren einen losen Faden, den man nicht so hängen lassen kann.«

»Und was ist das?« fragte Schofield wütend.

»Ihr wisst von der ICG.«

»Ich habe Jack Walsh von der ICG erzählt«, sagte Schofield.

»Werden Sie ihn auch töten?«

»Vielleicht nicht sofort«, erwiderte Kozlowski. »Aber früher oder später schon. Du andererseits stellst eine eher unmittelbare Bedrohung dar. Wir möchten nicht, dass du jetzt zur Presse gehst, nicht wahr? Zweifellos werden sie herausfinden, was unten in der Eisstation Wilkes vorgegangen ist, aber die Medien werden bekommen, was die ICG ihnen sagt, nicht was *du* ihnen sagst.«

»Wie können Sie Ihre eigenen Männer töten?«, fragte Schofield.

»Du verstehst es noch immer nicht, stimmt's, Schofield?«, erwiderte Kozlowski.

»Ich verstehe nicht, wie Sie Ihre eigenen Männer töten und dabei glauben können, Sie würden Ihrem Land einen Gefallen tun.«

»Mein Gott, Scarecrow, *du solltest ursprünglich nicht einmal dort unten sein.*«

Das verschlug Schofield die Sprache. »Was?«

»Denk mal drüber nach«, meinte Kozlowski. »Wie ist es gekommen, dass du vor allen anderen zur Eisstation Wilkes gelangt bist?«

Schofield dachte zurück bis ganz zum Anfang. Er war auf der *Shreveport* in Sidney gewesen. Die restliche Flotte war nach Pearl zurückgefahren, aber die *Shreveport* war drei Tage lang dort unten für Reparaturarbeiten zurückgeblieben. Zu diesem Zeitpunkt hatten sie das Notsignal empfangen.

»Stimmt genau«, sagte Kozlowski, Schofields Gedanken lesend.

»Ihr seid für Reparaturarbeiten in Sidney gewesen, als die *Shreveport* das Notsignal aus Wilkes erhalten hat. Und dann hat euch irgendein idiotischer *Zivilist* schnurstracks losgeschickt.«

Schofield erinnerte sich an die Stimme des Unterstaatssekretärs der Verteidigung, die über den Lautsprecher des Instruktionsraums an Bord der *Shreveport* gekommen war und ihn angewiesen hatte, nach Wilkes hinabzugehen und das Raumschiff zu beschützen.

»Scarecrow«, sagte Kozlowski, »Die Intelligence Convergence Group nimmt sich nicht vor, amerikanische Einheiten zu töten. Sie existiert zum *Schutz* von Amerikanern ...«

»Zum Schutz vor was? Vor der Wahrheit?«, gab Schofield zurück.

»Wir hätten eine Einheit der Army Ranger *voller* ICG-Männer innerhalb von sechs Stunden nach deiner Ankunft in der Station haben können. Sie hätten diese Station einnehmen – *sogar* falls die Franzosen bereits dort eingetroffen wären – und halten können und keine amerikanischen Soldaten hätten getötet werden müssen.«

Kozlowski schüttelte den Kopf. »Aber nein, zufällig musstest gerade *du* dort in der Gegend sein. Und deswegen bestücken wir Einheiten wie die deine mit ICG-Männern – genau für diesen Fall. In einer perfekten Welt wäre die ICG dort jedesmal als Erste eingetroffen. Aber wenn die ICG nicht als Erste dort eintreffen *kann,* stellen wir sicher, dass Erkundungseinheiten wie die deine entsprechend besetzt sind, damit sie gewährleisten können, dass, wann immer Informationen am Ort gefunden werden, diese am Ort *bleiben.* Zum Wohl der nationalen Sicherheit, natürlich.«

»Sie töten ihre eigenen Landsleute«, sagte Schofield.

»Scarecrow. Dies hätte nicht passieren müssen. Du warst ganz einfach zur falschen Zeit am falschen Ort. Und überhaupt, du bist zu früh an der Eisstation Wilkes eingetroffen. Wenn das alles so abgelaufen wäre, wie es hätte ablaufen sollen, müsste ich dich jetzt nicht töten.«

Der Buick erreichte den Posten am Außenzaun des Docksgeländes. Eine Schranke war davor herabgelassen. Der Fahrer kurbelte sein Fenster herab und führte ein kurzes Gespräch mit dem Wächter.

Plötzlich wurde die Tür neben Kozlowski von außen aufgerissen und ein bewaffneter Marinepolizist tauchte in der offenen Tür auf, der seine Waffe direkt auf Kozlowskis Kopf gerichtet hielt.

»Sir, würden Sie bitte aussteigen?«

Kozlowskis Gesicht wurde dunkelrot. »Mein Sohn, hast du *irgendeine* Vorstellung davon, mit dem du redest?«, knurrte er.

»Nein, hat er nicht«, sagte eine Stimme von draußen. »Aber ich habe es«, meinte Jack Walsh, als er vor der offenen Wagentür auftauchte.

Schofield, Kirsty und Renshaw stiegen völlig verwirrt aus dem Wagen. Der marineblaue Buick war von einer Einheit Marinepolizei umringt, die alle ihre Waffen gezogen hatten. Schofield wandte sich an Walsh. »Was geht hier vor? Woher haben Sie das gewusst?«

Walsh nickte über Schofields Schulter. »Sieht für mich so aus, als ob du einen Schutzengel hättest.«

Schofield fuhr herum, suchte nach einem vertrauten Gesicht inmitten der Menge. Zunächst sah er kein einziges bekanntes Gesicht vor sich.

Und dann, urplötzlich, doch. Aber es war ein Gesicht, dessen Anblick er nicht erwartet hatte.

Dort, zehn Meter hinter dem Kreis Marinepolizisten um den Buick, die Hände in den Taschen, stand Andrew Trent.

Als Kozlowski und sein Fahrer in Handschellen abgeführt wurden, ging Schofield zu Trent hinüber.

Neben Trent standen ein Mann und eine Frau, denen Schofield noch nie zuvor begegnet war. Trent stellte die beiden als Pete und Alison Cameron vor. Sie waren Reporter der *Washington Post*.

Schofield fragte Trent, was geschehen war. Woher hatte die Marinepolizei – mit Unterstützung von Jack Walsh – gewusst, dass sie Kozlowskis Wagen aufhalten musste?

Trent erklärte es. Vor ein paar Tagen hatte er die Amateuraufnamen des beschädigten Flugdecks der *Wasp* im Fernsehen gesehen. Trent erkannte einen Schaden durch eine Rakete, wenn er ihn sah. Daraufhin war er, nachdem er erfahren hatte, dass die *Wasp* Kurs zurück auf Pearl genommen hatte – von einer Übung im *Südpolarmeer* -, sogleich in ein Flugzeug nach Hawaii gesprungen.

Die Camerons waren mitgekommen. Denn falls mit etwas Glück Shane Schofield oder sogar *irgendein* Überlebender aus der Eisstation Wilkes an Bord der *Wasp* wäre, dann wäre es die Story – und der Knüller – des Lebens. Andere Reporter sahen ein beschädigtes Flugdeck. Die Camerons sahen den Insider-Wettlauf um die Geschichte der Eisstation Wilkes.

Als sie jedoch am Dock von Pearl eingetroffen waren, hatte Trent Chuck Kozlowski gesehen, der gleich neben einem marineblauen Buick stand und darauf wartete, dass die *Wasp* anlegte.

Trent war es plötzlich kalt den Rücken hinabgelaufen. Warum war Kozlowski hier? Hatte die ICG gewonnen – wie in Peru – und war Kozlowski hier, um den Verrätern zu gratulieren? Oder war er aus einem anderen Grund hier? Denn falls Schofield *überlebt* hatte, dann wollte ihn die ICG mit fast absoluter Gewissheit eliminieren.

Und so hatten Trent und die beiden Reporter einfach zugesehen und gewartet. Und dann, als sie Schofield aus dem Schiff kommen sahen und beobachteten, wie er zu Kozlowskis Buick eskortiert wurde, hatte Trent die einzige Person angerufen, von der er glaubte, dass sie ihren Rang gegenüber Chuck Kozlowski heraushängen lassen könnte – und würde.

Jack Walsh.

»Wer hätte das gedacht?«, fragte Walsh und kam herüber. »Da stehe ich auf der Brücke meines beschädigten Schiffs, kümmere mich um meine eigenen Angelegenheiten, als mein Kommunikationstechniker hereingerannt kommt und sagt, er hat einen Typen auf der externen Leitung, der sagt, er *müsse* mit mir reden. Sagt, es sei ein Notfall und es gehe um Lieutenant Schofield. *Sagt, sein Name sei Andrew Trent.*«

Walsh lächelte. »Da habe ich mir gedacht, ich sollte den Anruf entgegennehmen.«

Schofield schüttelte bloß erstaunt den Kopf.

»Du hast eine Menge durchgemacht«, sagte Trent und legte Schofield einen Arm um die Schulter.

»Du solltest reden«, meinte Schofield. »Ich würde gern irgendwann mal was von Peru hören.«

»Wirst du, Shane, wirst du. Zunächst jedoch möchte ich dir einen Vorschlag machen. Wie würde es dir gefallen, wenn du auf der Titelseite der *Washington Post* wärst?«

Schofield lächelte nur.

Am 23. Juni – zwei Tage, nachdem Schofield und die *Wasp* in Pearl angelegt hatten – gab es in der *Washington Post* eine Titelgeschichte mit einem Foto von Shane Schofield und Andrew Trent, worauf sie eine *Post* des vorangegangenen Tags zwischen sich hielten. Unterhalb des Fotos waren Kopien ihrer offiziellen Todesbescheinigung des United States Marine Corps abgebildet. Schofields Bescheinigung war drei Tage alt. Trents Bescheinigung war über ein Jahr alt.

Die Schlagzeile lautete:

US MILITÄR BEHAUPTET:
DIESE BEIDEN MÄNNER SIND OFFIZIELL TOT.

Die dazugehörige Geschichte über die Ereignisse in der Eisstation Wilkes – ein Feature über drei Seiten – hatten Peter und Alison Cameron verfasst.

Spätere Reportagen über die Ereignisse in der Eisstation Wilkes berichteten über die ICG und die systematische Infiltration der Elitemilitäreinheiten, Universitäten und Privatfirmen. Während der nächsten sechs Wochen flammten im ganzen Land Blitzlichter auf, als ICG-Maulwürfe aus verschiedenen Regimentern, Institutionen und Firmen hinausgeworfen und verschiedentlich wegen Spionage unter Anklage gestellt wurden.

In *keiner* der Zeitungen und Fernsehberichte fand jedoch die Anwesenheit der französischen und britischen Truppen in der Eisstation Wilkes Erwähnung.

Gerüchte über *andere* Länder, die Truppen zur Eisstation Wilkes geschickt hatten, gab es jedoch in den Revolverblättern zuhauf. Irak. China. Sogar Brasilien war eine Erwähnung wert gewesen.

An einigen Stellen wurde behauptet, dass die *Washington Post* genau wusste, wer sonst noch dort unten gewesen war. Ein Konkurrenzblatt ging sogar so weit zu sagen, dass der Präsident persönlich Katharine Graham – der legendären Besitzerin der *Post* – einen überraschenden Besuch abgestattet und sie gebeten hatte, im Namen der diplomatischen Beziehungen Amerikas die Namen der Länder unerwähnt zu lassen, die in der Eisstation Wilkes gewesen waren. Dieses Gerücht fand nie Bestätigung.

Die *Post* jedoch erwähnte niemals Großbritannien oder Frankreich.

Sie berichtete, dass eine Schlacht unten in der Antarktis stattgefunden habe, behauptete jedoch standhaft, dass ihnen die Identität der gegnerischen Truppe oder Truppen nicht bekannt sei. Jeder in der *Post* erscheinende Artikel besagte einfach, dass der Konflikt mit ›unbekannten feindlichen Kräften‹ ausgetragen worden sei.

Auf jeden Fall lief die Story über die Eisstation Wilkes volle sechs Wochen lang, ehe sie vergessen wurde.

Wenige Tage nach der Rückkehr der *Wasp* endete die NATO-Konferenz in Washington, D.C.

Jeder Fernsehbeitrag und jeder Zeitungsartikel über das Ereignis zeigte die lächelnden Gesichter der amerikanischen, britischen und französischen Delegierten, die auf den Stufen des Capitols standen und vor ihren Flaggen die Hände schüttelten, für die Kameras lächelten und verkündeten, dass die NATO weitere zwanzig Jahre lang Bestand habe.

Der französische Repräsentant, Monsieur Pierre Dufresne, wurde mit folgenden Worten zitiert: »Dies ist das stärkste Bündnis auf Erden.« Auf die Frage, woher diese Stärke rührte, erwiderte Dufresne: »Unsere *aufrichtige Freundschaft* ist unser Band.«

In einem Privatzimmer im Marinehospital zu Pearl Harbor lag Libby Gant mit geschlossenen Augen in einem Bett. Ein Sonnenstrahl fiel sanft durch die Fenster des Raums und legte sich über ihr Bett. Gant lag noch immer im Koma.

»Libby? Libby?«, sagte eine Frauenstimme, die ihr ins Bewusstsein drang.

Langsam öffnete Gant die Augen und sah ihre Schwester Denise, die über ihr stand.

Denise lächelte. »Na, hallo, du Schlafmütze.«

Gant kämpfte darum, die Augen zu öffnen. Als es ihr gelungen war, sagte sie einfach: »Hallo.«

Denise schenkte Gant ein falsches Lächeln. »Du hast einen Besucher.«

»Was?«, fragte Gant.

Denise legte den Kopf nach links. Gant blickte in diese Richtung und sah Schofield, der auf dem Besuchersessel neben dem Fenster in sich zusammengesackt war und fest schlief.

Hoch geschoben auf den Kopf hatte er eine silbrige Oakley-Sonnenbrille. Seine Augen – und die beiden Narben, die darüber verliefen – waren für jedermann sichtbar.

»Er sitzt dort drüben, seitdem man ihm die Rippe gerichtet hat«, flüsterte Denise. »Wollte nicht gehen, bis du aufwachen würdest. Er hat der *Washington Post* ein Interview gegeben und allen anderen gesagt, sie sollten wiederkommen, nachdem du aufgewacht bist.«

Gant sah Schofield, der unterhalb des Fensters saß und schlief, einfach nur an. Und sie lächelte.

Epilog

Bei Isla Santa Ines, Chile
30. November

Es war eine kleine Insel, eine von vielen hunderten südlich der Magellanstraße, am unteren Ende Chiles, am unteren Ende Südamerikas, am unteren Ende der Welt.

Kaum sechshundert Kilometer südlich der Insel lagen die South Shetland-Inseln und die Antarktis. Diese kleine Insel lag der Antarktis am nächsten, ohne eigentlich dort zu sein. Der Name des Jungen war José und er lebte in einem kleinen Fischerdorf an der Westküste der Insel. Das Dorf lag am Rand der Bucht, die die alten Frauen *La Bahia de la Aguila Plata* nannten, die »Bucht des silbernen Adlers«.

Örtliche Geschichten besagten, dass vor vielen Jahren ein großer silberner Vogel mit einem feurigen Schwanz kurz vor der Bucht ins Meer geflogen sei. Der Vogel, sagten die Frauen, hatte Gott mit seiner Schnelligkeit und Schönheit beleidigt und daher hatte Gott Feuer an ihn gelegt und ihn ins Meer geworfen.

José glaubte nicht an solche Geschichten. Er war jetzt zehn und was ihn betraf, so war es bloß eine weitere Gespenstergeschichte, die die alten Frauen erzählten, um kleinen Kindern Angst einzujagen.

Heute war Tauchtag und José beabsichtigte, nach Muscheln zu tauchen und sie seinem Vater für ein Taschengeld zu verkaufen.

Der kleine Junge tauchte ins Meer und schwamm hinab. Zu dieser Zeit des Nachmittags gingen die Meeresströmungen landeinwärts. José hoffte, sie würden Muscheln mit sich bringen.

Er erreichte den Grund und fand rasch seine erste Muschel des Tags, aber er fand auch noch etwas anderes.

Ein kleines Stück Plastik.

José schnappte sich das Stück Plastik und kehrte zur Oberfläche zurück. Nachdem er die Oberfläche durchbrochen hatte, sah er sich das seltsame Ding in seiner Hand an. Es war rechteckig und ziemlich klein. Es war stark verblasst, aber José konnte den darauf eingravierten Namen lesen.

NIEMEYER.

José sah das Namensschildchen stirnrunzelnd an. Daraufhin warf er das wertlose Stück Plastik weg und nahm seine Suche nach Muscheln wieder auf.

Der Tempel

Meinem Bruder Stephen

Danksagung

Diesmal muss ich mehreren Leuten meinen Dank aussprechen.

Natalie Freer – sie ist die Erste, die meine Texte liest, und sie liest sie in Portionen von vierzig Seiten. Erneut danke ich dir für deine außerordentliche Geduld, Großzügigkeit und Unterstützung. Meinem Bruder Stephen Reilly – für seine unübertroffene Loyalität und seine rasiermesserscharfen Kommentare zum Text. (Habe ich schon einmal erwähnt, dass er das beste Drehbuch geschrieben hat, das ich je gelesen habe?)

Meinen Eltern wie stets für ihre Liebe, Ermutigung und Unterstützung. Meinem guten Freund John Schrooten dafür, dass er zum dritten Mal das Versuchskaninchen war. (John ist der Erste, der meine Bücher *in toto* liest – ich erinnere mich noch gut daran, wie er *Ice Station* gelesen hat. Das war während eines Kricketspiels am Sydney Cricket Ground.) Auch Nik Kozlina für ihre frühen Kommentare zum Text sowie Simon Kozlina dafür, dass ich dem Helden dieses Buches sein Gesicht geben durfte!

Zuletzt muss ich all die großartigen Leute bei Pan Macmillan erwähnen: Cate Paterson, meine Verlegerin, die – nun ja – alles, was möglich war, Wirklichkeit hat werden lassen. Ihre Bemühungen, in diesem Land Thriller für den Massenmarkt zu publizieren, sind ohnegleichen. Anna McFarlane, meine Lektorin, die das Beste aus mir herausholt. Mein Dank geht auch an die Vertreter von Pan – sie sind jeden Tag unterwegs und arbeiten in den Buchhandlungen des ganzen Landes direkt an der Front. Und ein besonderer Dank an Jane Novak, meine Werbeagentin bei Pan, dass sie mich wie eine Glucke behütet und die Ironie bemerkt hat, als Richard Stubbs, den sie ebenfalls betreut, und ich im Rundfunk über sie gesprochen haben.

Das wär's. Die Show kann losgehen …

Einführung

Aus: Holsten, Mark J.
Eine untergegangene Kultur – Die Eroberung des Inkareichs
(New York, 1996)

KAPITEL 1: DIE FOLGEN DER EROBERUNG

... Man kann nicht genügend betonen, dass die Eroberung des Inkareichs durch die spanischen Konquistadoren den vielleicht größten Zusammenprall von Kulturen in der Geschichte der menschlichen Evolution darstellt.

Damals stieß die vorherrschende Seefahrernation der Erde – die die allerneueste Stahltechnologie aus Europa mitbrachte – mit dem mächtigsten Reich zusammen, das je auf amerikanischem Grund und Boden existierte.

Zum großen Bedauern der Historiker wissen wir vor allem wegen der unersättlichen Goldgier des Francisco Pizarro und seiner blutdürstigen Soldaten über dieses Reich nur sehr wenig.

Die Plünderung des Inkareichs durch Pizarro und seine Schergen im Jahre 1532 muss als eine der brutalsten in der geschriebenen Historie angesehen werden. Ausgestattet mit der überlegensten Waffe der Kolonisten – dem Schießpulver –, mähten die Spanier einen Pfad durch Inkadörfer und -städte, und zwar »mit einer Prinzipienlosigkeit, die einen Machiavelli hätte erschauern lassen«, um die Worte eines Kommentators des zwanzigsten Jahrhunderts zu gebrauchen.

Inkafrauen wurden in ihren Häusern vergewaltigt oder dazu

gezwungen, in schmutzigen, improvisierten Bordellen zu arbeiten. Männer wurden routinemäßig gefoltert – man brannte ihnen die Augen mit glühenden Kohlen aus oder durchtrennte ihnen die Sehnen. Kinder wurden zu Hunderten an die Küste verfrachtet, dort auf die gefürchteten Sklavengaleonen geladen und nach Europa gebracht.

Von den Tempelmauern in den Städten wurde alles heruntergerissen. Goldene Schüsseln und heilige Götzenbilder schmolzen die Spanier zu Barren, ehe jemand auch nur daran gedacht hätte, nach ihrer kulturellen Bedeutung zu fragen.

Die berühmteste aller Geschichten über die Jagd nach dem Schatz der Inka ist vielleicht die von Hernando Pizarro – Franciscos Bruder – und seiner herkulischen Reise zur Küstenstadt Pachacámac auf der Suche nach einem sagenhaften Inka-Götzenbild. Wie Francisco de Jérez in seinem berühmten Werk *Verdadera relación de la conquista de la Peru* schrieb, waren die Reichtümer, die Hernando auf seinem Marsch zum Tempelschrein von Pachacámac unweit von Lima plünderte, von beinahe mythischen Ausmaßen.

Aus den wenigen Überresten des Inkareichs – Bauten, die die Spanier nicht zerstörten, goldene Relikte, die die Inka in tiefster Nacht verschwinden ließen – können moderne Historiker allenfalls einen winzigen Blick auf eine einstmals großartige Kultur erhaschen.

Was da auftaucht, ist ein Reich voller Paradoxa.

Die Inka waren nicht im Besitz des Rads und haben dennoch das ausgedehnteste Straßensystem in der Geschichte Amerikas errichtet. Sie kannten das Schmelzen von Eisen nicht, aber ihre Verarbeitung anderer Substanzen – insbesondere von Gold und Silber – fand nicht ihresgleichen. Sie hatten keine Schrift und dennoch war ihr Aufzeichnungssystem – vielfarbene Schnüre, bekannt als *quipus* – unglaublich genau. Wie es hieß, entging den *quipucmayocs,* den gefürchteten Steuereintreibern des Herrschers, nicht einmal eine Sandale.

Notgedrungen stammt der größte Teil der Aufzeichnungen über das Alltagsleben der Inka von den Spaniern. Wie es Cortez nur zwanzig Jahre zuvor in Mexico getan hatte, brachten die Konquistadoren von Peru Geistliche mit, die den heidnischen Eingeborenen das Wort Gottes verkünden sollten. Viele dieser Mönche und Priester kehrten später nach Spanien zurück und legten das Gesehene in Schriftform nieder. Diese Manuskripte sind heutzutage noch immer in den Klöstern Europas zu finden, datiert und unversehrt ... [S. 12]

Aus: de Jérez, Francisco
Verdadera relación de la conquista de la Peru
(Sevilla, 1534)

Der Capitano [Hernando Pizarro] wohnte mit seinen Gefolgsleuten in einigen großen Kammern in einem gewissen Teil der Stadt. Er sagte, er sei auf Befehl des Gouverneurs [Francisco Pizarro] gekommen, das Gold dieser Moschee zu holen, und sie sollten es einsammeln und abliefern.

Alle Oberhäupter der Stadt, dazu die Wächter des Götzenbildes, waren versammelt und sie erwiderten, sie würden es abliefern, aber sie verstellten sich fortwährend und machten Ausflüchte. Schließlich brachten sie ein wenig herbei und sagten, sie hätten nicht mehr.

Der Capitano erwiderte, dass er sich das Götzenbild anschauen wolle, und ging hin. Es befand sich in einem festen Haus, das schön bemalt und im üblichen Stil der Indios verziert war – steinerne Statuen von Jaguaren bewachten den Eingang, Schnitzereien dämonischer, katzengleicher Kreaturen säumten die Wände. Im Innern fand der Capitano eine dunkle, übel riechende Kammer, in deren Mitte ein kahler, steinerner Altar stand. Auf unseren Fahrten hatten wir von einem sagenhaften Götzenbild erfahren, das in einem Tempelschrein zu Pachacámac stehen sollte. Die Indios sagen, dies sei ihr Gott, der sie geschaffen habe und sie erhalte und die Quelle all ihrer Macht darstelle.

Aber wir fanden kein Götzenbild in Pachacámac. Nur einen nackten Altar in einem übel riechenden Raum.

Daraufhin befahl der Capitano, dass das Gewölbe, worin das heidnische Götzenbild gestanden hatte, niedergerissen wurde und dass die Oberhäupter der Stadt sogleich wegen ihrer Heuchelei hingerichtet wurden. Ebenso die Wächter des Götzenbildes. Sobald dies geschehen war, lehrte der Capitano die Bewohner viele Dinge, die unseren heiligen katholischen Glauben berühren, lehrte sie das Zeichen des Kreuzes ...

Aus: *New York Times*
31. Dezember 1998, S. 12

WISSENSCHAFTLER VON WERTVOLLEN MANUSKRIPTEN BEGEISTERT

TOULOUSE, FRANKREICH: Mediävisten bekamen am heutigen Tag etwas Einzigartiges zu sehen. Mönche der Abtei San Sebastian, eines abgeschiedenen Jesuitenklosters in den Pyrenäen, öffneten zum ersten Mal seit über dreihundert Jahren ihre prächtige mittelalterliche Bibliothek für eine ausgewählte Gruppe nicht-kirchlicher Experten.

Das Hauptinteresse dieser exklusiven Versammlung von Akademikern galt der Möglichkeit, selbst einen Blick auf die berühmte Sammlung mittelalterlicher Manuskripte der Abtei zu werfen, insbesondere auf die Manuskripte des heiligen Ignatius Loyola, des Gründers der Gesellschaft Jesu.

Doch dann löste die Entdeckung anderer Manuskripte, die längst als verschollen galten, Schreie des Entzückens in der Gruppe von handverlesenen Historikern aus, denen der Zutritt zur labyrinthartigen Bibliothek der Abtei gestattet worden war.

Beispielsweise der verschollene Codex des heiligen Aloysius Gonzaga oder ein bislang unentdecktes Manuskript, das dem heiligen Franziskus Xaverius zugeschrieben wird, oder – das Wunderbarste von allen – die Entdeckung einer illustrierten Abschrift des sagenhaften Santiago-Manuskripts.

Niedergeschrieben im Jahr 1565 von einem spanischen Mönch namens Alberto Luis Santiago, besitzt dieses Manuskript beinahe einen legendären Status unter Mediävisten – insbesondere, weil man vermutet hatte, es sei während der Französischen Revolution vernichtet worden.

Wie man annimmt, umreißt dieses Manuskript in aller Nüchternheit die brutalen Einzelheiten der Eroberung Perus durch die spanischen Konquistadoren in den dreißiger Jahren des sechzehnten Jahrhunderts. Berühmt ist es jedoch auch deswegen, weil man glaubt, dass es die einzige niedergeschriebene Aufzeichnung (auf der Grundlage von Beobachtungen des Autors aus erster Hand) der besessenen Jagd eines mörderischen spanischen Capitanos nach einem kostbaren Götzenbild der Inka durch die Dschungel und Berge Perus enthält.

Doch die Wissenschaftler konnten die Manuskripte nur ansehen, nicht berühren. Nachdem der Letzte (widerstrebend) aus der Bibliothek hinausgeleitet worden war, wurden die gewaltigen Eichentüren wieder fest verschlossen.

Man kann lediglich hoffen, dass es nicht weitere dreihundert Jahre dauert, ehe sie erneut geöffnet werden.

Der Tempel

Prolog

Abtei San Sebastian
Hoch in den französischen Pyrenäen
Freitag, 1. Januar 1999, 3.23 Uhr

Der junge Mönch, dem der kalte Lauf einer Pistole fest an die Schläfe gedrückt wurde, schluchzte unbeherrscht.

Seine Schultern zitterten. Tränen strömten ihm die Wangen hinab.

»Um Gottes willen, Philippe!«, sagte er. »Wenn du weißt, wo es ist, dann sag's ihnen!«

Bruder Philippe de Villiers kniete auf dem Fußboden des Refektoriums der Abtei, die Hände hinter dem Kopf verschränkt, links neben sich, in derselben Haltung, Bruder Maurice Dupont, der junge Mönch mit dem Pistolenlauf am Kopf. Rechts knieten in einer langen Reihe die übrigen 16 Jesuitenmönche, die in der Abtei San Sebastian lebten.

Ein wenig links vor de Villiers stand ein Mann, der eine schwarze Kampfmontur trug und mit einer Glock-18-Automatikpistole sowie einem Heckler & Koch-6-11-Gewehr bewaffnet war, dem fortschrittlichsten je gefertigten Sturmgewehr. Im Augenblick ruhte die Glock an Maurice Duponts Kopf.

Ein Dutzend weiterer, gleichartig gekleideter und gleichartig bewaffneter Männer stand in dem großen Refektorium. Alle trugen schwarze Skimützen und warteten auf Philippe de Villiers' Antwort auf eine sehr wichtige Frage.

»Ich *weiß* nicht, wo es ist«, sagte de Villiers durch die zusammengebissenen Zähne.

»*Philippe* …«, begann Maurice Dupont.

Ohne Vorwarnung ging die Pistole an seiner Schläfe los, ein Schuss, der laut durch die Stille der nahezu verlassenen Abtei schallte. Duponts Kopf explodierte wie eine Wassermelone und eine Gischt aus Blut spritzte de Villiers ins Gesicht.

Außerhalb der Mauern hätte man den Pistolenschuss nicht gehört.

Die Abtei San Sebastian lag hingeduckt auf einem Berggipfel nahezu 2000 Meter über dem Meeresspiegel, verborgen inmitten der schneebedeckten Gipfel der französischen Pyrenäen. Sie war »so nahe bei Gott, wie man kommen konnte«, wie einige der älteren Mönche gern zu sagen pflegten. San Sebastians nächster Nachbar, das berühmte Teleskop des Pic-du-Midi-Observatoriums, war fast zwanzig Kilometer entfernt.

Der Mann mit der Glock ging zu dem Mönch rechts von de Villiers und setzte diesem den Lauf der Waffe an den Kopf.

»Wo ist das Manuskript?«, fragte er de Villiers ein zweites Mal. Er hatte einen starken bayrischen Akzent.

»Ich habe es Ihnen gesagt: Ich weiß es nicht«, erwiderte de Villiers.

Bamm!

Ruckartig fuhr der zweite Mönch zurück und klatschte auf den Fußboden und eine rote Lache breitete sich fächerförmig von dem fransigen, fleischigen Loch in seinem Kopf aus. Einige Sekunden lang zuckte der Leichnam noch, wie ein Fisch, der von einem Teller gefallen war.

De Villiers schloss die Augen und stieß ein Gebet aus.

»*Wo ist das Manuskript?*«, fragte der Deutsche.

»Ich weiß es nicht …«

Bamm!

Ein weiterer Mönch fiel.

»Wo ist es?«

»Ich weiß es nicht!«

Bamm!

Ganz plötzlich schwang die Glock herum und zeigte direkt auf de Villiers' Gesicht.

»Ich stelle Ihnen diese Frage nun zum letzten Mal, Bruder de Villiers. *Wo ist das Santiago-Manuskript?*«

De Villiers öffnete die Augen nicht. »Vater unser, der du bist im Himmel, geheiligt werde dein ...«

Der Deutsche legte den Finger an den Abzug.

»Warte!«, sagte plötzlich jemand vom anderen Ende der Reihe.

Der deutsche Killer drehte sich um und sah einen älteren Mönch aus der Reihe der knienden Jesuitenmönche heraustreten.

»Bitte! *Bitte!* Hör auf, hör auf! Ich werde dir sagen, wo das Manuskript ist, wenn du versprichst, keinen mehr zu töten.«

»Also, wo ist es?«, fragte der Killer.

»Hier entlang«, erwiderte der alte Mönch und lenkte den Schritt zur Bibliothek. Der Killer folgte ihm in den benachbarten Raum.

Augenblicke später kehrten die beiden Männer zurück. Der Killer trug in der linken Hand ein großes, ledergebundenes Buch.

Obgleich de Villiers sein Gesicht nicht erkennen konnte, war klar, dass der Deutsche hinter seiner schwarzen Skimaske breit lächelte.

»Und jetzt geht. Lasst uns in Ruhe!«, sagte der alte Jesuit. »Lasst uns unsere Toten begraben.«

Der Killer schien dies einen Moment lang zu erwägen. Dann wandte er sich um und nickte seiner Gruppe zu.

Als Antwort hoben die Mörder fast gleichzeitig ihre G-11 und eröffneten das Feuer auf die knienden Jesuitenmönche.

Grausames Maschinenpistolenfeuer zerfetzte deren Leiber. Köpfe explodierten, Fleischfetzen wurden aus den Körpern gerissen, während das mächtige Gewehrfeuer unbarmherzig auf die Sterbenden niederprasselte.

Dann trat der Anführer der Killer vor und richtete seine Glock auf den Kopf des alten Mannes.

»Wer seid ihr?«, fragte der Mönch trotzig.

»Wir sind die Totenkopfverbände der SS«, erwiderte der Killer.

Die Augen des alten Mönchs wurden groß. »Mein Gott …«, flüsterte er.

Der Killer lächelte. »Nicht einmal Er kann dich jetzt retten.«

Bamm!

Die Glock ging ein letztes Mal los. Anschließend verließen die Killer die Abtei und verschwanden in der Nacht.

Eine ganze Minute verstrich, dann eine weitere.

Stille hatte sich über die Abtei gesenkt.

Die Leichen der 18 Jesuitenbrüder lagen, in Blut gebadet, über den Fußboden verstreut.

Doch etwas hatten die Mörder übersehen.

Etwas, das sich hoch über den Leichen befand, in der Decke des gewaltigen Refektoriums verborgen. Dort war eine Art Dachboden, eine Mansarde, durch eine dünne Holzdecke vom Refektorium abgetrennt. Die einzelnen Bretter der Wand waren so alt und hatten sich dermaßen zusammengezogen, dass die Spalten dazwischen breit geworden waren.

Wenn die Killer genau hingesehen hätten, dann hätten sie bemerkt, wie es durch einen dieser Spalte schaute und dabei vor Angst blinzelte.

Ein weit geöffnetes menschliches Auge.

3701 North Fairfax Drive, Arlington, Virginia
Büros der US Defense Advanced Research Projects Agency
Montag, 4. Januar 1999, 5.50 Uhr

Die Diebe bewegten sich rasch – sie wussten genau, wohin sie wollten.

Sie hatten sich den perfekten Zeitpunkt für den Raub ausgesucht. Zehn Minuten vor sechs. Zehn Minuten bevor die Nachtwache ausstempelte, zehn Minuten bevor die Tagwache einstempelte. Die Nachtwache war müde und würde bereits auf die Uhr sehen, sich aufs Heimgehen freuen. Jetzt war sie am verwundbarsten.

3701 North Fairfax Drive war ein achtgeschossiger roter Backsteinbau genau auf der gegenüberliegenden Straßenseite der U-Bahn-Station Virginia Square in Arlington, Virginia. Er beherbergte die Büros der Defense Advanced Research Projects Agency – DARPA –, die Schnittstelle der Forschungs- und Entwicklungsabteilung des United States Department of Defense, des amerikanischen Verteidigungsministeriums.

Die Diebe rannten die weiß erleuchteten Korridore hinab. Dabei hielten sie schallgedämpfte MP-55D-Maschinenpistolen im Stil der SEALs erhoben – die zusammenklappbaren Schulterstützen fest an den Körper gedrückt, blickten sie am Lauf entlang und suchten nach Zielen.

Rattattattatt!

Ein Hagel aus schallgedämpften Geschossen riss einen weiteren Navy-Wachtposten nieder, Nummer siebzehn. Ohne innezuhalten, setzten die Diebe über den Leichnam und eilten zur Gewölbekammer. Einer zog die Karte durch den Schlitz, während ein anderer die riesige hydraulische Tür aufschob.

Sie befanden sich im dritten Stock des Gebäudes und hatten bereits sieben Checkpoints der Sicherheitsstufe 5 durchbrochen – Checkpoints, die vier verschiedene Karten und sechs verschiedene alphanumerische Codes zum Öffnen erforderten.

Die Einbrecher hatten das Gebäude über die unterirdische Laderampe betreten, und zwar in einem Lastwagen, der erwartet worden war. Als Erstes hatten die Wächter am unterirdischen Tor sterben müssen. Ihnen waren bald darauf die Fahrer des Lastwagens gefolgt.

Oben im dritten Stockwerk hatten die Diebe nicht innegehalten.

Rasch betraten sie nacheinander die Gewölbekammer, einen gewaltigen Laborraum, der auf allen Seiten von 15 Zentimeter dicken Porzellanwänden umgeben war. Außerhalb dieses Porzellankokons lag eine weitere Wand. Sie war bleigesäumt und wenigstens dreißig Zentimeter dick. Beschäftigte der DARPA nannten dieses Labor »die Gruft«, und das aus gutem Grund. Radiowellen konnten sie nicht durchdringen. Abhörapparate konnten ihr nichts anhaben. Dies war der sicherste Raum im Gebäude.

Zumindest bis zum heutigen Tag.

Die Diebe zerstreuten sich schnell.

Schweigen.

Wie im Mutterschoß.

Urplötzlich blieben sie wie angewurzelt stehen.

Ihre Beute stand vor ihnen, nahm einen Ehrenplatz in der Mitte des Labors ein.

Sie war nicht sehr groß, wenn man berücksichtigte, wozu sie imstande war.

Ihre Höhe betrug etwa zwei Meter und sie sah aus wie ein riesiges Stundenglas: zwei Kegel – der untere zeigte nach oben, der obere nach unten –, getrennt von einer kleinen Titankammer, die das Herz der Waffe barg.

Eine Vielzahl farbiger Drähte schlängelte sich aus der Titankammer im Zentrum des Apparats. Die meisten verschwanden unter der Tastatur eines Laptops, der am Vorderteil angebracht war.

Im Augenblick war die kleine Titankammer leer.

Im Augenblick.

Die Einbrecher verschwendeten keine Zeit. Sie entfernten den gesamten Apparat von seiner Energiequelle und legten ihn rasch in eine maßgefertigte Schlinge.

Dann setzten sie sich wieder in Bewegung. Zur Tür hinaus, den Korridor hinab. Links, dann rechts. Links, dann rechts. Durch das ganze hell erleuchtete Labyrinth der Verwaltung. Sie stiegen über die Leichen der Männer, die sie beim Hereinkommen umgebracht hatten. Nach neunzig Sekunden erreichten sie die unterirdische Garage, wo sie den Lastwagen bestiegen, zusammen mit ihrer Beute. Kaum war der Fuß des letzten Mannes im Innern des Lastwagens, rollten die Räder auch schon über den Beton. Das große Fahrzeug entfernte sich von der Laderampe und schoss hinaus in die Nacht.

Der Anführer des Teams blickte auf seine Uhr.

5.59 Uhr.

Die gesamte Operation hatte neun Minuten gedauert.

Nicht mehr. Nicht weniger.

Erste Konfrontation

Montag, 4. Januar, 9.10 Uhr

William Race kam zu spät zur Arbeit. Wieder mal.

Er hatte verschlafen, dann hatte die U-Bahn Verspätung gehabt. Jetzt war es zehn Minuten nach neun und er kam zu spät zu seiner Vorlesung. Race' Büro befand sich im dritten Stockwerk des alten Delaware-Gebäudes der New York University. Das Haus besaß einen altertümlichen, schmiedeeisernen Aufzug, der im Schneckentempo fuhr. Über die Treppe ging es schneller.

Mit 31 Jahren war Race eines der jüngsten Mitglieder der Fakultät für Sprachen des Altertums an der NYU. Er war durchschnittlich groß – etwa einen Meter 75 – und sah in einem bescheidenen Rahmen gut aus. Er hatte sandbraunes Haar und war schlank. Eine Brille mit Drahtbügelgestell umrahmte seine blauen Augen sowie ein ungewöhnliches, dreieckiges braunes Muttermal unmittelbar unterhalb des linken Auges.

Race eilte die Treppe hinauf, wobei ihm tausend Gedanken durch den Kopf schossen – seine Vorlesung über die Werke des römischen Historikers Livius, die Gebühr fürs Falschparken, die er noch immer zu begleichen hatte, der Artikel, den er an diesem Morgen in der *New York Times* gelesen hatte. Darin hatte es geheißen, dass die Geheimzahlen von 85 % aller Menschen aus wichtigen Daten wie Geburtstagen oder Ähnlichem bestanden. Ein Dieb, der ihnen die Brieftasche stahl und somit nicht nur die Scheckkarten, sondern auch den Führerschein mit dem Geburtsdatum in die Hand bekam, hatte es deshalb einfach, gleich auch noch das Konto zu plündern.

Verdammt, dachte Race, er musste seine Geheimnummer ändern.

Er erreichte den obersten Treppenabsatz und eilte den Korridor hinab.

Und blieb stehen.

Zwei Männer befanden sich vor ihm im Flur.

Soldaten.

Noch dazu in voller Kampfmontur – Helm, kugelsichere Weste, M-16-Sturmgewehr, alles, was dazugehörte. Einer stand auf halbem Weg den Flur hinab, der andere war weiter unten postiert. Er wartete in starrer Habachthaltung vor der Tür zu Race' Büro. An keinem anderen Ort hätten die beiden derart fehl am Platz gewirkt wie hier – Soldaten in einer Universität.

Als sie Race aus dem Treppenhaus hervorstürmen sahen, fuhren sie herum. Aus irgendeinem Grund fühlte sich Race in ihrer Gegenwart plötzlich minderwertig – irgendwie unwichtig, *undiszipliniert.* In seinem billigen Sportjackett, der Jeans und der Krawatte kam er sich blöd vor, noch dazu, wo er seine Sachen für das Baseballspiel am Mittag in einer zerknitterten alten Nike-Sporttasche bei sich trug.

Während er auf den ersten Soldaten zuging, betrachtete er diesen von oben bis unten – das schwarze Sturmgewehr, das Barett aus grünem Baumwollsamt, den halbmondförmigen Flecken auf der Schulter, auf dem SPECIAL FORCES stand.

»Oh, hallo. Ich bin William Race. Ich …«

»Schon gut, Professor Race. Treten Sie bitte ein. Man erwartet Sie.«

Race ging weiter bis zu dem zweiten Soldaten. Dieser war größer als der erste, viel größer. Eigentlich war er riesig, ein Berg von einem Mann – wenigstens einsfünfundneunzig – mit einem weichen, hübschen Gesicht, dunklem Haar und schmalen braunen Augen, denen nichts entging. Auf dem Namensschild an seiner Brust stand VAN LEWEN. Die drei Streifen auf seiner Schulter zeigten, dass er Sergeant war.

Race' Blick glitt zu dem M-16. Auf dem Lauf war ein Laservisier nach dem neuesten Stand der Technik montiert, an der Unterseite ein M-203-Granatwerfer angebracht. Kein Kinderkram.

Der Soldat trat beiseite und gestattete Race den Eintritt in das eigene Büro.

Dr. John Bernstein saß in dem Ledersessel mit der hohen Lehne, der hinter Race' Schreibtisch stand, und wirkte sehr unglücklich. Bernstein, ein weißhaariger Mann von 59 Jahren, war Leiter der Fakultät für Sprachen des Altertums an der NYU. Race' Chef.

Drei weitere Männer waren anwesend.

Zwei Soldaten, ein Zivilist.

Die beiden Soldaten waren ziemlich genauso gekleidet und bewaffnet wie die Posten draußen – Drillich, Helm, M-16-Gewehr mit Laservisier – und wirkten durchtrainiert. Einer schien ein wenig älter zu sein als der andere. Er hielt den Helm sehr förmlich zwischen Ellbogen und Rippen gedrückt und hatte kurz geschorenes schwarzes Haar, das kaum bis zu seiner Stirn reichte. Race dagegen fiel das sandbraune Haar ständig in die Augen.

Der dritte Fremde im Raum, der Zivilist, saß auf dem Besucherstuhl vor Bernstein. Er war groß, hatte einen mächtigen Brustkasten und trug ein Hemd mit aufgerollten Ärmeln. Sein Gesicht dominierten eine Stupsnase und dunkle, schwere Züge, die von Alter und Verantwortung gegerbt wirkten. Er saß mit der ruhigen Sicherheit eines Menschen da, der daran gewöhnt war, beobachtet zu werden.

Race bekam den Eindruck, dass alle hier im Raum schon eine Weile warteten.

Auf *ihn* warteten.

»Will«, sagte John Bernstein, kam um den Schreibtisch herum und schüttelte ihm die Hand. »Guten Morgen! Treten Sie ein. Ich würde Sie gern jemandem vorstellen. Professor William Race, Colonel Frank Nash.«

Der Zivilist mit dem beeindruckenden Brustkasten streckte die Hand aus. Kräftiger Griff.

»Außer Dienst. Schön, Sie kennen zu lernen«, sagte er und ließ den Blick über Race gleiten. Daraufhin zeigte er auf die beiden Soldaten. »Das sind Captain Scott und Corporal Cochrane von der US Army Special Forces Group.«

»Green Berets«, flüsterte Bernstein Race respektvoll ins Ohr. Er räusperte sich. »Colonel – äh, ich meine, Dr. Nash kommt vom Tactical Technology Office der DARPA. Er ist hier, um uns um Unterstützung zu ersuchen.«

Frank Nash reichte Race seinen Ausweis mit Foto. Race sah ein Verbrecherfoto von Nash mit dem roten DARPA-Logo darüber sowie eine Reihe von Zahlen und Codes darunter. An einer Seite der Karte verlief ein Magnetstreifen. Unter dem Foto standen die Worte FRANCIS K. NASH, US ARMY, COL. (RET.). Es war ein ziemlich beeindruckender Ausweis. Er schrie förmlich *bedeutende Person*!

Aha, dachte Race.

Er hatte schon von der DARPA gehört. Sie war die wichtigste Abteilung des Verteidigungsministeriums im Bereich Forschung und Entwicklung und hatte beispielsweise das Arpanet erfunden, den nur dem Militär zugänglichen Vorläufer des Internets. Die DARPA war außerdem bekannt wegen ihrer Teilnahme am Have-Blue-Projekt in den siebziger Jahren, dem geheimsten Projekt der Air Force, dessen Ergebnis die Konstruktion des F-117-Tarnkappenbombers gewesen war.

Eigentlich – um die Wahrheit zu sagen – wusste Race ein wenig mehr über die DARPA als die meisten Sterblichen, und zwar aus dem einfachen Grund, weil sein Bruder Martin dort als Konstrukteur beschäftigt war.

Im Grunde arbeitete die DARPA mit jedem der drei Zweige der US-Streitkräfte zusammen – Army, Navy und Air Force – und entwickelte militärische Hightech-Projekte je nach Anforderung: Tarnkappentechnologie für die Air Force, ultra-dehnbaren Körperschutz für die Army. Oft boten die Produkte der DARPA Stoff für wilde Spekulationen. Beispielsweise hieß es, sie habe vor kurzem den J-7 perfektioniert, den legendären, A-förmigen Raketenrucksack, der den Fallschirm ersetzen würde. Aber das war nie bewiesen worden.

Das Tactical Technology Office wiederum war die Speerspitze der DARPA, das Juwel in deren Krone – die verantwortliche Abteilung für die Entwicklung der *richtigen* Sachen, nämlich strategischer Hochrisiko-/Hocheffizienz-Waffen.

Race fragte sich, was das TTO der DARPA von der Fakultät für Sprachen des Altertums wollte.

»Sie brauchen unsere Hilfe?«, fragte er und blickte von Nashs Ausweis hoch.

»Nun, eigentlich sind wir hier, um *Ihre* Hilfe zu erbitten.«

Meine Hilfe, dachte Race. Er lehrte hauptsächlich klassisches und mittelalterliches Latein, nebenbei ein wenig Französisch, Spanisch und Deutsch und konnte sich nicht im Geringsten vorstellen, wobei er der DARPA helfen sollte.

»In welcher Hinsicht?«, fragte er.

»Übersetzung. Die Übersetzung eines Manuskripts. Eines vierhundert Jahre alten lateinischen Manuskripts.«

»Eines Manuskripts ...«, meinte Race. Eine solche Anfrage war an sich durchaus üblich. Er wurde oft um die Übersetzung mittelalterlicher Manuskripte gebeten. Üblich war allerdings nicht, dass diese Bitte im Beisein bewaffneter Soldaten gestellt wurde.

»Professor Race«, begann Nash, »die Übersetzung des infrage stehenden Dokuments ist eine Sache äußerster Dringlichkeit. Eigentlich ist das Dokument im Augenblick noch nicht einmal in den Vereinigten Staaten. Während wir hier sprechen, ist es unterwegs. Was wir von Ihnen wollen, ist, dass Sie das Dokument in Newark in Empfang nehmen und es auf dem Weg zu unserem Ziel übersetzen.«

»Auf dem Weg?«, fragte Race. »Wohin?«

»Ich fürchte, das kann ich Ihnen im momentanen Stadium nicht mitteilen.«

Race wollte gerade nachhaken, da wurde plötzlich die Tür geöffnet und ein weiterer Green Beret mit einem Funkgerät auf dem Rücken trat ein. Er ging rasch zu Nash hinüber und flüsterte ihm leise etwas ins Ohr. Race verstand die Worte »... den Marschbefehl erhalten«.

»Wann?«, fragte Nash leise.

»Vor zehn Minuten, Sir«, flüsterte der Soldat zurück.

Nash warf einen raschen Blick auf seine Armbanduhr. »Verflucht!«

Er fuhr zu Race herum. »Professor Race, uns bleibt nicht viel Zeit, also werde ich nicht um den heißen Brei herumreden. Dies ist eine sehr wichtige Mission, eine Mission, die die nationale Sicherheit der Vereinigten Staaten betrifft. Aber es ist auch eine Mission, für die nur ein kurzes Zeitfenster zur Verfügung steht. Wir müssen *sofort* handeln. Doch dazu benötige ich einen Übersetzer. Einen Übersetzer für einen mittellateinischen Text. Sie.«

»Und wie rasch?«

»Draußen wartet ein Wagen.«

Race schluckte. »Ich weiß nicht ...«

Er spürte aller Blicke auf sich liegen. Plötzlich machte ihn die Aussicht, mit Frank Nash sowie einer Mannschaft bewaffneter Green Berets einem unbekannten Ziel entgegenzureisen, reichlich nervös. Er fühlte sich überfahren.

»Was ist mit Ed Devereux in Harvard?«, fragte er. »Er ist in Mittellatein weit besser als ich. Er wäre schneller.«

»Ich brauche nicht den Besten«, erwiderte Nash, »und ich habe keine Zeit für einen Abstecher nach Boston. Ihr Bruder hat uns Ihren Namen genannt. Er hat gesagt, Sie seien gut, in New York und ein ziemlich anständiger Mensch. Das genügt. Ich brauche jemanden, der den Job sofort erledigt.«

Race biss sich auf die Unterlippe.

»Während der gesamten Mission steht Ihnen ein Leibwächter zur Verfügung«, sagte Nash. »Wir schnappen uns in etwa dreißig Minuten das Manuskript in Newark und springen ein paar Minuten später ins Flugzeug. Wenn alles gut geht, haben Sie den Text noch vor unserer Landung übersetzt. Sie werden womöglich nicht mal das Flugzeug verlassen müssen. Und wenn Sie es tun, wird sich ein Trupp Green Berets um Sie kümmern.«

Bei dieser Aussicht runzelte Race die Stirn.

»Professor Race, Sie werden bei dieser Mission nicht der einzige Akademiker sein. Walter Chambers aus Stanford ist dabei, Gabriela Lopez aus Princeton und Lauren O'Connor aus …«

Lauren O'Connor, dachte Race.

Diesen Namen hatte er seit Jahren nicht mehr gehört.

Race kannte Lauren aus seinen Collegetagen am USC. Während er Sprachen studiert hatte, promovierte sie in Naturwissenschaften – theoretische Physik. Sie waren eine Weile zusammen, aber es endete schlecht. Zuletzt hatte er gehört, dass sie in den Labors von Livermore gearbeitet habe, in der Abteilung für Kernphysik.

Er blickte Nash an und überlegte, wie viel der Colonel a. D. von Lauren und ihm wusste – und ob er ihren Namen absichtlich fallen gelassen hatte.

Die Sache war die: Falls ja, dann funktionierte es.

Wenn Lauren irgendetwas war, dann schlau. Sie würde nicht ohne guten Grund an einer solchen Mission teilnehmen. Die Tatsache, dass sie einverstanden gewesen war, Teil von Nashs Abenteuer zu werden, verlieh ihm Glaubwürdigkeit.

»Professor, man wird Sie für Ihre Zeit großzügig entschädigen.«

»Das ist es nicht …«

»Ihr Bruder ist ebenfalls Teil des Teams«, meinte Nash, womit er Race überraschte. »Er wird aber nicht mitkommen, sondern beim technischen Team in unseren Büros in Virginia arbeiten.«

Marty, dachte Race. Er hatte ihn seit langer Zeit nicht mehr gesehen – seitdem sich ihre Eltern vor neun Jahren hatten scheiden lassen. Aber wenn Marty ebenfalls in die Sache verwickelt war, dann ...

»Professor Race, tut mir Leid, aber wir *müssen* los. Auf der Stelle. Ich brauche eine Antwort.«

»Will«, sagte nun John Bernstein, »das könnte für den Ruf der Universität sehr günstig ...«

Race sah Bernstein stirnrunzelnd an, sodass diesem die Worte im Mund erstarben. Dann fragte er Nash: »Sie sagen, es betrifft die nationale Sicherheit?«

»Stimmt genau.«

»Aber Sie können mir nicht sagen, wohin es geht?«

»Nicht bis wir im Flugzeug sind. Dann kann ich Ihnen alles sagen.«

Und ich werde einen Leibwächter haben, dachte Race. *Normalerweise benötigt man nur dann einen Leibwächter, wenn einen jemand umbringen will.*

Im Büro herrschte Schweigen.

Race spürte, dass alle auf seine Antwort warteten. Nash. Bernstein. Die drei Green Berets.

Er seufzte. Er konnte einfach nicht glauben, was er jetzt sagen würde.

»Also gut. Ich tu's.«

★★★

RACE FOLGTE NASH rasch den Korridor hinab, noch immer in Jackett und Krawatte.

Es war ein nasskalter Wintertag in New York, und während

sie durch das Labyrinth aus Fluren auf den Westeingang der Universität zueilten, erhaschte Race hin und wieder einen Blick auf den heftigen Regen draußen.

Die beiden Green Berets aus dem Büro gingen ihm und Nash voraus, die anderen beiden – die vom Korridor – folgten. Race hatte das Gefühl, als würde er von einer starken Strömung mitgerissen.

»Bekomme ich eine Gelegenheit, mir etwas weniger formelle Kleidung anzuziehen?«, fragte er Nash. Er hatte die Sporttasche mitgenommen, in der sich Kleidung zum Wechseln befand.

»Vielleicht im Flugzeug. Also, jetzt hören Sie genau zu. Sehen Sie den jungen Mann hinter Ihnen? Das ist Sergeant Leo Van Lewen. Er ist von jetzt an Ihr Leibwächter.«

Race sah sich im Gehen um und musterte den hünenhaften Green Beret, den er zuvor schon zu Gesicht bekommen hatte. Van Lewen. Der Green Beret nickte ihm lediglich höflich zu, während sein Blick im Korridor umherschweifte.

»Von nun an«, sagte Nash, »sind Sie eine wirklich wichtige Person und das macht Sie zu einer Zielscheibe. Ganz gleich, wohin Sie gehen – er kommt mit. Hier, nehmen Sie das.«

Nash reichte Race einen Ohrhörer sowie ein Kehlkopfmikrofon zum Umhängen. So etwas hatte Race bislang nur im Fernsehen zu Gesicht bekommen, in Reportagen über SWAT-Teams, die Spezialeinheiten zur Terrorismusbekämpfung. Man hängte sich das Mikrofon um den Hals und es fing die Schwingungen des Kehlkopfs auf, wenn man sprach.

»Legen Sie es sich um, sobald Sie im Wagen sitzen«, fuhr Nash fort. »Es wird durch die Stimme aktiviert, also müssen Sie lediglich sprechen und wir werden Sie hören. Wenn Sie irgendwie in Schwierigkeiten geraten, sagen Sie nur ein Wort und Van Lewen wird innerhalb von Sekunden an Ihrer Seite sein. Verstanden?«

»Verstanden.«

Sie erreichten den Westeingang, wo zwei weitere Green Berets Wache standen. Nash und Race gingen an ihnen vorbei in den strömenden Regen hinaus. In diesem Augenblick sah Race den »Wagen«, der, Nashs Worten zufolge, auf sie wartete.

Auf der Wendeschleife mit dem Kiesbelag stand ein ganzer Konvoi.

Vier Motorradpolizisten, zwei vor den Wagen, zwei dahinter. Sechs schlicht wirkende olivfarbene Limousinen. Eingekeilt in der Mitte, umschlossen von den Motorradpolizisten und den Limousinen, standen zwei schwere, gepanzerte Fahrzeuge – Humvees. Beide waren schwarz gespritzt und hatten stark getönte Scheiben.

Um den Wagenkonvoi warteten mindestens 15 schwer bewaffnete Green Berets mit schussbereiten M-16. Der strömende Regen hämmerte auf ihre Helme. Es hatte den Anschein, als bemerkten sie es nicht.

Nash eilte zu dem hinteren Humvee und hielt Race die Tür auf. Nachdem er selbst eingestiegen war, reichte er Race einen dicken Ordner.

»Werfen Sie einen Blick darauf«, meinte er. »Ich werde Ihnen mehr erzählen, wenn wir im Flugzeug sind.«

Der Autokonvoi jagte durch die Straßen von New York.

Es war Vormittag, doch die Wagen rasten durch die klatschnassen Straßen, schossen über eine Kreuzung nach der anderen und bekamen auf dem Weg zur Stadt hinaus jedes Mal grünes Licht.

Die Ampeln mussten voreingestellt worden sein, wie es der Fall war, wenn der Präsident New York einen Besuch abstattete, dachte Race.

Aber dies war kein Präsidentenkonvoi. Der Ausdruck auf den Gesichtern der Menschen auf den Bürgersteigen besagte alles.

Dies war eine andere Art von Wagenkonvoi.

Keine edlen Limousinen. Keine wehenden Fahnen. Nur zwei

schwarze, schwer gepanzerte Humvees, die sich inmitten einer Reihe olivfarbener Wagen einen Weg durch den strömenden Regen bahnten.

Mit seinem Leibwächter neben sich, dem Ohrhörer und dem Kehlkopfmikrofon starrte Race aus dem Fenster des dahinjagenden Humvees.

Nicht viele Menschen konnten von sich behaupten, das Erlebnis gehabt zu haben, mitten in der Vormittags-Rushhour problemlos aus New York City herausgekommen zu sein, dachte er. Es war eine merkwürdige Erfahrung, irgendwie außerweltlich. Allmählich fragte er sich, wie wichtig diese Mission war.

Er öffnete den Ordner, den Nash ihm gereicht hatte. Zuerst erblickte er eine Namensliste.

CUSCO UNTERSUCHUNGSTEAM

ZIVILE MITGLIEDER

1 NASH, Francis K. - DARPA, Projektleiter, Kernphysiker
2 COPELAND, Troy B. - DARPA, Kernphysiker
3 O'CONNOR, Lauren M. - DARPA, theoretische Physikerin
4 CHAMBERS, Walter J. - Stanford, Anthropologe
5 LOPEZ, Gabriela S. - Princeton, Archäologin
6 RACE, William H. - NYU, Linguist

MILITÄRISCHE MITGLIEDER

1 SCOTT, Dwayne T. - United States Army (GB), Captain

2 VAN LEWEN, Leonardo M. - United States Army (GB), Sergeant
3 COCHRANE, Jacob R. - United States Army (GB), Corporal
4 REICHART, George P. - United States Army (GB), Corporal
5 WILSON, Charles T. - United States Army (GB), Corporal
6 KENNEDY, Douglas K. - United States Army (GB), Corporal

Race blätterte um und sah die Fotokopie eines Zeitungsausschnitts. Die französische Überschrift lautete: MASSACRÉS DES MOINES AU MONASTÈRE DU HAUT DE LA MONTAGNE.

Er übersetzte: »Massaker an Mönchen in Bergkloster«.

Dann las er den Artikel, der das Datum 3. Januar 1999 trug – gestern. Darin ging es um eine Gruppe jesuitischer Mönche, die in ihrem Kloster in den französischen Pyrenäen abgeschlachtet worden waren.

Französische Behörden hielten dies für das Werk islamischer Fundamentalisten, die gegen die französische Einmischung in Algerien protestierten. Insgesamt waren 18 Mönche umgebracht worden, alle aus nächster Nähe erschossen, und zwar auf die gleiche Weise wie bei früheren Massakern der Fundamentalisten.

Race wandte sich dem nächsten Blatt im Ordner zu.

Es war ein weiterer Zeitungsausschnitt, diesmal aus der *Los Angeles Times*. Er war vom Ende des vergangenen Jahres und die Schlagzeile lautete: BUNDESBEAMTE IN DEN ROCKIES ERMORDET AUFGEFUNDEN.

Zwei ermordete Mitglieder des U.S. Fish and Wildlife Service waren in den Bergen nördlich von Helena, Montana, entdeckt worden. Die Mörder hatten beide Beamte gehäutet. Das

FBI war eingeschaltet worden. Es hatte den Verdacht, dass dies das Werk einer der lokalen Milizgruppen war, die eine natürliche Feindschaft zu jeglicher Art von Regierungsbehörde pflegten. Man glaubte, die beiden Wildhüter seien über Paramilitärs gestolpert, die illegal Wild wegen der Pelze gejagt hätten. Statt der Tiere hätten sie die Förster gehäutet.

Race zuckte zusammen und drehte die Seite um.

Das nächste Blatt im Ordner war die Fotokopie eines Artikels aus einer Universitätszeitschrift. Der Artikel war auf Deutsch verfasst und stammte von einem Wissenschaftler namens Albert L. Müller. Er datierte vom November 1998.

Race las den Artikel quer, wobei er rasch im Kopf aus dem Deutschen übersetzte. Es ging um einen Meteoritenkrater, der in den Dschungeln Perus entdeckt worden war.

Unter diesem Artikel stand der Bericht eines Gerichtsmediziners, ebenfalls auf Deutsch. In dem Kästchen »NAME DES VERSTORBENEN« war »ALBERT LUDWIG MÜLLER« eingetragen.

Unter dem Bericht des Gerichtsmediziners lagen weitere Blätter Papier, die alle mit verschiedenen roten Stempeln bedeckt waren – HÖCHSTE GEHEIMHALTUNGSSTUFE; NUR ZUR ANSICHT; NUR FÜR MITGLIEDER DER US ARMY. Race blätterte sie durch. Die Seiten waren größtenteils mit komplizierten mathematischen Gleichungen gefüllt, die ihm nichts sagten.

Als Nächstes sah er eine Hand voll Memos, fast alle adressiert an Leute, von denen er nie gehört hatte. Auf einem der Memos entdeckte er jedoch seinen eigenen Namen. Es lautete:

```
3. JAN. 1999 22:01 US ARMY INTERNAL NET 617
5544 88211-05 NO. 139

Von: Nash, Frank
An: Alle Cusco-Team-Mitglieder
Betreff: SUPERNOVA-MISSION
```

```
So bald wie möglich Kontakt zu Race aufneh-
men.
Teilnahme entscheidend für den Erfolg der
Mission.

Erwartete Ankunft des Pakets morgen,
4. Januar, in Newark um 9.45 Uhr.
Alle Mitglieder haben ihre Ausrüstung bis
9.00 Uhr im Transporter unterzubringen.
```

Der Autokonvoi traf am Flughafen Newark ein. Die Wagenreihe raste durch ein Tor im Sturmzaun und erreichte rasch eine abgelegene Start- und Landebahn.

Ein riesiges Frachtflugzeug in Tarnfarbe wartete auf der Piste. Am Heck war eine Laderampe so weit herabgelassen, dass sie den Boden berührte. Als der Wagenkonvoi neben dem gewaltigen Flugzeug zum Stehen kam, sah Race, wie ein großer Armeelaster die Rampe hinauf ins Heck gefahren wurde.

Angeführt von Sergeant Van Lewen verließ er den Humvee und trat in den Regen hinaus. Er hatte das große schwarze Fahrzeug kaum verlassen, da vernahm er von irgendwo hoch oben ein ungeheuerliches Brüllen.

Ein alter F-15C-Adler – in grüner und brauner Tarnfarbe und dem Wort ARMY auf dem Schwanz – flog mit gewaltigem Getöse über ihren Köpfen herein und kam kreischend auf der Piste vor ihnen zum Stehen.

Während Race zusah, wie der Kampfjet auf der Landebahn wendete und auf ihn zurollte, spürte er, dass Frank Nash ihn sanft am Arm fasste.

»Kommen Sie.« Nash führte ihn auf das große Frachtflugzeug zu. »Alle anderen sind bereits an Bord.«

Während sie hinübergingen, sah Race eine Frau in einer Tür an der Seite auftauchen. Er erkannte sie sofort wieder.

»Hallo, Will«, sagte Lauren O'Connor.

»Hallo, Lauren.«

Lauren O'Connor war Anfang dreißig, aber sie wirkte keinen Tag älter als 25. Sie trug das Haar, wie Race bemerkte, kürzer. Damals am USC war es lang, gewellt und braun gewesen. Jetzt war es kurz, glatt und kastanienbraun. Sehr nach der Mode der späten Neunziger.

Doch ihre großen braunen Augen waren noch dieselben, genau wie ihre frische, glatte Haut. Und wie sie dort in der Tür des Frachtflugzeugs stand – lässig an den Türrahmen gelehnt, die Arme verschränkt und die Hüfte vorgeschoben, gekleidet in strapazierfähige Khakikleidung –, sah sie so aus, wie sie auch früher ausgesehen hatte. Groß und sexy, geschmeidig und durchtrainiert.

»Ist lange her«, meinte sie lächelnd.

»Ja, allerdings«, erwiderte Race.

»So ... William Race, Linguistik-Experte, Berater der DARPA. Spielst du noch Football, Will?«

»Nur als Hobby.« Auf dem College hatte Race eine Auszeichnung für besondere Leistungen im Football erhalten. Er war der Kleinste der Mannschaft gewesen, aber zugleich der Schnellste. Auch in Leichtathletik war er ausgezeichnet worden.

»Wie steht's mit dir?«, fragte er, wobei ihm der Ring an ihrer linken Hand auffiel. Er überlegte, wer sie geheiratet haben könnte.

»Nun«, meinte sie und ihre Augen leuchteten auf. »Zum einen bin ich sehr aufgeregt wegen dieser Mission. Man erhält nicht alle Tage Gelegenheit, auf Schatzsuche zu gehen.«

»Das ist es also?«

Ehe Lauren antworten konnte, ließ sie ein lautes Aufjaulen herumfahren.

Der F-15 war etwa fünfzig Meter vom Frachtflugzeug entfernt zum Stehen gekommen. Kaum war die Pilotenkanzel offen, da sprang der Pilot auch schon auf die nasse Piste und kam auf sie zugerannt, die Schultern im strömenden Regen zusammengezogen. In der Hand hielt er eine Aktentasche.

Der Pilot lief zu Nash und reichte ihm die Tasche. »Dr. Nash«, sagte er. »Das Manuskript.«

Nash nahm die Aktentasche entgegen und schritt zu Lauren und Race hinüber.

»Also«, sagte er und bat beide ins Frachtflugzeug. »Dann wollen wir diese Sache mal ins Rollen bringen.«

★★★

DAS RIESIGE FRACHTFLUGZEUG donnerte über die Piste und hob in den regengetränkten Himmel ab.

Es war eine Lockheed C-130E Hercules, deren Inneres in zwei Abteilungen getrennt war – unten der Fracht- und oben der Passagierbereich. Race saß im oberen Teil, zusammen mit den fünf weiteren Wissenschaftlern, die an der Expedition teilnahmen. Die sechs Green Berets, die sie begleiteten, waren unten im Frachtraum und überprüften und verstauten ihre Waffen.

Von den fünf Zivilisten kannte Race zwei: Frank Nash und Lauren O'Connor.

»Wir haben später Zeit für die Vorstellungsrunde«, meinte Nash, setzte sich neben Race und hob die Aktentasche auf den Schoß. »Im Augenblick ist wichtig, dass Sie mit der Arbeit beginnen.«

Er öffnete die Verschlüsse der Aktentasche.

»Können Sie mir jetzt sagen, wohin wir fliegen?«, fragte Race.

»Oh, ja, natürlich«, erwiderte Nash. »Tut mir Leid, dass ich es Ihnen nicht vorher sagen konnte, aber Ihr Büro war nicht sicher. Die Fenster hätten gelasert werden können.«

»Gelasert?«

»Mit einer lasergesteuerten Abhörvorrichtung. Wenn wir in einem Büro wie dem Ihren sprechen, lassen unsere Stimmen die Fensterscheiben mitschwingen. Die meisten modernen Bürotürme kommen mit Richtmikrofonen zurecht – da laufen elektronische Störsignale durch die Fensterscheiben. Bei älteren Gebäuden wie dem der Fakultät ist das nicht so. Da wäre das Mithören sehr einfach gewesen.«

»Wohin fliegen wir also?«

»Cusco, Peru – vor der Ankunft der spanischen Konquistadoren im Jahr 1532 Hauptstadt des Inkareichs«, erwiderte Nash. »Jetzt ist es lediglich eine große Provinzstadt mit einigen wenigen Ruinen der Inka, großen Touristenattraktionen, wie man mir gesagt hat. Wir fliegen nonstop, wobei wir unterwegs mehrmals in der Luft auftanken.«

Er öffnete die Aktentasche und entnahm ihr etwas.

Es war ein Stapel Papier – ein loser Haufen DIN-A3-Blätter, insgesamt vielleicht vierzig Seiten. Race' Blick fiel auf das oberste Blatt – die Fotokopie einer illustrierten Titelseite.

Das Manuskript, von dem Nash gesprochen hatte, oder zumindest eine Fotokopie davon.

Lächelnd reichte Nash Race den Papierstapel. »*Deshalb* sind Sie hier.«

Race nahm ihm den Stapel ab und wendete des Titelblatt um.

Naturlich hatte er schon mittelalterliche Manuskripte zu Gesicht bekommen – Manuskripte, die im Mittelalter von hingebungsvollen Mönchen sorgfältig von Hand reproduziert worden waren, damals in den Tagen vor der Druckerpresse. Charakteristisch für solche Manuskripte war die fast unglaubliche Kompliziertheit von Ausführung und Kalligraphie: perfekte Kalligraphie – inklusive wunderbar gestalteten Initialen (der Buchstabe, mit dem ein neues Kapitel anfängt) – sowie detaillierte Piktogramme an den Seitenrändern. Diese Piktogramme sollten die Stimmung des Werks wiedergeben: strahlend und heiter bei angenehmen Büchern, dunkel und erschreckend für eher Düsteres. Der Detailreichtum war so gewaltig, dass es hieß, ein Mönch könne sein ganzes Leben mit der Reproduktion eines einzigen Manuskripts verbringen.

Doch etwas Ähnliches wie das Manuskript, das Race jetzt betrachtete, hatte er, obwohl es eine schwarzweiße Fotokopie war, noch nie gesehen.

Es war prachtvoll.

Er blätterte mit dem Daumen durch die Seiten.

Die Handschrift war erlesen, präzise, ausgeklügelt, und die gezeichneten Piktogramme stellten knorrige, gewundene Ranken dar. Seltsame Steinstrukturen, bedeckt von Moos und Schatten, besetzten die unteren Ecken einer jeden Seite. Der Gesamteindruck war der von Düsternis und dunklen Vorzeichen, von brütender Bösartigkeit.

Race blätterte zum Titel zurück. Er lautete:

Narratio verus priesto in ruris incariis:
operis Alberto Luis Santiago
anno Domini MDLXV

Race übersetzte im Stillen: »Der wahre Bericht eines Mönchs im Lande der Inka: Ein Werk von Alberto Luis Santiago. Im Jahr des Herrn 1565«.

Er wandte sich an Nash. »Na schön. Ich denke, es ist an der Zeit, dass Sie mir sagen, worum es bei Ihrer Mission eigentlich geht.«

Nash erklärte es.

Bruder Alberto Santiago war als junger Franziskaner 1532 an der Seite der Konquistadoren als Missionar nach Peru gesandt worden. Während die Eroberer dort raubten und plünderten, erwartete man von Mönchen wie Santiago, die eingeborenen Inka zum Glauben der heiligen römischen katholischen Kirche zu bekehren.

»Obwohl das Santiago-Manuskript 1565 geschrieben wurde, also eine gute Zeit nach Santiagos Rückkehr nach Europa«, erklärte Nash, »soll es einen Vorfall wiedergeben, der sich um 1535 herum ereignet hat, während der Eroberung Perus durch Francisco Pizarro und dessen Konquistadoren. Den mittelalterlichen Mönchen zufolge, die behaupten, das Manuskript gelesen zu haben, erzählt es eine sehr, sehr erstaunliche Geschichte. Sie handelt von *Hernando* Pizarros besessener Verfolgung eines Inkaprinzen, der während des Höhepunkts der Belagerung Cuscos das am meisten verehrte Götzenbild der Inka aus der umzingelten Stadt gestohlen hat und damit in die Dschungel des östlichen Perus geflohen ist.«

Nash drehte sich in seinem Sitz herum. »Walter«, sagte er und nickte dem bebrillten, kahl werdenden Mann zu, der auf der anderen Seite des Mittelgangs saß, »würden Sie mir bitte helfen? Ich erzähle Professor Race gerade von dem Götzenbild.«

Walter Chambers erhob sich und ließ sich Race gegenüber nieder. Er war unscheinbar, klein und zu drei Vierteln kahl, ein Büchermensch, der zu den Männern gehörte, die zur Arbeit vermutlich eine Fliege trugen.

»William Race, Walter Chambers«, stellte Nash vor. »Walter ist Anthropologe aus Stanford. Ein Experte für die Kulturen Zentral- und Südamerikas – Maya, Azteken, Olmeken und insbesondere Inka.«

Chambers lächelte. »Sie möchten also etwas über das Götzenbild erfahren?«

»Sieht so aus«, erwiderte Race.

»Die Inka nannten es ›Geist des Volkes‹«, erläuterte Chambers. »Es war ein steinernes Götzenbild, aber eines, das aus einem sehr merkwürdigen Stein geschnitzt worden war, einem schimmernden schwarzen Stein, durch den sehr feine Adern aus Purpur verliefen.

Es war der kostbarste Besitz des Inkavolkes. Sie betrachteten es als ihr ureigenstes Herz und ihre ureigenste Seele. Und das meine ich wörtlich. Sie sahen im ›Geist des Volkes‹ mehr als bloß ein *Symbol* ihrer Macht. Für sie war es die *wirkliche* Quelle ihrer Macht. Und in der Tat gingen Geschichten über seine magischen Kräfte um – es konnte das Bösartigste aller Tiere besänftigen. Auch sollte das Götzenbild, wenn es ins Wasser getaucht wurde, singen.«

»Singen?«, wiederholte Race.

»Genau«, meinte Chambers. »Singen.«

»Na ja. Wie hat das Götzenbild ausgesehen?«

»Es ist an vielen Stellen beschrieben worden, auch in den beiden umfassendsten Werken über die Eroberung Perus, Jérez' *Verdadera relación* und de la Vegas *Wahrhaftige Kommentare zum Reich der Inka*. Aber die Beschreibungen weichen voneinander ab. Einige sagen, es sei etwa einen halben Meter hoch gewesen, andere hingegen sprechen von nur fünfzehn Zentimetern; einige sagen, es sei wunderschön geschnitzt und glatt, andere, es habe raue, scharfe Kanten gehabt. Ein Zug ist jedoch allen Beschreibungen des Götzenbildes gemeinsam – der ›Geist des Volkes‹ hatte die Gestalt des Kopfes eines knurrenden Jaguars.«

Chambers beugte sich in seinem Sitz vor. »Von dem Augenblick an, da er von diesem Götzenbild gehört hatte, wollte Hernando Pizarro es besitzen. Und dies umso mehr, nachdem die Wächter am Schrein des Götzenbildes in Pachacámac es ihm vor der Nase weggestohlen haben. Sehen Sie, Hernando Pizarro war möglicherweise der grausamste aller Pizarro-Brüder, die nach Peru gekommen sind. Ich könnte mir vorstellen, dass wir ihn heutzutage einen Psychopathen nennen würden. Einigen Berichten zufolge hat er die Einwohner ganzer Dörfer aus Lust und Laune heraus foltern lassen – einfach bloß zum

Vergnügen. Und seine Jagd nach dem Götzenbild wurde zur Besessenheit. Dorf um Dorf, Stadt um Stadt – wohin er auch ging, er verlangte den Aufbewahrungsort des Götzenbildes zu erfahren. Doch wie viele Eingeborene er auch folterte, wie viele Dörfer er niederbrannte, die Inka wollten ihm nicht sagen, wo sich ihr kostbares Götzenbild befand.

Dann jedoch, im Jahr 1535, entdeckte Hernando das Versteck irgendwie. Das Götzenbild lag in einem gewaltigen Steingewölbe im Coricancha, dem berühmten Sonnentempel, inmitten der belagerten Stadt Cusco.

Unseligerweise – aus der Sicht von Hernando natürlich – erreichte er Cusco gerade rechtzeitig, um mitzubekommen, wie ein junger Inkaprinz namens Renco Capac sich in einem tollkühnen Ritt durch die Reihen der Spanier und Inka mit dem Götzenbild auf und davon machte. Den mittelalterlichen Mönchen zufolge, die das Manuskript gelesen haben, beschreibt das Santiago-Manuskript die Einzelheiten von Hernandos Verfolgung, die sich an die Flucht des jungen Prinzen aus Cusco anschloss – eine wahnwitzige Jagd durch die Anden und in den Regenwald des Amazonas.«

»Außerdem«, fiel Nash ein, »enthüllt das Manuskript angeblich den endgültigen Aufbewahrungsort des ›Geistes des Volkes‹.«

Also waren sie hinter dem Götzenbild her, dachte Race.

Aber er schwieg, hauptsächlich deshalb, weil ihm das Ganze einfach unsinnig vorkam.

Warum schickte die US Army ein Team von *Kernphysikern* nach Südamerika, um ein verschollenes Götzenbild der Inka zu suchen? Und das auf der Basis eines vierhundert Jahre alten lateinischen Manuskripts! Sie hätten ebenso gut der Schatzkarte eines Piraten folgen können.

»Ich weiß, was Sie denken«, meinte Nash. »Wenn mir jemand vor einer Woche eben diese Geschichte erzählt hätte, hätte ich ähnlich gedacht wie Sie. Doch bis vor einigen Wochen hat niemand gewusst, wo sich das Santiago-Manuskript befindet.«

»Aber jetzt haben Sie es«, sagte Race.

»Nein«, entgegnete Nash scharf. »Wir haben eine *Kopie* davon. Jemand anders hat das Original.«

»Wer?«

Nash nickte in Richtung des Aktenordners auf Race' Schoß. »Haben Sie den Zeitungsartikel in dem Ordner gelesen, den ich Ihnen vorhin gegeben habe? Den über die Jesuitenmönche, die in ihrer Abtei in den Pyrenäen ermordet worden sind?«

»Ja ...«

»Achtzehn Mönche ermordet. Allesamt aus kürzester Distanz mit modernsten Waffen erschossen. Auf den ersten Blick sieht es aus wie das Werk dieser algerischen Wald-und-Wiesen-Terroristen. Wie man weiß, haben sie isolierte Klöster überfallen, und ihre bevorzugte Methode ist, ihre Opfer aus nächster Nähe zu erschießen. Die französische Presse hat so darüber berichtet.«

Nash hielt einen Finger hoch. »Aber was die Presse nicht weiß, ist, dass ein Mönch dem Gemetzel entfliehen konnte – ein amerikanischer Jesuit auf Studienurlaub in Frankreich. Er hat sich in einer Dachkammer verbergen können. Nachdem ihn die französische Polizei verhört hat, ist er an unsere Botschaft in Paris weitergereicht worden. Dort wurde er erneut vernommen, diesmal vom Chef der lokalen CIA-Niederlassung.«

»Und?«

Nash sah Race direkt in die Augen.

»Die Männer, die das Kloster gestürmt haben, waren keine algerischen Terroristen, Professor Race. Es waren Soldaten. *Weiße* Soldaten. Sie trugen schwarze Skimützen und waren bis an die Zähne mit ziemlich ehrfurchtgebietenden Waffen ausgerüstet. Und sie haben untereinander Deutsch gesprochen.

Interessanter jedoch ist«, fuhr Nash fort, »was sie suchten.

Offenbar haben sie alle Mönche im Refektorium der Abtei zusammengetrieben, wo sie sich hinknien mussten. Dann haben sie sich einen der Mönche geschnappt und von ihm den Aufbewahrungsort des Santiago-Manuskripts erfahren wollen. Auf seine Antwort, er wisse es nicht, haben sie zwei Mönche erschossen – diejenigen zu seinen beiden Seiten. Daraufhin haben sie ihm die Frage erneut gestellt. Als er wieder entgegnete, er wisse es nicht, haben sie die nächsten beiden Mönche umgebracht. Das wäre so weitergegangen, bis sie alle umgebracht hätten, aber dann ist jemand vorgetreten und hat gesagt, er kenne den Aufbewahrungsort des Manuskripts.«

»Mein Gott ...«, sagte Race.

Nash zog ein Foto aus seiner Brieftasche. »Wir haben Grund zu der Annahme, dass dieser Mann für die Gräueltat verantwortlich ist – Heinrich Anistase, ehemaliger Major der ostdeutschen Geheimpolizei, der Stasi.«

Race betrachtete die Aufnahme, das 10 × 15-Hochglanzfoto eines Mannes, der einem Auto entstieg. Der Mann war groß und breitschultrig, hatte kurzes, nach vorn gekämmtes schwarzes Haar und zwei schmale Schlitze als Augen. Es waren harte, kalte Augen, Augen, die anscheinend beständig zusammengekniffen waren. Er wirkte wie Mitte vierzig.

»Achten Sie auf die linke Hand«, sagte Nash.

Race sah genauer hin. Die linke Hand des Mannes ruhte auf der Wagentür ...

Heinrich Anistase fehlte der linke Ringfinger.

»Irgendwann während des Kalten Krieges wurde Anistase von Mitgliedern eines ostdeutschen Verbrechersyndikats gekidnappt, dem die Stasi ein Ende zu bereiten versuchte. Die Leute haben ihn dazu gebracht, sich den eigenen Finger abzuschneiden. Den haben sie dann mit der Post an Anistases Chef geschickt. Dann gelang Anistase jedoch die Flucht und er kehrte zurück – mit einer ganzen Streitmacht der Stasi. Unnötig zu erwähnen, dass das organisierte Verbrechen im kommunistischen Ostdeutschland danach kein Problem mehr darstellte.

Wichtiger für uns sind aber seine Methoden bei anderen Gelegenheiten. Sehen Sie, offenbar hat Anistase eine besondere Art, Leute zum Sprechen zu bringen: Er war dafür bekannt, die Menschen zu beiden Seiten der Person hinzurichten, die ihm die gewünschten Informationen verweigerten.«

Es folgte ein kurzes Schweigen.

»Unseren allerneuesten geheimdienstlichen Ermittlungen zufolge«, sagte Nash, »hat Anistase nach dem Ende des Kalten Krieges in einer nicht offiziellen Eigenschaft als Attentäter für das vereinigte Deutschland gearbeitet.«

»Also besitzen die Deutschen das Originalmanuskript«, meinte Race. »Woher haben Sie dann die Kopie?«

Nash nickte weise. »Die Mönche haben den Deutschen das Originalmanuskript ausgehändigt. Das ursprüngliche, nicht verzierte *handgeschriebene* Manuskript von Alberto Santiago persönlich.

Sie haben den Deutschen jedoch verschwiegen, dass sich 1599 – dreißig Jahre nach Santiagos Tod – ein weiterer Franziskanermönch darangemacht hat, Santiagos handgeschriebenes Manuskript in einen kunstvoll verzierten Text zu transkribieren, der für das Auge von Königen passend wäre. Unglücklicherweise ist dieser zweite Mönch gestorben, ehe er sein Werk vollenden konnte. Deshalb existiert ein zweites Exemplar des Santiago-Manuskripts, eine *teilweise vollendete* Kopie, die ebenfalls in der Abtei San Sebastian aufbewahrt wurde. Davon stammt unsere Fotokopie.«

Race hob die Hand.

»Gut, gut«, sagte er. »Warten Sie eine Minute! Warum diese Morde und Intrigen für ein verschollenes Götzenbild der Inka? Was wollen die USA und Deutschland mit einem vierhundert Jahre alten Stück Stein?«

Nash lächelte Race grimmig an.

»Sehen Sie, Professor, wir sind nicht hinter dem Götzenbild her«, entgegnete er, »sondern hinter der Substanz, aus der es besteht.«

»Was meinen Sie damit?«

»Professor, wir glauben, dass der ›Geist des Volkes‹ aus einem Meteoriten geschnitten wurde.«

***

»Der Zeitschriftenartikel«, meinte Race.

»Genau«, sagte Nash. »Von Albert Müller von der Bonner Universität. Vor seinem verfrühten Ableben untersuchte Müller einen ein Kilometer breiten Krater im Dschungel des südöstlichen Perus, etwa sechzig Kilometer südlich von Cusco. Anhand der Ausmaße des Kraters sowie der Geschwindigkeit, mit der der Dschungel darüber gewachsen ist, schätzte Müller, dass ein Meteorit hoher Dichte von etwa einem halben Meter Durchmesser irgendwann zwischen 1460 und 1470 an dieser Stelle auf die Erde gestürzt ist …«

»… was«, fügte Walter Chambers hinzu, »exakt mit dem Aufstieg der Inka in Südamerika zusammenfällt.«

»Wichtiger ist für uns jedoch«, sagte Nash, »was Müller in den Wänden dieses Kraters gefunden hat. Darin eingelagert waren Spuren einer Substanz, die als Thyrium 261 bekannt ist.«

»Thyrium 261?«, fragte Race.

»Das ist ein seltenes Isotop des gewöhnlichen Elements Thyrium«, erklärte Nash, »und kommt auf der Erde nicht vor. Tatsächlich ist Thyrium hier lediglich in erstarrter Form gefunden worden, wahrscheinlich das Ergebnis früherer Asteroideneinschläge in der fernen Vergangenheit. Es ist im Plejadensystem heimisch, einem Doppelsternsystem nicht weit von unserem eigenen System. Da es jedoch aus einem *Doppelsternsystem* stammt, ist Thyrium von weitaus größerer Dichte als selbst die schwersten irdischen Elemente.«

Für Race ergaben die Dinge jetzt allmählich etwas mehr Sinn. Insbesondere, weshalb die Army ein Team Physiker in den südamerikanischen Dschungel schickte.

»Und was genau können Sie mit Thyrium anstellen?«, fragte Race.

»Colonel!«, rief plötzlich eine Stimme.

Nash und Race wandten sich in den Sitzen um und sahen Troy Copeland, einen der anderen Wissenschaftler, rasch vom Cockpit den Mittelgang herabschreiten. Copeland war ein großer Mann, schlank, mit einem hageren Falkengesicht und durchdringenden, schmalen Augen. Er gehörte zur DARPA – ein Kernphysiker, wie Race sich erinnerte – und wirkte wie ein völlig humorloses Individuum.

»Colonel, wir haben ein Problem«, sagte er.

»Und das wäre?«, fragte Nash.

»Wir haben gerade eine Warnung mit hoher Priorität von Fairfax Drive erhalten«, sagte Copeland.

Race wusste, was Fairfax Drive war – die Kurzfassung von 3701 North Fairfax Drive, Arlington, Virginia, dem Hauptquartier der DARPA.

»Wovor?«, fragte Nash.

Copeland holte tief Luft. »Heute früh ist dort eingebrochen worden. Sechzehn Sicherheitskräfte tot. Die gesamte Nachtwache ermordet.«

Nashs Gesicht wurde aschfahl. »Sie haben doch nicht ...«

Copeland nickte ernst. »Sie haben die Supernova gestohlen.«

Eine Sekunde lang starrte Nash ins Leere.

»Es war das Einzige, das sie mitgenommen haben«, sagte Copeland. »Sie haben genau gewusst, wo sie stand. Sie kannten die Codes zur Gewölbekammer und hatten Codekarten für die Klemmschlösser. Wir müssen davon ausgehen, dass sie auch die Codes für die Titanluftschleuse am Apparat kannten und vielleicht sogar wussten, wie sie diese auslösen müssen.«

»Irgendeine Vorstellung, wer es war?«

»Das NCIS ist jetzt da. Erste Anzeichen deuten darauf hin, dass es möglicherweise das Werk einer paramilitärischen Gruppierung wie den Freiheitskämpfern ist.«

»Scheiße«, meinte Nash. »*Scheiße!* Sie müssen von dem Götzenbild wissen.«

»Das ist sehr wahrscheinlich.«

»Dann müssen wir als Erste dort sein.«

»Richtig«, erwiderte Copeland.

Race beobachtete das Gespräch wie ein Zuschauer eines Tennismatchs. Also, im Hauptquartier der DARPA war eingebrochen worden, aber was genau gestohlen worden war, blieb ihm ein Rätsel. Irgendetwas, das »Supernova« genannt wurde. Und wer waren diese Freiheitskämpfer?

Nash erhob sich. »Wie viel Vorsprung haben wir?«

»Vielleicht drei Stunden, wenn überhaupt«, erwiderte Copeland.

»Dann müssen wir rasch handeln.« Nash wandte sich an Race. »Professor Race, tut mir Leid, aber der Einsatz bei diesem Spiel ist gerade erhöht worden. Wir dürfen keine Zeit mehr verschwenden. Es ist jetzt unbedingt nötig, dass wir beim Anflug auf Cusco eine Übersetzung des Manuskripts vorliegen haben, weil wir, wenn wir einmal gelandet sind, nur noch rennen werden. Und das meine ich ernst!«

Mit diesen Worten verschwanden Nash, Copeland und Chambers in andere Bereiche der Maschine und ließen Race mit dem Manuskript allein.

Er blickte erneut auf das Titelblatt, prüfte die grobe Struktur der fotokopierten Buchstaben. Dann holte er tief Luft und wandte die Seite um.

Und sah die erste Zeile vor sich, die folgenden, in feiner mittelalterlicher Handschrift geschriebenen Worte:

Meus nominus est Alberto Luis Santiago
et ille est meum rem ...

Er übersetzte:

Mein Name ist Alberto Santiago und dies ist meine Geschichte ...

Erste Lektüre

Am ersten Tag des neunten Monats im Jahre des Herrn 1535 wurde ich ein Verräter an meinem Land.

Der Grund: Ich half einem Mann aus einem Gefängnis meiner Landsleute zur Flucht.

Sein Name war Renco Capac und er behauptete, ein Inkaprinz zu sein, der jüngere Bruder ihres obersten Herrschers, Manco Capac, der Mann, den man den »Sapa Inka« nannte.

Renco war ein gut aussehender Mann mit glatter, olivfarbener Haut und langem schwarzem Haar. Sein charakteristischstes Merkmal jedoch war ein auffälliges Muttermal direkt unterhalb des linken Auges. Es sah aus wie ein umgekehrter Berg, ein fransiges Dreieck aus brauner Haut auf seiner ansonsten glatten Haut.

Ich begegnete Renco zum ersten Mal an Bord der *San Vincente,* einer Gefängnishulk, die draußen inmitten des Urubambaflusses lag, zehn Meilen nördlich der Inkahauptstadt Cusco.

Die *San Vincente* war die dreckigste aller Gefängnishulks, die in den Flüssen von Neu-Hispanien vor Anker lagen – eine alte, hölzerne, für den Ozean nicht mehr geeignete Galeone, die nur zu dem Zweck entmastet und über Land gezogen worden war, feindliche oder gefährliche Indios aufzunehmen.

Bewaffnet wie gewöhnlich mit meiner kostbaren ledergebundenen Bibel – einer dreihundert Seiten starken, handgeschriebenen Version des prächtigen Buches, einem Geschenk meiner Eltern zu meinem Eintritt in den heiligen Orden –, war ich zu der Gefängnishulk gekommen, um diese Heiden das Wort unseres Herrn zu lehren.

In dieser Stellung als Priester unseres Glaubens bin ich dem jungen Prinzen Renco begegnet. Anders als die meisten übrigen Männer in dieser erbärmlichen Hulk – dreckige, hässliche Schufte, die aufgrund der beschämenden Bedingungen, die ihnen meine Landsleute auferlegt hatten, mehr wie Hunde denn wie Menschen aussahen –, war er sehr beredsam und wohlerzogen. Er besaß auch eine einzigartige Sensibilität, wie ich sie seitdem bei keinem anderen Menschen mehr erlebt habe. In seinen Augen lagen eine Sanftmut, ein Verständnis, die mir tief in die Seele drangen.

Außerdem war er von beträchtlicher Intelligenz. Meine Landsleute waren erst drei Jahre in Neu-Hispanien und er beherrschte bereits unsere Sprache. Er war auch begierig, etwas über meinen Glauben zu erfahren und mein Volk auf unsere Weise zu verstehen, und ich war glücklich, ihn dies lehren zu können. Wie dem auch sei, wir wurden bald Freunde und ich besuchte ihn oft.

Dann, eines Tages, erzählte er mir von seiner Mission.

Ehe er gefangen genommen worden war, sagte der Prinz, hatte er den Auftrag, nach Cusco zu reisen und ein bestimmtes Götzenbild zu holen. Kein gewöhnliches Götzenbild, weiß Gott nicht, sondern ein höchst verehrtes, vielleicht das meistverehrte Götzenbild dieser Indios. Ein Götzenbild, von dem es hieß, es verkörpere ihren Geist.

Aber Renco war auf dem Weg nach Cusco angegriffen und gefangen genommen worden – er war in einen Hinterhalt geraten, den der Gouverneur mit Hilfe der Chancas gelegt hatte, einem äußerst feindseligen Stamm aus den nördlichen Dschungeln, der vom Volk der Inka gegen seinen Willen unterworfen worden war.

Wie viele andere Stämme aus dieser Region sahen die Chancas in der Ankunft meiner Landsleute ein Mittel, das Joch der Tyrannei der Inka abzuschütteln. Sie waren rasch bei der Hand, dem Gouverneur ihre Dienste als Informanten und Führer anzubieten, wofür sie im Gegenzug Musketen und metallene Schwerter erhielten, denn die Stämme Neu-Hispaniens hatten keine Vorstellung von Bronze oder Eisen.

Während Renco mir von seiner Mission und seiner Gefangennahme durch die Truppen des Gouverneurs erzählte, erblickte ich über seine Schulter hinweg einen Stammesangehörigen der Chancas, der ebenfalls auf der *San Vincente* gefangen gehalten wurde.

Sein Name war Castino, ein hässlicher, brutaler Mann. Groß und behaart, bärtig und ungewaschen, hätte er sich nicht mehr von dem jungen, sich präzise ausdrückenden Renco unterscheiden können. Er war äußerst widerwärtig, eine erschreckende menschliche Gestalt, und ich verfluchte mein Geschick, dass mein Auge ihn zu sehen bekam. Ein geschärftes weißes Knochenstück war ihm durch die Haut der linken Wange gebohrt, das charakteristische Zeichen der Chancas. Castino starrte stets böswillig auf Rencos Rücken, wann immer ich den jungen Prinzen besuchte.

Am Tag, da er mir von seiner Mission erzählte, das Götzenbild zurückzuholen, war Renco extrem bedrückt.

Das Ziel seiner Reise, sagte er, befand sich in einem Gewölbe innerhalb des Coricancha oder Sonnentempels in Cusco. Doch Renco hatte an diesem Tag erfahren – er hatte ein Gespräch zwischen zwei Wächtern an Bord der Hulk mitgehört –, dass die Stadt Cusco vor kurzem gefallen war und die Spanier innerhalb ihrer Mauern ungehemmt raubten und plünderten.

Ich hatte ebenfalls von der Einnahme Cuscos erfahren. Es hieß, die Plünderung, die dort vonstatten ging, sei eine der räuberischsten der ganzen Eroberung. Gerüchte kursierten, dass spanische Soldaten in ihrer Gier nach den unermesslichen Mengen Gold ihre Kameraden umbrachten.

Solche Geschichten erfüllten mich mit Abscheu. Erst sechs Monate zuvor war ich mit all den törichten Idealen eines Novizen in Neu-Hispanien eingetroffen – mit dem Wunsch, alle heidnischen Eingeborenen zu unserem edlen katholischen

Glauben zu bekehren, dem Traum, an der Spitze einer Schwadron Soldaten zu stehen und dabei ein Kruzifix vor mich zu halten, mit der Illusion, Kirchen mit hohen, spitzen Türmen zu erbauen, die der Neid Europas wären. Aber diese Ideale zerbrachen rasch angesichts der unbarmherzigen Akte der Grausamkeit und Gier meiner Landsleute, deren Zeuge ich an jedem Tag wurde.

Mord, Plünderung, Vergewaltigung – das waren nicht die Taten von Männern, die im Namen Gottes kämpften. Das waren die Taten von Banditen, von Verbrechern. Und so fragte ich mich in jenen Augenblicken, da meine Enttäuschung am größten war – so, als ich Zeuge wurde, wie ein spanischer Soldat eine Frau enthauptete, um an ihre goldene Halskette zu kommen –, ob ich auf der richtigen Seite kämpfte. Dass spanische Soldaten so weit waren, einander während der Plünderung Cuscos umzubringen, überraschte mich daher nicht weiter.

An dieser Stelle sollte ich erwähnen, dass mir zuvor schon Gerüchte von Rencos heiligem Götzenbild zu Ohren gekommen waren.

Es war weithin bekannt, dass Hernando Pizarro, der Bruder und Oberbefehlshaber des Gouverneurs, eine unglaubliche Summe für jeden Hinweis ausgesetzt hatte, der zur Entdeckung des Götzenbildes führte. Meiner Ansicht nach war es der Verehrung und Hingabe, die die Inka ihrem Götzenbild schenkten, zu verdanken, dass nicht ein Einziger von ihnen den Aufbewahrungsort als Gegenleistung für Hernandos sagenhafte Belohnung verraten hatte. Es beschämt mich zu sagen, dass ich nicht daran glaube, dass meine Landsleute unter ähnlichen Umständen das Gleiche getan hätten.

Doch trotz aller Geschichten, die ich von der Plünderung Cuscos vernommen hatte, hatte ich nie von der Entdeckung des Götzenbildes gehört.

Wäre es gefunden worden, so hätte sich die Kunde von seiner Entdeckung wie ein Lauffeuer verbreitet. Denn der glückliche Fußsoldat, der es entdeckt hätte, wäre sogleich zum Ritter geschlagen, auf der Stelle vom Gouverneur zum Marquis ernannt worden und hätte den Rest seines Lebens in Spanien in grenzenlosem Luxus verbracht.

Und dennoch hatte es bisher keine solche Geschichte gegeben.

Was mich zu dem Schluss führte, dass die Spanier das Götzenbild in Cusco bislang nicht gefunden hatten.

»Bruder Alberto«, sagte Renco mit flehendem Blick, »hilf mir! Hilf mir, diesem schwimmenden Käfig zu entkommen, damit ich meine Mission vollenden kann. Nur ich kann das Götzenbild meines Volkes zurückbringen. Und da die Spanier Cusco halten, ist es nur eine Frage der Zeit, bis sie es finden.«

Nun ja.

Ich wusste nicht, was ich sagen sollte. So etwas könnte ich niemals tun – ich könnte ihm niemals zur Flucht verhelfen. Ich würde mich zu einem Gejagten machen, einem Verräter am eigenen Land. Wenn ich erwischt würde, wäre ich derjenige, der in diesem schwimmenden, höllenähnlichen Kerker gefangen gehalten würde. Daher verließ ich die Hulk ohne ein weiteres Wort.

Aber ich würde zurückkehren. Und ich würde erneut mit Renco sprechen – und erneut würde er mich bitten, ihm zu helfen, die Stimme voller Leidenschaft, der Blick bettelnd.

Wann immer ich über diese Sache nachdachte, würden meine Gedanken stets zu zwei Dingen zurückkehren: meiner abgrundtiefen Enttäuschung über die abscheulichen Taten jener Männer, die ich meine Landsleute nannte, und meiner Bewunderung für die stoische Weigerung des Inkavolkes, den geheimen Ort ihres Götzenbildes angesichts eines derart überwältigenden Unglücks zu verraten.

In der Tat war ich niemals Zeuge einer so unerschöpflichen Verehrung geworden. Ich hatte sagen hören, dass Hernando bei seiner besessenen Suche nach dem Götzenbild ganze Orte gefoltert habe, und von den Gräueltaten gehört, die er begangen hatte. Ich überlegte, wie ich handeln würde, wenn ich sähe, wie mein eigenes Volk abgeschlachtet, gefoltert, ermordet würde. Würde ich unter solchen Umständen die Lage Jerusalems preisgeben?

Am Ende kam ich zu dem Entschluss, dass ich es täte, und ich war zwiefach beschämt.

So entschloss ich mich wider Willen, wider meinen Glauben und wider die Untertanenpflicht meinem Land gegenüber, Renco zu helfen.

Ich verließ die Hulk und kehrte später in dieser Nacht mit einem jungen Edelknaben zurück – einem Inka namens Tupac –, genau, wie Renco mich angewiesen hatte. Beide trugen wir wegen der Kälte einen Kapuzenmantel und hielten die Hände in den Ärmeln verborgen.

Wir erreichten den Posten am Flussufer. Wie der Zufall es wollte und weil der größte Teil der Streitkräfte meines Landes in Cusco weilte und dort an der Plünderung teilnahm, war nur eine kleine Schar von Soldaten in der Zeltstadt nahe der Hulk anwesend. Tatsächlich bewachte lediglich ein einsamer Wachtposten – ein fetter, schlampiger Rüpel aus Madrid, dessen Atem nach Schnaps stank und der Dreck unter den Fingernägeln hatte – die Brücke, die zu der Hulk führte.

Nach einem zweiten Blick auf den jungen Tupac – es war zu dieser Zeit nicht ungewöhnlich für Indios, Mönchen wie mir als Pagen zu dienen – rülpste der Posten laut und befahl uns, uns ins Register einzutragen.

Ich kritzelte unsere beiden Namen in das Buch. Anschließend betraten wir den schmalen, hölzernen Fußsteg, der vom Ufer aus zu einer Tür in der Seite der Gefängnishulk mitten im Fluss führte.

Kaum waren wir jedoch an dem dreckigen Wächter vorüber, da fuhr der junge Tupac herum, packte den Mann von hinten, verdrehte ihm den Kopf und brach ihm in einem Augenblick den Hals. Der Körper des Wächters sackte auf seinem Stuhl zusammen. Ich erschrak angesichts dieser rohen Gewalttat, entdeckte jedoch merkwürdigerweise, dass ich wenig Mitleid mit dem Wächter verspürte. Ich hatte meine Entscheidung getroffen, meine Untertanenpflicht dem Feind verpfändet – jetzt gab es kein Zurück mehr.

Mein junger Gefährte nahm dem Wächter rasch Gewehr und *Pistallo* ab – oder »Pistole«, wie einige meiner Landsleute diese Waffe inzwischen nannten – sowie als Letztes die Schlüssel. Daraufhin befestigte Tupac ein Steingewicht am Fuß des Toten und ließ den Leichnam in den Fluss fallen.

Im blassblauen Mondlicht überquerten wir den morschen hölzernen Fußsteg und betraten die Hulk.

Als wir in den Raum mit den Käfigen kamen, sprang der Wächter im Innern auf, aber Tupac war zu rasch für ihn. Ohne im Schritt innezuhalten, feuerte er auf den Soldaten. Der Knall des Schusses in dem engen Raum der Gefängnishulk war ohrenbetäubend. Rings um uns her fuhren die Gefangenen bei dem jähen, entsetzlichen Geräusch ruckartig aus dem Schlaf hoch.

Als wir seinen Käfig erreichten, stand Renco bereits auf den Beinen.

Der Schlüssel des Wächters passte in das Schloss seiner Zelle und die Tür öffnete sich leicht. Die Gefangenen um uns her schrien und schlugen an die Stangen ihrer Käfige und bettelten darum, herausgelassen zu werden. Mein Blick schoss in alle Richtungen und inmitten dieses Aufruhrs sah ich etwas, das mich bis ins Innerste erstarren ließ.

Ich sah den Chanca, Castino, reglos in seiner Zelle stehen und mich durchdringend anstarren.

Da sein Käfig jetzt offen war, lief Renco zu dem toten Wächter hinüber, schnappte sich dessen Waffen und reichte sie mir.

»Komm schon«, sagte er, womit er mich aus Castinos hypnotischem Blick holte. Da er lediglich knappe Lumpen trug, entkleidete Renco den Leichnam rasch. Dann zog er eilig die dicke Reitlederjacke, die Hose und die Stiefel an.

Kaum war er angekleidet, lief er herum und schloss einige andere Käfige auf. Mir fiel auf, dass er nur die Zellen der Inkakrieger öffnete und nicht diejenigen der Gefangenen von unterworfenen Stämmen wie den Chancas.

Dann jagte Renco mit einem Gewehr in der Hand zur Tür hinaus, die Schreie der übrigen Gefangenen missachtend, und rief mir zu, ich solle ihm folgen.

Inmitten einer Menge rennender Gefangener liefen wir über den wackeligen Fußsteg zurück. Einige Soldaten hatten den Aufruhr an Bord der Hulk vernommen. Vier Spanier vom nahe gelegenen Zeltdorf trafen auf Pferden am Flussufer ein, als wir gerade von der Brücke sprangen. Sie feuerten ihre Musketen auf uns ab und der Knall ihrer Waffen dröhnte wie Donnerschläge durch die Nacht.

Renco erwiderte das Feuer. Er handhabte seine Muskete wie der fronterfahrenste spanische Infanterist und schoss einen der Reiter aus dem Sattel. Die übrigen befreiten Inka liefen uns voraus und überwältigten zwei der anderen Reiter.

Der letzte Soldat brachte sein Ross herum, sodass es direkt vor mir stand. In einem einzigen Augenblick bemerkte ich, wie er erfasste, wer ich war – ein Europäer, der den Heiden half. Ich sah den Ärger in seinen Augen aufblitzen und dann, wie er sein Gewehr hob und auf mich richtete.

Da mir nichts anderes zur Verfügung stand, hob ich hastig meine Pistole und feuerte. Der Schuss dröhnte laut und ich würde auf die Bibel schwören, dass mir der Rückstoß fast den Arm aus dem Gelenk riss. Der Reiter vor mir fuhr ruckartig in seinem Sattel zurück und sank tot zu Boden.

Wie betäubt stand ich da, die Pistole in der Hand, und starrte wie hypnotisiert auf den toten Körper am Boden. Verzweifelt versuchte ich, mich davon zu überzeugen, dass ich nichts Falsches getan hatte. Er hätte mich getötet …

»Bruder!«, rief Renco auf einmal.

Sogleich drehte ich mich um und sah ihn auf einem der spanischen Pferde sitzen. »Komm!«, schrie er. »Nimm sein Pferd! Wir müssen nach Cusco!«

★★★

Cusco befindet sich am Kopfende eines langen, in nordsüdlicher Richtung verlaufenden Tals in den Bergen. Die befestigte Stadt liegt zwischen zwei parallelen Flussläufen, dem Huatanay und dem Tullumayo, die gewissermaßen als Burggräben dienen. Auf einem Hügel im Norden der Stadt thront wie ein Gott, der auf Cusco und das Tal hinabblickt, die steinerne Festung von Sacsayhuaman.

Sacsayhuaman ist ein Bau, wie ich ihn auf der ganzen Welt noch nie gesehen habe. Nichts in Spanien oder selbst in ganz Europa kann sich mit seiner Größe oder majestätischen Ausstrahlung messen.

Es ist wahrlich eine Schrecken erregende Zitadelle – etwa von der Form einer Pyramide, besteht sie aus drei kolossalen Rängen, von denen ein jeder leicht hundert Hände hoch ist und Mauern hat, die aus riesigen, hundert Tonnen schweren Blöcken gefertigt wurden.

Die Inka kennen keinen Mörtel, aber sie gleichen diesen Mangel mehr als genügend durch ihre außergewöhnliche Fähigkeit in der Kunst des Steinschneidens aus. Statt Steine mit Klebstoff zusammenzufügen, bauen sie ihre Festungen, Tempel und Paläste, indem sie gewaltige Steine in regelmäßige Formen schlagen und so aneinander reihen, dass jeder Stein genau in den anderen passt. Die Verbindungen zwischen den monumentalen Steinen sind so exakt und vollkommen, dass keine Messerklinge mehr dazwischenpasst.

In dieser Anlage fand die faszinierende Belagerung Cuscos statt.

Jetzt ist es an der Zeit zu sagen, dass diese Belagerung als eine der merkwürdigsten in der Geschichte der modernen Kriegsführung betrachtet werden muss. Ihre Besonderheit beruht auf folgender Tatsache: Während die Invasoren – meine Landsleute, Spanier – sich innerhalb der Stadtmauern aufhielten, hatten die Besitzer der Stadt, das Volk der Inka, außerhalb der Stadtmauern Stellung bezogen.

Mit anderen Worten, die Inka belagerten ihre eigene Stadt.

Um gerecht zu sein: Dies war das Ergebnis einer langen und komplizierten Kette von Ereignissen. 1533 ritten meine spanischen Landsleute unbehelligt in Cusco ein und waren, zunächst, freundlich zu den Inka. Erst als ihnen das volle Ausmaß des Reichtums innerhalb der Stadtmauern bewusst wurde, gaben sie jeglichen Anschein von Zivilisiertheit auf.

Meine Landsleute plünderten Cusco mit einer Wildheit, wie sie nie zuvor gesehen worden war. Einheimische Männer wurden versklavt, einheimische Frauen vergewaltigt. Unermessliche Mengen Gold wurden eingeschmolzen – woraufhin die Inka meine spanischen Landsleute »Goldesser« tauften. Offenbar führten sie deren Gier nach Gold auf das Bedürfnis zurück, es zu essen.

Im Jahre 1535 floh der Sapa Inka – Rencos Bruder, Manco Capac –, der bis dahin meinen Landsleuten gegenüber von versöhnlicher Natur gewesen war, aus der Hauptstadt in die Berge und versammelte eine gewaltige Armee, mit der er Cusco zurückgewinnen wollte.

Die Inkaarmee – 100 000 Mann stark, bewaffnet jedoch lediglich mit Knüppeln, Keulen und Pfeilen – näherte sich Cusco in wilder Wut und nahm Sacsayhuaman, die gewaltige Steinzitadelle, die die Stadt überblickte, binnen eines Tages ein. Die Spanier suchten Zuflucht innerhalb der Stadtmauern.

Und so begann die Belagerung.

Sie sollte drei Monate währen.

Nichts auf dieser Erde hätte mich auf den Anblick vorbereiten können, der mich erwartete, nachdem wir durch die gewaltigen steinernen Schlagbäume am nördlichen Ende des Cuscotals geritten waren.

Es war Nacht, doch ebenso gut hätte es Tag sein können. Überall brannten Feuer, sowohl innerhalb der Stadtmauern als auch draußen. Es sah aus wie in der Hölle selbst.

Die größte Streitmacht an Männern, die ich je gesehen habe, füllte das Tal vor mir. Eine Woge von Menschen strömte von der Zitadelle auf dem Hügel zur Stadt herab – 100 000 Inka, allesamt zu Fuß, die schrien, kreischten und Fackeln und Waffen schwenkten. Sie hatten die gesamte Stadt umzingelt. Innerhalb der Stadtmauern sah man Feuer in den Steinbauten wüten.

Renco ritt mir voraus, direkt in den Strom aus Menschen hinein, und wie das Rote Meer vor Moses, so teilte sich die Menge vor ihm.

Währenddessen ertönte ein gewaltiges Gebrüll von Seiten der Inka, ein Freudengeschrei, ein Ruf von solcher Inbrust und solchem Jubel, dass sich mir die Härchen im Nacken aufrichteten. Es war, als hätten sie Renco alle sogleich erkannt – obwohl er spanische Kleidung trug – und wären für ihn zur Seite getreten. Jeder Einzelne schien von Rencos Mission zu wissen und bereit zu sein, alles zu tun, damit er sie so rasch wie möglich erfüllen konnte.

Renco und ich stürmten durch die wimmelnde Masse Mensch, galoppierten mit ungeheuerer Schnelligkeit dahin, während sich die Scharen jubelnder Inka vor uns teilten und uns gleichsam weiterschoben.

Nahe der Basis der mächtigen Festung Sacsayhuaman stiegen wir ab und schritten rasch durch die Menge von Inkakriegern.

Währenddessen sah ich rings um mich herum zahllose Pfähle, die in den Grund getrieben worden waren. Darauf steckten die blutigen Köpfe spanischer Soldaten. Auf einige Pfähle waren ganze Leichen aufgespießt worden. Köpfe und Füße hatte man ihnen abgehackt. Ich ging rasch weiter und achtete sorgfältig darauf, hinter meinem Freund Renco zu bleiben.

Dann teilte sich die Menge vor uns urplötzlich und ich sah einen Indio vor mir an einem der Eingänge zu der riesigen steinernen Festung stehen. Er war prächtig gekleidet, trug einen leuchtend roten Umhang sowie eine goldplattierte Halskette, und auf seinem Kopf saß eine großartige, juwelenbesetzte Krone. Er war umgeben von einem Gefolge aus wenigstens zwanzig Kriegern und Dienern.

Dies war Manco, der Sapa Inka.

Manco umarmte Renco und sie wechselten einige Worte auf Quechua, der Sprache der Inka. Später übersetzte Renco mir das Gespräch folgendermaßen:

»Bruder«, sagte der Sapa Inka. »Wir waren in tiefer Sorge um dich. Wir hörten, du seist gefangen genommen oder, noch schlimmer, getötet worden. Schließlich bist du der Einzige, der die Erlaubnis besitzt, das Gewölbe zu betreten und das …«

»Ja, Bruder, ich weiß«, erwiderte Renco. »Doch höre, wir haben keine Zeit. Ich muss sogleich in die Stadt. Ist der Flusseingang bereits benutzt worden?«

»Nein«, entgegnete Manco, »wir haben davon Abstand genommen, ihn zu gebrauchen, wie du uns angewiesen hast, damit die Goldesser von seinem Vorhandensein nichts erfahren.«

»Gut«, meinte Renco. Er zögerte, ehe er wieder das Wort ergriff. »Ich habe eine weitere Frage.«

»Wie lautet sie?«

»Bassario«, sagte Renco. »Ist er innerhalb der Stadtmauern?«

»Bassario?« Manco runzelte die Stirn. »Nun, ich … ich weiß es nicht …«

»War er beim Fall der Stadt im Innern?«

»Ja.«

»Wo war er?«

»Im Bauerngefängnis«, erwiderte Manco. »Wo er das vergangene Jahr über gewesen ist. Wo er hingehört. Warum? Wozu haben wir einen Unhold wie Bassario nötig?«

»Das soll deine Sorge nicht sein, Bruder«, antwortete Renco. »Denn es ist ohnehin einerlei, wenn ich nicht zuerst das Götzenbild finde.«

Genau in diesem Augenblick entstand ein gewaltiger Tumult irgendwo hinter uns und sowohl Renco als auch ich wandten uns um.

Der Anblick erfüllte mein Herz mit unvorstellbarem Entsetzen: Eine Schar spanischer Soldaten – nicht weniger als dreihundert, strahlend in ihren geschmiedeten Silberrüstungen und den charakteristischen spitzen Helmen – jagte von den nördlichen Schlagbäumen her in das Tal und feuerte Musketen ab. Ihre Pferde waren mit schweren Silberplatten bedeckt und die solchermaßen geschützten Spanier mähten einen blutigen Pfad durch die Reihen der ihnen entgegentretenden Inkakrieger.

Während ich miterlebte, wie die Konquistadoren die Inka töteten und niedertrampelten, erkannte ich zwei der Reiter nahe der Spitze des Heeres. Der erste war der Capitano, Hernando Pizarro, der Bruder des Gouverneurs, ein äußerst grausamer Mann. Sein charakteristischer schwarzer Schnurrbart sowie ein ungepflegter, wolliger Vollbart waren sogar von meinem Standpunkt aus sichtbar, vierhundert Schritt weit entfernt.

Der zweite Reiter war ein Mann, den ich mit einer gewissen Furcht wiedererkannte – in der Tat mit so viel Furcht, dass ich einen zweiten Blick auf ihn warf. Aber meine schlimmsten Befürchtungen wurden bestätigt.

Es war Castino.

Der ungeschlachte Chanca, der zusammen mit Renco auf der *San Vincente* gewesen war. Nur dass er jetzt ohne Handschellen und frei neben Hernando einherritt.

Da begriff ich.

Castino musste mein Gespräch mit Renco belauscht haben. Er führte Hernando zu dem Gewölbe innerhalb des Coricancha.

Auch Renco erkannte dies. »Bei den Göttern«, sagte er und wandte sich hastig an seinen Bruder. »Ich muss los. Ich muss *sofort* los.«

»Dann eile, Bruder«, erwiderte Manco.

Renco nickte dem Sapa Inka höflich zu, wandte sich daraufhin an mich und sagte auf Spanisch: »Komm! Wir müssen uns beeilen!«

Wir verließen den Sapa Inka und hasteten zur südlichen Seite der Stadt, jener Seite, die am weitesten von Sacsayhuaman entfernt lag. Währenddessen sah ich Hernando und seine Reiter durch das nördliche Stadttor jagen.

»Wohin gehen wir?«, wollte ich wissen, während wir eilig durch die zornbebende Menge schritten.

»Zum unteren Fluss«, war alles, was mein Gefährte zur Antwort gab.

Schließlich erreichten wir den Fluss, der neben der Südmauer der Stadt dahinströmte. Ich blickte an der Mauer auf der anderen Seite hoch und sah die spanischen Soldaten, die, mit Musketen und Schwertern bewaffnet, auf der Brustwehr patrouillierten, als Silhouette vor dem orangefarbenen Schein der hinter ihnen brennenden Feuer.

Renco schritt zielstrebig auf den Fluss zu und trat zu meiner großen Überraschung in Stiefeln und Kleidung ins Wasser.

»Warte!«, rief ich. »Wohin gehst du?«

»Da hinab«, erwiderte er und zeigte auf das Wasser.

»Aber ich ... ich kann das nicht. Ich kann nicht mitkommen.«

Renco packte mich am Arm. »Mein Freund Alberto, ich danke dir aus tiefstem Herzen für das, was du getan hast, was du riskiert hast, damit ich meine Mission vollenden kann. Aber jetzt muss ich mich beeilen, wenn ich sie erfolgreich zum Abschluss bringen will. Begleite mich, Alberto. Bleibe bei mir. Vollende zusammen mit mir meine Mission. Sieh dir all diese Menschen an! Wenn du bei mir bleibst, bist du für sie ein Held. Wenn nicht, bist du nur ein weiterer Goldesser, der getötet werden muss. Und jetzt muss ich gehen. Wenn du hier bleibst, kann ich dir nicht mehr helfen. Komm mit, Alberto. Wage zu leben!«

Ich sah die Inkakrieger hinter mir an. Selbst mit ihren primitiven Stöcken und Keulen wirkten sie noch immer grimmig und gefährlich genug. Mein Blick fiel auf den Kopf eines spanischen Soldaten auf einem Pfahl in der Nähe. Sein Mund stand in einem grotesken Gähnen offen.

»Ich komme mit dir«, sagte ich, wandte mich um und trat in das brusttiefe Wasser neben Renco.

»Gut. Dann hol tief Luft! Und folge mir.«

Mit diesen Worten hielt Renco den Atem an und verschwand unter Wasser. Ich schüttelte den Kopf, atmete widerwillig tief ein und folgte ihm unter die Oberfläche.

★★★

STILLE.

Die Jubelrufe der Inka waren verstummt.

Ich schwamm durch die Dunkelheit, Rencos Füße nicht aus den Augen lassend, in eine runde, steinerne Röhre hinein, die in die unter Wasser liegenden Teile der Stadtmauer eingelassen war.

Es fiel mir schwer, mich durch den runden Tunnel zu ziehen,

denn er war eng und scheinbar eine Ewigkeit lang. Aber als ich schon den Eindruck hatte, meine Lungen wollten bersten, erblickte ich das Ende der Röhre sowie die sich kräuselnden Wellen dahinter und schwamm mit verstärkter Anstrengung durch das Wasser darauf zu.

Kurz danach tauchte ich in einem unterirdischen Abwasserkanal auf, der von flackernden Fackeln in der Mauer erhellt wurde. Ich stand hüfttief im Wasser. Klamme Steinmauern umgaben mich. Rechteckige, steinerne Tunnel erstreckten sich in die Dunkelheit hinein. In der Luft lag der faulige Gestank menschlicher Exkremente.

Renco watete bereits auf eine Kreuzung im Tunnelsystem zu. Rasch eilte ich ihm nach.

Weiter ging es durch die Tunnel. Links, dann rechts, links, dann rechts – auf diese Weise durchschritten wir eilig das unterirdische Labyrinth. Nicht ein einziges Mal hatte ich das Gefühl, dass Renco sich verlaufen hatte oder am Weg zweifelte – zielstrebig bog er in den nächsten Tunnel ab.

Dann blieb er urplötzlich stehen und starrte zu der Steindecke über uns hinauf.

Verdutzt stand ich hinter ihm. Ich erkannte keinen Unterschied zwischen diesem Tunnel und dem halben Dutzend anderer, die wir gerade durchquert hatten.

Nun tauchte Renco aus einem mir unerfindlichen Grund in das faulig riechende Wasser. Augenblicke später kam er mit einem faustgroßen Stein wieder hoch. Daraufhin stieg er aus dem Wasser, stellte sich breitbeinig auf den schmalen Sims, der sich den Tunnel entlangzog, und schlug mit dem Stein gegen die Unterseite einer der Steinplatten, die die Decke des Tunnels bildeten.

Tack-tack. Tack.

Renco wartete einen Augenblick. Dann wiederholte er die Sequenz.

Tack-tack. Tack.

Es war eine Art Code. Renco trat ins Wasser zurück und wir starrten schweigend zu der feuchten Steindecke auf und warteten darauf, dass etwas geschah.

Nichts geschah.

Wir warteten weiter. Da bemerkte ich ein kleines Symbol, das in die Ecke einer der Steinplatten über uns geschnitzt war. In einem Kreis befand sich ein doppeltes »V«.

Plötzlich hörten wir eine Reihe gedämpfter Schläge von der anderen Seite der Decke. *Bumm-bumm. Bumm.* Jemand wiederholte Rencos Code.

Augenblicke später glitt der ganze quadratisch geformte Abschnitt der Decke laut knirschend beiseite und enthüllte einen dunklen, höhlengleichen Raum über uns.

Sogleich entstieg Renco dem Wasser und verschwand durch das Loch in der Decke. Ich folgte ihm.

Ich kam in einen äußerst prachtvoll ausgestatteten Raum, eine gewaltige, gruftähnliche Kammer, die auf allen vier Seiten von großartigen, goldenen Bildern gesäumt war. Alle vier Wände der Kammer bestanden aus soliden Steinblöcken, jeder drei Meter breit und vielleicht ebenso dick. Es gab keine ins Auge springende Tür, nur einen niedrigeren Steinblock – der lediglich zwei Meter hoch war – innerhalb einer Mauer.

Ich befand mich in der Gruft des Coricancha.

Eine einzige brennende Fackel erleuchtete den höhlenartigen Raum. Sie wurde von einem stämmigen Inkakrieger gehalten. Drei weitere, gleich große Krieger standen hinter dem Fackelträger und sahen mich funkelnd an.

Jedoch befand sich eine weitere Person in der Gruft: eine ältere Frau, die allerdings nur Augen für Renco hatte.

Trotz ihres grauen Haares und der runzligen Haut fand ich sie gut aussehend und ich dachte, dass sie in ihrer Jugend eine Schönheit gewesen sein musste. Sie trug ein einfaches weißes Baumwollgewand und dazu eine Haube aus Gold und Smaragden. Ich muss gestehen, dass sie in ihrem einfachen weißen

Gewand engelhaft wirkte, beinahe himmlisch, wie die Priesterin eines …

Bumm!

Bei dem jähen Laut fuhr ich herum. Renco ebenfalls.

Bumm!

Das Geräusch kam anscheinend von der anderen Seite der Mauern. Irgendjemand schlug von draußen an die Steintür.

Ich erstarrte vor Entsetzen.

Die Spanier.

Hernando.

Sie wollten herein.

Die alte Priesterin sagte etwas auf Quechua zu Renco. Der gab eine rasche Antwort, dann deutete er auf mich.

Bumm! Bumm!

Die alte Priesterin wandte sich eilig einem steinernen Piedestal hinter ihr zu. Darauf bemerkte ich einen Gegenstand, der mit einem purpurfarbenen, seidenähnlichen Tuch bedeckt war.

Die Priesterin hob den Gegenstand zusammen mit dem Tuch hoch und übergab ihn trotz der beständigen Schläge gegen die Mauer feierlich an Renco. Ich erkannte noch immer nicht, was sich unter dem Tuch verbarg. Doch ganz gleich, was es war, es hatte in etwa Größe und Form eines menschlichen Kopfes.

Renco nahm es respektvoll entgegen.

Bumm! Bumm!

Warum machte Renco so langsam?, fragte ich mich ungläubig, während mein Blick über die bebenden Steinmauern rings um uns glitt.

Sobald er den Gegenstand fest in den Händen hielt, zog Renco das Tuch langsam herab.

Und endlich sah ich es.

Einen Augenblick lang konnte ich einfach nur hinstarren.

Dies war das schönste und gleichzeitig furchterregendste Götzenbild, das ich je gesehen hatte.

Es war vollkommen schwarz und aus dem rechteckigen Block eines ungewöhnlichen Steins geschnitten. Die Oberfläche wirkte rau und an den Kanten scharf, die Bearbeitung grob und ungleichmäßig. Aus der Mitte des Blocks war das Antlitz einer grimmigen Bergkatze herausgeschnitten, die das Maul weit aufsperrte. Es hatte den Anschein, als wäre es der Katze – rasend vor Wut und Zorn – gelungen, den Kopf direkt aus dem Stein zu *schieben*.

Unvollkommenheiten innerhalb des Steins – dünne Flüsschen einer üppigen Purpurschattierung – verliefen senkrecht über das Gesicht der Katze, wodurch das Abbild noch beängstigender wirkte, wenn das überhaupt möglich war.

Renco bedeckte das Götzenbild wieder. Währenddessen trat die alte Priesterin vor und legte ihm etwas um den Hals. Es war ein dünnes Lederband, an dem ein glitzernder grüner Juwel hing – ein prächtiger Smaragd, der bestimmt die Größe eines Männerohres hatte. Renco nahm die Gabe mit einer feierlichen Verneigung entgegen und wandte sich dann rasch mir zu.

»Wir müssen jetzt gehen.«

Er schritt, das Götzenbild unter dem Arm, zu dem Loch im Fußboden und ich eilte ihm nach. Die vier stämmigen Krieger ergriffen die große Steinplatte, die den Ausgang wieder verbergen würde. Die alte Priesterin regte sich nicht.

Renco kletterte in die Abwasserkanäle hinab und ich schickte mich an, hinterherzusteigen. Da bemerkte ich etwas Sonderbares.

In der Gruft war es völlig still.

Das Hämmern von draußen hatte aufgehört.

Während ich noch ein wenig über diese merkwürdige Beobachtung nachsann, wurde mir mit einigem Schrecken klar, dass das Pochen schon seit geraumer Zeit verstummt war.

Genau in diesem Augenblick explodierte der Eingang zur Gruft nach innen.

Ein gewaltiger weißer Blitz flammte um die Kanten der riesigen Steintür auf und einen Augenblick später zersprang der ganze, zwei Meter hohe Türstein in tausend Stücke. Faustgroße Steine prasselten in die Gruft.

Ich konnte mir das nicht erklären. Ein Rammbock hätte einen derart großen Stein kaum so augenblicklich in Stücke zerfetzen können.

Dann hoben sich der Rauch und der Staub im Eingang, und durch das Loch in der Mauer sah ich den großen schwarzen Lauf einer Kanone.

Mir wurde schwindelig. Sie hatten die Tür zu der Gruft mit einer Kanone aufgeschossen!

»Komm schon!«, rief Renco mir aus dem Abwasserkanal zu.

Sogleich ließ ich mich hinab, und zwar gerade als die ersten spanischen Soldaten durch die Staubwolke heranjagten und ihre Musketen in alle Richtungen abfeuerten.

Während ich durch das Loch im Fußboden verschwand, sah ich als Letztes den Capitano, Hernando Pizarro, der die Gruft mit einer Pistole in der Hand betrat. Seine Augen waren wild und er drehte den Kopf hin und her, als suchte er die Gruft nach dem Götzenbild ab, das er so unbedingt haben wollte.

Und dann, einen winzigen, entsetzlichen Augenblick lang, sah ich Hernando in meine Richtung schauen und mir direkt in die Augen starren.

★★★

Wie wahnsinnig platschte ich durch die dunklen Abwasserkanäle und versuchte mit aller Macht, Renco nicht zu verlieren. Währenddessen vernahm ich spanische Rufe von den Steinwänden des Tunnels widerhallen, sah lange, bedrohliche Schatten aus den Ecken hinter uns hervorragen.

Vor mir stürmte Renco weiter durch das schmutzige Wasser, das Götzenbild der Inka unter dem Arm.

Wir eilten durch die Tunnel, bis zur Hüfte im Wasser, tauchten nach links, bogen nach rechts ab, hasteten durch das dunkle, steinerne Labyrinth in Richtung Flusszugang und Freiheit.

Doch nach einer Weile bemerkte ich, dass wir in die falsche Richtung liefen.

Renco rannte nicht zum Eingang zurück!

»Wohin gehen wir?«, rief ich.

»Lauf einfach weiter!«, schrie er zurück.

Ich bog gerade in dem Moment um die Ecke, da eine Fackel in der Mauer über mir von einer Musketenkugel aus ihrer Halterung gerissen wurde. Ich wandte mich um und sah sechs Konquistadoren durch den Tunnel hinter mir waten, auf deren Helmen hell der Schein der Fackeln glitzerte.

»Sie sind uns auf den Fersen!«, rief ich.

»Dann lauf schneller!«

Weitere Musketenschüsse ertönten, laut wie ohrenbetäubende Donnerschläge. Kugeln explodierten an den feuchten Steinwänden rings um uns.

In diesem Moment sah ich Renco vor mir auf einen Sims springen und mit der Schulter eine Steinplatte in der Decke hochstemmen – eine Platte, die, wie ich bemerkte, ebenfalls jenes rätselhafte Symbol trug, das ich zuvor gesehen hatte, den Kreis mit dem doppelten »V« darin. Ich sprang hinter ihm auf den Sims und half ihm dabei, den Stein nach oben zu drücken – und da zeigte sich der sternenübersäte Nachthimmel.

Renco stieg als Erster hinaus und ich folgte ihm unmittelbar nach. Wir standen auf einer schmalen, kopfsteingepflasterten Straße. Zu beiden Seiten zogen sich undurchdringliche graue Mauern die Gasse entlang.

Ich machte mich eilig daran, die Steinplatte wieder einzusetzen, da ertönte plötzlich aus dem Tunnel ein Musketenschuss.

Eine Kugel prallte gegen den Rand des Lochs und verfehlte nur knapp meine Finger.

»Lass nur. Komm weiter, hier entlang«, meinte Renco und zog mich die winzige Straße hinab.

Die Mauern zu beiden Seiten wurden zu ununterscheidbaren grauen, verwischten Flecken, während wir förmlich durch die gewundenen Gassen Cuscos flogen, wobei uns Hernandos Soldaten dicht auf den Fersen waren.

Immer wieder sahen wir Brigaden spanischer Truppen durch die Straßen zu den Brustwehren jagen.

Außerdem sahen wir – und ich schäme mich, das zu sagen – Pfähle, die denen draußen vor den Stadtmauern nicht unähnlich waren. Sie waren auf jedem Platz der Stadt aufgestellt – Reihe um Reihe von Pfählen, auf denen die schrecklich verstümmelten Leichen gefangener Inkakrieger aufgespießt waren. Man hatte ihnen Hände, Kopf und Geschlechtsteile abgehackt.

Auf einem solchen Platz entdeckte Renco einen Langbogen der Inka bei einer der zerstückelten Leichen. Er nahm ihn an sich, dazu den Köcher voller Pfeile auf dem Boden daneben, dann tauchte er zurück in das Labyrinth aus Gässchen. Ich folgte ihm dicht auf den Fersen, um ihn nicht aus den Augen zu verlieren.

Schließlich bog Renco abrupt ab und betrat ein Gebäude. Es war ein flaches Steinhaus, bemerkenswert solide gebaut. Tatsächlich dermaßen solide, dass es aussah wie eine Festung.

Wir durchquerten mehrere Räume, ehe wir eine Steintreppe hinabstiegen und eine sehr große unterirdische Halle erreichten.

Die Halle war in zwei Ebenen geteilt – eine weite untere Ebene sowie einen oberen Absatz, der wenig mehr als eine Galerie darstellte und um die gesamte Halle verlief.

Aber es war das untere Stockwerk, das meine Aufmerksamkeit erregte.

In dem schmutzigen Fußboden dieser Halle befanden sich beinahe einhundert Löcher – Gruben mit einem Netzwerk aus steinernen Brücken darüber. In aufkeimender Furcht wurde mir klar, wo wir uns befanden.

Wir waren in einem Inkagefängnis.

Mir fiel ein, dass die Inka die Metallverarbeitung noch nicht entdeckt hatten, also keine Stäbe zum Bau von Käfigen verwenden konnten. Gruben waren ihre Antwort auf dieses Dilemma.

Ich sah zu der Galerie auf, die den Boden überblickte. Es war ein Laufsteg für Wächter, auf dem die Gefängniswärter patrouillierten, während sie auf die Gefangenen hinabschauten.

Ohne zu zögern, marschierte Renco auf eine der schmalen Steinbrücken hinaus und sah in die Löcher darunter hinab. Gejammer und Geschrei ertönte von dort. Das waren die gequälten, verhungernden Gefangenen, die in ihren Gruben zurückgelassen worden waren, nachdem die Belagerung vor einer Woche begonnen hatte.

Über einer der Gruben blieb Renco stehen. Ich folgte ihm auf die Steinbrücke hinaus, schaute in das schmutzige Loch hinab – und ich schwöre, das habe ich gesehen:

Die Grube selbst musste wenigstens fünf Schritte tief sein und hatte nackte Erdwände. Eine Flucht war unmöglich. Am Grund saß ein Mann von durchschnittlicher Größe, der dreckig war und stank. Obgleich mager, wirkte er nicht bedrückt, auch schrie er nicht wie die übrigen dieser armen, vergessenen Wesen in der Gefängnishalle. Er saß einfach da, den Rücken gegen die Wand der Grube gelehnt, und wirkte beinahe entspannt und sorglos. Seine Gelassenheit – diese mutwillige Kühle aller Verbrecher auf der Welt – verursachte mir eine Gänsehaut. Ich überlegte, was Renco wohl von einem solchen Menschen wollte.

»Bassario«, sagte Renco.

Der Verbrecher lächelte. »Nun, wenn das nicht der gute Prinz Renco ist …«

»Ich benötige deine Hilfe«, sagte Renco unverblümt.

Der Gefangene fand das offenbar komisch. »Ich kann mir nicht vorstellen, was der gute Prinz mit meinen Fertigkeiten wohl anfangen könnte.« Der Verbrecher lachte. »Was ist los, Renco? Denkst du jetzt, da dein Königreich in Trümmern liegt, daran, ein Leben als Verbrecher aufzunehmen?«

Renco schaute zum Eingang des unterirdischen Saals zurück, ob die Spanier kämen. Ich teilte seine Besorgnis. Wir waren bereits zu lang in diesem Kerker gewesen.

»Ich werde dich nur noch einmal fragen, Bassario«, sagte Renco fest. »Wenn du mir helfen willst, werde ich dich hier herausholen. Wenn nicht, werde ich dich in dieser Grube sterben lassen.«

»Eine interessante Wahl«, bemerkte der Verbrecher.

»Nun?«

Bassario stand auf. »Hol mich aus diesem Loch heraus.«

Sogleich ergriff Renco eine hölzerne Leiter, die an einer Wand lehnte.

Ich meinerseits war besorgt wegen Hernando und seiner Männer. Sie konnten jeden Augenblick eintreffen und Renco hatte nichts Besseres zu tun, als mit einem Verurteilten zu schachern! Rasch eilte ich zu der Tür hinüber, durch die wir die Gefängnishalle betreten hatten. Ich spähte um den steinernen Türrahmen …

… und sah den düsteren, dämonengleichen Hernando Pizarro die Treppe hinabkommen, genau auf mich zu!

Bei diesem Anblick gefror mir das Blut in den Adern – die wilden braunen Augen, der hakenförmige schwarze Schnurrbart, der schüttere schwarze Vollbart, der seit Wochen nicht mehr gepflegt worden war.

Ich fuhr im Türrahmen herum und rannte los. »Renco!«

Renco hatte gerade die Leiter in Bassarios Grube hinabgelassen. Er drehte sich um und sah den ersten spanischen Soldaten hinter mir in die Gefängnishalle jagen.

Renco vollführte mit der Hand eine rasche Bewegung und im Nu hatte er den Langbogen gehoben und einen Pfeil bis ans Ohr zurückgezogen. Er ließ ihn los. Der Pfeil sauste direkt auf meinen Kopf zu. Ich duckte mich und er traf den Soldaten hinter mir in die Stirn. Die Füße flogen unter ihm weg und er wurde zu Boden geschleudert, wo er in sich zusammensackte.

Ich rannte hinaus auf das Netzwerk von Steinbrücken, lief eilig über die fauligen Kerkergruben.

Weitere Konquistadoren betraten die Gefängnishalle, darunter Hernando, und feuerten wild mit ihren Musketen in unsere Richtung.

Inzwischen war Bassario aus der Grube heraus und jetzt rannten er und Renco über den weiten Abschnitt des schmutzigen Fußbodens auf der anderen Seite der Gefängnishalle.

»Alberto! Hier entlang!«, rief Renco und zeigte auf die breite, steinerne Türöffnung an diesem Ende des Kerkers.

Ich sah die Öffnung am anderen Ende der Halle, den soliden, quadratischen Steinblock, der an einem flaschenzugähnlichen Mechanismus darüber schwebte. Es war kein großer Block – grob geschätzt etwa wie ein Mann – und er hatte genau dieselbe Größe und Form wie die Türöffnung darunter. Zwei fest gespannte Seile hielten ihn. Jedes Seil wurde von Gegengewichten gesichert, sodass es für die Gefängniswächter, die auf der erhöhten Galerie standen, leichter war, den Block in die Öffnung abzusenken oder ihn herauszuheben.

Ich rannte zu dieser Tür.

Da spürte ich, wie mir ein schreckliches Gewicht in den Rücken schlug und mich nach vorn warf. Schwer fiel ich auf eine der schmalen Steinbrücken und begriff zu meiner Überraschung, dass mich ein spanischer Soldat von hinten in den Rücken gestoßen hatte!

Er kniete breitbeinig über mir, zog seinen Dolch und wollte

mich gerade erstechen, da traf ihn plötzlich ein Pfeil in die Brust. Der Pfeil bohrte sich mit solcher Wucht in seinen Körper, dass es ihm den spitzen, stählernen Helm vom Kopf riss und der Mann von der Brücke in die Grube unter uns geschleudert wurde.

Ich blickte ihm nach und sah, dass sich vier verdreckte Gefangene auf ihn stürzten. Dann verlor ich den unseligen Soldaten aus dem Blick, doch einen Moment später vernahm ich ein Gekreisch des äußersten Entsetzens. Die verhungernden Gefangenen in der Grube fraßen ihn bei lebendigem Leibe auf!

Ich schaute gerade rechtzeitig auf, um Renco neben mir zu Boden gleiten zu sehen.

»Komm schon!«, sagte er, packte mich am Arm und zog mich auf die Beine.

Ich stand auf und bemerkte, dass Bassario die Türöffnung am anderen Ende erreicht hatte.

Rings um uns her ertönte Musketenfeuer. Die Kugeln schlugen orangefarbene Funken, als sie von der Steinbrücke unter uns abprallten.

Genau da traf ein verirrtes Geschoss eines der Seile, die den Felsbrocken über der steinernen Türöffnung am anderen Ende der Halle in der Schwebe hielten.

Mit einem scharfen *Sproinnng* riss das Seil …

… und der Brocken senkte sich in die Türöffnung hinab!

Bassario blickte entsetzt hinauf, dann zu Renco.

»Nein!«, rief Renco beim Anblick des sich bewegenden Felsbrockens.

Die Türöffnung – vierzig Schritte von uns entfernt und der einzige Weg aus dem Kerker – war dabei, sich fest zu schließen!

Ich schätzte die Entfernung ab, die Geschwindigkeit, mit der der Brocken knirschend in die quadratische Öffnung glitt.

Wir konnten es nicht mehr schaffen.

Die Tür war zu weit entfernt, der Brocken senkte sich zu

rasch. In wenigen Augenblicken wären wir innerhalb des Kerkers eingeschlossen, säßen in der Falle, der Gnade meiner blutdürstigen Landsleute ausgeliefert, die genau in diesem Moment auf das Netzwerk aus Steinbrücken hinter uns hinausliefen und dabei ihre Musketen abfeuerten.

Nichts konnte uns jetzt noch retten.

Renco sah das offensichtlich nicht so.

Ungeachtet der brüllenden Angreifer hinter uns blickte sich der junge Prinz rasch um und entdeckte den spitzen, stählernen Helm des spanischen Soldaten, der in die Grube gestürzt war.

Er bückte sich nach dem Helm, ergriff ihn, wandte sich um und schleuderte ihn flach über den staubigen Boden des Kerkers. Der Helm schlitterte auf den sich rasch schließenden Eingang zu, wobei seine silbrige Spitze im Feuerschein glitzerte.

Der Felsbrocken sank weiterhin knirschend in die steinerne Öffnung hinab.

Drei Fuß.

Zwei Fuß.

Ein Fuß.

In diesem Augenblick glitt der Helm auf die Türschwelle, verkeilte sich zwischen dem herabsinkenden Brocken und dem schmutzigen Fußboden und brachte den Stein zum Stillstand! Jetzt balancierte der Fels gerade einen Fuß über dem Boden auf der stählernen Spitze des Helms!

Erstaunt sah ich Renco an.

»Wie hast du das hinbekommen?«, fragte ich.

»Frag nicht so viel«, erwiderte er. »Los!«

Wir rannten gemeinsam von der Brücke und jagten auf den fast geschlossenen Eingang zu, wo Bassario stand und uns erwartete. In einer dunklen Ecke meines Bewusstseins wunderte ich mich darüber, dass Bassario nicht einfach davongelaufen war, während Renco mit meiner Rettung beschäftigt gewesen war. Vielleicht glaubte er, eine bessere Überlebenschance zu haben, wenn er bei Renco blieb. Oder es gab einen anderen Grund …

Erschreckend lautes Musketenfeuer ertönte. Renco ließ sich auf das Hinterteil fallen und glitt mit den Füßen voran durch den schmalen Spalt zwischen dem Felsbrocken und dem Fußboden. Ich selbst schob mich etwas weniger anmutig hinterher. Zunächst legte ich den Kopf auf den staubbedeckten Boden, wand mich dann unbeholfen auf der Brust durch den Spalt und kam in einem von Steinmauern begrenzten Tunnel auf der anderen Seite heraus.

Gerade erhob ich mich, da trat Renco den Helm unter dem Felsbrocken los und der große, rechteckige Stein vollendete seinen Weg und versiegelte die Türschwelle mit einem lauten *Bumm*.

Außer Atem seufzte ich auf.

Wir waren in Sicherheit. Für den Augenblick jedenfalls.

»Kommt, wir müssen uns beeilen«, sagte Renco. »Es ist an der Zeit, dass wir dieser unseligen Stadt Lebewohl sagen.«

Zurück in den Gassen, Hals über Kopf davonlaufend, Renco voraus, Bassario hinter ihm und ich als Letzter.

Irgendwann während unserer Flucht kamen wir an einem Haufen spanischer Waffen vorüber. Bassario nahm einen Langbogen und einen Köcher voller Pfeile, Renco einen Köcher, einen Ranzen aus rauem Leder – in den er das Götzenbild legte – sowie ein Schwert. Ich meinerseits ergriff einen langen, glitzernden Degen. Denn auch wenn ich vielleicht ein bescheidener Mönch sein mag, so entstamme ich doch einer Familie, die einige der besten Fechter Europas hervorgebracht hat.

»Hier entlang«, sagte Renco und jagte eine steinerne Treppenflucht hinauf.

Wir erreichten eine Reihe unebener Dächer. Renco hastete über die Dächer hinweg, übersprang niedrige Trennmauern, setzte über die schmalen Spalten zwischen den verschiedenen Gebäuden.

Bassario und ich folgten, bis Renco sich schließlich hinter einer niedrigen Mauer zu Boden fallen ließ. Sein Brustkasten hob und senkte sich rasch beim Atmen.

Er blickte über die niedrige Mauer hinweg und ich tat es ihm gleich. Ich sah einen weiten, kopfsteingepflasterten Platz, darauf vielleicht zwei Dutzend spanische Soldaten und ebenso viele Pferde. Einige der Pferde waren nicht angebunden, während andere an etliche Wagen und Kutschen geschirrt waren.

Auf der anderen Seite des Platzes, in der äußeren Mauer der Stadt, befand sich ein großes Holztor. Es stammte ursprünglich nicht aus Cusco, sondern war ein ziemlich hässliches Anhängsel, das meine Landsleute nach der Eroberung Cuscos an das steinerne Tor der Stadt angefügt hatten.

Direkt vor dem gewaltigen Holztor stand ein großer, flacher Wagen, der von zwei Pferden gezogen wurde, die den Kopf der Stadt zugewandt hatten, weg vom Tor. Auf dem Wagen erkannte ich eine große Kanone, die in die andere Richtung zeigte.

Näher zu uns, an der Basis des Gebäudes, auf dem wir saßen, bemerkte ich etwa dreißig erbärmlich wirkende, gefangene Inka. Ein langes schwarzes Seil war durch die stählernen Handschellen gewunden, die jeder Gefangene um die Handgelenke trug, und band sie auf diese Weise alle zu einer langen, deprimierten Reihe zusammen.

»Was jetzt?«, wollte ich ängstlich von Renco wissen.

»Wir verschwinden.«

»Wie?«

»Da durch«, erwiderte er und zeigte auf das Tor an der anderen Seite des Platzes.

»Was ist mit dem Eingang durch den Abwasserkanal?«, fragte ich, an die offensichtlichste Fluchtroute denkend.

»Ein Dieb benutzt nie zweimal denselben Eingang«, erwiderte Bassario. »Zumindest nicht, wenn er entdeckt worden ist. Stimmt's, Prinz?«

»Stimmt genau«, entgegnete Renco.

Ich wandte mich um und taxierte den Verbrecher Bassario. Er war tatsächlich ein ziemlich gut aussehender Mann, trotz seines grimmigen Erscheinungsbildes. Und er lächelte breit und zwinkerte mit den Augen – das Lächeln eines Mannes, der froh ist, an einem Abenteuer teilzuhaben. Ich konnte nicht behaupten, dass ich seine Freude teilte.

Jetzt durchwühlte Renco seinen Köcher. Er zog einige Pfeile hervor, deren Spitzen in Tuch gehüllt waren und wie knollenförmige Köpfe aussahen.

»Gut«, meinte er, blickte sich um und entdeckte eine brennende Fackel an einer nahe gelegenen Mauer. »Sehr gut.«

»Was hast du vor?«, wollte ich wissen.

Renco hörte mich anscheinend nicht. Er starrte zu den drei Pferden hinüber, die unbewacht an der anderen Seite des Platzes standen.

»Renco«, fragte ich nachdrücklich, »was hast du vor?«

In diesem Moment wandte Renco mir das Gesicht zu und ein verzerrtes Lächeln glitt darüber.

★★★

Die Arme in meine klatschnasse Mönchskutte geschoben, die triefende Kapuze tief über das nasse Haar gezogen, betrat ich den weiten, offenen Platz.

Während ich ihn überquerte, hielt ich den Kopf gesenkt – und trat beflissen beiseite, als Soldaten an mir vorüberliefen, duckte mich rasch, als Pferde in meine Richtung scheuten, und versuchte verzweifelt, keinerlei Aufmerksamkeit zu erregen.

Renco ging davon aus, dass die Soldaten auf dem Platz noch

nicht wussten, dass ein abtrünniger spanischer Mönch – ich – den Inkaräubern beistand. Solange ihnen meine triefende Kleidung nicht auffiel, sollte ich also imstande sein, mich den drei unbewachten Pferden zu nähern und sie zu einer Gasse in der Nähe zu führen, wo Renco und Bassario sie besteigen konnten.

Zunächst jedoch musste ich das Tor freiräumen, was bedeutete, den Karren mit der Kanone aus dem Weg zu bekommen. Diese Aufgabe wäre schwieriger. Dazu musste ich »zufällig« die beiden an den Wagen geschirrten Pferde scheu machen. Deshalb trug ich, verborgen in meinem Ärmel, einen von Rencos scharfen Pfeilen und hielt mich bereit – Gott möge mir vergeben! –, eines der armen Wesen beim Vorübergehen wiederholt zu piken.

Langsam überquerte ich den Platz, sorgsam darauf bedacht, die Augen abgewandt zu halten. Ich wagte nicht, jemanden anzusehen.

Wie auf den anderen Plätzen der Stadt waren auch um diesen Pfähle in den Boden getrieben, auf denen abgeschlagene Köpfe steckten. Das Blut war frisch und tröpfelte von den Pfählen herab. Beim Vorübergehen verspürte ich äußerste Furcht – ein derartiges Schicksal stünde mir bevor, wenn ich nicht bald aus Cusco verschwand.

Vor mir tauchten das Tor und der Wagen samt den beiden Pferden auf. Ich umfasste den Pfeil in meinem Ärmel fester. Noch zwei Schritte und …

»He! Du!«, brüllte eine heisere Stimme hinter mir.

Ich erstarrte, hielt den Blick gesenkt.

Ein großer Soldat mit Bierbauch trat vor mich, stellte sich zwischen mich und die beiden Pferde. Er trug einen spitzen Konquistadorenhelm und seine Stimme war mit Autorität getränkt. Ein kommandierender Soldat.

»Was tust du hier?«, fragte er und ich erwiderte höflich:

»Tut mir Leid, tut mir so Leid … ich bin in der Stadt hängen geblieben und ich …«

»Geh in dein Quartier zurück! Hier ist es nicht sicher. In der Stadt sind Indios. Wir glauben, sie sind hinter dem Götzenbild des Capitanos her.«

Ich konnte es nicht fassen. So nahe war ich meinem Ziel und jetzt schickte man mich weg! Widerstrebend wollte ich gehen, als plötzlich eine starke Hand auf meiner Schulter landete.

»Einen Augenblick, Mönch …«, setzte der Soldat an. Aber er unterbrach sich abrupt, als er die Feuchtigkeit meiner Kutte spürte.

»Was zum …«

Da vernahm ich ein scharfes Zischen und dann – *zack!* – traf den großen Soldaten ein Pfeil ins Gesicht, zerschmetterte ihm die Nase und erzeugte eine Explosion aus Blut, das mir übers ganze Gesicht spritzte.

Der Soldat fiel um wie ein Stein. Die anderen Soldaten auf dem Platz sahen ihn fallen und fuhren auf der Suche nach der Quelle der Gefahr herum.

Plötzlich vernahm ich ein zweites Zischen. Diesmal flog ein *brennender* Pfeil von einem der dunklen Dächer heran, tief über den Wagen vor mir hinweg und schlug in das große Holztor dahinter.

Schreie ertönten und die Konquistadoren eröffneten das Feuer auf die im Schatten liegende Quelle der Pfeile.

Ich jedoch sah auf etwas völlig anderes.

Ich sah auf die Kanone oben auf dem Wagen, genauer: auf die Zündschnur, die aus dem Verschluss herausschaute.

Die Zündschnur brannte.

Der brennende Pfeil – zu diesem Zeitpunkt wusste ich es noch nicht, aber jetzt weiß ich, dass Bassario ihn abgeschossen hatte – war so gut gezielt, dass er die Zündschnur an der Kanone in Brand gesetzt hatte!

Ich wartete nicht, was als Nächstes geschähe. So rasch ich konnte, lief ich zu den drei unbewachten Pferden. Kaum hatte ich sie erreicht, da ging auch schon die Kanone auf dem Wagen los.

Es war das lauteste Geräusch, das mir je zu Ohren gekommen war. Ein gewaltiger Knall von solcher Intensität und Macht, dass er die Welt unter mir erzittern ließ.

Eine Rauchwolke schoss aus der Kanone und das große Holztor davor zerbrach wie ein Zweig. Nachdem der Rauch sich aufgelöst hatte, sah man ein klaffendes, zehn Fuß großes Loch in der unteren Hälfte des riesigen Tors.

Bei dem jähen, donnerhaften Getöse scheuten die am Wagen angeschirrten Pferde. Sie richteten sich auf die Hinterläufe auf und ergriffen die Flucht, galoppierten in die Gassen von Cusco davon und ließen das zerstörte Tor weit offen zurück.

Die drei Pferde, die ich besorgen sollte, scheuten gleichfalls. Eines von ihnen ging durch und rannte davon, aber die anderen beiden beruhigten sich rasch, als ich sie fest an die Zügel nahm.

Die spanischen Soldaten feuerten noch immer blindlings zu den schattigen Dächern hinauf. Ich sah in die Dunkelheit hoch. Renco und Bassario waren nirgendwo zu entdecken.

»Mönch!«, rief auf einmal jemand hinter mir.

Ich drehte mich um und sah Bassario mit dem Langbogen in der Hand heranlaufen.

»Nun, du hättest die Sache kaum besser verpatzen können, was, Mönch?«, meinte er mit einem Lächeln, während er in den Sattel eines der Pferde sprang. »Du solltest lediglich die Pferde erschrecken.«

»Wo ist Renco?«, wollte ich wissen.

»Er kommt schon«, erwiderte Bassario.

In diesem Moment gellte eine Serie schriller, wütender Schreie über den Platz. Sogleich wandte ich mich um – und sah die gefesselten, gefangenen Inka auf die Spanier losstürmen. Doch die Inka waren frei, nicht länger mit dem langen schwarzen Seil aneinander gebunden!

Da vernahm ich einen Todesschrei und sah Renco oben auf einem der Dächer – er stand über einem gefallenen Konquistador und nahm ihm eilig die Pistole ab, während sechs weitere Spanier die Stufen an der Seite des Gebäudes emporeilten.

Renco schaute zu mir herab und schrie: »Alberto! Bassario! Das Tor! Ab zum Tor!«

»Was ist mit dir?«, rief ich.

»Ich komme gleich!«, erwiderte Renco, während er sich unter einem Musketenschuss wegduckte. »Reitet los!«

Ich sprang in den Sattel des zweiten Pferdes.

»Komm schon!«, schrie Bassario und trat seinem Pferd in die Weichen.

Ich tat das Gleiche bei meinem Ross und riss das Tier scharf herum, sodass es auf das Tor zujagte.

Dann drehte ich mich im Sattel um – und hatte einen äußerst erstaunlichen Anblick vor mir.

Ich sah einen Pfeil – einen spitzen, keinen brennenden – von einem der Dächer über den Platz heranschweben. Er zog ein langes schwarzes Seil hinter sich her, das tänzelte wie der sich entrollende Körper einer Schlange. Es war das Seil, das die Inka zusammengehalten hatte.

Der Pfeil flog über mich hinweg und bohrte sich mit einem Schmatzen in die intakte obere Hälfte des hölzernen Tors. Kaum stak er darin, straffte sich das Seil.

Und dann entdeckte ich Renco am anderen Ende des Seils – er stand mit weit gespreizten Beinen oben auf einem der Dächer, die Tasche über der rechten Schulter. Er legte den Ledergürtel seiner spanischen Hose über das Seil, schlang ihn sich um eine Hand und sprang. An einer Hand glitt er das Seil entlang über den ganzen Platz hinweg.

Einige spanische Soldaten eröffneten das Feuer auf ihn, aber der dahinsausende junge Prinz benutzte die freie Hand, um die Pistole aus der Hose zu ziehen und auf sie zu feuern, während er mit unglaublicher Geschwindigkeit das Seil hinabschoss.

Ich spornte meine Stute an, sodass sie noch schneller wurde, und zog sie in vollem Galopp unter Rencos Seil, gerade als er dessen Ende erreichte. Er ließ seinen Gürtel los und sprang mit einem perfekten Satz auf den Rumpf meines Pferdes.

Bassario setzte vor uns wie ein erfahrener Reiter durch das gewaltige Loch in dem hölzernen Tor. Renco und ich folgten dicht hinterdrein – zu zweit auf dem Pferd –, inmitten eines Hagelschauers aus wildem Gewehrfeuer.

Wir stürmten in die kalte Nachtluft hinaus und ritten wie der Teufel über die gewaltigen Steinplatten, die eine Brücke über den nördlichen Graben bildeten. Das Erste, was ich dabei vernahm, waren die Schreie der Inkakrieger vor uns, die vor Freude völlig außer sich waren.

★★★

»Na, wie kommen Sie voran?«, fragte plötzlich eine Stimme.

Race schaute von dem Manuskript auf und wusste einen Moment lang nicht, wo er war. Er sah durch das kleine Fenster rechts von sich und erblickte ein Meer von schneebedeckten Bergen sowie einen schier endlosen, klaren blauen Himmel.

Verwundert schüttelte er den Kopf. Er war völlig in das Manuskript versunken gewesen und hatte vergessen, dass er an Bord des Frachtflugzeugs der Army war.

Troy Copeland stand vor ihm, einer von Nashs DARPA-Leuten, der falkengesichtige Kernphysiker.

»Also, wie kommen Sie voran?«, wiederholte Copeland seine Frage und wies mit dem Kopf auf das Papierbündel in Race' Schoß. »Schon rausgekriegt, wo das Götzenbild ist?«

»Ich habe es gerade entdeckt«, erwiderte Race, während er mit dem Daumen durch das restliche Manuskript blätterte. Er war zu etwa zwei Dritteln durch. »Ich glaube, ich weiß bald, wohin sie es gebracht haben.«

»Gut«, meinte Copeland und wandte sich ab. »Halten Sie uns auf dem Laufenden!«

»He«, meinte Race. »Kann ich Sie was fragen?«

»Gewiss.«

»Wozu wird Thyrium 261 benutzt?«

Bei dieser Frage runzelte Copeland die Stirn.

»Ich denke, ich habe ein Recht, das zu wissen«, sagte Race.

Copeland nickte langsam. »Ja ... ja, vermutlich schon.« Er holte Luft. »Man hat Ihnen, glaube ich, bereits gesagt, dass Thyrium 261 auf der Erde nicht vorkommt. Es stammt von einem Doppelsternsystem, Plejaden genannt, das nicht weit von unserem entfernt ist. Wie Sie sich vielleicht vorstellen können, werden Planeten in Doppelsystemen wegen ihrer Zwillingssonnen von allen möglichen Kräften beeinflusst – die Fotosynthese ist doppelt so stark, die Gravitationseffekte ebenso wie der Gravitationswiderstand sind gewaltig. Deswegen sind Elemente, die man auf Planeten in Doppelsternsystemen findet, gewöhnlich schwerer und dichter als ähnliche Elemente auf der Erde. Thyrium 261 ist ein solches Element. Es wurde zum ersten Mal 1972 in erstarrter Form in den Wänden eines Meteoritenkraters in Arizona gefunden. Und obgleich die Probe dort seit Millionen von Jahren inert gewesen ist, hat sein Potenzial die Welt der Physik bis in ihre Grundfesten erschüttert.«

»Weshalb?«

»Nun, sehen Sie, auf atomarer Ebene hat Thyrium eine verblüffende Ähnlichkeit mit den irdischen Elementen Uran und Plutonium. Doch Thyrium ist um ein Vielfaches schwerer als diese beiden Elemente und es ist dichter als unsere wirkungsvollsten Kernelemente zusammen. Was bedeutet, dass es unendlich viel wirkungsvoller ist.«

Race spürte, wie ihm ein Gefühl der Bedrohung das Rückgrat hinaufkroch. Worauf wollte Copeland hinaus?

»Doch wie ich gesagt habe, ist Thyrium auf der Erde bisher nur in erstarrter Form gefunden worden. Seit 1972 sind zwei weitere Proben entdeckt worden, aber diese Art war wenigstens vierzig Millionen Jahre alt. Was niemandem etwas nützt, da erstarrtes Thyrium inert ist, chemisch tot. Worauf wir während der letzten siebenundzwanzig Jahre gewartet haben, ist die Entdeckung einer Probe ›lebenden‹ Thyriums, das auf der atomaren Ebene noch aktiv ist. Und jetzt glauben wir, dass wir sie gefunden haben, und zwar in einem Meteoriten, der vor fünfhundert Jahren in Peru eine Bruchlandung vollführt hat.«

»Was macht man mit Thyrium?«, fragte Race.

»Eine Menge«, erwiderte Copeland. »Eine *ganze* Menge. Zum einen ist sein Potenzial als Energiequelle astronomisch groß. Vorsichtige Schätzungen sagen voraus, dass ein entsprechend eingerichteter Thyriumreaktor elektrische Energie in einer Menge erzeugt, die sechshundertmal größer ist als die aller Kernreaktoren der Vereinigten Staaten zusammen.

Aber es besteht noch ein zusätzlicher Vorteil. Im Gegensatz zu unseren irdischen Elementen zerfällt Thyrium, wenn es als Spaltelement eines Fissionsreaktors eingesetzt wird, zu einhundert Prozent. Anders ausgedrückt, es hinterlässt keine kontaminierten Abfallprodukte. Damit unterscheidet es sich von allen Energiequellen der Erde. Uranabfälle müssen in radioaktiven Brennstäben gelagert werden. Teufel, sogar Erdöl produziert Kohlenmonoxid. Thyrium jedoch ist sauber – eine vollkommene, effiziente Energiequelle. Perfekt. Es ist im Innern derart rein, dass eine Probe davon, basierend auf unseren Modellrechnungen, nur mikroskopisch kleine Mengen an Strahlung aussenden würde.«

Race hob eine Hand. »Schon gut, schon gut. Das hört sich alles großartig an. Aber nach meiner Kenntnis ist die DARPA nicht damit beschäftigt, Amerika mit Kraftwerken auszustatten. Was macht man also mit Thyrium *sonst noch*?«

Ertappt lächelte Copeland. »Professor, während der letzten

zehn Jahre hat die DARPA-Abteilung für taktische Technologie an einer neuen Waffe gearbeitet, einer Waffe, die anders ist als alles, was diese Welt bislang gesehen hat. Es ist ein Apparat mit dem Codenamen Supernova.«

Kaum hatte Copeland das Wort ausgesprochen, da klingelte es irgendwo in Race' Hinterkopf. Er entsann sich des Gesprächs zwischen Copeland und Nash, das er bald nach dem Besteigen des Flugzeugs mitgehört hatte. Es war um einen Einbruch in Fairfax Drive sowie den Diebstahl eines Apparats namens Supernova gegangen.

»Was genau ist diese Supernova?«

»Einfach ausgedrückt«, erwiderte Copeland, »ist die Supernova die mächtigste Waffe, die je in der Geschichte der Menschheit entwickelt worden ist. Sie ist das, was wir einen Planetenkiller nennen.«

»Einen *was*?«

»Einen Planetenkiller. Eine Atombombe, die so mächtig ist, dass sie bei ihrer Detonation nahezu ein Drittel der Erdmasse vernichten würde. Wenn die Erde ein Drittel ihrer Masse verloren hat, wird ihr Orbit um die Sonne gestört. Unser Planet würde außer Kontrolle geraten, in den Weltraum hinaustreiben, immer weiter und weiter weg von der Sonne. Innerhalb von Minuten wäre die Erdoberfläche – beziehungsweise was davon übrig ist – zu kalt für menschliches Leben. Die Supernova, Professor Race, ist der erste von Menschenhand geschaffene Apparat, der imstande ist, das Leben auf diesem Planeten, so wie wir es kennen, zu beenden. Deswegen der Name. So bezeichnen wir einen explodierenden Stern.«

Race schluckte. Er fühlte sich plötzlich ziemlich unwohl in seiner Haut.

Eine Million Fragen schossen ihm durch den Kopf.

Wie beispielsweise: Weswegen sollte jemand einen solchen Apparat bauen? Welchen Grund könnte es für die Entwicklung einer Waffe geben, die allen und jeden auf diesem Planeten töten würde, die eigenen Schöpfer eingeschlossen? Und wenn man all das in Betracht zog – warum baute *sein* Land diesen Apparat?

»Die Sache ist die, Professor«, fuhr Copeland fort, »die Supernova, die uns gegenwärtig zur Verfügung steht, ist ein Prototyp, eine funktionsfähige Hülle. Dieser Apparat – der letzte Nacht aus dem Hauptquartier der DARPA gestohlen wurde – ist nutzlos. Aus dem einfachen Grund, dass zur Bedienung der Supernova der Zusatz eines Elementes erforderlich ist – Thyrium.«

Na, prächtig ..., dachte Race.

»In dieser Hinsicht«, meinte Copeland, »unterscheidet sich die Supernova gar nicht so sehr von einer Neutronenbombe. Sie ist ein Fissionsapparat – was bedeutet, sie funktioniert nach dem Prinzip der Spaltung des Thyriumatoms. Zwei konventionelle atomare Sprengköpfe werden zur Spaltung einer subkritischen Masse von Thyrium benutzt, wodurch es zu einer Mega-Explosion kommt.«

»Moment, Moment«, sagte Race. »Das möchte ich doch richtig mitbekommen haben. Ihr Knaben habt eine Waffe entwickelt, die in der Lage ist, diesen Planeten zu vernichten, aber ein Element benötigt, das ihr bis jetzt noch nicht mal habt?«

»Stimmt genau«, erwiderte Copeland.

»Aber warum? Warum entwickelt Amerika eine solche Waffe?«

Copeland nickte. »Diese Frage ist schwer zu beantworten. Ich meine ...«

»Es gibt zwei Gründe«, sagte eine tiefere Stimme hinter Race plötzlich.

Frank Nash.

Nash deutete mit einer Kopfbewegung auf das Manuskript in Race' Schoß. »Haben Sie schon herausgefunden, wo das Götzenbild ist?«

»Noch nicht.«

»Dann werde ich mich kurz fassen, damit Sie an Ihre Arbeit zurückkehren können. Zunächst einmal ist das, was ich Ihnen jetzt sage, streng geheim. In diesem Land gibt es sechzehn Menschen, die wissen, was ich Ihnen berichten werde, und fünf davon sind an Bord dieses Flugzeugs. Wenn Sie nach Beendigung dieser Mission irgendjemandem gegenüber etwas verlauten lassen, werden Sie die nächsten fünfundsiebzig Jahre im Gefängnis verbringen. Habe ich mich klar ausgedrückt, Professor?«

»Glasklar.«

»Schön. Es gibt eine doppelte Rechtfertigung für den Bau einer Supernova. Der erste Grund: Vor etwa achtzehn Monaten fand man heraus, dass staatlich unterstützte Wissenschaftler in Deutschland heimlich mit der Konstruktion einer Supernova begonnen hatten. Unsere Antwort war einfach: Wenn die eine bauen, dann bauen wir auch eine.«

»Tolle Logik«, meinte Race.

»Es ist dieselbe Logik, die Oppenheimer als Rechtfertigung für die Entwicklung der Atombombe diente.«

»Donnerwetter, da befinden Sie sich ja in erlesener Gesellschaft, Colonel«, sagte Race trocken. »Und der zweite Grund?«

»Professor, haben Sie je von einem Mann namens Dietrich von Choltitz gehört?«

»Nein.«

»General Dietrich von Choltitz war der befehlshabende Nazigeneral der deutschen Wehrmacht in Paris zu der Zeit, als die Nazis im August 1944 den Rückzug aus Frankreich angetreten haben. Nachdem klar war, dass die Alliierten Paris zurückerobern würden, hat Hitler von Choltitz ein Kommuniqué geschickt. Darin wurde ihm befohlen, Tausende von Bomben über die ganze Stadt zu verteilen, bevor er sie verließ … und Paris, nachdem er fort war, in den Himmel zu pusten.

Nun, zu von Choltitz' Ehre sei gesagt, dass er den Befehl missachtet hat. Er wollte nicht als der Mann in die Geschichte eingehen, der Paris zerstört hat. Wichtig dabei ist jedoch die Logik hinter Hitlers Befehl. Wenn *er* Paris nicht haben konnte, sollte niemand es haben.«

»Und was wollen Sie damit sagen?«, fragte Race vorsichtig.

»Professor, die Supernova ist letztlich nur ein evolutionärer Schritt bei einem strategischen Plan auf höchster Ebene, der die letzten fünfzig Jahre über in der US-Außenpolitik eine Rolle gespielt hat. Dieser Plan wird ›Choltitz-Plan‹ genannt.«

»Und was wollen Sie damit sagen?«

»Folgendes: Haben Sie gewusst, dass die US Navy während des ganzen Kalten Krieges den Befehl hatte sicherzustellen, dass zu jeder beliebigen Zeit eine Anzahl Unterseeboote mit ballistischen, nuklear bestückten Lenkraketen an gewissen strategischen Plätzen rings um die Welt bereitsteht? Haben Sie gewusst, wozu diese Unterseeboote da waren?«

»Wozu?«

»Die Befehle, die die Kommandanten der Unterseeboote hatten, waren simpel. Sollte die Sowjetunion die USA nach irgendeinem plötzlichen oder unvorhergesehenen Zwischenfall besiegen, so hatten sie Befehl, einen Regen aus Kernwaffen nicht bloß auf sowjetische Ziele, sondern *auf jede größere Stadt in Europa und den USA* niedergehen zu lassen.«

»Was?!«

»Der Choltitz-Plan, Professor Race. Wenn wir's nicht haben können, soll *niemand* es haben.«

»Aber hier geht es um globale Ausmaße ...«, sagte Race ungläubig.

»Ganz genau. Und darin liegt der Grund für die Herstellung der Supernova. Die Vereinigten Staaten sind die dominierende Nation auf Erden. Sollte irgendein Land versuchen, daran etwas zu ändern, werden wir seine Regierung informieren, dass wir im Besitz einer funktionsfähigen Supernova sind. Wenn sie weitere Schritte unternimmt und daraufhin ein Konflikt folgt, in dem die Vereinigten Staaten besiegt werden – oder, schlimmer, verkrüppelt –, dann werden wir den Apparat zünden.«

Race spürte, wie sich ihm der Magen zusammenzog.

War das die Wirklichkeit? War das *Politik*? Wenn Amerika die Welt nicht beherrschen konnte, würde es sie vernichten?

»Wie können Sie so etwas bloß bauen?«

»Professor Race, was wäre, wenn die Chinesen sich entschlössen, einen Krieg gegen die USA zu führen? Was wäre, wenn sie *gewinnen würden*? Möchten Sie das amerikanische Volk unter der Herrschaft eines chinesischen Regimes sehen?«

»Also würden Sie lieber sterben?«

»Ja.«

»Und die übrige Welt mit sich in den Tod nehmen«, meinte Race. »Ihr Knaben müsst die schlechtesten Verlierer aller Zeiten sein.«

»Das mag sein«, entgegnete Nash mit verändertem Tonfall. »Allerdings hat die Sache Folgen nach sich gezogen, die sich in dem Sprichwort zusammenfassen lassen: Erstens kommt es anders und zweitens, als man denkt. Die Nachricht von der Erschaffung eines Apparats, der in der Lage ist, den Planeten zu vernichten, hat einige ... Gruppierungen aus ihrem Bau hervorgelockt. Gruppierungen, die eine solche Waffe auf ihren Kreuzzügen für ein mächtiges Instrument der Erpressung halten.«

»Was für Gruppierungen?«

»Terrorgruppen. Menschen, die die ganze Welt als Geisel nähmen, wenn sie die Hand auf eine funktionsfähige Supernova legen könnten.«

»Aha«, sagte Race, »und jetzt haben Ihnen womöglich Terroristen die Supernova gestohlen.«

»Stimmt.«

»Sie haben die Büchse der Pandora geöffnet, nicht, Dr. Nash?«

»Ja. Ja, ich fürchte, das haben wir getan. Und deswegen ist es so wichtig, dass wir das Götzenbild in die Hand bekommen, bevor jemand anders es findet.«

Mit diesen Worten überließen Nash und Copeland Race wieder dem Manuskript.

Race benötigte einen Augenblick, um seine Gedanken zu sammeln. Das Gehörte schwirrte ihm im Kopf herum – Supernovas, globale Vernichtung, Terrorgruppen. Es fiel ihm schwer, sich zu konzentrieren.

Doch dann zwang er sich dazu, dies alles beiseite zu schieben. Er fand die Stelle im Manuskript wieder, wo er abgebrochen hatte – den Teil, wo Renco und Alberto Santiago sich gerade ihren Weg aus der belagerten Stadt Cusco gesprengt hatten.

Race holte tief Luft, rückte seine Brille zurecht und betrat erneut die Welt der Inka.

Zweite Lektüre

Wir jagten durch die Nacht, Renco, Bassario und ich, spornten unsere Pferde an, dass sie rascher galoppierten als je zuvor. Denn hinter uns, dicht hinter uns waren die Spanier – Hernando und seine Legion Berittener, die uns im Galopp wie die Hunde übers Land hetzten.

Nachdem wir das Cusco-Tal durch die nördlichen Tore verlassen hatten, schwenkten wir nach rechts ab, nach Nordosten. Wir erreichten den Urubamba – jenen Fluss, auf dem die Gefängnishulk lag – und überquerten ihn nicht weit vom Ort Pisac entfernt.

Und so begann unsere Reise, unsere verzweifelte Flucht durch die Wildnis.

Ich will dich, geschätzter Leser, nicht mit jedem unbedeutenden Ereignis unserer beschwerlichen Reise behelligen, denn sie ging über viele Tage, und die Zwischenfälle waren allzu zahlreich. Stattdessen werde ich nur jene Geschehnisse erwähnen, die der eigentlichen Geschichte dienlich sind.

Unser Ziel war ein Ort namens Vilcafor, wie Renco mir mitteilte, dessen Oberhaupt sein Onkel war. Dieser Ort war in den Ausläufern der großen Berge weit im Norden zu finden, und zwar an der Stelle, wo diese Berge im Osten auf den großen Regenwald trafen.

Offenbar war Vilcafor eine versteckte Zitadellenstadt – schwer befestigt und gut zu verteidigen –, die vom Inkaadel für Krisenzeiten unterhalten wurde. Ihre Lage war ein sorgsam gehütetes Geheimnis und man konnte sie nur finden, wenn man einer Reihe steinerner Totems folgte, die in bestimmten Abständen im Regenwald standen, und dann auch nur, wenn man den Schlüssel zum Auffinden der Totems kannte. Doch um den Regenwald zu erreichen, mussten wir zunächst die Berge überqueren.

Und so ritten wir in die Berge, jene gewaltigen Monolithen, die Neu-Hispanien beherrschten. Man kann ihre Großartigkeit kaum übertreiben. Ihre steilen Felsenklippen und hohen spitzen Gipfel sind das ganze Jahr über von Schnee bedeckt und Hunderte von Meilen weit zu sehen, selbst von den dichten Regenwäldern des Tieflands aus.

Nach einigen Tagen Ritt entledigten wir uns unserer Pferde, da wir es vorzogen, die schmalen Bergpfade zu Fuß zu passieren. Vorsichtig gingen wir schlüpfrige, schmale Wege entlang, die in die Hänge steiler Bergschluchten gehauen waren, überquerten zaghaft lange Hängebrücken, die hoch über tobenden Bergflüssen schwebten.

Und die ganze Zeit über erklangen durch das Labyrinth der schmalen Schluchten hinter uns die Rufe und Schritte der Spanier.

Wir erreichten mehrere Inkasiedlungen, die mitten in den prächtigen Bergtälern lagen. Jeder Ort war nach seinem Oberhaupt benannt – Rumac, Sipo, Huanco.

In diesen Siedlungen versorgte man uns mit Nahrung, Führern und Lamas. Die Großzügigkeit der Menschen war unglaublich. Es war, als wüsste jeder Bewohner von Renco und seiner Mission. Eine raschere Hilfe wäre kaum möglich gewesen. Wenn wir die Zeit hatten, zeigte Renco den Menschen das schwarze steinerne Götzenbild, und alle verneigten sich davor und verfielen in Schweigen.

Aber dazu war nur selten Zeit.

Die Spanier blieben uns hartnäckig auf den Fersen.

Einmal, nachdem wir die Stadt Ocuyu verlassen hatten, die in einem breiten Bergtal lag, und gerade den Kamm des nächsten Hügels erklommen, hörte ich den Knall schweren Musketenfeuers hinter uns. Ich wandte mich um und warf einen Blick ins Tal hinab.

Der Anblick erfüllte mich mit Entsetzen.

Ich sah Hernando und seine Soldaten – eine riesige Kolonne von wenigstens einhundert Mann – am anderen Ende des Tals heranmarschieren. Flankiert war der gewaltige Truppenkörper aus Fußsoldaten von Reitern. Sie ritten ihnen voraus in die Stadt ein, die wir gerade verlassen hatten, und feuerten dabei ihre Musketen auf die unbewaffneten Inka ab. Später teilte Hernando seine Legion aus hundert Mann in drei Divisionen zu je etwa dreißig. Anschließend ließ er die Divisionen versetzt marschieren, sodass sich, während die eine marschierte, die anderen beiden ausruhten. Anschließend setzten sich die ausgeruhten Divisionen in Marsch, überholten die erste Gruppe, und das Ganze begann von vorn. Das Ergebnis dieser Taktik war ein steter Strom von Männern, die beständig in Bewegung waren und uns immer näher kamen.

Und all dies geschah, während Renco, Bassario und ich immer weiter voranstolperten, mühselig durch die steinige Wildnis marschierten und unablässig gegen die Erschöpfung ankämpften.

Eines schien mir gewiss: Die Spanier würden uns einholen. Die Frage war nur, wann.

Dennoch quälten wir uns weiter.

An einem bestimmten Punkt unserer Reise – zu einer Zeit, da meine Landsleute uns so dicht auf den Fersen waren, dass wir ihre Stimmen von den Felswänden hinter uns widerhallen hörten –, hielten wir in einem Ort namens Colco, der an den Ufern eines Gebirgsflusses namens Paucartambo liegt.

Dort bekam ich einen Hinweis darauf, weswegen Renco den Verbrecher Bassario mitgenommen hatte.

Denn in Colco befand sich ein Steinbruch. Nun, wie ich schon gesagt habe, die Indios sind meisterhafte Steinmetze. Alle ihre Gebäude sind aus sauber geschnittenen Steinen errichtet, von denen einige so groß wie sechs Männer sein und mehr als einhundert Tonnen wiegen können. Solche Steine werden in den gewaltigen Steinbrüchen in Ortschaften wie Colco gebrochen.

Nachdem Renco rasch einige Worte mit dem Oberhaupt der Stadt gewechselt hatte, wurde er zum Steinbruch geleitet – einem monumentalen Loch, das in die Seite des Bergs gegraben worden war. Kurze Zeit später kehrte er mit einem Sack aus Ziegenleder in der Hand zurück. Scharfe Steinkanten beulten den Sack aus. Renco reichte ihn Bassario und wir setzten unseren Weg fort.

Ich wusste nicht, was in diesem Sack war, aber des Nachts, wenn wir zum Ausruhen anhielten, zog sich Bassario in eine Ecke des Lagers zurück und entzündete ein eigenes Feuer. Daraufhin saß er im Schneidersitz da und arbeitete über dem Sack, Renco und mir den Rücken zukehrend.

Nach elf Tagen dieser gnadenlosen Reise kamen wir aus dem Gebirge heraus. Uns erwartete ein unvergesslicher Anblick, wie ich ihn noch nie zuvor erlebt hatte.

Wir sahen den Regenwald sich vor uns ausbreiten, ein nahtloser Teppich aus Grün, der sich bis zum fernen Horizont erstreckte. Die einzigen Unterbrechungen darin waren die Tafelländer – weite, flache, stufenähnliche Formationen in der Landschaft, die den allmählichen Übergang von der zerrissenen Gebirgsregion zum grünen Flusstal kennzeichneten – sowie die breiten braunen Bänder, die sich ihren Weg durch den dichten Dschungel bahnten, die mächtigen Flüsse des Regenwalds.

Und so tauchten wir in den Dschungel ein.

Es war wie die Hölle auf Erden.

Tagelang marschierten wir durch den ewigen Dämmer des Regenwalds. Es war feucht, klamm und, Gott, wie gefährlich es war! Widerlich fette Schlangen hingen von den Bäumen herab, kleine Nager huschten unter unseren Füßen umher und eines Nachts – ich würde es beschwören – sah ich die verschleierte Silhouette eines Panthers, ein tieferer Schatten in der

Schwärze, der lautlos auf weichen Pfoten über einen Ast in der Nähe schlich.

Und dann waren da die Flüsse, in denen die größte aller Gefahren lauerte.

Alligatoren.

Allein beim Anblick ihrer knorrigen dreieckigen Köpfe gefror einem Mann das Blut in den Adern und ihre Körper, schwarz, schwer und gepanzert, waren wenigstens sechs Schritt lang. Ihre Augen beobachteten uns allezeit – ohne zu blinzeln, reptilhaft, widerwärtig.

Wir fuhren die Flüsse auf Schilfkanus hinab, die uns von den Flussstädten Paxu, Tupra und Roya geschenkt worden waren. Die Boote erschienen mir bemitleidenswert klein, verglichen mit den ungewöhnlich großen Reptilien im Wasser um uns her. Die steilen Felsklippen der Tafelländer stiegen wir mit Hilfe kundiger Inkaführer ab.

Des Abends, beim Feuerschein, unterwies mich Renco in seiner Sprache, Quechua. Als Gegenleistung lehrte ich ihn mit den beiden glitzernden spanischen Degen, die wir in Cusco hatten mitgehen lassen, die Finessen des Degenfechtens.

Während Renco und ich fochten, übte Bassario sich im Bogenschießen, wenn er sich nicht gerade in eine Ecke des Lagers verzog. Offenbar war er vor seiner Einkerkerung – deren Grund ich nicht kannte – einer der besten Bogenschützen des ganzen Inkareichs gewesen. Ich glaubte es sofort. Eines Abends sah ich ihn eine Frucht des Regenwalds hoch in die Luft schleudern und sie einen Augenblick später mit einem Pfeil durchbohren, so groß war sein Geschick.

Nach einiger Zeit ging uns auf, dass das schwierige Gelände des Regenwalds die Jagd unserer Verfolger etwas verlangsamt hatte. Die Geräusche, wie Hernando und seine Männer auf die Äste des Waldes hinter uns einhackten, wurden immer schwächer. In der Tat dachte ich einmal, dass Hernando seine Verfolgungsjagd vielleicht aufgegeben hätte.

Aber nein. Jeden Tag holten uns Läufer aus den verschiedenen Ortschaften ein, die wir durchquert hatten, und berichteten von der Einnahme ihres Dorfes. Hernando und seine Männer waren noch immer unterwegs.

Also quälten wir uns weiter.

Dann, eines Tages, kurz nachdem wir Roya verlassen hatten und ich an die Spitze unserer kleinen Gruppe gewechselt war, schob ich einen großen Ast beiseite und fand mich Auge in Auge mit einer knurrenden, katzengleichen Kreatur wieder.

Mit einem Aufschrei stürzte ich zurück und fiel mit einem lauten Platschen in den Schlamm.

Als Nächstes hörte ich Bassario leise kichern.

Ich blickte auf und sah, dass ich eine Art Totem enthüllt hatte. Die knurrende Katze, die ich gesehen hatte, war nichts weiter als das Steinbild eines großen, katzengleichen Wesens. Aber die Statue war von einem Schleier tröpfelnden Wassers bedeckt, sodass der unachtsame Reisende – ich – den Eindruck bekommen musste, dass dieses Wesen wirklich und wahrhaftig lebendig war.

Beim genaueren Betrachten fiel mir auf, dass sich die steinernen Züge des Totems nicht sehr von denen des Götzenbildes unterschieden, dem Anlass unserer wilden Flucht. Es war eine Art Jaguar, hatte große, katzenhafte Fänge und knurrte den unvorsichtigen Forscher, der zufällig darüber stolperte, an – nein, *brüllte* ihn an.

Mehr als einmal habe ich mich über diese Faszination der Inka für Großkatzen gewundert.

Sie verehren diese Wesen, behandeln sie wie Götter. In der Tat werden Krieger, die in ihren Bewegungen das katzenhaft harmonische Zusammenspiel der Muskeln zeigen, in ihrer Armee am meisten verehrt. Es wird als großes Geschick erachtet, auf den Füßen landen und sogleich in den Kampf zurückspringen zu können. Ein solcher Krieger ist im Besitz des *jinga*.

An eben jenem Abend, kurz bevor ich auf so lächerliche

Weise über das Steintotem stolperte, hatte Renco mir erzählt, dass das am meisten gefürchtete Wesen der Inka-Mythologie eine große schwarze Katze sei, die auf Agmara als »Titi« und auf Quechua als »Rapa« bekannt sei. Anscheinend ist dieses Wesen so schwarz wie die Nacht und fast so groß wie ein Mann, sogar wenn es auf allen vieren steht. Und es töte mit einer Bestialität, die ihresgleichen nicht kenne. Tatsächlich sagte Renco, diese Wildtierart töte aus keinem anderen Grund als der Freude am Morden.

»Gut gemacht, Bruder Alberto«, sagte Renco nun, während ich im Schlamm lag und zu dem Totem aufstarrte. »Du hast das Erste der Totems gefunden, die uns nach Vilcafor bringen werden.«

»Wie werden sie uns dorthin bringen?«, wollte ich beim Aufstehen wissen.

»Es gibt einen Schlüssel«, erwiderte Renco, »der nur den Obersten des Inkaadels bekannt ist ...«

»Aber wenn er ihn dir verrät, wird er dich töten müssen«, warf Bassario mit einem unverschämten Grinsen ein.

Renco lächelte Bassario nachsichtig an. »Stimmt«, sagte er. »Doch falls ich sterbe, brauche ich jemanden, der meine Mission fortsetzt. Und dazu wird dieser Jemand den Schlüssel der Totems kennen müssen.« Renco wandte sich mir zu. »Ich habe gehofft, du wärest gewillt, diese Verantwortung zu übernehmen, Alberto.«

»Ich?«, fragte ich und schluckte.

»Ja, du«, erwiderte Renco. »Alberto, ich erkenne die Eigenschaften eines Helden in dir, selbst wenn du es nicht tust. Du besitzt Ehre und Mut in weitaus größerem Maße als die gewöhnliche Seele. Wenn du es gestattest, werde ich dir, ohne zu zögern, das Schicksal meines Volkes anvertrauen, für den Fall, dass mir das Schlimmste zustößt.«

Ich senkte den Kopf und nickte, seinem Wunsch entsprechend.

»Gut«, lächelte Renco. »Bei dir dagegen«, sagte er mit einem allzu freundlich Grinsen zu Bassario, »würde ich doch beträchtlich zögern. Stell dich dort drüben hin!«

Sobald Bassario sich einige Schritte von uns entfernt hatte, beugte Renco sich nahe zu mir heran und zeigte auf das Steinbild des Rapas vor uns. »Der Schlüssel ist einfach: Folge dem Schwanz des Rapas.«

»Folge dem Schwanz des Rapas ...«, wiederholte ich und blickte das Totem an. Deutlich erkennbar schlängelte sich aus dem Rücken des Bildnisses ein dünner, katzenartiger Schwanz heraus, der Richtung Norden wies.

»Aber« – Renco hielt jäh den Finger hoch – »nicht jedem Totem darf man auf diese Weise folgen. Und genau diese Regel kennt nur der oberste Adel. Ich selbst habe sie erst von der Hohen Priesterin von Coricancha bei unserer Ankunft dort erfahren, als wir das Götzenbild geholt haben.«

»Wie lautet diese Regel?«

»Nach dem ersten Totem muss man jedem zweiten Totem misstrauen. In diesem Fall muss man dem Totem in Richtung des Sonnenmals folgen.«

»Des Sonnenmals?«

»Ein Mal nicht unähnlich diesem hier«, erwiderte Renco und zeigte auf das kleine dreieckige Muttermal unter seinem linken Auge, den dunkelbraunen Hautfehler, der aussah wie eine umgekehrte Bergspitze.

»Bei jedem zweiten Totem«, sagte er, »dürfen wir nicht dem Schwanz des Rapas folgen, sondern müssen vielmehr in Richtung des Sonnenmals gehen.«

»Was geschieht, wenn man weiterhin dem Schwanz des Rapas folgt?«, wollte ich wissen. »Würden unsere Feinde letztlich nicht bemerken, dass sie in die falsche Richtung gehen, wenn sie keine weiteren Totems finden?«

Renco lächelte mich an. »O nein, Alberto. Sie werden weitere Totems finden, selbst wenn sie in die falsche Richtung laufen. Aber diese Totems werden den getäuschten Abenteurer weiter und weiter von der Zitadelle wegführen.«

Und so folgten wir den Totems durch den Regenwald.

Sie waren in verschiedenen Abständen aufgestellt – manche nur wenige hundert Schritte von ihren Vorgängern entfernt, andere einige Meilen weit. Also mussten wir sorgfältig darauf achten, dass wir in einer geraden Linie weitergingen. Oft half uns dabei ein Fluss, denn manche Totems standen entlang eines Ufers.

Indem wir den Totems folgten, gingen wir in nördliche Richtung, durchquerten das weite Tiefland des Regenwalds, bis wir ein neues Tafelland erreichten, das in die Berge hinaufführte.

Dieses Tafelland erstreckte sich von Norden nach Süden, so weit das Auge reichte – ein riesiges, von Dschungel bedecktes Plateau, eine einzelne Stufe, die unser Herr errichtet hatte, damit er darüber aus dem Regenwald zu den Ausläufern der Berge gelangen konnte. Die gesamte Längsseite war durchsetzt mit Wasserfällen. Es war wahrlich ein prächtiger Anblick.

Wir erstiegen die klippenähnliche östliche Wand, wobei wir unsere Schilfkanus und Paddel mitschleiften. Dann erreichten wir ein letztes Totem, das uns weiter flussaufwärts zu den gigantischen, schneebedeckten Bergen führte, die drohend den Regenwald überragten.

Inmitten des prasselnden Nachmittagsregens ruderten wir gegen die sanfte Strömung des Flusses an. Nach einer Weile hörte der Regen auf und in dem darauf folgenden Dunst nahm der Dschungel etwas Unheimliches an. Die Welt verfiel in eine seltsame Stille und – sehr, sehr merkwürdig – die Geräusche des Regenwalds verschwanden abrupt.

Keine Vögel sangen mehr. Keine Nager huschten noch im Unterholz umher.

Ich spürte eine Woge der Furcht durch meinen Körper rollen.

Etwas stimmte hier nicht.

Auch Renco und Bassario mussten es gespürt haben, denn sie ruderten jetzt langsamer, tauchten ihre Paddel lautlos in die glasige Wasseroberfläche, als trauten sie sich nicht, die unnatürliche Stille zu durchbrechen.

Dann umrundeten wir eine Flussschleife und sahen plötzlich eine Stadt am Ufer liegen, die sich an die Basis einer gewaltigen Bergregion schmiegte. Ein imponierender Steinbau stand stolz inmitten einer Ansammlung kleiner Hütten, während ein breites, burggrabenähnliches Gewässer die gesamte Enklave umgab.

Die Zitadelle von Vilcafor.

Doch keiner von uns hatte wirklich Augen für die prächtige Zitadelle. Auch nahmen wir nicht viel Notiz von dem Ort ringsherum, der in rauchenden Trümmern lag.

Nein, wir hatten nur Augen für die Leichen, Dutzende von Leichen, die blutüberströmt auf der Hauptstraße lagen.

Zweite Konfrontation

Montag, 4. Januar, 15.40 Uhr

RACE BLÄTTERTE DIE Seite um und suchte nach dem nächsten Kapitel, doch es war nicht vorhanden. Dies war anscheinend die letzte Seite des Manuskripts.

Verdammt!, dachte er.

Er schaute aus dem Fenster der Hercules und erblickte die Propeller draußen auf der grün gespritzten Tragfläche, sah die schneebedeckten Gipfel der Anden darunter glitzern.

Dann blickte er zu Nash hinüber, der auf der anderen Seite des Mittelgangs saß und an seinem Laptop arbeitete. »Ist das alles, was da ist?«, fragte er.

»Bitte?« Nash runzelte die Stirn.

»Das Manuskript. Ist das alles, was wir haben?«

»Sie meinen, Sie haben es bereits fertig übersetzt?«

»Ja.«

»Und? Wissen Sie, wo das Götzenbild ist?«

»Nun, gewissermaßen«, erwiderte Race und blickte auf die Notizen hinab, die er sich bei der Übersetzung des Manuskripts gemacht hatte. Sie lauteten:

```
CUSCO VERLASSEN -> IN DIE BERGE
ORTE: RUMAC, SIPO, HUANCO, OCUYU
COLCO - PAUCARTAMBO - DORT STEINBRUCH
11 TAGE - ERREICHEN REGENWALD
FLUSSSTÄDTE: PAXU, TUPRA, ROYA
STEINTOTEMS - GESCHNITZT IN GESTALT KATZEN-
   ÄHNLICHER WESEN - FÜHREN ZUR ZITADELLE VON
   VILCAFOR
TOTEM-CODE - FOLGE DEM SCHWANZ DES RAPA BEIM
```

ERSTEN TOTEM, ANSCHLIESSEND BEI JEDEM ZWEITEN TOTEM DEM »SONNENMAL«

FOLGTEN TOTEMS NÖRDLICH ÜBER REGENWALDSENKE – ERREICHTEN TAFELLAND, DAS ZU VORGEBIRGEN FÜHRT

AM LETZTEN TOTEM FLUSSAUFWÄRTS RICHTUNG BERGE – FANDEN ZITADELLE IN RUINEN

»Was meinen Sie mit *gewissermaßen*?«, fragte Nash.

»Na ja, das ist das Problem«, erwiderte Race. »Das Manuskript endet praktisch mitten im Satz, nachdem sie den Ort Vilcafor erreicht haben. Es folgt offensichtlich noch etwas, aber das ist nicht da.« Er fügte nicht hinzu, dass er die Geschichte allmählich ziemlich interessant fand und eigentlich mehr davon lesen *wollte*. »Haben wir ganz bestimmt nicht mehr vorliegen?«

»Ich fürchte, ja«, meinte Nash. »Bedenken Sie, das ist nicht das Originalmanuskript, sondern bloß eine halb vollendete Kopie davon, die ein anderer Mönch viele Jahre, nachdem Santiago das Original verfasste, transkribiert hatte. Dies ist alles, was vorhanden ist. Mehr konnte dieser Mönch nicht kopieren.«

Er runzelte die Stirn. »Ich hatte gehofft, dass wir daraus erfahren, wo genau das Götzenbild ist. Aber wenn es das nicht hergibt, muss ich die allgemeinen Umstände kennen: wo suchen, wo mit der Suche beginnen. Wir können dank unserer Technologie den Aufenthaltsort des Götzenbildes festlegen, wenn wir wissen, wo wir mit unserer Suche anzufangen haben. Und ich habe das Gefühl, dass Sie inzwischen genug wissen, um mir zu sagen, wo wir anfangen müssen. Also, schießen Sie los!«

Race zeigte Nash seine Notizen und erzählte ihm die Geschichte von Renco Capac und der Flucht aus Cusco. Aufgrund des Gelesenen, sagte er, gehe er davon aus, dass Renco sein Ziel erreicht habe – die Zitadellenstadt Vilcafor am Fuß der Anden. Abschließend erklärte er, dass das Manuskript detailliert schildere, wie man diese Stadt erreiche – solange sie etwas Bestimmtes wüssten.

»Und was ist das?«, fragte Nash.

»Angenommen, die Steintotems sind noch vorhanden«, erwiderte Race, »dann muss man wissen, was das Sonnenmal ist. Wenn man das nicht weiß, kann man die Totems nicht lesen.«

Stirnrunzelnd wandte sich Nash an Walter Chambers, den Anthropologen und Inkaexperten, der wenige Sitze entfernt saß. »Walter. Wissen Sie etwas von einem Sonnenmal in der Inkakultur?«

»Das Sonnenmal? Ja, natürlich.«

»Was ist das?«

Schulterzuckend kam Chambers herüber. »Es ist schlicht ein Muttermal. So ähnlich wie das von Professor Race.« Er nickte mit dem Kinn in Richtung von Race' Brille und der dunklen, dreieckigen Hautunreinheit unter dessen linkem Auge. Race hätte sich am liebsten unsichtbar gemacht. Seit seiner Kindheit hasste er dieses Muttermal. Er fand, es sah aus wie ein verschmierter Kaffeefleck im Gesicht.

»Die Inka hielten Muttermale für Zeichen der Ehre«, erläuterte Chambers. »Zeichen, die von den Göttern persönlich geschickt worden sind. Das Sonnenmal war ein besonderes Muttermal – eine Unreinheit im Gesicht, direkt unterhalb des linken Auges. Es war etwas Besonderes, weil die Inka glaubten, dass dieses Zeichen von ihrem mächtigsten Gott geschickt worden ist, dem Sonnengott. Ein Kind mit einem derartigen Zeichen zu haben wurde als große Ehre erachtet. Das Sonnenmal bedeutete, dass dieses bestimmte Kind etwas Besonderes war, in gewisser Weise zur Größe bestimmt.«

»Also«, sagte Race, »wenn jemand uns anweist, einer Statue in Richtung Sonnenmal zu folgen, meint er, wir sollen uns links halten?«

»Das ist wohl korrekt«, erwiderte Chambers zögernd. »Glaube ich.«

»Was meinen Sie damit – Sie glauben?«, fragte Nash.

»Sehen Sie, während der vergangenen zehn Jahre hat es eine Grundsatzdebatte unter Anthropologen darüber gegeben, ob das Sonnenmal auf der linken oder der rechten Gesichtshälfte zu finden ist. Inkaschnitzereien und -piktogramme bilden das Sonnenmal – ob auf Bildnissen von Menschen, Tieren oder was auch immer – ausnahmslos unter dem linken Auge ab. Probleme entstehen jedoch, wenn man spanische Texte wie die *Relación* und die *Wahrhaftigen Kommentare zum Reich der Inka* liest, wo von Leuten wie Renco Capac und Tupac Amaru die Rede ist, die das Zeichen getragen haben sollen. Das Problem ist, dass beide Bücher erklären, Renco und Amaru hätten das Mal unter dem *rechten* Auge gehabt. Und sobald so etwas auftaucht, herrscht ein völliges Durcheinander.«

»Was glauben *Sie* also?«

»Links, ganz eindeutig.«

»Und wir sollten imstande sein, die Zitadelle so zu finden?«, fragte Nash besorgt.

»In dieser Hinsicht können Sie meinem Urteil vertrauen, Colonel«, erwiderte Chambers zuversichtlich. »Wenn wir jeder Statue nach links folgen, werden wir sie finden.«

Genau in diesem Moment ertönte irgendwo in der Nähe ein dünnes *Ding-Dong*.

Race drehte sich um. Es war von Nashs Laptop gekommen – eine E-Mail musste gerade eingetroffen sein. Nash kehrte zu seinem Sitz zurück, um sie in Empfang zu nehmen.

Chambers wandte sich an Race. »Ist alles sehr aufregend, nicht wahr?«

»Aufregend ist nicht ganz das Wort, das ich gebrauchen würde«, erwiderte Race. Er war froh, dass er das Manuskript vor der Landung in Cusco übersetzt hatte. Wenn Nash sich auf der Suche nach dem Götzenbild in den Dschungel hinauswagte, wollte er nicht daran teilnehmen.

Er warf einen Blick auf die Uhr.

16.35 Uhr. Es wurde spät.

Da tauchte Nash neben ihm auf.

»Professor«, sagte er. »Wenn Sie nichts dagegen haben, möchte ich gern, dass Sie mit uns nach Vilcafor kommen.«

Race stutzte. Etwas in Nashs Tonfall war merkwürdig. Das war ein Befehl, keine Aufforderung.

»Sie hatten gesagt, wenn ich das Manuskript vor unserer Landung übersetze, muss ich nicht mal das Flugzeug verlassen.«

»Nein, ich habe ›womöglich‹ gesagt. Sie erinnern sich, ich habe auch gesagt, falls Sie das Flugzeug verlassen *müssten*, würde sich ein Team Green Berets um Sie kümmern. Diese Situation ist jetzt eingetreten.«

»Warum?«, fragte Race.

»In Cusco erwarten uns zwei Helikopter, mit denen wir Santiagos Weg aus der Luft folgen. Unglücklicherweise hatte ich angenommen, das Manuskript sei etwas genauer in der Beschreibung des Aufenthaltsorts des Götzenbildes. Doch jetzt brauchen wir Sie für die Tour nach Vilcafor, falls irgendwelche Abweichungen zwischen dem Text und dem Gelände bestehen.«

Race gefiel das ganz und gar nicht. Er hatte das Gefühl, seinen Teil der Abmachung erfüllt zu haben, und die Vorstellung, im Regenwald des Amazonas herumzuspazieren, bereitete ihm Unbehagen.

Zu allem Überfluss sorgte Nashs Ton dafür, dass er noch angespannter war. Da Nash ihn an Bord der Hercules und somit bereits auf dem Weg nach Cusco hatte, waren seine Möglichkeiten, so kam es ihm vor, ziemlich eingeschränkt. Er fühlte sich, als säße er in der Falle – zu einem Ausflug genötigt, den er nicht machen wollte. Das war ganz und gar nicht Teil der Abmachung.

»Kann ich nicht einfach in Cusco auf Sie warten?«, bot er lahm an. »Und von dort aus mit Ihnen in Verbindung bleiben?«

»Nein«, erwiderte Nash. »Auf keinen Fall. Wir kommen über Cusco herein, aber wir fliegen nicht auf diesem Weg hinaus. Das Flugzeug sowie das gesamte Personal der US Army, das uns in Cusco erwartet, wird die Stadt verlassen, kurz nachdem wir mit den Hubschraubern in den Dschungel abgeflogen sind. Tut mir Leid, Professor, aber ich *brauche* Sie. Ich brauche Sie, damit Sie mir helfen, nach Vilcafor zu kommen.«

Race biss sich auf die Lippe. *Mein Gott ...*

»Nun ... also gut«, sagte er widerstrebend.

»Schön«, meinte Nash und erhob sich. »Sehr schön. Sagen Sie, Sie haben doch erwähnt, dass Sie etwas weniger formelle Kleidung dabeihaben?«

»Ja.«

»Ich schlage vor, dass Sie sich umziehen. Immerhin sind Sie bald im Dschungel.«

★★★

DIE HERCULES FLOG über die Berge.

Race trat aus der Toilette im unteren Frachtdeck des Flugzeugs. Er trug jetzt ein weißes T-Shirt, Blue Jeans und schwarze Turnschuhe – die Kleidungsstücke, die er für das Baseballspiel am Mittag eingepackt hatte. Auf dem Kopf hatte er eine Kappe – eine arg mitgenommene marineblaue Baseballkappe der New York Yankees.

Auf dem Deck vor ihm bereiteten sich die Green Berets auf die Mission vor und reinigten ihre Waffen. Einer von ihnen – ein rothaariger älterer Corporal names Jake »Buzz« Cochrane –

sprach lebhaft, während er den Abzugsmechanismus seines M-16 säuberte.

»Ich sag euch, Jungs, *das* waren Titten«, meinte er gerade. »Was für Titten! Süß wie 'ne Sechzehnjährige und echt willig und preiswert. Meine Herren, denken Sie an meine Worte, sie ist zweifellos in ganz South Carolina die tollste Nutte, die Sie für Ihre Knete kriegen können ...«

In diesem Augenblick fiel Cochranes Blick auf Race, der in der Toilettentür stand und zuhörte. Er verstummte sofort.

Die anderen Green Berets fuhren herum und Race wurde verlegen.

Er kam sich wie ein Außenseiter vor. Jemand, der nicht Teil der Bruderschaft war. Der nicht dazugehörte.

Da bemerkte er seinen Leibwächter – den großen Sergeanten, Van Lewen –, der am Rand des Kreises stand, und lächelte. »Hallo.«

Van Lewen erwiderte das Lächeln. »Wie steht's?«

»Gut. Wirklich gut«, sagte Race.

Er ging an der schweigenden Truppe rauer Green Berets vorüber und erreichte die steile Treppe, die nach oben zum Hauptpassagierdeck führte.

Während er hinaufstieg, hörte er Cochrane hinter sich etwas brummeln.

Er wusste, dass es nicht für seine Ohren bestimmt war, aber er verstand es trotzdem.

Cochrane sagte: »Blödes Weichei.«

Eine Stimme ertönte aus der Lautsprecheranlage, als Race eben den Mittelgang des Passagierabteils hinabging. »Beginnen mit dem Sinkflug. Landung in Cusco in zwanzig Minuten.«

Auf dem Weg zu seinem Sitz kam Race an Walter Chambers vorüber. Der bebrillte kleine Wissenschaftler hatte Race' Notizen neben ein weiteres Blatt Papier gelegt. Es war so etwas wie eine Karte, die mit Filzstift markiert war.

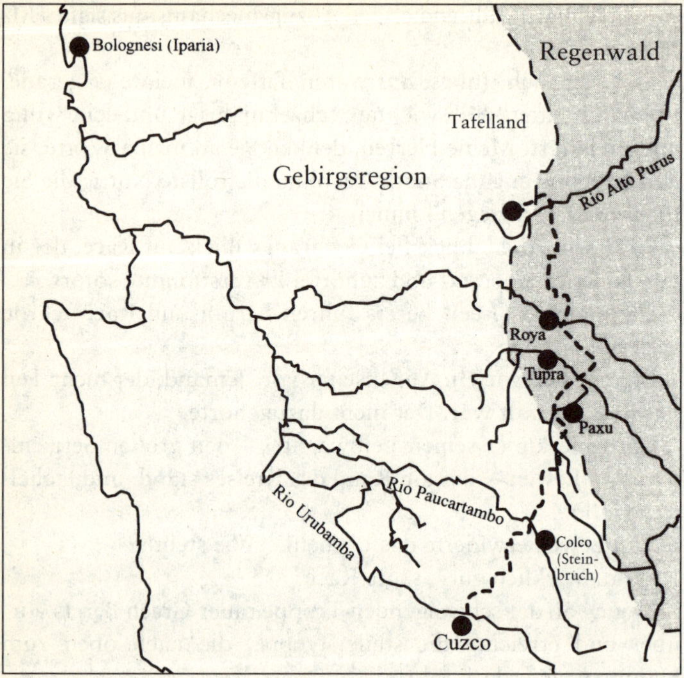

Chambers blickte zu Race auf.

»Ah, Professor. Sie habe ich gesucht. Eine Klarstellung, bitte. Diese Orte hier, ›Paxu, Tupra und Roya‹« – er deutete auf Race' Notizen –, »das steht in der richtigen Reihenfolge, oder? Ich meine, in der Reihenfolge, wie Renco die Orte aufgesucht hat?«

»In dieser Reihenfolge tauchen sie in dem Manuskript auf.«

»Schön.«

»He, Walter«, sagte Race und setzte sich neben Chambers. »Eines wollte ich Sie fragen.«

»Nur zu.«

»Im Manuskript erwähnt Renco ein Wesen, das Titi oder Rapa genannt wird. Was genau ist das?«

»Ah, der Rapa.« Chambers nickte. »Hm, ja. Nicht ganz mein Gebiet, aber ein bisschen was weiß ich darüber.«

»Und?«

»Wie viele andere südamerikanische Kulturen waren die Inka von Raubkatzen außerordentlich fasziniert. Sie haben ihnen Statuen errichtet, sowohl große als auch kleine, und manchmal riesige Basreliefs von ihnen in Felswände geritzt. Die Stadt Cusco war sogar in der Gestalt eines Pumas *erbaut*.

Diese Faszination für Raubkatzen ist ein ziemlich merkwürdiges Phänomen, da es in Südamerika bekanntlich keine großen Raubkatzen gibt. Die einzigen auf dem Kontinent heimischen Raubkatzen sind der Jaguar – oder Panther – und der Puma, und die sind nur mittelgroß. Sie sind nicht annähernd so groß wie der Tiger, die größte aller Raubkatzen.«

Chambers machte es sich in seinem Sitz bequemer. »Der Rapa jedoch ist eine ganz und gar andere Geschichte. Das ist eher die südamerikanische Version von Bigfoot oder dem Ungeheuer von Loch Ness. Er ist ein legendäres Wesen, eine große schwarze Raubkatze.

Wie bei Bigfoot oder Nessie hört man alle paar Jahre von Sichtungen – Bauern in Brasilien beklagen sich über Verstümmelungen am Vieh; Touristen auf dem Inkapfad in Peru behaupten, des Nachts große Raubkatzen umherlaufen zu sehen, und gelegentlich findet man Einheimische, die im Tiefland von Kolumbien auf brutale Weise getötet worden sind. Aber niemand hat je einen Beweis gefunden. Es gibt eine Anzahl Fotos, aber die sind durch die Bank unglaubwürdig – verschwommene, unscharfe Schnappschüsse, die alles vom gewöhnlichen alten Panther bis hin zu einem Brillenbär zeigen können.«

»Also ein Mythos«, sagte Race. »Ein Großkatzen-Mythos.«

»Tun Sie die Mythen von Großkatzen nicht so verächtlich ab, Professor Race«, meinte Chambers. »Sie sind in der ganzen Welt verbreitet. Indien. Südafrika. Sibirien. Es überrascht Sie vielleicht zu erfahren, dass der leidenschaftlichste Glaube an mystische Riesenkatzen aus England stammt.«

»England?«

»Die Bestie von Exmoor, die Bestie von Bahn. Riesige Katzen, die spätnachts in den Mooren umherschleichen. Niemals erwischt, niemals fotografiert. Aber ihre Fußabdrücke werden oft im Schlamm gefunden. Mein Gott, wenn die Sichtungen stimmen, besteht die Möglichkeit, dass der Hund von Baskerville in Wirklichkeit kein Hund war, sondern eine riesige *Katze.*«

Race lachte schnaubend und überließ Chambers seiner Arbeit. Er kehrte zu seinem Sitz zurück, hatte sich jedoch kaum niedergelassen, da spürte er, dass sich jemand neben ihn setzte. Es war Lauren.

»Ah, die Glückskappe«, meinte sie mit einem Blick auf Race' Yankee-Kappe. »Ich weiß nicht, ob ich es dir je gesagt habe, aber ich habe diese verdammte Kappe immer gehasst.«

»Das hast du mir gesagt«, meinte Race.

»Aber du trägst sie noch immer.«

»Es ist eine schöne Kappe.«

Laurens Blick wanderte abschätzend über sein T-Shirt, seine Jeans und die Turnschuhe. Race bemerkte, dass sie ein dickes Khakihemd mit aufgerollten Ärmeln trug, dazu eine Khakihose und robust aussehende Wanderschuhe.

»Nettes Outfit«, meinte sie, ehe er einen ähnlichen Kommentar abgeben konnte.

»Was soll ich sagen?«, entgegnete er. »Als ich heute meine Tasche für die Arbeit gepackt habe, bin ich nicht davon ausgegangen, dass ich dem Dschungel einen Besuch abstatten werde.«

Lauren warf den Kopf zurück und lachte. Das Lachen erinnerte Race an die alten Tage. Völlig theatralisch und von äußerst zweifelhafter Aufrichtigkeit.

»Ich hatte ganz vergessen, wie knochentrocken du sein kannst«, sagte sie.

Race lächelte schwach und senkte den Kopf.

»Wie ist es dir ergangen, Will?«, fragte sie sanft.

»Gut«, log er. »Und dir? Du hast offensichtlich gut für dich gesorgt. Ich meine, Donnerwetter, die DARPA ...«

»Das Leben ist schön«, sagte sie. »Das Leben ist sehr schön. Hör mal, Will ...« Und da war er. Der Wechsel. Lauren war stets gut darin gewesen, zum Geschäft zurückzukehren. »Ich wollte vor der Landung mit dir sprechen. Ich möchte nicht, dass das, was zwischen uns war, unserer Arbeit hier in die Quere gerät. Ich habe dir nie wehtun wollen ...«

»Du hast mir nicht wehgetan«, sagte Race vielleicht ein wenig zu rasch. Er sah auf seine Schuhbänder hinab. »Es gibt nichts, das nicht nach einer Weile heilt.«

Was nicht ganz der Wahrheit entsprach.

Race hatte wesentlich länger als »eine Weile« gebraucht, um über Lauren O'Connor hinwegzukommen.

Ihre Beziehung war eine klassische Affäre gewesen, wie sie überall in Amerika vorkommt: zwei Collegestudenten, die nicht zueinander passten. Race war clever, hatte jedoch kein Geld. Lauren war brillant und ihre Familie hatte Geld wie Heu. Race ging mit einem halben Sportstipendium zum USC. Als Gegenleistung dafür, dass er Football spielte, erließ das College ihm die Hälfte der Gebühren. Die andere Hälfte kratzte er dadurch zusammen, dass er hinter der Theke des örtlichen Nachtklubs arbeitete. Dagegen kamen Laurens Eltern für die Kosten ihrer Tochter auf – im Voraus und auf einmal.

Sie waren zwei Jahre zusammen. Der Footballer mit den guten, jedoch nicht spektakulären Noten in Sprachen und die große, wunderschöne Studentin der Naturwissenschaften, die in jeder Hinsicht glänzte.

Race gefiel das. Lauren war alles, was er je von einer Gefährtin gewollt hatte – intelligent, extrovertiert, von scharfem Humor. Bei Footballer-Partys war sie wie die Sonne an einem wolkenverhangenen Tag. Wenn sie den Raum nach ihm absuchte, ihn fand und lächelte, schmolz er dahin.

Er verliebte sich in sie.

Dann erhielt Lauren ein einjähriges Stipendium am MIT und studierte dort theoretische Physik oder so was in der Art. Er wartete. Jetzt wurde es die klassische Distanzbeziehung. Liebe übers Telefon. Race vertraute ihr. Er lebte für ihr wöchentliches Telefonat.

Schließlich kam sie zurück.

Er wartete am Flugplatz, den Ring in der Tasche. Er hatte die Ansprache tausendmal geprobt, hatte sie schließlich perfekt hinbekommen, sodass er im richtigen Moment vor ihr auf die Knie fallen und um ihre Hand anhalten konnte.

Doch als sie an diesem Tag durch das Ankunftsgate kam, trug sie bereits einen Diamantring am Finger.

»Will, tut mir Leid«, sagte sie. »Aber ... na ja ... ich habe jemanden kennen gelernt.«

Race konnte den Ring nicht einmal aus der Tasche ziehen.

Und so verbrachte er die restliche Collegezeit mit der Nase in seinen Büchern, blieb resoluter Single und fühlte sich unvorstellbar elend.

Er schloss im Fach Sprachen des Altertums als Viertbester seines Semesters ab und bekam zu seiner Überraschung das Angebot für einen Lehrauftrag an der NYU. Da er nichts anderes vorhatte – außer vielleicht, sich die Pulsadern aufzuschneiden –, nahm er an. Und jetzt, jetzt war er ein bescheidener Sprachenprofessor, der in einem alten Büro mit Schindeldach in New York City arbeitete, während sie theoretische Physikerin war und in der angesehensten waffentechnologischen Abteilung des US-Militärs arbeitete. Na ja.

Race hatte nie erwartet, sie wiederzusehen. Hatte sie nie wiedersehen *wollen*. Doch als Frank Nash ihren Namen erwähnte, machte es in ihm *klick*. Er wollte sehen, was sie aus sich gemacht hatte.

Gut, jetzt hatte er es gesehen.

Sie hatte verdammt noch mal bei weitem mehr aus sich gemacht als er.

Blinzelnd fuhr Race aus seinen Gedanken auf.

Er kehrte in die Gegenwart zurück und merkte, dass er Laurens Ehering anstarrte.

Mein Gott, reiß dich zusammen!, dachte er.

»Frank hat gesagt, du hast mit dem Manuskript gute Arbeit geleistet«, meinte sie.

Race hustete und räusperte sich, womit er den Hals ebenso frei machte wie die Gedanken. »Ich habe getan, was ich tun konnte. Ich meine, he, es ist nicht theoretische Physik, aber es ist ... na ja, es ist das, was ich tue.«

»Du solltest stolz darauf sein.« Sie lächelte ihn an. »Schön, dich wiederzusehen, Will.«

Race erwiderte ihr Lächeln, so gut er konnte.

Dann stand sie auf und sah sich um. »Na ja, wie dem auch sei, ich gehe besser zurück. Sieht so aus, als ob wir gleich landen.«

★★★

Es war spät am Nachmittag, als die Hercules schwer auf einer staubigen Privatpiste am Rand des Cuscotals aufsetzte.

Das Team verließ das Flugzeug an Bord des Truppentransporters, der seine Reise nach Südamerika im Bauch der Maschine hinter sich gebracht hatte. Der gewaltige Lastwagen rumpelte durch die Heckklappe heraus und fuhr sogleich über eine schlecht gepflasterte Straße Richtung Norden auf den Urubamba zu.

Es war eine holprige Fahrt. Race saß hinten im Laster neben seinem Leibwächter, Sergeant Van Lewen.

Die anderen Mitglieder des Teams – die drei Leute von der DARPA, Nash, Lauren und der falkengesichtige Physiker Copeland, Chambers, der Anthropologe, sowie Gaby Lopez, eine überraschend junge Lateinamerikanerin, die Archäologin des Teams – hatten je einen Green Beret als Leibwächter neben sich sitzen.

Irgendwann unterwegs fuhr der Laster einen Hügel hinauf und Race konnte über das ganze Cuscotal hinwegsehen.

Auf der linken Talseite, auf einem grasbewachsenen grünen Hügel, bemerkte er die Ruinen von Sacsayhuaman, der mächtigen Festung, von der er gerade gelesen hatte. Ihre drei gewaltigen Ränge waren noch immer erkennbar, doch hatten Zeit und Witterung sie ihrer Majestät beraubt. Was vor vierhundert Jahren eine großartige und imposante Festung gewesen und den Augen von Königen würdig gewesen war, das war jetzt nur noch eine zerfallende Ruine, würdig lediglich noch den Augen der Touristen.

Rechts sah Race ein Meer aus Terrakottadächern – das moderne Cusco, dessen Stadtmauern längst niedergerissen worden waren. Jenseits der Dächer lagen die kahlen Berge Südperus – braun und rau, ebenso karg, wie die schneebedeckten Gipfel der Anden im Norden spektakulär waren.

Zehn Minuten später traf der Transporter am Urubamba ein, wo ihn ein Mann von etwas über dreißig in einem weißen Leinenanzug und mit einem cremefarbenen Panamahut erwartete. Sein Name war Nathan Sebastian und er war Lieutenant der US Army.

Hinter Sebastian schwammen an einem langen, T-förmigen Anleger zwei Militärhubschrauber im Fluss.

Es waren Bell Textron UH-1Ns – »Hueys«. Aber diese beiden Hueys waren leicht modifiziert worden. Man hatte ihre langen, dünnen Landestelzen entfernt und durch längere, schotenförmige Schwimmer ersetzt, die auf dem Wasser des Flusses trieben. Von der froschähnlichen Nase eines der Hubschrauber hing, wie Race bemerkte, eine Vielzahl komplex aussehender elektronischer Apparate herab.

Der Truppentransporter kam rutschend neben dem Landungssteg zum Stehen und Race und die anderen sprangen heraus.

Lieutenant Sebastian ging direkt zu Nash. »Die Hubschrauber sind bereit, Colonel, wie Sie angeordnet haben.«

»Sehr gut, Lieutenant«, erwiderte Nash. »Was ist mit unseren Konkurrenten?«

»Vor zehn Minuten haben wir eine Satelliten-SN-Überprüfung durchgeführt, Sir. Romano und sein Team befinden sich gegenwärtig im Luftraum über Kolumbien auf dem Weg nach Cusco.«

»Mein Gott, sie sind bereits über Kolumbien«, meinte Nash und biss sich auf die Lippe. »Sie gewinnen an Boden.«

»Ihre geschätzte Ankunftszeit in Cusco ist in drei Stunden, Sir«, sagte Sebastian.

Nash sah auf seine Uhr. Es war genau 17.00 Uhr.

»Dann haben wir nicht viel Zeit«, meinte er. »Also, wollen wir mal die Hubschrauber beladen und dann ab in die Luft!«

Noch während Nash dies sagte, brachten die Green Berets bereits sechs große Samsonite-Koffer in die Hueys. Sobald sie verstaut waren, teilten sich die zwölf Teammitglieder in zwei Teams zu je sechs Personen auf und gingen an Bord.

Die beiden Hubschrauber hoben vom Fluss ab und ließen Nathan Sebastian, der seinen lächerlichen Hut festhielt, auf dem Landungssteg zurück.

Die Hueys flogen über die schneebedeckten Berggipfel.

Race saß im Heck des zweiten Hubschraubers und starrte voller Ehrfurcht auf die spektakulären Schluchten, die unter ihnen dahinrasten.

»Also, Leute«, sagte Nashs Stimme in Race' Kopfhörer. *»Ich schätze, uns stehen noch etwa zwei Stunden Tageslicht zur Verfügung. Und ich würde gern so viel wie möglich im Hellen erledigen. Zunächst haben wir dieses erste Totem zu finden. Walter? Gaby?«*

Nash hatte Chambers und Gaby Lopez im Führungshelikopter bei sich. Die beiden Hueys nahmen Kurs über die Berge, kreuzten den Paucartambo und flogen in Richtung der drei im Santiago-Manuskript erwähnten Ortschaften Paxu, Tupra und Roya.

Dem Manuskript zufolge würden sie das erste Totem nahe Roya finden. Jetzt war es an Chambers und Lopez, dem Anthropologen und der Archäologin, herauszufinden, wo genau diese Flussstadt heute lag.

Damit, überlegte Race, erledigten sie in fünfzig Minuten, wozu Renco Capac und Alberto Santiago elf Tage benötigt hatten. Nachdem sie fast eine Stunde lang über die zerklüfteten, spitzen Gipfel der Anden geflogen waren, glitten die Berge plötzlich auf spektakuläre Weise unter ihnen zur Seite und Race blickte auf eine weite grüne Ebene aus Laub, die sich vor ihm ausbreitete, so weit das Auge reichte. Es war ein fantastischer und erstaunlicher Anblick. Der Beginn des riesigen Amazonasbeckens.

Tief über dem Regenwald flogen sie nordwärts. Die Rotoren der Helikopter knatterten laut in der stillen, nachmittäglichen Luft.

Sie überquerten einige Flüsse, lange, fette, braune Linien, die sich ihren gewundenen Weg durch den undurchdringlichen Dschungel bahnten. Von Zeit zu Zeit erblickten sie die Überreste alter Dörfer an den Ufern, einige davon mit steinernen Ruinen in der Mitte der Dorfplätze, andere einfach von Unkraut überwuchert.

Irgendwann unterwegs sah Race den blassgelben Schein elektrischen Lichts über den dunkler werdenden Horizont spähen.

»Die Goldmine Madre de Dios«, sagte Lauren, die sich zu ihm hinüberlehnte, um den Schimmer selbst in Augenschein zu nehmen. »Einer der größten Tagebaue der Welt, auch einer der abgelegensten. Es ist das Nächste, was wir hier an Zivilisation treffen werden. Lediglich ein großer, in den Boden getriebener Kegel. Wie ich gehört habe, ist die Mine irgendwann letztes Jahr aufgegeben worden. Vermutlich ist sie wieder geöff…«

In diesem Augenblick schwirrten erregte Stimme über den Funk. Chambers und Lopez unterhielten sich lebhaft über das Dorf unmittelbar unter den beiden Hueys.

Die nächste Stimme, die Race vernahm, gehörte Frank Nash. Er befahl den Hubschraubern zu landen.

Die Hueys setzten auf einer verlassenen Lichtung an einem Flussufer auf, wobei der Fallstrom das lange Gras flach legte. Nash, Chambers und Lopez verließen ihren Hubschrauber.

Mehrere moosbedeckte steinerne Monumente standen inmitten der Lichtung. Nachdem Chambers und Lopez die Monumente einige Minuten lang untersucht und mit ihren Notizen verglichen hatten, kamen sie übereinstimmend zu der Ansicht, dass hier fast sicher einmal der Ort Roya gewesen war.

Nun verließen Race und die anderen die Hubschrauber und durchsuchten den Dschungel in der näheren Umgebung. Zehn Minuten später fand Lauren das erste steinerne Totem etwa fünfhundert Meter nordöstlich ihres Standortes.

Race starrte das riesige Totem voller Ehrfurcht an.

In der Wirklichkeit war es unendlich viel erschreckender, als er es sich vorgestellt hatte.

Es war etwa drei Meter hoch und bestand völlig aus Stein. Gottesfürchtige Konquistadoren hatten es vor vierhundert Jahren mutwillig beschädigt, indem sie Kruzifixe und andere christliche Symbole eingekratzt hatten.

So etwas wie diesen Rapa hatte Race noch nie gesehen. Er war absolut furchterregend.

Die Statue war von Feuchtigkeit bedeckt, ja, sie *triefte* geradezu. Das ergab einen seltsamen Effekt: Der Stein erweckte wahrhaft den Anschein, als ob er *lebte*.

Race schluckte heftig, während er vor dem verfallenen alten Totem stand.

Gott im Himmel …

Da sie das erste Totem gefunden hatten, eilten alle zu den Hubschraubern zurück, die kurz darauf abhoben.

Nashs Hubschrauber flog tief über den Dschungel voran, immer der Richtung folgend, die der Rapaschwanz gewiesen hatte.

Über den Kopfhörer vernahm Race Nashs Stimme: *»… feuert den Magnetometer hoch. Sobald das nächste Totem angezeigt wird, werden wir zu Scheinwerfern übergehen …«*

»Verstanden …«

Race runzelte die Stirn. Er wollte jemanden fragen, was ein Magnetometer war, vor Lauren aber auch nicht unwissender wirken, als er sowieso schon war.

»Das ist ein Apparat, den Archäologen benutzen, um in der Erde vergrabene Relikte aufzuspüren«, meinte Lauren und lächelte.

Verdammt, dachte er.

»Kommerziell werden sie von Firmen benutzt, die auf der Suche nach Bodenschätzen sind und damit unterirdische Lager von Öl und Uranerz finden«, fügte sie hinzu.

»Wie funktionieren sie?«

»Ein Cäsiummagnetometer wie der, den wir benutzen, entdeckt winzige Abweichungen im Magnetfeld der Erde – Abweichungen, die von Objekten verursacht werden. Sie unterbrechen den Aufwärtsfluss des Magnetfelds. Archäologen in Mexiko benutzen Magnetometer seit Jahren zum Aufspüren vergrabener aztekischer Ruinen. Wir benutzen unseres zum Auffinden des nächsten steinernen Totems.«

»Aber die Totems befinden sich an der Oberfläche«, meinte Race. »Was, wenn das Magnetometer Bäume und Tiere anzeigt?«

»Das kann ein Problem werden«, räumte Lauren ein. »Aber nicht hier. Nash wird es so eingestellt haben, dass es nur auf Objekte einer gewissen Dichte und Tiefe anspringt. Bäume haben eine Dichte von wenigen tausend Megabar, Tiere, da sie aus Fleisch und Knochen bestehen, noch weniger. Ein Inkastein ist etwa fünfmal so dicht wie der dickste Baum im Regenwald …«

»Leute«, sagte Nashs Stimme auf einmal, *»ich habe was auf dem Anzeiger. Genau voraus. Corporal, der Scheinwerfer!«*

Und so ging es weiter.

In der nächsten Stunde, während das Licht verblasste und die Schatten der Berge immer länger und die Luft immer kühler wurden, hörte Race zu, wie Nash, Chambers und Lopez ein Totem nach dem anderen ausmachten. Nachdem das Magnetometer das Totem gefunden hatte, ließen sie den Huey darüber stillstehen und erleuchteten es mit dem blendend weißen Scheinwerfer des Hubschraubers. Dann – je nachdem, welches Totem sie ausgemacht hatten – flogen sie entweder in der Richtung des Rapaschwanzes weiter oder wandten sich von der Kreatur aus gesehen nach links.

Die beiden Helikopter flogen immer weiter nordwärts, entlang des gewaltigen, treppenähnlichen Tafellands, das die Berge vom Regenwald trennte.

Bei Einbruch der Dämmerung vernahm Race Nashs Stimme erneut.

»Wir nähern uns dem Tafelland. Ich sehe einen großen Wasserfall darüber hinwegfließen …«

Race erhob sich, ging nach vorn und blickte durch die vordere Windschutzscheibe des Helikopters hinaus. Er sah Nashs Huey über einen großartigen Wasserfall steigen, der den Rand des Tafellands markierte.

»So … Folgen jetzt dem Fluss …«

Es wurde dunkler. Bald sah Race nur noch die roten Hecklichter von Nashs Helikopter vor sich, die sich hin und her und auf und nieder bewegten, während der Huey dem Verlauf des breiten schwarzen Flusses unter ihnen folgte. Der Strahl des Scheinwerfers spielte auf den kleinen Wellen der Wasseroberfläche. Sie flogen jetzt Richtung Westen, auf die Bergwand zu, die sich über dem Regenwald auftürmte.

Da sah Race Nashs Hubschrauber scharf nach rechts abschwenken und eine dichte, bewaldete Schleife des Flusses nachfliegen.

»Wartet einen Augenblick!«, sagte Nashs Stimme.

Race spähte nach vorn durch die Windschutzscheibe. Nashs Hubschrauber schwebte rechts von ihm über dem Flussufer.

»Moment … ich sehe eine Lichtung. Sie ist offenbar von Gras und Moos überdeckt, aber … Wartet, da ist es. In Ordnung, Leute, ich kann's jetzt so gerade eben erkennen … Die Ruinen eines großen, pyramidenförmigen Bauwerks … Sieht aus wie die Zitadelle. Okay, haltet euch bereit für die Landung.«

★★★

EXAKT IN DEM Augenblick, als Nashs Hueys in Vilcafor landeten, trafen drei weitere – weitaus größere – Militärflugzeuge am Flughafen Cusco ein.

Es waren ein riesiges C-17-Globemaster-III-Frachtflugzeug und zwei kleine F-14-Kampfjets, die Eskorte des großen Frachtflugzeugs. Die drei Maschinen rollten am Ende der Landebahn aus, wo sie auf etliche weitere Flugzeuge trafen, die nur Minuten zuvor in Cusco gelandet waren.

Drei gewaltige CH-53E-Super-Stallion-Helikopter standen am Ende der Piste und warteten auf die Globemaster. Die Super Stallions boten einen imposanten Anblick. Sie waren die schnellsten und mächtigsten Schwerlasthelikopter der Welt.

Der Transfer verlief rasch.

Drei schattenhafte Gestalten sprangen aus der Globemaster und rannten über das Rollfeld zu den Hubschraubern hinüber. Einer von ihnen – er war kleiner als die anderen beiden, schwarz und trug eine Brille mit Goldrand – hielt etwas unter dem Arm, das aussah wie ein großes, in Leder gebundenes Buch.

Die Männer sprangen an Bord eines der Super Stallions. Kaum waren sie drin, hoben alle drei Hubschrauber ab und flogen nach Norden.

Ihr Start verlief nicht unbemerkt.

In einiger Entfernung vom Flugplatz stand ein Mann, der die Hubschrauber durch ein Hochleistungsfernglas beobachtete. Er war in einen weißen Leinenanzug gekleidet und hatte einen cremefarbenen Panamahut auf.

Lieutenant Nathan Sebastian.

Im schwindenden Licht der Dämmerung und im strömenden Regen setzten Frank Nashs Hueys sanft auf dem Fluss neben den Ruinen von Vilcafor auf.

Anschließend manövrierten die beiden Piloten ihre Vögel so, dass die Schwimmer in dem weichen Schlamm am Flussufer auf Grund liefen.

Die Green Berets sprangen als Erste ans Ufer, die M-16 gehoben und schussbereit. Die zivilen Mitglieder des Teams traten nach ihnen in den Matsch. Race kam als Letzter. Waffenlos stellte er sich ans Flussufer und betrachtete ehrfürchtig die Ruinen der Zitadellenstadt Vilcafor.

Der Ort bestand im Wesentlichen aus einer grasbedeckten, zentralen Straße, die etwa einhundert Meter vom Fluss entfernt verlief. Zu beiden Seiten war sie gesäumt von dachlosen, steinernen Hütten, die von Unkraut und Moos überwuchert waren. Eigentlich war die gesamte Stadt von Laub bedeckt – es war, als ob der Wald ringsum lebendig geworden wäre und sie als Ganzes verschlungen hätte.

An Race' Ende der Straße befanden sich der Fluss sowie die zerfallenen Überreste eines alten, hölzernen Landungsstegs. Am anderen Ende ragten, den kleinen Ort überblickend wie eine Art Schutzgott, die Ruinen der pyramidenähnlichen Zitadelle empor.

In Wirklichkeit war die Zitadelle nicht größer als ein zweigeschossiges Vorstadthaus. Aber sie bestand aus Steinen, die solider wirkten als alles, was Race je gesehen hatte. Das war jene präzise Steinmetzarbeit der Inka, von der er in dem Manuskript gelesen hatte. Riesige, viereckige Blöcke, die von Steinmetzen der Inka zurechtgehauen und dann perfekt neben andere, gleichartig geformte Blöcke gesetzt worden waren. Mörtel war unnötig und man hatte auch keinen benutzt.

Die Zitadelle bestand aus zwei kreisförmigen Stufen. Die obere Ebene war ein kleinerer konzentrischer Kreis, der über dem unteren ruhte.

Der ganze Bau wirkte vom Wetter gezeichnet und verfallen, abgetragen und baufällig. Die einstmals Furcht erregenden Steinmauern waren jetzt von grünen Ranken sowie einem Netzwerk von Sprüngen überzogen. Die gesamte obere Ebene war bröckelig, die untere weitgehend intakt, doch völlig von Unkraut überwuchert. Ein großer Türstein saß in einem merkwürdigen Winkel im Haupteingang des Gebäudes.

Abgesehen von der Zitadelle hatte der Ort ein weiteres dominierendes Charakteristikum.

Vilcafor war von einem gewaltigen ausgetrockneten Graben umgeben, der in Hufeisenform um den gesamten Ort verlief.

Er begann und endete am Flussufer. Zwei große Steinblöcke verhinderten, dass das Flusswasser hineinströmte. Er musste wenigstens fünf Meter breit und ebenso tief gewesen sein. Ein Gewirr aus Dornbüschen schlängelte sich über den wasserlosen Grund. Zwei alte Brücken aus Baumstämmen überspannten den Graben zu beiden Seiten des Ortes. Wie alles andere in der Stadt waren auch sie vom vordringenden Regenwald überwältigt worden. Ihre Holzstämme zierten kriechende Ranken.

Reglos stand Race am Ende der alten Inkatrasse. Der Regen strömte vom Rand seiner Kappe herab.

Er fühlte sich, als hätte er eine andere Welt betreten.

Eine uralte Welt.

Eine gefährliche Welt.

»Bleib nicht zu lang am Wasser stehen«, meinte Lauren im Vorübergehen.

Verständnislos wandte Race sich um. Lauren schaltete ihre Taschenlampe ein und zeigte damit auf den Fluss hinter ihm.

Es war, als ob jemand einen Lichtschalter betätigt hätte.

Race sah sie augenblicklich. Glitzernd im Licht von Laurens Taschenlampe.

Augen.

Nicht weniger als fünfzig Augenpaare, die aus dem tintenschwarzen Wasser ragten, starrten ihn von der regenbespritzten Oberfläche des Flusses an.

Rasch wandte er sich Lauren zu. »Alligatoren?«

»Nein«, meinte Walter Chambers und kam herüber. »*Melanosuchus niger*. Schwarze Kaimane. Größte Krokodilart des Kontinents. Manche sagen, die größte der Welt. Sie sind größer als Alligatoren und biologisch gesehen eher eine Krokodilart. Eigentlich ist der schwarze Kaiman ein naher Verwandter von *Crocodylus porosus*, dem riesigen australischen Salzwasserkrokodil.«

»Wie groß sind sie?«, fragte Race. Er sah lediglich die unheimliche Konstellation aus Augen vor sich. Wie groß die Reptilien unter Wasser wirklich waren, konnte er nicht sagen.

»Etwa zweiundzwanzig Fuß«, erwiderte Chambers fröhlich.

22 Fuß. Race stellte im Kopf Berechnungen an. 22 Fuß waren sieben Meter.

»Und wie viel wiegen sie?«, fragte er.

»Etwa zweitausenddreihundert Pounds. Was ist das – etwa eintausend Kilo?«

Eintausend Kilogramm, dachte Race. *Eine Tonne.*

Na toll.

Die Kaimane hoben sich etwas in dem dunklen Fluss und Race sah ihre gepanzerten Krokodilrücken und die zugespitzten Schuppen der Schwänze.

Sie wirkten wie dunkle Hügel, die so gerade eben aus dem Wasser ragten. Prächtige, große, gewaltige Hügel.

»Sie verlassen das Wasser nicht, oder?«

»Vielleicht schon«, entgegnete Chambers. »Wahrscheinlich jedoch nicht. Die meisten Krokodile ziehen es vor, ihre Opfer überraschend am Ufer zu packen, aus der Deckung des Wassers heraus. Und obgleich schwarze Kaimane Nachtjäger sind, kommen sie am Abend selten aus dem Wasser, und zwar aus dem einfachen Grund, weil es zu kalt ist. Wie alle Reptilien müssen sie auf ihre Körpertemperatur Acht geben.«

Race trat vom Flussufer zurück.

»Schwarze Kaimane«, sagte er. »Großartig.«

Mit vor der Brust verschränkten Armen stand Frank Nash allein am Ende der Hauptstraße von Vilcafor und starrte den verfallenen Ort vor sich eindringlich an.

Troy Copeland tauchte an seiner Seite auf. »Gerade hat Sebastian aus Cusco angerufen. Romano ist mit einer Tomcat-Eskorte in einer Globemaster dort eingetroffen und mit ein paar Hubschraubern in unsere Richtung weitergeflogen.«

»Was für Hubschrauber?«

»Super Stallions. Drei Stück.«

»Mein Gott«, sagte Nash. Ein voll beladener CH-53E Super Stallion konnte bis zu 55 Mann in voller Bewaffnung transportieren. Und sie hatten *drei*. Also hatte Romano auch Feuerwaffen mitgenommen.

»Wie lange haben wir von Cusco bis hierher gebraucht?«, fragte Nash rasch.

»Etwa zwei Stunden und vierzig Minuten«, erwiderte Copeland.

Nash blickte auf seine Uhr.

19.45 Uhr.

»In den Stallions sind sie schneller«, meinte er, »falls sie den Totems richtig folgen. Wir müssen uns beeilen. Ich würde sagen, uns bleiben etwa zwei Stunden, ehe sie eintreffen.«

Die sechs Green Berets schleppten die Samsonite-Koffer aus den Hubschraubern auf die Hauptstraße von Vilcafor.

Dort öffneten Nash, Lauren und Copeland die Koffer. Darin war Hightech-Ausrüstung verborgen, wie sich zeigte – Hexium-Laptops, Infrarotteleskope, Linsen sowie einige sehr futuristisch aussehende Kanister aus rostfreiem Stahl.

Der Anthropologe Chambers und die Archäologin Lopez waren in das Dorf geeilt und untersuchten eifrig die Zitadelle und die sie umgebenden Bauwerke.

Race – der jetzt einen grünen Army-Parka zum Schutz vor dem Regen trug – ging zu den Green Berets, um ihnen beim Entladen der Hubschrauber zu helfen.

Er erreichte das Flussufer und fand dort Buzz Cochrane vor, der sich gerade an das jüngste Mitglied ihres Teams gewandt hatte, einen Corporal mit frischem Gesicht namens Douglas Kennedy. Sergeant Van Lewen und der verantwortliche Offizier der Green Berets, Captain Scott, waren nirgendwo zu sehen.

»Ich meine, ehrlich, Doogie, glaubst du nicht, dass sie eine Nummer zu groß ist für dich?«, fragte Cochrane gerade.

»Finde ich nicht, Buzz«, sagte einer der anderen Soldaten. »Ich finde, er sollte sie mal einladen.«

»Ist doch 'ne prächtige Idee«, meinte Cochrane zu Kennedy.

»Maul halten, Leute«, sagte Doug Kennedy in einem breiten Südstaatenakzent.

»Nein, jetzt mal ernst, Doogs, warum gehst du nicht einfach zu ihr und fragst sie?«

»Ich habe gesagt, Maul halten«, erwiderte Kennedy, während er einen Samsonite-Container aus einem der Hueys herauswuchtete.

Douglas Kennedy war 23, schlank und sah auf eine knabenhafte Weise gut aus. Er hatte ernste grüne Augen, einen geschorenen Kopf und war so grün wie nur möglich. Sein Spitzname, Doogie, war eine Anspielung auf die saubere und ehrliche Natur der Hauptfigur einer alten Fernsehsendung, *Doogie Howser MD*, mit dem, so hieß es, Doogie viele Charakterzüge gemeinsam hatte. Darüber hinaus spielte der Name auf eine Unbeholfenheit an, eine Art von Unschuld, die so richtig zu Doogie zu passen schien. Er war besonders schüchtern und unbeholfen, wenn es um Frauen ging.

»Na, was gibt's?«, fragte Race, als er bei ihnen eintraf.

Cochrane wandte sich um, musterte Race von oben bis unten, wandte sich ab und sagte: »Oh, wir haben Doogie gerade dabei ertappt, wie er diese hübsche, junge Archäologin da drüben angestarrt hat, und ihn ein bisschen aufgezogen.«

Race drehte sich um und sah Gaby Lopez, die Archäologin des Teams, mit Walter Chambers zusammen bei der Zitadelle stehen.

Sie war allerdings sehr hübsch. Sie hatte dunkles Haar, eine wunderschöne dunkle Gesichtsfarbe und einen kräftigen, kurvenreichen Körper. Mit 27 war sie, wie Race gehört hatte, die jüngste außerordentliche Professorin der Fakultät für Archäologie in Princeton. Gaby Lopez war eine sehr intelligente junge Frau.

Race zuckte innerlich die Schultern. Doogie Kennedy hätte es bei weitem schlimmer treffen können.

Cochrane klopfte Doogie herzlich und fest auf den Rücken und spie einen Klumpen Tabak aus.

»Keine Sorge, mein Sohn. Wir werden schon noch einen Mann aus dir machen. Ich meine, wirf mal einen Blick auf den jungen Chucky da drüben.« Cochrane zeigte auf das zweitjüngste Mitglied der Einheit, einen fleischigen, mondgesichtigen, 23-jährigen Corporal namens Charles »Chucky« Wilson. »Chucky ist erst letzte Woche flügge geworden, ein Vollmitglied des Achtziger-Klubs.«

»Was ist der Achtziger-Klub?«, fragte Doogie verblüfft.

»Lecker«, erwiderte Cochrane, sich die Lippen leckend. »Lecker ist er, stimmt's nicht, Chucky?«

»Natürlich, Buzz.«

»Süße Äpfelchen, Mann«, grinste Cochrane.

»Süße Äpfelchen«, erwiderte Chucky, ebenfalls grinsend.

Während die beiden Soldaten lachten, beäugte Race Cochrane vorsichtig und dachte an die abschätzigen Worte des Green Berets im Flugzeug.

Auf ihn wirkte Corporal Buzz Cochrane wie Ende dreißig. Er hatte rotes Haar und rote Brauen, ein stark faltiges Gesicht sowie ein raues, unrasiertes Kinn. Er war groß, hatte einen mächtigen Brustkasten und dicke, kräftige Arme.

Schon wegen seines Aussehens mochte Race ihn nicht.

An ihm schien etwas Gemeines zu sein – der nicht gerade intelligente Schulflegel, der allein aufgrund seiner Größe und Kraft die anderen Kinder unter der Knute hatte. Die Art von Brutalo, die zur Armee ging, weil Menschen wie er dort gediehen. Kein Wunder, dass er fast vierzig und noch immer Corporal war.

»Sag mal, Doogie«, meinte Cochrane plötzlich, »was würdest du sagen, wenn ich rübergehe und dieser süßen kleinen Archäologin sage, dass wir hier einen dummen, jungen Soldaten haben, der sie auf einen Burger und ins Kino einladen möchte ...«

»*Nein!*«, rief Doogie aufrichtig erschrocken.

Die anderen Green Berets brachen in brüllendes Gelächter aus.

Doogie errötete heftig. »Und nenn mich nicht dumm«, brummte er. »Ich bin nicht *dumm*.«

Genau in diesem Moment kehrten Van Lewen und Scott vom anderen Hubschrauber zurück. Sogleich verstummte das Gelächter.

Race sah Van Lewen argwöhnisch von Doogie zu den anderen blicken, und zwar auf eine Weise, wie ein großer Bruder die Peiniger seines kleinen Bruders anfunkeln würde. Er bekam den Eindruck, dass das Gelächter eher wegen Van Lewen als wegen Captain Scott verstummt war.

»Wie geht's voran?«, fragte Scott Cochrane.

»Gibt keine Probleme, Sir«, erwiderte Cochrane.

»Dann schnappt euch eure Ausrüstung und macht euch auf ins Dorf«, befahl Scott. »Sie wollen den Test durchführen.«

Race und die Soldaten betraten den Ort. Es goss noch immer in Strömen.

Während er die schlammige Straße hinabging, sah Race Lauren mit Troy Copeland bei dem größten Samsonite-Koffer stehen.

Es war ein großer, schwarzer Koffer, wenigstens einen Meter fünfzig hoch. Copeland öffnete gerade das Seitenteil, wodurch er ihn in eine Art transportable Werkbank verwandelte.

Der schlanke Wissenschaftler klappte den Deckel des Koffers auf. In Hüfthöhe wurde eine Konsole sichtbar, die aus einigen Skalen, einer Tastatur sowie einem Computermonitor bestand. Lauren schloss ein silbriges, stabähnliches Objekt, das wie ein Mikrofongalgen aussah, oben an der Konsole an.

»Bereit?«, fragte sie.

»Bereit«, erwiderte Copeland.

Lauren legte einen Schalter an der Seite des Koffers um und sogleich gingen überall an der Konsole grüne und rote Lämpchen an. Copeland tippte etwas auf der Allwettertastatur der Einheit ein.

»Das Ding wird Nukleotid-Resonanz-Imager oder NRI genannt«, erklärte Lauren Race, ehe er nachfragen konnte. »Es kann uns die Lage jeder strahlenden Substanz in der Umgebung zeigen, indem es die Luftschwingungen um die Substanz misst.«

»Ach, wirklich?«, meinte Race.

Lauren seufzte und sagte: »Jede radioaktive Substanz – sei es Uran, Plutonium oder Thyrium – reagiert auf molekularer Ebene mit Sauerstoff. Im Grunde bringt die radioaktive Substanz die Luft um sich herum zum Schwingen. Der Apparat entdeckt diese Schwingungen und zeigt uns dadurch die Lage der radioaktiven Substanz.«

Einen Augenblick später hörte Copeland zu tippen auf. Er wandte sich an Nash. »Der NRI ist bereit.«

»Dann los«, sagte Nash.

Copeland betätigte eine Taste und sogleich begann der Silberstab auf der Maschine sich zu drehen. Er bewegte sich langsam in einem stetigen Kreis.

Währenddessen sah sich Race um und bemerkte, dass Lopez und Chambers von ihrem Erkundungsausflug zurückgekehrt waren. Jetzt starrten sie auf die Maschine. Race betrachtete den Rest des Teams – alle blickten gespannt auf den Nukleotid-Resonanz-Imager.

Und dann dämmerte es ihm auf einmal.

Hiervon hing alles andere ab.

Wenn der Imager das Götzenbild nicht in der unmittelbaren

Umgebung entdeckte, dann hatten sie ihre Zeit verschwendet ...

Der Stab auf dem Imager hielt in der Drehbewegung inne.

»Wir haben eine Anzeige«, sagte Lauren, den Blick auf den Bildschirm der Konsole geheftet.

Race bemerkte, dass Nash die Luft ausstieß, die er offenbar angehalten hatte.

»Wo?«

»Einen Moment ...« Lauren tippte etwas auf die Tastatur.

Der Stab des Imagers zeigte jetzt stromaufwärts – in Richtung Berge – zu dem Gebiet, wo die Bäume des Regenwalds auf die nackten Klippen des nächsten Felsplateaus trafen.

»Das Signal ist schwach«, sagte Lauren, »weil der Winkel nicht stimmt. Aber ich fange *etwas* auf. Wollen mal sehen, ob ich den Vektor ein wenig justieren kann ...«

Sie drückte weitere Tasten und der Stab auf der Einheit richtete sich langsam auf. Er hatte etwa einen Winkel von dreißig Grad erreicht, da leuchteten Laurens Augen auf.

»Gut«, sagte sie. »Starkes Signal. Sehr hohe Resonanzfrequenz. Position 270 Grad – West. Höhenwinkel ist 29 Grad, 58 Minuten. Entfernung ... 793 Meter.«

Lauren blickte zu der dunklen Felswand auf, die sich im Westen über die Bäume erhob und wie eine Art Plateau aussah. Regenschauer peitschten schräg darüber.

»Es ist da drin«, sagte sie. »Irgendwo oben in den Bergen.«

Nash wandte sich an Scott. »Geben Sie einen Funkspruch nach Panama durch. Sagen Sie, dass das Erkundungsteam die Existenz der Substanz bestätigt hat. Sagen Sie aber auch, dass wir Informationen über feindliche Streitkräfte erhalten haben, die auf dem Weg zu unserem Aufenthaltsort sind. Die sollen eine Einheit schicken, die uns herausholt, und zwar so bald wie möglich.«

Nash fuhr herum und sah die versammelte Gruppe an. »Na gut, Leute, auf geht's! Holen wir uns dieses Götzenbild.«

Alle machten sich bereit.

Die Green Berets kümmerten sich um ihre M-16. Die Wissenschaftler der DARPA schnappten sich Kompasse und verschiedene Computerausrüstung, die sie mitnehmen wollten.

Race sah Lauren und Troy Copeland in einem der Hueys verschwinden, vermutlich um weitere Ausrüstungsgegenstände zu holen. Er eilte hinterher, um ihnen zu helfen – und um Lauren vielleicht zu fragen, was Nash mit seinen Worten gemeint hatte, eine feindliche Streitmacht sei auf dem Weg nach Vilcafor.

»Laur...«, sagte Race, als er an der Türöffnung des Hubschraubers eintraf. »Oh ...«

Er hatte die beiden bei einer innigen Umarmung erwischt. Sie küssten sich leidenschaftlich wie zwei Teenager – Hände fuhren durch Haare, Zungen erforschten den Mund des anderen.

Bei Race' unerwartetem Auftauchen fuhren die beiden Wissenschaftler auseinander. Lauren errötete, Copeland sah finster drein.

»Tut ... tut mir wirklich Leid«, meinte Race. »Ich wollte nicht ...«

»Schon gut«, sagte Lauren und richtete sich die Haare. »Das ist einfach ein erregender Augenblick für uns.«

Race nickte, wandte sich ab und kehrte in den Ort zurück.

Offensichtlich.

Auf dem Rückweg musste er immer wieder daran denken, wie Lauren die Finger durch Copelands Haar hatte laufen lassen, während sie ihn küsste. Race hatte ihren Ehering deutlich erkannt.

Copeland dagegen trug keinen.

Die Gruppe ging die Überreste eines Trampelpfads entlang, der am Flussufer verlief. Ihr Ziel war die Basis des Felsplateaus. Die Geräusche des nächtlichen Waldes tönten ihnen laut in den Ohren. Das Meer aus Blättern um sie herum kräuselte sich unter dem Gewicht des stetig strömenden Regens.

Es war jetzt dunkel und sie ließen die Strahlen ihrer Taschenlampen über den Wald gleiten. Race fielen einige Lücken in den dunklen Gewitterwolken oben auf – Lücken, durch die unheimliches blaues Mondlicht fiel, das den Fluss neben ihm erhellte. Gelegentlich erblickte er in der Ferne das stroboskopähnliche Licht eines Blitzes. Ein Gewitter zog auf.

Lauren und Copeland gingen voraus. Lauren hielt einen Digitalkompass vor sich. Ihr Leibwächter, Buzz Cochrane, schritt neben ihr, das M-16 quer über der Brust.

Nash, Chambers, Lopez und Race folgten ihnen dicht auf den Fersen. Scott, Van Lewen und ein vierter Soldat – der untersetzte Corporal Chucky Wilson – bildeten die Nachhut.

Die letzten beiden Green Berets – Doogie Kennedy und ein weiterer Corporal namens George »Tex« Reichart – waren als Rückendeckung im Ort zurückgelassen worden.

Race bemerkte, dass er neben Nash ging.

»Warum hat die Army nicht gleich von vornherein eine größere Truppe losgeschickt?«, fragte er. »Wenn dieses Götzenbild so wichtig ist, warum hat man lediglich ein Erkundungsteam ausgesandt, um es zu holen?«

Nash zuckte die Schultern. »Einige Leute in den oberen Etagen haben das für eine ziemlich spekulative Mission gehalten – einem vierhundert Jahre alten Manuskript zu folgen, um ein Thyrium-Idol zu finden. Also haben sie die Offensiveinheit auf eine Erkundungseinheit zusammengestrichen. Doch da wir jetzt wissen, dass es hier ist, werden sie die Kavallerie schicken. Wenn Sie mich jetzt bitte entschuldigen wollen.«

Mit diesen Worten beschleunigte Nash seinen Schritt und ging nach vorn zu Lauren und Copeland.

Sich selbst überlassen, schritt Race am Ende der Reihe weiter. Mehr denn je kam er sich wie das fünfte Rad am Wagen vor – ein Fremder, für dessen Anwesenheit es keinen Grund gab.

Während er den Pfad am Ufer entlangging, behielt er die Oberfläche des Flusses neben sich im Auge. Er bemerkte, dass einige Kaimane neben dem Pfad herschwammen, mit der Gesellschaft Schritt hielten.

Nach einer Weile erreichten sie die Basis des Felsplateaus – eine gewaltige, lotrechte, nasse Felswand, die sich weiter nach Norden und Süden erstreckte. Race schätzte, dass sie etwa sechshundert Meter vom Ort entfernt waren.

Zur Linken – auf der anderen Seite des Flusses – sah er einen Wasserfall über die Felswand herabstürzen, der den Fluss speiste.

Auf seiner Seite des Flusses erkannte er einen schmalen, senkrechten Spalt, der die gewaltige Felswand teilte.

Der Spalt war kaum zweieinhalb Meter breit, aber hoch, unglaublich hoch – wenigstens einhundert Meter. Seine Wände waren vollkommen senkrecht. Er verschwand irgendwo im Berg. Ein knöchelhoch Wasser führendes Rinnsal ergoss sich daraus in einen kleinen, von Felsbrocken übersäten Teich, der seinerseits in den Fluss überschwappte.

Es war ein natürlicher Durchgang durch die Felswand. Das Ergebnis, mutmaßte Race, eines kleineren Erdbebens in der Vergangenheit, das die in nordsüdliche Richtung verlaufende Felswand leicht ostwestlich verschoben hatte.

Lauren, Copeland und Nash betraten den steinübersäten Teich an der Mündung des Durchgangs.

Währenddessen wandte sich Race um und sah, dass die Kaimane die Gesellschaft nicht mehr beschatteten. Sie waren gute fünfzig Meter zurückgefallen und hockten jetzt bedrohlich in den tieferen Wassern.

Schön für mich, dachte Race.

Dann blieb er plötzlich stehen und fuhr auf dem Absatz herum.

Irgendetwas stimmte hier nicht.

Nicht nur das Verhalten der Kaimane war auffällig. Etwas an dem gesamten Terrain um den Durchgang stimmte nicht ...

Und dann wurde Race klar, was es war.

Die Geräusche des Waldes waren verschwunden.

Außer dem Klatschen des Regens auf den Blättern war es völlig still. Kein Zirpen von Zikaden, kein Zwitschern von Vögeln, kein Rascheln von Zweigen.

Nichts.

Es war, als ob sie ein Gebiet betreten hätten, wo die Geräusche des Dschungels nicht mehr existierten. Ein Gebiet, das zu betreten die Tiere des Dschungels sich fürchteten.

Lauren, Copeland und Nash fiel das Schweigen anscheinend nicht auf. Sie leuchteten mit ihren Taschenlampen in den Durchgang im Fels und spähten hinein.

»Führt offenbar ganz durch«, meinte Copeland.

Lauren wandte sich an Nash. »Er geht in die richtige Richtung.«

»Dann los«, sagte Nash.

Im Gänsemarsch durchquerten die zehn Abenteurer die schmale Felspassage, wobei das knöcheltiefe Wasser bei jedem ihrer Schritte hochspritzte. Buzz Cochrane ging voraus. Seine kleine, auf den Lauf des M-16 montierte Taschenlampe erhellte ihnen den Weg.

Der Spalt verlief praktisch geradeaus, nur in der Mitte ein wenig im Zickzack, und durchschnitt das Plateau auf etwa siebzig Metern Länge.

Während Race hinter den anderen herging, blickte er nach oben. Die Felswände zu beiden Seiten ragten weit in die Höhe. Für einen so schmalen Spalt war er unglaublich hoch. Als er den Kopf in den Nacken legte, fiel leichter Regen auf sein Gesicht.

Und dann kam er plötzlich aus dem Spalt und trat auf weites, offenes Gelände.

Der Anblick raubte ihm den Atem.

Er stand an der Basis eines gewaltigen Felscañons – eines weiten, kreisrunden Kraters von wenigstens einhundert Metern Durchmesser.

Ein glitzerndes Wasser erstreckte sich vor ihm in die Ferne, das sich silbern in einem verirrten Mondstrahl kräuselte und zu allen Seiten von der kreisrunden Wand des gewaltigen Kraters begrenzt war. Der Spalt, den sie gerade durchquert hatten, war anscheinend der einzige Zugang zu diesem gewaltigen, kreisrunden Abgrund. Auf der anderen Seite des Kraters stürzte ein schmaler Wasserfall in den seichten See am Fuß des weiten Cañons herab.

Allerdings zog das, was sich im Zentrum des Cañons befand, sogleich aller Aufmerksamkeit auf sich.

Aus dem Wasser – genau in der Mitte des kreisrunden Kraters – erhob sich eine gewaltige Felsformation.

Sie war etwa dreißig Meter breit und wenigstens einhundert Meter hoch, ein gigantischer, natürlicher Felsenturm, der aus dem im Mondlicht glitzernden See in den nächtlichen Himmel emporstieg. Vor dem Hintergrund des leichten Abendregens wirkte der gewaltige schwarze Monolith einfach großartig.

Die zehn standen da und blickten ehrfürchtig zu dem mächtigen Felsenturm auf.

»Mein Gott ...«, sagte Buzz Cochrane.

Lauren zeigte Nash die Anzeige auf ihrem Digitalkompass. »Wir sind genau sechshundert Meter vom Ort entfernt. Wenn wir die Steigung berücksichtigen, würde ich sagen, es besteht eine gute Chance, dass unser Götzenbild genau auf der Spitze dieses Felsenturms hockt.«

»Seht mal«, sagte Copeland von links.

Alle drehten sich um. Copeland stand vor einer Art Pfad, der in die gewölbte äußere Wand des Cañons eingeschnitten war.

Der Weg stieg steil an und führte, eng daran geschmiegt, spiralförmig um die äußere Wand des Cañons. Dabei umkreiste er den gigantischen Felsenturm in der Mitte des Kraters, war von diesem jedoch durch einen gewaltigen Graben leeren Raums von wenigstens dreißig Metern Breite getrennt.

Lauren und Nash gingen voraus. Sie verließen das knöcheltiefe Wasser an der Basis des Kraters und betraten den Pfad.

Die Gruppe stieg hinauf.

Der Regen hatte nachgelassen, die Wolkenschicht über dem großen Cañon war dünner geworden, sodass das blaue Mondlicht leichter durchdringen konnte.

Immer weiter stiegen sie hinauf, folgten dem schmalen, gewundenen Pfad und blickten dabei in schweigender Ehrfurcht zu dem großartigen Felsenturm in der Mitte des Kraters hinüber.

Die schiere Größe des Turms war unglaublich. Er war gewaltig und merkwürdig geformt: oben ein wenig breiter als unten. Die ganze Formation schrumpfte langsam bis zu der Stelle zusammen, wo sie am Grund des Kraters auf den See traf.

Während sie den spiralförmig verlaufenden Weg hinaufstiegen, konnte Race allmählich die Spitze des Felsenturms ausmachen. Sie war abgerundet, kuppelähnlich und völlig mit dichtem Laubwerk bedeckt. Knorrige, triefend nasse Zweige ragten über die Kanten hinaus, ungeachtet des lotrechten, einhundert Meter tiefen Abgrunds unter ihnen.

Die Gruppe näherte sich dem Gipfel des Kraters, wo sie eine Brücke erreichte – vielmehr die Vorrichtung für eine Brücke, die den Pfad mit dem Felsenturm verband.

Sie lag gerade unterhalb des Kamms des Cañons, nicht weit entfernt von dem dünnen Wasserfall, der über den Rand der westlichen Wand hinabstürzte.

Zwei flache Steinsimse lagen dreißig Meter voneinander entfernt auf den einander gegenüberliegenden Seiten des Abgrunds. Auf jedem Sims standen zwei steinerne Stützpfeiler. Vermutlich hatte an dieser Konstruktion einst eine Art von Hängebrücke geschwebt.

Die beiden Stützpfeiler auf Race' Seite des Abgrunds waren abgenutzt und verwittert, wirkten jedoch solide. Und *alt*, sehr, sehr alt. Race zweifelte nicht daran, dass sie mindestens bis in die Zeiten der Inka zurückzudatieren waren.

In diesem Augenblick sah er die Brücke.

Sie hing an den beiden Stützpfeilern auf der *anderen* Seite des Abgrunds herab und lag flach an der Felswand des Turms an. Am unteren Ende der Brücke war ein langes, ausgefranstes gelbes Seil befestigt, das in einem weiten Bogen über den Abgrund zu Race' Sims führte, wo es an einem der Stützpfeiler verknotet war.

Walter Chambers untersuchte das ausgefranste gelbe Seil. »Getrocknetes Gras. Ineinander verhaktes Flechtwerk. Das ist eine klassische Seilkonstruktion der Inka. Es hieß, dass die Einwohner einer Inkastadt, wenn sie gemeinsam ans Werk gingen, innerhalb von drei Tagen eine Brücke errichten konnten. Die Frauen pflückten das Gras und flochten es zu langen, dünnen Schnüren. Daraufhin verbanden die Männer diese Schnüre zu dickeren, festeren Seilabschnitten wie diesem hier.«

»Aber ein Seil kann unmöglich vier Jahrhunderte lang die Elemente überleben«, meinte Race.

»Nein ... Nein, wohl kaum«, sagte Chambers.

»Was bedeutet, dass jemand anders diese Brücke gebaut hat«, bemerkte Lauren. »Und zwar erst vor kurzem.«

»Aber weshalb diese ausgefuchste Anlage?«, fragte Race und zeigte auf das Seil, das sich über die Schlucht zum untersten Punkt der Brücke erstreckte. »Warum ein Seil an diesem Ende der Brücke anbringen und das ganze Ding auf der anderen Seite herabfallen lassen?«

»Weiß ich nicht«, erwiderte Chambers. »Man tut so etwas

nur dann, wenn man etwas auf der Turmspitze gefangen halten will …«

Nash wandte sich an Lauren. »Was meinen Sie?«

Lauren spähte zu dem Turm hinüber, wobei ihr der leichte Regenschleier teilweise die Sicht versperrte.

»Er ist hoch genug, sodass der Winkel auf dem NRI passt.« Sie blickte auf ihren Digitalkompass. »Wir sind exakt 632 Meter horizontal vom Dorf entfernt. Unter Einbeziehung des Höhenunterschieds würde ich jede Wette darauf eingehen, dass das Götzenbild da drüben ist.«

★★★

Van Lewen und Cochrane zogen die Brücke hoch und legten die Enden um die beiden steinernen Stützpfeiler auf ihrer Seite der Schlucht. Jetzt überspannte die große Hängebrücke den Abgrund und verband den wolkenkratzerhohen Turm mit dem spiralförmig verlaufenden Pfad.

Noch immer regnete es.

Zerrissene, grelle weiße Blitze erhellten den Himmel.

»Sergeant«, sagte Captain Scott. »Sicherheitsleine.«

Sogleich holte Van Lewen ein merkwürdig aussehendes Ding aus seinem Rucksack. Es war eine Art silbrig schimmernder Greifhaken. Um seinen Stiel war ein schwarzes Nylonseil gewickelt.

Der große Sergeant befestigte ihn am M-203-Granatwerfer auf dem Lauf seines M-16. Dann zielte er über den Abgrund und feuerte. Mit einem *Wuschsch!* schoss der Greifhaken heraus und schwang sich anmutig über den Abgrund, wobei er die scharfen silbrigen Klauen ausfuhr und das schwarze Nylonseil hinter sich entrollte.

Nachdem der Haken die Turmspitze erreicht hatte, grub er

die Klauen in den Stamm eines dicken Baums. Daraufhin sicherte Van Lewen das Seilende an einem der steinernen Stützpfeiler auf ihrer Seite des Abgrunds, sodass das Nylonseil die Schlucht knapp oberhalb der Hängebrücke überspannte.

»Also gut, Leute«, sagte Scott. »Wenn ihr die Brücke überquert, haltet euch mit einer Hand an der Sicherheitsleine fest. Fällt die Brücke unter euch weg, hält euch das Seil und ihr stürzt nicht ab.«

Van Lewen musste gesehen haben, dass Race erblasste. »Wird schon schief gehen. Sie dürfen nur nicht loslassen. Dann schaffen Sie's.«

Als Erste machten sich die Green Berets auf den Weg, einer hinter dem anderen.

Die schmale Hängebrücke schaukelte und schwankte unter ihrem Gewicht, aber sie hielt. Die Übrigen folgten ihnen durch den ewig strömenden subtropischen Regen nach.

Race überquerte die Brücke als Letzter und klammerte sich so fest an die Leine, dass seine Knöchel weiß wurden. Deswegen war er auch langsamer als die anderen. Als er den Sims auf der anderen Seite erreichte, waren sie bereits weitergegangen. Er hatte lediglich noch eine nasse, steinerne Treppe vor sich, die in das Buschwerk hinaufführte. Er eilte ihnen nach.

Zu beiden Seiten hing triefendes Laubwerk weit über den Weg und nasses Farnkraut schlug ihm ins Gesicht, während er die feuchten Steinplatten hochstieg. Nach etwa einer halben Minute schob er einige Äste beiseite und fand sich auf einer kleinen Lichtung wieder.

Alle anderen waren bereits dort. Aber sie rührten sich nicht. Zunächst konnte sich Race nicht erklären, weswegen sie so reglos dastanden, doch dann fiel ihm auf, dass sie ihre Taschenlampen nach links oben gerichtet hatten.

Er folgte den Strahlen mit dem Blick und sah es.

»Mein Gott!«, flüsterte er.

Dort oben, an der höchsten Stelle des Felsenturms – bedeckt

von hart gebackenem Schlamm und Moos, verborgen von den Gräsern und feucht schimmernd in dem ständig fallenden Regen –, stand ein unheimliches, steinernes Gebäude.

Es war eingehüllt in Schatten und Nässe. Seine Form ließ deutlich erkennen, dass es Bedrohung und Macht ausstrahlen sollte. Dieser Bau konnte keinen anderen Zweck haben, als Furcht, Gebete und Verehrung zu provozieren.

Es war ein Tempel.

★★★

HEFTIG SCHLUCKEND STARRTE Race den dunklen, steinernen Tempel an.

Er wirkte *bösartig*.

Kalt, grausam und bösartig.

Er war nicht sehr groß. Kaum ein Stockwerk hoch. Aber Race wusste, dass dies nicht der Wirklichkeit entsprach.

Vermutlich war das, was sie vor sich hatten, lediglich der oberste Teil des Tempels – die Spitze des Eisbergs –, denn die Ruinen hörten zu plötzlich auf. Sie verschwanden einfach im Schlamm.

Den Rest des gewaltigen Baus musste die nasse Erde verschluckt haben, die sich über vier Jahrhunderte hinweg angesammelt hatte.

Doch was übrig geblieben war, das war erschreckend genug.

Der Tempel war annähernd pyramidenförmig – zwei breite Steinstufen führten zu einer kleinen, würfelähnlichen Struktur, die nicht größer als eine durchschnittliche Garage war. Race konnte sich vorstellen, um was es sich dabei handelte: eine Art Heiligtum, eine heilige Kammer nicht unähnlich denen, die man auf den Pyramiden der Azteken oder Maya fand.

Eine Reihe grausamer Bilder war in die Wände des Heiligtums geschnitzt worden – knurrende, katzenähnliche Untiere, die sichelartige Klauen schwangen; vor Qual schreiende, sterbende Menschen. Die Mauern des Tempels waren vom Alter rissig. Der endlose subtropische Regen lief in kleinen Bächen daran herab und verlieh den Gestalten in den grauenhaften Szenen Leben – der gleiche Effekt, den das fließende Wasser auf den steinernen Totems erzeugt hatte.

In der Mitte des Heiligtums befand sich jedoch der interessanteste Teil des ganzen Gebäudes – der Eingang. Ein quadratisches Portal.

Aber es war versiegelt worden. Irgendwann in der fernen Vergangenheit hatte jemand einen gewaltigen Felsbrocken davor gewälzt. Race schätzte, dass wenigstens zehn Männer nötig gewesen waren, ihn dorthin zu bringen.

»Sie stammen definitiv aus einer Zeit vor den Inka«, sagte Chambers, der die Schnitzereien untersuchte.

»Ja, bestimmt«, meinte Lopez.

»Woran erkennen Sie das?«, fragte Nash.

»Die Bilder liegen zu dicht beieinander«, erwiderte Chambers.

»... und sind zu detailreich«, fügte Lopez hinzu.

Nash wandte sich an Captain Scott. »Rufen Sie Reichart unten im Dorf.«

»Jawohl, Sir.« Scott trat aus dem Kreis heraus und holte ein tragbares Funkgerät aus seinem Gepäck. Lopez und Chambers setzten ihr Fachgespräch fort.

»Was meinen Sie?«, fragte Lopez. »Chachapoyan?«

»Möglich«, erwiderte Chambers. »Könnte auch Moche sein. Sehen Sie sich die Katzenbilder an.«

Gaby Lopez legte zweifelnd den Kopf schief. »Vielleicht, aber dann wäre das Ding hier nahezu eintausend Jahre alt.«

»Was ist mit dem Pfad um den Krater und den Stufen zum Turm hinauf?«, fragte Chambers.

»Ja ... ja, ich weiß. Sehr merkwürdig.«

Nash mischte sich ein. »Es freut mich, dass Sie beide das hier so faszinierend finden, aber wovon, zum Teufel, reden Sie eigentlich?«

»Nun«, entgegnete Chambers, »anscheinend haben wir hier eine leichte Anomalie vor uns, Colonel.«

»Ach ja?«

»Sehen Sie, der Pfad um den Krater herum sowie die Stufen auf diesem Felsenturm stammen zweifelsfrei von Baumeistern der Inka. Sie haben alle möglichen Pfade und Wege durch die Anden gebaut und ihre Methoden sind gut dokumentiert. Diese beiden Beispiele weisen alle charakteristischen Merkmale der Inka auf.«

»Und?«

»Das bedeutet, dass der Pfad und die Stufen, grob geschätzt, vor vierhundert Jahren entstanden sind. Dieser Tempel andererseits wurde lange davor erbaut.«

»*Also?*«, fragte Nash gereizt.

»Also ist das die Anomalie«, erwiderte Chambers. »Warum sollten die Inka einen Weg zu einem Tempel bauen, den sie nicht errichtet haben?«

»Und vergessen Sie nicht die Hängebrücke«, warf Lopez ein.

»Genau«, meinte Chambers. »Ganz genau.« Der nüchterne kleine Wissenschaftler blickte voller Furcht zum Rand des Kraters hinauf. »Ich würde vorschlagen, wir beeilen uns.«

»Warum?«, fragte Nash.

»Weil, Colonel, die Wahrscheinlichkeit besteht, dass in dieser Gegend ein Eingeborenenstamm lebt, der sich vielleicht nicht allzu sehr darüber freut, dass wir sein heiliges Gebiet betreten haben.«

»Woher wollen Sie das wissen?«, fragte Nash rasch. »Woraus schließen Sie, dass hier Eingeborene leben?«

»Weil sie«, erwiderte Chambers, »die Erbauer der Hängebrücke sind.«

»Wie Professor Race bereits hervorgehoben hat«, erklärte Chambers, »verfallen Hängebrücken aus solchen Grasseilen sehr rasch. Sie lösen sich innerhalb, sagen wir, weniger Jahre nach ihrer Errichtung auf. Die von uns überquerte Brücke *kann nicht* vor vierhundert Jahren existiert haben. Sie wurde vor kurzem errichtet, und zwar von jemandem, dem die Brückenbaumethoden der Inka bekannt sind. Aller Wahrscheinlichkeit nach handelt es sich um einen primitiven Stamm, der dieses Wissen über Generationen hinweg weitergereicht hat.«

Nash stöhnte vernehmlich.

»Ein primitiver Stamm«, sagte Race nüchtern. »Hier. Heutzutage?«

»Das ist nicht so unwahrscheinlich«, meinte Gaby Lopez. »Immer wieder werden im Amazonasbecken verschollene Stämme entdeckt. Erst kürzlich, nämlich 1987, haben die Brüder Villas Boas Kontakt zu dem verschollenen Kreen-Akrore-Stamm in den brasilianischen Regenwäldern aufgenommen. Und die brasilianische Regierung schickt bewusst Forscher in den Dschungel, um Steinzeitstämme suchen zu lassen.

Wie Sie sich jedoch vorstellen können, sind viele dieser primitiven Stämme Europäern gegenüber äußerst feindselig eingestellt. Manche staatlich geförderten Forscher kehrten in Einzelteilen heim. Einige, wie der berühmte peruanische Anthropologe Dr. Miguel Moros Marquez, sind überhaupt nicht mehr aufgetaucht ...«

»*He!*«, sagte Lauren auf einmal drüben vom Portal her.

Alle drehten sich zu ihr um. Sie stand vor dem Felsen, der in den viereckigen Eingang verkeilt war. »Hier steht was drauf.«

Sie gingen zu ihr. Lauren fegte einige Schlammbrocken beiseite, die an dem Felsbrocken klebten, und Race sah, was ihre Aufmerksamkeit erregt hatte.

Etwas war in die Oberfläche des großen Steins eingraviert.

Lauren kratzte weiteren Schlamm weg und allmählich trat etwas zutage, das aussah wie ein Buchstabe.

Es war ein »N«.

»Was, zum Teufel …?«, begann Nash.

Wörter nahmen Gestalt an.

No entrare …

Race wusste, was sie besagten.

No entrare war Spanisch für »nicht eintreten«.

Lauren entfernte noch mehr Schmutz und in der Mitte des Felsens formte sich ein grob in die Oberfläche des Steins gekratzter Satz. Er lautete:

No entrare absoluto.
Muerte asomarse dentro.
AS

Race übersetzte die Worte still. Dann schluckte er heftig.

»Was bedeutet das?«, fragte Nash.

Race wandte sich ihm zu. Zunächst schwieg er. Schließlich sagte er: »Es bedeutet: ›Um keinen Preis eintreten. Der Tod lauert im Innern.‹«

»Und was soll ›AS‹ heißen?«, fragte Lauren.

»Ich würde vermuten«, erwiderte Race, »dass es für ›Alberto Santiago‹ steht.«

★★★

IM DORF UNTEN kickte Doogie Kennedy unentwegt Steinchen herum. Es war dunkel, es regnete noch immer und er war sauer, dass man ihn zurückgelassen hatte, wo er viel lieber bei den anderen in den Bergen gewesen wäre.

»Was ist los, Doogs?«, fragte Corporal George »Tex« Reichart, der drüben am östlichen Graben stand. Er war groß und schlaksig, eine Bohnenstange von Mann, und stammte aus

Austin, war mithin ein waschechter, Gras kauender Cowboy – daher sein Spitzname. »Nicht genug los hier?«

»Ach, nichts weiter«, erwiderte Doogie. »Ich wäre nur lieber oben in den Bergen auf der Suche nach dem … na ja, was wir halt suchen sollen, als hier unten Babysitter für ein gottverdammtes Dorf zu spielen.«

Reichart kicherte leise in sich hinein. Doogie war okay. Vielleicht ein bisschen unterbelichtet, aber Feuer und Flamme für die Sache.

Tex Reichart wusste jedoch nicht, dass sich hinter dem schleppenden, kleinstädtischen Südstaatenakzent in Wirklichkeit ein außerordentlich intelligenter junger Mann verbarg.

Der Eignungstest in Fort Benning hatte für Doogie einen IQ von 161 ergeben – was seltsam war, da er die Abschlussprüfungen der Highschool kurz zuvor nur knapp bestanden hatte.

Bald stellte sich heraus, dass Douglas Kennedy während seiner Schulzeit in Little Rock, Arkansas, von seinem ruhigen, gottesfürchtigen Vater, einem Buchhalter, jeden Abend sinnlos mit einem Lederriemen verprügelt worden war.

Auch hatte Kennedy senior sich geweigert, seinem Sohn Schulbücher zu kaufen, und er hatte ihn fast jede Nacht in einem dunklen, einen Quadratmeter großen Verschlag stehen lassen. Das sollte die Strafe für angeblich schwere Verfehlungen sein, wozu eine zu laut zugeschlagene Tür zählte oder dass Doogie Vaters Steak hatte anbrennen lassen. Die Hausaufgaben konnte der Junge nie machen, und nur aufgrund seiner außergewöhnlichen Fähigkeit, geistig aufzunehmen, was im Unterricht besprochen wurde, gelang es ihm, die Highschool zu absolvieren.

Am Tag der Schulentlassung ging er zur Army und er wollte nie mehr nach Hause zurückkehren. Ein scharfsinniger, alter Rekrutensergeant erkannte den jungen Mann, in dem die Schulbehörden lediglich ein weiteres scheues Kind mit schwachen Leistungen gesehen hatten, als entschlossenen und brillanten Kopf.

Doogie war noch immer scheu, aber dank seiner Intelligenz, Willenskraft und der Unterstützung des Army-Netzwerks wurde er bald ein verteufelt guter Soldat. Rasch wurde er zum Ranger mit Hauptfach Schießen befördert. Bald darauf folgten die Green Berets und Fort Bragg.

»Vermutlich juckt es mich nach ein bisschen Action«, sagte Doogie, während er zu Reichart hinüberging, der gerade einen AC-7V-»Eagle Eye«-Sensor am östlichen Graben auslegte.

»Ich möchte dir ja nicht allzu viel Hoffnung machen«, meinte Reichart und schaltete das durch Bewegung aktivierte Thermobildsystem ein. »Aber ich glaube nicht, dass es auf diesem Ausflug sehr aufregend wird ...«

Der Bewegungsmelder gab ein lautes *Piep* von sich.

Doogie und Reichart wechselten rasch einen Blick.

Daraufhin fuhren beide herum und durchsuchten den dichten Teil des Regenwalds vor dem Bewegungsmelder.

Doch da war nichts.

Nur ein Gewirr aus kreuz und quer übereinander liegenden Farnwedeln und leerer Wald. Irgendwo in der Nähe sang ein Vogel.

Doogie schnappte sich sein M-16 und trat vorsichtig zu der Bohlenbrücke über den östlichen Teil des Grabens. Langsam ging er auf den verdächtigen Abschnitt des Dschungels zu.

Er erreichte den Saum des Regenwalds, schaltete seine auf dem Lauf montierte Taschenlampe ein ...

... und sah ihn.

Den glitzernden, gefleckten Körper der größten Schlange, die er je zu Gesicht bekommen hatte! Es war eine zehn Meter lange Anakonda, ein regelrechtes Ungeheuer, das träge über die knorrigen Zweige eines Amazonasbaums glitt.

Sie ist so groß, dachte Doogie, dass ihre Bewegung wohl den Melder eingeschaltet hatte.

»Was ist?«, fragte Reichart und kam zu ihm.

»Nichts weiter«, erwiderte Doogie. »Nur eine Schlan...«

Da fuhr Doogie herum.

Die Schlange hätte den Bewegungsmelder nicht auslösen können. Sie war kaltblütig und der Bewegungsmelder operierte mit einem Thermobildsystem, das auf Hitzestrahlung reagierte ...

Erneut nahm Doogie sein Gewehr hoch und ließ den Strahl der Taschenlampe über den Waldboden laufen.

Und erstarrte.

Im nassen Gehölz vor ihm war ein Mann.

Keine zehn Meter entfernt lag er auf dem Bauch und blickte durch eine schwarze Gesichtsmaske zu Doogie hoch. Seine Tarnung war so gut, dass er sich kaum vom dunklen Blattwerk abhob.

Aber Doogie beachtete die Tarnung kaum.

Sein Blick war auf die schallgedämpfte MP-5-Maschinenpistole in der Hand des Mannes gerichtet, die genau auf seinen Nasenrücken zielte.

Langsam hob der getarnte Mann den Zeigefinger an die maskierten Lippen, womit er das Wort »*Pst!*« mimte. Da bemerkte Doogie einen zweiten, identisch gekleideten Mann neben dem ersten und noch einen dritten, vierten und fünften.

Eine ganze Schwadron schwarzer Geister lag im Unterholz.

»Was, zum Teufel ...«, sagte Reichart beim Anblick der Soldaten und griff nach seinem Gewehr. Eine Reihe lauter Klickgeräusche ertönte – etwa zwanzig Sicherheitsbügel wurden in der Dunkelheit gelöst. Da überlegte er sich die Sache doch lieber noch einmal.

Doogie schloss entsetzt die Augen.

Im Unterholz vor ihnen mussten wenigstens zwanzig Mann verborgen liegen.

Traurig schüttelte er den Kopf.

Er und Reichart hatten gerade das Dorf verloren.

»DER TOD LAUERT im Innern.« Nash sah stirnrunzelnd den Felsbrocken an, der in das Portal verkeilt war.

Race neben ihm starrte auf die Bilder in den Steinwänden – die grauenhaften Szenen mit den monströsen Katzen und sterbenden Menschen.

»Eigentlich ist es noch prosaischer«, sagte er, sich umwendend. »*Asomarse* bedeutet wörtlich ›droht‹. ›Der Tod droht im Innern‹.«

»Und Santiago hat das geschrieben?«, fragte Nash.

»Sieht so aus.«

In diesem Augenblick kehrte Captain Scott zurück. »Sir, wir haben ein Problem. Ich komme nicht zu Reichart durch.«

Nash drehte sich nicht um, sondern blickte weiterhin das Portal an. »Interferenzen wegen der Berge?«

»Das Signal ist klar und eindeutig, Sir. Reichart hebt nicht ab. Da stimmt was nicht.«

Ein Stirnrunzeln furchte Nashs Gesicht. »Sie sind hier ...«, ächzte er.

»Romano?«, fragte Scott.

»Verdammt«, sagte Nash. »Wie sind sie so rasch hergekommen?«

»Was tun wir jetzt?«

»Wenn sie im Dorf sind, werden sie wissen, dass wir hier oben sind.« Rasch wandte sich Nash an Scott. »Rufen Sie die Basis in Panama«, befahl er. »Geben Sie durch, dass wir auf Plan B umschwenken und in die Berge gehen mussten. Sagen Sie, sie sollen das Luftunterstützungsteam anfunken und die Piloten anweisen, auf unserem tragbaren Leitstrahl das Ziel anzusteuern. Machen Sie schon! Wir müssen rasch handeln.«

Lauren, Copeland sowie ein paar Green Berets machten sich eilig daran, Composition-2-Sprengstoff an dem Felsen im Portal anzubringen.

C-2 ist ein sanft explodierender Plastiksprengstoff und wird in der ganzen Welt von Archäologen benutzt, um Hindernisse in alten Bauten wegzusprengen, ohne die Gebäude selbst zu zerstören.

Während sich die anderen rasch an ihre Arbeit begaben, entschloss sich Nash, das Gebiet hinter dem Tempel zu erforschen. Vielleicht gab es einen weiteren Weg ins Innere. Da Race nichts anderes zu tun hatte, folgte er.

Die beiden schritten über einen gepflasterten Weg, der um das Heiligtum herumführte wie ein geländerloser Balkon, und erreichten die Rückseite des Baus.

Dort erblickten sie einen steilen, schlammigen Damm, der scharf bis zum Rand der Felsenturmspitze abfiel.

Während er auf dem matschigen Hügel stand, sah Race auf die dicht an dicht liegenden rechteckigen Blöcke hinab, die den Pfad bildeten.

Da sprang ihm ein sehr merkwürdiger Stein ins Auge.

Ein *runder* Stein.

Nash sah ihn gleichfalls und die beiden beugten sich herab, um ihn näher zu betrachten.

Er hatte einen Durchmesser von zirka 75 Zentimetern – etwa wie ein breitschultriger Mann – und befand sich auf gleicher Höhe wie die Oberfläche des Pfades. Race hatte den Eindruck, als säße der Stein in einem kreisrunden Loch, das *in* die rechteckigen Blöcke geschnitten worden war.

»Ich frage mich, wozu es benutzt worden ist«, meinte Nash.

»Wer ist Romano?«, wollte Race wissen. Die Frage traf Nash völlig unvorbereitet.

Race war nämlich eingefallen, dass der Colonel ihm von den deutschen Killern berichtet hatte, die die Mönche in der Pyrenäen-Abtei abgeschlachtet hatten. Und da war ihm das Foto Heinrich Anistases in den Sinn gekommen, des Anführers dieser Mörderbande, das Nash ihm gezeigt hatte.

Nash warf Race einen scharfen Blick zu und seine Züge verfinsterten sich.

»Professor, bitte …«

»Wer ist Romano?«

»Entschuldigen Sie mich«, entgegnete Nash und machte, Race hart anrempelnd, auf dem Absatz kehrt.

Kopfschüttelnd folgte Race ihm in einiger Entfernung und setzte sich schließlich auf die breiten Steinstufen an der Vorderseite des Tempels.

Er war furchtbar müde und sein Kopf fühlte sich an wie Matsch. Es war jetzt kurz nach neun und nach einer Reise von beinahe zwölf Stunden war er völlig ausgelaugt.

Er lehnte sich an die Stufen des Tempels und zog den Army-Parka eng um sich. Eine jähe, überwältigende Erschöpfung hatte ihn überkommen. Er legte den Kopf auf die kalten Steinstufen und schloss die Augen.

Da vernahm er ein Geräusch.

Ein seltsames Geräusch. Ein scharfes *Kratzen*.

Ein rasches, beharrliches, fast ungeduldiges, doch merkwürdig gedämpftes Scharren. Es schien *aus dem Innern* des Tempels zu kommen.

Race runzelte die Stirn.

Es hörte sich an wie Klauen, die über einen Stein kratzten.

Sogleich richtete er sich auf und sah zu Nash und den anderen hinüber.

Er wollte ihnen von dem Geräusch berichten, erhielt dazu allerdings keine Gelegenheit mehr, weil genau in diesem Moment falkengleich zwei Kampfhubschrauber mit knatternden Rotoren und aus allen Rohren feuernd durch den Regenschleier über dem Felsenturm hervorstürzten und die Turmspitze mit mächtigen Scheinwerfern in ein gleißendes Licht tauchten.

Gleichzeitig ertönte ohrenbetäubendes automatisches Gewehrfeuer und eine Reihe von Geschossen schlug nur Zentimeter über Race' Kopf in die Steinmauer. Er tauchte um die Ecke des Tempels in Deckung und sah sich um. Eine kleine Armee schattenhafter Gestalten stürmte aus dem Saum der Lichtung hervor. Aus den Mündungen ihrer Gewehre zuckten lange Feuerzungen. Schwarze Geister der Nacht.

Dritte Konfrontation

Montag, 4. Januar, 21.10 Uhr

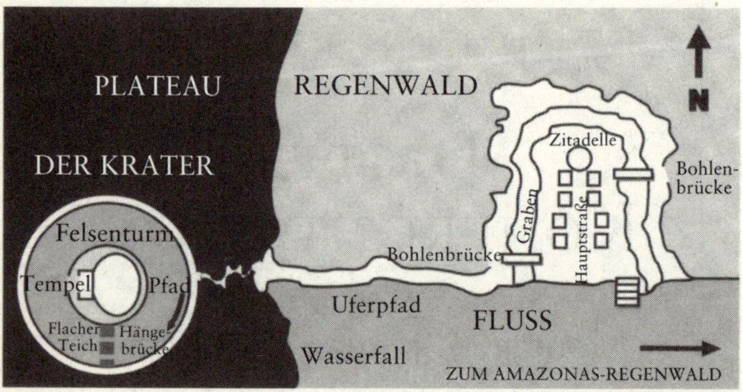

PLATEAU
REGENWALD
N
DER KRATER
Zitadelle
Bohlen-
brücke
Graben
Felsenturm
Hauptstraße
Bohlenbrücke
Tempel
Pfad
Uferpfad
FLUSS
Flacher
Teich
Hänge-
brücke
Wasserfall
ZUM AMAZONAS-REGENWALD

RACE LEGTE DIE Hände über den Kopf, als unmittelbar neben ihm erneut eine Geschosssalve in die Steinmauer schlug.

Dann explodierte plötzlich und erschreckend laut in allernächster Nähe weiteres Gewehrfeuer.

Race öffnete die Augen und merkte, dass er direkt in den Scheinwerfer eines der Hubschrauber starrte. Er schloss die Lider und sah, hervorgerufen durch das blendende Licht, Punkte.

Er legte den Unterarm über die Augen und langsam kehrte seine Sehfähigkeit zurück. Da wurde ihm klar, dass die Quelle dieses neuen Gewehrfeuers jemand war, der über ihm stand und zu den Scheinwerfern hinauffeuerte.

Es war Van Lewen. Sein Leibwächter.

Der ihn mit seinem M-16 *verteidigte*.

Einer der Kampfhelikopter flog mit gewaltigem Getöse über sie hinweg. Seine Rotorblätter knatterten laut und das weiße Scheinwerferlicht spielte über die Spitze des Felsenturms. Er durchlöcherte den schlammigen Boden vor Van Lewen mit einer Salve aus seinen seitlich montierten Geschützen. Der unglaubliche Krach übertonte das knallende Maschinengewehrfeuer auf der Turmspitze.

Verzweifelte Stimmen ertönten in Race' Kopfhörer.

»... sehe nicht, wo sie ...«

»... sind zu viele!«

Dann vernahm er auf einmal Nashs Stimme: *»Van Lewen! Feuer einstellen! Feuer einstellen!«*

Eine Sekunde später hörte Van Lewen auf zu feuern und damit endete zugleich der Gewehrkampf. In der darauf folgenden, unheimlichen Stille, die in dem harten weißen Licht eines der beiden Kampfhubschrauber gebadet war, der die Turmspitze umkreiste, sah Race, dass er und sein Begleiter von wenigstens zwanzig Männern umzingelt waren. Sie waren in Schwarz gekleidet und mit automatischen Maschinengewehren bewaffnet.

Die beiden Kampfhubschrauber schwebten über der Lichtung vor dem Tempel und erleuchteten sie mit den mächtigen Scheinwerfern. Es waren in Amerika hergestellte AH-64-»Apache«-Kampfhubschrauber – dürre, bösartig aussehende Raubvögel.

Langsam traten die Schattengestalten aus dem Laubwerk am Rand der Lichtung. Alle waren schwer bewaffnet. Einige hielten kompakte, in Deutschland hergestellte MP-5 in den Händen, andere ultramoderne Steyr-AUG-Sturmgewehre.

Race war von seinen Kenntnissen über die Waffenkollektion vor sich überrascht.

Er hatte sie Marty zu verdanken.

Abgesehen davon, dass sein Bruder Konstrukteur bei der DARPA sowie der lästigste Elvis-Presley-Fan der Welt war (alle seine Geheimnummern und Computer-Passworte lauteten gleich: 53310761, die Army-Nummer des Kings), war Marty darüber hinaus ein wandelndes Waffenlexikon.

Seit ihrer Kindheit und bis zu ihrer letzten Begegnung vor neun Jahren war Marty imstande gewesen, jede Marke, jedes Modell und jeden Waffenhersteller zu benennen, wenn sie ein Geschäft für Jagdbedarf betraten. Das merkwürdige Ergebnis dieser Fähigkeit war, dass Race sie dank Marty gleichfalls alle identifizieren konnte.

Blinzelnd kehrte er in die Gegenwart zurück und sah wieder die Phalanx bewaffneter Soldaten vor sich.

Alle waren vollkommen in Schwarz gekleidet – pechschwarze Kampfmonturen, Gurte, Handschuhe und Stiefel.

Das verblüffendste Merkmal ihrer Uniformen war jedoch eine mit Holzkohle geschwärzte Maske, die alles bis auf die Augen des Trägers verbarg. Dadurch wirkten die Soldaten kalt und unmenschlich, beinahe roboterhaft.

Einer der Maskierten eilte zu Van Lewen hinüber, riss ihm das M-16 aus der Hand und nahm ihm hastig die übrigen Waffen ab.

Daraufhin beugte sich der Mann in Schwarz zu Race herab und lächelte durch die bedrohliche Maske.

»Guten Abend«, sagte er sarkastisch auf Deutsch, ehe er ihn brutal hochriss.

***

Der Regen fiel unablässig.

Nash, Copeland und Lauren standen am Portal, die Hände fest hinter dem Kopf verschränkt, neben sich die entwaffneten Green Berets.

Walter Chambers starrte mit weit aufgerissenen Augen auf die maskierten Soldaten, die sie umzingelten. Gaby Lopez dagegen betrachtete sie kühl.

Van Lewen und Race wurden neben die anderen gestoßen.

Race blickte die Männer mit den schwarzen Masken voller Furcht an. Er hatte solche Masken schon gesehen. Südamerikanische Polizisten trugen sie bei gewalttätigen Protestversammlungen, um die Gesichter vor Steinen und anderen Wurfobjekten zu schützen.

Alles in allem zählte er zwanzig Soldaten.

In der Dunkelheit dahinter stand eine weitere Gruppe von Leuten – Männer und Frauen. Sie trugen weder Uniform noch Maske, sondern Zivilkleidung. Wanderkleidung, nicht unähnlich der von Lauren.

Wissenschaftler, dachte Race. *Deutsche Wissenschaftler, die das Thyrium-Götzenbild suchen.*

Er warf einen Blick zum Portal hinüber, zu dem riesigen Felsen, der in der Tür verkeilt war. Auf allen Seiten standen Drähte heraus – der sanft explodierende C-2-Sprengstoff.

In diesem Moment trat einer der Soldaten vor und griff nach seiner Maske, um sie herunterzunehmen.

Race spannte alle Muskeln an – er erwartete, die kalten, harten Züge von Heinrich Anistase zu erblicken, dem ehemaligen Stasi-Agenten, der die deutschen Killer bei dem blutigen Gemetzel in der Abtei angeführt hatte.

Der Soldat zog die Maske herab.

Race runzelte die Stirn. Ein Unbekannter.

Es war nicht Anistase.

Es war vielmehr ein stämmiger, älterer Mann mit einem runden, runzligen Gesicht und einem buschigen grauen Schnurrbart.

Race wusste nicht so recht, ob er erleichtert oder entsetzt sein sollte.

Der deutsche Kommandeur sprach kein Wort, als er ungestüm an Race vorübereilte und sich vor das Portal hockte.

Er untersuchte die miteinander verbundenen Drähte, die von dem Felsen wegführten, und schnaubte. Daraufhin ließ er sie fallen und schritt zu Frank Nash hinüber.

Gebieterisch, die Nase rümpfend, starrte er herrisch auf den pensionierten Army Colonel hinab.

Dann fuhr er plötzlich herum und brüllte seinen Männern auf Deutsch Befehle zu, die Race für sich im Kopf übersetzte: »Feldwebel Dietrich, bringen Sie die Leute ins Dorf und sperren Sie sie ein! Hauptmann von Dirksen, bereiten Sie alles zum Öffnen des Tempels vor!«

Angeführt von dem deutschen Feldwebel namens Dietrich und eskortiert von sechs maskierten Deutschen, wurden die zehn

Amerikaner unzeremoniell über die Hängebrücke und den spiralförmig verlaufenden Pfad zurückgebracht.

Unten angekommen, führte man sie durch den schmalen Spalt in dem Plateau zum Uferpfad. Nach etwa zwanzig Minuten Marsch trafen sie wieder im Dorf ein.

Aber das Dorf hatte sich verändert.

Zwei gewaltige Halogenscheinwerfer erleuchteten die Hauptstraße, badeten sie in künstlichem Licht. Die beiden Apache-Helikopter, die Race oben an der Turmspitze gesehen hatte, standen jetzt still mitten auf der Straße. Am Ufer starrte etwa ein Dutzend deutscher Soldaten über den Fluss hinaus.

Race folgte ihrem Blick und sah die zerstörten Hueys am Flussufer liegen. Im Vergleich zu den beiden schlanken Apaches wirkten Frank Nashs Hueys alt und klobig.

Erst da ging Race auf, wohin die Deutschen eigentlich schauten.

Auf etwas, das jenseits der beiden Hueys auf dem Fluss schwamm, eingehüllt in den stetig fallenden nächtlichen Regen.

Ein Wasserflugzeug.

Aber es war kein gewöhnliches Wasserflugzeug. Es musste eine Flügelspannweite von wenigstens siebzig Metern haben. Der majestätisch im Wasser ruhende Rumpf war *gewaltig*, ein gutes Stück größer als der Hauptkörper der Hercules, mit der Race und die anderen nach Peru geflogen waren. Vier Turboprop-Strahltriebwerke hingen unter den mächtigen Tragflächen und zwei gewölbte Schwimmer berührten auf jeder Seite die Wasseroberfläche und stabilisierten das Flugzeug.

Es war eine Antonow An-111 *Albatros,* das größte Wasserflugzeug der Welt.

Als Race und die anderen, angeführt von dem deutschen Feldwebel Dietrich, den Uferpfad verließen, wendete das große Flugzeug gerade und kam rückwärts auf das Ufer zu.

Kaum war es im weichen Schlamm aufgelaufen, da senkte sich eine Laderampe aus dem Heck herab.

Sobald die Rampe trockenen Boden berührt hatte, polterten zwei Fahrzeuge aus dem riesigen Flugzeug – ein achträdriges Geländefahrzeug, das aussah wie ein Panzer auf Rädern, sowie ein Humvee mit verstärktem Dach.

Die beiden gepanzerten Fahrzeuge kamen rutschend mitten auf der Hauptstraße zum Stehen. Race und die anderen wurden zu ihnen geführt. Als sie dort eintrafen, sah Race zwei weitere deutsche Soldaten, die Tex Reichart und Doogie Kennedy die Straße hinab auf sie zustießen.

»Meine Herren«, sagte Dietrich auf Deutsch zu den anderen Soldaten. »Sperren Sie die Soldaten und die Leute von der Regierung in das Geländefahrzeug und legen Sie ihnen Fesseln an. Die anderen werfen Sie in den Humvee. Schließen Sie ab und machen Sie beide Fahrzeuge dann fahruntüchtig.«

★★★

NASH, COPELAND SOWIE die sechs Green Berets wurden in das große, panzerähnliche Geländefahrzeug gesteckt. Race, Lauren, Lopez und Chambers schob man in den Humvee.

Der Humvee war eine Art übergroßer Jeep, nur wesentlich breiter und mit einem festen, verstärkten Metalldach. Er hatte gleichfalls Lexanscheiben, die im Augenblick hochgekurbelt waren.

Nachdem sie die Amerikaner in das große Fahrzeug geschafft hatten, öffnete einer der deutschen Soldaten die Motorhaube und beugte sich über den Motor. Er legte einen Schalter direkt unterhalb der Lüftung um und sogleich – *Klick!* – waren alle Türen und Fenster fest verriegelt.

Ein fahrbares Gefängnis, dachte Race.
Wunderbar.

Mittlerweile herrschte auf der Turmspitze eine Geschäftigkeit wie in einem Bienenkorb.

Die deutschen Soldaten gehörten zu den Fallschirmjägern, einer schnellen Eingreiftruppe der Bundeswehr, und so gingen sie auch zu Werke, nämlich rasch und effizient.

Der Befehlshaber ihrer Truppe, General Günther C. Kolb – der Mann mit dem grauen Schnurrbart, der Frank Nash so kalt taxiert hatte –, brüllte ihnen auf Deutsch Befehle zu: »Los! Los! Macht schon! Wir haben nicht viel Zeit!«

Während seine Männer in alle Richtungen davonspritzten, überblickte Kolb die Szenerie.

Den C-2-Sprengstoff am Felsen im Tempeleingang hatte man entfernt und durch Seile ersetzt. Einige Soldaten waren bereit zum Eindringen. Man hatte eine digitale Videokamera vor dem Portal installiert, die das Öffnen des Tempels dokumentieren sollte.

Kolb nickte zufrieden.

Sie waren bereit.

Es konnte losgehen.

Der Regen trommelte laut auf das Dach des Humvees.

Race saß zusammengekauert auf dem Fahrersitz, Walter Chambers neben ihm auf dem Beifahrersitz. Lauren und Gaby Lopez waren im Fond.

Durch die regenbespritzte Windschutzscheibe sah Race, dass sich die deutschen Soldaten um einen einzelnen Bildschirm versammelt hatten.

Race runzelte die Stirn.

Dann fiel sein Blick auf den kleinen Fernsehbildschirm in der Mittelkonsole am Armaturenbrett – wo in einem normalen Fahrzeug das Radio gewesen wäre. Er überlegte, ob das Abschalten des Motors die elektronischen Systeme beeinflusst hätte. Um das herauszufinden, drückte er den Einschaltknopf des kleinen Fernsehgeräts.

Langsam erschien ein Bild auf dem Schirm.

Es zeigte die Deutschen oben am Tempel, die um das Portal versammelt waren. Race vernahm ihre Stimmen über die Lautsprecher.

»Unglaublich, dass sie Sprengstoff benutzen wollten! Damit hätten sie das gesamte Gebäude zum Einsturz bringen können. Machen Sie die Seile fest …«

»Was sagen sie?«, fragte Lauren.

»Sie entfernen den Sprengstoff, den du am Felsen angebracht hast«, erwiderte Race. »Sie glauben, dass das C-2 das gesamte Gebäude zum Einsturz bringen würde. Stattdessen werden sie Seile benutzen.«

Aus dem Lautsprecher kam die Stimme einer Frau, die rasch etwas auf Deutsch sagte.

Race übersetzte: »Sehen Sie mal, ob Sie mit dem Hauptquartier Kontakt aufnehmen können. Teilen Sie denen mit, dass wir am Tempel eingetroffen und Mitgliedern der US Army begegnet sind, die wir ausgeschaltet haben. Wir erwarten weitere Befehle.«

Dann sagte sie noch etwas.

»… Was ist mit dem anderen amerikanischen Team? Wo sind die gegenwärtig?«

Was, zum Teufel, soll das denn heißen?, dachte Race.

Das andere amerikanische Team?

Zunächst glaubte er, sich verhört zu haben.

Aber er hatte sie richtig verstanden. Dessen war er sich sicher.

Aber das ergab einfach …

Innerlich die Stirn runzelnd, übersetzte er ihren letzten Satz nicht.

»Alles klar, macht euch fertig …«

Die Männer auf dem Schirm hoben die Seile auf.

»Und … zieht!«

Die Seile strafften sich und der Felsbrocken im Portal setzte sich langsam in Bewegung, wobei er laut auf dem Steinfußboden des Eingangs knirschte.

Acht deutsche Soldaten waren dabei, den riesigen Felsbrocken von seinem vierhundertjährigen Ruheplatz herunterzuholen.

Langsam – sehr langsam – glitt er aus dem Portal. Dahinter lag tiefe Schwärze.

Nun trat Günther Kolb vor und spähte in das dunkle Innere des Tempels.

Er sah eine breite Steintreppe, die in die Dunkelheit hinabführte, in den Bauch der großen, unterirdischen Anlage.

»Also gut«, sagte er auf Deutsch. »Stoßtrupp, ihr seid an der Reihe.«

Race wandte sich an Lauren.

»Sie gehen rein.«

Oben auf der Felsenturmspitze traten fünf vollständig ausgerüstete deutsche Soldaten vor. Der Stoßtrupp.

Kommandiert von einem drahtigen jungen Hauptmann namens Kurt von Dirksen, gingen sie, die Gewehre in den Händen, zum Eingang des Tempels.

»Macht es euch nicht unnötig schwer«, sagte Kolb zu dem jungen Hauptmann. »Sucht dieses Götzenbild und dann verschwindet wie der Teufel …«

In diesem Augenblick ertönte ohne jegliche Vorwarnung eine Reihe scharfer Pfeifgeräusche.

Zinng-zinng-zinng-zinng-zinng-zinng!

Dann bohrte sich – *Klack!* – unmittelbar neben Kolbs Kopf etwas Langes und Scharfes in einen Klumpen Moos an der Mauer des Tempels.

Kolb sah das Ding erstaunt an.
Es war ein Pfeil.

Schreie tönten aus den Lautsprechern des kleinen Bildschirms in dem Humvee, als ein Hagel von Pfeilen auf die deutschen Soldaten oben am Tempeleingang eintrommelte.

»Was ist das, zum Teufel?«

»In Deckung! In Deckung!«

»Was ist da los?«, fragte Lauren und beugte sich vor.

Erstaunt wandte Race sich ihr zu. »Sieht so aus, als würden sie angegriffen.«

Erneut hüllte das ohrenbetäubende Brüllen des Maschinenpistolenfeuers die Turmspitze ein, als die deutschen Soldaten ihre MP-5 und Steyr-AUG abfeuerten.

Sie standen, die Gesichter nach außen gerichtet, um das offene Portal des Tempels und zielten auf die Quelle der tödlichen Pfeile – den Rand des gewaltigen Kraters.

Aus der Deckung der Portalmauern spähte Günther Kolb in die Dunkelheit hinauf und suchte nach seinem Feind.

Und erkannte ihn.

Eine Ansammlung schattenhafter Gestalten oben am Rand des Cañons.

Insgesamt waren es vielleicht fünfzig – schlanke menschliche Gestalten, die eine Wagenladung primitiver hölzerner Pfeile auf die deutschen Soldaten abluden.

Was, zum Teufel ..., dachte Kolb.

Erstaunt und verblüfft vernahm Race die deutschen Stimmen aus den Lautsprechern.

»Tempelteam! Was geht da oben vor?«

»Wir werden angegriffen! Ich wiederhole, wir werden angegriffen!«

»Wer greift Sie an?«

»Sie sehen aus wie Indios! Wiederhole: Indios. Eingeborene. Sie schießen vom oberen Kraterrand auf uns! Aber wir werfen sie anscheinend zurück – Moment. Einen Augenblick. Sie ziehen sich zurück. Sie ziehen sich zurück.«

Einen Augenblick später hörte das Gebrüll der automatischen Waffen auf und es folgte eine lange Stille.

Nichts geschah.

Nur Stille.

Die Deutschen auf dem Bildschirm sahen sich vorsichtig um. Die Gewehre in ihren Händen rauchten.

Im Humvee wechselte Race einen Blick mit Chambers.

»Ein Stamm Eingeborener aus dieser Gegend«, meinte Race.

Günther Kolb rief Befehle.

»Horgen! Vell! Nehmt einige Leute mit hinauf und bildet einen Kreis um den Rand des Kraters!« Er wandte sich an von Dirksen und dessen Team. »Also gut, Hauptmann. Sie können den Tempel jetzt betreten.«

Die fünf Mitglieder des Stoßtrupps sammelten sich vor dem offenen Portal.

Dunkel und bedrohlich stand es gähnend weit offen.

Hauptmann von Dirksen trat vorsichtig, das Gewehr in der Hand, auf die Schwelle des Portals, auf die oberste der breiten, steinernen Stufen, die ins Innere des Tempels hinabführten.

»Na gut«, sagte er formell in sein Kehlkopfmikrofon, als er den ersten Schritt hinabtat. »Ich sehe einige Steinstufen vor mir. Steige jetzt …«

»… die Stufen hinab …«, sagte von Dirksens Stimme über die Lautsprecher des Humvees.

Race blickte gespannt auf den Bildschirm. Dort traten die fünf Soldaten langsam durch das Portal. Schließlich verschwand auch der Kopf des letzten Soldaten unter der obersten Treppenstufe und er sah lediglich noch die leere Steinschwelle vor sich.

»Hauptmann, Bericht!«, sagte Kolbs Stimme in Kurt von Dirksens Helm, als der junge deutsche Hauptmann die unterste Stufe der feuchten Treppe erreichte und der Strahl seiner Taschenlampe durch die Dunkelheit schnitt.

Er stand jetzt in einem schmalen Tunnel mit Steinwänden, der nach rechts unten abschwenkte. Steil und spiralförmig fiel er in die Dunkelheit des Tempelherzens hinab. Kleine Nischen säumten seine Wände.

»Wir haben den unteren Treppenabsatz erreicht«, sagte er. »Ich sehe einen geschwungenen Tunnel vor mir. Gehe darauf zu.«

Die Männer des Stoßtrupps schritten vorsichtig und in weitem Abstand voneinander den steil abfallenden Tunnel entlang. Die Strahlen ihrer Taschenlampen glitten über die feucht glitzernden Mauern. Von irgendwo tief aus dem Innern des Tempels vernahmen sie ein hallendes, tröpfelndes Geräusch.

»Team«, sagte von Dirksen, »hier ist Eins. Melden!«

Die anderen erwiderten rasch:

»Hier ist Zwei.«

»Drei.«

»Vier.«

»Fünf.«

Sie wagten sich weiter in den Tunnel hinab.

In angespanntem Schweigen blickten Race und die anderen auf den Fernsehbildschirm und lauschten den gedämpften Stimmen des deutschen Stoßtrupps. Race übersetzte.

»... so nass hier drin, überall Wasser ...«

»Seid auf der Hut! Passt auf, wo ihr hintretet ...«

Da ertönte aus den Lautsprechern ein schrilles Kreischen.

»Was war das?«, fragte von Dirksen rasch. *»Team, melden!«*

»Zwei hier.«

»Drei.«

»Vier.«

Und dann nichts.

Race wartete gespannt auf die Meldung des letzten Soldaten. Aber sie erfolgte nicht. Kein »Fünf«.

Von Dirksen fuhr herum.

»Friedrich«, zischte er, während er den Gang zu den anderen zurückschritt.

Sie waren eine kurze Strecke den steilen, gewundenen Tunnel hinabgegangen und standen jetzt in pechschwarzer Finsternis. Die einzige Beleuchtung waren die Strahlen ihrer Taschenlampen.

Hinter ihnen, den Hang hinauf, sahen sie lediglich einen Schimmer blauen Mondlichts, das um die leichte Krümmung des Tunnels herumkam und den Weg zurück nach oben wies.

Von Dirksen spähte in den Tunnel zurück.

»Friedrich!«, flüsterte er in die Dunkelheit. *»Friedrich!* Wo bist du?«

In diesem Augenblick vernahm Dirksen hinter sich ein lautes *Bumm*.

Er fuhr herum.

Und sah nur noch *zwei* seiner Männer. Der dritte war wie vom Erdboden verschluckt.

Von Dirksen wandte sich wieder dem Eingang zu und wollte gerade etwas in sein Mikrofon sagen, da erblickte er plötzlich einen ungewöhnlich großen Schatten, der um die Biegung des Tunnels schlich, und die Worte blieben ihm im Hals stecken.

Im Mondschein zeigten sich die Umrisse des Schattens.

Er sah grauenerregend aus.

Das sanfte blaue Licht schimmerte auf muskulösen schwarzen Flanken. Der Strahl von von Dirksens Taschenlampe glitzerte auf langen, rasiermesserscharfen Zähnen.

Der deutsche Hauptmann starrte das Untier in benommenem Schweigen an.

Es war *riesig.*

Urplötzlich trat ein zweites, identisches Untier neben das erste.

Sie müssen sich in den Nischen versteckt haben, dachte von Dirksen.

Auf der Lauer gelegen haben. Gewartet haben, bis wir vorüber waren, sodass sie uns den Rückweg abschneiden konnten.

Blitzartig sprang das erste Untier los. Von Dirksen hatte nicht den Hauch einer Chance. Für ein Tier seiner Größe bewegte es sich unglaublich rasch. Er sah nur noch die zuschlagenden Klauen vor sich und dann blieb Kurt von Dirksen nichts mehr übrig, als zu kreischen.

***

Die lauten Rufe und Schreie der letzten drei Mitglieder des Stoßtrupps ertönten aus den Lautsprechern des Fernsehgeräts.

Race und die anderen starrten entsetzt auf den Bildschirm.

Einen kurzen Moment lang vernahmen sie Schüsse, aber es dauerte nur eine Sekunde, bis sowohl das Gewehrfeuer als auch das Kreischen abrupt abbrachen und durch ein Schweigen ersetzt wurden.

Ein langes Schweigen.

Race starrte auf den Bildschirm, auf den offenen Eingang des Tempels.

»Von Dirksen, Friedrich, Nielson! Bericht!«

Von den Männern kam keine Antwort.

Race wechselte rasch einen Blick mit Lauren.

Da ertönte plötzlich eine neue Stimme.

Sie klang atemlos, gehetzt und voller Furcht.

»Nielson hier! Wiederhole, Nielson hier! O mein Gott ... Gott möge uns helfen. Fliehen Sie! Fliehen Sie, solange es noch ...«

Klatsch!

Ein Geräusch, als wäre etwas Großes auf Nielson geprallt.

Ein Scharren folgte und dann vernahm Race ein jähes Gekreisch, bei dem ihm das Blut in den Adern gefror, und schließlich über das schrille Geschrei hinweg einen weiteren, unendlich furchtbaren Laut.

Es war ein *Gebrüll* – ein teuflisches Gebrüll –, laut und tief wie bei einem Löwen.

Nur voller, resonanzhafter, *wilder*.

Race' Blick flackerte zum Fernsehbildschirm zurück und plötzlich erstarrte er.

Da war es!

Es trat aus der schattenhaften Finsternis des Portals hervor.

Während er das riesige schwarze Untier aus dem Eingang des Tempels kommen sah, verspürte er ein Übelkeit erregendes Gefühl tief in der Magengrube.

Denn er begriff in diesem Moment, dass die Männer auf dem Felsenturm trotz aller Technologie, Waffen und ihres selbstsüchtigen Verlangens, eine neue und fantastische Energiequelle zu finden, gerade ein weitaus einfacheres Gesetz der menschlichen Evolution verletzt hatten.

Manche Türen sollten stets verschlossen bleiben.

★★★

GÜNTHER KOLB UND das Dutzend Soldaten auf der Turmspitze starrten das Tier im Portal lediglich ehrfürchtig an.

Es war prachtvoll, hatte eine Schulterhöhe von anderthalb

Metern und war vollkommen schwarz – pechschwarz von Kopf bis Fuß.

Es sah aus wie eine Art Jaguar.

Ein *riesiger* schwarzer Jaguar.

Die Augen der gewaltigen Katze glitzerten gelb im Mondschein und mit den wütend gesträubten Brauen, den geballten Muskeln der Schultern und den dolchähnlichen Zähnen wirkte es wahrhaftig wie die Inkarnation des Teufels.

Da wurde das sanfte blaue Mondlicht, das das Portal des Tempels erhellte, plötzlich durch einen grellen weißen Blitz ersetzt und in dem darauf folgenden, ohrenbetäubenden Donnerschlag brüllte das riesige Tier auf.

Es hätte ein Signal sein können.

Weil genau in diesem Augenblick über ein Dutzend weiterer gewaltiger schwarzer Katzen aus der Finsternis des Tempels hervorstürmten und die Deutschen auf der Felsenturmspitze angriffen.

Obgleich sie mit Sturmgewehren und automatischen Maschinenpistolen bewaffnet waren, hatten die Mitglieder der deutschen Expedition nicht den Hauch einer Chance. Die Katzen waren zu rasch. Zu flink. Zu überwältigend. Sie stürmten mit schockierender Wildheit auf die wie betäubt dastehenden Soldaten und Wissenschaftler zu, sprangen sie an, brachten sie zu Fall, zerfleischten sie bei lebendigem Leib.

Einigen wenigen Soldaten gelang es, Schüsse abzufeuern, und eine der Katzen ging zuckend zu Boden.

Aber das spielte keine Rolle. Die anderen Tiere beachteten die durch die Luft pfeifenden Kugeln anscheinend kaum und innerhalb von Sekunden waren sie auch über die schießenden Soldaten hergefallen – rissen ihnen das Fleisch vom Körper, bissen ihnen die Kehle durch, erstickten sie mit ihren mächtigen, schraubstockartigen Klauen.

Grässliche Schreie erfüllten die nächtliche Luft.

General Günther Kolb rannte.

Nasse Farnwedel schlugen ihm hart ins Gesicht, während er die Steintreppe hinabstürmte, die zu der Hängebrücke zurückführte.

Wenn er es bis dorthin schaffte, dachte er, und sie von den Stützpfeilern auf der anderen Seite löste, säßen die Katzen auf dem Felsenturm in der Falle.

Kolb jagte die feuchten Steinplatten hinunter, wobei ihm das Geräusch des eigenen Atems laut in den Ohren tönte. Etwas, das hinter ihm durch das Blattwerk stürmte, war sogar noch lauter. Weitere Farnwedel schlugen ihm ins Gesicht, aber das war ihm gleichgültig. Fast war er …

Da!

Er sah sie.

Die Hängebrücke!

Einige wenige seiner Männer rannten darüber und entkamen so dem Gemetzel auf der Felsenturmspitze.

Kolb flog die letzten paar Stufen hinab und lief auf den Sims hinaus.

Er hatte es geschafft!

Genau in diesem Moment traf ihn etwas entsetzlich Schweres in den Rücken und der deutsche General fiel nach vorn aufs Gesicht.

Er landete hart auf dem kalten, nassen Sims. Verzweifelt krallte er mit den Händen nach etwas, an dem er sich hätte festhalten können, um wieder auf die Beine zu kommen. Da schlug ihm urplötzlich eine riesige schwarze Pfote aufs Handgelenk und nagelte es am Boden fest.

Entsetzt schaute Kolb auf.

Es war eine der Katzen.

Sie stand über ihm!

Das dämonenhafte schwarze Untier musterte dieses seltsame kleine Wesen neugierig, das den törichten Versuch unternommen hatte, ihr zu entfliehen.

Voller Furcht starrte Kolb in die bösen gelben Augen hinauf. Mit einem lauten, das Blut zum Gerinnen bringenden Gebrüll fuhr der Kopf des großen Tiers rasend schnell herab und Kolb schloss die Augen und wartete auf das Ende.

Unten im Dorf herrschte Schweigen.

Die um den Bildschirm versammelten zwölf deutschen Soldaten wechselten lediglich erstaunte Blicke.

Sie sahen ihre Kameraden oben auf der Felsenturmspitze in alle Richtungen davonrennen. Gelegentlich eröffnete einer von ihnen mit einer MP-5 das Feuer, nur um eine Sekunde später von einer katzenhaften Gestalt aus dem Bild geschleudert zu werden.

»Hasseldorf, Krieger«, sagte Feldwebel Dietrich scharf. »Baut die westliche Brücke ab!« Sogleich verließen zwei deutsche Soldaten die Runde.

Dietrich wandte sich an seinen jungen Funker. »Hast du irgendwen da oben erreichen können?«

»Ich komme durch, Feldwebel, aber es antwortet keiner«, erwiderte der Funker.

»Versuch's weiter!«

Durch die regennassen Scheiben des Humvees beobachtete Race Dietrich und die um ihren Bildschirm versammelten deutschen Soldaten. Da vernahm er plötzlich einen Ruf.

Augenblicklich fuhr er herum.

Er sah einen der Deutschen von der Felsenturmspitze über den Weg am Flussufer heranjagen.

Der Soldat winkte wild mit den Armen und kreischte: *»Schnell, zum Flugzeug! Schnell, zum Flugzeug! Sie kommen!«*

Genau in diesem Moment erleuchtete ein Blitzstrahl den Pfad hinter dem rennenden Mann und Race erhaschte einen Blick auf etwas, das den Pfad entlangraste.

»O mein Gott ...«

Es war eine der riesigen, katzengleichen Kreaturen – genau diejenige, die nur Minuten zuvor aus dem Tempel getreten war.

Aber das Bild auf dem winzigen Bildschirm des Humvees war dem Tier nicht im Geringsten gerecht geworden.

Es war absolut entsetzenerregend.

Die Katze lief mit gesenktem Kopf dahin, die Ohren flach angelegt. Ihre mächtigen Schultermuskeln trieben sie hinter ihrem fliehenden menschlichen Opfer her.

Ihre Bewegungen waren wunderschön, zeigten eine fließende, katzengleiche Anmut – diese verblüffende Kombination aus Harmonie, Kraft und Schnelligkeit, die allen Katzen auf der Welt gemeinsam ist.

Der deutsche Soldat rannte, so schnell er konnte, aber er würde dem gewaltigen Tier nicht entkommen. Er versuchte, Haken zu schlagen, hinter einigen Bäumen direkt neben dem Pfad in Deckung zu gehen. Doch die Katze war zu behände. Sie sah aus wie ein Gepard in vollem Lauf – ihre mächtigen Beine spielten in perfektem Gleichklang, sie folgte den Bewegungen ihres Opfers, schwenkte nach links, nach rechts, hielt dabei aber ihren Schwerpunkt stets sehr tief und verlor deshalb kein einziges Mal den Halt.

Bedrohlich überragte sie den unglückseligen Deutschen, dem sie stetig näher kam. Als sie nahe genug heran war, tat sie einen mächtigen Satz nach vorn und …

Der Blitz verschwand abrupt und der Pfad war in absolute Finsternis getaucht.

Dunkelheit. Schweigen.

Dann vernahm Race ein Gekreisch.

Plötzlich erhellte ein weiterer Blitz das Flussufer, und als Race das Bild vor sich erfasste, erstarrte ihm das Blut in den Adern.

Die gewaltige schwarze Katze stand breitbeinig über dem Soldaten, hatte den mächtigen Kopf zum Halsbereich des gestürzten Mannes gesenkt. Abrupt fuhren die Kieferknochen des Tiers nach oben und es ertönte ein Übelkeit erregendes Geräusch: Die Katze hatte dem toten Soldaten den Kopf vom Rumpf gerissen.

In einem weiteren aufflammenden Blitz stieß sie ein triumphierendes Gebrüll aus.

Eine volle Minute lang sprach niemand ein Wort.

Schließlich brach Walter Chambers das Schweigen. »Wir stecken ganz schön in der Tinte.«

Womit er Recht hatte. Denn in diesem schrecklichen Moment stürmten die übrigen schwarzen Katzen aus dem Blattwerk neben dem Ufer hervor und griffen alles Lebende in Sichtweite an.

★★★

DER ÜBERFALL DER Tiere erfolgte völlig überraschend für Dietrich und seine Männer, die sich törichterweise um den Bildschirm in der Mitte des Ortes geschart hatten.

Wie Fledermäuse aus der Hölle sprangen die Katzen auf die Hauptstraße – stießen die deutschen Soldaten zu Boden, holten sie von den Beinen, ehe sie nach ihren Waffen greifen konnten, bissen ihnen die Kehle durch.

Race konnte nicht genau erkennen, wie viele es waren. Zunächst zählte er zehn, dann zwölf, dann 15.

Mein Gott!

Dann vernahm er Gewehrfeuer. Er fuhr herum und sah, dass Hasseldorf und Krieger, die Dietrich weggeschickt hatte, um die westliche Bohlenbrücke zu heben, verzweifelt auf die heranstürmenden Katzen schossen.

Die beiden Soldaten trafen einige der Furcht erregenden Tiere. Kopfüber stürzten die Bestien in den Schlamm. Doch die anderen setzten einfach über sie hinweg und überwältigten die beiden Menschen allein schon aufgrund ihrer Anzahl.

Eines der Untiere sprang Hasseldorf auf den Rücken und riss ihm das Rückgrat heraus. Ein weiteres schloss die gewaltigen Pfoten um Kriegers Kehle und brach ihm mit einem schrecklichen *Krrrack!* das Genick.

Im Dorf sah es aus wie bei einer Straßenschlacht. In dem verzweifelten Versuch, den tobenden Katzen zu entkommen, rannten die deutschen Soldaten in alle Richtungen davon – zu den beiden Apache-Helikoptern, den Hütten, zum Fluss.

»In die Hubschrauber!«, schrie jemand. *»In die …«*

Da vernahm Race das Geräusch eines anspringenden Motors. Er fuhr im Sitz herum und sah, dass sich die Rotorblätter beider Apache-Kampfhubschrauber langsam zu drehen begannen.

Verzweifelt liefen die Männer zu den Helikoptern, die allerdings klein und eng waren und lediglich einem Piloten und einem Schützen Platz boten.

Der erste Apache hob gerade ab, als ein verängstigter Soldat auf die Kufen sprang und die Cockpittür aufriss. Aber ehe er auch nur den Versuch unternehmen konnte einzusteigen, sprang ihm eine der Katzen nach und wischte ihn brutal beiseite, ehe sie durch die Cockpittür schlüpfte, wobei ihr langer Schwanz hin und her peitschte.

Eine Sekunde später war das Cockpitfenster von innen mit Blut bespritzt und der Hubschrauber, der in etwa drei Metern Höhe schwebte, brach aus. Seine Rotorblätter drehten sich mittlerweile so rasch, dass nur noch eine verschwommene Bewegung zu erkennen war.

Er bewegte sich scharf nach rechts, auf den anderen Apache zu. Da ging das sechsläufige, rotierende Geschütz unter seiner Nase los und bestrich das ganze Dorf mit heftigem Feuer.

Überall flog Leuchtspurmunition umher.

Die Windschutzscheibe von Race' Humvee zersplitterte zu einem Spinnwebmuster, als der Geschosshagel darauf niederprasselte.

Race duckte sich instinktiv. Dabei sah er eine Anzahl orangefarbener Funken aus dem Schwanzteil eines der Hueys spritzen, der in der Nähe am Ufer festgemacht war.

Plötzlich schossen wie bei einem Silvesterfeuerwerk zwei Hellfire-Raketen aus den Raketenrohren des Apache. Eine schlug in eine steinerne Hütte in der Nähe ein und zerblies sie zu Schutt, während die andere geradeaus die Hauptstraße von Vilcafor hinabsauste, und zwar direkt auf das gewaltige Antonow-Wasserflugzeug zu, das am Ufer lag. Sie schoss durch die offene Laderampe und verschwand im Frachtraum.

Es dauerte etwa eine Sekunde.

Dann erfolgte eine mächtige Explosion. Die Hülle der Antonow zerplatzte, das ganze Flugzeug krängte dramatisch nach links und versank langsam im Fluss, gleichzeitig stromabwärts treibend.

In der Zwischenzeit schwankte der Apache, der den ganzen Schaden verursacht hatte, wild auf seinen Zwillingsbruder zu. Der Pilot des zweiten Helikopters versuchte verzweifelt, ihm auszuweichen, aber es war zu spät. Die Rotorblätter des ersten Apache krachten in die rasend schnell herumwirbelnden Blätter des zweiten und ein schrilles Gekreisch von Metall auf Metall erfüllte die Luft.

Urplötzlich rissen die Blätter des ersten Hubschraubers die Treibstofftanks des zweiten auf und die beiden Helikopter explodierten in einem gewaltigen orangefarbenen Feuerball, der sich fächerförmig über die Hauptstraße von Vilcafor ausbreitete.

Race wandte sich von dem Flammeninferno ab und sah Walter Chambers auf dem Sitz neben sich an.

»Mein Gott, Walter«, sagte er. »Haben Sie das gesehen?«

Chambers gab keine Antwort.

Race runzelte die Stirn. »Walter? Was ist …?«

Rrrroooоaaaar.

Er erstarrte. Dann sah er Chambers genauer ins Gesicht. Die Augen des Anthropologen waren groß wie Untertassen und er hielt anscheinend den Atem an. *Er hatte einen Punkt über Race' Schulter fixiert.* Langsam – sehr, sehr langsam – wandte sich William Race um.

Eine der Katzen stand vor der Scheibe. *Direkt vor der Scheibe!* Ihr schwarzer Kopf war gewaltig. Er füllte das ganze Fenster aus. Die riesige Kreatur starrte mit zusammengekniffenen gelben Augen herein und knurrte erneut. Ein tiefes, resonanzhaftes Knurren.

Rrrroooоaaaarr.

Ihre Brust hob und senkte sich. Race sah ihre langen weißen Fänge, die die Unterlippe überragten. Dann schnaubte das Tier auf einmal und er hätte fast einen Satz an die Decke gemacht. Plötzlich schaukelte der ganze Humvee unter ihm. Er fuhr herum und blickte nach vorn.

Eine weitere Katze war gerade auf den Humvee gesprungen!

Sie stand, die muskulösen Vorderbeine weit gespreizt, auf der Motorhaube des Wagens und starrte mit wütenden gelben Augen auf Race und Chambers hinab, ein Blick, der sich ihnen bis ins tiefste Innere bohrte.

Race berührte sein Kehlkopfmikrofon. »Van Lewen, sind Sie irgendwo da draußen?«

Keine Antwort.

Quiiiieeetsch!

Die schwarze Katze auf der Motorhaube tat einen langsamen, bedrohlichen Schritt nach vorn, wobei ihre Klauen über die stählerne Haube kratzten. Gleichzeitig stieß das Tier links versuchsweise heftig die Nase gegen die Tür des Humvees.

Race tippte wiederholt auf sein Kehlkopfmikrofon. »Van Lewen!«

»Ich sehe Sie, Professor. Ich sehe Sie!«, ertönte Van Lewens Stimme über seine Ohrhörer.

Race blickte zu dem Geländefahrzeug hinüber, das nicht weit entfernt reglos auf der schlammigen Straße stand.

»Es wäre an der Zeit, dass Sie sich als Leibwächter betätigen«, meinte Race.

»Nichts überstürzen, Professor. Solange Sie im Humvee bleiben, sind Sie in Sicherheit.«

Genau in diesem Augenblick durchschlug die schwarze Katze auf der Motorhaube mit der linken Vordertatze die gesprungene Windschutzscheibe des Fahrzeugs.

Es regnete Glas. Die gewaltige, faustähnliche Pranke fuhr durch das Fenster und kam ganz knapp vor Race' Yankee-Kappe ruckartig zum Stehen.

»Van Lewen!«

»Schon gut! Schon gut! Schnell! Sehen Sie unter dem Armaturenbrett nach!«, sagte Van Lewen. *»Unten, neben dem Gaspedal. Suchen Sie einen schwarzen Gummiknopf auf der Unterseite der Lenksäule!«*

Race gehorchte.

Fand ihn.

»Was soll ich damit anstellen?«

»Drücken Sie ihn einfach!«

Race drückte den Gummiknopf und sogleich sprang der Motor des Humvees brüllend an.

Er funktionierte wieder! Race wusste nicht, weswegen, und es war ihm auch gleichgültig. Hauptsache, der Motor lief.

Rasch kam er unter der Lenksäule hervor – und entdeckte, dass er in das weit geöffnete Maul der schwarzen Katze auf der Motorhaube starrte!

Das Tier fauchte ihn an – ein wildes, wütendes Zischen. Es war so nahe, dass Race den heißen, ranzigen Atem über sein Gesicht streichen spürte. Die große Katze drehte und wand sich im verzweifelten Versuch, sich durch das Loch zu quetschen, das sie in die Windschutzscheibe gedrückt hatte, und an das menschliche Fleisch im Innern zu gelangen.

Race lehnte sich in seinen Sitz zurück, weit weg von den Zähnen des wütenden Tiers, und drückte sich gegen das Fenster an der Fahrerseite. Doch als er hinausblickte, sah er das gewaltige Maul der anderen Katze mit erschreckender Schnelligkeit auf sich zukommen ...

Der Aufprall war so heftig, dass der Humvee wild in seiner Aufhängung schaukelte. Eine Reihe zackenförmiger Risse bildete sich im Fenster auf der Fahrerseite.

Aber der Motor des Wagens lief noch und das allein zählte. Durch den Rammstoß zum Handeln veranlasst, packte Race den Schalthebel, suchte knirschend nach einem Gang, fand einen – es war ihm gleichgültig, welcher es war – und drückte das Gaspedal bis zum Boden durch.

Der Humvee schoss rückwärts über die schlammige Hauptstraße von Vilcafor.

Meine Güte! Er hatte den Rückwärtsgang eingelegt!

Der Katze auf der Motorhaube machte die wilde Schaukelei des Fahrzeugs auf dem unebenen Grund offenbar nichts aus. Das dämonenhafte Tier riss lediglich den Kopf aus der Windschutzscheibe zurück und versuchte, Race mit der Vorderpfote durch das zerschmetterte Glas zu erreichen.

Der wiederum lehnte sich so weit zurück, wie er konnte, damit er außer Reichweite der zuschlagenden Pranke blieb, und drückte den Fuß fester aufs Gaspedal.

Der Humvee fuhr in ein Schlagloch, schoss einen Augenblick lang in die Luft und krachte auf die Erde zurück. Die Katze auf der Motorhaube krallte immer noch wie wahnsinnig nach Race, während das völlig außer Kontrolle geratene, gepanzerte Fahrzeug schwankend rückwärts über die aufgeweichte Straße fuhr.

»Will! Achtung!«, kreischte Lauren.

»Was ist?«, rief Race.

»Hinter uns!«

Aber Race schaute sich nicht um.

Er hatte eine Gestalt aus der Hölle im Blick, die durch die Windschutzscheibe des Wagens griff und versuchte, ihm die Brust aufzureißen.

»Will! Anhalten! *Wir fahren in den Fluss!*«

Race' Kopf fuhr hoch.

Hatte sie gerade »Fluss« gesagt?

Er warf einen Blick in den Rückspiegel und bekam kurz den schwarzen Fluss zu sehen, der sich rasch näherte, dazu einen der amerikanischen Hueys am seichten Ufer – *und sie fuhren direkt darauf zu*!

Wie wild drehte Race das Lenkrad, aber es war zwecklos. In seiner Panik, sich von der Katze auf der Motorhaube fern zu halten, hatte er seit langem die Kontrolle über den rückwärts dahinsausenden Humvee verloren.

Hart riss er das Lenkrad herum und drückte das Bremspedal bis zum Boden durch. Aber die Räder blockierten lediglich und im Nu hatte das Fahrzeug jegliche Bodenhaftung verloren. Unkontrollierbar rutschte es durch den Schlamm. Ehe Race begriff, was los war, schoss das große Fahrzeug auf einmal in die Luft und weit auf den Fluss hinaus.

★★★

In einem anmutigen, hohen Bogen flog der Humvee über das Ufer und knallte hart mit dem Heck in das gläserne Cockpit des Hueys, der im seichten Wasser stand.

Der Aufprall war so heftig, dass er sowohl den Wagen wie auch den Helikopter weit auf den Fluss hinaustrieb. Gleichzeitig schoss die Katze auf der Motorhaube davon und flog über den Huey hinweg. Mit einem mächtigen Klatschen landete sie unbeholfen weit draußen im Fluss.

Innerhalb von Sekunden waren die Kaimane über ihr.

Wild kreischend kämpfte die Katze wie ein Teufel, bis sie sich der Überzahl schließlich ergeben musste und unterging.

Was zurückblieb, war ein bizarr aussehender Humvee-Huey-Mischling, der etwa sieben Meter vom Ufer entfernt halb untergetaucht im Wasser lag.

Der breite, jeepähnliche Humvee hatte das gesamte Cockpitvorderteil des Hueys eingedrückt und ragte ungelenk aus dem Hubschrauber hervor. Das Rotorgehäuse sowie der Schwanzteil des Hueys waren bei dem Aufprall unbeschädigt geblieben. Die beiden Rotorblätter standen hoch über dem zugleich gespenstisch und komisch wirkenden Ding, reglos, jedoch intakt.

Race versuchte verzweifelt, Ruhe zu bewahren.

Schlammiges grünes Wasser schwappte gegen das linke Fenster, während eine Vielzahl von Miniaturwasserfällen durch die Risse hereinschossen. Der Blick aus dem Fenster war wie die Aussicht auf eines jener Aquarien, bei denen man sowohl über als auch unter Wasser schauen konnte.

Nur dass dieses Aquarium aus der Hölle stammte.

Race erblickte die Bäuche von nicht weniger als fünf riesigen Kaimanen, die in seine Richtung unterwegs waren. Mit kräftigen Schwanzschlägen trieben sie sich auf den Humvee zu.

Um die Sache noch schlimmer zu machen, schoss ein Wasserschwall durch das große Loch in der Windschutzscheibe, spritzte über seine Jeans und erzeugte eine tiefe Pfütze zu seinen Füßen.

Walter Chambers hyperventilierte. »*O mein Gott! O mein Gott! O mein Gott!*«

Gaby Lopez, die hinter Walter Chambers saß, hatte eine tiefe, blutige Wunde über dem linken Auge. Sie musste sich beim Aufprall des Humvees auf den Hubschrauber den Kopf gestoßen haben.

»Wir müssen hier raus!«, schrie Lauren.

»Was du nicht sagst!«, rief Race. Da wurde ein großer silbriger Fisch mit mächtigen Zähnen durch die Windschutzscheibe hereingetragen und landete auf seinem Schoß.

In diesem Augenblick ertönte links ein lautes *Wumm!* und Race wurde fast aus seinem Sitz geworfen, als der ganze Humvee wild zur Seite schaukelte.

Er drehte sich um und sah einen gewaltigen schwarzen Kaiman draußen im Wasser schweben, der ihn hungrig durch das gesprungene Glas anstarrte.

»Oh, Mann«, sagte er.

Dann schwamm das gewaltige Reptil von der Scheibe weg.

»*Oh, Mann ...*«

»Was? *Was?*«, fragte Walter Chambers.

»Er wird uns rammen!«, schrie Race und kletterte hastig über die Lehne auf den Rücksitz. »*Weg,* Walter! *Sofort verschwinden!*«

Als der Kaiman draußen wieder heranjagte, wollte Chambers ebenfalls über die Lehne klettern. Den Bruchteil einer Sekunde später explodierte das Fenster auf der Fahrerseite des Humvees in einem spektakulären Glasschauer.

Dem jähen Regen aus Splittern folgte unmittelbar darauf der gewaltige, schuppige Körper des riesigen Kaimans, der auf dem Wasser, das in den Wagen stürzte, über den Vordersitz des Humvees glitt. Dort nahm er den gesamten winzigen Raum ein.

Race riss die Füße auf den Rücksitz, und zwar eine Nanosekunde ehe die zupackenden Kieferknochen an ihnen vorübersausten.

Walter Chambers hatte nicht so viel Glück. Er bekam die Beine nicht rechtzeitig hoch und das Maul des Kaimans schloss sich fest darum, zog sie zur Beifahrertür und hielt sie dort fest.

Chambers kreischte. Der Kaiman bäumte sich auf und versuchte schnaubend, ihn besser in den Griff zu bekommen.

Vom Rücksitz aus sah Race lediglich den gewaltigen gepanzerten Rücken und den langen, schuppigen Schwanz des Untiers hin und her schlagen.

Dann, abrupt und so rasch, dass Race nur entsetzt aufstöhnte, zerrte der riesige Kaiman Chambers mit sich zum Fenster hinaus.

»Neiiiiinnn!«, kreischte Chambers, während er verschwand und draußen unter Wasser gezogen wurde.

Race wechselte einen Blick des Entsetzens mit Lauren.

»Was tun wir jetzt?«, schrie sie.

Wie, zum Teufel, soll ich das wissen?, dachte er, während er versuchte, sich ein Bild von der Lage zu machen.

Das Vorderteil des Fahrzeugs füllte sich rasch mit Wasser, was zur Folge hatte, dass der Humvee scharf nach links kippte und tiefer in den Fluss sank.

»Wir müssen hier raus, ehe die Karre versinkt!«, schrie er. »Schnell! Mach dein Fenster auf! Wir sollten es jetzt öffnen können!«

Wasser floss in Strömen über die Lehne der vorderen Sitzbank nach hinten. Lauren kurbelte verzweifelt. Auf ihrer Seite lag der Wagen höher, und als sie das Fenster endlich geöffnet hatte, strömte die kalte Nachtluft herein.

Plötzlich schoss ein weiterer riesiger Kaiman durch das Fenster auf der Fahrerseite herein und fiel klatschend in den Tümpel, der sich im Vorderteil des Fahrzeugs gebildet hatte.

»Los!«, schrie Race. »Aufs Dach!«

Lauren reagierte rasch. Innerhalb einer Sekunde war sie aus dem Humvee und kletterte auf dessen Dach. Die benommene Gaby folgte als Nächste – sie kroch rasch über den Rücksitz und streckte die Hand aus dem Fenster. Sofort machte sich Lauren daran, sie hinaufzuziehen, während Race von unten nachschob.

Der Kaiman auf dem Fahrersitz bockte und schnaubte auf der Suche nach einem Opfer.

Jetzt strömte das Wasser in einem stetigen, mächtigen Fluss über die Lehne des Vordersitzes. Hinten stand es beinahe hüfttief.

In diesem Augenblick rammte ein weiterer Kaiman das Fenster hinten links, sodass das ganze Fahrzeug heftig ruckte. Bei dem Aufprall fuhr Race herum und sah, dass die gesamte linke Seite des Humvees jetzt völlig unter Wasser lag.

Gaby Lopez hatte sich halb durch das Fenster hinausgewunden. Race war der Letzte.

Da vernahm er, noch während er Gaby an den Füßen weiterschob, ein Übelkeit erregendes, metallisches Ächzen von irgendwoher innerhalb des Humvees.

Der ganze Wagen kippte abrupt und heftig nach rechts.

Zunächst glaubte er, ein weiterer Kaiman hätte ihn gerammt. Aber das war nicht der Fall. Nein, diesmal hatte sich der ganze Wagen seitlich verschoben. Er war in Bewegung geraten. Es ging ... *flussabwärts*.

O mein Gott!, dachte Race.

Sie wurden von der Strömung davongetragen!

»Das darf nicht wahr sein«, sagte er.

In diesem Augenblick erfolgte ein weiterer, schon vertrauter Ruck – erneut rammte ein Kaiman das linke Wagenfenster.

»Beil dich, Gaby!«, schrie er. Lopez' Füße baumelten im rechten Fenster vor ihm herab.

Inzwischen hatte der Kaiman auf dem Vordersitz anscheinend begriffen, wo Race war, denn er wich unbeholfen zurück, damit er Anlauf zu einem Sprung über die Lehne auf den Rücksitz nehmen konnte.

Race sah diese Bewegung.

»Gaby!«

»Ich hab's fast!«, rief Lopez zurück.

»Beeil dich!«

Endlich verschwanden Gabys Füße und Lauren schrie: »Sie

ist oben, Will!« Race hechtete zum Fenster, steckte den Kopf hinaus und sah Lauren und Gaby über sich auf dem Dach stehen.

Rasch beugten sich die beiden Frauen herab, packten ihn an den Händen und zogen ihn aus dem Wagen. Keine Sekunde zu früh, denn der Kaiman kam gerade nach hinten geklettert, schnappte wütend nach Race' Füßen und verfehlte sie nur um Millimeter.

***

UNTERDESSEN SASSEN NASH, Copeland und die sechs amerikanischen Soldaten mit Handschellen gefesselt in der Sicherheit des Geländefahrzeugs mitten im Dorf und sahen zu, wie sich der Albtraum entwickelte. Da wurde plötzlich die Schiebetür ihres gepanzerten Fahrzeugs von außen aufgeschoben und Regen und Wind drangen ins Innere des Fahrzeugs.

Zwei klatschnasse Deutsche kamen eilig herein. Ihre schlammverdreckten Schuhe erzeugten auf dem Boden des Fahrzeugs ein metallisches Geräusch. Sie schlossen die große Stahltür hinter sich und im Geländefahrzeug herrschte plötzlich wieder Stille.

Nash und die anderen starrten ihre neuen Gefährten schweigend an.

Ein Mann und eine Frau.

Beide trieften vor Nässe und waren von oben bis unten mit Matsch bedeckt. Sie trugen Zivilkleidung – Blue Jeans und weiße T-Shirts –, waren aber bewaffnet: An der Hüfte befanden sich schwarze Gore-Tex-Holster, darin kompakte Glock-18-Pistolen. Außerdem hatten sie marineblaue kugelsichere Westen an. Ihr Erscheinungsbild schrie: *verdeckte Ermittler*.

Der Mann war stämmig, wirkte stark und hatte einen mächtigen Brustkasten. Die Frau war klein, doch durchtrainiert und hatte kurzes, wasserstoffblondes Haar.

Der Mann verlor keine Zeit. Sogleich löste er den Amerikanern die Handschellen.

»Sie sind keine Gefangenen mehr«, sagte er auf Englisch. »Wir müssen jetzt zusammenhalten und so viele von den anderen retten, wie wir können.«

Race, Lauren und Lopez standen gestrandet auf dem Dach des Humvees, während die gesamte Humvee-Huey-Kombination in der Strömung flussabwärts trieb.

Da entdeckte Race etwa zehn Meter von ihnen entfernt stromabwärts den baufälligen, hölzernen Landungssteg. Es sah so aus, als ob sie direkt daran vorübertreiben würden.

Das war ihre Chance.

Die Humvee-Huey-Kombination schaukelte erneut und sank noch tiefer ins Wasser. Im Augenblick befand sich das Dach des Humvees etwa einen knappen halben Meter über der Oberfläche, während das Dach des Hueys etwas höher lag. Aber auf jedem Meter, den die beiden Fahrzeuge flussabwärts trieben, verloren sie einige Zentimeter. Es würde eng werden.

Sehr eng.

Sie trieben einen weiteren Meter flussabwärts.

Die Kaimane umkreisten sie.

Acht Meter bis zum Landungssteg und das Wasser leckte schon auf das Dach des Humvees. Die drei traten auf das Rotorgehäuse des Hueys.

Noch fünf Meter.

Sie sanken rasch.

Vom Rotorgehäuse des Hueys sah Race zum flutlichterhellten Dorf hinüber.

Es war jetzt verlassen und nur gelegentlich schoss ein katzenhafter Schatten über die Hauptstraße. Kein Anzeichen menschlichen Lebens war zu sehen. Überhaupt keines.

Da fiel Race auf, dass das Geländefahrzeug verschwunden war.

Das achträdrige, panzerähnliche Gefährt, in dem Nash, Copeland und die Green Berets festgehalten wurden, war nirgendwo zu entdecken.

Race sagte in sein Kehlkopfmikrofon: »Van Lewen! Wo sind Sie?«

»Ich bin hier, Professor.«

»Wo?«

»Zwei Deutsche haben das Geländefahrzeug geöffnet und unsere Handschellen gelöst. Wir umkreisen das Dorf und sammeln alle ein, die wir finden.«

»Warum schauen Sie nicht in etwa dreißig Sekunden am Landungssteg vorbei, wenn Sie gerade unterwegs sind?«

»Verstanden, Professor. Wir kommen.«

Drei Meter vom Landungssteg entfernt und das Dach des Humvees tauchte völlig unter.

Race biss sich auf die Unterlippe.

Obgleich sie jetzt auf dem Rotorgehäuse des Hueys standen, mussten sie über das untergetauchte Dach des Humvees steigen, damit sie den Landungssteg erreichen konnten.

»Komm schon, Baby, bleib oben«, sagte er.

Zwei Meter.

Das Dach des Humvees lag 15 Zentimeter unter Wasser.

Ein Meter.

Dreißig Zentimeter.

Lauren legte der benommenen Gaby einen Arm unter die Schultern.

»Also, Leute«, sagte sie. »Hört zu. Ich nehme Gaby und gehe mit ihr voran. Will, du bildest die Nachhut, okay?«

»Okay.«

Die Humvee-Huey-Kombination erreichte den Landungssteg.

Jetzt sprangen Lauren und Gaby vom Rotorgehäuse des Hueys herab und landeten klatschend auf dem untergetauchten Dach des Humvees. Sogleich standen sie knietief im Wasser.

Sie taten zwei Schritte, dass es nur so spritzte, ehe Lauren Gaby auf den Landungssteg werfen konnte. Dann sprang sie selbst darauf und zog die Füße gerade in dem Augenblick hoch, als zwei gewaltige Krokodilkörper wild schnappend hinter ihr aus dem Wasser sprangen.

»Will! *Mach schon!*«, rief Lauren vom Landungssteg aus.

Race machte sich zum Sprung auf das untergetauchte Dach des Humvees bereit. Wie mochte das wohl aussehen? Ein Mann in Jeans, T-Shirt und mit Baseballkappe, der auf einem untergetauchten Army-Helikopter inmitten eines von Kaimanen verseuchten Amazonasflusses stand.

Wie, zum Teufel, bin ich da reingeraten?, dachte er.

Da geriet die ganze Humvee-Huey-Kombination ohne Vorwarnung dramatisch ins Schwanken und sackte weitere dreißig Zentimeter ins Wasser.

Race verlor das Gleichgewicht, fiel fast hinunter, fand jedoch rasch wieder Halt. Aber als er aufblickte, sah er, dass alles noch schlimmer geworden war.

Das Dach des Humvees lag jetzt mindestens einen Meter unter der Wasseroberfläche.

Selbst wenn er darauf springen würde, wäre es mit seiner Beweglichkeit gleich vorbei. Die Kaimane hätten leichtes Spiel.

Auf dem Huey sah es nicht viel besser aus.

Das Rotorgehäuse des Hubschraubers stand jetzt ebenfalls einige Zentimeter unter Wasser.

Hastig sah Race sich um und entdeckte, dass nur die Rotorblätter noch über Wasser lagen.

Er warf einen raschen Blick zum Landungssteg hinüber, an dessen Ende eben das Geländefahrzeug rutschend zum Stehen kam. Die Schiebetür an dem großen achträdrigen Fahrzeug öffnete sich sofort und Van Lewen und Scott zeigten sich im Innern. Race sah, wie Lauren Gaby hinüberschleifte.

Über die Schulter hinweg rief Lauren: »Will! *Mach schon!* Spring!«

Der Huey schwankte erneut und Race' Turnschuhe verschwanden vollständig unter Wasser.

Er blickte sich auf dem sinkenden Hubschrauber um, sah erneut die Rotorblätter, die über der Oberfläche schwebten.

Die Rotorblätter …

Vielleicht konnte er … *Nein.*

Er wäre zu schwer, sie würden unter seinem Gewicht nachgeben.

Er fuhr herum und schaute zum Landungssteg hinüber. Drei große Kaimane schwammen halb untergetaucht im Wasser zwischen ihm und dem alten hölzernen Steg.

Vielleicht …

Rasch ergriff Race eines der Rotorblätter. Dann zog er so kräftig daran, wie er konnte, und drehte das zehn Meter lange Blatt herum.

Der sinkende Huey trieb noch immer langsam in der Strömung flussabwärts. Das Rotorblatt schwang herum. Seine äußerste Spitze berührte fast den Landungssteg, sodass es eine schmale Brücke über den Fluss bildete, die den Huey mit dem Steg verband.

Erneut schaukelte der Huey und sank weitere fünf Zentimeter. Da schoss eine gewaltige schwarze Gestalt unmittelbar neben Race aus dem Wasser. Aus einem Reflex heraus spreizte er die Beine, so weit er konnte, und der Kaiman schoss zwischen ihnen durch, streifte ihn dabei an den Innenseiten der Unterschenkel und fiel auf der anderen Seite des Hueys wieder ins Wasser.

Das war verdammt knapp!, schrie er in Gedanken. *Mach endlich!*

Race warf einen letzten Blick auf seinen Weg in die Sicherheit – das Rotorblatt, eine stählerne Planke von zwanzig Zentimetern Breite, hing einen knappen halben Meter über der Wasseroberfläche.

Tu's!

Und er tat es.

Race sprang auf das Rotorblatt und lief los.

Drei Schritte und er sah den Landungssteg ein paar Meter entfernt vor sich. Der Landungssteg, Sicherheit, Rettung …

Auf halber Strecke spürte er, wie das Rotorblatt unter ihm wegsackte, sich aufs Wasser hinabsenkte und …

… auf den Rücken der drei Kaimane im Wasser zwischen dem Helikopter und dem Landungssteg liegen blieb!

Race tanzte förmlich über die schmale Brücke!

In vollem Lauf erreichte er das Ende des Rotorblatts, sprang ab, streckte sich – und prallte mit der Brust auf die Kante des Landungsstegs.

Füße aus dem Wasser!, kreischte es in seinen Gedanken, als er seine Füße in das tintenschwarze Nass unter sich klatschen hörte.

Rasch riss er sie hoch und wälzte sich auf den Landungssteg.

Er schluckte, völlig außer Atem. Er konnte es nicht glauben.

Er war …

»Professor! Weiter!«, schrie ihm plötzlich Van Lewens Stimme blechern ins Ohr.

Race riss den Kopf herum und sah das Geländefahrzeug mit geöffneter Schiebetür am Ende des Landungsstegs stehen.

Da erregte eine Bewegung seine Aufmerksamkeit. Als er aufsah, bemerkte er eine der gewaltigen schwarzen Katzen mit ausgestreckten Klauen und weit geöffnetem Maul einen Satz über das Geländefahrzeug vollführen.

Das riesige Tier landete kaum anderthalb Meter vor ihm auf dem Landungssteg. Tief geduckt, die Ohren angelegt, die Lippen geschürzt, stand es da und spannte die Muskeln zum letzten Sprung an.

Da brach der morsche Landungssteg plötzlich unter der Katze weg.

Ohne jegliches Quietschen. Ohne warnendes Geräusch.

Ein Teil des alten Holzstegs gab einfach nach und mit einem verwirrten *Iiieeek!* fiel das große schwarze Untier ins Wasser.

»Glück gehabt«, meinte Race zu sich. »War aber auch mal Zeit.«

Die Kaimane schwammen rasch heran.

Zwei große Bullen schossen auf die Katze zu und bald bildete das Wasser um das Tier eine brodelnde, schäumende Masse.

Race packte die Gelegenheit beim Schopf, sprang über den frischen Spalt im Landungssteg und stürmte in das Geländefahrzeug.

Nachdem Van Lewen die schwere Stahltür hinter ihm geschlossen hatte, schaute Race durch einen schmalen rechteckigen Schlitz in der Tür hinter sich.

Was er sah, hatte er nicht erwartet.

Die Katze – eben jene schwarze Katze, die sich nur Augenblicke zuvor auf ihn stürzen wollte – kletterte langsam aus dem Wasser und auf den Steg zurück. Blut tropfte ihr von den Klauen, Fleischfetzen hingen ihr von der Kinnlade herab, Wasser tropfte von den glitzernden Flanken

Die Brust des Tiers hob und senkte sich schwer. Es schien völlig erschöpft zu sein von dem Kampf, den es gerade ausgefochten hatte.

Aber es lebte.

Es hatte gewonnen.

Die Katze hatte eine Begegnung mit zwei Kaimanbullen überlebt!

Völlig erschöpft ließ sich Race auf den Boden des Geländefahrzeugs fallen. Er ließ den Kopf gegen die kalte Metallwand sinken und schloss die Augen.

Dabei vernahm er vertraute Geräusche.

Er hörte das Knurren und Schnauben der Katzen draußen – nah, laut, gewaltig.

Er hörte ihre Pfoten durch Pfützen klatschen. Hörte das Knirschen zerbrechender Knochen, als sie sich an den Leichen der toten deutschen Soldaten mästeten. Er hörte jemanden in nächster Nähe vor Qual aufkreischen.

Irgendwann fiel er in Schlaf, aber zuvor schoss ihm ein letzter, entsetzlicher Gedanke durch den Kopf.

Wie soll ich hier lebendig rauskommen?

Vierte Konfrontation

Dienstag, 5. Januar, 9.30 Uhr

Special Agent John-Paul Demonaco ging langsam den weiß erleuchteten Korridor hinab, sorgfältig darauf bedacht, nicht auf die Leichensäcke zu treten.

Es war der 5. Januar, 9.30 Uhr früh, und Demonaco war gerade auf Anordnung des FBI-Direktors persönlich in 3701 Fairfax Drive eingetroffen.

Wie der Rest der Welt wusste Demonaco nichts von dem Einbruch ins Hauptquartier der DARPA tags zuvor. Er wusste lediglich, dass der Direktor um 3.30 Uhr an diesem Morgen einen Anruf von einem Vier-Sterne-Admiral aus dem Oval Office erhalten hatte, der ihn gebeten hatte, seinen besten Antiterror-Mann vor Ort zum Fairfax Drive zu schicken, und zwar so bald wie menschenmöglich.

Der beste Mann war John-Paul Demonaco.

»J. P.« Demonaco war 52 Jahre alt, geschieden und ein wenig füllig um die Hüften. Er hatte spärliches braunes Haar und trug eine Hornbrille. Seinen zerknitterten grauen Polyesteranzug hatte er 1994 für einhundert Dollar bei J. C. Penney erstanden, während die Versace-Krawatte, die er dazu trug, dreihundert Dollar gekostet hatte. Ein Geburtstagsgeschenk seiner jüngsten Tochter vom vergangenen Jahr – offenbar lag so was gerade im Trend.

Trotz seines modischen Geschmacks war Demonaco Leiter der Antiterror-Einheit des FBI (Inland), eine Position, die er jetzt seit vier Jahren innehatte, und zwar weil er mehr über amerikanische Terroristen wusste als sonst eine sterbliche Seele.

Demonaco bemerkte einen weiteren Leichensack auf dem

Boden. Die Wand darüber war sternförmig mit Blut bespritzt. Er fügte den Sack seiner Rechnung hinzu. Das machte bereits zehn.

Was, zum Teufel, war hier los gewesen?

Er bog um eine Ecke und sah am Ende des Korridors eine kleine Menschentraube am Eingang zu einem Labor stehen.

Die meisten der Leute trugen piekfeine, gestärkte dunkelblaue Uniformen der US Navy.

Ein etwa zwanzigjähriger Lieutenant kam ihm auf halber Strecke des Korridors entgegen.

»Special Agent Demonaco?«

Demonaco ließ seine ID-Karte aufblitzen.

»Hier entlang, bitte. Commander Mitchell erwartet Sie.«

Der junge Lieutenant führte ihn in das Laboratorium. Beim Betreten nahm Demonaco schweigend die an der Wand befestigten Überwachungskameras, die dicken hydraulischen Türen und die alphanumerischen Schlösser zur Kenntnis.

Mein Gott, das war ein verdammter Tresorraum!

»Special Agent Demonaco?«, fragte eine Stimme hinter ihm. Demonaco wandte sich um und sah einen gut aussehenden, jungen Offizier vor sich stehen. Der Mann war etwa 36 Jahre alt, groß, hatte blaue Augen und kurzes, sandblondes Haar – ein Junge für ein Werbeposter der Navy. Aus irgendeinem Grund, den Demonaco nicht ganz greifen konnte, wirkte er merkwürdig vertraut.

»Ja, ich bin Demonaco.«

»Commander Tom Mitchell. Naval Criminal Investigative Service.«

NCIS, dachte Demonaco. *Interessant. Die Navy-Kripo.*

Bei seiner Ankunft im Fairfax Drive hatte Demonaco kaum Notiz von dem Angehörigen der Navy genommen, der am Eingang des Gebäudes stand. Es war im Bereich DC nicht ungewöhnlich, dass gewisse öffentliche Gebäude von speziellen Abteilungen der Streitkräfte bewacht wurden. Fort Meade, beispielsweise, das Hauptquartier der NSA, war eigentlich Army-Gelände. Das Weiße Haus andererseits wurde von Mitgliedern des United States Marine Corps bewacht. Es hätte Demonaco nicht weiter überrascht zu erfahren, dass die DARPA unter Bewachung der US Navy stand. Was die vielen Uniformen der Navy erklärt hätte.

Aber nein. Wenn der NCIS hier war, hatte das etwas völlig anderes zu bedeuten. Mehr als nur die unzureichende Überwachung eines öffentlichen Gebäudes. Eine interne Angelegenheit …

»Ich weiß nicht, ob Sie sich an mich erinnern«, meinte Mitchell, »aber ich habe vor etwa sechs Monaten an Ihrem Seminar in Quantico teilgenommen. ›Der Zweite Verfassungszusatz und der Aufstieg der Milizen‹.«

Da also hatte er Mitchell schon einmal gesehen.

Alle drei Monate gab Demonaco in Quantico ein Seminar über Terrororganisationen in den Vereinigten Staaten. In seinen Vorträgen umriss er Zusammensetzung, Methoden und Philosophien der organisierten Milizen im Land – Gruppen wie den »Patrioten«, dem »Weißen Arischen Widerstand« oder der »Republikanischen Armee von Texas«.

Nach dem Bombenattentat in Oklahoma sowie der blutigen Erstürmung der Kernwaffenfabrik Coltex in Amarillo, Texas, waren Demonacos Seminare äußerst gefragt. Insbesondere bei den Streitkräften, da deren Basen – sowie die Gebäude, die sie schützten – oftmals Ziel von Anschlägen heimischer Terroristen gewesen waren.

»Was kann ich für Sie tun, Commander Mitchell?«, fragte Demonaco.

»Nun, zunächst einmal unterliegt alles, was Sie in diesem Raum sehen oder hören, einer strikten Geheim…«

»Was wollen Sie von mir?« Demonaco war berühmt für seine Unfähigkeit, Nachsicht gegenüber Geschwätz zu zeigen.

Mitchell holte tief Luft. »Wie Sie sehen, hatten wir hier gestern früh so etwas wie einen ... Zwischenfall. Siebzehn Sicherheitskräfte getötet und eine Waffe von immenser Bedeutung gestohlen. Wir haben Grund zu der Annahme, dass eine inländische Terrororganisation in die Sache verwickelt ist. Deshalb haben wir Sie gerufen ...«

»Ist er das? *Ist er das?*«, fragte eine raue Stimme in der Nähe.

Demonaco wandte sich um und sah einen streng wirkenden Captain mit einem grauen Schnurrbart sowie einem dazu passenden grauen Kürzesthaarschnitt rasch auf sich und Commander Mitchell zukommen.

Der Captain blickte Mitchell funkelnd an. »Ich habe Ihnen gesagt, das war ein Fehler, Tom. Das ist eine interne Sache. Wir brauchen das FBI nicht mit hineinzuziehen.«

»Special Agent Demonaco«, sagte Mitchell, »das ist Captain Vernon Aaronson. Captain Aaronson trägt die Verantwortung für diese Untersuchung ...«

»... die für Commander Mitchell offenbar nicht die allerhöchste Dringlichkeit zu haben scheint«, spöttelte Aaronson.

Demonaco schätzte Vernon Aaronson einige Jahre älter – und wenigstens zehn Jahre verbitterter – als seinen Untergebenen, Commander Mitchell.

»Mir blieb keine andere Wahl, Sir«, sagte Mitchell. »Der Präsident hat darauf bestanden ...«

»›Der Präsident hat darauf bestanden ...‹«, wiederholte Aaronson geringschätzig.

»Er wollte keine Wiederholung des Vorfalls auf dem Baltimore Freeway erleben.«

Aha, dachte Demonaco, *da liegt der Hund begraben.*

Zu Weihnachten des Jahres 1997 war ein ungekennzeichneter Transporter der DARPA auf dem Weg von New York nach Virginia auf der Umgehungsstraße von Baltimore entführt worden. Gestohlen wurden 16 J-7 Jetpacks sowie 48 Prototypen eines Sprengstoffs – kleine Röhren aus Chrom und Kunststoff, die wie Reagenzgläser aus dem Labor aussahen.

Aber es handelte sich nicht um gewöhnlichen Sprengstoff. Die offizielle Bezeichnung lautete M-22-Isotopensprengstoff, doch in DARPA-Kreisen hießen die Dinger »Taschendynamos«.

Einfach ausgedrückt war ein Taschendynamo ein evolutionärer Schritt in der Hochtemperatur-Flüssigkeits-Chemotechnologie, das Ergebnis von 13 Jahren vereinter Anstrengungen seitens der Streitkräfte der Vereinigten Staaten und der Advance Ordnance Division der DARPA. M-22 benutzte im Labor hergestellte Isotope des Elements Chlor zur Erzeugung einer Druckwelle von solcher Heftigkeit, dass buchstäblich alles in einem Umkreis von zweihundert Metern um den Explosionspunkt verdampfte. Er war zum Gebrauch für kleine Aufklärungseinheiten konzipiert, die auf Sabotage- oder Vernichtungsmissionen unterwegs waren – und deren Ziel darin bestand, absolut *nichts* zu hinterlassen. Die Sprengkraft einer M-22-Ladung wurde lediglich von der Druckwelle einer Kernexplosion übertroffen, ergab hingegen keine radioaktiven Hinterlassenschaften.

Was Demonaco auch noch über den Vorfall auf dem Highway von Baltimore wusste, war, dass die Army die Suche nach den Dieben selbst übernommen hatte.

Zwei Tage nach dem wagemutigen Raub hatte die Army einen Tipp erhalten, wo sich die gestohlenen Waffen befinden sollten. Ohne dass FBI oder CIA davon in Kenntnis gesetzt wurden, erhielt eine Schwadron Green Berets den Befehl, das Hauptquartier einer Untergrundmiliz im nördlichen Idaho zu stürmen. Zehn Menschen kamen dabei ums Leben und zwölf wurden verletzt. Leider erwies sich die Miliz als die falsche Gruppierung. Noch schlimmer: Es stellte sich heraus, dass es sich dabei um eine weitgehend harmlose paramilitärische Truppe handelte – eher ein Waffenklub als eine Terroristenzelle. Auf ihrem Besitz wurden keinerlei Isotopen-Sprengstoffe gefunden. Die ACLU – die American Civil Libertys Union – und die NRA – die National Rifle Association – hatten ihren großen Tag gehabt.

Die Jetpacks und die M-22-Ladungen wurden nie gefunden.

Ganz offensichtlich, dachte Demonaco, wollte der Präsident sich in diesem Fall eine solche Peinlichkeit ersparen. Weswegen er gerufen worden war.

»Also, was soll ich mir ansehen?«, fragte er.

»Das«, erwiderte Mitchell, zog etwas aus seiner Tasche und reichte es Demonaco.

Es war eine durchsichtige Plastiktüte für Beweismittel mit einer blutverschmierten Kugel darin.

Demonaco setzte sich auf einen Tisch in der Nähe und untersuchte das Beweisstück.

»Woher stammt die, von einem Mitglied der Sicherheitskräfte?«

»Nein«, erwiderte Mitchell. »Vom Fahrer des Lieferwagens, mit dem sie reingekommen sind. Er ist als Einziger mit einer Pistole getötet worden.«

»Nachdem sie ihn dazu benutzt haben, am Wachpersonal der Garage vorbeizukommen«, fügte Captain Aaronson hinzu, »haben sie ihm aus nächster Nähe eine Kugel in den Kopf gejagt.«

»Eine Visitenkarte«, meinte Demonaco.

»Könnte sein.«

»Sieht aus wie ein Wolframkern ...« Demonaco prüfte das matt glänzende Projektil eingehend.

»Das haben wir uns auch gedacht«, meinte Aaronson. »Und soweit wir wissen, gibt es in den Vereinigten Staaten nur eine Terrororganisation, die Munition auf Wolframbasis benutzt. Die Oklahoma-Freiheitskämpfer.«

Demonaco hob den Blick nicht. »Das stimmt, aber die Freiheitskämpfer ...«

»... sind für eine solche Arbeitsweise bekannt«, schnitt ihm Aaronson das Wort ab. »Eindringen nach Art von Spezialeinheiten, zwei Löcher in den Köpfen ihrer Opfer, Diebstahl von militärischer Spitzentechnologie.«

»Sie haben offenbar auch an einem meiner Seminare teilgenommen, Captain Aaronson«, meinte Demonaco.

»Ja, das habe ich«, entgegnete Aaronson, »aber ich betrachte mich selbst ebenfalls als Spezialisten auf diesem Gebiet. Ich habe diese Gruppierung im Rahmen der dauerhaften Bemühungen der Navy, die Sicherheitsvorkehrungen auf den neuesten Stand zu bringen, eingehendst studiert. Wir müssen auch ein Auge auf diese Leute halten, wissen Sie.«

»Dann müssten Sie wissen, dass die Freiheitskämpfer mitten in einem Revierkampf mit den Texanern stecken«, sagte Demonaco.

Aaronson biss sich auf die Lippe und runzelte die Stirn. Das hatte er offensichtlich nicht gewusst. Funkelnd sah er Demonaco an, getroffen von der verschleierten Kritik.

Der FBI-Beamte blickte durch seine Hornbrille zu den beiden Marineoffizieren auf. Da war etwas, das sie ihm nicht sagten. »Gentlemen, was ist hier vorgefallen?«

Aaronson und Mitchell wechselten einen Blick.

»Was soll vorgefallen sein?«, fragte Mitchell.

»Ich kann Ihnen nicht helfen, wenn ich nicht die ganze Geschichte kenne. Zum Beispiel, um damit anzufangen, was gestohlen worden ist.«

Aaronson schnitt eine Grimasse. Daraufhin sagte er: »Sie waren hinter einem Apparat namens Supernova her. Sie wussten, wo er war und wie man ihn bekommt. Sie kannten sämtliche Codes und hatten alle Karten. Sie sind präzise und rasch vorgegangen, wie eine gut geschmierte Kommandoeinheit.«

»Der Stoßtrupp der Freiheitskämpfer«, sagte Demonaco,

»ist gut, aber er ist nicht groß genug für diese Sache. Schließlich besteht er bestenfalls aus zwei oder drei Männern. Deswegen greifen sie nur weiche Ziele an – Computerlabors, Regierungsstellen mit niedriger Sicherheitsstufe –, wo sie technische Daten wie elektrische Schaltbilder oder Passierzeiten von Satelliten stehlen können. Am wichtigsten jedoch ist, dass sie nur Stellen angreifen, die unzureichend bewacht sind. Keine Festungen wie diese hier. Zuallererst sind sie Technikfreaks, keine Truppe für einen Frontalangriff.«

»Aber sie *sind* die einzige bekannte Gruppierung, die Munition auf Wolframbasis benutzt«, beharrte Aaronson.

»Stimmt.«

»Also haben sie ihr Operationsgebiet vielleicht erweitert«, meinte Aaronson selbstgefällig. »Vielleicht ist das ein Versuch, in die oberste Liga zu springen.«

»Möglich.«

»Es ist möglich«, schnaubte Aaronson. »Special Agent Demonaco, vielleicht habe ich etwas nicht deutlich gemacht. Der Apparat, der aus dieser Fabrik gestohlen wurde, ist von äußerster Wichtigkeit für die Zukunft der Vereinigten Staaten. In den falschen Händen könnte sein Gebrauch eine Katastrophe auslösen. Nun, ich habe SEAL-Teams in Bereitschaft, die drei mutmaßliche Nester der Freiheitskämpfer ausheben können. Aber meine Bosse müssen wissen, dass die Sache eindeutig ist – sie wollen kein weiteres Baltimore. Wir benötigen von Ihnen lediglich die Bestätigung, dass dieser Raub nur von den Freiheitskämpfern begangen worden sein kann.«

»Nun ja …«, setzte Demonaco an.

Es hing wirklich alles von den Wolframgeschossen ab. Aber aus irgendeinem Grund, auf den Demonaco nicht ganz den Finger legen konnte, beunruhigte ihn der Gebrauch der Geschosse bei diesem Überfall …

»Special Agent Demonaco«, sagte Aaronson, »lassen Sie mich die Sache einfach ausdrücken. Gibt es, nach Ihrem besten Wissen und Gewissen, irgendeine paramilitärische Gruppierung in den Vereinigten Staaten außer den Oklahoma-Freiheitskämpfern, die Munition mit Wolframkern benutzt?«

»Nein«, erwiderte Demonaco.

»Gut. Vielen Dank.«

Damit warf Aaronson Demonaco und Mitchell einen vernichtenden Blick zu und stolzierte zu einem Telefon in der Nähe. Er wählte eine kurze Nummer und sagte: »Aaronson hier. Angriffsoperationen ausführen. Wiederhole: Angriffsoperationen ausführen. Macht die Schweinehunde fertig.«

★★★

Es wurde hell im Regenwald.

Beim Aufwachen merkte Race, dass er fest gegen die Wand des Geländefahrzeugs gedrückt lag. Er hatte Kopfschmerzen und seine Kleidung war noch immer feucht.

Die Schiebetür des Wagens stand offen. Von draußen hörte er Stimmen.

»... was tun Sie hier?«

»Mein Name ist Mark Graf, ich bin Leutnant der *Fallschirmjäger* ...«

Race stand auf und ging hinaus.

Es war früher Morgen und ein Bodennebel hatte sich über das Dorf gelegt. Das Geländefahrzeug parkte jetzt mitten auf der Hauptstraße. Nach dem Aussteigen benötigte Race einen Augenblick, bis sich seine Augen an die graue Wand rings um ihn gewöhnt hatten. Langsam nahm die Hauptstraße von Vilcafor Gestalt an.

Race erstarrte.

Die Straße war völlig leer.

Alle Leichen vom Gemetzel der vergangenen Nacht waren

verschwunden. Nichts weiter als große Lachen aus Schlamm und Wasser waren zurückgeblieben, gesprenkelt vom fallenden Regen.

Die Katzen waren ebenfalls verschwunden.

Er sah Nash, Lauren und Copeland zusammen mit den sechs Green Berets und Gaby Lopez links bei der Zitadelle stehen.

Vor ihnen standen fünf weitere Leute.

Vier Männer und eine Frau.

Die überlebenden Deutschen, vermutete er.

Nur zwei der Deutschen waren Soldaten und trugen Kampfmontur. Die Übrigen, der Mann und die Frau eingeschlossen, die wie verdeckte Ermittler aussahen, waren in Zivil. Alle waren entwaffnet worden.

Sergeant Van Lewen bemerkte Race und kam herüber.

»Wie geht's Ihrem Kopf?«, fragte er.

»Schrecklich«, erwiderte Race. »Was ist hier los?«

Van Lewen zeigte auf die fünf Deutschen. »Das sind die einzigen Überlebenden der vergangenen Nacht. Zwei sind während des Gemetzels in das Geländefahrzeug gesprungen und haben uns befreit. Die anderen drei konnten wir einsammeln, bevor wir Sie am Landungssteg aufgegriffen haben.«

Race nickte.

Dann wandte er sich seinem Leibwächter zu. »Hören Sie, ich möchte Sie etwas fragen.«

»Ja?«

»Woher haben Sie von diesem Gummiknopf in dem Humvee gewusst – dem Knopf, der den Motor gestartet hat, nachdem die Deutschen ihn abgeschaltet hatten?«

Van Lewen lächelte ihn an. »Wenn ich es Ihnen sage, muss ich Sie töten.«

»Schön, nur zu!«

Der Sergeant grinste und sagte: »Es ist mehr oder weniger allgemeine Praxis bei den Streitkräften in aller Welt, Feldfahrzeuge wie Humvees und Geländefahrzeuge als transportable

Gefängnisse zu benutzen. Man schließt die Gefangenen in dem Wagen ein und schaltet ihn ab.

Nun sind die Vereinigten Staaten weltweit der führende Exporteur von Feldfahrzeugen. Humvees beispielsweise werden von der AM General Company in South Bend, Indiana, hergestellt.

Die Sache ist die – und das ist *nicht* allgemein bekannt –, dass alle in Amerika hergestellten Feldfahrzeuge mit einem Notschalter ausgestattet sind, einem Knopf, der es erlaubt, das Fahrzeug wieder zu starten, falls es abgeschaltet worden ist. Dahinter steckt der Gedanke, dass kein US-amerikanisches Fahrzeug jemals als Gefängnis für US-Personal benutzt werden soll. Deshalb wird nur das Militärpersonal der Vereinigten Staaten darüber informiert, wo diese Schalter zu finden sind. Es ist ein Notausgang, von dem nur amerikanische Soldaten wissen.«

Nach diesen Worten schritt Van Lewen lächelnd zu den anderen bei der Zitadelle. Race eilte ihm nach.

Frank Nash verhörte gerade einen der entwaffneten deutschen Soldaten – den Mann, der sich als Mark Graf, Leutnant der Fallschirmjäger, vorgestellt hatte.

»Also sind Sie ebenfalls wegen des Götzenbildes hier?«

Graf schüttelte den Kopf.

»Die Einzelheiten kenne ich nicht«, erwiderte er auf Englisch. »Ich bin lediglich Leutnant und das heißt, ich kenne die Details unserer Mission nicht.«

Er deutete mit dem Kinn auf einen der anderen Deutschen, den stämmigen Mann in Jeans und mit einem Holster. »Ich glaube, Sie fragen besser meinen Kollegen, Karl Schröder. Er ist Beamter beim Bundeskriminalamt. Die Bundeswehr arbeitet bei dieser Mission mit dem BKA zusammen.«

»Dem BKA?«, fragte Nash verblüfft.

Race wusste, was er dachte.

Das Bundeskriminalamt war das deutsche Äquivalent des

FBI. Sein Ruf war legendär. Oft hieß es, es sei die beste Organisation ihrer Art auf der Welt. Doch eigentlich war es eine Polizeibehörde und das verwirrte Nash so. Das BKA hatte keinen Grund, in Peru nach einem Götzenbild zu suchen.

»Was will das BKA mit einem verschollenen Götzenbild der Inka?«, fragte er.

Schröder zögerte einen Augenblick, als überlegte er, wie viel er Nash sagen sollte. Dann seufzte er auf – als würde es nach dem Gemetzel der vergangenen Nacht keine Rolle mehr spielen.

»Es ist nicht so, wie Sie denken«, erwiderte er.

»Was wollen Sie damit sagen?«

»Wir haben nicht vor, aus dem Götzenbild eine Waffe zu machen«, antwortete Schröder schlicht. »Ganz im Gegenteil. Mein Land besitzt nicht einmal eine Supernova.«

»Weswegen wollen Sie das Götzenbild dann?«

»Das ist einfach«, entgegnete Schröder. »Wir möchten es haben, ehe es jemand anders in die Hand bekommt.«

»Wer?«, fragte Nash.

»Die Leute, die das Massaker an den Mönchen in den Pyrenäen begangen haben«, erwiderte Schröder. »Es sind dieselben, die für die Entführung und den Mord an Professor Albert Müller verantwortlich sind, nachdem er vergangenes Jahr den Artikel über den Meteoritenkrater in Peru veröffentlicht hat.«

»Wer ist es also?«

»Eine Terrororganisation, die sich *Schutzstaffel Totenkopfverbände* nennt. Sie ist nach der brutalsten Einheit von Hitlers SS benannt, den Soldaten, die während des Zweiten Weltkriegs die Konzentrationslager geleitet haben. Sie bezeichnen sich als ›Sturmtrupp‹.«

»Sturmtrupp?«, wiederholte Lauren.

»Es ist eine paramilitärische Elitetruppe für expatriierte Deutsche mit Basis in einem schwer befestigten Nazifluchtsort in Chile namens Colonia Alemania. Sie ist Ende des Zweiten Weltkriegs von Odilo Ehrhardt gegründet worden, einem SS-Obersturmführer, der in Auschwitz Dienst getan hatte.

Den Aussagen Überlebender von Auschwitz zufolge war Ehrhardt ein Psychopath – ein Stier von einem Mann, der sich am reinen Akt des Tötens delektierte. Offensichtlich hatte Rudolf Höss, der Kommandant von Auschwitz, Zuneigung zu ihm gefasst und ihn während der letzten Kriegsjahre als Protegé gehätschelt. Mit zweiundzwanzig Jahren war Ehrhardt innerhalb der SS zum Rang eines Obersturmführers aufgestiegen. Wenn Höss anschließend mit dem Finger auf jemanden gezeigt hat, hat der eine Sekunde später in den Lauf von Ehrhardts P-38 geblickt.«

Race schluckte.

»Laut unseren Aufzeichnungen«, fuhr Schröder fort, »wäre Ehrhardt jetzt fünfundsiebzig Jahre alt. Aber innerhalb der Sturmtrupp-Organisation gilt sein Wort als Gesetz. Er hält den obersten SS-Rang eines Oberstgruppenführers inne, was etwa einem Generaloberst entspricht.

Der Sturmtrupp ist eine einzigartig widerwärtige Organisation. Er befürwortet die zwangsweise Inhaftierung und Exekution aller Neger und Juden, die weltweite Vernichtung der demokratischen Regierungen sowie, was das Wichtigste ist, die Wiederherstellung der Naziregierung im vereinten Deutschland und die Etablierung der Herrenrasse als herrschende Elite auf Erden.«

»Die Wiederherstellung einer Naziregierung in Deutschland? Die Etablierung der Herrenrasse als herrschende Elite?«, fragte Copeland ungläubig.

»Warten Sie mal eine Sekunde«, sagte Race. »Sie reden von *Nazis*. In den *Neunzigern*.«

»Ja«, entgegnete Schröder. »Nazis. Moderne Nazis.«

»Die Colonia Alemania hält man schon seit langem für einen sicheren Hafen für ehemalige Nazioffiziere«, berichtete

Frank Nash. »Eisler hat sich in den sechziger Jahren kurzzeitig dort aufgehalten, Eichmann ebenfalls.«

Schröder nickte. »Die Colonia Alemania besteht aus Weiden, Seen und Häusern im bayrischen Stil und ist völlig von Stacheldrahtzaun und Wachtürmen umgeben. Rund um die Uhr patrouillieren dort bewaffnete Wächter mit Dobermännern.

Während des Pinochet-Regimes soll Ehrhardt als Gegenleistung dafür, dass ihn die Regierung unbehelligt ließ, gestattet haben, dass der Diktator die Colonia Alemania als inoffizielles Folterzentrum benutzte. Dorthin sind Menschen geschickt worden, die ›verschwinden‹ sollten. Weil Ehrhardt und seine Nazikolonie unter dem Schutz des Militärregimes standen, konnten ausländische Organisationen wie das BKA dort keine Untersuchungen anstellen.«

»Na schön«, meinte Nash. »Aber weshalb sind Sie in diese Sache hier verwickelt?«

»Sehen Sie, Herr Nash«, erwiderte Schröder, »das ist das Problem: Der Sturmtrupp hat eine Supernova.«

★★★

»Der Sturmtrupp hat eine Supernova?«, fragte Nash ausdruckslos.

»Ja.«

»Mein Gott ...«

»Herr Nash, bitte. Sie müssen das verstehen. Während meiner zwanzigjährigen Tätigkeit in der Terrorismusbekämpfung ist mir nie eine Gruppe wie der Sturmtrupp begegnet. Sie ist finanziell gut ausgestattet, gut organisiert, strikt hierarchisch und absolut gnadenlos.

Sie besteht aus zwei Typen von Personen – Soldaten und

Wissenschaftlern. Der Sturmtrupp rekrutiert hauptsächlich erfahrene Soldaten, oftmals Männer, die unehrenhaft aus der ehemaligen ostdeutschen Armee oder der Bundeswehr entlassen worden sind, weil sie eine Vorliebe für übertriebene Gewaltanwendung gezeigt haben – wie Heinrich Anistase. Männer, die geübt sind in den Künsten des Terrors, des Folterns und des Attentats.«

»Anistase ist Sturmtrupp-Mitglied?«, fragte Nash. »Ich hatte den Eindruck, dass er für den deutschen Geheim...«

»Nicht mehr«, unterbrach Schröder ihn bitter. »Nach dem Zusammenbruch des Ostblocks ist Anistase von Deutschland auf Honorarbasis angeheuert worden – um sich gewisser ›Probleme‹ anzunehmen. Anscheinend war unsere Leine jedoch nicht kurz genug.

Anistase ist ein Söldner, ein Auftragskiller. Es hat nicht lange gedauert, bis ihm jemand mehr geboten hat als wir und er zwei seiner Führungsoffiziere an den Feind verraten hat.

Wir waren nicht weiter überrascht, als sich nicht lange danach seine ziemlich eigentümlichen Methoden der Überredung bei einigen Vorfällen gezeigt haben, die dem Sturmtrupp zuzuordnen waren. Offenbar erfolgte Anistases Aufstieg sehr rasch. Wir halten ihn jetzt für einen Obergruppenführer innerhalb ihres Rangsystems, einen General. Nur Ehrhardt selbst steht noch über ihm.«

»Der Schweinehund ...«

»Für die Wissenschaftler«, sagte Schröder schulterzuckend, »gelten die gleichen Prinzipien. Der Sturmtrupp lockt viele hochgebildete Männer und Frauen an. Sie arbeiten an Projekten, die nicht so ganz im Einklang mit der Kollektivschuld des modernen Deutschlands stehen.

Beispielsweise fanden sich nach dem Fall der Mauer gewisse ostdeutsche Wissenschaftler, die an der Entwicklung von NA-Granaten arbeiteten – Granaten, die mit Salpetersäure gefüllt sind und entsetzliche Verletzungen hervorrufen, jedoch nicht töten –, auf der Straße wieder. Der Sturmtrupp ist stets auf der Suche nach solchen Leuten und gewillt, sehr gut für ihre Dienste zu zahlen.«

»Wie können sie sich das alles leisten?«, fragte Copeland.

»Dr. Copeland, der modernen Nazibewegung hat es nie an Geld gemangelt. 1994 hat eine illegale BKA-Überprüfung eines mutmaßlichen Nazikontos bei einer Schweizer Bank Bargeldreserven von schätzungsweise mehr als einer halben Milliarde Dollar ergeben – der Erlös aus dem Verkauf kostbarer Kunstwerke, die im Zweiten Weltkrieg gestohlen worden waren.«

»Eine halbe Milliarde Dollar«, flüsterte Race.

»Meine Herren«, sagte Schröder, »der Sturmtrupp entführt keine Flugzeuge. Er ermordet keine Regierungsmitglieder und jagt keine Regierungsgebäude in die Luft. Es geht ihm um Größeres – um etwas, das die gesamte Weltordnung umkehren würde.«

»Und jetzt hat er eine Supernova?«, fragte Nash.

»Bis vor drei Tagen hatten wir lediglich unbewiesene Verdachtsmomente«, erwiderte Schröder. »Aber jetzt haben wir darüber Gewissheit. Vor sechs Monaten fotografierten BKA-Beschatter in Chile einen Mann, der mit Odilo Ehrhardt auf dem Gelände der Colonia Alemania spazieren ging. Er wurde später als Dr. Fritz Weber identifiziert. Herr Nash, ich kann mir vorstellen, dass Sie wissen, wer Dr. Weber ist.«

»Ja, aber …« Nash hielt stirnrunzelnd inne. »Fritz Weber war ein deutscher Wissenschaftler im Zweiten Weltkrieg, ein Kernphysiker, Borderline-Genie, jedoch auch Borderline-Soziopath. Er war einer der ersten Menschen, die die Erschaffung eines planetenzerstörenden Apparats für möglich erklärten. 1944 – da war er gerade einmal dreißig – hat er am Atombombenprojekt der Nazis mitgearbeitet. Zuvor jedoch war er, wie es heißt, an wenig bekannten Folterexperimenten der Nazis beteiligt. Sie legten zum Beispiel einen Mann in gefrierendes Wasser und überwachten, wie lange er zum Sterben brauchte. Aber ich dachte, Weber wäre nach dem Krieg hingerichtet worden …«

Schröder nickte. »Ist er auch. Dr. Fritz Weber stand unmittelbar nach dem Krieg wegen Verbrechen gegen die Menschlichkeit in Nürnberg vor Gericht. Er wurde für schuldig befunden, zum Tode verurteilt und am 16. Oktober 1946 angeblich hingerichtet. Ob man allerdings wirklich *Weber* hingerichtet hat, ist viele Jahre lang kontrovers diskutiert worden. Über die Jahrzehnte hinweg ist er immer wieder von Menschen gesehen worden, die behaupten, von ihm gefoltert worden zu sein – in Irland, in Brasilien, in Russland.

Wir glauben«, sagte Schröder ernst, »dass ihn die Sowjets in der Nacht vor der Exekution aus Nürnberg herausgeholt und durch ein Double ersetzt haben. Als Gegenleistung für die Rettung seines Lebens benutzten sie Webers beträchtliches Können, um die Entwicklung ihres eigenen Kernwaffenprogramms voranzutreiben. Als die Sowjetunion im Jahr 1991 jedoch zusammengebrochen ist und das BKA ihn dort gesucht hat, gab es keinerlei Hinweise auf ihn. Er war vom Erdboden verschwunden …«

»… nur um acht Jahre später im Hauptquartier einer Terrororganisation der Nazis wieder aufzutauchen«, fügte Nash hinzu.

»Genau. Damals dachten wir, die Nazis würden eine konventionelle Atombombe bauen. Aber der Sturmtrupp hat dieses Kloster in Frankreich überfallen, nachdem man entdeckt hatte, dass es das legendäre Santiago-Manuskript besaß«, sagte Schröder. »Als wir die Teile zusammengesetzt haben – der Mord an Albert Müller, seine Entdeckung eines Meteoritenkraters in Peru, die mutmaßliche Geschichte im Santiago-Manuskript von einem Götzenbild mit merkwürdigen Eigenschaften –, haben unsere Verdachtsmomente auf einmal ein ganz neues Bild ergeben. Vielleicht war der Sturmtrupp unter

Webers Anleitung dabei, mehr als bloß eine reguläre Atombombe zu bauen. Vielleicht war es ihnen gelungen, eine Supernova zu konstruieren, und sie jagten jetzt hinter dem Thyrium her.

Vor drei Tagen – am selben Tag, an dem das Kloster überfallen wurde – hat unser Beschattungsteam in Chile das hier aufgefangen.«

Schröder zog ein zusammengefaltetes Blatt Papier aus seiner Brusttasche und reichte es Nash.

»Es ist die Transkription eines Telefongesprächs, das vor drei Tagen irgendwo in Peru von einem Handy aus mit dem Hauptlabor der Colonia Alemania geführt worden ist«, erklärte Schröder.

Nash zeigte die deutsche Transkription Race, der sie laut übersetzte.

STIMME 1: …perationsbasis ist errichtet … restliche … wird … Miene …

STIMME 2: … ist mit Apparat? … bereit?

STIMME 1: … haben Stundenglasform übernommen, basierend auf dem amerikanischen Modell … zwei atomare Sprengköpfe über und unter einer Kammer aus einer Titanlegierung. Feldtests weisen darauf hin, dass … Apparat … funktioniert. Jetzt brauchen wir nur … Thyrium.

STIMME 2: Was ist mit der Botschaft?

STIMME 1: … wird hinausgehen, sobald wir das Götzenbild haben … an jeden Premierminister und Präsidenten der EU … dazu an den Präsidenten der Vereinigten Staaten über das internationale rote Telefon …

```
Lösegeld einhundert Milliarden
US-Dollar ... ansonsten zünden wir
den Apparat ...
```

Nash starrte schockiert auf die Transkription.

Alle anderen waren verstummt.

Race blickte auf die Worte »einhundert Milliarden US-Dollar ... ansonsten zünden wir den Apparat«.

Mein Gott!

Nash wandte sich an Schröder. »Was haben Sie in dieser Sache unternommen?«

»Wir haben eine Doppelstrategie entwickelt«, erwiderte der Deutsche. »Zwei getrennte Missionen, die so angelegt sind, dass sie die andere stützen, sollte eine fehlschlagen.

Mission eins bestand darin, das Thyrium-Götzenbild in die Hand zu bekommen, ehe es die Nazis finden. Dazu haben wir uns eine Kopie des Santiago-Manuskripts besorgt und für die Suche nach dem Weg hierher benutzt. Und wie es sich traf, haben wir den Sturmtrupp besiegt – aber wir haben niemals erwartet, diese *Dinger* im Tempel zu finden.«

Auf einmal wurde Race aufmerksam. Er hatte den Eindruck, dass etwas an den Worten des BKA-Beamten merkwürdig war.

Er schüttelte das Gefühl ab, schob es in den Hinterkopf zurück.

»Und Mission zwei?«, fragte Nash.

»Die Colonia Alemania erledigen«, entgegnete Schröder. »Nach unserem Mitschnitt des Telefongesprächs vor drei Tagen haben wir die chilenische Regierung um die Erlaubnis gebeten, dass BKA-Beamte die Colonia Alemania zusammen mit chilenischen Beamten durchsuchen dürfen.«

»Und?«

»Wir haben die Erlaubnis erhalten. Wenn alles nach Plan verläuft, erstürmen genau in dieser Minute BKA-Beamte und die chilenische Nationalgarde das Gelände der Colonia Alemania und holen sich die Supernova des Sturmtrupps. Ich hoffe, jede Minute einen Funkspruch über den neuesten Stand der Dinge zu erhalten.«

★★★

IM SELBEN AUGENBLICK durchbrach in siebenhundert Kilometern Entfernung ein Tentonlastwagen der chilenischen Nationalgarde die Tore der Colonia Alemania.

Ein Strom chilenischer Soldaten ergoss sich hinter dem Laster durch die Tore. Hinter ihnen eilten ein Dutzend deutsche BKA-Beamte in blauen Sturmhelmen und mit Spezialausrüstung auf das Gelände nach.

Die Colonia Alemania war ein Großgrundbesitz von gut und gern zwanzig Hektar. Ihre grasgrünen Weiden standen in scharfem Kontrast zu Chiles kahlen braunen Hügeln. Die Häuser im bayrischen Stil sowie die idyllischen blauen Seen waren ein merkwürdig friedlicher Anblick in einem Land, das ansonsten rau und verdorrt war.

Türen wurden eingeschlagen, Fensterscheiben explodierten beim Sturm der Nationalgarde auf die Gebäude. Ihr Hauptziel war die Kaserne – ein großer, hangarähnlicher Bau in der Mitte des Landsitzes.

Minuten später wurden dessen Türen aufgesprengt und eine Schar Nationalgardisten und BKA-Beamter rannte in das Gebäude.

Sie blieben wie angewurzelt stehen.

Reihe um Reihe leerer Kojen erstreckte sich über die gesamte Länge der gewaltigen Halle. Jedes Bett war sorgfältig gemacht und stand perfekt an der Nachbarkoje ausgerichtet. Es sah aus wie in einer Armeekaserne.

Das einzige Problem bestand darin, dass das Gebäude leer war.

In rascher Folge trafen Berichte aus dem übrigen Landsitz ein.

Der ganze Besitz stand leer.

Die Colonia Alemania war völlig verlassen.

In einem an die Kaserne angrenzenden Laborgebäude schwenkten zwei deutsche Techniker einen kleinen Geigerzähler und maßen damit die Radioaktivität in der Luft. Die Detektoren ratterten lautstark.

Die Deutschen betraten das Hauptlabor des Landsitzes und die Anzeigen der Geigerzähler rasten sofort in den roten Bereich.

»An alle Einheiten, hier ist das Laborteam, wir entdecken hohe Strahlungsdosen von Uran und Plutonium im ersten Labor ...«

Der erste Techniker erreichte eine Tür, die sich in eine Art Büro mit Glaswänden öffnete.

Er richtete seinen Geigerzähler auf die geschlossene Tür ... und die Anzeige überschritt die Messskala.

Der Techniker wechselte einen Blickt mit seinem Partner. Daraufhin stieß er die Tür auf und löste den Stolperdraht aus.

Eine verheerende Explosion raste durch die Colonia Alemania.

Sie erschütterte die Welt in ihren Grundfesten.

Ein Strahl blendend weißen Lichts schoss in alle Richtungen davon und vernichtete dabei alles auf seinem Weg – ganze Schuppen zerbarsten augenblicklich zu Milliarden von streichholzgroßen Holzstückchen, Betonsilos wurden in einer Millisekunde zerschmettert, alles innerhalb eines Umkreises von 500 Metern um die Kaserne verdampfte – auch die 150 Männer der chilenischen Nationalgarde sowie die zwölf BKA-Beamten.

Als sie in den folgenden Tagen befragt wurden, sagten die

Einwohner der umliegenden Dörfer, dass es ausgesehen habe wie ein jäher Lichtblitz am Horizont, gefolgt von einer gewaltigen Wolke schwarzen Rauchs, der in Gestalt eines riesigen Pilzes hoch in den Himmel gestiegen sei.

Es waren einfache Leute, Bauern.

Sie wussten nicht, dass sie eine atomare Explosion beschrieben hatten.

★★★

In Vilcafor befahl Nash den Green Berets, die Satellitenfunkausrüstung des deutschen Teams auf die Hauptstraße zu bringen.

»Hören wir mal, was Ihre Leute in Chile zu sagen haben«, meinte er.

Schröder klappte den Deckel der tragbaren Funkkonsole auf und tippte rasch etwas auf der Allwettertastatur ein. Nash, Scott und die Green Berets scharten sich um ihn und sahen auf den Bildschirm der Konsole.

Race stand außerhalb des Kreises, wieder einmal ausgeschlossen.

»Wie geht's denn inzwischen?«, fragte plötzlich die Stimme einer Frau hinter ihm.

Halb in der Erwartung, Lauren vor sich zu sehen, wandte er sich um und blickte stattdessen in die verwirrend blauen Augen der deutschen Frau.

Sie war klein, zierlich und äußerst reizend. Die Hände hatte sie lässig auf die Hüfte gelegt, und sie lächelte auf eine Weise, die Race völlig entwaffnete.

Die Deutsche hatte eine kleine Stupsnase und kurzes blondes Haar. Gesicht, T-Shirt und Jeans waren über und über mit Schlamm bespritzt. Über dem weißen T-Shirt trug sie eine kugelsichere Weste und um die Taille ein Gore-Tex-Holster, und zwar genau so eins wie Schröder. Auch ihres war jetzt leer.

»Was macht Ihr Kopf?«, fragte sie mit einem leichten deutschen Akzent, der Race sehr gefiel.

»Tut weh«, erwiderte er.

»Kein Wunder«, meinte sie, trat heran und berührte ihn an der Stirn. »Meiner Ansicht nach haben Sie sich eine leichte Gehirnerschütterung zugezogen, als Ihr Humvee in den Helikopter gekracht ist. Alle Ihre darauf folgenden Heldentaten müssen das Werk des Adrenalins gewesen sein.«

»Sie meinen, ich bin *kein* Held?«, fragte Race. »Da hat also lediglich das Adrenalin gesprochen?«

Sie lächelte ihn an, ein wunderschönes Lächeln. »Warten Sie hier«, sagte sie. »Ich habe etwas Codein in meinem Erste-Hilfe-Kasten und werde was gegen Ihre Kopfschmerzen unternehmen.«

Sie entfernte sich.

»Warten Sie«, sagte Race. »Wie heißen Sie?«

Erneut schenkte sie ihm ein Lächeln. Ein reizendes, nymphengleiches Lächeln.

»Mein Name ist Renée Becker. Ich bin Beamtin des BKA.«

»Ich hab's«, sagte Schröder plötzlich vom tragbaren Funkgerät her.

Race ging zu der kleinen Gruppe, die sich um die Konsole geschart hatte.

Er blickte Nash über die Schulter und sah auf dem Bildschirm eine Liste auf Deutsch, die er im Stillen übersetzte:

KOMMUNIKATIONS-SATELLITEN-ÜBERTRAGUNG LOG 44-76/BKA32

NR.	DATUM	UHRZEIT	QUELLE	ZUSAMMENFASSUNG
1.	4.1.99	19.30	BKAHQ	PERU-TEAM BERICHTSTATUS
2.	4.1.99	19.50	EXT.QUELLE	SIGNATUR UHF-SIGNAL

3.	4.1.99	22.30	BKAHQ	PERU-TEAM BERICHTSTATUS
4.	5.1.99	01.30	BKAHQ	PERU-TEAM BERICHTSTATUS
5.	5.1.99	04.30	BKAHQ	PERU-TEAM BERICHTSTATUS
6.	5.1.99	07.16	VOR ORT (CHILE)	ANKUNFT SANTIAGO, WEITERFAHRT IN DIE COLONIA ALEMANIA
7.	5.1.99	07.30	BKAHQ	PERU-TEAM BERICHTSTATUS
8.	5.1.99	09.58	VOR ORT (CHILE)	IN DER COLONIA ALEMANIA EINGETROFFEN; BEGINN ÜBERWACHUNG
9.	5.1.99	10.30	BKAHQ	PERU-TEAM BERICHTSTATUS
10.	5.1.99	10.37	VOR ORT (CHILE)	CHILE-TEAM SIGNAL DRINGEND; CHILE-TEAM SIGNAL DRINGEND
11.	5.1.99	10.51	BKAHQ	PERU-TEAM SOFORT BERICHT

Race runzelte die Stirn.

Das war eine Liste aller Signale, die das BKA-Team in Peru aufgefangen hatte.

Anscheinend hatten sie seit 19.30 Uhr am vergangenen Abend alle drei Stunden einen Bericht über den »aktuellen Stand der Dinge« vom BKA-Hauptquartier erhalten, darüber hinaus einige Nachrichten vom anderen BKA-Team in Chile.

Die zehnte Nachricht jedoch, eine der Meldungen aus Chile, erregte Race' Aufmerksamkeit. Es war ein dringender Hilfeschrei.

Auch Schröder sah sie.

Er ließ den Cursor rasch hinablaufen und drückte die ENTER-Taste.

Auf dem Schirm tauchte eine Nachricht auf, die Race wiederum im Stillen übersetzte:

NACHRICHT NR: 050199-010
DATUM: 5. JANUAR 1999
UHRZEIT: 10.37 (ORTSZEIT PERU)
ABSENDER: VOR-ORT-TEAM (CHILE)
THEMA: DRINGENDE NACHRICHT VOM CHILE-TEAM;
DRINGENDE NACHRICHT VOM CHILE-TEAM

NACHRICHT WIE FOLGT:

ACHTUNG PERU-TEAM. ACHTUNG PERU-TEAM.

HIER ZWEITE EINHEIT CHILE. WIEDERHOLE: HIER ZWEITE EINHEIT CHILE. ERSTE EINHEIT AUSGESCHALTET. WIEDERHOLE. ERSTE EINHEIT AUSGESCHALTET.

VOR 15 MINUTEN HAT ERSTE EINHEIT ZUSAMMEN MIT CHILENISCHER NATIONALGARDE DIE COLONIA ALEMANIA BETRETEN. BERICHTETE, DASS GESAMTES GELÄNDE VERLASSEN. WIEDERHOLE. ERSTE EINHEIT BERICHTETE, DASS GESAMTES GELÄNDE VERLASSEN.

ERSTE ÜBERPRÜFUNG ZEIGTE HOHE STRAHLUNGSDOSEN VON URAN- UND PLUTONIUMERZEN. EHE WEITERE DATEN ERHALTEN WERDEN KONNTEN, ERFOLGTE DETONATION AUF DEM GELÄNDE.
DETONATION ANSCHEINEND NUKLEAR. WIEDERHOLE.
DETONATION ANSCHEINEND NUKLEAR.
GESAMTE ERSTE EINHEIT VERLOREN. WIEDERHOLE.

GESAMTE ERSTE EINHEIT VERLOREN.
MÜSSEN DAVON AUSGEHEN, DASS STURMTRUPP BEREITS AUF DEM WEG NACH PERU.

Voller Entsetzen blickte Race auf.

Die Colonia Alemania war beim Eintreffen des BKA-Teams verlassen gewesen. Zusätzlich hatte man eine Falle gelegt, die ausgelöst wurde, sobald jemand den Fuß hineinsetzte.

Ein eisiger Schauer rann Race das Rückgrat hinab, als er wieder auf die letzte Zeile der Nachricht blickte:

MÜSSEN DAVON AUSGEHEN, DASS STURMTRUPP
BEREITS AUF DEM WEG NACH PERU.

★★★

RACE SCHAUTE AUF die Uhr.

Es war 11.05 Uhr.

»Wie lange werden sie brauchen, bis sie hier sind?«, fragte Nash Schröder.

»Unmöglich zu sagen«, erwiderte Schröder. »Wir wissen nicht, wann sie das Gelände verlassen haben. Das kann vor zwei Stunden oder auch vor zwei Tagen gewesen sein. Aber egal – die Reise von Chile hierher dauert nicht lang. Wir müssen annehmen, dass sie sehr nah sind.«

Nash wandte sich an Scott. »Captain, rufen Sie Panama und fragen Sie nach, wann dieses verdammte Evakuierungsteam hier eintrifft. Wir benötigen Feuerkraft, und zwar sofort.«

»Verstanden.« Scott nickte Doogie zu, der zur Funkstation eilte.

»Cochrane«, sagte Nash. »Wie sieht es mit dem verbliebenen Huey aus?«

Buzz Cochrane schüttelte den Kopf. »Der ist hinüber. Er hat

einges abbekommen, als dieser Apache beim Angriff der Katzen wild geworden ist. Streufeuer hat sowohl den Schwanzrotor als auch die Zündungsports getroffen.«

»Wie lange wird die Reparatur dauern?«

»Mit den Werkzeugen, die uns hier zur Verfügung stehen, können wir die Zündungsports reparieren, aber das braucht seine Zeit. Was den Schwanzrotor betrifft – na ja, man kann nicht ohne fliegen, aber das wird eine höllische Reparatur. Ich schätze, wir können was von den Sekundärsystemen runterreißen und benutzen, aber was wir wirklich brauchen, sind nagelneue Wellen und Rotorschalter, und die werden wir hier nicht auftreiben.«

»Corporal, bringen Sie diesen Huey wieder in die Luft. Um jeden Preis«, ordnete Nash an.

»Jawohl, Sir.«

Cochrane verließ den Kreis und nahm Tex Reichart mit.

Es folgte ein langes Schweigen.

»Also stecken wir hier fest ...«, meinte Lauren.

»Und *Terroristen* sind auf dem Weg hierher«, fügte Gaby Lopez hinzu.

»Es sei denn, wir entschließen uns, zu Fuß zu verschwinden«, schlug Race vor.

Captain Scott wandte sich an Nash. »Wenn wir bleiben, sterben wir.«

»Und wenn wir gehen, bekommen die Nazis das Götzenbild«, meinte Copeland.

»Und eine funktionierende Supernova«, vollendete Lauren.

»Das ist keine Alternative«, sagte Nash fest. »Nein, uns bleibt nur eines.«

»Und das wäre?«

»Wir holen uns das Götzenbild vor den Nazis.«

Im strömenden Regen schritten die drei Soldaten vorsichtig den Pfad am Flussufer entlang.

Captain Scott und Corporal Chucky Wilson gingen voraus, die M-16 auf das dichte Laubwerk rechts von sich gerichtet. Der deutsche Fallschirmjäger Graf, der jetzt mit einem amerikanischen M-16 bewaffnet war, bildete die Nachhut.

Alle drei trugen seitlich an ihrem Helm eine winzige Kamera mit Fiberglasoptik, die eine Bildübertragung ins Dorf ermöglichte.

Nach einer Weile erreichten die drei Soldaten den Spalt im Berghang, der zum Felsenturm und zum Tempel führte.

Scott nickte Wilson zu und der junge Corporal betrat, das Gewehr voran, den schmalen steinernen Durchgang.

Im Dorf sahen Race und die anderen Scott, Wilson und Graf auf einem Monitor durch den Spalt treten. Die von den Kameras der drei Soldaten in geisterhaftem Schwarzweiß übertragenen Bilder erschienen auf dem Bildschirm in drei verschiedenen Rechtecken.

Der Plan war einfach.

Während Scott, Wilson und Graf den Tempel betraten und sich das Götzenbild schnappten, reparierten die verbliebenen Green Berets und der andere deutsche Fallschirmjäger – ein Soldat namens Molke – den Huey. Sobald sie das Götzenbild in Händen hatten, flogen sie davon, ehe die Naziterroristen eintrafen.

»Äh, haben wir nicht was vergessen?«, meinte Race.

»Was denn?«, fragte Nash.

»Die Raubkatzen. Sind die nicht der eigentliche Grund, weswegen wir hier in der Tinte stecken?«

»Die Katzen haben sich bei Anbruch der Dämmerung aus dem Dorf zurückgezogen«, sagte eine Stimme hinter Race in perfektem, schneidigem Englisch.

Race wandte sich um und sah den vierten und letzten Deutschen lächelnd vor sich stehen.

Der Unterschied zu Schröder, Graf und Molke hätte nicht größer sein können. Während diese drei kräftig und durchtrainiert wirkten, war der Mann hier viel älter, bestimmt über fünfzig, und offenbar nicht gerade sportlich. Sein hervorstechendstes Merkmal war ein langer grauer Bart. Race missfiel er auf den ersten Blick. Seine ganze Haltung und Pose rochen nach Wichtigtuerei und Arroganz.

»Bei Anbruch der Morgendämmerung haben sich die Raubkatzen aufs Plateau zurückgezogen«, sagte der Mann von oben herab. »Vermutlich sind sie zu ihrem Bau im Tempel zurückgekehrt.« Er lächelte falsch. »Wie ich mir denken kann, fühlt sich ihre Art bei Tageslicht nicht sehr wohl, da die letzten Generationen fast vierhundert Jahre in pechschwarzer Dunkelheit verbracht haben.«

Zackig streckte der Bärtige die Hand aus. »Ich bin Dr. Johann Krauss, Zoologe und Kryptozoologe an der Universität Hamburg. Man hat mich auf diese Mission mitgenommen, damit ich wegen gewisser im Manuskript erwähnter *tierischer* Aspekte des Unternehmens Rat erteilen kann.«

»Was ist ein Kryptozoologe?«, fragte Race.

»Jemand, der mystische Tiere studiert«, erwiderte Krauss.

»Mystische Tiere ...«

»Ja. Bigfoot, das Ungeheuer von Loch Ness, der Yeti, die großen Katzen der englischen Moore. Und natürlich«, fügte er hinzu, »der südamerikanische Rapa.«

»Sie verstehen was von diesen Raubkatzen?«, fragte Race.

»Nur was ich aus nicht verifizierten Sichtungen, einheimischen Legenden und zweifelhaften Hieroglyphen erfahren habe. Aber darin besteht die Faszination der Kryptozoologie. Sie ist das Studium von Tieren, die nicht studiert werden können, weil niemand ihre Existenz beweisen kann.«

»Also sind wir Ihrer Ansicht nach von einer Horde mystischer Tiere angegriffen worden«, sagte Race. »Auf mich haben sie nicht sehr mystisch gewirkt.«

»Etwa alle fünfzig Jahre«, entgegnete Krauss, »häufen sich in diesem Teil des Amazonas-Regenwalds ungewöhnliche Todesfälle. Männer, die des Nachts zwischen den Dörfern unterwegs sind, sollen, nun ja, einfach verschwinden. Oder man findet Menschen, denen der Kopf vom Rumpf gedreht oder das Rückgrat herausgerissen wurde.

Die Einheimischen bezeichnen das Untier, das des Nachts kommt und ohne Gnade tötet, mit einem Namen, der von Generation zu Generation weitergereicht wurde. Sie nennen es Rapa.«

Krauss sah Race sehr genau an. »Wir sollten dieser Legende genaue Beachtung schenken, weil sie uns von großem Nutzen bei der Einschätzung unseres Feindes sein kann.«

»Inwiefern?«

»Nun, zum einen können wir anhand der Berichte gewisse Eigenschaften bei unseren katzenhaften Widersachern feststellen.«

»Beispielsweise?«

»Zuallererst müssen wir davon ausgehen, dass der Rapa ein Nachttier ist. Die Überreste der getöteten Männer findet man nur am Morgen. Und wie wir aus eigener Erfahrung wissen, fliehen diese Raubkatzen das Morgenlicht. Ergo sind es Nachttiere. Sie jagen nur des Nachts und ziehen sich für den größten Teil des Tages zurück.«

»Wenn sie seit Generationen in diesem Tempel eingeschlossen waren«, meinte Race, »wie haben sie dann überlebt? Was haben sie gefressen?«

»Das weiß ich nicht«, erwiderte Krauss, ernst die Stirn runzelnd, als ob er über eine schwierige mathematische Gleichung grübeln würde.

Race blickte zu dem Bergplateau auf, das den mysteriösen Tempel beherbergte. Ein Regenschleier bedeckte die östliche Felswand.

»Und was tun sie jetzt?«, fragte er.

»Schlafen, schätze ich«, entgegnete Krauss, »in der Geborgenheit ihres Tempels. Deshalb ist jetzt die beste Zeit dafür, unsere Männer hineinzuschicken und dieses Götzenbild zu holen.«

Scott, Wilson und Graf verließen den schmalen Durchgang und traten in den seichten Tümpel am Grund des prächtigen Kraters.

Im Cañon war es ungewöhnlich dunkel. Die schweren Regenwolken am Himmel und der dichte Baldachin aus Bäumen, der über dem Kraterrand hing, schirmten jegliches Sonnenlicht ab. Sämtliche Risse und Spalten in den Wänden lagen in tiefen Schatten.

Scott und Wilson gingen voran. Die kleinen, auf den Läufen ihrer M-16 montierten Taschenlampen sandten dünne Lichtstrahlen aus.

»Also ...«, sagte Scott in sein Kehlkopfmikrofon.

»... wir gehen jetzt den Pfad hinauf«, tönte seine Stimme über die Lautsprecher des Monitors.

Race beobachtete angespannt, wie Scott, Wilson und Graf den schmalen Weg betraten, der in die äußere Wand des Kraters geschlagen war.

»Was wir ebenfalls bedenken sollten«, sagte Johann Krauss, »ist, dass unsere Feinde in allererster Linie *Raubkatzen* sind. Sie können nicht aus ihrer Haut. Sie denken wie Katzen, sie handeln wie Katzen.«

»Und das heißt?«

»Das heißt, dass nur eine Großkatze – der Gepard – seine Beute hetzt.«

»Wie gehen andere Raubkatzen vor?«

»Es gibt mehrere Strategien. Von den Tigern in Indien weiß man, dass sie geschützt im Laub auf der Lauer liegen, manchmal stundenlang. Sie warten darauf, dass ihre Beute auf der Bildfläche erscheint. Sobald sie nahe genug herangekommen ist, springen sie.

Löwen in Afrika andererseits benutzen ziemlich ausgefeilte Jagdmethoden. Eine Technik besteht darin, dass eine Löwin vor einer Herde Gazellen herumstolziert, während ihre Kollegen die Gazellen von hinten beschleichen. Das ist wirklich ziemlich genial und sehr effektiv. Aber es ist auch sehr ungewöhnlich.«

»Warum?«, fragte Race.

»Weil es eine Art von *Kommunikation* zwischen den Löwen voraussetzt.«

Race wandte sich wieder dem Monitor zu.

Die drei Soldaten waren den Pfad ein kurzes Stück hochgestiegen und befanden sich jetzt etwa drei Meter oberhalb des breiten Teichs, der den Grund des Kraters bedeckte.

Race sah Corporal Wilsons Kamera über das flache Wasser schwenken und bemerkte plötzlich eine zuckende Bewegung auf der Oberfläche.

Es war eine kleine Kräuselung – etwas befand sich dicht *unterhalb* der Oberfläche.

»Was war das?«, fragte er.

»Was war was?«

»Wilson«, sagte Race, nah ans Mikrofon gebeugt. »Sehen Sie nach rechts aufs Wasser!«

Graf und Scott mussten Race' Aufforderung ebenfalls gehört haben, denn im gleichen Augenblick schwenkten alle drei Kameras nach rechts.

»Ich sehe nichts …«, meinte Scott.

»Da!«, sagte Race und zeigte auf eine weitere Kräuselung, die anscheinend der peitschende Schlag eines Schwanzes hervorgerufen hatte. Offenbar schwamm ein Tier auf die drei Soldaten zu.

»Was, zum Teufel …?«, fragte Scott, während er über den großen Teich blickte.

Eine kleine Bugwelle kam ungewöhnlich rasch über den See – direkt auf ihn und seine Männer zu.

Scott runzelte die Stirn. Dann trat er vorsichtig einen Schritt nach vorn an den Rand des Pfades und des drei Meter tiefen Abhangs über der Wasseroberfläche.

Er spähte hinab.

Und sah drei schwarze Katzen die nackte Felswand unter sich heraufkommen!

Rasch hob Scott sein M-16, aber genau in diesem Moment schoss eine gewaltige schwarze Gestalt aus einem dunklen Spalt in der Felswand hinter ihm hervor und sprang ihm in den Rücken, sodass er ins Wasser hinabstürzte. Sogleich stürzte sich eine ganze Horde weiterer schwarzer Gestalten auf ihn.

Entsetzt starrte Race auf den Monitor. Da er die entsetzliche Szene aus Scotts Blickwinkel erlebte, sah er lediglich verschwommene, zubeißende, rasiermesserscharfe Zähne und herumwirbelnde menschliche Arme. Darüber lagen Scotts Keuchen und seine vergeblichen Schreie.

Kaum einen Augenblick später tauchte die Kamera unter die Oberfläche und auf dem Bildschirm gab es nur noch ein wildes Durcheinander, gefolgt von einer jähen Stille.

Dröhnendes Gewehrfeuer zerschmetterte das unnatürliche Schweigen im Krater. Graf zog den Abzug seines M-16 durch.

Aber kaum hatte die Mündung seines Gewehrs eine Flammenzunge ausgespuckt, da – *rumms!* – sprang ihn eine Katze an, die auf der Felswand hoch über ihm gelauert hatte.

Chucky Wilson, der weiter unten stand, fuhr herum. Er sah, dass sich der Fallschirmjäger und die Katze einen mörderischen Kampf lieferten.

Plötzlich wurde Grafs Kopf mit einem *Krrrrkkk!* vom Rumpf getrennt. Sofort sackte der Körper schlaff in sich zusammen.

Wilson erbleichte. »*Oh … Scheiße!*«

In diesem Moment hob die Katze langsam den Kopf und blickte ihm in die Augen.

Wilson erstarrte. Die große Raubkatze trat über Grafs reglosen Leichnam hinweg und näherte sich ihm bedrohlich.

Er wirbelte herum.

Und sah eine weitere gewaltige schwarze Katze auf dem Pfad, die ihm den Rückweg abschnitt.

Er konnte nirgendwohin laufen.

Sich nirgendwo verstecken.

Wilson musterte die Nischen und Spalten in der Felswand, glaubte eine Sekunde lang, dort Zuflucht finden zu können …

… und sah sich dem grinsenden Gesicht einer der Raubkatzen gegenüber.

Mit geradezu entsetzlicher Schnelligkeit schossen die Kieferknochen der Raubkatze auf ihn zu und in Sekundenschnelle war alles vorbei.

★★★

ALLE STARRTEN WORTLOS auf den Bildschirm.

»*O mein Gott!*«, ächzte Gaby Lopez.

»Scheiße«, fluchte Lauren.

Race wandte sich an den deutschen Zoologen Krauss. »Sie kommen nur nachts, ja?«

»Na ja«, erwiderte Krauss barsch, »die Dunkelheit am Grund des Kraters erlaubt ihnen offensichtlich, den größeren Teil des Tages dort zu verbringen …«

»Kennedy«, fragte Nash scharf, »wie steht's mit dem Evakuierungsteam?«

»Ich versuche noch immer, nach Panama durchzukommen, Sir«, erwiderte Doogie vom Funkgerät. »Die Übertragung wird immer wieder unterbrochen.«

»Versuchen Sie's weiter.« Nash blickte auf seine Uhr.

Es war 11.30 Uhr.

»Scheiße!«, sagte er.

Er fragte sich, was Romano und seinem Team zugestoßen sein mochte. Zuletzt hatte er gehört, dass sie gestern Abend um 19.45 Uhr in Cusco gestartet waren. Sie hätten jetzt hier sein sollen. Was war geschehen? Konnten die Nazis sie abgeschossen haben? Oder hatten sie die Totems falsch gelesen und sich verirrt?

Doch egal, was zutraf, wenn sie noch lebten, war eines gewiss: Am Ende würden sie das Dorf finden.

Was bedeutete, dass *zwei* feindliche Gruppierungen auf dem Weg nach Vilcafor waren.

»Scheiße«, wiederholte er.

Doogie kam herüber.

»Das Evakuierungsteam hat vor einer Stunde in Panama abgehoben – drei Hubschrauber: zwei Comanches, ein Black Hawk. Sie schätzen, dass sie am Spätnachmittag hier sind, so gegen 17.00 Uhr. Ich lasse ein UHF-Signal laufen. Das können sie anpeilen und uns dann herausholen.«

Als Doogie Nash die Neuigkeit mitteilte, schoss Race ein seltsamer Gedanke durch den Kopf: *Warum holte die Army sie nicht über Cusco heraus? Warum schickten sie Hubschrauber von Panama herab?*

In diesem Augenblick kam ihm ein Satz aus dem Santiago-Manuskript in den Sinn: *Ein Dieb benutzt nie zweimal denselben Eingang.*

Nash wandte sich an Van Lewen. »Haben wir Zugriff auf das SAT-SN-Netzwerk?«

»Ja, Sir.«

»Loggen Sie uns ein. Legen Sie ein Suchmuster über Zentral- und Ostperu. Ich möchte genau wissen, wo diese Nazischweinehunde sind. Cochrane.«

»Ja, Sir.«

»Verschaffen Sie mir ein Satellitenbild von Vilcafor. Wir müssen eine Verteidigungsstellung aufbauen.«

»Jawohl, Sir.«

»Was ist SAT-SN?«, fragte Gaby Lopez.

Troy Copeland gab die Antwort. »SAT-SN ist das Akronym für Satellite Aerospace Tracking and Surveillance Network. Es ist das Luft-Äquivalent zu SOSUS, den Unterwassermikrofonen, die die US Navy zum Aufspüren feindlicher Unterseeboote über den ganzen Nordatlantik verteilt hat. Einfach ausgedrückt, funktioniert SAT-SN mit Hilfe von sechsundfünfzig geostationär in einem erdnahen Orbit angeordneten Satelliten, die den Luftverkehr der Welt überwachen, Flugzeug um Flugzeug.«

»Wenn das die *einfache* Erklärung ist«, meinte Race trocken, »möchte ich die komplizierte erst gar nicht hören.«

Copeland beachtete ihn nicht. »Jedes Luftfahrzeug kann auf sieben verschiedene Weisen beobachtet werden – mittels Radar und Infrarot, visuell, anhand der Kondensstreifen, Motorabgasen und akustischer sowie elektromagnetischer Emissionen. Die SAT-SN-Satelliten nutzen alle sieben Möglichkeiten zur Kennzeichnung und Festlegung des jeweiligen Aufenthaltsorts jedes Luftfahrzeugs – militärisch und zivil – auf der ganzen Welt.

Was Colonel Nash jetzt haben möchte, ist ein Schnappschuss von Zentral- bzw. Ostperu, damit er jedes Luftfahrzeug über dieser Gegend erkennen kann – insbesondere solche *außerhalb* der regulären, kommerziellen Luftkorridore. Wir sind in der Lage, diesen Bildern zu entnehmen, wo sich unsere Nazifreunde gerade befinden. Dann können wir hoffentlich abschätzen, wie viel Zeit uns noch bis zu ihrer Ankunft bleibt.«

Race blickte zu Nash hinüber.

Der Colonel a. D. wirkte tief in Gedanken versunken – wie man es von einem Kommandeur erwarten würde, der gerade drei seiner besten Männer verloren hatte.

»Woran denken Sie?«, fragte Race.

»Wir müssen dieses Götzenbild bekommen«, erwiderte Nash, »und zwar bald. Die Nazis werden jede Sekunde hier sein. Aber wir kommen nicht an diesen Katzen vorbei. Wir haben nicht mal die Möglichkeit herauszufinden, wie wir an ihnen vorbeikommen *könnten.*«

Race legte den Kopf schief.

Dann meinte er: »Es gab jemanden, der es gewusst hat.«

»Wer?«

»Alberto Santiago.«

»Was?«

»Erinnern Sie sich an den Felsblock, der in den Eingang zum Tempel verkeilt war?«

»Ja ...«

»Darauf war eine Warnung geschrieben: ›*Um keinen Preis eintreten. Der Tod lauert darin.*‹ Unter der Warnung standen die Initialen ›*A. S.*‹. Nun habe ich noch nicht das ganze Manuskript gelesen, also kann ich lediglich vermuten, dass Santiago und Renco über das gleiche Problem gestolpert sind wie wir – vor ihrer Ankunft in Vilcafor hatte jemand den Tempel geöffnet und die Rapas herausgelassen.

Aber *irgendwie* hat Santiago einen Weg gefunden, diese Katzen wieder in den Tempel zurückzubekommen. Anschließend hat er in diesen Felsblock eine Warnung an alle eingeritzt, die mit dem Gedanken spielen, den Tempel zu öffnen.

Nun, wir haben das Manuskript zur Suche nach diesem Dorf benutzt und gedacht, zu mehr wäre es nicht zu gebrauchen – aber die Kopie, die ich gelesen habe, war nur teilweise vollendet. Ich bin ziemlich sicher, dass die Antwort auf die Frage, wie man an diesen Katzen vorbeikommt, im Rest des Santiago-Manuskripts zu finden ist.«

»Aber wir haben nicht mehr von dem Manuskript«, meinte Nash.

»Die schon, schätze ich.« Race nickte zu den vier verbliebenen Deutschen hinüber.

Schröder senkte zustimmend die Lider.

»Aber ich wette, Sie haben es nicht weiter als bis zu der Stelle übersetzt, wo die Lage Vilcafors beschrieben wird, oder?«, fragte Race.

»Nein«, bestätigte Schröder.

Ein neuer Ausdruck von Zielstrebigkeit trat auf Nashs Gesicht.

»Holen Sie Ihre Kopie des Manuskripts«, sagte er zu Schröder. »Und zwar *sofort.*«

Wenige Minuten später reichte Schröder Race einen abgenutzten Pappdeckelordner. Der Papierstapel darin war wesentlich dicker als derjenige, den er zuvor erhalten hatte.

Das vollständige Manuskript.

»Vermutlich ist keiner von Ihnen der Übersetzer des Teams, oder?«, fragte Nash den BKA-Mann.

Schröder schüttelte den Kopf. »Nein. Unser Sprachexperte ist während des Angriffs der Katzen oben auf dem Felsenturm getötet worden.«

Nash wandte sich an Race. »Dann sind Sie wohl dran, Professor. Ein Glück, dass ich darauf bestanden habe, Sie mitzunehmen.«

Race zog sich in das Geländefahrzeug zurück, um die neue Kopie des Manuskripts dort zu lesen.

Sobald er es sich in dem großen, sicheren, gepanzerten Fahrzeug bequem gemacht hatte, öffnete er den Ordner. Sein Blick fiel auf ein fotokopiertes Titelblatt.

Es unterschied sich wesentlich von dem überaus kunstvollen Titelblatt, das er auf der ersten Kopie zu Gesicht bekommen hatte. Der hauptsächliche Unterschied bestand darin, dass dieses hier bemerkenswert, ja, bewusst einfach gehalten war.

Der Titel, *Der Wahre Bericht Eines Mönchs Im Lande Der Inka,* war sehr grob von Hand hingekritzelt. Eines war sicher – Eleganz und Majestät waren das Letzte, woran der Schreiber dieser Zeilen gedacht hatte.

Da ging Race ein Licht auf.

Er hielt eine Fotokopie des eigentlichen, des *originalen* Santiago-Manuskripts in Händen.

Eine Fotokopie des Dokuments, das *Alberto Santiago persönlich* niedergeschrieben hatte.

Race blätterte durch den Text. Seite um Seite von Santiagos krakeliger Handschrift zeigte sich vor ihm.

Er ließ den Blick über die Worte gleiten und fand rasch die Stelle, an der er seine letzte Lektüre so abrupt hatte abbrechen müssen – Renco, Santiago und der Verbrecher Bassario waren in Vilcafor eingetroffen und fanden das Dorf in Ruinen vor. Die über die Hauptstraße verstreut liegenden Leichen der Einwohner schwammen in ihrem Blut …

Dritte Lektüre

RENCO, BASSARIO UND ich gingen die verlassene Hauptstraße Vilcafors entlang.

Die Stille ringsumher erfüllte mein Herz mit Furcht. Nie zuvor hatte ich den Regenwald so stumm erlebt.

Ich stieg über einen blutbesudelten Leichnam. Der Kopf war ihm vom Rumpf gerissen worden.

Ich sah andere Leichen, entsetzte Gesichter, die Augen in äußerstem Grauen weit geöffnet. Einigen waren Arme und Beine aus den Gelenken gedreht und vielen anderen die Kehle von einer gewaltigen Kraft herausgerissen worden.

»Hernando?«, flüsterte ich Renco zu.

»Unmöglich«, erwiderte mein tapferer Gefährte. »Er kann nicht vor uns hier eingetroffen sein.«

Während wir weiter die Hauptstraße des Ortes entlanggingen, erblickte ich den riesigen, ausgetrockneten Graben, der das Dorf umgab. Zwei flache Bohlenbrücken – aus mehreren nebeneinander gelegten Holzstämmen errichtet – überspannten ihn zu beiden Seiten des Dorfes. Sie sahen aus wie die Brücken einer Festungsstadt, die jeden Augenblick eingezogen werden konnten. Ganz offensichtlich hatten Vilcafors Angreifer den Ort völlig überrascht.

Wir erreichten die Zitadelle. Es war ein großes Steingebäude in Pyramidenform, zweistufig, jedoch rund, nicht viereckig.

Renco hämmerte auf das große, steinerne Portal an ihrer Basis ein. Er rief Vilcafors Namen und sagte, dass er es sei, Renco, und das Götzenbild bei sich habe.

Nach einiger Zeit wurde die Steinplatte von innen beiseite geschoben und einige Krieger erschienen, gefolgt von Vilcafor persönlich, einem alten Mann mit grauem Haar und tief in den Höhlen liegenden Augen. Er war in einen roten Umhang gekleidet, wirkte allerdings ebenso königlich wie ein Bettler auf den Straßen Madrids.

»Renco!«, rief der alte Mann beim Anblick meines Gefährten aus.

»Onkel«, erwiderte Renco.

In diesem Moment fiel Vilcafors Blick auf mich.

Eigentlich hätte ich erwartet, dass ein Ausdruck der Überraschung über sein Gesicht glitte – ein *Spanier*, der seinen Neffen auf dessen heldenhafter Mission begleitete –, aber nichts dergleichen geschah. Vielmehr wandte Vilcafor sich an Renco und fragte: »Ist dies der Goldesser, von dem mir meine Kundschafter so viel berichtet haben? Derjenige, der dir zur Flucht aus deinem Gefängnis geholfen hat und an deiner Seite aus Cusco geritten ist?«

»Er ist es, Onkel«, entgegnete Renco.

Sie sprachen auf Quechua, aber dank Renco hatte sich meine oberflächliche Kenntnis dieser eigentümlichen Sprache wesentlich vertieft und ich war imstande, das meiste des Gesagten zu verstehen.

Vilcafor knurrte: »Ein edler Goldesser … hm … Mir war die Existenz eines solchen Lebewesens bisher nicht bekannt. Aber wenn er dein Freund ist, mein Neffe, so ist er hier willkommen.«

Das Oberhaupt drehte sich um. Nun erblickte er den Verbrecher Bassario, der hinter Renco stand und ein schelmisches Grinsen auf dem Gesicht hatte. Vilcafor erkannte ihn sogleich.

Er warf Renco einen wütenden Blick zu. »Was tut *er* hier …?«

»Er fährt mit mir, Onkel. Aus einem bestimmten Grund«, erwiderte Renco. Er hielt inne, ehe er erneut das Wort ergriff. »Onkel – was ist hier geschehen? Waren es die Span…?«

»Nein, mein Neffe. Das waren nicht die Goldesser, sondern ein Übel, tausendmal schlimmer als jenes.«

»Was ist geschehen?«

Vilcafor neigte den Kopf. »Mein Neffe, hier bist du nicht sicher. Hier kannst du keine Zuflucht finden …«

»Warum nicht?«

»Nein … nein, ganz und gar nicht sicher.«

»Onkel«, sagte Renco scharf. »*Was hast du getan?*«

Vilcafor sah zu Renco auf, dann glitt sein Blick zu dem großen Felsplateau hinüber, das sich hoch über den kleinen Ort erhob.

»Neffe, rasch, komm in die Zitadelle. Bald wird die Nacht hereinbrechen und sie kommen mit der Dämmerung oder in der Dunkelheit heraus. Komm, in der Festung bist du sicher.«

»Onkel, was geht hier vor?«

»Es ist meine Schuld, Neffe. Es ist alles meine Schuld.«

Mit einem widerhallenden Donnern schloss sich die schwere Steintür hinter uns.

Im Innern war die zweistöckige Pyramide dunkel. Lediglich einige Handfackeln ergaben etwas Licht. Ich erblickte ein Dutzend erschrockener Gesichter in der Dunkelheit – Frauen, die Kinder auf dem Arm hielten, Männer mit Wunden oder Knochenbrüchen. Vermutlich zählten diese Glücklichen, die während des Gemetzels hier in der Zitadelle gewesen waren, alle zu Vilcafors Familie.

Außerdem fiel mir ein quadratisches Loch im Steinboden auf, aus dem alle paar Augenblicke Männer herauskamen oder in dem sie verschwanden. Dort unten war offenbar ein Tunnel.

»Das ist ein *quenko*«, flüsterte mir Bassario ins Ohr.

»Was ist das?«, wollte ich wissen.

»Ein Labyrinth. Ein Irrgarten. Ein Netzwerk aus Tunneln, die in den Felsen unter einer Stadt geschlagen wurden. Unweit

Cuscos liegt ein sehr berühmtes *quenko*. Ursprünglich waren sie als Fluchttunnel für die herrschende Elite angelegt – nur die königliche Familie einer bestimmten Stadt kannte den Schlüssel, mittels dessen sie durch die verwirrenden Tunnel gelangen konnte.

Heutzutage jedoch benutzt man ein *quenko* hauptsächlich zu Sport und Spiel während der Festzeiten. Zwei Krieger werden zusammen mit fünf ausgewachsenen Jaguaren in das Labyrinth gelassen. Der Krieger, der das *quenko* erfolgreich durchschreitet, den Jaguaren entkommt und als Erster den Ausgang findet, gewinnt. Das Wetten auf das Ergebnis ist sehr beliebt. Ich könnte mir jedoch vorstellen, dass das *quenko* in dieser Stadt eher seinem ursprünglichen Zweck gedient hat – als Tunnel, durch den die königliche Familie einen hastigen Rückzug antreten konnte.«

Jetzt geleitete uns Vilcafor in einen Winkel der Zitadelle, wo ein Feuer brannte. Er lud uns ein, uns auf etwas Streu niederzulassen. Einige Diener erschienen und reichten uns Wasser.

»Also, Renco – du hast das Götzenbild?«, fragte Vilcafor.

»Ich habe es.« Renco zog das Götzenbild – noch immer in sein prächtiges Seidentuch gehüllt – aus seinem Lederranzen. Er legte das schimmernde, schwarz-purpurfarbene Schnitzwerk frei und die Menschen hielten den Atem an.

Ich bin wirklich der Ansicht, dass die knurrenden, katzenhaften Züge des Götzenbildes in dem flackernden orangefarbenen Schein der Zitadelle einen neuen Grad an Bösartigkeit erreichten – wenn das überhaupt möglich war.

»Du bist wahrlich der Auserwählte, mein Neffe«, sagte Vilcafor. »Derjenige, der dazu bestimmt ist, unser Götzenbild vor jenen zu retten, die es uns abnehmen wollen. Ich bin stolz auf dich.«

»Und ich auf dich, Onkel«, erwiderte Renco, obgleich ich seinem Tonfall entnahm, dass er alles andere als stolz auf Vilcafor war. »Berichte, was hier geschehen ist.«

Vilcafor nickte.

Dann sprach er folgendermaßen: »Ich habe von den Übergriffen der Goldesser auf unser Land vernommen. Sie sind sowohl in den Bergen als auch in den Regenwäldern der Feuchtgebiete in Dörfer eingedrungen. Seit langem bin ich der Ansicht, dass es nur eine Frage der Zeit ist, bis sie dieses versteckte Dorf finden.

Deswegen habe ich vor zwei Monden befohlen, dass ein neuer Pfad gebaut wird, der tief in die Berge führt, weg von diesen goldlüsternen Barbaren. Aber es sollte ein besonderer Weg sein, der nach Gebrauch zerstört werden kann. Dann gäbe es im Umkreis von zwanzig Tagesreisen keinen weiteren Eingang mehr in die Berge. Jeder Verfolger würde Wochen bei dem Versuch verlieren, uns nachzukommen, und dann wären wir längst verschwunden.«

»Fahre fort«, meinte Renco.

»Nicht weit von hier fanden meine Baumeister einen weiten, kreisförmigen Cañon mit einem gewaltigen Felsfinger, der in seiner Mitte aufragt.

Wie es der Zufall wollte, waren die Wände dieses wunderbaren Kraters perfekt geeignet für unseren neuen Weg und ich befahl den sofortigen Beginn der Arbeiten. Alles ging gut bis zu dem Tag, da meine Baumeister auf dem Gipfel des Cañons eintrafen. Denn an diesem Tag erblickten sie es.«

»*Was* erblickten sie, Onkel?«

»Sie sahen ein Gebäude – ein von Menschenhand errichtetes Gebäude – auf der Kuppe des gewaltigen, steinernen Fingers.«

Renco warf einen besorgten Blick in meine Richtung.

»Sogleich befahl ich die Errichtung einer Hängebrücke. Als sie fertig war, überquerte ich sie in Begleitung meiner Baumeister und untersuchte das Gebäude dort oben.«

Renco hörte schweigend zu.

»Was es auch war, nicht Inkahände hatten es erbaut. Es sah aus wie ein religiöses Gebäude, ein Tempel oder Schrein nicht unähnlich anderen, die in diesen Wäldern gefunden worden waren. Errichtet von dem rätselhaften Reich, das viele Jahre vor unserem eigenen in diesen Landen zu finden war.

Aber an diesem bestimmten Tempel war etwas merkwürdig. Er war durch einen großen Felsbrocken versiegelt. Und auf diesem Brocken waren viele Bilder und Zeichen eingraviert, die nicht einmal unsere heiligsten Männer entziffern konnten.«

»Was ist dann geschehen, Onkel?«, fragte Renco.

Vilcafor senkte den Blick. »Jemand sagte, dass dies vielleicht der sagenhafte Tempel von Solon sei, und wenn das stimme, dann liege darin der berühmte Schatz an Smaragden und Jade.«

»Was hast du getan, Onkel?«, fragte Renco ernst.

»Ich habe den Befehl erteilt, den Tempel zu öffnen«, erwiderte Vilcafor und senkte den Kopf. »Dadurch ließ ich ein Übel von der Leine wie keines, das ich je zuvor zu Gesicht bekommen habe. Ich befreite die Rapas.«

★★★

DIE NACHT BRACH herein, und Renco und ich zogen uns auf das Dach der Zitadelle zurück, um den Ort zu bewachen und nach diesem Tier Ausschau zu halten, das sie den Rapa nannten.

Bassario entfernte sich, wenig überraschend, zu einer schattigen Ecke der großen steinernen Festung und setzte sich mit dem Rücken zum Raum hin. Dort tat er, was immer er tun mochte.

Ich sah über das Dorf.

Nun, ich muss sagen, dass ich mich während unserer Jagd durch die Wälder allmählich an die Geräusche des nächtlichen Dschungels gewöhnt hatte. Das Quaken der Frösche, das Summen der Insekten, das Rascheln in den hoch liegenden Ästen, wenn Affen darin umherhuschten.

Doch so etwas gab es hier nicht.

Im Wald, der Vilcafor umgab, herrschte völlige Stille.

Kein Tier verursachte einen Laut. Nichts Lebendiges rührte sich.

Ich sah auf die Leichen hinab, die über die Hauptstraße verstreut lagen.

»Was ist hier geschehen?«, wollte ich leise von Renco wissen.

Zunächst gab er keine Antwort. Dann meinte er schließlich: »Ein großes Übel ist von der Leine gelassen worden, mein Freund. Ein großes Übel.«

»Was hat dein Onkel damit gemeint, dass der Tempel, den sie gefunden haben, vielleicht der ›Tempel von Solon‹ sei? Wer oder was ist Solon?«

»Tausende von Jahren«, erwiderte Renco, »gab es in diesen Landen viele große Reiche. Wir wissen nicht viel darüber, außer was wir von den Bauten erfahren, die sie hinterlassen haben, und von den Geschichten, die unter den hiesigen Stämmen weitergereicht wurden.

Eine weit verbreitete Erzählung handelt von einem merkwürdigen Reich, dessen Einwohner sich Moxe oder Moche nannten. Die Moche waren produktive Baumeister und den hiesigen Eingeborenen zufolge verehrten sie den Rapa. Manche sagen, sie hätten den Rapa sogar gezähmt, aber das ist umstritten.

Wie dem auch sei, in der beliebtesten Fabel geht es um einen Mann namens Solon. Der Legende zufolge war Solon von bemerkenswertem Verstand, ein großer Denker, und als solcher wurde er oberster Ratgeber des höchsten Herrschers der Moche.

Als Solon alt wurde, beschenkte ihn der Herrscher als Belohnung für seine Jahre der treuen Dienste mit sagenhaften Reichtümern und vermachte ihm einen Tempel, der zu seinen

Ehren errichtet werden sollte. Der Herrscher sagte, dass Solon den Tempel an jeder von ihm gewünschten Stelle erbauen lassen könne und in jeder Gestalt. Gleich, was er wünsche, die besten Baumeister des Herrschers würden es bauen.«

Renco starrte in die Dunkelheit hinaus.

»Es heißt, Solon verlangte, sein Tempel solle an einem geheimen Ort erbaut und seine gesamten Reichtümer dort untergebracht werden. Daraufhin wies er die fähigsten Jäger des Herrschers an, ein Rudel Rapas zu fangen und es zusammen mit seinen Schätzen in den Tempel zu bringen.«

»Er brachte ein Rudel Rapas in den Tempel?«, fragte ich ungläubig.

»Genau«, erwiderte Renco. »Doch um zu verstehen, warum er das tat, musst du verstehen, was Solon erreichen wollte. Sein Tempel sollte die äußerste Prüfung der menschlichen Verführbarkeit darstellen.«

»Was meinst du damit?«

»Solon wusste, dass das Gerücht von den gewaltigen Schätzen in seinem Tempel rasch die Runde machen würde. Gier und Verlangen würden Abenteurer dazu treiben, den Tempel zu suchen und die Schätze darin zu plündern.

Also hat er seinen Tempel zu einem Prüfstein für die Wahl zwischen sagenhaftem Reichtum und sicherem Tod gemacht. Man würde genau erkennen können, ob der Mensch seine zügellose Habgier bezwingen konnte oder nicht.«

Renco sah mich an. »Der Mann, der seine Habgier überwindet und den Tempel nicht öffnet, lebt. Der Mann, der der Versuchung unterliegt und den Tempel auf der Suche nach dem sagenhaften Reichtum öffnet, wird den Tod durch die Rapas erleiden.«

Ich hörte schweigend zu.

»Der Tempel, von dem Vilcafor gesprochen hat«, sagte ich dann, »derjenige auf dem riesigen Felsenfinger ... Hältst du ihn für Solons Tempel?«

Renco seufzte. »Wenn er es ist, macht mich das traurig.«

»Warum?«

»Weil es bedeutet, dass wir einen weiten Weg gekommen sind, nur um zu sterben.«

Lange Zeit blieb ich mit Renco auf dem Dach der Zitadelle und starrte in den Regen hinaus.

Eine Stunde verstrich.

Nichts kam aus dem Wald.

Eine weitere Stunde. Noch immer nichts.

Da wies Renco mich an, in die Zitadelle zurückzukehren und mich schlafen zu legen. Erleichtert gehorchte ich seinem Befehl, so erschöpft war ich von unserer langen Reise.

Ich zog mich in den Hauptteil der Zitadelle zurück, wo ich mich auf einem Haufen aus aufgeschüttetem Gras niederlegte. Einige kleine Feuer brannten in den Ecken des Raums.

Ich legte den Kopf aufs Heu, aber kaum hatte ich die Augen geschlossen – so kam es mir jedenfalls vor –, da spürte ich, wie mir jemand beharrlich auf die Schulter klopfte. Ich öffnete die Augen wieder und sah mich dem hässlichsten Gesicht gegenüber, das ich je in meinem Leben erblickt hatte.

Ein alter Mann hatte sich über mich gebeugt und lächelte mich mit einem zahnlosen Grinsen an. Wie Borsten standen ihm die grauen Augenbrauen ab und Haarbüschel ragten ihm aus der Nase und den Ohren.

»Sei gegrüßt, Goldesser«, sagte der uralte Kerl. »Ich habe gehört, was du für den jungen Prinz Renco getan hast. Du hast ihm bei seiner Flucht aus dem Käfig geholfen und dafür möchte ich dir meine tiefste Dankbarkeit aussprechen.«

Ich sah mich in der Zitadelle um. Die Feuer waren erloschen, die Menschen, die zuvor geschäftig im Raum umhergehuscht waren, schwiegen jetzt und schliefen. Auch ich musste geschlafen haben, zumindest für kurze Zeit.

»Oh«, meinte ich. »Schon gut, gern geschehen.«

Der alte Mann zeigte mit einem knochigen Finger auf meine Brust und nickte wissend. »Gib Acht, Goldesser. Renco ist nicht der Einzige, dessen Schicksal von diesem Götzenbild abhängt, weißt du.«

»Das verstehe ich nicht.«

»Nun, Renco wurde seine Rolle als Hüter des ›Geistes des Volkes‹ direkt vom Orakel in Pachacámac zugeteilt.« Der alte Mann lächelte wieder dieses zahnlose Grinsen. »Und dir gleichfalls.«

Ich hatte vom Orakel in Pachacámac vernommen. Es war die ehrwürdige alte Frau, die den dortigen Tempelschrein bewachte. Den traditionellen Aufbewahrungsort für den »Geist des Volkes«.

»Warum?«, fragte ich. »Was hat das Orakel über mich gesagt?«

»Bald nach der Ankunft der Goldesser an unseren Gestaden hat das Orakel verkündet, dass unser Reich zusammenbrechen werde. Aber es hat auch vorausgesagt, dass unsere Seelen weiterleben würden, solange der ›Geist des Volkes‹ nicht in die Hände unserer Eroberer gerate. Aber es hat deutlich gemacht, dass nur ein Mann – nur ein bestimmter Mann – das Götzenbild in Sicherheit bringen könne.«

»Renco.«

»Genau. Doch seine vollständige Botschaft lautete so:

Es wird eine Zeit kommen, da wird er erscheinen,
Ein Mann, ein Held, mit dem Zeichen der Sonne.
Er wird den Mut haben zum Kampf mit großen Echsen,
Er wird das jinga *haben,*
Er wird sich der Hilfe tapferer Männer erfreuen,
Männer, die ihr Leben zu Ehren seiner edlen Sache geben,
Und er wird vom Himmel fallen, um unseren Geist zu retten.
Er ist der Auserwählte.«

»Der Auserwählte?«, fragte ich.

»Das stimmt.«

Ich überlegte, ob ich wohl unter die Kategorie des »tapferen Mannes« fiele, der sein Leben gäbe, um Renco zu helfen. Ich kam zu dem Entschluss, dass dies auf mich nicht zutraf.

Dann grübelte ich über den Gebrauch des Wortes *jinga* durch das Orakel nach. Ich erinnerte mich, dass es eine sehr verehrte Eigenschaft in den Kulturen der Inka war. Es handelte sich dabei um jene seltene Kombination aus Gelassenheit, Ausgeglichenheit und Schnelligkeit – die Fähigkeit eines Mannes, sich katzengleich zu bewegen.

Ich erinnerte mich unserer wagemutigen Flucht aus Cusco und daran, wie Renco ganz leicht von einem Dach zum nächsten gesprungen war; wie er an dem Seil hinabgeglitten und auf dem Rücken meines Pferdes gelandet war. Bewegte er sich mit der sicheren Anmut einer Katze? Zweifelsohne.

»Was heißt das – er besitze den Mut, mit großen Echsen zu kämpfen?«, wollte ich wissen.

»Als dreizehnjähriger Knabe«, erwiderte der alte Mann, »wurde Rencos Mutter beim Wasserholen an den Ufern ihres Flusses von einem Alligator in den Fluss gezerrt. Der kleine Renco war bei ihr, und als er sah, wie das Ungeheuer seine Mutter in den Fluss zog, sprang er hinter ihr ins Wasser und kämpfte mit dem hässlichen Untier, bis es sie losließ. Nicht viele Männer wären in den Strom gesprungen, um mit einer so furchterregenden Kreatur zu kämpfen. Noch weniger ein Knabe von dreizehn Jahren.«

Ich schluckte.

Von dieser Tat gewaltigen Mutes, die Renco als Knabe vollbracht hatte, war mir nichts bekannt gewesen. Ich wusste, dass er ein tapferer Mann war – aber so etwas? Nun ja, ich hätte das nie vollbringen können.

Der alte Mann musste mir meine Gedanken vom Gesicht gelesen haben. Er klopfte mir erneut mit dem langen, knochigen Finger auf die Brust.

»Verachte dein tapferes Herz nicht, junger Goldesser«, sagte er. »Du selbst hast gewaltigen Mut gezeigt, als du unserem jungen Prinzen bei der Flucht aus seinem spanischen Gefängnis geholfen hast. Einige würden sogar sagen, dass du den allergrößten Mut gezeigt hast – den Mut, das Rechte zu tun.«

Bescheiden senkte ich den Kopf.

Der alte Mann beugte sich nahe zu mir heran. »Ich glaube, dass so mutige Taten nicht unbelohnt bleiben sollten. Nein, als Lohn für deine Tapferkeit würde ich dir gern das hier verehren.«

Er hielt eine Blase hoch, die er offensichtlich einem kleinen Tier entnommen hatte. Sie war mit einer Flüssigkeit gefüllt.

Ich nahm sie entgegen. An einer Seite hatte sie eine Öffnung, durch die, wie ich annahm, der Besitzer den Inhalt der Blase entleeren konnte.

»Was ist das?«, fragte ich.

»Affenurin«, erwiderte der alte Mann eifrig.

»Affenurin?«, wiederholte ich ausdruckslos.

»Er wird dich vor den Rapas schützen«, sagte der alte Mann. »Denke daran, der Rapa ist eine Katze, und wie alle Katzen ist er eitel. Den Stämmen dieser Region zufolge gibt es einige Flüssigkeiten, die der Rapa mit wütender Verachtung bedenkt. Flüssigkeiten, die, wenn man sie sich über den ganzen Körper schmiert, den Rapa abschrecken.«

Ich lächelte den alten Mann schwach an. Immerhin war es das erste Mal, dass mir Exkremente eines Dschungeltiers als Geschenk der Anerkennung überreicht worden waren.

»Vielen Dank«, sagte ich, »für ein so ... wundervolles ... Geschenk.«

Der alte Mann wirkte sehr zufrieden mit meiner Antwort und sagte: »Dann sollte ich dir noch ein Geschenk überreichen.«

Ich war drauf und dran, seine Großzügigkeit zurückzuweisen – sollte er mir eine weitere Variante tierischer Exkremente geben wollen. Aber sein zweites Geschenk war kein materielles.

»Ich würde dir gern ein Geheimnis mitteilen«, sagte er.

»Und welches Geheimnis ist dies?«

»Wenn du je aus diesem Ort fliehen musst, so gehe in das *quenko* und nimm den dritten Tunnel rechter Hand. Von dort aus gehe abwechselnd nach links, dann nach rechts, und nimm jedes Mal den ersten Tunnel, den du erblickst, aber stelle sicher, dass du das erste Mal nach links gehst. Das *quenko* wird dich zum Wasserfall führen, der die weiten Feuchtgebiete des Regenwalds überblickt. Das Geheimnis des Labyrinths ist einfach, man muss nur wissen, wo man anfangen muss. Vertraue mir, junger Goldesser, und hüte diese Geschenke. Sie können dir das Leben retten.«

★★★

VON MEINEM SCHLUMMER erfrischt, kehrte ich auf das Dach der Zitadelle zurück.

Dort fand ich Renco, der weiterhin edelmütig Wache hielt. Er musste überaus erschöpft sein, zeigte jedoch keinerlei Anzeichen davon. Aufmerksam sah er über die Hauptstraße des Ortes, ungeachtet des leichten Regenschleiers, der ihm auf den Scheitel fiel. Wortlos trat ich an seine Seite und folgte seinem Blick.

Abgesehen vom Regen rührte sich nichts.

Nichts gab einen Laut von sich.

Die unheimliche Stille des Ortes war gespenstisch.

Als er das Wort ergriff, wandte mir Renco nicht das Gesicht zu. »Vilcafor sagt, er habe den Tempel bei Tageslicht geöffnet.

Daraufhin habe er fünf seiner besten Krieger hineingeschickt, um Solons Schatz zu suchen. Sie sind nie zurückgekehrt. Erst bei Anbruch der Nacht sind die Rapas aus dem Tempel gekommen.«

»Sind sie jetzt dort draußen?«, wollte ich voller Furcht wissen.

»Wenn sie dort sind, habe ich sie nicht sehen können.«

Ich blickte Renco an. Seine Augen waren rot und dunkel umrandet.

»Mein Freund«, sagte ich sanft, »du musst schlafen. Du musst deine Kraft wiedergewinnen, insbesondere wenn meine Landsleute diesen Ort finden. Schlaf jetzt, ich werde Wache halten, und wenn ich etwas sehe, werde ich dich wecken.«

Renco nickte langsam. »Wie üblich hast du Recht, Alberto. Vielen Dank.«

Mit diesen Worten ging er nach drinnen und ich fand mich allein auf dem Dach der Zitadelle wieder, allein in der Nacht.

Doch noch immer rührte sich nichts unten im Ort.

Es geschah nach etwa einer Stunde meiner Wache.

Ich hatte die winzigen Wellen im Fluss beobachtet, der silbern im Mondlicht glitzerte, als plötzlich ein kleines Floß in Sicht kam. Ich erspähte drei Gestalten, die auf dem Deck des Fahrzeugs standen, dunkle Schatten in der Nacht.

Mir gefror das Blut in den Adern.

Hernandos Männer ...

Gerade wollte ich loslaufen und Renco holen, da steuerte das Floß den kleinen hölzernen Landungssteg des Ortes an. Seine Passagiere traten auf den Steg und ich bekam sie besser in den Blick.

Erleichtert ließ ich die Schultern sinken.

Es waren keine Konquistadoren.

Es waren Inka.

Ein Mann – gekleidet in das traditionelle Gewand eines Inkakriegers – und eine Frau mit einem kleinen Kind. Alle drei trugen Kapuzen und Mäntel gegen den Regen.

Sie gingen langsam die Hauptstraße hinauf und warfen scheue Blicke auf das Blutbad ringsumher.

Da sah ich ihn.

Zunächst hielt ich ihn lediglich für den Schatten eines schwankenden Asts, der auf die Wand einer der Hütten an der Straße geworfen wurde. Aber dann verschwand er und ein anderer Schatten trat an seine Stelle.

Ich erkannte den Umriss einer großen, dunklen Katze – den schwarzen katzenhaften Kopf, die gereckte Nase, die Enden der aufgestellten, spitzen Ohren. Ich sah sie in stummer Vorfreude auf den Mord das Maul öffnen.

Zunächst konnte ich nicht fassen, wie groß sie war. Gleich, welches Tier es sein mochte, es war gewaltig …

Dann war es urplötzlich verschwunden und ich hatte lediglich die nackte und leere, vom Mond beschienene Hütte vor mir.

Die drei Inka waren jetzt etwa zwanzig Schritte von der Zitadelle entfernt.

Ich zischte ihnen laut auf Quechua zu: »Hier herüber! Kommt rasch hierher! Rasch!«

Zunächst verstanden sie mich wohl nicht.

Nun trat das erste Tier langsam auf die Hauptstraße.

»Lauft!«, rief ich. »Sie sind hinter euch!«

Der Mann drehte sich um und sah die riesige Katze hinter ihnen im Schlamm stehen.

Das Tier bewegte sich langsam, präzise und wohl überlegt. Es sah aus wie ein gewaltiger schwarzer Panther. Kalte gelbe Augen blickten an einer spitz zulaufenden Schnauze hinab. Sie blinzelten nicht und besaßen die Katzen eigene Gleichgültigkeit.

In diesem Moment trat ein zweites Tier zum ersten. Die beiden Rapas starrten die kleine Gruppe vor sich durchdringend an.

Dann senkten sie den Kopf und spannten die Körper wie

zwei fest zusammengedrückte Federn an, die gleich losschnellen wollten.

»Lauft!«, schrie ich. »Lauft!«

Der Mann und die Frau rannten auf die Zitadelle zu.

Die beiden Katzen sprangen hinter ihnen her.

Ich eilte zu der offenen Tür, die vom Dach der Zitadelle zum Hauptbau hinabführte, und schrie: »Renco! Wächter! Öffnet das Haupttor! Da sind Leute draußen!«

Ich eilte zum Rand des Dachs zurück und traf gerade rechtzeitig dort ein, um zu sehen, wie die Frau an der Basis der Zitadelle eintraf. Sie trug das Kind in den Armen. Der Mann war unmittelbar hinter ihr.

Die Katzen sprangen die Straße hinab.

Noch immer hatte unten niemand die Tür geöffnet.

Die Frau blickte mit furchtsamen Augen zu mir auf – und für den kürzesten aller Augenblicke war ich bezaubert von ihrer Schönheit. Sie war die wunderbarste Frau, die ich jemals gesehen hatte ...

In diesem Moment traf ich eine Entscheidung.

Ich riss mir den Mantel vom Körper, hielt ihn am einen Ende fest und schleuderte das andere Ende über den Rand des Dachs.

»Halt dich an meinem Mantel fest!«, rief ich. »Ich ziehe dich hoch!«

Der Mann fing das andere Ende meines Kleidungsstücks auf und drückte es der Frau in die Hand.

»Los!«, schrie er. »Los!«

Kaum hing sie ein Stück weit in der Luft, da sah ich einen der Rapas den Krieger anspringen. Der Mann wurde gegen die Außenmauer der Zitadelle geschleudert und ein Übelkeit erregendes Geräusch erklang. Er schrie laut auf, als der Rapa sich daranmachte, ihn bei lebendigem Leib aufzufressen.

Mit aller Kraft zog ich an dem Mantel und hievte die Frau und das Kind der Sicherheit entgegen.

Sie erreichten den Rand des Dachs. In dem leichten Regen ergriff die Frau die steinerne Brustwehr, während sie gleichzeitig versuchte, mir das Kind hinüberzureichen. Es war ein kleiner Junge mit großen, erschrockenen braunen Augen.

Verzweifelt bemühte ich mich, die Frau, den Jungen und meinen Mantel gleichzeitig festzuhalten. Voller Entsetzen sah ich, dass weitere Rapas auf die Hauptstraße von Vilcafor hinausgeschlichen waren, um sich das Durcheinander anzusehen.

Da sprang eine der Katzen hoch und versuchte, die Kiefer um die herabbaumelnden Füße der Frau zu schließen. Aber die Frau war auf der Hut. Im allerletzten Augenblick zog sie die Beine an und die Zähne der Katze schlossen sich lediglich um die bloße Luft.

»Hilf mir!«, bat sie, Verzweiflung im Blick.

»Das werde ich tun«, erwiderte ich, während mir der Regen ins Gesicht schlug.

Da vollführte die Katze einen weiteren Satz. Dieses Mal streckte sie die großen, sichelgleichen Klauen nach der Frau aus und erwischte sie am Saum ihres Mantels. Zu meinem Entsetzen spürte ich, dass sich der Mantel fest spannte.

»Nein!«, schrie die Frau, die merkte, wie das Gewicht der Katze sie hinabzog.

»O Herr!«, ächzte ich.

In diesem Moment riss die Katze heftig am Umhang der Frau. Sie umklammerte meine nasse Hand fester, aber es hatte keinen Zweck: Die große Katze war zu schwer, zu stark.

Mit einem letzten Aufschrei entglitt mir die Frau und rutschte, das Kind in den Armen, vom Rand des Dachs, aus meinem Blick.

Da tat ich das schier Undenkbare.

Ich sprang ihr nach.

Bis zum heutigen Tag weiß ich nicht, weshalb ich das getan habe.

Vielleicht hatte mich die Art und Weise, wie sie ihren Sohn festhielt, dazu gebracht. Oder es war der Ausdruck nackter Angst auf ihrem wunderschönen Gesicht.

Oder vielleicht nur ihr wunderschönes Gesicht.

Ich weiß es nicht.

Ziemlich unheroisch landete ich in einer Pfütze vor der Zitadelle. Das schlammige braune Wasser spritzte mir übers Gesicht und blendete mich.

Ich wischte es mir aus den Augen – und sah sogleich nicht weniger als sieben Rapas in einem engen Halbkreis um mich stehen, die mich mit ihren kalten gelben Augen anstarrten.

Das Herz pochte mir laut im Schädel. Was ich jetzt tun sollte, wusste ich wahrlich nicht.

Die Frau und der Junge waren dicht bei mir. Ich stellte mich vor sie und schrie die Phalanx der Ungeheuer vor uns wild an.

»Verschwindet, sage ich! Verschwindet!«

Ich zog einen Pfeil aus dem Köcher auf meinem Rücken und ließ ihn wie eine Peitsche vor den Gesichtern der riesigen Katzen hin und her sausen.

Den Rapas war mein bemitleidenswerter Akt von Heldentum offenbar ziemlich gleichgültig.

Sie zogen den Kreis enger um uns.

Um die Wahrheit zu sagen: Wenn diese satanischen Kreaturen vom Dach der Zitadelle aus groß gewirkt hatten, so waren sie aus der Nähe gesehen gewaltig. Dunkel, schwarz und kraftvoll.

Da ließ der mir am nächsten stehende Rapa die Vorderpfote vorschnellen und riss die scharfe Pfeilspitze herunter. Daraufhin senkte die große Kreatur knurrend den Kopf, spannte die Muskeln zum Sprung, und dann …

… fiel etwas laut klatschend in eine Schlammpfütze rechts von mir.

Ich drehte den Kopf, um nachsehen, was es war. Runzelte die Stirn.

Es war Rencos Götzenbild.

Meine Gedanken wirbelten wie eine Windmühle umher. Was tat Rencos Götzenbild hier unten? Warum warf jemand es gerade jetzt in den Schlamm hinab?

Ich schaute hoch und erblickte Renco, der sich über den Rand des Zitadellendachs beugte. Er hatte das Götzenbild zu mir herabgeworfen.

Da geschah es.

Ich erstarrte.

Einen solchen Klang hatte ich noch nie zuvor in meinem Leben vernommen.

Er war nur leise, aber absolut durchdringend. Er durchschnitt die Luft wie ein Messer, übertönte sogar das Geräusch des fallenden Regens.

Der Klang ähnelte dem Laut, den ein Glöckchen von sich gibt, wenn man es anschlägt. Eine Art schrilles Bimmeln.

Bimmmmmmm.

Die Rapas hörten es gleichfalls. Der eine Rapa, der sich nur Augenblicke zuvor zum Angriff bereitgemacht hatte, stand jetzt einfach nur da und starrte mit benommener Verwunderung auf das Götzenbild, das halb untergetaucht in der braunen Pfütze neben mir lag.

Und nun geschah das Seltsamste von allem.

Das Rudel Rapas trat langsam den Rückzug an. Es wich vor dem Götzenbild zurück.

»Alberto«, flüsterte Renco herab. »Bewege dich sehr langsam, hörst du! Sehr langsam. Heb das Götzenbild auf und geh zum Eingang! Ich sorge dafür, dass dich jemand einlässt.«

Ich gehorchte seinem Befehl.

Ich hob das nasse Götzenbild auf. Dann drückten die Frau, das Kind und ich den Rücken fest an die runde Außenmauer der Zitadelle und schoben uns langsam bis zum Eingang vor.

Die Rapas folgten uns vorsichtig in einiger Entfernung, in Bann geschlagen von dem melodiösen Lied des nassen Götzenbildes.

Doch sie griffen nicht an.

Ganz plötzlich wurde die große Steinplatte, die der Zitadelle als Eingangstür diente, beiseite geschoben und wir glitten hindurch, ich als Letzter. Nachdem der große Türstein zurückgeschoben worden war, fiel ich atemlos zu Boden, durchweicht, zitternd und äußerst erstaunt darüber, noch am Leben zu sein.

★★★

RENCO EILTE UNS vom Dach entgegen.

»Lena!«, sagte er, als er die Frau erkannte. »Und Mani!«, rief er und nahm den Knaben in die Arme.

Völlig erschöpft lag ich auf dem Boden neben diesem Glück.

Ich schäme mich, es auszusprechen, aber in diesem Augenblick verspürte ich einen jähen Stich von Eifersucht auf meinen Freund. Zweifelsohne war diese erstaunlich schöne Frau seine Gattin – wie man es bei einem so herausragenden Mann, wie Renco einer war, erwarten würde.

»Onkel Renco!«, rief der Junge, während Renco ihn hochhielt.

Onkel?

Ich riss die Augen auf.

»Bruder Alberto«, sagte Renco und kam herüber. »Ich weiß nicht, was du da draußen tun wolltest, aber bei meinem Volk gilt das Wort: ›Nicht so sehr das Geschenk zählt als vielmehr die Absicht, die dahinter liegt.‹ Vielen Dank. Vielen Dank dafür, dass du meine Schwester und ihren Sohn gerettet hast.«

»Deine Schwester?«, fragte ich und starrte die Frau an, die gerade ihren durchweichten Umhang auszog und ein winziges, tunikaähnliches Untergewand enthüllte, das seinerseits völlig durchweicht war.

Ich musste schlucken.

Sie war noch viel schöner, als ich zunächst gedacht hatte – wenn das wirklich möglich war. Sie war vielleicht zwanzig Jahre alt, hatte weiche braune Augen, eine glatte, olivfarbene Haut und wallendes, dunkles Haar, lange, schlanke Beine und glatte, muskulöse Schultern. Durch das völlig durchweichte Untergewand sah ich ihre üppigen Brüste und, zu meiner großen Verlegenheit, die aufgerichteten Warzen.

Eine strahlende Schönheit.

Renco hüllte sie in eine trockene Decke. Als sie mich anlächelte, wurden mir wahrhaftig die Knie weich.

»Bruder Alberto Santiago«, sagte Renco formell. »Darf ich dir meine Schwester Lena vorstellen, die erste Prinzessin des Inkareichs?«

Lena trat vor und nahm meine Hände in die ihren. »Es ist mir eine Freude, deine Bekanntschaft zu machen«, sagte sie mit einem Lächeln. »Vielen Dank für deine heldenhafte Tat.«

»Oh, es war ... nichts«, erwiderte ich errötend.

»Vielen Dank auch für die Errettung meines Bruders aus seiner Gefängniszelle«, sagte sie.

Angesichts meiner Überraschung fügte sie hinzu: »Sei versichert, mein Held, das Wort deiner noblen Tat hat sich über das ganze Reich verbreitet.«

Bescheiden senkte ich den Kopf. Mir gefiel die Art und Weise, wie sie mich »mein Held« nannte.

Da kam mir etwas in den Sinn und ich wandte mich an Renco. »Sag, woher hast du gewusst, dass das Götzenbild so auf die Rapas wirken würde?«

Renco lächelte mich schief an.

»Um die Wahrheit zu sagen, ich habe es nicht gewusst.«

»Was?«, rief ich.

Renco lachte. »Alberto, nicht ich bin derjenige, der von einem sicheren Dach herabgesprungen ist, um eine Frau und ein Kind zu retten, die ich nicht einmal kannte!«

Er legte mir den Arm um die Schultern. »Es heißt, der ›Geist des Volkes‹ besitze die Fähigkeit, wilde Tiere zu besänftigen. Das habe ich zwar nie erlebt, aber ich habe gehört, dass das Götzenbild, wenn es ins Wasser getaucht wird, sogar das wütendste Tier beruhige. Als ich von deinen Schreien erwachte und euch drei von den Rapas umzingelt sah, hielt ich die Zeit für angemessen, diese Theorie zu überprüfen.«

Verwundert schüttelte ich den Kopf.

»Renco«, sagte Lena und trat vor. »Ich störe eure Freude nur ungern, aber ich bin mit einer Botschaft gekommen.«

»Welcher Botschaft?«

»Die Spanier haben Roya erreicht. Aber sie können die Totems nicht entziffern. Also schicken sie jedes Mal, wenn sie eines erreichen, die Chanca-Spürer aus. Sie sollen das umgebende Gelände durchforschen, bis sie eure Spur wiederfinden. Nachdem die Goldesser Paxu und Tupra erreicht hatten, wurde ich hierher geschickt, um euch von ihrem Vorankommen Mitteilung zu machen, da ich eine der wenigen bin, die das Geheimnis der Totems kennt. Inzwischen habe ich erfahren, dass sie Roya bis auf die Grundfesten niedergebrannt haben. Sie haben deine Fährte aufgenommen, Renco. Und sind hierher unterwegs.«

»Wann treffen sie ein?«, fragte Renco.

Lenas Gesicht verdüsterte sich.

»Sie sind schnell, Bruder. Sehr schnell. Wenn sie weiterhin so gut vorankommen, schätze ich, dass sie bei Tagesanbruch hier sein werden.«

»Haben Sie was gefunden?«, fragte Frank Nash plötzlich von hinten.

Race schaute von dem Manuskript auf. Nash, Lauren, Gaby und Krauss standen im Eingang zum Geländefahrzeug und sahen ihn erwartungsvoll an. Es war später Nachmittag und wegen der Gewitterwolken war es bereits ziemlich dunkel geworden.

Race blickte auf seine Uhr.

16.55 Uhr.

Verdammt.

Er hatte nicht gemerkt, dass er so lange gelesen hatte.

Bald würde die Nacht einbrechen und mit ihr kämen die Rapas.

»Also? Haben Sie schon was gefunden?«, wiederholte Nash seine Frage.

»Äh …«, setzte Race an. Er war so in das Manuskript vertieft gewesen, dass er fast vergessen hatte, weswegen er es las – nämlich um herauszufinden, womit man die Rapas bekämpfen und in den Tempel zurücktreiben konnte.

»Nun?«, fragte Nash.

»Es heißt darin, dass sie nur nachts herauskommen oder wenn es ungewöhnlich finster ist.«

»Was erklärt«, meinte Krauss, »weshalb sie vorhin im Krater aktiv waren. Dort war es so dunkel, sogar am Tag, dass sie …«

»Anscheinend wissen die Rapas auch, dass dieser Ort eine gute Nahrungsquelle darstellt«, schnitt Race ihm das Wort ab, ehe er seine Fehleinschätzung rechtfertigen konnte, die den Tod dreier guter Soldaten zur Folge gehabt hatte. »Im Manuskript heißt es, dass sie ihn zweimal angegriffen haben.«

»Steht darin, wie sie in den Tempel gekommen sind?«

»Ja. Angeblich sind sie von einem großen Philosophen in das Gebäude gebracht worden, der den Tempel zu einem Prüfstein der menschlichen Habgier machen wollte.« Race sah zu Nash auf. »Ich schätze, in dieser Hinsicht haben wir versagt.«

»Solons Tempel ...«, flüsterte Gaby Lopez.

»Steht in dem Text, wie wir uns gegen die Rapas wehren können?«, fragte Nash.

»Er erwähnt eine Möglichkeit – eigentlich zwei. Zum einen Affenurin. Offenbar verabscheuen ihn alle Katzen. Tränken Sie sich damit und die Rapas werden einen weiten Bogen um Sie machen.«

»Und die zweite?«, fragte Lauren.

»Nun, das ist sehr seltsam«, erwiderte Race. »An einem Punkt der Geschichte wollten sich die Katzen gerade auf Santiago stürzen. Da hat der Inkaprinz das Götzenbild in eine Pfütze geworfen. Sobald das Götzenbild mit dem Wasser in Berührung gekommen ist, hat es ein merkwürdiges Summen von sich gegeben, das die Katzen vom Angriff abgehalten hat.«

Nash runzelte die Stirn.

»Es ist wirklich sehr eigenartig«, sagte Race. »Santiago beschreibt es als ein Geräusch, wie wenn man ein Glöckchen anschlägt. Es funktioniert anscheinend nach dem gleichen Prinzip wie eine Hundepfeife – eine Art hochfrequenter Schwingung, die eine Wirkung auf die Katzen hat, nicht aber auf die Menschen.

Aber das wirklich Seltsame daran ist«, fügte Race hinzu, »dass die Inka offenbar davon gewusst haben. An mehreren Stellen im Manuskript heißt es, dass sie glaubten, ihr Götzenbild könne sogar das wildeste Tier besänftigen, wenn es ins Wasser getaucht werde.«

Nash warf einen Blick zu Lauren hinüber.

»Könnte ein Resonanzeffekt sein«, meinte sie. »Der Kontakt mit den konzentrierten Sauerstoffmolekülen im Wasser könnte das Thyrium zum Mitschwingen veranlassen. Genauso reagieren andere radioaktive Substanzen mit dem Sauerstoff der Luft.«

»Aber das hier wäre eine Reaktion im wesentlich größeren Maßstab«, meinte Nash.

»Deshalb hat auch der Mönch das Summen gehört«, sagte Lauren. »Menschen können das Resonanzsummen, das durch den Kontakt von, sagen wir, Plutonium mit Sauerstoff erzeugt wird, nicht hören – die Frequenz ist zu niedrig. Da Thyrium jedoch eine ganze Größenordnung dichter ist als Plutonium, ist die Resonanz beim Kontakt mit Wasser möglicherweise so groß, dass sie auch für Menschen vernehmbar ist.«

»Und wenn der Mönch es gehört hat, muss es für die Katzen noch viel schlimmer gewesen sein«, fügte Krauss gewichtig hinzu.

Alle wandten sich Krauss zu.

»Bedenken Sie, dass das Hörvermögen von Katzen das menschliche um das Zehnfache übertrifft. Sie hören Dinge, die wir rein physikalisch gar nicht hören können, und sie kommunizieren auf einer Frequenz, die jenseits unseres Hörspektrums liegt.«

»Sie kommunizieren?«, fragte Lauren nüchtern.

»Ja«, erwiderte Krauss. »Es ist seit langem allgemein anerkannt, dass Großkatzen über Knurrlaute und gutturale Schwingungen miteinander kommunizieren, die weit außerhalb der akustischen Wahrnehmungsfähigkeit des Menschen liegen. Der springende Punkt ist jedoch folgender: Ganz gleich, was der Mönch gehört hat, es war vielleicht nur ein Zehntel dessen, was die Katzen gehört haben. Dieses Summen muss sie fast in den Wahnsinn getrieben haben. Deshalb hatten die Menschen Zeit zum Luftholen.«

»Der Text geht sogar noch weiter«, sagte Race. »Das Summen hat ihnen nicht nur Zeit zum Luftholen verschafft. Nachdem das Götzenbild ins Wasser gefallen war, folgten die Katzen ihm. Als wären sie von ihm *angezogen*, ja hypnotisiert worden.«

»Lässt das Manuskript etwas darüber verlauten, wie das Götzenbild in den Tempel gelangt ist?«, fragte Nash.

»Nein«, erwiderte Race. »Wenigstens noch nicht. Wer weiß, vielleicht haben Renco und Santiago es befeuchtet und die Katzen damit zurückgeführt. Wie dem auch sei, irgendwie ist es ihnen gelungen, die Rapas wieder in den Tempel zu locken und gleichzeitig das Götzenbild hineinzustellen.« Race hielt inne. »Passt irgendwie. Indem sie das Götzenbild zurückgebracht haben, ist es ein weiterer Teil von Solons Prüfstein der menschlichen Habgier geworden.«

»Diese Katzen«, meinte Nash. »Dem Manuskript zufolge sind sie Nachttiere, nicht wahr?«

»Hier steht, dass ihnen jede Art von Finsternis zusagt – nächtliche Dunkelheit eingeschlossen. Das macht sie vermutlich zu Nachttieren.«

»Aber Santiago schreibt, dass sie jede Nacht zum Jagen ins Dorf heruntergekommen sind?«

»Ja.«

Nash kniff die Augen zusammen. »Dann können wir davon ausgehen, dass sie den Krater *jede* Nacht auf der Suche nach Nahrung verlassen?«

»Dem Manuskript nach zu urteilen, sollte man davon ausgehen können.«

»Schön«, sagte Nash und wandte sich um.

»Warum?«

»Weil wir«, meinte er, »wenn diese Katzen heute Abend herauskommen, in den Tempel hineingehen und uns das Götzenbild holen.«

Von Minute zu Minute wurde es dunkler.

Schwarze Gewitterwolken wälzten sich am Himmel dahin und mit der kalten Luft des Spätnachmittags legte sich ein dichter grauer Nebel über den Ort. Ein leiser Regen fiel.

Race saß neben Lauren, während sie einige Ausrüstungsgegenstände zusammenpackte, die sie in Erwartung ihrer nächtlichen Aktivitäten zur Zitadelle mitnehmen wollte.

»Wie ist dir das Eheleben bekommen?«, fragte er so beiläufig, wie er konnte.

Lauren lächelte sarkastisch in sich hinein. »Kommt drauf an, von welcher Ehe du sprichst.«

»Da war mehr als eine?«

»Meine erste Ehe hat nicht so hingehauen. Wie sich herausstellte, hat er meine Karriereambitionen nicht geteilt. Wir haben uns vor etwa fünf Jahren scheiden lassen.«

»Oh.«

»Vor kurzem habe ich wieder geheiratet«, fuhr Lauren fort. »Und es ist großartig. Ein richtig netter Junge. Eigentlich genau wie du. Hat auch eine Menge Potenzial.«

»Wann?«

»Vor etwa achtzehn Monaten.«

»Das ist toll«, sagte Race höflich. In Wahrheit dachte er an den Vorfall, bei dem er Augenzeuge geworden war – Lauren und Troy Copeland, die sich leidenschaftlich im Heck des Hueys geküsst hatten. Er entsann sich, dass Copeland keinen Ehering getragen hatte. Hatte Lauren eine Affäre mit ihm? Vielleicht trug Copeland seinen Ring nur nicht ...

»Hast du je geheiratet, Will?«, fragte Lauren, womit sie ihn aus seinen Gedanken riss.

»Nein«, erwiderte Race leise. »Nein, habe ich nicht.«

»Der SAT-SN-Bericht kommt durch«, sagte Van Lewen von einem Computerterminal an der Seitenwand des Geländefahrzeugs aus.

Er, Cochrane, Reichart, Nash und Race standen zusammen mit den beiden deutschen BKA-Beamten Karl Schröder und Renée Becker in dem achträdrigen Gefährt. Als Vorbereitung auf ihre nächtliche Expedition zum Tempel war es nahe am Fluss geparkt worden, unweit der westlichen Bohlenbrücke und dem Trampelpfad, der zu dem Felsspalt hinaufführte.

Lauren hatte das Fahrzeug bereits verlassen und befand

sich, Johann Krauss im Schlepptau, auf dem Weg zur Zitadelle.

Jetzt kehrte Buzz Cochrane mit einer Hand voll nassem Brei ins Geländefahrzeug zurück. In dem engen Raum war der Geruch ekelhaft.

»Da draußen war kein einziger Affe aufzutreiben«, meinte Cochrane. »Schätze mal, sie haben vor Anbruch der Nacht das Weite gesucht.« Er hielt den braunen Brei hoch. »Trotzdem habe ich mir das hier besorgen können. Affenscheiße. Ich habe mir gedacht, das ist ebenso gut.«

Race zuckte vor dem Gestank zurück.

Cochrane bemerkte es. »Was ist? Wollen Sie sich nicht mit Scheiße einschmieren, Professor?« Er blickte zu Renée hinüber und lächelte. »Ich habe den Eindruck, Sie sind froh, dass nicht der Professor da rein soll, was?«

Cochrane schmierte sich die Affenexkremente auf seine Montur. Reichart und Van Lewen taten es ihm nach und verteilten sie sogar auf die Rahmen der schmalen, schlitzförmigen Fenster des Fahrzeugs.

Während Race das Manuskript gelesen hatte, richteten die anderen Zivilisten in Nashs Auftrag im Innern der Zitadelle eine Operationsbasis ein. Inzwischen arbeiteten die vier verbliebenen Green Berets hart an der Reparatur des Hueys. Unglücklicherweise gelang ihnen lediglich die Wiederherstellung der Zündungsports des Hubschraubers. Die Reparatur des beschädigten Heckrotors erwies sich als schwieriger, als Cochrane zunächst angenommen hatte. Es gab Komplikationen und der Rotor wollte sich noch immer nicht drehen. Doch ohne ihn konnte der Huey nicht fliegen.

Bei Einbruch der Dämmerung entschied Nash, dass die Beschaffung des Götzenbildes Priorität hatte. Die Soldaten wurden vom Hubschrauber abgezogen und zum Geländefahrzeug gebracht, und Race informierte sie kurz über den im Manuskript beschriebenen Vorfall mit dem nassen Götzenbild.

Währenddessen befahl Nash Gaby, Copeland, Doogie und dem jungen deutschen Soldaten Molke, in der Zitadelle zu bleiben.

Er sagte, es sei für seinen Plan zur Beschaffung des Götzenbildes absolut notwendig, dass der größte Teil des Teams bei der Ankunft der Katzen in der Zitadelle stationiert sei – während er und ein paar Green Berets im Geländefahrzeug blieben, näher am Flusspfad, der zum Tempel hinaufführte.

Race sollte ebenfalls zur Zitadelle hinübergehen.

»SAT-SN ist da«, meinte Van Lewen vom Computerterminal aus. »Das Satellitenbild sollte auch gleich hereinkommen.«

»Was sagt es?«, fragte Nash.

»Werfen Sie einen Blick drauf«, erwiderte Van Lewen und trat beiseite.

Nash starrte auf den Bildschirm, der die nördliche Hälfte Südamerikas zeigte:

```
NATIONAL RECONNAISSANCE OFFICE
DRINGENDE ANFRAGE NR. 040199-6754
SAT-SN-ÜBERWACHUNG
PARAMETER: 82° W-30.00° W; 15.00° N-37.00° S
DATUM: 5. JAN 1999 16:59:56 (VOR ORT - PERU)
```

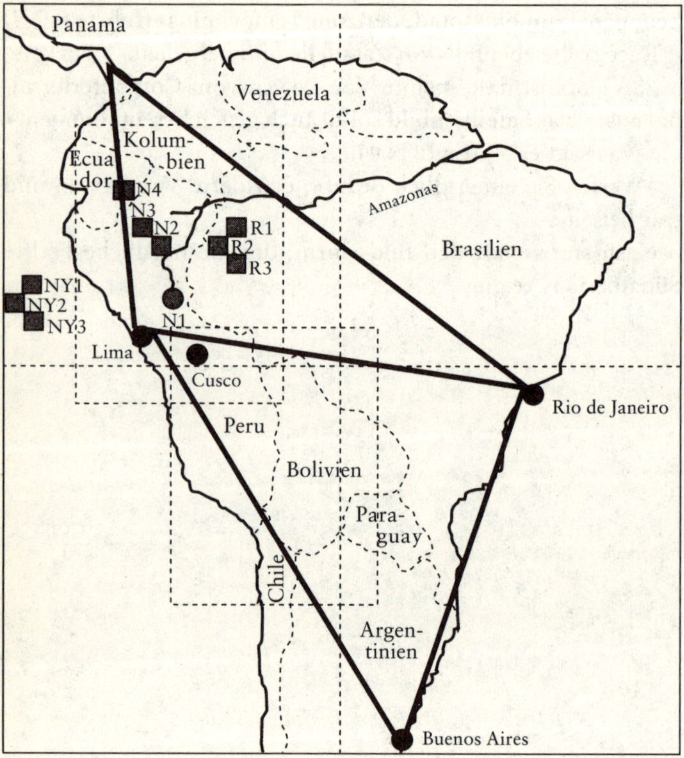

»Was, zum Teufel …?« Nash runzelte die Stirn.

»Wenigstens die unmittelbare Umgebung ist sauber«, meinte Van Lewen.

»Was bedeutet das alles?«, fragte Race.

»Die geraden Linien stellen die fünf kommerziell benutzten Hauptluftkorridore in Südamerika dar«, erwiderte Van Lewen. »Im Grunde dient Panama als Einfallstor zum Kontinent. Kommerzielle Flüge führen gewöhnlich von dort aus nach Lima und Rio de Janeiro, anschließend weiter hinab nach Buenos Aires. Die grauen Vierecke sind Luftfahrzeuge *außerhalb* der regulären kommerziellen Luftkorridore.«

»Was bedeuten die Buchstaben und Zahlen?«

»Der graue Kreis oberhalb von Cusco – mit der Bezeichnung ›N1‹ darunter –, das sind wir«, erwiderte Van Lewen. »Das steht für ›Nash-Eins‹, unser Team hier vor Ort. N2, N3 und N4 sind unsere Versorgungshubschrauber, die von Panama aus auf dem Weg nach Vilcafor sind. Anscheinend sind sie noch ziemlich weit weg.«

»Was ist mit den anderen grauen Vierecken?«

»R1, R2 und R3 sind Romanos Hubschrauber«, erwiderte Nash.

»Aber sie sind weit im Norden«, meinte Van Lewen, sich an Nash wendend. »Wie können sie so weit über die Markierung hinausgeschossen sein?«

»Sie haben sich verirrt«, entgegnete Nash. »Sie müssen die Totems falsch interpretiert haben.«

Erneut wollte Race wissen, wer Romano eigentlich sei, aber er verkniff sich die Frage und hielt lieber den Mund.

»Und die da?«, fragte Renée, wobei sie auf die drei Vierecke draußen über dem Ozean, weit links auf dem Bildschirm, deutete.

»NY1, NY2 und NY3 sind US-Navy-Kennzeichen«, erwiderte Van Lewen. »Die Navy muss da draußen einen Flugzeugträger liegen haben.«

»Kein Hinweis auf den Sturmtrupp?«, fragte Schröder.
»Nein«, erwiderte Nash düster.

Race sah seine Digitalanzeige auf 17.00 Uhr wechseln. Weil sich am Himmel schroffe schwarze Gewitterwolken dahinwälzten, war der Spätnachmittag ungewöhnlich finster geworden. Es hätte ebenso gut Nacht sein können.

Nash wandte sich an Van Lewen. »Was macht die visuelle Überprüfung?«

»Das Satellitenbild wird in etwa sechzig Sekunden da sein.«

»Verzögert oder Echtzeit?«

»Echtzeit infrarot.«

»Gut«, meinte Nash. »Wir sollten die Katzen deutlich erkennen, wenn sie aus dem Krater kommen und sich auf den Weg zum Ort machen. Alle bereit?«

Van Lewen erhob sich. Buzz Cochrane und Tex Reichart befestigten die M-16 an ihrer Brust.

»Jawohl, Sir«, sagte Cochrane und fügte mit einem Seitenblick auf Renée hinzu: »Gespannt, geladen und klar zum Schuss.«

Race krümmte sich innerlich.

Cochrane grinste die zierliche Deutsche mit der Selbstsicherheit des Machos höhnisch an. Es war, als machten sein Gewehr mit den Laservisieren, dem M-203-Granatwerfer-Greifhaken und der Lampe sowie seine Kampfuniform ihn irgendwie zu Mr Unwiderstehlich.

Race verabscheute ihn dafür.

»Satellitenbild kommt durch«, meldete Van Lewen.

In diesem Augenblick leuchtete ein weiterer Monitor an der Wand des Geländefahrzeugs auf. Das Schwarzweißbild war körnig und zunächst erkannte Race überhaupt nichts darauf.

Ganz links war der Bildschirm völlig schwarz. Rechts gab es einen Abschnitt mit einem verschwommenen grauen Wirrwarr und gleich daneben war etwas, das aussah wie ein umgekehrtes Hufeisen, in dessen Zentrum sich eine Reihe kleiner, viereckiger Punkte befanden. Außerdem gab es einen großen runden Punkt nahe der Rundung des Hufeisens.

An der Basis des Bildschirms zog sich ein breites Band dunkleren Graus entlang. Unmittelbar daneben war ein kleines, schachtelähnliches Ding. Zwei winzige weiße Kleckse gingen von der kleinen Schachtel zu dem großen runden Punkt.

Da ging Race ein Licht auf.

Er blickte auf Vilcafor.

Das Hufeisen war der riesige Graben, der den Ort umgab, die Pünktchen darin die Hütten und die Zitadelle. Der große Abschnitt aus Schwarz links war das Felsplateau mit dem Tempel, das verschwommene graue Wirrwarr der Regenwald zwischen dem Plateau und dem Ort und das dunkelgraue Band an der Basis des Schirms der Fluss.

Die kleine dunkle Schachtel daneben stellte, wie Race klar wurde, das Geländefahrzeug dar, in dem er jetzt saß und das an der westlichen Bohlenbrücke parkte.

Er blickte auf die beiden Kleckse, die vom Fahrzeug zur Zitadelle eilten. Daraufhin fuhr er herum, schaute durch die Tür und sah Lauren und Krauss durch den Nebel eilen.

O ... mein ... Gott, dachte er.

Dies war ein Bild von Vilcafor, aufgenommen von einem Satelliten Hunderte von Kilometern über der Erde – in Echtzeit.

Es war *jetzt.*

Nash sprach in sein Kehlkopfmikrofon. »Lauren, wir hier drüben sind bereit. Seid ihr schon drin?«

»Noch eine Sekunde«, erwiderte Laurens Stimme über Funk.

Auf dem Bildschirm sah Race die beiden weißen Kleckse, die Lauren und Krauss darstellten, in dem runden Punkt verschwinden, der die Zitadelle war.

»Okay, wir sind drin«, sagte Lauren. *»Schicken Sie Will rüber?«*

»Sofort«, erwiderte Nash. »Professor Race, Sie machen sich besser zur Zitadelle auf, ehe es vollkommen dunkel wird.«

»In Ordnung«, entgegnete Race und ging zur Tür.

»Einen Moment!«, sagte Van Lewen plötzlich.

Alle erstarrten.

»Was ist?«, fragte Nash.

»Wir bekommen Gesellschaft.«

Van Lewen nickte zum Bildschirm hin.

Race drehte sich um und sah den dunklen Klecks, der das Bergplateau darstellte, sowie den hufeisenförmigen Ort.

Und dann bemerkte er sie.

Sie befanden sich in dem Abschnitt des verschwommenen grauen Wirrwarrs links vom Hufeisen – dem Regenwald zwischen dem Ort und dem Plateau.

Es waren etwa 16.

Sie kamen aus Richtung des Plateaus.

16 bedrohliche weiße, verschmierte Flecken, jeder mit einem langen, gewundenen Schwanz, die sich durch den Dschungel heranschlichen.

Die Rapas.

★★★

DIE DICKE STAHLTÜR des Geländefahrzeugs glitt über ihre Führung und schlug mit einem lauten Knall zu.

»Sie sind früh dran«, meinte Nash.

»Das liegt an den Gewitterwolken«, sagte Krauss' Stimme über die Lautsprecher. *»Nachttiere benutzen keine Uhren, Dr. Nash. Sie richten sich nur nach der Lichtstärke. Wenn es ausreichend dunkel ist, kommen sie aus ihrem Versteck …«*

»Sei es, wie es sei«, unterbrach Nash ihn. »Solange sie draußen sind, ist das alles, was zählt.« Er wandte sich an Race.

»Tut mir Leid, Professor. Sieht so aus, als müssten Sie bei uns bleiben. Lauren, verschließen Sie die Zitadelle.«

In der Zitadelle ergriffen Lauren und Copeland den großen Türstein von etwa einem Meter achtzig Durchmesser und wälzten ihn in eine Grube, die in den Boden am Eingang geschnitten worden war.

Der Türstein war annähernd rechteckig, hatte jedoch eine abgerundete Basis und konnte daher leicht aus der Vertiefung hinaus- und ebenso leicht wieder hineingeschaukelt werden. Im Übrigen lag die Grube auf der *Innenseite* der Festungsmauern, sodass Feinde den großen Stein nicht von außen wegschieben konnten.

Lauren und Copeland ließen bewusst einen kleinen Spalt zwischen dem Felsbrocken und dem Türrahmen offen. Für das Gelingen des Plans war es wichtig, dass die Katzen sie in der Zitadelle entdeckten.

Schließlich waren sie der Köder.

Im Geländefahrzeug starrten alle auf das Live-Satellitenbild.

Die Katzen kamen in zwei Gruppen heran – die eine näherte sich geradewegs vom Plateau im Westen, die andere schlug einen Bogen und kam von Norden.

Race überlief eine Gänsehaut, als er die Rapas beobachtete, deren Leiber im Infrarot strahlend weiß glühten. Ihre Schwänze entrollten sich langsam und zogen sich wieder zusammen.

Beunruhigend, dachte er. Ein beunruhigend koordiniertes Verhalten für ein Rudel Tiere.

Die Katzen überquerten den Graben an verschiedenen Stellen. Einige kamen über die westlich gelegene Bohlenbrücke, andere sprangen einfach lautlos auf die umgestürzten Baumstämme, die im ausgetrockneten Grabenbett lagen, und hüpften dann mühelos auf die andere Seite.

Der größte Teil der Rapas begab sich schnurstracks zur Zitadelle, folgte dem Geruch, den die Menschen darin ausströmten.

Dann sah Race auf dem Bildschirm einen einsamen weißen Klecks neben dem parkenden Geländefahrzeug auftauchen. Er fuhr herum – und erblickte die gewaltigen Barthaare einer der Katzen direkt vor dem schlitzförmigen Fenster neben sich!

Der Rapa registrierte den fauligen Geruch des Affenexkrements, das auf den Sims des Schlitzes geschmiert worden war, schnaubte einmal und trollte sich, um sich den anderen an der Zitadelle anzuschließen.

»In Ordnung«, meinte Nash. »Anscheinend sammeln sich alle Katzen an der Zitadelle. Lauren, was geht da drüben vor?«

»Sie sind alle hier. Sie wollen herein, aber die Zitadelle ist fest verschlossen. Im Augenblick sind wir hier in Sicherheit. Sie können die Jungs jetzt rausschicken.«

Nash wandte sich an die drei Green Berets. »Fertig?«

Die drei Soldaten nickten.

»Dann los!«

Mit diesen Worten drückte Nash eine Luke im Heck des Geländefahrzeugs auf und Cochrane, Van Lewen und Reichart, deren Helme und Kleidung mit übel riechender brauner Affenscheiße eingeschmiert waren, stiegen hinaus. Anschließend schloss Nash die Luke rasch wieder.

»Kennedy«, sagte er in sein Mikrofon. »Irgendwas auf dem SAT-SN?«

»In einem Umkreis von einhundert Kilometern ist nichts zu erkennen, Sir«, kam Doogies Stimme von der Zitadelle herein.

Während Nash sprach, starrte Race auf das Satellitenbild von dem Dorf.

Er sah das Rudel Katzen, ihre sich windenden Schwänze, die vorsichtigen, neugierigen Bewegungen. Gleichzeitig erkannte er unten auf dem Bildschirm drei neue Kleckse, die sich aus dem Geländefahrzeug schlichen und über die westliche Bohlenbrücke vom Dorf weg zum dunklen Bergplateau liefen.

Cochrane, Van Lewen und Reichart.
Auf der Jagd nach dem Götzenbild.

Die drei Green Berets eilten durch den Dunstschleier, der über dem Flusspfad lag, auf den Spalt zu. Sie liefen rasch und atmeten heftig. Alle drei trugen Helmkameras.

Sie erreichten den Spalt.

Er war gleichfalls in dichten grauen Dunst gehüllt. Die Soldaten ließen sich nicht beirren. Ohne innezuhalten, sprangen sie hinein.

Nash, Schröder und Renée verfolgten auf den Videomonitoren die Aufnahmen, die von den drei Soldaten hereinkamen.

Sie sahen die Wände des Spalts mit irritierender Geschwindigkeit vorüberhuschen. Aus den Lautsprechern vernahmen sie heftiges Keuchen.

Race stand ein paar Schritte entfernt. Er wollte nicht im Weg sein.

Da fiel ihm auf, dass Nash und die beiden Deutschen *nur* noch auf die Bilder schauten, die von den Helmkameras übertragen wurden. Ihr Interesse an der Mission der Soldaten absorbierte sie so vollständig, dass sie alles andere vergaßen.

Race wandte sich dem Satellitenbild zu.

Und runzelte die Stirn.

»He«, sagte er. »Was ist das?«

Nash wandte sich mäßig interessiert um. Aber als sein Blick auf das Satellitenbild fiel, schoss er kerzengerade in die Höhe.

»Was, zum Teufel …?«

Auf der ganz *rechten* Seite des Bilds, östlich vom Dorf, lag ebenfalls ein verschwommenes graues Wirrwarr, das weiteren Dschungel darstellte. Das war der Wald, der zum Rand des Tafellands und dem Amazonasbecken führte.

Niemand hatte ihm zuvor sehr viel Aufmerksamkeit geschenkt, weil dort nichts zu sehen gewesen war.

Aber das hatte sich geändert.

Dieser Abschnitt war jetzt *übersät* mit winzigen weißen Klecksen, gut und gern dreißig Stück, die sich dem Dorf rasch näherten.

Race spürte, wie ihm das Blut in den Adern gefror.

Jeder Klecks hatte ganz deutlich menschliche Gestalt und trug etwas bei sich, das aussah wie ein Gewehr.

★★★

Sie kamen lautlos aus dem Regenwald, die Maschinengewehre fest an den Körper gepresst und zum Feuern bereit. Aber sie schossen noch nicht.

Race und die anderen beobachteten sie durch die schlitzförmigen Fenster des Geländefahrzeugs.

Die Eindringlinge trugen schwarze kugelsichere Kevlarwesten und bewegten sich rasch und präzise, gaben einander Deckung und drangen in einem perfekten und lautlosen Einsatz vor.

Die Rapas an der Zitadelle wandten sich gleichzeitig um, als sie ihren neuen Feind erblickten. Sie spannten sich zum Angriff an und dann …

… blieben sie reglos stehen.

Aus irgendeinem Grund attackierten sie die neuen Eindringlinge nicht. Vielmehr verharrten sie auf der Stelle und starrten sie lediglich an.

Da eröffnete einer der Eindringlinge das Feuer mit einem Sturmgewehr, das aus einem *Star Wars*-Film hätte stammen können.

Die rechteckige Mündung des Gewehrs spuckte eine unglaubliche Anzahl von Geschossen aus, die den Kopf einer der Katzen in Stücke rissen. In der einen Sekunde war der Kopf noch da, in der nächsten zerplatzte er in einem hässlichen Schwall aus Fleisch und Blut.

Im Nu zerstreuten sich die Katzen, als eine weitere von dem wilden Geschosshagel in Stücke zerfetzt wurde.

Race versuchte, durch das schmale Fenster einen besseren Blick auf das Gewehr in den Händen des Eindringlings zu erhaschen.

Die Waffe hatte etwas bemerkenswert Futuristisches an sich.

Sie war vollkommen rechteckig, ohne sichtbaren Lauf. Er musste irgendwo *innerhalb* des Korpus verborgen sein.

Dieses Gewehr hatte Race nie zuvor in echt gesehen, nur auf Abbildungen.

Es war ein Heckler & Koch G-11.

Race' Bruder Marty zufolge war das Heckler & Koch G-11 das fortschrittlichste Sturmgewehr, das jemals konstruiert worden war.

Entworfen und gebaut im Jahr 1989, war es seiner Zeit sogar jetzt, ein Jahrzehnt später, noch immer um zwanzig Jahre voraus. Soweit es Marty betraf, war es der Heilige Gral der Schusswaffen.

Als einziges Sturmgewehr in der Geschichte benutzte es hülsenlose Patronen. Darüber hinaus war es die einzige bekannte Handfeuerwaffe der Welt mit eingebautem Mikroprozessor. Sie benötigte ihn hauptsächlich deshalb, weil sie, im Gegensatz zu allen anderen Sturmgewehren, so kompliziert war, dass sie ansonsten nicht handhabbar gewesen wäre.

Weil es hülsenlose Munition verschoss, war das G-11 nicht bloß imstande, unvorstellbare 2300 Schuss pro Sekunde abzufeuern. Es konnte außerdem *im Korpus* noch etwa 150 Salven speichern – fünfmal mehr als die Zahl der Geschosse im Magazin eines regulären Sturmgewehrs wie dem M-16. Trotzdem war es nur halb so groß.

Um die Wahrheit zu sagen, hatte lediglich die Frage der Finanzierung eine Serienproduktion des G-11 verhindert. Ende 1989 hatten politische Erwägungen die deutsche Regierung dazu gezwungen, vom Vertrag mit Heckler & Koch zurückzutreten und das G-11 nicht in der Bundeswehr zu benutzen.

Was zur Folge hatte, dass lediglich vierhundert G-11 hergestellt wurden. Merkwürdig war jedoch, dass die Firma bei der Übernahme durch die britische Royal Ordnance in ihrer Bilanz nur zehn der ursprünglichen Menge aufzuweisen hatte.

Die übrigen 390 Gewehre waren verschwunden.

Ich glaube, wir haben sie gerade gefunden, dachte Race, der die Rapas angesichts des Sperrfeuers aus den Maschinengewehren die Flucht ergreifen sah.

»Das ist der Sturmtrupp«, bemerkte Schröder neben ihm.

Der Geschosshagel draußen trommelte weiter auf die Tiere ein.

Wieder stürzten zwei Katzen quietschend und kreischend zu Boden, als einige Männer des Sturmtrupps das Dorf mit ihrem verheerenden Maschinengewehrfeuer bestrichen.

Die restlichen Katzen suchten Zuflucht im Regenwald um das Dorf und bald waren auf der Hauptstraße nur noch die schwer bewaffneten Mitglieder des Sturmtrupps zu sehen.

»Wie, zum Teufel, sind sie hergekommen, ohne dass wir sie auf dem SAT-SN gesehen haben?«, fragte Nash.

»Und warum greifen die Katzen sie nicht an?«, überlegte Race.

Bis jetzt hatten die Katzen jeden gnadenlos attackiert, aber aus irgendeinem Grund hatten sie diese Männer weder gespürt, noch waren sie über sie hergefallen.

Da waberte der charakteristische Geruch nach Ammoniak durch die Fenster herein. Der Gestank nach Urin. Affenurin. Die Nazis hatten das Manuskript ebenfalls gelesen.

Plötzlich ertönte Van Lewens Stimme aus den Lautsprechern. *»Wir erreichen jetzt die Hängebrücke.«*

Race und Nash fuhren herum und schauten auf den Bildschirm, der zeigte, was die drei Soldaten oben am Krater sahen.

»Cochrane! Van Lewen! *Beeilung!*«, sagte Nash in sein Funkgerät. »Wir stehen unter Feind...«

Da drang ein schrilles, durchdringendes Kreischen aus den Lautsprechern und Nashs Funkgerät war tot.

»Sie haben elektronische Gegenmaßnahmen getroffen«, meinte Schröder.

»*Was* haben sie getan?«, fragte Race.

»Sie stören unseren Funkverkehr«, erwiderte Nash.

»Was tun wir jetzt?«, fragte Renée.

»Wir müssen Van Lewen, Reichart und Cochrane warnen«, erwiderte Nash. »Sie können nicht zurückkehren, sondern müssen sich das Götzenbild schnappen und so rasch wie möglich von hier wegbringen. Dann müssen sie mit dem Luftunterstützungsteam Kontakt aufnehmen und sich von den Hubschraubern irgendwo in den Bergen aufnehmen lassen.«

»Aber wie wollen Sie sie erreichen, wenn die da draußen unseren Funkverkehr stören?«, fragte Race.

»Einer von uns muss zum Tempel hoch und ihnen Bescheid sagen«, entgegnete Nash.

Es folgte ein kurzes Schweigen.

Dann sagte Schröder: »Ich gehe.«

Gute Idee, dachte Race. Abgesehen von den Green Berets besaß nur Schröder eine annähernd militärische Ausbildung.

»Nein«, sagte Nash entschieden. »Sie können mit einem Gewehr umgehen. Wir brauchen Sie hier unten. Dazu kommt, dass Sie diese Nazikerle besser kennen als einer von uns.«

Also blieben noch Nash, Renée ... oder Race.

O Mann, dachte Race.

Doch er sagte: »Ich tu's.«

»*Aber* ...«, setzte Schröder an.

»Auf dem College war ich der Schnellste im Football-Team«, meinte Race. »Ich schaff's schon.«

»Aber was ist mit den Rapas?«, meinte Renée.

»Ich schaff's schon.«

»Na gut, dann ist Race gewählt«, sagte Nash und ging zu der Außenluke im Heck des Geländefahrzeugs.

»Hier, nehmen Sie das«, meinte er und reichte Race ein M-16 komplett mit Zubehör. »Könnte vielleicht verhindern, dass Sie Katzenfutter werden. Ab durch die Mitte!«

Race tat einen Schritt auf die Luke zu und atmete langsam und tief ein. Er warf einen letzten Blick auf Nash, Schröder und Renée.

Daraufhin stieß er den angehaltenen Atem aus, zwängte sich durch die Luke ...

★★★

... UND KAM IN eine völlig andere Welt.

Ringsumher ertönte Maschinengewehrfeuer und Geschosse klatschten in die Blätter neben ihm, dass die Baumstämme splitterten. Hier draußen schien das Krachen so viel lauter zu sein, wirklicher. Tödlicher.

Race hörte seinen Herzschlag im Kopf dröhnen.

Was, zum Teufel, tue ich hier draußen mit diesem Gewehr in der Hand?

Du versuchst, ein Held zu sein – das tust du, du Idiot!

Erneut holte er Luft.

Also gut ...

Race sprang vom Heck des Geländefahrzeugs herab, landete auf der westlichen Bohlenbrücke und rannte zum dahinterliegenden Flusspfad. Er war von undurchdringlichem grauem Nebel umgeben. Knorrige Äste stachen wie Dolche daraus hervor.

Das M-16 wog schwer in seiner Hand und er hielt es beim

Rennen ungeschickt quer vor der Brust. Bei jedem Schritt trat er Wasser hoch.

Da glitt, ohne Vorwarnung, ein Rapa aus dem Dunst rechts, baute sich in voller Größe vor ihm auf und ...

Bumm!

Der Kopf des Rapas zerplatzte, die riesige Katze plumpste wie ein Stein in den Schlamm und trat wild um sich.

Race hielt nicht inne, sondern setzte einfach über die Katze weg. Sobald er den Boden wieder berührte, drehte er sich um und sah Schröder, ein M-16 fest an die Schulter gedrückt, aus der Luke am Heck des Geländefahrzeugs herausschauen.

Race rannte.

Eine Minute später tauchte aus dem Nebel der Spalt im Berg auf. In diesem Moment vernahm er Stimmen hinter sich, die auf Deutsch riefen:

»Achtung!«

»Macht schnell!«

Dann hörte er plötzlich Nash von irgendwoher aus dem Dunst schreien: *»Race, Beeilung! Sie sind hinter Ihnen her! Sie wollen zum Tempel!«*

Race stürmte durch den Spalt.

Jagte an den nassen Steinwänden vorüber.

Kam ganz plötzlich in dem gewaltigen Cañon mit dem unglaublich hohen Felsenturm heraus, dessen Basis in einen gespenstischen grauen Dunst gehüllt war.

Race war das gleichgültig. Er sprang auf den spiralförmig verlaufenden Weg links und eilte den steilen Pfad hoch.

Im Ort unten sah Renée Becker voller Furcht durch die schmalen Fenster des Geländefahrzeugs.

Etwa dreißig Nazisoldaten versammelten sich im Dorf. Sie trugen allerneueste Kampfmonturen – Körperschutz, leichte Kevlarhelme sowie schwarze Skimützen – und gingen so zielstrebig vor wie ein gut ausgebildeter, gut vorbereiteter Stoßtrupp.

Einer der Nazis trat in die Mitte der Hauptstraße und nahm den Helm ab. Dann streifte er sich die schwarze Skimütze vom Kopf und blickte sich forschend um.

Renée bekam große Augen.

Obgleich sie sein Bild tausendmal zuvor auf allen möglichen Fahndungsplakaten gesehen hatte, verursachte ihr sein leibhaftiger Anblick eine Gänsehaut.

Sie erkannte das nach vorn gekämmte Haar und die schmalen Augen sogleich wieder. Und die linke Hand, die nur vier Finger hatte.

Sie hatte Heinrich Anistase vor sich.

Wortlos formte Anistase ein »V« mit den Fingern und zeigte auf das Geländefahrzeug.

Schon stürmte ein Dutzend seiner mit G-11 bewaffneten Männer zum Flusspfad und weiter zum Spalt und zum Tempel.

Sechs weitere Männer rannten zum Geländefahrzeug, während die übrigen zwölf eine Verteidigungsstellung um das Dorf einnahmen.

Zwei Männer blieben abseits und bewachten den Störfunk der Nazis.

Dabei handelte es sich um einen kleinen Apparat von der Größe eines Rucksacks, Impulsgenerator genannt, der feindliche Funksignale störte, indem er einen kontrollierten, elektromagnetischen Impuls aussandte, abgekürzt EMI.

Der Apparat war ziemlich einzigartig. Üblicherweise beeinflusste ein elektromagnetischer Impuls alles mit einer eingebauten CPU – Computer, Fernsehgeräte, Kommunikationssysteme. Ein solcher Impuls wird unkontrollierter EMI genannt. Weil die Nazis jedoch die Frequenz ihres Impulses *kontrollierten* und dafür sorgten, dass ihre eigenen Funkgeräte auf höheren Frequenzen sendeten, waren sie in der Lage, den Funkverkehr ihrer Feinde zu stören und gleichzeitig die eigene Funkverbindung aufrechtzuerhalten.

Genau das taten sie gerade.

Die sechs Nazis erreichten das Geländefahrzeug und stellten fest, dass die Fensterläden geschlossen und die Luken verriegelt waren.

Nash, Schröder und Renée hatten sich in verschiedene Ecken gekauert und hielten den Atem an.

Die Männer des Sturmtrupps verloren keine Zeit.

Sogleich krochen sie unter das große gepanzerte Fahrzeug und brachten Sprengstoff am Unterboden an.

★★★

Race rannte.

Immer weiter nach oben folgte er der weiten Krümmung des Pfades.

Seine Beine zitterten. Sein Herz pochte heftig.

Er erreichte die Hängebrücke. Stürmte darüber. Eilte die Steintreppe hinauf, die zum Tempel führte.

Rannte durch das überhängende Farnkraut und fand sich plötzlich in der Lichtung vor dem Portal wieder.

Sie war völlig verlassen.

Kein Lebewesen, weder Mann noch Katze, war in Sicht.

Das Portal des Tempels stand weit offen und wirkte im Nebel wie eine Bedrohung. Die Stufen hinab ins Innere waren in Schatten gehüllt.

Um keinen Preis eintreten.

Der Tod lauert im Innern.

Race hielt das M-16 vor sich, schaltete die Lampe auf dem

Gewehrlauf ein und trat vorsichtig in das Portal. Er blieb auf der großen steinernen Türschwelle stehen – umgeben von den Schrecken erregenden Schnitzereien von Rapas und kreischenden Menschen – und spähte in die Schwärze hinab.

»Van Lewen!«, zischte er. »Van Lewen! Sind Sie da drin?«

Keine Antwort.

Er ging eine Stufe hinab, das Gewehr ungeschickt vor sich haltend.

Da vernahm er eine Antwort.

Ein langes, langsames Knurren von irgendwo tief unten im Tempel.

Ja-a.

Race packte das Gewehr ein wenig fester und tat mit angehaltenem Atem einen weiteren Schritt in den Tempel hinab.

Zehn Schritte weiter und er stand in einem dunklen Tunnel mit Steinwänden, der rechts in einer weiten, sanften Kurve in die Tiefe führte.

Er bemerkte eine Nische in der Mauer und richtete den Strahl seiner Taschenlampe darauf.

Ein entsetzlich zugerichtetes Skelett erwiderte seinen Blick.

Der Hinterkopf war eingeschlagen worden, ein Arm fehlte und der Mund stand zu einem erstarrten Schrei des Entsetzens auf. Es trug ein uraltes Lederwams.

Entsetzt wich Race einen Schritt von der schmutzigen, ekelhaften Gestalt zurück.

Da bemerkte er den Gegenstand um den Hals des Toten. Er war nur gerade eben erkennbar, weil er tief in den Kerben der Wirbelsäule des Skeletts verborgen war. Race beugte sich vor, um ihn besser in Augenschein nehmen zu können.

Es war ein Lederhalsband.

Race ergriff den dünnen Lederriemen und zog daran. Wenige Sekunden später tauchte ein strahlend grüner Smaragd hinter dem Knochenhals auf, der an dem Lederhalsband befestigt war.

Race' Herz setzte einen Schlag lang aus. Er kannte diesen Smaragdanhänger, hatte er doch erst vor kurzem etwas darüber gelesen.

Er gehörte Renco.

Das war das Halsband, das die Hohe Priesterin in Coricancha Renco in der Nacht überreicht hatte, da er das Götzenbild aus Cusco entführte.

Erneut blickte Race voller Entsetzen auf das Skelett.

Renco!

Race streifte dem Skelett das Halsband ab und hielt es fest in den Händen.

Einen Moment lang sann er über Renco nach – dann fiel ihm plötzlich etwas ein, das er selbst vor nicht allzu langer Zeit zu Frank Nash gesagt hatte.

Irgendwie ist es ihnen gelungen, die Rapas wieder in den Tempel zu locken und gleichzeitig das Götzenbild hineinzustellen.

Race schluckte heftig. Hatte Renco, das nasse Götzenbild in Händen, die Katzen in den Tempel zurückgeführt?

Das also war aus Renco geworden.

Das war das Schicksal von Helden.

Feierlich legte er sich das Smaragdhalsband um den Hals. »Leb wohl, Renco!«, sagte er laut.

In diesem Augenblick fiel ein hartes weißes Licht auf Race' Gesicht. Er wandte sich um, die Augen weit aufgerissen wie ein Tier, das von den Scheinwerfern eines Autos erfasst wurde. Da bemerkte er, dass er in die Gesichter von Cochrane, Van Lewen und Reichart starrte, die aus der Finsternis der tiefsten Tiefen des Tempels heraufkamen.

Reichart hatte etwas in der Hand, das in ein ausgefranstes, purpurfarbenes Tuch gewickelt war.

Cochrane schritt an Race vorüber und schob dabei grob dessen M-16 beiseite. »Setzen Sie das verdammte Ding ab, ehe Sie jemanden damit umbringen!«

Tex Reichart blieb vor Race stehen und hielt lächelnd den Gegenstand hoch, der in das purpurfarbene Tuch gewickelt war.

»Wir haben es«, sagte er.

★★★

RASCH KNÜPFTE REICHART das Tuchpaket auf und Race sah es zum ersten Mal.

Das Götzenbild der Inka.

Den »Geist des Volkes«.

Wie das steinerne Totem, das er im Regenwald gesehen hatte, wirkte der »Geist des Volkes« in der Realität unendlich viel finsterer als in seiner Vorstellung.

Er war etwa dreißig Zentimeter hoch und hatte ungefähr die Größe und Gestalt eines Schuhkartons. In die Vorderseite des rechteckigen Steins war ein Rapakopf geschnitzt. Es war der wütendste, *wildeste* Rapa, den Race je zu Gesicht bekommen hatte.

Er hatte das Maul weit aufgerissen, knurrte wild, und die scharfen, spitzen Zähne waren zum Zuschlagen, Verstümmeln und Töten bereit.

Am meisten verblüffte Race jedoch an dem Schnitzwerk, wie *lebendig* es wirkte. Dank einer Kombination aus geschickter Handwerkskunst und der ungewöhnlichen Natur des Steins sah es so aus, als wäre der Rapa irgendwie *in* dem glänzenden, schwarz-purpurfarbenen Stein gefangen und versuchte – wahnsinnig, wild, rasend –, sich gewaltsam daraus zu befreien.

Das ist er also, *der Stein*, dachte Race beim Anblick der dünnen, purpurfarbenen Adern, die sich das Gesicht des knurrenden Rapas hinabschlängelten und ihm eine zusätzliche Dimension von Wut und Bösartigkeit verliehen.

Thyrium.

Wenn die Inka nur gewusst hätten, was sie angestoßen haben, als sie dieses Götzenbild schnitzten, dachte er.

Rasch verhüllte Reichart das Götzenbild wieder mit dem Tuch und alle vier eilten zum Eingang des Tempels zurück.

»Was, zum Teufel, tun Sie eigentlich hier oben?«, knurrte Cochrane, als sie das offene Portal erreichten.

»Nash hat mich geschickt. Ich soll Ihnen sagen, dass die Nazis unten im Ort sind. Sie stören unseren Funkverkehr, sodass wir den Kontakt zu Ihnen verloren haben. Sie schicken jetzt Männer hoch. Nash hat gesagt, Sie sollen *nicht* ins Dorf zurückkehren, sondern auf einem anderen Weg von hier verschwinden und sich mit dem Luftunterstützungsteam in Verbindung setzen. Die sollen Sie irgendwo in den Bergen auflesen ...«

In diesem Augenblick durchsiebte eine Salve aus einem Maschinengewehr die Steinwände des Portals ringsherum. Die vier gingen rasch in Deckung, als eine weitere Geschosssalve den Rahmen des Portals traf und die festen Steinwände zerfetzte, als ob sie aus Gips wären.

Sogleich fuhr Race herum und sah etwa zwölf Nazisoldaten in den Bäumen am Rand der Lichtung stehen, die mit ihren G-11 auf sie feuerten.

Cochrane erwiderte das Feuer aus der Deckung des Portals heraus, ebenso wie Van Lewen. Das *Rattattat* ihrer M-16 hörte sich fast bemitleidenswert gegen das unablässig dröhnende *Rrrrr* der ultramodernen G-11 an.

Auch Race versuchte, das Feuer der Nazis zu erwidern, doch als er den Hahn seines M-16 zog, geschah gar nichts.

Cochrane riss einen T-förmigen Griff an Race' Gewehr zurück. »Mein Gott, Sie sind genauso nutzlos wie ein Priester in einem Bordell«, brüllte er.

Erneut drückte Race den Abzug und diesmal sauste ein Hagel von Geschossen aus seinem M-16. Die Wucht des Rückstoßes kugelte ihm fast das Schultergelenk aus.

»Was sollen wir tun?«, schrie Reichart über das Maschinengewehrfeuer hinweg.

»Hier können wir nicht bleiben!«, rief Van Lewen. »Wir müssen zur Hängebrücke zurück …«

In diesem Augenblick ertönte irgendwo über ihnen ein jähes, widerhallendes *Wumm*!

Race blickte auf und sah einen schwarzen MD-500-»Mosquito«-Helikopter, einen Kampfhubschrauber, aus dem Nebel hervorschießen und dröhnend über die Kuppe des Felsenturms hinwegfliegen.

Der Mosquito war ein flinker, leichter Kampfhubschrauber und viel kleiner als ein Apache oder Comanche. Aber was ihm an bloßer Stärke und Feuerkraft mangelte, glich er mehr als genügend durch Schnelligkeit und Manövrierfähigkeit aus.

Seinen Spitznamen verdankte er seiner Ähnlichkeit mit gewissen Mitgliedern der Insektenwelt. Er hatte ein rundes Cockpit aus Sicherheitsglas, das an das vorgestülpte Auge einer Biene erinnerte, sowie zwei lange, spillerige Landestützen, die aussahen wie die lang gestreckten Beine eines Moskitos.

Der Hubschrauber feuerte eine Salve aus den beiden seitlich montierten Bordkanonen ab, die zwei lange, ungebrochene Linien in den Schlamm vor dem Tempel rissen.

»Das wird ja immer schöner!«, schrie Race.

Unten im Dorf explodierten die Sprengladungen, die die Nazis an der Unterseite des Geländefahrzeugs angebracht hatten.

Ein Feuerball schoss unter dem gewaltigen, achträdrigen Fahrzeug hervor. Es wurde volle drei Meter vom Boden gehoben, kippte mitten in der Luft zur Seite und krachte dann zu Boden.

Im Innern kehrte sich das Unterste zuoberst.

Sobald Nash, Renée und Schröder gehört hatten, wie die Nazis den Sprengstoff anbrachten, hatten sie sich auf ihren Sitzen angeschnallt und sich auf die Explosion vorbereitet.

Jetzt hingen sie, noch immer angeschnallt, auf ihren Sitzen am umgekippten Fahrzeugboden.

Das Wichtigste jedoch war, dass die Panzerung des Geländefahrzeugs gehalten hatte.

Im Augenblick jedenfalls.

Doogie Kennedy spähte voller Furcht vom Dach der Zitadelle hinab.

Er sah das Dorf vor sich liegen, eingehüllt in Dunst und Nebel. Etwa ein Dutzend Nazisoldaten standen in regelmäßigen Abständen in der grauen Suppe, die G-11 nach außen gerichtet.

Gerade war das Geländefahrzeug in die Luft geflogen. Doogie dankte Gott dafür, dass die Nazis nicht bemerkt hatten, dass weitere Mitglieder von Nashs Team im Innern der Zitadelle steckten. Deren Mauern hätten einen wütenden Ansturm kaum überstanden.

Plötzlich vernahm er Rufe – jemand brüllte auf Deutsch Befehle.

Doogie sagten die Wörter zunächst fast gar nichts. Dann hörte er seltsamerweise inmitten des Kauderwelschs zwei Begriffe, die er doch verstand: »Das Sprengkommando.«

Doogie erstarrte. Er fuhr entsetzt herum, als er vier Nazisoldaten auf diesen Befehl hin zum Fluss davoneilen sah.

Er verstand nicht viel Deutsch, aber ein Job in einer Raketenfabrik der NATO vor den Toren Hamburgs hatte ihm zumindest Grundkenntnisse des gängigen deutschen Militärjargons vermittelt.

»Sprengkommando« war einer dieser Ausdrücke.

Aus der Deckung des Portals heraus feuerte Van Lewen mit seinem M-203-Werfer eine Granate ab. Eine Sekunde später erfolgte in der Nähe der Nazistellung eine Explosion unter den Bäumen und ließ einen Schauer aus Schlamm und Blättern über das Gelände herabregnen.

»Sergeant!«, schrie Cochrane.

»Was ist?«

»Wir sind im Arsch, wenn wir so weitermachen! Sie haben zu viel Feuerkraft! Sie bleiben einfach außer Sichtweite, bis uns die Munition ausgeht, und dann sind wir in diesem verfluchten Tempel gefangen! Wir müssen von diesem Felsen runter!«

»Ich bin für Vorschläge offen!«, rief Van Lewen.

»Sie sind der Sarge«, schrie Cochrane zurück.

»Na gut.« Van Lewen runzelte die Stirn. Er überlegte einen Augenblick lang und sagte dann: »Der einzige Weg von diesem Felsenturm runter ist die Hängebrücke, stimmt's?«

»Stimmt«, erwiderte Reichart.

»Also müssen wir irgendwie zu dieser Brücke zurück, ja?«

»Ja.«

»Ich schlage vor«, meinte Van Lewen, »wir gehen zur Rückseite des Tempels und zum Rand des Felsenturms. Dann hacken wir uns einen Weg durch das Laubwerk zur Hängebrücke. Wir überqueren sie und lassen sie anschließend hinter uns herabfallen. Dann sitzen diese Arschlöcher auf dem Felsen fest.«

»Hört sich wie ein Plan an«, schrie Reichart.

»Dann tun wir's«, sagte Van Lewen entschieden.

Die Green Berets machten sich bereit, aus dem Portal des Tempels hervorzustürmen. Race versuchte einfach, nah an ihnen dranzubleiben – gleich, was sie taten.

»Also ...«, sagte Van Lewen. *»Jetzt!«*

Auf dieses Kommando stürmten die vier wild feuernd aus dem Eingang des Tempels und rannten in den Regen hinaus.

Ihre Gewehre brüllten.

Die Nazis gingen unter den Bäumen in Deckung.

Van Lewen und Reichart verschwanden als Erste um die Ecke und rannten zur Rückseite des Tempels.

Sekunden später waren sie um die hintere Ecke, sodass der Tempel jetzt zwischen ihnen und dem Feuer der Nazis stand.

Sie befanden sich auf dem ebenen Pfad aus Steinplatten, den Race schon gesehen hatte und der den ungewöhnlichen, kreisrunden Stein barg.

Der völlig von Schlamm bedeckte Hang fiel 15 Meter steil nach unten ab. Er hörte an einem kleinen Felssims auf, das die äußerste Kante des Felsenturms bildete und einen nackten, einhundert Meter tiefen Abhang überblickte. Links davon standen Bäume mit dichtem Blattwerk. Dort ging es zur Hängebrücke zurück.

Cochrane und Race kamen hinter ihnen um die Ecke und erblickten sogleich den schlammigen Hang.

»Ich denke, das wird härter, als wir dachten«, meinte Cochrane zu Van Lewen.

In diesem Moment schoss der Mosquito-Kampfhubschrauber wie ein Haifisch aus den Tiefen des Ozeans aus dem Nebel unterhalb des Simses hervor und blieb direkt vor den Amerikanern in der Luft stehen. Seine Bordkanonen spien ein verheerendes Gewehrfeuer aus. Alle vier ließen sich zu Boden fallen.

Doch Tex Reichart war zu langsam. Die Geschosse schlugen gnadenlos in seinen Körper, immer und immer wieder, sodass er noch aufrecht gehalten wurde, als er schon längst tot war. Mit jeder Kugel, die in ihn drang, spritzte sternförmig Blut auf die nasse Steinmauer hinter ihm.

Buzz Cochrane bekam zwei Treffer ins Bein und schrie vor Schmerz auf. Race plumpste heftig auf den Matsch – unversehrt – und hielt sich gegen das Getöse des Helikopterfeuers die Ohren zu. Van Lewen erwiderte furchtlos mit seinem M-16 das Feuer, bis der Helikopter angesichts des gnadenlosen Beschusses abschwenkte und Reicharts Leichnam – aus seinem Griff befreit – mit dem Gesicht voran laut klatschend in den Schlamm fiel.

Unglücklicherweise hatte Reichart das Götzenbild getragen.

Als er nun stürzte, fiel es ihm aus der Hand und rutschte den steilen, schlammigen Hang hinab … auf die Kante zu.

Race sah es als Erster.

»Nein!«, rief er, wollte hinterher, landete auf dem Bauch und geriet gleichfalls ins Rutschen.

Van Lewen schrie: »Professor! *Warten Sie, nein ...!*«

Aber Race glitt bereits, zusammen mit dem M-16 und allem, was er sonst noch dabeihatte, durch den Schlamm direkt auf das Götzenbild zu.

Noch zweieinhalb Meter.

Eineinhalb Meter.

Einen Meter.

Da kehrte plötzlich der Mosquito zurück und ließ eine weitere Salve Maschinengewehrfeuer los und eine Reihe explodierender Geschosse zerfetzte den Schlamm *zwischen* Race und dem Götzenbild.

Race reagierte schnell. Er wälzte sich von den Einschlagkratern weg, schützte mit den Händen die Augen vor dem herumfliegenden Schlamm und verlagerte das Gewicht leicht, sodass er auf den Sims zurutschte. Dabei entfernte er sich immer weiter vom Götzenbild.

Er sah den Sims am Ende des Abhangs näher kommen, erblickte den jähen Abgrund dahinter, den schwarzen Mosquito darüber, aber er rutschte viel zu schnell, um zu reagieren ... Urplötzlich, ehe er auch nur wusste, wie ihm geschah, schoss er über den Rand des Felsenturms hinaus.

★★★

ALS ER ÜBER den Rand rutschte, strecke Race blitzschnell eine Hand aus und erwischte die Simskante.

Ruckartig kam er zum Stehen. An einer Hand hing er einhundert Meter über dem Kratergrund.

Der Fallstrom des knatternden Mosquito strich über seine

Yankee-Kappe. Rasch griff er auch mit der anderen Hand zu, die noch immer das M-16 hielt, und zog sich hoch.

Egal, was du tust, Will, schau nicht nach unten.

Er sah nach unten.

Die nackte Wand des Felsenturms verschwand unter ihm in der Dunkelheit. Der Regen schien in diesen undurchdringlichen grauen Dunst hineinzufallen.

Ächzend schob Race die Ellbogen auf den Sims, stemmte sich hoch, blickte auf und sah gerade noch Van Lewen – mit Cochrane über der Schulter – zu der Baumgruppe rechts rennen.

Gleichzeitig kamen die Nazis – alle zwölf, alle mit G-11-Gewehren bewaffnet – von beiden Seiten des Tempels herangelaufen.

Sie erblickten das Götzenbild, das umgekippt auf halber Strecke den steilen, matschigen Abhang hinab lag.

Rasch schwärmten sie fächerförmig aus und gaben Deckung, während ein einzelner Mann vorsichtig seitlich den Hang hinabschlitterte, um das Götzenbild zu bergen.

Der Nazi erreichte das Götzenbild. Ergriff es.

Race hätte fluchen können.

Aber dazu erhielt er keine Gelegenheit. Denn genau in diesem Moment sah einer der Nazis auf und erblickte Race – der halb vom Sims herabhing und mit weit geöffneten, erschrockenen Augen zu ihnen hochblickte.

Wie einer hoben die Nazis ihre G-11 und richteten sie direkt auf seine Stirn. Als sie den Finger an den Abzug legten, tat Race das Einzige, das ihm einfiel.

Er ließ los.

Race stürzte.

Rasch.

Die Wand des Felsenturms hinab.

Er sah sie mit unglaublicher Geschwindigkeit an sich vorüberrasen. Als er aufblickte, bemerkte er, dass sich der Sims, von dem er sich hatte herabfallen lassen, noch schneller in den grauen Himmel zurückzog.

Seine Gedanken rasten.

Ich kann nicht glauben, dass ich das gerade getan habe! Bleib ruhig, bleib ruhig, du hast es getan, weil du gewusst hast, dass du auf diese Weise heil hier rauskommst.

Genau.

Im Fallen drehte Race rasch das M-16 herum.

Du wirst nicht sterben.

Du wirst nicht sterben.

Er versuchte, sich daran zu erinnern, wie Van Lewen damals den Greifhaken über den Abgrund geschossen hatte. Wie war das gewesen? Er hatte zum Abfeuern des Hakens einen *zweiten* Abzug am Gewehr betätigt, der sich unterhalb des Laufs des M-16 befand.

Er fiel noch immer.

Verzweifelt untersuchte Race seine Waffe, suchte den zweiten …

Da!

Sogleich hob er das M-16 und zielt damit auf den rasch zurückweichenden Felsenturm über sich. Daraufhin riss er den zweiten Abzug zurück.

Mit einem lauten, einem Platzgeräusch ähnlichen *Wumm!* schoss der Greifhaken aus dem Granatwerfer seines Gewehrs und die silbrigen Klauen öffneten sich mit einem scharfen *Klick-Klick* mitten in der Luft.

Race stürzte weiter.

Der Greifhaken schoss nach oben und sein Nylonseil tänzelte hinter ihm.

Race fiel noch immer.

Er hielt das M-16 ganz fest. Daraufhin schloss er die Augen und wartete – auf den Ruck des Seils oder den Aufprall auf den Teich, je nachdem.

Der Ruck kam zuerst.

Abrupt straffte sich die Leine des Greifhakens und Race' Sturz endete jäh und heftig.

Es fühlte sich an, als wären ihm gerade die Arme aus den Gelenken gedreht worden, aber irgendwie brachte er es fertig, das M-16 festzuhalten.

Er öffnete die Augen.

Und entdeckte, dass er etwa dreißig Meter unterhalb der Kante der Felsenkuppe schwebte.

Volle dreißig Sekunden lang hing er schweigend da, atmete tief durch und schüttelte den Kopf. Kein Nazi erschien auf dem Sims über ihm. Nach seinem Sturz mussten sie den Abhang gleich verlassen haben.

Race seufzte vor Erleichterung. Dann machte er sich daran, sich auf die Kuppe des Felsenturms hochzuziehen.

Auf dem Felsenturm oben hackte sich Van Lewen durch das Blattwerk, wobei er sein Bowiemesser als Machete benutzte.

Nur Augenblicke zuvor hatte er gesehen, dass die Nazis das Götzenbild an sich genommen hatten. Jetzt versuchte er verzweifelt, vor ihnen die Hangebrücke zu erreichen.

Sie befand sich am äußersten südlichen Rand des Felsenturms und er und der verwundete Cochrane bahnten sich gewaltsam einen Weg durch das Unterholz auf der südwestlichen Flanke.

Die Nazis nahmen die direktere Route. Sie kehrten über die Lichtung und die Steintreppe zur Hängebrücke zurück.

Van Lewen hackte einen letzten Ast beiseite. Da sahen er und Cochrane sich auf einmal der Hängebrücke gegenüber, die etwa 15 Meter von ihnen entfernt majestätisch den Abgrund zwischen der Kuppe des Felsenturms und dem äußeren Weg überspannte.

In diesem Augenblick überquerte das Dutzend Nazisoldaten, das sie angegriffen hatte, die Brücke und erreichte den Pfad auf der anderen Seite.

Verdammt, dachte Van Lewen, *sie hatten ihn im Wettlauf geschlagen!*

Er starrte zu einem der Nazis hinüber, der gerade auf der anderen Seite des Abgrunds festen Boden betrat. Der Mann hielt etwas in den Armen, das mit einem ausgefransten, purpurfarbenen Tuch bedeckt war.

Das Götzenbild.

Scheiße.

Dann taten die Nazis auf der anderen Seite des Abgrunds das, was Van Lewen befürchtet und was er selbst vorgehabt hatte, wenn er zuerst drüben gewesen wäre.

Sie lösten die Brücke von den Stützpfeilern und ließen sie fallen.

Da sie auf der Seite des Felsenturms noch befestigt war, landete sie nicht unten auf dem Boden des Abgrunds, sondern legte sich flach an die Wand des Felsenturms, wobei sich das Seil zum Einholen in dem undurchdringlichen Nebel verlor.

Hilflos, enttäuscht starrte Van Lewen den Nazis nach, die drüben den Pfad hinabeilten.

Sie hatten das Götzenbild.

Während er auf dem Felsenturm gestrandet war.

★★★

Die Hände in die Hüften gestützt, stand Heinrich Anistase im Zentrum von Vilcafor. Er war zufrieden damit, wie die Erstürmung des Ortes verlaufen war.

Der Impulsgenerator hatte perfekt funktioniert und den gesamten Funkverkehr des Feindes zum Erliegen gebracht. Die Amerikaner in dem Geländefahrzeug waren leicht neutralisiert worden. Und jetzt hatte er gerade gehört, dass sein Sturmtrupp das Götzenbild von den Amerikanern oben am Tempel erobert hatte.

Alles lief wie am Schnürchen.

Ein Ruf ertönte und Anistase wandte sich um und sah den Trupp vom Felsenturm über den Flusspfad heranstürmen.

Der Kommandeur des Trupps kam sogleich herüber und präsentierte ihm einen in Tuch gehüllten Gegenstand.

»Obergruppenführer«, sagte der Mann formell. »Das Götzenbild.«

Anistase lächelte.

Nachdem es ihm gelungen war, am Seil seines Greifhakens zurückzuklettern, jagte Race über die verlassene Lichtung vor dem Tempel und suchte nach überlebenden Green Berets.

Er fand Van Lewen und Cochrane am Sims, wo einmal die Hängebrücke befestigt gewesen war.

»Diese Hurensöhne«, meinte er beim Anblick des gähnenden Abgrunds. »Sie haben die Brücke abgeschnitten.«

»Hier kommen wir nicht runter«, sagte Van Lewen. »Wir stecken fest.«

In diesem Augenblick flog der schwarze Mosquito-Helikopter knatternd und mit feuernden Bordkanonen an ihnen vorüber. Die Nazis mussten ihn zurückgelassen haben, um die Sache zum Abschluss zu bringen.

Rasch suchten Race und die anderen Deckung im Unterholz. Blätter explodierten über ihren Köpfen, Baumstämme zersplitterten.

»Verdammtes Scheißding!«, schrie Cochrane über das Brüllen des Gewehrfeuers hinweg.

Race sah sich den Mosquito genauer an, der jetzt über dem

Abgrund schwebte und Feuerzungen aus seinen Kanonen spuckte. Sein Blick fiel auf die langen, spillerigen Landekufen.

Die Landekufen ..., dachte er.

Da machte etwas in ihm *Klick* – er verspürte eine Art grimmiger Entschlossenheit, von deren Existenz er nichts gewusst hatte.

»Van Lewen!«, rief er plötzlich.

»Was ist?«

»Geben Sie mir Deckung!«

»Wozu?«

»Veranlassen Sie einfach den Hubschrauber dazu, ein bisschen höher zu steigen, bitte! Aber schrecken Sie ihn nicht ab!«

»Was haben Sie vor?«

»Ich bringe uns von diesem Felsen runter!«

Die Antwort reichte Van Lewen völlig aus. Eine Sekunde später tauchte er kurz unter dem Blattwerk auf und feuerte eine Salve auf den schwarzen Hubschrauber ab.

Der Mosquito reagierte, indem er ein wenig höher stieg und das Feuer erwiderte.

Inzwischen werkelte Race fieberhaft an seinem Greifhaken und entrollte die Leine. Er blickte zum Hubschrauber hinaus.

»Bringen Sie ihn höher!«, schrie er. »Höher! Er steht zu tief!«

Race schätzte die Entfernung zwischen sich und dem Helikopter ab.

Er war zu nahe, um den Greifhaken vom Werfer *abzufeuern*. Er würde ihn schleudern müssen.

Also entrollte er das Seil ein wenig weiter und hielt es locker, damit es sich beim Wurf nicht völlig verheddern würde.

»Cochrane!«, rief er. »Können Sie sich mit Ihrem verwundeten Bein durch die Luft schwingen?«

»Sonst noch was, Einstein?«

»Dann sind Sie mir also keine Hilfe!«, sagte Race grimmig. »Sie bleiben hier. Van Lewen! Geben Sie mir Deckung!«

Als Van Lewen eine weitere Salve auf den Hubschrauber abgab, sprang Race aus dem Blattwerk, den Greifhaken in der Hand. In einer fließenden Bewegung warf er ihn in einem Unterhandwurf auf die linke Landekufe des Mosquitos.

Er wusste sofort, dass der Wurf perfekt gelungen war.

Der Greifhaken segelte auf den schwebenden Hubschrauber zu, erreichte den Zenit seines Bogens gerade beim Eintreffen an der linken Landekufe des Mosquitos, schwang mit einem scharfen *Kling-Klong* über die Landekufe hinweg und verdrehte sich zweimal darum. Jetzt saß er fest.

»Also, Van Lewen! Gehen wir!«

Van Lewen gab einen letzten Feuerstoß auf den Hubschrauber ab, ehe er zu Race hinüberlief, der an der Kante des Simses stand.

»Festhalten!« Race hielt Van Lewen sein M-16 hin. Das Gewehr war am Ende des Seils verknotet.

Van Lewen nahm es und warf Race einen Blick zu. »Wissen Sie, Sie sind wesentlich tapferer, als die meisten für möglich halten würden.«

»Danke.«

Mit diesen Worten stießen Race und Van Lewen sich ab und schwangen gemeinsam, an der Landekufe des schwebenden Kampfhubschraubers herabhängend, in einem wundervoll anmutigen Bogen über den dreißig Meter breiten Abgrund hinweg.

»Scheißkerle ...«, kommentierte Buzz Cochrane, während er zusah.

Race und Van Lewen erreichten den Pfad auf der anderen Seite des Abgrunds und landeten. Sobald sie wieder festen Boden unter den Füßen hatten, löste Race das Seil des Greifhakens von seinem M-16 und ließ es los.

Der Hubschrauberpilot wusste anscheinend nicht, wohin sie verschwunden waren – er wirbelte wie wild über dem Abgrund umher, feuerte vor Enttäuschung aus allen Rohren auf alles und nichts, während Race und Van Lewen über den Pfad ins Dorf zurückrannten.

★★★

Heinrich Anistase hielt das Päckchen in den Händen und schlug das Tuch mit angehaltenem Atem zurück.

»Ja«, sagte er, als er das schimmernde schwarze Götzenbild enthüllte. *»Ja …«*

Dann machte er abrupt auf dem Absatz kehrt und schritt auf die östliche Bohlenbrücke zu.

»Sprengkommando!«, rief er auf Deutsch, »sind die Chlorgranaten bereit?«

»Noch drei Minuten, Obergruppenführer«, rief ein Mann vom zerbeulten Geländefahrzeug zurück.

»Dann habt ihr drei Minuten zu lang gebraucht«, brüllte Anistase. »Legt sie aus und kommt dann zu uns an den Fluss!«

»Jawohl, Obergruppenführer.«

Anistase schaltete sein Funkgerät ein. »Oberstgruppenführer? Können Sie mich hören?« *Oberstgruppenführer* war der höchste SS-Rang – Generaloberst.

»Ja«, kam die Antwort.

»Wir haben es.«

»Bringen Sie es mir.«

»Jawohl, Oberstgruppenführer. Sofort«, erwiderte Anistase, während er über die östliche Bohlenbrücke und in den Regenwald stürmte.

Race und Van Lewen rannten den gewundenen Pfad hinab.

Sie erreichten den Grund des Kraters und eilten durch den Spalt. Dann ging es mit gehobenen Gewehren den Flusspfad entlang. Überall Dunst.

Plötzlich wurde es in ihren Kopfhörern lebendig.

»... Van Lewen, berichten Sie. Wiederhole. Cochrane, Reichart, Van Lewen, berichten Sie ...«

Es war Nash. Ihre Funkgeräte funktionierten wieder. Die Nazis mussten das Störsystem abgeschaltet oder zumindest außer Reichweite gebracht haben.

Van Lewen sprach im Rennen. »Colonel, Van Lewen hier. Wir haben Reichart verloren und Cochrane ist verwundet. Die Nazis haben das Götzenbild. Wiederhole. *Die Nazis haben das Götzenbild.* Professor Race ist bei mir. Wir sind auf dem Weg zurück ins Dorf.«

»*Sie haben das Götzenbild verloren?*«

»Ja.«

»*Holen Sie es zurück!*«, war alles, was Nash sagte.

Race und Van Lewen erreichten die westliche Bohlenbrücke. Vorsichtig, die Gewehre gehoben, schritten sie darüber.

Der Ort war verlassen, eingehüllt in Nebel. Keine Nazis in Sicht. Auch keine Rapas.

Vor sich erkannten sie die dunkle Silhouette des umgekippten Geländefahrzeugs. Links sahen sie die Schatten der verschiedenen Gebäude von Vilcafor aus dem Nebel ragen.

Van Lewen trat einen Schritt auf das Geländefahrzeug zu.

»Colonel ...?«, fragte er.

Die Antwort war Gewehrfeuer – G-11-Feuer des dreiköpfigen Sprengkommandos, das im Dorf zurückgeblieben war, um Anistases Chlorladungen zu legen.

Race hechtete nach links, Van Lewen nach rechts und beide hoben ihr M-16, aber es hatte keinen Zweck – sie sahen nichts in diesem Dunst.

Mühsam kam Race wieder auf die Beine. Er sah einen Nazi um die Seite des Geländefahrzeugs eilen, das G-11 gehoben und feuerbereit.

Dann – *Bumm!* – ertönte plötzlich ein lauter, einzelner Gewehrschuss irgendwo hinter Race. Der Kopf des Nazis ruckte zurück, eine Blutfontäne schoss daraus hervor und Race konnte lediglich ehrfurchtsvoll zuschauen, wie sein Angreifer tot zu Boden stürzte.

»Was, zum ...« Er drehte sich in die Richtung, aus der der Gewehrschuss gekommen war.

Plötzlich stürzte unmittelbar vor ihm ein Rapa aus dem Nebel und wollte ihm mit gebleckten Zähnen an die Kehle springen.

Bumm!

Mitten im Sprung fuhr der Rapa ruckartig zur Seite. Er war von einer weiteren Kugel in den Kopf getroffen worden – und auf der Stelle tot. Der Kadaver des großen Tiers glitt bis auf wenige Zentimeter an Race' Füße heran.

Was, zum Teufel, ging hier vor?

»Professor!«, tönte Doogies Stimme durch den Dunst. »Hier herüber! Kommen Sie! Ich gebe Ihnen Deckung!«

Als Race mit zusammengekniffenen Augen durch den Nebel sah, erhaschte er einen Blick auf das Dach der Zitadelle und erkannte die Silhouette von Doogie Kennedy, der dort zusammengekauert hockte und ein Gewehr an die Schulter gedrückt hatte.

Von seiner Position auf dem Dach der großen steinernen Festung aus hatte Doogie einen prächtigen Blick auf das Dorf.

Durch die Thermosichtgeräte seines M-82A1A-Sturmgewehrs erkannte er jeden, als ob es Tageslicht wäre. Jeder Körper erschien im Sichtgerät als vielfarbiger Klecks – angefangen bei den vage menschlich geformten Klecksen Race, Van Lewen und den beiden verbliebenen Mitgliedern des deutschen Sprengkommandos bis hin zu dem trapezförmigen, jedoch hitzelosen Geländefahrzeug und den bedrohlichen vierbeinigen Klecksen, den Katzen.

Die Katzen.

Mit dem Verschwinden der Nazisoldaten und ihrer Waffen stand es den Tieren jetzt frei, erneut im Dorf umherzustreifen.

Sie waren zurückgekehrt. Und gierten nach Blut.

Race fuhr herum und sah Van Lewen bei dem umgekippten Geländefahrzeug stehen.

»Professor, verschwinden Sie!«, schrie der Sergeant. »Doogie wird Ihnen Deckung geben! Ich muss das Ding hier wieder aufstellen!«

Das hätte man Race nicht zweimal sagen müssen. Sogleich eilte er davon, umgeben von Nebel. Allerdings vernahm er sogleich rasche, klatschende Schritte im Matsch und Grau hinter sich.

Sie kamen näher, holten auf.

Dann, plötzlich – *Bumm – Patsch – Klatsch.*

Es war ein weiterer Gewehrschuss, den Doogie abgefeuert hatte – *Bumm* –, gefolgt vom Geräusch der Kugel, die in einen der Nazis klatschte – *Patsch* –, wiederum gefolgt vom Geräusch, mit dem der Nazi zu Boden stürzte – *Klatsch.*

Ein weiterer Rapa glitt jetzt vor ihm aus dem Dunst, bereitete sich zum Sprung vor – *Bumm!* –, sein Kopf war gerade zerplatzt, getroffen von Doogie. Der Körper des Rapas zuckte. *Bumm! Bumm! Bumm! Bumm! Bumm!* Der Körper regte sich nicht mehr.

Race vermochte es nicht zu fassen.

Es war, als suchte man sich seinen Weg durch ein in Nebel gehülltes Labyrinth, während man von einem Schutzengel bewacht wurde. Er konnte lediglich weiterlaufen, während Doogie sich um alle Gefahren kümmerte, Gefahren, die er selbst nicht erkannte.

Erneut vernahm er schmatzende Schritte – diesmal schwerer: die vierbeinige Variante.

Bumm.

Patsch.

Klatsch.

Doogie oben auf der Zitadelle fluchte.

Nach dem letzten Treffer war ihm die Munition ausgegangen. Er duckte sich hinter den Brustwall und machte sich verzweifelt ans Nachladen.

Drüben am Fluss hing Van Lewen an der Unterseite des umgekippten Geländefahrzeugs und zerrte mit seinem ganzen Gewicht daran, sich der Tatsache sehr wohl bewusst, dass dort draußen im Dunst die Rapas waren.

»Schiebt euch höher!«, rief er Nash und den anderen im Fahrzeug zu. »Wir müssen es umkippen!«

Sogleich befolgten sie seinen Befehl und fast sofort kippte das Geländefahrzeug – das sowieso schon in einem ziemlich wackeligen Zustand auf der Seite lag – langsam um.

Van Lewen huschte beiseite, als – *Wumm!* – das große achträdrige Fahrzeug auf den Reifen landete, und eilte dann zu der Seitentür.

Race rannte noch immer wie der Teufel durch den Dunst, da teilte sich plötzlich – wie ein Vorhang, der beiseite gezogen wurde und eine Bühne zeigte – der Nebelschleier vor ihm und er erblickte die Zitadelle.

In diesem Moment vernahm er das *Klack-Klack* eines Sicherheitsbügels, der irgendwo in der Nähe an einem G-11 gelöst wurde, und erstarrte. Langsam wandte er sich um – und sah den letzten Nazisoldaten im Nebel vor sich stehen, das G-11 direkt auf seinen Kopf gerichtet.

Race wartete auf den inzwischen vertrauten Knall von Doogies Gewehr. Der jedoch kam nicht.

Warum schoss er nicht mehr?

Da ertönte urplötzlich ein mächtiges Getöse, das Race zunächst für das Gebrüll einer der Großkatzen hielt.

Aber das war es nicht.

Es war ein *Motor*.

Im nächsten Moment explodierte das Geländefahrzeug förmlich aus dem Dunst und fuhr dem Nazisoldaten in den Rücken.

Der Nazi stürzte und wurde unter dem großen Fahrzeug zerquetscht. Auch Race musste aus dem Weg springen. Das Fahrzeug rumpelte an ihm vorüber und kam rutschend vor der Zitadelle zum Stehen – direkt vor dem Eingang zur Festung. Es stellte sich so, dass die linke Schiebetür sich auf das Tor zur Zitadelle öffnete.

Eine Sekunde später sah Race die rückwärtige Luke des Geländefahrzeugs aufspringen und Van Lewens Kopf tauchte auf.

»He, Professor, kommen Sie nun rein oder was?«

Race sprang auf das Heck des Fahrzeugs und tauchte mit dem Kopf voran durch die Luke. Er war kaum drinnen, da fiel die stählerne Tür mit einem lauten, dröhnenden Knall zu.

★★★

»Sie haben das Götzenbild«, sagte Van Lewen, der im schummrigen Licht ihrer Taschenlampen, umringt von den anderen, auf dem Fußboden der Zitadelle saß. Die offene Tür des Geländefahrzeugs füllte den breiten, steinernen Eingang zur Zitadelle völlig aus.

»Scheiße«, fluchte Lauren. »Wenn sie das Thyrium zu einer funktionsfähigen Supernova bringen, sind wir aufgeschmissen.«

»Und was tun wir jetzt?«, fragte Johann Krauss.

»Wir holen es uns zurück«, erwiderte Nash nüchtern.

»Aber wie?«, fragte Troy Copeland.

»Wir müssen sofort hinter ihnen her«, entgegnete Van Lewen. »Jetzt, in diesem Augenblick, sind sie am verwundbarsten. Sie sind hergekommen, um sich das Götzenbild zu schnappen und es dann vermutlich dorthin zurückzubringen, wo sie die Supernova aufbewahren. Und bei einer Mission wie der, die sie gerade durchgeführt haben, ist man am verwundbarsten, wenn man das Zielobjekt überführt.«

»Wo ist ihre Heimatbasis?«

»Sie muss in der Nähe sein«, meinte Race fest und überraschte alle, sich selbst eingeschlossen, mit der Entschlossenheit seiner Feststellung. »Der Art und Weise nach zu urteilen, wie sie hergekommen sind.«

»Und wie sind sie hergekommen, Professor?«, fragte Copeland ungläubig.

»Das weiß ich nicht genau«, erwiderte Race, »aber ich denke, ich kann eine ziemlich wahrscheinliche Vermutung äußern. Zum Ersten: Sie haben zum Herkommen eine Methode benutzt, die euer fantastisches SAT-SN-Netzwerk nicht entdecken konnte, also sind sie nicht geflogen. Zum Zweiten: Was ist, abgesehen vom Fliegen und Gehen, die rascheste und einfachste Art, eine Streitmacht von etwa dreißig Mann durch den Regenwald zu transportieren?«

»Oh, *verdammt,* weshalb habe ich nicht daran gedacht?«, meinte Lauren.

»Woran?«, fragte Copeland gereizt.

»Die Flüsse«, erwiderte sie.

»Genau«, sagte Race. »Sie sind per Schiff gekommen. Was bedeutet, dass ihre Operationsbasis nicht so wahnsinnig weit …« Er stockte.

»Wo ist sie also?«, fragte Nash. »Wo ist ihre Operationsbasis?«

Aber Race hörte nicht hin. Etwas hatte gerade bei ihm im Hinterkopf geklickt.

Operationsbasis …

Wo hatte er dieses Wort schon gehört?

»Professor Race?«, fragte Nash.

Nein, warte mal. Er hatte es nicht *gehört*.

Er hatte es *gesehen*.

Plötzlich fiel es ihm wieder ein.

»Lauren, haben wir noch die Transkription des Telefonats hier? Das mit der Lösegeldforderung der Nazis? Das Telefongespräch, das das BKA zwischen einem Handy irgendwo in Peru und der Colonia Alemania angezapft hat.«

Lauren fuhr herum und durchwühlte die Ausrüstung in der dunklen Zitadelle.

»Hier ist es.« Sie reichte ihm ein Blatt Papier.

Race blickte auf die Transkription, die er schon einmal gesehen hatte.

STIMME 1: …perationsbasis ist errichtet … restliche … wird … Miene …

STIMME 2: … ist mit Apparat? … bereit?

STIMME 1: … haben Stundenglasform übernommen, basierend auf dem amerikanischen Modell … zwei atomare Sprengköpfe über und unter einer Kammer aus einer Titanlegierung. Feldtests weisen darauf hin, dass … Apparat … funktioniert. Jetzt brauchen wir nur … Thyrium.

STIMME 2: Was ist mit der Botschaft?

STIMME 1: … wird hinausgehen, sobald wir das Götzenbild haben … an jeden Premierminister und Präsidenten der EU … dazu an den Präsidenten der Vereinigten Staaten über das internationale rote Telefon … Lösegeld einhundert Milliarden US-Dollar … ansonsten zünden wir den Apparat …

Race konzentrierte sich auf die ersten beiden Zeilen der Transkription:

```
STIMME 1:  ...perationsbasis ist errichtet ...
           restliche ... wird ... Miene ...
```

»Wird … Miene …«, las Race laut. »Miene … Miene … natürlich – die Mine!«

Er wandte sich an Lauren. »Wie hieß doch gleich diese verlassene Goldmine, die wir auf dem Herflug vom Huey aus gesehen haben? Die so hell erleuchtet war? Die überhaupt nicht wie eine verlassene Mine aussah?«

»Die Madre-de-Dios-Goldmine«, erwiderte Lauren.

»Liegt sie an einem Fluss?«

»Ja, am Alto Purus. Nahezu alle Tagebauminen liegen an Flüssen, weil das Gold nur mit Wasserflugzeugen und Schiffen weggeschafft werden kann.«

»Wie weit ist sie von hier entfernt?«

»Ich weiß es nicht. Sechzig, siebzig Kilometer.«

Race wandte sich an Nash. »Dahin fahren sie, Colonel. Zur Madre-de-Dios-Goldmine. Per Schiff.«

Heinrich Anistase bahnte sich lautstark einen Weg durch das Unterholz Richtung Osten. Schließlich schob er den letzten Zweig beiseite und wurde mit einem wahrlich spektakulären Ausblick belohnt.

Vor ihm breitete sich der Regenwald des Amazonas bis zum Horizont aus wie ein üppiger grüner Teppich.

Anistase stand am Rand des Tafellands, auf der Kuppe einer steilen, von Blattwerk bedeckten Felswand. Gleich rechts ergoss sich ein fantastischer, sechzig Meter hoher Wasserfall über das Tafelland, das Endergebnis des von Kaimanen verseuchten Flusses, der an Vilcafor vorüberströmte.

Doch Anistase beachtete den Wasserfall nicht.

Von viel größerer Bedeutung war für ihn das, was an dessen Basis lag, in dem breiten Flussabschnitt unten.

Er lächelte bei dem Anblick.

Ja …

Dann kletterte er, das Götzenbild unter dem Arm, rasch an den Seilen, die sich die Felswand entlangschlängelten, zum Fluss hinab.

»Na schön«, sagte Copeland, »wie werden wir uns diese Schweinehunde schnappen? Sie haben fünfzehn Minuten Vorsprung und nur für den Fall, dass jemand es vergessen hat, da draußen sind Rapas …«

»Wenn ihre Schiffe dort liegen, wo ich vermute, dann gibt es einen anderen Weg dorthin«, sagte Race. »Eine Route, auf der man nicht an den Großkatzen vorbei muss.«

»Welche Route?«, fragte Nash.

In diesem Moment fiel Race auf die Knie und wischte mit den Händen über den irdenen Fußboden der Zitadelle.

»Was tun Sie da?«

»Ich suche was.«

»Und was?«

Dem Manuskript zufolge musste es hier irgendwo sein. Die Frage war nur, ob die Inka die gleichen Symbole benutzt hatten, um es zu markieren, oder nicht …

»*Das hier*«, sagte Race plötzlich, während er mit der Hand eine Steinplatte unter der dünnen Schicht aus Schlamm und Schmutz enthüllte.

In die Ecke der Platte war ein Symbol einbeschrieben – ein Kreis mit einem doppelten »V« darin.

»Helft mir«, sagte er.

Van Lewen und Doogie kamen herüber, packten die Platte und zerrten daran.

Langsam und knirschend rutschte sie beiseite – und enthüllte ein tintenschwarzes Loch.

»Es ist das *quenko*«, sagte Race.

»Das was?«, fragte Nash.

»Ich habe im Manuskript davon gelesen. Es ist ein Labyrinth, das in den Fels unterhalb des Ortes gegraben wurde, eine Fluchtroute, ein Tunnelsystem, das zum Wasserfall am Rand des Tafellands führt – wenn man den Schlüssel zum Labyrinth kennt.«

»Und Sie kennen ihn?«

»Ja.«

»Wie das?«, fragte Troy Copeland spöttisch.

»Weil ich das Manuskript gelesen habe«, erwiderte Race.

»Wer geht also?«, meinte Lauren.

»Van Lewen und Kennedy«, erwiderte Nash. »Und jeder andere, der ein Gewehr tragen kann«, fügte er hinzu, wobei er die beiden BKA-Beamten sowie den deutschen Fallschirmjäger, Molke, ansah. Renée, Schröder und Molke nickten.

Nash wandte sich Copeland zu. »Was ist mit Ihnen, Troy?«

»Ich habe noch nie in meinem Leben ein Gewehr in der Hand gehalten«, sagte Copeland.

»Dann gut. Sieht so aus, als wärt es nur ihr fünf ...«

»Ich kann mit Gewehren umgehen«, warf Race ein.

»Was?«, fragte Lauren.

»Sie?«, meinte Copeland.

»Na ja.« Race zuckte die Schultern. »Mit ein paar Gewehren zumindest. Mein Bruder hat immer wieder welche mit nach Hause gebracht. Allzu gut bin ich nicht, aber ...«

»Professor Race kann jederzeit mit mir kommen«, sagte Van Lewen und trat vor, wobei er einen Blick mit Race wechselte. Er reichte ihm eine überzählige SIG-Sauer-Pistole. »Wenn man bedenkt, was er oben auf dem Felsenturm getan hat.«

Er wandte sich an Nash. »Das wär's dann, Sir?«

Nash nickte. »Tut, was ihr zu tun habt, aber *schnappt euch das Götzenbild*! Unser Luftunterstützungsteam sollte jede Minute eintreffen. Sobald sie hier sind, schicke ich sie euch nach. Wenn ihr irgendwie die Hand auf dieses Götzenbild legen und diese Nazischweinehunde eine Weile lang in Schach halten könnt, sollten unsere Leute in der Lage sein, euch da rauszuholen. Verstanden?«

»Verstanden«, erwiderte Van Lewen und packte sein M-16. »Auf geht's!«

★★★

MIT VAN LEWEN an der Spitze jagten sie durch einen der schmalen Tunnel des *quenko* unterhalb von Vilcafor.

Der Sergeant hatte das M-16 an die Schulter gedrückt und erleuchtete die dunklen, steinernen Gänge mit der winzigen, auf den Gewehrlauf montierten Lampe.

Ihm folgten Doogie, Molke und die beiden BKA-Beamten mit ihren M-16 sowie Race, der lediglich die SIG-Sauer in der Hand hielt.

Obgleich er es nicht zugeben wollte, war Race außer sich vor Angst. Aber er war, wo er sein wollte – bei Van Lewen, Doogie und den Deutschen, jagte dem Götzenbild und den Nazis nach. Er *tat* etwas.

Das *quenko* trug allerdings nicht zu seiner Beruhigung bei.

Es war wie ein grauenhafter Kerker – ein albtraumhaftes, unterirdisches Labyrinth mit engen Steinmauern und schlüpfrigem, schlammigem Boden.

Große, haarige Spinnen huschten in dunkle Ritzen davon und ekelhaft fette Schlangen wanden sich durch den stockenden Schlamm und brachten die sechs immer wieder fast zum Stolpern. Zudem war es beengend – höllisch beengend, denn die modrigen Durchgänge waren kaum einen Meter breit.

Van Lewen rannte, was das Zeug hielt.

»Nehmen Sie den dritten Tunnel rechts«, sagte Race von hinten. »Dann immer im Zickzack, angefangen mit links.«

Genau zur gleichen Zeit erreichte Heinrich Anistase den Fuß des steil abfallenden Tafellands.

Er schritt zum Flussufer und bestieg ein Zodiac-Gummi-Speedboat.

An Bord drückte er den Knopf seines Sprechfunkgeräts. »Sprengkommando, Bericht!«

Keine Antwort.

Sie stürmten durch das *quenko*.

Sie liefen, was die Lungen hergaben, nach links, nach rechts, jagten durch Spinnweben, stolperten über elf Meter lange Schlangen, rannten durch die glitschigen, moosbedeckten Tunnel des grässlichen unterirdischen Labyrinths.

»He, Van Lewen«, sagte Race zwischen zwei Atemzügen, als es gerade einen langen Tunnelabschnitt hinabging.

»Ja?«, entgegnete Van Lewen.

»Was ist der Achtziger-Klub?«

»Der Achtziger-Klub?«

»Cochrane hat ihn gestern Abend erwähnt, während ihr die Hubschrauber entladen habt, wollte aber nicht mit der Sprache herausrücken, was das ist. Ich würde es gern erfahren, ehe ich sterbe.«

Van Lewen schnaubte. »Ich kann's Ihnen sagen, aber es ist ziemlich … äh, *ordinär*.«

»Versuchen Sie's.«

»In Ordnung. Also, es ist folgendermaßen: Um Mitglied des Achtziger-Klubs zu werden, muss man Sex mit einem Mädchen gehabt haben, das in den achtziger Jahren geboren wurde.«

»Oh, *Mann*!«, sagte Race und krümmte sich innerlich.

»Ich habe Ihnen gesagt, es ist ordinär«, erwiderte Van Lewen.

Und weiter ging es.

Die sechs waren etwa sieben Minuten durch das *quenko* gelaufen, da trat Van Lewen plötzlich um eine Ecke und prallte gegen eine feste Steinmauer.

Nur dass es keine Mauer war.

Es war ein Türstein.

Er war demjenigen im Tor zur Zitadelle nicht unähnlich – ein viereckiger Stein mit einer abgerundeten Basis, der von innen leicht aufgeschoben werden konnte, von außen jedoch nicht zu bewegen war.

Race und Van Lewen wälzten ihn beiseite ...

... und wurden vom Tosen eines mächtigen Wasserfalls empfangen.

Eine leichte Gischt schlug ihnen ins Gesicht. Sie standen vor einem Vorhang aus Wasser, das keine drei Meter von ihnen entfernt herabstürzte.

Race musterte die Umgebung.

Sie befanden sich auf einem Pfad – einem Inkapfad –, der in die Felswand *hinter* dem Wasserfall gehauen war.

Das war bereits der Rand des Tafellands.

Das Brüllen des Wasserfalls war unglaublich laut. Es ertränkte alle übrigen Geräusche. Van Lewen musste schreien, um sich verständlich zu machen.

»Hier entlang!«, rief er und eilte nach links.

Der steinige Pfad war nass und schlüpfrig, aber Race und die anderen liefen den Weg hinter dem Wasservorhang entlang, ohne auszurutschen.

Obgleich sie nicht gerade langsam waren, benötigten sie dennoch eine volle Minute, bis sie den Rand des Vorhangs erreichten – der Wasserfall war breit und sie waren genau in der Mitte aus dem *quenko* herausgekommen.

Van Lewen erreichte als Erster festen Grund und wäre auf dem schlammigen Flussufer beinahe ausgerutscht, fing sich aber und blieb stehen. »Heilige Scheiße!«, meinte er.

»Was ist?«, fragte Race, als er neben ihm stand und über den Fluss hinausblickte.

Zuerst fiel ihm Heinrich Anistases kleines Zodiac ins Auge, das inmitten einer hohen Bugwelle dorthin raste, wo der Fluss allmählich breiter wurde.

»Was meinen Sie?«, wollte er wissen.

Dann sah er die anderen Schiffe.

»Heilige Scheiße!«

★★★

Es war eine richtige Armada.

Mindestens zwanzig Schiffe aller Formen und Größen mussten da draußen auf dem breiten braunen Fluss an der Basis des Wasserfalls liegen.

Fünf lang gestreckte Landungsboote ohne Tiefgang umkreisten rasend schnell die Flotte. Es waren Rigid Raiders – schlanke, offene Angriffsboote mit Aluminiumrumpf, vom SAS gewöhnlich für rasche Stoßtruppunternehmungen eingesetzt.

Vier Militärpatrouillenboote aus der Vietnam-Ära, bekannt als »Pibbers«, kreuzten gemächlich zwischen einigen der großen Schiffe in der Mitte. Pibbers waren superschnelle 35-Fuß-Flusskampfboote mit gepanzerter Verkleidung, drehbar montierten 20-mm-Maschinengewehren und seitlich angebrachten Torpedorohren. Ihr Name war eine von den Soldaten benutzte Abkürzung ihrer offiziellen Kennung PBR (Patrol Boat River). Obwohl der Pibber für seine Glanztaten in Vietnam bestens bekannt war, hatte ihn erst der Hollywoodfilm *Apocalypse Now* unsterblich gemacht.

Drei gewaltige Helikopter-Landungsboote lagen schwankend inmitten der Kampfschiffe. Auf den Heliports von zweien der Boote standen leichte Mosquito-Kampfhelikopter. Der

Hubschrauber, der eben am Felsenturm gewesen war, landete gerade auf dem Heliport des dritten Bootes.

Hinter dem mittleren Helikopterboot lag ein ziemlich mitgenommenes, kleines Wasserflugzeug, das neben den drei ultramodernen Mosquitos auffallend fehl am Platz wirkte.

Es war eine Grumman JRF-5 »Goose«, ein kompaktes Wasserflugzeug mit zwei Propellern, und stammte aus der Zeit des Zweiten Weltkriegs.

Die Grumman Goose war ein sehr eigentümliches kleines Flugzeug, klassisch im Design. Von der Seite her gesehen hatte sein Bug grob die Form der Schnauze eines Labradors, gedrungen und flach, jedoch rund an der Wasserlinie. Sie saß auf dem Bauch im Wasser und zwei Stabilisierungskufen hingen von den ausgestreckten Flügeln herab. Bemerkenswert war, dass dieses Flugzeug zwei Einstiegsmöglichkeiten hatte, eine Seitentür und eine aufklappbare Luke in der Nase.

Diese Goose führte darüber hinaus eine scharfe Klinge – eine leichte, doppelläufige 20-mm-Gatling-Kanone an der linken Flanke.

In der Mitte der Naziflotte lag der Brennpunkt des Interesses – und das Ziel von Anistases Zodiac: ein gewaltiger weißer Katamaran.

Das Kommandoschiff.

Es war ein Prachtstück, schlank bis zum Extrem, wenigstens 150 Fuß lang. Seine beiden gewaltigen Rümpfe waren weiß gestrichen, während die scharf geneigten Fenster pechschwarz getönt waren. Sonargeräte rotierten entlang seines Dachs. Ein strahlend weißer Bell-Jet-Ranger-Helikopter stand auf dem Heliport, dem Heck des riesigen Fahrzeugs.

Außerdem schaukelte im Wasser neben dem großen Schiff, fest vertäut, ein Speedboat von bösartigem Aussehen, wie Race es noch nie zu Gesicht bekommen hatte. Es war weiß gestrichen wie das Kommandoschiff und der Helikopter, sodass die drei Fahrzeuge ein zueinander passendes Set ergaben. Das

Speedboat lag tief im Wasser und hatte einen ultralangen Rumpf, der am Bug in eine scharfe Spitze auslief. Ein schräg nach hinten geneigter Windschutz war über dem Fahrersitz angebracht – eine aerodynamische Vorsichtsmaßnahme, damit das Hochleistungs-Speedboat nicht von der Oberfläche des Flusses abhob, wenn es mit Höchstgeschwindigkeit darüberraste. Race sah das Wort »SKARABÄUS« an seiner Seite.

Um diese ganze kunterbunte Flotte flitzten etwa sechs Jet Raiders, die dünne Streifen weißer Gischt hinter sich herzogen; kleine Ein-Mann-Angriffsfahrzeuge, normalen Jet-Skiern nicht unähnlich.

Aber sie waren länger als diese – vielleicht neun Fuß insgesamt. Zudem waren sie schlanker, wendiger, schneller. Sie hatten sattelähnliche Sitze, kugelförmige Nasen und lagen hoch im Wasser. Nur die hintere Hälfte ihres Rumpfs berührte die Oberfläche, während sie leicht über das Wasser glitten, die größeren Schiffe umkreisten.

Race und die anderen sahen Anistases Zodiac das Kommandoschiff erreichen, woraufhin der berüchtigte Nazikommandeur an Bord kletterte. Sogleich gab der große weiße Katamaran mächtig Gas. Auch die übrige Flotte setzte sich rasch in Bewegung.

»Sie hauen ab!«, rief Doogie.

»Da!«, sagte Van Lewen. Er hatte die drei verlassenen Jet Raiders entdeckt, die nicht weit entfernt vom Wasserfall am Flussufer lagen und zweifellos für die Mitglieder des Nazi-Sprengkommandos dort zurückgelassen worden waren.

»Kommt schon!«, sagte Van Lewen.

Die sechs rannten zu den drei Jet Raiders.

Der Fluss raste unter ihnen dahin.

Die drei entwendeten Jet Raiders ließen spektakuläre weiße Gischtfontänen hinter sich aufspritzen, während sie Seite an Seite die Verfolgung aufnahmen.

Race fuhr zusammen mit Van Lewen. Er steuerte und der Green Beret saß wie der Beifahrer auf einem Motorrad hinter ihm, eine Hand um Race' Taille geschlungen, in der anderen das schussbereite M-16.

Rechts von ihnen glitt Doogie Kennedy über das Wasser, den deutschen Fallschirmjäger Molke hinter sich, während Renée und Schröder links von ihnen über den Fluss schossen – Renée lenkte, Schröder gab Geleitschutz.

Die Naziflotte war ihnen etwa dreihundert Meter voraus und drehte mächtig auf. Das Ganze sah der Geleitschutzeinheit eines Flugzeugträgers ähnlich: das große Kommandoschiff in der Mitte, darum die Rigid Raiders und Pibbers.

Die drei Helikopterträger bildeten die Nachhut, während die kleinen Jet Raiders verstreut zwischen den größeren Schiffen hin und her jagten wie Fliegen um einen Abfallhaufen.

Race fuhr wie der Teufel. Wind und Wasser peitschten ihm ins Gesicht. Aus dem Augenwinkel sah er die Bäume am Flussufer als verschwommenes Grün an sich vorüberrasen. Neben ihm trieben seltsame Stämme auf der Oberfläche.

Nicht gegen die Stämme fahren, Will. Nicht gegen die Stämme fahren …

Da ging ihm ein Licht auf.

Es waren gar keine Stämme.

Sondern Kaimane.

Nicht gegen die Kaimane fahren, Will. Nicht gegen die Kaimane fahren …

»Van Lewen!«, schrie er über den tosenden Fahrtwind hinweg. »Wie lautet der Plan?«

»Ganz einfach! Wir kapern das Kommandoschiff, holen uns

das Götzenbild, dann halten wir das Schiff bis zum Eintreffen des Luftunterstützungsteams!«

»Wir kapern das Kommandoschiff ...«

»Sobald wir es in der Hand haben, können wir es halten.«

»Ganz wie Sie meinen«, schrie Race.

Die Naziflotte vor ihnen folgte einer Flussschleife und verschwand aus ihrem Blickfeld. Von oben wirkte der Alto Purus wie der Körper einer Schlange, eine endlose Abfolge von Schleifen und Biegungen.

»Also, Leute«, sagte Van Lewen in sein Kehlkopfmikrofon. »Seht ihr die Bäume da vor uns? Dahin fahren wir.«

Race schaute nach vorn und sah, dass in der Flussschleife, der die Nazis gerade folgten, eine dichte Baumgruppe stand. Als er sie genauer in Augenschein nahm, fiel ihm jedoch etwas Seltsames auf – am Fuß der Bäume gab es weder Schmutz noch Erde. Es sah aus, als würden die Stämme einfach aus dem Wasser wachsen.

Dann begriff er. Es war Regenzeit und mit der Ankunft der jährlichen Regengüsse stiegen die Wasserstände der Flüsse im Amazonasbecken dramatisch an. Das Land, auf dem die Baumgruppe stand, lag tief unter Wasser – ein überfluteter Wald.

Was bedeutete, dass jemand auf einem kleinen Fahrzeug wie einem Jet Raider vielleicht seinen Weg *zwischen* den Bäumen nehmen konnte, statt der natürlichen Flussschleife zu folgen.

Doogies Jet Raider schoss in die Bäume, Race direkt dahinter, dicht gefolgt von Renée.

Zu beiden Seiten rasten die Bäume vorüber.

Die drei Jet Raiders jagten durch das Labyrinth aus dicken dunklen Stämmen, wichen nach links aus, kippten nach rechts, glitten leicht über die Wellen, wobei der lange, flache Rumpf kaum die Oberfläche berührte. Links erkannten sie durch die blitzende Mauer aus Baumstämmen die Naziflotte, die um das Wäldchen herumjagte.

Race versuchte verzweifelt, sich beim Fahren zu konzentrieren. Sie fuhren erschreckend schnell.

Es ging so rasch. So unglaublich, *unfassbar* rasch!

Baumstämme huschten mit phänomenaler Geschwindigkeit an ihm vorüber. Kleine Wellen flitzten unter dem Bug seines Wasserbikes dahin. So rasant fuhren sie, so leicht und glatt glitten sie über das Wasser, dass er kaum das Lenkrad seines Fahrzeugs berühren musste, um nach rechts oder links zu kippen.

Race saß sehr hoch auf seinem Jet Raider, während er hinter Doogie dahinraste. Auf einmal duckten sich Doogie und Molke, was er sich zunächst nicht erklären konnte. Dann erkannte er plötzlich den Grund dafür und schrie: »Van Lewen! *Ducken!*«, und die beiden rissen die Köpfe gerade rechtzeitig herunter, um nicht gegen einen tief hängenden Ast zu knallen.

»Danke!«, schrie Van Lewen.

»Keine Ursache!«

Dann sah Race durch das Netzwerk dunkler Bäume vor sich das Tageslicht. Schweres, graues, spätnachmittägliches Tageslicht.

»Okay, Leute«, sagte Van Lewen. »Pfeilformation. Doogie und Molke, ihr übernehmt die Spitze. Schröder und Becker, ihr geht nach links. Professor Race und ich übernehmen die rechte Seite. Seid ihr bereit?« Der große Green Beret hob mit einer Hand sein M-16, während er sich mit der anderen an Race festhielt.

Auch Doogie und Molke hoben die M 16.

»Bereit«, kam Doogies Stimme zurück.

Die drei Deutschen meldeten: *»Bereit ... bereit ... bereit!«*

»Professor?«

»Bereiter geht's nicht«, entgegnete Race.

»Dann wollen wir mal«, sagte Van Lewen.

DIE DREI AMERIKANISCH-DEUTSCHEN Jet Raiders schossen in perfekter Pfeilformation direkt neben der Naziflotte unter den Bäumen hervor und sogleich fand Race sich zwischen vier Jet Raiders der Nazis wieder.

Wie einer drehten sich die vier Nazis um und sahen die Angreifer hinter sich, Überraschung im Blick. Sie griffen gerade in dem Moment zu ihren Waffen, als Van Lewen rief: »Doogie! Links!« Die beiden Green Berets ließen gleichzeitig in beide Richtungen ein höllisches Feuer aus ihren M-16 los. Im Nu wurden die vier Nazis von ihren Wasserbikes gefegt.

Nachdem Race an den gestürzten Soldaten vorübergefahren war, wandte er sich in seinem Sitz um und sah etwas schnurstracks auf die Männer zuschwimmen.

Die Kaimane ...

Da riss eine Salve von 20-mm-Geschossen das Wasser zu beiden Seiten seines dahinjagenden Jet Raiders auf und er wurde augenblicklich aus seinen Gedanken geholt.

Sogleich wandte er den Kopf und sah einen Rigid Raider und ein Pibber-Patrouillenboot rasch hinter sie ziehen, wobei der Pibber wild aus seinem 20-mm-Turmgeschütz feuerte.

Race trat das Gaspedal durch und sein Wasserbike schoss vorwärts. Van Lewen wirbelte im Sattel herum, sodass er jetzt nach hinten schaute. Er hob das M-16 und eröffnete das Feuer auf ihre Verfolger.

Seine Maschinengewehrsalve traf beide Boote, zerbrach die Windschutzscheibe des Pibbers und streckte drei der vier Männer an Bord nieder.

Dann schwenkte die gesamte Flotte plötzlich nach links ab, als sie einer weiteren Flussschleife folgte.

»Alle herhören! Hart nach links!«, schrie Van Lewen.

»*Links?*«, rief Race verwirrt.

»Wieder durch die Bäume. Wir müssen das Kommandoschiff kapern!«

In diesem Augenblick ertönte weiteres Gewehrfeuer, als zwei Wasserbikes der Nazis hinter sie zogen.

Kugeln pfiffen über Race' Kopf weg und plötzlich – *Klatsch!* – sah Race eine grässliche Blutfontäne aus Doogies linker Schulter spritzen. Der junge Green Beret war getroffen worden!

»*Arrrggghhh!*«, brüllte Doogies Stimme über den Sprechfunk, aber irgendwie gelang es ihm, seine Geschwindigkeit beizubehalten.

Wumm-wumm-wumm. Die drei amerikanischen Wasserbikes jagten unter die Bäume – Renée und Schröder als Erste, Doogie und Molke dahinter, Race und Van Lewen als Letzte.

Den Bruchteil einer Sekunde später folgten die beiden Nazis.

Kugeln klatschten in die Baumstämme über Race' Kopf, während er mit irrsinniger Geschwindigkeit daran vorüberflog. Tief hängende Zweige rasten auf ihn zu. Jedes Mal, wenn er einen kommen sah, schrie er Van Lewen zu, der noch immer rückwärts gewandt auf dem Bike saß, er solle sich ducken.

Van Lewen feuerte wild mit seinem M-16 auf die beiden Wasserbikes dicht hinter ihm, aber die Nazis fanden Deckung hinter den Bäumen, und nach einer ausgedehnten Salve saß der Sergeant plötzlich auf dem Trockenen.

Die beiden Jet Raiders der Nazis erkannten ihre Chance und schlossen auf.

Einer zog rasch rechts neben Race' und Van Lewens Wasserbike und riss eine Glock aus seiner Satteltasche. Da ihm nichts anderes zur Verfügung stand, schwang Van Lewen sein leer geschossenes M-16 wie einen Baseballschläger und schlug dem Nazi die Pistole sauber aus der Hand – gerade als die Bäume um die beiden dahinjagenden Jet Raiders unter der Wucht von heftigem G-11-Feuer zersplitterten!

Sogleich duckten sich Van Lewen und Race. Der zweite Jet

Raider der Nazis jagte brüllend links von ihnen unter den Bäumen hervor und traf ihr Wasserbike heftig in die Seite.

Durch den Aufprall wurde Race beinahe aus dem Sitz geschleudert, aber irgendwie gelang es ihm, sich festzuhalten. Er behielt seine Geschwindigkeit bei, schwenkte ab und wich rasch einem heranrasenden Baumstamm aus. Dann warf er im Versuch, seinen neuen Angreifer ins Auge zu fassen, einen Blick nach links ...

... und entdeckte, dass er in den Lauf eines G-11-Maschinengewehrs starrte.

Race sah in das Gesicht des Besitzers hoch, der böse grinste, dann entzückt lächelte.

Da – *RUMMS!* – verlor Race den Nazi aus dem Blick, als dessen Jet Raider mit voller Geschwindigkeit auf einen dicken schwarzen Baumstamm prallte und das Wasserbike zu einem großen Feuerball explodierte.

Race' Kopf fuhr herum.

Es war so rasch geschehen!

Der andere Nazi rechts neben ihnen schaute ebenfalls zurück auf die Explosion. Van Lewen bemerkte es und sprang, das M-16 in der Hand, hinüber auf den dahinrasenden Jet Raider. Er landete direkt hinter ihm auf dem Sattel.

Überrascht wandte sich der Nazifahrer um. Währenddessen jedoch sah Van Lewen an ihm vorbei – und bekam große Augen. Behände wie eine Katze duckte er sich. Der Nazi wollte gerade nach vorn schauen, da wurde er mit voller Wucht von einem vorübersausenden Ast am Kopf getroffen.

Der Ast fuhr ihm in den Nasenrücken, weiter in den Hinterkopf und tötete ihn auf der Stelle. Er kippte rücklings über den geduckten Sergeant vom Wasserbike herunter.

Wenige Sekunden später zogen Van Lewen und Race – jetzt auf zwei Jet Raiders – neben Doogies und Molkes dahinjagendes Wasserbike. Renée und Schröder rasten bereits in den Schutz der Bäume.

»Doogie! Bist du in Ordnung?«, rief Van Lewen in sein Kehlkopfmikrofon.

»*Bin so weit okay. War ein glatter Durchschuss*«, tönte es zurück.

Währenddessen hielt Race Ausschau nach weiteren Nazis, doch es kamen keine mehr. Allerdings sah er durch die dahinrasenden Baumstämme rechts einige der silbernen Rigid-Raider-Kampfboote parallel zu ihnen über den Fluss jagen. Bewaffnete Nazisoldaten standen auf den Decks und spähten in den überfluteten Wald. Sie suchten nach ihnen, warteten darauf, dass sie wieder herauskamen.

»Hört her, Leute«, sagte Van Lewen, »Doogie hat einen abbekommen, aber er ist so weit in Ordnung, dass wir weitermachen können. Hier ist mein Plan. Wir wollen dieses Kommandoschiff kapern, ja? So kriegen wir das hin: Ihr beiden BKA-Leute« – er nickte Renée und Schröder zu – »schnappt euch einen Pibber. Wenn wir diesen Kreuzer da halten wollen, werden wir schwere Feuerunterstützung benötigen. Also müssen wir eines der 20-mm-Turmgeschütze in die Hand bekommen. Schafft ihr das?«

»*Wir versuchen's*«, erwiderte Schröder.

»Gut. Nun zu dir, Doogie. Du, ich und Molke, wir kümmern uns um das Kommandoschiff. Geht das?«

»*Glaube schon.*« Doogie schnitt eine Grimasse.

»Und was ist mit mir?«, fragte Race.

»Für Sie habe ich eine besondere Aufgabe, Professor«, erwiderte Van Lewen. »Da Ihnen die Ausbildung der Spezialeinheiten fehlt, habe ich mir gedacht, dass Sie keine Schiffe erstürmen wollen.«

»Gut überlegt.«

»Also habe ich mir gedacht, dass Sie stattdessen für uns den Lockvogel spielen.«

»Den Lockvogel?«

»Sie sollen vor diesen Nazi-Kanonenbooten herumschippern, und zwar so schnell, wie Sie können, und deren Feuer auf sich ziehen, während wir das Kommandoschiff und einen Pibber entern. Sobald wir die beiden Schiffe in unserer Gewalt haben, bringen wir Sie an Bord des Hauptkreuzers.«

Race schluckte. »In Ordnung …«

Bei diesen Worten schaute er nach links und fing Renées Blick auf. Sie musste die Anspannung auf seinem Gesicht gesehen haben, denn sie nickte aufmunternd.

»*Wird schon schief gehen*«, sagte sie leise über seinen Ohrhörer.

»Danke«, erwiderte er.

Daraufhin schaute er nach vorn und sah, dass ihr Refugium etwa einhundert Meter voraus, nach einer halb untergetauchten Baumgruppe, endete.

Jenseits davon erkannte er graues Tageslicht und den Fluss.

Dort waren die Nazis.

»Also, Leute«, sagte Van Lewen. »Dann ab durch die Mitte und macht rasch! Ihr wisst, was ihr zu tun habt!«

Race spürte, wie sein Blutdruck stieg. Er konnte nicht einmal damit anfangen, sich vorzustellen, was jenseits der Bäume wartete.

Eine Sekunde später erreichten sie den Rand des Wäldchens und jagten mit Vollgas ins Tageslicht hinaus.

***

DIE NAZIS ERWARTETEN sie bereits.

Kaum rasten Race und die anderen unter den Bäumen hervor, da brach auch schon von allen Seiten ein gewaltiges Maschinengewehrfeuer los.

»Achtung!«, schrie Doogie und duckte sich, aber Molke war zu langsam. Ein Hagel von Geschossen donnerte über Doogies

Kopf hinweg, schlug in den Körper des jungen deutschen Fallschirmjägers und riss ihm die Brust auf. Molke zuckte heftig, ehe er von dem dahinjagenden Wasserbike geschleudert wurde.

Race' Augen weiteten sich beim Anblick des Deutschen, der direkt neben ihm erschossen worden war. Als er nach vorn sah, wurden sie noch größer.

Zwei der drei Mosquito-Hubschrauber, die zuvor auf den Heliports gestanden hatten, schwebten jetzt direkt vor ihm und seinem Team, während die restliche Naziflotte hinter ihnen den Fluss hinaufraste!

Verdammt!

Die seitlichen Bordkanonen der Helikopter spien ein tödliches 20-mm-Maschinengewehrfeuer aus, das die Bäume hinter Race in Stücke riss und ringsumher das Wasser aufpeitschte.

»*Teilt euch! Teilt euch!*«, schrie Van Lewen.

Sogleich trennten sich die vier amerikanisch-deutschen Jet Raiders – zwei schwenkten nach links, zwei nach rechts – und Race sah sich plötzlich neben Doogie Kennedy über das Wasser jagen, der jetzt allein auf seinem Wasserbike saß, die verwundete linke Schulter in Blut gebadet.

Van Lewen, Renée und Schröder schossen in die andere Richtung davon und gerieten hinter der Flotte außer Sicht.

Sich duckend und ausweichend, schlüpften Race und Doogie zwischen die Nazischiffe. Einer der Mosquitos wendete in der Luft und kam donnernd und aus allen Rohren feuernd auf sie zu.

Angesichts dieses Angriffs schwenkte Race nach links ab und jagte zwischen die beiden Helikopterträger. Hinter ihm trommelten die Geschosse auf die Seite des nächstgelegenen Trägers ein und rissen Funken aus der Bordwand.

Race raste durch die schmale Gasse aus Wasser zwischen den beiden Trägern, kam plötzlich ins Freie, schwenkte nach rechts ab und ging regelrecht in die Luft, als er über die Bugwelle des Trägers setzte.

Er wurde vom Anblick von Doogies Jet Raider begrüßt, der mit derselben Geschwindigkeit neben ihm raste – aber unterhalb des Mosquito-Helikopters und vorbei an einem der dahinjagenden Nazi-Pibber.

»Professor! Rasch!«, schrie Doogie und zog mit der blutverschmierten linken Hand seine SIG-Sauer-Pistole heraus. *»Geben Sie mir Deckung! Ich gehe an Bord dieses Pibbers!«*

»Was ist mit dem Kommandoschiff?«, rief Race in sein Kehlkopfmikrofon. »Was ist mit dem Plan?«

»Der Plan ist den Bach runtergegangen, als wir aus den Bäumen rausgekommen sind! Machen Sie schon!«

»In Ordnung!«

Mit diesen Worten zog Race rasch die eigene SIG und eröffnete das Feuer auf die beiden Mannschaftsmitglieder auf der Heckplattform des Nazi-Pibbers.

Als er feuerte, gingen sie in Deckung, und währenddessen zog Doogie flink seinen Jet Raider neben den dahinjagenden Pibber und sprang auf das erhöhte Vordeck.

Race beobachtete erstaunt, wie Doogie auf dem überdachten Vorderteil des Pibbers Halt fand, zwei Sätze zum Heck hin tat, über das Dach des Ruderhauses hinwegtanzte, daraufhin auf die offene Heckplattform hinabsprang und die beiden Nazis mit seiner SIG in den Himmel schickte.

»Professor! Hier herüber! Ich brauche Sie an der Kanone!« Doogie wies mit einem Finger auf das 20-mm-Turmgeschütz.

Race glitt auf den Pibber zu.

Dort nahm Doogie gerade einem der gefallenen Nazis ein G-11 ab und stellte sich ans Ruder, während er auf den Mosquito-Hubschrauber über sich feuerte, dabei allerdings die wahnsinnige Geschwindigkeit beibehielt.

Race legte sich neben den dahinjagenden Pibber.

Er brachte seinen Jet Raider ganz nah an das Patrouillenboot heran und versuchte verzweifelt, die Kontrolle nicht zu verlieren, während das Wasserbike wild auf der Seitengischt des Pibbers hüpfte und tanzte.

Grimmig blieb er an dem Pibber dran, den Blick auf die Seitenreling des Kanonenboots gerichtet, das in einem Meter Entfernung dahinjagte.

Die Hand auf diese Reling legen. Mehr wollte er nicht.

In diesem Augenblick durchlöcherte unmittelbar vor ihm ein Geschosshagel die Seite des Pibbers.

Er fuhr herum ...

... und sah einen weiteren Pibber auf sich zujagen, an Deck fünf Nazis!

Sie hielten genau auf ihn zu.

Wurden nicht langsamer.

Sie würden Doogies Pibber rammen, ob Race dazwischen war oder nicht!

Er drehte sich um und konzentrierte sich wieder auf die Reling.

Tu's!, schrien seine Gedanken.

Er sprang vom Jet Raider ab und packte die Reling, wobei seine Beine im Wasser schleiften. Rasch schwang er sie hoch und genau in diesem Augenblick – *Rumms!* – prallte das zweite Kanonenboot gegen die Backbordseite von Doogies Pibber.

Race wälzte sich aufs Deck, während das Boot wild unter ihm hüpfte.

»Professor! Hier herüber!«, schrie Doogie.

Race lag noch immer ausgestreckt auf dem Deck. Er schaute rasch hoch und sah Doogie im Ruderhaus stehen und ihn zu sich winken. Im gleichen Moment donnerten zwei Springerstiefel in sein Blickfeld und versperrten ihm die Sicht.

Da ging – *Bumm!* – ein Gewehr los und der Besitzer der Stiefel stürzte zu Boden. Das Gesicht mit den hervorquellenden Augen landete unmittelbar vor Race auf dem Deck, ein einzelnes Einschussloch mitten auf der Stirn. Hinter dem toten

Nazi sah Race Doogie stehen, das G-11 im ausgestreckten, gesunden Arm.

Mein Gott, dachte er. Der zweite Pibber schrammte knapp an seinem Boot vorüber – und die vier Nazis an Deck machten sich zum Entern bereit.

Race fuhr herum und erblickte in der anderen Richtung einen der großen Helikopterträger, der rasch den Abstand verringerte und ihnen den Fluchtweg abschnitt – jetzt waren sie förmlich eingeklemmt.

»Das sieht gar nicht gut aus«, sagte er zu sich.

Doogie dachte offensichtlich dasselbe.

Er schwang ihren Pibber nach links, rammte hart das Naziboot, sodass die Nazisoldaten auf dem Achterdeck einen Augenblick lang das Gleichgewicht verloren, und erkaufte sich damit die kostbaren paar Sekunden, die er benötigte, um das G-11 zu heben und abzufeuern.

Aber er feuerte nicht auf das Deck des Nazi-Pibbers, hauptsächlich, weil er nicht genügend Zeit hatte, das Gewehr so weit herumzuschwenken. Stattdessen zielte er auf den Bug – wo keine Nazis standen.

»Was, zum Teufel, tun Sie?«, schrie Race.

Doogies G-11 ging donnernd los.

Eine ausgedehnte Salve, vielleicht zwei Dutzend Schüsse.

Sogleich stoben überall Funken um den stählernen Anker am Bug des Nazi-Pibbers.

Plötzlich – *Krack!* – wurde die kleine Metallöse, die den Anker des Pibbers sicherte, von Doogies Salve getroffen und er löste sich vom Deck und plumpste neben dem Bug in das unter ihnen dahinrasende Wasser. Seine Nylonleine sauste blitzschnell hinterher.

Die vier Nazis an Deck sahen den Anker fallen und wandten sich, die G-11 erhoben, wieder Doogie und Race zu.

Da geschah es.

Worin sich der Anker verfing – in einer Wurzel unter Wasser, vielleicht auch in einem ganzen gottverdammten Baum – erfuhr Race nie. Aber ganz gleich, was es war, der Anker musste sich in etwas Großem verfangen haben.

Es war, als ob ein mächtiges Ungeheuer an dem dahinjagenden Anker des Pibbers gerissen hätte. Das Boot kam in einem einzigen Augenblick von 65 Seemeilen pro Stunde auf null – und stellte sich einfach Heck über Kiel auf den Kopf, als der Bug abrupt ins Wasser hinabgezogen wurde.

Anschließend vollführte das Schiff einen kompletten Salto, drehte sich mitten in der Luft, kam auf dem Dach des Ruderhauses herab und knallte mit einem gewaltigen, explosionsartigen Klatschen aufs Wasser.

Race folgte ihm mit dem Blick und sah das umgedrehte Naziboot in der Ferne immer kleiner werden und langsam in den Fluten versinken.

★★★

Leonardo Van Lewen wand sich auf seinem Jet Raider durch die Naziarmada, jagte im Zickzack über den Fluss, verschwand hinter den verschiedenen Helikopterträgern, Pibbers und Rigid Raiders und tauchte jenseits von ihnen wieder auf.

Überall ertönte wütendes Gewehrfeuer, während er verzweifelt versuchte, dem Rigid Raider und dem Mosquito-Kampfhubschrauber zu entkommen, die ihm dicht auf den Fersen waren.

Merkwürdigerweise war nur ein einziger Nazi an Bord des Rigid Raiders. Es war das Boot, das er zuvor mit Gewehrfeuer bestrichen und dessen Besatzung er bis auf einen Mann getötet hatte.

In Wahrheit jedoch waren Van Lewen das Boot und der Hubschrauber ziemlich gleichgültig. Er hatte lediglich Augen für das Fahrzeug, das fünfzig Meter vor ihm bedrohlich in die Höhe ragte.

Den großen weißen Katamaran.

Das Kommandoschiff der Nazis.

Zwanzig Meter hinter Van Lewen feuerte der einsame Steuermann des Rigid Raiders wild hinter dem Wasserbike des amerikanischen Soldaten her. Überall flogen seine Geschosse herum, während sein lang gestrecktes Kampfboot wild über die Wogen tanzte.

Dann vernahm er abrupt ein lautes *Wumm!* von irgendwo hinter sich. Er wandte sich rasch um …

… und sah Karl Schröders Faust auf sein Gesicht zusausen.

Renée Becker steuerte den Jet Raider wie der Teufel. Die Gischt, die ihr ins Gesicht sprühte, fühlte sich an wie tausend Nadelstiche.

Unmittelbar links von sich sah sie Schröder das Ruder des Rigid Raiders übernehmen, auf den er gerade gesprungen war. Er zeigte mit dem Daumen nach oben.

Sobald sie sich gewiss war, dass er das Naziboot unter Kontrolle hatte, zog Renée den Motor ihres Wasserbikes hoch und drehte vom Rigid Raider ab. Sie benutzte ihn als Deckung gegen den Helikopter über ihnen, jagte hinter Van Lewen her und schloss sich ihm bei der Verfolgung des Kommandoschiffs an.

Der gewaltige Katamaran schoss der Flotte voraus den Fluss hinab.

Etwa ein halbes Dutzend Nazis stand an der Reling unter den Rotorblättern des weißen Helikopters auf dem Heliport und feuerte auf Van Lewen.

Aber der große Green Beret wich den Kugeln aus, indem er seinen Jet Raider geschickt nach links und rechts kippte. Dann zog er plötzlich und ohne Vorwarnung hinter einen

Helikopterträger, der vom Kommandoschiff aus gesehen achtern lag.

In der Deckung des Trägers nahm Van Lewen weiter an Geschwindigkeit auf und überholte auf seinem zierlichen Jet Raider nach und nach das größere Schiff.

Innerhalb weniger Sekunden erreichte er den Bug des Trägers. Er tat einen letzten tiefen Atemzug.

Dann, als er bereit war, riss er die Lenkstange hart nach links.

Wie ein Kampfjet, der seiner Beute nachjagte, schwang sich sein Jet Raider vor den Bug des Helikopterträgers und verschwand hinter dem großen Kommandoschiff mit dem Doppelrumpf.

Sogleich eröffneten die Nazis auf dem Heck des gewaltigen Katamarans das Feuer auf ihn, aber zu Van Lewens Überraschung wurden sie plötzlich von Renée erledigt – die von *links* auf ihrem Jet Raider hereingeschossen kam und heftig mit ihrem M-16 feuerte.

Nachdem die Nazis ausgeschaltet waren, jagten Renée und Van Lewen unter den brückenähnlichen Korpus des Katamarans in die Schatten zwischen den beiden fünfzig Meter langen Rümpfen.

Rasch erreichten sie den Bug.

Van Lewen zog zum rechten Rumpf hinüber, Renée übernahm den linken. Dann streckte Van Lewen die Hand aus, ergriff die Bugreling, zog sich hinauf und verschwand.

Eine Sekunde später holte Renée tief Luft und kletterte auf der linken Seite an Bord.

Der Wind schlug ihr mit Sturmstärke ins Gesicht, als sie aus den Schatten unter dem Katamaran hervortrat und sich aufrichtete.

In etwa 25 Metern Entfernung sah sie Van Lewen, der das M-16 bereithielt, auf dem anderen Bug stehen.

Da das Kommandoschiff an der Spitze der Flotte dahinraste, hatten die Nazis offenbar nicht damit gerechnet, dass jemand sie von vorn entern würde, also waren hier oben keine Soldaten.

Jedenfalls noch nicht.

Renée sah sich auf dem Katamaran um. Er war groß – wirklich groß. Die Deckaufbauten auf den beiden gewaltigen Rümpfen waren extrem schlank, von kaum glaublicher Aerodynamik. Sie bestanden aus zwei Ebenen, die beide hinter dunkel getönten, schräg stehenden Fenstern verborgen waren. Zu beiden Seiten des großen Schiffs verliefen breite Gänge.

»Wohin jetzt?«, schrie sie.

»Wir übernehmen das Schiff und dann halten wir es, bis die Hubschrauber eintreffen!«, rief Van Lewen zurück.

»Was ist mit dem Götzenbild? Wenn wir das Schiff nicht kapern können, sollten wir zumindest versuchen, das …«

In diesem Augenblick kamen zwei Nazisoldaten, die wild mit ihren G-11 feuerten, den Backbordgang herabgelaufen. Aber sie schossen aus der Hüfte heraus und die Kugeln flogen zu hoch. Van Lewen schwenkte das M-16 herum und holte sie mit zwei genau sitzenden Schüssen von den Beinen.

»Was haben Sie gesagt?«, schrie er Renée zu.

»Schon gut!«, erwiderte sie. »Gehen Sie! Ich gebe Ihnen Deckung!«

Mit diesen Worten eilte sie den Steuerbordgang hinab.

Race und Doogie jagten währenddessen in ihrem Pibber-Patrouillenboot über das Wasser.

Einer der Mosquito-Kampfhubschrauber schoss im Tiefflug über sie hinweg. Dabei wendete er hin und wieder, sodass er sie rückwärts fliegend direkt unter Beschuss nahm. Eine der Seitentüren stand offen – dort saß ein Nazisoldat und feuerte mit einem G-11 auf sie.

Rechts donnerte einer der Helikopterträger dahin. Er

klemmte sie sozusagen ein und schnitt ihnen jeglichen Fluchtweg in diese Richtung ab.

Doogie feuerte mit seinem G-11 zu dem Hubschrauber hinauf.

Vergeblich versuchte er, das vordere Turmgeschütz ihres Pibbers zu erreichen. Das mörderische Feuer aus dem Hubschrauber hielt ihn im Ruderhaus fest.

»*Verdammt!* Ich schaff's nicht dahin!«, schrie er, als der Mosquito über ihnen erneut wendete und dem lauten Knattern seiner Rotoren rasch das Getrommel etwa einer Million panzerbrechender Projektile folgte, die im Dach des Ruderhauses einschlugen.

»Wir müssen etwas gegen diesen Hubschrauber unternehmen!«, rief Race.

»Ich weiß! Ich weiß!«, schrie Doogie. »Professor, rasch! Gehen Sie nach unten und sehen Sie nach, ob Sie Granaten oder so was finden!«

Race gehorchte sogleich, warf die Luke am vorderen Ende des Ruderhauses auf und eilte in den Bauch des Kampfboots.

Er fand sich in einem kahlen, kleinen Raum mit grauen Metallwänden wieder.

An den schrägen Wänden standen Netze und Kisten. In der Mitte des Raums sah er ein graues, kastenförmiges Ding von etwa einem Meter Höhe und Breite, etwa so groß wie ein Kartentisch. Auf den ersten Blick hielt er es für eine weitere Kiste, eine Art Munitionsbehälter oder so etwas.

Aber es war kein Behälter. Beim näheren Hinsehen erkannte er, dass das Ding am Fußboden *verschraubt* war.

Da begriff er. Es war eine Taucherluke. In Vietnam hatten Spezialeinheiten und die SEAL Pibbers gegenüber allen anderen Flussschiffen bevorzugt, weil allein sie mit diesen speziellen Luken im Rumpf ausgestattet waren. Mit ihrer Hilfe konnten Froschmänner ins Wasser, ohne dass die Gegner wussten, wohin sie verschwunden waren.

Rasch durchsuchte Race die verschiedenen Ständer und Regale nach Waffen.

Als Erstes fand er eine kleine Kiste mit britischen L2A2-Anti-Personen-Handgranaten. Das Zweite war eine Kevlarschachtel mit einigen eingravierten englischen Worten:

PROPERTY OF THE UNITED STATES ARMY
ORDNANCE ISSUE K/56-005/DARPA
6 X M-22 CHARGES

Race öffnete die Schachtel und erblickte sechs futuristisch aussehende Reagenzgläser aus Chrom und Plastik, die in abgetrennten Schaumstofftaschen lagen. Sie waren ziemlich klein – etwa von der Größe und Form eines Lippenstifts – und mit einer seltsamen, bernsteinfarben glänzenden Flüssigkeit gefüllt.

Er zuckte die Schultern, schnappte sich die Kevlarschachtel und trug sie und die Kiste mit normalen Granaten zu Doogie ins Ruderhaus hoch.

»Äh, Professor«, meinte Doogie beim Anblick der Kevlarschachteln, »ich an Ihrer Stelle ... äh ... würde diese Babys nicht benützen.«

»Warum nicht?«

»Weil Sie uns umbringen würden.«

»*Was?*«

»Das sind M-22er. Hochtemperatur-Sprenggranaten. Gefährlicher Scheiß. Sehen Sie sich mal die bernsteinfarbene Flüssigkeit darin an. Flüssige Chlorisotope. Eine Unze von dem Zeug wird alles innerhalb eines Umkreises von zweihundert Metern verdampfen, uns selbst eingeschlossen. Es müssen die Nazihunde gewesen sein, die vor einigen Jahren in Baltimore die Ladung M-22er aus einem Lastwagen geklaut haben.«

»Oh«, meinte Race.

»*So viel* Sprengkraft brauchen wir nicht.« Doogie lächelte und nahm eine der konventionelleren L2A2-Handgranaten. »Das ist mehr als ausreichend.«

Keinen Augenblick später strich der Mosquito erneut über sie hinweg und durchsiebte die Wände des Pibbers mit Einschlaglöchern.

Doch als er dieses Mal über sie hinwegfegte, zog Doogie den Stift der Granate und warf sie im Baseballstil mit dem gesunden Arm hinauf in die geöffnete Seitentür des Hubschraubers.

Wie eine Rakete schoss die Granate durch die Luft ...

... und verschwand in der Tür des Mosquito.

Eine Sekunde später wurden die Wände des Helikopters nach außen gedrückt und der kleine Kampfhubschrauber kippte wild nach vorn ab, vollführte einen Salto mortale und ging in Flammen auf, ehe er mit der Nase voran auf das Wasser krachte.

»Netter Wurf«, meinte Race.

Das M-16 fest an die Schulter gedrückt, rannten Van Lewen und Renée den breiten Gang auf der Steuerbordseite des Kommandoschiffs hinab.

Dabei schwenkten sie ihre Gewehre hin und her, bis sie plötzlich ins Freie gelangten – und auf den Heliport am Heck des großen Katamarans traten.

Sogleich erblickte Van Lewen den weißen Bell-Jet-Ranger-Hubschrauber auf dem Deck, daneben den Piloten.

Der Mann griff sofort nach seiner Waffe. Van Lewen schaltete ihn aus und wandte sich dann nach rechts – gerade noch rechtzeitig. Denn aus dem Inneren des Katamarans stürzte ein Trupp von sechs Nazisoldaten heraus, die mit ihren G-11 feuerten.

Überall auf dem Deck schlugen Geschosse ein, ebenso auf dem hölzernen Geländer hinter ihnen.

Van Lewen duckte sich und sah, dass Renée wieder hinter die Ecke zurückwich, um die sie gerade gekommen waren.

Er selbst war jedoch schon zu weit weg.

Also blickte er auf die herankommenden Nazis, die noch etwa 15 Meter entfernt waren und deren futuristische Maschinengewehre einen dichten Kugelhagel ausspuckten, und tat dann das Einzige, das ihm noch blieb.

Er sprang über die Reling.

Vom Ruder seines Rigid Raiders aus, der hinter dem Kommandoschiff den Fluss hinabjagte, sah Karl Schröder voller Entsetzen Van Lewen über die Reling des großen Katamarans fliegen.

Aber Schröder blieb keine Zeit zum weiteren Hinschauen.

In diesem Augenblick prasselte ein Hagel von G-11-Projektilen auf ihn nieder. Zwei Rigid Raiders der Nazis schwenkten von zwei Seiten zugleich heran, bestrichen die Flanken seines Schiffs mit Maschinengewehrfeuer und zwangen ihn dazu, in Deckung zu gehen.

Hart schlug er aufs Deck und suchte sogleich auf dem Boden des Schiffs nach etwas, das er zur Abwehr der beiden Rigid Raiders benutzen konnte.

Als Erstes erblickte er ein G-11, das auf dem Deck gleich neben einer Kevlarschachtel lag. Nicht schlecht für den Anfang.

Dann jedoch sah er hinter dem G-11 etwas anderes.

Er runzelte die Stirn.

Van Lewen segelte durch die Luft und erwartete, auf den unter ihm dahinrasenden Fluss zu prallen.

Was allerdings nicht geschah.

Stattdessen landete er auf etwas ziemlich Hartem, Festem, das sich anfühlte wie Kunststoff oder Fiberglas.

Er schaute sich um und entdeckte, dass er auf dem Deck des

Skarabäus-Speedboats lag, das rechts hinten an der Reling des Kommandoschiffs vertäut war.

Keine Sekunde später richteten die drei Nazisoldaten von oben ihre G-11 auf seinen Nasenrücken. In dem Augenblick, da er ihnen in die Augen schaute, wusste Van Lewen, dass sein Kampf vorüber war.

Die drei Nazis betätigten die Auslöser an ihren Gewehren.

★★★

ZUNÄCHST WAR SCHRÖDER nicht klar, um was es sich handelte.

Es war ein merkwürdig aussehender Apparat von der Größe eines Rucksacks – annähernd rechteckig und mit einer Reihe von Digitalanzeigen in verschiedenen Maßeinheiten wie Kilohertz, Megahertz und Gigahertz darauf.

Frequenzmaßeinheiten …

Dann dämmerte es ihm.

Dies war der Störfunk der Nazis – der Apparat, den sie bei ihrer Ankunft in Vilcafor zur Störung des amerikanischen Sprechfunkverkehrs benutzt hatten.

Auf der Vorderseite klebte ein Streifen graues Klebeband, wie es Elektriker benutzen, und darauf waren auf Deutsch folgende Wörter geschrieben:

ACHTUNG!
EMI NICHT ÜBER 1,2 GHZ EINSTELLEN!

Beim Anblick des Worts »EMI« bekam Schröder große Augen.

Meine Güte!

Ein Impulsgenerator.

Die Nazis hatten einen elektromagnetischen Impulsgenerator.

Aber warum wollten sie die Impulse auf eine Frequenz von 1,2 Gigahertz begrenzen?

Da traf ihn die Erkenntnis wie ein Schlag.

Sofort hob Schröder das G-11 neben sich hoch und sah sich die Spezifikationen auf dem Korpus an.

HECKLER & KOCH, DEUTSCHLAND
– 50 V.3.5 MV: 920 CPU: 1,25 gHz

In den Nanosekunden, in denen das Gehirn arbeitet, fiel ihm rasch die Theorie elektromagnetischer Impulse wieder ein: EMI neutralisierte alles mit einem Mikroprozessor darin – Computer, Funkgeräte, Fernsehgeräte.

Und auch, wurde Schröder klar, *G-11-Sturmgewehre,* da das G-11 das einzige Gewehr der Welt war, das einen Mikroprozessor benutzte – das einzige Gewehr, das so komplex war, dass es einen benötigte.

Die Nazis wollten nicht, dass ihre Männer ihren EMI-Generator zu hoch einstellten, weil in diesem Fall die elektromagnetischen Impulse ihre G-11 lahm legten.

Schröder lächelte.

Dann – genau in dem Augenblick, da Van Lewen vom Deck des Skarabäus zu den Läufen der G-11-Sturmgewehre der Nazis aufsah – schaltete er den Impulsgenerator ein und stellte den Gigahertzwähler auf »1,3«.

Klick, Klick, Klick.

Van Lewens Ausdruck der Resignation wandelte sich zu völliger Verwirrung, als keines der drei G-11 losging.

Die Nazis wirkten noch verwirrter. Sie hatten keine Ahnung, was geschah.

Van Lewen zögerte keinen Augenblick.

In einer Sekunde hatte er sein M-16 in der einen und die SIG-Sauer in der anderen Hand. Gleichzeitig drückte er beide Abzüge.

Auf der Stelle wurden die drei Nazis getroffen und fielen hinter die Reling zurück. Aus allen drei Köpfen spritzten Blutfontänen.

Kugeln prallten von der Reling ab, flogen in alle Richtungen davon – und eine durchtrennte sogar die Leine, mit der der Skarabäus am Kommandoschiff vertäut war.

Sogleich fiel das Speedboat hinter den großen Katamaran zurück und den Nazis darauf blieb nichts anderes übrig, als, die nutzlosen G-11 in den Händen, dem Skarabäus nachzustarren, der im Kielwasser verschwand.

Auf der anderen Seite des Flusses saß Doogie Kennedy im schwenkbaren Sitz des vorderen Turmgeschützes des Pibbers und feuerte so heftig, wie man es mit der doppelläufigen 20-mm-Kanone eines Patrouillenboots nur tun konnte.

Er wirbelte das Turmgeschütz herum und ließ einen Hagel aus Geschossen los, verwandelte einen der Rigid Raiders, der links von ihm über den Fluss jagte, in Schweizer Käse.

Daraufhin schwenkte er das Zielfernrohr zu einem der Helikopterträger herum – den, auf dem noch immer der Mosquito stand – und durchlöcherte ihn mit 20-mm-Gewehrfeuer. Die Kugeln rissen den Treibstofftank des Hubschraubers auf und sowohl das Boot als auch der Hubschrauber explodierten in einem gewaltigen Feuerball.

»Da! Nehmt das, ihr Nazischweine!«

Drei Meter hinter ihm, im Ruderhaus des Pibbers, gab Race Vollgas, wobei sein Blick forschend über den Fluss glitt.

In diesem Moment strich der dritte und letzte Mosquito-Kampfhubschrauber erneut im Tiefflug und aus allen Rohren feuernd über sie hinweg. Race duckte sich rasch. Doogie auf dem Vordeck schwang das Turmgeschütz herum und ließ ein ohrenbetäubendes 20-mm-Gewehrfeuer los, aber der Mosquito kippte einfach scharf ab, während die rot glühenden Leuchtspurgeschosse ins Leere rasten.

Da sah Race ein weiteres Pibber-Flusskampfboot bedrohlich hinter sie schwenken.

Keine Nazischützen standen an der Reling und das Turmgeschütz spie kein 20-mm-Gewehrfeuer aus. Das Boot hielt Abstand, kreuzte nur ruhig in wenigstens dreihundert Metern Entfernung hinter ihnen.

Da stieg plötzlich eine Rauchwolke aus der rechteckigen Hülse an seiner Seite, etwas Langes und Weißes schoss hervor und fiel klatschend ins Wasser.

»Sehe ich das richtig?«, fragte Race. Im gleichen Moment schwenkte ein weiterer Rigid Raider der Nazis hinter ihr Boot und jagte zwischen diesem und dem Pibber dahin, der gerade das seltsame Ding ausgeworfen hatte. Vier Nazis standen an Deck des offenen Rigid Raiders und feuerten mit Beretta-Pistolen auf Race und Doogie.

Plötzlich – so plötzlich, dass Race sich kerzengerade aufrichtete – explodierte der Rigid Raider zwischen den beiden Pibbers.

Ohne Vorwarnung.

Ohne offensichtliche Ursache.

Das lang gestreckte Aluminium-Kampfboot schoss einfach in einem Schwall aus Rauch, Wasser und verdrehtem Metall in die Höhe.

Ohne offensichtliche Ursache, dachte Race – bis auf das Ding, das der andere Pibber gerade aus der Hülse ins Wasser ausgeworfen hatte.

Die Erkenntnis traf ihn und Doogie gleichzeitig.

»Torpedos!«, sagten beide, einen Blick wechselnd.

Währenddessen stieg ein weiteres Rauchwölkchen an der Seite des Nazi-Pibbers empor und ein langer weißer Torpedo fiel klatschend in den Fluss und schoss mit unglaublicher Geschwindigkeit direkt auf ihr Boot zu.

»Scheiße«, fluchte Doogie.

Race schob den Gashebel des Pibbers vor.

Der Torpedo raste durchs Wasser.

Race lenkte den dahinjagenden Pibber nach links auf die übrige Flotte zu. Er hoffte, ein weiteres Boot zwischen sich und den Torpedo bringen zu können.

Aber es hatte keinen Zweck.

Die am nächsten liegenden Boote waren die beiden verbliebenen Helikopterträger – der eine, der die Grumman JRF-5 Goose hinter sich im Schlepptau hatte, unmittelbar rechts von ihnen und der andere links vorn.

Die Landungsdecks der Träger waren leer – ihre Heliports verlassen.

Race drückte den Gashebel weiter vor.

Sein Pibber schoss voran, traf eine Welle, sprang hoch in die Luft und krachte jäh und wild torkelnd hart aufs Wasser zurück.

Der Torpedo kam immer näher.

»Professor!«, schrie Doogie. »Sie haben noch etwa zehn Sekunden, um was zu unternehmen!«

Zehn Sekunden, dachte Race.

Scheiße.

Er sah den Helikopterträger links – und hatte eine Idee. Er lenkte darauf zu.

Acht Sekunden.

Race' Blick klebte an dem Träger. Dabei handelte es sich um wenig mehr als einen Landeplatz auf dem Wasser – lediglich ein weiter, flacher Platz, der etwa einen Meter über der Wasserlinie trieb und am Bug ein kleines, glasumschlossenes Ruderhaus besaß.

Sechs Sekunden.

Race riss das Steuerruder hart nach backbord und der Pibber kippte nach links. Er glitt rasch über die Wellen und ging alle paar Meter in die Luft, während er mit halsbrecherischer Geschwindigkeit auf den Helikopterträger zuschoss.

Fünf Sekunden.

Der Torpedo kam rasend schnell näher.

Vier Sekunden.

»Was tun Sie da?«, schrie Doogie.

Drei.

Race drückte den Gashebel so weit vor, wie es ging.

Zwei.

Der Pibber glitt auf Kollisionskurs auf die Steuerbordseite des Trägers zu.

In diesem Moment traf der Pibber plötzlich auf eine Welle und schoss wie ein Stuntauto, das von einer Rampe springt, hinauf ins Leere.

Nun wirbelten die Propeller in der leeren Luft, als sie buchstäblich durch die Luft flogen. Dann landete das Boot mit einem heftigen Aufprall direkt auf dem leeren Heliport.

Aber der Pibber hatte noch immer mächtig Schwung und mit einem kreischenden, ohrenzerreißend schrillen Kratzgeräusch rutschte das Patrouillenboot funkenschlagend über den leeren Heliport, bis es – *Wusch!* – vom linken Rand des Trägers herabschoss und klatschend auf der anderen Seite ins Wasser fiel, wo seine Propeller erneut Widerstand fanden. Kaum war es einige Meter entfernt, prallte der Torpedo hinter ihm auf den unglückseligen Träger und explodierte.

Die Wände des Trägers flogen auseinander. Gezackte Stahlstücke, abgerundete Teile des Rumpfs sowie Tausende von Glasscherben sausten in die Luft.

»Juhu!«, schrie Doogie vom Geschützturm herüber. »*Was für ein Sprung!*«

Atemlos blickte Race auf den Fluss hinter ihnen zurück, während Teile des zerstörten Trägers auf das Dach des Ruderhauses herabregneten.

»Wahnsinn«, sagte er.

Renée Becker glitt durch eine Seitentür des Kommandoschiffs und schob sich vorsichtig einen schmalen, weiß erhellten Korridor hinab.

Plötzlich öffnete sich eine Tür vor ihr. Sie drückte sich in eine Nische. Zwei Nazis kamen heraus und eilten an ihr vorüber. Sie hielten Pistolen in den Händen und einer von ihnen sagte: »Sie benutzen unser eigenes EMI gegen uns!« Die beiden liefen davon, ohne sie bemerkt zu haben.

Renée schlich weiter. Das Innere des Katamarans war unglaublich nobel ausgestattet – weiße Wände mit dunklen Holzpaneelen, luxuriöser blauer Teppich.

Aber sie achtete nicht weiter darauf.

Ihre Gedanken kreisten nur um eines.

Das Götzenbild.

Race' und Doogies Pibber jagte wieder über den Fluss und Doogie feuerte von seinem Turmgeschütz aus auf den letzten Hubschrauber, der bedrohlich auf sie zuflog.

Aber der Mosquito war zu flink, zu zierlich. Er wich dem Feuer leicht aus, bis Doogies 20-mm-Kanone schließlich die Munition ausging und sie nur noch wiederholt klickte.

Doogie runzelte die Stirn. »Mist.«

Rasch glitt er vom Geschützturm herab, schnappte sich das G-11 und kam zu Race ins Ruderhaus.

»Wir müssen den Hubschrauber ausschalten«, meinte er. »Solange er da oben ist, haben wir keine Chance, die Burschen zu erledigen.«

»Was schlagen Sie vor?«

Doogie nickte zu dem letzten verbliebenen Helikopterträger hinüber, der in etwa fünfzig Metern Entfernung rechts von ihnen durch den Fluss jagte und an dem die Grumman Goose vertäut war.

»Ich schlage vor, wir gehen damit in die Luft«, sagte er.

Sekunden später schwenkte ihr Pibber neben den flachen Helikopterträger.

Einen Augenblick lang berührten sich die beiden Boote. Währenddessen machte Doogie einen Satz auf das Landedeck des Trägers hinüber.

»Also, Professor!«, schrie er. »Sie sind dran!«

Race nickte, verließ das Ruder des Pibbers – und in diesem Augenblick schwankte das Patrouillenboot heftig. Etwas war mit voller Wucht dagegengeprallt.

Race stürzte aufs Deck, sah auf und bemerkte, dass einer der beiden verbliebenen Nazi-Pibbers erneut die linke Seite seines Bootes rammte.

Rasch hob Doogie auf dem Helikopterträger das G-11 und drückte den Abzug – aber aus irgendeinem Grund wollte es nicht feuern.

»Verdammte *Scheiße*!«, schrie er, als er Race samt dem anderen Pibber davontreiben sah.

Race umgab ein Inferno.

Überall knallten Schüsse. Die Nazis auf dem anderen Pibber hatten mit Pistolen das Feuer auf sein Ruderhaus eröffnet. Die vordere Windschutzscheibe des Pibbers zerbrach und ein Schauer aus Scherben regnete auf ihn herab.

Dann spürte er plötzlich einen weiteren Stoß: Der zweite Pibber prallte gegen seine Backbordreling.

Er fuhr herum und sah das Boot bedrohlich und riesig neben sich aufragen. Die drei Soldaten auf dem Heck bereiteten sich darauf vor, mit Berettas in Händen seinen Pibber zu entern und ihn zu töten.

Er wirbelte in die andere Richtung herum und bemerkte, dass die Kluft zwischen seinem Boot und dem Helikopterträger mit Doogie darauf inzwischen mindestens zehn Meter breit war. Das war zu viel.

Er war auf sich allein gestellt.

Er zog seine SIG.

Welche Möglichkeiten hast du, Will?

Sehe nicht viele.

Der erste Nazi sprang auf seinen Pibber hinüber.

Sogleich fuhr Race herum und sprang durch die zerschmetterte Windschutzscheibe auf das gestreckte Vordeck des Pibbers, und zwar gerade in dem Moment, als der Nazi mit seiner Pistole das Feuer eröffnete und die Kugeln nur wenige Zentimeter über Race' Kopf vom Rahmen der Windschutzscheibe abprallten.

Auf allen vieren landete er auf dem Vordeck und war wenigstens für einen Augenblick aus der Schusslinie.

Er hörte andere Nazis auf dem Achterdeck seines Bootes landen.

Scheiße!

Vorsichtig sah er sich um und erblickte die Köpfe der vier Nazisoldaten, die nach vorn kamen. Instinktiv wälzte er sich weg. Da traf ihn plötzlich etwas hart in den Rücken.

Race drehte sich um.

Es war der Anker des Pibbers.

Die Nazis kamen näher.

Tu was!

Also gut …

Rasch zielte Race mit der SIG-Sauer auf die Ankerleine und feuerte.

Die Kugel durchschlug die Leine unmittelbar oberhalb des Ankers und sogleich fiel das schwere Teil aus rostfreiem Stahl klappernd auf das Deck.

Daraufhin riss Race seine Yankee-Kappe herab und schob sie sich fest zwischen die Zähne.

Der erste Nazi tauchte im Ruderhaus auf, hob seine Beretta und schoss.

Race wich der Kugel aus, rutschte unter die Ankerleine in seiner Hand und wälzte sich dann, ohne sich sein Vorhaben ein zweites Mal zu überlegen, rasch über das Vordeck zum Bug.

Währenddessen explodierten überall auf dem stählernen Vordeck Einschusslöcher, aber die Kugeln verfehlten ihr Ziel.

Denn als die vier Nazis im Ruderhaus des Pibbers auftauchten, wälzte sich William Race vom Bug des Patrouillenboots und fiel in das dahinjagende Wasser.

★★★

RACE SCHLUG HART mit dem Rücken auf der Wasseroberfläche auf.

Er erzeugte eine spektakuläre Gischt, während er unkontrolliert auf dem Wasser auf und nieder sprang, rasend schnell darüber wegrutschte und verzweifelt versuchte, die Ankerleine nicht aus dem Griff zu verlieren. Hin und wieder prallte er von einer Welle ab und knallte seitlich an den Bug des Pibbers, der das Wasser neben ihm wie ein Messer durchschnitt.

Race biss heftig auf den Rand seiner Kappe und hielt die Leine so fest, wie er konnte.

Es war ein rauer Ritt, der sich anfühlte, als ob ihm jemand eine Tracht Prügel versetzte. Aber Race wusste, dass es noch wesentlich schlimmer kommen würde, wenn er sich nicht etwas einfallen ließ.

Über sich auf dem Vordeck vernahm er das schwere *Bumm-Bumm-Bumm* von den Stiefeln der Nazis. Falls sie ihn am Bug herabhängen sähen, wäre er mit Sicherheit ein toter Mann. Sie würden ihn sofort erschießen.

Tu's, Will!

Na gut, dachte er. *Tun wir's!*

Race wappnete sich gegen den Aufprall der dahinjagenden Wellen, kniff die Augen vor der Gischt zusammen, die ihm ins Gesicht peitschte, fasste die Ankerleine seinem Vorhaben entsprechend und spannte alle Muskeln an.

Dann ließ er sich in das Wasser sinken, unter den Bug des Pibbers!

Zuerst tauchten die Beine unter.

Dann kam das Becken, der Bauch, die Brust.

Langsam folgten die Schultern, der Hals.

Als Letztes brachte Race mit einem tiefen Atemzug den Kopf unter die Oberfläche.

Eine unheimliche Stille.

Das Geknatter der Außenbordmotoren, das Dröhnen der Hubschrauber, das Knallen automatischen Gewehrfeuers war verstummt. Race hörte lediglich noch das stetige vibrierende Summen der Bootsmotoren, das im Wasser hallte.

Der steil abfallende graue Rumpf des Pibbers füllte Race' Blickfeld aus. Kleine Funken von irgendetwas sausten mit Millionen Kilometern pro Stunde an seinem Gesicht vorüber und verschwanden in der schlammigen grünen Düsternis jenseits seiner Füße.

Langsam und zielstrebig ließ er sich Hand über Hand an der Ankerleine herab und glitt heckwärts am Rumpf des Pibbers entlang, wobei er verzweifelt den Atem anhielt – und noch immer fest mit den Zähnen auf seine Kappe biss.

Er hatte etwa ein Drittel der Strecke zurückgelegt, da materialisierte sich die erste Reptiliengestalt in der grünen Finsternis.

Ein Kaiman.

Er schoss heran, öffnete den Rachen unmittelbar neben Race' tretenden Füßen und schnappte blitzschnell wie eine zuschlagende Klapperschlange gierig nach Race' Turnschuhen.

Race zog die Beine gerade in dem Augenblick zurück, da die

Kieferknochen des Kaimans sich knirschend schlossen, und so bekamen sie lediglich Wasser zu fassen. Das große Reptil, außerstande, mit dem dahinjagenden Pibber Schritt zu halten, schrumpfte beutelos in der dunstigen grünen Finsternis zusammen.

Verzweifelt schrie Race' Körper nach Luft. Seine Lungen brannten. Galle kroch ihm in die Kehle hinauf.

Er zog sich rascher die Leine entlang, bis er das Gesuchte schließlich fand.

Die Taucherluke.

Großartig!

Rasch versetzte Race der Luke einen Fausthieb und öffnete dadurch den inneren Verschluss. Dann schob er den Kopf hindurch.

Sein Kopf durchbrach die Wasseroberfläche – in der unteren Kabine des Pibbers!

Race spuckte die Yankee-Kappe aus und sog jede Unze Luft ein, die er bekommen konnte.

Anschließend zog er sich durch die kistenförmige Luke hinauf und sackte auf dem Fußboden der Kabine in sich zusammen – zerschrammt, zerschlagen und völlig außer Atem, aber unendlich froh, noch am Leben zu sein.

★★★

Doogie Kennedy rannte über das offene Deck des letzten Helikopterträgers. Ein Hagel von Geschossen folgte ihm, die Funken aus dem metallenen Boden schlugen.

Sobald Race unter den Bug des Pibbers getaucht war, hatte Doogie das Feuer auf die vier Nazis im Ruderhaus eröffnet. Jetzt nahmen sie ihn unter Beschuss, während er versuchte, sich zu dem Wasserflugzeug durchzuschlagen, das an dem großen Helikopterträger vertäut war.

Er erreichte das Heck und löste rasch die Leine der Goose.

Daraufhin sprang er auf den Bug der Maschine und riss die kleine Luke auf deren Nase auf. Mit dem Kopf voran tauchte er hindurch und stand Sekunden später im Cockpit wieder auf den Beinen.

Er hieb auf den Zündschalter und sofort setzten sich die beiden Propeller an den Tragflächen in Bewegung. Zunächst rotierten sie langsam, dann schalteten sie hoch und waren rasch bloß noch als verwischte Scheiben zu erkennen.

Das Wasserflugzeug entfernte sich von dem Helikopterträger, während die Kugeln der Nazis von seinem Rumpf abprallten.

Doogie wendete die Goose, sodass sie auf das Deck des Pibbers zeigte, den er gerade im Stich gelassen hatte.

Dann drückte er den Auslöser an seinem Steuerknüppel.

Sogleich spie die seitlich montierte Gatlingkanone ein ohrenbetäubend lautes 20-mm-Maschinengewehrfeuer aus.

Auf der Stelle wurden drei der Nazis auf dem Pibber von dem mächtigen Feuer der Goose direkt in die Brust getroffen und fielen.

Der vierte stürzte ebenfalls, aber absichtlich – rasch wälzte er sich aus der Schusslinie.

»Gott, wie ich diese 20-Millimeter-Kanonen liebe!«, sagte Doogie.

Race hatte gerade die kleine Metalltür erreicht, die zurück zum Ruderhaus führte, als Doogies Gewehrfeuer das Boot bestrich.

Nachdem wieder Stille eingekehrt war, spähte Race zur Tür hinaus und sah, dass nur noch einer der ursprünglich vier Nazis am Leben war – er lag auf dem Deck und lud seine Beretta nach.

Diese Gelegenheit musste er beim Schopf packen.

Race wartete einen Augenblick, um seine Nerven zu beruhigen. Dann warf er die Tür auf, hob die SIG-Sauer, zielte auf den überraschten Nazi und betätigte den Abzug.

Klick!

Der Schlitten der SIG stand in der Leerposition.

Keine Patronen!

Entsetzt warf Race die Pistole beiseite und tat das Einzige, das ihm einfiel, zumal der Nazi knallend ein neues Magazin in den Griff seiner Pistole schob: Er tat drei mächtige Schritte und warf sich auf den Gegner.

Nach dem harten Aufprall gingen beide Männer auf dem Deck des dahinjagenden Pibbers zu Boden und rutschten auf das Heck zu.

Rasch kamen sie wieder auf die Beine. Der Nazi vollführte einen Rückhandschlag, aber Race duckte sich und die Faust pfiff über seinen Kopf hinweg.

Unvermittelt schlug Race mit einer wütenden Rechten auf das Gesicht des Soldaten ein. Der Hieb saß: Der Kopf des Nazis flog ebenso wie der Körper nach hinten.

Race drosch erneut auf ihn ein, wieder und wieder, und während der Nazi stolpernd zurückwich, brüllte Race:

»Runter ...«

Peng!

»... von ...«

Peng!

»... meinem ...«

Peng!

»... Schiff!«

Beim letzten Hieb prallte der Nazi gegen die Heckreling des Pibbers, kippte darüber und fiel klatschend in das Kielwasser des Bootes.

Race – schwer atmend und mit blutigen Fingerknöcheln – starrte ihm nach und schluckte schwer. Nach wenigen Augenblicken sah er eine inzwischen vertraute Wellenformation auf den Soldaten zulaufen. Er wandte sich ab, als das Gekreisch des Nazis einsetzte.

★★★

VORSICHTIG KROCH RENÉE mit vorgehaltener Waffe einen schmalen Korridor auf dem Kommandoschiff entlang, da vernahm sie plötzlich Stimmen aus einem Raum rechts. Sie spähte um den Türrahmen.

Und sah einen älteren Mann in einem ultramodernen Hightech-Laboratorium stehen. Er war riesig, korpulent, hatte einen fetten Stiernacken und einen gewaltigen Körperumfang – das weiße Hemd spannte sich über einem mächtigen Bauch.

Renée erkannte ihn sofort.

Sie hielt den Atem an, während sie den Mann anstarrte.

Das war Odilo Ehrhardt.

Der Befehlshaber des Sturmtrupps.

Einer der gefürchtetsten Nazis im Zweiten Weltkrieg.

Er musste jetzt – wie alt? – 75 Jahre sein, wirkte jedoch keinen Tag älter als fünfzig. Seine klassisch arischen Züge waren noch immer vorhanden, wenn auch vom Alter verwischt. Das weißblonde Haar lichtete sich allmählich, sodass sich eine Anzahl hässlicher Altersflecken zeigten. Seine blauen Augen funkelten und glitzerten wahnsinnig, während er seinen Männern Befehle zubrüllte.

»... dann *sucht* diesen Generator und *schaltet ihn ab*, ihr Schwachköpfe!«, brüllte er in das Funkgerät und stach mit einem Wurstfinger auf einen seiner Soldaten ein. »Du! Hauptsturmführer! Hol mir Anistase! Auf der Stelle!«

Das Laboratorium um den Nazigeneral war eine Mischung aus Glas und Chrom. Cray-YMP-Supercomputer reihten sich an den Wänden, Vakuumkammern standen auf Labortischen. Labortechniker in weißen Mänteln eilten umher und Soldaten mit Pistolen rannten durch die gläserne Haupttür hinaus, die zum Heliport am Heck des Schiffs führte.

Aber Renée hatte nur Augen für den Gegenstand in Odilo Ehrhardts linker Hand.

Er war in ein ausgefranstes, purpurfarbenes Tuch geschlagen.

Das Götzenbild.

In diesem Augenblick eilte Heinrich Anistase vom Heliportdeck herein und stellte sich in Habtachtposition vor Ehrhardt.

»Sie haben nach mir geschickt.«

»Was ist da los?«, fragte Ehrhardt.

»Sie sind überall, Oberstgruppenführer. Es müssen Dutzende sein, vielleicht mehr. Sie haben sich offenbar getrennt, nehmen verschiedene Teile der Flotte unter Beschuss und verursachen beträchtlichen Schaden.«

»Dann verschwinden wir«, meinte Ehrhardt, reichte Anistase das Götzenbild und führte ihn zum Heliportdeck. »Rasch. Wir nehmen das Götzenbild im Helikopter mit und bringen es zur Mine. Sind die Regierungsoberhäupter unseren Forderungen nicht nachgekommen, wenn wir das Thyrium in die Supernova einbringen, werden wir sie zünden.«

Aus dem Ruderhaus seines gerade zurückeroberten Pibbers überblickte Race das wässrige Schlachtfeld ringsherum.

Was von der Flotte übrig war, jagte noch immer den Fluss entlang, aber sie war nur noch ein Schatten ihrer selbst.

Drei Pibbers waren noch auf dem Wasser, doch einen steuerte Race. Einer der Helikopterträger war übrig, dazu drei von den ursprünglich fünf Rigid Raiders – und einen hatte Schröder übernommen.

Van Lewens Skarabäus raste vor der Flotte her. Und dann

war da der letzte Mosquito-Hubschrauber, der seine Wut noch immer aus der Luft ausließ.

Etwa vierzig Meter hinter sich sah Race, wie Doogie die Goose aus dem Kielwasser des Helikopterträgers herausdrehte. Er suchte nach einer freien Wasserstrecke, von wo aus er abheben konnte.

Race fuhr herum und schaute nach vorn.

Etwa dreißig Meter links vor seinem Pibber sah er das gewaltige Kommandoschiff der Nazis über den Fluss rasen.

In dem Augenblick jedoch, da er hinüberschaute, erblickte er plötzlich zwei Männer, die auf das Achterdeck hinausstürmten und zu dem weißen Bell-Jet-Ranger-Helikopter auf dem Heck rannten.

Einen davon erkannte er sofort – Anistase.

Der andere Mann war beträchtlich älter als Anistase und fett. Er hatte einen dicken, muskulösen Hals und einen halb kahlen Kopf. Race wusste nicht, wer das war, vermutete jedoch, dass er der Mann war, von dem Schröder gesprochen hatte – der Befehlshaber des Sturmtrupps. Otto Ehrhardt oder etwas in dieser Preisklasse.

Anistase und Ehrhardt sprangen in das Heck des Bell Jet Rangers und sogleich drehten sich die Rotorblätter des Hubschraubers.

Da traf Race die Erkenntnis.

Sie brachten das Götzenbild weg …

In diesem Moment sah Race aus dem Augenwinkel eine Bewegung – eine kleine, schattenhafte Gestalt eilte die Passage an der Steuerbordseite des Kommandoschiffs hinab.

Er bekam große Augen.

Renée!

Sie rannte zum Heck, das M-16 quer über der Brust.

Offenbar wollte sie das Götzenbild holen.

Allein!

Voller Bewunderung sah Race Renée um die Ecke biegen und mit ihrem M-16 auf den Hubschrauber der Nazis feuern.

Einige Nazisoldaten wurden getroffen und fielen, die anderen drehten sich jedoch um und schossen mit AK-47-Gewehren zurück.

Angesichts des feindlichen Feuers wich Renée zurück, während die Nazis vom Helikopterdeck aus die Verfolgung aufnahmen.

Race konnte nur voller Entsetzen zuschauen, als sie stolpernd rückwärts die Passage auf der Steuerbordseite des Kommandoschiffs entlang zum Bug lief.

Dabei feuerte sie wild und entschlossen mit dem M-16, wodurch sie die Nazis am Heckende der Passage festhielt, bis sie sich schließlich am Bugende hinhocken konnte. Von dort aus hielt sie ihre Angreifer am anderen Ende in Schach.

In diesem Augenblick sah Race den Mann.

Ein Nazisoldat näherte sich Renée über das breite Dach des Kommandoschiffs!

Der Mann hielt sein Gewehr erhoben und bewegte sich langsam und zielstrebig weiter. Außerhalb von Renées Blickfeld schlich er sich an sie heran.

Sie konnte nicht wissen, dass er sich ihr auf dem Dach näherte.

»Verdammt!«, sagte Race und blickte sich fieberhaft um. Wie konnte er ihr helfen?

Sein Blick fiel auf Doogies Wasserflugzeug, das auf der Suche nach einer freien Wasserstrecke im Kielwasser zwischen seinem Pibber und dem Kommandoschiff dahinraste.

Sogleich erkannte Race die Gelegenheit, und ohne auch nur mit der Wimper zu zucken, sprang er durch die zerbrochene vordere Windschutzscheibe hinaus und kletterte aufs Dach.

Dann sprang er, gerade als Doogies Goose an seinem Pibber vorübersauste, auf die Tragfläche des Wasserflugzeugs und tanzte sie förmlich entlang!

Es war ein erstaunlicher Anblick: das Goose-Wasserflugzeug, das zwischen dem Kommandoschiff der Nazis und dem Pibber dahinjagte, und die winzige Gestalt des William Race – in klatschnassen Jeans, durchnässtem T-Shirt und mit der Baseballkappe auf dem Kopf –, der über die Tragfläche rannte, vornübergebeugt, um gegen den peitschenden Wind anzukommen.

Race lief raschen, aber sicheren Fußes, so schnell er konnte, über die zwanzig Meter lange Tragfläche der Goose.

Schon sah er das Kommandoschiff drohend vor sich aufragen. Die Welt dahinter huschte in waagerechten Streifen vorüber. Renée hielt am Bug die drei Nazis am anderen Ende der Passage in Schach. Der Soldat oben auf dem Dach des großen Katamarans kam ihr jedoch immer näher.

Wie ein Rennwagen, der einen Rivalen überholte, erreichte die Goose schließlich das Kommandoschiff und Race sprang in vollem Lauf vom Rand der linken Tragfläche ...

... segelte durch die Luft ...

... und landete wie eine Katze auf beiden Beinen auf dem Dach des Kommandoschiffs, unmittelbar neben dem Nazi, der sich an Renée heranschlich!

Race zögerte keine Sekunde. Ohne Waffe stürmte er in den Mann hinein, sodass beide nach vorn flogen und vom Dach des Katamarans herabfielen.

Sie landeten auf dem Vordeck, unweit der Stelle, wo Renée am vorderen Ende der Steuerbordpassage kauerte.

Orientierungslos wälzte sich Race weg und blickte voller Entsetzen auf, denn der Nazi war bereits wieder auf den Beinen.

In einem flüchtigen Augenblick sah Race das Gesicht des Mannes. Es war zweifelsohne eines der hässlichsten Gesichter, die er jemals gesehen hatte – lang und schief und von Pockennarben gezeichnet. Doch es war auch ein Bild der Wut, reiner, unverfälschter Wut.

Gleich darauf wurde das widerliche Gesicht des Nazis in Race' Blick vom Kolben des AK-47-Sturmgewehrs ersetzt, der rasend schnell auf seinen Kopf herabsauste. Dann – *Krack!* – wurde alles schwarz um Race.

Renée fuhr herum und sah gerade noch, wie der Hieb Race' Kopf zurückwarf. Hart fiel Race aufs Deck. Er war bewusstlos.

Da sah der hässliche Nazi auf und blickte zu ihr herüber.

Lächelnd hob er das Gewehr.

★★★

DIE GOOSE SCHOSS am Kommandoschiff vorüber ins offene Wasser. Sie hatte die Flotte hinter sich gelassen.

Doogie schob den Gashebel nach vorn, um die Geschwindigkeit zum Abheben zu erreichen. Aber da ertönte irgendwo links von ihm plötzlich ein lautes *Bumm*! Abrupt schwankte das Flugzeug heftig hin und her. Er warf einen Blick aus dem Fenster. Dort, wo sein linker stabilisierender Schwimmer hätte sein sollen, war auf einmal nichts mehr.

Kaum eine Sekunde später jagten zwei Rigid Raiders der Nazis von zwei Seiten gleichzeitig vor seinen Bug. Sie fuhren im Zickzack und die Soldaten auf den Decks bestrichen seine Windschutzscheibe mit schwerem Maschinengewehrfeuer.

Doogie ging in Deckung. Die Windschutzscheibe zersplitterte zu einem Spinnwebmuster.

Daraufhin schaute er auf und sah, dass sich einer der Nazis des rechten Rigid Raiders einen tragbaren M-72A2-Raketenwerfer auf die Schulter hob und damit direkt auf die Goose zielte!

»Oh, Mann …«, stöhnte Doogie.

Der Nazi betätigte den Abzug.

Doogie zog den Steuerknüppel hart nach links und genau im gleichen Moment stieg eine Rauchwolke aus dem Lauf des Raketenwerfers.

Die Goose sprang wild herum – so wild, dass die Spitze der schwimmerlosen Tragfläche das Wasser berührte und dabei eine spektakuläre Gischtfontäne erzeugte!

Was zur Folge hatte, dass die Rakete aus dem Werfer unter Doogies hochgereckter rechter Tragfläche hindurchschoss und sie um Zentimeter verfehlte, ehe sie zu den Bäumen weiterjagte und einen unglücklichen Stamm in die Hölle blies.

Doogies kleine Goose raste auf dem Bauch und dem einen verbliebenen Schwimmer weiter über den Fluss.

In diesem Moment kam der letzte Mosquito-Kampfhubschrauber knatternd aus dem Nirgendwo und feuerte eine verheerende Salve ab, dass das Wasser um das kleine Flugzeug nur so spritzte.

»Gottverdammt!«, schrie Doogie, während er erneut unter dem Armaturenbrett in Deckung ging. »Kann es denn *noch* schlimmer kommen?«

Da vernahm er ein bedrohliches, jedoch sehr vertrautes Geräusch.

Puff!

Er fuhr im Sitz herum.

Und sah, wie einer der beiden verbliebenen Nazi-Pibbers hinter ihm einen Torpedo aus der Hülse warf.

Der Torpedo klatschte ins Wasser und schoss unter der Oberfläche davon.

Doogie gab Gas.

Die beiden Rigid Raiders rasten jetzt zu beiden Seiten direkt neben den Flügelspitzen dahin, sodass sie ihn regelrecht einklemmten.

»Scheiße«, fluchte Doogie. »Scheiße, Scheiße, Scheiße.«

Der Torpedo kam näher.

Doogie schob den Gashebel der Goose weiter nach vorn.

Das kleine Flugzeug schoss über das Wasser, auf nicht weniger als vier Seiten von feindlichen Fahrzeugen umgeben: den beiden Rigid Raiders rechts und links, dem Pibber einhundert Meter heckwärts und dem schwarzen Mosquito-Kampfhubschrauber, der vor ihm durch die Luft raste.

Doogie schaute sich verzweifelt um. Während sein kleines Flugzeug sich bemühte, die Geschwindigkeit beizubehalten, jagten die beiden Rigid Raiders mit ihren brüllenden Kompressormotoren leicht dahin und ihre Mannschaft fand offenbar ein perverses Vergnügen daran ihm bei seinem Kampf zuzusehen.

»Lacht nicht zu früh, ihr faschistischen Arschlöcher«, schrie Doogie. »Es ist noch nicht aller Tage Abend!«

Der Torpedo befand sich jetzt zwanzig Meter hinter dem Schwanz der Goose. Doogie schob den Gashebel so weit nach vorn, wie es ging.

15 Meter, und er war beinahe bei achtzig Knoten.

Zehn – neunzig.

Fünf – einhundert.

Doogie sah, wie ihn die Nazis auf den Rigid Raiders auslachten. Sie amüsierten sich über seinen verzweifelten Versuch, dem Torpedo in der hoffnungslos veralteten Goose zu entkommen.

Zwei Meter – 110. Höchstgeschwindigkeit.

Der Torpedo glitt unter die Goose.

»Nein!«, schrie Doogie. »Komm schon, Baby! *Tu mir den Gefallen!*«

Die Goose schoss über den Fluss.

Die Nazis lachten.

Doogie fluchte.

Dann tat die kleine Goose plötzlich das, was niemand außer ihm für möglich gehalten hätte.

Sie hob ab.

Zwar stieg sie nur ein kleines bisschen über die Oberfläche des Flusses – äußerstenfalls einen halben oder ganzen Meter –, aber das reichte.

Da der Torpedo sein ursprüngliches Ziel verloren hatte, suchte er sogleich nach einem neuen.

Er fand es in dem Rigid Raider rechts von Doogie.

Kaum hatte die Goose von der Oberfläche abgehoben, da wurde dieser Rigid Raider von der gewaltigen Detonation des Torpedos aus dem Wasser geschleudert.

Das Flugzeug berührte die Wasseroberfläche wieder und löste dabei einen Gischtschauer hinter sich aus.

Der Mosquito-Pilot erkannte, was geschehen war, und jagte nach vorn, der Goose voraus. Dabei drehte er sich um die Querachse, sodass er rückwärts vor dem dahinsausenden Flugzeug flog und eine wilde Salve Kanonenfeuer abschießen konnte.

Doogie duckte sich unter das Armaturenbrett. »Verdammter Hubschrauber!«, rief er. »Sehen wir mal, wie dir *das* gefällt!«

Mit diesen Worten riss er den Steuerknüppel hart nach links.

Die Goose kippte scharf, wobei die Spitze ihres schwimmerlosen linken Flügels erneut die Wasseroberfläche berührte, und geriet dem letzten Rigid Raider in den Weg.

Dessen Steuermann reagierte nicht rasch genug.

Wie eine Rakete, die zum Himmel hinaufschoss, sauste der Rigid Raider die stark geneigte Tragfläche des Flugzeugs hoch!

Laut kreischend glitt der silbrige Rumpf das Metall der Tragfläche entlang, die sozusagen als Abschussrampe fungierte. Anschließend – *Wusch!* – schoss der Rigid Raider in die Luft, wo er mit unglaublicher Geschwindigkeit in den Helikopter krachte, der vor der Goose schwebte.

Der Mosquito taumelte rückwärts wie ein Boxer, der einen Volltreffer auf die Nase erhalten hatte. Im Nu zersplitterte das

Cockpit und den Bruchteil einer Sekunde später explodierte der Hubschrauber in einem gewaltigen Feuerball.

Doogie blickte auf das Schlachtfeld hinter sich zurück, sah den geschwärzten Rumpf des torpedierten Rigid Raiders langsam im Wasser versinken und die verkohlten Überreste des Mosquitos und des anderen Rigid Raiders mit einem gewaltigen Klatschen in den Fluss stürzen.

»Guten Rutsch, ihr Nazischweine!«, sagte er leise.

★★★

Benommen, verwirrt und mit furchtbaren Kopfschmerzen wurde William Race mit vorgehaltener Waffe auf das Achterdeck des Kommandoschiffs der Nazis getrieben.

Neben ihm schob der ungewöhnlich hässliche Nazi, den Race inzwischen in Gedanken »Kratergesicht« nannte, gleichzeitig Renée weiter.

Kaum hatte Kratergesicht ihn und die Deutsche vorhin am Bug überwältigt, da rief der große Nazi seinen Kameraden am anderen Ende der Steuerbordpassage auch schon zu, sie sollten das Feuer einstellen. Jetzt trieb er seine beiden Gefangenen den Gang hinab zum Heliport am Heck, wo der makellos weiße Bell-Jet-Ranger-Helikopter gerade abheben wollte.

Als Anistase sie erblickte, trat er die Seitentür des Helikopters auf.

»Bringt sie her!«, rief er.

Van Lewen raste vor der übrig gebliebenen Flotte über den Fluss.

Er saß an der Pinne des Skarabäus und nur das hintere Drittel des geschossförmigen Rumpfs berührte das Wasser. Die Zwillingsmotoren mit ihren 450 PS dröhnten ihm in den Ohren.

Er drehte sich im Sitz um und sah den weißen Bell Jet Ranger vom Achterdeck des Kommandoschiffs abheben.

»Verdammt«, fluchte er.

Karl Schröder befand sich in einer hoffnungslosen Lage.

Sein Rigid Raider schoss ziemlich am Flottenende zwischen den letzten beiden Nazi-Pibbers, die ihn mit ihrem unablässigen Feuer durchsiebten, über den Fluss.

Verzweifelt versuchte Schröder, ihren Kugeln auszuweichen, aber sie waren zu nahe, zu rasch.

Plötzlich – *Klatsch-Klatsch-Klatsch* – durchschlug eine Anzahl von Kugeln seinen Rigid Raider. Die Geschosse fuhren ihm ins rechte Bein und rissen drei ausgefranste rote Löcher in seinen Oberschenkel.

Er stürzte, biss die Zähne zusammen und unterdrückte einen Schrei.

Irgendwie brachte er es fertig, auf ein Knie zu kommen und das Boot weiterzusteuern, aber es war sinnlos. Die Nazi-Pibbers hatten ihn.

Er blickte nach vorn und erfasste mit einem Blick, was von der Flotte noch übrig war: das Kommandoschiff, der Skarabäus, die Goose und einer der Helikopterträger. Dieser Rest jagte gut einhundert Meter vor ihm in die Ferne davon.

Auch er sah den weißen Bell-Jet-Ranger-Helikopter vom Kommandoschiff abheben. Nur Minuten zuvor waren Race und Renée hineingeworfen worden.

Da traf ein weiterer Hagel von Geschossen Schröders Boot, durchschlug seine kugelsichere Weste, als bestünde sie aus Seidenpapier, und riss ihm eine Reihe von Löchern in den Rücken.

In diesem Augenblick wusste er, dass er sterben würde.

Seine Wunden brannten, seine Nervenenden kreischten und sein ganzer Körper stand kurz vor einem Schock. Karl Schröder sah sich verzweifelt nach etwas um, das er dazu benutzen konnte, so viele Nazis wie möglich mit in den Tod zu nehmen.

Sein Blick fiel auf die Kevlarschachtel, die er zuvor schon auf dem Boden des Rigid Raiders gesehen hatte. Erst jetzt jedoch fielen ihm die auf der Seite aufgeprägten englischen Wörter auf.

Mühsam las Schröder, was dort stand.

Und bekam große Augen.

Schröders Rigid Raider verlor gegenüber den kärglichen Resten der Flotte immer mehr an Boden und die beiden Nazi-Pibbers schoben sich weiterhin auf beiden Seiten dicht an ihn heran.

Schröder lag jetzt auf dem Rücken und blickte zu den Gewitterwolken auf, die sich über ihm dahinwälzten und den spätnachmittäglichen Himmel verdunkelten. Langsam wich das Leben aus seinem Körper.

Plötzlich hatte er das Gesicht eines ziemlich finster dreinschauenden Nazis im Blickfeld und Schröder wurde klar, dass einer der Pibbers neben ihm festgemacht hatte.

Aber das war ihm gleichgültig.

Als der Nazi ruhig das AK-47 hob, blickte Schröder auf den Gewehrlauf und ergab sich in sein Schicksal.

Dann lächelte er seltsamerweise.

Der Nazi zögerte.

Er sah ein wenig zur Seite – auf die Kevlarschachtel, die links neben Schröder lag.

Der Deckel der Schachtel stand offen.

Im Innern erkannte der Nazi fünf kleine Phiolen aus Chrom und Plastik, jede mit einer kleinen Menge bernsteinfarben schimmernder Flüssigkeit gefüllt. Sie lagen in einer mit Schaumstoff ausgelegten Tasche.

Der Nazi wusste, worum es sich dabei handelte.

M-22-Isotopengranaten.

Aber da befand sich eine sechste mit Schaumstoff ausgelegte Tasche in der Schachtel.

Und die war leer.

Der Blick des Nazis fuhr nach links, wo er die sechste Phiole in Schröders blutverschmierten Händen sah.

Schröder hatte bereits das Gummisiegel auf der Granate erbrochen und die rote Sicherheitslasche geöffnet, die den Zündmechanismus bedeckte.

Jetzt hielt er den Daumen auf dem Zündknopf. Er drückte ihn hinab, während er ruhig vor sich hin schaute.

Vor Entsetzen wurden die Augen des Nazis groß. »O Scheiße …«

Schröder schloss die Lider. Jetzt war es an Renée und dem amerikanischen Professor. Er hoffte, dass sie Erfolg hatten. Er hoffte, dass die beiden amerikanischen Soldaten seinem Boot genügend weit voraus waren, außerhalb des Explosionsradius. Er hoffte …

Schröder seufzte ein letztes Mal, ließ den Zündknopf los und die M-22-Isotopengranate detonierte in all ihrer Pracht.

★★★

Die Welt erbebte.

Der Rigid Raider explodierte und eine gewaltige, weiß glühende Feuerwalze schoss in alle Richtungen davon.

Sie entzündete augenblicklich die Bäume zu beiden Seiten des Flusses und zerblies sie zu nichts.

Sie jagte als schäumende, brodelnde Mauer aus Hitze mit unvorstellbarer Geschwindigkeit in die Tiefe, brachte das Wasser zum Kochen und tötete alles, was sich ihr in den Weg stellte – ein dahinrasender Komet.

Sie schoss hoch in den Himmel, flammte weiß wie das Blitzlicht auf einer Kamera auf, ein alles verzehrender, monumentaler Blitz, der vom Weltraum aus sichtbar gewesen sein musste.

Doch am schlimmsten war, dass die expandierende Wand aus glühend heißem Licht den Überresten der Flotte hinterherjagte.

Van Lewens Skarabäus und Doogies Goose glitten an deren Spitze über das Wasser – hinter sich die riesenhafte Woge aus Weiß, die den Fluss auffraß.

Doch sie hatten einigermaßen Glück. Sie waren Schröders Rigid Raider gut dreihundert Meter voraus gewesen, als die M-22-Granate explodiert war.

Die anderen Schiffe – der letzte Helikopterträger, die beiden verbliebenen Pibbers sowie das Kommandoschiff – dagegen hatten nicht so viel Glück.

Sie waren näher dran. Und jetzt stand die sich ausdehnende Mauer aus glühend heißem Licht drohend über ihnen wie ein gewaltiges, mythologisches Ungeheuer, das sie zu Zwergen machte. Dann, plötzlich, verzehrte die gigantische Mauer aus Weiß den Helikopterträger und die Pibbers, ließ sie explodieren, ehe sie sie gänzlich verschluckte und anschließend ihre gefräßige Jagd fortsetzte.

Ihr nächstes Ziel war das Kommandoschiff. Wie ein schwerfällig dahinstampfendes Nashorn, das versuchte, einem durchgegangenen Lastwagen zu entfliehen, schoss der gewaltige Katamaran im Versuch voran, der herannahenden Mauer aus sengend heißer Energie zu entkommen.

Aber die Explosion war zu schnell, zu mächtig.

Wie zuvor bei dem Träger und den Pibbers streckte die expandierende Mauer aus Licht einfach die Klauen aus und packte das Kommandoschiff mit ihren Krallen, riss es in sich hinein und löschte das riesige Fahrzeug in einem einzigen feurigen Augenblick aus.

Dann sank die gewaltige Feuersbrunst so rasch, wie sie aufgestiegen war, in sich zusammen und löste sich auf. Bald hatte sie ihren Vorwärtsschwung verloren und verschwand in der Ferne.

Van Lewen warf einen letzten Blick auf den versengten und rauchenden Dschungelfluss hinter sich. Er sah eine dünne schwarze Rauchwolke über den Baumkronen in den Himmel steigen – die der gerade einsetzende subtropische Regen jedoch rasch auslöschte.

Dann schaute er sich um. Ihm wurde klar, dass sein Skarabäus und Doogies Goose die einzigen auf dem Fluss verbliebenen Fahrzeuge waren.

Das einzige weitere Überbleibsel der gerade beendeten Jagd war ein kleiner weißer Fleck, der vor ihnen über den Bäumen verschwand.

Der weiße Bell-Jet-Ranger-Helikopter.

Fünfte Konfrontation

Dienstag, 5. Januar, 18.15 Uhr

DIE MADRE-DE-DIOS-GOLDMINE

ANSICHT VON OBEN

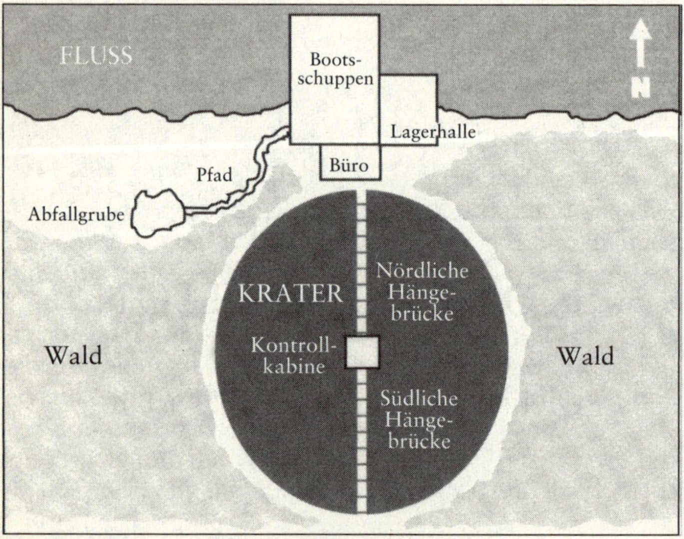

QUERSCHNITT

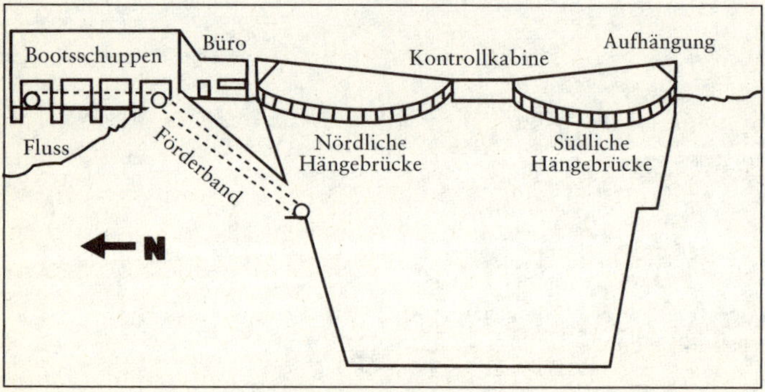

»Wer bist du?«, fragte Odilo Ehrhardt auf Deutsch und schlug Renée ins Gesicht.

»Das habe ich Ihnen doch gesagt!«, schrie sie zurück. »Mein Name ist Renée Becker, ich bin Beamtin des Bundeskriminalamts.«

Der weiße Helikopter flog jetzt tief über dem Fluss Richtung Osten. Race und Renée befanden sich, mit Handschellen gefesselt, im Heck. Vor ihnen saßen Ehrhardt, Anistase und Kratergesicht. Ein einsamer Pilot vorn flog den Hubschrauber.

Ehrhardt wandte sich an Race. »Und wer bist *du*?«

»Er ist Amerik…«, sagte Renée.

Ehrhardt schlug sie erneut. Hart.

»Ich habe nicht dich gefragt.« Er wandte sich wieder Race zu. »Na, wer bist du? FBI? Oder Navy? Vielleicht ein SEAL? Teufel, du *musst* von den SEALs sein, so wie du unsere Schiffe vernichtet hast.«

»Wir sind von der DARPA«, erwiderte Race.

Ehrhardt runzelte die Stirn. Dann kicherte er leise.

»Nein, das seid ihr nicht«, sagte er, beugte sich vor und brachte das rundliche, fleischige Gesicht nahe an Race heran.

Der hatte das Gefühl, ihm würde übel.

Ehrhardt war widerlich, *abscheulich* – so fett, dass er grotesk wirkte. Er verströmte einen unangenehmen Körpergeruch und hatte ein bösartiges Mondgesicht. Ein dünner Speichelfaden lief ihm beim Sprechen zwischen den Lippen herab und sein Atem roch nach Pferdescheiße.

»Ich arbeite mit Dr. Frank Nash zusammen«, sagte Race im verzweifelten Versuch, die Ruhe zu bewahren. »Er ist pensionierter Army-Colonel, der bei der Defense Advanced Research Projects Agency mit Mitgliedern der US Army kooperiert.«

»Frank Nash, hm?«, meinte Ehrhardt und hauchte Race seinen fauligen, ranzigen Atem übers Gesicht.

»Stimmt.«

»Und wer könntest du sein, kleiner Möchtegernheld?«, fragte er und nahm Race die Yankee-Kappe vom Kopf.

»Mein Name ist William Race«, erwiderte Race und griff mit den gefesselten Händen nach der Kappe. »Ich bin Professor für Sprachen des Altertums an der New York University.«

»Aha«, sagte Ehrhardt nickend. »Du bist also derjenige, den sie zur Übersetzung des Manuskripts herangekarrt haben. Sehr gut, sehr gut. Ehe ich Sie umbringen lasse, Mister William Race, Professor für Sprachen des Altertums an der New York University, würde ich gern eine kleine Fehleinschätzung korrigieren, der Sie anscheinend unterliegen.«

»Und die wäre?«

»Frank Nash ist nicht von der DARPA.«

»Was?«, fragte Race stirnrunzelnd.

»Und er ist ganz gewiss auch kein *pensionierter* Army-Colonel. Im Gegenteil, eigentlich ist er sehr aktiv. Zu Ihrer Information: Colonel Francis K. Nash ist Chef der United States Army's Special Projects Unit, der Einheit für Spezialprojekte der Army.«

»Wie bitte?«

Race verstand nicht. Warum sollte Nash sagen, er sei von der DARPA, wenn er es in Wirklichkeit nicht war?

»A-ha!«, gackerte Ehrhardt und klatschte in die Hände. »Der Ausdruck auf dem Gesicht eines Mannes, der kurz vor seinem Tod erfährt, dass er verraten worden ist, *gefällt* mir einfach.«

Race war vollkommen durcheinander.

Selbst wenn Nash *nicht* von der DARPA war, was spielte das

für eine Rolle? Die Supernova war ein Projekt der Army und Nash gehörte zur Special Projects Unit der Army.

Es sei denn …

Ehrhardt wandte sich an Anistase. »So. Die Army ist auch hier. Was sagen Sie dazu?«

»Es muss einen weiteren Maulwurf geben«, erwiderte Anistase, der Race und Renée völlig ignorierte.

»Bei der DARPA?«, fragte Ehrhardt.

Anistase nickte. »Wir kennen die Verbindung zu den amerikanischen Terroristengruppen, aber wir wissen nichts von dieser …«

»Bah!« Ehrhardt wedelte geringschätzig mit der Hand. »Das ist jetzt unwichtig, weil *wir* im Besitz des Götzenbildes sind.«

»Was hoffen Sie, damit zu erreichen?«, fragte Renée trotzig. »Wollen Sie die Welt zerstören?«

Ehrhardt lächelte sie nachsichtig an. »Ich möchte die Welt nicht zerstören, Fräulein Becker. Weit gefehlt. Ich möchte sie neu errichten. Neu *ordnen*. So, wie sie sein sollte.«

»Womit? Einhundert Milliarden Dollar. Geht es darum? Um *Geld*?«

»Mein liebes Fräulein Becker, weiter reicht Ihre Fantasie nicht? *Geld*. Es geht nicht um *Geld*. Es geht darum, was Geld *tun kann*. Einhundert Milliarden Dollar – bah – sind nichts. Nichts weiter als ein Mittel zum Zweck.«

»Und worin besteht der Zweck?«

Ehrhardt kniff die Augen zusammen. »Einhundert Milliarden Dollar werden mir eine neue Welt erkaufen.«

»Eine neue Welt?«

»Tapferes Fräulein Becker, was will ich denn Ihrer Ansicht nach? Ein neues *Land* vielleicht? Um das ermüdende, alte Naziziel zu verfolgen, eine arische Nation mit dem Herrenvolk an der Spitze zu errichten, mit den *Untermenschen* darunter? Bah.«

»Was wollen Sie dann? Wie können Sie sich eine neue Welt erkaufen?«

»Indem ich einhundert Milliarden US-Dollar auf die Finanzmärkte der Welt werfe, und zwar für den Dumpingpreis von einem Cent das Stück.«

»Was?«, sagte Renée.

»Die amerikanische Ökonomie befindet sich in einer äußerst prekären Lage – in der prekärsten seit fünfzig Jahren. Angehäufte Auslandsschulden von schätzungsweise achthundertdreißig Milliarden Dollar, jährliches Haushaltsdefizit. Am meisten jedoch hängen die Vereinigten Staaten von einer stabilen Währung ab, mit der sie ihre Schulden in Zukunft zurückzahlen werden.

Wenn jedoch der Wert dieser Währung dramatisch in den Keller geht, sagen wir, auf etwa ein Viertel ihrer gegenwärtigen Kaufkraft, wären die Vereinigten Staaten außerstande, ihre Schulden zurückzuzahlen.

Sie wären bankrott, ihre Dollars wertlos. Was ich mit meinen einhundert Milliarden Dollar zu tun beabsichtige, ist, die amerikanische Ökonomie zum Krüppel zu machen.«

Ehrhardts Augen glänzten, während er wütend weitersprach. »Seit dem Zweiten Weltkrieg ist diese Welt eine *amerikanische* Welt. Sie ist zwangsweise mit der amerikanischen Kultur gefüttert worden, musste die amerikanische Handelsdominanz und die gnadenlose Politik ökonomischer Sklaverei erdulden, über die die amerikanische Regierung so großzügig hinweggesehen hat. Ich bin der Ansicht, dass es ausreichen würde, einhundert Milliarden US-Dollar auf den Markt zu werfen. Dann wäre der amerikanische Dollar absolut und unwiderruflich hinüber. Amerikanische Firmen wären *nichts* mehr wert. Das amerikanische Volk hätte nicht mehr die Kaufkraft, auch nur *irgendetwas* zu erwerben, weil seine Währung nicht das Papier wert wäre, auf dem sie gedruckt ist. Die Vereinigten Staaten wären zum Bettler der Welt geworden und die Welt würde von vorn anfangen. Das tue ich, Fräulein Becker. Ich erkaufe mir eine neue Welt.«

Race traute seinen Ohren nicht.

»Das können Sie unmöglich ernst meinen …«, sagte er.

»Nicht?«, erwiderte Ehrhardt. »Sehen Sie sich George Soros an. 1997 hat Malaysias Premierminister Soros die Schuld an der ökonomischen Krise Asiens gegeben, weil er gewaltige Mengen asiatischer Währung zu Dumpingpreisen auf den Markt geworfen hat. Und dieser Soros war *ein Mann* und besaß nicht einmal ein *Zehntel* des Reichtums, den ich einsetzen will. Dann wiederum *will* ich natürlich etwas Größeres erreichen.«

»Was ist, wenn sie Ihnen das Geld nicht geben?«, fragte Renée.

»Sie werden es tun. Weil ich der einzige Mensch auf Erden bin, der eine funktionsfähige Supernova besitzt.«

»Aber was, wenn sie's nicht tun?«

»Dann werde ich den Apparat zünden«, erwiderte Ehrhardt schlicht.

Der Nazigeneral wandte sich auf seinem Sitz um und spähte durch die vordere Windschutzscheibe des Hubschraubers hinaus. Race und Renée folgten seinem Blick.

Eine wahrlich spektakuläre Aussicht.

Sie sahen den Amazonas-Regenwald, der sich bis zum Horizont erstreckte, eine weite Decke grenzenlosen, unendlichen Grüns.

In nächster Nähe jedoch war die grüne Decke unterbrochen – von einem gewaltigen grauen, kegelförmigen Krater, der in die Erde gegraben war.

Er lag rechts vom Fluss und war absolut gewaltig – wenigstens einen halben Kilometer im Durchmesser. Lange, sanft abfallende, unbefestigte Straßen wanden sich zum Grund des gigantischen Kraters aus Erde hinab. Riesige Scheinwerfer standen an seinem Rand und tauchten ihn in der abendlichen Dämmerung wie ein Fußballstadion in gleißendes Licht.

In der Mitte des Kraters, an einem Netz fest gespannter Kabel hoch darüber hängend, befand sich eine große weiße, schachtelähnliche Kabine – eine Kontrollkabine – mit großen, länglichen Fenstern an allen vier Seiten.

Die einzig möglichen Zugänge waren zwei lange Hängebrücken, die, leicht durchsackend, den Krater von beiden Seiten her überspannten – vom Norden und vom Süden. Beide Brücken waren wenigstens vierhundert Meter lang und bestanden aus dicken Stahltauen.

Das war die Goldmine.

Die Madre-de-Dios-Mine.

***

DER BELL-JET-Ranger-Helikopter landete auf einem schwimmenden Heliport unweit vom Rand des gewaltigen Tagebaus.

Die Mine selbst lag unmittelbar südlich des Alto Purus und war über eine Ansammlung unbeschreiblich alter Gebäude damit verbunden – drei klotzige, wie Lagerhallen aussehende Bauten, die schrecklich heruntergekommen waren.

Das größte der drei Gebäude ragte auf Stelzen über den Fluss hinaus. Eine Reihe breiter Tore, ähnlich wie Garagentore, zog sich daran entlang und dahinter konnten wohl Schiffe und Wasserflugzeuge untergebracht werden. In den vergangenen Jahren, vermutete Race, mussten die Schiffe und Flugzeuge der Minengesellschaft hierher gekommen und mit Gold beladen worden sein.

Heutzutage diente die Anlage jedoch einem anderen Zweck.

Sie gestattete den Nazis, ihre Flotte von Schiffen, Helikoptern und Wasserflugzeugen vor den durchdringenden Augen der amerikanischen Spionagesatelliten zu verbergen.

Kaum war der Hubschrauber auf dem schwimmenden Heliport gelandet, da drückte der Pilot einen Knopf.

Sogleich öffnete sich das rostige Garagentor links und der rechteckige Schwimmer, auf dem der Hubschrauber stand, wurde von einem unter Wasser befindlichen Kabelmechanismus dort hineingezogen.

Race schaute nach oben. Eine Sekunde später verschwand plötzlich der Himmel und wurde von der Decke der Lagerhalle ersetzt – einem komplizierten Flechtwerk aus rostigen Stahlstreben und dunklen hölzernen Trägern.

Race musterte die Halle.

Sie war wirklich riesig – ein gewaltiger, umschlossener Bereich etwa von der Größe eines Flugzeughangars. Der gesamte, höhlenartige Raum wurde von kegelförmigen Halogenleuchten erhellt, die an den Stahlstreben der Decke angebracht waren.

Der »Boden« der Lagerhalle war ziemlich ungewöhnlich – er bestand aus dem Wasser des Flusses. Ein langer Steg erstreckte sich wie ein Finger hinaus. An etwa einem Dutzend Stellen zweigten kleinere Stege rechtwinklig dazu ab – Liegeplätze für Schiffe und Wasserflugzeuge, die in die Mine kamen, um mit Gold beladen zu werden.

Über die ganze Länge des Zentralstegs verlief zu ebener Erde ein langes, breites Förderband. Es kam aus einem großen, rechteckigen Loch in der Mauer am landeinwärts gerichteten Ende des Hangars und kehrte am anderen Ende des Zentralstegs um.

Race vermutete, dass das landeinwärts gerichtete Ende des Förderbands irgendwo in der kegelförmigen Mine selbst zu finden war, vielleicht an einer Laderampe oder möglicherweise sogar ganz tief unten am Grund des Kraters.

Er überlegte, dass das Gold wahrscheinlich unten in der Mine auf das Förderband geladen wurde, das Förderband daraufhin das Gold durch einen langen, unterirdischen Tunnel nach oben brachte, bis es hier in der Lagerhalle erschien und auf ein Schiff oder Flugzeug verfrachtet wurde.

Der Schwimmer mit dem Hubschrauber darauf blieb an einem der Liegeplätze stehen. Die im Glanz der Halogenlampen schimmernden Rotorblätter hingen beträchtlich über das Förderband hinaus.

Von seinem Sitz im Heck des Hubschraubers sah Race vier Männer aus einem gläsernen Büro am landeinwärts gelegenen Ende der Lagerhalle kommen.

Drei davon trugen weiße Laborkittel – Wissenschaftler. Der vierte war in einen Kampfdrillich gekleidet und hatte ein G-11-Sturmgewehr bei sich – ein Soldat.

Einer der drei Wissenschaftler war, wie Race sah, wesentlich kleiner als die anderen beiden und beträchtlich älter – ein winziger, vom Alter gebeugter Mann mit langem silbrigem Haar und riesigen, runden Augen, die durch eine dicke Brille noch größer wirkten. Race vermutete in diesem Mann Dr. Fritz Weber, den brillanten Wissenschaftler der Nazis, von dem Schröder und Nash gesprochen hatten.

Abgesehen von den vier Männern vor dem gläsernen Büro war die Lagerhalle völlig verlassen.

Hier ist sonst niemand, dachte Race.

Die Nazis mussten alle verfügbaren Kräfte, die sie hier hatten, nach Vilcafor mitgenommen haben, um das Götzenbild zu holen. Mehr als diese vier Männer – dazu Anistase, Ehrhardt, Kratergesicht und der Pilot – waren nicht übrig geblieben.

»Unterscharführer«, sagte Ehrhardt zu Kratergesicht, als der Hubschrauber ruckartig zum Stehen kam. »Wenn Sie so freundlich wären und Fräulein Becker und Professor Race bitte zur Abfallgrube hinausbringen. Erschießen Sie sie dort und begraben Sie ihre sterblichen Überreste.«

Race und Renée wurden einen Trampelpfad hinabgeschoben, der von der gewaltigen Lagerhalle am Fluss westlich durch den Regenwald führte.

Kratergesicht und der andere Nazisoldat – der einzige weitere Soldat in der Mine – trieben sie mit ihren G-11 voran.

»Irgendeine Vorstellung davon, wie wir hier rauskommen?«, fragte Race Renée.

»Überhaupt keine«, erwiderte sie kühl.

»Ich hatte gedacht, dass Sie vielleicht einen Plan haben. Ein Ass im Ärmel oder so was.«

»Kein Ass.«

»Also werden wir hier sterben?«

»Sieht so aus.«

Sie folgten einer Biegung des Pfades. Race zuckte zusammen, als der überwältigende Gestank nach Verwesung auf ihn eindrang. Einen Augenblick später erreichten die vier das Ende des Pfades und Race erblickte einen Haufen Müll zwischen den Bäumen. Auf einer Fläche von fünfzig Metern lagen alte Reifen, Haufen vergammelnden, weggeworfenen Essens, verbeulte Metallstücke, sogar ein paar Tierkadaver verstreut.

Die Abfallgrube.

»Auf die Knie, ihr beiden«, knurrte Kratergesicht.

Sie fielen auf die Knie.

»Hände hinter den Kopf.«

Sie verschränkten die Finger hinter dem Kopf.

Klick-Klick!

Race hörte den anderen Nazi den Sicherheitsbügel an seinem G-11 lösen und durch den Schlamm zu ihm kommen. Dann spürte er, wie der Nazi ihm den Lauf des Sturmgewehrs an den Hinterkopf drückte.

So hätte das nicht enden sollen!, schrien seine Gedanken. *Es geht zu schnell. Sollten sie nicht noch herumtrödeln oder so? Dir eine Chance geben … eine Chance zu …*

Race blickte nach vorn, weg von dem Gewehr, biss sich auf die Unterlippe, schloss die Augen, ergab sich der Hoffnungslosigkeit seiner Lage und wartete auf das Ende.

Es kam rasch.

Bamm!

★★★

Nichts geschah.

Race kniff die Augen weiterhin zu.

Das G-11 war losgegangen, aber aus irgendeinem Grund – einem bizarren Grund – war sein Kopf noch immer dort, wo er sein sollte.

Da fiel plötzlich – *Wumm!* – ein Körper mit dem Gesicht nach unten neben ihn in den Schlamm.

Sofort öffnete Race die Augen, schaute sich um ...

... und sah, dass Kratergesicht sein G-11 auf die Stelle gerichtet hielt, wo nur Augenblicke zuvor der Kopf des anderen Nazis gewesen war.

Aus dem Loch im Hinterkopf des toten Nazis sickerte eine hässliche Suppe aus Blut und Gehirnmasse.

»Uli ...«, sagte Renée, stand auf und rannte zu Kratergesicht hinüber. Sie umarmte ihn warm.

Race' Gedanken wirbelten umher.

Uli ...?

Jetzt schlug Renée dem großen, pockennarbigen Nazi hart gegen die Brust. »Ehrlich, du hättest nicht so lange warten müssen! Ich wäre fast durchgedreht!«

»Tut mir Leid, Renée«, sagte Kratergesicht – Uli. »Ich musste warten, bis wir weit genug vom Bootsschuppen weg waren. Ansonsten hätten die anderen Lunte gerochen.«

Jetzt wandte sich Race an den Mann namens Uli.

»Sie sind vom BKA«, sagte er.

»Ja«, erwiderte der große Mann lächelnd. »Und *Ihre* guten Absichten haben Ihnen das Leben gerettet, Professor William Race von der New York University. Bei Ihrem Versuch, Renée auf dem Katamaran zu retten, sind Sie auf den richtigen Mann gestoßen. Wenn ich ein echter Nazi gewesen wäre, hätte ich Ihnen geradewegs eine Kugel in den Kopf gejagt. Mein Name ist Uli Pieck – aber hier bin ich Unterscharführer Uli Kahr.«

Nun ergab alles einen Sinn.

»Das Manuskript«, sagte Race. »*Sie* haben dem BKA eine Kopie des Manuskripts verschafft.«

»Stimmt«, erwiderte Uli beeindruckt.

Race erinnerte sich daran, dass Karl Schröder Frank Nash vom Plan des BKA berichtet hatte, den Nazis das Götzenbild abzujagen. Er entsann sich deutlich der Worte Schröders: *»Dazu haben wir uns eine Kopie des Santiago-Manuskripts besorgt und für die Suche nach dem Weg hierher benutzt.«*

Erst jetzt jedoch ging Race auf, dass er von diesem Augenblick an hätte erkennen sollen, dass das BKA einen Mann beim Sturmtrupp hatte.

Die BKA-Kopie war eine Fotokopie des *echten* Santiago-Manuskripts. Doch das echte Santiago-Manuskript war wenige Tage zuvor vom Sturmtrupp aus der Abtei San Sebastian in den französischen Pyrenäen gestohlen worden. Deswegen musste dem BKA die Fotokopie des Textes von jemandem *innerhalb* der Naziorganisation zugespielt worden sein.

Von einem Undercoveragenten.

Uli.

»Kommt jetzt«, sagte Uli und eilte zu dem Leichnam des Nazis hinüber. Rasch streifte er dem Toten die Waffen ab, reichte Renée dessen G-11 sowie einige Handgranaten und warf die schwarze Schutzweste und die Glock-20-Pistole des

Nazis zu Race hinüber. »Beeilung, wir müssen Ehrhardt daran hindern, die Supernova zu aktivieren.«

Heinrich Anistase und Odilo Ehrhardt befanden sich in einem der gläsernen Büros innerhalb des Bootsschuppens inmitten einer Anzahl von Funk- und Kommunikationsgeräten.

Vor ihnen stand Dr. Fritz Weber – das ehemalige Mitglied von Adolf Hitlers Atombombenprojekt, jener Naziwissenschaftler, der im Zweiten Weltkrieg Experimente an Menschen durchgeführt hatte und dafür zum Tode verurteilt worden war. Obgleich er 84 Jahre war, gebeugt und bucklig, war sein Gehirn so lebendig wie eh und je.

Weber hielt das Inka-Götzenbild vor sich.

»Es ist *wunderschön*«, sagte er.

Mit 84 Jahren war Fritz Weber fast ein Jahrzehnt älter als Ehrhardt. Er war einen halben Meter kleiner, trug eine Brille und hatte harte, kalkulierende Augen sowie eine wilde Einstein-Mähne, die ihm bis auf die Schultern hinabfloss.

»Was sagen die europäischen und amerikanischen Regierungen?«, fragte Ehrhardt.

»Die Deutschen und die Amerikaner bitten um Aufschub zur Beschaffung des Geldes. Von den anderen – nichts«, entgegnete Weber. »Es ist ein Trick, die Standard-Hinhaltetaktik eines Unterhändlers. Sie versuchen, Zeit zu schinden, bis sie sicher sind, dass ihre eigenen Teams das Götzenbild nicht zuerst gefunden haben.«

»Dann zeigen wir ihnen, wer das Götzenbild hat«, knurrte Ehrhardt. Er wandte sich Anistase zu. »Stellen Sie ein Digitalbild der Statue her. Dazu Uhrzeit und Datum, und dann füttern Sie den Computer damit und schicken es direkt nach Berlin und Washington. Sagen Sie dem Bundeskanzler und dem Präsidenten, dass der Apparat scharf gemacht ist und in genau dreißig Minuten detonieren wird. Er wird lediglich dann entschärft, wenn wir die Zusicherung haben, dass der Transfer von einhundert Milliarden Dollar auf unser Konto in Zürich innerhalb dieser Zeit erfolgt ist.«

»Jawohl«, sagte Anistase, durchquerte den Raum und schaltete eine Digitalkamera ein.

»Dr. Weber«, sagte Ehrhardt.

»Ja, Oberstgruppenführer?«

»Wenn der Obergruppenführer das Digitalbild hergestellt hat, bringen Sie das Götzenbild bitte zur Kontrollkabine und machen die Supernova scharf. Stellen Sie den Countdown auf dreißig Minuten ein und starten Sie ihn!«

»Jawohl, Oberstgruppenführer.«

Race, Renée und Uli eilten den Trampelpfad zum Bootsschuppen hinab.

Die beiden Deutschen trugen G-11-Gewehre, Race hatte die kleine Glock bei sich, die Uli an der Abfallgrube dem toten Nazi abgenommen hatte.

Dazu hatte er sich die schwarze Schutzweste des Nazis über das T-Shirt gelegt. Die war ihm zuvor gar nicht richtig aufgefallen. Jetzt jedoch betrachtete er sie etwas genauer.

Zunächst einmal war sie unglaublich leicht und angenehm zu tragen – sie störte in keinster Weise. Darüber hinaus fiel Race jedoch ein merkwürdiges, »A«-förmiges, am Rücken der Schutzweste befestigtes Ding auf, das seine Schulterblätter bedeckte. Es war ebenfalls leicht und wie ein Spoiler an einem Sportwagen war es so in die Weste eingearbeitet, dass deren glattes, aerodynamisches Erscheinungsbild nicht im Geringsten darunter litt.

Dazu trug Race – auch wenn sie überhaupt nicht zu dem Hightech-Körperschutz passte – wie immer seine Yankee-Kappe.

»Das Digitalbild ist fertig«, sagte Anistase drüben an den Funk- und Kommunikationssystemen. »Ich schicke es jetzt ab.«

Ehrhardt wandte sich an Weber. »Aktivieren Sie die Supernova!«

Sogleich nahm Weber das Götzenbild auf und verließ rasch das Büro, Ehrhardt im Schlepptau.

»Da drüben!«, schrie Renée und zeigte auf eine der beiden unglaublich langen Hängebrücken, die die Gebäude am Flussufer mit der Kontrollkabine in der Mitte des Kraters verbanden.

Race blickte über die Mine hinweg und sah zwei winzige Gestalten, eine groß und fett, die andere klein und in einen weißen Laborkittel gekleidet, über die mit Stahlseilen gesicherte, moderne Hängebrücke laufen.

Der kleinere Mann trug etwas unter dem Arm. Einen Gegenstand, der in ein purpurfarbenes Tuch eingeschlagen war. Das Götzenbild.

Uli und Renée verließen, gefolgt von Race, den Trampelpfad und drangen in einen Abschnitt tief hängenden Laubwerks ein, der zum Krater führte.

Sekunden später erreichten die drei den Rand der gigantischen Mine und blickten darüber hinweg.

»Das sind Ehrhardt und Weber«, sagte Uli. »Sie bringen das Götzenbild zur Supernova!«

»Was tun wir jetzt?«, fragte Race.

»Die Supernova befindet sich in der Kontrollkabine«, erwiderte Uli. »Nur zwei Brücken führen hinüber – die eine von Norden und die andere von Süden. Wir müssen die Kontrollkabine irgendwie erreichen und die Supernova entschärfen.«

»Aber wie?«

»Um den Apparat zu entschärfen«, erwiderte Uli, »muss man einen Code in den Computer eingeben.«

»Wie lautet dieser Code?«

»Das weiß ich nicht«, entgegnete Uli traurig. »Niemand weiß es. Niemand außer Fritz Weber. Er hat den Apparat entworfen, also ist er der Einzige, der den Code kennt.«

»Na toll«, meinte Race.

Uli drehte sich um. »Gut, dann hört mal zu. Ich sehe die Sache so: Ich bin der Einzige von uns, der zur Kontrollkabine gelangen kann. Wenn sie einen von euch eine der Hängebrücken hinablaufen sehen, werden sie sie sogleich kappen und dadurch die Kabine isolieren. Dann werden sie, falls sie ihr Geld nicht bekommen, die Supernova zur Detonation bringen.

Aber mich erwarten sie bald zurück, weil sie glauben, dass ich euch umgebracht habe. Wenn ich zurück bin, werde ich versuchen, zur Kontrollkabine zu kommen. Anschließend versuche ich, Weber davon zu ... *überzeugen*, dass er den Apparat entschärft.«

»Und was tun wir inzwischen?«, fragte Race.

»Ich muss mit Weber *allein* sein«, erwiderte Uli. »Ihr beide müsst also Anistase und die übrigen Männer im Bootsschuppen ausschalten.«

★★★

Exakt zweihundert Meter über dem Grund der Mine drückte Dr. Fritz Weber Knöpfe auf einer Computerkonsole. In einer Vakuumkammer daneben arbeitete ein Laserschneidegerät sorgfältig an dem Thyrium Götzenbild.

Hinter Weber stand Ehrhardt. Hinter dem wiederum befand sich, genau in der Mitte der Kontrollkabine, ein imposanter, knapp zwei Meter großer Apparat aus Silber und Glas.

Darin waren in einem durchsichtigen Glaszylinder zwei atomare Sprengköpfe – jeder annähernd einen Meter hoch und von annähernd konischer Form. Sie waren zu einer »Stundenglasformation« arrangiert – der obere Sprengkopf zeigte nach unten, der untere nach oben –, sodass der gesamte Apparat wie eine gewaltige Eieruhr aussah. Zwischen den beiden Sprengköpfen, an der schmalsten Stelle des Stundenglases, saß ein skelettartiges Gerüst aus Titan, in das die subkritische Masse an Thyrium platziert werden würde.

Das war die Supernova.

Zwei runde, bleigefasste, unglaublich widerstandsfähige und gegen Radioaktivität gesicherte Behälter, beide von der Größe einer gewöhnlichen Mülltonne, standen neben dem Apparat. Sie dienten zur Aufbewahrung und zum Transport der Sprengköpfe.

Nun erforderte, wie Weber wusste, ein konventioneller Atomsprengkopf etwa vier Pfund Plutonium. Die Supernova andererseits würde, seinen Berechnungen zufolge, wesentlich weniger an Thyrium benötigen, lediglich ein Viertelpfund.

Deshalb konnte er jetzt mit Hilfe zweier Cray-YMP-Supercomputer sowie eines Hochleistungslaserstrahls, der auf einen Tausendstelmillimeter genau schneiden konnte, einen kleinen, zylindrischen Teil des Thyriums aus dem Götzenbild herausholen.

Die Atomwissenschaft war seit den Großtaten von J. Robert Oppenheimer in Los Alamos in den vierziger Jahren einen weiten Weg gegangen.

Mit Hilfe von Multi-Tasking-Computern wie den beiden Crays ließen sich komplexe mathematische Gleichungen, die Größe, Masse und Kräfteverhältnisse des radioaktiven Kerns berücksichtigten, innerhalb von Minuten lösen. Die Reinigung des Schutzgases, die Protonenanreicherung sowie die Alphawellenverstärkung konnten gleichzeitig erledigt werden.

Die gesamten Berechnungen – den entscheidenden Teil, der Oppenheimer und seine Gruppe von hoch qualifizierten Wissenschaftlern unter Zuhilfenahme primitivster Computer ganze sechs *Jahre* gekostet hatte – schafften die YMPs innerhalb von Sekunden.

In Wahrheit war der schwerste Teil für Weber die eigentliche Konstruktion des Apparats selbst gewesen. Selbst mit den Supercomputern hatte der Bau mehr als zwei Jahre gedauert.

Während der Laser in Übereinstimmung mit einem zuvor eingestellten Gewicht-/Volumenverhältnis, basierend auf dem Atomgewicht des Thyriums, durch den Stein schnitt, gab Weber auf den Supercomputern daneben einige komplexe mathematische Formeln ein.

Augenblicke später piepte der Laserschneider laut und kehrte in den Stand-by-Modus zurück. Es war geschafft.

Weber kam herüber und schaltete den Laser ab. Daraufhin holte er mittels eines Greifarms – menschliche Arme wären zu ungenau für eine derartige Aufgabe gewesen – den kleinen zylindrischen Teil Thyrium aus der Basis des Götzenbildes heraus.

Dieser Thyriumteil wurde daraufhin in eine Vakuumkammer gelegt und mit Uranatomen sowie Alphateilchen bombardiert, wodurch sich das Thyrium in eine subkritische Masse der mächtigsten Substanz verwandelte, die je auf Erden existiert hatte.

Augenblicke später trugen die Greifarme die gesamte Kammer zu der Supernova hinüber, wo sie sie mit äußerster Präzision in den Titanrahmen legten, der zwischen den beiden atomaren Sprengköpfen hing.

Die Supernova war vollständig.

Die subkritische Masse Thyrium saß jetzt horizontal in ihrem luftleeren Thron zwischen den beiden Sprengköpfen. Es schien, als würde sie die Macht Gottes in sich bergen.

Und das traf zu.

Überall in der Kontrollkabine zeigten Bildschirme gewaltige Datenmengen an. Auf einem Monitor scrollte unter der Überschrift >DUAL AXIS RADIOGRAPHIC HYDRODYNAMIC FACILITY< eine endlose Reihe von Einsen und Zweien nach unten.

Weber ignorierte sie und tippte stattdessen etwas auf der

Computertastatur, die an der Supernova angebracht war. Eine Aufforderung erschien auf dem Bildschirm: BITTE GEBEN SIE DEN SCHÄRFUNGSCODE EIN.

Weber tat es.

SUPERNOVA SCHARF.

Weber tippte: ZÜNDZEITSCHALTUHR INITIALISIEREN. – ZÜNDZEITSCHALTUHR INITIALISIERT. BITTE ZEITRAUM EINGEBEN.

Weber tippte: 00:30:00.

Sogleich veränderte sich der Bildschirm.

```
IHNEN BLEIBEN
00:30:00
MINUTEN ZUR EINGABE DES ENTSCHÄRFUNGSCODES.
ENTSCHÄRFUNGSCODE HIER EINGEBEN:
_ _ _ _ _ _ _ _
```

Weber hielt inne, blickte auf den Bildschirm und holte langsam und tief Luft.

Dann drückte er die »Enter«-Taste.

```
00:29:59
00:29:58
00:29:57
```

★★★

»Wo ist Unterscharführer Kahr?« Heinrich Anistases Frage war an niemanden konkret gerichtet. Er sah vom Büro im Bootsschuppen zu dem gewaltigen Erdkrater hinüber. »Er müsste längst wieder hier sein.«

Anistase drehte sich um. »*Du*«, sagte er und warf einem der beiden Techniker im Laborkittel, die an einem Computerterminal in der Nähe standen, ein Funkgerät zu. »Geh zur Abfallgrube und sieh nach, weswegen der Unterscharführer so lange braucht!«

»Jawohl.«

Renée und Race fielen gleichzeitig gegen die Wand des Bootsschuppens.

Nur Augenblicke zuvor hatte Uli sie verlassen. Er war zum Krater und zur nördlichen Hängebrücke aufgebrochen.

Renée spähte um das breite Garagentor neben ihr.

Der gewaltige Bootsschuppen war leer – insbesondere der weite Abschnitt zwischen den gläsernen Büros rechts und den Liegeplätzen links.

Nichts rührte sich. Keine Seele in Sicht.

Sie nickte Race zu.

Fertig?

Race bestätigte, indem er seine Glock ein wenig fester packte.

Fertig.

Wortlos schob sich Renée um den Türrahmen, das G-11 fest an die Schulter gepresst.

Race wollte ihr gerade folgen, da knallte hinter ihm plötzlich eine andere Tür auf. Sogleich ließ er sich zu Boden fallen und ging hinter einem alten Ölfass in Deckung.

Ein junger Nazitechniker in einem weißen Laborkittel, der ungeschickt ein Funkgerät in der Hand hielt, trat heraus und eilte den Pfad zur Abfallgrube hinab.

Race bekam große Augen.

Der Techniker war auf dem Weg zur Abfallgrube – wo er lediglich einen toten Nazi und ansonsten gar nichts finden würde.

»Scheiße«, sagte Race. »Uli ...«

Wie sollte er sich entscheiden? Er könnte den Techniker verfolgen – und dann was tun? Ihn kaltblütig umbringen? Trotz allem, was er bislang getan hatte, war Race nicht sicher, ob er wirklich einen Mann umbringen könnte. Oder aber er warnte Uli. Ja, das war besser – viel besser.

Statt Renée in den Bootsschuppen zu folgen, eilte Race also an der Seite des großen, lagerhallenähnlichen Gebäudes entlang zum Krater und zu Uli.

Uli erreichte die nördliche Hängebrücke.

Sie erstreckte sich weit in die Ferne, schwang sich furchtlos über den lotrechten, über zweihundert Meter tiefen Abgrund hinweg. Ihre beiden Stahldrahtgeländer liefen wie zwei Eisenbahnschienen in der Ferne zusammen und endeten als winzige Flecken an der Schwelle zur Kontrollkabine in vierhundert Metern Entfernung.

»Unterscharführer«, sagte plötzlich eine Stimme hinter ihm.

Uli fuhr herum.

Und fand sich plötzlich vor Heinrich Anistase wieder.

»Was tust du da?«, wollte Anistase wissen.

»Ich wollte nachsehen, ob der Oberstgruppenführer und Dr. Weber in der Kontrollkabine Hilfe benötigen«, gab Uli vielleicht ein wenig zu rasch zur Antwort.

»Hast du die beiden Gefangenen eliminiert?«

»Jawohl. Das habe ich.«

»Wo ist Dieter?«, fragte Anistase.

»Er ... äh ... musste zur Toilette«, log Uli.

In diesem Augenblick traf der Labortechniker, den Anistase zur Abfallgrube geschickt hatte, dort ein.

Sogleich erblickte er Dieters Leichnam, der mit dem Gesicht nach unten im Schlamm lag und aus dessen Hinterkopf Blut und Gehirnmasse in die Grube tröpfelten.

Keine Amerikaner. Auch kein Uli.

Der Labortechniker hob sein Sprechfunkgerät an die Lippen.

»Obergruppenführer«, kam die Stimme des Technikers über Anistases Ohrhörer.

»Ja.«

Anistase stand noch immer mit Uli zusammen am Rand der nördlichen Hängebrücke. Die vier Finger an der linken Hand des Nazikommandeurs spielten lautlos auf seinen Hosenbeinen, während er der Stimme in seinem Ohrhörer lauschte.

»Dieter ist tot. Ich wiederhole, Dieter ist tot. Die Gefangenen und Unterscharführer Kahr kann ich nirgendwo entdecken.«

»Vielen Dank«, sagte Anistase. »Vielen, vielen Dank.«

Sein kalter schwarzer Blick bohrte sich in Ulis Augen. »Wo sind die Gefangenen, Unterscharführer?«

»Entschuldigen Sie bitte, Obergruppenführer?«

»Ich habe gefragt, *wo sind die Gefangenen?«*

Da sah Uli die Glock in Anistases rechter Hand auftauchen.

Lautlos, das Gewehr gehoben, bewegte sich Renée durch den Bootsschuppen.

Race war ihr nicht gefolgt und sie überlegte, was ihm zugestoßen sein mochte. Aber sie konnte nicht warten, sie hatte noch eine Aufgabe zu erledigen.

Im Bootsschuppen herrschte Stille. Das Förderband, das aus dem Tunnel rechts kam, bewegte sich nicht. Sie sah niemanden im Büro …

Da sprang ein Motor an.

Renée fuhr herum.

Die Rotorblätter des geparkten Bell-Jet-Ranger-Helikopters kamen langsam und stotternd in Schwung.

Jetzt sah sie den Piloten. Er lag auf seiner Seite des Cockpits auf dem Boden, erledigte irgendwelche Reparaturen am Hubschrauber und bemerkte sie nicht.

Plötzlich gingen die Rotorblätter des Helikopters mit einem schrillen *Srrr!* in den Overdrive. Das ohrenbetäubende Knattern erfüllte den gewaltigen Bootsschuppen und Renée hätte fast einen Herzschlag bekommen.

Wenn die Rotorblätter nicht so geknattert hätten, dann hätte sie vielleicht gehört, wie er sich hinter sie schlich.

Aber so hörte sie es nicht.

In dem Augenblick, da Renée mit gehobenem G-11 auf den Piloten und den Hubschrauber zugehen wollte, traf sie etwas sehr Schweres am Hinterkopf und schleuderte sie nach vorn. Sie sackte zu Boden.

»Obergruppenführer«, sagte Uli, während sie am Rand des gewaltigen Kraters standen, und hob die Hände. »Was wollen Sie …«

Bumm!

Anistases Glock ging los – ein einzelner, dröhnender Schuss, der Uli in den Bauch traf. Uli kippte vornüber und stürzte zu Boden.

Die Pistole in der Hand, stellte sich Anistase neben ihn. »So, Unterscharführer. Ich muss wohl annehmen, dass du auch zu dem BKA-Gesindel gehörst?«

Uli wälzte sich zu Füßen des Nazis auf dem Boden herum und biss vor Qual die Zähne zusammen.

»Keine Antwort«, sagte Anistase. »Nun, wie wär's denn damit? Wie wär's, wenn ich dir jeden Finger der rechten Hand einzeln wegpuste, bis du mir sagst, für wen du arbeitest? Und wenn ich mit dieser Hand fertig bin, werde ich mit der anderen anfangen.«

»Aargh!«, grunzte Uli.

»Falsche Antwort«, meinte Anistase, zielte auf Ulis Hand und drückte ab.

Die Waffe ging los.

Genau in diesem Augenblick stürmte William Race hinter einer Ecke in der Nähe hervor, krachte in vollem Lauf auf Anistase und schlug ihm die Glock aus der Hand.

Beide gingen zu Boden und prallten dabei von einem der Stützpfeiler der Hängebrücke ab. Anistases rechter Fuß rutschte über den Kraterrand. Er warf eine Hand nach vorn, die sich wie ein Schraubstock um Race' Arm spannte, und ehe Race auch nur wusste, wie ihm geschah, stürzten sowohl er als auch Anistase über den Rand der Mine.

★★★

SIE FIELEN.

Fielen die Wand des Kraters hinab.

Glücklicherweise waren die Erdwände der Mine nicht völlig lotrecht, sondern führten in einem sehr steilen Winkel von etwa 75 Grad nach unten. Deswegen verlief ihr Sturz zwar sehr rasch, jedoch nicht senkrecht nach unten. Beide Männer traten Staubwolken los, während sie hilflos die Wand des Kraters hinabrutschten. Die Rutschpartie ging über volle dreißig Meter, ehe sie, ineinander verknäult, heftig am Boden aufschlugen.

Auch Renée im Bootsschuppen fiel zu Boden und einen Moment lang sah sie Sterne vor den Augen.

Sie wälzte sich auf den Rücken …

… und bemerkte gerade rechtzeitig das Rohr, das der zweite Nazi-Labortechniker auf ihr Gesicht hinabsausen ließ. Erneut wälzte sie sich beiseite und das Rohr knallte nur Zentimeter neben ihrem Kopf auf die Bretter.

Rasch einen Purzelbaum schlagend, kam sie wieder auf die Beine und sah sich nach ihrer Waffe um. Das G-11 lag etwa einen Meter entfernt auf dem Boden, außer Reichweite. Sie hatte es beim Sturz verloren.

Erneut schwang der Techniker das Rohr.

Renée duckte sich und die Eisenstange pfiff über sie hinweg. Daraufhin stieß sie dem Techniker den Kopf ins Gesicht, woraufhin er rückwärts gegen eine Wand flog.

Er prallte mit dem Rücken gegen ein Kontrollbord an der Wand. Dabei musste er einen Knopf gedrückt haben, vermutete Renée, denn in diesem Augenblick vernahm sie das bedrohliche Rasseln einer Maschinerie innerhalb der Wände des gewaltigen Bootsschuppens. Schlagartig setzte sich das große Förderband, das durch den gesamten Bootsschuppen lief, in Bewegung.

Race und Anistase wurden ruckartig nach vorn geworfen.

Beide Männer waren nach ihrem dreißig Meter tiefen Sturz in den Tagebau noch immer leicht benommen und kamen gerade erst wieder auf die Beine, als der Boden unter ihnen plötzlich ins Schlingern geriet.

Leicht schwankend blickte Race nach unten.

Es war kein *fester* Boden, sondern das untere Ende des Förderbands, das innerhalb des Bootsschuppens an die Oberfläche trat!

Nur dass es jetzt in Bewegung geraten war.

Aufwärts.

Race fuhr gerade rechtzeitig herum, dass er Anistases vierfingrige linke Faust sah, die auf sein Gesicht zugeflogen kam. Der Hieb des Deutschen saß und Race fiel wie ein Sack Kartoffeln auf das breite Förderband.

Anistase stellte sich breitbeinig über ihn. Dann wurde die Welt abrupt schwarz.

Zunächst wusste Race nicht, was geschehen war. Dann begriff er. Er und Anistase waren gerade in den langen, dunklen Tunnel gezogen worden, der zum Bootsschuppen hinaufführte.

Oben in diesem Bootsschuppen kämpfte Renée mit dem Techniker, während das ohrenbetäubende Geknatter der umherwirbelnden Rotorblätter des Bell Jet Rangers durch das höhlenartige Innere schallte.

Erneut schwang der Angreifer das Rohr nach Renée. Sie sprang zurück und der Hieb ging fehl. Bei der Bewegung bemerkte sie jedoch, dass der Pilot drüben im Helikopter mitbekommen hatte, was sich beim Förderband abspielte, und ihr jetzt direkt in die Augen blickte.

Er veränderte seine etwas lächerlich wirkende Position und kam unter dem Hubschrauber hervor. Genau in diesem Augenblick tauchte der junge Techniker, der auf der Suche nach Uli zur Abfallgrube gegangen war, auf der Schwelle des Bootsschuppens auf.

Renée sah sie beide. Und zog in einer fließenden Bewegung, sich gleichzeitig unter einem weiteren Hieb des ersten Technikers wegduckend, zwei Handgranaten aus dem Gürtel – die Granaten, die Uli dem toten Nazi an der Abfallgrube abgenommen hatte. Sie riss die Stifte heraus, fuhr herum und schleuderte beide durch den Bootsschuppen.

Die Granaten kullerten in verschiedenen Richtungen über den Boden. Die eine glitt auf den Schwimmer des Heliports und den Hubschrauber zu, die andere direkt auf den jungen Techniker an der Türschwelle.

21 …

22 …

23 …

Der Techniker auf der Türschwelle erkannte eine Sekunde zu spät, was da auf ihn zukam. Im letzten Augenblick versuchte er, in Deckung zu gehen, aber er war nicht schnell genug. Die Granate explodierte – und er auch.

Die zweite Granate prallte auf den Schwimmer des Heliports und blieb unter dem schlanken weißen Bell Jet Ranger liegen. Sie detonierte mit einem mächtigen Knall, zerschmetterte in einer Nanosekunde das Cockpit und tötete auf der Stelle den Piloten darunter. Die Explosion riss auch die Landestützen des

Helikopters fort, wischte sie einfach weg. Der Hubschrauber krachte einen Meter senkrecht herab und blieb auf dem Schwimmer liegen. Seine Rotorblätter drehten sich weiterhin so rasch, dass nur eine verschwommene Bewegung zu erkennen war.

Während der Fahrt durch die Dunkelheit nach oben rangen Race und Anistase miteinander.

Race kämpfte so hart, wie es ihm rein körperlich möglich war, und schlug wild um sich. Einige Hiebe trafen ihr Ziel, die meisten gingen jedoch daneben. Anistase war der weitaus bessere Kämpfer und bald lag Race flach auf dem Rücken, wie festgenagelt, und versuchte vergebens, sich gegen Anistases Schläge zu schützen.

Dann zog Anistase ein Bowiemesser aus einer Scheide am Fußknöchel. Sogar in der Dunkelheit des steil abfallenden Tunnels erkannte Race die lange, glitzernde Klinge, die rasend schnell auf ihn zukam.

Er fing Anistases Handgelenk mit beiden Händen ab, hielt dadurch die Klinge auf Distanz, aber der Nazi hatte den weitaus besseren Ansatzpunkt und die Klinge näherte sich immer weiter Race' linkem Auge …

… da erstrahlte plötzlich ein hartes, stechend weißes Licht und ebenso unerwartet ging die steile Aufwärtsfahrt des Förderbands in eine ebene Bewegung über, weswegen beide Männer das Gleichgewicht verloren und Race die Chance erhielt, Anistases Messer beiseite zu schlagen.

Rasch sah er sich um.

Er war wieder im Bootsschuppen!

Nur dass er jetzt waagerecht auf dem Förderband fuhr und noch immer unter Anistase festgenagelt war.

Zu beider Unglück zog sie das Förderband auf die rasend schnell wirbelnden Rotorblätter des Bell-Jet-Ranger-Helikopters zu, die aufgrund der Tatsache, dass er seine Landestützen bei der Explosion verloren hatte, kaum einen Meter über dem Förderband wie eine Kettensäge umhersausten.

Die Rotorblätter waren noch drei Meter entfernt.

Zwei Meter fünfzig.

Jetzt bemerkte auch Anistase sie.

Zwei Meter zwanzig.

Race sah Renée an der Wand mit dem Techniker kämpfen. Das Geknatter der Rotorblätter schallte durch den höhlenartigen Bootsschuppen.

Zwei Meter.

Anistase entschloss sich zu einer entsetzlichen neuen Taktik. Mit furchtbarer Kraft riss er Race am Kragen hoch und hielt ihn auf Armeslänge vor sich, sodass sich Race' Hals auf gleicher Höhe mit den wirbelnden Rotorblättern des Helikopters befand.

Ein Meter achtzig.

Renée schlug noch immer auf den ersten Techniker ein. Zwischen den einzelnen Hieben sah sie Race und Anistase auf dem Förderband miteinander ringen und bekam mit, dass Anistase den Professor auf die Knie hochriss und mit ausgestreckten Armen von sich weghielt.

Vor Entsetzen bekam sie große Augen.

Anistase wollte Race mit den Rotorblättern des Helikopters enthaupten!

Anderthalb Meter.

Da fiel ihr Blick auf den Kontrollstand drüben an der Wand. Dort konnte man das Förderband ein- und ausschalten …

Ein Meter zwanzig.

Race sah die umherwirbelnden Rotorblätter hinter sich und begriff, was Anistase vorhatte.

Ein Meter.

Er wollte etwas tun, wollte kämpfen. Aber es hatte keinen

Sinn. Anistase war zu stark. Race sah seinem Mörder in spe ins Auge und erblickte darin lediglich Hass.

Ein halber Meter.

Der Tod war ihm gewiss. Verzweifelt schrie Race: »*Aaaah!*«

Ein Viertelmeter.

In diesem Augenblick wich Renée einem weiteren Hieb des Technikers aus, schwang sich blitzschnell in seinen Rücken, packte ihn an den Haaren und knallte seinen Kopf hart gegen den Kontrollstand.

Ruckartig stand das Förderband still.

Auch Race kam zum Stillstand. Sein Hals befand sich ganze zwei Zentimeter vor den herumwirbelnden Rotorblättern des Helikopters.

Anistase wirkte verdutzt.

Was, zum Teufel ...?

Race nutzte die Gelegenheit und rammte dem Nazi das Knie hart in die Geschlechtsteile.

Anistase brüllte auf.

Gleichzeitig packte Race *ihn* am Kragen.

»Lächeln, du Arsch!«, meinte Race.

Dann ließ er sich rücklings auf das Förderband fallen, wälzte sich rasch unter die umhersausenden Rotorblätter des Hubschraubers und nutzte die dadurch entstandene Hebelwirkung, um Anistase mit dem Hals voran direkt in die kettensägenartigen Rotorblätter des Helikopters zu zerren!

Die Rotorblätter des Hubschraubers schnitten durch Anistases Hals wie eine Kettensäge durch Butter und trennten ihm sauber und glatt den Kopf vom Rumpf.

Wie eine Fontäne spritzte Race Blut ins Gesicht. Noch immer lag er auf dem Förderband und hielt Anistases Kragen in der Hand.

Von Ekel gepackt, ließ Race den Rumpf los und wälzte sich vom Förderband herab.

Er schüttelte den Kopf. Er vermochte nicht ganz zu fassen, was er gerade getan hatte: einen Mann *enthauptet*.

Um Himmels willen …

Er blickte zu Renée, die drüben beim Kontrollstand breitbeinig über dem reglosen Nazitechniker stand. Nachdem sie ihn gegen den Kontrollstand geschleudert hatte, hatte er das Bewusstsein verloren.

Jetzt lächelte sie Race zu und hielt den Daumen hoch.

Race sackte schlaff in sich zusammen. Er war völlig erschöpft.

Doch kaum hatte sein Kopf den Boden berührt, war Renée an seiner Seite.

»Nein, nein, Professor«, sagte sie und zog ihn wieder hoch. »Jetzt noch nicht ausruhen. Kommen Sie, wir müssen Ehrhardt daran hindern, die Supernova zu zünden.«

★★★

IN DER KONTROLLKABINE hoch über der Mine tickte die Uhr auf dem Laptop-Monitor der Supernova stetig rückwärts.

00:15:01

00:15:00

00:14:59

Ehrhardt schaltete seinen Sprechfunk ein. »Obergruppenführer?«

Keine Antwort.

»Anistase, wo sind Sie?«

Immer noch nichts.

Ehrhardt wandte sich an Fritz Weber. »Da stimmt was

nicht. Anistase gibt keine Antwort. Schalten Sie die Schutzmaßnahmen für den Apparat ein. Versiegeln Sie die Kontrollkabine!«

»Jawohl.«

Renée und Race zogen Uli in das gläserne Büro, das die Mine überblickte, und legten ihn auf den Fußboden.

Eine große Digitaluhr an der Wand tickte. Die Zahlen bewegten sich abwärts.

00:14:55

00:14:54

00:14:53

»Verdammt«, meinte Race, »sie haben den Countdown gestartet.«

Renée versorgte die Einschusswunde in Ulis Bauch. Währenddessen klapperte auf einmal laut ein Faxgerät an der anderen Wand des Büros.

Race, der jetzt ein G-11-Sturmgewehr trug, ging hinüber, während sich ein Fax entrollte.

Darauf stand:

VOM BÜRO DES PRÄSIDENTEN
DER VEREINIGTEN STAATEN

_ _ _ _ _ _ _ _ _ _ _ _ _ _ _ _ _ _ _ _

GESICHERTE ÜBERTRAGUNG

_ _ _ _ _ _ _ _ _ _ _ _ _ _ _ _ _ _ _ _

SENDER FAX-NR.: 1-202-555-6122
EMPFÄNGER FAX-NR.: 51-3-454-9775
DATUM: 5. Jan. 1999
UHRZEIT: 18:55:45 (ORTSZEIT)

SENDERCODE: 004 (NATIONALER SICHERHEITSBERATER)

NACHRICHT WIE FOLGT:
Nach Konsultation seiner Berater und in Übereinstimmung mit seinen wohl bekannten Ansichten betreffend Terrorismus hat der Präsident mich angewiesen, Sie darüber zu informieren, dass er Ihnen UNTER KEINEN UMSTÄNDEN irgendwelche Geldsummen zukommen lassen wird, um Sie davon abzuhalten, irgendeinen Apparat zu zünden, den Sie möglicherweise in Ihrem Besitz halten.

W. PHILIP LIPANSKI
Nationaler Sicherheitsberater
des Präsidenten der Vereinigten Staaten

»Mein Gott«, ächzte Race. »Sie zahlen nicht ...«

Renée kam herüber und las das Fax. »Sehen Sie mal, wie die auf die Pauke hauen! Sie wollen ihn dazu zwingen, Farbe zu bekennen. Sie glauben nicht, dass er die Supernova zünden wird.«

»Wird er die Supernova zünden?«

»Ganz bestimmt«, antwortete Uli vom Fußboden aus und Race und Renée fuhren herum.

»Er spricht ständig davon«, sagte Uli durch die zusammengebissenen Zähne. »Er will nur das eine – seine neue Welt. Und wenn er die nicht haben kann, wird er die bestehende einfach vernichten.«

»Aber weshalb?«, fragte Race.

»Weil das seine Währung ist. In dieser Währung hat er immer gezahlt – Leben und Tod. Ehrhardt ist ein alter Mann, alt und böse. Er hat für die Welt keinen weiteren Nutzen mehr. Wenn er sein Geld nicht bekommt – und dadurch seine neue Weltordnung –, wird er die alte Welt vernichten, ohne einen weiteren Gedanken daran zu verschwenden.«

»Wunderbar«, meinte Race. »Und wir sind die Einzigen, die ihn daran hindern können?«

»Ja.«

»Wie stellen wir das an?«, frage Renée, sich an Uli wendend. »Wie können wir den Countdown aufhalten?«

»Ihr müsst den Entschärfungscode in den Zündcomputer des Apparats eingeben«, erwiderte Uli. »Aber wie ich schon sagte – nur Weber kennt den Code.«

»Dann«, sagte Race, »müssen wir den Code eben irgendwie aus ihm herausbekommen.«

Augenblicke später rannte Race am Rand des gewaltigen Kraters entlang auf die südliche Hängebrücke zu.

Der Plan war einfach.

Renée wartete am Anfang der nördlichen Hängebrücke. Nachdem Race an der südlichen Hängebrücke eingetroffen wäre, würden beide gleichzeitig auf die Kontrollkabine zulaufen, und zwar aus entgegengesetzten Richtungen.

Die Logik ihres Plans beruhte auf der Tatsache, dass die beiden Hängebrücken, die zur Kontrollkabine führten, ziemlich modern und sehr solide waren – sie bestanden aus hochelastischen Stahlseilen. Um eine von ihnen abzuwerfen, musste man vier verschiedene Druckkupplungen lösen. Wenn Race und Renée gleichzeitig über die Brücken heranjagten, konnte einer von ihnen vielleicht in die Kontrollkabine eindringen, ehe es Ehrhardt und/oder Weber gelänge, *beide* Brücken abzutrennen.

Nach sechseinhalbminütigem Lauf erreichte Race die südliche Hängebrücke.

Sie erstreckte sich weit über die Mine hinaus und war ungeheuerlich *lang* – ein Charakteristikum, das durch ihre geringe Breite noch unterstrichen wurde. Während sie einerseits so schmal war, dass keine zwei Personen nebeneinander gehen konnten, war sie andererseits gut und gern so lang wie vier Fußballfelder.

O mein Gott!, dachte Race.

»Sind Sie bereit, Professor?«, fragte Renées Stimme plötzlich in seinem Ohrhörer. Er hatte den Sprechfunk schon so lange nicht mehr benutzt, dass er ihn fast vergessen hatte.

»Bereiter geht's nicht«, erwiderte er.

»Dann los!«

Race betrat die Hängebrücke.

Er sah die weiße, schachtelähnliche Kabine am anderen Ende hoch über dem Grund der Mine schweben – und die Tür darin. Im Augenblick war sie geschlossen.

Hinter den langen, rechteckigen Fenstern rührte sich nichts. Überhaupt nichts. Die Kabine schwebte schweigend zweihundert Meter über der Welt.

Race betrat die Brücke.

Gleichzeitig eilte Renée über die nördliche Hängebrücke.

Sie hielt den Blick auf die geschlossene Tür am Ende ihrer Brücke gerichtet und beobachtete sie gespannt in der Erwartung, dass sie jeden Moment aufschlüge.

Aber die Tür blieb hartnäckig geschlossen.

Odilo Ehrhardt spähte aus einem der Fenster der Kontrollkabine und sah Renée die nördliche Brücke herabkommen.

Aus dem gegenüberliegenden Fenster sah er Race von der anderen Seite kommen, ein Spiegelbild ihrer Bewegungen.

Jetzt musste Ehrhardt eine Wahl treffen.

Er entschied sich für Race.

Die zwergenhaften Gestalten von Race und Renée eilten die beiden Hängebrücken hinab auf die Kontrollkabine zu.

Renée, die das Gewehr erhoben hielt, war ein wenig schneller als Race. Als sie jedoch etwa die halbe Strecke zurückgelegt hatte, sprang die Tür auf und Odilo Ehrhardt trat heraus.

Renée blieb wie erstarrt stehen.

Ehrhardt schob Dr. Fritz Weber vor sich her, benutzte den kleinen, um sich schlagenden Wissenschaftler als Deckung. Der Nazi hatte einen dicken Arm um Webers Kehle gelegt. Mit der anderen Hand hielt er eine halb automatische Glock-20-Pistole auf den Kopf des Wissenschaftlers gerichtet.

Tu's nicht, bettelte Renée in Gedanken und versuchte, Ehrhardt durch ihren schieren Willen zu veranlassen, nicht den einzigen Mann umzubringen, der den Code zur Entschärfung der Supernova kannte.

Offenbar wünschte sie es nicht stark genug. Denn in diesem Moment, in diesem einzigartigen, Schauder erregenden Augenblick schenkte Odilo Ehrhardt Renée ein letztes, finsteres Lächeln und drückte ab.

★★★

Die Waffe ging los – laut und gewaltig hallte der Schuss durch den Krater.

Ein Geysir aus Blut explodierte aus der Seite von Webers Kopf und seine Gehirnmasse spritzte über das Geländer.

Sein Körper erschlaffte. Ehrhardt kippte ihn von der Brücke und Renée konnte lediglich benommen und entsetzt zusehen, wie der Leichnam fiel, immer weiter fiel, über zweihundert entsetzliche Meter, bis er schließlich mit einem gedämpften, fernen Plumps am Grund der Mine aufschlug.

Race vernahm den Pistolenschuss ebenfalls und eine Sekunde später erhaschte er einen Blick auf Webers Leiche, die in den Krater hinabsegelte.

»Mein Gott ...«

Er beschleunigte seinen Schritt ...

Odilo Ehrhardt war noch nicht fertig.

Nachdem er Webers Leichnam hinabgeworfen hatte, löste er die Druckschläuche, die die Hängebrücke mit der Kontrollkabine verbanden.

»*Nein!*«, kreischte Renée und ergriff das Geländer zu beiden Seiten.

Mit einem scharfen Zischen löste sich einer der Schläuche und das Geländer links von Renée fiel einfach weg.

Sie überschlug im Kopf ihre Möglichkeiten. Sie hatte keine Chance, die Kontrollkabine zu erreichen, ehe Ehrhardt die anderen drei Schläuche löste.

Da drehte sie sich um und lief los, rannte wie der Teufel zurück.

Erneut ein Zischen.

Eine weitere Verbindung löste sich und das andere Geländer fiel herab.

Noch zwei Verbindungen.

Renée lief jetzt, so schnell sie konnte – auf einer geländerlosen Brücke mehr als zweihundert Meter über dem Boden.

Ein paar Sekunden später löste sich die dritte Verbindung und die Bohlen unter ihr sackten nach links weg.

Dann, mit einem letzten zufriedenen Grinsen, öffnete Ehrhardt die letzte Verbindung und die gewaltige Hängebrücke, die jetzt nur noch mit dem nördlichen Rand des Kraters verbunden war, nicht mehr mit der Kabine in der Mitte, fiel, mit Renée Becker darauf, in den Abgrund.

Renée war nur noch etwa zwanzig Meter vom Rand entfernt, als die Brücke unter ihr wegsackte. Sobald sie sie nachgeben spürte, sprang sie vor, klammerte sich mit den Fingern an die stählernen Bohlen und hielt sich mit aller Kraft daran fest.

Die Hängebrücke krachte gegen die schräge Wand des Kraters. Renée prallte von der Erdwand der Mine ab, aber es gelang ihr irgendwie, sich festzuhalten.

Gerade als Renées Stimme über seine Ohrhörer dröhnte, erreichte Race die Tür am Ende seiner Hängebrücke.

»Professor, Renée hier. Meine Brücke ist unten. Ich bin aus dem Spiel. Jetzt sind Sie dran.«

Prächtig, dachte Race. *Genau das, was ich hören wollte.*

Er holte tief Luft und packte sein Gewehr fester. Dann ergriff er den Türknauf, drehte ihn, stieß die Tür mit dem Lauf des G-11 auf ...

... und löste den Stolperdraht aus.

Piep!

Race sah Ehrhardt, ehe er die Quelle des schrillen Pieptons erblickte.

Der große Nazigeneral stand auf der anderen Seite der Kontrollkabine, drüben an der nördlichen Tür, die Glock nachlässig an der Seite. Er lächelte Race an.

Links war die Supernova, deren verspiegelte Oberflächen glänzten. Das zylinderförmige Stück Thyrium steckte in dem Kern, der innerhalb einer luftdichten Kammer zwischen den beiden atomaren Sprengköpfen schwebte.

An der Wand neben der Supernova standen zwei Cray-YMP-Supercomputer, auf dem Fußboden daneben die beiden Behälter, die zum Transport der Sprengköpfe benutzt worden waren. Das Götzenbild, jetzt mit einem Hohlraum an der Basis, lag achtlos auf einer Bank.

Auf dem Laptop, der an der Supernova angebracht war und die Quelle des Pieptons darstellte, sah Race den Countdown auf Null zugehen.

00:05:00

00:04:59

00:04:58

Unterhalb der Zahlen las er die Worte »ALTERNATIVE DETONATIONSSEQUENZ EINGESCHALTET«.

Alternative Detonationssequenz?

»Vielen Dank, kleiner Möchtegernheld«, höhnte Ehrhardt. »Indem Sie in diese Kabine eingetreten sind, haben Sie sich zum Tode verurteilt.«

Race runzelte die Stirn.

Ehrhardts Blick flackerte nach links.

Race folgte dem Blick und sah an der östlichen Wand der Kabine acht gelbe Zweihundert-Gallonen-Behälter, auf deren Seiten die Wörter VORSICHT und GEFAHR: HYPERGOLISCHE FLÜSSIGKEITEN standen.

Weitere Worte waren auf die Vorderseite der riesigen gelben Behälter geprägt:

HYDRAZIN.

STICKSTOFFTETROXID.

Es waren vier Behälter mit Hydrazin. Vier mit Stickstofftetroxid. Ein kompliziertes Netzwerk aus Kabeln und Schläuchen verband die Kunststofffässer untereinander.

Hypergolische Flüssigkeiten, erinnerte sich Race an seinen Chemieunterricht, *waren Flüssigkeiten, die beim Kontakt miteinander explodierten.*

Ein Sekundenzähler war auf den Hydrazinbehältern befestigt, der jedoch reglos, wie erstarrt, auf fünf Sekunden stand.

00:00:05.

Da erkannte Race, dass die acht gelben Behälter über ein dickes schwarzes Kabel, das sich über den Fußboden der Kabine schlängelte, mit dem Zündcomputer der *Supernova* verbunden waren.

`00:04:00`

`00:03:59`

`00:03:58`

»Wie?«, fragte Race, das G-11 auf Ehrhardts Brust gerichtet. »Wie habe ich mich zum Tode verurteilt?«

»Durch das Öffnen dieser Tür da haben Sie einen Mechanismus ausgelöst, der Ihr Leben auf die eine oder andere Art und Weise beenden wird.«

»Wie, Gott verdammt noch mal?«

Ehrhardt lächelte. »In diesem Raum sind zwei Zünder, Professor: einer an der Supernova, einer an den hypergolischen Flüssigkeiten. Der eine wird den gesamten Planeten in die Luft jagen, der andere lediglich diese Kabine. Wie ich weiß, möchten Sie die Supernova entschärfen, aber wenn Sie damit Erfolg haben, wird Sie das etwas kosten.«

»Was?«

»Ihr Leben im Austausch gegen die Welt. Durch das Öffnen dieser Tür, Professor, haben Sie einen Mechanismus in Gang gesetzt, der den Zündcomputer der Supernova mit den hypergolischen Flüssigkeiten verbindet. Wird aus irgendeinem Grund der Countdown für die Supernova beendet, springt der Zeitgeber auf den hypergolischen Flüssigkeiten an. Innerhalb von fünf Sekunden werden sich die Flüssigkeiten mischen und dann werden sie explodieren und dabei diese Kabine zerstören. *Sie* zerstören.

Also stehen Sie jetzt vor einer Wahl, Professor, die einzigartig in der Geschichte der Menschheit ist. Sie können in exakt dreieinhalb Minuten zusammen mit dem Rest des Planeten sterben – oder Sie können die Welt retten. Wenn Sie das jedoch tun, müssen Sie das eigene Leben opfern.«

Race traute seinen Ohren nicht.

Eine einzigartige Wahl ...

Sie können die Welt retten ...

Wenn Sie das jedoch tun, müssen Sie das eigene Leben opfern ...

Die beiden Männer standen einander in der Kontrollkabine gegenüber – Race im südlich gelegenen Eingang, das G-11 an die Schulter gepresst, Ehrhardt drüben bei der nördlichen Tür, die Glock an der Seite.

00:03:21

00:03:20

00:03:19

»Der Präsident ist damit einverstanden, Ihr Lösegeld zu zahlen …«, versuchte Race es mit einem letzten Bluff.

»Nein, ist er nicht«, fauchte Ehrhardt, hob ein Blatt Papier von der Bank neben sich und schleuderte es Race zu.

Es flatterte zu Boden – eine Kopie jener Faxnachricht, die Race im Büro der Mine gesehen hatte. Ehrhardt musste hier drin ebenfalls ein Faxgerät haben.

»Und selbst wenn er gesagt hätte, er würde zahlen«, sagte der Nazi, »wäre ich *noch immer* nicht in der Lage, den Apparat zu entschärfen. Nur Weber kannte den Entschärfungscode und er, mein Freund, ist tot. Nein. Jetzt heißt es *Sie* oder *nichts*. Nun, mag geschehen, was will, ich werde jedenfalls meine Befriedigung aus dem Wissen ziehen, dass Sie diese Kabine nicht lebend verlassen werden.«

»Und was ist mit Ihnen?«, fragte Race trotzig. »Sie werden ebenfalls sterben.«

»Ich bin alt, Professor. Alt und verfallen. Der Tod bedeutet mir nichts. Die Tatsache, dass ich die übrige Welt mitnehmen kann, bedeutet hingegen *alles* …«

Und in diesem Augenblick hob Ehrhardt so schnell wie eine Klapperschlange seine Glock, zielte auf Race und drückte …

Bamm!

Race gab eine einzige Salve ab, wobei ihm das G-11 heftig in die Schulter schlug.

Die hülsenlosen Patronen klatschten in Ehrhardts gewaltige Brust und ein Blutschwall schoss hervor. Der Aufprall schleuderte den großen Mann gegen die Wand hinter ihm.

Dabei ging – *Bumm-Bumm!* – seine Glock los. Die Kugel traf die Decke, schlug einen Rauchmelder in Stücke, und plötzlich regneten aus einer Reihe von Sprenklern Ströme von Wasser.

Ehrhardt sank zu Boden. Er war lediglich noch eine triefende, hässliche Masse. Den Mund hatte er geöffnet, die Augen vor Entsetzen weit aufgerissen.

Race stand wie betäubt auf der Schwelle, erstarrt in der Schussposition, während ihm das Wasser aufs Gesicht prasselte.

Nie zuvor hatte er einen Mann erschossen. Nicht einmal während der Jagd auf dem Fluss. Er schluckte die Galle hinab, die ihm in die Kehle gestiegen war.

Und sah dann auf den Zeitgeber der Supernova.

00:03:00

00:02:59

00:02:58

Ruckartig fuhr er aus seiner Trance hoch und eilte zu dem Nazikommandeur hinüber, um ihn zu untersuchen.

Ehrhardt hatte noch einen Funken Leben in sich. Blut tropfte ihm aus dem Mund, quoll aus seinem Brustkasten.

Aber seine Augen glitzerten, sahen in einer Art wahnsinnigen Entzückens funkelnd zu Race auf, als ob Ehrhardt einen Nervenkitzel dabei verspürte, ihn in dieser Lage zurückzulassen: allein in einer Kontrollkabine in einem fremden Land, mit nichts außer einem sterbenden Nazi, einer tickenden Supernova sowie acht Behältern mit explosivem hypergolischem Treibstoff, der ihn sicher töten würde, selbst wenn es ihm gelänge, die Hauptbombe zu entschärfen.

★★★

NA GUT, WILL, ganz ruhig bleiben.

00:02:30

00:02:29

00:02:28

Zweieinhalb Minuten bis zum Ende der Welt.

Ganz ruhig bleiben, Mistkerl!

Race kroch zur Supernova hinüber und blickte auf den Bildschirm des Computers.

IHNEN BLEIBEN
00:02:27
MINUTEN ZUR EINGABE DES ENTSCHÄRFUNGSCODES.
ENTSCHÄRFUNGSCODE HIER EINGEBEN:
_ _ _ _ _ _ _ _ _

Race starrte die Uhr wütend an. Wasser aus der Sprinkleranlage hämmerte ihm auf den Kopf.

Was tust du jetzt, Will?

Anscheinend blieb ihm keine Wahl, oder?

Er konnte zusammen mit dem Rest der Welt sterben oder die Supernova irgendwie anhalten – und trotzdem sterben.

Verdammt!, dachte er.

Er war kein Held.

Leute wie Renco und Van Lewen, das waren Helden. Er war lediglich ein Nichts. *Ein gewöhnlicher Sterblicher*. Ein Universitätsprofessor, der stets zu spät zur Arbeit kam, seinen Zug verpasste. Verdammt, er musste doch noch ein paar Strafzettel bezahlen …

Er war kein Held.

Und wollte auch nicht wie ein Held sterben.

Abgesehen davon wusste er nicht einmal, wo er ansetzen sollte, um den Code der Supernova zu knacken. Er war kein Hacker. Nein, Tatsache war, dass Fritz Weber tot war – und damit der Einzige, der den Entschärfungscode gekannt hatte.

00:02:01

00:02:00

00:01:59

Seufzend schloss Race die Augen.

Er konnte ebenso gut wie ein Held sterben.

Also setzte er sich aufrecht vor die Supernova und betrachtete das Display mit neuer Energie.

Na gut, Will, tief Luft holen. Tief Luft holen.

Er sah auf den Bildschirm, die Zeile, die lautete:

ENTSCHÄRFUNGSCODE HIER EINGEBEN:

_ _ _ _ _ _ _ _

Na gut.

Acht Leerstellen zu füllen. Mit einem Code.

Schön, wer kennt den Code?

Weber kennt den Code.

Er war der *Einzige*, der den Code kannte.

In diesem Augenblick dröhnte eine Stimme in Race' Ohr und er wäre beinahe an die Decke gesprungen.

»Professor, was ist los?«

Renée.

»Mein Gott, Renée. Sie haben mich zu Tode erschreckt. Was los ist? Na ja, Ehrhardt hat Weber erschossen, dann habe ich Ehrhardt erschossen und jetzt sitze ich vor der Supernova und suche nach einer Möglichkeit, sie zu entschärfen. Wo sind Sie?«

»Ich bin wieder im Büro. Ehrhardt hat meine Brücke abgesägt.«

»Irgendwelche Ideen, wie dieses Ding zu entschärfen ist?«

»Nein. Weber war der Einzige …«

»Das weiß ich. Hören Sie, ich muss acht Leerstellen füllen, und zwar rasch.«

»Na gut. Lassen Sie mich nachdenken …«

00:01:09

00:01:08

00:01:07

»Eine Minute, Renée.«

»Ja, ja. In der Transkription des Telefonats hat es geheißen, dass diese Supernova auf dem US-Modell basiert, nicht wahr? Was bedeutet, der Code muss numerisch sein.«

»Woher wissen Sie das?«

»Weil ich weiß, dass die amerikanische Supernova einen numerischen Code hat.« Sie musste sein Schweigen verstanden haben. *»Wir haben ein paar Leute in Ihren Institutionen sitzen.«*

»Ah, okay. Dann ist es also ein numerischer Code. Ein Acht-Ziffern-Code. Was heißt, wir haben etwa eine Milliarde möglicher Kombinationen.«

00:01:00

00:00:59

00:00:58

»Weber war die einzige Person, die den Code kannte, stimmt's?«, fragte Renée. *»Also muss er etwas mit ihm zu tun haben.«*

»Es könnte auch eine völlig zufällige Zahlenfolge sein«, erwiderte Race trocken.

»Unwahrscheinlich«, meinte Renée. *»Leute, die numerische Codes einsetzen, benutzen selten Zufallszahlen. Sie nehmen Zahlen, die ihnen etwas bedeuten, an die sie sich erinnern, wenn sie an einen bedeutsamen Vorfall oder ein wichtiges Datum oder dergleichen denken. Was wissen wir über Weber?«*

Aber Race hörte nicht mehr zu.

Während Renée sprach, hatte etwas an seinen Gedanken gezupft und das hatte mit dem zu tun, was sie gerade sagte.

»Na schön«, dachte Renée gerade laut. *»Im Zweiten Weltkrieg war er Nazi. Er hat Experimente an menschlichen Objekten durchgeführt.«*

Aber Race dachte an etwas völlig anderes.

Sie nehmen Zahlen, die ihnen etwas bedeuten, Zahlen, an die sie sich erinnern, wenn sie an einen bedeutsamen Vorfall oder ein wichtiges Datum oder dergleichen denken …

Da fiel es ihm endlich ein.

Der Artikel in der *New York Times*, den er gestern Morgen auf dem Weg zur Arbeit gelesen hatte, vor seiner Ankunft in der Universität, wo das Team der Special Forces in seinem Büro auf ihn gewartet hatte!

Darin hatte es geheißen, dass Diebe es relativ einfach hatten, die Bankkonten der Bestohlenen gleich mit zu plündern, weil 85 % aller Menschen ihren Geburtstag oder ein anderes bedeutendes Datum als Geheimnummer benutzen.

»Wann hatte er Geburtstag?«, fragte Race plötzlich.

»Oh, das weiß ich«, erwiderte Renée. *»Ich hab's in seiner Akte gesehen. Das war irgendwann 1914. Oh, wann denn noch mal? Richtig! Am 6. August. Am 6. August 1914.«*

00:00:30

00:00:29

00:00:28

»Was meinen Sie?«, schrie Race über das Prasseln des Sprinklerregens hinweg.

»Ist eine Möglichkeit«, entgegnete Renée.

Race überlegte eine Sekunde lang. Währenddessen durchsuchte er mit dem Blick den Raum und sah Ehrhardt mit dem Rücken an der Wand sitzen und kichern, wobei ihm Blut aus dem Mund troff.

»Nein«, sagte Race entschieden. »Das ist es nicht.«

»Was?«

00:00:21

00:00:20

00:00:19

Aus irgendeinem Grund waren Race' Gedanken jetzt von kristallener Klarheit.

»Es wäre zu einfach. Wenn er überhaupt ein Datum benutzt hat, dann ein besonderes. Es wäre auf die eine oder andere Weise knifflig oder selbstgefällig. Die übrige Welt hätte ganz schön daran zu knacken. Er würde nicht etwas so Albernes wie seinen *Geburtstag* benutzen. Etwas Bedeutungsvolleres müsste es schon sein.«

»Professor, uns bleibt nicht viel Zeit. Was gibt's sonst noch?«

Race versuchte, sich alles ins Gedächtnis zurückzurufen, was er über Fritz Weber gehört hatte.

Er hatte Experimente an Menschen durchgeführt.

00:00:15

Er war in Nürnberg vor Gericht gestellt worden.

00:00:14

Zum Tode verurteilt worden.

00:00:13

Hingerichtet worden.

00:00:12

Hingerichtet.

Hingerichtet …

Das ist's, dachte Race.

00:00:11

Aber wann war das gewesen?

00:00:10

»Renée, schnell, wie lautet das Datum von Webers mutmaßlicher Hinrichtung?«

»Äh … 16. Oktober 1946.«

00:00:08

16. Oktober 1946.

00:00:07

Tu's!

00:00:06

Race beugte sich vor und hieb die Zahlen auf die Tastatur an der Supernova.

ENTSCHÄRFUNGSCODE HIER EINGEBEN:
10161946

Während es nach wie vor aus dem Sprinkler regnete und der Zähler rasch auf null zulief, gab Race den Code ein und hieb auf die ›Enter‹-Taste.

BIEP!

Ehrhardts Gekicher erstarb, als er das Piepen vernahm.
Race grinste breit.
Mein Gott, ich hab's hingekriegt ...
Da tauchte auf dem Bildschirm an der Supernova plötzlich etwas anderes auf:

```
ENTSCHÄRFUNGSCODE EINGEGEBEN
DETONATIONSCOUNTDOWN BEENDET BEI
00:00:04
SEKUNDEN
ALTERNATIVE DETONATIONSSEQUENZ
EINGESCHALTET
```

Alternative Detonationssequenz?
»Verdammt ...«, ächzte Race.
Sein Blick flackerte zu der anderen Uhr hinüber, die auf den Hydrazinbehältern auf der anderen Seite des Raums stand und auf 00:00:05 eingestellt gewesen war.
Sie hatte sich eingeschaltet und schlug jetzt klickend auf 00:00:04 um.
Vor Überraschung wurden Ehrhardts Augen groß.
Race' Augen sogar noch größer.
»O Mann«, sagte er.

Genau vier Sekunden später, am Ende des kurzen Countdowns, mischten sich die hypergolischen Brennstoffe in den Behältern und die Wände der Kontrollkabine barsten mit unglaublicher Heftigkeit.
Die Fensterscheiben zerbrachen, flogen in Millionen von Splittern zum Himmel hinauf, dicht gefolgt von einem brüllenden, sich aufblähenden Feuerball.

Trümmer schossen in alle Richtungen davon: Türen, Teile der Supernova, abgerissene Stücke von Holzbänken, vom Fußboden. Alles wurde mit so gewaltiger Kraft davongeblasen, dass einige Teile sogar über den Rand des Kraters flogen und in dem dichten Wald landeten, der die riesige Mine umgab. Die harmlosen Bruchstücke der beiden atomaren Sprengköpfe, aus denen die Supernova bestanden hatte, landeten am Grund des Kraters. Die hypergolische Explosion war bei weitem zu primitiv, um die Atome darin zu spalten.

Einen Augenblick später war von der Kontrollkabine nichts weiter übrig als ein geschwärzter, skeletthafter Rahmen, der zur Unkenntlichkeit verkohlt war und schwankend über der Mine hing. Wände, Fenster, sogar Fußboden und Decke waren verschwunden.

William Race war ebenfalls verschwunden.

Sechste Konfrontation

Dienstag, 5. Januar, 19.10 Uhr

DIE BEIDEN FAHRZEUGE glitten gemächlich über den Fluss.

Das eine war ein langes, schlankes Speedboat, das andere ein mitgenommen aussehendes, kleines Wasserflugzeug mit lediglich einem Schwimmer, und zwar dem an der rechten Tragfläche.

Die Welt war still, der Fluss ruhig.

Leonardo Van Lewen und Doogie Kennedy schauten aus ihren Cockpits zu der verlassenen Mine hinüber. Langsam lenkten sie ihre Fahrzeuge zum Ufer und ließen sie sacht auf Grund laufen.

Sie hatten gehört, wie die hypergolischen Flüssigkeiten explodiert waren, und jetzt sahen sie den gewaltigen braunen Erdkrater vor sich. Eine Rauchwolke stieg von der verkohlten, schachtelähnlichen Hütte im Zentrum empor.

Niemand war zu sehen.

Nichts regte sich.

Ganz gleich, was hier geschehen war, es war vorüber.

Die beiden Green Berets sprangen aus ihren Fahrzeugen und gingen, die Gewehre in der Hand, vorsichtig zu den alten, wie Lagerhallen aussehenden Gebäuden am Rand des Kraters hinüber.

Da tauchte plötzlich Renée in einer der Türen auf. Sie sah die beiden sofort und kam zu ihnen. Die drei stellten sich an den Rand des Kraters und starrten zu den schwärzlichen Überresten der Kontrollkabine hinüber.

»Was ist denn hier passiert?«, fragte Van Lewen.

»Ehrhardt hat das Idol benutzt, um die Supernova zu schärfen. Dann hat er sie aktiviert«, erwiderte Renée leise und traurig. »Professor Race ist es gelungen, die Detonationssequenz abzuschalten, aber kaum hatte er die Supernova entschärft, ist die ganze Kabine in die Luft geflogen.«

Van Lewen drehte sich um und sah zu der Stelle hinüber, wo William Race zum letzten Mal lebend gesehen worden war.

»Der Apparat war da drin?«, fragte er.

»Ja«, entgegnete Renée. »Sie hätten es nicht für möglich gehalten. Er hat den Countdown gestoppt. Es war erstaunlich.«

»Was ist mit dem Götzenbild?«

»Vermutlich bei der Explosion vernichtet, zusammen mit der Supernova und Professor Race.«

Da erklang rechts von ihnen ein Rascheln.

Van Lewen und Doogie fuhren mit erhobenen Gewehren herum, sahen allerdings lediglich Bäume und Laubwerk.

Plötzlich fiel ein trommelähnlicher, zylindrischer Gegenstand – eine Art Behälter etwa von der Größe einer normalen Mülltonne – aus den oberen Ästen eines Baums und schlug sanft auf dem dichten Blattwerk in etwa zwanzig Metern Entfernung auf.

Stirnrunzelnd gingen Van Lewen, Renée und Doogie hinüber.

Der Behälter musste sich bei der Explosion in der Kontrollkabine befunden haben und dann von der Druckwelle hierher geschleudert worden sein.

Er rollte weiter und blieb schließlich im Gebüsch stecken. Doch dann begann er merkwürdigerweise, hin und her zu wackeln, als ob sich jemand darin befände und versuchte, irgendwie herauszukommen.

Plötzlich sprang der Deckel des Behälters auf. Race taumelte heraus und plumpste mit dem Allerwertesten auf den nassen, schlammigen Boden.

Auf Renées Gesicht erstrahlte ein Tausend-Watt-Lächeln. Sie und die Green Berets eilten zu Race hinüber, der unter den Bäumen lag.

Triefend nass und vollkommen erschöpft lag der Professor auf dem Rücken im Schlamm. Noch immer trug er seine Baseballkappe und die schwarze Schutzweste.

Er blickte zu seinen drei Kameraden auf und schenkte ihnen ein müdes, halbes Lächeln.

Daraufhin zog er die rechte Hand hinter dem Rücken hervor und stellte einen Gegenstand vor sich auf den Boden. Er war über und über von glitzernden Wassertropfen bedeckt, aber man konnte sich in dem schimmernden, schwarz-purpurfarbenen Stein und den grimmigen Zügen des darin eingeschnitzten Rapakopfs unmöglich täuschen.

Es war das Götzenbild.

★★★

Anmutig schwang sich die Goose über den Amazonas-Regenwald.

In der frühen Abenddämmerung flog sie Richtung Westen. Zu den Bergen und nach Vilcafor zurück.

Doogie saß vorn im Cockpit und steuerte das Flugzeug, während Van Lewen, Race, Renée sowie der verwundete Uli hinten saßen.

Race dachte über seine Flucht aus der Kontrollkabine nach.

In den fünf Sekunden, die ihm zwischen dem Entschärfen der Supernova und dem Zusammenfließen der hypergolischen Flüssigkeiten geblieben waren, hatte er die Kabine verzweifelt nach einem Fluchtweg abgesucht.

Da war sein Blick zufällig auf einen der Behälter für die atomaren Sprengköpfe gefallen. Er würde einem immensen Druck widerstehen, da er für den Schutz der explosiven atomaren Sprengköpfe bestimmt war.

Weil Race nichts anderes zur Verfügung stand, suchte er

darin Deckung – mit dem Götzenbild, das er sich rasch von der Werkbank geschnappt hatte. Anschließend ließ er den Deckel der Kapsel zuknallen und da war der fünfsekündige Countdown auch schon beendet.

Die Flüssigkeiten vermischten sich, die Kontrollkabine explodierte und er wurde samt Kapsel hoch in die Luft geschleudert. Zum Glück landete sie auf den Bäumen relativ weich.

Er lebte und mehr zählte nicht.

Während er jetzt im Heck des Wasserflugzeugs saß, hielt Race ein abgenutztes, ledergebundenes Buch in den Händen, das er nach seiner spektakulären Flucht im Bootsschuppen gefunden hatte. Es hatte auf einem Regal in dem Büro gestanden.

Er hatte darauf bestanden, nach diesem Buch zu suchen, ehe sie nach Vilcafor zurückflogen.

Es war das Santiago-Manuskript.

Das *Originalmanuskript*, geschrieben von Alberto Santiago im sechzehnten Jahrhundert, aus der Abtei San Sebastian gestohlen von Heinrich Anistase im zwanzigsten Jahrhundert und nicht lange danach von Uli Pieck vom Bundeskriminalamt kopiert.

Race blickte das Manuskript mit einer Art verhaltener Ehrfurcht an.

Das war Alberto Santiagos Handschrift. Die Striche und Schnörkel waren ihm vertraut, doch sah er sie jetzt auf wunderschön beschaffenem Papier und geschrieben in reicher blauer Tinte, nicht auf einer harten, zerkratzten Fotokopie.

Am liebsten hätte er es sofort gelesen, aber er musste sich gedulden. Zunächst hatte er einige andere Dinge klarzustellen.

»Van Lewen«, sagte er.

»Ja.«

»Erzählen Sie mir was über Frank Nash.«

»Wie bitte?«

»Ich habe gesagt, erzählen Sie mir was über Frank Nash.«

»Was wollen Sie wissen?«

»Haben Sie früher schon für ihn gearbeitet?«

»Nein, das ist das erste Mal. Meine Einheit ist von Bragg zu dieser Mission abgezogen worden.«

»Ist Ihnen klar, dass Nash Colonel der Special Projects Unit der Army ist?«

»Ja, natürlich.«

»Also haben Sie gewusst, dass Nash mich angelogen hat, als er gestern Morgen mit einem DARPA-Ausweis in mein Büro gekommen ist und erzählt hat, er sei ein *pensionierter* Army-Colonel und arbeite jetzt für die Defense Advanced Research Projects Agency?«

»Ich habe nicht gewusst, dass er das gesagt hat.«

»Sie haben das *nicht* gewusst?«

Van Lewen blickte Race aufrichtig und ehrlich an. »Professor Race, ich bin bloß ein einfacher Soldat, okay? Man hat mir gesagt, dass ich zum Schutz einer Person abkommandiert sei. Man hat mich angewiesen, *Sie* zu beschützen. Also tue ich das. Wenn Colonel Nash Sie angelogen hat, so tut es mir Leid, aber davon habe ich nichts gewusst.«

Race biss die Zähne zusammen. Es war zum Kotzen. Er war stinksauer – weil er durch einen faulen Trick zur Teilnahme an dieser Mission veranlasst worden war.

Doch trotz seines Ärgers war er entschlossen, alles zu erfahren. Denn wenn Nash *nicht* von der DARPA war, zog das eine Vielzahl von Fragen nach sich. Zum Beispiel, was war mit Lauren und Copeland? Waren sie ebenfalls Mitglieder der Special Projects Unit?

Noch näher liegend waren die Fragen, bei denen es um Race selbst ging – beispielsweise wie seine Teilnahme an der Mission zustande gekommen war. Schließlich hatte Nash behauptet, über Marty auf ihn gekommen zu sein. Race hatte seinen Bruder seit fast zehn Jahren nicht mehr gesehen.

Seltsamerweise ertappte Race sich dabei, dass er über Marty nachdachte.

Als Kinder hatten sie einander sehr nahe gestanden. Obgleich Marty gut drei Jahre älter war als er, hatten sie immer zusammen gespielt – Football, Baseball, Fangen. Aber Will war im Sport stets besser gewesen, trotz des Altersunterschieds.

Marty andererseits war der Gewitztere der beiden. Er glänzte in der Schule und wurde deswegen verachtet. Er sah nicht gut aus und schon als Neunjähriger war er das Ebenbild ihres Vaters – die Schultern gekrümmt, die Augenbrauen buschig. Er hatte ständig einen finsteren Gesichtsausdruck, der an Richard Nixon erinnerte.

Im Gegensatz zu ihm hatte Race die Attraktivität ihrer Mutter geerbt – sandbraunes Haar und himmelblaue Augen.

Als Jugendlicher ging Will mit seinen Freunden in die Stadt, während Marty daheim bei seinen Computern und seiner preisgekrönten Sammlung von Elvis-Presley-Platten blieb. Mit 19 hatte Marty noch immer keine Freundin. Das einzige Mädchen, an dem er je Gefallen gefunden hatte – eine hübsche, junge Cheerleaderin namens Jennifer Michaels –, war ausgerechnet in Will verknallt. Marty war am Boden zerstört gewesen.

Dann kam die Collegezeit, und während sich seine Quälgeister aus der Highschool davonmachten, um Bankkassierer oder Grundstücksmakler zu werden, arbeitete Marty zielstrebig auf die Computerlaboratorien des MIT hin – mit der Unterstützung seines Vaters, eines Computerfachmanns.

Race dagegen – ganz gewiss intelligent, jedoch weniger zum Akademikerleben veranlagt – ging mit einem halben Sportstipendium zum USC. Dort begegnete er Lauren O'Connor. Er warb um sie, verlor sie, und währenddessen studierte er Sprachen.

Dann ließen sich ihre Eltern scheiden.

Es geschah vollkommen unerwartet. Eines Tages kam Race' Vater vom Büro nach Hause und sagte seiner Mutter, dass er sie verlassen werde. Wie sich herausstellte, hatte er seit fast elf Monaten eine Affäre mit seiner Sekretärin.

Die Familie zerbrach.

Marty, damals 25, besuchte den Vater regelmäßig – schließlich war er schon immer sowohl dem Aussehen als auch dem Verhalten nach sein Ebenbild gewesen.

Race jedoch vergab seinem Vater nie. Als er 1992 an einem Herzinfarkt starb, nahm Race nicht einmal an der Beerdigung teil.

Es war die klassische amerikanische Kernfamilie – mit verfaultem Kern.

Race riss sich aus seinen Gedanken los und kehrte in die Gegenwart zurück – in ein Wasserflugzeug, das über den Dschungeln Perus dahinflog.

»Was ist mit Lauren und Copeland?«, fragte er Van Lewen. »Sind sie auch bei der Special Projects Unit?«

»Ja«, erwiderte Van Lewen ernst.

Schweinehund.

»Na gut«, meinte Race und wechselte das Thema. »Was wissen Sie über das Supernova-Projekt?«

»Ich schwöre, ich weiß nichts darüber«, entgegnete Van Lewen.

Stirnrunzelnd biss sich Race auf die Unterlippe.

Er wandte sich an Renée. »Was wissen *Sie* über das amerikanische Supernova-Projekt?«

»Ein wenig.«

Race hob erwartungsvoll die Brauen.

Renée seufzte. »Das Projekt wurde in nichtöffentlicher Sitzung des Congressional Armaments Committee im Januar 1992 beschlossen. Budget: 1,8 Millionen Dollar, gebilligt vom Senate Appropriations Committee, erneut in nichtöffentlicher Sitzung, im März 1992. Das Projekt sollte ein Jointventure von Defense Advanced Research Projects Agency und United States Navy sein. Der Name des Projektleiters lautet …«

»Warten Sie eine Sekunde«, unterbrach Race sie. »Die Supernova ist ein Projekt der Navy?«

»Das stimmt.«

Also hatte Frank Nash ihm mehr als eine Lüge aufgetischt, um ihn zur Teilnahme an der Mission zu veranlassen. Die Supernova war nicht einmal ein Projekt der Army.

Sondern der *Navy*.

Da fiel Race plötzlich etwas ein, das er in der Nacht zuvor gehört hatte, als er in dem Humvee eingesperrt gewesen war, und zwar vor dem Angriff der Großkatzen auf das BKA-Team.

Er entsann sich, die Stimme einer Frau gehört zu haben – vielleicht Renées Stimme –, die über Funk etwas auf Deutsch gesagt hatte, einen Satz, den er zu diesem Zeitpunkt verwirrend gefunden und Nash und den anderen *nicht* übersetzt hatte.

Was ist mit dem anderen amerikanischen Team? Wo sind die gegenwärtig?

Das andere amerikanische Team ...

»Tut mir Leid, Renée, ich habe Sie unterbrochen«, sagte er. »Wer war der Leiter des Supernova-Projekts?«

»Sein Name ist Romano. Dr. Julius Michael Romano.«

★★★

DA WAR ER WIEDER.

Der mysteriöse Romano. Endlich erfuhr Race, wer er war.

Das andere amerikanische Team. Ein Team der Navy.

Mein Gott ...

»Also, lassen Sie mich die Dinge mal klarstellen«, sagte Race. »Die Supernova ist ein Projekt der Navy unter Leitung eines Mannes namens Julius Romano, ja?«

»Stimmt«, erwiderte Renée.

»Und Romano und sein Team sind gerade in Peru und suchen das Thyrium-Götzenbild?«

»Ja.«

»Aber Frank Nash hat ein Team der Army hier, das *auch* hinter dem Götzenbild her ist?«

»Richtig«, entgegnete Renée.

»Warum? Warum versucht ein Team, das von einem Colonel der US Army's Special Projects Unit kommandiert wird, ein Team von *Navy*-Leuten bei der Suche nach einem Götzenbild auszustechen, das der Schlüssel zu einer Waffe der Navy ist?«

»Die Antwort auf diese Frage«, sagte Renée, »ist ein wenig komplizierter, als es den Anschein haben mag, Professor Race.«

»Versuchen Sie's!«

»Na gut«, meinte Renée und holte tief Luft. »Während der vergangenen sechs Jahre haben die deutschen Geheimdienste schweigend zugesehen, wie die Abteilungen der US-amerikanischen Streitkräfte – Army, Navy und Air Force – einen erbitterten, geheimen Kleinkrieg gegeneinander geführt haben.

Dabei geht es ums nackte Überleben. Jede der drei Abteilungen kämpft darum, der bedeutendste Zweig der US-Streitkräfte zu sein, damit es nicht sie trifft, wenn der amerikanische Kongress eine auflöst – was für das Jahr 2010 beabsichtigt ist. Sie wollen sich unersetzlich machen.«

»Der Kongress hat vor, im Jahre 2010 eine Abteilung der Streitkräfte aufzulösen?«, fragte Race.

»Laut eines Geheimentwurfs des Verteidigungsministeriums vom 6. September 1993, unterzeichnet sowohl vom Verteidigungsminister als auch vom Präsidenten, empfiehlt das Pentagon dem Präsidenten, im Jahr 2010 eine Abteilung der amerikanischen Streitkräfte für überflüssig zu erklären.«

»Na gut ...«, meinte Race zweifelnd. »Und woher wissen Sie das alles?«

Renée lächelte ihn schief an. »Kommen Sie schon, Professor.

Die US Navy ist nicht die einzige Marine der Welt, die insgeheim die Unterwasser-Kommunikationsleitungen anderer Länder anzapft.«

»Oh ...«

»Die Entscheidung des Ministeriums basiert darauf, dass sich der Charakter des Krieges geändert hat. Die alte Aufteilung in Land-, See- und Luftstreitkräfte entspricht nicht mehr der modernen Welt. Sie ist ein Anachronismus aus zwei Weltkriegen und eintausend Jahren des Kampfes von Mann zu Mann. Die Frage wird dann sein, *welche Abteilung aufgelöst wird.*

Seit dieser Zeit«, fuhr Renée fort, »hat jede Abteilung der Streitkräfte ihren Wert zu beweisen versucht, und zwar auf Kosten der anderen.«

»Beispielsweise?«, fragte Race skeptisch.

»Beispielsweise nimmt die Air Force für sich den Tarnkappenbomber sowie eine einzigartige Sachkenntnis auf dem Gebiet des Luftkampfs in Anspruch. Die Navy kontert mit ihren Trägerkampfverbänden. Darüber hinaus kehrt sie hervor, dass ihre regulären Kampfjets und Bomber nicht nur so tarnkappenfähig sind wie der B-3, sondern dass sie im Besitz transportabler Landebahnen ist. Wer braucht eine Air Force, wenn die Navy ein Dutzend Trägerkampfverbände hat?

Die Army wiederum erklärt, sie habe spezielle Bodentruppen und Panzerdivisionen. Sowohl die Navy als auch die Air Force setzen dagegen, dass der moderne Krieg in der Luft und auf den Ozeanen der Welt stattfindet, nicht an Land. Sie sagen, seht euch doch den Golfkrieg und den Kosovo-Konflikt an – Schlachten, die am Himmel ausgetragen wurden, nicht am Boden.

Nehmen Sie die enge Verbindung der Navy mit dem United States Marine Corps hinzu. Da die Existenz des Marine Corps durch die amerikanische Verfassung garantiert ist, *kann* es nicht abgeschafft werden. Und beide haben sowohl Bodentruppen als auch Panzerdivisionen, wodurch sie die Army noch mehr unter Rechtfertigungsdruck setzen.

Teufel, denken Sie an die Interkontinentalraketen! *Alle drei* Abteilungen der Streitkräfte unterhalten Raketenabschussrampen: Die Navy hat unterseebootgestützte Systeme, die Air Force luft- und landgestützte Systeme und die Army landgestützte und mobile Systeme. Braucht eine Nation ernstlich *drei* voneinander unabhängige Raketenabschusssysteme, wenn es zwei – oder gar eines – auch täten?«

»Wer ist also der Verlierer?«, fragte Race, um auf den ausschlaggebenden Punkt zurückzukommen.

»Die Army«, erwiderte Renée schlicht. »Zweifelsohne. Insbesondere, wenn man die verfassungsrechtliche Garantie des Marine Corps in Rechnung stellt. In jeder Analyse, die ich bislang gesehen habe, hat die Army stets an dritter Stelle gestanden.«

»Also muss sie ihren Wert beweisen«, meinte Race.

»Sie muss *alles daransetzen*, ihren Wert zu beweisen. Oder den Wert der anderen Abteilungen herabzusetzen.«

»Was meinen Sie damit?«

»Professor«, erwiderte Renée, »haben Sie gewusst, dass Ende des vergangenen Jahres in der Air-Force-Basis in Vandenberg eingebrochen worden ist?«

»Nein.«

»Einige Pläne von höchster Geheimhaltungsstufe für den neuen W-88-Atomsprengkopf sind gestohlen worden. Der W-88 ist ein miniaturisierter Sprengkopf, brandneue Technik. Sechs Wachleute sind während des Raubs getötet worden. Der offizielle Untersuchungsbericht über den Einbruch – und die nachfolgende Berichterstattung der Medien – behauptete, es seien chinesische Agenten am Werk gewesen. Der *inoffizielle* Bericht besagte jedoch, dass aufgrund der Tötungs- und Eindringtechniken nur eine Einheit für das Verbrechen infrage kam: eine Spezialeinheit der Green Berets.«

Race warf Van Lewen einen Blick zu. Der Green Beret hob lediglich hilflos die Schultern. Das war neu für ihn.

»Die *Army* ist in eine Basis der *Air Force* eingebrochen?«, fragte Race ungläubig.

»Sehen Sie, Professor«, sagte Renée, »die Army arbeitet an einem eigenen neuen, miniaturisierten Sprengkopf. Der erfolgreiche Abschluss des W-88 hätte ihr Projekt ernsthaft gefährdet – und einen weiteren Grund für ihre Abschaffung um das Jahr 2010 herum geliefert.«

Race runzelte die Stirn. »Und wie hängt das mit dem Supernova-Projekt zusammen?«

»Ganz einfach«, sagte Renée. »Die Supernova ist die ultimative Waffe. Egal, welche Abteilung der Streitkräfte ihre Anwendung kontrolliert, sie wird ihr Überleben im Jahr 2010 gesichert haben. Obgleich die Supernova offiziell ein Projekt der Navy ist, hat die Army ganz offensichtlich Anstrengungen unternommen, einen eigenen Apparat zu bauen – aller Wahrscheinlichkeit nach auf der Basis von Informationen, die sie von einer Quelle innerhalb des Navy-Teams erhalten hat.«

»Aber bisher hat noch niemand Thyrium«, sagte Race.

»Deswegen sind alle hier und suchen nach dem Götzenbild.«

»Lassen Sie mich das auf die Reihe bekommen«, meinte Race. »Obgleich die Supernova offiziell ein Projekt der Navy ist, hat die Army insgeheim einen eigenen Apparat gebaut. Dann, nach der Entdeckung, dass es hier draußen eine Thyriumquelle geben könnte, erteilt sie Frank Nash und der Special Projects Unit die Aufgabe, dieses Thyrium zu finden, ehe das der Navy gelingt.«

»Stimmt genau.«

»Verdammt …«, sagte Race. »Wie weit hinauf reicht das?« Er dachte an den Wagenkonvoi in New York. Jemand, der *das* zustande brachte, musste in der Hierarchie schon ziemlich weit oben angesiedelt sein.

»Bis *ganz* hinauf«, erwiderte Renée leise. »Bis hinauf zu den höchsten Offizieren der US Army. Und das verursacht mir wirklich eine Scheißangst. Ich habe die Army nie so verzweifelt erlebt. Ich meine, sehen Sie sich mal diese Mission an! Das ist der Jackpot! Wenn die Army dieses Ding bekommt« – sie nickte zu dem Götzenbild auf dem leeren Sitz neben Race –, »ist das die *Garantie* für ihre weitere Existenz. Was bedeutet, dass Frank Nash alles tun wird, um es zu bekommen. *Alles.*«

Race nahm das Götzenbild auf. Es glitzerte in seinen Händen und der Kopf des Rapas knurrte bösartig.

Traurig starrte er es an. Sein Blick fiel auf die frisch ausgehöhlte Stelle an der Basis.

»Dann gibt es vermutlich nur ein Problem«, meinte er.

»Und das wäre?«, fragte Renée.

»Dieses Götzenbild.«

»Was ist damit?«

»Sehen Sie«, erwiderte Race, »dieses Götzenbild besteht nicht aus Thyrium. Es ist eine Fälschung.«

★★★

»Ist eine was?«, rief Renée.

»Es ist eine Fälschung?«, echote Van Lewen.

»Es ist eine Fälschung«, bekräftigte Race. »Hier, werfen Sie einen Blick darauf.« Er schob Van Lewen das schimmernde schwarze Götzenbild zu. »Was sehen Sie?«

Der große Sergeant zuckte die Schultern. »Ich sehe das Götzenbild der Inka, wegen dem wir hergekommen sind.«

»Wirklich?« Race beugte sich vor und nahm die Feldflasche an sich, die an Van Lewens Gürtel hing. »Darf ich mir die ausleihen?«

Rasch schraubte er den Verschluss auf und goss den Inhalt der Flasche über das Götzenbild.

Wasser bespritzte den Rapakopf, lief ihm übers Gesicht und tropfte auf den Boden des Flugzeugs.

»Und?«, fragte Van Lewen.

»Dem Manuskript zufolge«, erwiderte Race, »soll das Götzenbild, wenn es nass wird, ein tiefes Summen von sich geben. Dieses hier bleibt mucksmäuschenstill.«

»*Also?*«

»Also besteht es nicht aus Thyrium. Wenn es aus Thyrium bestünde, würde der Sauerstoff im Wasser es zum Klingen bringen. Das ist nicht das echte Götzenbild. Es ist eine Fälschung.«

»Wann haben Sie das erkannt?«, fragte Renée.

»Als ich das Götzenbild wenige Sekunden, bevor die Kabine in die Luft flog, von der Werkbank genommen habe, hatte die Sprinkleranlage der Kontrollkabine den ganzen Raum bereits unter Wasser gesetzt. Es ist über das Götzenbild gespritzt, aber seitdem hat es kein einziges Mal gesummt.«

»Also hätte die Supernova der Nazis die Welt *nicht* vernichtet?«, fragte Van Lewen.

»Nein«, entgegnete Race. »Nur uns und vielleicht einige hundert Hektar Regenwald, und zwar wegen der Kernexplosion. Aber nicht die Welt.«

»Wenn es nicht aus Thyrium besteht«, fragte Van Lewen, »woraus besteht es dann?«

»Das weiß ich nicht«, erwiderte Race. »Aus irgendeiner Art vulkanischen Gesteins, vermute ich.«

»Aber wenn das eine Fälschung ist«, sagte Renée und nahm Van Lewen das Götzenbild ab, »wer hat sie dann hergestellt? Wer hätte sie herstellen *können*? Sie ist in einem Tempel gefunden worden, den seit über vierhundert Jahren niemand mehr betreten hat.«

»Ich glaube, ich weiß, wer die Kopie gemacht hat«, meinte Race.

»Tatsächlich?«

Er nickte.

»*Wer?*«, fragten Renée und Van Lewen gleichzeitig.

Race hielt das ledergebundene Buch in die Höhe – das Original des Santiago-Manuskripts, an dem Alberto Santiago persönlich vor einer sehr, sehr langen Zeit gearbeitet hatte.

»Die Antwort auf Ihre Frage«, sagte er, »steht auf den Seiten dieses Buches.«

★★★

RACE ZOG SICH in das Heck des kleinen Wasserflugzeugs zurück.

Sie würden bald in Vilcafor eintreffen. Doch vorher wollte er das Manuskript lesen, und zwar bis zum Schluss.

Es gab so viele Fragen, die er beantwortet haben wollte. Wie zum Beispiel, *wann* Renco das echte Götzenbild durch ein falsches ersetzt hatte oder wie er die Rapas wieder in den Tempel zurückbekommen hatte.

Doch eine Frage war noch interessanter – und viel wichtiger.

Wo befand sich das echte Götzenbild?

Race ließ sich auf seinem Sitz im Flugzeugheck nieder. Als er jedoch das Manuskript öffnen wollte, fiel sein Blick auf den Smaragdanhänger, der ihm vom Hals herabbaumelte – Rencos Halsband –, und er nahm ihn in die Hand. Er ließ die Finger über die glitzernden grünen Kanten des Steins laufen. Dabei dachte er an das Skelett, dem er den Lederriemen abgenommen hatte – an das schmutzige, beschädigte Skelett, das er im Tempel gefunden hatte.

Renco …

Race versuchte, diese Überlegungen zu verscheuchen. Er ließ den Smaragd los und sammelte seine Gedanken. Dann fand er die Stelle im Manuskript wieder, wo er aufgehört hatte zu lesen.

Alberto Santiago hatte gerade Rencos Schwester Lena vor den Rapas gerettet. Anschließend hatte Lena Renco berichtet, dass die Spanier bei Tagesanbruch in Vilcafor eintreffen würden …

Vierte Lektüre

Renco sah Lena einen langen, langen Augenblick an.

»Bei Tagesanbruch«, wiederholte er.

Draußen war es noch dunkel, aber in wenigen Stunden würde der Morgen anbrechen.

»Das stimmt«, sagte Lena.

In dem schwachen Feuerschein der Zitadelle erkannte ich an Rencos Gesichtszügen, in welchem Konflikt er sich befand. Auf der einen Seite war da seine Mission zur Rettung des Götzenbildes, auf der anderen sein Verlangen, den Menschen von Vilcafor in Zeiten äußerster Not beizustehen.

Renco blickte über das Innere der Zitadelle hinweg. »Bassario«, sagte er scharf.

Ich wandte mich um und sah Bassario im Schneidersitz auf dem Fußboden in einer abgedunkelten Ecke der Zitadelle sitzen, wie üblich mit dem Rücken zum Raum.

»Ja, o weiser Prinz«, erwiderte der Verbrecher, ohne von seiner Tätigkeit aufzuschauen.

»Wie weit bist du?«

»Ich bin fast fertig.«

Renco schritt zu dem verschlagenen Verbrecher hinüber. Ich folgte ihm.

Bassario wandte sich um, als Renco neben ihn trat, und ich sah neben ihm das Götzenbild liegen, dessen Schutz unsere heilige Mission war. Daraufhin bot der Verbrecher dem Prinzen etwas zur Begutachtung dar.

Bei dessen Anblick blieb ich wie angewurzelt stehen.

Ich blinzelte zweimal und sah erneut hin, denn ich war mir sicher, dass mir meine Augen einen Streich spielten.

Aber das taten sie nicht.

Nein, ganz gewiss nicht.

Denn in Bassarios Händen, direkt vor meinen Augen, lag eine exakte Kopie von Rencos Götzenbild.

Natürlich hatte Renco alles so geplant, vom allerersten Augenblick an.

Ich entsann mich unseres kurzen Aufenthalts am Steinbruch in Colco, ganz zu Beginn unserer Reise. Renco hatte von dort einen Sack voller scharfkantiger Gegenstände mitgenommen. Und ja, ich hatte mich die ganze Zeit über gefragt, warum wir unsere Zeit mit dem Einsammeln von Felsbrocken verschwendeten!

Jetzt verstand ich.

Renco hatte eine Sammlung von Felsbrocken aus dem Steinbruch mitgenommen, die dem seltsamen, schwarz-purpurfarbenen Stein am ähnlichsten waren, aus dem das Götzenbild geschnitzt war.

Dann hatte er diese Brocken dem Verbrecher Bassario übergeben und ihn mit der Anfertigung einer identischen Kopie des Götzenbildes beauftragt. Damit wollte er vermutlich Hernando hinters Licht führen.

Es war brillant.

Nun ging mir auch auf, was Bassario während unserer Flucht getan hatte, wenn er sich in eine Ecke unseres Lagers davongestohlen und sich, den Rücken zu uns, über ein kleines Feuer gekauert hatte.

Er hatte an der Kopie des Götzenbildes gearbeitet.

Wahrlich, es war eine bemerkenswerte Kopie! Das knurrende Maul der Großkatze, die messergleichen Zähne. Alles aus einem prächtigen, schwarz-purpurfarbenen Stein geschnitzt.

Einen Augenblick lang konnte ich lediglich das falsche Götzenbild anstarren und überlegen, welche Art von Verbrecher Bassario wohl gewesen war.

»Wann wirst du fertig sein?«, wollte Renco von Bassario wissen. Bei diesen Worten bemerkte ich, dass die Kopie noch einige letzte Schliffe um die Kinnlinie der Großkatze erforderte.

»Bald«, erwiderte der Verbrecher. »Zur Morgendämmerung wird es fertig sein.«

»Du hast halb so viel Zeit«, sagte Renco, wandte sich von Bassario ab und sah die Gruppe Überlebender an, die in der Zitadelle versammelt war.

Ein ziemlich hoffnungsloser Anblick.

Vor ihm standen Vilcafor – alt, hochmütig und gebrechlich – und die sieben Inkakrieger, die das Glück gehabt hatten, beim ersten Angriff der Rapas in der Zitadelle gewesen zu sein. Darüber hinaus sah Renco lediglich ängstliche ältere Männer, Frauen sowie einige Kinder vor sich.

»Renco«, flüsterte ich. »Was tun wir jetzt?«

Mein tapferer Gefährte schürzte nachdenklich die Lippen. Dann sprach er folgendermaßen: »Wir werden diesem Leiden ein Ende bereiten. Ein für alle Mal.«

Mit diesen Worten machte sich Renco daran, die überlebenden Mitglieder des Hauses Vilcafor zu organisieren, während Bassario fieberhaft an der Vollendung seiner Kopie des Götzenbildes arbeitete.

»Hört zu«, sagte Renco, als sie sich in einem engen Kreis um ihn scharten, »die Goldesser werden bei Sonnenaufgang hier sein. Meiner Schätzung nach bleiben uns daher weniger als zwei Stunden, um uns auf ihre Ankunft vorzubereiten.

Die Frauen, Kinder und Älteren gehen unter Leitung meiner Schwester in das Labyrinth und entfernen sich so weit wie möglich von der Stadt.

Die Krieger«, sagte er, sich an die sieben überlebenden Kämpfer des Ortes wendend, »werden mit mir zu dem Tempel gehen, den Vilcafor erwähnt hat. Wenn die Rapas dort herauskommen, werden wir sie wieder hineinbringen müssen. Wir werden sie mit dem Lied des nassen Götzenbildes in den Tempel locken und dann werden wir sie darin einschließen. Jetzt geht und sammelt alles an Waffen, was ihr finden könnt.«

Die Krieger eilten davon.

»Lena«, sagte Renco.

»Ja, mein Bruder?« Seine wunderschöne Schwester erschien an seiner Seite. Sie lächelte mich an und ihre Augen glänzten.

»Ich brauche die größte Blase, die du finden kannst«, sagte Renco. »Gefüllt mit Regenwasser.«

»Es wird geschehen«, erwiderte Lena und hastete davon.

»Was ist mit Hernando?«, wollte ich von Renco wissen. »Was, wenn er eintrifft, während wir noch damit beschäftigt sind, die Rapas in ihren Bau zurückzubringen?«

»Wenn er uns, wie meine Schwester berichtet, mit Chanca-Fährtenlesern folgt«, sagte Renco, »dann wird er gleich nach seinem Eintreffen wissen, wohin wir verschwunden sind. Vertraue mir, mein guter Alberto, das habe ich in Rechnung gezogen. Wenn er mich stellt, wird er ein Götzenbild bei mir finden ... und, bei meinem Wort, ich werde ihm dieses Götzenbild übergeben.«

»Hernando ist ein kalter, gefühlloser Mann, Renco«, sagte ich, »bösartig und gnadenlos. Du kannst kein ehrbares Verhalten von ihm erwarten. Sobald du ihm das Götzenbild übergibst, wird er dich gewiss töten.«

»Ich weiß.«

»Aber warum ...«

»Mein Freund, welches ist das größere Gut?«, fragte Renco leise. Sein Gesichtsausdruck war freundlich, seine Stimme ruhig. »Dass ich lebe und Hernando das Götzenbild meines Volkes bekommt? Oder dass ich sterbe und er eine wertlose Kopie erhält?«

Er lächelte mich an. »Natürlich würde ich lieber am Leben bleiben, aber ich fürchte, hier steht mehr auf dem Spiel als bloß mein Leben.«

★★★

Die Zitadelle wurde zu einem wimmelnden Ameisenhaufen, als die Menschen von Vilcafor sich auf das Kommende vorbereiteten.

Renco selbst machte sich auf, um die Krieger des Ortes vollständiger zu unterweisen. Währenddessen ergriff ich die Gelegenheit, setzte mich eine Weile zu Bassario und sah ihm bei der Herstellung seiner Idol-Kopie zu. Um die Wahrheit zu sagen – Gott möge mir verzeihen! –, hatte ich ein darüber hinausgehendes Motiv für ein Gespräch mit ihm.

»Bassario«, flüsterte ich zögernd, »hat ... hat Lena einen Gatten?«

Bassario schoss mir ein koboldhaftes Grinsen zu. »Nun, Mönch, du alter Schlingel ...«, sagte er mit volltönender Stimme.

Ich bat ihn unterdrückt, nicht so laut zu sprechen. Bassario amüsierte sich köstlich, wie man es von einem solchen Schurken erwarten sollte.

»Sie hatte einmal einen Gatten«, sagte er schließlich. »Aber ihre Ehe endete vor vielen Monden, vor der Ankunft der Goldesser. Der Name von Lenas Mann war Huarca. Er war ein vielversprechender, junger Krieger und ihre Ehe wurde ebenfalls als äußerst vielversprechend erachtet, insoweit eine arrangierte Ehe das sein kann. Doch da wusste man noch nicht, dass Huarca zu Wutanfällen neigte. Nach der Geburt ihres Sohnes begann Huarca, Lena heftig zu schlagen. Es hieß, dass Lena diese Schläge erduldete, um Mani vor der Wut seines Vaters zu schützen. Offensichtlich hatte sie Erfolg. Huarca hat den Knaben nicht einmal geschlagen.«

»Warum hat sie ihn nicht verlassen?«, wollte ich wissen. »Schließlich ist sie eine Prinzessin eures Volkes ...«

»Huarca hat gedroht, den Knaben zu töten, wenn Lena irgendjemandem von den Schlägen erzählte.«

Lieber Gott, dachte ich.

»Was ist dann geschehen?«

»Das alles ist zufällig herausgekommen«, erwiderte Bassario. »Eines Tages hat Renco Lena unerwartet einen Besuch abgestattet – und sie in einer Ecke ihres Hauses vorgefunden, ihren Sohn in den Armen wiegend. Sie hatte Tränen in den Augen und ihr Gesicht war blutig und zerschrammt.

Huarca wurde sogleich gefangen genommen und zum Tode verurteilt. Ich glaube, schließlich ist er in eine Grube mit zwei hungrigen Dschungelkatzen geworfen worden. Sie haben ihm die Gliedmaßen einzeln herausgerissen.« Bassario schüttelte den Kopf. »Mönch, der Mann, der sein Weib schlägt, ist die niederste Form eines Feiglings – die niederste. Meiner Ansicht nach hat Huarca ein ihm gebührendes Ende gefunden.«

Ich überließ Bassario seiner Arbeit und zog mich in einen Winkel der Zitadelle zurück, wo ich mich auf die kommende Mission vorbereiten wollte.

Nach kurzer Zeit trat Renco zu mir, um das Gleiche zu tun. Er trug noch immer die spanische Kleidung, die er vor vielen Wochen in der Gefängnishulk gestohlen hatte – die braune Lederweste, die weißen Pantalons, die kniehohen Lederstiefel. Sie war, hatte er mir einmal erklärt, während unseres mühseligen Marschs durch den Regenwald für ihn von immensem Wert gewesen.

Er schob sich einen Köcher über die Schulter und legte sich den Schwertgurt um die Taille.

»Renco?«

»Ja?«

»Warum war Bassario im Gefängnis?«

»Ach, Bassario …«, seufzte er traurig.

Ich wartete auf seine Antwort.

»Ob du es glaubst oder nicht, Bassario war einstmals ein Prinz«, sagte Renco schließlich. »Ein geachteter, junger Prinz. Sein Vater war nichts Geringeres als der königliche Steinmetz, ein hervorragender Erbauer und Gestalter, der am meisten geehrte Baumeister im Reich. Bassario war sein Sohn und Schützling, und bald wurde er ebenfalls ein brillanter Steinmetz. Im Alter von sechzehn Jahren übertraf er seinen Vater bereits an Kenntnissen und Geschick, trotz der Tatsache, dass sein Vater der königliche Steinmetz war, der Zitadellen für den Sapa Inka errichtete!

Aber Bassario war leichtsinnig. Er war ein exzellenter Sportler – als Bogenschütze reichte ihm niemand das Wasser –, doch wie viele seinesgleichen war er dem Trunk, dem Spiel und den hübschen jungen Mädchen aus Cuscos eher raueren Stadtvierteln zugeneigt. Zu seinem Unglück entsprach sein Erfolg bei den Frauen nicht dem in den Spielhöllen. Er häufte riesige Schulden bei Männern von weniger als zweifelhaftem Ruf an. Als seine Schulden zu hoch wurden, um sie zu begleichen, beschlossen diese Wüstlinge, dass Bassario sie auf andere Weise bezahlen sollte, nämlich mit seinen beträchtlichen Talenten.«

»Wie?«

»Bassario beglich seine Schulden bei ihnen, indem er sein brillantes Können als Steinmetz dazu benutzte, Fälschungen von berühmten Statuen und wertvollen Schätzen anzufertigen. Smaragd oder Gold, Silber oder Jade, gleich, was es war, Bassario konnte sogar das komplizierteste Kunstwerk nachmachen.

Sobald er eine berühmte Statue kopiert hatte, brachen seine schändlichen Kumpane in das Haus des Besitzers des echten Kunstschatzes ein und ersetzten es durch Bassarios Fälschung.

Fast ein Jahr lang war dieses Vorgehen von Erfolg gekrönt

und die Verbrecher profitierten gewaltig davon, bis Bassarios ›Freunde‹ eines Tages im Haus des Vetters des Sapa Inka ertappt wurden. Sie waren gerade dabei, ein echtes Götzenbild gegen ein falsches auszutauschen.

Bassarios Rolle kam bald ans Licht. Er wurde ins Gefängnis geworfen und seine ganze Familie fiel in Ungnade. Sein Vater verlor seinen Posten als königlicher Steinmetz sowie seine sämtlichen Titel. Mein Bruder, der Sapa Inka, verkündete, dass Bassarios Familie aus ihrem Haus im königlichen Viertel ausziehen müsse und sich in eines von Cuscos rohesten Armutsvierteln zu begeben habe.«

Ich nahm dies alles schweigend zur Kenntnis.

»Ich hielt die Strafe für zu hart«, fuhr Renco fort, »und sagte dies meinem Bruder, aber er wollte an Bassario ein Exempel statuieren und beachtete meine Bitten nicht.«

Renco blickte zu Bassario hinüber, der weiterhin im Korridor der Zitadelle arbeitete.

»Bassario war einmal ein sehr edler, junger Mann. Gewiss hatte er Fehler, aber im Wesentlichen war er edel. Als ich die Pflicht auferlegt bekam, das Götzenbild aus Coricancha zu retten, entschloss ich mich deswegen, seine Talente zu nutzen, sodass sie mir bei meiner Aufgabe helfen würden. Ich fand, wenn die kriminellen Elemente Cuscos seine Fähigkeiten zu ihren Zwecken nutzen konnten, konnte ich dies auf meiner Mission zur Rettung des ›Geistes des Volkes‹ ebenfalls tun.«

Schließlich vollendete Bassario seine Kopie des Götzenbildes.

Anschließend brachte er es zusammen mit dem echten zu Renco.

Renco hielt beide Götzenbilder vor sich. Ich blickte ihm über die Schulter – und wahrlich, Bassarios Geschick war so groß, dass ich nicht zu entscheiden vermochte, welches das echte und welches das falsche Idol war.

Bassario zog sich in seine Ecke der Zitadelle zurück und

sammelte seine Sachen zusammen – das Schwert, den Köcher, den Langbogen.

»Wohin willst du?«, fragte Renco, als er ihn aufstehen sah.

»Ich verlasse dich«, erwiderte Bassario schlicht.

»Aber ich benötige deine Hilfe«, sagte Renco. »Vilcafor sagt, dass sie einen großen Felsbrocken vom Eingang des Tempels entfernen mussten und dazu zehn Männer brauchten. Ich werde ebenso viele benötigen, wenn ich ihn wieder zurückwälzen will. Du musst mir helfen.«

»Ich habe das Gefühl, dass ich mehr als genug für deine Sache getan habe, edler Prinz«, erwiderte Bassario. »Die Flucht aus Cusco, die Überquerung der Berge, die blinde Jagd durch die gefährlichen Wälder. Und die ganze Zeit über habe ich an deinem Götzenbild gearbeitet. Nein, ich habe meinen Anteil geleistet und jetzt gehe ich.«

»Verspürst du gar keine Loyalität deinem Volk gegenüber?«

»Mein Volk hat mich ins Gefängnis gesteckt, Renco«, gab Bassario hart zurück. »Dann hat es meine Familie für *mein* Verbrechen bestraft – sie in das schmutzigste, raueste Viertel Cuscos verbannt. Meine Schwester wurde dort geschändet, mein Vater und meine Mutter wurden zusammengeschlagen und ausgeraubt. Die Räuber haben meinem Vater sogar die Finger gebrochen, sodass er keinen Stein mehr schneiden konnte. Er musste betteln gehen – um Abfälle betteln, damit er seine Familie ernähren konnte. Ich hege keinen Groll über meine Bestrafung, nein, überhaupt nicht. Aber ich empfinde keinerlei Loyalität einer Gesellschaft gegenüber, die meine Familie für ein Verbrechen bestrafte, das allein das meine war, nur das meine.«

»Das tut mir Leid«, entgegnete Renco leise. »Von all dem habe ich nichts gewusst. Aber bitte, Bassario, das Götzenbild, der ›Geist des Volkes‹ ...«

»Es ist deine Sache, Renco. Nicht meine. Ich habe genug für dich getan, mehr als genug. Ich denke, ich habe mir meine

Freiheit verdient. Folge du deinem Schicksal und gestatte mir, dem meinen zu folgen.«

Mit diesen scharfen Worten schulterte Bassario seinen Langbogen, stieg in das Labyrinth hinab und verschwand in der Dunkelheit.

Renco versuchte nicht, ihn daran zu hindern. Er blickte ihm lediglich nach und sein Gesicht zeigte tiefe Traurigkeit.

Wir hatten unsere Vorbereitungen für den Kampf gegen die Rapas getroffen. Nur eines blieb noch zu tun.

Ich nahm die kleine Blase mit dem Affenurin, die der zahnlose alte Mann mir früher am Abend geschenkt hatte, und öffnete den Stopfen.

Sogleich drang mir ein äußerst übler Gestank in die Nase. Ich zuckte zusammen und verzweifelte geradezu bei der Aussicht, mir diese furchtbar riechende Flüssigkeit über den Körper zu schütten.

Aber ich tat es. Oh, was für ein entsetzlicher Gestank! Kein Wunder, dass die Rapas ihn verabscheuten.

Renco kicherte angesichts meines Unbehagens. Daraufhin nahm er mir die kleine Blase ab und besprühte sich selbst mit der stinkenden gelben Flüssigkeit. Die Blase wurde an die übrigen Krieger weitergereicht, die sich mit in die Berge hinaufwagten, und sie tränkten sich gleichfalls mit dem faulig riechenden Urin.

Nachdem wir so gut wie bereit waren, kehrte Lena mit einer weitaus größeren Tierblase zurück, vermutlich der Blase eines Lamas, die ebenfalls mit Flüssigkeit gefüllt war.

»Das Regenwasser, das du haben wolltest«, sagte sie zu Renco.

»Gut«, meinte Renco und nahm sie ihr ab. »Dann können wir gehen.«

Renco goss etwas Regenwasser über das echte Götzenbild.

Sogleich erwachte es summend zum Leben und sang sein melodiöses Lied.

Das Innere der Zitadelle war leer. Lena hatte die Frauen, Kinder und alten Leute des Ortes bereits in das Labyrinth hinabgeschickt, damit sie ihren Gang durch die Tunnel antraten, der sie schließlich zu dem Wasserfall am Rand des Tafellands führen würde. Lena selbst war in der Zitadelle zurückgeblieben und hielt sich bereit, den Türstein hinter uns zu schließen.

»Also gut«, sagte Renco und nickte den beiden Inkakriegern zu. »Jetzt.«

Sogleich wälzten sie den großen Türstein beiseite. Draußen zeigte sich die Nacht.

Direkt vor der Tür standen die Rapas.

Sie erwarteten uns!

In einem weiten Halbkreis standen sie unmittelbar vor dem steinernen Türrahmen der Zitadelle.

Ich zählte ihrer zwölf – zwölf gewaltige schwarze Kreaturen mit dämonenhaften gelben Augen, hohen, spitzen Ohren und mächtigen Schultermuskeln.

Renco hielt das singende Götzenbild vor sich und die Rapas starrten es wie versteinert an.

Auf einmal erlosch der Gesang und ebenso plötzlich wurden die Rapas aus ihrer Trance gerissen und knurrten leise.

Rasch tränkte Renco das Götzenbild wieder mit Wasser aus der Blase. Das Idol setzte sein Lied fort und die Rapas fielen erneut in eine Art bewusstseinslosen Zustands.

Mein Herz schlug wieder.

Dann setzte Renco, das Götzenbild in den Händen und die sieben Inkakrieger und mich selbst im Schlepptau, den Fuß über die Schwelle und trat hinaus in die kalte Nachtluft.

Der Regen hatte aufgehört – für den Augenblick zumindest –, die Wolken hatten sich etwas geteilt und wir sahen den sternenübersäten Nachthimmel sowie einen strahlenden Vollmond.

Die Fackeln hoch über unsere Köpfe haltend, durchquerten wir den Ort und erreichten einen schmalen Pfad, der am Flussufer verlief.

Die Rapas folgten uns mit langsamen, zielgerichteten Bewegungen. Sie hielten den Körper tief am Boden und den Blick auf das singende Götzenbild in Rencos Händen gerichtet.

Meine Furcht war außergewöhnlich. Nein, man muss sagen, dass ich noch nie im Leben solches Entsetzen verspürt hatte.

Von einem Rudel so gewaltiger, so gefährlicher Kreaturen umgeben zu sein, denen es vollkommen an Mitleid oder Erbarmen mangelte und die ohne das geringste Zögern töteten!

Sie waren so riesig! In dem flackernden, orangefarbenen Schein unserer Fackeln kräuselten sich Schultern und Flanken. Sie gaben ein lautes Keuchen von sich – eine Art Stöhnen, das tief aus der Brust kam, nicht unähnlich dem eines Pferdes.

Während wir den Pfad am Flussufer entlangschritten, schaute ich mich um. Lena stand am Rand des Ortes, eine Fackel in der Hand, und sah uns nach.

Nach wenigen Augenblicken verschwand sie jedoch aus meinem Blickfeld. Sie hatte sich wohl entschlossen, in die Zitadelle zurückzukehren und dort ihre Pflicht zu erfüllen. Wir setzten unseren Marsch zu dem geheimnisvollen Tempel fort.

Wie schritten den Pfad entlang. Neun Männer – Renco, ich und die sieben Inkakrieger –, umgeben von dem Rudel Rapas.

Bald erreichten wir die Bergwand mit einem schmalen Durchgang darin. Einer der Krieger sagte Renco, dass der Tempel am anderen Ende dieses Durchbruchs zu finden sei.

Erneut tränkte Renco das Götzenbild. Es sang laut und das schrille Lied schnitt durch die Luft des frühen Morgens. Daraufhin betrat er den Durchbruch, die Katzen dicht hinter sich wie Kinder, die einem Lehrer folgten.

Während wir im Licht unserer brennenden Fackeln die schmale Passage entlangschritten, versuchte einer der Inka törichterweise, einen der benommenen Rapas mit seinem spitzen Speer zu stechen. Als er jedoch dem Untier seine Waffe in die Flanke treiben wollte, wandte der Rapa sich um und knurrte grimmig, und der Krieger hielt mitten in der Bewegung inne. Anschließend sah die große Katze wieder nach vorn und nahm verzückt die Verfolgung des singenden Götzenbildes wieder auf.

Der Krieger wechselte einen Blick mit einem Gefährten. Die Rapas mochten vielleicht in Trance gefallen sein, aber sie waren nicht völlig wehrlos.

Jetzt verließen wir den schmalen Durchgang und traten in eine Art weiten, kreisrunden Cañon. Wie Vilcafor gesagt hatte, schoss mitten darin ein schier unglaublich hoher Felsfinger in den nächtlichen Himmel auf.

Links war ein Pfad in die Felswand gehauen – der Fluchtweg, dessen Bau Vilcafor seinem Volk befohlen hatte. Er wand sich in einer Spirale um den Cañon und den steinernen Finger in dessen Mitte herum.

Renco setzte den Fuß darauf und schritt langsam in die Höhe, das nasse Götzenbild in Händen. Die Katzen folgten ihm. Die Inkakrieger und ich selbst gingen langsam hinterher.

Hinauf und weiter hinauf stiegen wir, der stetigen Krümmung des Pfades folgend.

Schließlich erreichten wir eine Lianenbrücke, die sich über den großen Cañon erstreckte und den Pfad mit dem steinernen Finger verband.

Über den Abgrund hinweg blickte ich zu dem Felsenturm hinüber.

Obenauf, umgeben von ein wenig niedrigem Laubwerk, erblickte ich eine prächtige Stufenpyramide, ähnlich denen, die man in den Ländern der Azteken findet. Ein schachtelähnliches Heiligtum war auf dem imponierenden dreieckigen Bau errichtet.

Renco überquerte die Brücke als Erster. Die Katzen folgten ihm, eine nach der anderen. Sie tappten mit schlafwandlerischer Sicherheit über die lange, schwankende Hängebrücke. Die Krieger gingen als Nächste. Ich folgte als Letzter.

Sobald ich die andere Seite erreicht hatte, erstieg ich eine Reihe breiter, steinerner Stufen, die sich auf eine Lichtung öffneten, an deren Ende das Portal des Tempels lag, der Eingang.

Breit und dunkel, viereckig und bedrohlich stand er gähnend weit offen, als wollte er jedermann auffordern einzutreten.

Mit dem nassen Götzenbild in den Händen näherte sich Renco dem Portal. »Krieger«, sagte er fest. »Stellt euch an den Felsen!«

Die sieben Inka und ich eilten zu dem Felsbrocken hinüber, der neben der gähnenden Öffnung des Tempels stand.

Renco trat auf die Schwelle des Portals und tränkte das Götzenbild erneut mit Regenwasser, woraufhin es sein Lied fortsetzte.

Die Katzen stellten sich vor ihm auf und starrten das singende Götzenbild wie hypnotisiert an.

Renco ging einen Schritt weit in den Tempel.

Die Katzen hinterher.

Ein weiterer Schritt und die erste Katze folgte ihm ins Innere.

Noch ein Schritt.

Eine zweite Katze, dann eine dritte, eine vierte.

Da goss Renco das restliche Wasser aus der Lamablase über das Götzenbild. Dann, nach einem letzten, ernsten Blick auf den kostbarsten Besitz seines Volkes, schleuderte er es in die dunklen Tiefen des Tempels hinab.

Die Katzen sprangen dem Bildnis nach. Alle zwölf.

»Rasch, der Felsen!«, schrie Renco und eilte wieder ins Freie. »Schiebt ihn vor!«

Wir schoben gemeinsam.

Polternd glitt der Brocken auf die Schwelle.

Ich lehnte mich mit aller Kraft dagegen und kämpfte mit dem Gewicht des großen Steins. Renco tauchte neben mir auf und schob mit.

Langsam rutschte der Felsen in das Portal zurück. Nur noch wenige Schritte.

Fast hatten wir es geschafft ...

Nur ein paar ... weitere ...

»Renco«, sagte auf einmal eine Stimme aus nächster Nähe.

Es war die Stimme einer Frau.

Renco und ich drehten uns um.

Wir sahen Lena am Rand der Lichtung stehen.

»Lena?«, fragte Renco. »Was tust du hier oben? Ich hatte dich doch gebeten ...«

In diesem Moment wurde Lena grob beiseite gestoßen, zu Boden geworfen, und plötzlich sah ich einen Mann auf den Steinstufen hinter ihr. In diesem einen, einzigartigen Augenblick gefror mir jede einzelne Unze Blut in den Adern.

Ich blickte auf Hernando Pizarro.

★★★

Etwa zwanzig Soldaten ergossen sich aus dem Laubwerk hinter Lena und verteilten sich über die Lichtung. Sie hatten die Musketen gehoben und auf unsere Gesichter gerichtet. Der Schein ihrer Fackeln erhellte die gesamte Umgebung.

Begleitet waren sie von drei olivhäutigen Eingeborenen, aus deren Wangen lange, scharfe, spitze Knochen hervorstachen. Chancas. Die Chanca-Fährtenleser, die Hernando angeheuert hatte, um uns bis Vilcafor auf der Spur zu bleiben.

Als Letzter – nein, als Bedrohlichster – kam ein weiterer olivhäutiger Mann. Er war größer als die anderen und sein langer, verfilzter schwarzer Haarschopf reichte ihm bis auf die

Schultern. Auch ihm ragte ein spitzer Knochen aus der linken Wange.

Es war Castino. Das Scheusal Castino, der ganz zu Beginn unseres Abenteuers zusammen mit Renco in der Gefängnishulk gesteckt und seine Worte mitgehört hatte, dass das Götzenbild in der Coricancha von Cusco war.

Die Konquistadoren und die Chancas bildeten einen weiten Kreis um Renco, mich und die sieben Inkakrieger.

Da erst fiel mir auf, wie dreckig sie aussahen. Bis auf den letzten Mann waren die Konquistadoren von Schmutz bedeckt und wirkten abgerissen und über alle Maßen erschöpft.

Da begriff ich – das war alles, was von Hernandos hundert Mann starker Legion übrig war. Auf ihrem Marsch durch die Berge und Wälder waren seine Männer einer nach dem anderen gestorben. An Krankheit, Hunger oder einfach an Erschöpfung.

Mehr waren ihm nicht geblieben. Zwanzig Männer.

Hernando trat vor und riss Lena hoch. Er zog sie hinter sich her, während er zum Tempel ging. Dann baute er sich vor Renco auf und sah gebieterisch auf ihn herab. Er war einen vollen Kopf größer als der Prinz und doppelt so breit. Grob stieß er Lena in Rencos Arme.

Von Furcht erfüllt, warf ich einen Blick auf das Portal des Tempels.

Es stand noch immer teilweise offen. Der Spalt zwischen dem Felsbrocken und der großen steinernen Türschwelle war bestimmt breit genug, dass ein Rapa hindurchgepasst hätte.

Das war gar nicht gut.

Wenn das Wasser auf dem Götzenbild trocknete, würde es nicht mehr singen, und dann wäre der Bann, der über den Rapas lag, gebrochen, und …

»Endlich begegnen wir uns«, sagte Hernando auf Spanisch zu Renco. »Viel zu lange konntest du vor mir fliehen, mein junger Prinz. Du wirst langsam sterben.«

Renco sprach kein Wort.

»Und du, Mönch«, sagte Hernando, sich an mich wendend. »Du bist ein Verräter an deinem Land und an deinem Gott. Du wirst sogar noch langsamer sterben.«

Ich schluckte meine Furcht hinunter.

Hernando wandte sich wieder an Renco. »Das Götzenbild. Gib es mir!«

Renco zuckte nicht mit der Wimper. Er griff langsam in den Beutel an seinem Gürtel und zog das falsche Götzenbild hervor.

Bei dessen Anblick bekam Hernando glänzende Augen. Wenn ich es nicht besser gewusst hätte, so hätte ich geschworen, dass er zu sabbern begann.

»Gib es mir!«, befahl er.

Renco trat vor.

»Auf den Knien!«

Langsam und trotz der Demütigung, die damit einherging, kniete Renco nieder und bot dem stehenden Hernando das Götzenbild dar.

Hernando nahm es ihm ab. Mit schimmernden Augen voller Habgier starrte er seine Beute an, nach der er so lange gesucht hatte.

Nach einigen Augenblicken schaute er auf und wandte sich an einen seiner Männer.

»*Sargento*«, sagte er.

»Ja, Herr?«, entgegnete der *Sargento* neben ihm.

»Exekutiere sie.«

Mir wurden die Hände mit einem langen Seil gebunden, ebenso wie Renco. Zwei spanische Soldaten rissen ihm Lena aus den Armen und bedachten sie mit üblen Bemerkungen, was sie mit ihr täten, sobald Renco und ich tot wären – Äußerungen, die ich mich hier und jetzt nicht zu wiederholen getraue.

Der spanische *Sargento* stand mit gezogenem Säbel neben mir.

»Da, Chanca«, sagte Hernando und warf Castino ein Schwert zu. Seit seiner Ankunft auf der Lichtung hatte der schändliche Chanca Renco mit reinem, unverfälschtem Hass beäugt. »Du darfst den Prinzen ins Jenseits befördern.«

»Gerne«, erwiderte Castino auf Spanisch, fing das Schwert auf und marschierte rasch zu dem Altarstein hinüber.

»Schneidet ihnen zuerst die Hände ab«, befahl Hernando wohl überlegt. »Ich möchte sie gern vor ihrem Tod kreischen hören.«

Unsere beiden Henker nickten. Zwei weitere Konquistadoren zerrten Renco und mich in eine entsprechende Stellung – sie rissen an unseren Fesseln, sodass unsere Arme weit ausgestreckt über dem breiten Altar lagen. Unsere Handgelenke waren völlig entblößt, sodass die Hände leicht vom Körper abgehackt werden konnten.

»Alberto«, sagte Renco leise.

»Ja.«

»Mein Freund, ehe wir sterben, möchte ich dich wissen lassen, dass es eine Ehre und eine Freude gewesen ist, dich gekannt zu haben. Was du für mein Volk getan hast, daran wird man sich viele Generationen lang erinnern. Ich danke dir.«

»Mein tapferer Freund«, erwiderte ich, »wenn es die Umstände erforderten, würde ich alles noch einmal genauso tun. Möge der Herr im Himmel mit dir sein.«

»Und mit dir«, entgegnete Renco. »Und mit dir.«

»Meine Herren«, sagte Hernando zu unseren Henkern. »Entfernt ihnen die Hände!«

Der *Sargento* und der Chanca hoben gleichzeitig ihre blitzenden Schwerter hoch über ihren Kopf.

»Wartet!«, rief da jemand auf einmal.

Einer der Konquistadoren rannte zum Altar. Er war älter als seine Kameraden, ein listiger, ergrauter alter Fuchs. Er lief direkt zu Renco.

Er hatte das Smaragdhalsband erspäht, das mein Gefährte umhängen hatte.

Rasch streifte der alte Soldat das Lederhalsband mit einem habgierigen Grinsen über Rencos Kopf.

»Vielen Dank, Wilder«, sagte er höhnisch, legte es sich selbst um den Hals und huschte zurück zum Portal.

Unsere beiden Henker blickten in Erwartung des Zeichens zu Hernando hinüber.

Aber merkwürdigerweise sah Hernando sie nicht an.

Er schaute auch nicht mehr auf Renco oder mich.

Mit weit offenem Mund starrte er nach rechts zum Tempel hinüber.

Ich fuhr herum, weil ich wissen wollte, was es da zu sehen gab.

»O mein Gott ...«, flüsterte ich.

Einer der Rapas stand in der halb offenen Mündung des Portals und blickte neugierig auf die Menschenmenge.

Groß und bedrohlich, die mächtigen vorderen Gliedmaßen weit gespreizt, die Muskeln unter den Schultern gewölbt, wirkte er im Augenblick allerdings seltsam komisch, und zwar hauptsächlich deswegen, weil er etwas mit dem Maul festhielt.

Das Götzenbild.

Das *echte* Götzenbild.

Die große schwarze Katze, zuvor so entsetzenerregend und bösartig, sah jetzt aus wie ein bescheidener Retriever, der seinem Besitzer ein Stöckchen zurückbringt. Tatsächlich, der Rapa trug das Götzenbild einfach stumm im Maul, als ob er jemanden suchte, der es wieder befeuchtete und somit zum Singen brächte.

Hernando hatte lediglich Augen für die Katze – oder vielmehr für das Götzenbild, das sie zwischen den mächtigen Kiefern hielt. Ganz plötzlich sah er vom Rapa und dem Götzenbild in dessen Maul zu dem Götzenbild, das er selbst in Händen hielt, und von dort aus zu Renco und mir. Auf seinem Gesicht zeigte sich jähes Verständnis.

Er wusste es.

Er wusste, dass er getäuscht worden war.

Das Gesicht des großen Spaniers wurde rot vor Wut und er sah Renco und mich mit funkelndem Blick an.

»Tötet sie!«, brüllte er unseren Henkern zu. »Tötet sie auf der Stelle!«

★★★

In diesem Augenblick geschahen tausend Dinge gleichzeitig.

Unsere Henker hoben erneut die Schwerter, zielten jetzt auf unsere Hälse, holten weit aus und schwangen gerade die Klingen herab, da pfiff plötzlich etwas scharf und schneidend über mir durch die Luft.

Keinen Moment später bohrte sich mit einem mächtigen Klatschen ein Pfeil in die Nase meines Henkers und schleuderte ihn zu Boden! Eine üppige Blutfontäne spritzte explosionsartig aus seinem Gesicht.

Der Rapa im Portal andererseits – nachdem er sich die Menge auf der Lichtung betrachtet und ein weiteres leckeres Mahl aus Menschenfleisch gewittert hatte – ließ das Götzenbild fallen und sprang wild die ihm am nächsten stehenden Spanier an. Kaum einen Augenblick später kamen, einer nach dem anderen, die anderen elf Rapas aus dem Tempel gelaufen und stürzten sich auf die Soldaten.

Castino hatte den anderen Henker neben sich zu Boden stürzen sehen, von einem Pfeil getroffen, und kurz innegehalten, einen Ausdruck verblüffter Verständnislosigkeit auf dem Gesicht.

Ich wusste, was ihm durch den Kopf ging.

Wer hatte den Pfeil abgeschossen? Und von woher?

Doch er schien entschlossen, die Beantwortung dieser Frage auf später zu verschieben – wenn er Renco getötet hatte.

Rasch hob er die Klinge erneut und ließ sie mit entsetzlicher Kraft hinabsausen ...

... da traf ein weiterer Pfeil den Knauf seines Schwerts und riss es ihm aus der Hand.

Sogleich zischte ein dritter Pfeil von irgendwo herab und traf das Seil, das Rencos Hände zusammenband, schnitt es in zwei Hälften und befreite ihn.

Renco sprang sofort auf. Im gleichen Moment wollte ihm der jetzt schwertlose Castino einen Hieb mit den riesigen Fäusten versetzen. Schnell riss der Prinz den Soldaten herum, der ihn am Altar festgehalten hatte, sodass dieser zwischen ihm und dem heransausenden Hieb stand, und Castinos mächtige Faust traf den Konquistadoren voll ins Gesicht, zerschmetterte ihm augenblicklich die Nase, drückte sie ihm in den Kopf und tötete ihn also mit einem einzigen Schlag!

Da richtete ein anderer Konquistador seine Muskete auf den Prinzen und schoss. Genau im selben Moment drehte Renco sich auf dem Absatz um, zog den toten Konquistadoren vor sich und benutzte ihn gewissermaßen als Schild. Die Kugel öffnete ein zerfranstes rotes Loch mitten in der Brust des toten Soldaten.

Nun stürmte Renco davon, um sich dem Kampf anzuschließen. Da zog der Konquistador, der meine Handgelenke über dem Altar festhielt, sein Schwert und funkelte mich in böser Absicht an.

Nun jedoch – rascher, als ein Mann blinzeln konnte – drang eine Pfeilspitze mitten aus seinem Gesicht. Der Soldat stürzte vor mir auf den Steinaltar – ein Pfeilschaft ragte ihm aus dem Hinterkopf.

Ich blickte in die Dunkelheit hinter ihm und suchte nach der Quelle der Pfeile.

Da sah ich ihn.

Einen Mann am Rand des Kraters oben.

Er zeigte sich als Silhouette vor dem Mond, hatte ein Knie in Schussstellung auf den Boden gesetzt und die Sehne eines Langbogens mit einem Pfeil darauf bis ans Ohr zurückgezogen.

Bassario!

Ich stieß ein Jubelgeschrei aus und machte mich sogleich daran, meine Fesseln zu lösen.

Das Gemetzel, das zu diesem Zeitpunkt im Gange war, war an Grausamkeit nicht zu überbieten. Es herrschte das reine und absolute Chaos. Die Lichtung vor dem Tempel war zu einem Schlachtfeld geworden – einem grimmigen, blutigen Schlachtfeld.

An einem Dutzend Stellen zugleich wurde erbittert gekämpft.

Drüben beim Tempel hatten die Rapas bereits fünf Konquistadoren getötet und jetzt stürzten sie sich gerade auf vier weitere Spanier und deren drei Fährtenleser, die Chancas.

Anderswo kämpften die sieben Inkakrieger – wegen des Affenurins auf ihren Körpern von den Rapas gemieden – mit den verbliebenen Soldaten. Einige fielen, als die Konquistadoren ihre Musketen auf sie abfeuerten, andere schlugen mit Felsbrocken, Steinen oder jeder anderen Waffe, derer sie habhaft werden konnten, auf ihre spanischen Gegner ein. Auf meinen Fahrten durch Neu-Hispanien hatte ich bereits viel Morden und Blutvergießen zu Gesicht bekommen, doch das hier war wirklich und wahrhaftig das brutalste und ursprünglichste Beispiel einer Schlacht, bei dem ich je Zeuge geworden war.

Renco und Castino hatten Schwerter aufgehoben und waren gerade in den grimmigsten aller Schwertkämpfe verstrickt.

Castino, deutlich größer als mein tapferer Gefährte, hielt sein Schwert beidhändig und ließ einen wahren Hagelschauer aus machtvollen Hieben auf Renco niederprasseln.

Aber Renco parierte gut – einhändig, genau wie ich es ihn gelehrt hatte –, tänzelte wie ein klassischer spanischer Fechter im Schlamm und wahrte das Gleichgewicht, während er sich auf das Laubwerk zurückzog.

Als ich endlich das Seil um mein linkes Handgelenk gelöst hatte und auf den Beinen stand, wurde mir klar, was für ein gewitzter Schüler Renco gewesen war. Ich erkannte deutlich, dass der Schüler seinen Lehrer bei weitem übertraf.

Seine Fechtkunst war atemberaubend.

Bei jedem mächtigen Schlag, den Castino gegen ihn führte, brachte Renco rasch sein Schwert hoch – gerade rechtzeitig, um den Hieb aufzuhalten.

Die Schwerter der beiden Männer krachten heftig aufeinander.

Castino schwang, Renco parierte. Castino machte einen Ausfall, Renco tänzelte.

Da brachte Castino einen wahrhaft teuflischen Hieb an, der so hart und rasch war, dass er jedem gewöhnlichen Mann den Kopf abgeschlagen hätte.

Nicht jedoch Renco.

Seine Reflexe waren zu gut. Er duckte sich unter dem Hieb weg und in dem darauf folgenden, flüchtigen Augenblick sprang er auf einen niedrigen Felsbrocken und warf sich in die Luft, wodurch er die unterschiedliche Körpergröße zwischen sich und Castino ausglich. Rasend schnell zischte seine Klinge, und ehe ich auch nur wusste, was geschah, sah ich sein Schwert waagerecht im Baumstamm hinter Castinos Hals stecken.

Castino stand mit offenem Mund und großen Augen da. Einen Augenblick später entglitt seiner Hand das Schwert.

Dann fiel auf einmal *sein ganzer Körper* unter seinem hässlichen Gesicht weg.

Renco hatte ihm den Kopf von den Schultern getrennt!

Beinahe hätte ich gejubelt.

Was bedeuten soll, dass ich gejubelt hätte, wenn ich mich nicht um anderes hätte kümmern müssen.

Ich fuhr herum, um einen Überblick über das Schlachtfeld zu erhalten.

Überall auf der Lichtung waren noch kleinere Kämpfe im Gange – aber die einzigen offensichtlichen Sieger waren die Rapas.

Da sah ich das Götzenbild.

Das echte Götzenbild.

Es lag umgekippt auf der Schwelle des Portals, und zwar genau an der Stelle, wo es dem Rapa aus dem Maul gefallen war.

Meine Fessel hatte ich noch immer um die Handgelenke geschlungen – das Seil war etwa zwei Schritte lang. Ich schnappte mir ein Schwert und eine Fackel und rannte mitten durch die klirrenden Schwerter und das Gekreisch der übel zugerichteten Konquistadoren zum Tempel.

Ich erreichte das Portal, ließ mich neben dem Götzenbild zu Boden fallen, packte es …

… und genau in diesem Moment warf sich einer der spanischen Soldaten von hinten auf mich und stieß uns beide durch das Portal!

Wir stolperten einige breite Steinstufen hinab in die Dunkelheit des Tempels, ein Gewirr aus Armen, Beinen, Götzenbild und Fackel.

Wir erreichten den Treppenabsatz und dort, in einem düsteren Tunnel mit Felswänden, trennten wir uns und fielen auseinander.

Mein Feind kam als Erster mühsam auf die Beine. Er stand vor einer kleinen Nische. Ich saß noch auf dem Boden und hatte das Götzenbild im Schoß liegen.

Ich blickte auf, sah den spanischen Soldaten, der einen Smaragdanhänger um den Hals trug, und erkannte ihn sogleich wieder. Er war der verschlagene alte Soldat, der Renco zuvor seines kostbaren Halsbands beraubt hatte.

Der alte Fuchs zog sein Schwert und hob es hoch. Ich war wehrlos, völlig wehrlos.

In diesem Moment sprang etwas mit einem ekelhaft lauten Gebrüll erschreckend schnell von hinten über mich hinweg in den Konquistadoren hinein.

Ein Rapa.

Die Katze prallte mit derart gewaltiger Wucht auf den Spanier, dass er in die Nische hinter ihm geschleudert wurde. Sein Kopf knallte mit einem widerlichen Geräusch an die Mauer und explodierte, zerbarst wie eine Eierschale. Eine faulige Gischt aus Blut und Gehirnmasse schoss aus dem Loch, das sich sogleich im Hinterkopf aufgetan hatte.

Der alte Soldat brach in der Nische zusammen. Als er den Fußboden berührte, war er wirklich und wahrhaftig schon tot.

Auf der Stelle machte sich die Katze daran, ihn aufzufressen, wobei ihr Schwanz hin und her peitschte.

Ich nutzte den Augenblick, schnappte mir das Götzenbild und jagte die Treppe hinauf und aus dem Tempel hinaus.

Dankbar darüber, erneut dem Tod entronnen zu sein, stürmte ich in die Nacht.

Aber mein Entzücken war nur von kurzer Dauer. Kaum war ich aus dem Portal, da vernahm ich ein scharfes *Klick-Klick* irgendwo hinter mir, rasch gefolgt von dem heiseren Ruf: »Mönch!«

Ich fuhr herum.

Und sah Hernando Pizarro vor mir stehen, eine Pistole in der Hand, die direkt auf meine Brust gerichtet war.

Ehe ich mich auch nur hätte rühren können, sah ich einen Feuerblitz aus der Pistole schießen, vernahm einen lauten, widerhallenden Knall und spürte, wie mir ein entsetzliches Gewicht gegen die Brust schlug. Ich wurde nach hinten geschleudert.

Ich brach zusammen und sah nichts mehr außer Wolken,

dunklen Gewitterwolken, die sich am sternenübersäten, nächtlichen Himmel dahinwälzten. In diesem Moment wurde mir zu meinem äußersten Entsetzen klar, dass ich gerade erschossen worden war.

★★★

Auf dem Rücken liegend, die Zähne vor Qual zusammengebissen, blickte ich zum wolkenverhangenen Himmel auf, während mir ein sengender, brennender Schmerz durch die Brust schoss.

Hernando beugte sich zu mir herab und nahm mir das Götzenbild aus den Händen. Er schlug mir lustvoll ins Gesicht und sagte: »Stirb langsam, Mönch.« Dann war er verschwunden.

Ich lag auf den Steinstufen vor dem Tempel und wartete darauf, dass das Leben aus mir entwich und der Schmerz unerträglich würde.

Doch da kehrte aus einem mir unerfindlichen Grund meine Kraft allmählich zurück, statt zu schwinden.

Der sengende Schmerz ließ nach und sogleich setzte ich mich auf und klopfte mir dort auf die Brust, wo die Kugel ein Loch in meinen Mantel gerissen hatte.

Ich spürte etwas.

Etwas Weiches, Dickes, Viereckiges. Ich zog es heraus.

Es war meine Bibel.

Meine dreihundert Seiten starke, handgeschriebene, ledergebundene Bibel.

In der Mitte hatte sie ein ausgefranstes rundes Loch, das aussah wie ein Wurmloch. Ganz tief unten sah ich die platt gedrückte Kugel aus mattgrauem Blei.

Hernandos Kugel.

Meine Bibel hatte sein Geschoss aufgehalten!

Gelobet sei das Wort des Herrn!

Augenblicklich wieder guten Mutes, sprang ich auf und schaute mich nach meinem Schwert um. Da ich es nicht fand, blickte ich über die Lichtung.

Auf der anderen Seite kämpfte Renco mit zwei Schwertern gegen zwei Säbel schwingende Konquistadoren.

Zwei Inka rangen nicht weit davon mit zwei Spaniern – anscheinend die einzigen weiteren überlebenden Männer auf dem Felsenturm.

Dann sah ich Hernando mit dem Götzenbild in den Händen in das Laubwerk rechts hineinstürmen und die steinerne Treppe hinabjagen.

Ich bekam große Augen.

Er wollte zur Hängebrücke!

Wenn er sie erreichte, würde er sie sicher abschneiden und uns auf dem Felsenturm zurücklassen, zusammen mit den Rapas.

Ich eilte ihm über die Lichtung nach, wich einem Rapa aus, der am Leichnam eines gefallenen Konquistadoren riss, und flog die Steintreppe hinab, zwei Stufen auf einmal nehmend. Mein Herz raste, in meinen Beinen pochte es. Als ich um eine Biegung in der Treppe kam, sah ich Hernando etwa zehn Schritte vor mir die Hängebrücke betreten.

Er war groß und muskulös und bewegte sich auch so. Ich war kleiner, schmächtiger, dafür schneller. Ich holte rasch auf, rannte ihm auf die Brücke nach und warf mich ihm, da mir keine Waffe zur Verfügung stand – mein Schwert hatte ich ja verloren –, in den Rücken.

Heftig prallte ich mit ihm zusammen und wir stürzten auf die dünnen Bohlenbretter der Hängebrücke hoch über dem Grund des Cañons.

Wie Zweige zerbrachen die Bretter unter uns und zu meinem äußersten Schrecken stürzten wir in den Abgrund …

Aber unser Fall war kurz.

Jäh und ruckartig kamen wir zum Stehen. Voller Entsetzen über den Sturz hatte Hernando die Hand nach etwas ausgestreckt, an dem er sich festhalten konnte, hatte nach etwas gegriffen, das unseren Sturz aufhielte.

Was er fand, war das freie Ende des Seils, das mir noch immer ums Handgelenk geschlungen war. Jetzt hatte sich dieses Seil um ein einzelnes Bohlenbrett der Hängebrücke gewickelt und Hernando und ich hingen an jeweils einem Ende herab!

Wir schwangen dort wie Gegengewichte an einem Flaschenzug hin und her, an den Enden desselben Seils, und um uns her baumelten die Stricke der teilweise zerstörten Brücke.

Wie das Glück – in meinem Fall jedoch eher das Pech – es bestimmt hatte, hing ich tiefer als Hernando, den Kopf nahe seinen Knien. Er befand sich etwas höher, knapp unter den restlichen Bohlenbrettern.

Das Götzenbild hatte er in der linken Hand, während er sich mit der rechten an meinem Seil festhielt. Verzweifelt versuchte er, das Götzenbild auf die verbliebenen Bretter zu schieben und sich anschließend festen Halt zu verschaffen.

Sollte ihm das gelingen, befände er sich in Sicherheit und könnte mich fallen lassen, so viel war mir klar. Im Augenblick war mein Gewicht – obwohl im Vergleich zu dem seinen gering – das Einzige, das ihn hielt.

Ich musste etwas unternehmen, und zwar rasch.

»Warum tust du das, Mönch?«, brüllte Hernando und streckte weiterhin die Hand nach oben. Er hatte die Bretter fast erreicht. »Was bedeutet *dir* das Götzenbild? Ich würde dafür töten!«

Während er so wütete, fiel mein Blick auf eine der dünnen Schnüre, die von der Hängebrücke herabbaumelten und zuvor das Geländer gehalten hatten.

Wenn ich einfach …

»Du würdest dafür töten, Hernando?«, fragte ich im Versuch, ihn abzulenken, während ich mich bemühte, das Seil aufzuknüpfen, das um mein rechtes Handgelenk geschlungen war und mich mit Hernando verband. »Das ist mir gleichgültig!«

»Ja?«, rief er. Es war jetzt ein Wettrennen darum geworden, wer von uns beiden sein Vorhaben als Erster in die Tat umsetzen konnte: Hernando wollte das Bohlenbrett erreichen, ich wollte das Seil lösen, das uns miteinander verband.

»Ja!«, rief ich zurück. Gerade war es mir gelungen, das Seil aufzuknoten.

»Warum, Mönch?«

»Weil *ich dafür sterben würde*, Hernando!«

Mit diesen Worten, und nachdem ich mich von dem Strick um mein Handgelenk befreit hatte, griff ich nach der dünnen Leine, die von der Brücke über mir herabbaumelte, und bekam sie zu fassen. Gleichzeitig ließ ich das Seil los, das mich mit Hernando verband.

Da das Gegengewicht am anderen Ende jetzt verschwunden war, fiel Hernando. Senkrecht hinab.

Er stürzte an mir vorüber, ein verwischter Fleck eines kreischenden Menschen. Als passende, letzte Demütigung streckte ich, als er an mir vorübersauste, die Hand aus und entriss ihm das Götzenbild.

»Neiiiiin!«, kreischte Hernando.

Während ich über dem Abgrund hing, an einer Hand an der Leine herabbaumelte und in der freien Hand das geheiligte Götzenbild hielt, sah ich den Ausdruck des absoluten Entsetzens auf seinem Gesicht immer kleiner und kleiner werden, bis es schließlich in dem dunklen Abgrund unter mir verschwand, und bald vernahm ich bloß noch sein Kreischen.

Einen Augenblick später hörte es auf und genau zur gleichen Zeit vernahm ich ein fernes, ekliges Klatschen.

Einige Zeit später traf ich mit dem Götzenbild in der Hand wieder auf der Lichtung ein.

Die Aussicht, die mich dort begrüßte, war wie ein Blick in die Unterwelt.

In dem flackernden Schein der über die Lichtung verstreuten Fackeln sah ich die Rapas über den toten Konquistadoren hocken und sich an frischem Menschenfleisch mästen. Ringsumher lagen spitze Silberhelme, die im Feuerschein glänzten.

Da erblickte ich Renco und Lena sowie einige Inkakrieger drüben beim Portal. Sie hielten Schwerter und Musketen in den Händen und waren die einzigen Überlebenden des Gemetzels, und zwar zum größten Teil wegen ihres Kampfgeschicks und des Affenurins, der sie bedeckte. Offenbar suchten sie etwas. Zweifelsohne das Götzenbild.

»Renco!«, rief ich. »Lena!«

Ich bereute es sogleich, gerufen zu haben.

Denn auf der Stelle blickte einer der Rapas auf dem Boden, durch meinen Ruf gestört, von seinem Festschmaus auf.

Das gewaltige Tier erhob sich und funkelte mich an.

Eine weitere Katze tat es ihm nach.

Dann noch eine und noch eine.

Das Rudel riesiger Katzen formierte sich zu einem weiten Kreis um mich. Sie hielten die Köpfe gesenkt und hatten die spitzen Ohren angelegt.

Renco wandte sich um und erkannte wohl meine missliche Lage. Aber für Hilfe war er zu weit entfernt.

Ich überlegte, weshalb der Affenurin an mir die Katzen nicht mehr auf Distanz hielt. Vielleicht war er bei meinem Zweikampf mit dem alten Konquistadoren im Tempel abgekratzt worden oder vielleicht war er abgerieben worden, als ich zu Boden gestürzt war, nachdem Hernando auf mich geschossen hatte.

Wie dem auch sei, ich dachte, dies wäre es – dies wäre das Ende.

Der Rudelführer der Rapas spannte den ganzen Körper an, bereit zum Sprung. Da jedoch …

★★★

… TRAF LAUT KLATSCHEND der erste Wassertropfen meine Scheitelspitze, dicht gefolgt vom zweiten, dann vom dritten, vierten.

Nun teilte sich der Himmel und der Regen stürzte herab. Es war wie eine Gabe Gottes.

Oh, wie es regnete! Es goss in Strömen – große, fette Wassertropfen hämmerten mit entsetzlicher Gewalt auf den Felsenturm ein, klatschten mir auf den Kopf, auf das Götzenbild.

Und in diesem Augenblick begann das Götzenbild – Gott sei gedankt! – zu singen.

Sein Lied beruhigte die Katzen auf der Stelle.

Sie hatten nur noch Augen für das triefende Idol in meinen Händen. Als Reaktion auf das melodische, hohe Summen hielten sie die Köpfe schief.

Renco, Lena und die drei Krieger kamen zu mir herüber. Sie schirmten ihre Fackeln gegen den Regen ab und umgingen vorsichtig das Rudel der verzauberten Rapas.

Mir fiel auf, dass Renco Bassarios falsches Götzenbild in der Hand hielt.

»Vielen Dank, Alberto«, sagte er und nahm mir die singende Statue ab. »Ich denke, dass ich das jetzt übernehme.«

Lena lächelte mir zu und ihre wunderschöne, olivfarbene Haut glitzerte in dem Gewitterregen. »So, du hast den großen Goldesser geschlagen, um unser Götzenbild zu retten«, sagte sie. »Gibt es eigentlich etwas, das du nicht zuwege bringst, tapferer, kleiner Held?«

Mit diesen Worten beugte sie sich plötzlich vor und küsste mich sanft auf die Lippen. Mir wäre fast das Herz stehen geblieben, als ihre Lippen sich fest auf die meinen drückten. Mir wurden die Knie schwach. Beinahe wäre ich umgefallen, so entzückend war die Berührung.

Während Lena mich so wunderbar küsste, sagte von irgendwo hinter mir eine Stimme: »He, Mönch, ich war der Ansicht, so etwas wäre solchen wie dir nicht gestattet.«

Ich wandte mich um und sah Bassario auf der steinernen Treppe hinter mir stehen. Den Langbogen hatte er um die Schulter gelegt und das Gesicht zu einem breiten Lächeln verzogen.

»Wir behalten uns das Recht vor, Ausnahmen zu machen«, erwiderte ich.

Bassario lachte.

Renco wandte sich an ihn. »Vielen Dank, dass du zurückgekehrt bist und uns geholfen hast, Bassario. Deine Pfeile haben uns das Leben gerettet. Was hat dich zur Rückkehr veranlasst?«

Bassario zuckte die Schultern. »Als ich den Wasserfall am Ende des *quenko*s erreichte, sah ich die Goldesser vom anderen Flussufer herankommen. Daraufhin nahm ich an, dass die Menschen Lieder über dich singen werden, solltest du das Ganze wie durch ein Wunder überleben. Ich kam zu der Ansicht, dass ich gern Teil dieser Lieder wäre. Dass man sich meiner wegen etwas anderem erinnerte als der Entwürdigung meiner Familie. Gleichzeitig wollte ich die Ehre dieses Namens wiederherstellen.«

»Du hast in beidem Erfolg gehabt«, sagte Renco. »Wirklich und wahrhaftig. Jetzt darf ich dich jedoch noch einmal um deine Nachsicht ersuchen und dich um einen letzten Gefallen bitten.«

Bei diesen Worten kehrte uns Renco – der eine Fackel im einen Arm und beide Götzenbilder im anderen hielt – den Rücken zu und schritt zum Portal. Unterwegs hob er die Lamablase von dort auf, wo sie während der Schlacht hingefallen war, und ließ sie erneut vom Regen füllen.

Sogleich folgten ihm die Katzen – oder vielmehr, sie folgten dem singenden Götzenbild in seinen Händen.

»Sobald ich im Tempel bin«, sagte Renco, »sollt ihr den Felsbrocken hinter mir schließen.«

Ich blickte von Renco zu den drei übrig gebliebenen Inkakriegern.

»Was hast du vor?«, fragte ich.

»Ich werde sicherstellen, dass niemand mehr dieses Götzenbild in die Hand bekommt, zu keiner Zeit«, entgegnete Renco. »Ich werde die Katzen damit in den Tempel locken. Wenn alle drin sind, sollt ihr den Felsbrocken in das Portal zurückschieben.«

»Aber ...«

»Vertraue mir, Alberto«, sagte er ruhig, während er langsam auf das Portal zuging und das Rudel Rapas hinter ihm herschlich. »Wir werden einander wiedersehen, das verspreche ich dir.«

Mit diesen Worten trat Renco in die offene Mündung des Tempels. Die Katzen scharten sich um ihn, ungeachtet des strömenden Regens.

Lena, Bassario, die drei Krieger und ich eilten zum Felsen hinüber.

Renco stand im Eingang und warf mir einen letzten Blick zu. Er lächelte traurig. »Mach's gut, mein Freund«, sagte er.

Dann war er fort, verschwunden in der Dunkelheit zwischen dem Felsen und dem großen steinernen Portal.

Die Katzen folgten ihm eine nach der anderen in den Tempel hinein.

Nachdem die letzte im Portal verschwunden war, rief Bassario: »Also gut, schiebt!«

Wir sechs stemmten uns gegen den gewaltigen Felsen und schoben mit aller Kraft.

Der große Brocken glitt laut polternd über den steinernen Boden. Ein Glück, dass wir ihn nur wenige Schritte weit zu schieben hatten, ansonsten wäre es uns vielleicht unmöglich gewesen, den Tempel zu schließen.

Aber Bassario und die Inkakrieger waren stark, und Lena und ich schoben mit aller Kraft, die uns zur Verfügung stand. Langsam, sehr langsam, füllte der Felsbrocken das viereckige Portal.

Während wir den Tempel mit dem großen Stein versiegelten, vernahm ich das Lied des Götzenbildes im Innern, das immer leiser und leiser wurde.

Dann füllte der Felsen das Portal plötzlich gänzlich aus, erstickte das Lied des Götzenbildes völlig, und mit dessen Verschwinden überkam mich eine große Traurigkeit, denn nun wusste ich, dass ich meinen guten Freund Renco nie mehr wiedersehen würde.

Ehe ich diesen furchtbaren Felsenturm verließ, tat ich ein Letztes.

Ich nahm einem der gefallenen Konquistadoren den Dolch ab und kratzte eine Botschaft in die Oberfläche des großen Felsens, der jetzt vor dem Portal lag. Ich schrieb eine Warnung für all jene ein, die vielleicht daran dachten, den Tempel erneut zu öffnen.

Ich schrieb:

No entrare absoluto
Muerte asomarse dentro.
AS

Um keinen Preis eintreten. Der Tod lauert im Innern.

Seit jenen Ereignissen sind viele Jahre vergangen.

Ich bin nun ein alter Mann, welk und gebrechlich, und ich sitze am Schreibpult eines Klosters und schreibe beim Licht einer Kerze. Schneebedeckte Gipfel umgeben mich in allen Richtungen. Die Berge der Pyrenäen.

Nachdem Renco mit den beiden Götzenbildern und den Rapas den Tempel betreten hatte, kehrten Bassario, Lena und ich nach Vilcafor zurück.

Es währte nicht lang, bis das Wort von unseren Taten im ganzen Reich Verbreitung gefunden hatte – das Wort von Hernandos Tod und dass das Götzenbild zusammen mit einem Rudel tödlicher Rapas in einem geheimnisvollen Tempel zur Ruhe gebettet worden war.

Typisch war, dass die spanische Kolonialregierung einige verschämte Berichte über den Tod des Bruders des Gouverneurs, Hernando, herausgab. Darin hieß es, dass er auf der Fahrt über einige nicht auf Karten verzeichnete Flüsse ehrbar und tapfer durch die Hände eines unbekannten Eingeborenenstamms zu Tode gekommen sei. Wenn meine Landsleute nur die Wahrheit wüssten!

Ich weiß, dass die Inka Lieder über unsere Abenteuer singen – ja, diese Lieder erwähnen Bassarios Namen – und dass diese Balladen auch nach der Eroberung ihrer Länder durch die Spanier weitergesungen werden.

Die Goldesser, sagen sie, konnten ihnen ihr Land fortnehmen, ihre Häuser verbrennen, ihr Volk foltern und ermorden.

Aber sie konnten ihm nicht seinen Geist nehmen.

Bis auf den heutigen Tag weiß ich nicht, was Renco mit den beiden Götzenbildern im Tempel getan hat.

Ich kann lediglich vermuten, dass er in seiner Weisheit die Gerüchte vorausgeahnt hat, die sich nach unserem Sieg über Hernando verbreiten würden. Wie Solon wusste er, dass die

Menschen, hörten sie von dem Götzenbild im Tempel, danach suchen würden.

Ich stelle mir vor, dass er das falsche Götzenbild an eine Stelle in der Nähe des Eingangs gelegt hat. Jemand, der den Tempel auf der Suche nach dem Götzenbild öffnet, wird daher zuerst auf das falsche Götzenbild stoßen.

Aber ich spekuliere. Sicher weiß ich es nicht.

Denn ich habe ihn nie wiedergesehen.

Ich meinerseits ertrug das Leben in der Hölle nicht mehr, zu der Neu-Hispanien geworden war, und entschloss mich zur Rückkehr nach Europa.

Nachdem ich von der wunderschönen Lena und dem edlen Bassario Abschied genommen habe, bin ich mit Hilfe mehrerer Inkaführer zu einer Karawane Richtung Norden gestoßen, die durch die Berge Neu-Hispaniens zog.

Immer weiter ging ich, durch Dschungel, Berge und Wüsten, bis ich schließlich das Land der Azteken erreichte, das Cortez im Namen Spaniens einige Jahre zuvor erobert hatte.

Dort gelang es mir, durch Bestechung an Bord eines mit gestohlenem Gold beladenen Handelsschoners zu kommen, der nach Europa fuhr.

Einige Monate später traf ich in Barcelona ein und von dort aus reiste ich zu dieser Abtei hoch in den Pyrenäen, einem Ort, der weit entfernt ist von der Welt des Königs und seinen blutdürstigen Konquistadoren. Hier wurde ich alt. Jede Nacht träumte ich von meinen Abenteuern in Neu-Hispanien und wünschte mir einen jeden Augenblick, dass ich nur einen weiteren Tag mit meinem guten Freund Renco hätte verbringen dürfen.

Race wendete die Seite um.

Doch er war am Ende des Manuskripts angelangt.

Er blickte durch die Kabine der Goose nach vorn. Hinter der Windschutzscheibe des kleinen Wasserflugzeugs sah er die Gipfel der Anden scharf und spitz in den Himmel aufragen.

Bald würden sie wieder in Vilcafor eintreffen.

Race seufzte traurig, während er über die Geschichte nachsann, die er gerade gelesen hatte. Er dachte an Alberto Santiagos Tapferkeit und an Rencos Opfer, an die Freundschaft, die sich zwischen den beiden entwickelt hatte. Und er dachte an die *beiden* Götzenbilder, die im Tempel ruhten.

Einen Augenblick lang geriet er ins Grübeln.

Etwas stimmte daran nicht.

Das Manuskript hatte so plötzlich, so abrupt geendet. Und wenn er es sich jetzt so überlegte, dann stimmte auch etwas an dem ersten Nukleotid-Resonanztest nicht, den Lauren gestern zur Bestimmung der Lage des echten Thyrium-Götzenbildes durchgeführt hatte – vielmehr am *Ergebnis*.

Der Gedanke an Lauren und Frank Nashs Expedition ließ eine ganze Anzahl weiterer Überlegungen in Race aufkeimen.

Dass Nash nicht von der DARPA war. Dass er in Wirklichkeit Kommandeur einer Einheit der Army war, die versuchte, das *richtige* Supernova-Team auf dem Weg zum Thyrium-Götzenbild auszustechen – ein Team der Navy. Und dass Nash Race durch Lug und Trug zur Teilnahme an dieser Mission bewogen hatte.

Race schüttelte diese Gedanken ab.

Er musste sich überlegen, wie er nach seiner Rückkehr nach Vilcafor mit Nash umging – sollte er den Colonel mit seinen Fragen konfrontieren oder wäre es besser für ihn, wenn er den Mund hielt und Nash nicht wissen ließ, wie viel er wusste?

Wie dem auch sei, er würde sich bald entscheiden müssen, denn kaum hatte er die Lektüre des Manuskripts beendet, da kippte das Wasserflugzeug sanft unter ihm weg und senkte die Nase.

Sie begannen den Sinkflug.

Kehrten nach Vilcafor zurück.

★★★

DER FBI-BEAMTE John-Paul Demonaco untersuchte sorgfältig den höhlenartigen Raum, den Schauplatz des Verbrechens.

Nachdem der Captain der Navy, Aaronson, gegangen war, um für den Angriff auf die mutmaßlichen Verstecke der Freiheitskämpfer grünes Licht zu geben, hatte der andere Navy-Untersuchungsbeamte – Commander Tom Mitchell – Demonaco gefragt, ob er einen Blick auf den Schauplatz des Verbrechens werfen wolle. Vielleicht falle ihm etwas auf, das ihnen entgangen sei.

»Aaronson irrt sich, nicht wahr?«, fragte Mitchell, während sie durch den Tresorraum gingen.

»Was meinen Sie damit?«, fragte Demonaco zurück. Er fand das Labor beeindruckend. Eigentlich war es sogar das höchsttechnisierte Labor, das er je zu Gesicht bekommen hatte.

»Das war nicht das Werk der Freiheitskämpfer«, meinte Mitchell.

»Nein … nein, bestimmt nicht.«

»Wer war es dann?«

Demonaco schwieg einen Augenblick lang.

Als er dann das Wort ergriff, beantwortete er die Frage jedoch nicht. »Berichten Sie mir von dem Apparat, den die Navy hier konstruiert hat. Dieser Supernova.«

Mitchell holte tief Luft. »Ich sage Ihnen, was ich weiß. Die Supernova ist eine Atomwaffe der vierten Generation. Anstelle Atome irdischer radioaktiver Elemente wie Uran oder Plutonium zu spalten, erzeugt sie eine Megaexplosion durch die Spaltung einer subkritischen Masse des *nicht*irdischen Elements Thyrium.

Die dadurch hervorgerufene Explosion ist so gewaltig, dass sie nahezu ein Drittel der Erdmasse herausreißen würde. Einfach ausgedrückt ist die Supernova der erste von Menschenhand gefertigte Apparat, der den Planeten vernichten kann, auf dem wir leben.«

»Dieses Element Thyrium, sagen Sie, ist *nicht*irdisch?«, fragte Demonaco. »Wenn es nicht von der Erde stammt, woher kommt es dann?«

»Asteroideneinschläge, Meteoriten. Felsbrocken, die die Reise durch die Erdatmosphäre überleben. Aber soweit wir wissen, hat niemand jemals Thyrium auf der Erde gefunden.«

»Meiner Ansicht nach werden Sie bald herausfinden«, meinte Demonaco, »dass das nun geschehen ist. Und ich weiß vielleicht sogar, wer das Thyrium entdeckt hat.«

Demonaco erklärte das.

»Commander, während der letzten sechs Monate haben meine FBI-Leute Gerüchte über eine paramilitärische Auseinandersetzung zwischen den Oklahoma-Freiheitskämpfern und einer anderen terroristischen Gruppierung gehört, die sich die Republikanische Armee von Texas nennt.«

»Die Republikanische Armee von Texas – sind das nicht die Kerle, die diese Wildhüter droben in Montana gehäutet haben?«

»Alle Hinweise sprechen dafür«, bestätigte Demonaco. »Wir haben den Medien gesagt, dass die beiden Wildhüter über ein illegales Wald-und-Wiesen-Ballerspiel gestolpert sind, aber wir glauben, dass es in Wirklichkeit schlimmer gewesen ist. Wir glauben, dass sie ein geheimes Ausbildungslager der Texaner aufgestöbert haben.«

»Ein Ausbildungslager?«

»Ja. Die Texaner sind eine größere Gruppierung als die Freiheitskämpfer und bei weitem bessere Soldaten – man kann nicht Mitglied der Texaner werden, wenn man nicht Mitglied der bewaffneten Streitkräfte gewesen ist.

Für eine Terrorgruppe sind sie auch bemerkenswert gut organisiert, eher wie eine Elite-Militäreinheit als ein Wochenend-Jagdklub.

Sie haben eine rigoros definierte Befehlshierarchie mit schweren Strafen für jedes Mitglied, das sich Befehlen widersetzt. Dieses System wird dem Einfluss ihres Anführers zugeschrieben, Earl Bittiker, einem ehemaligen Navy-SEAL. 1986 wurde er wegen sexueller Übergriffe auf einen weiblichen Lieutenant unehrenhaft entlassen. Sie hatte ihm einen Befehl erteilt, der Bittiker nicht gepasst hat. Er hat sie sowohl vaginal als auch oral vergewaltigt.«

Mitchell zuckte zusammen.

»Anscheinend war Bittiker einer der besten Männer der SEALs – eine gnadenlose Killermaschine. Wie vielen dieser Typen mangelte es ihm an gewissen sozialisierenden Fähigkeiten. 1983, drei Jahre vor der Sache mit der Vergewaltigung, ist er offenbar als klinisch psychotisch diagnostiziert worden, aber die Navy hat ihn dennoch im aktiven Dienst belassen. Solange seine Aggressionen auf unsere Feinde gerichtet blieben, war die Überlegung, spielte die Erkrankung keine Rolle. Großartige Logik.

Nach der Vergewaltigung wurde Bittiker aus der Navy entlassen und zu acht Jahren in Leavenworth verurteilt. Dort ist er 1994 herausgekommen und hat mit einigen anderen unehrenhaft entlassenen Soldaten, die er im Gefängnis kennen gelernt hatte, die Republikanische Armee von Texas gegründet.

Die Texaner trainieren pausenlos«, sagte Demonaco. »In der Wüste, in den Einöden von Texas und Montana und manchmal oben in den Bergen von Oregon. Sie sind der Meinung, dass sie, wenn die Zeit für einen totalen Krieg gegen die Vereinigten Staaten reif ist – oder gegen die Vereinigten Staaten in

Verbindung mit den Vereinten Nationen –, zum Kampf auf jedem möglichen Territorium bereit sein müssen.

Was die Sache verschlimmert, ist, dass sie auch Geld haben. Nachdem die Regierung den texanischen Öltycoon Stanford Cole bei einem Ölgeschäft hintergangen hat, hat er Bittiker und den Texanern zirka zweiundvierzig Millionen Dollar hinterlassen, dazu eine Notiz mit den Worten: ›Schickt sie zum Teufel!‹ Nicht überraschend, dass Bittiker und seine Gefolgsleute oft auf Schwarzmärkten im Nahen Osten und Afrika zu sehen sind und dort Waffen einkaufen. Teufel, im vergangenen Jahr haben sie Australien acht ausrangierte Black-Hawk-Helikopter abgekauft.«

»Mein Gott!«, meinte Mitchell.

»Dennoch«, fuhr Demonaco fort, »hält sie das nicht davon ab, hier und da einiges an schwerem Gerät zu *stehlen*. Beispielsweise glauben wir – obgleich wir es nicht beweisen können –, dass die Texaner für den Diebstahl eines Abrams-M1A1-Gefechtspanzers verantwortlich sind, während er …«

»Sie haben einen Panzer gestohlen?«, fragte Mitchell ungläubig.

»Von der Ladefläche eines Tiefladers auf dem Transport von der Firma Chrysler zu Tank and Automotive Command in Warren, Michigan.«

»Warum verdächtigen Sie sie?«, fragte Mitchell.

»Weil die Texaner vor zwei Jahren auf einem Waffenmarkt im Iran ein altes Antonow-An-22-Frachtflugzeug erworben haben. Die An-22 ist eine verdammt große Maschine, das russische Gegenstück zu unseren größten Frachtflugzeugen, der C-5 Galaxy und der C-17 Globemaster. Nun, wenn man ein normales Frachtflugzeug haben will, besorgt man sich eine kleinere An-12 oder eine C-130 Hercules, keine An-22. Man braucht eine ’22 nur dann, wenn man vorhat, etwas wirklich Großes zu bewegen. Etwas *wirklich* Großes – wie einen 67-Tonnen-Panzer.«

Kopfschüttelnd hielt Demonaco inne. »Aber das ist jetzt unsere geringste Sorge.«

»Warum?«

»Weil uns vor kurzem einige sehr beunruhigende Gerüchte über die Texaner zu Ohren gekommen sind. Anscheinend haben sie so etwas wie einen Seelenbruder in der japanischen Aum-Shinrikyo-Sekte gefunden, der Gruppierung, die 1995 das Sarin-Gas in der Untergrundbahn von Tokio losgelassen hat. Nach diesem Anschlag sind einige Mitglieder der Sekte nach Amerika gekommen und haben ein paar von unseren paramilitärischen Gruppen infiltriert. Wir haben Grund zu der Annahme, dass mehrere Mitglieder von Aum Shinrikyo den Texanern beigetreten sind.«

»Was bedeutet das für uns?«, fragte Mitchell.

»Es bedeutet, dass wir vor einem sehr großen Problem stehen.«

»Warum?«

»Weil die Aum-Shinrikyo-Sekte eine Weltuntergangssekte ist. Ihr einziges Ziel – ja, ihr einziger Existenzgrund – ist, die Weltläufte zu einem Ende zu bringen. Wir wissen von dem Vorfall in der Untergrundbahn von Tokio lediglich deswegen, weil den Fernsehanstalten Filme zugespielt worden sind. Haben Sie gewusst, dass es Aum Shinrikyo Anfang 1994 gelungen ist, die Kontrolle über ein abgelegenes Raketensilo in China zu erringen? Beinahe hätten sie dreißig taktische Atomsprengköpfe auf die Vereinigten Staaten abgefeuert. Ein Versuch, einen totalen Atomkrieg in die Wege zu leiten.«

»Nein, das habe ich nicht gewusst«, entgegnete Mitchell.

»Commander, wir hatten in Amerika niemals eine echte Weltuntergangssekte. Wir hatten gewalttätige, antistaatliche Gruppierungen, Anti-UN-Gruppierungen, Anti-Abtreibungs-Gruppierungen, antisemitische Gruppierungen und Anti-Farbige-Gruppierungen. Aber wir hatten *nie* eine Gruppierung, deren einziger Ehrgeiz darin besteht, die Massenvernichtung von Leben auf diesem Planeten herbeizuführen.

Nun, falls Earl Bittiker und die Texaner eine Weltuntergangsphilosophie übernommen haben, stehen wir vor einem riesigen Problem. Weil dann eine der gefährlichsten Gruppierungen Amerikas mit Todessehnsucht herumläuft.«

»Na gut«, meinte Mitchell, »aber in welchem Zusammenhang steht das mit diesem Raub?«

»Ganz einfach«, erwiderte Demonaco. »Die Gruppe, die den Raub durchgeführt hat, war eine erstklassig ausgebildete Angriffsschwadron. Die von ihnen benutzte Taktik war reine Special-Forces-Taktik – SEALs, ziemlich weit oben angesiedelt – und deutet eher auf eine Organisation wie die Texanische Republikanische Armee hin als auf die Freiheitskämpfer.«

»Stimmt.«

»Aber wer das auch getan hat, er hat uns ein Geschoss mit Wolframkern hinterlassen – um uns auf die Freiheitskämpfer zu lenken. Sollten die Texaner wirklich für die Sache verantwortlich sein, wäre es dann Ihrer Ansicht nach nicht sinnvoll, wenn sie uns von der Spur ablenken würden, indem sie die Sache ihren Feinden in die Schuhe schieben – den Oklahoma-Freiheitskämpfern?«

»Ja …«

»Was mir jedoch eine Scheißangst einjagt«, sagte Demonaco, »ist die Frage, *hinter was die her sind*. Denn wenn die Texaner wirklich mit Weltuntergangsphilosophien liebäugeln, entspricht Ihre Supernova genau dem, was sie brauchen.«

»Das andere, woran wir denken müssen«, fuhr Demonaco fort, »ist, wie sie reingekommen sind. Sie hatten jemanden drinnen, der die Codes von allen Sicherheitsschlössern kannte und an sämtliche Chipkarten dafür kommen konnte. Haben Sie eine Liste mit den Namen sämtlicher Personen, die an dem Projekt arbeiten?«

Mitchell zog einen Computerausdruck aus seiner Brusttasche und reichte ihn Demonaco.

»Das ist eine Liste aller Leute, die am Supernova-Projekt beteiligt sind – Navy und DARPA.«

Demonaco sah sich die Liste durch.

```
PROJEKTNAME:    N23-657-K2     (SUPERNOVA)
EINSTUFUNG:     ROT (ABSOLUTE GEHEIMHALTUNG)
DIENSTE:        NAVY/DARPA
```

BETEILIGTE PERSONEN:

NAME	POSITION	BÜRO	SICHERHEITSNR.
ROMANO, Julius M.	Kernphysiker PROJEKTLEITER	NAVY	N/1005-A2
FISK, Howard K.	Theoretischer Physiker, PROJEKTLEITER	DARPA	D/1546-77A
BOYLE, Jessica D.	Kernphysikerin	DARPA	D/1788-82B
LABOWSKI, John A.	Controller	NAVY	N/7659-C7
MAHER, Karen B.	Überwachung Sekundärsysteme	DARPA	D/6201-22
NORTON, Henry J.	Technische Unterstützung	NAVY	N/7632-C1
RACE, Martin E.	Konstrukteur Zündsystem	DARPA	D/3279-97A
SMITH, Martin W.	Waffen-elektronik	DARPA	D/5900-35B

ZUSÄTZLICHES PERSONAL:

KAYSON, Simon F.	Projekt-sicherheit	NAVY	N/10009-A2
DEVEREUX, Edward G.	Sprachen-spezialist	HARVARD	N/A

»Wir haben alle überprüft«, sagte Mitchell. »Sie sind sauber, sogar Henry Norton, dessen Sicherheitskarte und Geheimnummern zum Eindringen benutzt wurden.«

»Wo war er in der Nacht des Einbruchs?«, fragte Demonaco.

»Im Leichenschauhaus Arlington«, erwiderte Mitchell lakonisch. »Die Aufzeichnungen der Sanitäter bestätigen, dass in der Nacht des Einbruchs um 5.36 Uhr – genau fünfzehn Minuten bevor die Diebe dieses Gebäude gestürmt haben – Henry Norton und seine Frau Sarah erschossen in ihrem Haus in Arlington aufgefunden worden sind.«

»5.36 Uhr«, meinte Demonaco. »Sie haben nach dem Mord keine Zeit verschwendet. Sie wussten, dass im Krankenhaus bei seinem Namen die Flagge aufgezogen werden würde.«

Sowohl Demonaco als auch Mitchell war bekannt, dass es bei hochrangigen Regierungsangestellten üblich war, elektronische Fähnchen an die Namen zu heften, falls sie unerwartet ins Krankenhaus eingeliefert wurden. Sobald der Name der wichtigen Person in die Aufzeichnungen des Krankenhauses eingegeben wurde, würde eine Meldung auftauchen, die dem jeweiligen Arzt mitteilte, er solle die zuständige Regierungsstelle anrufen.

»Hatte Norton irgendwelche Verbindungen zu paramilitärischen Gruppierungen?«, fragte Demonaco.

»Keine. Ist sein ganzes Leben lang bei der Navy gewesen. Experte in technischem Support – Computer, Kommunikationssysteme, Navigationscomputer. Er hatte einen mustergültigen Lebenslauf. Teufel, der Mann war ein gottverdammter Pfadfinder. Der Allerletzte, der sein Land verraten würde.«

»Was ist mit den anderen?«

»Nichts. Keiner von ihnen hat Verbindungen zu einer paramilitärischen Organisation. Jedes Mitglied des Teams musste sich einer umfassenden Sicherheitsüberprüfung unterziehen, ehe es die Erlaubnis zur Mitarbeit an dem Projekt erhielt. Sie sind sauber. Kein Einziger von ihnen sollte ein Mitglied einer paramilitärischen Vereinigung auch nur *kennen.*«

»Nun, einer wohl doch«, sagte Demonaco. »Finden Sie heraus, wer die meiste Zeit mit Norton zusammengearbeitet hat, suchen Sie alle, die ihn bei der täglichen Eingabe seiner Geheimzahlen beobachten konnten. Ich rufe einige meiner Leute an und sehe mal nach, was Earl Bittiker und die Texaner in letzter Zeit so getrieben haben.«

★★★

Beim Aufsetzen auf dem Alto Purus unweit der Basis des Wasserfalls, der vom Tafelland herabstürzte, erzeugte die Goose eine gewaltige Gischtfontäne.

Es war Nacht geworden und eingedenk der Rapas oben im Ort hatten Race und die anderen sich entschlossen, das Wasserflugzeug unten am Wasserfall zu vertäuen und Vilcafor über das *quenko* zu betreten.

Nachdem Doogie die Goose am Flussufer unter einem dichten Baldachin aus Blättern geparkt hatte, stiegen die vier aus. Den bewusstlosen Uli ließen sie zurück. Er hatte eine Dosis Methadon bekommen, das sie in einem Erste-Hilfe-Kasten im Heck des Flugzeugs gefunden hatten.

Ehe sie jedoch zum Pfad hinter dem Wasserfall aufbrachen, veranlasste Race sie dazu, etwas Ungewöhnliches zu tun.

Aus Holzkisten, die sie in der Goose gefunden hatten, zimmerten sie einige primitive Fallen. Als Köder dienten Müsliriegel, die Van Lewen und Doogie bei sich hatten. Sie wollten Affen fangen, die in den Bäumen raschelten.

Zehn Minuten später hatten sie zwei wütende Primaten in den beiden Holzkisten. Die beiden Affen quietschten und kreischten, als Van Lewen und Doogie sie den Pfad hinter dem strömenden Wasserfall entlangtrugen und in die gähnende, steinerne Öffnung des *quenko* brachten.

Weitere zehn Minuten später stieg Race in die Zitadelle von Vilcafor hinauf.

Nash, Lauren, Copeland, Gaby Lopez und Johann Krauss waren in einer Ecke der Zitadelle versammelt. Lauren versuchte gerade, den Funkkontakt entweder zu Van Lewen oder zu Doogie herzustellen.

Alle wandten sich um, als Race mit dem falschen Götzenbild in der Hand aus dem *quenko* kam, gefolgt von Renée, Van Lewen und Doogie. Sie waren von oben bis unten mit Schmutz und Schlamm bedeckt. Race hatte noch immer Tröpfchen von Heinrich Anistases Blut im Gesicht.

Nashs Blick fiel sogleich auf das Götzenbild.

»Sie haben es!«, rief er aus, eilte zu Race und entriss es ihm. Er blickte es bewundernd an.

Race beobachtete Nash kalt und in diesem Moment entschloss er sich, unausgesprochen zu lassen, was er wusste. Er würde abwarten und sehen, was der Colonel von jetzt an täte. Sie konnten das Götzenbild noch holen und Race würde ihnen vielleicht sogar helfen, aber er war fest entschlossen, dafür zu sorgen, dass es am Ende nicht bei Nash bliebe.

»Es ist wunderschön«, sagte Nash bewundernd.

»Es ist eine Fälschung«, meinte Race schlicht.

»Was?«

»Es ist eine Fälschung. Das Ding da besteht nicht aus Thyrium. Wenn Sie Ihren Nukleotid-Resonanz-Imager wieder einschalten, werden Sie herausfinden, dass es hier noch immer eine Thyriumquelle gibt. Das ist allerdings nicht *dieses* Götzenbild.«

»Aber ... wie das?«

»Bei seiner Flucht aus Cusco hat Renco Capac den Verbrecher Bassario mit der Anfertigung einer Kopie des ›Geistes des

Volkes‹ beauftragt. Renco wollte sich Hernando ergeben und ihm das falsche Götzenbild überreichen. Er wusste, dass Hernando ihn töten würde, aber er wusste auch, dass Hernando, wenn er erst einmal ein Götzenbild in Händen hielte, niemals auf den Gedanken käme, dass es eine *Fälschung* sein könnte.

Doch wie es das Schicksal wollte, haben Renco und Alberto Santiago Hernando und dessen Männer getötet, und der Prinz – so berichtet das Manuskript – hat *beide* Götzenbilder im Tempel versteckt.«

Nash drehte das Idol um und sah nun zum ersten Mal das kreisrunde Loch in dessen Basis. Er blickte zu Race auf.

»Also ist das echte Götzenbild immer noch irgendwo im Tempel?«

»Das schreibt Santiago in dem Manuskript«, erwiderte Race.

»Aber …?«

»Aber ich glaube ihm nicht.«

»Sie glauben ihm nicht? Warum nicht?«

»Funktioniert dein NRI noch?«, fragte Race Lauren.

»Ja.«

»Schalt es ein und ich zeige euch, was ich meine.«

Sie gingen auf das offene Dach der Zitadelle. Dort stellte Lauren den Nukleotid-Resonanz-Imager auf.

Währenddessen sah Race über den Ort hinweg. Es war dunkel und regnete leicht. Hinter einem der kleineren Gebäude im Ort bekam er kurz einen großen, katzenhaften Schatten in den Blick, der zu ihm hinaufspähte.

Nach wenigen Augenblick war das NRI bereit. Lauren legte einen Schalter um und die silbrige Antenne auf der Konsole begann langsam zu rotieren.

Dreißig Sekunden später ertönte ein schrilles *Piep!* und die Antenne blieb abrupt stehen. Sie zeigte jedoch nicht auf das Götzenbild in Nashs Händen, sondern zu den Bergen hinauf.

»Ich erhalte eine Anzeige«, sagte Lauren. »Ein starkes Signal, eine hohe Resonanzfrequenz.«

»Wie lauten die Koordinaten?«, fragte Race.

»Position 270 Grad. Höhenwinkel 29 Grad, 58 Minuten. Entfernung 793 Meter. Genauso wie beim letzten Mal, wenn ich mich recht entsinne«, meinte sie und warf Race einen bedeutsamen Blick zu.

»Du erinnerst dich richtig«, sagte er. »Du wirst dich auch noch daran erinnern, dass wir der Ansicht waren, es stamme aus dem Tempel.«

»Ja …«

Race sah Lauren hart an – härter als üblich. Er überlegte, ob sie ein Teil von Nashs Täuschungsmanöver war, und fand es ziemlich wahrscheinlich. »Erinnerst du dich, *warum* wir gedacht haben, es wäre im Tempel?«

Lauren runzelte die Stirn. »Nun, ich erinnere mich daran, dass wir den Krater erstiegen und den Tempel gesehen haben. Daraufhin haben wir vermutet, dass die Lage des Tempels zur Trajektorie des NRI passt. Ergo war das Götzenbild im Tempel.«

»Stimmt«, sagte Race. »Das haben wir gedacht. Und genau da haben wir falsch gelegen.«

Sie kehrten in die Zitadelle zurück.

Race holte einen Kugelschreiber und ein Blatt Papier aus dem Geländefahrzeug, das noch immer vor dem Eingang zur Zitadelle parkte.

»Copeland«, sagte er zu dem großen, humorlosen Wissenschaftler. »Glauben Sie, Sie können in diesem ganzen Wust an technologischer Ausrüstung einen normalen Taschenrechner auftreiben?«

Copeland fand einen in einem der amerikanischen Behälter und reichte ihn Race.

»Also gut«, sagte der und wartete, bis die anderen sich um ihn geschart hatten.

Sie sahen ihm zu, wie er etwas auf das Blatt Papier zeichnete.

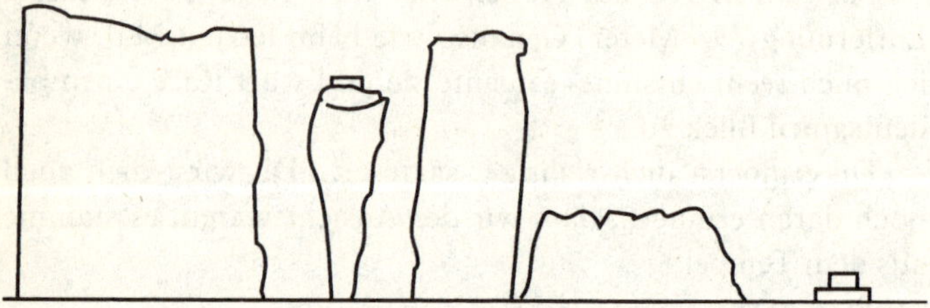

»Also«, sagte er. »Das ist eine Skizze von Vilcafor und dem Plateau im Westen, von der Seite gesehen. Okay?«

»Okay«, erwiderte Lauren.

Race zog einige Linien über die Zeichnung.

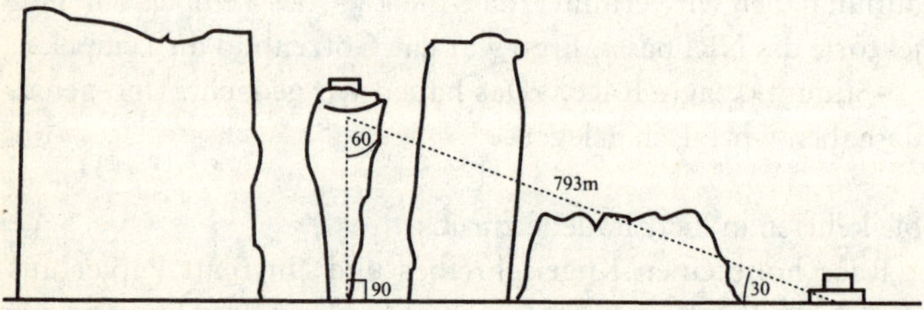

»Und das haben wir gestern aus den Anzeigen abgeleitet, die wir vom Nukleotid-Resonanz-Imager erhalten haben. 793 Meter zum Götzenbild. Neigungswinkel 29 Grad, 58 Minuten – zur Vereinfachung benutze ich dreißig Grad. Der springende Punkt ist, als wir den Krater hinaufgestiegen sind und den Tempel vor uns gesehen haben, da haben wir sofort gedacht, dass der Tempel der Anzeige entspricht. Stimmt's?«

»Stimmt«, bestätigte Nash.

»Wir haben falsch gedacht«, meinte Race. »Erinnern Sie sich daran, was Lauren von ihrem Digitalkompass abgelesen hat?«

»Dunkel«, sagte Nash.

»Nun, ich weiß es noch genau. Als wir auf gleicher Höhe mit dem Felsenturm an der äußeren Kante der Hängebrücke standen, hat Lauren gesagt, dass wir genau 632 Meter horizontal vom Ort entfernt waren.«

Er fügte eine weitere Linie hinzu und veränderte die Beschriftung »793 m« an der Hypotenuse – der längsten Seite des Dreiecks – zu »*x* m«.

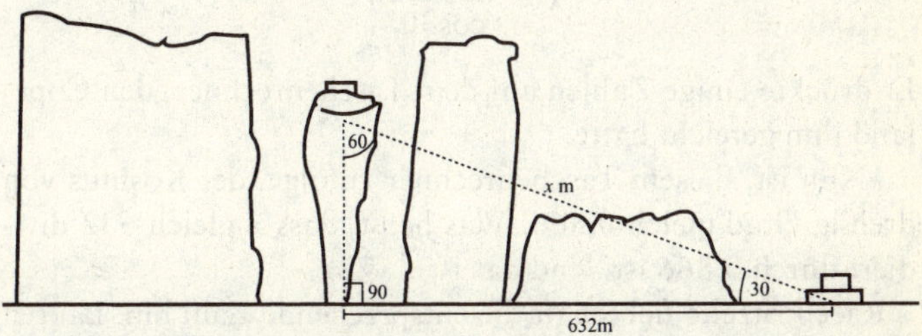

»Erinnert sich irgendwer an den Trigonometrie-Unterricht in der Schule?«, fragte er. Alle theoretischen Physiker zuckten verschämt die Schultern. »Trigonometrie ist ganz gewiss keine Kernphysik«, meinte Race, »aber ein bisschen von Nutzen ist sie schon.«

»Oh, ich seh's ...«, sagte Doogie auf einmal aus dem Hintergrund der kleinen Schar um Race. Die anderen erkannten es ganz eindeutig nicht.

»Wendet man einfache Trigonometrie an«, sagte Race, »so kann man, wenn man den Winkel eines rechtwinkligen Dreiecks sowie die Länge eines seiner Seiten kennt, die Längen der anderen beiden Seiten über Sinus, Kosinus und Tangens ermitteln.

Wisst ihr noch, was der Satz des Pythagoras ist? Der Sinus

eines Winkels entspricht der Länge der dem Winkel *gegenüberliegenden* Kathete dividiert durch die Länge der Hypotenuse. Der Kosinus entspricht der Länge der dem Winkel *anliegenden* Kathete dividiert durch die Hypotenuse.

In unserem Beispiel benutzen wir, um x zu finden – die Entfernung zwischen uns und dem Tempel –, den Kosinus von dreißig Grad.« Daraufhin schrieb Race:

$$\cos 30° = \frac{632}{x}$$

»Daraus folgt«, sagte er:

$$x = \frac{632}{\cos 30°}$$

Er drückte einige Zahlen auf dem Taschenrechner, den Copeland ihm gereicht hatte.

»Nun ist, diesem Taschenrechner zufolge, der Kosinus von dreißig Grad gleich 0,866. Was heißt, dass x gleich 632 dividiert durch 0,866 ist. Und das ist ... 729.«

Race kritzelte fieberhaft die entsprechende Zahl hin. Lauren beobachtete ihn erstaunt. Renée strahlte über das ganze Gesicht.

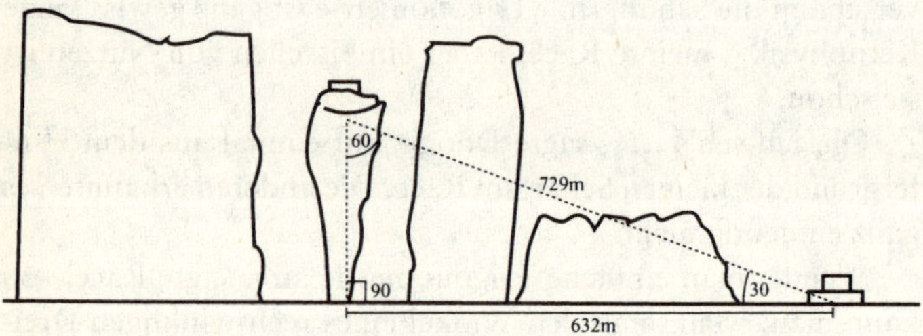

»Sieht jemand das Problem?«, fragte Race.

Alle schwiegen.

Race fügte seiner Zeichnung ein letztes Mal etwas hinzu und schloss mit einem üppigen »X«.

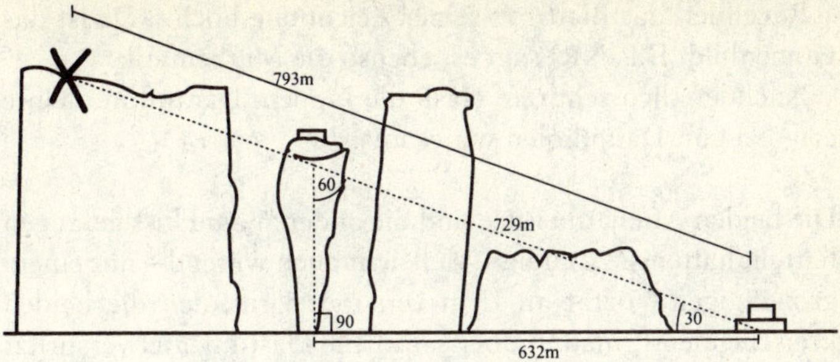

»Wir haben einen Fehler begangen«, sagte er. »Aufgrund seiner Höhe vermuteten wir, dass der *Tempel* 793 Meter vom Ort entfernt ist und dass sich deswegen das Götzenbild im Innern befindet. Es war eine gute Annahme, aber leider falsch. Das echte Götzenbild liegt gar nicht im Tempel. Es ist *jenseits* davon, irgendwo auf dem Plateau.«

»Aber wo?«, fragte Nash.

»Ich könnte mir vorstellen«, entgegnete Race, »dass das Götzenbild in dem Dorf der Eingeborenen zu finden ist, die die Hängebrücke am Felsenturm errichtet haben. Im Besitz jenes Stammes, der unsere deutschen Freunde angegriffen hat, als sie den Tempel öffnen wollten.«

★★★

»ABER WAS IST mit dem Manuskript?«, fragte Nash. »Ich habe gedacht, darin steht, dass *beide* Götzenbilder im Tempel seien.«

»Das Manuskript erzählt nicht die ganze Geschichte«, erwiderte Race. »Ich kann lediglich vermuten, dass Alberto Santiago das Ende etwas zurechtgebogen hat, damit niemand, der es später liest, den wahren Aufenthaltsort des Götzenbildes erfährt.«

Race hielt das Blatt mit seiner Zeichnung hoch. »*Da* ist das Götzenbild. Das NRI sagt es, ebenso die Mathematik.«

Nachdenklich schürzte Nash die Lippen. Daraufhin meinte er: »Na gut. Dann holen wir es uns.«

Die beiden Affen, die Race und die anderen am Fluss gefangen hatten, hatten sie freudig – vielleicht auch wütend – mit einem großzügigen Vorrat an Urin versorgt. Urin, den die beiden kreischenden Primaten über sämtliche Plastikbeutel verspritzt hatten, die Race in den Kisten ausgelegt hatte.

Einfach ausgedrückt, stank Affenurin. Der scharfe, faulige Geruch nach Ammoniak legte sich über die Zitadelle. Kein Wunder, dass die Rapas einen großen Bogen darum machten, dachte Race, als er und die anderen sich mit der warmen, stinkenden Flüssigkeit einrieben.

Anschließend verteilte Van Lewen Waffen. Da er und Doogie die einzigen verbliebenen Green Berets waren – soweit sie wussten, befand sich Buzz Cochrane noch oben auf der Kuppe des Felsenturms –, nahmen sie die beiden G-11 an sich. Nash, Race und Renée bekamen die M-16, komplett mit Greifhaken.

Race, der noch immer die schwarze Schutzweste der Nazis und die blaue Baseballkappe trug, hängte sich den Greifhaken an den Gürtel.

Copeland und Lauren bekamen SIG-Sauer-P228-Halbautomatik-Pistolen. Krauss und Gaby, die einfachen Wissenschaftler, blieben unbewaffnet.

Sobald alle bereit waren, trat Van Lewen durch die Tür der Zitadelle in das Geländefahrzeug. Daraufhin ging er in das Heck des Fahrzeugs und öffnete die Luke.

Als Erstes kam sein G-11 heraus.

Dann schob sich Van Lewen langsam durch die offene Luke und musterte das Gelände. Er bekam große Augen.

Das achträdrige Fahrzeug war von Rapas *umzingelt*.

Die Schwänze an den gewaltigen Körpern peitschten hin und her. Die gelben Augen bohrten sich hart und kalt in die seinen.

Van Lewen zählte zwölf Großkatzen, die auf der Straße standen und ihn beobachteten.

Dann schnaubte plötzlich die nächststehende Katze – sie roch den Urin – und wich zurück.

Eine nach der anderen taten die übrigen es ihr nach. Sie entfernten sich von dem gepanzerten Fahrzeug und bildeten einen weiten Kreis darum.

Van Lewen trat mit erhobenem Gewehr auf die Straße. Die anderen, darunter Race, folgten ihm.

Wie alle bewegte er sich langsam, vorsichtig, den Finger am Abzug des M-16. Er starrte die Katzen an.

Es war eine wahrlich bizarre Situation, eine Art gegenseitiges In-Schach-Halten. Menschen, bewaffnet mit Gewehren, und Katzen, bewaffnet mit blanker, natürlicher Aggressivität. Trotz ihrer Gewehre und Pistolen würden die Rapas sie leicht niedermachen, wenn sie es wagten, einen Schuss abzufeuern.

Aber die Katzen griffen nicht an.

Es war, als wären die Menschen durch eine unsichtbare Mauer vor ihnen geschützt, die die Rapas einfach nicht überqueren wollten. Vielmehr begleiteten sie Race und die anderen in sicherer Entfernung zum Flusspfad.

Mein Gott, sind die riesig!, dachte Race, während er durch die Reihen gewaltiger schwarzer Katzen schritt.

Als er sie das letzte Mal aus solcher Nähe gesehen hatte, war das auf der anderen Seite der Fenster des Humvees gewesen. Jetzt, da ihn keine Fenster oder Türen von ihnen trennten, wirkten sie doppelt so groß. Er hörte sie atmen. Es war genau, wie Alberto Santiago es beschrieben hatte – ein tief in der Brust liegendes Stöhnen, wie bei einem Pferd. Der Laut, den ein mächtiges Tier ausstieß.

»Warum erschießen wir sie nicht einfach?«, flüsterte Copeland.

»Damit wäre ich nicht so rasch bei der Hand«, entgegnete Van Lewen. »Im Augenblick ist ihr Abscheu vor dem Affenurin größer als ihr Verlangen zu töten. Wenn wir das Feuer auf sie eröffnen, wird ihr Verlangen *zu überleben* wahrscheinlich ihren Abscheu vor dem Affenurin überwältigen.«

Die neun gingen den Flusspfad entlang zu dem schmalen Spalt im Plateau und die Rapas folgten ihnen in einiger Entfernung.

Am Grund des Kraters kamen sie wieder heraus und erblickten den seichten Tümpel, aus dessen Mitte der Felsenturm in die Höhe stieg, sowie den schmalen, jedoch unglaublich hohen Wasserfall, der in der südwestlichen Ecke des Cañons herabstürzte.

Endlich regnete es einmal nicht und der Vollmond schien mit aller Macht auf den Krater hinab und badete ihn in einem geheimnisvollen blauen Licht.

Angeführt von Van Lewen stiegen sie den spiralförmig verlaufenden Pfad in die Nacht hinauf.

Die Rapas schlichen hinter ihnen her. Mit ihren dunklen schwarzen Köpfen und den hoch aufgerichteten, spitzen Ohren wirkten sie wie Dämonen aus der Hölle, bereit, Race und seine Gefährten in die Tiefen der Erde zu ziehen, sollte einer von ihnen einen Schritt falsch setzen. Doch sie hielten Distanz, abgestoßen vom Gestank des Affenurins.

Schließlich erreichte die Gruppe die beiden Stützpfeiler, die einstmals die Hängebrücke gehalten hatten.

Die Brücke selbst lag jetzt flach an der Wand des Felsenturms auf der anderen Seite des Abgrunds an, genau so, wie die Nazis sie zurückgelassen hatten.

Race sah zur Kuppe des Felsenturms hinüber. Buzz Cochrane war nirgendwo zu entdecken.

Dann führte Van Lewen sie weiter, statt zum Felsenturm hinüberzugehen – was sie im Augenblick sowieso nicht hätten tun können.

Der Weg verlief an dem dünnen Wasserfall in der südwestlichen Ecke vorbei, ehe er nach einem steilen Anstieg den Rand des Kraters erreichte.

Von dort aus blickte Race nach Westen – und sah die majestätischen Gipfel der Anden, dunkle, dreieckige Schatten vor dem nächtlichen Himmel. Links lag der kleine Fluss, der den Wasserfall speiste, und an dessen Ufern verlief ein Abschnitt dichten Regenwalds.

Ein schmaler Trampelpfad – durch ständigen Gebrauch entstanden und weniger absichtlich angelegt – führte in das dichte grüne Laubwerk hinein.

Doch Race' Aufmerksamkeit erregte etwas anderes, das zu beiden Seiten des schmalen Pfades stand: zwei in den Schlamm getriebene Holzstangen.

Denn auf jeder Stange steckte ein abschreckend wirkender Schädel.

Race überlief eine Gänsehaut, als er mit seiner auf dem Gewehrlauf montierten Lampe dorthin leuchtete.

Die Schädel wirkten grauenerregend – ein Effekt, der durch die reichlichen Überreste von frischem Blut und verfaulendem Fleisch, das an den Seiten herabbaumelte, verstärkt wurde. Er war darüber hinaus seltsam geformt und ganz bestimmt nicht menschlich.

Vielmehr waren beide Schädel merkwürdig gestreckt, hatten scharfe Hundezähne, Nasenflügel in Gestalt eines umgekehrten Dreiecks und große Augenhöhlen.

Race schluckte heftig.

Das waren Schädel von *Großkatzen*.

Rapaschädel.

»Ein primitives ›Eintritt verboten‹-Schild«, meinte Krauss angesichts der beiden verrotteten, aufgespießten Schädel.

»Ich glaube nicht, dass das für *Menschen* gilt«, sagte Gaby Lopez, die an einem der Schädel schnüffelte. »Sie sind mit Affenurin getränkt. Sie sollen die Katzen fern halten.«

Van Lewen ging weiter in das dichte Laubwerk hinein. Race und die Übrigen folgten ihm, geführt von den Strahlen ihrer Taschenlampen.

Etwa dreißig Meter jenseits der beiden Schädel erreichten Van Lewen und Race einen breiten Graben, ähnlich dem um Vilcafor.

Die einzigen Unterschiede zwischen den beiden Gräben bestanden zum einen darin, dass dieser Graben nicht trocken, sondern vielmehr mit Wasser gefüllt war, dessen Oberfläche etwa fünf Meter unterhalb des Rands lag. Außerdem war er von einer Familie sehr großer Kaimane bevölkert.

»Prächtig«, sagte Race mit einem Blick auf die großen Reptilien. »Schon wieder Kaimane.«

»Ein weiterer Verteidigungsmechanismus?«, fragte Renée.

»Kaimane sind die einzigen Lebewesen in dieser Gegend mit der wenn auch nur geringen Chance, einen Rapa im Kampf zu besiegen«, sagte Krauss. »Primitive Stämme haben keine Gewehre oder Stolperdrähte, also suchen sie nach anderen Methoden, ihre Tierfeinde in Schach zu halten.«

Jenseits dieses Grabens – völlig davon umschlossen – erblickte Race einen weiteren Abschnitt niedrigen Blattwerks. Dahinter lag eine kleine Ansammlung von Strohhütten, die sich unter eine Gruppe hoher Bäume drängten.

Es war eine Art Dorf.

Die kurze Strecke von Laubwerk zwischen dem Dorf und dem Graben verlieh den primitiven Hütten einen wunderlichen, fast mystischen Anschein. Einige Fackeln brannten auf hohen Stöcken und badeten den kleinen Ort in einem unheimlichen, orangefarbenen Licht. Ansonsten erschien das Dorf jedoch völlig verlassen.

Ein Zweig knackte.

Race fuhr herum und sah das Rudel Rapas etwa zehn Meter hinter seiner Gruppe auf dem Trampelpfad stehen – beobachtend, abwartend. Irgendwie war es ihnen gelungen, an den uringetränkten Schädeln vorüberzukommen.

Eine schmale Bohlenbrücke lag auf der Dorfseite des Grabens. An einem Ende war ein Seil befestigt, das über den Graben bis auf Race' Seite lief, wo es an einem Pfahl im Boden verknotet war. Die Anlage war ähnlich wie bei der Hängebrücke unten am Felsenturm.

Van Lewen und Doogie zogen die Bohlenbrücke so zurecht, dass sie den Graben überspannte. Sie gingen hinüber.

Sobald alle die Brücke überquert hatten, holten Van Lewen und Doogie sie rasch auf die Dorfseite des Grabens zurück, damit die Rapas ihnen nicht folgen konnten.

Sie betraten eine weite, dorfplatzähnliche Lichtung und ließen die Strahlen ihrer Taschenlampen über die Strohhütten und hohen Bäume kreisen, die um den öden, staubigen Platz standen.

Am nördlichen Ende befand sich ein Bambuskäfig, dessen vier Ecken aus dicken Stämmen gefertigt waren. Hinter dem Käfig – in die schlammige Wand des Grabens geschnitten – lag eine große Grube von etwa zehn Metern Durchmesser und fünf Metern Tiefe. Ein Bambusgitter trennte sie vom Graben.

Im Zentrum des Dorfplatzes jedoch stand der fesselndste Gegenstand.

Es war eine Art Schrein, ein großes, altarähnliches Gebilde, das aus dem Stamm des umfangreichsten Baums im Dorf geschnitzt worden war.

Es wies Unmengen von kleinen und großen Nischen auf. Darin erblickte Race eine Sammlung von Relikten, die wahrhaft spektakulär waren: eine goldene, mit Saphiren verzierte Krone, silberne und goldene Stauen von Kriegern und Jungfrauen der Inka, verschiedene steinerne Götzenbilder und einen riesigen Rubin, der bestimmt die Größe einer Männerfaust hatte.

Selbst in dem Halbdunkel glänzte der Schrein, funkelten seine Schätze im Mondlicht. Das dichte Laubwerk der Bäume ringsherum rahmte ihn ein wie Theatervorhänge.

In der Mitte des hölzernen Schreins befand sich die kunstvollste Nische. Sie barg offensichtlich das Herzstück des ganzen Altars. Ein kleiner Vorhang war davor gezogen und versperrte den Blick auf das, was darin lag.

Nash schritt schnurstracks hinüber. Race wusste, was er dachte. Mit einem scharfen Ruck zog Nash den Vorhang beiseite.

Und sah es. Race erkannte es gleichfalls.

Es war das Götzenbild.

Das *echte* Götzenbild.

Der »Geist des Volkes«.

Der Anblick raubte Race den Atem. Merkwürdigerweise kam ihm der Gedanke, was für eine ausgezeichnete Arbeit Bassario mit der Kopie geleistet hatte – sein falsches Götzenbild war eine perfekte Reproduktion. Aber so viel Mühe er sich auch gegeben hatte, er war außerstande gewesen, die *Aura* wiederzugeben, die das echte Götzenbild umgab.

Es war die personifizierte Majestät.

Die Wildheit des Rapakopfs erregte Entsetzen. Das Glitzern des purpurfarbenen und schwarzen Thyriumsteins veranlasste zur Bewunderung. Vor dem schimmernden Götzenbild insgesamt empfand man einzig und allein Ehrfurcht.

Wie bezaubert wollte Nash es herausheben – da erschien eine geschärfte, steinerne Pfeilspitze neben seinem Kopf.

Sie gehörte zu einem sehr wütend aussehenden Eingeborenen, der aus dem vorhanggleichen Laubwerk rechts vom Schrein getreten war. Der Mann hatte den Pfeil auf seinen Langbogen gelegt und dessen Sehne bis ans Ohr zurückgezogen.

Van Lewen machte Anstalten, das G-11 zu heben, aber da wurde der ganze Wald ringsumher lebendig und heraus traten nicht weniger als fünfzig Eingeborene.

Fast alle hatten Pfeil und Bogen – und die Pfeilspitzen waren auf Race und die anderen gerichtet.

★★★

VAN LEWEN HATTE noch immer sein Gewehr angelegt, im Gegensatz zu Doogie, der nur wenige Meter entfernt wie erstarrt dastand.

Ein unbehagliches gegenseitiges Belauern folgte. Van Lewen – mit einem Gewehr bewaffnet, das auf einen Schlag zwanzig Männer töten konnte – gegen etwas über fünfzig Eingeborene mit Pfeil und Bogen, die nur allzu bereit waren, davon Gebrauch zu machen.

Es sind zu viele, dachte Race. Selbst wenn Van Lewen es fertig brächte, einige Schüsse abzugeben, hätte das nicht gereicht. Die Eingeborenen würden sie dennoch alle töten, waren sie doch zahlenmäßig haushoch überlegen.

»Van Lewen«, sagte Race. »Nicht ...«

»Sergeant Van Lewen«, sagte Nash, einen Pfeil gleich neben dem Kopf, vom Altar aus. »Senken Sie die Waffe!«

Van Lewen gehorchte. Sogleich nahmen die Eingeborenen den Amerikanern die modernen Waffen ab.

Ein älterer Mann mit langem grauem Bart und runzliger olivfarbener Haut trat vor. Er machte sich nicht die Mühe, einen Langbogen zu tragen. Offenbar war er das Stammesoberhaupt.

Ein weiterer Mann schritt an seiner Seite und bei dessen Anblick trat ein Ausdruck der Ungläubigkeit auf Race' Gesicht.

Der zweite Mann war kein Eingeborener, sondern ein stämmiger Lateinamerikaner. Er war tief gebräunt und nach Art und Weise der Indios gekleidet, aber sogar die großzügige zeremonielle Bemalung auf dem Gesicht konnte nicht darüber hinwegtäuschen, dass seine Züge eindeutig städtisch waren.

Das Stammesoberhaupt blickte Nash, der vor dem Schrein wie ein Dieb stand, den man mit der Hand in der Börse ertappt hatte, funkelnd an und knurrte etwas in seiner Sprache.

Der Lateinamerikaner an seiner Seite hörte aufmerksam zu und gab dann einen Ratschlag zur Antwort.

»Hrrrmm«, grunzte der Häuptling.

Race stand gleich neben Renée. Sie waren von fünf Indios mit Pfeil und Bogen umzingelt.

In diesem Augenblick trat seltsamerweisc einer der Indios vor und berührte Race an der Wange, als wollte er überprüfen, ob seine weiße Haut echt war.

Ruckartig fuhr Race zurück.

Der Indio kreischte erstaunt, sodass alle sich umwandten. Er eilte zum Oberhaupt und rief: *»Rumaya! Rumaya!«*

Der Häuptling kam sogleich zu Race hinüber, den weißen Ratgeber im Schlepptau. Der alte Mann baute sich vor Race auf und taxierte ihn kalt, während der Indio, der Race' Gesicht berührt hatte, auf dessen linkes Auge zeigte und sagte: *»Rumaya. Rumaya.«*

Abrupt fasste das Stammesoberhaupt Race beim Kinn und drehte es hart nach links.

Race leistete keinen Widerstand.

Schweigend musterte der alte Mann sein Gesicht, insbesondere das dreieckige braune Muttermal unter Race' linkem Auge. Daraufhin befeuchtete er seinen Finger mit Speichel und rieb an dem Muttermal, wie um zu prüfen, ob es abginge.

»Rumaya ...«, flüsterte er.

Er wandte sich an seinen Ratgeber und sagte etwas auf Quechua. Der Lateinamerikaner flüsterte leise und respektvoll eine

Antwort, woraufhin das alte Stammesoberhaupt den Kopf schüttelte und nachdrücklich auf die viereckige Grube in der Wand des Grabens zeigte.

Daraufhin machte er auf dem Absatz kehrt und brüllte seinen Leuten einen Befehl zu.

Rasch drängten die Indios alle außer Race in den Bambuskäfig zwischen den Bäumen.

Race seinerseits wurde auf die schlammige Grube zugeschoben, die an den Graben grenzte.

Der Lateinamerikaner ging neben ihm her.

»Hallo«, sagte er zu Race' völliger Überraschung auf Englisch mit schwerem Akzent.

»Tag auch«, erwiderte Race. »Sie, äh, wollen mir gewiss sagen, was hier los ist?«

»Diese Leute sind direkte Nachkommen eines entlegenen Inkastammes. Ihnen ist aufgefallen, dass Sie das Sonnenzeichen haben, dieses Muttermal da unter Ihrem linken Auge. Sie halten Sie für den zweiten Spross ihres Erlösers, eines Mannes, den sie den Auserwählten nennen. Zunächst jedoch wollen sie Sie prüfen, um sicherzugehen.«

»Wie werden sie mich prüfen?«

»Sie werden Sie in die Grube bringen, das Gatter öffnen, das sie vom Graben trennt, und dann einen der Kaimane zu Ihnen hineinschicken. Dann werden sie zusehen, wer die Auseinandersetzung überlebt, Sie oder das Reptil. Sehen Sie, der Prophezeiung zufolge ...«

»Ich weiß«, sagte Race. »Ich habe sie gelesen. Der Prophezeiung zufolge wird der Auserwählte das Sonnenzeichen tragen und imstande sein, mit großen Echsen zu kämpfen und ihren Geist zu retten.«

Der Mann sah Race von der Seite an. »Sind Sie Anthropologe?«

»Sprachwissenschaftler. Ich habe das Santiago-Manuskript gelesen.«

Der andere runzelte die Stirn. »Sie sind auf der Suche nach dem ›Geist des Volkes‹?«

»Ich nicht. Die da«, erwiderte Race und nickte zu Nash und den anderen hinüber, die gerade in den Bambuskäfig gesetzt wurden.

»Aber warum? Finanziell gesehen ist er völlig wertlos ...«

»Er ist aus einem Meteoriten geschnitzt«, entgegnete Race. »Und jetzt haben sie herausgefunden, dass dieser Meteorit aus einer sehr speziellen Gesteinsart bestand.«

»Oh«, meinte der Mann.

»Wer sind Sie eigentlich?«, fragte Race.

»Oh, ja, tut mir Leid. Ich habe völlig vergessen, mich vorzustellen.« Der Mann richtete sich auf. »Mein Name ist Dr. Miguel Moros Marquez. Ich bin Anthropologe an der Universität von Peru und habe die letzten neun Jahre bei diesem Stamm verbracht.«

★★★

Eine Minute später wurde Race einen schmalen, gewundenen Pfad hinabgeschoben, der in den Schlamm hinunterführte.

Zu beiden Seiten war der Weg von hohen Erdwällen begrenzt und er endete an einem kleinen, hölzernen Gatter. Sobald Race dort eintraf, glitt es nach oben – zwei Indios, die zu ebener Erde standen, zogen es hoch –, und er trat zögernd in die Grube hinaus, die an den von Kaimanen verseuchten Graben grenzte.

Von der Form her war sie etwa viereckig und sie war *groß* – etwa zehn mal zehn Meter.

An drei Seiten säumten nackte, schlammige Wände die Grube. Die gesamte vierte Wand nahm ein gewaltiges Gatter ein, das aus einem Netzwerk von Bambusstämmen bestand. Dahinter erblickte Race das dunkle Wasser des Grabens.

Um die Angelegenheit noch schlimmer zu machen, war der Boden etwa knietief von schwarzem Wasser bedeckt, das frei durch die Stämme des Bambusgatters hereinschwappte. Wie tief die Grube an anderen Stellen war, war unmöglich zu entscheiden.

Das ist was Neues, Will. Wie, zum Teufel, hast du dich denn in diese *Situation hineingeritten?*

In diesem Augenblick wurde ein rechteckiger Abschnitt des gewaltigen Bambusgatters – sozusagen eine Tür innerhalb des Gatters – von einigen Indios gehoben, die am Rand der Grube standen, und sogleich entstand eine breite Öffnung zwischen der Grube und dem kaimanverseuchten Graben.

Voller Entsetzen sah Race zu, wie das Gatter höher und höher angehoben und dadurch die Öffnung immer größer wurde. Nach wenigen Augenblicken erreichte es seinen Zenit und blieb stehen. Daraufhin folgte eine lang anhaltende Stille.

Die Dorfbewohner standen jetzt an den Rändern der Grube und schauten hinab. Sie warteten auf die Ankunft der Kaimane.

Race klopfte sich die Taschen nach irgendwelchen brauchbaren Waffen ab. Er trug noch immer seine Jeans und das T-Shirt sowie die Schutzweste, die Uli ihm in der Mine gegeben hatte, dazu natürlich seine Brille und die Yankee-Baseballkappe.

Keine Waffen – außer dem Greifhaken, der an seinem Gürtel hing.

Race nahm ihn in die Hand. Ein Seil war daran befestigt, und im Augenblick waren die vier silbrigen Klauen eingezogen und lagen flach am Griff des Hakens an, wie bei einem geschlossenen Regenschirm.

Sinnierend betrachtete er ihn einen Augenblick lang. Vielleicht konnte er ihn zum Hinausklettern benutzen …

Da glitt etwas sehr Großes vom Graben her durch das offene Gatter.

Race erstarrte.

Obgleich sich volle drei Viertel seines Körpers *unter* Wasser befinden mussten, war es noch immer wahrhaft gewaltig.

Race sah die Nasenlöcher, die Augen und den abgerundeten, gepanzerten Rücken aus dem Wasser ragen – und alles bewegte sich mit derselben Geschwindigkeit, als das große Tier bedrohlich das Wasser durchquerte. Der lange, schuppige Schwanz schwang hin und her und trieb das Tier voran.

Es war ein Kaiman. Ein riesiger Kaiman.

Wenigstens sechs Meter lang.

Sobald sich das gewaltige Reptil ganz innerhalb der Grube befand, wurde das Bambusgatter dahinter herabgelassen und geschlossen.

Jetzt galt es. Race und der Kaiman.

Eine Kraftprobe.

Mein Gott ...

Race wich dem großen Untier zur Seite aus, in eine Ecke der quadratischen Grube, wobei seine Füße durch das knietiefe Wasser klatschten.

Der Kaiman rührte keinen Muskel.

Tatsächlich sah es so aus, als wäre sich die gewaltige, krokodilähnliche Kreatur seiner Anwesenheit überhaupt nicht bewusst.

Race hörte sein Herz laut im Schädel hämmern.

Poch-poch-poch.

Der Kaiman rührte sich noch immer nicht.

Race stand wie erstarrt in seiner Ecke.

Dann, plötzlich, ohne Vorwarnung, regte sich der Kaiman.

Aber es war keine rasche Bewegung. Er schoss nicht vor. Auch sprang er Race nicht an. Vielmehr ließ er sich langsam und bedrohlich in das schlammige Wasser hinab.

Race bekam große Augen.

Verdammt!

Der Kaiman war völlig untergetaucht! Er sah ihn nicht mehr. In dem sanften blauen Licht des Monds sowie dem flackernden orangefarbenen Schein der Indio-Fackeln war nichts mehr außer den kleinen Wellen auf der Wasseroberfläche zu erkennen.

Stille.

Kleine Wellen klatschten gegen die Erdwände der Grube.

Am ganzen Körper angespannt, wartete Race auf das erneute Auftauchen des Kaimans. Er nahm den stählernen Greifhaken wie einen Knüppel in die Hand.

Das Wasser war absolut still.

Völliges Schweigen.

Race spürte, wie sich die Furcht in ihm aufbaute.

Verdammt-verdammt-verdammt-verdammt-verdammt-verdammt.

Er überlegte, wie lange das Reptil unter Wasser bleiben ...

Der Angriff erfolgte von links, gerade als Race nach rechts schaute.

Mit einem lauten Gebrüll explodierte der Kaiman förmlich neben ihm aus dem Wasser. Mit weit aufgesperrtem Maul wälzte er den zwei Tonnen schweren Körper durch die Luft.

Race sah das Reptil augenblicklich, wich reflexartig zur Seite und fiel klatschend ins Wasser, während der Kaiman an ihm vorüberschoss und wieder auf das Schlammwasser knallte.

Mühsam kam Race auf die Beine, fuhr herum und wich erneut aus, als der Kaiman blitzschnell auf ihn zukam und die Kieferknochen mit einem lauten, fleischigen *Watsch!* vor seinem Gesicht zusammenschlugen.

Race war jetzt über und über mit Schlamm bedeckt, aber das war ihm gleichgültig. Er tauchte erneut aus dem Wasser – gleich neben der Erdwand der Grube – und drehte sich gerade rechtzeitig herum, dass er den Kaiman auf sein Gesicht zuschießen sah.

Er duckte sich, ließ sich geradewegs hinfallen, tauchte *unter* die Oberfläche, und der Kaiman fuhr über seine Scheitelspitze hinweg und schlug krachend mit der Schnauze voran gegen die schlammige Wand der Grube.

Unter den Jubelrufen der Indios am Rand der Grube kam Race wieder an die Oberfläche. Er watete nach rechts und fand sich in tieferem Wasser wieder. Jetzt löste er das am Greifhaken angebrachte Seil.

Fünf Meter, nicht gerade lang.

Er stand hüfttief im Wasser und schaute sich rasch nach dem Kaiman um.

Aber er sah ihn nicht.

Der Kaiman war nirgendwo zu entdecken.

Die Grube schien leer zu sein.

Er musste wieder untergetaucht sein …

O Scheiße …, dachte er.

Plötzlich prallte etwas mit schrecklicher Geschwindigkeit gegen sein Bein und er spürte einen sengenden Schmerz durch seinen Fußknöchel schießen. Dann wurde er ins Wasser gerissen.

Race tauchte unter, öffnete die Augen und sah im tintenschwarzen Wasser, dass der Kaiman seinen linken Fuß im Maul hatte!

Aber er hatte ihn nicht gut zu fassen bekommen und für den Bruchteil einer Sekunde öffnete er das Maul, um besser zuzupacken.

Mehr benötigte Race nicht. Kaum hatte das große Reptil seinen Fuß losgelassen, riss er ihn heraus und der Kiefer des Kaimans schlug über nichts zusammen.

Verzweifelt nach Atem ringend, kam Race an die Oberfläche. Das Seil des Greifhakens schleifte im Wasser nach.

Der Kaiman kam ebenfalls hoch, jagte wild schnappend hinter ihm her, fing die Leine des Greifhakens im Maul auf und biss sie im Nu durch. Dabei verlor Race das Gleichgewicht und fiel unbeholfen ein wenig von dem Reptil entfernt ins seichtere Wasser.

Rasch wandte er sich um und sah genau im gleichen Augenblick den Kaiman von der Seite auf sich zuschießen, die Kieferknochen weit aufgesperrt. Das mit Zähnen gespickte Maul füllte sein Blickfeld aus, und da ihm nichts anderes einfiel, rammte er dem Kaiman einfach den Greifhaken samt rechtem Arm *in den weit aufgerissenen Rachen*!

Die Kieferknochen des großen Reptils krachten auf seinen Arm herab …

… und im gleichen Moment drückte Race den Knopf am Griff des Greifhakens, der die Haken löste.

In diesem Augenblick, eine Nanosekunde, ehe die rasiermesserscharfen Zähne des Kaimans über Race' rechtem Oberarm zusammenschlugen, sprangen die spitzen Stahlklauen des Greifhakens mit gewaltiger Kraft auf.

Woraufhin der Kopf des Kaimans förmlich explodierte.

Zwei der spitzen Stahlklauen schossen ihm aus den Augenhöhlen und in diesem einen ekligen Moment wurden dem Kaiman beide Augen von innen aus dem Kopf geschlagen und durch rasiermesserscharfe Spitzen ersetzt.

Die anderen beiden Klauen des Greifhakens brachen aus der Unterseite des Kaimankopfs hervor, rissen die weichere Haut dort auf, durchstachen sie mit Leichtigkeit.

Die beiden Klauen, die die Augen des großen Reptils herausgedrückt hatten, mussten bei ihrer Fahrt durch den Schädel des Kaimans dessen Gehirn durchdrungen haben. Daher töteten sie das gewaltige Tier auf der Stelle. Sein Kiefer erstarrte mitten in der Beißbewegung.

Race saß auf dem Boden der Grube und hatte einen gewaltigen, sechs Meter langen Kaiman am rechten Arm hängen.

Die Zähne in dem langen, dreieckigen Mal waren nur Millimeter von seiner Haut entfernt und der riesige schwarze Körper erstreckte sich weit hinaus in die Grube.

Die Eingeborenen am Rand der Grube standen entgeistert und benommen da.

Dann setzte langsam Beifall ein.

Unter dem Jubel der Indios verließ Race die Grube. Sie schlugen ihm auf den Rücken und lächelten ihm durch schiefe gelbe Zähne zu.

Sogleich wurde der Käfig mit Nash und den anderen geöffnet und wenige Augenblicke später traten sie im Zentrum des Dorfes zu Race.

Van Lewen kam kopfschüttelnd auf ihn zu. »Was, zum Teufel, haben Sie da gerade getan? Wir haben vom Käfig aus überhaupt nichts sehen können.«

»Ich habe eine große Echse getötet«, erwiderte Race schlicht.

Der Anthropologe Marquez kam herüber und lächelte Race an. »Gut gemacht, Sir! Gut gemacht! Wie war gleich noch einmal Ihr Name?«

»William Race.«

»Jubeln Sie, Mr Race! Sie haben sich gerade zu einem Gott gemacht.«

★★★

JOHN-PAUL DEMONACOS Handy klingelte.

Er und der Untersuchungsbeamte der Navy, Mitchell, saßen noch immer im Hauptquartier der DARPA in Virginia. Mitchell nahm gerade selbst einen Anruf entgegen.

»Sie meinen, er ist von Bittiker gekommen ...«, sagte Demonaco in den Apparat. Plötzlich wurde sein Gesicht aschfahl. »Rufen Sie die Polizei in Baltimore an! Die sollen sofort das Sprengkommando rüberschicken. Ich bin da, so schnell ich kann.«

Mitchell kam herüber, als Demonaco abschaltete.

»Das war Aaronson«, sagte der Mann von der Navy. »Sie haben gerade die Quartiere der Freiheitskämpfer ausgehoben. Nichts drin. Völlig leer.«

»Schon gut«, meinte Demonaco und ging zur Tür.

»Was ist los?«, fragte Mitchell und eilte ihm nach.

»Ich habe gerade einen Anruf von einem meiner Leute in Baltimore erhalten. Er sitzt in der Wohnung eines unserer Informanten. Sagt, er hat was ganz Großes.«

Neunzig Minuten später trafen Demonaco und Mitchell an einer verfallenen alten Lagerhalle im Gewerbegebiet von Baltimore ein.

Drei Polizeiwagen, ein paar unscheinbare beigefarbene Buicks vom FBI sowie ein großer marineblauer Laster der Navy mit der Aufschrift »SPRENGKOMMANDO« an der Seite parkten bereits vor dem Gebäude.

Demonaco und Mitchell betraten die Lagerhalle und stiegen einige Stufen empor.

»Das hier gehört einem Knaben namens Wilbur Francis James, besser bekannt als ›Bluey‹«, erklärte der FBI-Beamte. »Er war mal Funker bei der Army, ist aber entlassen worden, weil er Sachen mitgehen ließ – Frequenzprüfer, M-16. Jetzt ist er ein Schmalspurgauner, der als Verbindungsglied zwischen den Texanern und gewissen kriminellen Elementen dient, die sie mit Waffen und Informationen versorgen. Vor einigen Monaten haben wir ihn mit drei Kanistern geklautem VX-Nervengas erwischt, aber wir haben beschlossen, von einer Anklage abzusehen, wenn er uns bei der Informationsbeschaffung behilflich ist. In dieser Hinsicht ist er sehr zuverlässig gewesen.«

Auf der obersten Etage der Lagerhalle betraten sie eine kleine, voll gestopfte Wohnung, die von zwei Polizisten aus Baltimore bewacht wurde. Sie war heruntergekommen, hatte feuchte Dielenbretter und die Tapete löste sich von den Wänden.

Demonaco wurde von einem jungen schwarzen Beamten namens Hanson sowie dem Leiter des Sprengkommandos der Polizei von Baltimore begrüßt, einem kleinen, vierschrötigen Mann mit Namen Barker.

Bluey James selbst saß mit verschränkten Armen in einer Ecke des Raums. Trotzig nuckelte er an einer Zigarette. Er war ein kleiner, unrasierter Zwerg mit braunen Rastasträhnen und einem schmuddeligen Hawaiihemd. An den Füßen trug er Sandalen – mit Socken.

»Was haben Sie?«, fragte Demonaco Hanson.

»Bei unserem Eintreffen haben wir nichts gefunden«, erwiderte der junge Beamte und beäugte Bluey James geringschätzig. »Aber eine genauere Durchsuchung hat das hier zutage gefördert.«

Hanson reichte Demonaco ein Päckchen von der Größe eines kleinen Buches. Es war in braunes Papier gewickelt und ungeöffnet. Dabei lag ein gewöhnlicher weißer Umschlag, der geöffnet worden war.

»War hinter einem falschen Wandpaneel versteckt«, sagte Hanson.

Demonaco wandte sich an Bluey. »Wie einfallsreich«, meinte er. »Du musst auf deine alten Tage schon ein bisschen cleverer werden, Bluey.«

»Fick dich ins Knie!«

»Durchleuchtet?«, fragte Demonaco Barker.

»Ist sauber«, erwiderte der Mann vom Sprengkommando. »Den Anzeigen zufolgte sieht es aus wie eine CD oder so was.«

Bluey James schnaubte. »Ich hab nicht gewusst, dass es in diesem verdammten Land ein Verbrechen ist, wenn sich ein

Mann eine CD kauft. Obgleich es vielleicht eines sein *sollte* bei dem Scheiß, den du hörst, Demonaco.«

»Was, dir gefällt ›Achy Breaky Heart‹ nicht?«, fragte Demonaco. Er betrachtete den weißen Umschlag und zog ein Blatt Papier heraus. Darauf stand:

WENN WIR DAS THYRIUM HABEN, WERDE ICH KONTAKT MIT DIR AUFNEHMEN. NACHDEM DU MEINEN ANRUF ERHALTEN HAST, SCHICK DEN INHALT DIESER CD PER E-MAIL AN JEDE DER FOLGENDEN ORGANISATIONEN.

BITTIKER

Es folgte eine Liste mit etwa einem Dutzend Namen und Anschriften, und zwar alles Fernsehnetzwerke oder -kanäle – CNN, ABC, NBC, CBS, FOX.

Demonaco drehte das Päckchen in dem braunen Papier in den Händen. Was konnte Earl Bittiker allen größeren Fernsehnetzwerken im Land per E-Mail zuschicken wollen?

Er riss das Päckchen auf.

Und hatte eine silbern schimmernde CD vor sich.

Als Erstes fiel ihm auf, dass es keine gewöhnliche CD war.

Es war eine V-CD – eine Video-Compactdisc.

Er drehte sich um. »Bluey, was, zum Teufel, ist das?«

»›The Best of Billy Ray Cyrus‹. Nur für dich, Arschloch.«

»He, Demonaco«, meinte Mitchell und nickte zu einem V-CD-Player drüben neben Blueys Trinitron-Fernsehgerät hinüber. Gleich daneben stand ein schwarzer IBM-Computer. Die drei Gegenstände wirkten in der ansonsten so heruntergekommenen Wohnung völlig fehl am Platz.

Demonaco schob die CD in den V-CD-Player und drückte auf »PLAY«.

Sogleich erschien auf dem Bildschirm das Gesicht Earl Bittikers.

Es war ein eingefallenes, hässliches Gesicht, ein böses Gesicht, gezeichnet von Narben und Hass. Bittiker hatte hitzige Züge, strähniges blondes Haar und kalte graue Augen, die nichts außer der Wut zeigten, die dahinter pulsierte. Hinter dem Terroristen sahen Demonaco und Mitchell die Supernova.

Bittiker sprach direkt in die Kamera.

»Menschen der Welt. Mein Name ist Earl Bittiker und ich bin der Antichrist.

Wenn ihr diese Botschaft vernehmt, seid ihr dabei zu sterben. Heute, genau um zwölf Uhr mittags Eastern Standard Time, werdet ihr durch eine Waffe getötet, die von euren Steuergeldern erschaffen worden ist. Eine Waffe, die in wenigen Stunden diese ganze böse Welt dorthin schicken wird, wohin sie gehört.

Ihr Menschen – ich habe nichts gegen euch persönlich. Aber ich hasse die Welt, die ihr bewohnt – sie hat es nicht verdient, weiter zu existieren. Sie ist ein kranker Hund, der eingeschläfert werden muss.

Ihr Regierungen der Welt – ihr seid schuld am gegenwärtigen Zustand. Kommunisten, Kapitalisten und Faschisten gleichermaßen, ihr alle werdet fett, während die von euch regierten Menschen verhungern. Ihr alle werdet reich, während sie verarmen. Ihr lebt in Prunkvillen, sie darben in Ghettos.

Die menschliche Natur besteht im Verlangen des einen, über den anderen zu herrschen. Es tritt in vielen Verkleidungen auf, in vielerlei Gestalten – von Schreibtischpolitik bis hin zu ethnischer Säuberung –, und wird von uns allen gleichermaßen ausgeübt, vom untersten Vorarbeiter bis hin zum obersten Machthaber der Vereinigten Staaten. Aber in seinem Charakter bleibt es sich gleich. Es geht um *Macht* und *Herrschaft*. Das ist das Krebsleiden dieser Welt und dieser Wucherung muss jetzt ein Ende gesetzt werden.

An die Fernsehnetzwerke, die diese Botschaft erhalten. Nehmen Sie Kontakt zur Navy oder zur Defense Advanced Research Projects Agency auf und fragen Sie nach, was mit deren Supernova geschehen ist. Fragen Sie nach Existenz und Zweck. Fragen Sie nach den siebzehn Wachleuten, die vor zwei Tagen gestorben sind, als meine Männer das Hauptquartier der DARPA in Virginia überfallen haben. Ich bin mir sicher, dass Sie niemand von diesem Vorfall informiert hat, denn so arbeiten die Regierungen heutzutage. Anschließend fragen Sie Ihre Regierung, ob *dies*« – er zeigte auf den Apparat hinter sich – »das ist, wonach sie suchen.«

Bittiker starrte in die Kamera.

»Menschen der Welt, ich verlange nichts von euch. Ich verlange kein Lösegeld. Ich möchte nicht, dass politische Gefangene aus ihren Zellen befreit werden. Es gibt *keine* Möglichkeit, mich daran zu hindern, diesen Apparat zu zünden. Jetzt nicht. Niemals mehr. Ihr könnt dieses Ereignis nicht mehr aufhalten. Heute Mittag um zwölf Uhr werden wir alle gemeinsam zum Teufel gehen.«

Auf dem Bildschirm erschien Schnee.

Ein langes Schweigen folgte, währenddessen ein jeder zu verdauen suchte, was Bittiker gerade gesagt hatte. Sogar Bluey James war völlig verblüfft.

»Verdammte Scheiße …«, fluchte er.

»Sehr schlau«, meinte Demonaco. »Er hat nur die Uhrzeit der Zündung festgelegt. Zwölf Uhr mittags. Jetzt muss er lediglich das Thyrium finden, sich mit Bluey in Verbindung setzen, und sein Plan geht auf.«

Er wandte sich an Mitchell. »Ich glaube, wir haben gerade Ihre Supernova gefunden, Commander.« Dann sagte er zu Bluey: »Ich vermute, dass du diesen Anruf noch nicht erhalten hast?«

»Was meinst denn du, Arschgesicht?«

»Was weißt du von der Sache, Bluey?«, fragte Demonaco in einem anderen Tonfall.

»Was ich immer weiß, Mann. Einen Scheißdreck.«

»Wenn du mir nicht auf der Stelle was flüsterst, werde ich dich wegen Anstiftung und Beihilfe zum Mord an siebzehn Wachleuten einer Bundesbehörde ...«

»He, Mann, hast du nicht zugehört? Die Welt geht vor die Hunde. Was zählt da jetzt noch Beihilfe und Anstiftung?«

»Vermutlich hängt alles davon ab, auf wen du bei diesem kleinen Wettstreit setzt – auf uns oder auf Bittiker.«

»Auf Bittiker«, sagte Bluey ausdruckslos.

»Dann sieht es so aus, als müsstest du deine letzten paar Stunden auf dieser Erde im Gefängnis verbringen«, sagte Demonaco und nickte den beiden Polizisten an der Tür zu. »Bringt dieses kleine Wiesel weg.«

Die beiden Polizisten packten Bluey an den Armen.

»He, jetzt warte doch mal 'ne verdammte Minute!«, sagte Bluey.

»Tut mir Leid, Bluey.«

»Also gut, Mann, hör zu ... Ich habe nichts mit irgendwelchen Morden zu tun, ja? Ich bin bloß der Zwischenträger. Ich handle in Bittikers *Auftrag*. Wie ein Anwalt. Was, wie ich vielleicht erwähnen sollte, in letzter Zeit nicht so ganz einfach gewesen ist, da er allmählich völlig abgedreht ist.«

»Er ist völlig abgedreht?« Demonaco winkte die beiden Polizisten beiseite.

»Das kann man wohl sagen. Wo bist du denn gewesen, Mann? Zunächst lässt er 'ne ganze Bande beschissener Japse den Texanern beitreten. Japse, Mann! Beschissene Japse! Du hättst diese kleinen Arschgeigen mal sehen müssen. Beschissene Kamikazes. Sind von irgend so einer durchgeknallten Sekte in Japan. Wollen die Welt vernichten und all so 'n Scheiß. Aber Earl, er meint, das gefällt ihm, was die zu sagen haben, und er lässt sie in die Bewegung rein. Aber dann – *verdammt* –, dann geht er hin und macht das Seltsamste von allem. Er geht hin und verbündet sich mit den beschissenen Freiheitskämpfern.«

»*Was?*«

»Er will an ihr technisches Know-how rankommen. Wenn du mich fragst, Mann, diese Freiheitskämpfer, das ist 'ne Bande von Schwanzlutschern, aber sie verstehen was von Technologie. Ich mein, Scheißdreck, Botschaften an die Welt auf V-CD. Meinst du etwa, *ich* hab mir diesen Player da besorgt?«

»Die Texaner haben sich mit den Freiheitskämpfern *verbündet*?«, sagte Demonaco. »Heilige Scheiße.«

Bluey quasselte noch immer. »Liegt alles an den Japsen, verstehst du? Seitdem die hier sind, haben sie Earl pausenlos bequatscht. Wenn er die Welt wegpusten will, haben sie gesagt, dann wird er richtig schweres Zeug brauchen. Keine Gewehre und so, sondern *Bomben* und so 'n Scheiß. Atombomben. Und als sie dann diese Sache mit der Supernova spitzgekriegt haben, na ja ...«

Aber Demonaco hörte nicht mehr zu.

Er wandte sich an Mitchell. »Die Texaner haben die Freiheitskämpfer *geschluckt*. Deswegen hat Ihr Boss Aaronson niemanden gefunden. Sie existieren nicht mehr. Mein Gott, kein Wunder, dass sie Wolframgeschosse verwendet haben. Sie haben Zeit geschunden, indem sie eine terroristische Gruppierung gespielt haben, die nicht mehr existiert. Die Texaner und die Freiheitskämpfer haben keinen Grabenkrieg geführt. Sie haben sich *vereinigt* ...«

»Was sagen Sie da?«, fragte Mitchell.

»Ich habe gerade gesagt, dass wir Zeuge der Vereinigung dreier der gefährlichsten Terrororganisationen der Welt geworden sind. Die eine ist eine brillant organisierte Kampfeinheit, die zweite die technologisch vielleicht fortschrittlichste paramilitärische Gruppierung in Amerika und die dritte eine Weltuntergangssekte aus Japan.

Wenn Sie das alles zusammenfügen«, sagte Demonaco, »dann haben Sie ein verteufeltes Problem vor sich, weil diese

Burschen Ihre Supernova gestohlen haben, und dem Video nach zu urteilen, besorgen sie sich gerade Thyrium.«

★★★

Im weichen Licht der Morgendämmerung fanden am Fuß der Berge die Vorbereitungen zu einem Festmahl statt.

Nach seinem Sieg über den Kaiman hatte sich Race höflich von den jubelnden Indios verabschiedet und darum gebeten, sich zur Ruhe begeben zu dürfen. Daraufhin war ein gesunder Schlaf gefolgt – meine Güte, er hatte ihn bitter nötig gehabt! Immerhin waren fast 36 Stunden vergangen, seit er zuletzt geschlafen hatte, und dementsprechend erwachte er erst kurz vor der Morgendämmerung.

Die Tafel, die für ihn angerichtet worden war, wäre eines Königs würdig gewesen. Eine Vielzahl roher Dschungelgerichte, gereicht auf großen grünen Blättern: Wurzeln, Beeren, Mais, sogar etwas rohes Kaimanfleisch. Ein leichter Regen fiel, doch das schien niemanden zu stören.

Race und die Leute von der Army saßen in einem weiten Kreis vor dem Schrein im Dorf und aßen unter dem wachsamen Blick des echten Götzenbildes, das stolz in seiner reich geschmückten hölzernen Nische saß.

Obgleich ihnen die Eingeborenen die Waffen zurückgegeben hatten, lag noch immer eine leichte Aura des Argwohns in der Luft. Etwa ein Dutzend mit Pfeil und Bogen bewaffneter Indiokrieger stand bedrohlich außerhalb des Kreises und beobachtete Nash und seine Leute argwöhnisch – wie sie es die ganze Nacht über getan hatten.

Race saß mit dem Oberhaupt des Stammes und dem Anthropologen, Miguel Moros Marquez, zusammen an der Tafel.

»Häuptling Roa würde Ihnen gern seine Dankbarkeit für Ihr

Kommen aussprechen«, übersetzte Marquez die Worte des alten Mannes.

Race lächelte. »Aus Dieben in der Nacht sind willkommene Gäste geworden.«

»Haben Sie eine Ahnung«, erwiderte Marquez. »Wenn Sie die Konfrontation mit dem Kaiman nicht überlebt hätten, wären Ihre Freunde den Rapas geopfert worden. Jetzt sonnen sie sich in Ihrem Ruhm.«

»Es sind nicht wirklich meine Freunde«, sagte Race.

Gaby Lopez saß dem kleinen Anthropologen gegenüber und ihre Aufregung darüber, eine lebendige Legende vor sich zu haben, war deutlich zu erkennen. Schließlich war es neun Jahre her, hatte sie Race an ihrem ersten Tag in Peru erzählt, dass Marquez zum Studium primitiver Amazonas-Stämme in den Dschungel gegangen und nie zurückgekehrt war. »Dr. Marquez«, sagte sie, »erzählen Sie uns doch bitte von diesem Stamm. Ihre Erlebnisse hier müssen faszinierend gewesen sein.«

Marquez lächelte. »Allerdings. Diese Indios sind wirklich bemerkenswerte Leute. Dies ist einer der letzten von der Zivilisation unberührten Stämme in ganz Südamerika. Obgleich sie mir erzählt haben, dass sie seit Jahrhunderten dieses Dorf bewohnen, sind sie wie die meisten anderen Stämme dieser Region Nomaden. Oft zieht das ganze Dorf für sechs Monate oder gar ein ganzes Jahr woandershin – auf der Suche nach Nahrung oder einem wärmeren Klima. Aber sie kehren stets hierher zurück. Sie sagen, sie hätten eine Verbindung zu diesem Gebiet – zu dem Tempel im Krater und den darin lebenden Katzengöttern.«

»Wie sind sie in den Besitz des ›Geistes des Volkes‹ gekommen?«, warf Race ein.

»Bitte, ich verstehe nicht ganz?«

»Dem Santiago-Manuskript zufolge«, sagte Race, »hat Renco Capac mit Hilfe des Götzenbilds die Rapas wieder im Tempel eingeschlossen. Ist allerdings selbst auch darin geblieben. Haben diese Indios irgendwann den Tempel betreten und das Götzenbild herausgeholt?«

Marquez übersetzte dem Indiohäuptling Race' Frage. Das Stammesoberhaupt schüttelte den Kopf und sagte rasch einige Worte auf Quechua.

»Häuptling Roa sagt, dass Prinz Renco ein sehr schlauer und tapferer Mann gewesen ist, wie man vom Auserwählten erwarten sollte. Er sagt gleichfalls, dass die Mitglieder dieses Stammes besonders stolz darauf sind, seine direkten Nachkommen zu sein.«

»Seine direkten Nachkommen«, meinte Race. »Aber das würde bedeuten, dass Renco den Tempel wieder verlassen hat ...«

»Genau«, erwiderte Marquez rätselhaft, die Worte des Häuptlings übersetzend.

»Aber wie?«, fragte Race. »Wie kam er heraus?«

Da bellte der Häuptling einem seiner Indiokrieger einen Befehl zu und der Krieger eilte in eine nahe gelegene Hütte. Augenblicke später kehrte er mit etwas Kleinem in den Händen zurück.

Als der Krieger an der Seite seines Häuptlings eintraf, sah Race, dass der Gegenstand ein kleines, ledergebundenes Notizbuch war. Der Einband wirkte wahrhaft uralt, die Seiten waren jedoch unzerknittert, unberührt.

Das Stammesoberhaupt sprach, Marquez übersetzte.

»Mr Race, Roa sagt, die Antwort auf Ihre Frage liegt in der Konstruktion des Tempels begründet. Nach Rencos und Albertos berühmtem Kampf mit Hernando Pizarro hat Renco den Tempel betreten – *mit* dem Götzenbild, ja. Aber es ist ihm auch gelungen herauszukommen – *mit* dem Götzenbild. Die vollständige Geschichte der Ereignisse, *nachdem* Renco den Tempel betreten hat, enthält dieses Notizbuch.«

Race sah auf das kleine Notizbuch in den Händen des Stammesoberhaupts. Er wollte unbedingt wissen, was darin stand.

Der Häuptling hielt es ihm hin.

»Roa bietet es Ihnen als Geschenk an«, erklärte Marquez. »Schließlich sind Sie seit vierhundert Jahren die erste Person, die durch dieses Dorf kommt und es tatsächlich lesen kann.«

Sogleich öffnete Race das Notizbuch und sah etwa ein halbes Dutzend cremefarbener Seiten, die von oben bis unten in Alberto Santiagos Handschrift beschrieben waren.

Er betrachtete es ehrfürchtig.

Hier war das *wirkliche* Ende von Santiagos Geschichte.

»Ich habe eine Frage«, sagte plötzlich Johann Krauss und beugte sich vor. »Wie konnten die Rapas so lange im Tempel überleben?«

Nachdem er sich mit dem Oberhaupt besprochen hatte, erwiderte Marquez: »Roa sagt, Sie werden die Antwort auf diese Frage in dem Notizbuch finden.«

»Aber ...«, setzte Krauss an.

Roa schnitt ihm mit einem scharfen Aufbellen das Wort ab.

»Roa sagt, Sie werden die Antwort auf Ihre Frage in dem Notizbuch finden«, wiederholte Marquez fest. Während sich Race bei dem Stammesoberhaupt einer offenbar unbeschränkten Gastfreundschaft erfreute, stieß Roas Wohlwollen seinen Gefährten gegenüber anscheinend schnell an Grenzen.

Der Regen fiel jetzt heftiger. Nach wenigen Minuten vernahm Race das Grollen eines fernen Donners. Doogie und Van Lewen wandten sich bei dem Geräusch ebenfalls um.

»Ein Gewitter zieht auf«, meinte Race.

Kopfschüttelnd schaute Doogie zum Himmel auf. Das Grollen wurde lauter.

»Nein, das ist es nicht«, sagte er und hob sein G-11 vom schmutzigen Boden auf.

»Was meinen Sie damit?«

»Das ist kein Donner, Professor.«

»Was ist es dann?«

In diesem Augenblick, und ehe Doogie ihm hätte antworten

können, schoss ein gewaltiger Super-Stallion-Helikopter donnernd über sie hinweg.

Dicht darauf folgte ein weiterer, identischer Helikopter, der tief, mit laut hämmernden Rotoren, über das Dorf hereinflog, sodass die Bäume unter dem gewaltigen Fallstrom erzitterten.

Race, Doogie und Van Lewen sprangen auf, gleichzeitig griffen die Indios nach ihren Bogen.

Das Donnern der beiden Super Stallions war ohrenbetäubend, alles übertönend. Plötzlich fielen aus jedem Helikopter acht Strickleitern herab. Innerhalb einer Sekunde rutschten 16 Männer in voller Kampfmontur rasend schnell an den Tauen herunter. Sie hielten Gewehre in den Händen und sahen aus wie bedrohliche Schatten am frühmorgendlichen Himmel.

★★★

Die Gewehre der Männer, die sich von den Helikoptern abseilten, spuckten Kugeln aus.

Menschen liefen in alle Richtungen davon und suchten Deckung. Die Indios eilten in das Laubwerk, das den Ort umgab, und hoben Pfeile und Bogen auf. Van Lewen und Doogie feuerten mit ihren G-11, während gleichzeitig das Gewehrfeuer von oben den Schlamm rings umher aufriss.

Race fuhr auf und bekam mit, wie Doogie zwei Treffer ins linke Bein erhielt. Daraufhin wirbelte er herum und sah den deutschen Zoologen Krauss heftig zusammenzucken. Die ganze Vorderseite seines Körpers, Gesicht, Arme, Brustkasten, war zu einer einzigen Masse aus zerfetztem, blutigem Fleisch geworden, aufgerissen von ungefähr einer Million Kugeln eines verheerenden Maschinengewehrfeuers.

Die beiden Super Stallions schwebten in etwa sieben Metern Höhe und bestrichen das Dorf mit dem Feuer aus ihren Bordkanonen. Beim Aufspringen stach Race ein Wort auf der Seite der Hubschrauber ins Auge: NAVY.

Das war Romanos Team.

Es war schließlich eingetroffen.

Als er loslief, um Deckung vor den beiden gewaltigen Hubschraubern zu suchen, die bedrohlich über dem Dorf schwebten, schoss ihm ein merkwürdiger Gedanke durch den Kopf.

Sollte Romano nicht mit drei *Super Stallions kommen …*

Unvermittelt bestrich Gewehrfeuer den Boden und Race flüchtete zu den Bäumen. Unterwegs wandte er sich um und sah Frank Nash vom Schrein weglaufen und in dem Laubwerk dahinter verschwinden, dicht gefolgt von Lauren und Copeland.

Race' Blick konzentrierte sich auf den Altar. Das Götzenbild saß noch stolz in seiner Nische.

Oder?

Während der Boden unter den Geschosseinschlägen explodierte, rannte Race zum Schrein hinüber, riss das Götzenbild aus der Nische und drehte es um.

Ein kreisrunder Abschnitt fehlte in der Basis.

Es war die Fälschung.

»Nein …«, stöhnte Race.

Gewehrfeuer ertönte aus den Hubschraubern und der von ihren Fallströmen hervorgerufene Sturmwind peitschte ihm wie ein Tornado ins Gesicht.

Durch den gewaltigen Sturm jagte Race Nash und den anderen beiden in das Laubwerk nach.

»Wohin wollen Sie?«, schrie ihm Renée zu, die Deckung hinter einem Baum gesucht hatte.

»Nash hat das Götzenbild«, rief Race zurück. »Das echte …«

In diesem Augenblick explodierte völlig ohne Vorwarnung

einer der großen Super-Stallion-Helikopter mitten in der Luft. Es war eine erschütternde Explosion, gewaltig in ihrer Wucht, und das umso mehr, da sie so unerwartet erfolgte.

Sogleich schaute Race auf und sah den mächtigen Helikopter wie in entsetzlicher Zeitlupe zu Boden stürzen, *direkt auf die Männer* – Navy SEALs –, *die von ihm herabhingen.*

Sie berührten zuerst den Boden, den Bruchteil einer Sekunde später gefolgt von dem gewaltigen Hubschrauber, der sie auf der Stelle zerquetschte. Dann schlug der Ehrfurcht gebietende Rumpf mit einem schallenden *Wumm!* auf.

Race sah zu dem abgestürzten, brennenden Wrack des Super Stallion hinüber. In der Luft darüber löste sich eine horizontale Rauchfahne langsam auf.

Es war die Hinterlassenschaft einer Luft-Luft-Rakete. Race folgte ihr mit dem Blick bis zu ihrer Quelle.

Ein weiterer Helikopter!

Nur dass dies kein Truppentransporter war wie die beiden Super Stallions, sondern ein Zweimann-Hubschrauber, ein schlanker, jedoch nicht hagerer Kampfvogel mit prismaförmigem Cockpit und umschlossenem Schwanzrotor. Er sah aus wie eine mechanische Gottesanbeterin.

Race wusste nicht, dass er einen AH-66 Comanche vor sich hatte, einen Kampfhubschrauber der US Army der kommenden Generation.

Nashs Luftunterstützung.

Auch sie war endlich eingetroffen.

Hinter dem ersten materialisierte sich im Morgenhimmel ein zweiter Comanche-Kampfhubschrauber und eröffnete das Feuer mit seiner doppelläufigen Gatlingkanone auf den verbliebenen Super Stallion.

Dieser erwiderte das Feuer mit einer Salve aus seinem Maschinengewehr. Damit deckte er die acht SEALs, die noch immer an ihren Leinen hingen.

Der erste SEAL berührte nun den Boden – und im selben

Moment klatschte ihm ein Pfeil direkt in die Stirn und warf ihn von den Beinen.

Die übrigen sieben SEALs rutschten weiter ihre Leinen herab. Zwei wurden unterwegs von Pfeilen getroffen. Die anderen liefen gleich los, nachdem sie unten angekommen waren.

Ihr Super Stallion steckte ganz schön in Schwierigkeiten. Er drehte sich um die eigene Achse und stellte sich den beiden Comanches der Army entgegen, die ihn beschossen.

Plötzlich schoss mit einem *Wuschschsch!* eine Sidewinder-Rakete unter dem seitlich angebrachten Schacht des Super Stallion hervor. Sie zog eine perfekte horizontale Spur durch die Luft, ehe sie rasend schnell in das Cockpit eines der Comanches einschlug und den Kampfhubschrauber augenblicklich in einer gewaltigen Explosion vom Himmel fegte.

Aber es war ein Pyrrhussieg, der nichts weiter brachte, als dass er das Schicksal des Super Stallion besiegelte. Denn noch war ein Comanche übrig.

Kaum hatte der erste Army-Hubschrauber einen Treffer erhalten, da wendete der zweite rasch und feuerte seinerseits eine Hellfire-Rakete ab.

Sie schoss mit phänomenaler Geschwindigkeit auf den Super Stallion zu. Innerhalb von Sekunden fand sie ihr Ziel und jagte dem großen Navy-Helikopter mit voller Geschwindigkeit in die Seite.

Sofort barsten die Wände des Super Stallion, spritzten in alle Richtungen davon, und brennende Bruchstücke regneten auf den Boden nieder. Anschließend krachte der gewaltige Navy-Helikopter in die Bäume oberhalb des Dorfes, ein flammendes Wrack.

Nasses Farn schlug Race und Renée hart ins Gesicht, während sie Frank Nash durch das dichte, niedrige Blattwerk zum Südende des Dorfplatzes hinterherjagten.

Unterwegs kamen sie an Van Lewen vorüber. Er stand hinter einer der Hütten und feuerte mit seinem G-11 auf drei der fünf Navy-SEALs, die den Abstieg vom zweiten Super Stallion überlebt hatten.

Er hielt das Gewehr tief, versuchte zu verwunden, nicht zu töten. Immerhin waren es seine Landsleute, und nachdem Renée im Flugzeug berichtet hatte, dass Frank Nash und die Army die Navy aushebeln wollten, waren ihm bezüglich seiner Verbündeten doch Zweifel gekommen. Er wollte keine Männer töten, die wie er selbst Frontschweine waren und lediglich Befehlen folgten. Es sei denn, er wäre dazu gezwungen.

Die drei SEALs hatten sich hinter einige Bäume in der Nähe des Schreins gekauert. Ihre MP-5 erwiesen sich, wenn zugleich abgefeuert, dem einsamen G-11 als ebenbürtig. Dann hörte das Feuer der SEALs abrupt auf, als sie von einer Gruppe Indios mit Äxten, Pfeilen, Stöcken und Knüppeln überwältigt wurden.

Van Lewen zuckte zusammen.

»Was macht *ihr* denn?«, schrie er, als er Race und Renée an sich vorüberrennen sah.

»Wir verfolgen Nash! Er hat das echte Götzenbild gestohlen!«

»Er hat *was* ...?«

Aber Race und Renée liefen bereits unter die Bäume weiter. Van Lewen folgte ihnen.

Gaby Lopez rannte gleichfalls. Nur rannte sie um ihr Leben.

Gleich beim Auftauchen der Navy Super Stallions war sie hinter die Bäume gelaufen. Aber sie hatte die falsche Richtung eingeschlagen. Alle anderen waren nach Süden gerannt, während sie sich nach Norden gewandt hatte, und jetzt jagte sie durch brusthohes Laubwerk zum nordöstlichen Rand des oberen Dorfes, und zwar allein. Sie hielt den Körper tief und versuchte verzweifelt, den Kugeln auszuweichen, die gegen die Zweige über ihr klatschten.

Die beiden verbliebenen Navy-SEALs rannten irgendwo hinter ihr geräuschvoll durch das Unterholz und feuerten unablässig mit ihren MP-5.

Gaby sah sich beim Laufen voller Furcht nach ihren Verfolgern um. Als sie sich ein weiteres Mal umdrehte, gab der Boden unter ihr unvermutet nach.

Sie fiel wie ein Stein.

Eine Sekunde später schlug sie auf dem Wasser auf.

Überall schlammiges Nass. Nachdem es sich beruhigt hatte, öffnete Gaby die Augen und entdeckte, dass sie mit dem Hintern in dem Graben saß, der das obere Dorf umgab! Rasch sprang sie auf und merkte, dass sie in einem Abschnitt mit knöcheltiefem Wasser stand.

Plötzlich überfiel sie ein Gedanke: *Kaimane.*

Verzweifelt sah sie sich um. Der Graben war in etwa kreisförmig und bog in beiden Richtungen wie eine Straße ab, die um eine Kurve verschwand. Die nackten, schlammigen Wände ragten gut und gern drei Meter in die Höhe.

Plötzlich riss automatisches Maschinengewehrfeuer das Wasser auf. Instinktiv ließ sich Gaby nach vorn fallen. Die Kugeln pfiffen über sie hinweg und klatschten in die Erdwände des Grabens.

Dann vernahm sie weiteres Gewehrfeuer. Es hörte sich anders an, stammte von einem G-11. Sogleich verstummte das erste und alles war still. Noch immer lag Gaby auf der Brust in dem seichten Wasser des Grabens. Stille folgte. Nach wenigen Sekunden hob sie vorsichtig den Kopf.

Und fand sich vor dem grinsenden Gesicht eines Kaimans wieder.

Gaby erstarrte.

Der Kaiman lag im Schlamm und beobachtete sie, während sein Schwanz langsam hin und her schlug. Er hatte sie. Sie war sein.

Dann griff das riesige Reptil mit einem lauten, ächzenden Gebrüll an, bleckte wild die Zähne, sprang …

Klatsch! ... etwas landete direkt auf dem Kaiman. Gaby wusste nicht, was es war. Es hatte wie ein Tier ausgesehen und jetzt wälzte es sich mit dem Reptil im Schlamm und Wasser umher, dass es nur so spritzte.

Als ihr aufging, was das Tier war, fiel ihr die Kinnlade herab.

Es war ein Mann. Ein Mann in Kampfmontur. Er war vom Rand des Grabens herabgesprungen und hatte den Kaiman im gleichen Augenblick angegriffen, als er Gaby angesprungen hatte.

Die beiden wälzten sich im Zweikampf herum. Das Reptil bockte und schnappte und der Mann holte keuchend Luft, wann immer es möglich war.

Da sah Gaby, wer es war.

Doogie.

Doogie und der Kaiman kämpften, wälzten sich, rangen, knurrten und zappelten. Der Kaiman schnappte wild nach dem verwundeten Green Beret, während dieser verzweifelt versuchte, dem Reptil die Schnauze zuzuhalten, wie er es als Kind bei Alligatorkämpfern gesehen hatte.

Zwar hatte er noch sein G-11, aber es war nutzlos – die Munition war ihm ausgegangen. Mit seinen letzten paar Kugeln hatte er widerstrebend die beiden Navy SEALs niedergeschossen, die auf Gaby gefeuert hatten. Als dann der Kaiman vor ihr aufgetaucht war, hatte er das Einzige getan, was ihm eingefallen war – er war auf das Reptil gesprungen.

In diesem Moment riss der Kaiman die Schnauze aus Doogies Griff und warf sich mit weit aufgesperrtem Maul auf seinen Kopf. Aus schierer Verzweiflung schwang Doogie das G-11 herum und klemmte es dem großen Krokodil ins Maul, ohne weiter darüber nachzudenken, sodass es direkt vor seinem Gesicht sperrangelweit aufstand!

Der Kaiman ächzte überrascht.

Sein Maul stand weit offen, wie die Motorhaube eines Autos. Er konnte es nicht mehr schließen!

Doogie packte die Gelegenheit beim Schopf und zog rasch sein Bowiemesser aus der Scheide. Der Kaiman stand blöde vor ihm.

Doogie versuchte, hinter das große Reptil zu kommen, sodass er ihm das Messer in den Schädel treiben und es dadurch töten könnte, aber der Kaiman sah seine Bewegung, drehte sich rasch zur Seite, rannte in ihn hinein, warf ihn um und schickte ihn klatschend ins schlammige Wasser.

Daraufhin stapfte das Reptil heran und setzte die stämmigen Vorderpfoten auf Doogies Beine, sodass sie in den Schlamm einsanken.

»*Aaahhh!*«, kreischte Doogie, als der Kaiman sich mit seinem ganzen Gewicht auf seine Schienbeine legte. Das große Reptil tat einen weiteren langsamen Schritt und trat auf seinen verwundeten linken Oberschenkel. Doogie brüllte vor Schmerz, während seine Beine tiefer in den Schlamm sanken.

Das Maul des Kaimans stand gähnend weit offen, direkt vor seinem Gesicht, einen halben Meter vor seiner Nase, festgehalten von seinem G-11.

Scheiß drauf, dachte Doogie und mit einer raschen Bewegung griff er tief in das gewaltige Maul des Kaimans und klemmte sein Bowiemesser senkrecht hinter das G-11, sodass der Knauf auf der Zunge des Kaimans saß und die Klinge oben am Gaumen des großen Untiers ruhte.

»Friss das!«, sagte Doogie und fegte dem riesigen Reptil mit einer Armbewegung das G-11 aus dem Maul.

Die Reaktion erfolgte unmittelbar.

Ohne das Gewehr klappte das gewaltige Maul des Kaimans rasend schnell zusammen und der Unterkiefer schob das Bowiemesser durch den Gaumen direkt in das Gehirn des Reptils.

Die blutbeschmierte Messerklinge brach aus dem gewaltigen

Kopf hervor und der Körper des Kaimans erschlaffte augenblicklich, während alles Leben aus ihm entwich.

Einen Augenblick lang starrte Doogie ihn an, erstaunt darüber, was er gerade getan hatte. Das gewaltige Tier stand noch immer halb auf ihm. Es stöhnte unwillkürlich und stieß große Mengen Luft aus, die es nicht mehr benötigte.

»Meine Güte ...«, ächzte Doogie.

Daraufhin schüttelte er den Kopf, zog sich unter dem Untier hervor und krabbelte zu Gaby, die noch immer im Schlamm lag, völlig verblüfft von seinem Akt der Ritterlichkeit.

»Kommen Sie«, sagte er und nahm ihre Hand. »Hauen wir ab.«

★★★

Frank Nash rannte durch das dichte Laub zwischen dem unteren Dorf und dem Krater, das Götzenbild wie einen Football unter den Arm geklemmt.

Lauren und Copeland folgten ihm, in den Händen SIG-Sauer-Pistolen.

Inmitten des Durcheinanders während des Luftangriffs auf das obere Dorf hatten er, Lauren und Copeland rasch eine der Bohlenbrücken über den Graben gelegt und waren in das dichte Unterholz gejagt.

»Nash hier! Nash hier!«, schrie er beim Laufen in sein Kehlkopfmikrofon. »Luftteam, bitte kommen!«

Er blickte hinter sich zum Himmel auf und sah den zweiten Comanche-Helikopter der Army über den rauchenden Überresten des Dorfes schweben. Dahinter erkannte er einen weiteren Hubschrauber, einen dritten Helikopter, der fetter und gedrungener war als der Comanche. Es war ein Black Hawk II, der dritte Hubschrauber der Army.

»Colonel Nash – hier Captain Hank Thompson – verstehe Sie«, sagte eine von statischem Rauschen unterlegte Stimme über seinen Ohrhörer. *»Tut mir Leid – so lange gebraucht – habe. Ihr Signal verloren – in einem elektrischen Gewitter vergangene Nacht ...«*

»Thompson, wir haben die Beute. Ich wiederhole, wir haben die Beute. Ich bin zurzeit etwa fünfzig Meter östlich des Dorfes, laufe auf den Krater zu. Sie müssen mich auf der Stelle rausholen.«

»Negativ, Colonel – kann hier oben nirgendwo landen – zu viele – Bäume.«

»Dann treffen wir uns unten im anderen Dorf«, schrie Nash. »Dem mit der Zitadelle. Halten Sie sich einfach östlich, fliegen Sie über den Krater und schauen Sie nach unten. Sie können es nicht verfehlen. Da ist jede Menge Platz zum Landen.«

»Verstanden, Colonel – bis gleich.«

Sofort schwenkten die beiden verbliebenen Hubschrauber der Army ab und flogen donnernd über Nashs Kopf hinweg auf Vilcafor zu.

Keine Minute später erreichten Nash, Lauren und Copeland den Krater und eilten den spiralförmig verlaufenden Pfad hinab.

Race, Renée und Van Lewen jagten durch das dichte Laub zwischen dem oberen Dorf und dem Krater, verfolgten Nash und das Götzenbild.

Die Rapas waren nirgendwo zu erblicken.

Sie mussten sich bei Anbruch der Dämmerung in die Tiefen des Kraters zurückgezogen haben, dachte Race. Er hoffte inbrünstig, dass der Affenurin an seinem Körper immer noch wirkte.

Alle drei erreichten den Pfad am Krater.

Als Race, Renée und Van Lewen den Pfad noch hinabliefen, trafen Nash, Lauren und Copeland an dessen Basis ein.

Sie erreichten den Spalt und rannten hindurch, wobei sie bei jedem Schritt Wasser hochtraten. Sie bemerkten die dunklen Katzenköpfe nicht, die sich träge aus dem seichten See hoben.

Die drei stürmten auf den Flusspfad, wo sie von einem dünnen, morgendlichen Dunst begrüßt wurden, aber sie hielten sich nicht damit auf, ihn zu bewundern. Sie rannten einfach weiter auf Vilcafor und die dröhnenden Hubschrauber zu.

Weitere Minuten verstrichen. Sie erreichten den Graben an der westlichen Seite des Dorfes.

Und hielten inne.

Blieben wie angewurzelt stehen.

Vor ihnen, in Vilcafors Zentrum, stand eine Gruppe von etwa einem Dutzend Männer und Frauen, um deren Füße sich der weiche Dunst kräuselte. Alle hielten die Hände hinter dem Kopf verschränkt und rührten sich nicht, ungeachtet des *Wapp-Wapp-Wapp* der Helikopterrotoren, das die morgendliche Luft erfüllte.

Einige von ihnen waren Navy-SEALs in vollständiger Kampfmontur. Aber sie waren entwaffnet worden. Andere trugen blaue Navy-Uniformen oder gewöhnliche Zivilkleidung – die Wissenschaftler der DARPA.

Dann sah Nash ihren Helikopter. Er stand hinter der kleinen Gruppe von Menschen.

Ein einsamer Super Stallion.

Er hockte schweigend, reglos im Zentrum des Dorfes, die sieben Rotorblätter völlig still. Das Wort NAVY stand in fetten weißen Buchstaben auf seiner Seite.

Dann schaute er nach oben, suchte nach der Quelle des lauten Wummerns, das die Luft über dem Dorf erfüllte.

Und sah sie.

Die beiden Helikopter der Army, den Comanche und den Black Hawk II, die er vom oberen Dorf herabgeschickt hatte.

Sie schwebten über Vilcafor und hielten die Gatlingkanonen mit den Zwillingsläufen sowie die Furcht erregenden Raketenschächte direkt auf das unselige Navy-DARPA-Team am Boden gerichtet.

★★★

Ein paar Minuten später traten Race und die anderen aus dem Wald hervor.

Als sie die Hauptstraße von Vilcafor erreichten, waren die beiden Hubschrauber der Army bereits gelandet und Nash stolzierte wie ein Pfau vor den Leuten der Navy einher. Er hielt das schimmernde Götzenbild in der einen und eine silberne SIG-Sauer-Pistole in der anderen Hand.

Die Besatzungen der Army-Hubschrauber – alles in allem sechs Männer, zwei aus dem Comanche, vier aus dem Black Hawk – hielten M-16-Gewehre auf die Navy- und DARPA-Leute gerichtet.

»Ah, Professor Race, nett, dass Sie zu uns stoßen«, sagte Nash, als er Race und die anderen auf die Hauptstraße treten und die seltsame Mischung aus Navy-Männern und Zivilisten anstarren sah, die mit hinter dem Kopf verschränkten Händen dastanden.

Race gab Nash keine Antwort. Sein Blick glitt über die etwa ein Dutzend Menschen. Er suchte jemanden.

Wenn das Romanos Team war, überlegte er, das *echte* Supernova-Team, dann war vielleicht …

Er erstarrte.

Erkannte ihn.

Einen Mann, einen Zivilisten inmitten der Navy-Männer, der gewöhnliche Wanderkleidung und Wanderstiefel trug. Trotz der Tatsache, dass er ihn seit beinahe zehn Jahren nicht mehr gesehen hatte, erkannte Race die dunklen Augenbrauen und die gekrümmten Schultern auf der Stelle.

Er hatte seinen Bruder vor sich.

★★★

»Marty ...«, flüsterte Race.

»Professor Race ...«, sagte Nash.

Race beachtete ihn nicht. Er schritt zu seinem Bruder hinüber. Sie standen voreinander – umarmten sich nicht –, zwei Brüder, doch zwei sehr unterschiedliche Männer.

Race sah übel zugerichtet aus – er war schlammbespritzt und stank nach Affenurin, während Marty perfekt frisiert und seine Kleidung peinlich sauber war. Er sah Race mit großen Augen an – die dreckige Kleidung, die zerknitterte, schmutzige Kappe –, als wäre er eine Kreatur aus einem Horrorstreifen.

Marty war kleiner, stämmiger, und während Race' Züge immer einen offenen, gelassenen Ausdruck zeigten, war Martys Gesicht zu einem todernsten Stirnrunzeln erstarrt.

»Will ...«, sagte Marty.

»Marty, tut mir Leid. Das habe ich nicht gewusst. Sie haben mich angelogen, damit ich mitkomme. Sie haben gesagt, sie sind von der DARPA und kennen dich und ...«

Unvermittelt verstummte Race, weil er ein weiteres Mitglied des Navy-Teams wiedererkannte.

Er runzelte die Stirn.

Es war Ed Devereux.

Devereux war ein kleiner Schwarzer mit Brille, einundvierzig Jahre alt und einer der angesehensten Professoren für Alte Sprachen in Harvard. Manche behaupteten, er sei der beste Lateinkenner der Welt. Im Augenblick stand er stumm in der Reihe von Navy- und DARPA-Leuten, ein großes, ledergebundenes Buch unter dem Arm. Race vermutete, dass es die Navy-Kopie des Manuskripts war.

In diesem Augenblick fiel Race seine Begegnung mit Frank Nash in seinem Büro vor zwei Tagen ein. Da hatte er dem Colonel gegenüber geäußert, er solle sich lieber an Devereux wenden, weil der Harvard-Professor bedeutend besser in mittelalterlichem Latein sei als er.

Jetzt begriff Race, weshalb Nash darauf bestanden hatte, *ihn* mitzunehmen.

Weil Devereux bereits in Beschlag genommen war. Vom echten DARPA-Team.

»Sie kommen hier nie lebend raus, Nash«, sagte einer der älteren DARPA-Männer. Er hatte einen völlig kahlen Kopf und benahm sich wie jemand, der das Sagen hatte – Dr. Julius Romano.

»Wie kommen Sie darauf?«, fragte Nash.

»Der Streitkräfte-Ausschuss wird von dieser Sache Wind bekommen«, erwiderte Romano. »Die Supernova ist ein Projekt der Navy. Sie haben hier nichts zu suchen.«

»Die Supernova ist seit dem Augenblick kein Projekt der Navy mehr, als sie vor zwei Tagen aus dem DARPA-Hauptquartier gestohlen wurde«, sagte Nash. »Was bedeutet, dass jetzt die *Army* die einzige militärische Abteilung der Vereinigten Staaten ist, die über eine Supernova verfügt.«

»Ihr Schweinehunde …«, fluchte Romano.

In diesem Moment explodierte sein Kopf – platzte wie eine Tomate. Blutfontänen spritzten in alle Richtungen. Den Bruchteil einer Sekunde später fiel sein Körper zu Boden, schlaff, leblos, tot.

Beim Knall des Schusses fuhr Race herum. Er sah Nash vor sich, die SIG-Sauer-Pistole noch immer ausgestreckt von sich haltend. Nash ging einen Schritt weiter an der Reihe von Navy- und DARPA-Leuten entlang und hob dem nächsten die Pistole an den Kopf.

Bumm!

Die Waffe ging los, der Mann fiel um.

»Was *tun* Sie da!«, schrie Race.

»*Colonel!*«, rief Van Lewen ungläubig und wollte sein G-11 heben.

Aber er hatte kaum zu der Bewegung angesetzt, da tauchte eine weitere silbrige SIG-Sauer an *seinem* Kopf auf. An deren anderem Ende stand Troy Copeland.

»Lassen Sie das Gewehr fallen, Sergeant!«, befahl Copeland.

Mit zusammengebissenen Zähnen ließ Van Lewen das G-11 los und funkelte den Wissenschaftler an.

Lauren hielt Renée auf die gleiche Weise in Schach.

Völlig durcheinander fuhr Race herum und wollte Marty ins Auge sehen, doch sein Bruder am Ende der Reihe starrte bloß stoisch vor sich hin. Seine einzige Regung war ein Blinzeln bei jedem Schuss.

»Colonel, das ist Mord«, sagte Van Lewen.

Nash stellte sich vor einen weiteren Navy-Mann und hob die Pistole.

Bumm!

»Nein«, meinte er. »Es ist bloß ein Prozess der natürlichen Auslese. Überleben des Tauglichsten.«

Nash erreichte Ed Devereux.

Der Harvard-Professor stand bebend vor ihm. Die Augen hinter der Brille mit Drahtbügelgestell waren groß geworden und er zitterte vor Furcht am ganzen Leib. Nash hob die SIG an den Kopf des kleinen Mannes.

»*Nein ...!*«, kreischte Devereux.

Bumm!

Der Schrei endete jäh und Devereux brach tot am Boden zusammen.

Race konnte nicht fassen, was hier geschah. Amerikaner brachten Amerikaner um. Es war ein Albtraum. Er zuckte zusammen, als er Devereux tot zu Boden stürzen sah.

Da fiel sein Blick auf das ledergebundene Buch, das Devereux festgehalten hatte. Es lag aufgeschlagen im Schlamm und zeigte eine Reihe alter Blätter voller mittelalterlicher Ornamentkunst und Kalligraphie.

Es war das Santiago-Manuskript.

Oder vielmehr, korrigierte sich Race, die teilweise vollendete *Kopie* des Manuskripts, die ein anderer Mönch dreißig Jahre nach Alberto Santiagos Tod im Jahre 1599 angefertigt hatte.

»Colonel, was um Gottes willen tun Sie da?«, fragte Race.

»Ich eliminiere lediglich die Mitstreiter, Professor Race.«

Langsam schritt Nash die Reihe der Männer und Frauen ab und erschoss gelassen einen nach dem anderen aus nächster Nähe. Sein Blick war hart, kalt, bar jeglicher Emotion, während er völlig nüchtern seine Feinde – seine amerikanischen Landsleute! – exekutierte.

Einige der Navy-DARPA-Leute begannen zu beten, als Nash seine Pistole auf sie richtete. Ein paar der Zivilisten schluchzten. Race, ohne eine Möglichkeit, dem Morden ein Ende zu setzen, bemerkte, dass Renée Tränen in die Augen stiegen, während sie den furchtbaren Hinrichtungen zusah.

Bald war nur noch ein Mann übrig – der letzte in der Reihe.

Marty.

Race sah nur zu, wie Nash sich vor seinen Bruder stellte. Er fühlte sich völlig hilflos, ohnmächtig, außerstande, Marty beizustehen.

Aber merkwürdigerweise senkte Nash die Pistole. Er wandte sich an Race und ließ ihn nicht aus den Augen, als er sagte: »Lauren, würden Sie mir bitte den Laptop aus dem Geländefahrzeug holen?«

Verwirrt runzelte Race die Stirn.

Was, zum Teufel ...?

Lauren eilte zum Geländefahrzeug, das noch immer vor der Zitadelle parkte. Eine Minute später kehrte sie mit Nashs Laptop zurück. Es war der, den er zu Beginn ihres Abenteuers benutzt hatte. Sie reichte ihn Nash, der ihn seltsamerweise an Race weitergab.

»Schalten Sie ihn ein«, forderte Nash ihn auf.

Race gehorchte.

»Klicken Sie auf ›US ARMY INTERNAL NET‹«, sagte Nash.

Race tat es.

Eine Überschrift erschien auf dem Monitor.

US ARMY INTERNAL MESSAGE NETWORK

Daraufhin tauchte eine Liste von E-Mails auf.

»Da sollte eine Nachricht mit Ihrem Namen dabei sein. Suchen Sie nach ›Race‹«, wies Nash ihn an.

Race tippte seinen Namen ein und drückte die Suchfunktion. Er überlegte, worauf Nash hinauswollte.

Plötzlich piepte der Computer und zeigte an: »2 NACHRICHTEN GEFUNDEN«.

Die lange Liste von E-Mails verkürzte sich auf zwei.

DATUM	UHRZEIT	BETREFF
3.1.99	1801	SUPERNOVA-MISSION
4.1.99	1635	WILLIAM RACE

»Sehen Sie die mit Ihrem Namen?«, fragte Nash.

Race klickte zweimal darauf. Eine Nachricht erschien auf dem Monitor:

```
4. JAN 1999 16:35 US ARMY INTERNAL NET 617
5544 89516-07 NO. 187

Von: Special Projects Division Leader
An: Nash, Frank
Betreff: WILLIAM RACE
```

Race darf nicht in Cusco zurückbleiben. Wiederhole. Race darf nicht in Cusco zurückbleiben. Nehmen Sie ihn mit in den Dschungel. Sobald Sie das Götzenbild haben, liquidieren Sie ihn und lassen seinen Leichnam umgehend verschwinden.

GENERAL ARTHUR H. LANCASTER
US Army Special Projects Division Leader

»Ich wollte Sie nur wissen lassen, dass Sie schon längst tot sein sollten, Professor Race«, sagte Nash.

Race merkte, wie ihm beim Anblick der E-Mail das Blut in den Adern gefror.

Das war ein Todesurteil – *sein* Todesurteil! Eine Anordnung des befehlshabenden Generals der Army Special Projects Division mit dem Befehl, ihn umzubringen.

Mein Gott!

Er versuchte, Ruhe zu bewahren.

Blickte auf Uhrzeit und Absendedatum.

16.35 Uhr, 4. Januar.

Der Spätnachmittag des Tags, da er New York verlassen hatte.

Dementsprechend musste diese Nachricht eingetroffen sein, während er an Bord des Frachtflugzeugs nach Peru geflogen war.

Der Flug nach Peru.

Meine Güte, er schien jetzt Jahre entfernt zu sein.

Da fiel Race plötzlich ein, dass irgendwann während des Flugs Nashs Laptop einen Ton von sich gegeben hatte. Er erinnerte sich deutlich daran – er hatte gerade die Übersetzung von Nashs Teilkopie des Manuskripts beendet.

Da dämmerte es ihm.

Deswegen hatte Nash ihn nach Vilcafor mitgenommen –

trotz seiner Zusage gleich zu Beginn des Unternehmens, dass Race, sollte die Übersetzung vor der Landung fertig sein, das Flugzeug erst gar nicht verlassen müsste. Aber warum?

Weil Nash sich keinen Zeugen leisten konnte.

Da dies eine Geheimmission war – die Army versuchte, die Navy auszustechen –, konnte Nash nicht das Risiko eingehen, einen Zeugen am Leben zu lassen.

»Ich wollte Sie vor zwei Tagen töten«, sagte Nash, »nach dem Öffnen des Tempels. Aber dann ist dieses deutsche BKA-Team auf der Bildfläche erschienen und hat meine Pläne durchkreuzt. Sie haben den Tempel geöffnet und … na ja, wer hätte ahnen können, was sie darin finden würden? Aber dann haben wir die fehlenden Teile des Manuskripts erhalten und ich war froh darum, Sie am Leben gelassen zu haben.«

»Das freut mich wirklich«, meinte Race ausdruckslos.

Eher aus Neugier als aus einem anderen Grund und weil er den Computer gerade vor sich hatte, klickte Race zweimal auf die andere Nachricht mit seinem Namen sowie dem Betreff »SUPERNOVA-MISSION«.

Sie erschien auf dem Monitor.

Merkwürdigerweise war es eine Nachricht, die Race bereits ganz zu Anfang der Mission zu Gesicht bekommen hatte, als er mit dem Autokonvoi durch New York gefahren war.

Von: Nash, Frank
An: Alle Cusco-Team-Mitglieder
Betreff: SUPERNOVA-MISSION

So bald wie möglich Kontakt zu Race aufnehmen. Teilnahme entscheidend für den Erfolg der Mission.

Erwartete Ankunft des Pakets morgen, 4. Januar, in Newark um 9.45 Uhr.

```
Alle Mitglieder haben ihre Ausrüstung bis
9.00 Uhr im Transporter unterzubringen.
```

Race blickte diese Worte stirnrunzelnd an.

So bald wie möglich Kontakt zu Race aufnehmen.

Teilnahme entscheidend für den Erfolg der Mission.

Beim ersten Mal hatte Race der Nachricht nicht sonderlich viel Aufmerksamkeit geschenkt. Er war einfach davon ausgegangen, dass sie sich auf ihn bezog – William Race – und dass *er* es war, mit dem sofort Kontakt aufgenommen werden sollte.

Was jedoch, wenn die Army in Wirklichkeit mit *jemand anderem* Kontakt aufnehmen sollte? Mit einem anderen Race?

Was zu bedeuten hatte, dass Kontakt aufgenommen werden sollte zu …

Marty.

Entsetzt sah Race vom Computer auf. In diesem Augenblick trat sein Bruder aus der Reihe der toten Navy- und DARPA-Leute heraus und schüttelte Frank Nash die Hand.

»Wie geht's Ihnen, Marty?«, fragte Nash vertraulich.

»Mir geht's gut, Frank. Schön, Sie endlich wiederzusehen.«

Race' Gedanken rasten wie wild.

Sein Blick glitt von Nash und Marty zu den Toten auf der schlammigen Straße und von dort aus zu …

… der Kopie des Manuskripts, das neben Ed Devereux' Leichnam im Schlamm lag.

Plötzlich schoben sich die Puzzleteilchen zusammen.

Race heftete den Blick auf den verzierten Text, die verblüffende mittelalterliche Kunsthandwerkerarbeit. Genau so hatte die Fotokopie des Santiago-Manuskripts ausgesehen, das er auf dem Weg nach Peru für Nash übersetzt hatte.

O nein …

»Marty, du hast doch nicht …«

»Tut mir Leid, dass du in diese Sache hineingezogen worden bist, Will«, sagte Marty.

»Wir mussten irgendwie an eine Kopie des Manuskripts kommen«, meinte Nash. »Meine Güte, als diese Nazis das Kloster in Frankreich überfallen und das echte Manuskript gestohlen haben, da haben sie eine Jagd in Gang gesetzt, von deren Ausmaßen Sie sich überhaupt keine Vorstellung machen können. Auf einmal wollten alle, die im Besitz einer Supernova waren, eine lebende Probe Thyrium bekommen. Es war die einmalige Gelegenheit. Dann haben wir ein DARPA-Gespräch abgehört, in dem von der Existenz einer *zweiten* Kopie des Manuskripts die Rede war. Also haben wir uns von jemandem bei der DARPA eine Kopie davon besorgen lassen – Marty.«

Aber wie?, überlegte Race. *Marty war bei der* DARPA, *nicht bei der Army. Wo war die Brücke? Wie war Marty mit Nash und dem Army Special Projects verbunden?*

In diesem Augenblick ging Lauren zu Marty hinüber und gab ihm einen leichten Kuss auf die Wange.

Was, zum …?

Da bemerkte Race den Ring an Martys linker Hand.

Ein Ehering.

Er blickte erneut Lauren und Marty an.

Nein …

Dann vernahm er Laurens Stimme im Kopf: *»Meine erste Ehe hat nicht so ganz hingehauen. Vor kurzem habe ich wieder geheiratet.«*

»Wie ich sehe, hast du meine Frau bereits kennen gelernt, Will«, meinte Marty und trat vor, Lauren an der Hand. »Ich habe dir nie erzählt, dass ich geheiratet habe, oder?«

»Marty …«

»Erinnerst du dich an unsere Jugend, Will? Du bist immer der Hansdampf in allen Gassen gewesen und ich war der Außenseiter. Der komische Vogel mit den buschigen Augenbrauen und den krummen Schultern, der am Samstagabend daheim blieb, während du mit den Mädchen ausgegangen bist. Aber eine hast du *nicht* gekriegt, stimmt's, Will?«

Race blieb stumm.

»Und wie es aussieht, habe ich sie bekommen«, meinte Marty.

Race hatte es die Sprache verschlagen. War Marty wegen ihrer Jugend so verbittert gewesen, dass er Lauren nachgestellt hatte, nur um es ihm heimzuzahlen?

Nein. Unmöglich.

Eine solche Theorie würde *Lauren* jegliche Glaubwürdigkeit absprechen. Sie hätte niemanden geehelicht, den sie nicht hätte heiraten wollen – was im Klartext bedeutete, sie hätte niemanden geehelicht, der ihren Karriereambitionen im Weg gestanden hätte.

In diesem Augenblick sah Race plötzlich ein weiteres Bild vor sich:

Lauren und Troy Copeland, die sich vor zwei Nächten in dem Huey wie ein Paar Teenager küssten, ehe sie von Race gestört wurden.

Lauren hatte eine Affäre mit Copeland.

»Marty«, sagte er rasch. »Hör mal, sie betrügt dich …«

»Halt's Maul, Will.«

»Aber Marty …«

»Ich habe gesagt, *halt's Maul*!«

Race verstummte. Nach einem Augenblick sagte er mit leiser Stimme: »Was hat dir die Army gegeben, dass du die DARPA verkauft hast, Marty?«

»Sie hat mir nicht viel geben müssen«, erwiderte Marty. »Meine Frau hat mich einfach darum gebeten, ihr einen Gefallen zu tun. Und ihr Boss, Colonel Nash, hat mir eine leitende Stellung beim Supernova-Projekt der Army angeboten. Will, ich bin Konstrukteur. Ich entwerfe die Computersysteme, die diese Apparate kontrollieren. Aber bei der DARPA bin ich ein Nichts. Mein ganzes Leben lang, Will – *mein ganzes Leben lang* –, wollte ich lediglich Anerkennung. Daheim, in der Schule, bei der Arbeit. Anerkennung meiner Fähigkeiten. Jetzt endlich werde ich sie bekommen.«

»Marty, bitte, hör mir zu. Vor zwei Nächten habe ich Lauren mit …«

»Lass es gut sein, Will. Die Show ist vorüber. Tut mir wirklich Leid, dass es so kommen musste, aber es ist so geschehen und ich kann nichts daran ändern. Auf Wiedersehen.«

Bei diesen Worten trat Frank Nash vor Race und ersetzte den Blick auf Marty durch den auf den Lauf der SIG-Sauer.

»Es war mir ein Vergnügen, Professor, ehrlich«, sagte der Colonel und krümmte den Finger um den Abzug.

»Nein«, sagte Van Lewen plötzlich und trat zwischen Race und Nashs Pistole. »Colonel, das kann ich Ihnen nicht gestatten.«

»Aus dem Weg, Sergeant.«

»Nein, Sir. Ich werde nicht aus dem Weg gehen.«

»Gehen Sie verdammt noch mal aus dem Weg!«

Van Lewen richtete sich gerade auf, wich allerdings nicht vom Fleck. »Sir, meine Befehle sind eindeutig. Sie stammen von Ihnen persönlich. Ich soll Professor Race um jeden Preis beschützen.«

»Ihre Befehle haben sich gerade geändert, Sergeant.«

»Nein, Sir. Das haben sie nicht. Wenn Sie Professor Race töten wollen, dann werden Sie zuerst mich töten müssen.«

Einen Augenblick lang schürzte Nash die Lippen.

Dann ging urplötzlich die SIG in seiner Hand los. Van Lewens Kopf explodierte und ein Schauer aus Blut regnete auf Race herab.

Der Leichnam des Green Berets fiel zu Boden wie eine Marionette, deren Fäden gerade durchgeschnitten worden waren. Race starrte den toten Van Lewen an.

Der große, freundliche Sergeant hatte das eigene Leben für das seine hingegeben – hatte an seiner Stelle dem Lauf einer Pistole getrotzt. Jetzt war er tot. Race hatte das Gefühl, sich gleich übergeben zu müssen.

»Sie Schweinehund«, sagte er zu Nash.

Nash richtete seine Pistole wieder auf Race' Gesicht. »Diese Mission ist wichtiger als ein Mensch, Professor Race. Wichtiger als der da, wichtiger als ich und ganz bestimmt wichtiger als Sie.«

Mit diesen Worten zog Nash den Abzug durch.

★★★

RACE SAH DEN braunen Blitz an seinem Gesicht vorüberschießen, ehe er auch nur das Zischen vernahm.

Dann, gerade als Nash den Abzug seiner Pistole durchzog, spritzte eine winzige Menge Blut aus dem Unterarm des Army Colonels. Ein primitiver hölzerner Pfeil hatte ihn durchbohrt und seine Pistolenhand zur Seite geschlagen. Die SIG entlud sich, aber der Schuss ging links an Race vorbei. Nash brüllte vor Schmerz auf und ließ die Pistole fallen. Da regnete eine Salve von etwa zwanzig weiteren Pfeilen herab, die zwei Army-Mitglieder auf der Stelle töteten.

Dem Pfeilhagel folgte unmittelbar darauf ein markerschütterndes Kriegsgeschrei, das wie ein Messer durch die frühmorgendliche Luft schnitt.

Race fuhr herum. Angesichts dessen, was er vor sich hatte, fiel ihm die Kinnlade herab.

Alle Bewohner des oberen Dorfes, zumindest alle Erwachsenen – wenigstens fünfzig –, stürmten unter den Bäumen westlich von Vilcafor hervor. Sie kreischten wild und schwangen jede Waffe, derer sie hatten habhaft werden können – Bogen, Pfeile, Messer, Knüppel. Auf ihren Gesichtern lag eine so erbitterte Wut, wie Race sie noch nie in seinem Leben gesehen hatte.

Der Überfall war geradezu schaudererregend.

Ihre heftige Wut, ihr Zorn war fast greifbar. Frank Nash

hatte ihnen das Götzenbild gestohlen und jetzt wollten sie es zurückhaben.

Doch plötzlich ertönte M-16-Gewehrfeuer irgendwo dicht hinter Race.

Ein paar Besatzungsmitglieder der Helikopter hatten das Feuer auf die Indios eröffnet. Fast sogleich wurden vier der Eingeborenen in der vordersten Reihe getroffen. Sie stolperten und stürzten mit dem Gesicht nach unten in den Schlamm.

Aber die Übrigen stürmten weiter heran.

Nash – mit einem Pfeil im rechten Unterarm, an dessen Spitze ein herausgerissenes Stück Fleisch baumelte – machte kehrt, verließ, gefolgt von seinen Leuten, das Dorf und rannte auf die beiden Hubschrauber der Army zu.

Race hatte sich nicht einmal gerührt. Er stand einfach wie festgenagelt mitten auf der Straße und sah benommen auf die heranstürmende Horde.

Da packte ihn plötzlich jemand an der Schulter.

Es war Renée.

»Professor, kommen Sie!«, schrie sie und zog ihn zu dem verlassenen Super Stallion auf der anderen Seite des Dorfes.

Die Leute von der Army erreichten ihre Hubschrauber.

Nash, Lauren, Marty und Copeland sprangen in das Heck des Black Hawk II. Gleichzeitig warfen sich die beiden Besatzungsmitglieder des Hubschraubers in die Sitze von Pilot und Schütze.

Sofort setzten sich die Rotoren des Black Hawk in Bewegung.

Nash blickte zum Heck hinaus und sah Race und Renée zu dem Super Stallion hinüberrennen.

Er schrie dem Schützen, der die Vulcan-Minigun am Heck des Hubschraubers bemannte, zu: »Den Hubschrauber da vernichten!«

Als die Rotoren des Black Hawk II in den Overdrive gingen

und der große Helikopter langsam vom Boden abhob, drückte der Kopilot den Abzug und eine Salve blitzendes Maschinengewehrfeuer explodierte aus der Vulcan.

Ein Hagel von Geschossen traf den Super Stallion. Die gepanzerten Wände des Helikopters zierten jäh Tausende von Einschlaglöchern, jedes von der Größe einer Faust.

Kurz bevor Race und Renée den Super Stallion erreichten, explodierte er in einem gewaltigen Feuerball.

Den Bruchteil einer Sekunde, ehe ein Sturm glühend heißen Metalls über ihre Köpfe pfiff und in alle Richtungen davonschoss, warfen sich die beiden zu Boden. Zwei verirrte Splitter fuhren zischend in Renées Schulter. Sie schrie vor Schmerz auf.

»Jetzt knall *sie* ab!«, schrie Nash und zeigte auf Race und die verwundete Renée.

Der Black Hawk II war etwa fünf Meter über dem Boden und erhob sich rasch weiter in den Himmel hinauf. Sogleich wirbelte der Schütze die gewaltige Vulcan herum, zielte auf Race' Schädel und feuerte eine mächtige Salve ab.

Bumm!

Der Kopf des Soldaten ruckte heftig zurück. Er war von einer Kugel direkt zwischen die Augen getroffen worden.

Überrascht fuhr Nash herum und suchte den Boden nach der Quelle des Schusses ab, der seinen Mann getötet hatte.

Und sah sie.

Doogie.

Er kauerte auf einem Knie drüben am Graben und hielt eine gestohlene Navy-MP-5 an die Schulter gedrückt, die direkt auf den Black Hawk II gerichtet war! Hinter ihm stand Gaby Lopez.

In diesem Moment gab Doogie einen weiteren Schuss ab, der vom stählernen Dach über Nashs Kopf abprallte.

Woraufhin der Colonel dem Piloten zuschrie: »Bring uns hier raus, verdammt!«

Race hatte den Arm unter Renées gesunde Schulter geschlungen und schleppte sich mit ihr zum Geländefahrzeug.

Die Eingeborenen standen jetzt unter den beiden Helikoptern der Army und schrien wütend auf sie ein. Sie winkten mit ihren Stöcken und feuerten vergebens ihre Pfeile auf die gepanzerte Unterseite der fliegenden Stahltiere ab.

Race sprang auf das Heck des Geländefahrzeugs, riss die kleine, kreisrunde Luke auf und half Renée hinein.

Gerade als er ihr folgen wollte, sah er Doogie und Gaby, wild die Arme schwenkend, über die Hauptstraße auf sie zukommen. Gaby stützte Doogie, der so rasch wie möglich dahinhumpelte.

Sie erreichten das Geländefahrzeug und kletterten hinauf.

»Was, zum Teufel, geht denn hier ab?«, fragte Doogie zwischen zwei Atemzügen. Race warf einen Blick auf sein blutiges linkes Bein. Eine improvisierte Aderpresse war darum gelegt. »Wir haben gerade noch mitbekommen, wie *der Colonel* Leo in den Kopf geschossen hat, verdammt!« Doogies Gesicht war verzerrt von einer Mischung aus Wut und hilfloser Verwirrung.

»Der Colonel hat jetzt andere Prioritäten«, erwiderte Race bitter. »Wir sind da nicht mehr vorgesehen.«

»Und was tun wir jetzt?«, fragte Doogie.

Race biss sich nachdenklich auf die Lippe.

»Kommt schon«, meinte er. »Rein mit euch. Wir sind noch nicht aus dem Spiel.«

Die beiden Helikopter der Army – der Comanche und der Black Hawk II – stiegen über der Hauptstraße von Vilcafor in den Himmel.

Nash blickte aus der Seitentür seines Hubschraubers auf die wütenden Eingeborenen hinab. Sie schrien, kreischten und schüttelten die Fäuste. Er lachte schnaubend, wandte sich ab und sah durch die vordere Windschutzscheibe hinaus.

Die beiden Helikopter der Army ließen die Baumwipfel unter sich.

Nashs Lächeln erlosch.

In der Luft standen acht Black-Hawk-I-Helikopter, die seinem ähnlich, jedoch älter waren – ausrangierte Modelle, derer sich die Army vor Jahren entledigt hatte. Alle waren schwarz gespritzt, ohne irgendwelche Kennzeichen, und schwebten bedrohlich in einem 200 Meter weiten Kreis um Vilcafor wie ein Rudel hungriger Schakale, die an der Peripherie der Schlacht darauf warteten, die Überreste einzusammeln.

★★★

PLÖTZLICH STIEG EINE Rauchwolke von einem der ungekennzeichneten Black Hawks hoch. Er hatte eine der Raketen unter seinem Stummelflügel abgefeuert.

Sie schoss schnurstracks auf den Comanche der Army zu, wobei sie eine lange, fingergleiche Rauchspur hinter sich herzog. Der Comanche explodierte und stürzte schwerfällig vom Himmel. Er traf auf eine der Steinhütten an der Hauptstraße von Vilcafor und gleich darauf schlugen Flammen aus dem verkohlten, verdrehten Rumpf.

Race und die anderen in der Zitadelle wollten gerade in das *quenko* hinabsteigen, da hörten sie die Explosion draußen.

Sofort eilten sie in das Geländefahrzeug zurück und spähten durch die schmalen Schlitzfenster hinaus.

Sie sahen das umgekippte, brennende Wrack des Comanche auf einer der kleinen Hütten Vilcafors liegen.

Und sie sahen, dass Nashs Black Hawk II über dem Dorf schwebte und sich nicht zu rühren wagte.

Die Rotoren des schwarzen Black Hawks der Army schlugen rhythmisch, während er vor dem Halbkreis bedrohlicher schwarzer Helikopter still in der Luft stand. Plötzlich scherten zwei der ungekennzeichneten Hubschrauber aus der Formation aus und flogen auf das Dorf zu.

Schwarz gekleidete Soldaten in den Türen eröffneten das Feuer auf die Eingeborenen am Boden und sogleich zerstreuten sich die Indios und verschwanden eilig über die Bohlenbrücken in das dichte Laubwerk.

Aus einem der Hubschrauber ertönte die Stimme eines Mannes über Lautsprecher, der auf Englisch Anweisungen gab.

»Army Black Hawk. Achtung, unsere Raketen haben Sie im Visier. Landen Sie sofort! Ich wiederhole, landen Sie sofort und halten Sie sich zur Übergabe des Götzenbildes bereit. Wenn Sie nicht sofort landen, werden wir Sie vom Himmel fegen und uns das Götzenbild später aus dem Wrack holen.«

Nash und Marty wechselten einen Blick.

Ebenso wie Lauren und Copeland.

»Sie lügen nicht, was die Raketen betrifft, Sir«, sagte der Pilot, sich an Nash wendend.

»Bringen Sie uns nach unten«, wies Nash ihn an.

Flankiert von den beiden nicht gekennzeichneten Black Hawks, sank Nashs Hubschrauber langsam zur Erde zurück.

Die drei Helikopter setzten gleichzeitig auf. In dem Augenblick, da die Räder des Hubschraubers der Army den Schlamm berührten, ertönte erneut die Stimme über den Lautsprecher.

»Jetzt verlassen Sie mit erhobenen Händen den Helikopter!«

Nash, Lauren, Copeland und Marty gehorchten, ebenso wie der Pilot.

Aus dem sicheren Geländefahrzeug verfolgten Race und die anderen die Szene ehrfürchtig.

Race war fassungslos. Was er sah, kam ihm wie in der Fabel

vor, in der ein größerer Fisch einen kleineren Fisch frisst, nur um selber Augenblicke später von einem noch größeren gefressen zu werden.

Anscheinend war Frank Nash gerade einem noch größeren Fisch in die Quere geraten.

»Wer, zum Teufel, sind diese Knaben?«, fragte Doogie.

»Ich würde mal vermuten«, erwiderte Renée, die sich einen Streifen Verbandmull fest gegen die blutende Schulter drückte, »dass diese Leute für den Einbruch in das Hauptquartier der DARPA vor zwei Tagen verantwortlich sind. Sie wissen schon, als die Supernova der Navy geklaut wurde.«

★★★

Eine halbe Welt entfernt saßen der FBI-Beamte John-Paul Demonaco und Commander Tom Mitchell in Bluey James' schmuddeliger Wohnung in Baltimore und warteten darauf, dass das Telefon klingelte. Der Anrufer würde Bluey anweisen, die V-CD mit Bittikers Botschaft an alle TV-Sender zu schicken. Natürlich war Blueys Apparat an eine Abhörvorrichtung des FBI angeschlossen.

An der Tür klopfte es.

Mitchell öffnete. Draußen standen zwei Beamte aus Demonacos Domestic Terrorist Unit – ein Mann und eine Frau, beide jung, knapp über dreißig.

»Was habt ihr rausgekriegt?«, fragte Demonaco.

»Wir haben Henry Norton überprüft«, erwiderte die Beamtin. »Der Knabe, dessen Karten und Codes beim Einbruch benutzt wurden. Unsere eigenen Nachforschungen haben bestätigt, dass er keine bekannten Kontakte zu paramilitärischen Gruppierungen hatte.«

»Mit wem hat er dann also zusammengearbeitet? Wer hätte

ihn bei der Eingabe seiner Codes beobachten und diesen an jemanden weitergeben können?«

»Offensichtlich hat er eng mit einem Mann namens Martin Race zusammengearbeitet – Martin Eric Race. Das war einer der DARPA-Leute, die an dem Projekt gearbeitet haben, der Konstrukteur des Zündsystems.«

»Aber den haben wir ebenfalls überprüft«, sagte der Beamte. »Und er ist sauber. Keine Verbindungen zu paramilitärischen Gruppierungen, nicht einmal ein früherer Kontakt zu einer Extremistengruppe. Er ist sogar mit einer hochrangigen Wissenschaftlerin der Army namens Lauren O'Connor verheiratet. Technisch gesehen ist sie Major, hat jedoch keinerlei Fronterfahrung. Der Rang ist rein ehrenhalber. Race und O'Connor haben Ende 1997 geheiratet. Keine Kinder. Keine offensichtlichen Eheprobleme. *Aber* ...«

»Aber was?«

»Aber vor genau drei Wochen wurde bei *ihrem* FBI-File die Flagge gehisst. Da wurde sie erwischt, wie sie ein Motel in Gianesville mit diesem Mann verlassen hat.« Der Agent reichte Demonaco die 10x15-Schwarzweißfotografie eines Mannes, der aus einem Motelzimmer kam. »Troy Copeland. Ebenfalls Major bei der Army Special Projects Unit. Anscheinend hat Mrs O'Connor während des letzten Monats eine Affäre mit Mr Copeland gehabt.«

»Und?«, fragte Demonaco erwartungsvoll.

»Copeland hat während des vergangenen Jahres immer wieder unter Überwachung gestanden. Man hatte ihn in Verdacht, Sicherheitscodes der Army an gewisse Milizgruppen weiterzugeben. Eine von ihnen sollte – raten Sie mal – die Republikanische Armee von Texas sein.«

»Da die Affäre jedoch erst einen Monat dauert«, sagte die Beamtin, »ist die DARPA vielleicht noch nicht dahinter gekommen und hat noch keine weiteren Überprüfungen angestellt.«

Demonaco seufzte. »Und die Army und die Navy sind nicht gerade die besten Bettgenossen. Sie ziehen einander seit Jahren den Boden unter den Füßen weg.« Er wandte sich um. »Commander Mitchell?«

»Ja?«

»Hat die *Army* eine Supernova?«

»Sie sollte eigentlich keine haben.«

»Beantworten Sie die Frage.«

»Wir glauben, dass sie an einer arbeiten, ja.«

»Dann ist es möglich«, meinte Demonaco, »dass diese Mrs O'Connor ihren Gatten dazu gekriegt hat, ihr und der Army geheime DARPA-Codes zu verraten, woraufhin sie die Codes an ihren Geliebten Copeland weiterreichte. Sie wusste allerdings nicht, dass er sie an die Texaner weitergeben würde, oder?«

»Das nehmen wir an«, erwiderte der Beamte.

»Verdammt.«

★★★

Mit dem »Geist des Volkes« in der Hand verließ Frank Nash zusammen mit Lauren, Marty, Copeland und dem Piloten den Black Hawk II.

Die zwei ungekennzeichneten Black Hawks, die zu beiden Seiten des Army-Hubschraubers gelandet waren, ließen ihre Rotoren weiterlaufen.

»Entfernen Sie sich vom Helikopter!«, verlangte die Stimme aus dem Lautsprecher.

Nash und die anderen gehorchten.

Einen Augenblick später raste eine weitere fingerähnliche Rauchspur mit unglaublicher Geschwindigkeit vom Himmel herab. Sie stammte von einem der anderen Black Hawks über dem Dorf, schlug in den Black Hawk II der Army ein und zerfetzte ihn in tausend Stücke.

Nash fuhr zusammen.

Dann herrschte einen Moment lang beinahe Stille. Das einzige Geräusch war das rhythmische *Flapp-Flapp-Flapp* der Rotoren, die sich noch immer auf den beiden ungekennzeichneten Helikoptern drehten.

Nachdem fast eine volle Minute verstrichen war, trat ein Mann aus dem näher stehenden Hubschrauber.

Er trug volle Kampfmontur – Stiefel, Drillich, Tarnanzug – und hielt in der linken Hand eine merkwürdig aussehende, halb automatische Pistole.

Sie war schwarz und beträchtlich größer als die berühmte IMI »Desert Eagle«, die größte serienmäßig gefertigte, halb automatische Pistole der Welt. Diese hier hatte einen klobigen Griff und einen ungewöhnlich langen Schieber, der über die gesamte Länge des Laufs ging.

Nash erkannte sie augenblicklich.

Das war überhaupt keine halb automatische Pistole, sondern eine seltene – und sehr teure – Calico-Pistole, die einzig wahre *automatische* Pistole der Welt. Man drückte den Abzug und ein Strom von Kugeln ergoss sich aus dem Lauf. Wie ein M-16 konnte die Calico entweder so eingestellt werden, dass sie drei kurze Salven hintereinander abgab oder vollautomatisch schoss. Das Ergebnis war allerdings das gleiche. Wenn man jemanden mit einer Calico erschoss, ergab das ganz schön große Löcher.

Der Mann mit der Calico trat zu Nash, während die Soldaten in dem Hubschrauber hinter ihm ihre M-16 auf die anderen gerichtet hielten.

Er streckte die Hand aus.

»Das Götzenbild, bitte«, sagte er.

Nash taxierte ihn einen Augenblick lang. Er war mittleren Alters, dünn, aber mit muskulösen, drahtigen Armen. Er hatte ein eingefallenes, rotes, narbenübersätes Gesicht sowie einen sich lichtenden blonden Haarschopf, der ihm bis zu den Augen reichte. Blaue Augen, die vor Hass überquollen.

Der Colonel reagierte nicht auf die Aufforderung.

In diesem Augenblick hob der Mann seine Calico und öffnete den Schädel des Army-Piloten mit drei Schüssen.

»Das Götzenbild, bitte«, wiederholte er.

Widerstrebend reichte Nash es ihm.

»Vielen Dank, Colonel.«

»Wer sind Sie?«, wollte Nash wissen.

Der Mann legte den Kopf leicht zur Seite. Daraufhin verzog er die Mundwinkel zu einem hämischen Grinsen.

»Mein Name ist Earl Bittiker«, erwiderte er.

»Wer, zum Teufel, ist Earl Bittiker?«, schnaubte Nash.

Sein Gegenüber grinste erneut hochnäsig.

»Der Mann, der die Welt vernichten wird.«

★★★

Race, Renée, Gaby und Doogie spähten durch die Fenster des Geländefahrzeugs auf das Drama, das sich draußen abspielte.

»Woher haben sie den Weg gewusst?«, fragte Renée. »Es kann doch nicht *noch* eine Kopie des Manuskripts geben.«

»Nein, gibt es nicht«, erwiderte Race. »Aber ich glaube zu wissen, wie sie hergekommen sind.«

Er sah sich im Fahrzeug um. Wenige Sekunden später fand er, was er gesucht hatte: den Laptop des BKA-Teams. Er schaltete ihn ein. Nach wenigen Sekunden holte er ein vertrautes Bild auf den Monitor.

KOMMUNIKATIONS-SATELLITEN-ÜBERTRAGUNG

LOG 44-76/BKA32

NR.	DATUM	UHRZEIT	QUELLE	ZUSAMMENFASSUNG
1.	4.1.99	19.30	BKAHQ	PERU-TEAM BERICHTSTATUS
2.	4.1.99	19.50	EXT. QUELLE	SIGNATUR UHF-SIGNAL
3.	4.1.99	22.30	BKAHQ	PERU-TEAM BERICHTSTATUS
4.	5.1.99	01.30	BKAHQ	PERU-TEAM BERICHTSTATUS
5.	5.1.99	04.30	BKAHQ	PERU-TEAM BERICHTSTATUS
6.	5.1.99	07.16	VOR ORT (CHILE)	ANKUNFT SANTIAGO, WEITERFAHRT IN DIE COLONIA ALEMANIA
7.	5.1.99	07.30	BKAHQ	PERU-TEAM BERICHTSTATUS
8.	5.1.99	09.58	VOR ORT (CHILE)	IN DER COLONIA ALEMANIA EINGETROFFEN; BEGINN ÜBERWACHUNG
9.	5.1.99	10.30	BKAHQ	PERU-TEAM BERICHTSTATUS
10.	5.1.99	10.37	VOR ORT (CHILE)	CHILE-TEAM SIGNAL DRINGEND; CHILE-TEAM SIGNAL DRINGEND
11.	5.1.99	10.51	BKAHQ	PERU-TEAM SOFORT BERICHT

Es war die Übersicht, die sie sich gestern vor der Ankunft der Nazis angesehen hatten. Sie zeigte jedes Kommunikationssignal an, das vom Peru-Team des BKA empfangen worden war.

Race fand die gesuchte Zeile sofort:

```
2. 4.1.99   19.50   EXT. QUELLE   SIGNATUR
                                  UHF-SIGNAL
```

»Doogie«, sagte er. »Sie haben gestern etwas von einem UHF-Signal erzählt. Was genau ist das?«

»Ein Standard-Ortungssignal. Ich habe gestern eines an unser Luftunterstützungsteam geschickt, damit sie wissen, wo sie uns aufsammeln sollen.«

Renée zeigte auf den Bildschirm. »Aber dieses UHF-Signal ist vor zwei Tagen gesendet worden – am 4. Januar um 19.50 Uhr. Das war lange vor Ankunft meines Teams.«

»Stimmt genau«, meinte Race. »Und diese Zeit hat Bedeutung.«

»Welche?«, fragte Doogie.

»Weil genau um 19.45 Uhr am ersten Abend Lauren ihre erste Nukleotid-Resonanz-Untersuchung durchgeführt hat und zu dem Ergebnis gekommen ist, dass in der unmittelbaren Umgebung dieses Dorfes Thyrium zu finden ist. Und was haben wir zur selben Zeit getan?«

»Wir haben die Hubschrauber entladen«, erwiderte Doogie schulterzuckend. »Haben unsere Ausrüstung bereitgemacht.«

»Exakt«, sagte Race. »Die perfekte Gelegenheit, ein UHF-Signal zu senden, ohne dass es jemandem auffällt. Ein Signal, das den Komplizen die Existenz des Thyriums bestätigt.«

»Aber wer hat es gesendet?«, fragte Gaby.

Race nickte zum Fenster hinaus. »Ich glaube, das finden wir gerade raus.«

Earl Bittiker zog eine weitere Calico-Pistole aus seinem Ersatzholster und reichte sie Troy Copeland.

»Hallo, Troy«, sagte er.

»Nett, dass Sie gekommen sind«, erwiderte Copeland und entsicherte die gewaltige Pistole.

Laurens Gesicht wurde aschfahl. »Troy?«, fragte sie ungläubig.

Copeland lächelte sie an. Es war ein grausames, hässliches Lächeln. »Du solltest vorsichtig sein, wem du deinen Arsch zeigst, Lauren, weil der Betreffende sonst *dich* verarschen könnte. Obgleich es vermutlich nicht häufig vorkommt, dass *du* die Verarschte bist.«

Laurens Gesicht lief dunkelrot an.

Marty erbleichte. »Lauren?«

Copeland kicherte. »Marty, Marty, Marty. Kleiner Marty, der die DARPA verraten und verkauft hat, damit er endlich mal respektiert wird – du solltest vorsichtiger damit sein, wem du deine Informationen überlässt, mein Freund. Andererseits hast du sicher nicht im Traum daran gedacht, dass deine Frau was mit einem anderen hat.«

Angespannt und reglos beobachtete Race das Geschehen.

Er hörte, was Copeland gerade zu Marty sagte, wie er ihn demütigte.

»Ihr hat es auch gefallen«, sagte Copeland. »Eigentlich fällt mir nicht viel ein, was ich lieber höre als das Kreischen deiner Frau beim Orgasmus.«

Martys Gesicht wurde rot, sowohl aus Ärger als auch aufgrund der Demütigung.

»Ich bring dich um«, knurrte er.

»Kaum«, erwiderte Copeland, drückte den Abzug an seiner Calico und schickte eine Schnellfeuersalve in Martys Körper.

Race fuhr heftig zusammen, als er die Waffe losgehen hörte.

Die Kugeln rissen Martys Hemd auf und verwandelten seinen Bauch in eine zerfetzte rote Masse. Er stürzte schwer zu Boden.

»Marty ...«, flüsterte Race.

Jetzt richtete Copeland die Waffe auf Lauren, Bittiker die seine auf Frank Nash.

»Wie haben Sie es genannt, Frank?«, meinte Copeland zu Nash. »Erstens kommt es anders und zweitens, als man denkt – Terroristengruppen legen die Hand auf eine Supernova. Für Sie war diese Waffe doch lediglich ein Werkzeug zum Bluffen, zu deren Gebrauch es Ihnen jedoch an Mut gefehlt hätte, nicht wahr? Vielleicht hätten Sie es von einer anderen Warte aus sehen sollen: Konstruieren Sie sie nicht, wenn Sie sie nicht auch einsetzen wollen.«

Copeland und Bittiker schossen gleichzeitig.

Nash und Lauren stürzten und der Schlamm spritzte auf. Lauren war sofort tot, sauber ins Herz getroffen. Nash hingegen bekam eine Kugel in den Magen und fiel schreiend vor Schmerz zu Boden.

Dann eilten Bittiker und Copeland mit dem Götzenbild zu einem der ungekennzeichneten Black Hawk und sprangen hinein.

Kaum waren sie an Bord, da stiegen die beiden großen schwarzen Hubschrauber rasch in den Himmel. Nachdem sie die Baumwipfel hinter sich gelassen hatten, kippten beide scharf nach vorn ab und jagten Richtung Süden davon.

★★★

Sobald die Hubschrauber der Texaner verschwunden waren, stieß Race die Heckluke des Geländefahrzeugs auf und rannte auf die Hauptstraße. Neben Marty sank er auf die Knie.

Marty versuchte gerade fieberhaft, sich die Gedärme wieder in den Bauch zurückzustopfen. Blut quoll ihm aus dem Mund, und als Race in die Augen seines Bruders hinabschaute, erblickte er darin nur Furcht und Bestürzung.

»O Will ... Will«, sagte Marty mit bebenden Lippen. Er packte Race mit einer blutverschmierten Hand am Arm.

»Marty, warum? Warum hast du das getan?«

»Will ...«, flüsterte Marty. »Zündung ...«

Race hielt ihn in den Armen. »Was? Was willst du sagen?«

»Tut ... tut mir so Leid ... Zündungs... system ... bitte, halt sie ... auf.«

Dann erlosch das Licht in Martys Augen langsam und sie wurden starr. Sein blutverschmierter Körper erschlaffte.

In diesem Moment vernahm Race irgendwo hinter sich ein leises Gurgeln.

Er drehte sich um und sah Frank Nash wenige Meter entfernt auf dem Rücken liegen. Nashs Körpermitte war gleichfalls in Stücke zerfetzt worden. Er hustete Blut und würgte daran.

Plötzlich rührte sich etwas hinter Nash.

Die ersten neugierigen Eingeborenen kamen unter den Bäumen hervor.

»Professor«, rief Doogie leise vom Geländefahrzeug her. »Ich, äh, ich glaube, es wäre eine gute Idee, wenn Sie verschwinden.«

Auch die anderen Eingeborenen verließen den Wald. Sie hatten immer noch ihre primitiven Waffen bei sich – die Knüppel, Stöcke und Äxte – und wirkten fuchsteufelswild.

Race ließ Martys Leichnam zu Boden gleiten. Dann stand er auf und kehrte langsam, sehr langsam, zum Geländefahrzeug zurück.

Doch die Eingeborenen nahmen kaum Notiz von ihm.

Sie hatten lediglich Augen für einen – Nash, der mitten auf der Straße lag und Blut spuckte.

Dann, unter wildem, schrillem Gekreisch, stürmten die Indios alle zugleich heran und sammelten sich wie ein Schwarm Piranhas um Nash. Im Nu hatte Race den blutrünstigen Army Colonel aus den Augen verloren und sah lediglich noch eine brodelnde Masse olivhäutiger Eingeborener, die sich um Nash geschart hatten und wütend mit ihren Knüppeln, Stöcken und Äxten auf ihn einschlugen. Plötzlich vernahm er einen so grauenhaften Schrei des schieren Entsetzens, dass er nur von einem stammen konnte.

Frank Nash.

Race schloss die Heckluke des Geländefahrzeugs und blickte in die drei Gesichter vor sich.

»Na gut«, meinte er. »Sieht so aus, als würde alles noch mal von vorn anfangen. Wir müssen diese Hunde unbedingt daran hindern, das Götzenbild zu einer Supernova zu bringen.«

»Aber wie?«, fragte Doogie.

»Als Erstes«, erwiderte Race, »müssen wir herausfinden, wohin sie damit wollen.«

Race und die anderen flogen förmlich durch die schmalen Tunnel des *quenkos*. Sie liefen so rasch, wie ihre verwundeten Körper sie tragen wollten.

Sie hatten praktisch keinerlei Feuerwaffen – lediglich ein paar SIG-Sauers sowie die eine MP-5, die Doogie im oberen Dorf gefunden hatte. Was Körperschutz betraf, so trug Doogie noch immer seine Kampfmontur und Race seine ungewöhnliche Schutzweste. Das war's dann aber auch.

Doch sie wussten, wohin sie wollten, und mehr zählte nicht.

Sie liefen zum Wasserfall.

Zu der Goose, die dort versteckt am Flussufer lag.

Nachdem sie etwa zehn Minuten gerannt waren, erreichten sie den Wasserfall am Ende des *quenkos*. Weitere vier Minuten und sie waren an der Goose, die genau dort parkte, wo Race,

Doogie und Van Lewen sie zurückgelassen hatten – unter den Zweigen der Bäume am Flussufer. Uli schlief noch immer, was Race erfreut zur Kenntnis nahm.

Noch einmal vier Minuten, dann war das kleine Flugzeug wieder im Wasser und glitt über die Wellen des breiten braunen Flusses. Es beschleunigte rasch, bis es die Geschwindigkeit zum Abheben erreicht hatte, ehe es plötzlich abhob und in den Himmel stieg.

Sobald es in der Luft war, kippte Doogie das Flugzeug scharf herum, sodass es direkt nach Süden zeigte. In diese Richtung waren die Black Hawks der Texaner verschwunden.

Nach etwa zehn Minuten Flug sah Doogie sie vor sich – acht schwarze Flecken am Horizont. Sie hielten sich rechts, flogen südwestlich über die Berge.

»Sie wollen nach Cusco«, meinte Doogie.

»Bleiben Sie dran«, sagte Race.

Eine Stunde später landeten die acht Black Hawks auf einem Privatflughafen außerhalb von Cusco.

Majestätisch wartete auf der staubigen Landepiste ein gewaltiges Antonow-An-22-Frachtflugzeug.

Mit seinem mächtigen vierfachen Propellersystem sowie einer breiten rückwärtigen Laderampe war die An-22 seit langem einer der zuverlässigsten Panzerträger der Sowjetunion gewesen. Sie war auch ein wertvoller Exportartikel, der regelmäßig an Länder verkauft wurde, die sich amerikanische Frachtflugzeuge nicht leisten konnten – oder nicht erwerben durften.

Mit dem Ende des Kalten Krieges und dem Zerfall der russischen Ökonomie hatten viele An-22 ihren Weg auf den Schwarzmarkt gefunden. Während Filmstars und Profi-Golfer für dreißig Millionen Dollar Lear-Jets erwarben, konnten paramilitärische Organisationen gebrauchte An-22 für wenig mehr als zwölf Millionen Dollar kaufen.

Earl Bittiker und Troy Copeland sprangen aus ihrem Hubschrauber und gingen zur Laderampe des gewaltigen Frachtflugzeugs.

Dort angekommen, sah Bittiker in den höhlenartigen Frachtraum hinauf und erblickte seinen Stolz und seine Freude.

Einen Abrams-M1A1-Kampfpanzer.

Er wirkte ehrfuchteinflößend. Das Bild brutaler, unbezähmbarer Kraft. Seine Panzerung war mattschwarz, die ungeheuer breiten Ketten standen weit auseinander.

Bittiker blickte auf den imposanten trapezförmigen Geschützturm. Er zeigte resolut nach vorn, zum Bug des Flugzeugs, und die lang gestreckte 105-mm-Kanone stand in einem Dreißig-Grad-Winkel nach oben.

Bittiker sah den Abrams zufrieden an. Er war der perfekte Aufbewahrungsort für die gestohlene Supernova. Undurchdringlich.

Nun übergab er das Götzenbild an einen Techniker der Freiheitskämpfer und der kleine Mann eilte damit zum Panzer.

»Meine Herren«, sagte Bittiker in seinen Sprechfunk, sich an die Männer in den anderen Helikoptern wendend. »Vielen Dank für Ihre treuen Dienste. Wir verschwinden von hier. Bis zum nächsten Leben.«

Dann setzte er den Sprechfunk ab, holte sein Handy heraus und wählte die Nummer von Bluey James.

In Blueys Wohnung klingelte das Telefon. Die digitale Abhöreinheit des FBI leuchtete auf wie ein Christbaum.

Demonaco streifte sich die Kopfhörer über und nickte daraufhin Bluey zu.

Bluey hob den Hörer ab. »Ja?«

»Bluey, Bittiker hier. Wir haben das Thyrium. Schick die Botschaft los.«

»Alles klar, Earl.«

Bittiker schaltete sein Handy ab und schritt, Copeland im Schlepptau, die Laderampe hinauf ins Heck der Antonow.

Es war 11.13 Uhr.

★★★

»Meine Güte! Sie heben schon ab!«, rief Doogie aus und zeigte auf die alte Antonow hinab, die gerade über die staubige Startbahn donnerte und sich in den Himmel erhob.

»Seht mal, wie *groß* das Ding ist!«, meinte Renée.

»Ich glaube, wir haben gerade herausgefunden, wo sie ihre Supernova aufbewahren«, sagte Race.

Die Antonow stieg in den Himmel und die ausgestreckten Flügel glitzerten in der Morgensonne.

In dem stillen, einem Mutterleib ähnlichen Innern des Abrams-Panzers, der in dem höhlenartigen Frachtraum stand, werkelten zwei Techniker der Freiheitskämpfer gerade vorsichtig an einer luftdicht verschlossenen Arbeitskammer. Mit einem Laserschneidegerät holten sie langsam einen kleinen, kreisrunden Teil aus der Basis des Thyrium-Götzenbildes heraus.

Hinter den beiden stand, beinahe den gesamten Innenraum des Panzers einnehmend, die Supernova – jene Supernova, die sich noch vor zwei Tagen im Tresorraum des Hauptquartiers der DARPA befunden hatte.

Nachdem sie mit Hilfe zweier IBM-Supercomputer, die an der Wand des Frachtraums draußen angebracht waren, das kreisrunde Stück Thyrium herausgeholt hatten, unterwarfen die Techniker es einer Alphawellenverstärkung, einer Reinigung durch inertes Gas und einer Protonenanreicherung. Dadurch verwandelten sie das Thyrium in eine subkritische Masse.

»Wie lange dauert's noch?«, fragte plötzlich eine Stimme über ihnen.

Die beiden Männer schauten auf. Earl Bittiker blickte durch die kreisrunde Einstiegsluke des Panzers auf sie hinab.

»Noch fünfzehn Minuten«, erwiderte einer von ihnen.

Bittiker sah auf die Uhr.

Es war 11.28 Uhr.

»Ruft mich, sobald ihr fertig seid«, sagte er.

»Doogie«, sagte Race, während er zu dem gewaltigen Frachtflugzeug über ihnen hinaufblickte. »Wie öffnet man die Laderampen an diesen großen Frachtflugzeugen?«

Doogie runzelte die Stirn. »Da gibt es zwei Möglichkeiten. Entweder drückt man einen Knopf auf einer Konsole im Frachtraum oder man benutzt die äußere Konsole.«

»Was ist das, die äußere Konsole?«

»Das sind einfach zwei Knöpfe, die an der Außenseite des Flugzeugs verborgen sind. Gewöhnlich liegen sie auf der linken Seite der Laderampe und sind von einem Paneel verdeckt, zum Schutz gegen den Wind.«

»Benötigt man einen Code oder so was zum Öffnen des Paneels?«

»Nein, überhaupt nicht«, erwiderte Doogie. »Ich meine, es wird wohl kaum jemand mitten in der Luft die Laderampe von außen öffnen wollen, oder?«

Er wandte sich Race zu. Dann bekam er plötzlich große Augen. »Das ist nicht Ihr Ernst!«

»Wir müssen das Götzenbild bekommen, ehe sie es in die Supernova stecken«, sagte Race. »So einfach ist das.«

»Aber wie?«

»Fliegen Sie einfach hinter das Flugzeug. Bleiben Sie genau darunter, sodass die Sie nicht sehen. Dann bringen Sie uns hübsch nah heran.«

»Was haben Sie vor?«

Race drehte sich um und blickte auf die traurige kleine Gruppe im Flugzeug: Doogie – Schusswunden im Bein und in der Schulter; Renée – verwundete Schulter; Gaby – noch immer leicht unter Schock von den kürzlichen Gefechten; Uli – der zählte nicht.

Race lachte schnaubend. »Was ich vorhabe? Ich werde die Welt retten.«

Mit diesen Worten stand er auf und schnappte sich die einzige Maschinenpistole, die sie hatten, die Navy-MP-5.

»Also, bringen Sie uns rauf.«

Die beiden Flugzeuge stiegen durch den strahlenden Morgenhimmel in die Höhe.

Die Antonow hatte gerade etwa eine Höhe von 11 000 Fuß erreicht – rund drei Kilometer – und flog gemütlich mit einer Geschwindigkeit von 200 Knoten dahin, während sie stetig weiter in den Himmel stieg.

Sie wusste es nicht, aber hinter ihr, sich rasch ihrem Schwanzende nähernd, befand sich ein viel kleineres Flugzeug – die Goose.

Das kleine Wasserflugzeug bebte heftig, als es sich allmählich seiner Höchstgeschwindigkeit von 220 Knoten näherte. Doogie packte den Steuerknüppel so fest, wie er konnte, und versuchte, sie ruhig zu halten.

Es sah schlimm aus. Die maximale Operationshöhe der Goose lag bei 21 300 Fuß. Wenn die Antonow weiter stiege, wäre sie bald außer Reichweite der Goose.

Nach und nach näherte sich das kleine Wasserflugzeug dem gewaltigen Frachtflugzeug und es sah so aus, als vollführten die beiden eine Art bizarres Luftballett – der Spatz, der den Albatros jagte. Langsam, sehr langsam, manövrierte Doogie die Goose hinter die Antonow und drückte die Nase dicht an das Heck des größeren Flugzeugs.

Plötzlich sprang die Luke an der Nase der Goose auf und die

winzige Gestalt eines Mannes tauchte darin auf, sichtbar bis zur Taille.

Der Wind, der Race ins Gesicht fegte, als er den Kopf aus der Goose steckte, war *gewaltig*.

Er hämmerte unablässig auf ihn ein. Wenn Race nicht die Schutzweste getragen hätte, hätte es ihm sicher die Luft aus den Lungen gedrückt.

Etwa fünf Meter entfernt hatte er das geschwungene Heck der Antonow in voller Größe vor sich.

Mein Gott, war sie riesig …

Es war, als schaute man auf das Hinterteil des größten Vogels der Welt.

Dann blickte Race aus dem Augenwinkel zur Erde hinab.

Oh – verdammt!

Die Welt war weit weg – *ganz weit* weg. Direkt unter sich sah er eine dahinrollende Flickendecke aus Hügeln und Feldern sowie, ganz entfernt im Osten – vor den beiden Flugzeugen –, das unendliche Meer des Regenwalds.

Nicht daran denken, wie hoch du bist!, flüsterte eine Stimme in ihm. *Die Gedanken auf die Aufgabe gerichtet halten!*

Genau.

Also gut. Er musste rasch handeln, ehe ihm die Luft knapp wurde und die beiden Flugzeuge eine Höhe erreichten, in der die Kombination aus dünner Luft und eisiger Kälte ihn erstarren ließe.

Er winkte Doogie hinter der Windschutzscheibe der Goose zu, er solle das kleine Wasserflugzeug näher an die Antonow heranbringen.

Die Goose schob sich näher.

Noch zweieinhalb Meter.

Earl Bittiker und Troy Copeland saßen im Cockpit der Antonow, ohne zu bemerken, was hinter ihrem Flugzeug geschah.

Plötzlich summte das Telefon an der Wand.

»Ja?«, sagte Bittiker.

»Sir.« Es war der Techniker, der das Schärfen der Supernova überwachte. »Wir haben das Thyrium in den Apparat eingeführt. Er ist bereit.«

»Gut, ich komme runter«, erwiderte Bittiker.

Das Wasserflugzeug war jetzt einen Meter von der Antonow entfernt, 15 000 Fuß über dem Boden und stieg immer noch.

Race' ganzer Oberkörper ragte aus der Luke an der Nase der Goose hervor. Er sah die Laderampe der Antonow vor sich. Sie war noch immer fest verschlossen und ihr Vorhandensein verrieten lediglich die dünnen Furchen, die in einem Viereck um das Heck des gewaltigen Flugzeugs verliefen.

Jetzt sah Race ein kleines Paneel links von der Rampe an der Außenhülle des Flugzeugs.

Er winkte Doogie, er solle die Goose noch näher heranbringen.

Bittiker kam aus dem Oberdeck der Antonow und sah von einem schmalen, metallenen Laufsteg auf den Frachtraum hinab. Unten stand der riesige Panzer, den Lauf der mächtigen Kanone direkt auf ihn gerichtet.

Er blickte auf seine Uhr.

Es war 11.48 Uhr. Die V-CD müsste vor einer guten halben Stunde hinausgegangen sein und die Welt in Panik versetzt haben. Der Tag des Jüngsten Gerichts war gekommen.

Bittiker glitt die Sprossenleiter hinab, trat auf den Geschützturm und kletterte in den Panzer.

Er tauchte im Bauch des Abrams auf und sah die Supernova vor sich: die beiden Atomsprengköpfe in ihrer Stundenglasformation, das kreisrunde Stück Thyrium horizontal in der luftdicht versiegelten Kammer dazwischen.

Er nickte befriedigt.

»Starten Sie die Explosionssequenz«, sagte er.

»Jawohl, Sir«, erwiderte einer der Techniker und sprang zu dem Laptop vor dem Apparat hinüber.

»Stellen Sie ihn auf zwölf Minuten ein«, sagte Bittiker. »Zwölf Uhr mittags.«

Rasch tippte der Techniker etwas ein und innerhalb von Sekunden erschien auf dem Schirm der Countdown:

IHNEN BLEIBEN
00:12:00
MINUTEN ZUR EINGABE DES ENTSCHÄRFUNGSCODES.
ENTSCHÄRFUNGSCODE HIER EINGEBEN:
_ _ _ _ _ _ _ _ _

Der Techniker drückte die »Enter«-Taste und die Zahlen auf der Uhr rasten abwärts. Währenddessen holte Bittiker sein Handy heraus und wählte wieder Bluey James' Nummer.

Die digitale Abhöreinrichtung in Blueys Wohnung leuchtete erneut auf wie ein Christbaum.

Bluey hob das Telefon ab. »Ja?«

»Ist die Botschaft rausgegangen?«

»Sie ist draußen, Earl«, log Bluey, während er John-Paul Demonaco in die Augen starrte.

»Herrscht Panik auf den Straßen?«

»So was würden Sie kaum für möglich halten«, erwiderte Bluey.

Die Goose schob sich noch näher an das Heck der Antonow heran. Jetzt trennte die beiden dahinrasenden Flugzeuge nur noch ein halber Meter.

Wegen des heftigen Windes hielt sich Race mit einer Hand

an der Luke der Goose fest, während er die andere so weit, wie er konnte, nach dem Paneel am Frachtflugzeug ausstreckte.

Es reichte noch immer nicht. Doogie brachte die Goose noch näher heran, so nahe, wie er sich traute …

… und Race bekam das Paneel zu fassen und warf es auf.

Er sah zwei Knöpfe vor sich, einen roten, einen grünen, und ohne lange zu überlegen, hieb er mit der Faust auf den grünen.

Surrend senkte sich die Laderampe im Heck der Antonow herab, wobei es bedrohlich polterte, und wäre beinahe auf dem Nasenrücken der Goose gelandet!

Mit den Reflexen einer Katze manövrierte Doogie das kleine Wasserflugzeug rasch aus dem Weg – und warf dabei Race fast aus der Luke! Aber Race hielt sich eisern fest und geriet auch nicht aus dem Gleichgewicht. Er brachte es fertig, halb in und halb außerhalb der Luke zu bleiben. Doogie schwang das kleine Wasserflugzeug geschickt hinter die Antonow und dann hatten sie die geöffnete Rampe des Frachtflugzeugs auch schon vor sich.

Die beiden Flugzeuge flogen weiterhin Tandem durch den peruanischen Himmel. Die gewaltige Antonow und die winzige Goose waren kaum einen halben Meter voneinander entfernt und erreichten fast 18 000 Fuß Höhe, nur dass jetzt die Laderampe genau vor der Nase des kleinen Wasserflugzeugs offen stand!

Als die Rampe sich vollständig geöffnet hatte, kletterte William Race, den das riesige Frachtflugzeug zum Zwerg machte, aus der Luke und hinein in den tosenden Wind. Obwohl er sich 18 000 Fuß über der Erde befand, *sprang* er von der Nase der Goose hinüber in die offene Laderampe der Antonow!

Race landete bäuchlings in dem gewaltigen Frachtflugzeug.

Er klammerte sich mit aller Kraft an die Rampe, damit er nicht aus dem Heck des Flugzeugs gesaugt wurde, während er sich Hand über Hand auf dem Bauch hinaufzog und der Wind um ihn herum toste. Nichts außer der Goose und 18 000 Fuß klarem Himmel hatte er unter sich.

Schon komisch, wohin einen das Leben so führt ...

Der gewaltige Frachtraum öffnete sich vor ihm.

In der Mitte stand stolz der mächtige Abrams-Panzer. Der peitschende Wind wirbelte alles empor, was nicht niet- und nagelfest war. Da hörte Race das hysterische Wimmern der Alarmsirenen, die zweifelsohne alle an Bord des Flugzeugs befindlichen Personen darauf aufmerksam machte, dass gerade die Laderampe geöffnet worden war.

Earl Bittiker wusste es bereits.

Kaum hatte sich die Laderampe einen knappen halben Meter weit geöffnet, vernahm er das Sausen des Windes, der in den Frachtraum hineinfuhr. Den Bruchteil einer Sekunde später folgte das schrille Jaulen der Alarmsirenen.

Bittiker, der im Bauch des Abrams-Panzer hockte, fuhr herum, das Handy noch immer ans Ohr gedrückt.

»Was, zum Teufel, soll das denn?«, fragte er und stürmte die Leiter des Panzers hinauf.

Race, der jetzt wieder auf den Beinen war, nahm die MP-5 von der Schulter und schritt seitlich den schmalen Gang zwischen dem gewaltigen Panzer und der Wand des Frachtraums entlang.

Unvermittelt erschien links von ihm ein Kopf in der Luke oben auf dem Panzer.

Race fuhr herum und richtete seine Waffe auf den Mann.

»Keine Bewegung!«, schrie er.

Der Mann erstarrte.

Race bekam große Augen, als ihm aufging, um wen es sich handelte.

Das war der Mann, der Frank Nash in Vilcafor das Götzenbild abgenommen hatte – der *Anführer* der Terroristen.

Heilige Scheiße.

Seltsamerweise hielt der Mann ein Telefon in der Hand, ein Handy.

»Runter da!«, schrie Race.

Zunächst rührte Bittiker sich nicht. Er starrte Race einfach nur verwundert und mit offenem Mund an – einen Mann mit Brille, Blue Jeans, schmuddeligem T-Shirt, einer arg mitgenommenen Yankee-Kappe und einer schwarzen Schutzweste, der ihn mit einer MP-5 bedrohte.

Dann warf Bittiker einen Blick auf die offene Laderampe und sah das kleine Goose-Wasserflugzeug etwa zwanzig Meter hinter der Antonow schweben. Es versuchte vergebens, mit dem riesigen Frachtflugzeug Schritt zu halten, das immer höher in den Himmel stieg.

Langsam kam Bittiker vom Geschützturm des Panzers herab, bis er schließlich vor Race stand.

»Geben Sie mir das verdammte Telefon«, sagte Race und riss dem Terroristen den Apparat aus der Hand. »Mit wem sprechen Sie?«

Race hielt sich das Telefon ans Ohr, während er die Waffe auf Bittiker gerichtet hielt und ihn nicht aus den Augen ließ. »Wer ist da?«, fragte er in den Apparat.

»*Wer da ist?*«, fauchte eine hässliche, kleine Stimme zurück. »*Wer sind Sie, zum Teufel? Das ist wohl die angemessene Frage.*«

»Mein Name ist William Race. Ich bin amerikanischer Staatsbürger und wurde nach Peru gebracht, um einem Team der Army dabei zu helfen, eine Probe Thyrium zu beschaffen, das in eine Supernova eingesetzt werden sollte.«

Am anderen Ende der Leitung ertönte ein lautes Schlurfen.

»Mr Race«, sagte plötzlich eine neue Stimme. *»Mein Name ist Demonaco vom FBI. Ich untersuche den Diebstahl einer Supernova aus dem Büro der Defense ...«*

»Sie können sie nicht abschalten«, sagte Bittiker im schleppenden texanischen Tonfall zu Race. »Sie *können* sie nicht abschalten.«

»Warum nicht?«, fragte Race.

»Weil nicht einmal ich weiß, wie sie entschärft werden kann«, erwiderte Bittiker. »Ich habe darauf geachtet, dass meine Leute lediglich wussten, wie sie zu schärfen ist. So kann sie keiner mehr abschalten, sobald sie aktiviert worden ist.«

»Niemand kennt den Entschärfungscode?«

»Niemand«, bestätigte Bittiker. »Außer vielleicht irgendein verdammter Wissenschaftler bei der DARPA oben in Princetown, aber das wird uns jetzt nicht weiterhelfen, stimmt's?«

Vor Enttäuschung biss Race sich auf die Unterlippe.

Die Alarmsirenen schrillten noch immer. Jede Sekunde konnten weitere Texaner kommen, um nachzusehen, was los war ...

Gewehrfeuer.

Laut und plötzlich.

Überall auf dem Deck prallten Funken schlagend Kugeln auf. Race sprang beiseite, wälzte sich über das Deck, stopfte sich das Handy in die Gesäßtasche, blickte auf – und sah Troy Copeland mit zwei Texanern auf dem Laufsteg stehen, der den Frachtraum überblickte. Alle drei feuerten mit ihren Calico-Pistolen auf Race.

Bittiker erkannte die Gelegenheit, ging hinter der Vorderseite des Panzers in Deckung und verschwand aus Race' Blickfeld.

Im letzten Augenblick drückte Race sich gegen die gewaltigen Räder des Panzers und geriet so aus der Schusslinie.

Er atmete schwer und in seinem Schädel pochte es heftig.

Was, zum Teufel, tust du jetzt, Will?

Dann hörte er plötzlich jemanden seinen Namen rufen.

»Sind Sie das, Professor Race?« Es war Copeland. »Mein Gott, sind Sie ein hartnäckiger, kleiner Scheißkerl.«

»Besser als ein komplettes *Arschloch*«, brummelte Race unterdrückt. Er schoss hinter dem Panzer hervor und gab eine kurze Salve auf Copeland und die anderen beiden Terroristen ab, verfehlte sie allerdings um Kilometer.

Verdammt, dachte er. *Was sollte er jetzt tun? So weit hatte er wirklich nicht vorausgeplant.*

Die Supernova, sagte eine Stimme in seinem Kopf.

Schließlich war es ihm auf dieser Tour bereits schon einmal gelungen, eine Supernova zu entschärfen, überlegte er.

Also sprang Race auf, feuerte wild mit seiner MP-5 zum Laufsteg hinauf und kletterte auf die Umrandung des Abrams-Panzers. Er erstieg den Geschützturm und sprang durch die Luke in den Bauch des gewaltigen, stählernen Untiers.

★★★

Er wurde von den verblüfften Gesichtern der beiden Techniker der Freiheitskämpfer empfangen, die sich um die Supernova kümmern sollten.

»Raus! Sofort!«, schrie er und richtete die MP-5 auf ihre Nasen.

Die beiden Techniker eilten die Leiter hoch, verschwanden durch die Luke im Geschützturm und schlugen sie hinter sich zu. Race verriegelte sie und fand sich plötzlich allein im Kommandozentrum des Panzers wieder.

Allein mit der Supernova.

Allmählich überkam ihn ein entsetzliches Gefühl des *Déjà-vu*.

Er spürte das Handy, das seine Gesäßtasche ausbeulte, und griff rasch danach.

»FBI-Mann, sind Sie noch dran?«, fragte er.

John-Paul Demonaco sprang zu seinem Mikrofon.

»Ich bin hier, Mr Race«, sagte er rasch.

»Wie war doch gleich Ihr Name?«, fragte Race' Stimme.

Einer der anderen Beamten sagte: »Wir können sie zurückverfolgen. Was soll das denn, zum Teufel …? Hier heißt es, sie sind in *Peru* … vielmehr: 20 000 Fuß *über* Peru.«

»Mein Name ist Demonaco, John-Paul Demonaco, ich bin Special Agent des FBI. Jetzt hören Sie mir sehr sorgfältig zu, Mr Race. Egal, wo Sie sind, Sie *müssen* verschwinden. Die Leute bei Ihnen sind sehr gefährliche Individuen.«

Was du nicht sagst, Sherlock!

»Ähm …«, sagte Race' Stimme.

»… ich fürchte, das steht leider nicht zur Debatte«, sagte Race in das Telefon. Währenddessen blickte er auf den Countdown an der Supernova.

`00:02:01`

`00:02:00`

`00:01:59`

»Ach komm, du nimmst mich doch auf den Arm«, sagte er. »Das ist einfach nicht fair.«

»PROFESSOR RACE, VERLASSEN SIE SOFORT DEN PANZER!«, dröhnte eine grässlich laute Stimme aus einem Lautsprecher außerhalb des Abrams.

Race blickte durch das Visier des Schützen hinaus und sah Copeland mit einem Mikrofon in der Hand oben auf dem Laufsteg am vorderen Ende des Frachtraums stehen.

Der Wind peitschte wild um ihn her. Die Laderampe stand noch immer offen.

Race sah sich im Innern des riesigen Panzers um.

Die Supernova nahm den gesamten Mittelteil des Kommandozentrums ein. Über sich hatte er die Einstiegsluke im Geschützturm. Vorn waren die Abschusskonsolen für die 105-mm-Kanone des Panzers und jenseits davon – *darunter*, halb im Boden versenkt und genau in der Mitte des Vorderteils des Panzers – sah er einen gepolsterten Sitz sowie einen Steuerknüppel, die Fahrerkonsole.

Etwas daran war jedoch sehr merkwürdig. Die Sitzfläche des Fahrersitzes berührte die Dachunterkante.

Da begriff Race.

In diesen Panzern steckte der Fahrer beim Lenken den Kopf aus einer kleinen Luke oberhalb seines Sitzes.

Race spürte, wie ihm ein Eisstückchen das Rückgrat hinunterrutschte.

Vorn gab es eine weitere Luke!

Er sprang hin, schlüpfte in den Fahrersitz, sah hoch und erkannte sofort, dass es stimmte. Hier oben *war* eine weitere Luke. Die im Augenblick offen stand.

Breitbeinig darüber, die Calico-Pistole direkt nach unten auf Race' Kopf gerichtet, stand Earl Bittiker.

»Wer, zum Teufel, sind Sie?«, fragte Bittiker langsam.

»Mein Name ist William Race«, erwiderte Race und sah durch die Luke zu ihm hoch. Seine Gedanken rasten, als er nach einer Fluchtmöglichkeit suchte.

Warte mal einen Moment, da war doch was …

»Ich bin Professor für Sprachen des Altertums an der New York University«, fügte er rasch hinzu, ein Versuch, Bittiker zum Weiterreden zu veranlassen.

»*Ein Professor?«,* fauchte Bittiker. »Gott verflucht noch mal!«

Race nahm an, dass Bittiker von seinem Standpunkt aus seine Hände nicht sehen konnte, die unter der Luke verborgen waren, und deswegen nicht mitbekam, wie er gerade unterhalb der Steuerkonsole des Panzers umhertastete.

»Sagen Sie mir doch, Sie Eierkopf, was wollen Sie dadurch erreichen, dass Sie hergekommen sind?«

»Ich habe mir überlegt, dass ich die Supernova entschärfen könnte. Wissen Sie, die Welt retten.«

Noch immer tastete er umher.

Verdammt, er musste irgendwo hier sein ...

»Meinen Sie ernsthaft, Sie könnten die Bombe entschärfen?«

Gefunden!

Race blickte hart zu Bittiker auf. »Auch wenn mir nur noch eine Sekunde bleibt, werde ich versuchen, die Bombe zu deaktivieren.«

»Wirklich?«

»Ja, wirklich«, entgegnete Race. »*Weil ich das nämlich schon einmal gemacht habe.*«

In diesem Augenblick drückte Race, ohne dass Bittiker es sah, den Daumen auf den gummigeschützten Knopf, den er an der Unterseite der Steuerkonsole des Abrams gefunden hatte und mit dem alle in Amerika produzierten Feldfahrzeuge ausgerüstet waren.

Rrrrruuuummm!

Sogleich sprang der gewaltige Avco-Lycoming-Motor des Panzers brüllend an und das mächtige Pochen des Motors dröhnte durch den riesigen Frachtraum.

Bittiker geriet durch das jähe Aufbrüllen des Panzermotors aus dem Gleichgewicht. Troy Copeland oben auf dem Laufsteg blickte ebenfalls überrascht auf.

In der Fahrerluke sitzend, sah Race sich nach etwas um, das er ...

O ja. Das ist nett.

Er fand einen Kontrollhebel mit Auslöseknopf, auf dem das Wort HAUPTGESCHÜTZ stand.

Race packte den Hebel, drückte den Knopf und betete zu Gott, dass im Hauptgeschütz des Abrams ein Geschoss steckte.

Es steckte eines darin.

Das *Bumm,* mit dem die mächtige 105-mm-Kanone des Panzers losging, war vielleicht das lauteste Geräusch, das Race je gehört hatte, und der gesamte Frachtraum der Antonow vibrierte heftig.

Die 105-mm-Granate sauste wie ein von der Leine gelassener Asteroid durch das Flugzeug. Zunächst rasierte sie Troy Copeland so sauber und rasch den Kopf ab, wie es eine Eisenkugel bei einer Barbiepuppe getan hätte. Sie enthauptete ihn im Handumdrehen und sein Körper stand anschließend noch eine volle Sekunde lang aufrecht da, ehe er zu Boden stürzte.

Aber die Granate flog weiter.

Wie eine Rakete durchschlug sie die stählerne Wand hinter Copelands Körper, schoss zum Passagierdeck der Antonow hinauf, pflügte mit kolossaler Geschwindigkeit durch die Cockpitwände und die Brust des Piloten, ehe sie die Windschutzscheibe des Flugzeugs in einem spektakulären Glasschauer hinauspustete.

Da der Pilot tot war, kippte die Antonow abrupt zur Seite ab und ging in das erste Stadium eines Sturzflugs über.

Die Welt im Frachtraum schlug heftig Purzelbäume. Race sah den Schaden, den er angerichtet hatte, und begriff, was mit dem Flugzeug passieren würde.

Auch wenn mir nur noch eine Sekunde bleibt, werde ich versuchen, die Bombe zu deaktivieren.

Bittiker stand noch immer auf der Umrandung des Panzers, die Calico fest in der Hand, aber er war durch das Abfeuern des Geschützes völlig aus dem Gleichgewicht geraten.

Knirschend schaltete Race durch die Gänge des Panzers, bis er den fand, den er gesucht hatte.

Daraufhin drückte er mit dem Fuß das Gaspedal bis zum Boden durch.

Der Panzer reagierte sofort. Seine Ketten setzten sich in Bewegung und das gewaltige, stählerne Untier schoss wie ein Rennwagen los. Allerdings sauste es *rückwärts*, die Laderampe entlang.

Der Panzer jagte über die Kante, kippte und fiel in den klaren Himmel.

★★★

DER ABRAMS-PANZER stürzte.

Er stürzte schnell. Rasend schnell.

Kaum war er aus der Laderampe der Antonow gefallen, ging das Frachtflugzeug, das durch die Explosion der Panzergranate im Innern völlig zerstört war, in den Sturzflug über und explodierte in einem gigantischen Feuerball.

Der Abrams fiel mit dem Heck voran durch den Himmel. Unglaublich schnell. Er war so groß und schwer, dass er wie ein kreischender, 67 Tonnen schwerer Amboss die Luft durchschnitt.

Race im Innern befand sich in einer Welt des völligen Chaos.

Alles war zur Seite gekippt und der ganze Panzer rüttelte und schüttelte sich heftig aufgrund der Reibung mit der Luft.

Race lag unbeholfen mitten im Kommandozentrum. Er war dorthin geschleudert worden, als er das Gefährt im Rückwärtsgang von der Laderampe befördert hatte. Die Supernova neben ihm lag jetzt horizontal, fest verkeilt zwischen Decke und Fußboden.

Race sah den Countdown auf ihrem Bildschirm:

`00:00:21`

`00:00:20`

`00:00:19`

19 Sekunden.

Ungefähr so viel Zeit bliebe ihm, bis der Panzer aus einer Höhe von etwa sechseinhalbtausend Metern auf den Boden krachte.

Ach, Scheiß drauf!

Entweder ging die Supernova hoch und er starb zusammen mit dem Rest der Welt oder er entschärfte sie und starb allein, wenn der Panzer in etwa 17 Sekunden auf die Erde schlug.

Mit anderen Worten: Er konnte das eigene Leben hingeben, um das Leben der Welt zu retten.

Wieder einmal.

Gott verdammt!, dachte Race. *Wie war es möglich, dass ihm innerhalb von zwei Tagen zweimal das Gleiche zustieß?*

Er sah auf den Computermonitor:

```
                 IHNEN BLEIBEN
                   00:00:16
SEKUNDEN ZUR EINGABE DES ENTSCHÄRFUNGSCODES.
      ENTSCHÄRFUNGSCODE HIER EINGEBEN:
               _ _ _ _ _ _ _ _ _
```

16 Sekunden …

Kreischend stürzte der Panzer durch den Himmel.

Race sah hilflos auf den Zeitgeber, der unausweichlich rückwärts zählte.

Da erhaschte er plötzlich aus dem Augenwinkel eine Bewegung. Er fuhr herum, sah hoch – und erblickte Earl Bittiker, der zur Fahrerluke hereinkroch, die Calico-Pistole in der Hand!

O verdammt!

00:00:15

Scher dich nicht um ihn!

Denk einfach nach!

Denken? Mein Gott, wie, zum Teufel, soll einer in einem Abrams-Panzer nachdenken, der mit etwa hundert Stundenkilometern zur Erde stürzt, und dazu noch mit einem Knaben, der mit einer Waffe in der Hand zur Fahrerluke hereinkriecht!

00:00:14

Race versuchte, den Kopf klar zu bekommen.

Na gut, letztes Mal hatte er gewusst, dass *Weber* den Entschärfungscode eingegeben hatte. Diesmal jedoch hatte er nicht den geringsten Hinweis darauf, wer es getan haben konnte, insbesondere deshalb nicht, weil er nicht wusste, wer das Zündungssystem des Apparats entworfen hatte.

`00:00:13`

Zündungssystem ...

Das hatte Marty gesagt, als er sterbend in Race' Armen gelegen hatte.

`00:00:12`

Der Abrams erreichte seine Endgeschwindigkeit und gab ein schrilles Pfeifen von sich, wie eine fallende Bombe.

Bittiker war jetzt halb zur Luke herein. Er erblickte Race und feuerte seine Pistole auf ihn ab.

Race duckte sich hinter die Supernova und holte das Handy aus der Hosentasche. Währenddessen schlugen neben ihm weitere Kugeln auf die Stahlwand des Panzers.

»Demonaco!«, schrie er über den Höllenlärm hinweg, den der fallende Panzer verursachte.

»Was ist, Professor?«

»Rasch, sagen Sie mir: Wer hat das Zündsystem der Supernova der Navy entworfen?«

Dreitausend Kilometer entfernt schnappte sich John-Paul Demonaco ein Blatt Papier, das neben ihm lag. Es war die Liste der Mitglieder des Navy-DARPA-Supernova-Teams.

Sein Blick konzentrierte sich auf eine Zeile.

```
RACE, Martin E. Konstrukteur DARPA D/3279-97A
                Zündsystem
```

»Ein Mensch namens Race. Martin Race!«, rief Demonaco ins Telefon.

Marty, dachte Race.

00:00:11

Marty hatte das Zündsystem entworfen. Das hatte er ihm vor seinem Tod zu sagen versucht.

Also hatte er auch den Entschärfungscode eingegeben.

00:00:10

Ein numerischer Acht-Ziffern-Code.

Bittiker war jetzt im Panzer.

Welchen Code hatte Marty benutzt?

00:00:09

Der Panzer fiel noch immer mit über 300 Metern pro Sekunde kreischend durch die Luft.

Bittiker hob erneut seine Calico.

Welchen Code hatte Marty immer benutzt?

00:00:08

Geburtstag? Bedeutendes Datum?

Nein. Nicht Marty.

Wenn etwas einen numerischen Code erforderte, wie zum Beispiel eine ATM-Card oder so etwas, benutzte er stets dieselbe Zahl.

Elvis Presleys Army-Nummer.

00:00:07

Bittiker richtete die Calico auf Race.

Mein Gott, wie lautete die noch?

Es lag ihm auf der Zunge …

00:00:06

Race duckte sich hinter die Supernova – Bittiker würde es nicht wagen, da durchzuschießen – und fand sich vor dem Schärfungscomputer des Apparats wieder.

Gott, wie lautete die Nummer?

533 …

Denk nach, Will! Nachdenken!

00:00:05

5331 …

... 07 ...

... 61 ...

53310761!

Das war sie!

Race tippte »53310761« ein und schlug anschließend mit dem Finger auf die »Enter«-Taste.

Der Bildschirm piepte.

ENTSCHÄRFUNGSCODE EINGEGEBEN DETONATIONSCOUNTDOWN BEENDET BEI 00:00:04 SEKUNDEN.

Aber Race hielt sich nicht damit auf, sitzen zu bleiben und auf den Monitor zu blicken.

Vielmehr kletterte er, geschützt von der jetzt entschärften Supernova, von Bittiker weg und stieg die kurze Leiter hinauf, die zur Luke im Geschützturm des Panzers führte.

Er wusste nicht, weswegen er diese Richtung wählte. Es war schlicht die völlig unlogische Überlegung, dass er vielleicht eine bessere Überlebenschance hätte, wenn er sich beim Aufprall auf den Boden *außerhalb* des Panzers befände.

Der Aufprall musste kurz bevorstehen.

Auf seinem Weg über die nun waagerecht liegende Leiter kam er an dem Götzenbild vorüber, das jetzt ein Loch im Boden hatte, und hob es auf.

Er erreichte die Luke und öffnete sie. Sogleich pfiff ihm ein Sturmwind ins Gesicht, der so heftig war, dass er ihn beinahe blendete.

Er klammerte sich an das jetzt senkrecht stehende Dach des Abrams, gab dem Lukendeckel hinter sich rasch einen Fußtritt, wodurch er Bittiker einschloss, und zwar gerade rechtzeitig, denn schon prasselte ein Kugelhagel aus der automatischen Pistole gegen den stählernen Deckel.

Race schaute nach unten, dem Wind entgegen, der ihm gegen die Brille peitschte …

… und sah den grünen Regenwald mit etwa einer Million Stundenkilometern auf sich zujagen!

Mit einem schrillen Kreischen fiel der Panzer zur Erde.

Zwei Sekunden bis zum Aufprall.

Das war's.

Die Erde raste auf ihn zu.

In dieser letzten Sekunde, ehe der Abrams-Panzer mit unglaublicher Geschwindigkeit aufschlug, schloss William Race die Augen und stieß ein letztes Gebet aus.

Dann geschah es.

Der Aufprall.

★★★

DER AUFPRALL DES Panzers erfolgte mit unglaublicher Gewalt.

Die Welt schien in ihren Grundfesten zu erbeben, als der 67-Tonnen-Panzer mit Höchstgeschwindigkeit auf die Erde krachte, sogleich implodierte und innerhalb einer Millisekunde platt gedrückt wurde. Ganze Stücke von ihm schossen in alle Richtungen davon.

Earl Bittiker war im Abrams. Als sich das gigantische, stählerne Untier in die Erde bohrte, rasten die Wände mit furchtbarer Geschwindigkeit auf ihn zu und Tausende abgerissene Metallkanten schossen in seinen Körper, durchdrangen ihn in einer Nanosekunde von allen Seiten, ehe er zu einem Nichts zerquetscht wurde. Eines allerdings war gewiss: Earl Bittiker hatte beim Sterben geschrien.

William Race dagegen war beim Aufprall nicht einmal in der Nähe gewesen.

Denn in dieser einen Sekunde, bevor der Panzer auf die Erde krachte – etwa zweieinhalb Meter darüber – hatte Race etwas ganz Merkwürdiges erlebt.

Er hatte ein Geräusch gehört, ähnlich einem Überschallknall aus nächster Nähe, und war plötzlich – *Wusch!* – von einer gewaltigen unsichtbaren Kraft in den Himmel *hochgerissen* worden.

Aber der Ruck war nicht heftig gewesen, obgleich er so unvermittelt erfolgt war. Vielmehr war es so, als wäre er über eine unsichtbare Bungeeleine mit dem Himmel verbunden.

Als daher der Panzer – und Bittiker – donnernd in die Erde rasten, schwebte Race wohlbehalten zehn Meter *darüber*.

Dann blickte er über die Schulter und sah, was geschehen war.

Zwei weiße Gaswolken schossen aus dem unteren Teil der A-förmigen Einheit, die am Rückenteil seiner ungewöhnlichen Schutzweste angebracht war. Genau genommen trat das Treibgas aus zwei Düsen an der Basis des »A« aus.

Race hatte nicht gewusst, dass es sich bei der schwarzen Schutzweste, die Uli ihm an der Abfallgrube gegeben hatte, um einen J-7-Jetpack handelte, etwas Brandneues, das die DARPA in Zusammenarbeit mit der United States Army sowie der 82nd Airborne Division entwickelt hatte.

Anders als die gegenwärtigen MC1-1B-Fallschirme, an denen die Springer wenigstens einige Minuten lang in voller Sicht des Feindes herabhingen, konnten die Träger eines Jetpacks knapp dreißig Meter im freien Fall zurücklegen, ehe sie dort zum Stehen kamen, wo sie landen wollten. Die Landung war der eines Vogels ziemlich ähnlich.

Wie Fallschirme waren alle J-7-Jetpacks mit Höhenmessern ausgestattet – höhenabhängigen Sicherheitsmechanismen, die das Rückstoßsystem des Jetpacks in Gang setzten, wenn der Träger es nicht selbst einschaltete, ehe er eine Höhe von dreißig Metern unterschritt. Genau das war bei Race der Fall gewesen.

Er konnte weiterhin nicht wissen, dass am 25. Dezember 1997, als 48 Chlorisotopengranaten von einem DARPA-Lastwagen gestohlen worden waren, der die Umgehungsstraße von Baltimore befahren hatte, die Diebe – Mitglieder des Sturmtrupps – gleichzeitig 16 J-7-Jetpacks hatten mitgehen lassen.

Langsam und sanft senkte der Jetpack Race zur Erde hinab.

Race, völlig außer Atem, seufzte und ließ sich schlaff in den Baldachin des üppigen Regenwalds hinuntertragen.

Sekunden später berührte er den Boden und fiel erschöpft auf die Knie.

Er schaute sich um und überlegte in einem entfernten Winkel seines Gehirns, wie, zum Teufel, er hier herausfinden sollte.

Daraufhin kam er zu dem Entschluss, dass ihn das nicht mehr interessierte. Er hatte gerade eine Supernova entschärft, während er in einem 67-Tonnen-Kampfpanzer aus einer Höhe von 19 000 Fuß, also über sechs Kilometer, herabgefallen war.

Nein, es interessierte ihn nicht im Geringsten.

Da zeigte sich plötzlich die Lösung seines Problems in Gestalt eines kleinen Wasserflugzeugs, das tief über den Bäumen hereinflog. Ein Mann winkte fröhlich aus dem Pilotenfenster.

Doogie und die Goose.

Wunderbar.

Dank einer passenden geraden Strecke des Flusses gleich in der Nähe war Race dreißig Minuten später wieder an Bord der Goose und schwebte zusammen mit den anderen durch den klaren, nachmittäglichen Himmel hoch über dem Regenwald.

Er lehnte den Kopf an das Cockpitfenster und starrte geistesabwesend hinaus. Er war völlig erschöpft.

»Wissen Sie, was ich glaube, Professor?«, sagte Doogie neben ihm. »Ich glaube, es ist an der Zeit, dass wir wie der Teufel aus diesem verdammten Land verschwinden. Was meinen Sie?«

Race wandte sich ihm zu. »Nein, Doogie. Noch nicht. Wir haben vorher noch was zu erledigen.«

Siebte Konfrontation

Mittwoch, 6. Januar, 17.30 Uhr

KURZ VOR SONNENUNTERGANG am 6. Januar 1999 setzte die Goose auf dem Fluss nahe Vilcafor auf. Nachdem sie sich erneut mit Affenurin übergossen hatten, machten sich Race und Renée noch einmal zum oberen Dorf auf. Sie ließen Doogie und Gaby in der Goose zurück, damit die Archäologin sich um die Verletzungen des jungen Green Berets kümmern konnte.

Während die beiden müde und erschöpft durch Vilcafor gingen, fiel Race auf, dass keine Leichen mehr auf den Straßen lagen, obwohl vor nur wenigen Stunden etwa ein Dutzend Wissenschaftler von der Navy und der DARPA, dazu Marty, Lauren, Nash und Van Lewen hier getötet worden waren.

Traurig sah Race auf die leere Straße. Er hatte eine Ahnung, wohin die Leichen verschwunden waren.

Als sich die Abenddämmerung über die Vorberge der Anden legte, betraten er und Renée das obere Dorf.

Das Stammesoberhaupt, Roa, und der Anthropologe Miguel Moros Marquez empfingen sie am Graben an der Dorfgrenze.

»Ich glaube, das gehört euch«, sagte Race und hielt ihnen das Götzenbild entgegen.

Roa lächelte ihn an. »Du bist wahrlich der Auserwählte«, sagte er. »Mein Volk wird eines Tages Lieder über dich singen. Vielen, vielen Dank, dass du unseren Geist zurückgebracht hast.«

Race senkte den Kopf. Er hielt sich nicht im Geringsten für einen Auserwählten. Er hatte nur getan, was er für richtig gehalten hatte.

»Versprich mir nur eins«, sagte er zu Roa. »Verlasst dieses

Dorf, wenn ich gegangen bin, und verschwindet in den Wäldern. Es werden wieder Leute kommen und das Götzenbild suchen, dessen bin ich mir sicher. Bringt es weit von hier weg, wo sie es nie finden werden.«

Roa nickte. »Das werden wir tun, Auserwählter. Das werden wir tun.«

Race hatte das Götzenbild Roa noch immer nicht übergeben.

»Wenn du gestattest, behalte ich es noch für einen Moment«, sagte er. »Ich muss noch eine Sache erledigen und dazu brauche ich das Götzenbild.«

Die Eingeborenen versammelten sich an dem Pfad, der in einer Spirale um den Felsenturm verlief.

Die Nacht war hereingebrochen. Alle hatten sich gründlich mit Affenurin getränkt.

Da die Rapas nicht in ihren Bau im Tempel zurückkehren konnten, sagte Marquez, hatten sie die Nacht versteckt in den Schatten am Grund des Kraters verbracht.

Race stand auf dem Pfad und blickte über den Abgrund, den zuvor die Hängebrücke überspannt hatte.

Sie lag noch immer flach an der Wand des Felsenturms an, und zwar genau dort, wo die Nazis sie zurückgelassen hatten, nachdem sie sie vor 24 Stunden von den Pfeilern gelöst hatten.

Einer von Roas geschicktesten Kletterern – doppelt getränkt mit Affenurin – wurde in den Cañon hinabgeschickt, von wo aus er die nahezu lotrechte Felswand erklomm.

Nach einer Weile erreichte er die lange Rückholleine, die am unteren Ende der Hängebrücke herabbaumelte. Er verknotete sie an einer weiteren Leine, die die Eingeborenen auf dem Pfad oben festhielten, und daraufhin zogen sie die Rückholleine auf ihre Seite des Abgrunds hinüber.

Rasch war die Hängebrücke wieder an Ort und Stelle.

»Wollen Sie das wirklich tun?«, fragte Renée Race, der zum Gipfel des Felsenturms hinüberschaute.

»Es gibt einen Weg aus dem Tempel«, erwiderte er. »Renco hat ihn gefunden. Ich werde ihn auch finden.«

Dann schritt Race den anderen voraus über die schwankende Hängebrücke. Er hielt das Götzenbild in der einen Hand und eine Fackel in der anderen und hatte sich zusätzlich einen Lederbeutel über die Schultern geschlungen.

Zehn von Roas stärksten Kriegern, die ebenfalls brennende Fackeln trugen, folgten ihm.

Sobald alle den Felsenturm erreicht hatten, führte Race sie zu der Lichtung vor dem Tempel. Dort holte er eine mit Wasser gefüllte Blase aus dem Lederbeutel und tränkte damit das Thyrium-Götzenbild.

Sogleich summte das Idol. Es war ein reiner, hypnotisierender Klang, der wie ein Messer die nächtliche Luft durchschnitt.

Innerhalb von wenigen Minuten traf der erste Rapa ein.

Dann ein zweiter, ein dritter.

Die gewaltigen schwarzen Katzen bildeten einen weiten Halbkreis vor Race.

Alles in allem zählte er zwölf.

Erneut tränkte er das Götzenbild und es sandte sein ruhiges, harmonisches Lied mit erneuter Intensität aus.

Daraufhin machte er einen Schritt rückwärts und betrat den Tempel.

Zehn Schritte hinab und Schwärze umgab ihn.

Die Rapas, groß, schwarz und bedrohlich, folgten ihm. Sie schirmten die Strahlen blauen Mondlichts ab, die von draußen hereinfielen.

Sobald sich alle Katzen im Tempel befanden, machten sich die zehn Indiokrieger draußen daran, den Felsen vor das Portal zu schieben, wie Race sie angewiesen hatte.

Der gewaltige Stein ächzte laut, als er langsam an seinen Platz zurückgeschoben wurde.

Race sah aus dem Innern des Tempels dabei zu. Nach und nach wurde das Mondlicht von draußen durch den Schatten des gewaltigen Felsbrockens ersetzt und dann, mit einem letzten unheimlichen Poltern, stand der Felsbrocken still.

Er füllte das Portal jetzt völlig aus, versiegelte es und schloss gleichzeitig William Race zusammen mit einer Horde wilder Rapas in den Tempel ein.

★★★

DUNKELHEIT.

Völlige Dunkelheit, aufgehellt lediglich vom flackernden, orangefarbenen Schein der Fackel.

Die Wände des Tunnels glitzerten feucht. Von irgendwo tief aus dem Innern des Tempels vernahm Race ein stetiges, hallendes *Plop-Plop-Plop*.

Es war absolut schreckenerregend, aber merkwürdigerweise empfand er keine Angst. Nach allem, was er durchgemacht hatte, hatte er jegliche Furcht weit hinter sich gelassen.

Die zwölf Rapas – Visionen des Bösen in dem stroboskopartigen Licht der Fackeln – starrten nur wie bezaubert das summende Götzenbild in seiner Hand an.

Die Fackel hoch über dem Kopf, schritt er den Tunnel am unteren Treppenabsatz hinab, der zugleich in einer Kurve immer weiter nach rechts führte. Kleine Nischen säumten die Wände.

Race kam an der Nische vorüber, die er bei seinem letzten Aufenthalt im Tempel gesehen hatte, und erblickte darin das verstümmelte Skelett mit dem zerbrochenen Schädel, das er für die sterblichen Überreste Rencos gehalten hatte. Inzwischen wusste er, dass es die des listigen, alten Konquistadoren waren, der dem Prinzen das Smaragdhalsband gestohlen hatte.

Er erreichte den Grund des Gangs und erblickte einen langen, geraden Tunnel vor sich. Darin hatte von Dirksen und seine Männer ihr grausiges Ende ereilt.

Die Rapas traten von dem Vorsprung herab – schweigend, düster, bedrohlich. Sie verursachten kaum ein Geräusch, wenn sie auf ihren weichen, gepolsterten Pfoten dahinschlichen.

Am Ende des langen, geraden Tunnels traf Race auf ein gewaltiges Loch im Boden. Es war annähernd viereckig, hatte wenigstens fünf Meter Durchmesser und nahm die gesamte Tunnelbreite ein.

Ein widerwärtiger Gestank, wie er ihn seit sehr, sehr langer Zeit nicht mehr gerochen hatte, drang heraus. Er zuckte zusammen und schaute sich prüfend um.

Auf der anderen Seite lag eine feste Steinmauer und das Loch selbst war lediglich tintenschwarz.

Dann fiel sein Blick jedoch auf eine Anzahl Kerben, die in die rechte Wand gehauen waren. Sie lagen eine über der anderen und ergaben letztlich so etwas wie eine Leiter, auf der eine Person absteigen konnte.

Nachdem er das Götzenbild erneut mit Wasser aus der Blase getränkt hatte, nahm Race die brennende Fackel in den Mund und machte sich an den Abstieg in das stinkende, dunkle Loch.

Die Rapas folgten ihm, gaben sich jedoch nicht mit den Kerben ab. Sie hielten sich einfach mit ihren sichelgleichen Klauen fest.

Etwa zwanzig Meter weiter berührten Race' Füße wieder festen Grund.

Der faulige Gestank war hier stärker, ja er wurde sogar fast überwältigend. Es roch nach verwesendem Fleisch.

Race nahm die brennende Fackel aus dem Mund und wandte sich um.

Es verschlug ihm den Atem.

Er stand in einer mächtigen Halle, einer gigantischen Höhle, die aus dem Kern des Felsenturms gehauen worden war.

Sie war absolut großartig.

Eine gewaltige Kathedrale aus Felswänden.

Ihre kuppelförmige Decke erhob sich wenigstens zwanzig Meter über den Boden und verschwand irgendwo in der Dunkelheit oben. Sie wurde von etlichen Steinsäulen gestützt, die aus dem Fels geformt waren. Ein ebener Steinfußboden erstreckte sich vor Race und verschwand gleichfalls in den Schatten.

Die Wände der Kathedrale waren jedoch das Verblüffendste.

Sie waren mit primitiven Schnitzereien bedeckt – Piktogramme –, ähnlich denen, die das Portal an der Oberfläche zierten.

Es waren Abbildungen von Rapas, von Menschen, von Rapas, die Menschen töteten. Ihnen die Gliedmaßen ausrissen, die Köpfe abbissen. Auf einigen Schnitzereien umklammerten die schreienden Menschen gewaltige Schätze, obwohl sie gerade von den Großkatzen zerfleischt wurden.

Habgier, sogar im Augenblick des Todes.

Eingestreut zwischen die Schnitzereien war eine Anzahl steinerner Nischen, alle von der Gestalt eines Rapakopfs.

Dicke Spinnweben bedeckten die Öffnungen, sodass es aussah, als hätten sich durchscheinende graue Vorhänge über die geschnitzten Rapaköpfe gesenkt.

Race ging zu einer der Nischen hinüber und schnitt das Spinngewebe über dem Maul des Rapas auf.

Er bekam große Augen.

Ein kleines muschelähnliches Podest war in das weit aufgerissene Rapamaul gehauen worden. Darauf saß eine üppige goldene Statue in der Gestalt eines fetten Mannes mit einer gewaltigen Erektion.

»Mein Gott …«, flüsterte Race bei ihrem Anblick.

Prüfend sah er sich in der Halle um. Es musste an die vierzig solcher Nischen geben. Wenn in jeder davon ein Kunstwerk stünde, ergäbe das einen Schatz, der es wert wäre …

Es war Solons Schatz.

Race blickte wieder auf die verzierte Nische vor sich, auf den Rapakopf, der ihn bösartig anknurrte.

Es war, als ob der Erbauer dieses Tempels den habgierigen Abenteurer *herausforderte*, ins Maul der Katze zu greifen und den Schatz herauszunehmen.

Aber Race wollte keine Schätze.

Er wollte heim.

Mit erhobener Fackel ließ er die Furcht erregende Nische hinter sich und trat wieder in die gewaltige, steinerne Kathedrale hinaus.

Dann fiel sein Blick auf die Quelle des fauligen Geruchs, der seine Nase belästigt hatte.

»O mein Gott«, stöhnte er.

Er lag auf der anderen Seite der Kathedrale und war gewaltig.

Ein Leichenhaufen – ein hoher, hässlicher Berg von Leichen.

Menschlichen Leichen.

Es mussten wenigstens hundert sein, in verschiedenen Stadien der Zerstückelung. Blut in solchen Mengen machte die Wände ringsumher derart glitschig, dass es schien, als hätte sie jemand damit *angestrichen*.

Einige Leichen waren nackt, andere teilweise bekleidet – einigen waren die Köpfe abgerissen worden, anderen die Arme, wieder anderen war der Rumpf in zwei Hälften zerbissen worden. Überall lagen blutbeschmierte Knochen und an einigen klebten noch nicht aufgefressene Fleischbrocken.

Zu seinem Entsetzen erkannte Race einige der Leichname wieder.

Captain Scott ... Chucky Wilson ... Tex Reichart ... der deutsche General Kolb. Er sah sogar Buzz Cochranes Leiche kopfunter auf dem Haufen liegen. Die gesamte untere Hälfte des Rumpfs war weggefressen worden.

Seltsamer jedoch war, dass auch eine große Anzahl Leichen mit *olivfarbener* Haut auf dem Haufen lagen.

Eingeborene.

Da fiel sein Blick auf ein kleines Loch in der Mauer jenseits des grässlichen Haufens.

Es war annähernd kreisrund und hatte einen Durchmesser von etwa einem Dreiviertelmeter; ein breitschultriger Mann hätte gerade hindurchgepasst.

Sogleich fiel Race der ähnlich geformte Stein inmitten der rechteckigen Steine oben auf dem balkonähnlichen Pfad hinter dem Tempel ein, der offenbar in ein kreisrundes Loch gelegt worden war.

O nein, dachte Race, als es ihm dämmerte.

Das war kein Loch ...

Es war ein *Schacht.*

Ein Schacht, der dort oben begann und hier unten in dieser gewaltigen Kathedrale endete.

Nun war das Rätsel, wie die Rapas vierhundert Jahre in diesem Tempel überlebt hatten, gelöst.

Race entsann sich der Worte von Miguel Marquez: »*Wenn Sie die Konfrontation mit dem Kaiman nicht überlebt hätten, wären Ihre Freunde den Rapas geopfert worden.*«

Den Rapas geopfert.

Race starrte das kreisrunde Loch in der Mauer an und seine Augen öffneten sich weit vor Entsetzen.

Es war eine Opfergrube.

Dort warfen die Eingeborenen vom oberen Dorf ihre Opfergaben an die Rapas hinein.

Menschliche Opfer.

Ihre eigenen Leute.

Aber dabei blieb es womöglich nicht, dachte Race, während er die unglaubliche Anzahl von Leichen mit olivfarbener Haut auf dem Haufen anstarrte.

Die Eingeborenen warfen darüber hinaus vielleicht auch ihre Toten – und ihre gefallenen Feinde – hinein. Eine andere Art und Weise, die Rapas zufrieden zu stellen.

Und in Zeiten echter Not, überlegte Race, fraßen sich die Rapas möglicherweise gegenseitig auf.

Da sah er fünf weitere Rapas auf dem Steinboden jenseits des Leichenhaufens liegen, unmittelbar neben einem kleinen, viereckigen Loch.

Verzückt von dem stetigen Summen des nassen Götzenbildes, starrten sie zu ihm herüber.

Vor ihnen standen etwa zehn sehr viel kleinere Katzen, Rapajunge, etwa von der Größe und Gestalt von Tigerjungen. Sie sahen Race ebenfalls an. Es schien, als hätten sie mitten im Spiel innegehalten, sobald sie das hypnotisierende Summen des Götzenbildes vernommen hatten.

Mein Gott, dachte Race, *hier unten lebt eine ganze Gemeinschaft. Eine Gemeinschaft von Rapas.*

Komm schon, Will, mach weiter!

Okay, okay.

Race zog etwas aus dem Lederbeutel, den er sich über die Schultern geschlungen hatte.

Das falsche Götzenbild.

Race ließ es auf dem Boden neben dem großen, viereckigen Loch liegen, das sich in die Kathedrale öffnete, sodass es jeder, der den Tempel betrat, sofort finden würde.

Er wusste es nicht mit Sicherheit, aber er nahm an, dass Renco vor vierhundert Jahren genau das Gleiche getan hatte.

Also gut, dachte er. *Nun aber los!*

Race blickte auf das kleinere Loch drüben im Boden bei den fünf weiblichen Rapas und ihren Jungen und überlegte, dass er wohl die besten Chancen hätte, wenn er weiter hinabstiege – wollte er nicht den heiligen Opferschacht hinaufklettern und darauf hoffen, dass jemand ihm oben öffnete.

Daher machte er sich auf den Weg, das echte, summende Götzenbild noch immer in der Hand. Er ging an den fünf weiblichen Rapas und ihren Jungen vorüber zu dem kleinen Loch.

Blickte hinab.

Es hatte knapp zwei Meter Durchmesser und führte geradewegs in den Felsboden. Auch hier waren Kerben in die lotrechten Wände gehauen worden.

Was soll's, zum Teufel, dachte er.

Wiederum klemmte er sich die Fackel zwischen die Zähne, dann schob er das summende Götzenbild in den Beutel und stieg den engen Schacht hinab.

Nach etwa einer Minute verlor er die Öffnung über sich aus den Augen. Von da an umgab ihn, abgesehen von dem kleinen Kreis orangefarbenen Lichts, das den Schacht erhellte, undurchdringliche Finsternis.

Einige Rapas folgten ihm. Sie schlichen mit dem Kopf voran an der Peripherie des Lichtkreises, den die Fackel erzeugte, hinab und funkelten ihn mit ihren kalten gelben Augen an.

Aber sie griffen nicht an.

Immer weiter ging es hinab. Hinab und hinab. Race hatte das Gefühl, als wäre er Kilometer weit geklettert, während es in Wirklichkeit allenfalls einige Dutzend Meter gewesen sein konnten.

Dann berührten seine Füße wieder festen Grund.

Race hielt seine Fackel in die Höhe. Er entdeckte, dass er in einer kleinen Höhle stand, die auf allen Seiten von festen Felswänden begrenzt war.

In der Höhle gab es jedoch Wasser.

So etwas wie einen Tümpel – einen kleinen, an drei Seiten von Felswänden begrenzten Teich. An der vierten Seite, dort, wo Race gegenwärtig stand, lag ein schmaler, flacher Abschnitt festen Bodens.

Er ging zum Rand des Wassers und beugte sich hinab, um es zu berühren, als wollte er sich von seiner Echtheit überzeugen. Die Rapas kamen langsam hinter ihm aus dem Schacht.

Race tauchte die Hand ins Wasser.

Und spürte plötzlich etwas.

Keinen Gegenstand oder etwas dergleichen, sondern eine sanfte Strömung.

Race runzelte die Stirn. Es war ein fließendes Gewässer.

Erneut musterte er den Tümpel und bemerkte, dass die winzigen Wellen sich tatsächlich ganz, ganz langsam von rechts nach links bewegten.

In diesem Augenblick ging ihm auf, wo er sich befand.

Er stand am Grund des Felsenturms, dort, wo er auf den flachen Teich im Kraterboden traf. Nur floss – *irgendwie* – Wasser aus dieser Höhle hinaus und wieder herein.

Noch immer summte das Götzenbild in seinem Beutel.

Die Rapas beobachteten Race genau.

Dann, mit einer Zuversicht, zu der eigentlich keine Veranlassung bestand, warf Race die brennende Fackel weg, trat – mit Beutel, Kleidern und was er sonst noch dabeihatte – in den Teich mit dem tintenschwarzen Wasser und tauchte unter die Oberfläche.

Dreißig Sekunden später, nachdem er durch den langen Unterwassertunnel geschwommen war, tauchte er in dem flachen Teich am Grund des Kraters wieder auf.

Tief zog er die Luft ein und stieß keuchend und dankbar einen Seufzer der Erleichterung aus.

Er war wieder draußen.

★★★

RACE MACHTE SICH auf den Weg ins obere Dorf. Zuvor jedoch legte er auf der Kuppe des Felsenturms am Eingang des Tempels einen Halt ein. Die Krieger, die den Felsbrocken in das Portal zurückgeschoben hatten, waren bereits zurückgekehrt und Race stand allein vor dem bedrohlichen, steinernen Bauwerk.

Nach wenigen Augenblicken hob er einen Stein in der Nähe auf und ging zum Eingang des Tempels. Dort kratzte er unter Alberto Santiagos Inschrift eine eigene Botschaft in den großen Felsbrocken ein:

Um keinen Preis öffnen.
Der Tod lauert im Innern.
William Race, 1999.

Bei seiner Rückkehr ins obere Dorf wartete Renée bereits zusammen mit Miguel Marquez und dem Häuptling Roa am Rand des Grabens auf ihn.

Race reichte Roa das Götzenbild. »Die Rapas sind wieder im Tempel«, sagte er. »Es ist Zeit für uns, nach Hause zurückzukehren.«

»Mein Volk dankt dir für alles, was du getan hast, Auserwählter«, erwiderte Roa. »Wenn es nur mehr wie dich auf der Welt gäbe.«

Race neigte bescheiden den Kopf. Da schob Renée ihren gesunden Arm in seinen.

»Wie fühlen Sie sich, Sie Held?«, fragte sie.

»Ich muss wohl noch einen Schlag auf den Kopf bekommen haben«, entgegnete er. »Wie könnte ich mir sonst diese tollkühnen Heldentaten erklären? Da muss das Adrenalin gesprochen haben.«

Renée schüttelte den Kopf und sah ihm direkt in die Augen. »Nein«, sagte sie. »Ich glaube nicht an das Adrenalin.«

Daraufhin küsste sie ihn zärtlich, drückte ihre Lippen entschlossen auf seine. Als sie ihn schließlich lächelnd losließ, meinte sie: »Komm schon, mein Held. Es ist wirklich Zeit, nach Hause zurückzukehren.«

Unter den Jubelrufen der Eingeborenen verließen Race und Renée das obere Dorf.

Während sie unten im Krater verschwanden und nach Vilcafor zurückkehrten, hörten sie von irgendwo im Dorf weit hinter sich ein gedämpftes Kreischen.

Es kam aus dem Bambuskäfig, der an die vier pfostenähnlichen Baumstämme gebunden war.

Auf dem Käfigboden lag ein Mann, der sich wegen der quälenden Schmerzen im verwundeten Unterleib hin und her wälzte. Er hatte keine Hände mehr, war geknebelt und sah erbarmungswürdig aus.

Es war Frank Nash.

Die Eingeborenen hatten ihn auf der Hauptstraße von Vilcafor nicht getötet. Vielmehr hatten sie ihm die Diebeshände abgehackt und ihn zu einer angemesseneren Behandlung heraufgebracht.

Eine Stunde später begann die letzte Indioprozession über die Hängebrücke hinüber zu Solons Tempel. Die Eingeborenen führten zeremonielle Tragen mit sich, auf denen Körper lagen.

Auf einer befand sich Nash, der sich vor Qualen wand, während auf den übrigen die Leichname von Van Lewen, Marty, Romano und dem gesamten Navy-DARPA-Team lagen. Tot oder lebendig, jede Art menschlichen Fleischs würde die Katzengötter besänftigen, die den Tempel bewohnten.

Das ganze Dorf versammelte sich psalmodierend auf der Rückseite des Tempels und zwei starke Krieger hoben den runden Stein aus dem Pfad, sodass der Opferschacht geöffnet wurde.

Als Erstes wurden die Leichen in das Loch geworfen – Van Lewen, dann Marty, Lauren, Copeland und die Leute von der Navy.

Als Letzten brachten die Indios Frank Nash zum Opferschacht. Er hatte gesehen, was mit den anderen Körpern geschehen war, und bekam große Augen, als ihm aufging, was man mit ihm vorhatte.

Er schrie durch seinen Knebel, als die Opferpriester ihm die Füße zusammenbanden, und wand sich wie wahnsinnig, während ihn die beiden Indiokrieger zum Schacht brachten.

Sie steckten ihn mit den Füßen voran hinein. Beim allerletzten Blick auf den Himmel traten Frank Nash vor Entsetzen die Augen aus den Höhlen.

Dann ließen ihn die beiden Krieger in den Schacht fallen.

Nash schrie auf dem ganzen Weg nach unten.

Der kreisrunde Stein wurde an seinen Platz zurückgeschoben und die Eingeborenen verließen die Kuppe des Felsenturms zum letzten Mal, um nie mehr zurückzukehren. Sobald sie wieder im Dorf angekommen waren, trafen sie ihre Vorbereitungen für eine lange Reise, die sie zu einem Ort tief im Regenwald führen würde, wo man sie niemals fände.

★★★

Die Goose schwebte über die Anden hinweg Richtung Lima, Richtung Heimat.

Doogie saß vorn im Cockpit. Er hatte am ganzen Körper Verbände, lebte jedoch. Race, Renée, Gaby und Uli befanden sich hinten.

Nach etwa einer Stunde Flug ging Gaby Lopez nach vorn zu Doogie ins Cockpit.

»Hallo«, sagte sie.

»Hallo«, erwiderte Doogie, als er sah, wer es war. Nervös schluckte er. Er hielt Gaby noch immer für sehr hübsch und ganz bestimmt eine Nummer zu groß für ihn. Sie hatte großartige Arbeit mit seinen Verbänden geleistet, ihn mit sanften

Händen behandelt. Dabei hatte er sie die ganze Zeit über nicht aus den Augen gelassen.

»Vielen Dank, dass Sie mir im Graben bei den Kaimanen geholfen haben«, sagte sie.

»Oh«, meinte er errötend. »Das war nichts.«

»Trotzdem vielen Dank.«

»Keine Ursache.«

Es folgte ein verlegenes Schweigen.

»Hören Sie, ich habe gedacht«, meinte Gaby verlegen, »wenn Sie ... na ja ... daheim niemand erwartet ... vielleicht würden Sie ja gern zu mir kommen und ich koche was für Sie?«

Beinahe hätte Doogies Herzschlag ausgesetzt. Er lächelte breit und strahlend.

»Das wäre großartig«, sagte er.

Drei Meter hinter ihm, im Passagierabteil des Flugzeugs, hatte Renée sich an Race' Schulter gekuschelt. Sie schlief fest.

Race dagegen sprach über Earl Bittikers Handy mit John-Paul Demonaco – ein Hoch auf die Wahlwiederholung! Er brachte Demonaco im Eilverfahren auf den neuesten Stand der Dinge, berichtete ihm alles, was in Vilcafor vorgefallen war. Angefangen beim BKA über die Nazis, die Navy und die Army bis hin zu den Texanern.

»Warten Sie mal einen Moment«, sagte Demonaco. *»Haben Sie eigentlich irgendwelche militärischen Erfahrungen?«*

»Nein, keine«, erwiderte Race.

»Du meine Güte! Was sind Sie? Eine Art anonymer Held?«

»So was in der Art.«

Sie wechselten noch einige Worte und dann nannte Demonaco Race die Telefonnummer und Anschrift der amerikanischen Botschaft in Lima sowie den Namen der dortigen Verbindungsleute zum FBI. Das FBI, sagte er, werde sich um die Rückreise in die Staaten kümmern.

Nachdem er aufgelegt hatte, starrte Race lange aus dem

Fenster auf die Berge, die unter ihm dahinzogen. Seine in Mitleidenschaft gezogene Yankee-Kappe hatte er gegen das Glas gepresst und mit der rechten Hand befingerte er den Smaragdanhänger an seinem Hals.

Nach einer Weile blinzelte er und zog etwas aus der Tasche.

Es war das dünne, ledergebundene Notizbuch, das Marquez ihm an jenem Morgen während des Festmahls überreicht hatte.

Race blätterte es durch. Es war nicht sehr dick. Eigentlich bestand es bloß aus einigen wenigen handbeschriebenen Seiten.

Die Handschrift war ihm vertraut.

Race schlug die erste Seite auf und machte sich an die Lektüre.

Fünfte Lektüre

An den ehrenwerten Abenteurer, der dieses Notizbuch findet.

Ich schreibe dir beim Schein einer Fackel am Fuß der prächtigen Gebirge, die Neu-Hispanien überragen.

Meiner laienhaften Rechnung zufolge müssten wir uns jetzt ungefähr im Jahr des Herrn 1560 befinden. Beinahe 25 Jahre ist es her, seitdem ich das erste Mal einen Fuß auf dieses fremde Gestade setzte.

Vielen, die dieses Werk lesen, wird es vielleicht nichts sagen, denn ich schreibe es als Vorwegnahme einer weiteren, vollständigeren Darstellung der bemerkenswerten Abenteuer, die mir in Neu-Hispanien widerfahren sind. Vielleicht werde ich sie auch gar nicht niederschreiben.

Aber wenn ich es tue und wenn du, mein tapferer Abenteurer, der du dieses Notizbuch erhältst, weil du einigen äußerst edlen Eingeborenen einen großen Dienst erwiesen hast, jene andere Niederschrift gelesen hast, dann wird dir das Folgende gewiss von Bedeutung sein.

Fast 25 Jahre sind seit meinen unglaublichen Abenteuern mit Renco vergangen und alle meine Freunde sind tot.

Bassario, Lena, auch Renco selbst.

Aber fürchte nichts, lieber Leser, sie sind nicht aufgrund von Missetaten oder Ränken gestorben. Sie sind im Schlaf von uns gegangen, Opfer jenes Schurken, dem kein Mensch entrinnen kann – dem Alter.

Ich bin der letzte Überlebende.

Traurig ist das und nun ist mir nichts in diesen Bergen geblieben, wofür sich zu leben lohnt. Daher habe ich mich zur Rückkehr nach Europa entschlossen. Ich habe die Absicht, meine Tage in einem fernen Kloster weit weg von der Welt zu beschließen, wo ich, so Gott will, meine erstaunliche Geschichte vollständig niederschreiben werde.

Dieses Notizbuch lasse ich jedoch zu treuen Händen bei meinen Inkafreunden zurück. Sie sollen es an ihre Kinder und Kindeskinder weitergeben und es nur dem ehrenwertesten aller Abenteurer vermachen, wirklich nur einem, der sich in jeder Hinsicht mit meinem guten Freund Renco messen kann.

Dies sei vorausgeschickt. Nun will ich als Dank an jene, die diesen Bericht lesen werden, in meinem Notizbuch bestrebt sein, einige der Erfindungen zu berichtigen, die ich in die umfassendere Niederschrift meiner Geschichte einfließen lassen werde.

Nach dem Tod Hernandos auf dem gewaltigen Felsenturm betrat Renco tatsächlich den Tempel mit den beiden Götzenbildern, aber er kam bald darauf heil und gesund wieder heraus, und zwar über einen Unterwassertunnel am Sockel des gigantischen Steinfingers.

Die Einwohner von Vilcafor verließen ihr Dorf an der Basis des Plateaus und siedelten sich an einem neuen Ort oberhalb des gewaltigen Kraters an, der den Tempel beherbergte.

Während der folgenden 25 Jahre lebte ich bei ihnen und genoss die Gesellschaft meines Freundes Renco. Nun ja, sogar der Schurke Bassario, der seinen Wert während unserer letzten Auseinandersetzung mit Hernando und seinen Männern unter Beweis gestellt hatte, wurde mein getreuer Gefährte.

Aber, oh, wie sehr genoss ich meine Zeit mit Renco! Niemals hatte ich einen so guten und getreuen Freund. Ich bin glücklich, dass ich den größten Teil meines Lebens in seiner Gesellschaft verbringen durfte.

Oh, und ich möchte dir, edler Leser, noch eine weitere kleine Geschichte erzählen – aber behalte sie bitte für dich und verrate sie nicht meinen heiligen Brüdern.

Nach einer gewissen Zeit heiratete ich.

Wen denn, magst du fragen? Nun, niemand anderen als die wunderschöne Lena.

Ja, ich weiß!

Ich bewunderte sie vom ersten Augenblick an, da ich sie zu Gesicht bekommen hatte, wusste aber nicht, dass sie ähnliche Gefühle mir gegenüber hegte. Sie hielt mich für einen tapferen und edlen Mann – und, nun ja, wer war ich, sie dieser Ansicht zu berauben?

Mit ihrem kleinen Sohn Mani – in den Renco nach Art aller Onkel auf der ganzen Welt vernarrt war – ergaben wir eine wunderbare Familie, die Lena und ich bald noch vergrößerten. Zwei entzückende Töchter kamen hinzu, die, und das sage ich voller Stolz, das genaue Ebenbild ihrer Mutter waren.

Lena und ich waren 24 Jahre verheiratet und das waren die wunderbarsten Jahre meines Lebens. Sie fanden erst vor wenigen Wochen ein Ende, als sie an meiner Seite einschlief und nicht mehr erwachte.

Ich vermisse sie einen jeden Tag.

Jetzt, da die Führer ihre Vorbereitungen treffen, um mich Richtung Norden durch die Wälder zum Land der Azteken zu bringen, gedenke ich meiner Abenteuer und auch Lenas und Rencos.

Ich gedenke der Prophezeiung, die uns zusammengeführt hat, und überlege, ob ich wirklich einer der darin erwähnten Menschen bin.

Es wird eine Zeit kommen, da wird er erscheinen,
Ein Mann, ein Held, mit dem Zeichen der Sonne.
Er wird den Mut haben zum Kampf mit großen Echsen,
Er wird das jinga *haben,*

Er wird sich der Hilfe tapferer Männer erfreuen,
Männer, die ihr Leben zu Ehren seiner edlen Sache geben,
Und er wird vom Himmel fallen, um unseren Geist zu retten.
Er ist der Auserwählte.

Ich frage mich, bin ich ein »tapferer Mann«?

Es ist seltsam – äußerst seltsam –, aber jetzt, nach allem, was ich durchgemacht habe, glaube ich es wirklich.

Ehrenwerter Abenteurer, diese Geschichte ist nun zu Ende.

Mögen dich diese Worte bei guter Gesundheit finden! Ich wünsche dir alles Glück im Leben und in der Liebe.

Lebe wohl.

A. S.

★★★

RACE SASS IM HECK der Goose und starrte die letzte Seite von Alberto Santiagos Notizbuch an.

Er freute sich darüber, dass der freundliche Mönch nach seinen Abenteuern das Glück gefunden hatte. Er hatte es verdient.

Race sann über Santiagos Wandlung vom furchtsamen Mönch zum beherzten Verteidiger des Götzenbildes nach.

Daraufhin las er die Prophezeiung noch einmal und dachte über Renco nach. Anschließend sinnierte er aus einem Grund, den er nicht ausloten konnte, über die Ähnlichkeit zwischen Renco und *sich selbst*.

Sie trugen beide das Zeichen der Sonne.

Sie hatten beide mit Kaimanen gekämpft und eine harmonische Ausgeglichenheit wie eine Katze gezeigt.

Und ganz gewiss hatten sie beide die Unterstützung tapferer Männer genossen und ihr Leben für ihre Sache eingesetzt.

Und schließlich waren sie beide vom …

Moment mal, dachte Race.

Renco war nie vom Himmel gefallen …

»Matthew Reilly ist der neue König des Action-Thrillers.«
Freie Presse

Im Lager der New York State Library wird die grässlich zugerichtete Leiche eines Nachtwächters entdeckt. Die Verwüstungen lassen auf einen Angreifer mit übermenschlichen Kräften schließen ... Dr. Stephen Swain, Unfallchirurg am St. Luke's Hospital, findet sich plötzlich auf mysteriöse Weise in den Lesesaal der Bibliothek transportiert – und mitten in einen Kampf auf Leben und Tod. Doch anders als er sind seine Gegner gerüstet – und sie sind nicht von dieser Welt ...

Matthew Reilly
Showdown
Roman
Deutsche Erstausgabe

ULLSTEIN TASCHENBUCH